Stael, Anne-Loius

Corinna ode

Stael, Anne-Loiuse-Germaine

Corinna oder Italien

Inktank publishing, 2018

www.inktank-publishing.com

ISBN/EAN: 9783747773550

Corinna

oder

Italien.

Aus dem Französischen der Frau von Staël

von

M. Bock.

Mit einem Vorwort von Fr. Spielhagen.

———

Hildburghausen.

Verlag des Bibliographischen Instituts.

1868.

Vorwort.

Wenn der geistvolle **Michelet** irgendwo die Entdeckung macht, daß „das erste Buch, das wirklich für eine Frau geschrieben wäre, in der französischen Literatur noch geschrieben werden müsse", so hat er einigen Grund zu dieser eigenthümlichen Klage. Nicht, als ob der englische Maßstab der landläufigen Wohlanständigkeit der höchste wäre, den man an ein dichterisches Werk legen könnte! Im Gegentheil, — eine schöne Literatur, die nur noch für den Theetisch in den, Drawingrooms geschrieben wird, die nur noch darauf bedacht ist, die zarten Seelchen von sechzehn Jahren ja nicht zu beleidigen, ist ganz gewiß eine Epigonenliteratur, die mit starken Schritten ihrem Verfall entgegengeht. Aber ein Anderes ist es: nur für Frauen schreiben, und ein Anderes: gar nicht mehr für Frauen schreiben, oder, um es genauer auszudrücken: gar nicht mehr so zu schreiben, daß ein harmonisches, im besten Sinne keusches Gemüth seine Freude daran haben kann. Und dieser Vorwurf, die Sympathie der reinlichen Geister verscherzt zu haben und zu verscherzen, bleibt allerdings — eine Menge ehrenvoller Ausnahmen selbstverständlich abgerechnet — in der Hauptsache auf der neueren französischen Literatur haften.

Die Literatur ist, im Ganzen und Großen, das treue Spiegelbild des Geisteslebens der Gesellschaft, in welcher und für welche sie geschrieben wird. Eine Gesellschaft nun, in der, wie in der französischen, der Scharfsinn und der Sensualismus das entschiedene Uebergewicht über den Tiefsinn und das Gemüth haben, muß nothwendig eine Literatur hervorbringen, die sich mehr durch glänzenden Esprit als durch große Gedanken auszeichnet, die mehr sinnlich als sittlich, mehr kritisch als productiv ist, die uns mehr reizt als rührt, und mehr beunruhigt und verstimmt als erhebt und bildet. Unter dem Vorwande, die intimsten Beziehungen der Gesellschaft

5

aufdecken zu wollen, wendet man sich mit Vorliebe zu den Nacht-
seiten der Gesellschaft, und indem man sich den Anschein giebt, die
geheimsten Herzensfasern blos zu legen, wühlt man gierig in den
Eingeweiden. Zuletzt bleibt dann noch immer die Ausflucht, zu
sagen, daß in der Societät, die man schildert, noch viel schlimmere
Dinge vorgehen, daß man das Abscheuliche nur berichte, um Abscheu, und das Ekelhafte nur auftische, um Ekel zu erregen, und
daß somit die Liaisons dangereuses des Choderlos de Laclos und
die Fanny des Herrn Feydeau sehr moralische Bücher seien.

Diese Beweisführung hat bei uns Deutschen nie recht verfangen
wollen; wir beklagen die Frivolität und den Cynismus als wider-
wärtige Ingredienzien der neueren französischen Literatur, und haben
uns — zum wenigsten in neuerer Zeit — in unsern Ansichten, unsern
Urtheilen, unserm Geschmack dadurch nicht eben verwirren lassen.
Die Anstrengungen der Verleger, die uns mit — wo möglich noch
dazu schlechten — Uebersetzungen dieser Sorte Literatur beglücken
wollten, sind fast ohne Ausnahme vergeblich gewesen.

Aber es ist noch eine andere Eigenthümlichkeit, die wir unsern
überrheinischen Nachbarn kaum weniger verzeihen können, da dieselbe
uns vielfach den Genuß im Uebrigen geistvoller Bücher verleidet.
Diese Eigenthümlichkeit ist ein Ausfluß der centralisirenden Tendenz,
die dem französischen Geiste nun einmal in allen Sphären theore-
tischer und praktischer Bethätigung inhärirt, und in der Politik den
Imperialismus, in dem socialen Leben die Mode, und in der
Literatur, trotz aller scheinbaren Willkür, eine gewisse sterile Einseitigkeit in der Auffassung der Verhältnisse, in der Genesis der Gedanken, ja in dem Ausdruck selbst hervorbringt. Das ewige Rück-
sichtnehmen auf das qu'en dira-t-on ist der freien Entfaltung des
poetischen Genius so ungünstig wie möglich. Wenn man sich con-
sequent daran gewöhnt, zu schreiben, nicht wie man könnte, sondern
wie man muß, um den Baal der Mode nicht zu beleidigen, kann
man schließlich nicht mehr schreiben, wie man müßte, um eine große
Wirkung, eine Wirkung, die sich nicht auf Paris und nicht auf
Frankreich beschränkt, hervorzubringen. Das Wort Lamartine's,
daß Gott, wenn er der Menschheit eine Idee offenbaren wolle, sie
in die Brust eines Franzosen pflanze, ist eine kindische Rotomontade.
Die großen humanen Gedanken, an deren Verwirklichung sich die
Menschheit unserer Tage abmüht, haben nicht von französischen
Geistern ihre größte Vertiefung erfahren, und sind nicht in franzö-

fifcher Sprache am präcifeften formulirt worden — ihr großes Jahr 89 in allen gebührenden Ehren!

Unter den französischen Autoren seit der Revolution haben sich Wenige von den beiden schlimmsten nationalen Fehlern: der Frivolität und der Einseitigkeit, so fern gehalten, und stehen deßhalb Wenige uns Deutschen in ihrem Denken und Empfinden näher, als die Schriftstellerin, welcher die Franzosen das beste Buch über Deutschland verdanken: Frau von Staël.

Es kann nicht die Absicht dieses kurzen Vorwortes sein, weder eine Biographie dieser merkwürdigen Frau, noch eine Analyse ihres außerordentlichen Genius zu geben. Ueber die Daten ihres Lebens bietet jedes gute Conversationslexion die wünschenswerthe Auskunft, und die Würdigung ihrer Leistungen auf den mannigfaltigen Gebieten, auf denen sie thätig war, ist bei uns vielfach, zuletzt von Kreyßig*), mit mehr oder weniger Glück versucht worden. Nur einige wenige Punkte sollen hier hervorgehoben werden, die dazu dienen mögen, denjenigen Leser, welcher durch dieses Buch zuerst mit ihr bekannt wird, über die exceptionelle Stellung, welche Frau von Staël in der französischen Literatur einnimmt, einigermaßen zu orientiren.

Und hier ist in erster Linie die politische Opposition bedeutsam, welche sie Zeit ihres Lebens dem Manne machte, in welchem sie, nicht mit Unrecht, eine Verkörperung jenes trotz all seiner glänzenden Eigenschaften einseitigen, schematistischen, dogmatischen Geistes erblickte: dem Gründer des ersten französischen Kaiserreichs, Napoleon Bonaparte. Wenn man sieht, wie diese Frau, die auf der andern Seite wieder so ganz Französin ist, niemals durch den Prunk und den Pomp des Imperialismus über den trockenen Kern, der in dieser funkelnden Schale stak, verblendet ist; wenn man wahrnimmt, wie sie — die feurige Patriotin — mit der Nüchternheit eines Benjamin Franklin sich durch nichts bestimmen läßt, „ihre Pfeife zu theuer zu kaufen", wenn man liest, wie sie mit prophetischem Scharfblick den Tag erschaut, der „einst kommen würde", und der schneller kam, als es die Weisesten der Weisen sich träumen ließen — so könnte man ihr, und hätte sie kein anderes Verdienst aufzuweisen, aufrichtige Bewunderung gewiß nicht versagen. Eine

---

*) Fr. Kreyßig, Studien zur französischen Cultur und Literaturgeschichte. Berlin, Nikolaische Verlagshandlung. 1865.

solche, durch alle Wechselfälle des Lebens standhaft bewahrte Haltung findet ihre Erklärung nur zum kleineren Theil in den Zufälligkeiten der Abstammung, des Familieneinflusses, der Verbindungen, des besonderen Schicksals; sie kann in ihrem tiefsten Grunde nur begriffen werden aus einem der Seele eingebornen, durch Umstände wohl zu kräftigenden, aber durch keine Umstände zu vernichtenden Trieb, der, wie die Magnetnadel nach dem Pol, immerbar nach dem Einen weist, was Noth thut, weil das Leben ohne dies Eine nicht werth ist, gelebt zu werden. Dieses Eine aber ist die Freiheit, die Freiheit, die sich nicht auf Bayonette, sondern auf Vernunftgründe stützt, die Freiheit, der alle bluttriefende gloire sehr gleichgültig, ja verhaßt ist, wenn dieselbe in ihrem Gefolge den Cäsarismus einherführt.

Wie sehr dieser edle Freiheitstrieb der Seele dieser großen Frau immanent war, wird durch Nichts schlagender bewiesen, als dadurch, daß sie die Tyrannei auf allen Gebieten, die ihr überhaupt zugänglich waren, bekämpfte. Was auf politischem Gebiete der Imperialismus ist, der sich an die Stelle des Selbstbestimmungsrechtes des Volkes setzt, ist auf dem gesellschaftlichen das Dogma, das das Selbstbestimmungsrecht des Individuums aufhebt, und dem Herzen vorschreiben will, wie es schlagen soll. Auch in dem Kampfe gegen diesen Imperialismus der Sitte, den sie mit nicht minderer Leidenschaft ihr Leben hindurch führte, haben sie ohne Zweifel ihre persönlichen Schicksale: die Convenienz-Ehe mit einem nicht geliebten Manne u. s. w., bestärkt und angefeuert; aber hier ebenso wie dort ist es doch nur die freigeborne, feurige Seele, die sich ihr legitimes Recht nicht verkümmern lassen will, und ohne Unterlaß mit Aufbietung aller Energie, eifrig, leidenschaftlich nach dem Einen ringt, „was noth thut".

Wenn ihr berühmtes Buch über Deutschland die Hauptschlacht ist, welche Frau von Staël dem politischen und nebenbei auch, wie es das Thema mit sich brachte, dem ästhetischen Imperialismus lieferte, so sind ihre zwei großen Romane Delphine (1802) und Corinne (1808) die Schläge, die sie gegen die Tyrannei einer engherzigen, in Aeußerlichkeiten verkommenen Welt führt. Beide Romane haben die bestimmte Tendenz, die Freiheit der Individualität und die Rechte des Herzens gegen die Hypokrisie der officiellen Moral zu vertheidigen. Die Figuren sind in beiden Romanen ungefähr die nämlichen, nur die Masken, die Namen sind

verschieden. Corinne, die Dichterin, ist eine höhere, mächtigere
Heldin, als Delphine, die französische Salondame; auch treten in
unserm Roman die psychologischen Contraste schärfer hervor, als in
dem andern, und aus diesen Contrasten natürlich auch die Idee,
auf deren Herausarbeitung es der Dichterin ankam; überdies giebt
der Boden, auf dem unser Roman spielt, eine glänzendere Staffage,
als es dort möglich war.

Das Werk heißt „Corinne ou l'Italie", und mit Recht, denn es
ist von Italien, von dem italienischen Leben, der italienischen Landschaft, der italienischen Kunst mindestens ebenso viel, wenn nicht
mehr die Rede, als von den Personen der Geschichte. Auf diese
Weise haben wir nun freilich eine der anziehendsten Schilderungen
Italiens, die je geschrieben sind, mit in den Kauf bekommen, aber
es ist nicht zu leugnen, daß das Dichterwerk als solches dadurch —
nicht besser geworden ist.

Oder, um es genauer auszudrücken: es hat durch dieses Ueber-
wuchern der Staffage sehr wesentlich verloren; der Hintergrund wird
oft ganz und gar zum Vordergrund; und wir wissen manchmal
nicht mehr, ob wir einen Roman, oder ob wir eine Reisebeschrei-
bung lesen. Die Schale ist eine Welt zu weit für den Kern; und
hier muß denn gesagt werden, was der Grund dieses ästhetischen
Mißverhältnisses ist.

Frau von Staël ist kein poetischer Genius in dem Sinne, den
wir damit verbinden. Ihre Einbildungskraft, so weit sich dieselbe
in dem Schaffen von lebenskräftigen Gestalten und in der Fähigkeit, diese Gestalten in Action zu setzen, bethätigt, ist sehr gering.
Von der holden Kunst „des Fabulirens" hat sie kaum eine Ahnung.
Ihre Personen treten nicht vor uns hin, wie bei Homer, oder
Goethe, oder jedem großen Epiker: man weiß nicht wie, und doch
greifbar deutlich; sondern sie giebt uns gleichsam nur die disjecta
membra, die wir dann, so gut wir können, zusammensetzen müssen.
Diese Menschen thun wenig, aber sprechen viel; mehr noch aber
spricht die Dichterin selbst, die in dem Bewußtsein, daß ihre Helden
eben poetisch auf schwachen Füßen stehen, fortwährend das Bedürfniß fühlt, sie zu stützen, sie keinen Augenblick allein läßt und
immerfort bemüht ist, sie dem Leser zu interpretiren. Freilich ist
diese Interpretation so beredt, so feurig, so geistreich, so scharfsinnig,
daß wir darüber das Schemenhafte dieser Figuren beinahe vergessen,
und schließlich doch an sie glauben müssen: an Corinne, das geniale,

unglückliche Weib, die Verkörperung des freien Geistes im Staël'schen Sinne, an Oswald, den gentleman born and bred, die personificirte Wohlanständigkeit, die immer fragt: was würde mein seliger Herr Vater dazu sagen? an den Grafen d'Erfeuil, den Repräsentanten des weltmännischen Tactes, der sich durch keinen unregelmäßigen Herzschlag aus dem Tact bringen läßt, und an die Andern.

Doch ich sehe, daß ich in Gefahr bin, aus dem kurzen Vorwort eine lange Vorrede zu machen, und so will ich denn nur noch schließlich dem geneigten Leser die vorliegende Uebersetzung empfehlen, die sich freilich durch Gewissenhaftigkeit und liebevolles Eindringen in den Geist des Originals am besten selbst empfiehlt.

Berlin.

Friedrich Spielhagen.

Corinna

oder

Italien.

Erstes Buch.

Oswald.

Erstes Kapitel.

Oswald, Lord Nelvil, Peer von Schottland, verließ im Winter der Jahre 1794 bis 1795 Edinburg, um nach Italien zu reisen. Er war von schöner und edler Gestalt, von vielem Geist, besaß einen großen Namen und ein unabhängiges Vermögen; aber tiefes Seelenleiden hatte seine Gesundheit zerrüttet, und die Aerzte, die für seine Brust fürchteten, verordneten ihm die Luft des Südens. Er folgte ihrem Rath, ob er gleich um die Erhaltung seines Lebens wenig besorgt schien; doch hoffte er in der Neuheit und Mannigfaltigkeit der wechselnden Umgebungen sich mindestens etwas zu zerstreuen. Ein großer Schmerz, der Verlust seines Vaters, war die Ursache seines Kränkelns; grausam zusammentreffende Nebenumstände, von zarter Gewissenhaftigkeit aufgeregte Vorwürfe, verbitterten seinen Kummer, und die Einbildung schuf ihre täuschenden Phantome noch mit hinein. Wenn man leidet, überzeugt man sich leicht, daß man strafbar sei, und der tiefe Gram trägt seine verwirrenden Qualen bis in das Gewissen.

Mit fünfundzwanzig Jahren stand er muthlos vor dem Leben; sein Geist war den meisten Dingen gegenüber im Voraus schlußfertig, und sein verwundetes Gefühl glaubte nicht mehr an die Illusionen des Herzens. Niemand konnte sich seinen Freunden gefälliger und ergebener zeigen als er, wenn es darauf ankam, ihnen einen Dienst zu leisten; doch nichts, selbst nicht das Gute, was er that, gab ihm eine glückliche Stunde. Gern und mit Leichtigkeit opferte er seine Neigungen denen Anderer; indessen ließ sich dieses vollständige Aufgeben aller Selbstsucht nicht durch Großmuth allein erklären, sondern mußte oft seiner Traurigkeit beigemessen werden, die ihn verhinderte, Antheil an dem zu nehmen, was ihn selbst betraf. Gleichgültigen gefiel diese Weise; sie fanden dieselbe voller Anmuth und Liebenswürdigkeit. Wer ihn aber liebte, der fühlte auch, daß er sich mit dem Glücke Anderer wie ein Mensch beschäftige, der keines mehr für sich zu erwarten habe, und ein so gespendetes Glück empfängt man nur mit wehmüthiger Dankbarkeit.

Und doch besaß er einen reizbaren, gefühlvollen und leidenschaftlichen Charakter, in welchem sich Alles vereinigte, was Andere und uns selbst fortreißen kann. Aber Unglück und Reue hatten ihn gegen das Schicksal furchtsam gemacht, er glaubte es zu entwaffnen, wenn er nichts mehr von ihm forderte. In strenger Pflichterfüllung, in der Verzichtleistung auf allen Lebensgenuß, hoffte er Schutz gegen die Schmerzen zu finden, welche das Herz oft so furchtbar zerreißen. Was er erfahren und gelitten hatte, ängstete ihn, und kein Glück der Welt schien ihm die mögliche Wiederholung solcher Schmerzen aufzuwiegen; doch welche Art zu leben kann den vor ihnen schirmen, der im Stande ist, sie zu empfinden?

Lord Nelvil hoffte, er werde Schottland ohne Bedauern verlassen, weil er ohne Freude dort verweilte. Aber nicht so ist das Gefühlsleben reizbarer Menschen beschaffen. Er war sich der Bande nicht bewußt, die ihn an das Vaterhaus und an ein Stück trübe Vergangenheit knüpften. In dieser Heimat gab es für ihn Wege, Stege und Räumlichkeiten, denen er nicht ohne einen geheimen Schauder nahen konnte, und doch — als er sich entschloß, sie zu verlassen, fühlte er sich vollends vereinsamt. Wie Erstarrung kam es über sein Herz! Er hatte keine Thränen mehr, wenn er litt, und kaum vermochte er sich all die kleinen Umstände, deren er bisher mit so viel Rührung gedacht hatte, zurückzurufen. Seine Erinnerungen waren entseelt, da sie zu den Dingen, welche ihn nun umgaben, in keiner Beziehung mehr standen; er dachte nicht weniger an den Verlorenen, als bisher, aber es gelang ihm schwerer, sich dessen Bild zu vergegenwärtigen.

Zuweilen auch warf er sich's vor, den Ort zu verlassen, wo sein Vater gelebt und gestorben. „Wer weiß", sagte er sich, „ob die Geister der Abgeschiedenen ihren Lieben überall folgen können? Vielleicht ist es ihnen nur vergönnt, den Ort zu umschweben, wo ihre Asche ruht. Vielleicht sehnt sich mein Vater in diesem Augenblicke nach mir, und es mag ihm nur die Kraft fehlen, mich anzurufen. Und ach! als er lebte, hat ihn da nicht ein Zusammenfluß unerhörter Zufälligkeiten überzeugen müssen, daß ich seine Vaterliebe verwirkt, daß ich mich gegen seinen Willen, gegen die Heimat, gegen alles Heiligste im Leben aufgelehnt?" Diese Erinnerungen verursachten Lord Nelvil ein so unerträgliches Leiden, daß er nicht allein sie Niemand hätte anvertrauen können, sondern daß er sogar um seiner selbst willen scheute, sie aufzuwühlen. Wie leicht bereitet man sich durch seine eigenen Grübeleien ein nicht wieder gut zu machendes Wehe!

Schwerer noch ist's, wenn man, um das Vaterland zu verlassen, über's Meer hinaus muß. Alles an einer Reise ist feierlich, deren erste Strecken der Ocean einnimmt; es scheint, ein Abgrund gähne hinter uns auf, und die Rückkehr sei für immer unmöglich. Ohnehin macht der Anblick des Meeres stets einen tiefen Eindruck; es ist das Bild der Unendlichkeit, welche ewig den Gedanken anzieht, in welcher dieser sich immer gern verliert. Oswald, an das Steuer gelehnt, und die Blicke auf die Wogen gerichtet, war dem Anscheine nach ruhig; denn Stolz und Schüchternheit gestatteten ihm fast niemals, zu zeigen, selbst nicht seinen Freunden zu zeigen, was er fühlte; aber im Innern stürmten quälende Empfindungen. Er rief sich jene Zeit zurück, als der Anblick des Meeres sein jugendliches Streben durch den Wunsch anfeuerte, die Wellen schwimmend zu durchbrechen, seine Kraft gegen sie zu messen. „Warum", sagte er sich mit bitterem Unmuth, „warum gebe ich mich ohne Unterlaß solchem Sinnen und Träumen hin? In thätiger Geschäftigkeit, in eifrigen Leibesübungen, die uns das Gefühl von der Kraft des

Daseins geben, liegt so viel heitrer Lebensgenuß! Der Tod selbst
erscheint dann nur als ein Ereigniß, das vielleicht glorreich,
sicher plötzlich und ohne vorhergehende Abnahme der Kräfte eintritt, — während jener Tod, der sich herbeischleicht, ohne daß der
Muth ihn suchte, jener finstre Tod, welcher uns das Theuerste
entreißt, was wir besitzen; der unserer Verzweiflung spottet,
unsere flehenden Arme zurückstößt, und uns mitleidslos die
ewigen Gesetze der Zeit und der Natur entgegenhält, während
solch ein Tod eine Art von Verachtung einflößt für das Men-
schenschicksal, für die Ohnmacht des Schmerzes, für all die
eitlen Anstrengungen, die ja doch vor der Nothwendigkeit zu-
sammenbrechen." —

Von dieser Art waren die Gefühle, welche Oswald beunruhigten und was das Unglückliche seiner Lage recht kennzeichnete:
bei ihm vereinigte sich die Leidenschaftlichkeit der Jugend mit der
Besonnenheit eines reiferen Alters. Er versenkte sich in Ideen,
die seinen Vater während dessen letzter Lebenszeit vielleicht beschäftigt hatten, und trug die Glut seiner fünfundzwanzig Jahre
in die schwermüthigen Betrachtungen des Alters hinein. Er
war müde an Allem, und weinte doch um verlornes Glück, als
ob die Illusionen ihm noch geblieben wären! Dieser dem
Willen der Natur so widersprechende Gegensatz, — denn die
Natur liebt Einheit und Abstufung im Laufe der Dinge —
verwirrte Oswalds Seele bis in ihre Tiefen; doch blieben
seine äußern Formen immer voller Sanftmuth und Harmonie,
und seine Traurigkeit, weit entfernt, ihm Verstimmungen zu
geben, machte ihn nur nachsichtiger und wohlwollender gegen
seine Mitmenschen.

Während der Ueberfahrt von Harwich nach Emden war
die See sehr bewegt. Lord Nelvil ertheilte den Matrosen manch
guten Rath; die Reisenden beruhigte er, und als er endlich
selbst in den Dienst mit eingriff, als er sogar den Platz des
Steuermanns einnahm, war in all seinem Handhaben eine Gewandtheit und Kraft, die nicht allein die Folge großer Körper-
geschicklichkeit sein konnten, die auch ebenso viel Geistesgegenwart verriethen.

Als man sich trennen mußte, drängte sich die ganze Mannschaft des Schiffes um Oswald. Alle wollten ihm Lebewohl sagen; Alle hatten sie ihm zu danken für tausend kleine, ihnen während der Ueberfahrt erwiesene Dienste, deren er sich freilich nicht mehr zu erinnern schien. Hie und da war es ein Kind gewesen, mit dem er sich lange beschäftigt; häufiger noch ein Greis oder ein Kranker, deren Schritte er gestützt, wenn das Schiff allzu heftig schwankte. Ein solches Zurücksetzen der eigenen Persönlichkeit war noch Keinem vorgekommen; sein Tag verstrich, ohne daß er davon einen Augenblick für sich selbst behielt; aus Schwermuth und Wohlwollen widmete er seine Zeit den Anderen. Beim Abschiede riefen ihm die Matrosen die besten Segenswünsche nach: „Theurer Herr, möchten Sie glücklicher werden." Zwar hatte Oswald auch nicht ein einziges Mal seinem Schmerze gegen sie Ausdruck gegeben, und Leuten aus einer anderen Klasse wäre es nicht eingefallen, denselben zu bemerken, oder doch Oswald darum anzureden. Aber die Menschen aus dem Volk, denen die Höhergestellten sich selten anvertrauen, gewöhnen sich daran, fremdes Fühlen ohne Worte zu errathen; sie beklagen uns, wenn wir leiden, obwohl sie die Ursache unseres Kummers nicht kennen, und ihr frei gespendetes Mitleid ist ohne Beimischung von Tadel und dem meist so unnützen guten Rath.

Zweites Kapitel.

Reisen ist, was man auch sagen mag, eines der traurigsten Vergnügen des Lebens. Wenn man sich in einer fremden Stadt wohl fühlt, so ist's gewiß nur, weil man anfängt sich dort einzuheimen; aber ungekannte Länder durchstreifen, eine Sprache reden hören, die wir kaum verstehen, menschliche Gesichter sehen, welche weder zu unserer Vergangenheit noch Zukunft eine Beziehung haben, das ist Vereinsamung, ist ein Sichverlieren ohne Rast und Ruhe, und selbst ohne Würdigkeit. Denn dieses Treiben, diese Eile irgendwo anzukommen, wo Niemand uns erwartet, diese Erregung, deren einzige Ursache Neugierde ist, flößen uns wenig Schätzung für uns selber ein; bis endlich der Zeitpunkt kommt, wo uns die neuen Gegenstände ein wenig bekannter werden, und wir schon mit ein paar süßen Banden des Gefühls und der Gewohnheit an sie gekettet sind.

Daher nahm denn auch Oswalds Trübsinn zu, als er, um Italien zu erreichen, durch Deutschland reiste. Man mußte damals, des Krieges wegen, Frankreich und seine Nachbarstaaten meiden, und sich von den die Straßen oft völlig versperrenden Armeen fern halten. Diese Nothwendigkeit, sich mit den Einrichtungen, den Einzelheiten der Reise zu beschäftigen, täglich, fast stündlich, einen neuen Entschluß zu fassen, war Lord Nelvil ganz unerträglich: Seine Gesundheit, fern von Besserung, nöthigte ihn oft zu längerem Aufenthalt, wenn er vielleicht eben wo anzukommen eilte, oder doch wenigstens gern weiter gereist wäre. Sein Bluthusten kehrte wieder, und er glaubte dies wenig berücksichtigen zu dürfen, weil er, im Gefühl einer begangenen Schuld, sich mit großer Strenge anklagte. Er wünschte nur noch zu leben, um seinem Lande dienen zu können. „Hat das Vaterland nicht Rechte an uns?" sagte er sich. „Doch muß man ihm allerdings Nutzen bringen können, muß eine andere Existenz ihm bieten können, als die meine; der ich mich nach der Sonne des Südens schleppe, um von ihr einige belebende Strahlen zur Kräftigung gegen die eigene Schwäche zu erbetteln. Nur ein Vater würde mich, wie ich bin, noch gern aufnehmen, nur ein Vater mich noch lieben, — um so mehr, als Natur und Schicksal grausam mit mir verfuhren."

Lord Nelvil hatte gehofft, daß der stete Wechsel der äußeren Umgebung seinen Geist von dem einförmigen Ideengang ablenken werde; doch vorläufig empfand er solche wünschenswerthe Wirkung durchaus nicht. Nach einem großen Unglück, das wir erfahren, müssen wir uns mit allen uns umgebenden Verhältnissen erst wieder vertraut machen, uns an die Gesichter gewöhnen, die man wiedersieht, an die Räume, welche man inne hat, an die wiederaufzunehmenden täglichen Beschäftigungen. Nichts vervielfältigt aber diese Anstrengungen, deren jede einen peinlichen Entschluß erfordert, so sehr, als eine Reise.

Lord Nelvils bestes und einziges Vergnügen war, die

schönen Berge Tyrols zu durchstreifen. Er ritt hierbei ein aus
der Heimath mitgenommenes Pferd, das gleich seinen schottischen
Racegenossen die Höhen in schnellem Laufe zu erstürmen vermochte. Oft wich er von der großen Straße ab, um die bedenk-
lichsten Fußpfade einzuschlagen. Anfangs sahen ihn die erstaunten Bergbewohner mit Schrecken am Rand der Abgründe;
allein sie erkannten bald seinen Muth, seine sichere Gewandtheit und bewunderten ihn darum. Oswald liebte die Aufregung
solcher Gefahr; sie hebt das Gewicht des Schmerzes hinweg;
sie versöhnt auf Augenblicke mit einem Leben, das so leicht zu
verlieren ist, und das, wenn wiedergewonnen, vielleicht erträg-
licher scheinen mag.

Drittes Kapitel.

In Inspruck erfuhr Oswald von einem Kaufmann,
bei dem er einige Zeit gewohnt, die Geschichte eines emi-
grirten Franzosen, des Grafen d'Erfeuil, welche ihn sehr
für diesen jungen Mann einnahm. Derselbe hatte den gänzlichen Verlust eines sehr großen Vermögens mit vollkommenstem
Gleichmuth ertragen, hatte sich und einen bejahrten Onkel, den
er bis zu dessen Tode gepflegt, durch sein musikalisches Talent
erhalten, und alle Geldanerbietungen, die ihm durch Freundes-
hand gemacht worden, beharrlich ausgeschlagen. Während
des Krieges hatte er die glänzendste aller Tapferkeiten — die
französische — gezeigt, und in aller Widerwärtigkeit stets einen
unverwüstlichen Frohsinn bewiesen. Er gedachte jetzt nach Rom
zu gehen, um dort einen Verwandten, dessen einstiger Erbe er
war, wiederzusehen, und wünschte sich, behufs angenehmeren
Reisens, einen Gefährten, oder besser noch einen Freund.

Lord Nelvils schmerzlichste Erinnerungen knüpften sich an
Frankreich; doch war er frei von den Vorurtheilen, die beide
Nationen trennen, und sein Herzensfreund, ein Mann, welcher die
größsten seelischen Eigenschaften in wundervoller Vereinigung
besessen hatte, war ein Franzose gewesen. So bat er den Kaufmann, hier den Vermittler zu machen, und in seinem Namen mit

2*

jenem edlen und unglücklichen jungen Manne eine gemeinschaftliche Reise verabreden zu wollen; nach einer Stunde schon erhielt
er die Antwort, daß sein Anerbieten mit Dank angenommen
werde. Oswald war befriedigt, diesen Dienst leisten zu können,
aber es kostete ihn große Ueberwindung, dem Alleinsein zu entsagen, und seine Schüchternheit litt sehr bei der Vorstellung, daß
er nun plötzlich mit einem ihm bisher unbekannten Manne in
beständigem, intimem Verkehr leben solle.

Graf d'Erfeuil kam nun, um Lord Nelvil seinen Dank auszusprechen; seine eleganten Formen, seine feine Höflichkeit verriethen die beste Erziehung, und mit liebenswürdiger Ungezwungenheit wußte er über das Peinliche hinwegzukommen, was eine
erste Begegnung unter solchen Verhältnissen nothwendig an sich
hatte. Wer ihn sah, glaubte schwer an das Ungemach, das er
erlitten; denn er trug sein Geschick mit einem Muth, der gänzliches Vergessen schien, und in seiner Unterhaltung lag eine
Leichtigkeit, die allerdings bewundernswürdig war, wenn sie
seine eigenen Angelegenheiten behandelte, die aber — das ließ
sich nicht ableugnen — weniger wohlthuend blieb, sobald sie sich
auf andere Gegenstände erstreckte.

„Ich bin Ihnen sehr verpflichtet, Mylord“, sagte Graf
d'Erfeuil, „daß Sie mir aus diesem Deutschland forthelfen,
denn ich langweile mich hier zum Sterben.“ — „Sie sind aber
doch, wie ich höre, hier allgemein geachtet.“ — „Ich lasse freilich wohl ein paar Freunde zurück, die ich sehr vermissen werde,
denn man trifft in diesem Lande viel gute Menschen; allein
ich verstehe kein Wort deutsch, und Sie werden mir zugeben, daß
es etwas langweilig und ermüdend für mich gewesen wäre, es zu
lernen. Seit ich das Unglück hatte, meinen Onkel zu verlieren,
weiß ich nicht, was ich mit meiner Zeit anfangen soll. Als ich
mich ihm zu widmen hatte, war mein Tag ausgefüllt; jetzt
schleppen sich die vierundzwanzig Stunden träge hin.“ — „Das
Zartgefühl, mit welchem Sie Ihrem Onkel begegneten, flößt
die tiefste Verehrung für Sie ein“, sagte Lord Nelvil. — „Ich
that nur meine Pflicht“, erwiderte der Graf, „der Arme hatte
mich während meiner Kindheit mit Wohlthaten überhäuft; ich

würde ihn nicht verlassen haben, und hätte er hundert Jahr gelebt. Doch ein Glück für ihn, daß er todt ist. Auch mir wäre
der Tod ein Glück", fügte er lachend hinzu, „denn ich habe
wenig Hoffnungen auf dieser Erde. Im Kriege that ich mein
Möglichstes, um getroffen zu werden; da nun aber das Schicksal
mich verschonte, muß ich so gut zu leben suchen, als ich kann."
„Ich werde mir also Glück zu wünschen haben", antwortete
Lord Nelvil, „wenn Sie sich in Rom wohl gefallen und wenn —"
„Du lieber Himmel", unterbrach ihn Graf d'Erfeuil, „es wird
mir überall gefallen; wenn man jung und frohen Muthes ist,
findet sich ja das Uebrige von selbst. Nicht Bücher und Nachdenken haben mir zu meiner Philosophie verholfen, sondern die
Gewohnheit des Lebens und des Unglücks; und Sie sehen wohl,
Mylord, wie Recht ich habe, dem Zufall zu vertrauen, der mir
soeben die schöne Gelegenheit bietet, Sie zu begleiten." Hierauf
verabredeten sie die Abreise auf den folgenden Tag; Graf d'Erfeuil grüßte den Lord mit leichter Anmuth und ging.

Sie brachen am nächsten Morgen auf. Nach den ersten Höf-
lichkeiten sprach Oswald während mehrerer Stunden kein Wort;
als er endlich bemerkte, wie dieses Stillschweigen seinen Genossen zu ermüden schien, richtete er an Jenen die Frage, ob er
sich viel von der Reise verspreche. „Mein Gott", erwiderte
der Graf, „ich weiß ja, was man von diesem Lande allenfalls
zu erwarten hat, und rechne daher nicht auf besonderes Vergnügen. Einer meiner Freunde, der sechs Monate in Italien
gelebt hat, sagte mir, daß jede Provinz Frankreichs ein
besseres Theater und angenehmere Geselligkeit biete, als Rom.
Aber ich werde in dieser alten Weltstadt doch sicherlich ein
paar Franzosen finden, mit denen ich plaudern kann, und das
ist Alles, was ich verlange." „Sie fühlten keine Neigung, das
Italienische zu erlernen?" unterbrach Oswald. „Nein, durchaus keine", erwiderte der Graf; „das lag nicht im Plan meiner
Studien." Und er nahm, als er dieses sagte, eine so vielbe-
deutende Miene an, daß man hätte glauben können, er rede
von einem auf tiefste Ueberlegung gegründeten Entschlusse.

„Wenn ich's Ihnen gestehen soll", fuhr Graf d'Erfeuil

fort, „ich liebe unter den Nationen eigentlich nur die Engländer und die Franzosen; man muß stolz sein, wie Jene, oder glänzend wie Wir; alles Uebrige ist nur Nachahmung.“ Oswald schwieg. Der Graf nahm nach einigen Minuten mit liebenswürdigster Heiterkeit die Unterhaltung wieder auf. In geistreicher, ungebundener Form spielte er mit dem Wort, mit der Phrase; doch lehnte sich sein Gespräch weder an äußerlich Wahrnehmbares, noch an das innere Empfinden: es hielt gewissermaßen die Mitte zwischen der Reflexion und dem Einfall, — vereinigte beide, und allein die Beziehungen der Gesellschaft lieferten den Stoff.

Er nannte Lord Nelvil wohl zwanzig verschiedene Namen, französische und englische, fragte, ob Jener sie kenne, und erzählte bei dieser Gelegenheit verschiedene Anekdoten mit der pikantesten Grazie. Doch wenn man ihn hörte, war es, als wolle er Einem begreiflich machen, daß die einzig geziemende Unterhaltung für einen Mann von Geschmack das medisirende Geschwätz der vornehmen Zirkel sei.

Lord Nelvil grübelte viel über des Grafen Charakter nach, über diese sonderbare Mischung von Muth und Frivolität, über diese Verachtung des Unglücks, die so groß gewesen wäre, wenn sie mehr Anstrengungen gekostet, so heroisch, wenn sie nicht in der Unfähigkeit zu allem tieferen Empfinden ihren Grund gehabt hätte. „Ein Engländer“, sagte sich Oswald, „würde unter ähnlichen Umständen von Sorgen überwältigt sein. Wo nimmt dieser Franzose seine Kraft her? Wo seine Beweglichkeit? Versteht er denn wirklich die wahre Kunst zu leben? Während ich mich für superior halte, bin ich vielleicht nur krank? Stimmt sein leichtes Dahinleben mit der Flüchtigkeit dieses Daseins besser, als meine Weise? Und muß man dem Nachdenken, wie einem Feinde, zu entrinnen suchen, statt sich ihm mit ganzem Ernste hinzugeben?“ Umsonst hätte Oswald diese Zweifel zu beleuchten vermocht: Niemand kann aus der ihm zugewiesenen Geistessphäre heraus, und die Eigenschaften sind meist noch unbezwinglicher, als die Fehler!

Graf d'Erfeuil hatte für Italien keine Aufmerksamkeit, und

machte es auch Lord Nelvil oft unmöglich, die seine darauf zu
richten; unaufhörlich sprechend, suchte er diesen von der Bewunderung des schönen Landes und seines malerischen Reizes
abzuziehen. Dennoch lieh Oswald, so viel er es vermochte,
dem Flüstern des Windes, dem Rauschen der Wogen ein träumerisches Ohr; wie viel wohlthätiger waren ihm diese Stimmen
der Natur, als die am Fuße der Alpen, unter erhabenen Ruinen
oder am brausenden Meeresstrande ihm vorgetragenen Phrasen
seines weltlichen Genossen!

Der Gram, welcher an Oswalds Seele zehrte, war dem
Genusse der Schönheiten Italiens weniger hinderlich, als des
Grafen Munterkeit; die Trauer einer fühlenden Seele kann sich
sehr gut mit dem Entzücken an der Natur und der Freude an
den schönen Künsten vereinigen;. aber Leichtfertigkeit, unter
welcher Form sie sich auch darbiete, raubt der Aufmerksamkeit
ihre Spannung, dem Gedanken seine Originalität, dem Gefühl
seine Tiefe. Eine der sonderbaren Wirkungen dieser Leichtfertigkeit war es, daß sie Lord Nelvil in seinem Verkehr mit dem
Grafen viel Schüchternheit einflößte. Verlegenheit findet sich zu-
meist bei ernsten Charakteren. Geistreiche Leichtigkeit imponirt
dem forschenden Geist; und wer sich glücklich nennt, scheint weiser,
als der, welcher leidet. Graf d'Erfeuil war sanft, verbindlich,
in Allem bequem, ernsthaft nur in der Eigenliebe; er war es
werth, geliebt zu werden, wie er zu lieben verstand, das heißt,
wie ein guter Kamerad in Freude und Gefahr; aber auf den
getheilten Schmerz verstand er sich nicht. Er langweilte sich an
Oswalds Schwermuth, und aus Gutherzigkeit sowohl, als aus
Temperament, würde er sie gern zerstreut haben. „Was fehlt
Ihnen?" fragte er oft; „sind Sie nicht jung, reich, und,
wenn Sie nur wollen, auch gesund? Denn Sie sind nur krank
aus Trübsinn. Ich habe mein Vermögen, meine Stellung
verloren, ich weiß nicht, was aus mir werden wird, und erfreue
mich doch des Lebens, als besäße ich alle Schätze der Welt."
„Sie besitzen einen ebenso seltenen als ehrenwerthen Muth", erwiderte Lord Nelvil; „aber die Schicksalsschläge, von denen
Sie betroffen wurden, sind viel weniger schwer zu tragen, als

die Leiden der Seele." „Die Leiden der Seele!" rief Graf d'Erfeuil, „ja, das ist wahr, das sind die grausamsten von allen .... aber .... dennoch muß man sich darüber trösten; denn ein vernünftiger Mensch soll Alles aus dem Gemüthe bannen, das weder ihm noch Andern frommen kann. Sind wir hienieden nicht dazu da, um vor Allem nützlich, und darauf glücklich zu sein? Mein lieber Nelvil, halten wir hieran fest."

Was der Graf sagte, klang im alltäglichen Sinne des Wortes recht vernünftig, wie er denn auch in vieler Beziehung das war, was man einen guten Kopf nennt. Oberflächliche Menschen handeln bekanntlich selten thöricht und die leiden-schaftlichen Charaktere sind stets viel mehr zur Thorheit bereit. Allein mit solcher Denkweise vermochte er nicht Lord Nelvils Ver-trauen zu erregen; dieser hätte vielmehr den Grafen gern über-zeugen mögen, daß er der Glücklichste der Menschen sei, nur um dem Unbehagen zu entgehen, welches dessen Trostgründe ihm bereiteten.

Dagegen wuchs des Franzosen Zuneigung für Lord Nelvil mit jedem Tage; die Resignation und Einfachheit desselben, seine Bescheidenheit und sein Stolz nöthigten ihm die größeste Hochachtung ab. Er umflatterte beweglich Oswalds ruhige Gelassenheit, und suchte gutmüthig Alles zusammen, was er in seiner Erinnerung von ernsterer Bedeutung auftreiben konnte, um Jenen damit zu unterhalten; und wenn es ihm dann nicht gelang, des Gefährten scheinbare Kälte zu besiegen, fragte er sich wohl verwundert: „Bin ich denn aber nicht voller Güte, voller Aufrichtigkeit und Muth? Bin ich nicht ein liebenswürdiger Gesellschafter? Was kann mir denn fehlen, um zu gefallen? Und ist zwischen uns vielleicht ein Mißverständniß, das aus seiner unvollkommenen Kenntniß des Französischen entspringen mag?"

Viertes Kapitel.

Ein unvorhergesehenes Ereigniß vergrößerte um Vieles die Hochschätzung, welche Graf d'Erfeuil, fast ohne sich dessen

bewußt zu sein, für seinen Reisegefährten empfand. Lord
Nelvils Gesundheitszustand hatte ihn gezwungen, einige Tage
in Ancona zu rasten. Berge und Meer vereinigen sich, dieser
Stadt eine sehr schöne Lage zu bereiten; dazu geben ihr die vielen
Griechen, welche, nach orientalischer Sitte, arbeitend vor ihren
Buden sitzen, und die Verschiedenheit der morgenländischen
Trachten, denen man in den Straßen begegnet, ein eigenthümliches und fesselndes Gepräge. Alle Kunst der Civilisation strebt unaufhörlich darnach, die Menschen in Erscheinung und Wirklichkeit einander gleich zu machen; dagegen
Geist und malerischer Sinn sich in den Abweichungen gefallen,
welche die Nationen charakterisiren. Die Menschen gleichen
einander nur in der Liebe und in der Selbstsucht; alles Uebrige
ist eigenartig. Darum gewährt die Verschiedenheit der Volks-
trachten nicht blos den Augen ein angenehmes Vergnügen; es
scheint, als mache sie auch eine neue Weise des Empfindens
und Urtheilens nothwendig.

Der griechische, katholische und jüdische Kultus bestehen in
Ancona friedlich und gleichberechtigt nebeneinander. Die Ceremonien dieser verschiedenen Religionsbekenntnisse weichen zwar
ungemein von einander ab; doch ein gleiches Gefühl steigt aus
ihnen zum Himmel empor, — ein gleicher Schmerzensschrei, —
ein gleiches Schutzbedürfniß.

Die katholische Kirche liegt auf steiler Bergeshöhe und beherrscht von senkrechtem Felsen herab das Meer. Das Rauschen
der Wogen mischt sich oft mit dem Gesange der Priester. Das
Innere der Kirche ist mit einer Menge Zierrathen in ziemlich
schlechtem Geschmack überladen; doch wenn man unter ihrem
Portale steht, versucht man es wohl gern, den von hier aus sich
darbietenden Anblick dieses hehren Meeres mit der reinsten aller
seelischen Empfindungen, der Religion, in Verbindung zu bringen
— dieses Meeres, dem der Mensch seine Spuren nicht aufzu-
drücken vermag. Die Erde hat er umgewühlt, Berge geebnet
oder sie mit seinen Straßen durchschnitten, Flüsse in Kanäle
eingezwängt, die Meeresfluthen aber, sie bleiben unversehrt, und

wenn das Schiff auch für Augenblicke seine Furchen durch ihren Spiegel zog, es kommen die Wogen und löschen diese flüchtige Spur der Dienstbarkeit wieder aus, und das Meer scheint unberührt, wie es am Tage der Schöpfung war.

Lord Nelvil hatte beschlossen, seine Reise am folgenden Morgen fortzusetzen, als er in der Nacht von entsetzlichem Hülfegeschrei geweckt wurde. Er verließ schnell sein Zimmer, um die Ursache zu erfahren, und sah eine Feuersbrunst, die offenbar vom Hafen ausging, von Haus zu Haus weitergriff und schon den oberen Theil der Stadt arg bedrohte. Der Wind fachte das Feuer an, stürmte die Gewässer auf, und der Wiederschein der Flammen leuchtete aus den empörten Wogen herauf in rother, düsterer Gluth.

In Ermangelung des nöthigen Lösch-Apparates schleppten die Einwohner Ancona's das Wasser nur in Eimern herbei[1]. Durch das allgemeine Geschrei klirrten unheimlich die Ketten der Galeerensklaven, welche man zur Rettung der Stadt, die ihnen doch nur ein Gefängniß war, verwendete. Die verschiedenen, durch den Handel mit der Levante herbeigezogenen Fremden drückten ihren Schrecken meist nur durch betäubtes Staunen aus, und vollends verloren die ansäßigen Kaufleute beim Anblick ihrer brennenden Magazine alle Geistesgegenwart. Die Angst um bedrohtes Eigenthum verwirrt den Alltagsmenschen ebenso sehr, als die Todesfurcht; sie raubt ihm die nöthige Besonnenheit und verhindert jenes kühle entschlossene Sichdarüberstellen, das so oft den rettenden Gedanken eingiebt.

Das Schreien der Matrosen hat ohnehin immer etwas Schauerliches und jetzt, da es sich zu Angstrufen steigerte, erklang es klagend und fürchterlich. Aus den rothen und braunen Mantelkappen, wie sie die Seeleute des adriatischen Meeres tragen, starrten Gesichter hervor, auf denen sich die Furcht in tausend Abstufungen malte. Die Einwohner lagen verhüllten Hauptes auf der Straße, als ob ihnen nichts weiter zu thun bliebe, als ihren Untergang müßig abzuwarten. Andere warfen sich verzweifelnd in die Flammen. Abwechselnd sah man blinde

Wuth und blindes Resigniren, aber überall fehlte die kalte Ge=
laſſenheit, welche Mittel und Kräfte verdoppelt.

Oswald erinnerte ſich, daß zwei engliſche Fahrzeuge im
Hafen lagen, die meiſtens wohl eingerichtete Pumpen an Bord
zu haben pflegen; er eilte zum Kapitän, und mit dieſem in ein
Boot, um jene Spritzen zu holen. Die Leute, welche ihn abſtoßen
ſahen, riefen ihm nach: „O, Ihr thut recht, Ihr Fremden, unſere
unglückliche Stadt zu verlaſſen." „Wir kommen wieder", ent=
gegnete Oswald. Sie glaubten es nicht. Doch kehrte er zurück,
ſtellte eine der Spritzen vor dem erſten, am Hafen brennenden
Hauſe auf, und ließ durch die andere die ganze Straße be=
ſtreichen. Graf d'Erfeuil ſetzte ſein Leben mit ſorgloſem
Muth auf's Spiel, und auch die engliſchen Matroſen wie
die Bedienten Lord Nelvils kamen dieſem zu Hülfe; denn die
Bürger Ancona's blieben unbeweglich, verſtanden kaum, was
die Fremden beabſichtigten, und glaubten nicht an einen etwaigen
Erfolg ihrer Bemühungen.

Glocken läuteten von allen Seiten, Prieſter und Proceſſionen
flehten jammernd zum Himmel, vor den Heiligenbildern lagen
weinende Frauen, aber Niemand dachte an die natürliche Hülfe,
welche Gott dem Menſchen zu ſeiner Vertheidigung gegeben. Als
die Einwohner indeſſen die glücklichen Wirkungen von Oswalds
Thätigkeit bemerkten, als ſie ſahen, daß die Flammen nicht weiter
um ſich griffen, und ihre Häuſer verſchont bleiben würden, gingen
ſie vom Erſtaunen zur Begeiſterung über; ſie drängten ſich um
Lord Nelvil, küßten ungeſtüm ſeine Hände, und er war genöthigt,
ſie durch Zorn und Drohungen zurück zu weiſen, damit die
ſchnelle Folge ſeiner Anordnungen, und der zur Rettung der
Stadt nöthigen Maßregeln nicht unterbrochen werde. Alle Welt
ordnete ſich nun ſeinem Befehle unter, weil in den kleinſten wie
größten Verhältniſſen, wo es Gefahr giebt, der Muth kühn
ſeinen Platz einnimmt und behauptet: wenn die Leute Furcht
haben, hören ſie auf, eiferſüchtig zu ſein.

Oswald unterſchied indeß in dem allgemeinen Getöſe noch
ſchrecklicheres Hülfegeſchrei, das vom andern Ende der Stadt
herüberdrang. Er fragte, woher dieſe Rufe kämen, und man

antwortete ihm, sie gingen von dem Judenviertel aus. Die städtische Behörde ließ herkömmlich Abends die Barrièren dieses Viertels schließen, und als das Feuer nun nach dieser Seite hin um sich griff, konnten dessen jüdische Bewohner nicht entrinnen. Oswald schauderte bei dem Gedanken, und verlangte, daß man den Zugang zu diesen Straßen augenblicklich öffne. Als dies einige Frauen aus dem Volke hörten, warfen sie sich ihm zu Füßen, und beschworen ihn, es nicht geschehen zu lassen. „Sie sehen wohl", sagten sie, „o, Sie unser Schutzengel, daß wir nur der hier weilenden Juden wegen die Feuersbrunst erdulden müssen; sie bringen uns nichts als Unglück, und wenn sie heraus- gelassen werden, reicht alles Wasser des Meeres nicht hin, die Flammen zu löschen." Und sie flehten Oswald so beredt und dringend an, die Juden verbrennen zu lassen, als ob sie einen Akt der größten Barmherzigkeit begehrten. Böse waren diese Weiber nicht, nur abergläubisch, und von Schreck verwirrt; dennoch vermochte Oswald kaum seine Entrüstung zu be- meistern.

Er beauftragte einige englische Matrosen, die Barrièren, welche jene Unglücklichen einschlossen, mit Gewalt zu öffnen. Die aus ihrer Noth Befreiten breiteten sich nun augenblicklich über die ganze Stadt aus, stürzten sich um ihrer Habe willen auch wohl mitten in die Flammen, mit einer Gier des Besitzes, die etwas sehr Düsteres hat, wenn sie selbst die Scheu vor dem Tode bezwingt. Es scheint oft, als ob der Mensch in dem gegenwärtigen Zustande unserer Gesellschaft mit dem ein- fachen Geschenk des Lebens nichts mehr zu beginnen weiß.

Jetzt blieb nur noch ein, im höchsten Theile der Stadt ge- legenes Haus, welches die Flammen schon dergestalt ergriffen hatten, daß es unmöglich schien, sie zu löschen, noch unmög- licher, sie zu durchdringen. Da die Bürger Ancona's für dieses Haus durchaus keine Theilnahme gezeigt, hatten die englischen Matrosen, es für unbewohnt haltend, ihre Spritzen schon wieder nach dem Hafen hinuntergeschafft. Oswald selbst, betäubt durch das Hülfegeschrei der ihn zunächst Umdrängenden, war noch nicht auf dasselbe aufmerksam geworden. Das Feuer hatte sich

nach dieser Seite hin später, aber dann mit reißendem Fortschritt ausgebreitet. Lord Nelvil fragte jetzt ängstlich nach dem
Zweck dieses Gebäudes, und erfuhr, es sei das Irrenhaus.
Entsetzt rief er nach seinen Matrosen, doch sie waren nicht
mehr in der Nähe; auch Graf d'Erfeuil hatte ihn verlassen,
und umsonst wandte er sich an die Einwohner der Stadt; denn
sie waren sämmtlich mit der Rettung ihres Eigenthums beschäftigt und sie fanden es nebenher thöricht, sich für Menschen
preis zu geben, von denen nicht Einer anders als unheilbar
verrückt war. „Es ist für sie und ihre Angehörigen eine Wohlthat des Himmels", sagten sie, „wenn sie sterben, ohne daß es
Jemandes Schuld ist."

Von derartigen Reden begleitet, eilte Oswald dem Irren-
hause zu; die Menge tadelte ihn, und folgte ihm dennoch mit
einem Gefühl unfreiwilliger, unklarer Begeisterung. Dort angelangt, erblickte er an dem einzigen, von den Flammen noch
verschonten Fenster einige Wahnsinnige, die das Umsichgreifen
des Feuers mit jenem herzzerreißenden Lächeln verfolgten,
welches entweder die Unkenntniß aller Lebensnoth, oder so viel
tiefen Seelenschmerz voraussetzen läßt, daß keine Todesart
mehr schaudern machen kann. Oswald war unaussprechlich erschüttert; einst, auf der Höhe seiner Verzweiflung, hatte auch
er einen Augenblick gehabt, wo sein Verstand sich zu verwirren drohte, und seit jener Zeit flößte ihm der Anblick des
Wahnsinns immer das schmerzlichste Mitleid ein. Er ergriff
eine in der Nähe liegende Leiter, lehnte sie an, und stieg
kühn durch das brennende Fenster zu einem Zimmer hinauf,
welches die unglückseligen Bewohner des Hospitals eben Alle
vereinigte.

Denn ihre Narrheit war sanft genug, um ihnen im Innern
des Hauses das freie Umhergehen zu gestatten. Nur Einer lag
in demselben Zimmer, durch dessen Thür das Feuer jetzt herein-
brach, ohne jedoch den Fußboden schon erfaßt zu haben, in
eisernen Fesseln. Als Oswald inmitten dieser elenden, durch
Krankheit und Leiden herabgekommenen Geschöpfe erschien,
empfingen sie ihn mit Staunen, wie einen Zauberer, und ge-

horchten ihm anfangs ohne Widerstand. Er hieß Einen nach
dem Andern die Leiter, die jeden Moment von den Flammen
zerstört werden konnte, hinabsteigen. Der Erste dieser Be-
klagenswerthen folgte dem Befehle ohne Widerrede; Ton
und Miene Lord Nelvils beherrschten ihn gänzlich. Auch ein
Zweiter zeigte sich bereit; ein Anderer aber, die Gefahr nicht
ahnend, die er so für sich und seinen Erretter immer näher
herbeizog, weigerte sich. Das Volk sah das Entsetzliche von
Lord Nelvils Lage, und rief diesem flehend zu, herabzukommen
und die Wahnsinnigen ihrem Schicksale zu überlassen; aber
der großmüthige Retter hörte nicht darauf und wollte sein Werk
zu Ende bringen.

Von den sechs hier wohnenden Kranken waren fünf nun
schon gerettet; es blieb nur noch der Letzte, der in Ketten
lag. Oswald löste seine Fesseln, und wollte ihn in derselben
Weise, wie die Vorhergehenden, entrinnen lassen; doch dieser
arme, auch des letzten Verstandesfunkens beraubte junge Mensch
raste, als er sich nach zweijähriger Kettenhaft plötzlich in Freiheit sah, mit gräßlicher Freude im Zimmer umher. Seine
Freude verwandelte sich aber in Wuth, als Oswald ihn jetzt
hinausschaffen wollte. Da dieser nun die Flammen immer näher
dringen sah, und den Widerstrebenden nicht zur Selbstrettung
bewegen konnte, trug er ihn, der Anstrengung nicht achtend,
mit welcher Jener seinem Wohlthäter entgegenarbeitete, in
seinen Armen die Leiter hinab; unten angelangt, übergab er den
sich noch immer Sträubenden einigen Personen, die für ihn
Sorge zu tragen versprachen.

Oswald, durch die eben bestandene Gefahr heiß erregt,
mit gelösten Haaren, mit stolzem und gerührtem Blick, versetzte
die zu ihm aufschauende Menge in fanatische Bewunderung; besonders drückten sich die Frauen mit einem Reichthum der Sprache
aus, der in Italien eine fast allgemeine Gabe ist, und welcher
den Reden der Leute aus dem Volke dort oft so vielen Adel verleiht. Sie warfen sich ihm zu Füßen, und riefen: „Ihr seid
sicherlich St. Michael, der Patron unserer Stadt; entfaltet
Eure Flügel, aber verlaßt uns nicht! Geht nach oben, auf den

Thurm der Kathedrale, damit die ganze Stadt Euch sehe und Euch anbete." „Mein Kind ist krank", rief die Eine, „kommt und heilt es." „Sagt mir", fragte die Andere, „wo ist mein Gatte? Er verschwand vor mehreren Jahren." Oswald suchte eben auf irgend eine Weise zu entkommen, als Graf d'Erfeuil herzutrat: „Theurer Nelvil, man muß doch aber etwas mit seinen Freunden theilen; es ist nicht schön, alle Gefahr allein auf sich zu nehmen", sagte er mit einem Händedruck. „Helfen Sie mir hier fort", erwiderte Oswald leise. Ein Augenblick der Dunkelheit begünstigte ihre Flucht, und Beide eilten, um Postpferde zu bestellen.

Lord Nelvil empfand in dem Bewußtsein jener That einige Befriedigung; doch mit wem konnte er sie theilen, jetzt, wo sein theuerster Freund nicht mehr war? Wehe den Verwaisten! Glückliche Ereignisse ebenso sehr als Sorgen mahnen sie stets wieder an die Einsamkeit ihres Herzens. Wie soll man auch diese, mit uns geborene Liebe ersetzen, dieses Einverständniß, diese Blutsverwandtschaft, diese durch den Himmel selber zwischen einem Kinde und seinem Vater vorbereitete Freundschaft? Man kann noch lieben, aber seine ganze Seele hingeben, ist ein Glück, das man schwer wiederfinden wird.

Fünftes Kapitel.

Oswald eilte durch die Mark von Ancona und den Kirchenstaat nach Rom, ohne irgend etwas zu beachten, ohne sich für irgend etwas zu interessiren; seine schwermüthige Stimmung war davon die Ursache, und dann eine gewisse natürliche Schlaffheit, welcher ihn nur heftig erregte Leidenschaft zu entreißen vermochte. Der Geschmack für die schönen Künste war bei ihm noch unentwickelt; er hatte nur in Frankreich gelebt, dort ist die Gesellschaft Alles! und in London, wo wieder jedes andere Interesse von der Politik verschlungen wird. Noch versenkte sich seine bisher von so vielem Leid hingenommene Einbildungskraft nicht tief und ganz in die Wunder der Natur, in die Meisterwerke der Kunst.

Graf d'Erfeuil dagegen lief in jeder Stadt, mit einem Reise=
führer in der Hand, umher, und hatte davon das doppelte
Vergnügen, seine Zeit mit dem Durchstöbern von allerlei nutz=
losem Zeug hinzubringen, und dann zu versichern, daß er nichts
gesehen, was für den, der Frankreich kenne, noch der Rede
werth sei. Des Grafen Blasirtheit entmuthigte Oswald vollends;
außerdem hegte er gegen Italien und die Italiener manche Vor=
urtheile; das Geheimniß dieses Volkes und seines Landes hatte
sich ihm noch nicht offenbart, ein Geheimniß, das man eher
durch Divination zu verstehen suchen muß, als ihm mit dem
Geiste des analytischen Urtheils, der in England so besonders
vorherrschend ist, gegenübertreten zu wollen.

Die Italiener sind viel merkwürdiger durch das, was sie
waren und sein könnten, als durch das, was sie gegenwärtig
sind. Die Stadt Rom ist von einer Wüste umgeben, und dieser
von Ruhm erschöpfte Boden, der weiteres Hervorbringen zu
verschmähen scheint, ist für den, welcher ihn allein mit Nützlich=
keitsgedanken betrachtet, nichts als ein unfruchtbares, unbe=
bautes Stück Land. Oswald, von Kindheit auf an die Liebe
zum Geregelten, an den öffentlichen Wohlstand gewöhnt, em=
pfing zuerst, als er diese verlassenen Flächen in der Nähe Roms,
der einstigen Königin der Welt, übersah, einen sehr ungünstigen
Eindruck; streng tadelte er die Trägheit der Bewohner, und
ihrer Lenker. Lord Nelvil beurtheilte Italien als aufgeklärter
Staatsökonom, Graf d'Erfeuil als Weltmann: so empfand der
Eine aus Verständigkeit, der Andere aus Oberflächlichkeit nicht
die Wirkung, welche die Campagna Roms auf denjenigen macht,
der sich in so viel Erinnerungen und Verluste, in die Schönheiten
der Natur und das ruhmvolle Unglück lebhaft hineingedacht,
welche alle über dieses Land einen wunderbaren Zauber ver=
breiten.

Graf d'Erfeuil brach über die Umgebungen Roms in drol=
liges Wehklagen aus. „Was!" rief er, „keine Landhäuser,
keine Equipagen, nichts was die Nähe einer großen Stadt an=
kündigte! O, guter Gott! welche Oede!" Als sie sich den Thoren
näherten, wiesen die Postillone mit Entzücken darnach hin.

„Sehen Sie, sehen Sie! Und dort ist die Kuppel von St. Peter."
So zeigen die Neapolitaner ihren Vesuv, so die Küstenbewohner
das Meer. „Man glaubt den Invalidendom zu sehen!" rief
Graf d'Erfeuil. Dieser mehr patriotische, als richtige Vergleich
zerstörte den Eindruck, welchen Oswald von dem ersten Schauen
dieses erhabenen, durch Menschenkraft entstandenen Wunder-
werks hätte empfangen können. Nicht am sonnigen Tage oder
bei schöner Nacht kamen sie nach Rom, sondern Abends in
grauem Wetter, das alle Gegenstände umnebelt und entfärbt.
Sie fuhren über den Tiber, ohne es zu bemerken, und gelangten
durch die Porta del Popolo auf den Corso, welcher zwar die
größeste Straße des modernen Roms ist, aber auch jenem
Stadttheile angehört, der die wenigste Originalität, und die
meiste Aehnlichkeit mit andern großen Städten Europa's besitzt.

Das Volk lustwandelte in den Straßen; auf dem Platze,
welchen die Säule des Antonius schmückt, zogen Puppentheater
und Marktschreier zahlreiche Gruppen herbei. Oswalds ganze
Aufmerksamkeit wurde durch das Zunächstliegende gefesselt.
Der Name, der Begriff: „Rom" durchschauerte seine Seele
noch nicht; er fühlte nur die bange Vereinsamung, welche uns
das Herz zusammenschnürt, wenn wir eine fremde Stadt betreten, wenn wir die zahllosen Menschen sehen, denen unser
Dasein ganz unbekannt ist, und mit welchen uns kein gemeinsames Interesse verbindet. Solche, für Jeden schon traurige
Betrachtungen sind es für den Engländer noch viel mehr, dessen
Gewohnheit es besonders ist, in sich abgeschlossen zu leben, und
sich schwer den Sitten fremder Nationen anzubequemen. In
dem weiten Caravanserai Rom ist Jeder nur Gast, selbst die
Römer scheinen hier nicht wie Besitzende zu leben, sondern „wie
Pilger, die unter Ruinen rasten[9]." — Oswald wünschte sehn-
lichst mit sich allein zu sein, und ging nicht einmal aus, um die
Stadt in Augenschein zu nehmen. Er war weit entfernt zu
ahnen, wie bald dieses Land, das er mit so niedergeschlagenen
und traurigen Gefühlen betrat, ihm Quellen reichen Denkens
und neuer Freuden bieten werde.

Zweites Buch.

___

Corinna auf dem Kapitol.

Erstes Kapitel.

Oswald erwachte in Rom! Eine leuchtende Sonne, die Sonne Italiens, traf seine ersten Blicke, und es durchdrang ihn ein Gefühl der Dankbarkeit und Liebe gegen den Himmel, der ihn mit seinen goldenen Strahlen begrüßen zu wollen schien. Er hörte das Läuten zahlreicher Kirchenglocken; von Zeit zu Zeit gelöste Kanonenschüsse kündeten irgend eine große Feierlichkeit an; er fragte nach der Ursache derselben, und man erwiderte ihm, daß an diesem Morgen die berühmteste Frau Italiens auf dem Kapitol gekrönt werden solle; Corinna nämlich, eine Dichterin, Schriftstellerin, Improvisatorin, die zugleich eine der schönsten Frauen Roms sei. Er ließ sich noch Einiges über die bevorstehende, durch die Namen Petrarca's und Tasso's geheiligte Feierlichkeit mittheilen, und alle erhaltenen Antworten reizten lebhaft seine Neugierde.

Es gab sicherlich den Gewohnheiten und Ansichten eines Engländers nichts Entgegengesetzteres, als diese große, dem Leben einer Frau gegebene Oeffentlichkeit; allein der Enthusiasmus, welchen alle hohe Geistesbegabung den Italienern einflößt, gewinnt, augenblicklich wenigstens, auch die Fremden, und inmitten einer, im Ausdrucke ihrer Gefühle so lebhaften Nation vergißt man die Vorurtheile der Heimath. In Rom versteht der Mann aus dem Volke die Kunst; er spricht mit oft kennerischem Urtheil über Bildwerke, Gemälde, Monumente, Alterthümer, und bis zu einem gewissen Grade sind die schriftstellerischen Leistungen für ihn nationale Fragen.

Oswald ging aus, um sich nach dem Ort der Feierlichkeit

zu begeben; überall hörte er von Corinna, von ihrer Begabung, ihrem Genie sprechen. Man hatte die Straßen geschmückt, durch welche sie kommen sollte. Das, sich gemeinhin nur um die Vertreter des Reichthums und der Macht schaarende Volk schien wie im Aufruhr, und dies, um eine Frau zu sehen, deren Geist ihre glänzendste Auszeichnung war. In ihrem gegenwärtigen Zustande ist den Italienern kein anderer Ruhm, als ein aus der Pflege der Kunst erblühender, gestattet; und nach dieser Richtung hin fühlen sie das Geniale mit einem Verständniß heraus, das viel große Männer erstehen lassen müßte, wenn Beifall zu ihrer Hervorbringung genügend wäre; wenn es nicht eines tüchtigen Lebens, großer Gesichtspunkte, und einer unabhängigen Stellung bedürfte, um den Geist zu nähren und zu reifen.

Corinnens Ankunft erwartend, durchstreifte Oswald die Straßen Roms. Ueberall hörte er sie nennen, überall erzählte man sich neue, das Zusammentreffen der seltensten Talente beweisende Züge von ihr. Der Eine sagte, ihre Stimme sei die süßeste in ganz Italien; der Andere, Niemand herrsche in der Tragödie so groß als sie; ein Dritter erklärte, daß sie wie eine Nymphe tanze, und mit ebenso viel Styl als Erfindung zeichne: Alle versicherten, daß man nie schönere Verse geschrieben, noch improvisirt habe; als sie und daß sie in der gewöhnlichen Unterhaltung abwechselnd eine Anmuth und Beredtsamkeit entwickele, die dem Hörenden Entzücken gewährten. Man stritt sich, welche Stadt Italiens ihr Geburtsort sei, und die Römer behaupteten, man müsse in Rom geboren sein, um das Italienische mit solcher Reinheit zu sprechen. Der Name ihrer Familie war unbekannt. Ihr erstes Werk war vor fünf Jahren allein unter ihrem Vornamen erschienen. Niemand wußte, wo sie vor diesem Zeitpunkte gelebt hatte, noch was sie gewesen sei; sie zählte jetzt etwa sechsundzwanzig Jahr. Dies Geheimnißvolle, im Verein mit solcher Oeffentlichkeit, diese Frau, von der alle Welt sprach, und deren wahren Namen Niemand kannte, erschienen Lord Nelvil als eine der Seltsamkeiten des wunderbaren Landes, das er zu sehen gekommen. In England hätte er eine solche

3*

Frau verurtheilt; aber für Italien legte er keinen so strengen, gesellschaftlichen Maßstab an, und die Krönung Corinna's erfüllte ihn mit der Art von Theilnahme, wie sie ihm etwa ein Abenteuer des Ariost abgenöthigt haben würde.

Schöne und jubelnde Musik kündete das Nahen des Triumphzuges an. Welcher Art das Ereigniß auch sei, das man durch Musik einleite, wir sind durch sie stets in gehobene Stimmung versetzt. Eine große Zahl vornehmer Römer und einige Fremde umringten Corinna's Wagen. „Das ist ihr Gefolge von Anbetern", sagte ein Römer. „Ja", erwiderte ein Anderer, „Jedermann streut ihr Weihrauch; doch giebt sie Niemand einen entschiedenen Vorzug; sie ist reich und unabhängig; man glaubt sogar, und sicherlich sieht sie darnach aus, daß sie von vornehmer Geburt sei, die nicht bekannt werden soll." „Gleichviel", bemerkte ein Dritter, „sie ist eine in Wolken gehüllte Gottheit." Oswald sah erstaunt auf den Sprechenden, dessen Aeußeres den niedersten gesellschaftlichen Rang bezeichnete; aber im Süden bedient man sich des dichterischen Ausdrucks mit einer Natürlichkeit, als ob die Luft solche Sprache lehre, die Sonnenstrahlen sie eingäben.

Endlich bahnten sich die vier weißen Rosse, welche Corinna zogen, durch das Menschengedränge ihren Weg. Die Gefeierte saß auf einem antiken Triumphwagen, und junge, weißgekleidete Mädchen gingen ihr zur Seite. Wo sie vorüberzog, erfüllte man die Luft mit reichen Wohlgerüchen; dicht gedrängt stand es an den mit Blumen und scharlachnen Teppichen geschmückten Fenstern. Das Volk rief jauchzend: „Es lebe Corinna! Es lebe der Genius! Es lebe die Schönheit." Ueberall freudige, allgemeine Erregung — nur Lord Nelvil theilte sie noch nicht; und obwohl er sich schon mahnend gesagt, daß man, um Alles dieses richtig zu beurtheilen, englische Verschlossenheit und französischen Spott bei Seite lassen müsse, konnte er sich doch zu keiner Festesstimmung erheben, bis er endlich Corinna selbst erblickte.

Sie war wie die Sibylle des Domenichino gekleidet: ein indisches Gewebe wand sich um das Haupt und verlor sich halb in dem reichen, schwarzen Haar. Das Kleid war weiß; ein blaues Obergewand floß in reichem Faltenwurf darüber hin, und das Ganze, wiewohl malerisch, wich doch nicht so von der gegebenen Sitte ab, daß es zu viel Gesuchtheit verrathen hätte. Ihre Haltung war edel und bescheiden; man sah es wohl: sie freute sich der allgemeinen Bewunderung, doch sichtbare Schüchternheit verschleierte diese Freude und schien für so viel Ueberlegenheit Verzeihung zu erflehn. Der Ausdruck ihrer Miene, ihrer Augen, ihres Lächelns nahm für sie ein, und ehe noch ein tieferes Gefühl ihn beherrschte, war Lord Nelvil ihr Freund. Ihre Arme waren von leuchtender Schönheit; der Wuchs, groß und etwas kräftig, wie das griechische Ideal, war, gleich diesem, ein hehres Bild der Jugend und des Glückes; ihr Auge blickte voll Begeisterung. In der Art, wie sie grüßte und für die erhaltenen Beifallsbezeigungen dankte, lag eine Ungezwungenheit, welche den Glanz des außerordentlichen Momentes, den sie eben durchlebte, nur noch erhöhte. Sie erinnerte an die Priesterin, die zum Sonnentempel des Apollo emporsteigt, und glich doch auch wieder einer, in gewöhnlichen Lebensverhältnissen gewiß höchst einfachen Frau; kurz, ihre ganze Weise hatte einen Zauber, der Theilnahme und Neugier, Erstaunen und Zuneigung erweckte.

Die Bewunderung des Volkes wuchs, je mehr sie sich dem Kapitol näherte, dieser an großen Erinnerungen so reichen Stätte. Der schöne Himmel, die begeisterten Römer und vor Allem Corinna selbst erwärmten jetzt Oswalds Einbildungskraft; oft wohl hatte er daheim das Volk seine Staatsmänner im Triumphe einhertragen sehen, aber zum ersten Male war er Zeuge, daß man einer Frau so hohe Ehre erwies. Hier huldigte man nur dem Genius, hier war ein Triumphwagen, den nicht Thränen bezahlten, nicht Menschenglück erkauft hatte; und keine Rücksicht, kein Bedenken schränkte hier die Anerkennung der schönsten Naturgaben ein: der Phantasie, der Empfindung und des Gedankens.

Oswald war in Betrachtung versunken, neue Gedanken erfüllten seinen Geist, und dem durch die Geschichte geheiligten, klassischen Boden mit seinen großen Monumenten vermochte er noch keine Aufmerksamkeit zu schenken. Am Fuße der zum Kapitol hinauf führenden Treppe hielt der Wagen, und jetzt eilten Corinnens Freunde herbei, ihr den Arm zu bieten. Sie wählte den des Fürsten Castel-Forte, eines durch seinen Geist und Charakter allgemein verehrten römischen Standesherrn. Jedermann billigte Corinna's Wahl; sie stieg die Stufen zum Kapitol hinauf, deren ernste Großartigkeit auch den leichten Schritt einer Frau wohlwollend aufzunehmen schien. Die jubelnde Musik fiel im Augenblick von Corinnens Ankunft mit neuem Schwunge ein, Kanonen donnerten, und die triumphirende Sibylle trat in den zu ihrem Empfange bereiteten Palast.

Ein mächtiger Saal nahm sie auf, in dessen Tiefe die Senatoren und unter ihnen der, welcher sie krönen sollte, schon Platz genommen hatten; auf der einen Seite saßen alle Cardinäle und des Landes vornehmste Frauen, auf der anderen die Gelehrten der römischen Akademie. Das entgegengesetzte Ende des Saales war von einem Theil der ungeheuren Volksmenge eingenommen. Der für Corinna bestimmte Sessel stand auf einer Erhöhung, die indeß weniger hoch als der Sitz des Senators war. In Gegenwart dieser erhabenen Versammlung hatte Corinna, dem Gebrauche gemäß, auf der ersten, zu ihrem Sessel führenden Stufe das Knie zu beugen. Sie that es mit edler Bescheidenheit, mit anstandsvoller Würde. Lord Nelvils Augen füllten sich mit Thränen. Gerührt sah er, wie Corinnens Blicke, inmitten all dieses Glanzes, all dieses Erfolges, den Schutz eines Freundes zu suchen schienen, den Schutz, dessen keine Frau entbehren kann, wie überlegen sie auch sei! Und er dachte bei sich selbst, wie süß es sein müsse, einer Frau als Stütze zu dienen, deren überreiches Empfindungsleben allein sie solchen Anhaltes bedürftig machte.

Als Corinna ihren Platz eingenommen, trugen römische Dichter verschiedene, zu ihrem Preise verfaßte Sonette und Oden vor. Alle erhoben sie zum Himmel, ohne eine genauere Charakteristik zu liefern. Es waren hübschklingende Anhäufungen von Bildern und mythologischen Anspielungen, welche man von Sappho bis auf unsere Tage, von Jahrhundert zu

Jahrhundert, an jede Frau von dichterischer Begabung hätte richten können.

Schon begann Lord Nelvil von dieser Art des Lobes zu leiden; schon meinte er, allein im Anschauen Corinnens, und ohne Suchen, ein treffenderes Bild von ihr entwerfen zu können; ein wahreres, eigenthümlicheres, ein Bild endlich, das nur Corinna sein konnte.

Zweites Kapitel.

Fürst Castel-Forte nahm nun das Wort, und seine Art, Corinna zu preisen, fesselte die Aufmerksamkeit der ganzen Versammlung. Er war ein Mann von fünfzig Jahren, der in Rede und Haltung viel Würde zeigte. Sein Alter und die Versicherung, die man Lord Nelvil gegeben, daß er nur der Freund Corinnens sei, machten es diesem möglich, seiner Charakteristik mit ungemischter Theilnahme zu folgen. Oswald wäre ohne jene Sicherheitsgründe schon eines unklaren Gefühls von Eifersucht fähig gewesen.

Der Fürst las einige Seiten in Prosa, die ohne Uebertreibung, in eigenthümlich treffender Weise Corinnens Bedeutung auseinandersetzten. Er betonte das besondere Verdienst ihrer Werke, und zeigte, wie dieses zum Theil auf ihrem gründlichen Studium der ausländischen Literatur beruhe, und wie sie in höchster Vollendung das Bilderreiche, das Phantastische, das Glanzvolle des südlichen Lebens mit jener innerlichen Tiefe, jener Kenntniß des Menschenherzens zu verbinden wisse, die solchen Ländern zum Antheil wurden, deren nüchterne Außendinge den Sinn nicht erfüllen können.

Er rühmte Corinnens Anmuth und Heiterkeit; eine Heiterkeit, die nichts vom Spott entlehne, und allein aus der Lebhaftigkeit ihres Geistes, aus der blühenden Frische ihrer Phantasie entspringe. Auch von dem Reichthum ihrer Empfindung versuchte er zu sprechen, aber man konnte leicht errathen, daß hier ein persönliches Leid sich seinen Worten beimische. Er beklagte, wie schwer eine ausgezeichnete Frau dem Manne begegne, von welchem sie sich ein ideales Bild gemacht, ein Bild, das mit all jenen Gaben geschmückt sei, die sie durch Herz und Geist beanspruchen dürfe. Dann verweilte er lange dabei, das Gefühl und die Leidenschaft in ihren Poesien zu schildern, und die Kunst anzudeuten, mit der sie die tiefen Beziehungen zwischen den Schönheiten der Natur und dem innersten Seelenleben zu erfassen vermöge. Er hob die Eigenartigkeit ihres Ausdruckes hervor, dieser anziehenden Sprechweise, die ganz nur aus ihrem Denken und Fühlen emporsteige, ohne daß je ein Schatten von Gesuchtheit ihren natürlichen, unfreiwilligen Zauber entstelle.

Von ihrer Beredsamkeit sprach er, als von einer siegenden Macht, die Solche am meisten hinreißen müsse, welche selbst reich an Geist und wahrem Gefühl seien. „Corinna", sagte er, „ist ohne Zweifel die berühmteste Frau unseres Vaterlandes, und doch können ihre Freunde allein sie richtig würdigen: denn die echten Eigenschaften der Seele wollen immer errathen sein, und wenn nicht eine verwandte Geistesrichtung sie verstehen hilft, kann äußerer Glanz das Erkennen derselben ebenso hindern, als stille Verborgenheit. Er verbreitete sich über ihr Talent zu improvisiren, welches durchaus nicht dem gleiche, was man in Italien hergebrachtermaßen mit dem Worte bezeichne. „Man darf dieses Talent", fuhr er fort, „nicht ihrem fruchtbaren Geiste allein zuschreiben, sondern auch dem tiefen, erschütternden Wiederhall, den alles Große und Edle in ihrer Seele erweckt; sie äußert kein dahin anklingendes Wort, ohne daß der Gedanken und Gefühle unerschöpfliche Quelle, die Begeisterung, sie ergreife, fortreiße. Auch auf den Reiz ihres immer edlen, immer harmonischen Styles wies Fürst Castel-Forte hin. „Corinnens Dichtungen sind wie eine geistige Melodie, welche allein den Zauber der flüchtigsten zartesten Eindrücke festzuhalten weiß."

Er sprach von ihrer Unterhaltung und man fühlte es, er hatte deren Wonne gekostet. „Wahrheit und Begeisterung", sagte er, „Milde und Kraft, das kühle Urtheil und die Exaltation — sie vereinen sich in einem Wesen, um uns alle Freuden

des Geistes in lebendigem Wechsel zu gewähren. Man kann
Petrarca's reizenden Vers auf sie anwenden:

Il parlar che nell' anima si sente *),

und ich glaube sie besitzt etwas von jener gerühmten Anmuth,
von jenem orientalischen Zauber, welchen die Alten der Cleopatra zuschrieben.

„Mit ihr durcheilte Gegenden, mit ihr gehörte Musik,
Gemälde, die sie mich bewundern ließ, Bücher, die sie mich
verstehen lehrte — sie sind die Welt, die Heimath meiner Gedanken. Ich finde in ihnen allen den Wiederschein ihres
Geistes, einen Funken ihres Lebens, und wenn ich von ihr getrennt existiren müßte, würde ich mich mit diesen Erinnerungen
umgeben, da ich gewiß bin, daß ich die Feuerspur ihres Wesens,
die sie ihnen aufgedrückt, nirgend mehr wiederfinde. Ja", fuhr
er fort, „suchet Corinna, lernt sie kennen, wenn Ihr das Leben
mit ihr leben dürft, wenn dies vervielfältigte Dasein, das sie
bereitet, Euch lange gesichert ist; aber meidet sie, wenn Ihr
verurtheilt seid, sie zu verlassen. Ihr würdet vergebens bis an
Euer Ende nach dieser schöpferischen Seele suchen, die Eure Gefühle und Gedanken theilte und bereicherte; Ihr fändet sie nie!"

Oswald erbebte bei diesen Worten; seine Augen hefteten
sich auf Corinna, die mit einer Bewegung zuhörte, welche
aus edlerer Empfindung als befriedigter Eigenliebe entsprang.
Fürst Castel-Forte nahm seine, durch eine augenblickliche
Rührung unterbrochene Rede wieder auf. Er sprach von Corinnens Begabung für die Malerei, für Musik, Deklamation
und den Tanz, zeigte, wie sie in allen diesen Zweigen der Kunst
immer Corinna sei, die sich weder an diese Manier, noch an
jenes Gesetz binde, sondern in mannigfaltigen Formen dieselbe
Macht ihrer Phantasie, in den verschiedenen Gestalten der
schönen Kunst ihren immer gleichen Zauber ausübe.

„Ich schmeichle mir nicht", schloß Fürst Castel-Forte,
„daß es mir gelungen, eine Persönlichkeit zu zeichnen, von der
man unmöglich eine Vorstellung haben kann, wenn man sie

---

*) Die Sprache, die bis in die Seele bringt.

zu begeben; überall hörte er von Corinna, von ihrer Begabung, ihrem Genie sprechen. Man hatte die Straßen geschmückt, durch welche sie kommen sollte. Das, sich gemeinhin nur um die Vertreter des Reichthums und der Macht schaarende Volk schien wie im Aufruhr, und dies, um eine Frau zu sehen, deren Geist ihre glänzendste Auszeichnung war. In ihrem gegenwärtigen Zustande ist den Italienern kein anderer Ruhm, als ein aus der Pflege der Kunst erblühender, gestattet; und nach dieser Richtung hin fühlen sie das Geniale mit einem Verständniß heraus, das viel große Männer erstehen lassen müßte, wenn Beifall zu ihrer Hervorbringung genügend wäre; wenn es nicht eines tüchtigen Lebens, großer Gesichtspunkte, und einer unabhängigen Stellung bedürfte, um den Geist zu nähren und zu reifen.

Corinnens Ankunft erwartend, durchstreifte Oswald die Straßen Roms. Ueberall hörte er sie nennen, überall erzählte man sich neue, das Zusammentreffen der seltensten Talente beweisende Züge von ihr. Der Eine sagte, ihre Stimme sei die süßeste in ganz Italien; der Andere, Niemand herrsche in der Tragödie so groß als sie; ein Dritter erklärte, daß sie wie eine Nymphe tanze, und mit ebenso viel Styl als Erfindung zeichne: Alle versicherten, daß man nie schönere Verse geschrieben, noch improvisirt habe; als sie und daß sie in der gewöhnlichen Unterhaltung abwechselnd eine Anmuth und Beredtsamkeit entwickele, die dem Hörenden Entzücken gewährten. Man stritt sich, welche Stadt Italiens ihr Geburtsort sei, und die Römer behaupteten, man müsse in Rom geboren sein, um das Italienische mit solcher Reinheit zu sprechen. Der Name ihrer Familie war unbekannt. Ihr erstes Werk war vor fünf Jahren allein unter ihrem Vornamen erschienen. Niemand wußte, wo sie vor diesem Zeitpunkte gelebt hatte, noch was sie gewesen sei; sie zählte jetzt etwa sechsundzwanzig Jahr. Dies Geheimnißvolle, im Verein mit solcher Oeffentlichkeit, diese Frau, von der alle Welt sprach, und deren wahren Namen Niemand kannte, erschienen Lord Nelvil als eine der Seltsamkeiten des wunderbaren Landes, das er zu sehen gekommen. In England hätte er eine solche

3*

Frau verurtheilt; aber für Italien legte er keinen so strengen, gesellschaftlichen Maßstab an, und die Krönung Corinna's erfüllte ihn mit der Art von Theilnahme, wie sie ihm etwa ein Abenteuer des Ariost abgenöthigt haben würde.

Schöne und jubelnde Musik kündete das Nahen des Triumphzuges an. Welcher Art das Ereigniß auch sei, das man durch Musik einleite, wir sind durch sie stets in gehobene Stimmung versetzt. Eine große Zahl vornehmer Römer und einige Fremde umringten Corinna's Wagen. „Das ist ihr Gefolge von Anbetern", sagte ein Römer. „Ja", erwiderte ein Anderer, „Jedermann streut ihr Weihrauch; doch giebt sie Niemand einen entschiedenen Vorzug; sie ist reich und unabhängig; man glaubt sogar, und sicherlich sieht sie darnach aus, daß sie von vornehmer Geburt sei, die nicht bekannt werden soll." „Gleichviel", bemerkte ein Dritter, „sie ist eine in Wolken gehüllte Gottheit." Oswald sah erstaunt auf den Sprechenden, dessen Aeußeres den niedersten gesellschaftlichen Rang bezeichnete; aber im Süden bedient man sich des dichterischen Ausdrucks mit einer Natürlichkeit, als ob die Luft solche Sprache lehre, die Sonnenstrahlen sie eingäben.

Endlich bahnten sich die vier weißen Rosse, welche Corinna zogen, durch das Menschengedränge ihren Weg. Die Gefeierte saß auf einem antiken Triumphwagen, und junge, weißgekleidete Mädchen gingen ihr zur Seite. Wo sie vorüberzog, erfüllte man die Luft mit reichen Wohlgerüchen; dicht gedrängt stand es an den mit Blumen und scharlachnen Teppichen geschmückten Fenstern. Das Volk rief jauchzend: „Es lebe Corinna! Es lebe der Genius! Es lebe die Schönheit." Ueberall freudige, allgemeine Erregung — nur Lord Nelvil theilte sie noch nicht: und obwohl er sich schon mahnend gesagt, daß man, um Alles dieses richtig zu beurtheilen, englische Verschlossenheit und französischen Spott bei Seite lassen müsse, konnte er sich doch zu keiner Festesstimmung erheben, bis er endlich Corinna selbst erblickte.

Sie war wie die Sibylle des Domenichino gekleidet: ein indisches Gewebe wand sich um das Haupt und verlor sich halb in

dem reichen, schwarzen Haar. Das Kleid war weiß; ein blaues
Obergewand floß in reichem Faltenwurf darüber hin, und das
Ganze, wiewohl malerisch, wich doch nicht so von der gegebenen
Sitte ab, daß es zu viel Gesuchtheit verrathen hätte. Ihre
Haltung war edel und bescheiden; man sah es wohl: sie freute
sich der allgemeinen Bewunderung, doch sichtbare Schüchternheit
verschleierte diese Freude und schien für so viel Ueberlegenheit Verzeihung zu erflehn. Der Ausdruck ihrer Miene, ihrer Augen, ihres
Lächelns nahm für sie ein, und ehe noch ein tieferes Gefühl ihn
beherrschte, war Lord Nelvil ihr Freund. Ihre Arme waren
von leuchtender Schönheit; der Wuchs, groß und etwas kräftig,
wie das griechische Ideal, war, gleich diesem, ein hehres Bild
der Jugend und des Glückes; ihr Auge blickte voll Begeisterung.
In der Art, wie sie grüßte und für die erhaltenen Beifallsbezeigungen dankte, lag eine Ungezwungenheit, welche den Glanz
des außerordentlichen Momentes, den sie eben durchlebte, nur
noch erhöhte. Sie erinnerte an die Priesterin, die zum Sonnentempel des Apollo emporsteigt, und glich doch auch wieder
einer, in gewöhnlichen Lebensverhältnissen gewiß höchst einfachen Frau; kurz, ihre ganze Weise hatte einen Zauber, der
Theilnahme und Neugier, Erstaunen und Zuneigung erweckte.

Die Bewunderung des Volkes wuchs, je mehr sie sich dem
Kapitol näherte, dieser an großen Erinnerungen so reichen
Stätte. Der schöne Himmel, die begeisterten Römer und vor
Allem Corinna selbst erwärmten jetzt Oswalds Einbildungs-
kraft; oft wohl hatte er daheim das Volk seine Staatsmänner
im Triumphe einhertragen sehen, aber zum ersten Male war er
Zeuge, daß man einer Frau so hohe Ehre erwies. Hier huldigte
man nur dem Genius, hier war ein Triumphwagen, den nicht
Thränen bezahlten, nicht Menschenglück erkauft hatte; und keine
Rücksicht, kein Bedenken schränkte hier die Anerkennung der
schönsten Naturgaben ein: der Phantasie, der Empfindung und
des Gedankens.

Oswald war in Betrachtung versunken, neue Gedanken
erfüllten seinen Geist, und dem durch die Geschichte geheiligten,
klassischen Boden mit seinen großen Monumenten vermochte er

noch keine Aufmerksamkeit zu schenken. Am Fuße der zum Kapitol hinauf führenden Treppe hielt der Wagen, und jetzt eilten Corinnens Freunde herbei, ihr den Arm zu bieten. Sie wählte den des Fürsten Castel-Forte, eines durch seinen Geist und Charakter allgemein verehrten römischen Standesherrn. Jedermann billigte Corinna's Wahl; sie stieg die Stufen zum Kapitol hinauf, deren ernste Großartigkeit auch den leichten Schritt einer Frau wohlwollend aufzunehmen schien. Die jubelnde Musik fiel im Augenblick von Corinnens Ankunft mit neuem Schwunge ein, Kanonen donnerten, und die triumphirende Sibylle trat in den zu ihrem Empfange bereiteten Palast.

Ein mächtiger Saal nahm sie auf, in dessen Tiefe die Senatoren und unter ihnen der, welcher sie krönen sollte, schon Platz genommen hatten; auf der einen Seite saßen alle Cardinäle und des Landes vornehmste Frauen, auf der anderen die Gelehrten der römischen Akademie. Das entgegengesetzte Ende des Saales war von einem Theil der ungeheuren Volksmenge eingenommen. Der für Corinna bestimmte Sessel stand auf einer Erhöhung, die indeß weniger hoch als der Sitz des Senators war. In Gegenwart dieser erhabenen Versammlung hatte Corinna, dem Gebrauche gemäß, auf der ersten, zu ihrem Sessel führenden Stufe das Knie zu beugen. Sie that es mit edler Bescheidenheit, mit anstandsvoller Würde. Lord Nelvils Augen füllten sich mit Thränen. Gerührt sah er, wie Corinnens Blicke, inmitten all dieses Glanzes, all dieses Erfolges, den Schutz eines Freundes zu suchen schienen, den Schutz, dessen keine Frau entbehren kann, wie überlegen sie auch sei! Und er dachte bei sich selbst, wie süß es sein müsse, einer Frau als Stütze zu dienen, deren überreiches Empfindungsleben allein sie solchen Anhaltes bedürftig machte.

Als Corinna ihren Platz eingenommen, trugen römische Dichter verschiedene, zu ihrem Preise verfaßte Sonette und Oden vor. Alle erhoben sie zum Himmel, ohne eine genauere Charakteristik zu liefern. Es waren hübschklingende Anhäufungen von Bildern und mythologischen Anspielungen, welche man von Sappho bis auf unsere Tage, von Jahrhundert zu

Jahrhundert, an jede Frau von dichterischer Begabung hätte richten können.

Schon begann Lord Nelvil von dieser Art des Lobes zu leiden; schon meinte er, allein im Anschauen Corinnens, und ohne Suchen, ein treffenderes Bild von ihr entwerfen zu können; ein wahreres, eigenthümlicheres, ein Bild endlich, das nur Corinna sein konnte.

Zweites Kapitel.

Fürst Castel=Forte nahm nun das Wort, und seine Art, Corinna zu preisen, fesselte die Aufmerksamkeit der ganzen Versammlung. Er war ein Mann von fünfzig Jahren, der in Rede und Haltung viel Würde zeigte. Sein Alter und die Versicherung, die man Lord Nelvil gegeben, daß er nur der Freund Corinnens sei, machten es diesem möglich, seiner Charakteristik mit ungemischter Theilnahme zu folgen. Oswald wäre ohne jene Sicherheitsgründe schon eines unklaren Gefühls von Eifersucht fähig gewesen.

Der Fürst las einige Seiten in Prosa, die ohne Uebertreibung, in eigenthümlich treffender Weise Corinnens Bedeutung auseinandersetzten. Er betonte das besondere Verdienst ihrer Werke, und zeigte, wie dieses zum Theil auf ihrem gründlichen Studium der ausländischen Literatur beruhe, und wie sie in höchster Vollendung das Bilderreiche, das Phantastische, das Glanzvolle des südlichen Lebens mit jener innerlichen Tiefe, jener Kenntniß des Menschenherzens zu verbinden wisse, die solchen Ländern zum Antheil wurden, deren nüchterne Außendinge den Sinn nicht erfüllen können.

Er rühmte Corinnens Anmuth und Heiterkeit; eine Heiterkeit, die nichts vom Spott entlehne, und allein aus der Lebhaftigkeit ihres Geistes, aus der blühenden Frische ihrer Phantasie entspringe. Auch von dem Reichthum ihrer Empfindung versuchte er zu sprechen, aber man konnte leicht errathen, daß hier ein persönliches Leid sich seinen Worten beimische. Er beklagte, wie schwer eine ausgezeichnete Frau dem Manne begegne,

von welchem sie sich ein ideales Bild gemacht, ein Bild, das mit
all jenen Gaben geschmückt sei, die sie durch Herz und Geist beanspruchen dürfe. Dann verweilte er lange dabei, das Gefühl
und die Leidenschaft in ihren Poesien zu schildern, und die
Kunst anzudeuten, mit der sie die tiefen Beziehungen zwischen
den Schönheiten der Natur und dem innersten Seelenleben zu
erfassen vermöge. Er hob die Eigenartigkeit ihres Ausdruckes
hervor, dieser anziehenden Sprechweise, die ganz nur aus
ihrem Denken und Fühlen emporsteige, ohne daß je ein Schatten von Gesuchtheit ihren natürlichen, unfreiwilligen Zauber
entstelle.

Von ihrer Beredsamkeit sprach er, als von einer siegenden
Macht, die Solche am meisten hinreißen müsse, welche selbst
reich an Geist und wahrem Gefühl seien. „Corinna“, sagte
er, „ist ohne Zweifel die berühmteste Frau unseres Vaterlandes, und doch können ihre Freunde allein sie richtig würdigen:
denn die echten Eigenschaften der Seele wollen immer errathen
sein, und wenn nicht eine verwandte Geistesrichtung sie verstehen
hilft, kann äußerer Glanz das Erkennen derselben ebenso hindern, als stille Verborgenheit. Er verbreitete sich über ihr
Talent zu improvisiren, welches durchaus nicht dem gleiche, was
man in Italien hergebrachtermaßen mit dem Worte bezeichne.
„Man darf dieses Talent“, fuhr er fort, „nicht ihrem fruchtbaren Geiste allein zuschreiben, sondern auch dem tiefen, erschütternden Wiederhall, den alles Große und Edle in ihrer
Seele erweckt; sie äußert kein dahin anklingendes Wort, ohne
daß der Gedanken und Gefühle unerschöpfliche Quelle, die Begeisterung, sie ergreife, fortreiße. Auch auf den Reiz ihres
immer edlen, immer harmonischen Styles wies Fürst Castel-
Forte hin. „Corinnens Dichtungen sind wie eine geistige Melodie, welche allein den Zauber der flüchtigsten zartesten Eindrücke festzuhalten weiß.“

Er sprach von ihrer Unterhaltung und man fühlte es, er
hatte deren Wonne gekostet. „Wahrheit und Begeisterung“,
sagte er, „Milde und Kraft, das kühle Urtheil und die Exaltation — sie vereinen sich in einem Wesen, um uns alle Freuden

des Geistes in lebendigem Wechsel zu gewähren. Man kann Petrarca's reizenden Vers auf sie anwenden:

Il parlar che nell' anima si sente *),

und ich glaube sie besitzt etwas von jener gerühmten Anmuth, von jenem orientalischen Zauber, welchen die Alten der Cleopatra zuschrieben.

„Mit ihr durcheilte Gegenden, mit ihr gehörte Musik, Gemälde, die sie mich bewundern ließ, Bücher, die sie mich verstehen lehrte — sie sind die Welt, die Heimath meiner Gedanken. Ich finde in ihnen allen den Wiederschein ihres Geistes, einen Funken ihres Lebens, und wenn ich von ihr getrennt existiren müßte, würde ich mich mit diesen Erinnerungen umgeben, da ich gewiß bin, daß ich die Feuerspur ihres Wesens, die sie ihnen aufgedrückt, nirgend mehr wiederfinde. Ja", fuhr er fort, „suchet Corinna, lernt sie kennen, wenn Ihr das Leben mit ihr leben dürft, wenn dies vervielfältigte Dasein, das sie bereitet, Euch lange gesichert ist; aber meidet sie, wenn Ihr verurtheilt seid, sie zu verlassen. Ihr würdet vergebens bis an Euer Ende nach dieser schöpferischen Seele suchen, die Eure Gefühle und Gedanken theilte und bereicherte; Ihr fändet sie nie!"

Oswald erbebte bei diesen Worten; seine Augen hefteten sich auf Corinna, die mit einer Bewegung zuhörte, welche aus edlerer Empfindung als befriedigter Eigenliebe entsprang. Fürst Castel-Forte nahm seine, durch eine augenblickliche Rührung unterbrochene Rede wieder auf. Er sprach von Corinnens Begabung für die Malerei, für Musik, Deklamation und den Tanz, zeigte, wie sie in allen diesen Zweigen der Kunst immer Corinna sei, die sich weder an diese Manier, noch an jenes Gesetz binde, sondern in mannigfaltigen Formen dieselbe Macht ihrer Phantasie, in den verschiedenen Gestalten der schönen Kunst ihren immer gleichen Zauber ausübe.

„Ich schmeichle mir nicht", schloß Fürst Castel-Forte, „daß es mir gelungen, eine Persönlichkeit zu zeichnen, von der man unmöglich eine Vorstellung haben kann, wenn man sie

*) Die Sprache, die bis in die Seele dringt.

nicht hörte; aber ihre Gegenwart ist für uns Römer, gleich einer der Wohlthaten unseres glänzenden Himmels, unserer freigebigen Natur. Corinna ist das Band ihrer Freunde untereinander, sie ist die Triebkraft, die Seele unseres Lebens; wir rechnen auf ihre Güte, wir sind stolz auf ihren Genius, und sagen zu den Fremden: Schauet auf sie! sie ist das Bild unseres schönen Italiens; sie ist das, was wir sein würden ohne die Unwissenheit, den Neid, die Uneinigkeit und Schlaffheit, zu welchen unser Schicksal uns verurtheilt hat. Wir betrachten sie gern, als ein wunderbares Kind unseres Klima's, unserer Künste, als einen Nachkommen der Vergangenheit, als eine Weissagung der Zukunft. Und wenn die Fremden dieses Land schmähen, von dem das Licht ausging, das ganz Europa erleuchtete; wenn sie ohne Erbarmen für unsere Irrthümer sind, die aus unserem Unglück entsprangen, rufen wir ihnen zu: Schauet auf Corinna!

„Ja, wir würden ihrem Banner folgen, wir würden Männer sein, wie sie ein Weib ist, wenn Männer, wie die Frauen es vermöchten, sich in ihrem eigenen Herzen eine Welt zu schaffen, und wenn unser Genius, der nothwendig von den großen Gesellschaftsfragen und äußeren Verhältnissen abhängig ist, sich einzig und allein an der Flamme der Dichtkunst entzünden könnte.''

Als Fürst Castel-Forte zu sprechen aufhörte, brach ein allgemeiner Beifallssturm los; und obwohl das Ende seiner Rede einen verdeckten Tadel der gegenwärtigen Zustände Italiens enthielt, stimmten ihm doch alle Großen des Landes bei; denn sicherlich findet man hier eine Art freier Gesinnung, die zwar zum Umstoßen öffentlicher Einrichtungen nicht ausreicht, die aber überlegenen Geistern ein ruhiges Auflehnen gegen herrschende Vorurtheile gern verzeiht.

Des Fürsten Ansehen in Rom war sehr groß. Er sprach mit seltener Weisheit, und das ist in einem Lande, wo man im Ganzen mehr Geist in sein Thun als in sein Reden legt, eine ungewöhnliche Eigenschaft. In Geschäften besaß er nicht jene, die Italiener so oft auszeichnende Geschicklichkeit; aber er dachte scharf und scheute nicht die Mühe geistigen Forschens. Die glücklichen Bewohner des Südens meiden diese Anstrengung gern und schmeicheln sich, Alles durch Eingebung enträthseln zu können, wie ihre großmüthige Erde ihnen ohne Kultur, allein durch die Gunst des Himmels den reichsten Fruchtsegen spendet.

Drittes Kapitel.

Als Fürst Castel-Forte zu reden aufgehört, erhob sich Corinna und dankte mit edlem Anstande, in ihrer Verneigung lag ebenso viel holde Bescheidenheit als Freude, die natürliche Freude, nach ihrem Sinne gelobt zu sein. Es war Brauch, daß der Dichter, den man auf dem Kapitol krönte, eigene und selbst improvisirte Poesien vortrug, ehe man seine Stirn mit dem Lorbeer kränzte. Corinna ließ sich ihre Laute reichen, ein Instrument ihrer eigenen Erfindung, das zwar viel Aehnlichkeit mit der Harfe hatte, aber in der Form mehr antik, im Tone einfacher, als diese, war. Während des Stimmens erfaßte sie beklemmende Schüchternheit, und zitternd bat sie um ein Thema. „Italiens Preis und Ruhm!" rief man ihr einstimmig zu. „Nun denn, ja!" erwiderte sie, schon bereit, schon getragen von dichterischem Schwung, „das Lob Italiens." Und begeistert von Liebe zu ihrem schönen Vaterlande ließ sie sich in stolzen, reichen Versen, deren Inhalt uns die Prosa nur unvollkommen wiedergiebt, also vernehmen:

Corinnens Gesang auf dem Kapitol.

„Heil dir, Italien, Reich der Sonne! Italien, o Königin des Weltalls! Italien, die Wiege der Wissenschaften! Oft war das Menschengeschlecht dir unterworfen! Oft war es beherrscht von deinen Waffen, deiner Kunst, deinem Himmel!

„Ein Gott verließ den Olymp und fand eine Zufluchtsstätte in Ausonien; der Anblick dieses Landes war wie ein Traum aus goldenem Zeitalter; der tugendhafte Mensch war dort glücklich, er konnte nicht strafbar sein.

„Rom eroberte die Welt durch seinen Genius und wurde Herrscherin durch die Freiheit! Der römische Geist drückte der Mitwelt sein Siegel auf, und als das Hereinbrechen der Barbaren Italien zerstörte, verdunkelte es auch das All.

„Italien richtete sich an den göttlichen Schätzen der Bildung wieder auf, die flüchtige Griechen ihm zugetragen! der Himmel enthüllte hier seine Gesetze; die Kühnheit seiner Söhne entdeckte einen neuen Welttheil; nochmals· wurde es Königin durch den Herrscherstab des Gedankens; aber dieses von Lorbeern umwundene Scepter machte nur Undankbare!

„Von der Kunst erhielt Italien seine verlorene Macht zurück: Dichter und Maler schufen ihm eine Erde, einen Olymp — Himmel und Hölle! und sein belebendes Feuer ward vom eigenen Genius besser, als von dem Gotte der Heiden beschützt; es fand in Europa keinen raubenden Prometheus!

„Warum bin ich auf dem Kapitol? Warum soll meine demüthige Stirn den Kranz empfangen, welchen Petrarca getragen, den Kranz, der an Tasso's Trauercypressen hängt? Warum? Wenn Ihr nicht den Ruhm so liebtet, o meine Mitbürger! daß Ihr nur seinen Kultus schon belohnen wollt, als wäre er Erfolg!

„Wohlan, wenn Ihr ihn liebt, diesen Ruhm, der nur zu oft seine Opfer unter den Siegern wählte, die er selber krönte, so denket mit Stolz jener Jahrhunderte, die von der Künste Wiedergeburt Zeuge waren.

„Dante, der Homer der neueren Zeit, der heilige Dichter unserer geheimnißvollen Religion, dieser Held des Gedankens, ließ seinen Genius in den Styx hinabtauchen, um die Hölle zu betreten, und seine Seele war tief, wie die Abgründe, die er schilderte.

„Italien, wie es zur Zeit seiner Größe war, lebt ganz im Dante wieder. Glühend von republikanischem Geist, Krieger sowohl als Dichter, haucht er den Todten das Feuer der Thaten ein, und seine Schatten haben ein stärkeres Leben, als die Lebendigen von heute!

„Die Erinnerungen der Erde verfolgen sie noch, ihre ruhelosen Leidenschaften zehren noch an ihren Herzen; sie quälen sich um die Vergangenheit, welche ihnen noch weniger unwiderruflich erscheint, als die ewige — ewige Zukunft!

„Man kann sagen, daß der aus dem Vaterlande verbannte Dante seine verzehrenden Schmerzen in die Regionen des

Gedankens verſetzte: Wie der Dichter ſelbſt nach ſeiner Heimath fragt, ſo fragen ſeine Schatten unaufhörlich um Nachrichten vom irdiſchen Daſein, und die Hölle ſtellt ſich ihm unter der Geſtalt des Exils dar.

„Seinem Auge hüllt ſich Alles in florentiniſches Gewand. Die Todten des Alterthums, die er heraufbeſchwört, ſind, wenn ſie auferſtehen, Toscaner, wie er; aber nicht etwa die Begrenzt-heit ſeines Geiſtes, ſondern die Stärke ſeiner Seele iſt's, die ſo das Weltall in den Kreis ſeiner Gedanken zieht.

„Eine myſtiſche Verkettung von Kreiſen und Sphären führt ihn von der Hölle zum Fegefeuer, vom Fegefeuer zum Paradieſe; ein treuer Berichterſtatter ſeiner Geſichte, läßt er Klarheit aus-ſtrömen über die dunkelſten Regionen, und die Welt, die er in ſeinem dreifachen Gedichte ſchuf, iſt eine in ſich vollendete, be-lebte, glänzende, iſt wie ein neu entdeckter Planet im Firmamente.

„Auf ſein großes Geheiß verwandelt ſich Alles auf Erden in Poeſie. Das Weſentliche und das Gedankliche, die Geſetze und die Phänomene, ſie ſcheinen die neuen Gottheiten eines neuen Olymps; aber dieſe, vom Dichter geſchaffene Mythologie verflüchtigt, wie die des Alterthums, bei dem Schauen des Para-dieſes, dieſes Oceans von Licht, von Strahlen und Geſtirnen, von Tugend und Liebe.

„Die magiſchen Worte unſeres größeſten Dichters ſind wie ein Prisma des Weltalls, deſſen Wunder alle aus ihnen zurück-ſtrahlen, ſich brechen, ſich wieder zuſammenfinden. Töne ahmen Farben nach, Farben verſchmelzen in Harmonie. Der bald voll-tönende oder bizarre, bald geflügelte oder langgedehnte Reim iſt von dichteriſcher Seherkraft eingegeben, dieſer höchſten Schön-heit der Kunſt, dieſem Triumph des Genius, welcher uns die Be-ziehung der Naturgeheimniſſe zum Menſchenherzen enthüllt.

„Dante hoffte, ſein Gedicht werde ihm das Ende ſeines Exils erwirken; er zählte auf den Ruhm als Fürſprecher; aber er ſtarb zu früh, um die Palmen des Vaterlandes empfangen zu können. Das flüchtige Menſchenleben verbraucht ſich oft im Elende, und wenn der Ruhm ſiegt, wenn man endlich an glück-licheren Geſtaden landet, öffnet ſich das Grab neben dem Hafen, und in tausendfacher Gestalt kündet das Schicksal nicht selten des Lebens Ende durch die Wiederkehr des Glückes an!

„So der unglückliche Tasso, den Eure Huldigungen, o Römer, für so viel Unbill trösten sollten, der schön, gefühlvoll, ritterlich, wie seine Helden von Jerusalem, Thaten-träumend, die Liebe lobend, die er sang, sich diesen Mauern mit Ehrfurcht und Dankbarkeit näherte. Doch am Vorabend des zu seiner Krönung bestimmten Tages forderte ihn der Tod zur schrecklichen Feier: der Himmel ist auf die Erde eifersüchtig, und ruft seine Lieblinge gern früh aus dem Zeitlichen zurück.

„In einem stolzeren und freieren Jahrhundert, als dem des Tasso, war, wie Dante, auch Petrarca, der kampfesmuthige Dichter der italienischen Unabhängigkeit. Anderswo kennt man nur die Geschichte seiner Liebe, hier ehrt ein noch ernsteres Gedenken auf immer seinen Namen, und das Vaterland begeisterte ihn schöner noch, als Laura selbst es vermocht.

„Sein Eifer half ihm, das Alterthum wieder aufleben zu lassen, und weit entfernt, daß seine Einbildungskraft solchen tiefen Forschungen ein Hinderniß war, offenbarte ihm diese schöpferische Macht die Geheimnisse vergangener Jahrhunderte, während sie ihm die Zukunft unterwarf. Er sah ein, daß das Wissen sehr viel dem Erfinden dienen kann, und sein Genie war um so ursprünglicher, als es, ähnlich den ewig wirkenden Kräften, gleichsam allen Zeitaltern angehörte.

„Unser lachender Himmel, unser heiteres Klima haben den Ariost begeistert. Er ist der Regenbogen, der uns nach langen, kriegerischen Stürmen erschien; glänzend und farbenreich, wie dieser Bote des schönen Wetters, scheint er vertraut mit dem Leben zu scherzen und seine leichte und sanfte Heiterkeit gleicht dem Lächeln der Natur, nicht dem Spotte des Menschen.

„Michel Angelo, Raphael, Pergolese, Galilei, und Ihr, unerschrockene Reisende, die Ihr begierig nach neuen Ländern suchtet, obwohl die Natur Euch kein schöneres, als das Eure bieten konnte, vereiniget auch Ihr Euren Ruhm mit dem der Dichter! Künstler, Gelehrte, Philosophen, Ihr seid, wie Jene, Kinder derselben Sonne; dieser Sonne, welche abwechselnd die-

Einbildungskraft entwickelt, den Gedanken beflügelt, den Muth
anfeuert oder auch im Glücke einschläfert, und welche uns Alles
zu verheißen, Alles vergessen zu machen scheint.

„Kennt Ihr das Land, wo die Orangen blühn? das Land,
welches des Himmels Strahlen mit dem Geist der Liebe be-
fruchten? Habt Ihr jenes melodische Getöse vernommen, das
durch seine milden Nächte zittert? Habt Ihr die Wohlgerüche
geathmet, die seine reine und weiche Luft noch köstlicher machen.
Antwortet mir, Ihr Fremden, ist die Natur bei Euch auch so
schön und so wohlthätig?

„Anderswo, wenn eine öffentliche, allgemeine Noth ein
Land heimsucht, müssen die Menschen sich von der Gottheit verlassen glauben; doch Wir hier, wir fühlen beständig den Schutz
des Himmels, wir wissen, daß er an des Menschen Schicksal
Antheil nimmt, und ihn gnädig wie ein edles Geschöpf behandelt.

„Nicht nur mit Aehren und Weinreben ist unsre Natur geschmückt, sondern sie verschwendet auch noch unter des Menschen
Schritt einen festlichen Ueberfluß von Blumen und prangendem
Gewächs, das, nur zur Zierde geschaffen, zur Nutzbarkeit sich
nicht erniedrigt.

·„Süßer, von der Natur gespendeter Lebensgenuß bietet sich
hier einem Volke dar, das seiner würdig ist. Die einfachsten
Speisen genügen ihm; es berauscht sich nicht an den Weines-
quellen, die ihm ihren Ueberfluß zuströmen; es liebt seinen Himmel, seine schönen Künste, seine Denkmale, seine zugleich alter-
thümliche und lenzesblühende Erde. Aber die überfeinerten
Vergnügungen einer glänzenden Gesellschaft, die groben Freuden
eines gierigen Pöbels sind nicht für unser Volk.

„Hier ist die Sinnlichkeit mit dem Gedanken verschmolzen,
und die Seele schwebt, rein wie der Aether, zwischen Himmel
und Erde. Hier wird das Leben ganz und voll aus einer Quelle
geschöpft. Der Geist ruht hier in wohligem Behagen, weil sich's
süß hier träumen läßt; und wenn es in ihm gährt und arbeitet,
wenn er ein verlorenes Ziel beklagt, wenn die Menschen ihn
unterdrücken, dann nimmt ihn diese liebende Natur in ihre Arme,
und schläfert ihn mit tausend süßen Chimären ein.

„So macht sie Alles gut, und ihre helfende Hand heilt jede Wunde. Hier beruhigen sich selbst die Qualen des Herzens, denn wir beten zu einem Gott der Güte und suchen das Geheimniß seiner strengen Liebe zu durchdringen; die vorübergehenden Schmerzen unseres flüchtigen Lebens verlieren sich im großen, ewigen All!"

Corinna wurde einen Augenblick von stürmischem Beifall unterbrochen. Oswald allein mischte sich nicht in die lärmenden Entzückungen, welche ihn umgaben. Bei jenen Worten Corinnens: „Hier beruhigen sich selbst des Herzens Qualen", hatte er das Haupt in die Hand gesenkt, und es seitdem nicht mehr erhoben. Corinna bemerkte es, und erkannte ihn bald an seinen Zügen, an der Farbe seiner Haare, der Kleidung, dem hohen Wuchs, an seinem ganzen Wesen endlich, für einen Engländer. Das Schwarz, das er trug, und ein trauervoller Ausdruck in seinen Zügen fielen ihr auf. Sein jetzt auf sie gehefteter Blick schien ihr sanfte Vorwürfe zu machen; sie errieth die Gedanken, welche ihn beschäftigten, und es trieb sie, nun auch seiner Stimmung zu genügen, indem sie mit weniger Zuversicht vom Glücke sprach, und inmitten dieses heiteren Festes auch dem Tode einige Verse weihte. Sie nahm in dieser Absicht ihre Laute wieder zur Hand, führte die Versammlung durch weiche, getragene Töne zum Schweigen zurück, und fuhr fort:

„Es giebt Schmerzen, die selbst unser tröstender Himmel nicht zu lindern vermag; aber in welchem Aufenthalte könnte der Seele Leid sanftere und edlere Form annehmen, als hier?

„Anderswo finden kaum die Lebenden Platz genug für ihr Jagen und Treiben und glühendes Wünschen; hier lassen Ruinen, Einöden und unbewohnte Paläste den Schatten ein weites Reich. Ist denn Rom nicht jetzt die Heimath der Gräber?

„Das Coliseum, die Obelisken, und alle die Wunderwerke, welche seit den fernsten Jahrhunderten, seit Romulus bis auf Leo X., aus Griechenland und Egypten kommend, sich hier vereinigten, als ob Größe die Größe anzöge, und als ob ein gleicher Ort Alles bewahren müsse, was der Mensch gegen die zerstörende Zeit schützen möchte — alle diese Wunder sind den

Denkmalen Dahingegangener geweiht. Unser träges Leben wird kaum bemerkt; das Schweigen der Lebenden ist eine Huldigung für die Todten; sie dauern, und wir gehen vorüber.

„Sie allein sind geehrt, sie allein noch gefeiert; auf unserer Dunkelheit hebt sich der Glanz unserer Vorfahren leuchtend ab; die Vergangenheit allein steht hoch und heilig da in unserer Gegenwart, und kein Geräusch stört die Weihe dieser Erinnerungen. Alle unsere Meisterwerke sind Schöpfungen derer, die dahingegangen, und das Genie selber zählt unter die erhabenen Todten.

„Es ist vielleicht noch ein besonderer, geheimnißvoller Zauber dieses alten Roms, daß es unsere Fantasie mit dem langen Todesschlaf auszusöhnen vermag. Man ergiebt sich darein für sich selbst, und leidet auch nicht mehr ganz so sehr um die verlorenen Lieben. Die südlichen Völker stellen sich das Ende des Lebens mit weniger dunklen Farben vor, als die Bewohner des Nordens. Die Sonne und der Ruhm, sie erwärmen selbst das Grab.

„Die Kälte und die Einsamkeit des Grabes erschrecken den zagenden Geist weniger in der Nähe der Urnen so vieler großer Todten. Man glaubt sich erwartet von all jenen Schatten, und der Uebergang aus dieser einsamen Stadt in jene unterirdische erscheint hier sanft.

„So wird dem Schmerz der Stachel genommen; nicht etwa weil das Herz vertrocknet, die Seele entnervt ist, sondern weil hier unser Dasein von reineren Harmonien umklungen ist, weil es gelassener dahinströmt. Mit weniger Furcht überläßt man sich der waltenden Natur, der Natur, von welcher der Schöpfer gesagt hat: Sehet die Lilien auf dem Felde, wie sie wachsen; sie arbeiten nicht, auch spinnen sie nicht, und doch, welches Königs Gewand gliche der Pracht, mit der ich diese Blumen kleidete?"

Oswald war von diesen letzten Strophen hingerissen; er gab nun seiner Bewunderung den lebhaftesten Ausdruck, und dieses Mal glich selbst das Entzücken der Italiener nicht dem seinen. Und in der That war ja auch Corinnens zweiter Gesang an ihn, nicht an die Römer gerichtet.

Die meisten Italiener haben, wenn sie Verse sprechen, eine Manier einförmigen Singens, Cantilene genannt, die alle Wirkung zerstört[3]. Umsonst ist der Wechsel in den Worten: ihr Eindruck bleibt monoton, da sie den Accent fast gar nicht verändern. Aber Corinna legte reiche Abwechselung in ihren Vortrag, ohne indeß das schöne Maß des Wohlklangs zu überschreiten; es war wie verschiedene Melodien, alle einem einzigen himmlischen Instrumente entlockt.

Das edle, tonreiche Italienisch klang in Corinnens Mund wie eine neue Sprache; Oswald wenigstens schien es neu. Die englische Prosodie ist einförmig und dumpf; ihre Schönheiten sind alle schwermüthiger Art; Nebel und Wolken geben ihr die Färbung, das Geräusch der Meereswogen die Modulation. Aber wenn diese italienischen Worte, glänzend wie ein Feiertag, weithin klingend, wie triumphirende Musik — die man dem Scharlach unter den Farben vergleichen darf, — wenn diese Worte, noch in die Freude getaucht, die ein lachender Himmel in alle Herzen strömen läßt, mit empfindungsvoller Stimme gesprochen werden, dann bringt ihre weiche Pracht, ihre gemilderte Kraft eine ebenso lebhafte, als unerwartete Rührung hervor, und das, in solchen Glückeslauten gesprochene Leid erschüttert tiefer und plötzlicher, als der Schmerz, den uns die nordischen Sprachen singen, und von dem sie wie durchdrungen scheinen.

Viertes Kapitel.

Der Senator hielt jetzt die Krone aus Myrten und Lorbeer bereit. Corinna löste den Shawl von der Stirn und das schwarze Haar fiel in Locken auf ihre Schultern. Unbedeckten Hauptes und mit dankbarem Vergnügen, das sie nicht zu verbergen suchte, in den Blicken, — trat sie vor, und sank, um den Kranz zu empfangen, jetzt zum zweiten Mal auf die Kniee; doch schien sie weniger verwirrt, weniger befangen als vorhin: sie hatte geredet, hatte eben ihre Seele mit den edelsten Gedanken erfüllt: die Begeisterung siegte über die Schüchternheit. Jetzt war sie nicht mehr eine furchtsame Frau, sie war die glaubensvolle Priesterin, die sich freudig dem Kultus des Genius weiht.

Als nun der Lorbeer Corinnens Stirne schmückte, fiel die Musik mit mächtigen, das Gemüth stolz erhebenden Siegeshymnen ein; der Lärm der Pauken und Fanfaren erschütterte Corinna aufs Neue; in ihren Augen standen Thränen, sie setzte sich, und drückte das Gesicht in ihr Taschentuch. Oswald, lebhaft gerührt, trat aus der Menge hervor und auf Corinna zu, als ob er sie anreden wolle; dann aber hielt eine unüberwindliche Verlegenheit ihn zurück. Corinna beobachtete ihn, während sie Sorge trug, daß ihr Aufmerken ihm entgehe. Als ihr jedoch Fürst Castel-Forte die Hand bot, um sie nach dem Triumphwagen zu geleiten, ließ sie sich zerstreut hinwegführen, und blickte unter verschiedenen Vorwänden nach Oswald zurück.

Er folgte ihr; und als sie, umgeben von ihren Begleitern, die Treppe hinunterstieg, fiel durch eine zu schnelle Kopfbewegung ihr Lorbeerkranz zur Erde. Oswald hob ihn eilig auf, und sagte, ihr denselben überreichend, einige Worte auf Italienisch, welche etwa bedeuteten: „daß ein demüthiger Sterblicher zu den Füßen der Gottheit die Krone niederlege, die er nicht auf ihr Haupt zu setzen wage[4]". Doch wie groß war Oswalds Erstaunen, als Corinna ihren Dank im reinsten Englisch und mit jenem heimatlichen Insulaner-Accent aussprach, den man auf dem Festlande nie nachbilden lernt. Er blieb anfangs völlig regungslos; dann lehnte er sich in äußerster Verwirrung an einen der Löwen von Basalt, die sich am Fuß der Treppe des Kapitols befinden. Corinna, die seine innere Bewegung bemerkte, war ebenfalls ergriffen; doch zog man sie nach ihrem Wagen, und die Menge war längst verschwunden, als Oswald seine Geistesgegenwart wiederfand.

Corinna hatte ihn bis dahin nur als eine der reizendsten Ausländerinnen, als ein Wunder dieses schönen Landes entzückt; aber dieser Ton seiner Muttersprache rief ihm alle Erinnerungen des Vaterlandes zurück, und gab ihrem fremden Zauber plötzlich etwas Heimatliches und Gewohntes. War sie eine Engländerin? Oder hatte sie nur Jahre ihres Lebens in England

4 *

zugebracht? Es war nicht zu errathen; unmöglich aber hatte sie das Studium allein so sprechen gelehrt. Sie und Er — sie mußten schon unter gleichem Himmel gelebt haben. Wer weiß, ob ihre Familien nicht Beziehungen zu einander hatten? Vielleicht hatte er sie in ihrer Kindheit schon gesehen? Man trägt oft im Herzen, wie von Anbeginn eingeboren, das Bild von dem einst zu Liebenden, und wenn man dieses dann zum ersten Male mit leiblichen Augen schaut, dann ist's, als kannte man es längst, als kennt man es nur wieder.

Oswald hegte gegen die Italienerinnen manche Vorurtheile; er hielt sie für leidenschaftlich, aber auch für veränderlich, und einer dauernden, tiefen Neigung unfähig. Schon das, was Corinna auf dem Kapitol gesagt, hatte ihm eine andere Meinung gegeben. Und wie nun, wenn er in dieser Frau die Vorzüge und Erinnerungen der Heimat mit reichem Gedankenleben vereint fände? Wenn sie ihm eine neue Zukunft öffnete, ohne daß er nöthig hätte, mit der Vergangenheit zu brechen?

Unter solchen Träumereien hatte Oswald die Engelsbrücke erreicht, welche zur Engelsburg führt, dem einstigen Mausoleum des Hadrian. Des Mondes Strahlen beleuchteten die Statuen auf der Brücke und verwandelten sie in weiße Schatten, die regungslos in die Wogen starrten, wie in die Zeit, die beide sie nichts mehr angingen und an ihnen vorüberflossen; dazu das Schweigen dieser Stätte, des Wassers matte Dunkelheit, Alles führte ihn zu seinen gewohnten, trüben Betrachtungen zurück. Er griff nach seines Vaters Bild, das er auf der Brust trug, und nahm es hervor, es zu betrachten. Das eben empfundene Glück und dessen Ursache knüpften nur zu sehr an das Gefühl an, welches ihn einst so strafbar gegen den Vater gemacht; und dies erneuerte ihm seine inneren Vorwürfe.

„Ewiger Gedanke meines Lebens!" rief er; „so beleidigter und doch so großmüthiger Freund! Hätte ich geglaubt, daß die Aufwallung der Freude sich so bald in meiner Brust erheben könne? Nicht du, der Beste und Nachsichtsvollste der Menschen, nicht du wirfst mir das vor; du willst, daß ich glücklich sei, du willst es noch, ohngeachtet meines Vergehens. Aber möchte ich wenigstens, wenn du aus deinem Himmel zu mir redest, deine Stimme nicht verkennen, wie ich sie auf Erden verkannte."

Drittes Buch.

Corinna.

Erstes Kapitel.

Auch Graf d'Erfeuil hatte der Feier auf dem Kapitol beigewohnt; am folgenden Tage kam er zu Lord Nelvil: "Mein theurer Oswald, darf ich Sie heute Abend bei Corinna einführen?" "Wie!" rief Oswald, "so sind Sie ihr bekannt?" "Nein", erwiderte der Graf, "aber eine so berühmte Persönlichkeit ist immer geschmeichelt, wenn man sie zu sehen wünscht. Ich habe ihr folglich heute Morgen geschrieben, und für Sie und mich um die Erlaubniß gebeten, ihr aufwarten zu dürfen." "Es wäre mir lieb gewesen", antwortete Oswald, "wenn Sie dies nicht ohne meine Einwilligung gethan hätten!" "Sie sollten mir für diese Beseitigung einiger langweiliger Förmlichkeiten dankbar sein", entgegnete der Graf. "Statt zu einem Gesandten, von diesem zu einem Cardinal, mit diesem zu irgend einer hochgestellten Frau zu gehen, welche endlich Sie bei Corinna eingeführt hätte, stelle ich Sie vor, Sie mich, und wir werden Beide willkommen sein."

"Ich habe weniger Selbstvertrauen, als Sie, und das sicherlich mit Grund", erwiderte Lord Nelvil; "diese übereilte Bitte hat Corinna mißfallen, fürchte ich." "Durchaus nicht, das versichere ich Sie", sagte Graf d'Erfeuil; "dazu ist sie zu geistreich; auch ist ihre Antwort sehr liebenswürdig." "Sie hat Ihnen also geantwortet? Und was schreibt sie, lieber Graf?" "Ach

so, lieber Graf!" sagte d'Erfeuil lachend; „nun, ich sehe, Sie
besänftigen sich schon, seit Sie wissen, daß Corinna mir antwortete! Aber was thut's: ich liebe Sie, und Alles ist verziehen.
Ich muß Ihnen freilich gestehen, daß in meinem Billet mehr
von mir, als von Ihnen die Rede war, wogegen man in der
Antwort leider Sie voranzusetzen scheint; doch bin ich nie auf
meine Freunde eifersüchtig." „Nun gewiß", erwiderte Nelvil,
„ich denke nicht, daß weder Sie noch ich uns schmeicheln dürften,
Corinna zu gefallen; und was mich betrifft: Alles, was ich
wünsche, ist, mich bisweilen des Verkehrs mit einer so außerordentlichen Frau erfreuen zu können. Auf heute Abend also, weil
Sie es so eingerichtet haben." — „Sie begleiten mich?" fragte
Graf d'Erfeuil. — „Nun, ja doch", entgegnete Lord Nelvil mit
sichtlicher Verlegenheit. — „Warum also", fuhr d'Erfeuil fort,
„warum beklagten Sie sich so sehr über mein Verfahren? Sie
endigen, wie ich angefangen habe; aber man mußte Ihnen wohl
den Vorzug lassen, der Zurückhaltendere zu sein — vorausgesetzt, daß Sie dabei nichts verlieren. Diese Corinna ist wirklich ein reizendes Geschöpf! voller Geist und Anmuth! zwar
habe ich, da sie italienisch sprach, nicht genau verstanden, was sie
sagte; doch nach ihrem Aussehen möchte ich wetten, daß sie gut
französisch kann; nun, wir werden das heute Abend erfahren.
Ihre Lebensweise ist eigenthümlich; sie ist reich, jung, unabhängig,
doch Niemand kann mit Gewißheit angeben, ob sie Liebhaber
hat oder nicht. Gegenwärtig indeß scheint sie Keinen zu be-
vorzugen; es ist auch nicht zu verwundern; schwerlich kann sie
in diesem Lande einem ihrer würdigen Manne begegnen." —
Graf d'Erfeuil fuhr noch eine Zeitlang in dieser Weise zu reden
fort, ohne von Oswald unterbrochen zu werden. Er sagte,
genau genommen, nichts Ungeziemendes; aber dennoch verletzte
er des Anderen Feingefühl unausgesetzt dadurch, daß er von
Dingen, die Jenen näher berührten, entweder zu gründlich oder
zu leichtfertig sprach. Es giebt Rücksichten, die selbst mit Geist
und Gesellschaftsformen nicht erlernt werden, und man kann das
Herz verwunden, ohne die Gesetze der vollendetsten Höflichkeit
zu verletzen.

Lord Nelvil war den ganzen Tag hindurch, im Hinblick auf den Abend, in rastloser Spannung, doch verscheuchte er, so viel er es vermochte, die beunruhigenden Gedanken, und suchte sich zu überreden, daß eine Neigung, weil sie uns süß und theuer sei, unser Lebensschicksal deshalb noch nicht zu entscheiden brauche. Trügerische Sicherheit! denn an den Empfindungen, welche sie selber für vorübergehend hält, findet die Seele kein rechtes Genüge.

Die Reisegefährten erreichten Corinnens Wohnung; diese lag in dem Viertel der Transteveriner, ein wenig hinter der Engelsburg. Seine Lage am Ufer des Tiber war ein Vorzug des im Innern mit dem vollendetsten Geschmacke ausgestatteten Hauses. Den Salon schmückten die besten Statuen Italiens: Niobe, Laokoon, die mediceische Venus, der sterbende Fechter; und in dem Zimmer, welches Corinnens bevorzugter Aufenthalt war, fanden sich Bücher, verschiedene musikalische Instrumente, und einfache bequeme Möbel, die so geordnet waren, daß man leicht einen Kreis bilden, und in traulicher Unterhaltung sich gehen lassen konnte. Corinna war noch nicht da, als Oswald eintrat, und während er sie erwartete, musterte er nicht ohne einige Beklommenheit ihre Gesellschaftsräume. Er fand hier in tausend Einzelheiten die kennzeichnenden Vorzüge der drei Nationen vertreten: den französischen Geschmack an der Geselligkeit, die Liebe der Engländer zu den Wissenschaften, und das italienische Kunstgefühl.

Corinna erschien endlich; sie war ungesucht, doch immerhin malerisch gekleidet. In den Haaren trug sie antike Kameen, am Halse eine Korallenschnur. Sie benahm sich mit edler, leichter Höflichkeit; man erkannte aber selbst im vertrauten Freundeskreise die Gottheit vom Kapitol in ihr wieder, wiewohl sie doch in Allem so vollkommen einfach und natürlich war. Zuerst begrüßte sie den Grafen d'Erfeuil, dann aber, als bereue sie diese Art von Falschheit, trat sie Oswald näher. Lord Nelvils Name machte sichtlich eine eigenthümliche Wirkung auf sie; zweimal wiederholte sie denselben mit bewegter Stimme, als ob er ihr ein rührendes Gedenken wach rufe.

Endlich sagte sie Lord Nelvil italienisch einige anmuths-

volle Worte über die ihr Tags vorher durch das Aufheben des
Kranzes bewiesene Gefälligkeit. Oswalds Antwort suchte die
Bewunderung auszudrücken, welche sie ihm eingeflößt, und er
beklagte sich sanft, daß sie ihn nicht englisch anrede. „Bin ich
Ihnen heute fremder, als gestern?" fügte er hinzu. „Nein, gewiß nicht", erwiderte Corinna; „aber wenn man, wie ich, mehrere
Jahre seines Lebens hindurch, zwei bis drei Sprachen neben einander brauchte, wird uns die eine oder die andere durch die Gefühle
eingegeben, die wir eben auszudrücken wünschen." „Sicherlich
ist doch das Englische Ihre Muttersprache", sagte Oswald; „die
Sprache, welche Sie mit Ihren Freunden reden, diejenige...."
— „Ich bin Italienerin", unterbrach ihn Corinna schnell; „verzeihen Sie, Mylord, aber es scheint, ich finde auch bei
Ihnen den Nationalstolz wieder, der Ihre Landsleute so oft
kennzeichnet. In diesem Lande sind wir bescheidener: wir sind
weder zufrieden mit uns, wie die Franzosen, noch stolz auf uns,
wie die Engländer. Ein wenig Nachsicht von Seiten der
Fremden genügt hier; und da es uns seit lange schon verwehrt
ist, eine Nation zu sein, begehen wir oft das große Unrecht,
als Individuen der Würde zu ermangeln, die wir als Volk verloren haben. Doch wenn Sie die Italiener erst kennen, werden
Sie sehen, daß ihr Charakter einige Spuren antiker Größe
behielt, einige seltene Spuren, halb verloschen zwar, die aber
in glücklicheren Zeiten wieder hervortreten würden. Ich werde
mit Ihnen zuweilen englisch sprechen, nicht immer; das
Italienische ist mir theuer; ich habe viel gelitten", fügte sie
seufzend hinzu, „um in Italien leben zu können."

Graf d'Erfeuil machte Corinna liebenswürdige Vorwürfe,
daß sie ihn ja ganz vergesse, wenn sie sich in einer ihm fremden
Sprache ausdrücke. „Schöne Corinna", sagte er, „Erbarmen!
sprechen Sie französisch! Sie sind wahrlich dessen würdig!"
Corinna lächelte zu der Schmeichelei, und erwiderte in geläufigem
Französisch zwar, aber mit englischem Accent. Graf d'Erfeuil
war darüber nicht minder als Lord Nelvil erstaunt; und da der
Graf meinte, man könne Alles sagen, vorausgesetzt nur, man
sage es mit Anmuth, und ferner behauptete, es gäbe nur eine

Unhöflichkeit der Form, nicht des Meinens, fragte er Corinna ohne Umschweife nach der Ursache jener Eigenthümlichkeit. Sie schien anfangs von dieser plötzlichen Wendung des Gesprächs betreten, dann sagte sie, sich sammelnd: „Wahrscheinlich, Herr Graf, habe ich das Französische von einem Engländer gelernt." Er erneuerte seine Fragen lachend, aber beharrlich. Corinna, die immer verlegener dadurch geworden war, erwiderte endlich: „Seit den vier Jahren, Herr Graf, die ich hier lebe, hat keiner meiner Freunde, keiner von Denen, die doch sonst mir vielen Antheil beweisen, nach meinem Schicksale geforscht; sie haben immer bald verstanden, daß es mir schmerzlich sei, davon zu reden." Diese Antwort machte den Fragen des Grafen ein Ende. Aber Corinna glaubte nun ihn verletzt zu haben; sie fürchtete, wiewohl unbewußt, er könne, da er mit Lord Nelvil eng verbunden schien, ihr durch ein ungünstiges Urtheil bei diesem schaden, und so bemühte sie sich bald, ihm wieder zu gefallen.

Fürst Castel-Forte trat jetzt mit einigen von Corinnens römischen Freunden ein. Es waren unter ihnen Männer von liebenswürdigem und heiterem Geist, mit gefälligen Formen und lebhaftem Verständniß für das Anregende in dem Gespräch der Andern, mit feiner Empfindung für das, was empfunden zu sein verdient. Die Trägheit der Italiener hindert sie, in der Gesellschaft, wie auch sonst im Leben, den ganzen Geist zu zeigen, den sie doch wirklich besitzen. Selbst in der Zurückgezogenheit kultiviren die meisten von ihnen die Geistesfähigkeiten nicht, welche ihnen die Natur gegeben. Dagegen freuen sie sich warm an allem Schönen, was ihnen ohne Mühe zufällt.

Corinna hatte viel Witz; sie bemerkte das Lächerliche mit dem Scharfsinn einer Französin, und schilderte es mit den Farben einer Italienerin. Aber ihre Herzensgüte blieb auch hier unverkennbar, sie schaute allenthalben hervor, und nie konnte man Berechnetes oder Feindliches in ihren Einfällen bemerken. Wie ja denn immer die kälteren Naturen leichter zu beleidigen im Stande sind; während der warme Geistesaufschwung sehr lebhafter Menschen fast stets von großer Gutmüthigkeit begleitet wird.

Oswald fand Corinna von einer Anmuth, deren hold=
selige Weise ihm durchaus neu war. Eine große und schreck=
liche Erfahrung seines Lebens war ihm durch eine Frau ge=
schehen, durch eine hübsche und geistreiche Französin; aber
Corinna glich dieser in keiner Beziehung.

Ihre Unterhaltung war gewissermaßen eine Mischung aller
Geistesarten; in ihr vereinigte sich Begeisterung für die Kunst
und Kenntniß der Welt, Feinheit des Empfindens und Gedanken=
tiefe, endlich der ganze Zauber geistsprühender Unvorsichtigkeit,
ohne daß darum ihre Gedanken unvollständig, ihre Reflexionen
oberflächlich gewesen wären. Oswald war erstaunt und entzückt,
beunruhiget und angezogen, er begriff kaum diese strahlende
Vielseitigkeit, und fragte sich, ob das einigende Band so vieler,
beinahe entgegengesetzter Eigenschaften Inkonsequenz oder
Superiorität sei; ob sie aus dem Reichthum, Alles zu ver=
stehen, oder weil sie Alles nach einander vergaß, so in einem
Augenblick von der Schwermuth zur Heiterkeit, vom Tiefsinn
zum Scherz, von der staunenswürdigsten Entfaltung ihrer Kennt=
nisse und Gedanken, zu der verführerischen Anmuth einer Frau
überzugehen vermochte, die gefallen und einnehmen will. Doch
lag so vollkommener Adel in diesem edlen Wunsche zu gefallen,
daß ihm nur mit ächter Hochachtung begegnet werden konnte.

Fürst Castel=Forte war sehr mit Corinna beschäftigt, wie
denn alle Italiener ihres Kreises ihr eine Zuneigung bewiesen,
die sich in den zartesten Aufmerksamkeiten, in den angelegent=
lichsten Huldigungen äußerte. Dieser beständige Kultus, mit
welchem man sie umgab, breitete über alle ihre Lebenstage
einen gewissen Festesglanz; und Corinna war glücklich, so ge=
liebt zu sein, glücklich, wie man es über ein schönes Klima,
über süße Harmonien, über irgend welche angenehme Eindrücke
im Allgemeinen ist. Das tiefe und große Gefühl der Liebe lag
noch nicht auf ihren Zügen, die ganz Leben und Beweglichkeit
waren. Oswald beobachtete sie schweigend; seine Gegenwart
erhöhte ihre Liebenswürdigkeit; nur zuweilen, wenn ihr Ge=
spräch am glänzendsten war, hielt sie, über seine äußere Ruhe

verwundert, inne; sie wußte nicht, ob er ihr im Geheimen beistimme, oder sie table, und ob seine englische Anschauung ihm gestatte, derartigen Vorzügen einer Frau Beifall zu zollen.

Oswald war von Corinnens Zauber viel zu sehr hingerissen, um sich seiner früheren Ansichten über die, den Frauen ziemende Zurückgezogenheit zu erinnern; dagegen fragte er sich, ob man ihre Liebe erwerben könne, ob es möglich sei, auf sich allein so viele Strahlen des Glücks zu vereinigen? Er war geblendet und verwirrt, und obgleich sie ihn bei seinem Fortgehen sehr höflich zum Wiederkommen einlud, ließ er doch einen ganzen Tag verstreichen, ohne sie aufzusuchen; mit Schrecken gewahrte er die Sehnsucht, die ihn so mächtig zu ihr zog.

Zuweilen versuchte er den unseligen Irrthum seiner ersten Jugend gegen dieses Gefühl zu halten; doch mit Abscheu wies er dann den Vergleich zurück. Denn was ihn damals gefesselt hatte, war Kunst, und eine perfide Kunst, während Corinnens Wahrhaftigkeit über jeden Zweifel sich erhob. Woher kam ihre anziehende Macht? Von einem geheimen Zauber? Von ihrer dichterischen Begeisterung? War sie Armida oder Sappho? Durfte man hoffen, einen so hochfliegenden Geist jemals zu beherrschen? Wer konnte das entscheiden; aber jedenfalls fühlte man, daß nicht die Gesellschaft, sondern der Himmel selber dieses ungewöhnliche Weib gebildet, und daß ihr Geist der Nachahmung ebenso unfähig sei, als ihr Charakter der Verstellung. „O mein Vater!" rief Oswald; „wenn du Corinna gekannt hättest, wie würdest du sie beurtheilt haben?"

Zweites Kapitel.

Graf d'Erfeuil kam nach seiner Gewohnheit Morgens zu Lord Nelvil; er warf diesem vor, den vorhergehenden Abend bei Corinna versäumt zu haben; „Sie würden überdies sehr glücklich gewesen sein, wenn Sie dort gewesen wären." — „Und weshalb?" — „Weil ich gestern die Gewißheit erlangt habe, daß Corinna lebhaftes Interesse an Ihnen nimmt." — „Immer noch diese Leichtfertigkeit!" unterbrach ihn Lord Nelvil ungeduldig; „wissen Sie denn nicht, daß ich dergleichen nicht hören kann, noch mag?" — „Sie nennen die Schnelligkeit meiner Beobachtung Leichtfertigkeit?" fragte der Graf. „Habe ich darum weniger Recht, weil ich früher Recht habe? Ihr wäret wahrhaftig Alle für das glückliche Zeitalter der Patriarchen geboren, wo der Mensch fünf Jahrhunderte zu leben hatte; man hat uns mindestens vier davon gestrichen, lassen Sie sich das gesagt sein." — „Meinetwegen", erwiderte Oswald, „und diese plötzliche Beobachtung, was hat sie Ihnen entdeckt?" — „Daß Corinna Sie liebt! Ich besuchte sie gestern; sie nahm mich sehr gut auf, — sicherlich; aber ihre Augen waren auf die Thür gerichtet, um zu sehen, ob Sie mir folgten. Sie versuchte anfangs von andern Dingen zu sprechen; aber da sie sehr lebhaft und sehr natürlich ist, fragte sie endlich ganz einfach, warum Sie mich nicht begleitet hätten. Ich habe darauf ziemlich schlecht von Ihnen gesprochen, — Sie werden mir das nicht weiter übel nehmen; ich sagte unter Anderem, Sie wären ein finstrer und seltsamer Mensch; mit den Lobeserhebungen, in denen ich mich außerdem über Sie erging, verschone ich Sie."

„Er ist traurig, sagte Corinna; ohne Zweifel hat er einen theuren Angehörigen verloren. Für wen trägt er das Trauerkleid? — Für seinen Vater, Madame, obgleich mehr als ein Jahr verflossen ist, seit er ihn verlor; und da nach dem Naturgesetz wir doch nun einmal länger, als unsere Eltern leben sollen, bilde ich mir ein, daß irgend ein anderer, geheimer Grund die Ursache seiner tiefen und anhaltenden Schwermuth ist. — O, rief Corinna, ich bin weit entfernt, zu glauben, daß dem Anscheine nach gleiche Schmerzen auch für alle Menschen die gleichen sein müssen. Der Vater Ihres Freundes, und Ihr Freund selbst sind vielleicht nicht von gewöhnlicher Art; ich bin fast geneigt, dies zu glauben. — Ihre Stimme war sehr sanft, mein lieber Oswald, als sie diese letzten Worte sprach." — „Sind dies schon alle angekündigten Beweise von Theilnahme?" fragte Oswald. — „Nun, mein Gott", entgegnete der Graf, „das genügt doch, um des Geliebtwerdens sicher

zu sein; aber weil Sie mehr verlangen, sollen Sie mehr
hören; das Wichtigste habe ich für's Ende verspart. Fürst
Castel-Forte kam dazu, und berichtete, ohne zu wissen, daß er
von Ihnen sprach, Ihr ganzes Abenteuer von Ancona; er erzählte es wirklich gut, und mit vieler Lebhaftigkeit, soweit
ich dies, Dank den zwei italienischen Stunden, die ich bereits
genommen, beurtheilen kann; aber es giebt in den fremden
Sprachen so viele französische Worte, daß ein Franzose sie ja
fast alle versteht, ohne sie gelernt zu haben. Ueberdies erklärte
mir Corinnens Miene, was mir etwa entging. So sichtbar
konnte man aus derselben die Aufregung ihres Herzens lesen!
Sie athmete kaum, aus Furcht, ein einziges Wort zu verlieren,
und als man nach dem Namen dieses Engländers fragte, stieg ihre
Unruhe so sehr, daß es leicht zu ersehen war, wie bang sie fürchtete, es könne ein Anderer, als der Ihre, ausgesprochen werden!
     Fürst Castel-Forte versicherte, er wisse nicht, wer dieser
Engländer sei; und darauf rief Corinna, indem sie sich lebhaft
zu mir wendete: „Nicht wahr, Herr Graf, es ist Lord Nelvil?"
— „Ja, Madame", antwortete ich, „Sie rathen gut." — Corinna war jetzt in Thränen. Sie hatte während der Erzählung
nicht geweint; was in aller Welt gab es an dem Namen des
Helden Ergreifenderes als an der Geschichte selbst?" — „Sie
weinte!" rief Lord Nelvil, „ach, daß ich nicht dort war!" —
Dann, plötzlich inne haltend, senkte er die Augen in äußerster
Befangenheit; doch sprach er schnell weiter, denn er fürchtete,
daß Graf d'Erfeuil seine geheime Freude bemerken, und dann
auch wohl leicht trüben könne. „Wenn unser Abenteuer von
Ancona erzählt zu werden verdient, gebührt auch Ihnen
die Ehre davon, lieber Graf." „Es wurde wohl", antwortete
dieser, „von einem sehr liebenswürdigen Franzosen, welcher
dort mit Ihnen war, gesprochen; aber Niemand, außer mir,
achtete auf diese interessante Episode. Die schöne Corinna
bevorzugt Sie, und hält Sie ohne Zweifel für den Getreueren
von uns Beiden. Der sind Sie nicht; vielleicht selbst werden
Sie ihr größeres Leid bereiten, als ich es je gethan hätte.
Aber die Frauen lieben den Schmerz, vorausgesetzt, daß es

ein romantischer sei: folglich findet sie an Ihnen Gefallen.“ —
Lord Nelvil litt von jedem Wort des Grafen, doch was sollte
er ihm erwidern? Es war des Franzosen Art, weder zu streiten
noch aufmerksam genug zuzuhören, um dann eine Meinung aus-
zutauschen. Wenn er seine Worte einmal hingeworfen, interes-
sirten sie ihn nicht mehr; und das Beste, was man thun konnte,
war, sie so schnell als er selbst zu vergessen.

Drittes Kapitel.

Oswald ging Abends mit einem ganz neuen Gefühl zu
Corinna; er dachte, daß er vielleicht erwartet sei. Welches
Entzücken gewährt diese erste Morgenröthe des Einverständnisses
mit dem geliebten Gegenstand! Ehe noch die Erwartung zur
Erinnerung geworden, ehe noch die Leidenschaft sich in Worte
verkörperte, ehe Beredtsamkeit malte, was man empfindet, giebt
es in diesem ersten Werden süße, geheimnißvolle Träumereien,
die flüchtiger noch sind, als das Glück, aber auch noch göttlicher.

Als Oswald in Corinnens Zimmer trat, fühlte er sich be-
fangener, denn je. Er fand sie allein, und dies war ihm beinahe unlieb, er würde sie gern länger in zahlreicher Umgebung
beobachtet haben; würde gewünscht haben, sich ihrer Neigung
auf irgend eine Weise zu versichern, ehe er so unerwartet in eine
Unterhaltung gezogen wurde, die Corinna in Betreff seiner
herabstimmen konnte, wenn er, wie das sicher zu fürchten war,
sich dabei verlegen, und aus Verlegenheit kühl verhielt.

Sei es nun, daß Corinna diese Stimmung Oswalds errieth, sei es, daß Aehnliches in ihr vorging, es schien ihr nöthig,
das Gespräch, um es zu beleben, und die Befangenheit daraus
zu verscheuchen, auf äußerliche Dinge zu leiten. Sie fragte
Lord Nelvil, ob er schon einige von Roms Kunstschätzen gesehen
habe. — „Nein“, erwiderte Oswald. — „Was haben Sie denn
gestern gemacht?“ fragte Corinna lächelnd. — „Ich blieb den
ganzen Tag hindurch auf meinem Zimmer“, sagte Oswald.
„Seit ich in Rom bin, sah ich nur Sie, oder war allein mit mir.“
— Corinna wollte ihm von seinem Auftreten in Ancona reden;

sie begann auch: „Gestern erfuhr ich" — — dann hielt sie inne, und sagte: „Ich werde Ihnen davon sprechen, wenn Leute kommen." Die ernste Würde in Lord Nelvils Benehmen machte sie schüchtern; und überdies fürchtete sie, zu viel Bewegung zu verrathen, wenn sie auf sein edles Verhalten bei jener Feuers= brunst zurückkam; es schien ihr, als ob sie gemessener sein könne, wenn sie nicht mehr allein mit ihm wäre. Oswald war von Corinnens Zurückhaltung, und der Offenheit, mit der sie, ohne es zu ahnen, die Gründe dieser Zurückhaltung verrieth, tief er= griffen; doch je mehr er sich verwirrte, desto weniger konnte er seinem Gefühl Ausdruck geben.

Er stand in plötzlicher Hast auf, und trat ans Fenster, dann fühlte er, wie unerklärlich Corinna ihn finden müsse, und ohne ein Wort zu sagen kehrte er auf seinen Platz zurück. Corinna war in der Unterhaltung sicherer, als Oswald; dennoch theilte sich seine Befangenheit auch ihr mit, und verlegen nach einem äußerlichen Anhalt suchend, griff sie auf der neben ihr lehnenden Laute ohne Plan und Zusammenhang einige Accorde. Die weichen Klänge schienen ihm Muth einzuflüstern. Schon hatte er ge= wagt, Corinna anzusehen, und wer konnte das, ohne von der warmen Begeisterung, die in ihren Augen leuchtete, erfaßt zu werden? — Hingerissen, und zugleich durch den Ausdruck von Güte, welcher den Glanz dieser Augen milderte, sicher gemacht, war er jetzt eben im Begriff zu sprechen, als Fürst Castel=Forte eintrat.

Nicht ohne Schmerz fand dieser Lord Nelvil mit Corinna allein, doch hatte er sich gewöhnt, seine Gefühle zu verbergen. Diese Beherrschung, welche sich bei den Italienern oft mit großer Gewalt der Leidenschaft vereint, war in ihm das Resultat schöner Mäßigung und natürlicher Güte. Er hatte sich darein er= geben, nicht den ersten Platz in Corinnens Neigung einzu= nehmen. Nicht mehr jung, mit vielem Geist, voll edlen Ge= schmacks für die Künste, mit ebenso viel Fantasie, als nöthig, um das Leben zu vermannigfaltigen, ohne es aufzuregen, war es ihm ein Bedürfniß geworden, seine Abende mit Corinna zu verbringen; hätte sie geheirathet, würde er ihren Gatten beschworen haben, ihm das tägliche Kommen in gewohnter Weise zu gestatten; und mit dieser Bedingung würde er nicht zu unglücklich gewesen sein, sie im Besitz eines Andern zu sehen. Das Leid des Herzens wird in Italien nicht durch den Stachel der Eitelkeit vermehrt. Daher begegnet man hier entweder Männern, die leidenschaftlich genug sind, ihren Rivalen aus Eitelkeit zu erdolchen, oder Bescheideneren, welche sich gern mit dem zweiten Platz neben einer ihnen angenehmen Frau begnügen; doch man wird kaum Jemand finden, der aus Furcht, für verschmäht zu gelten, irgend einen ihm zusagenden Verkehr aufgäbe. Die Macht der Gesellschaft über die Eigenliebe ist in diesem Lande äußerst gering.

Als Graf d'Erfeuil und Corinnens allabendlich sich um sie sammelnden Freunde eingetroffen waren, wandte sich das Gespräch auf die Gabe des Improvisirens, welche Corinna so glorreich auf dem Kapitol entfaltet hatte, und man fragte sie, was sie selber davon denke. — „Es ist so selten“, sagte Fürst Castel-Forte, „eine zugleich der Begeisterung und der Analyse fähige Persönlichkeit zu finden, die, künstlerisch schaffend, doch im Stande ist, sich selber zu beobachten, daß man sie ansehen muß, uns die Geheimnisse ihres Genius zu enthüllen, so viel sie es vermag.“ — „Das Talent zum Improvisiren“, entgegnete Corinna, „ist in den Sprachen des Südens nicht ungewöhnlicher, als in anderen Sprachen der Redeglanz der Tribüne oder schöne Lebhaftigkeit in gesellschaftlichem Gespräche zu finden sein mögen. Mir scheint sogar, als ob es unglücklicherweise leichter bei uns sei, aus dem Stegreife zu dichten, als gut in Prosa zu sprechen: die dichterische Rede weicht derartig von der unserer Prosa ab, daß mit den ersten Versen die Aufmerksamkeit von dem poetischen Ausdrucke beherrscht, und so zu sagen der Dichter seinem Hörerkreise, und dessen Kritik, entrückt wird. Nicht allein der Weichheit des Italienischen, sondern wohl ebenso sehr dem starken und gebieterischen Schwunge seiner volltönenden Sylben muß man die Gewalt der Poesie bei uns zuschreiben. Das Italienische hat einen musikalischen Reiz, welcher uns am Klange der Worte ein Vergnügen finden läßt, das fast unabhängig von ihrer Bedeutung ist. Diese Worte haben meist alle etwas Malerisches oder Malendes: sie stellen dar, was sie bedeuten. Man fühlt, daß diese melodische, farbenreiche Sprache sich inmitten der Kunst und unter einem wolkenlosen Himmel entwickelte. Es ist folglich in Italien leichter, als irgendwo sonst, allein mit Worten zu entzücken, die ohne Tiefe der Gedanken, ohne Neuheit der Bilder sind. Die Poesie wendet sich, wie alle schönen Künste, nicht weniger an die Sinne, als an den Verstand. Ich darf indessen für mich betheuern, daß ich niemals improvisirt habe, ohne wahrhaft ergriffen zu sein, ohne mich von einem mir neuen Gedanken erhoben, ja fortgerissen zu fühlen, und so hoffe ich, mich etwas weniger als Andere auf den Zauber unserer Sprache verlassen zu haben. Diese kann, wenn ich so sagen darf, schon an sich, durch bloßes, zufälliges Erklingen, durch den Reiz des Wohllautes und des Tonfalles dem Ohr Vergnügen gewähren."

„Sie meinen also", fiel einer von Corinnens Freunden ein, „daß die Kunst der Improvisation unserer Literatur schädlich sei? Ehe ich Sie hörte, war ich auch dieser Ansicht, doch Sie haben mich ganz davon zurückkommen lassen." — „Ich wollte eigentlich sagen", erwiderte Corinna, „daß aus solcher Produktivität, aus solchem poetischen Ueberfluß eine große Menge alltäglicher Dichtungen hervorgehen müssen; aber ich liebe diese Fruchtbarkeit, wie ich unsere von tausend nutzlosen Blumen bedeckten Fluren liebe. Die allseitige Freigebigkeit unserer Natur macht mich stolz. Besonders interessant sind mir die Improvisationen der Menschen aus dem Volk; sie lassen uns in ihre Fantasie blicken, die anderswo verborgen bleibt, und nur bei uns sich so entwickelt. Sie verleiht den niedersten Klassen der Gesellschaft einen poetischen Anstrich und erspart uns jenen Widerwillen, den für das Gemeine in jeder Form zu empfinden wir uns doch nun einmal nicht erwehren können. Wenn unsere Sicilianer den Reisenden in den Barken mit ihrem anmuthigen Dialekt frohe Glückwünsche zurufen, und ihnen ein süßes, langes Lebewohl in Versen sagen, sollte man meinen, daß der reine Hauch des Himmels und des Meeres über der Fantasie dieser Menschen wehe, wie der Wind über die

Staël's Corinna. 5

Aeolsharfe, — sollte man glauben, daß die Poesie, ebenso wie der Accord, nur das Echo der Natur sei. Noch ein Umstand läßt mich auf unsere Gabe zu improvisiren großen Werth legen, der nämlich, daß dieses Talent in einer zum Spotte neigenden Gesellschaft fast unmöglich wäre. Es bedarf, verstatten Sie mir den Ausdruck, es bedarf der Gutherzigkeit, der Unbefangenheit des Südens, oder vielmehr der Länder, wo man die Unterhaltung liebt, ohne das, was unterhält, zu kritisiren, auf daß die Dichter sich zu so gefahrvollem Unternehmen verlocken lassen. Ein spöttisches Lächeln würde genügen, ihnen die zu schneller und ununterbrochener Erfindung so nothwendige Geistesgegenwart zu rauben; die Hörer müssen sich mit uns erwärmen, ihr Beifall uns begeistern." — „Aber Sie", sagte endlich Oswald, der bisher geschwiegen, ohne jedoch den Blick von Corinna abzuwenden, „welcher Ihrer Dichtweisen geben Sie den Vorzug? dem Werke des Nachdenkens, oder jenem, das augenblickliche Eingebung schuf?" „Mylord", erwiderte Corinna mit einem Ton, der viel Interesse und die feinere Empfindung achtungsvollen Hochhaltens ausdrückte, „darüber möchte ich Sie zum Richter setzen; wenn Sie aber verlangen, ich solle mich prüfen, wie ich selbst darüber denke, so gestehe ich, daß die Improvisation mir etwa dasselbe ist, wie eine lebhafte Unterhaltung. Ich binde mich durchaus nicht an dieses oder jenes Thema, ich überlasse mich am liebsten dem Eindruck, welchen die Theilnahme der Zuhörenden auf mich ausübt, und meinen Freunden schulde ich also grade in dieser Richtung den größesten Theil meines Talents. Leidenschaftliche Erregung, die durch eine Unterhaltung über mich kommt, in welcher wir große und edle, auf des Menschen geistiges Dasein sich beziehende Fragen, seine Bestimmung, seine Zwecke, seine Pflichten, sein Lieben behandeln, solche Erregung hebt mich zuweilen über mich selbst hinaus, — läßt mich in der Natur, in meinem eigenen Herzen kühne Wahrheiten, lebensvolle Redeweisen entdecken, die einsames Nachdenken allein nicht erzeugen könnte. Ich glaube dann von übernatürlichem Geiste beherrscht zu sein, und fühle klar, wie das, was aus mir spricht, mehr werth ist, als ich selbst. Dann begegnet es mir oft, daß

ich den Rhythmus der gebundenen Rede verlasse und meine Gedanken in Prosa ausdrücke; zuweilen führe ich die schönsten mir
bekannten Verse ausländischer Dichter an: denn sie sind mein,
diese göttlichen Strophen, wenn sie meine Seele ganz durchdringen konnten. Mitunter suche ich auch die Gedanken und Gefühle, welche sich dem Worte entflüchtigen, durch harmonische
Träumereien, ja durch ein Volkslied auf meiner Laute abzu-
schließen. Kurz, ich fühle mich Dichterin, nicht blos wenn eine
glückliche Wahl von Reimen und Sylben, wenn eine reiche Zu-
sammenstellung von Bildern den Hörer blendet, sondern wenn
meine Seele sich aufschwingt, wenn sie wie aus höchster Höhe auf
Selbstsucht und Niedrigkeit herabsieht, wenn eine schöne, schwere
Handlung ihr 'am leichtesten werden würde; dann rede ich am
Besten. Ich bin Dichterin, wenn ich bewundere, wenn ich verachte,
wenn ich hasse, und Alles dieses nicht aus persönlichem Interesse
fühle, sondern um der Würde des menschlichen Geschlechtes
willen, und der Herrlichkeit der Welt!"

Corinna bemerkte jetzt, daß das Gespräch sie fortgerissen
hatte; sie erröthete ein wenig, und sich zu Lord Nelvil wendend, sagte sie: „Sie sehen es, ich darf an so hohe Dinge
nicht rühren, ohne jene innerste Erschütterung zu empfinden,
welche die Quelle der idealen Schönheit in der Kunst, der
Andacht in frommen Seelen, der Großmuth in Heldenherzen,
welche endlich die Quelle der Selbstlosigkeit in hochsinnigen
Menschen ist. Verzeihen Sie es mir, Mylord, obwohl eine
Frau wie ich schwerlich denen ähnlich sieht, die man in Ihrer
Heimat gutheißt." — „Wer könnte Ihnen gleichen?" erwiderte
Lord Nelvil; „und soll man für eine, in ihrer Art einzige Frau
Gesetze machen?"

Graf d'Erfeuil schwelgte in höchstem Entzücken, wiewohl er
nicht Alles, was Corinna gesagt, verstanden hatte; aber ihre
Geberden, der Klang ihrer Stimme, ihre Art zu sprechen
bezauberten ihn, und zum ersten Mal war er von nichtfran-
zösischer Anmuth so ganz gewonnen. Doch, um wahr zu sein,
führten ihn auch Corinnens große Erfolge in Rom auf das
hin, was er von ihr zu halten habe; und er gab, indem er sie

5*

bewunderte, seine gute Gewohnheit nicht auf, sich durch die
Meinung Anderer leiten zu lassen.

Im Fortgehen sagte er zu Lord Nelvil: „Sie müssen zugeben, bester Oswald, daß ich Anerkennung verdiene, wenn ich
einem so reizenden Geschöpf nicht den Hof mache.“ — „Je nun“,
entgegnete dieser, „ich höre allgemein, es sei gar nicht leicht, ihr
zu gefallen.“ — „Man sagt es“, erwiderte d'Erfenil, „doch
kann ich's kaum glauben. Eine alleinstehende, unabhängige
Frau, die doch eigentlich das Leben einer Künstlerin führt, dürfte
nicht schwer zu gewinnen sein.“ — Lord Nelvil war von dieser
Bemerkung verletzt; aber entweder entging dies dem Grafen,
oder er hielt es dennoch für zweckmäßig, seine weitere Meinung auszusprechen, kurz er fuhr fort: „Doch ist damit nicht
gesagt, daß, wenn ich überhaupt an die Tugend einer Frau
glauben wollte, mich Corinna nicht ebenso gut, als jede Andere,
überzeugen könnte. Sicherlich zwar sind ihre Blicke beredter,
ihre Aeußerungen lebhafter, als es dessen bei Euch Englän-
dern, und selbst bei uns bedarf, um an den Grundsätzen einer
Frau zu zweifeln. Diese aber ist ein Weib von so überlegenem
Geist, so tiefem Wissen, so feinem Takt, daß Alltagsregeln
auf sie nicht anwendbar sind. Genug, — werden Sie es
glauben: ich finde sie, ohngeachtet ihrer großen Natürlichkeit
und der Unbefangenheit ihrer Rede, höchst imponirend! Gestern
versuchte ich, während ich Ihr Interesse für Corinna völlig
berücksichtigte, auf gut Glück auch ein paar Worte für mich
anzubringen. Sie wissen schon, jene Redensarten, die da
machen, was eben zu machen ist; werden sie erhört, ist's gut;
hört man sie nicht, nun auch gut. Darauf hat mich Corinna
hoch und kalt in einer Weise angesehen, die mich ganz verwirrt machte. Und doch ist's lächerlich, mit einer Italienerin
befangen sein zu wollen, die Künstlerin, Dichterin, kurz Alles ist,
was den Verkehr mit ihr für uns bequem machen sollte.“ — „Ihr
Name ist unbekannt“, erwiderte Lord Nelvil; „doch hat sie Lebensformen, die auf eine hohe Abkunft schließen lassen!“ — „O“,
rief d'Erfeuil, „nur in Romanen ist es Brauch, mit dem Schönsten
hinter dem Berge zu halten; im wirklichen Leben pflegt man

Alles zu sagen, was Ehre bringt, und selbst noch ein wenig
mehr." — „Ja", erwiderte Oswald, „in solchen Kreisen, wo
man nur an den auf einander zu machenden Effekt denkt; aber
da, wo ein innerliches Leben gelebt wird, kann es Geheimnisse
in den äußeren Verhältnissen geben, wie es Verborgenheiten in
den Empfindungen giebt, und nur, wer Corinna zu heirathen
beabsichtigt, hätte ein Recht zu fragen — — —" — „Corinna
heirathen!" rief Graf d'Erfeuil mit lautem Lachen, „o, dieser
Gedanke wäre mir im Leben nicht eingefallen! Glauben Sie
mir, bester Nelvil, wenn Sie Dummheiten begehen wollen, dann
müssen es welche sein, die wieder gut zu machen sind; aber was
das Heirathen anbetrifft, da dürfen Sie nichts im Auge haben,
als Vortheil und Schicklichkeit. Ich scheine Ihnen oberflächlich, mein Lieber, und nichts desto weniger möchte ich wetten,
daß ich in meinen Einrichtungen für's Leben vernünftiger handeln werde, als Sie." — „Ich glaube es auch", erwiderte Oswald und sprach dann kein Wort mehr.

Durfte er denn dem Grafen sagen, daß in dieser Oberflächlichkeit viel Selbstsucht liege, und daß diese Selbstsucht allerdings vor den Verirrungen der Leidenschaft sichere, in denen
man sich fast immer für Andere opfert? Mit leichtsinniger
Denkart kann man wohl bald in der vortheilhaften Leitung seiner
Angelegenheiten geschickt werden, denn in Allem, was im gesellschaftlichen wie öffentlichen Leben mit sogenannter Weltklugheit
zu erreichen ist, kommt man noch eher mit den Eigenschaften, die
einem fehlen, als mit solchen, die man besitzt, ans Ziel. Mangel
an Begeisterung, Mangel an Ueberzeugung, Mangel an Gefühl, mit diesen negativen Schätzen ein wenig Klugheit, auch
wohl Geist, gepaart, und die gesellschaftliche Stellung im
praktischen Sinne, das heißt, Vermögen und Rang, erwerben
und behaupten sich leicht. Indessen waren Graf d'Erfeuils
Spöttereien Oswald doch peinlich gewesen. Er tadelte sie
zwar, aber in seinen Grübeleien tauchten sie hie und da be-
lästigend wieder auf.

Viertes Buch.

Rom.

Erstes Kapitel.

Vierzehn Tage verstrichen, in denen Lord Nelvil sich nur
Corinna widmete. Nur um ihretwillen ging er aus; er suchte,
er dachte nichts, als sie; und ohne ihr jemals von seiner Liebe
zu sprechen, durfte Corinna sie ahnen und sich derselben freuen.
An die feurigen und schmeichelhaften Huldigungen der Italiener
war sie gewöhnt; aber Oswalds stolze, formvolle Würdigkeit,
seine scheinbare Kälte, sein tiefes Empfinden, das er oft, ohne
es zu wollen, verrieth, übten auf Corinnens Einbildung einen
mächtigen, bestrickenden Reiz. Er flößte ihr ein Gefühl der
Ehrfurcht ein, wie sie es lange nicht empfunden. Geist, auch der
hervorragendste, konnte sie nicht in Erstaunen setzen; aber Hoheit
und Vornehmheit des Charakters wirkten überwältigend auf sie.
Lord Nelvil verband mit diesen Eigenschaften einen Adel des
Betragens, eine Gewandtheit des Ausdrucks, die in starkem
Gegensatz zu der nachlässigen Vertraulichkeit der meisten römischen Großen standen.

Wenngleich Oswalds Sinnesart in mancher Beziehung von
der Corinna's abwich, so verstanden sie einander doch in
wunderbarer Weise. Lord Nelvil errieth Corinnens Eindrücke
mit Scharfsinn, und sie entdeckte bei der leichtesten Veränderung seiner Züge, was in ihm vorging. An die stürmischen
Aeußerungen italienischer Leidenschaft gewöhnt, bereitete diese
stolze und schüchterne Anhänglichkeit, diese unaufhörlich bewiesene
und niemals bekannte Liebe einen ganz neuen Reiz über ihr
Leben. Sie kam sich vor wie umfangen von einer milderen,
reineren Luft, und jeder Augenblick des Tages gab ihr ein Gefühl von der Allgegenwart des Glückes, dem sie sich sorglos überließ, ohne sich darüber Rechenschaft zu geben.

Eines Morgens kam Fürst Castel-Forte zu ihr. Er war traurig, und sie fragte, weshalb er es sei. „Dieser Schotte", sagte er, „raubt uns Ihre Zuneigung, und wer weiß, ob er Sie selbst uns nicht hinwegführen wird!" — Corinna schwieg einige Augenblicke, dann antwortete sie: „Ich versichere Sie, daß er mir nie von Liebe gesprochen hat." — „Und doch sind Sie seiner Liebe gewiß", erwiderte der Fürst; „er spricht durch sein Betragen zu Ihnen, und selbst sein Schweigen ist ein geschicktes Mittel, Sie zu gewinnen. Was könnte man Ihnen denn auch sagen, das Sie noch nicht gehört hätten? Welches Lob wurde Ihnen noch nicht gesungen? An welche Anbetung sind Sie noch nicht gewöhnt? Aber in Lord Nelvils Charakter ist etwas Zurückgehaltenes, etwas Verschleiertes, das Ihnen nie gestatten wird, ihn so vollkommen zu kennen, wie Ihnen das bei uns Anderen möglich ist. Sie sind die am leichtesten zu durchschauende Frau von der Welt; aber eben deshalb, weil sie sich gern ganz so zeigen, wie Sie sind, werden Sie von Geheimniß und Undurchsichtigkeit angezogen und beherrscht. Das Unbekannte hat mehr Gewalt über Sie, als alle, noch so treu bewiesene Anhänglichkeit." — Corinna lächelte. „Sie glauben also, theurer Fürst, daß mein Herz undankbar, mein Geschmack launenhaft sei? Es scheint mir aber doch, als ob Lord Nelvil genug seltene Eigenschaften besitze, die zuerst und allein entdeckt zu haben ich mir nicht schmeicheln darf." — „Er ist, ich gebe das Alles zu, ein stolzer, großmüthiger, geistreicher, selbst gefühlvoller Mann, und besonders ist er melancholisch! Aber wenn ich mich nicht sehr irre, besteht zwischen seinen und Ihren Neigungen keine Verwandtschaft. So lange er unter dem Zauber Ihrer Gegenwart ist, werden Sie das nicht gewahren; aber von Ihnen entfernt, würde Ihre Macht ihn nicht halten. Hindernisse dürften ihn ermüden; durch den erlittenen Kummer hat sich seiner eine gewisse Muthlosigkeit bemächtigt, welche die Kraft seiner Entschlüsse beeinträchtigen muß; und Sie wissen überdies, wie sehr im Allgemeinen die Engländer an den Sitten und Gewohnheiten ihres Landes hängen."

Auf diese Mahnung schwieg Corinna und seufzte. Eine

peinigende Rückerinnerung an ihre früheren Lebensverhältnisse quälte sie den Tag hindurch; doch Abends sah sie Oswald ihr mehr denn je ergeben, und Alles, was folglich von des Fürsten Gespräch in ihrem Gedächtnisse zurückblieb, war der Wunsch, Lord Nelvil an Italien zu fesseln, indem sie ihn die mannigfache Schönheit dieses Landes lieben lehrte. In solcher Absicht schrieb sie ihm den folgenden Brief. Die Freiheit der römischen Lebensformen entschuldigte den Schritt; und Corinna insbesondere hatte sich in ihrer Unabhängigkeit viel Würde, in ihrer Lebhaftigkeit viel Anstand zu erhalten gewußt.

Corinna an Lord Nelvil.

Den 15. December 1794.

„Ich weiß nicht, Mylord, ob Sie mich zu selbstvertrauend finden, oder ob Sie den Gründen, welche dieses Vertrauen entschuldigen, Gerechtigkeit widerfahren lassen werden: Gestern hörte ich Sie sagen, daß Sie noch nichts von Rom gesehen, daß Sie weder die Meisterwerke unserer Kunst, noch auch die großen Ueberreste kennen, an denen wir, vermöge der Fantasie und des Zurückempfindens, Geschichte lernen. So wage ich denn nun den gestern gefaßten Gedanken auszuführen, und biete mich Ihnen für diese Wanderschaft durch die Vergangenheit als Führer an.

„Ohne Zweifel mag Rom eine große Anzahl von Fachmännern aufweisen, deren tiefe Gelehrsamkeit Ihnen sehr viel nützlicher werden könnte. Aber wenn es mir gelingt, Ihnen diesen Aufenthalt, zu welchem ich mich immer so allmächtig hingezogen fühlte, werth zu machen, dann werden Ihre eigenen Studien vollenden, was meine unvollkommene Skizze begonnen hatte.

„Viele Fremde kommen nach Rom, wie sie nach London, wie sie nach Paris gehen: um die Zerstreuungen einer großen Stadt zu suchen; und wenn sie es nachher nur einzugestehen wagten, würden die meisten es zugeben, daß sie sich in Rom gelangweilt haben. Dennoch giebt es hier einen Zauber, dessen man niemals müde wird. Verzeihen Sie es mir, Mylord, wenn ich wünsche, daß dieser Zauber Ihnen geoffenbaret werde?

„Allerdings hat man hier keine politischen Interessen zu verfolgen: doch wenn diese nicht mit den Pflichten der heiligen
Vaterlandsliebe verbunden sind, erkälten sie das Herz. Auch den
sogenannten Freuden der Gesellschaft muß man entsagen: aber
solche Vergnügungen ermüden fast immer den Geist! Man erfreut sich in Rom eines zugleich einsamen und angeregten Daseins,
das Alles, was der Himmel uns verliehen, zu freier Entfaltung
bringt. Ich wiederhole es, Mylord, verzeihen Sie mir diese
Vorliebe für mein Heimatland, die mich wünschen läßt, es von
einem Manne, wie Sie, gewürdigt zu sehen; und beurtheilen
Sie die Beweise von Wohlwollen, welche eine Italienerin geben
zu dürfen glaubt, ohne sich in Ihren Augen, noch in den eigenen,
etwas zu vergeben, nicht mit der strengen Gemessenheit eines
Engländers. '
                                        Corinna.“

Umsonst hätte Oswald es läugnen wollen: er war durch
den Empfang dieses Briefes lebhaft gerührt. Er verhieß ihm
glückreiche Tage. Fantasie, Begeisterung, Liebe, Alles, was es
Göttliches in der Menschenseele giebt, schien sich ihm in diesem
köstlichen Plane einer gemeinschaftlichen Durchwanderung Roms
vereinen zu wollen. Dieses Mal überlegte er nicht, sondern
ging sogleich Corinna aufzusuchen; unterwegs schaute er heiteren
Blickes zum Himmel empor, er empfand das schöne Wetter und
das Leben dünkte ihm leicht! Kummer und Besorgnisse verschleierte jetzt das holde Gewölk der Hoffnung; das, von
drückender Trauer lange geängstigte Herz klopfte und zitterte
vor Freude; und eben die Erkenntniß, daß solche Stimmung
nicht dauern könne, gab diesem Glücksfieber noch besondere
Kraft und Anspannung.

„Sie kommen?“ sagte Corinna, als sie Lord Nelvil eintreten sah; „o, dafür danke ich Ihnen!“ — Sie reichte ihm die
Hand; Oswald drückte sie mit lebhafter Zärtlichkeit an die
Lippen, und fühlte in jenem Augenblick nicht jene quälende
Schüchternheit, die sich so oft in seine besten Empfindungen
mischte, und ihm den Verkehr, selbst mit den Geliebtesten, peinlich
erschwerte. Das Vertrauen zwischen Oswald und Corinna hatte

nun begonnen, ihr Brief es begründet; sie waren Beide zufrieden und empfanden für einander liebevolle Dankbarkeit.

„So zeige ich Ihnen heute das Pantheon und die St. Peters-kirche", sagte Corinna. „Ich hoffte es wohl", fügte sie lächelnd hinzu, „daß Sie die gemeinschaftliche Reise nicht ablehnen würden; meine Pferde stehen deshalb auch bereit. Wir wollen aufbrechen." — „O, wunderbare Frau!" rief Oswald, „wie soll ich Sie begreifen, was sind Sie nur? Woher kommen Ihnen so vielseitige Eigenschaften, die scheinbar einander ausschließen: Empfindung, Heiterkeit, Gedankentiefe, Anmuth, Hingebung, Bescheidenheit? Sind Sie ein Traumgebild? sind Sie dem Dasein dessen, der Ihnen begegnet, ein überirdi-sches Glück?" — „O! glauben Sie auch nicht, daß ich darauf verzichtete, etwas zu Ihrem Glücke beizutragen, wenn ich die Macht dazu hätte." — „Seien Sie vorsichtig", erwiderte Os-wald, indem er voller Bewegung Corinnens Hand ergriff, „seien Sie mit dem Guten, das Sie mir angedeihen lassen wollen, vor-sichtig. Seit zwei Jahren drückt mich des Geschickes eiserne Hand zu Boden; was soll aus mir werden, wenn ich in die gege-benen Verhältnisse wieder zurück muß, nachdem Ihre süße Gegen-wart mir Erleichterung gab, nachdem ich neben Ihnen wieder athmen lernte; was soll dann aus mir werden?" — „Lassen wir die Zeit entscheiden", sagte Corinna, „ob der augenblickliche Eindruck, den ich auf Sie gemacht, länger als einen Augenblick dauern wird. Wenn unsere Seelen sich umfassen, kann diese gegenseitige Neigung keine vorübergehende sein. Wie sich das auch füge, jetzt wollen wir miteinander Alles bewundern, was uns Geist und Herz erheben kann; wir werden so immerhin einige Stunden reinsten Glückes genießen." — Mit diesen Wor-ten stieg sie die Stufen hinunter, und Lord Nelvil folgte ihr, über ihre Antwort erstaunt. Es schien ihm, als ob sie die Möglichkeit eines halben Gefühls, einer vorübergehenden An-ziehung zulasse; auch glaubte er in ihrer Ausdrucksweise etwas Leichtfertiges zu finden, und war davon verletzt.

Schweigend nahm er neben Corinna im Wagen Platz, und diese, den Grund seiner Verstimmung errathend, fuhr nun fort:

„Ich halte unser Herz nicht für so beschaffen, daß es entweder ganz liebeleer, oder von der unbezwinglichsten Leidenschaft erfüllt sein müsse. Es giebt Anfänge des Liebens, die eine strenge Prüfung wieder vernichten kann; und die Begeisterung selber, deren man fähig ist, kann, wie sie zuerst der Berauschung förderlich war, auch das Erkalten schneller bringen." — „Sie haben viel über die Liebe nachgedacht", sagte Oswald mit Bitterkeit. Corinna erröthete und schwieg einige Augenblicke. Dann entgegnete sie mit Würde und schönem Freimuth: „Ich glaube nicht, daß je ein empfindendes Weib sechsundzwanzig Jahr alt geworden ist, ohne die Täuschungen der Liebe gekannt zu haben. Aber wenn niemals glücklich gewesen zu sein, wenn nie den Gegenstand, welcher des Herzens ganzen Liebesreichthum verdient hätte, gefunden zu haben, Anspruch auf Theilnahme giebt, dann habe ich ein Recht auf die Ihrige." — Diese Worte, und Corinnens Ton verscheuchten zum Theil die Wolken von Oswalds Stirn; dennoch sagte er zu sich selber: „Sie ist die Hinreißendste der Frauen, aber sie ist eine Italienerin! und das ihre ist wohl nicht solch schüchternes, reines, unberührtes Herz, als das junge Mädchen daheim besitzen mag, dem mein Vater mich bestimmte."

Diese junge Engländerin nannte sich Lucile Edgermond, und war die Tochter eines Freundes von Lord Nelvils Vater. Aber da Oswald England verließ, war sie noch zu sehr Kind, als daß er sich mit ihr hätte vermählen, noch selbst voraussehen können, was sie einst sein werde.

Zweites Kapitel.

Oswald und Corinna gingen zuerst nach dem Pantheon, das man heute Santa Maria della Rotonda nennt. Der Katholicismus hat in Italien überall vom Heidenthum geerbt; und in Rom ist das Pantheon der einzige, vollkommen erhaltene Tempel, der einen Gesammteindruck von der Schönheit antiker Baukunst und von dem besonderen Charakter des Kultus der Alten giebt. Oswald und Corinna ließen auf dem Platze vor dem Pantheon halten, um die Vorderseite des Tempels und ihren Säulenschmuck bewundern zu können.

Corinna machte Lord Nelvil darauf aufmerksam, daß der Bau nach Regeln aufgeführt sei, die seine Verhältnisse größer erscheinen lassen, als sie sind. „Von der Peterskirche", sagte sie, „werden Sie hierin den entgegengesetzten Eindruck empfangen; sie scheint anfangs nicht so umfangreich, als sie wirklich ist. Die, dem Pantheon so günstige Täuschung rührt, wie versichert wird, davon her, daß die Säulen in besonders weitem Zwischenraum, also freier, stehen, und von der Abwesenheit aller kleinen Ornamentik, mit welcher der Dom von St. Peter überladen ist. Mit dem Pantheon ist es dasselbe wie mit der antiken Poesie, die auch nur die großen Umrisse zieht, und dem Gedanken des Hörers das Dazwischenliegende auszufüllen überläßt. Wir von Heute, wir sagen nach allen Richtungen hin zu viel! Dieser Tempel", fuhr Corinna fort, „wurde von Agrippa, dem Günstlinge des Augustus, diesem seinem Freunde und Herrn gewidmet. Augustus indessen war doch bescheiden genug, um die Zueignung abzulehnen, und Agrippa weihte darauf den Tempel allen Göttern des Olymps. Oben auf dem Pantheon stand damals ein eherner Triumphwagen, mit den Statuen des Augustus und des Agrippa; noch einmal, nur in anderer Gestalt und Auffassung, befanden sich dieselben Standbilder zu beiden Seiten des Portikus, und noch jetzt liest man an dem Frontispiz des Tempels: „Dem Augustus von Agrippa geweiht." Augustus führte eine neue Epoche für den menschlichen Geist herauf, und verlieh so seinem Zeitalter seinen Namen. Die verschiedenen Meisterwerke der Zeitgenossen bildeten gewissermaßen die einzelnen Strahlen seiner Ruhmesglorie. Er verstand es klug, die genialen Männer der Wissenschaft zu ehren; denn er wußte es: sein Ruhm war dadurch in der Nachwelt um so mehr gesichert.

„Treten wir in den Tempel", sagte Corinna, „Sie sehen, er ist noch offen und ohne Decke, wie er im Alterthum war. Man sagt, daß dieses von oben hereinströmende Licht sinnbildlich die allen Göttern überlegene höchste Gottheit darstellen sollte. Die

Heiden haben immer den symbolischen Ausdruck geliebt, und es scheint wirklich, als ob solche Sprache der Religion geziemender sei, als das Wort. Der Regen fällt oft in diesen marmornen Vorhof, aber auch die Sonnenstrahlen beleuchten verklärend die Betenden. Welche Heiterkeit, welche Festesmiene hat dieser Tempel! Die Heiden vergöttlichten das Leben, die Christen verherrlichen den Tod, das ist der Geist der beiden Gottesverehrungen. Indessen unser südlicher Katholicismus ist weniger düster, als der des Nordens. Sie werden das in der Peterskirche recht bemerken. In dem innersten Heiligthum des Pantheon befinden sich die Büsten unserer berühmtesten Künstler; sie schmücken diese Nischen, in denen einst die Götterbilder der Alten standen. Da wir seit der Zerstörung des cäsarischen Reiches fast niemals eine politische Unabhängigkeit in Italien hatten, findet man hier weder Staatsmänner, noch große Feldherren. Nur der Genius der schaffenden Künste verleiht uns Ruhm; aber meinen Sie nicht, Mylord, daß ein Volk, welches so seine Talente ehrt, eines besseren Schicksals würdig sei?" — „Ich denke streng über Nationen", antwortete Oswald, „und glaube, daß sie immer ihr Loos verdienen, welches dies auch sei!" — „Das ist hart", entgegnete Corinna, „vielleicht würden Sie, wenn Sie hier lebten, sich eines Gefühls der Rührung für dieses schöne Land nicht erwehren können, das die Natur wie ein Opfer geschmückt zu haben scheint. Wenigstens erinnern Sie sich, daß wir Künstler, wir Liebende des Ruhms, keine theurere Hoffnung hegen, als hier einen Platz zu erhalten. Ich habe mir den meinen schon ausgewählt", sagte sie, indem sie auf eine noch leere Nische zeigte. „Wer weiß, Oswald, ob Sie nicht noch einst diesen Raum betreten, wenn meine Büste hier steht? Dann — — ." Oswald unterbrach sie lebhaft: „Sie, die Sie in Jugend und Schönheit glänzen, wie können Sie so zu einem Manne sprechen, den Unglück und Gram dem Grabe zuneigen?" — „Ach", rief Corinna, „der Sturm kann in einem Augenblick die Blumen entblättern, welche das Haupt jetzt noch hoch tragen. Oswald, theurer Oswald", fuhr sie fort, „warum sollten Sie nicht glücklich sein? warum —" „Fragen Sie nicht", antwortete Lord

Nelvil, „Sie haben Ihre Geheimnisse, ich die meinigen; ehren wir gegenseitig unser Stillschweigen. Nein, nein, Sie wissen nicht, welche Erschütterung mir das Erzählen meines Unglückes bereiten würde!" Corinna schwieg, und als sie aus dem Tempel trat, war ihr Schritt langsamer, ihr Auge träumerischer.

Unter dem Portikus wendete sie sich zurück. „Hier", sagte sie, „stand eine porphyrne Urne von großer Schönheit; man hat sie nach der Laterankirche gebracht. Sie enthielt die Asche Agrippa's, die zu Füßen des Standbildes ruhte, das er sich selbst errichtet hatte. Die Alten bemühten sich sorgfältig, mit dem Gedanken des Todes zu versöhnen, und suchten Alles zu entfernen, was er Trauriges und Abschreckendes hat. Auf ihre Grabstätten verwendeten sie eine Pracht, die den Abstand von des Lebens Glanz zur Todesnacht weniger fühlbar machen sollte. Sie hofften freilich nicht so sicher, als wir, auf ein anderes Leben; darum strebten sie so eifrig, dem Tode die Fortdauer des Andenkens an ihre Dahingegangenen abzukämpfen, während wir uns gern und furchtlos in dem Schooß des Ewigen verlieren." Oswald seufzte und schwieg. Schwermüthige Gedanken haben viel Anziehendes, so lange man selbst noch nicht tiefunglücklich war; aber wenn erst der Schmerz, mit all seiner Herbigkeit sich unserer Seele bemächtigte, dann kann man gewisse Worte, die früher nur etwas mehr oder weniger sanfte Trauer in uns hervorriefen, nicht mehr ohne tiefe Erschütterung vernehmen.

Drittes Kapitel.

Um nach der Peterskirche zu gelangen, muß man über die Engelsbrücke; Corinna und Lord Nelvil machten hier einen kurzen Halt. „Auf dieser Brücke", sagte Oswald, „habe ich, als ich vom Kapitol kam, zum ersten Mal lange an Sie gedacht." — „Ich wähnte nicht, daß meine Krönung mir einen Freund gewinnen werde, wenn ich auch sonst immer hoffe, mit dem Ruhm auch Liebe zu ernten. Was nützte er, ohne diese Hoffnung, wenigstens den Frauen!" — „Verweilen wir hier noch einige Augenblicke", sagte Oswald. „Wo ist unter all diesen großen

Erinnerungen eine, die meinem Herzen diese Stelle aufwöge, diese Stelle, welche mir den Tag zurückruft, an dem ich Sie zum ersten Male sah?" — „Mir scheint", sagte Corinna, „daß man durch gemeinsames Bewundern von Denkmalen, die mit wahrhafter Größe zu uns reden, einander theurer wird. Die Bauwerke Roms sind weder kalt noch stumm; das Genie hat sie geschaffen, denkwürdige Ereignisse sie geheiligt, und erst, wenn man liebt, — einen Charakter liebt, wie den Ihren, Oswald, — wird man fähig sein, die Größe und Herrlichkeit des Weltalls recht eigentlich zu erkennen." — „Ja", entgegnete Oswald, „doch wenn ich Ihre Stimme höre, bedarf ich keiner andern Wunder mehr." Corinna dankte ihm mit einem Lächeln voller Lieblichkeit.

Auf dem Wege zur Peterskirche blieben sie vor der Engelsburg stehen. „Das Aeußere dieser Burg", sagte Corinna, „hat von allen hiesigen Bauwerken die meiste Originalität; dieses von den Gothen zu einer Festung umgeschaffene Grabmal Hadrians trägt den Stempel beider Bestimmungen. Einem Todten errichtet, und ganz aus undurchdringlichen Mauern gebildet, haben die Lebenden denselben durch äußere Fortifikationen, welche zu dem Schweigen und der stolzen Zwecklosigkeit eines Mausoleums in starkem Widerspruch stehen, doch noch etwas Feindliches beigefügt. Auf seiner höchsten Spitze steht ein bronzener Engel mit nacktem Schwert[5]. Im Innern hat man grausame Gefängnisse eingerichtet. Von Hadrian bis auf unsere Tage knüpfen alle Ereignisse der römischen Geschichte an dieses Denkmal an. Belisar vertheidigte sich hier gegen die Gothen und schleuderte, fast ebenso barbarisch als seine Belagerer, die schönsten Statuen, welche das Innere des Grabmals schmückten, auf den Feind hinab. Crescentius, Arnold von Brescia, Nikolaus Rienzi[6], welche Alle aus des Vaterlandes großen Erinnerungen neue Hoffnungen schöpften, vertheidigten sich lange in diesem Kaisergrabe. Ich liebe diese Steine, die so viel ruhmreiche Thaten gesehen. Ich liebe auch ein großartiges Grabmal, diesen Luxus eines Weltbeherrschers. Es ist etwas Kühnes in dem Manne, der, im Besitze alles Genusses, aller irdischen Größe, es nicht scheut, sich lange vorher mit seinem Tode zu beschäftigen.

nun begonnen, ihr Brief es begründet; sie waren Beide zufrieden und empfanden für einander liebevolle Dankbarkeit.

„So zeige ich Ihnen heute das Pantheon und die St. Peterskirche", sagte Corinna. „Ich hoffte es wohl", fügte sie lächelnd hinzu, „daß Sie die gemeinschaftliche Reise nicht ablehnen würden; meine Pferde stehen deshalb auch bereit. Wir wollen aufbrechen." — „O, wunderbare Frau!" rief Oswald, „wie soll ich Sie begreifen, was sind Sie nur? Woher kommen Ihnen so vielseitige Eigenschaften, die scheinbar einander ausschließen: Empfindung, Heiterkeit, Gedankentiefe, Anmuth, Hingebung, Bescheidenheit? Sind Sie ein Traumgebild? sind. Sie dem Dasein dessen, der Ihnen begegnet, ein überirdisches Glück?" — „O! glauben Sie auch nicht, daß ich darauf verzichtete, etwas zu Ihrem Glücke beizutragen, wenn ich die Macht dazu hätte." — „Seien Sie vorsichtig", erwiderte Oswald, indem er voller Bewegung Corinnens Hand ergriff, „seien Sie mit dem Guten, das Sie mir angedeihen lassen wollen, vorsichtig. Seit zwei Jahren drückt mich des Geschickes eiserne Hand zu Boden; was soll aus mir werden, wenn ich in die gegebenen Verhältnisse wieder zurück muß, nachdem Ihre süße Gegenwart mir Erleichterung gab, nachdem ich neben Ihnen wieder athmen lernte; was soll dann aus mir werden?" — „Lassen wir die Zeit entscheiden", sagte Corinna, „ob der augenblickliche Eindruck, den ich auf Sie gemacht, länger als einen Augenblick dauern wird. Wenn unsere Seelen sich umfassen, kann diese gegenseitige Neigung keine vorübergehende sein. Wie sich das auch füge, jetzt wollen wir miteinander Alles bewundern, was uns Geist und Herz erheben kann; wir werden so immerhin einige Stunden reinsten Glückes genießen." — Mit diesen Worten stieg sie die Stufen hinunter, und Lord Nelvil folgte ihr, über ihre Antwort erstaunt. Es schien ihm, als ob sie die Möglichkeit eines halben Gefühls, einer vorübergehenden Anziehung zulasse; auch glaubte er in ihrer Ausdrucksweise etwas Leichtfertiges zu finden, und war davon verletzt.

Schweigend nahm er neben Corinna im Wagen Platz, und diese, den Grund seiner Verstimmung errathend, fuhr nun fort:

„Ich halte unser Herz nicht für so beschaffen, daß es entweder ganz liebeleer, oder von der unbezwinglichsten Leidenschaft erfüllt sein müsse. Es giebt Anfänge des Liebens, die eine strenge Prüfung wieder vernichten kann; und die Begeisterung selber, deren man fähig ist, kann, wie sie zuerst der Berauschung förderlich war, auch das Erkalten schneller bringen." — „Sie haben viel über die Liebe nachgedacht", sagte Oswald mit Bitterkeit. Corinna erröthete und schwieg einige Augenblicke. Dann entgegnete sie mit Würde und schönem Freimuth: „Ich glaube nicht, daß je ein empfindendes Weib sechsundzwanzig Jahr alt geworden ist, ohne die Täuschungen der Liebe gekannt zu haben. Aber wenn niemals glücklich gewesen zu sein, wenn nie den Gegenstand, welcher des Herzens ganzen Liebesreichthum verdient hätte, gefunden zu haben, Anspruch auf Theilnahme giebt, dann habe ich ein Recht auf die Ihrige." — Diese Worte, und Corinnens Ton verscheuchten zum Theil die Wolken von Oswalds Stirn; dennoch sagte er zu sich selber: „Sie ist die Hinreißendste der Frauen, aber sie ist eine Italienerin! und das ihre ist wohl nicht solch schüchternes, reines, unberührtes Herz, als das junge Mädchen daheim besitzen mag, dem mein Vater mich bestimmte."

Diese junge Engländerin nannte sich Lucile Edgermond, und war die Tochter eines Freundes von Lord Nelvils Vater. Aber da Oswald England verließ, war sie noch zu sehr Kind, als daß er sich mit ihr hätte vermählen, noch selbst voraussehen können, was sie einst sein werde.

Zweites Kapitel.

Oswald und Corinna gingen zuerst nach dem Pantheon, das man heute Santa Maria della Rotonda nennt. Der Katholicismus hat in Italien überall vom Heidenthum geerbt; und in Rom ist das Pantheon der einzige, vollkommen erhaltene Tempel, der einen Gesammteindruck von der Schönheit antiker Baukunst und von dem besonderen Charakter des Kultus der Alten giebt. Oswald und Corinna ließen auf dem Platze vor

dem Pantheon halten, um die Vorderseite des Tempels und ihren
Säulenschmuck bewundern zu können.

Corinna machte Lord Nelvil darauf aufmerksam, daß der
Bau nach Regeln aufgeführt sei, die seine Verhältnisse größer
erscheinen lassen, als sie sind. „Von der Peterskirche", sagte
sie, „werden Sie hierin den entgegengesetzten Eindruck empfangen; sie scheint anfangs nicht so umfangreich, als sie wirklich ist.
Die, dem Pantheon so günstige Täuschung rührt, wie versichert
wird, davon her, daß die Säulen in besonders weitem Zwischenraum, also freier, stehen, und von der Abwesenheit aller
kleinen Ornamentik, mit welcher der Dom von St. Peter überladen ist. Mit dem Pantheon ist es dasselbe wie mit der
antiken Poesie, die auch nur die großen Umrisse zieht, und dem
Gedanken des Hörers das Dazwischenliegende auszufüllen überläßt. Wir von Heute, wir sagen nach allen Richtungen hin
zu viel! Dieser Tempel", fuhr Corinna fort, „wurde von
Agrippa, dem Günstlinge des Augustus, diesem seinem Freunde
und Herrn gewidmet. Augustus indessen war doch bescheiden
genug, um die Zueignung abzulehnen, und Agrippa weihte darauf den Tempel allen Göttern des Olymps. Oben auf dem
Pantheon stand damals ein eherner Triumphwagen, mit den
Statuen des Augustus und des Agrippa; noch einmal, nur in
anderer Gestalt und Auffassung, befanden sich dieselben Standbilder zu beiden Seiten des Portikus, und noch jetzt liest man
an dem Frontispiz des Tempels: „Dem Augustus von Agrippa
geweiht." Augustus führte eine neue Epoche für den menschlichen Geist herauf, und verlieh so seinem Zeitalter seinen Namen.
Die verschiedenen Meisterwerke der Zeitgenossen bildeten gewissermaßen die einzelnen Strahlen seiner Ruhmesglorie. Er
verstand es klug, die genialen Männer der Wissenschaft zu ehren;
denn er mußte es: sein Ruhm war dadurch in der Nachwelt um so
mehr gesichert.

„Treten wir in den Tempel", sagte Corinna, „Sie sehen,
er ist noch offen und ohne Decke, wie er im Alterthum war.
Man sagt, daß dieses von oben hereinströmende Licht sinnbildlich
die allen Göttern überlegene höchste Gottheit darstellen sollte. Die

Heiden haben immer den symbolischen Ausdruck geliebt, und es scheint wirklich, als ob solche Sprache der Religion geziemender sei, als das Wort. Der Regen fällt oft in diesen marmornen Vorhof, aber auch die Sonnenstrahlen beleuchten verklärend die Betenden. Welche Heiterkeit, welche Festesmiene hat dieser Tempel! Die Heiden vergöttlichten das Leben, die Christen verherrlichen den Tod, das ist der Geist der beiden Gottesverehrungen. Indessen unser südlicher Katholicismus ist weniger düster, als der des Nordens. Sie werden das in der Peterskirche recht bemerken. In dem innersten Heiligthum des Pantheon befinden sich die Büsten unserer berühmtesten Künstler; sie schmücken diese Nischen, in denen einst die Götterbilder der Alten standen. Da wir seit der Zerstörung des cäsarischen Reiches fast niemals eine politische Unabhängigkeit in Italien hatten, findet man hier weder Staatsmänner, noch große Feldherren. Nur der Genius der schaffenden Künste verleiht uns Ruhm; aber meinen Sie nicht, Mylord, daß ein Volk, welches so seine Talente ehrt, eines besseren Schicksals würdig sei?" — „Ich denke streng über Nationen", antwortete Oswald, „und glaube, daß sie immer ihr Loos verdienen, welches dies auch sei!" — „Das ist hart", entgegnete Corinna, „vielleicht würden Sie, wenn Sie hier lebten, sich eines Gefühls der Rührung für dieses schöne Land nicht erwehren können, das die Natur wie ein Opfer geschmückt zu haben scheint. Wenigstens erinnern Sie sich, daß wir Künstler, wir Liebende des Ruhms, keine theurere Hoffnung hegen, als hier einen Platz zu erhalten. Ich habe mir den meinen schon ausgewählt", sagte sie, indem sie auf eine noch leere Nische zeigte. „Wer weiß, Oswald, ob Sie nicht noch einst diesen Raum betreten, wenn meine Büste hier steht? Dann — —." Oswald unterbrach sie lebhaft: „Sie, die Sie in Jugend und Schönheit glänzen, wie können Sie so zu einem Manne sprechen, den Unglück und Gram dem Grabe zuneigen?" — „Ach", rief Corinna, „der Sturm kann in einem Augenblick die Blumen entblättern, welche das Haupt jetzt noch hoch tragen. Oswald, theurer Oswald", fuhr sie fort, „warum sollten Sie nicht glücklich sein? warum —" „Fragen Sie nicht", antwortete Lord

Nelvil, „Sie haben Ihre Geheimnisse, ich die meinigen; ehren wir gegenseitig unser Stillschweigen. Nein, nein, Sie wissen nicht, welche Erschütterung mir das Erzählen meines Unglückes bereiten würde!" Corinna schwieg, und als sie aus dem Tempel trat, war ihr Schritt langsamer, ihr Auge träumerischer.

Unter dem Portikus wendete sie sich zurück. „Hier", sagte sie, „stand eine porphyrne Urne von großer Schönheit; man hat sie nach der Laterankirche gebracht. Sie enthielt die Asche Agrippa's, die zu Füßen des Standbildes ruhte, das er sich selbst errichtet hatte. Die Alten bemühten sich sorgfältig, mit dem Gedanken des Todes zu versöhnen, und suchten Alles zu entfernen, was er Trauriges und Abschreckendes hat. Auf ihre Grabstätten verwendeten sie eine Pracht, die den Abstand von des Lebens Glanz zur Todesnacht weniger fühlbar machen sollte. Sie hofften freilich nicht so sicher, als wir, auf ein anderes Leben; darum strebten sie so eifrig, dem Tode die Fortdauer des Andenkens an ihre Dahingegangenen abzukämpfen, während wir uns gern und furchtlos in dem Schooß des Ewigen verlieren." Oswald seufzte und schwieg. Schwermüthige Gedanken haben viel Anziehendes, so lange man selbst noch nicht tiefunglücklich war; aber wenn erst der Schmerz, mit all seiner Herbigkeit sich unserer Seele bemächtigte, dann kann man gewisse Worte, die früher nur etwas mehr oder weniger sanfte Trauer in uns hervorriefen, nicht mehr ohne tiefe Erschütterung vernehmen.

Drittes Kapitel.

Um nach der Peterskirche zu gelangen, muß man über die Engelsbrücke; Corinna und Lord Nelvil machten hier einen kurzen Halt. „Auf dieser Brücke", sagte Oswald, „habe ich, als ich vom Kapitol kam, zum ersten Mal lange an Sie gedacht." — „Ich wähnte nicht, daß meine Krönung mir einen Freund gewinnen werde, wenn ich auch sonst immer hoffe, mit dem Ruhm auch Liebe zu ernten. Was nützte er, ohne diese Hoffnung, wenigstens den Frauen!" — „Verweilen wir hier noch einige Augenblicke", sagte Oswald. „Wo ist unter all diesen großen

Erinnerungen eine, die meinem Herzen diese Stelle aufwöge, diese Stelle, welche mir den Tag zurückruft, an dem ich Sie zum ersten Male sah?" — „Mir scheint", sagte Corinna, „daß man durch gemeinsames Bewundern von Denkmalen, die mit wahrhafter Größe zu uns reden, einander theurer wird. Die Bauwerke Roms sind weder kalt noch stumm; das Genie hat sie geschaffen, denkwürdige Ereignisse sie geheiligt, und erst, wenn man liebt, — einen Charakter liebt, wie den Ihren, Oswald, — wird man fähig sein, die Größe und Herrlichkeit des Weltalls recht eigentlich zu erkennen." — „Ja", entgegnete Oswald, „doch wenn ich Ihre Stimme höre, bedarf ich keiner andern Wunder mehr." Corinna dankte ihm mit einem Lächeln voller Lieblichkeit.

Auf dem Wege zur Peterskirche blieben sie vor der Engelsburg stehen. „Das Aeußere dieser Burg", sagte Corinna, „hat von allen hiesigen Bauwerken die meiste Originalität; dieses von den Gothen zu einer Festung umgeschaffene Grabmal Hadrians trägt den Stempel beider Bestimmungen. Einem Todten errichtet, und ganz aus undurchdringlichen Mauern gebildet, haben die Lebenden denselben durch äußere Fortifikationen, welche zu dem Schweigen und der stolzen Zwecklosigkeit eines Mausoleums in starkem Widerspruch stehen, doch noch etwas Feindliches beigefügt. Auf seiner höchsten Spitze steht ein bronzener Engel mit nacktem Schwert5). Im Innern hat man grausame Gefängnisse eingerichtet. Von Hadrian bis auf unsere Tage knüpfen alle Ereignisse der römischen Geschichte an dieses Denkmal an. Belisar vertheidigte sich hier gegen die Gothen und schleuderte, fast ebenso barbarisch als seine Belagerer, die schönsten Statuen, welche das Innere des Grabmals schmückten, auf den Feind hinab. Crescentius, Arnold von Brescia, Nikolaus Rienzi6), welche Alle aus des Vaterlandes großen Erinnerungen neue Hoffnungen schöpften, vertheidigten sich lange in diesem Kaisergrabe. Ich liebe diese Steine, die so viel ruhmreiche Thaten gesehen. Ich liebe auch ein großartiges Grabmal, diesen Luxus eines Weltbeherrschers. Es ist etwas Kühnes in dem Manne, der, im Besitze alles Genusses, aller irdischen Größe, es nicht scheut, sich lange vorher mit seinem Tode zu beschäftigen.

Erhabenes Denken, selbstloses Fühlen zieht in die Seele ein,
sobald sie über die Schranken dieses Lebens sich erhebt."

„Von hier aus", fuhr Corinna fort, „sollte man die Peterskirche schon sehen, bis hierher sich ihr Säulenvorhof erstrecken,
so war der stolze Plan Michel Angelo's. Er hoffte, daß man
nach ihm wenigstens es so vollenden werde; doch die Menschen
aus unserer Zeit denken nicht mehr an die Nachwelt. Als man
zuerst die Begeisterung ins Lächerliche zog, hat man Alles zerstört, ausgenommen das Geld und die Gewalt." — „Sie,
Corinna, werden eine neue Begeisterung schaffen", rief Lord
Nelvil. „Wem ward je ein Glück, wie ich's erfahre? Rom,
mir von Ihnen gezeigt! Rom, von genialer und künstlerischer
Einsicht mir gedeutet! —

„Eine Welt zwar bist du, o Rom; doch ohne die Liebe
 Wäre die Welt nicht die Welt, wäre denn Rom auch nicht Rom."[7]

„Ach Corinna, was kann diesen Tagen folgen, die glücklicher sind, als mein Schicksal und das Gewissen es gestatten
wollen?" — Corinna antwortete sanft: „Alle wahrhaftige Liebe
kommt vom Himmel, Oswald; warum sollte er nicht begünstigen,
was er uns gegeben? Sein ist das Recht, über uns zu
bestimmen."

Und nun zeigte sich ihnen der Dom von St. Peter, dieses
größeste von Menschen errichtete Bauwerk; denn selbst die
Pyramiden Egyptens sind ihm an Höhe unterthan. „Ich hätte
Ihnen vielleicht das Schönste zuletzt zeigen müssen", sagte
Corinna, „aber das ist nicht mein System. Mir scheint vielmehr, daß man, um das Gefühl für die schönen Künste zu
wecken, mit Gegenständen anfangen muß, welche die tiefste und
nachhaltigste Bewunderung erregen. Wurde diese nur erst einmal empfunden, dann bahnte sie gewissermaßen den Weg zu
neuen Gedankensphären an, und befähigt, Alles das fortan zu
schätzen und zu beurtheilen, was, selbst wenn es von geringerer
Art ist, doch immer den zuerst empfangenen Eindruck nur wiederholt und vertieft. All diese berechneten Steigerungen, all dieses
methodische, stufenweise Verfahren, um einen großen Eindruck
zu erzielen, sind nicht nach meinem Sinn. Man gelangt nicht

stufenweise zum Erhabenen; denn selbst von dem Schönen wird
es noch durch eine unendliche Kluft geschieden." Oswald war
in außerordentlicher Bewegung, als er jetzt vor der Peterskirche
stand. Zum ersten Mal wirkte ein Menschenwerk auf ihn wie die
Wunder der Natur. In der Gegenwart ist es das einzige Kunst=
werk, das eine Größe aufweiset, wie sie sonst nur den unmittel=
baren Werken der Schöpfung eigen ist. Corinna erfreute sich
an Oswalds staunender Bewunderung. — „Ich habe einen
Tag gewählt", sagte sie, „wo die Sonne in ihrem vollsten Glanz
über diesem Wunderbau steht; und ich behalte Ihnen nun noch
den poetischeren Genuß vor, ihn im Mondenschein zu betrachten;
aber zuerst müssen Sie diesem Allerfeierlichsten gegenüber gestan=
den haben: der Verklärung des menschlichen Genius durch die
Herrlichkeit der Natur."

Der Platz vor der Peterskirche ist von Säulen eingeschlossen,
die in der Ferne schlank erscheinen, aber recht massiv in der Nähe
sind. Das bis zum Portikus der Kirche allmählig aufsteigende
Erdreich erhöht noch die Wirkung. Auf der Mitte des Platzes
steht ein Obelisk von achtzig Fuß Höhe, welcher aber natürlich
dieser Riesenkuppel gegenüber fast verschwindet. Die Gestalt
der Obelisken hat etwas die Einbildung sehr Anregendes;
ihre Spitze verliert sich in die Lüfte und scheint einen großen
Menschengedanken gen Himmel zu tragen. Dieses Monument,
das von Egypten kam, um die Bäder Caligula's zu schmücken, und
das Sixtus der Fünfte später am Fuße des Doms von St. Peter
aufstellen ließ, flößt als Zeitgenosse so vieler Jahrhunderte, die
alle nichts über ihn vermochten, ein Gefühl der Ehrfurcht ein: der
Mensch fühlt sich vorübergehen, und darum steht er erschüttert
vor dem Unwandelbaren. Zu beiden Seiten der Obelisken
erheben sich in einiger Entfernung zwei Springbrunnen, deren
Wasser fortdauernd sprudelt, und in schäumendem Reichthum
steigt und fällt. Ihr Wellengemurmel, wie man es sonst nur in
freier Gegend zu hören gewohnt ist, bringt in solchem Umkreis eine
ganz eigenthümliche Wirkung hervor, die im vollen Einklang mit
der Stimmung ist, welche die Majestät dieses Tempels in dem
Beschauer hervorruft.

Staëls Corinna. 6

Die Malerei und die Bildhauerkunst erwecken, da sie meistens die menschliche Gestalt, oder einen in der Natur fertigen Gegenstand nachbilden, vollkommen klare und bestimmte Vorstellungen in uns; dagegen hat ein schönes Denkmal der Architektur, so zu sagen, keine festgesetzte Bedeutung, und man verliert sich bei seiner Betrachtung in eine ziel- und planlose Träumerei, welche die Gedanken oft sehr weit hinwegführt. Das Rauschen der Wasser entspricht all diesen unbestimmten, und doch tiefen Eindrücken; es ist so einförmig, wie das Bauwerk regelmäßig ist.

Ewige Bewegung und ewige Ruhe sind auf diese Weise einander nahe gebracht. Hier scheint's, als habe die Zeit ihre Macht verloren, denn sie läßt so wenig die üppigen Quellen versiegen, als sie jene unbeweglichen Steine erschüttert. Die Wassergarben, welche sich aus diesen Fontainen emporschwingen, sind so leicht und wolkig, daß an schönen Tagen die Sonnenstrahlen mit ihnen kleine, aus den schönsten Farben gebildete Regenbogen erzeugen.

„Verweilen Sie noch", sagte Corinna zu Lord Nelvil, als sie schon unter dem Portal der Kirche standen, „zögern Sie noch, ehe Sie des Tempels Vorhang heben. Klopft Ihnen nicht das Herz, da Sie sich nun diesem Heiligthume nähern? und empfinden Sie in diesem Augenblick des Eintretens nicht etwas, gleich der Erwartung eines feierlichen Ereignisses?" — Corinna hob selbst den Vorhang auf und hielt ihn weit zurück, um Lord Nelvil vorüberschreiten zu lassen; sie zeigte sehr viel Anmuth in dieser Stellung und sein erster Blick verlor sich nur in ihrem Anschauen. Endlich trat er ein. Diese unermeßlichen Gewölbe machten einen überwältigenden Eindruck; es war ihm, als verlöre er unter ihnen selbst das Bewußtsein seiner Liebe. Er schritt langsam neben Corinna her; Beide schwiegen. Hier gebietet Alles Stillschweigen: das leiseste Geräusch hallt so weit nach, daß keine menschliche Rede würdig erscheint, hier in dieser Wohnung des Ewigen wiederholt zu werden. Nur das Gebet, nur des Unglücks Klagelaut, aus wie schwacher Brust er auch dringen möge, darf durch diese weiten Räume zittern. Und wenn der schwanke Fuß eines Greises sich über den schönen, von so viel Thränen geweihten Marmor

schleppt, fühlt man, daß der Mensch eben durch diese Gebrechlichkeit seines Wesens, die seine göttliche Seele so vielem Leid
unterwirft, Ehrfurcht gebietend wird, und daß in dem Cultus des
Schmerzes, dem Christenthum, das wahre Geheimniß von des
Menschen Erdenwallen enthalten ist.

Corinna unterbrach Oswalds Träumerei: „In England
und Deutschland sahen Sie gothische Kirchen und Sie werden
bemerkt haben, wie viel weniger heiter ihr Charakter ist, als
dieser. Es liegt in dem Katholicismus der nordischen Völker
etwas Mystisches. Der unsere spricht durch sinnliche Pracht
zur Einbildungskraft. Michel Angelo sagte von der Kuppel
des Pantheons: „Ich werde sie in die Lüfte stellen"; und
wirklich ist St. Peter ein Tempel, der sich auf einer Kirche
erhebt. In der Wirkung, welche das Innere dieses Doms
hervorbringt, findet gewissermaßen eine Vermählung des Alterthums mit der christlichen Religion statt. Ich komme oft hieher, um die heitre Seelenruhe wieder zu gewinnen, die mir bisweilen verloren geht; denn der Anblick eines solchen Gebäudes ist
gleich einer fortdauernden festlichen Musik, die immer bereit ist,
uns wohlthätig zu beruhigen, sobald wir uns ihr nähern. Gewiß,
man muß die Geduld unserer Kirchenfürsten, die Jahrhunderte
lang so viel Geld und Arbeit an die Vollendung eines Werkes
setzten, dessen sie sich zu erfreuen nicht hoffen konnten, unter
die Ruhmesansprüche unserer Nation zählen[8]; es ist sogar in
sittlichem Sinne verdienstlich, das Volk mit einem Denkmale zu bereichern, welches das Sinnbild so vieler edler und großherziger
Anschauungen ist." — „Ja", erwiderte Oswald, „hier herrscht
die Kunst in ihrer ganzen Größe, und ihre Schöpfungen sind voll
des höchsten Geistes, aber die Würde des Menschen selbst, wie ist
hier für sie gesorgt? Welche Institutionen! Welche Schwachheit in den meisten der italienischen Regierungen! Und obwohl
so schwach, wie knechten sie die Geister!" — „Andere Völker",
unterbrach Corinna, „haben das Joch, wie wir, getragen, und
hatten dazu keine Einbildungskraft, die sich wenigstens ein
anderes Schicksal träumt:

Servi siam, si, ma servi ognor frementi.

6*

„Sklaven sind wir, ja, doch stets nur knirschende Sklaven",
sagt Alfieri, der stolzeste unserer modernen Schriftsteller. In
den schönen Künsten ist hier so viel Seelentiefe, daß einst unser
Charakter vielleicht unserm Genius gleichkommen wird."

„Sehen Sie", fuhr Corinna fort, „diese Standbilder auf
den Gräbern, diese Gemälde in Mosaik, mühevolle und treue
Nachbildungen der Meisterwerke großer Künstler. Ich zer-
lege mir indessen nicht gern die Peterskirche in Einzelnes, weil
ich grade hier diesen vielfachen überreichen Schmuck nicht liebe,
der leicht den Gesammteindruck zerstört. Wie groß also muß ein
Denkmal sein, wo die Meisterwerke des menschlichen Geistes wie
überflüssiger Zierrath erscheinen. Dieser Tempel ist eine Welt
für sich. Man findet hier eine Zufluchtsstätte gegen Kälte und
Hitze. Er hat seine eigenen Jahreszeiten, seinen ewigen Frühling, welchen die Luft von draußen niemals beeinflußt. Eine
unterirdische Kirche liegt unter seinem Vorhof. Die Päpste,
und mehrere Beherrscher fremder Länder sind dort beigesetzt:
Christine von Schweden, auch die Stuarts, seit ihre Dynastie
gestürzt wurde; Rom ist lange schon ein Asyl für alle Verbannten
der Welt; ist es doch selber entthront! Sein Anblick tröstet die
verstoßenen Könige.

> Cadono le città, cadono i regni
> E l'uom, d'esser mortal par che si sdegni!" *)

„Treten Sie hieher", sagte Corinna, „hier neben den Altar
mitten unter die Kuppel; Sie können durch das eiserne Gitter
die, unter unseren Füßen liegende, Kirche der Todten sehen, und
wenn Sie nun das Auge aufschlagen, vermag Ihr Blick kaum
die Spitze des Gewölbes zu erreichen. Diese Höhe erregt, selbst
wenn man von unten hinauf schaut, ein Gefühl des Schreckens.
Man glaubt über seinem Haupte hängende Abgründe zu erblicken.
Alles, was ein gewisses Maß überschreitet, verursacht dem beschränkten Wesen des Menschen unüberwindliche Scheu. Was
wir kennen, ist im Grunde ebenso unerklärt, als das Unbekannte;
nur daß wir an das alltägliche Dunkel gewöhnt sind, wenn ich so

---

*) Es fallen Städte, es stürzen Reiche, und der Mensch erzürnet sich, sterblich
zu sein!

sagen darf, während neue Geheimnisse uns erschrecken, und
Verwirrung in unsere Fähigkeiten bringen.

„Die ganze Kirche ist mit antikem Marmor geschmückt; ihre
Steine wissen über die verflossenen Jahrhunderte wahrlich mehr
als wir. Hier ist die Statue des Jupiter, aus welcher man
einen Petrus machte, indem man sein Haupt mit einem Hei-
ligenschein umgab. Der allgemeine Charakter dieses Tempels
drückt vollkommen ersichtlich die Vermischung der düstern
Glaubenslehre mit glänzendem Formenwesen aus: in den Vorstellungen ein Zug von Trauer, doch in der Anwendung die
milde Nachsicht und Lebhaftigkeit des Südens; strenges Meinen,
aber bequeme Auslegungen; die christliche Religionslehre, und
die Bilder des Heidenthums; endlich die bewunderungswürdigste
Vereinigung von Geräusch und Majestät, welche der Mensch in
seinem Gottesdienste aufzuwenden vermag.

„Die mit allen Wundern der Kunst gezierten Gräber
stellen den Tod nicht fürchterlich dar. Zwar sind sie nicht wie
bei den Alten, welche auf den Sarkophagen Tänze und Spiele
abbildeten; indeß wird hier doch der Gedanke durch die Meisterwerke des Genie's von düstrer Betrachtung abgezogen. Am
Altare des Todes sogar erinnert uns hier die Kunst an die
Unsterblichkeit, und unsere durch die Bewunderung hochgestimmte
Fantasie hat nicht, wie im Norden, zu leiden durch Schweigen und
Kälte, diese strengen Hüter des Grabes!" — „Wir", sagte Oswald, „wir wollen allerdings, daß Trauer den Tod umgebe;
und noch ehe das Licht des Christenthums uns leuchtete, stellt
die Mythe, stellt Ossian nur Wehklage und Todtengesang neben
die Gruft. Ihr hier wollt vergessen und genießen, ich aber weiß
nicht, ob ich wünschen könnte, daß Euer schöner Himmel mir
diese Wohlthat erzeige."

„Glauben Sie indessen ja nicht", begann Corinna wieder,
„daß unser Gemüth leer, unsere Denkart oberflächlich sei. Nur
Eitelkeit macht gehaltlos; die Sorglosigkeit schiebt wohl Zwischen-
räume von Schlaf und Vergessen in das Leben, doch verbraucht
sie weder das Herz, noch läßt sie es absterben; und zum Unglück
für uns, können wir aus diesem Zustande durch Leidenschaften

gerissen werden, welche oft tiefer und furchtbarer sind, als die eines stets gleichmäßig thätigen Menschen."

Während ihrer Rede näherten sie sich dem Ausgange der Kirche. „Noch einen letzten Blick über dies großartige Heiligthum!" sagte sie. „Sehen Sie, wie wenig der Mensch ist im Angesichte der Religion, selbst dann, wenn wir uns darauf beschränken, ihr körperliches Sinnbild zu betrachten! Sehen Sie, welche Ruhe, welche Dauer die Sterblichen ihren Werken geben können, während sie selbst so schnell vorübergleiten, und nur durch ihren Genius weiter leben! Dieser Tempel ist ein Bild des Unendlichen; sie haben kein Ende, kein Ziel, diese Empfindungen, die er wachruft, diese Gedanken, welche er eingiebt, diese endlose Reihe von Jahren, welche er vor die Betrachtung zieht, sei es nun, daß man in die Vergangenheit zurück, oder hinaus in die Zukunft blicke; und wenn man seinen heiligen Umkreis verläßt, so ist es, als ob man von himmlischer Andacht zum niedern Weltinteresse, aus heiliger Ewigkeit in die leichtbewegliche Atmosphäre des Zeitlichen hinunterschreite."

Als sie hinangetreten waren, machte Corinna Lord Nelvil auf die Reliefs der Kirchenthüren aufmerksam; sie stellen die Metamorphosen Ovids dar. „Wenn die Kunst sie weihte", sagte sie, „nimmt man hier in Rom an den Sinnbildern des Heidenthums kein Aergerniß; die Wunder des Geistes erheben uns immer, und wir huldigen dem christlichen Cultus auch mit Meisterwerken, deren Vollbringung durch andere Gottesverehrungen angeregt ward." — Oswald lächelte zu dieser Erklärung. — „Glauben Sie mir, Mylord", versicherte Corinna, „es giebt viel zuverlässige Aufrichtigkeit in den Gefühlen eines Volkes, dessen Einbildungskraft so lebhaft ist. Doch genug für heute; falls Sie es wollen, führe ich Sie morgen nach dem Kapitol. Ich habe Ihnen noch verschiedene Streifereien durch das Alterthum vorzuschlagen, und wenn wir damit fertig sind, werden Sie dann abreisen? Werden Sie...." Sie hielt inne, fürchtend, daß sie schon zu viel gesagt. „Nein, Corinna", erwiderte Oswald, „ich werde dem Glücke nicht entsagen, das wohl ein schützender Engel aus des Himmels Höhen auf mich herabgesendet hat."

Viertes Kapitel.

Am folgenden Tage begegneten sich Oswald und Corinna schon mit größerem Vertrauen. Sie waren Freunde, die zusammen reisten; sie fingen an „Wir" zu sagen. O, es ist beglückend, dies von der Liebe gesprochene „Wir!" Welch schüchternes, und doch inniges Geständniß es enthält! „Wir fahren also auf das Kapitol", sagte Corinna. „Ja", entgegnete Oswald, „ja, und zusammen wollen wir hin"; mit diesen einfachen Worten sagte er Alles, so voller weicher Zärtlichkeit war seine Stimme. „Von der Höhe des Kapitols, wie es jetzt ist, können wir leicht die sieben Hügel unterscheiden. Später werden wir sie dann alle nacheinander besuchen; es ist nicht einer unter ihnen, dem nicht die Geschichte ihre Spuren aufgedrückt hat."

Sie schlugen zuerst die früher sogenannte „heilige" oder „Triumphstraße" ein. — „Diesen Weg nahm Ihr Wagen?" fragte Oswald. — „Ja", erwiderte sie, „der klassische Staub muß sich darüber verwundert haben; aber seit der römischen Republik wandelte hier so oft das Verbrechen, daß grade hier die Erinnerungen der großen Vorzeit sehr zurückgedrängt worden sind." — Am Fuße der jetzigen Kapitolstreppe ließ Corinna halten. Der Eingang des alten Kapitols war beim Forum. „Ich wollte, diese Stufen wären dieselben, welche Scipio hinaufstieg, als er, die Verläumdung mit seinem Ruhm zurückschleudernd, in den Tempel ging, um den Göttern für die errungenen Siege zu danken. Doch diese neue Treppe, dieses neue, auf den Ruinen des alten erbaute Kapitol, sie haben nur den friedlichen Magistrat aufzunehmen, der einen, früher vom ganzen Weltall mit Ehrerbietung genannten Namen trägt, den großen Namen des römischen Senats! Wir haben hier nur noch Namen; doch ihr Wohlklang, ihre antike Hoheit verursachen immer eine Art von Erschütterung, ein weiches, aus Vergnügen und Bedauern gemischtes Gefühl. Neulich fragte ich eine arme Frau, der ich begegnete, wo sie wohne? „Auf dem tarpejischen Felsen", entgegnete sie; „und dieser Name, wiewohl entblößt

von der Bedeutung, die sich früher daran knüpfte, beherrscht
noch die Fantasie."

Oswald und Corinna standen still, um die beiden am
Treppenfuß des Kapitols liegenden Löwen von Basalt [9]) zu be-
trachten. Sie stammen aus Egypten. Der Ausdruck dieser
Thiere ist friedlich-edel und giebt ein wahres Bild vereinigter
Ruhe und Kraft.

A guisa di lion, quando si posa.*)

Dante.

Nicht weit von diesen Löwen erblickt man eine verstümmelte
Statue Roms, welche die modernen Römer dort aufstellten,
ohne daran zu denken, daß sie das vollkommenste Sinnbild ihres
gegenwärtigen Zustandes ist. Sie hat weder Kopf noch Füße,
aber das, was vom Körper und von der Gewandung geblieben,
ist von hoher Schönheit. Auf der Höhe der Treppe befinden sich
zwei Kolosse, wie man glaubt: Castor und Pollux; ferner die
Trophäen des Marius, dann zwei antike Meilenzeiger, die zum
Ausmessen des römischen Weltreiches dienten, und endlich, schön
und ruhig, in der Mitte dieser Erinnerungen, die Reiterstatue
Marc Aurels. So ist hier Alles vertreten: das heroische Zeitalter durch die Dioskuren; die Republik durch die Löwen; die
Bürgerkriege durch Marius, und die große Kaiserzeit durch
Marc Aurel.

In der Nähe des neuen Kapitols liegen zwei Kirchen,
die auf den Ruinen des Jupiter Feretrius und des Jupiter
Capitolinus erbaut sind. Vor dem Vestibul ist ein Brunnen
mit den Bildern zweier Flußgötter, des Nil und des Tiber,
nebst der Wölfin des Romulus. Den Tiber nennt man nicht,
wie andere ruhmlose Flüsse; es gehört zu Roms Freuden,
sagen zu können: „Führet mich ans Ufer des Tiber; gehen
wir an den Tiber." Es scheint, als ob man mit solchen
Worten die Geschichte anrufe und die Todten heraufbeschwöre.
Wenn man von der Seite des Forums nach dem Kapitol
geht, hat man zur Rechten die mamertinischen Gefängnisse.
Sie wurden von Ancus Martius erbaut und dienten damals für

---

*) Gleichwie der Löwe, wenn er ruht.

gewöhnliche Verbrecher. Doch Servius Tullius ließ viel schreck-
lichere unterirdische für die Staatsverbrecher bauen, als ob
diese, da ihre Irrthümer sich auf redliche Absichten gründen
können, nicht grade die meiste Rücksicht verdienten. Jugurtha,
und die Mitschuldigen des Catilina kamen in diesen Gefängnissen um; man sagt auch, daß der heilige Petrus und Paulus
dort eingekerkert waren. Auf der andern Seite des Kapitols
liegt der tarpejische Felsen, an dessen Fuße man heute ein
Hospital, „das Haus des guten Trostes" genannt, findet. Es
ist, als ob in Rom der strenge Geist der Vorzeit und die Milde
des Christenthums sich über Jahrhunderte hinweg die Hand
reichten.

Nachdem Oswald und Corinna den Thurm des Kapitols
erstiegen hatten, sahen sie die Hügelstadt vor sich ausgebreitet.
Corinna wies auf das, anfangs bis an den palatinischen Berg
grenzende, und später von der Ringmauer des Servius Tullius
umschlossene Rom, in welches die sieben Hügel nun schon mit
einbegriffen waren, endlich die bis an die Mauern Aurelians
erweiterte Stadt, welche Mauern noch heute dem größesten Theile
Roms als Umkreis dienen. Corinna erinnerte an die Verse des
Tibull und Properz, welche rühmen, aus wie schwachen An-
fängen die Beherrscherin der Welt hervorgegangen. [10] Der pa-
latinische Berg war anfangs das ganze Rom; in der Folge aber
nahm der kaiserliche Palast allein die Fläche ein, die einem
ganzen Volke genügt hatte. Ein Dichter aus der Zeit des Neto
machte darüber folgendes Epigramm: „Rom wird bald nur ein
Haus sein; gehet nach Veji, Quiriten, wenn nicht auch Veji
schon von diesem Hause verschlungen ist." *)

Die sieben Hügel sind jetzt lange nicht mehr so hoch, wie
früher, als sie noch den Namen der „steilen Berge" verdienten.
Das neue Rom liegt vierzig Fuß hoch über dem alten. Die
Thäler, welche die Hügel trennten, sind von der Zeit durch
Trümmer und Mauerschutt fast ganz ausgefüllt worden. Aber
was noch sonderbarer ist, eine Anhäufung zerbrochener Säulen

---

*) Roma domus fiet: Vejos migrate, Quirites;
Si non et Vejos occupat ista domus.

hat zwei neue Hügel gebildet*), und dieser Fortschritt, oder eigentlich diese Ueberreste der Civilisation, wie sie Berge und Thäler nivelliren, und im Moralischen wie im Physischen alle die schönen, durch die Natur hervorgebrachten Ungleichheiten ebnen, scheinen ein Bild der neuesten Zeit.

Drei andere **), nicht unter die sieben berühmten gerechnete Hügel verleihen der Stadt Rom etwas sehr Malerisches; es ist vielleicht die einzige Stadt, die allein durch sich und in ihrem eigenen Umkreis die prachtvollsten Aussichten darbietet. Man findet hier eine so köstliche Mischung von Trümmern und Bauwerken, von blumigen Gefilden und Einöden, daß man Rom von allen Seiten betrachten kann, und immer ein überraschendes Gemälde finden wird.

Oswald wurde nicht müde, von seinem hochgelegenen Standpunkte aus das alte Rom aus dem neuen gleichsam herauszusuchen. Das Lesen der Geschichte, wie das Nachdenken, zu welchem es anregt, wirken weniger auf uns, als diese umherliegenden Steine, diese unter die neuen Wohnungen gestreuten Trümmer. Hier wirkt die Anschauung allmächtig auf den Geist. Wenn man diese römischen Ruinen mit eigenen Augen sah, glaubt man an die alten Römer, als ob man zu ihrer Zeit gelebt habe. Die durch Studium erworbenen Kenntnisse und Erinnerungen haften nur im Verstande, wogegen die aus unmittelbarem Eindruck gewonnenen jenen erst Leben und Gestalt verleihen; sie machen uns gewissermaßen zu Zeugen des früher Erlernten. Allerdings sind diese modernen, unter die alten gemischten Bauwerke dem Schönheitssinne lästig. Aber ein bescheidenes Dach neben einem noch hochaufgerichteten Portikus, Säulen, zwischen denen man kleinere Kirchenfenster einfügte, ein Grabmal, das einer ganzen Familie als Behausung dient, das Alles bringt uns eine Fülle erhabener und schlichter Gedanken. Die Außenseite der meisten unserer europäischen Städte ist alltäglich genug; und Rom bietet häufiger, als jede andere,

---

*) Monte Citorio und Testacio.
**) Janiculus, Monte Baticano und Monte Mario.

den traurigen Anblick des Elendes und der Herabgekommenheit
dar; aber plötzlich erinnert uns eine zerbrochene Säule, ein halb-
verwittertes Relief oder Steine, die in der unzerstörbaren Weise
der alten Architekten zusammengefugt sind, daran, daß es
eine ewige Macht im Menschen giebt, einen göttlichen Funken,
und daß man nicht müde werden darf, diesen in sich und Andern
anzufachen.

Das Forum, dessen Umkreis ein so eng geschlossener ist,
spricht beredt von der sittlichen Größe des Menschen. Aus
Roms letzten Zeiten, als es ruhmlosen Herrschern unterworfen
war, findet man in der Geschichte nichts, als leere Jahrhunderte,
welche kaum eine Thatsache aufweisen; und dieses Forum, diese
kleine Fläche, der Mittelpunkt einer, damals sehr beschränkten
Stadt, deren Einwohner nach allen Seiten hin noch um ihr Gebiet kämpfen mußten, hat es nicht durch seine großen Traditionen
die besten Geister aller Zeiten beschäftigt? Ehre also, ewige
Ehre den kühnen und freien Völkern, welche die Blicke der Nachwelt auf sich zu ziehen wußten.

Corinna machte Lord Nelvil darauf aufmerksam, daß man
in Rom nur sehr wenige Ueberreste aus der republikanischen Zeit
finde. Die Wasserleitungen, die zum Abfluß des Wassers ein-
gerichteten unterirdischen Kanäle, waren die einzigen Pracht-
bauten der Republik, und der ihr vorangegangenen Könige.
Aus ihrem Zeitabschnitt bleiben uns nur nützliche Bauwerke:
mehrere, dem Gedächtniß ihrer großen Männer errichtete Grab-
male und einige Tempel aus Backsteinen sind Alles, was noch
vorhanden. Erst nach der Eroberung Siciliens bedienten sich
die Römer zu ihren Monumenten des Marmors; es bedarf dessen
auch nicht, es genügt, die Stätte zu sehen, wo große Thaten
sich erfüllten, um tiefe Bewunderung zu empfinden. Dieser
natürlichen Neigung des Gemüthes muß man die religiöse
Macht der Wallfahrten zuschreiben. Ein klassischer Boden übt
immer, auch wenn er längst seiner großen Männer, und selbst
seiner Denkmale beraubt ist, viel Herrschaft über die Einbildungskraft aus. Was das Auge fesselte, ist nicht mehr, aber
der Zauber des Andenkens ruht über jenen Ländern.

Auf dem Forum findet man keine Spur mehr jener berühmten Rednerbühne, von welcher herab Beredsamkeit das römische Volk beherrschte. Es sind dort noch drei Säulen eines Tempels, den Augustus zu Ehren des Jupiter Tonans errichtete, weil der Blitz, ohne ihn zu treffen, dicht neben ihm eingeschlagen war; ferner ein, dem Septimius Severus vom Senate als Belohnung seiner Heldenthaten erbauter Triumphbogen. Die Vorderseite desselben trug die Namen der beiden Söhne des Septimius: Caracalla und Geta. Als jedoch Caracalla den Bruder ermordet hatte, ließ er seinen Namen auslöschen, und noch heute sieht man die Spur der hinweggenommenen Buchstaben. Weiterhin steht ein der Faustina gewidmeter Tempel, der zugleich ein Denkmal von Marc Aurels blinder Schwäche ist; ein Tempel der Venus, welcher zur Zeit der Republik der Pallas gewidmet war; noch etwas weiter die Ruinen eines der Sonne und dem Monde geweihten Tempels, den Kaiser Hadrian erbaute und um des willen er Apollodorus, den berühmten, griechischen Architekten, der die Verhältnisse dieses Baues getadelt hatte, umbringen ließ.

Auf der anderen Seite des Platzes begegnet man Ruinen von Denkmalen, die bessere, reinere Erinnerungen erwecken. Die Säulen eines Tempels, welcher dem Jupiter Stator gehört haben soll, der bekanntlich die Römer abhielt, vor dem Feinde zu fliehen. Nicht weit, wie man sagt, von dem Abgrunde, in welchen sich Curtius stürzte, eine von dem Tempel des Jupiter Custos übrig gebliebene Säule. Ferner die Säulen eines, wie Manche sagen, der Concordia, wie Andere meinen, der Victoria geweihten Tempels; vielleicht schmelzen erobernde Völker beide Vorstellungen gern zusammen, und denken, daß es wahren Frieden nur geben kann, wenn sie das Weltall unterworfen haben. Am äußersten Ende des palatinischen Berges erhebt sich ein schöner Triumphbogen, welcher dem Titus für die Eroberung Jerusalems errichtet ward. Man behauptet, daß die in Rom lebenden Juden niemals unter diesem Bogen durchschreiten, und es wird ein kleiner Nebenweg gezeigt, den sie dafür einschlagen. Um der Ehre der Juden willen ist es zu

wünschen, daß diese Anekdote wahr sei: die langen Rückerin-
nerungen geziemen großem Unglück.

Nicht weit von dort steht der Siegesbogen des' Con-
stantin, „des Gründers der Ruhe", wie er genannt wurde;
die Christen entnahmen, um dieses Denkmal zu schmücken,
die Basreliefs dem Forum des Trajan. In dieser Epoche
waren die Künste schon im Verfall, und man plünderte die
Vergangenheit, um neue Thaten zu verherrlichen. Jene, noch
heute in Rom vorhandenen Triumphbögen übertragen, so weit
es nur möglich ist, die dem Ruhm erwiesenen Ehren auf die
Nachwelt.

Oben, in eigens dazu eingerichtetem Raum, fanden Flöten-
und Trompetenspieler ihren Platz, damit der hindurchziehende
Sieger von Musik, wie durch Lobeserhebungen berauscht, gleichzeitig der begeistertsten Regungen froh werde.

Diesem Triumphbogen gegenüber liegen die Ruinen des,
von Vespasian erbauten Friedenstempels; sein Inneres war so
reich mit Gold und Bronze geschmückt, daß, als eine Feuersbrunst ihn verzehrte, Ströme von glühendem Metall sich in
das Forum ergossen. Endlich schließt das Coliseum, Roms
schönste Ruine, den edlen Kreis, in welchem sich unsere ganze
Geschichte darstellt. Dieser prachtvolle Bau, dessen von Gold
und Marmor nun entblößte Steine allein noch vorhanden,
diente als Arena den Gladiatoren, die sich mit wilden
Bestien in öffentlichem Kampfe maßen. So unterhielt und
täuschte man das römische Volk durch künstlich erzeugte Aufregungen, nachdem sein natürliches Gefühl keines Emporschwun-
ges mehr fähig war. Man gelangte durch zwei Eingänge in
das Coliseum; der eine gehörte den Siegern, durch den andern
trug man die Todten hinweg.*) Welche empörende Geringschätzung des menschlichen Geschlechts, so um des einfachen Zeit-
vertreibs willen über Leben und Tod zu verfügen! Titus, der
beste der Kaiser, widmete dieses Coliseum dem römischen Volk;

*) Sana vivaria, sandapilaria.

und seine staunenswürdigen Ruinen sind von so großartigem, genialem Charakter, daß man versucht ist, sich über wahre Größe zu täuschen, und Kunstwerken von verwerflicher Bestimmung eine Bewunderung zu bewilligen, die nur solchen gebührt, welche edlen Zwecken gewidmet sind.

Oswald theilte nicht Corinnens Entzücken über diese vier Gallerien, diese vier, sich aufeinander thürmenden Bauten, mit ihrer Wehmuth und Ehrfurcht einflößenden Mischung von Alter und Erhabenheit; er konnte auf solcher Stätte nur an den Uebermuth des Herrschers, nur an das Blut der Sklaven denken, und fühlte sich einer Kunst abhold, die, ohne nach dem Zweck zu fragen, ihre Gaben an jeden Gegenstand verschwendet, den man ihr aufgiebt. Corinna versuchte diese Ansicht zu bekämpfen. „Tragen Sie", sagte sie zu Lord Nelvil, „die Strenge Ihrer sittlichen und Gerechtigkeitsgrundsätze nicht in die Würdigung italienischer Kunstdenkmale hinein. Wie ich Ihnen schon sagte, rufen die meisten derselben viel mehr den Reichthum, die Schönheit und den Geschmack der antiken Gestaltungen zurück, als die glorreiche Epoche der römischen Tugend. Und finden Sie in dieser riesenhaften Pracht der Bauwerke nicht auch eine Spur sittlicher Größe? Selbst der Verfall des Römervolkes ist noch imponirend; seine Trauer um die Freiheit erfüllt die Welt mit Wunderwerken, und der Genius der idealen Schönheit sucht den Menschen für die eigentliche und ächte Würde, die er verloren hat, zu trösten. Sehen Sie diese ungeheuren Bäder, die mit ihrer morgenländischen Pracht einem Jeden offen standen; diese für die Kämpfe der Elephanten und Tiger bestimmten Cirken; die Wasserleitungen, welche plötzlich den Kampfplatz in einen See verwandelten, wo nun Galeeren mit einander stritten, wo Krokodile an Stelle der eben noch anwesenden Löwen erschienen. Sehen Sie, von welcher Großartigkeit der Luxus der Römer war, als sie in den Luxus ihren Stolz setzten. Diese Obelisken, die, dem Schooße Egyptens entrissen, herbeikommen mußten, um römische Grabstätten zu schmücken, diese zahllosen Standbilder, welche Rom einst bevölkerten — man darf sie nicht schlechtweg als den unnützen, hochtrabenden Pomp asiatischer Despoten anfehen. Es ist der römische Geist, der weltbesiegende, dem so mit den Gebilden der Kunst gehuldigt wird. In dieser Groß-artigkeit liegt etwas Uebermenschliches, und ihre dichterische Pracht läßt ihren Ursprung und ihren Zweck vergessen.

Corinnens Beredsamkeit erregte Oswalds Bewunderung, ohne ihn zu überzeugen. Er suchte in Allém die sittliche Grund-lage, und wollte ohne diese alle Zauberkraft der Kunst nicht gelten lassen. Corinna erinnerte sich jetzt daran, daß in eben dieser Arena einst verfolgte Christen als Opfer ihrer Standhaftigkeit umge-kommen waren; sie zeigte Lord Nelvil die Altäre, welche man über ihrer Asche aufrichtete, auch jenen Pfad für die Büßenden, den längs der erhabensten Ruinen irdischer Größe vorüberführenden „Weg des Kreuzes", und fragte ihn, ob dieser Staub der Mär-tyrer nicht zu seinem Herzen rede?" — „Ja", rief er, „die Kraft des Geistes und des Willens über Schmerz und Tod be-wundere ich grenzenlos. Jedes Opfer, welcher Art es sei, ist schöner und schwerer, als aller Aufschwung der Seele und des Gedankens. Eine hochfliegende Einbildungskraft kann Wunder thun, aber nur, wenn man Alles für seine Meinung, seine hei-ligen Ueberzeugungen hingiebt, ist man wirklich tugendhaft; nur dann besiegt eine höhere Macht in uns den sterblichen Men-schen." — Seine edlen Worte verwirrten Corinna; sie blickte zu ihm auf, dann schlug sie die Augen nieder; und obwohl er jetzt ihre Hand nahm, und sie ans Herz drückte, zitterte sie doch bei dem Gedanken, daß ein Mann mit solcher Gesinnung im Stande sein möchte, sich und Andere seinen Grundsätzen und seiner Pflicht zum Opfer zu bringen.

Fünftes Kapitel.

Nach der Besichtigung des Kapitols und des Forums brachten Oswald und Corinna zwei Tage damit zu, die sieben Hügel zu durchwandern. Die Römer der Vorzeit begingen zu Ehren derselben ein bestimmtes Fest: diese in seine Ringmauern eingeschlossenen Berge sind eine der eigenartigsten Schönheiten

Roms, und man begreift leicht, wie die Heimatsliebe sich darin gefällt, solche Eigenthümlichkeiten zu feiern.

Oswald und Corinna hatten am vorhergehenden Tage den capitolinischen Berg gesehen, und begannen nun ihre Reise mit dem Palatin. Der Palast der Cäsaren, der goldene genannt, nahm einst die ganze obere Fläche dieses Hügels ein: heute zeigt er nichts, als die Ueberreste jenes Königssitzes. Seine vier Seiten wurden von Augustus, Tiberius, Caligula und Nero erbaut, und nun ist einiges mit üppigem Unkraut bedeckte Gemäuer Alles, was davon geblieben. Die Natur hat über die Menschenarbeit wieder Macht gewonnen, und die Schönheit ihrer Blumen tröstet für den Verfall der Königsburgen. Zur Zeit der Könige und der Republik verwendete man nur auf die öffentlichen Gebäude vielen Luxus. Die Häuser der Bürger waren klein und sehr einfach. Cicero, Hortensius, die Gracchen wohnten auf dem Palatin, der zur Zeit des römischen Verfalls kaum für das Bedürfniß eines Einzigen ausreichte. In den letzten Jahrhunderten war die Nation nichts, als eine namenlose, nur durch die Aera des Herrschers bezeichnete Masse. Vergebens sucht man auf dieser Stätte die beiden Lorbeerbäume, welche Augustus vor seiner Thür pflanzte: den Lorbeer des Krieges und den, vom Frieden gepflegten der schönen Künste; beide sind verschwunden.

Auf dem palatinischen Berg sind noch einige Badezimmer der Livia vorhanden; man zeigt in diesen die Stellen, wo die kostbaren Steine befestigt waren, welche damals als ein gewöhnlicher Schmuck an Deckengewölben verwendet wurden, ferner auch Wandmalereien, deren Farben noch ganz unverjehrt sind. Die Unbeständigkeit der Farben vergrößerte unser Erstaunen, sie hier so erhalten zu sehen: es ist, als sei uns die Vergangenheit näher gerückt. Wenn es wahr ist, daß Livia die Tage des Augustus abkürzte, dann wurde das Verbrechen in einem dieser Gemächer ersonnen, und die Blicke des in seinen innersten Neigungen verrathenen Herrschers hefteten sich vielleicht auf eines dieser Bilder, deren zierliche Blumen noch heute blühen. Was hielt er im Alter von dem Leben und dessen Herrlichkeiten? Gedachte er seiner Verbannung oder seines Ruhmes? Fürchtete

er — hoffte er ein Jenseits? Und der letzte Gedanke, der dem
Menschen Alles offenbart, der letzte Gedanke des Weltenbe=
herrschers — irrt er vielleicht noch an diesen Gewölben umher?[11]

Der aventinische Berg zeigt die zahlreichsten Spuren der
ältesten römischen Geschichte. Dem, von Tiberius erbauten
Palast gegenüber liegen die Ueberreste eines Tempels der
Freiheit, welchen der Vater der Gracchen erbaute. Am Fuß des
Aventin stand ein Tempel, den Servius Tullius der Fortuna
Virilis weihte, um den Göttern zu danken, daß er, der als
Sklave geboren, zur Königswürde emporgestiegen war. Außer=
halb der Mauern Roms findet man auch die Ruinen eines Tem=
pels, den man der Fortuna Muliebris errichtete, als Beturia's
Flehen ihren Sohn Coriolan überwunden hatte. Nahe vom aven=
tinischen Berg ist der Janiculus, wo Porsenna mit seinem Heere
Stellung nahm, und im Angesichte dieses Hügels ließ Horatius
Cocles die einzige über den Tiber nach Rom führende Brücke
hinter sich abbrechen. Die Fundamente dieser Brücke sind noch
vorhanden; am Ufer des Flusses steht ein Triumphbogen, der,
aus Backsteinen erbaut, so einfach ist, wie die Handlung groß
ist, an die er erinnern soll; er wurde, sagt man, dem Horatius
Cocles zu Ehren errichtet. Inmitten des Tiber bemerkt man
eine Insel, die aus Getreidegarben von den Feldern des Tar=
quin entstand. Man hatte dieselben lange Zeit, für Jedermann
zugänglich, am Flusse liegen lassen; aber das römische Volk
wollte sie nicht nehmen, weil es glaubte, daß ein Fluch darauf
ruhe. Man würde heutzutage Mühe haben, Reichthümer so
wirksam zu verfluchen, daß Niemand etwas davon wissen möchte.

Auf dem aventinischen Berg standen auch die Tempel der
Pudor Patricia und der Pudor Plebeja, und am Fuße desselben
der Tempel der Vesta, der noch völlig erhalten ist, obgleich die
Ueberschwemmungen des Tiber ihn oft bedrohten*). Nicht weit
davon sind die Ruinen eines Schuldgefängnisses, wo sich, wie
man sagt, jener allgemein bekannte, schöne Zug von Kindesliebe
zugetragen. An eben dieser Stelle geschah es auch, daß Clelia

---

*) Vidimus flavum Tiberim etc.

Staëls Corinna.   7

und ihre Gefährtinnen, als Geißeln des Porsenna, durch den
Tiber schwammen, um die Römer zu erreichen. Der aventinische
Berg läßt die Seele von all den peinlichen Erinnerungen ausruhen, welche die andern Hügel hervorrufen, und sein Anblick ist
schön, wie die Vergangenheit, von der er redet. Dem Saum
des Flusses, welcher sich an seinem Fuße hinzieht, hatte man die
Benennung des „schönen Ufers" (pulchrum littus) gegeben. Hier
lustwandelten Roms große Redner, wenn sie aus dem Forum
kamen; hier begegneten sich Cäsar und Pompejus als einfache
Bürger, und suchten Cicero zu gewinnen, dessen unabhängige
Beredsamkeit ihnen damals mehr galt, als selbst die Macht
eines Heeres.

Auch die Dichtkunst tritt hinzu, um diesen Ort zu verherrlichen. Virgil verlegt die Höhle des Cacus auf den aventinischen
Berg; und die, durch ihre Geschichte schon so großen Römer
sind auch durch die Heldensagen noch interessant, mit denen die
Dichter ihren mährchenhaften Ursprung geschmückt haben. Endlich bemerkt man, beim Niedersteigen vom Aventin, das Haus
des Nicola Rienzi, der sich vergeblich bemühte, das Alterthum
in der neuern Zeit wieder aufleben zu machen; und wie gering
diese Erinnerung neben den andern sei, auch sie giebt noch
viel zu denken. Der Berg Cölius ist durch das Lager der Präto-
rianer und der fremden Söldlinge merkwürdig geworden. Unter
den Trümmern des zur Aufnahme dieser Schaaren bestimmten
Gebäudes fand man diese Inschrift: „Dem heiligen Genius der
fremden Kriegsvölker", für Solche in der That heilig, deren
Macht er stützte! Was von diesen alten Kasernen bleibt, läßt
schließen, daß sie in der Weise der Klöster gebaut waren, oder
vielmehr, daß man die Klöster nach ihrem Vorbild einrichtete.

Der esquilinische Berg hieß der Berg der Dichter, weil der
Palast des Mäcenas auf diesem Hügel lag, und auch Horaz,
Properz und Tibull dort wohnten. In der Nähe sind die
Ruinen der Thermen des Titus und Trajan. Man sagt, daß
aus den ersteren Raphael die Muster zu seinen Arabesken nahm.
Hier hat man auch die Gruppe des Laokoon gefunden. Die
Kühle des Wassers ist in den heißen Ländern so überaus wohl-

thuend, daß man es liebte, in den Orten, wo man badete, alles Gepränge des Luxus, alle Freuden des Kunstgenusses zu vereinigen. Die Römer stellten hier die Meisterwerke der Malerei und Bildhauerkunst auf und bewunderten die letzteren bei künstlichem Licht; denn nach der Einrichtung dieser Gebäude scheint es, daß sie dem Tageslicht wenig oder gar nicht zugänglich waren und daß man sich auf diese Art vor den stechenden Strahlen der südlichen Sonne schützte, — welche Strahlen man in der Vorzeit die Pfeile des Apollo nannte. Wenn man die äußerst sorgfältigen Vorkehrungen sieht, welche die Alten gegen die Hitze anwendeten, möchte man glauben, das Klima sei damals viel glühender noch als in unsern Tagen gewesen. In den Thermen des Caracalla standen der farnesische Hercules, die Flora und die Gruppe der Dirke. Nahe von Ostia fand man in den Bädern des Nero den Apoll von Belvedere. Läßt sich's begreifen, daß Nero nicht einige menschliche Regungen beim Anblick dieser edlen Gestalt empfand?

Die Thermen und Amphitheater sind die einzigen Gebäude, die in Rom zu öffentlichen Unterhaltungen gedient haben, und von denen noch Spuren geblieben. Es giebt kein anderes Theater, außer dem des Marcellus, dessen Ruinen noch vorhanden wären. Plinius erzählt, man habe dreihundertundsechzig Marmorsäulen und dreitausend Staudbilder in einem Theater gesehen, das nur wenige Tage stehen sollte. Bald errichteten die Römer so dauerhafte Bauten, daß sie den Erdbeben trotzten, bald gefielen sie sich darin, ungeheure Kosten und Arbeitskräfte an Gebäude zu setzen, die sie nach beendigter Festlichkeit selbst zerstörten: so spielten sie in jeder Gestalt mit der Zeit. Das Römervolk hatte überdies nicht die Leidenschaft der Griechen für dramatische Vorstellungen; in Rom blühten die schönen Künste nur durch die Werke und Künstler Griechenlands, und die römische Größe kam hauptsächlich und viel mehr durch die riesenhafte Pracht der Architektur, als in Meisterwerken von eigener Erfindung zum Ausdruck. Durch diesen ungemessenen Luxus, durch diese Wunder des Reichthums geht ein großer Zug imponirender Würde: es ist nicht mehr Freiheit, aber immer noch Macht. Die den öffent-

7*

Auf dem Forum findet man keine Spur mehr jener berühmten Rednerbühne, von welcher herab Beredsamkeit das
römische Volk beherrschte. Es sind dort noch drei Säulen
eines Tempels, den Augustus zu Ehren des Jupiter Tonans
errichtete, weil der Blitz, ohne ihn zu treffen, dicht neben ihm
eingeschlagen war; ferner ein, dem Septimius Severus vom
Senate als Belohnung seiner Heldenthaten erbauter Triumphbogen. Die Vorderseite desselben trug die Namen der beiden
Söhne des Septimius: Caracalla und Geta. Als jedoch Caracalla den Bruder ermordet hatte, ließ er seinen Namen auslöschen,
und noch heute sieht man die Spur der hinweggenommenen
Buchstaben. Weiterhin steht ein der Faustina gewidmeter
Tempel, der zugleich ein Denkmal von Marc Aurels blinder
Schwäche ist; ein Tempel der Venus, welcher zur Zeit der Republik
der Pallas gewidmet war; noch etwas weiter die Ruinen eines
der Sonne und dem Monde geweihten Tempels, den Kaiser
Hadrian erbaute und um des willen er Apollodorus, den berühmten, griechischen Architekten, der die Verhältnisse dieses
Baues getadelt hatte, umbringen ließ.

Auf der anderen Seite des Platzes begegnet man Ruinen
von Denkmalen, die bessere, reinere Erinnerungen erwecken.
Die Säulen eines Tempels, welcher dem Jupiter Stator gehört haben soll, der bekanntlich die Römer abhielt, vor dem
Feinde zu fliehen. Nicht weit, wie man sagt, von dem Abgrunde, in welchen sich Curtius stürzte, eine von dem Tempel
des Jupiter Custos übrig gebliebene Säule. Ferner die Säulen
eines, wie Manche sagen, der Concordia, wie Andere meinen,
der Victoria geweihten Tempels; vielleicht schmelzen erobernde
Völker beide Vorstellungen gern zusammen, und denken, daß es
wahren Frieden nur geben kann, wenn sie das Weltall unterworfen haben. Am äußersten Ende des palatinischen Berges
erhebt sich ein schöner Triumphbogen, welcher dem Titus für die
Eroberung Jerusalems errichtet ward. Man behauptet, daß
die in Rom lebenden Juden niemals unter diesem Bogen durchschreiten, und es wird ein kleiner Nebenweg gezeigt, den sie
dafür einschlagen. Um der Ehre der Juden willen ist es zu

wünschen, daß diese Anekdote wahr sei: die langen Rückerin-
nerungen geziemen großem Unglück.

Nicht weit von dort steht der Siegesbogen des Con-
stantin, „des Gründers der Ruhe", wie er genannt wurde;
die Christen entnahmen, um dieses Denkmal zu schmücken,
die Basreliefs dem Forum des Trajan. In dieser Epoche
waren die Künste schon im Verfall, und man plünderte die
Vergangenheit, um neue Thaten zu verherrlichen. Jene, noch
heute in Rom vorhandenen Triumphbögen übertragen, so weit
es nur möglich ist, die dem Ruhm erwiesenen Ehren auf die
Nachwelt.

Oben, in eigens dazu eingerichtetem Raum, fanden Flöten-
und Trompetenspieler ihren Platz, damit der hindurchziehende
Sieger von Musik, wie durch Lobeserhebungen berauscht, gleichzeitig der begeistertsten Regungen froh werde.

Diesem Triumphbogen gegenüber liegen die Ruinen des,
von Vespasian erbauten Friedenstempels; sein Inneres war so
reich mit Gold und Bronze geschmückt, daß, als eine Feuersbrunst ihn verzehrte, Ströme von glühendem Metall sich in
das Forum ergossen. Endlich schließt das Coliseum, Roms
schönste Ruine, den edlen Kreis, in welchem sich unsere ganze
Geschichte darstellt. Dieser prachtvolle Bau, dessen von Gold
und Marmor nun entblößte Steine allein noch vorhanden,
diente als Arena den Gladiatoren, die sich mit wilden
Bestien in öffentlichem Kampfe maßen. So unterhielt und
täuschte man das römische Volk durch künstlich erzeugte Aufregungen, nachdem sein natürliches Gefühl keines Emporschwun-
ges mehr fähig war. Man gelangte durch zwei Eingänge in
das Coliseum; der eine gehörte den Siegern, durch den andern
trug man die Todten hinweg.*) Welche empörende Geringschätzung des menschlichen Geschlechts, so um des einfachen Zeit-
vertreibs willen über Leben und Tod zu verfügen! Titus, der
beste der Kaiser, widmete dieses Coliseum dem römischen Volk;

---

*) Sana vivaria, sandapilaria.

Auf dem Forum findet man keine Spur mehr jener berühmten Rednerbühne, von welcher herab Beredsamkeit das
römische Volk beherrschte. Es sind dort noch drei Säulen
eines Tempels, den Augustus zu Ehren des Jupiter Tonans
errichtete, weil der Blitz, ohne ihn zu treffen, dicht neben ihm
eingeschlagen war; ferner ein, dem Septimius Severus vom
Senate als Belohnung seiner Heldenthaten erbauter Triumphbogen. Die Vorderseite desselben trug die Namen der beiden
Söhne des Septimius: Caracalla und Geta. Als jedoch Caracalla den Bruder ermordet hatte, ließ er seinen Namen auslöschen,
und noch heute sieht man die Spur der hinweggenommenen
Buchstaben. Weiterhin steht ein der Faustina gewidmeter
Tempel, der zugleich ein Denkmal von Marc Aurels blinder
Schwäche ist; ein Tempel der Venus, welcher zur Zeit der Republik
der Pallas gewidmet war; noch etwas weiter die Ruinen eines
der Sonne und dem Monde geweihten Tempels, den Kaiser
Hadrian erbaute und um des willen er Apollodorus, den berühmten, griechischen Architekten, der die Verhältnisse dieses
Baues getadelt hatte, umbringen ließ.

Auf der anderen Seite des Platzes begegnet man Ruinen
von Denkmalen, die bessere, reinere Erinnerungen erwecken.
Die Säulen eines Tempels, welcher dem Jupiter Stator gehört haben soll, der bekanntlich die Römer abhielt, vor dem
Feinde zu fliehen. Nicht weit, wie man sagt, von dem Abgrunde, in welchen sich Curtius stürzte, eine von dem Tempel
des Jupiter Custos übrig gebliebene Säule. Ferner die Säulen
eines, wie Manche sagen, der Concordia, wie Andere meinen,
der Victoria geweihten Tempels; vielleicht schmelzen erobernde
Völker beide Vorstellungen gern zusammen, und denken, daß es
wahren Frieden nur geben kann, wenn sie das Weltall unterworfen haben. Am äußersten Ende des palatinischen Berges
erhebt sich ein schöner Triumphbogen, welcher dem Titus für die
Eroberung Jerusalems errichtet ward. Man behauptet, daß
die in Rom lebenden Juden niemals unter diesem Bogen durchschreiten, und es wird ein kleiner Nebenweg gezeigt, den sie
dafür einschlagen. Um der Ehre der Juden willen ist es zu

wünschen, daß diese Anekdote wahr sei: die langen Rückerin-
nerungen geziemen großem Unglück.

. Nicht weit von dort steht der Siegesbogen des' Con-
stantin, „des Gründers der Ruhe", wie er genannt wurde;
die Christen entnahmen, um dieses Denkmal zu schmücken,
die Basreliefs dem Forum des Trajan. In dieser Epoche
waren die Künste schon im Verfall, und man plünderte die
Vergangenheit, um neue Thaten zu verherrlichen. Jene, noch
heute in Rom vorhandenen Triumphbögen übertragen, so weit
es nur möglich ist, die dem Ruhm erwiesenen Ehren auf die
Nachwelt.

Oben, in eigens dazu eingerichtetem Raum, fanden Flöten-
und Trompetenspieler ihren Platz, damit der hindurchziehende
Sieger von Musik, wie durch Lobeserhebungen berauscht, gleichzeitig der begeistertsten Regungen froh werde.

Diesem Triumphbogen gegenüber liegen die Ruinen des,
von Vespasian erbauten Friedenstempels; sein Inneres war so
reich mit Gold und Bronze geschmückt, daß, als eine Feuersbrunst ihn verzehrte, Ströme von glühendem Metall sich in
das Forum ergossen. Endlich schließt das Coliseum, Roms
schönste Ruine, den edlen Kreis, in welchem sich unsere ganze
Geschichte darstellt. Dieser prachtvolle Bau, dessen von Gold
und Marmor nun entblößte Steine allein noch vorhanden,
diente als Arena den Gladiatoren, die sich mit wilden
Bestien in öffentlichem Kampfe maßen. So unterhielt und
täuschte man das römische Volk durch künstlich erzeugte Aufregungen, nachdem sein natürliches Gefühl keines Emporschwun-
ges mehr fähig war. Man gelangte durch zwei Eingänge in
das Coliseum; der eine gehörte den Siegern, durch den andern
trug man die Todten hinweg.*) Welche empörende Geringschätzung des menschlichen Geschlechts, so um des einfachen Zeit-
vertreibs willen über Leben und Tod zu verfügen! Titus, der
beste der Kaiser, widmete dieses Coliseum dem römischen Volk;

---

*) Sana vivaria, sandapilaria.

und seine staunenswürdigen Ruinen sind von so großartigem, genialem Charakter, daß man versucht ist, sich über wahre Größe zu täuschen, und Kunstwerken von verwerflicher Bestimmung eine Bewunderung zu bewilligen, die nur solchen gebührt, welche edlen Zwecken gewidmet sind.

Oswald theilte nicht Corinnens Entzücken über diese vier Gallerien, diese vier, sich aufeinander thürmenden Bauten, mit ihrer Wehmuth und Ehrfurcht einflößenden Mischung von Alter und Erhabenheit; er konnte auf solcher Stätte nur an den Uebermuth des Herrschers, nur an das Blut der Sklaven denken, und fühlte sich einer Kunst abhold, die, ohne nach dem Zweck zu fragen, ihre Gaben an jeden Gegenstand verschwendet, den man ihr aufgiebt. Corinna versuchte diese Ansicht zu bekämpfen. „Tragen Sie", sagte sie zu Lord Nelvil, „die Strenge Ihrer sittlichen und Gerechtigkeitsgrundsätze nicht in die Würdigung italienischer Kunstdenkmale hinein. Wie ich Ihnen schon sagte, rufen die meisten derselben viel mehr den Reichthum, die Schönheit und den Geschmack der antiken Gestaltungen zurück, als die glorreiche Epoche der römischen Tugend. Und finden Sie in dieser riesenhaften Pracht der Bauwerke nicht auch eine Spur sittlicher Größe? Selbst der Verfall des Römervolkes ist noch imponirend; seine Trauer um die Freiheit erfüllt die Welt mit Wunderwerken, und der Genius der idealen Schönheit sucht den Menschen für die eigentliche und ächte Würde, die er verloren hat, zu trösten. Sehen Sie diese ungeheuren Bäder, die mit ihrer morgenländischen Pracht einem Jeden offen standen; diese für die Kämpfe der Elephanten und Tiger bestimmten Cirken; die Wasserleitungen, welche plötzlich den Kampfplatz in einen See verwandelten, wo nun Galeeren mit einander stritten, wo Krokodile an Stelle der eben noch anwesenden Löwen erschienen. Sehen Sie, von welcher Großartigkeit der Luxus der Römer war, als sie in den Luxus ihren Stolz setzten. Diese Obelisken, die, dem Schooße Egyptens entrissen, herbeikommen mußten, um römische Grabstätten zu schmücken, diese zahllosen Standbilder, welche Rom einst bevölkerten — man darf sie nicht schlechtweg als den unnützen, hochtrabenden Pomp asiatischer Despoten ansehen. Es ist der römische Geist, der weltbesiegende, dem so mit den Gebilden der Kunst gehuldigt wird. In dieser Groß-artigkeit liegt etwas Uebermenschliches, und ihre dichterische Pracht läßt ihren Ursprung und ihren Zweck vergessen.

Corinnens Beredsamkeit erregte Oswalds Bewunderung, ohne ihn zu überzeugen. Er suchte in Allem die sittliche Grund-lage, und wollte ohne diese alle Zauberkraft der Kunst nicht gelten lassen. Corinna erinnerte sich jetzt daran, daß in eben dieser Arena einst verfolgte Christen als Opfer ihrer Standhaftigkeit umge-kommen waren; sie zeigte Lord Nelvil die Altäre, welche man über ihrer Asche aufrichtete, auch jenen Pfad für die Büßenden, den längs der erhabensten Ruinen irdischer Größe vorüberführenden „Weg des Kreuzes", und fragte ihn, ob dieser Staub der Mär-tyrer nicht zu seinem Herzen rede?" — „Ja", rief er, „die Kraft des Geistes und des Willens über Schmerz und Tod be-wundere ich grenzenlos. Jedes Opfer, welcher Art es sei, ist schöner und schwerer, als aller Aufschwung der Seele und des Gedankens. Eine hochfliegende Einbildungskraft kann Wunder thun, aber nur, wenn man Alles für seine Meinung, seine hei-ligen Ueberzeugungen hingiebt, ist man wirklich tugendhaft; nur dann besiegt eine höhere Macht in uns den sterblichen Men-schen." — Seine edlen Worte verwirrten Corinna; sie blickte zu ihm auf, dann schlug sie die Augen nieder; und obwohl er jetzt ihre Hand nahm, und sie ans Herz drückte, zitterte sie doch bei dem Gedanken, daß ein Mann mit solcher Gesinnung im Stande sein möchte, sich und Andere seinen Grundsätzen und seiner Pflicht zum Opfer zu bringen.

Fünftes Kapitel.

Nach der Besichtigung des Kapitols und des Forums brachten Oswald und Corinna zwei Tage damit zu, die sieben Hügel zu durchwandern. Die Römer der Vorzeit begingen zu Ehren derselben ein bestimmtes Fest: diese in seine Ringmauern eingeschlossenen Berge sind eine der eigenartigsten Schönheiten

Roms, und man begreift leicht, wie die Heimatsliebe sich darin gefiel, solche Eigenthümlichkeit zu feiern.

Oswald und Corinna hatten am vorhergehenden Tage den capitolinischen Berg gesehen, und begannen nun ihre Reise mit dem Palatin. Der Palast der Cäsaren, der goldene genannt, nahm einst die ganze obere Fläche dieses Hügels ein; heute zeigt er nichts, als die Ueberreste jenes Königssitzes. Seine vier Seiten wurden von Augustus, Tiberius, Caligula und Nero erbaut, und nun ist einiges mit üppigem Unkraut bedeckte Gemäuer Alles, was davon geblieben. Die Natur hat über die Menschenarbeit wieder Macht gewonnen, und die Schönheit ihrer Blumen tröstet für den Verfall der Königsburgen. Zur Zeit der Könige und der Republik verwendete man nur auf die öffentlichen Gebäude vielen Luxus. Die Häuser der Bürger waren klein und sehr einfach. Cicero, Hortensius, die Gracchen wohnten auf dem Palatin, der zur Zeit des römischen Verfalls kaum für das Bedürfniß eines Einzigen ausreichte. In den letzten Jahrhunderten war die Nation nichts, als eine namenlose, nur durch die Aera des Herrschers bezeichnete Masse. Vergebens sucht man auf dieser Stätte die beiden Lorbeerbäume, welche Augustus vor seiner Thür pflanzte: den Lorbeer des Krieges und den, vom Frieden gepflegten der schönen Künste; beide sind verschwunden.

Auf dem palatinischen Berg sind noch einige Badezimmer der Livia vorhanden; man zeigt in diesen die Stellen, wo die kostbaren Steine befestigt waren, welche damals als ein gewöhnlicher Schmuck an Deckengewölben verwendet wurden, ferner auch Wandmalereien, deren Farben noch ganz unversehrt sind. Die Unbeständigkeit der Farben vergrößert unser Erstaunen, sie hier so erhalten zu sehen; es ist, als sei uns die Vergangenheit näher gerückt. Wenn es wahr ist, daß Livia die Tage des Augustus abkürzte, dann wurde das Verbrechen in einem dieser Gemächer ersonnen, und die Blicke des in seinen innersten Neigungen verrathenen Herrschers hefteten sich vielleicht auf eines dieser Bilder, deren zierliche Blumen noch heute blühen. Was hielt er im Alter von dem Leben und dessen Herrlichkeiten? Gedachte er seiner Verbannung oder seines Ruhmes? Fürchtete er — hoffte er ein Jenseits? Und der letzte Gedanke, der dem Menschen Alles offenbart, der letzte Gedanke des Weltenbeherrschers — irrt er vielleicht noch an diesen Gewölben umher?[11]

Der aventinische Berg zeigt die zahlreichsten Spuren der ältesten römischen Geschichte. Dem, von Tiberius erbauten Palast gegenüber liegen die Ueberreste eines Tempels der Freiheit, welchen der Vater der Gracchen erbaute. Am Fuß des Aventin stand ein Tempel, den Servius Tullius der Fortuna Virilis weihte, um den Göttern zu danken, daß er, der als Sklave geboren, zur Königswürde emporgestiegen war. Außerhalb der Mauern Roms findet man auch die Ruinen eines Tempels, den man der Fortuna Muliebris errichtete, als Beturia's Flehen ihren Sohn Coriolan überwunden hatte. Nahe vom aventinischen Berg ist der Janiculus, wo Porsenna mit seinem Heere Stellung nahm, und im Angesichte dieses Hügels ließ Horatius Cocles die einzige über den Tiber nach Rom führende Brücke hinter sich abbrechen. Die Fundamente dieser Brücke sind noch vorhanden; am Ufer des Flusses steht ein Triumphbogen, der, aus Backsteinen erbaut, so einfach ist, wie die Handlung groß ist, an die er erinnern soll; er wurde, sagt man, dem Horatius Cocles zu Ehren errichtet. Inmitten des Tiber bemerkt man eine Insel, die aus Getreidegarben von den Feldern des Tarquin entstand. Man hatte dieselben lange Zeit, für Jedermann zugänglich, am Flusse liegen lassen; aber das römische Volk wollte sie nicht nehmen, weil es glaubte, daß ein Fluch darauf ruhe. Man würde heutzutage Mühe haben, Reichthümer so wirksam zu verfluchen, daß Niemand etwas davon wissen möchte.

Auf dem aventinischen Berg standen auch die Tempel der Pudor Patricia und der Pudor Plebeja, und am Fuße desselben der Tempel der Vesta, der noch völlig erhalten ist, obgleich die Ueberschwemmungen des Tiber ihn oft bedrohten*). Nicht weit davon sind die Ruinen eines Schuldgefängnisses, wo sich, wie man sagt, jener allgemein bekannte, schöne Zug von Kindesliebe zugetragen. An eben dieser Stelle geschah es auch, daß Clelia

*) Vidimus flavum Tiberim etc.

Staël Corinna. 7

und ihre Gefährtinnen, als Geißeln des Porsenna, durch den
Tiber schwammen, um die Römer zu erreichen. Der aventinische
Berg läßt die Seele von all den peinlichen Erinnerungen ausruhen, welche die andern Hügel hervorrufen, und sein Anblick ist
schön, wie die Vergangenheit, von der er redet. Dem Saum
des Flusses, welcher sich an seinem Fuße hinzieht, hatte man die
Benennung des „schönen Ufers" (pulchrum littus) gegeben. Hier
lustwandelten Roms große Redner, wenn sie aus dem Forum
kamen; hier begegneten sich Cäsar und Pompejus als einfache
Bürger, und suchten Cicero zu gewinnen, dessen unabhängige
Beredsamkeit ihnen damals mehr galt, als selbst die Macht
eines Heeres.

Auch die Dichtkunst tritt hinzu, um diesen Ort zu verherrlichen. Virgil verlegt die Höhle des Cacus auf den aventinischen
Berg; und die, durch ihre Geschichte schon so großen Römer
sind auch durch die Heldensagen noch interessant, mit denen die
Dichter ihren mährchenhaften Ursprung geschmückt haben. Endlich bemerkt man, beim Niedersteigen vom Aventin, das Haus
des Nicola Rienzi, der sich vergeblich bemühte, das Alterthum
in der neuern Zeit wieder aufleben zu machen; und wie gering
diese Erinnerung neben den andern sei, auch sie giebt noch
viel zu denken. Der Berg Cölius ist durch das Lager der Präto-
rianer und der fremden Söldlinge merkwürdig geworden. Unter
den Trümmern des zur Aufnahme dieser Schaaren bestimmten
Gebäudes fand man diese Inschrift: „Dem heiligen Genius der
fremden Kriegsvölker", für Solche in der That heilig, deren
Macht er stützte! Was von diesen alten Kasernen bleibt, läßt
schließen, daß sie in der Weise der Klöster gebaut waren, oder
vielmehr, daß man die Klöster nach ihrem Vorbild einrichtete.

Der esquilinische Berg hieß der Berg der Dichter, weil der
Palast des Mäcenas auf diesem Hügel lag, und auch Horaz,
Properz und Tibull dort wohnten. In der Nähe sind die
Ruinen der Thermen des Titus und Trajan. Man sagt, daß
aus den ersteren Raphael die Muster zu seinen Arabesken nahm.
Hier hat man auch die Gruppe des Laokoon gefunden. Die
Kühle des Wassers ist in den heißen Ländern so überaus wohl-

thuend, daß man es liebte, in den Orten, wo man badete, alles Gepränge des Luxus, alle Freuden des Kunstgenusses zu vereinigen. Die Römer stellten hier die Meisterwerke der Malerei und Bildhauerkunst auf und bewunderten die letzteren bei künstlichem Licht; denn nach der Einrichtung dieser Gebäude scheint es, daß sie dem Tageslicht wenig oder gar nicht zugänglich waren und daß man sich auf diese Art vor den stechenden Strahlen der südlichen Sonne schützte, — welche Strahlen man in der Vorzeit die Pfeile des Apollo nannte. Wenn man die äußerst sorgfältigen Vorkehrungen sieht, welche die Alten gegen die Hitze anwendeten, möchte man glauben, das Klima sei damals viel glühender noch als in unsern Tagen gewesen. In den Thermen des Caracalla standen der farnesische Hercules, die Flora und die Gruppe der Dirke. Nahe von Ostia fand man in den Bädern des Nero den Apoll von Belvedere. Läßt sich's begreifen, daß Nero nicht einige menschliche Regungen beim Anblick dieser edlen Gestalt empfand?

Die Thermen und Amphitheater sind die einzigen Gebäude, die in Rom zu öffentlichen Unterhaltungen gedient haben, und von denen noch Spuren geblieben. Es giebt kein anderes Theater, außer dem des Marcellus, dessen Ruinen noch vorhanden wären. Plinius erzählt, man habe dreihundertundsechzig Marmorsäulen und dreitausend Standbilder in einem Theater gesehen, das nur wenige Tage stehen sollte. Bald errichteten die Römer so dauerhafte Bauten, daß sie den Erdbeben trotzten, bald gefielen sie sich darin, ungeheure Kosten und Arbeitskräfte an Gebäude zu setzen, die sie nach beendigter Festlichkeit selbst zerstörten: so spielten sie in jeder Gestalt mit der Zeit. Das Römervolk hatte überdies nicht die Leidenschaft der Griechen für dramatische Vorstellungen; in Rom blühten die schönen Künste nur durch die Werke und Künstler Griechenlands, und die römische Größe kam hauptsächlich und viel mehr durch die riesenhafte Pracht der Architektur, als in Meisterwerken von eigener Erfindung zum Ausdruck. Durch diesen ungemessenen Luxus, durch diese Wunder des Reichthums geht ein großer Zug imponirender Würde: es ist nicht mehr Freiheit, aber immer noch Macht. Die den öffent-

7*

lichen Bädern gewidmeten Bauten benannte man nach Pro-
vinzen; es war dort ein Zusammenfluß der verschiedenen Pro-
dukte und Anstalten, wie sie sonst nur ein ganzes Land aufweisen
kann. Der „Circus Maximus", dessen Trümmer man noch
sieht, lag so dicht unter dem Palast der Cäsaren, daß Nero
von seinem Fenster aus das Zeichen zum Anfang der Spiele
geben konnte. Er war groß genug, um dreimalhundert-
tausend Menschen zu fassen. Beinahe das ganze Volk versammelte sich also gleichzeitig zu einer und derselben Lustbarkeit;
diese ungeheuren Feste waren als eine Art volksthümlicher Einrichtung zu betrachten, die alle Bürger nun zu Vergnügungen vereinigte, wie sie sich ehemals um des Ruhmes willen zusammen
geschaart hatten.

Der quirinalische und viminalische Berg sind einander so
nahe, daß es schwer ist, sie zu sondern: hier war das Haus
Sallusts, und das des Pompejus, und hier hat auch der Papst
jetzt seine Residenz. Man kann nicht einen Schritt in Rom
thun, ohne die Vergangenheit der Jetztzeit, ohne die verschiedenen
Vergangenheiten unter sich gegeneinander zu halten. Wenn
man auf die ewige Bewegung in der Menschengeschichte sieht,
lernt man, sich über die Ereignisse seiner Zeit beruhigen; und
man empfindet eine Art von Scham, sich angesichts so vieler
Jahrhunderte, die alle das Werk ihrer Vorgänger umstürzten,
durch kleinliche Verlegenheiten des Tages noch aufregen zu
lassen.

Neben den sieben Hügeln, wie auf ihren Abdachungen
und ihren Gipfeln, erheben sich eine Menge Glockenthürme,
Obelisken, die Säule des Trajan, die antoninische Säule, der
Thurm der Conti, von welchem, wie behauptet wird, Nero den
Brand Roms bewunderte, und endlich die Kuppel von St. Peter,
die alles Beherrschende beherrscht. Es ist, als ob die Luft von
diesen zum Himmel aufstrebenden Denkmalen bevölkert sei, als
ob über der Erdenstadt eine zweite, den Wolken gehörige,
schwebe.

In das bewohnte Rom zurückgekehrt, ging Corinna mit
Oswald nach der Säulenhalle der Octavia, dieser Frau, die

so viel geliebt und so viel gelitten; dann fuhren sie durch die Via scelerata, jene berüchtigte Straße, durch welche die frevelnde Tullia raste, als sie ihres Vaters Körper den Hufen ihrer Rosse preis gab; in der Entfernung sieht man einen Tempel, den Agrippina zu Ehren des von ihr vergifteten Claudius errichten ließ; und endlich führt der Weg an dem Grabe des Augustus vorüber, dessen Inneres heutzutage den Stiergefechten dient.

„Wir haben einige Fährten der alten Geschichte sehr schnell verfolgt", sagte Corinna zu Lord Nelvil, „aber Sie begreifen das Vergnügen, welches man in diesen Nachforschungen findet, die ebenso gelehrt als poetisch sind, und sich an die Fantasie; wie an das Nachdenken wenden. Es giebt in Rom viel ausgezeichnete Gelehrte, deren einzige Beschäftigung es ist, neue Beziehungen zwischen der Geschichte und diesen Ruinen zu entdecken." — „Ich wüßte kein Studium, das mehr meine Theilnahme fesseln könnte, als dieses", erwiderte Lord Nelvil, „wenn ich sonst nur die Sammlung hätte, mich ihm hinzugeben; diese Art von Gelehrsamkeit ist viel belebter, als die aus Büchern geschöpfte; man glaubt das Entdeckte selber wieder ins Leben gerufen zu haben, man glaubt die Vergangenheit, unter dem Staub, der sie verschüttete, hervorzugraben." — „Gewiß", entgegnete Corinna, „und dies leidenschaftliche Sichversenken in die große Vorzeit ist kein eitles Vorurtheil. Wir leben in einem Jahrhundert, in welchem persönlicher Vortheil der einzige Grundzug aller Handlungen ist; und welche Sympathien, welchen Aufschwung, was für eine Begeisterung kann denn die Selbstsucht aufkommen lassen? Es ist süßer, sich in diese Tage der Hingebung, der Aufopferung, des Heldenthums zurückzuträumen, die doch einmal da waren, und deren ehrwürdige Spuren die Erde noch heute trägt."

Sechstes Kapitel.

Corinna hoffte im Stillen, Oswalds Herz gewonnen zu haben; da sie aber seine Zurückhaltung, seine strengen Grundsätze kannte, hatte sie nicht gewagt, ihm das Interesse, das er ihr einflößte, ganz zu zeigen, wiewohl sie nach ihrem Charakter sehr geneigt war, nichts von ihren Empfindungen verborgen zu halten. Vielleicht auch glaubte sie, daß selbst im Gespräche über Gegenstände, die keine Beziehung zu diesem persönlichen Gefühle hatten, doch ihrer Stimme Klang die gegenseitige Zuneigung einander verrathen, und daß sich in ihren Blicken, wie in jener schwermüthigen und verschleierten Sprache, die so tief die Seele durchdringt, ein stilles Liebesgeständniß aussprechen müsse.

Eines Morgens, als Corinna sich vorbereitete, die Wanderung mit Oswald fortzusetzen, empfing sie ein etwas förmliches Billet von ihm, welches ihr meldete, daß sein schlechter Gesundheitszustand ihn auf einige Tage zu Hause festhalten werde. Eine schmerzliche Unruhe kam über Corinnens Herz; anfangs fürchtete sie, er könne bedenklich krank sein; aber Graf d'Erfeuil, den sie Abends sprach, versicherte sie, daß er von einer jener Schwermuthsanwandlungen befallen sei, an denen er zuweilen leide, und während welcher er Niemand sprechen wolle. „Ich selbst", fuhr Graf d'Erfeuil fort, „sehe ihn in diesem Zustande nicht." — Dieses „Ich selbst" mißfiel Corinna sehr, doch hütete sie sich wohl, es den Grafen, als den einzigen Menschen, durch welchen sie Nachricht von Lord Nelvil erhalten konnte, merken zu lassen. Sie befragte ihn, denn sie hoffte, daß ein scheinbar so leichtfertiger Mensch ihr Alles, was er wisse, mittheilen werde. Aber ob er nun durch eine geheimnißvolle Miene verbergen wollte, daß Oswald ihm nichts anvertraut, ob er es für schicklicher hielt, die Antwort zu verweigern, kurz, er setzte Corinnens brennender Neugier plötzlich unerschütterliches Stillschweigen entgegen. Sie, deren Wort über Alle, mit denen sie in Berührung kam, so viel vermochte, konnte nicht verstehen, weshalb ihre Ueberzeugungsmittel auf Graf d'Erfeuil so wirkungslos blieben: wußte sie nicht, daß es auf der Welt nichts Unbeugsameres giebt, als die Eigenliebe?

Welch ein Ausweg blieb denn nun Corinna, um zu erfahren, was in Oswalds Herzen vorging? Ihm schreiben? Zum Schreiben ist so viel abwägende Gemessenheit des Ausdrucks

nöthig, und Corinna war grade durch ihre Unbefangenheit so
besonders liebenswürdig. Es verflossen drei Tage, während
welcher sie, gefoltert von tödtlicher Unruhe, Lord Nelvil nicht
sah. — „Was habe ich gethan, um ihn mir zu entfremden?"
fragte sie sich. „Ich habe es ihm ja nicht gesagt, daß ich ihn liebe;
dieses in England so entsetzliche, in Italien so gern verziehene Unrecht habe ich ja nicht begangen. Hat er es errathen? Aber weshalb sollte er mich darum weniger hochachten?" — Oswald hatte
Corinna nur zu meiden gesucht, weil er sich zu lebhaft von ihrem
Zauber angezogen fühlte. Obgleich er nicht sein Wort gegeben,
Lucile Edgermond zu heirathen, wußte er doch, daß es seines
Vaters Absicht gewesen war, sie ihm zu vermählen, und dieser
wünschte er sich zu fügen. Endlich führte Corinna, deren
Familiennamen überdies ganz unbekannt geblieben war, seit
mehreren Jahren ein sehr unabhängiges Leben; diese Wahl,
glaubte Lord Nelvil, hätte schwerlich des Vaters Billigung
erhalten, und er fühlte, daß er nicht auf solche Art sein be-
gangenes Unrecht büßen könne. Dies waren die Beweggründe,
welche ihm eine größere Zurückhaltung auferlegten. Er hatte sich
vorgenommen, Corinna bei seiner Abreise schriftlich zu sagen,
was ihn zu derselben nöthige; aber da es schließlich über seine
Kraft ging, Rom zu verlassen, beschränkte er sich darauf, sie
nicht zu sehen, und auch dieses Opfer schien ihm schon am zweiten
Tage schwer genug.

Corinna war von der Besorgniß, daß sie Oswald nicht
mehr sprechen werde, daß er ohne Abschied gehen könne, wie
betäubt. Sie erwartete in jedem Augenblick die Nachricht seiner
Abreise zu erhalten, und diese Furcht steigerte ihre Empfindungen für ihn bis zur höchsten Leidenschaft, — dieser Geiers-
klaue, unter welcher Glück und Unabhängigkeit erliegen. Da
es sie in ihrem Hause, das Lord Nelvil nun mied, nicht
duldete, irrte sie, mit der Hoffnung, ihm zu begegnen, in Roms
öffentlichen Gärten umher. Sie ertrug die Stunden leichter,
während welcher der Zufall ihr die Möglichkeit verhieß, ihn
anzutreffen. Corinnens glühende Einbildungskraft war die
Quelle ihres Talents; aber zu ihrem Unglück mischte sich diese

auch ihren persönlichen Empfindungen bei, um sie auf das Schmerzlichste zu steigern.

Am vierten Abend dieser grausamen Abwesenheit lag köstlicher Mondschein über der Stadt — und Rom ist schön im Schweigen solcher Nacht! es scheint dann, als ob nur seine erhabenen Schatten es bewohnten. Corinna, die eben von einer befreundeten Dame heimkehrte, verließ in gequälter Ruhelosigkeit ihren Wagen, um einige Augenblicke neben der Fontana di Trevi zu verweilen, der freigebig-strömenden Quelle, die mitten in Rom, wie das Leben dieses stillen Daseins, pulsirt. Wenn ihr reicher Wasserstrahl einmal inne hält, ist es, als ob Rom in fühlloser Erstarrung liege. In andern Städten ist das Geräusch der Wagen belebend; in Rom aber scheint das Rauschen dieser großartigen Fontaine die nothwendige Begleitung zu der träumerischen Existenz, welche man dort führt. In ihrer klaren Fluth, die so rein ist, daß sie seit Jahrhunderten das „jungfräuliche Wasser" genannt wird, erzitterte jetzt Corinnens Bild. Oswald, der kurz nach ihr an der gleichen Stelle angelangt war, bemerkte nun der Freundin reizvolle, sich in der Welle spiegelnde Gestalt, und wurde dadurch so lebhaft erschüttert, daß er anfangs nicht wußte, ob es nicht blos seine Einbildungskraft sei, die ihm Corinnens Schatten erscheinen lasse. Um besser zu sehen, neigte er sich zu dem Wasser hinab, und sein eigenes Spiegelbild schwankte jetzt neben dem Corinnens. Sie erkannte ihn, stieß einen Schrei aus, flog ihm entgegen, und faßte, als ob sie fürchte, daß er ihr von Neuem verschwinde, seinen Arm; doch kaum hatte sie dieser zu stürmischen Bewegung nachgegeben, als sie sich an Lord Nelvils Denkweise erinnerte, und beschämt über solch leidenschaftliches Verrathen ihres Gefühls die Hand wieder sinken ließ; sie verhüllte das Gesicht, um ihre Thränen zu verbergen.

— „Corinna", sagte Oswald, „theure Corinna, meine Abwesenheit hat Sie unglücklich gemacht?" — „Ach, ja!" antwortete sie, „und Sie wußten das! Warum thun Sie mir weh? Habe ich's verdient, durch Sie zu leiden?" — „Nein!" rief Lord Nelvil, „o, wahrlich nein! Aber da ich mich nicht für frei halte, da mein Herz von Unruhe und Reue gequält ist, warum soll ich Sie in diesen Wirbel von Bekümmernissen aller Art hineinziehen? Warum......" — "Es ist zu spät", unterbrach ihn Corinna, "der Schmerz ist eingezogen, er wohnt schon in meiner Brust; schonen Sie mich." — "Sie, voller Schmerz?" erwiderte Oswald, "Sie, mit hohem Geist begabt, inmitten einer von so vielem Erfolge glänzenden Laufbahn — Sie voller Schmerz?" — "O, schweigen Sie!" rief Corinna, "Sie kennen mich nicht. Von allen meinen Fähigkeiten ist die mächtigste die, zu leiden. Ich bin für das Glück geboren, mein Charakter ist vertrauend, mein Seelenleben reich; aber das Leid stürmt in mir ich weiß nicht was für furchtbare Gewalten auf, die meine Vernunft verwirren, oder mir den Tod geben können. Ich wiederhole Ihnen noch einmal, schonen Sie mich. Heiterkeit und Regsamkeit helfen mir nur scheinbar, und es giebt in meiner Seele Abgründe von Traurigkeit, vor denen ich mich nur hüten konnte, wenn ich mich vor der Liebe hütete."

Corinna hatte in erschütterndem Ton geredet. — "Ich werde Sie morgen früh wiedersehen, Corinna", sagte Oswald, "zweifeln Sie nicht daran." — "Schwören Sie es mir?" fragte sie mit einer Unruhe, die sie umsonst zu verbergen strebte. — "Ja, ich schwöre es!" rief Lord Nelvil, und verschwand.

Fünftes Buch.

Gräber, Kirchen und Paläste.

Erstes Kapitel.

Oswald und Corinna waren Beide voller Befangenheit, als sie sich am folgenden Tage wiedersahen. Corinna hatte zu der Liebe, die sie erweckt, kein Vertrauen mehr. Oswald schien mit sich selbst unzufrieden; er besaß eine gewisse Charakterschwäche, die sich zuweilen gegen seine eigenen Empfindungen, wie gegen eine Thrannei, aufzulehnen suchte; und so vermieden Beide, der letztverflossenen Tage zu erwähnen. — „Ich schlage Ihnen heute einen recht feierlichen Gang vor, der Sie aber gewiß interessiren wird: lassen Sie uns die Gräber besuchen; gehen wir zur letzten Ruhestätte derer, die einst hier, wo wir jetzt Ruinen bewundern, unter stattlichen Bauwerken wandelten" — „O, Sie errathen, was meiner Seelenstimmung genehm ist", sagte Oswald mit so schmerzlichem Nachdruck, daß Corinna schwieg, und nicht gleich ihn wieder anreden mochte. Doch der Wunsch, seinen Trübsinn durch lebhafte Theilnahme an allem Sehenswerthen zu verscheuchen, gab ihr bald den Muth dazu. „Sie wissen, Mylord", sagte sie; „den Alten fiel es nicht ein, daß der Anblick der Gräber die Lebenden verstimmen könne; sie legten ihre Grabstätten absichtlich an die Heerstraßen, damit das Andenken großer Männer immer gewissermaßen vor Augen stehe und die Jugend in beredtem Schweigen zu Nacheiferung und Ruhmbegier ermahne." — „Ach, wie beneide ich Jeden, in dessen Leid sich keine Reue mischt!" seufzte Oswald. — „Reue!" rief Corinna, „Sie sprechen von Reue? O, ich bin überzeugt, daß diese bei Ihnen nur eine Tugend mehr ist, eine Gewissenhaftigkeit des Herzens, ein zu hoch gespanntes Feingefühl." — „Be-

rühren Sie diesen Gegenstand nicht weiter, Corinna", sagte
Oswald; „in Ihrer glücklichen Heimat, da mögen die finstern
Gedanken wohl vor des Himmels Bläue entfliehen; ein Schmerz
aber, der sich bis auf den Grund unserer Seele grub, hat unser
ganzes Dasein auch für immer untergraben." — „Sie beurtheilen mich falsch", antwortete Corinna; „wiewohl meine Natur
dafür gemacht ist, das Glück voll und groß zu genießen, würde
ich doch tiefer leiden, als Sie, wenn —", sie endigte nicht. „Ich
habe keinen andern Wunsch, Mylord", fuhr sie dann fort, als,
Sie ein wenig zu zerstreuen; mehr hoffe ich nicht." — Die sanfte
Antwort rührte Lord Nelvil, und als er jetzt so viel Schwermuth in diesen Augen sah, die sonst in Leben und Feuer leuch-
teten, machte er sich den stillen Vorwurf, Corinnens frohe Sorglosigkeit getrübt zu haben; er bemühte sich, ihre Stimmung in den
alten Ton zurückzuführen. Aber die Unruhe, welche Corinna
über Oswalds Pläne, über die Möglichkeit seiner Abreise
empfand, trübte gänzlich ihre gewohnte Heiterkeit.

Sie führte Lord Nelvil vor die Thore der Stadt nach
der einstigen Via Appia. Diese die Campagna durchschneidende
Straße wurde zu beiden Seiten von Gräbern eingefaßt, deren
Trümmer sich unabsehbar, meilenweit hinaus erstrecken. Die
Römer duldeten die Beerdigung ihrer Todten nicht innerhalb
der Mauern der Stadt; nur die Grabstätten der Kaiser waren
ausgenommen. Jedoch erhielt ein einfacher Bürger, Namens
Publius Biblius, diese Gunst, als Belohnung seiner verborgenen Tugenden. Die Zeitgenossen ehren diese meist lieber,
als alle übrigen.

Um auf die appische Straße zu gelangen, geht man durch das
St. Sebastiansthor, früher Porta Capena. Cicero sagt, daß die
ersten Gräber, welche man beim Heraustreten aus diesem Thore
bemerke, die der Metellus, der Scipionen und der Servilius
sind. Das Familiengrab der Scipionen ist denn auch wirklich an
dieser Stelle gefunden und seither nach dem Vatican gebracht
worden. So der Asche der Todten einen anderen Ruheplatz
anweisen, so die Ruinen aufrühren, das ist fast eine Ent-
heiligung: die Einbildungskraft ist inniger, als man glaubt,

mit dem sittlichen Gefühl verwachsen, man sollte sie nicht beleidigen. Unter so vielen, die Aufmerksamkeit fesselnden Gräbern theilt man die großen Namen nach Willkür aus, ohne seine Vermuthungen sicher feststellen zu können; aber eben diese Ungewißheit fordert eine beständige Theilnahme, die es nicht gestattet, vor einem dieser Denkmale mit Gleichgültigkeit zu stehen. Es giebt darunter welche, in denen Landleute ihre Wohnungen aufgeschlagen haben, denn die Römer verwendeten auf die Todtenurnen ihrer Freunde und ruhmgekrönten Mitbürger großen Raum und ziemlich weitläufige Gebäude. Sie hatten nicht jenes dürre Nützlichkeitsprincip, das, um einen Fuß breit Erde mehr anzubauen, das große Gebiet des Gefühls und des Gedankens wüste und unbestellt läßt.

Unfern der appischen Straße liegt ein Tempel, welchen die Republik der Ehre und Tugend errichtete; ein anderer, jenem Gotte geweiht, der Hannibals Umkehr veranlaßte; weiterhin die Quelle der Egeria, wo Numa von der Gottheit aller guten Menschen, dem in der Einsamkeit befragten Gewissen, sich Raths erholte. Es hat den Anschein, als ob in diesem Bereich nur die Gräber, wo hohe Tugend schläft, noch vorhanden wären. Aus den Jahrhunderten des Verbrechens findet sich kein Denkmal in der Nähe dieser großen Todten; ein ehrender Zwischenraum scheidet sie von der übrigen Welt, und ungestört walten erhabene Erinnerungen über ihnen.

Der Anblick der römischen Campagna ist von besonderer Eigenthümlichkeit. Gewiß ist sie in sofern eine vollständige Einöde zu nennen, als es dort weder Bäume, noch Wohnungen giebt. Aber der Boden ist mit üppiger, sich ewig erneuernder Vegetation bedeckt, und diese wuchernden Pflanzen ranken sich um die Grüfte, schmücken ihr verfallendes Gemäuer und scheinen allein zur Ehre der Todten da zu sein. Es ist, als verschmähe hier die stolze Natur allen Anbau von Menschenhand, seit ein Cincinnatus nicht mehr den Pflug leitet, der ihren Schooß durchfurchte; ungepflegt läßt sie ein freies Wachsthum gedeihen und will den Lebenden die Verwendung dieser Schätze nicht mehr gestatten. Wohl müssen diese unkultivirten Flächen Ackerbauern,

Staatsökonomen und allen solchen mißfallen, welche die Erde mit berechnendem Gewinneseifer immer nur für das Bedürfniß der Menschen ausnützen wollen; träumerische Seelen aber, die über den Tod nicht weniger als über das Leben nachdenken, versenken sich gern in die Betrachtung dieser Umgegend von Rom, der die neuere Zeit auch nicht eine ihrer Eigenthümlichkeiten geraubt hat, und verweilen gern auf einem Boden, der seine Todten so treu umfangen hält, der sie liebevoll mit nutzlosen Blumen zudeckt, und sie einhüllt in rankendes Grün, das sich der Erde dicht und liebkosend anschmiegt, als könne es sich nicht von der theuren Asche trennen.

Oswald gestand, daß man an dieser Stätte mehr ausruhen könne, als irgendwo sonst; die Seele leidet hier weniger durch die, vom Schmerz ihr immer wieder vorgehaltenen Bilder; man wähnt, die holde Freude an dieser Luft, dieser Sonne, diesem Grün mit den Dahingegangenen zu theilen. Corinna beobachtete, welch tiefen Eindruck dies Alles auf Lord Nelvil machte, und schöpfte daraus für ihn Hoffnung zum Besseren. Zwar bildete sie sich nicht ein, Oswald trösten zu können, und sie hätte auch nicht einmal gewünscht, den Kummer um den verlorenen Vater aus seinem Herzen zu bannen; aber es kann selbst der größeste Schmerz etwas Süßes und beinahe Wohlthuendes haben, auf das man solche Unglückliche hinweisen muß, die bisher nur des Leides Bitterkeit empfanden; es ist die einzig mögliche Weise, ihnen wohlthätig zu sein.

„Verweilen wir hier an diesem Grabmal", sagte Corinna, „dem einzigen, das fast noch ganz erhalten ist. Es ist nicht das eines berühmten Römers, sondern der jungen Cäcilia Metella, deren Vater es ihr errichten ließ." — „Glücklich die Kinder, welche in den Armen ihrer Eltern sterben", sagte Oswald, „und an dem Herzen dessen, der ihnen das Leben gab, auch den Tod empfangen; so verliert selbst dieser seinen Stachel." — „Ja", entgegnete Corinna weich, „glücklich Alle, die nicht Waisen sind. Sehen Sie, man hat auf diesem Grabmal Waffen abgebildet, obwohl es das einer Frau ist; doch die Grabstätten der Heldentöchter dürfen sich mit den Trophäen der Väter schmücken; Unschuld und Tapferkeit vereinigen sich schön. Eine Elegie des Properz schildert besser als irgend ein Schriftstück des Alterthums,diese Würdighaltung des römischen Weibes, die reiner noch und mehr voller Ehrfurcht ist, als selbst der verehrende Glanz, mit dem das ritterliche Mittelalter seine Frauen umgab. Cornelia, die in ihrer Blüthe starb, sagt dem Gatten die rührendsten Abschieds- und Trostesworte, und man fühlt in solcher Sprache die ganze Achtbarkeit und Heiligkeit der Familienbande. Der edle Stolz eines fleckenlosen Lebens malt sich in dieser majestätischen Dichtkunst der Lateiner, einer Dichtkunst, die strenge und vornehm ist, wie die Herren der Welt. „Ja", sagt Cornelia, „kein Flecken hat mein Leben verdunkelt; rein habe ich gelebt, von der Fackel Hymens bis zur Todesfackel!" [12] „Welch schönes Wort!" rief Corinna, „welch erhabenes Bild! und wie beneidenswerth ist das Loos einer Frau, die sich so die vollkommenste Einheit in ihrem Geschick erhalten konnte, und die nur eine Erinnerung mit in das Grab nimmt! Sie genügt auch für ein Leben." —

Während Corinna diese letzten Worte sprach, hatten sich ihre Augen mit Thränen gefüllt; ein grausamer Argwohn bemächtigte sich Oswalds. „Corinna!" rief er, „Corinna, hat Ihre reine Seele sich denn etwas vorzuwerfen? Wenn ich über mich bestimmen könnte, wenn ich mich Ihnen antragen dürfte, würde ich in der Vergangenheit keine Nebenbuhler haben? Würde ich auf meine Wahl stolz sein dürfen? Würde Eifersucht nicht mein Glück beunruhigen?" — „Ich bin frei, und liebe Sie, wie ich niemals liebte", antwortete Corinna; „was wollen Sie noch mehr? Ist es nöthig, mich zu dem Bekenntniß zu verurtheilen, daß, ehe ich Sie kannte, mich die Sehnsucht zu lieben, über das Interesse, welches man mir abgewann, vielleicht hat täuschen können? Und giebt es für die Verirrungen, in welche das Gefühl, oder vielmehr ein eingebildetes Gefühl uns hineinzog, nicht göttliche Nachsicht im Menschenherzen?" — Bescheidenes Erröthen lag auf ihrer Stirn und ihren Wangen. Oswald schwieg in heftiger Bewegung. In Corinnens Zügen war ein Ausdruck von Reue und Schüchternheit, der es ihm unmöglich machte, sie strenge zu beurtheilen, und es schien ihm, als ob der Himmel selbst sie mit verklärendem Strahl umgebe und sie frei spreche. Er ergriff ihre Hand, drückte sie an sein Herz und kniete vor ihr nieder, ohne zu sprechen, ohne etwas zu versprechen, aber mit einem Liebesblick, der Alles hoffen ließ.

„Glauben Sie mir", sagte Corinna, „es ist besser, für die Zukunft keine Pläne zu machen. Die glücklichsten Stunden des Lebens sind immer noch die, welche ein gnädiger Zufall uns gewährt. Ist denn dies ein Ort — hier diese Stätte der Todten, — um an Künftiges zu denken?" — „Nein!" rief Lord Nelvil, „nein, ich glaube an keine Zukunft, die uns scheiden könnte. Diese vier Tage der Trennung haben mich nur zu wohl gelehrt, daß ich nur noch in Ihnen lebe." — Corinna antwortete nichts auf dieses beglückende Wort, aber sie bewahrte es heilig in ihrem Herzen. Stets fürchtete sie, durch ein Gespräch über das eine Gefühl, das sie jetzt ausschließlich beschäftigte, Oswald auf eine Darlegung seiner Zukunftspläne hinzuleiten, ehe längere Gewohnheit ihm das Scheiden unmöglich mache. Oft sogar lenkte sie seine Aufmerksamkeit absichtlich auf äußere Gegenstände; wie jene Sultanin in dem arabischen Mährchen, die durch tausend verschiedene Erzählungen die Theilnahme des Geliebten zu fesseln suchte, um die Entscheidung ihres Schicksals bis zu dem Momente hinauszuschieben, wo die Anmuth ihres Geistes den Sieg davon getragen haben würde.

Zweites Kapitel.

In der Nähe der appischen Straße ließen sich Oswald und Corinna das Columbarium zeigen, wo die Sklaven mit ihren Gebietern vereinigt sind, wo in ein und demselben Grabe Alles, was unter dem Schutze eines einzigen Herrn oder einer Herrin lebte, sich um diese versammelt hat. Livia's Frauen zum Beispiel, die sich der Pflege ihrer Schönheit widmeten, für sie gegen die Zeit kämpften, und den Jahren noch einige ihrer Reize abzustreiten suchten, umgeben in kleinen Aschengefäßen das größere ihrer Herrin. Eine Versammlung von Urnen geringer Todten um die eines Vornehmen gruppirt, der nicht minder schweigt, als sein Gefolge. Nicht weit davon liegt ein Acker, wo die ihren Gelübden untreuen Vestalinnen lebendig begraben wurden: ein auffallendes Beispiel von Fanatismus in einer sonst duldsamen Religion.

„Ich werde Sie nicht in die Katakomben führen", sagte Corinna zu Lord Nelvil, „obgleich ein sonderbarer Zufall diese unter die appische Straße legte, so daß also Grüfte auf Grüften ruhen. Jene Zufluchtsstätte der verfolgten Christen hat etwas so Finsteres und Entsetzliches, daß ich mich nicht entschließen kann, noch einmal dahin zurückzukehren: denn ich empfand dort keine süße Schwermuth, wie an freier Grabesstätte, dort liegt der Kerker neben der Gruft, des Lebens Noth neben den Schrecken des Todes. Sicherlich fühlt man ehrfurchtsvolle Bewunderung für jene Menschen, die allein durch die Kraft ihrer glaubensvollen Begeisterung das unterirdische Leben ertrugen, und sich freiwillig von der Natur und dem Sonnenlicht schieden; indeß, es ist beklommen dort unten, und das Kennenlernen dieser Gewölbe kann dem Gemüthe keine Wohlthat sein. Der Mensch ist ein Glied der Schöpfung; er muß mit dem Ganzen des Weltalls in sittlichem Zusammenhange stehn, muß sich einreihen können in des Schicksals herkömmliche Ordnung; und gewisse furchtbare und gewaltsame Ausnahmen mögen wohl den Verstand überraschen, aber sie erschrecken die Einbildungskraft dergestalt, daß die Grundstimmung der Seele dabei verloren geht. Sehen wir uns lieber die Pyramide des Cestius an; die Protestanten, welche in Rom sterben, werden Alle im Kreis um diese Pyramide begraben, es ist eine holde, duldsame und gönnerische Freistätte." — „Ja", sagte Oswald, „dort haben auch mehrere meiner Landsleute ihr letztes Bette gefunden. Gehen wir dorthin; vielleicht fügt es sich wenigstens auf diese Weise, daß ich Sie nie zu verlassen brauche." — Corinna erbleichte, und ihre Hand, die in Lord Nelvils Arm lag, zitterte. „Ich bin wohler, viel wohler, seit ich Sie kenne", sagte er. Und ihr Gesicht leuchtete wieder in der liebevollen Freundlichkeit, die der gewöhnliche Ausdruck desselben war.

Cestius stand den Spielen der Römer vor; in der Geschichte findet sich sein Name nicht, dies Grabmal aber hat ihn verherrlicht. Die steinerne Pyramide, welche seine Asche birgt, bewahrt seinen Tod vor Vergessenheit, während diese sein Leben völlig zudeckt. Aurelian fürchtete, man könne sich dieser Pyramide als einer Festung zur Belagerung Roms bedienen, und ließ sie deshalb mit in die Mauern hineinziehen, die heute noch vorhanden sind; und, wie Sie sehen, nicht als Ruinen, sondern als Ringmauer des modernen Rom. Man sagt, die auf einem Scheiterhaufen sich erhebende Flamme sei Vorbild für die Pyramidenform gewesen; gewiß ist, daß diese symbolische Form das Auge fesselt, und jeder Landschaft, der sie angehört, einen malerischen Charakter verleiht. Der Pyramide des Cestius gegenüber liegt der Monte Pestaccio, in dessen äußerst kühlen Grotten man während des Sommers Festlichkeiten veranstaltet. In Rom trübt der Anblick der Gräber nicht die frohe Festesstimmung. Auch die Pinien und Cypressen, welche man hie und da in Italiens lachenden Fluren sieht, erwecken feierliche Erinnerungen, und dieser Gegensatz macht dieselbe Wirkung, wie etwa die folgenden Verse des Horaz, die man inmitten von heitern, alle irdischen Freuden preisenden Gedichten antrifft: „Dellius, wir müssen sterben . . . . . . diese Gefilde verlassen, die Behausung und die liebliche Gefährtin *).“ · Die Alten, sie fühlten es immer, daß die Vorstellung des Todes ihre Süßigkeit habe; die Liebe und die Feste rufen das in die Erinnerung, und der Gedanke an die Kürze des Lebens steigert die fröhliche Lebenslust.

Corinna und Lord Nelvil nahmen ihren Rückweg längs den Ufern des Tiber. Früher war dieser Fluß von Schiffen bedeckt, von Palästen umrändert; früher galten selbst seine

---

*) — — — — — moriture Delli
— — — — — — —
Linquenda tellus et domus et placens
Uxor. — .

Staël's Corinna.

Ueberſchwemmungen für Weiſſagungen: er war das prophetiſche Waſſer, die ſchützende Gottheit Roms.[13] Jetzt ſollte man glauben, er fließe in einem Schattenreiche; ſo einſam iſt er, ſo bleiern die Farbe ſeiner Wogen! Man hat einſt die reichſten Kunſtſchätze, die wundervollſten Statuen in den Tiber geworfen, — ſie liegen alle noch in ſeinen Fluthen. Wer weiß, ob man nicht, um ſie zu ſuchen, dem Laufe des Fluſſes künftig einmal ein anderes Bette giebt? Wenn man bedenkt, daß die Meiſterwerke des menſchlichen Genius hier vielleicht nahe vor uns liegen, daß ein ſchärferes Auge ſie unter den Waſſern vielleicht entdecken könnte, empfindet man eine Regung, die ſich in Rom unter verſchiedener Geſtalt unaufhörlich erneuert, und welche dem Gedanken beredte Unterhaltung an Gegenſtänden gewährt, die in ihrer natürlichen Einfachheit anderswo ſtumm ſind.

Drittes Kapitel.

Raphael ſagte, das neue Rom ſei faſt ganz aus Trümmern des alten erbaut; und gewiß iſt, daß man hier nicht einen Schritt thun kann, ohne auf Bruchſtücke und Ueberbleibſel aus dem Alterthum zu ſtoßen. Man erkennt die „ewigen Mauern", wie Plinius ſie nennt, durch alle Veränderungen der letzten Jahrhunderte heraus; faſt ſämmtliche Gebäude Roms haben ein hiſtoriſches Gepräge und meiſtens iſt die Phyſiognomie des Zeitalters, dem ſie angehören, unverkennbar. Seit den Etruskern bis auf unſere Tage, ſeit jenen Völkern alſo, welche, älter ſelbſt als die Römer, durch Dauerhaftigkeit ihrer Arbeit und Seltſamkeit der Entwürfe den Egyptern ähnlich waren, bis hinab zu dem manierirten Bernini und den ebenſo gekünſtelten, italiſchen Dichtern des ſiebzehnten Jahrhunderts, findet man zu Rom die Schöpfungen des menſchlichen Geiſtes in dem verſchiedenen Charakter der Kunſt, der Bauwerke und Denkmale dargeſtellt. Das Mittelalter und das glanzvolle Jahrhundert der Mediceer treten uns in ihren Werken entgegen, und ſolches Studium der Vergangenheit, an Gegenſtänden ausgeführt, die ſich jetzt noch unſerer Anſchauung darbieten, hilft uns in den Geiſt der Zeiten eindringen. Man glaubt, daß Rom einst einen besonderen Namen hatte, der nur einigen Eingeweihten bekannt war; aber auch jetzt noch ist das Geheimniß dieser Stadt wohl den Wenigsten geoffenbart. Sie ist nicht schlechthin eine Anhäufung von Gebäuden, sie ist vielmehr eine durch mannigfache Sinnbilder verdeutlichte, unter verschiedenen Gestalten dargestellte Weltgeschichte.

Corinna kam mit Lord Nelvil überein, daß sie zuerst die Gebäude des modernen Rom in Augenschein nehmen, und seine wundervollen Bildwerke und Gemäldesammlungen für spätere Zeit sich vorbehalten wollten. Vielleicht wünschte Corinna, ohne sich davon Rechenschaft zu geben, das eben, was man in Rom unerläßlich sehen muß, so weit als möglich hinauszuschieben; denn wer verließe es je, ohne den Apoll von Belvedere und die Bilder Raphaels bewundert zu haben? Diese Sicherheit, wie schwach sie auch war: daß Oswald noch nicht abreisen könne, that ihr wohl. Geziemt es einem edlen Stolz, wird man fragen, den Geliebten mit andern Mitteln festhalten zu wollen, als mit der Liebe, die man für ihn hegt? Ich weiß es nicht; aber je mehr man liebt, je weniger vertraut man dem Gefühl, das man einflößt, und welches auch die Veranlassung sei, die uns des Geliebten Gegenwart sichert, man nimmt sie immer mit Freude auf! In eine gewisse Art von Stolz mischt sich oft viel Eitelkeit; und wenn so allgemein bewunderte Vorzüge, wie die Corinnens, einen wahren Vortheil bieten, so ist es der, daß sie gestatten, seinen Stolz mehr in das selbstempfundene, als in das bei Andern hervorgerufene Gefühl zu setzen.

Mit den merkwürdigsten unter den zahlreichen Kirchen Roms fingen Corinna und Lord Nelvil ihre Reise wieder an; all jene Gotteshäuser sind mit prachtvollen alten Bruchstücken ausgeschmückt; aber der Beschauer steht trotz seiner Bewunderung dieser edlen Marmorsteine, dieser, den Heidentempeln geraubten Ornamente oft mit düsterem Sinnen vor ihnen. Säulen von Porphyr und Granit waren in Rom in solchem Ueberflusse vorhanden, daß man wenig Werth darauf legte, und sie verschwendete. In St. Johann von Lateran, einer durch die darin abgehaltenen Concilien berühmten Kirche, findet sich eine solche

8*

Menge von Marmorfäulen, daß man viele derfelben mit Gyps bewarf, um Pfeiler daraus zu machen; fo hatte das Uebermaß diefer Reichthümer gegen diefelben gleichgültig gemacht!

Ein Theil diefer Säulen ftammt aus dem Grabmal Hadrians, ein anderer aus dem Kapitol; diefe letzteren zeigen an ihren Capitälen noch die Figur der Gänfe, die das römifche Volk retteten; theils tragen fie gothifche Ornamente, theils find fie mit arabifchem Gefchmack verziert. Die Urne Agrippa's bewahrt die Afche eines Papftes; denn felbft die Todten haben andern Todten Platz gemacht, und die Gräber mußten faft ebenfo oft, als die Wohnungen der Lebenden, ihren Herrn wechfeln.

Nahe der Laterankirche ift die heilige Treppe, die, wie es heißt, von Jerufalem nach Rom gebracht worden ift. Nur mit den Knieen darf man fie berühren. Stiegen doch felbft Cäfar und Claudius die Stufen, welche zum Tempel des Jupiter Capitolinus führten, knieend hinan. Neben St. Johann von Lateran zeigt man auch die Kapelle, wo Conftantin getauft fein foll. In der Mitte des Platzes fteht ein Obelisk, der aus der Zeit des trojanifchen Krieges ftammt und alfo wohl das ältefte Denkmal der Welt fein mag; ein Obelisk, den felbft der barbarifche Kambyfes fo refpektirte, daß er um feinetwillen dem Brande einer Stadt Einhalt thun ließ, und für welchen ein König das Leben feines einzigen Sohnes als Pfand fetzte. Mit ftaunenerregenden Mitteln haben ihn die Römer aus der Tiefe Egyptens nach Italien gefchafft; der Nil mußte feinen Lauf ändern, damit er ihn hole und bis ans Meer bringe. Die diefen Obelisk bedeckenden Hieroglyphen haben all diefe Jahrhunderte hindurch ihr Geheimniß bewahrt und bieten bis auf den heutigen Tag den gelehrteften Nachforfchungen Trotz. Indien, Egypten, die Vorzeit der Vorzeit würden uns vielleicht durch diefe Zeichen offenbart fein. Der wunderbare Zauber Roms liegt nicht allein in der wirklichen Schönheit feiner Denkmale, fondern auch in dem Nachdenken, das fie anregen; und diefes fich in den Geift der Dinge Hineinleben nimmt zu mit jedem Tage, mit jeder neu erworbenen Kenntniß.

Eine der sonderbarsten Kirchen Roms ist die von St. Paul. Ihr Aeußeres gleicht einer schlecht gebauten Scheune, während ihr Inneres durch achtzig Säulen von so schönem Marmor, von so vollendetem Styl geschmückt wird, daß man sie einem, durch Pausanias beschriebenen Tempel der Athener zugehörig glaubt. Cicero sagt: „Wir sind von den Spuren der Geschichte umgeben." Wenn er das damals schon sagen durfte, was sollen wir heute sagen?

In ganz unglaublicher Weise findet man die Säulen, Standbilder und Basreliefs des alten Rom an die Kirchen der modernen Stadt verschwendet; in einer derselben, St. Agnes, dienen umgekehrte Basreliefs als Treppenstufen, ohne daß man sich auch nur die Mühe gegeben hätte, nachzusehen, was sie vorstellen. Welch überraschenden Anblick böte jetzt das alte Rom, wenn man Säulen, Marmor und Statuen an der Stelle gelassen hätte, wo man sie gefunden! Dann stände wohl fast noch die ganze alte Stadt; aber würden die Menschen unserer Tage es wagen dürfen, in ihr umher zu wandeln?

Die Paläste der Großen sind von ungemeiner Ausdehnung, in oft sehr schönem und immer großartigem Styl; aber der Schmuck ihres Innern ist selten von gutem Geschmack, und es sind hier auch nicht annähernd jene eleganten Wohnungen zu finden, wie sie anderswo die Verfeinerung des gesellschaftlichen Lebens geschaffen hat. Die weiten Säle der römischen Fürsten liegen wüst und schweigend da; ihre trägen Bewohner ziehen sich in einige kleine, unbemerkte Zimmer zurück, und lassen die Fremden jene prachtvollen Gallerien, wo sich die schönsten Gemälde aus der Zeit Leo's X. vereinigen, ungehindert durchstreifen. Die römischen Großen sind jetzt dem pomphaften Luxus ihrer Vorfahren ebenso fern, als diese selbst es den strengen Tugenden der römischen Republik waren. Noch mehr geben die Landhäuser ein Bild der Vereinsamung, ein Bild von der Gleichgültigkeit, mit welcher ihre Besitzer inmitten des köstlichsten Aufenthaltes der Welt leben. Man lustwandelt in diesen endlosen Gärten, ohne sich's einfallen zu lassen, daß sie einen Herrn haben. Das Gras wächst in den Alleen; dagegen aber sind

in eben diesen verlassenen Alleen die Bäume künstlich nach alt-
französischem Geschmack verschnitten: welche sonderbare Grillen-
haftigkeit liegt in solchem Vernachlässigen des Nothwendigen und
solcher Sucht nach abgeschmacktester Nutzlosigkeit. Aber man
wird in Rom und den meisten andern Städten Italiens von der
Neigung der Italiener zu überladenen Zierrathen recht oft so peinlich überrascht. Sie, die doch unaufhörlich die Einfalt der Antike
vor Augen haben, sie lieben mehr das Glänzende, als das Ge-
diegene und Bequeme; und besitzen überhaupt in jeder Beziehung
die Vortheile und die Nachtheile einer nicht in gesellschaftliche
Formen gefügten Lebensweise. Ihr Luxus ist mehr für die
Fantasie, als für eigentlichen Genuß berechnet. Gesondert,
wie sie sich von einander halten, haben sie den Geist der Spötterei
nicht zu fürchten, der selten bis in die häuslichen Geheimnisse
dringt; und wenn man den Contrast zwischen dem Aeußeren
und dem Innern der Paläste sieht, könnte man oft mit Recht
sagen, daß die meisten der italienischen Großen ihre Wohnungen
einrichten, um das Erstaunen der Vorübergehenden zu erregen,
aber nicht, um Freunde darin zu empfangen.

Nachdem sie die Paläste und Kirchen durchwandert hatten,
führte Corinna den Freund nach der Villa Mellini. Von ihrem
einsamen Garten aus, der keinen anderen Schmuck hat, als
prachtvolle Bäume, sieht man in der Entfernung die Kette der
Apenninen. Die Durchsichtigkeit der Luft färbt diese Berge,
bringt sie einander näher und zeichnet sie dennoch auf eigenthümlich malerische Weise scharf von einander ab. Oswald und Corinna verweilten hier einige Zeit, um sich an dem zauberischen Himmel und dem Frieden der Natur zu erfreuen. Von diesem wunderbaren Frieden, dieser tiefen Ruhe macht man sich keine Vorstellung, wenn man nicht in südlichen Gegenden gelebt hat. An
heißen Tagen ist nicht ein Hauch in der Luft zu fühlen; die zartesten Grashalme sind vollkommen unbeweglich; selbst die Thiere
theilen die von dem schönen Wetter hervorgerufene, träge Er-
schlaffung; keine Fliege summt, kein Vogel singt, kein Wesen
treibt sich noch mit irgendwelchen Bestrebungen umher, die ja alle
so zwecklos und überflüssig scheinen; Alles schläft bis zu dem

Augenblick, wo Sturm und Leidenschaft die gewaltige Natur erwecken, und diese nun mit Ungestüm aus ihrer Ruhe aufsteht.

Es giebt in den Gärten Roms eine große Anzahl immer grüner Bäume, welche die Milde des Klimas, die den Winter hinwegzutäuschen weiß, darin noch unterstützen. Breit und buschig gegipfelte, nahe bei einander stehende Pinien von eigenthümlicher Schönheit bilden eine Art von Ebene in den Lüften, deren Wirkung reizend ist, wenn man hoch genug steht, sie zu übersehen. Die niedern Bäume wachsen unter dem Schutz dieses grünen Gewölbes. Nur zwei Palmen finden sich in Rom, beide in Klostergärten; die eine, auf einer Anhöhe stehende, dient aus der Ferne als Gesichtspunkt, und mit Vergnügen sieht man diesen Abgesandten Afrika's in den verschiedenen Bildern Roms immer wieder auftauchen, — dieses Kind eines noch glühenderen als des italienischen Südens, das uns so viel neue Vorstellungen giebt.

„Finden Sie nicht auch", sagte Corinna, als sie, neben Oswald stehend, den Blick über die Gegend schweifen ließ, „daß in Italien die Natur mehr zu Träumerei und Nachdenken auffordert, als irgendwo sonst? Man möchte wähnen, sie stände hier in näherer Beziehung zum Menschen, und der Schöpfer bediene sich ihrer als einer Sprache zwischen sich und dem Geschöpfe." — „Gewiß so scheint es auch mir", entgegnete Oswald, „aber wer weiß, ob es nicht die tiefe Rührung ist, welche Sie in meinem Herzen erwecken, was mich jetzt für alles Große und Schöne so empfänglich macht! Sie erst erschließen mir eine Weise des Nachdenkens, die auch von den äußeren Gegenständen ihren Stoff nimmt. Bis jetzt lebte ich nur mit dem Herzen, Sie haben meine Einbildungskraft erweckt. Aber diese Schönheit des Weltalls, die Sie mich erkennen lehren, wird mir doch nie Schöneres zeigen, als Ihren Blick, nie Süßeres, als Ihre Stimme!" — „Möchte dieses Gefühl, das ich Ihnen heute einflöße, so lange dauern, als mein Leben", sagte Corinna, „oder möchte wenigstens mein Leben nicht länger dauern, als dies Gefühl!"

Oswald und Corinna beschlossen ihre Reise durch Rom

in eben diesen verlassenen Alleen die Bäume künstlich nach alt-
französischem Geschmack verschnitten: welche sonderbare Grillen-
haftigkeit liegt in solchem Vernachlässigen des Nothwendigen und
solcher Sucht nach abgeschmacktester Nutzlosigkeit. Aber man
wird in Rom und den meisten andern Städten Italiens von der
Neigung der Italiener zu überladenen Zierrathen recht oft so peinlich überrascht. Sie, die doch unaufhörlich die Einfalt der Antike
vor Augen haben, sie lieben mehr das Glänzende, als das Ge-
diegene und Bequeme; und besitzen überhaupt in jeder Beziehung
die Vortheile und die Nachtheile einer nicht in gesellschaftliche
Formen gefügten Lebensweise. Ihr Luxus ist mehr für die
Fantasie, als für eigentlichen Genuß berechnet. Gesondert,
wie sie sich von einander halten, haben sie den Geist der Spötterei
nicht zu fürchten, der selten bis in die häuslichen Geheimnisse
bringt; und wenn man den Contrast zwischen dem Aeußeren
und dem Innern der Paläste sieht, könnte man oft mit Recht
sagen, daß die meisten der italienischen Großen ihre Wohnungen
einrichten, um das Erstaunen der Vorübergehenden zu erregen,
aber nicht, um Freunde darin zu empfangen.

Nachdem sie die Paläste und Kirchen durchwandert hatten,
führte Corinna den Freund nach der Villa Mellini. Von ihrem
einsamen Garten aus, der keinen anderen Schmuck hat, als
prachtvolle Bäume, sieht man in der Entfernung die Kette der
Apenninen. Die Durchsichtigkeit der Luft färbt diese Berge,
bringt sie einander näher und zeichnet sie dennoch auf eigenthümlich malerische Weise scharf von einander ab. Oswald und Corinna verweilten hier einige Zeit, um sich an dem zauberischen Himmel und dem Frieden der Natur zu erfreuen. Von diesem wunderbaren Frieden, dieser tiefen Ruhe macht man sich keine Vorstellung, wenn man nicht in südlichen Gegenden gelebt hat. An
heißen Tagen ist nicht ein Hauch in der Luft zu fühlen; die zartesten Grashalme sind vollkommen unbeweglich; selbst die Thiere
theilen die von dem schönen Wetter hervorgerufene, träge Er-
schlaffung; keine Fliege summt, kein Vogel singt, kein Wesen
treibt sich noch mit irgendwelchen Bestrebungen umher, die ja alle
so zwecklos und überflüssig scheinen; Alles schläft bis zu dem

Augenblick, wo Sturm und Leidenschaft die gewaltige Natur erwecken, und diese nun mit Ungestüm aus ihrer Ruhe aufsteht.

Es giebt in den Gärten Roms eine große Anzahl immer grüner Bäume, welche die Milde des Klimas, die den Winter hinwegzutäuschen weiß, darin noch unterstützen. Breit und buschig gegipfelte, nahe bei einander stehende Pinien von eigenthümlicher Schönheit bilden eine Art von Ebene in den Lüften, deren Wirkung reizend ist, wenn man hoch genug steht, sie zu übersehen. Die niedern Bäume wachsen unter dem Schutz dieses grünen Gewölbes. Nur zwei Palmen finden sich in Rom, beide in Klostergärten; die eine, auf einer Anhöhe stehende, dient aus der Ferne als Gesichtspunkt, und mit Vergnügen sieht man diesen Abgesandten Afrika's in den verschiedenen Bildern Roms immer wieder auftauchen, — dieses Kind eines noch glühenderen als des italienischen Südens, das uns so viel neue Vorstellungen giebt.

„Finden Sie nicht auch", sagte Corinna, als sie, neben Oswald stehend, den Blick über die Gegend schweifen ließ, „daß in Italien die Natur mehr zu Träumerei und Nachdenken auffordert, als irgendwo sonst? Man möchte wähnen, sie stände hier in näherer Beziehung zum Menschen, und der Schöpfer bediene sich ihrer als einer Sprache zwischen sich und dem Geschöpfe." — „Gewiß so scheint es auch mir", entgegnete Oswald, „aber wer weiß, ob es nicht die tiefe Rührung ist, welche Sie in meinem Herzen erwecken, was mich jetzt für alles Große und Schöne so empfänglich macht! Sie erst erschließen mir eine Weise des Nachdenkens, die auch von den äußeren Gegenständen ihren Stoff nimmt. Bis jetzt lebte ich nur mit dem Herzen, Sie haben meine Einbildungskraft erweckt. Aber diese Schönheit des Weltalls, die Sie mich erkennen lehren, wird mir doch nie Schöneres zeigen, als Ihren Blick, nie Süßeres, als Ihre Stimme!" — „Möchte dieses Gefühl, das ich Ihnen heute einflöße, so lange dauern, als mein Leben", sagte Corinna, „oder möchte wenigstens mein Leben nicht länger dauern, als dies Gefühl!"

Oswald und Corinna beschlossen ihre Reise durch Rom

mit der Villa Borghese, von allen römischen Gärten und Palästen derjenige, in welchem die Reichthümer der Natur und der Kunst mit dem gewähltesten Geschmack, dem meisten Glanz zusammengestellt sind. Es giebt dort Bäume von allen Gattungen und viel prächtiges Wasser. Eine Unzahl von Statuen, Vasen, antiken Sarkophagen mischt sich mit der jungen Frische der südlichen Natur. Die Mythologie der Alten scheint wieder verkörpert in unser Leben getreten zu sein. Am Rand der Gewässer ruhen Najaden und Nymphen in einem Hain, der ihrer würdig ist! Gräber unter elysischen Schatten! Mitten auf einer Insel die Statue des Aeskulap; die der Venus scheint eben aus den Wellen emporzusteigen. Ovid und Virgil könnten an diesem schönen Orte lustwandeln und sich noch im Zeitalter des Augustus glauben. Die in diesem Palast enthaltenen Meisterwerke der Bildhauerkunst verleihen ihm unvergänglichen Glanz. Durch die Bäume hindurch schimmert in der Ferne die Stadt Rom, St. Peter, die Campagna und jene langen Bogengänge, die Trümmer der Wasserleitungen, welche die Gebirgsquellen nach dem alten Rom führten. Hier ist für Alles gesorgt, für den Gedanken, für die Einbildungskraft, für die Träumerei. Die reinste Sinnlichkeit gesellt sich hier zu seelischem Genügen, und giebt so eine Ahnung von vollkommenem Glück. Aber wenn man nun fragt, weshalb dieser entzückende Aufenthalt nicht bewohnt wird, erhält man zur Antwort, daß die schlechte Luft (la cattiva aria) es nicht gestatte, während des Sommers hier zu leben.

Diese ungesunden Dünste sind, so zu sagen, die Belagerer Roms, sie dringen jedes Jahr um einige Schritte weiter vor, und man ist gezwungen, ihrer Herrschaft die reizendsten Wohnplätze zu überlassen. Ohne Zweifel ist der Mangel an Bäumen in der Campagna und um die Stadt herum eine ihrer Ursachen, und vielleicht weihten die alten Römer ihre Wälder hauptsächlich deshalb den Göttinnen, damit sie vom Volke verschont blieben. Nunmehr sind zahllose Waldungen niedergeschlagen; könnte es denn auch wirklich in unsern Tagen noch so geheiligte Orte geben, daß die Habgier sie zu verwüsten unterließe? Die

ungesuhde Luft ist die Geißel der römischen Einwohner, und sie
droht der Stadt mit gänzlicher Entvölkerung; aber sie erhöht
noch die Wirkung, welche die, im Umkreise Roms liegenden,
wundervollen Gärten hervorbringen: der schädliche Einfluß
macht sich durch kein äußeres Anzeichen fühlbar; man athmet
eine Luft, die rein und sehr angenehm scheint; die Erde ist lachend
und fruchtbar; Abends ruht man in köstlicher Kühle von
des Tages brennender Hitze aus: und dieses Alles — ist
der Tod!

„Ich liebe solche geheime, unsichtbare Gefahr“, sagte Oswald zu Corinna, „die in Gestalt so milder Wahrnehmungen
auftritt. Wenn der Tod nur der Aufruf zu einem glücklicheren
Leben ist, wie ich fest glaube, warum sollte der Blumen Duft,
der Schatten schöner Bäume, der erquickende Hauch des Abends
— warum sollten sie nicht beauftragt sein, uns die Botschaft zu
bringen? Freilich muß der Staat nach allen Seiten hin über
die Erhaltung der Menschenleben wachen, doch die Natur hat
ihre Geheimnisse, welche allein der Gedanke zu durchbringen
vermag, und ich begreife leicht, daß Einwohner und Fremde,
trotz der Gefahr, welcher sie während des schönsten Theiles des
Jahres hier ausgesetzt sind, dieses Aufenthalts nicht müde
werden.“

Sechstes Buch.

Die Sitten und der Charakter der Italiener.

Erstes Kapitel.

Oswalds durch traurige Erlebnisse noch vermehrte Unentschiedenheit des Charakters ließ ihn alle festen Entschlüsse scheuen. In seiner Ungewißheit hatte er noch nicht einmal gewagt, Corinna um das Geheimniß ihrer Herkunft und ihres Schicksals zu fragen, und dennoch zog seine Leidenschaft aus jedem Tage des Zusammenseins neue Kraft. Er konnte sie nicht ohne Bewegung ansehen; kaum vermochte er inmitten der Gesellschaft sich auch nur einen Augenblick aus ihrer Nähe zu entfernen. Sie sprach kein Wort, das er nicht nachfühlte; sie hatte keinen Moment der Traurigkeit oder des Frohsinns, dessen Abglanz nicht auf seinem Gesichte wiederstrahlte. Aber wie er sie auch bewunderte und liebte, er erinnerte sich doch stets daran, wie wenig eine solche Frau in die englische Lebensweise hineinpassen möchte, wie sehr sie von der Vorstellung abweiche, welche sein Vater sich über die dem Sohne geziemende Gattin gebildet hatte; und in dem, was er darüber zu Corinna äußerte, klang die Verwirrung und Gezwungenheit nach, welche jene Betrachtungen in ihm hervorriefen.

Corinna gewahrte das nur zu gut; aber es würde ihr so qualvoll gewesen sein, mit Lord Nelvil zu brechen, daß sie eher noch eine entschiedene Erklärung zu umgehen suchte; und da viel Unvorsichtigkeit in ihrem Charakter lag, genoß sie die glückliche Gegenwart, obwohl sie unmöglich wissen konnte, was daraus entstehen werde.

Um ganz dem Gefühle für Oswald zu leben, hatte sie sich von der Welt völlig zurückgezogen. Doch endlich, von seinem Stillschweigen über ihre beiderseitige Zukunft verletzt, entschloß sie sich, die Einladung zu einem Balle anzunehmen, für welchen

ihr Erscheinen lebhaft gewünscht worden war. Nichts ist weniger
auffällig in Rom, als abwechselnd die Gesellschaft zu verlassen,
und wieder in dieselbe zurückzukehren, wie es eben im Belieben
des Einzelnen liegt; denn nirgend giebt man sich weniger mit
dem sogenannten Gesellschaftsklatsch ab. Jeder thut, was er
will, ohne daß Jemand darnach fragt, es handelte sich denn um
eine Rivalität in der Liebe oder im Ehrgeize. Die Römer
bekümmern sich um das Thun und Lassen ihrer Mitbürger nicht
mehr, als um das der kommenden und gehenden Fremden.

Als Lord Nelvil erfuhr, daß Corinna auf den Ball gehe,
war er verstimmt. Seit einiger Zeit hatte er eine, mit der
seinen sympathisirende, schwermüthige Gemüthsrichtung in
ihr zu bemerken geglaubt; nun schien sie eifrig an ihren
Tanz zu denken, an das Talent, in welchem sie so außer-
ordentlich reizend sein sollte; und es war, als belebe sie die
Aussicht, es wieder einmal zu üben, auf das angenehmste.
Corinna war keine leichtsinnige Frau, aber sie fühlte sich täglich
mehr von ihrer Leidenschaft für Oswald beherrscht, und sie
wollte es versuchen, dieser Gewalt Einhalt zu thun. Sie mußte
aus Erfahrung, daß auf leidenschaftliche Charaktere Vorsätze
und Opferfähigkeit weniger Macht üben, als Zerstreuung, und
sie meinte, daß es nicht darauf ankomme, regelrecht über sich zu
siegen, sondern zu siegen, wie man es eben vermag!

„Ich muß doch wissen", antwortete sie auf Lord Nelvils
Vorwürfe, „ich muß doch wissen, ob es in der Welt nichts mehr
giebt, als Sie, mein Leben auszufüllen; ob, was mir früher
gefiel, mich nicht jetzt noch erfreuen kann, oder ob meine Liebe für
Sie jedes andere Interesse, jeden andern Gedanken verzehren
soll." — „So wollen Sie aufhören, mich zu lieben?" fragte
Oswald. — „Nein", antwortete Corinna, „doch nur im häuslichen Leben kann es süß sein, so ganz von einer einzigen Leidenschaft beherrscht zu werden. Ich aber, die ich meiner Talente,
meines Geistes, meiner Phantasie bedarf, um den Glanz der
von mir erwählten Lebensweise aufrecht zu erhalten, ich leide
jetzt sehr; es macht mir Schmerz, viel Schmerz, dies Lieben, wie
ich Sie liebe!" — „Sie würden mir also Ruhm und Hul-

Sechstes Buch.

Die Sitten und der Charakter der Italiener.

Erstes Kapitel.

Oswalds durch traurige Erlebnisse noch vermehrte Unentschiedenheit des Charakters ließ ihn alle festen Entschlüsse scheuen.
In seiner Ungewißheit hatte er noch nicht einmal gewagt, Corinna
um das Geheimniß ihrer Herkunft und ihres Schicksals zu fragen,
und dennoch zog seine Leidenschaft aus jedem Tage des Zusammenseins neue Kraft. Er konnte sie nicht ohne Bewegung ansehen;
kaum vermochte er inmitten der Gesellschaft sich auch nur einen
Augenblick aus ihrer Nähe zu entfernen. Sie sprach kein Wort,
das er nicht nachfühlte; sie hatte keinen Moment der Traurigkeit oder des Frohsinns, dessen Abglanz nicht auf seinem Gesichte
wiederstrahlte. Aber wie er sie auch bewunderte und liebte, er
erinnerte sich doch stets daran, wie wenig eine solche Frau in die
englische Lebensweise hineinpassen möchte, wie sehr sie von der
Vorstellung abweiche, welche sein Vater sich über die dem Sohne
geziemende Gattin gebildet hatte; und in dem, was er darüber
zu Corinna äußerte, klang die Verwirrung und Gezwungenheit
nach, welche jene Betrachtungen in ihm hervorriefen.

Corinna gewahrte das nur zu gut; aber es würde ihr so
qualvoll gewesen sein, mit Lord Nelvil zu brechen, daß sie
eher noch eine entschiedene Erklärung zu umgehen suchte; und
da viel Unvorsichtigkeit in ihrem Charakter lag, genoß sie die
glückliche Gegenwart, obwohl sie unmöglich wissen konnte, was
daraus entstehen werde.

Um ganz dem Gefühle für Oswald zu leben, hatte sie sich
von der Welt völlig zurückgezogen. Doch endlich, von seinem
Stillschweigen über ihre beiderseitige Zukunft verletzt, entschloß
sie sich, die Einladung zu einem Balle anzunehmen, für welchen

ihr Erscheinen lebhaft gewünscht worden war. Nichts ist weniger
auffällig in Rom, als abwechselnd die Gesellschaft zu verlaffen,
und wieder in dieselbe zurückzukehren, wie es eben im Belieben
des Einzelnen liegt; denn nirgend giebt man sich weniger mit
dem sogenannten Gesellschaftsklatsch ab. Jeder thut, was er
will, ohne daß Jemand darnach fragt, es handelte sich denn um
eine Rivalität in der Liebe oder im Ehrgeize. Die Römer
bekümmern sich um das Thun und Laffen ihrer Mitbürger nicht
mehr, als um das der kommenden und gehenden Fremden.

Als Lord Nelvil erfuhr, daß Corinna auf den Ball gehe,
war er verstimmt. Seit einiger Zeit hatte er eine, mit der
seinen sympathisirende, schwermüthige Gemüthsrichtung in
ihr zu bemerken geglaubt; nun schien sie eifrig an ihren
Tanz zu denken, an das Talent, in welchem sie so außer-
ordentlich reizend sein sollte; und es war, als belebe sie die
Aussicht, es wieder einmal zu üben, auf das angenehmste.
Corinna war keine leichtsinnige Frau, aber sie fühlte sich täglich
mehr von ihrer Leidenschaft für Oswald beherrscht, und sie
wollte es versuchen, dieser Gewalt Einhalt zu thun. Sie mußte
aus Erfahrung, daß auf leidenschaftliche Charaktere Vorsätze
und Opferfähigkeit weniger Macht üben, als Zerstreuung, und
sie meinte, daß es nicht darauf ankomme, regelrecht über sich zu
siegen, sondern zu siegen, wie man es eben vermag!

„Ich muß doch wissen", antwortete sie auf Lord Nelvils
Vorwürfe, „ich muß doch wissen, ob es in der Welt nichts mehr
giebt, als Sie, mein Leben auszufüllen; ob, was mir früher
gefiel, mich nicht jetzt noch erfreuen kann, oder ob meine Liebe für
Sie jedes andere Interesse, jeden andern Gedanken verzehren
soll." — „So wollen Sie aufhören, mich zu lieben?" fragte
Oswald. — „Nein", antwortete Corinna, „doch nur im häuslichen Leben kann es süß sein, so ganz von einer einzigen Leidenschaft beherrscht zu werden. Ich aber, die ich meiner Talente,
meines Geistes, meiner Phantasie bedarf, um den Glanz der
von mir erwählten Lebensweise aufrecht zu erhalten, ich leide
jetzt sehr; es macht mir Schmerz, viel Schmerz, dies Lieben, wie
ich Sie liebe!" — „Sie würden mir also Ruhm und Hul-

digungen nicht opfern?" — „Was kann Ihnen daran liegen, zu
wissen, ob ich sie Ihnen opfern würde? Da wir nicht für
einander bestimmt sind, darf die Art von Glück, mit der ich mich
zufrieden geben muß, mir nicht auf immer zerstört werden." —
Lord Nelvil antwortete nicht, weil er mit einer Erklärung seiner
Gefühle auch die Absicht, wozu ihn diese bestimmten, hätte kund
geben müssen, und er kannte diese selbst noch nicht. So schwieg
er seufzend still, und begleitete Corinna auf den Ball, wiewohl
es ihn große Ueberwindung kostete.

Zum ersten Mal seit seines Vaters Tode war er wieder in
großer Gesellschaft, und das Lärmen solchen Festes machte ihn
nur trauriger; mit aufgestütztem Kopf saß er in einem der
an den Tanzsaal stoßenden Nebengemächer, und nicht einmal
Corinna mochte er tanzen sehen. Er lauschte den rhythmischen
Klängen, die, selbst wenn sie der Freude dienen, noch träume-
risch machen, wie alle Musik. Graf d'Erfeuil sprach ihn jetzt
an und äußerte sich mit berauschtem Entzücken über den Ball,
und die zahlreiche Gesellschaft, welche ihn endlich ein wenig an
sein Frankreich erinnere. „Ich habe mir alle mögliche Mühe
gegeben", sagte er zu Lord Nelvil, „um diesen Ruinen, von welchen
man in Rom so viel spricht, einiges Interesse abzugewinnen
doch kann ich nichts Besonderes daran finden; die Bewunderung
solcher mit Dornen bewachsenen Schutthaufen ist ein Vorurtheil.
Wenn ich nach Paris komme, werde ich meine Meinung darüber
aussprechen, denn es ist Zeit, daß dieser Italien-Schwindel
aufhöre. Es giebt in ganz Europa nicht ein, versteht sich: wohl-
erhaltenes Denkmal, das mir nicht lieber wäre, als diese zerbroche-
nen Säulen, diese von der Zeit geschwärzten Basreliefs, welche
man ja doch nur vermöge großer Gelehrsamkeit bewundern kann.
Ein Vergnügen aber, das man erst mit so tiefen Studien erkaufen
muß, scheint mir in sich selbst nicht viel Anregendes zu haben.
Niemand z. B. hat nöthig, erst über seinen Büchern zu erblassen,
um die Genüsse von Paris zu würdigen." — Lord Nelvil antwortete nicht, und der Graf fragte nun von Neuem, welchen
Eindruck Rom auf ihn gemacht habe. „Während eines Balles",
erwiderte Oswald, „ist es wohl nicht an der Zeit, dar-

über ernsthaft zu reden, und anders, das wissen Sie, kann
ich nicht reden." — „Gut, gut", rief d'Erfeuil, „ich bin
flüchtiger als Sie, das gebe ich zu, vielleicht bin ich aber auch
weiser! In meinem anscheinenden Leichtsinn liegt viel Philosophie, denn leicht muß das Leben genommen werden, glauben
Sie mir!" — „Sie haben vielleicht Recht", entgegnete Oswald,
„doch sind Sie von Natur, und nicht aus Ueberlegung, so wie
Sie sind, und das ist der Grund, weshalb Ihre Weise eben nur
für Sie paßt."

Graf d'Erfeuil hörte im Tanzsaale Corinnens Namen
nennen, und er trat hinein, um zu erfahren, um was es sich
handle. Auch Lord Nelvil trat bis an die Thür und sah, wie
ein schöner Neapolitaner, der Prinz von Amalfi, Corinna bat,
die Tarantella, diesen seinen anmuthsvollen, höchst eigenthümlichen Nationaltanz, mit ihm zu tanzen. Corinnens Freunde
redeten zu, und sie willigte ein, ohne sich lange bitten zu lassen.
Den Grafen d'Erfeuil, der an die Weigerungen gewöhnt war,
mit denen man anderswo gebräuchlicher Weise seine Zustimmung
einleitet, setzte dies in Erstaunen. Aber in Italien kennt man
derartige Ziererei nicht, und Jeder glaubt der Gesellschaft
am meisten zu gefallen, wenn er einfach thut, warum sie bittet.
Corinna würde dieses natürliche Betragen eingeführt haben,
wenn es nicht schon üblich gewesen wäre. Sie trug ein leichtes,
wolkiges Kleid; ein Netz von italienischer Seide hielt ihr Haar
zusammen, und der Ausdruck lebhaftesten Vergnügens in ihren
Augen machte sie verführerischer denn je. Oswald war verwirrt davon, war im Streit mit sich selbst; es entrüstete ihn,
sich so von einem Zauber fesseln zu lassen, der ihn eher hätte
verstimmen sollen, da Corinna nicht um ihm zu gefallen, sondern
vielmehr um seiner Herrschaft zu entrinnen, sich so hinreißend
zeigte. Aber wer kann der Anmuth widerstehen? Selbst wo sie
stolz verschmäht, ist sie noch allmächtig, und stolz verschmähend
war sicherlich Corinnens Stimmung nicht. Sie bemerkte Lord
Nelvil, erröthete, und ihre Blicke hingen mit bezaubernd-seelen-
voller Zärtlichkeit an ihm.

Fürst Amalfi begleitete seinen Tanz mit Castagnetten, während Corinna, nachdem sie vor dem Beginnen die Versammlung hold gegrüßt, das von Amalfi ihr dargebotene Tambourin mit leichter Wendung entgegennahm. Dies Tambourin schwingend, begann sie nun zu tanzen, und alle ihre Bewegungen hatten eine Weichheit, eine Grazie, eine Mischung von Keuschheit und Wollust, die eine Vorstellung von der Macht geben mußten, welche die Bajaderen auf die Fantasie der Inder ausüben, wenn sie wirklich dichterisch tanzen, und durch anmuthvolle Bewegung, durch entzückende Bilder die reichsten Empfindungen ausdrücken.

Corinna kannte alle durch die Maler und alten Bildhauer überlieferten Stellungen sehr genau, und wenn sie ihr Tambourin über dem Kopfe schwang, oder es mit einer Hand vorwärts haltend, die andere mit unglaublicher Schnelligkeit die Schellen durchlaufen ließ, erinnerte sie an die Tänzerinnen von Herculanum, und schuf so für den Stift und die Malerei eine Reihenfolge neuer Vorbilder.

Ihr Tanz zeigte durchaus nicht die, durch Schwierigkeit und Eleganz so ausgezeichnete französische Kunst; Corinnens Weise stand der Fantasie, dem Herzen näher. Der Charakter der Musik wurde abwechselnd durch scharfe Genauigkeit und durch Weichheit der Bewegungen ausgedrückt. Die tanzende Corinna ließ all ihr Gefühl in die Seele der Zuschauer übergehn, als ob sie improvisire, als ob sie Laute spiele, oder irgend welche Gestalten zeichne; für sie wurde eben Alles Sprache; ihr Anblick trieb die Musiker zu vollendeterem Spiel; leidenschaftliche Begeisterung, hochgestimmte Freude entzündete dieser zauberhafte Tanz in allen Anwesenden, und versetzte sie in dichterische Stimmung, in eine geträumte Welt des Glücks.

In der Tarantella ist ein Moment, wo die Tänzerin niederkniet, während der Cavalier sie tanzend umkreiset, wenn nicht als Gebieter, so doch als Sieger. Wie voller lieblicher Würde war sie in dieser Stellung, wie war sie knieend noch Herrscherin! Und als sie sich nun mit jubelndem Schellengetöne erhob, strahlte sie in einer solchen Ueberschwänglichkeit von Leben und Jugend und Schönheit, daß es war, als wolle sie überzeugend verkünden, sie brauche Niemand, um glücklich zu sein.

Aber ach! so war es nicht! Oswald fürchtete es nur; er bewunderte Corinna seufzend; ihm schien, daß sie mit jedem ihrer Erfolge ihm weiter entrückt werde. Am Schlusse der Tarantella kniet nun auch der Tänzer nieder. Sie tanzt um ihn herum, und wenn es möglich war, übertraf Corinna sich in diesem Augenblicke selbst. Mit der Schnelligkeit des Blitzes durcheilte ihr flüchtiger Fuß einigemal denselben Kreis, und als sie mit der einen hochgehobenen Hand das Tambourin schwingend, mit der andern dem Fürsten das Zeichen gab, sich zu erheben, waren wohl alle Männer versucht, auf die Kniee zu sinken, wie er. Alle außer Lord Nelvil, der sich um einige Schritte zurückzog, und Graf d'Erfeuil, welcher natürlich einige Schritte vortrat, Corinna Schmeicheleien zu sagen. Die anwesenden Italiener dachten daran, sich durch ihren Enthusiasmus bemerkbar zu machen; sie gaben sich demselben hin, einfach weil sie ihn empfanden. Diese Männer sind nicht so an die Gesellschaft und die von ihr erweckte Eigenliebe gewöhnt, um sich mit dem Eindruck, welchen sie etwa hervorbringen, zu beschäftigen. Eitelkeit macht sie nicht ihrem Vergnügen, noch Beifallsbezeigungen ihrer Natürlichkeit abwendig.

Corinna war über ihren Erfolg sehr erfreut, und dankte nach allen Seiten mit einfacher Unbefangenheit; es fiel ihr nicht ein, verhehlen zu wollen, daß der allgemeine Beifall sie befriedige. Am meisten wünschte sie jetzt aber, sich durch das Gedränge einen Weg nach jener Thür zu bahnen, an welcher Oswald lehnte. Es gelang ihr endlich; sie blieb einen Augenblick stehen und schien ein Wort von ihm zu erwarten. „Corinna", sagte, er, und strengte sich an, seine Verwirrung, sein Entzücken und seinen Schmerz zu verbergen, „Corinna, das sind nun viele Huldigungen, das ist ein glänzender Erfolg. Aber findet sich unter all diesen begeisterten Anbetern auch nur ein muthiger und sicherer Freund? Ein Beschützer für das Leben? Und kann der Lärm eitler Beifallsbezeigungen einer Seele wie der Ihrigen genügen?"

Zweites Kapitel.

Das Gedränge hinderte Corinna, Lord Nelvil zu antworten. Man ging zum Abendessen und jeder Cavaliere servente beeilte sich, neben seiner Dame Platz zu nehmen. Eine Fremde trat jetzt erst in die Gesellschaft, und als sie keinen Sitz mehr fand, bot Niemand, außer Lord Nelvil und Graf d'Erfeuil, den seinen an. Es geschah aber nicht aus Unhöflichkeit, daß keiner der Italiener sich erhob: sondern es gehört in solchem Falle zu ihren Begriffen von Ehre und Pflicht, daß sie ihre Dame nicht auf einen Augenblick, nicht mit einem Schritt verlassen dürfen. Einige, die sich nicht hatten setzen können, standen hinter dem Stuhl ihrer Schönen zum Dienst für sie bereit. Die Damen redeten nur mit ihren Cavalieren; Fremde irrten um diesen Kreis, wo Niemand ihnen etwas zu sagen hatte, ganz vergeblich herum; denn die Frauen in Italien kennen keine Koketterie, sie haschen in der Liebe nicht nach dem Erfolg der Eigenliebe, und wollen allein nur dem gefallen, den sie lieben. Es giebt dort keine Neigungen, die mit geistigem Wohlgefallen beginnen, Herz und Auge entscheiden immer zuerst; den allerschleunigsten Anknüpfungen folgt oft aufrichtige Neigung, und selbst eine sehr lange Beständigkeit. Die Untreue eines Mannes wird in Italien strenger getadelt, als die einer Frau. Drei bis vier Männer folgen mit verschiedener Berechtigung einer und derselben Dame, und diese läßt sie mitgehen, ohne sich zuweilen auch nur die Mühe zu geben, dem sie empfangenden Hausherrn ihre Begleiter vorzustellen. Der Eine derselben ist der Begünstigte, der Andere strebt es zu werden, ein Dritter heißt der Leidende (il patito); dieser Letzte wird ganz verschmäht, man gestattet ihm indessen doch die Rolle des Anbeters. Alle diese Rivalen leben friedlich nebeneinander, und die Sitte der Dolchstiche ist nur noch im niederen Volke vorhanden. In diesem Lande sind seltsame Mischungen von Einfachheit und Verderbtheit, von Gutmüthigkeit und Rachsucht, von Verstecktheit und Wahrhaftigkeit, von Schwäche und Kraft, welche sich alle durch eine bewährte Beobachtung erklären lassen: die guten Eigenschaften entspringen daraus, daß man nichts aus Eitelkeit thut, und die schlechten, weil viel um des Eigennutzes willen geschieht; gleich= viel, ob dieser Eigennutz nun nach Liebe, nach Ehrgeiz oder nach Besitz trachtet.

Dem Unterschied der Stände wird in Italien im Allge= meinen wenig Bedeutung eingeräumt. Nicht aus Grundsatz ist man für aristokratische Vorurtheile so wenig empfänglich, son= dern weil Leichtlebigkeit und Vertraulichkeit den gegenseitigen Verkehr ebnen helfen. Die Gesellschaft erhebt sich über nichts zum Richter und läßt daher Vieles gelten.

Nach dem Souper setzte sich Alles an den Spieltisch; einige Frauen spielten Hazard, Andere das schweigsamste Whist; und jetzt wurde nicht ein Wort in dem vorhin so geräuschvollen Zim= mer gesprochen. Die Südländer gehen oft von der größesten Aufgeregtheit zur tiefesten Ruhe über. Mit unverdrossener Thätigkeit abwechselnde Faulheit ist auch noch einer von den Gegensätzen ihres Wesens. Im Ganzen sind es Menschen, die auf den ersten Blick zu beurtheilen man sich wohl hüten muß, denn es finden sich die einander widersprechendsten Eigenschaften und Mängel in ihnen. Wenn sie einmal sehr vorsichtig erscheinen, kann es geschehen, daß sie ein anderes Mal mit der größesten Verwegenheit auftreten; wenn sie träge sind, so waren sie viel= leicht eben thätig oder bereiten sich zu künftiger Thätigkeit vor; und schließlich nützen sie ihre Seelenkräfte nicht im Gesellschafts= treiben aus, sondern halten sie für die entscheidenden Lebens= verhältnisse zurück.

An dem erwähnten Gesellschaftsabend verloren einige Herren sehr bedeutende Summen im Spiel, ohne daß sich die geringste Veränderung in ihren Zügen wahrnehmen ließ. Dieselben Männer würden irgend eine unbedeutende Thatsache mit Feuer und eifrigen Geberden erzählt haben. Wenn die Leidenschaften einen gewissen Grad von Heftigkeit erreichen, fürchten sie die Zeugen und hüllen sich dann meist in Schweigen und äußere Unbeweglichkeit.

Ein bittrer Groll über die vorherige Tanzscene war in Oswald zurückgeblieben. Er glaubte, die Italiener und deren

Staël's Corinna. 9

lebhafte Bewunderung hätten ihm wenigstens für einen Augenblick Corinnens Interesse abgewendet. Er war sehr unglücklich
darüber; sein Stolz rieth ihm, es zu verbergen, hinderte ihn
aber leider nicht daran, daß er geringschätzend von den Beifallsbezeigungen sprach, die seiner glänzenden Freundin doch Vergnügen
gemacht hatten. Man forderte ihn zum Spielen auf, er dankte;
Corinna that desgleichen und gab ihm darauf ein Zeichen, an ihrer
Seite Platz zu nehmen. Oswald besorgte, Corinna dem Geschwätz
der Leute auszusetzen, wenn er den ganzen Abend hindurch so
vor aller Welt allein mit ihr beschäftigt blieb. „Sein Sie ganz
ruhig“, sagte sie „Niemand wird sich um uns kümmern; in
unserer Gesellschaft ist es Brauch, nur das zu thun, was Einem
gefällt; hier giebt es keine willkürlichen Schicklichkeitsgesetze,
keine geforderten Rücksichten. Wohlwollende Höflichkeit ist
genügend, und Niemand beansprucht, daß der Eine sich um des
Andern willen Zwang anthue. Wir haben zwar keine Freiheit,
wie Ihr sie in England versteht, aber dafür genießt man im ge-
selligen Leben die vollkommenste Unabhängigkeit.“ — „Was
etwa so viel bedeutet, daß man hier keine Achtung vor den
Sitten hat“, sagte Oswald. — „Wenigstens hat man keine
Heuchelei“, erwiderte Corinna; „Rochefoucauld sagt: Der geringste Fehler einer galanten Frau ist ihre Galanterie. Und
wirklich, welches auch die Schwächen der italienischen Frauen
sein mögen, sie flüchten sich doch wenigstens nicht hinter die Lüge;
und wenn die Ehe hier nicht heilig gehalten wird, so geschieht
dies mit Bewilligung beider Theile.“

„Aber nicht edler Freimuth ist die Ursache dieses Mangels
an Verstellung“, erwiederte Oswald, „sondern Gleichgültigkeit
gegen die öffentliche Meinung ist's. Bei meiner Ankunft wollte ich
ein Empfehlungsschreiben an eine hier lebende Prinzessin abgeben,
und beauftragte meinen Diener mit der Besorgung desselben.
Indeß erwiderte er mir: „In diesem Augenblick kann Ihnen
der Brief nichts helfen, denn die Prinzessin empfängt Niemand,
sie ist „innamorata“. Diesen Zustand des Verliebtseins ruft
man also, wie jede andere Lebensangelegenheit, in die Welt
hinaus, und solche Oeffentlichkeit wird nicht einmal durch eine

außerordentliche Leidenschaft entschuldigt; mehrere Verhältniſſe
folgen ſo auf einander, und alle werden ſie proklamirt. Die hie-
ſigen Damen bedürfen in dieſer Beziehung des Geheimniſſes ſo
gar nicht, daß ſie faſt mit weniger Verlegenheit von ihren Lieb-
habern, als unſere Frauen von ihren Gatten ſprechen. Mit
ſolcher unſittlichen Flatterhaftigkeit kann begreiflicher Weiſe kein
tiefes oder zartes Gefühl verbunden ſein. Daher kommt es
auch, daß Ihr Volk, welches ja doch an weiter nichts als an die
Liebe denkt, keinen einzigen Roman beſitzt; denn dieſe hier ſo
flüchtige, ſo öffentliche Liebe bietet keinen eigentlichen Stoff für
irgend welche weitere Entwickelung, und um in dieſer Hinſicht die
herrſchenden Sitten treu zu ſchildern, müßte man auf der erſten
Seite anfangen und ſchließen. Verzeihen Sie, Corinna", rief Lord
Nelvil, als er den Schmerz, den er ihr verurſachte, bemerkte;
„Sie ſind eine Italienerin, und dies ſollte mich entwaffnen.
Aber es iſt ja eben eine der Urſachen Ihres unvergleich-
lichen Zaubers, daß Sie die ſchönſten Vorzüge der verſchiedenen Nationen in ſich vereinigen. Ich weiß nicht, wo Sie
erzogen worden ſind, aber gewiß haben Sie nicht Ihr ganzes
Leben in Italien zugebracht; vielleicht ſelbſt iſt England Ihr . . . . .
Ach, Corinna, wenn dem ſo wäre, wie konnten Sie jenes Heiligthum von Sitte und Zartgefühl mit dieſem Land vertauſchen,
wo nicht allein die Tugend, wo auch ſelbſt die Liebe ſo unver-
ſtanden iſt? Man athmet ſie hier mit der Luft, aber dringt ſie
bis zum Herzen? Die italieniſchen Dichtungen, in denen die
Liebe eine ſo große Rolle ſpielt, haben viel Anmuth, viel Einbildungskraft, und ſind erfüllt mit Bildern von lebhaften und
ſinnlichen Farben. Aber wo finden Sie das ſchwermüthige und
tiefe Gefühl, das unſere Poeſien ſo ſeelenvoll macht? Was
können Sie der Scene in Otway, zwiſchen Belvidera und ihrem
Gatten, vergleichen? Was dem Romeo? Und was beſonders
den bewunderungswürdigen Verſen Thompſons, der in ſeinem
Frühlinge das Glück der ehelichen Liebe mit ſo edlen und rührenden Zügen ſchildert? Giebt es eine ſolche Ehe in Italien?
Und kann da, wo kein häusliches Glück iſt, kann da die Liebe
gedeihen? Iſt denn nicht dieſes Glück das Ziel der Leidenſchaft

9*

des Herzens, wie der Besitz das der sinnlichen Leidenschaft ist? Sind denn nicht alle jungen und schönen Frauen gleich, wenn die Eigenschaften der Seele und des Geistes nicht den Vorzug bestimmen? Und welchen Wunsch erregen diese Eigenschaften? Die Sehnsucht nach der Ehe, das heißt: die Gemeinschaft der Gefühle und Gedanken. Selbst die ungesetzliche Liebe ist da, wo sie sich bei uns findet, noch ein Wiederschein der Ehe, wenn ich so sagen darf. Man sucht bei ihr das innerliche Glück, das man in seinem Hause nicht genossen, und so ist in England die Untreue selber noch sittlicher, als die Ehe in Italien.''

Dies harte Urtheil verletzte Corinna tief; die Augen voller Thränen, stand sie auf, verließ die Gesellschaft und kehrte schnell nach Haus zurück. Oswald war in Verzweiflung, daß er einen gewissen Unmuth über den Beifall, welchen Corinnens Tanz erhalten, in solcher Weise hatte auslassen können. Er folgte ihr nach ihrer Wohnung, doch weigerte sie sich, ihn zu sprechen. Am nächsten Morgen ließ er sich von Neuem melden, ihre Thür blieb verschlossen. Solch wiederholtes Weigern lag sonst gar nicht in Corinnens Charakter; allein sie war von der Meinung, welche Lord Nelvil über die Italienerinnen ausgesprochen, zu schmerzlich beleidigt und fühlte deutlich, daß sie, eben um dieser Meinung willen, in Zukunft sich bemühen müsse, ihre Liebe zu verbergen.

Oswald seinerseits fand Corinnens Betragen in dieser Angelegenheit nicht ihrer sonstigen Natürlichkeit angemessen, und so redete er sich immer mehr in das Mißvergnügen hinein, das jener Ball ihm bereitet hatte. Auch bemühte er sich nicht, dieser Stimmung Herr zu werden; vielleicht hoffte er, sie könne ihm das Gefühl bekämpfen helfen, dessen Allmacht er fürchtete. Seine Grundsätze waren streng und er litt auf das Peinlichste davon, daß die Geliebte ihm ihre Vergangenheit so völlig unenthüllt ließ. Corinnens Benehmen schien ihm höchst anziehend, und nur zuweilen glaubte er es etwas zu sehr von dem Wunsche belebt, allgemein zu gefallen. Er fand viel Adel und große Bescheidenheit in ihren Reden, ihrer ganzen Haltung, aber zu wenig Strenge der Ueberzeugungen. Kurz, Oswald war überwältigt, hingeriffen, und dennoch kämpfte in feinem Innern ein starker Widerspruch gegen diefe Leidenschaft. Solche Lage giebt leicht eine gewiffe Bitterkeit. Man ist mit fich und den Andern unzufrieden; man leidet und hat eine Art Bedürfniß, noch mehr zu leiden oder wenigstens eine gewaltfame Auseinanderfetzung herbeizuführen, auf daß die eine der beiden streitenden, das Herz zertheilenden Empfindungen vielleicht endlich Sieger bleibe.

In solcher Stimmung schrieb Oswald an Corinna. Sein Brief, das fühlte er, war bitter und unziemlich; dennoch fendete er ihn in einer unklaren Aufwallung ab. Er war durch den Zwiespalt in feiner Brust fo unglücklich, daß er um jeden Preis einen Konflikt, der Alles entschied, herbeifehnte.

Ein Gerücht, welchem er zwar nicht Glauben fchenkte, und das Graf d'Erfeuil ihm zu erzählen gekommen war, trug viel-leicht noch dazu bei, die Herbigkeit feiner Ausdrücke zu steigern. Man erzählte fich nämlich in Rom, daß Corinna den Prinzen Amalfi heirathen werde. Oswald wußte wohl, daß fie ihn nicht liebte, und mußte fich fagen, die Nachricht könne nur von jenem Balle herrühren; aber er erfuhr, daß fie den Fürsten, an dem Morgen, als er felbst nicht angenommen wurde, empfangen habe, und zu stolz, um Eiferfucht auszudrücken, befriedigte er feinen geheimen Aerger, indem er die Nation herabfetzte, für welche, wie er mit dem größesten Unmuthe einfah, Corinna fo viel Vorliebe hegte.

Drittes Kapitel.
Oswalds Brief an Corinna.

Den 24. Januar 1795.

„Sie weigern fich, mich zu fprechen; Sie find durch unfer vorgestriges Gespräch beleidigt, und nehmen fich ohne Zweifel vor, in der Zukunft nur noch Ihre Landsleute zu empfangen. Sie wollen, fcheint es, das Unrecht, einen Mann von fremder Nationalität aufgenommen zu haben, wieder gut machen. Ich indeffen, weit entfernt, mein aufrichtiges Urtheil über die Italienerinnen zu bereuen, — ein Urtheil, das ich gegen Sie aussprach, weil ich Sie in thörichtem Wahn gern zur Engländerin machte, — ich wage noch mit verstärktem Nachdruck hinzuzufügen, daß Sie durch die Wahl eines Gatten aus der Sie umgebenden Gesellschaft weder Glück, noch würdigen Anhalt finden werden. Ich kenne unter den Italienern keinen Mann, der Sie verdient; nicht einen wüßt' ich unter ihnen, der Sie durch eine Verbindung ehren könnte, wie hoch der Rang auch sei, den er Ihnen zu bieten vermag. In Italien sind die Männer viel weniger werth, als die Frauen; denn sie haben die Fehler des schwächeren Geschlechts und die eigenen dazu. Wollen Sie mir einreden, daß sie der Liebe fähig seien, diese Bewohner des Südens, die so ängstlich den Schmerz fliehen und dafür zum Glücklichsein so selbstisch entschlossen sind? Sagten Sie mir neulich nicht selbst, Sie hätten im verflossenen Monat einen Mann vergnügt im Theater gesehen, der acht Tage vorher seine Frau verloren hatte, und eine Frau, die er geliebt zu haben versichert? Hier sucht man den Gedanken an den Tod und die Dahingegangenen so schnell als möglich los zu werden. Die letzten heiligen Dienste bei den Bestattungen werden von Priestern vollzogen, wie die Pflichten der Liebe von den „Cavalieri serventi". Der kirchliche Brauch und die Gewohnheit haben Alles vorher angeordnet; Schmerz und Begeisterung würde man vergeblich dabei suchen. Und was vor Allem die Liebe vernichtet: die Männer nöthigen den Frauen keine wahre Hochachtung ab." Welchen Werth kann für diese letzteren eine Ergebenheit haben, die nicht mit Charakterfestigkeit und ernster Lebensbeschäftigung gepaart ist? Auf daß Natur und gesellschaftliche Ordnung sich in ihrer ganzen Schönheit zeigen, muß der Mann Beschützer, die Frau die Beschützte sein; vorausgesetzt, er bete die Schwachheit an, die er zu schützen hat, und hochachte diese Gottheit ohne Machtvollkommenheit, die gleich den Penaten, seinem Hause das Glück bringen soll. Hier in Italien ist es fast, als ständen die Frauen gleich dem Sultan und die Männer bildeten ihren Serail.

Diese haben hier das Weiche und Gewandte des Frauencharakters. Ein italienisches Sprichwort sagt: „Wer sich nicht verstellen kann, kann auch nicht leben." Ist das nicht ein rechtes

Weiberwort? Und wie, in der That, könnte denn auch in einem
Lande, wo es weder eine militärische Laufbahn, noch freie Institutionen giebt, ein Mann sich zu Kraft und Würdigkeit der Gesinnung heranbilden? Daher suchen sie auch, sich vor Allem ein
glattes, schlaues Betragen anzueignen; sie spielen das Leben wie
eine Partie Schach herunter, in welcher aufs Gewinnen eben
Alles ankommt. Was ihnen noch allein von den Erinnerungen
des Alterthums geblieben, das ist etwas Hochtrabendes in ihrer
Ausdrucksweise und ihrer äußern Pracht; aber neben dieser,
auf hohler Grundlage fußenden Größe finden Sie oft Alles, was
es im Geschmack an Niedrigkeit, was es im häuslichen Leben an
verschleppter Elendigkeit nur geben kann! Ist dies die Nation,
Corinna, welche Sie jeder andern vorziehen zu müssen glauben?
Dies das Volk, dessen lärmende Beifallsbezeigungen Ihnen so
nothwendig sind, daß ohne solche wiederhallenden „Bravo's“ jede
andere Bestimmung Ihnen wie ein Stillschweigen erschiene?
Wer dürfte sich schmeicheln, Sie glücklich machen zu können, wenn
er Sie diesem Tumult entrisse? Sie sind eine unbegreifliche
Frau: in Ihren Gefühlen tief, sind Sie leicht in ihren Neigungen, — durch den Adel Ihrer Seele unabhängig, doch dem
Bedürfniß nach Zerstreuung unterworfen, — der Liebe für einen
Einzigen fähig, und dennoch Alle brauchend. Sie sind eine
Zauberin, die wechselweise beunruhigt und beschwichtigt, die in
erhabener Größe einsam dasteht, um gleich darauf hinabsteigend
sich in einer alltäglichen Menge zu verlieren. Corinna, Corinna,
man kann sich nicht erwehren, Sie zu fürchten, indem man Sie
liebt!

Oswald.“

Corinna war, als sie diesen Brief gelesen, durch die darin
enthaltenen, gehässigen Vorurtheile gegen ihre Nation beleidigt.
Doch errieth sie mit einem Gefühl des Glücks, daß Oswald
wohl hauptsächlich wegen des Balles, und ihrer, seit jenem
Gespräch noch nicht aufgehobenen Weigerung, ihn zu empfangen,
so entrüstet sei; und diese Ueberzeugung milderte ein wenig den
sonst so schmerzlichen Eindruck seiner Worte. Sie war über das
Betragen, was sie fortan gegen ihn einzuhalten habe, unent-

schieden, oder glaubte wenigstens es zu sein. Sie sehnte sich,
ihn wiederzusehen. Doch peinigte es sie, daß er sich einbilden
könne, sie wünsche ihn zu heirathen, wenn schon ihr beiderseitiges
Vermögen mindestens ein gleiches war, und sie durch die Ent-
hüllung ihres Namens zeigen konnte, wie dieser in keiner Weise
dem des Freundes untergeordnet sei. Die Eigenthümlichkeit
und Unabhängigkeit ihrer Lebensweise mußten Oswald freilich wohl einige Abneigung gegen ein eheliches Band einflößen,
und sicherlich würde auch sie jeden Gedanken daran zurückge-
wiesen haben, wenn ihre Liebe sie nicht über all das Herzeleid
verblendet hätte, welches ihr bei ihrer Vermählung mit einem
Engländer und dem Verlassen der Heimat sicher bevorstand.

In allen Fragen, welche das Herz, welche die Liebe angehen,
kann man seinem Stolz entsagen; doch sobald Verhältnisse und
Weltinteressen sich in irgend welcher Gestalt als Hinderniß in
den Weg stellen, sobald zu vermuthen, daß der Geliebte durch
eine Vereinigung mit uns Opfer bringt, ist es nicht mehr möglich,
ihm die ganze Hingebung unseres Gefühls zu offenbaren. Da
nun Corinna sich nicht entschließen konnte, ganz mit Oswald zu
brechen, suchte sie sich zu überreden, daß sie im Stande sein
werde, ihn zu sehen, ihm aber ihre Liebe zu verbergen; und in
dieser Absicht machte sie sich's für ihr Antwortschreiben zum
Gesetz, nur auf seine ungerechten Anklagen der italienischen
Nation zu erwidern, und diesen Gegenstand mit ihm abzuhan-
deln, als ob aus seinem Briefe nur dies ihr wichtig sei. Eine
Frau von überlegenem Geist wird kühle und stolze Haltung am
besten wiedergewinnen, wenn sie sich auf ein allgemein gedank-
liches, also auf ein neutrales Gebiet zurückzieht.

Corinna an Oswald.

Den 25. Februar 1795.

„Wenn Ihr Brief nur mich anklagte, Mylord, würde ich
durchaus nicht versuchen, mich zu rechtfertigen; mein Charakter ist
so leicht zu durchschauen, daß, wer mich nicht von selbst erkennt,
auch durch alle Erklärungen, die ich ihm zu geben vermöchte, mich
nicht besser verstehen würde. Die tugendhafte Zurückhaltung der

englischen Frauen, das anmuthvoll Gekünstelte der französischen
dienen, glauben Sie es mir, oft nur dazu, die Hälfte von dem,
was in der Seele der einen und der andern vorgeht, zu verbergen: und was Sie meine Zauberei zu nennen belieben, ist
nichts, als ungezwungene Natürlichkeit, die wohl zuweilen entgegengesetzten Gefühlen, scheinbar sich widersprechenden Gedanken
Ausdruck giebt, ohne sich damit abzumühn, sie in Uebereinstimmung bringen zu wollen. Denn solche Uebereinstimmung ist,
wo sie ist, fast immer eine gemachte, und die meisten wahrhaftigen
Charaktere sind unkonsequent. Doch nicht von mir will ich
Ihnen sprechen, sondern von der unglücklichen Nation, die Sie
so rücksichtslos angreifen. Wäre es vielleicht meine Anhänglichkeit an treue Freunde, die Ihnen solch bittern Unwillen eingiebt? Ich bin nicht eitel genug zu glauben, daß ein derartiges
Gefühl Sie bis zu dem Grade, wie Sie es sind, ungerecht
machen könnte, und Sie kennen mich genug, um zu wissen, daß
Sie keine Ursache haben, auf diese Freundschaft eifersüchtig
zu sein. Sie urtheilen über die Italiener, was alle Fremden
urtheilen, was beim ersten Begegnen Jedem auffallen muß; doch
um einem Volke, das in verschiedenen Epochen so groß war,
gerecht zu werden, muß man tiefer eindringen. Woher kommt
es denn, daß unsere Nation einst die kriegstüchtigste von allen
war, unter den Republiken des Mittelalters die war, welche
am eifrigsten ihre Freiheit bewachte, und im sechzehnten Jahrhundert sich als die ruhmreichste in Künsten und Wissenschaften
erwies? Hat sie nicht nach dem Ruhm in all seinen Gestalten
gestrebt und ihn errungen? Und wenn sie ihn jetzt nicht mehr besitzt, weshalb wollen Sie nicht ihrer politischen Lage die Schuld
geben, da sie sich unter andern Verhältnissen doch so verschieden von dem gezeigt hat, was sie jetzt ist?

„Ich weiß nicht, ob ich mich täusche: allein die Fehler der
Italiener nöthigen mir nur ein Gefühl des Mitleids mit ihrem
Schicksal ab. Von jeher haben die Fremden dieses schöne Land,
den Gegenstand ihres fortdauernden Ehrgeizes, erobert und
zerstört; und nun wirft der Fremde diesem Volke mit Bitterkeit
die Fehler besiegter und zerstörter Nationen vor. Europa hat

Künste und Wissenschaften von den Italienern empfangen, und
jetzt bestreitet es ihnen auch diesen letzten Ruhm, der einem
Volke ohne Militärmacht und ohne politische Freiheit möglich
ist, den Ruhm eben der Künste und Wissenschaften.

„Wie wahr es ist, daß die Regierungen den Charakter der
Völker modeln, sehen wir an diesem Italien, dessen verschiedene Staaten durch merkwürdige Sittenunterschiede von einander abweichen. Die Piemontesen, die gewissermaßen ein
kleines Corps für sich bilden, haben mehr militärischen Geist, als
die übrigen Italiener; die Florentiner, welche entweder die Freiheit oder doch Fürsten mit liberalem Geist besaßen, sind aufgeklärt
und milde; Venetianer und Genueser zeigen politische Denkfähigkeit, weil sie eine republikanische Aristokratie besitzen; die
Mailänder sind aufrichtiger, da ihnen die nordischen Völker seit
lange diese Eigenschaft zugetragen haben; die Neapolitaner
könnten sehr bald kriegerisch werden, denn sie standen seit Jahrhunderten unter einer Regierung, die zwar sehr unvollkommen,
aber schließlich doch keine Fremdherrschaft war. Der römische
Adel freilich muß, da er militärisch und politisch nichts zu thun
hat, unwissend und faul werden; daher sind im geistlichen Stande,
welcher wenigstens Beschäftigung und eine Laufbahn gewährt, die
Fähigkeiten entwickelter, als im Adel; und da die päpstliche Regierung keinen Unterschied der Geburt gelten läßt, hier im
Gegentheil ganz nach freier Wahl verfährt, so folgt daraus
eine Art von Unabhängigkeit, wenn nicht der Gedanken, doch
der Gewohnheiten, welche Rom zum angenehmsten Aufenthalt
für alle diejenigen macht, die nicht mehr den Ehrgeiz noch die
Möglichkeit haben, eine Rolle in der Welt zu spielen.

„Die Bewohner des Südens sind leichter durch eine Gesetz-
gebung umzuformen, als die Nordländer; denn ihre Sorglosigkeit kann bald in ein Verzichten auf ihre Rechte übergehen,
und die Natur bietet ihnen so vielen Genuß, daß sie sich
leicht für die Vortheile entschädigen, welche die Gesellschaft
ihnen weigert. Es giebt sicherlich sehr viel Sittenverderbniß in
Italien, doch ist die Civilisation hier viel weniger verkünstelt,
als in anderen Ländern. Man kann sogar etwas Wildes an

diesem Volke tadeln, trotz aller Feinheit seines Verstandes, einer Feinheit, die der List des Jägers gleicht, der seine Beute überraschen will. Träge Völker sind leicht verschmitzt; sie haben einen hergebrachten äußeren Gleichmuth, der ihnen, wenn es sein muß, auch dazu dient, ihren Zorn zu verstecken. Immer ist es dieses gewohnte Maß der Formen, des äußeren Verhaltens, womit man es erlangt, einen ungewöhnlichen Zustand zu verbergen.

„In ihren persönlichen Verhältnissen sind die Italiener aufrichtig und treu. Habsucht und Ehrgeiz üben große Herrschaft über sie aus, aber nicht Dünkel und Eitelkeit. Der Unterschied des Ranges macht ihnen wenig Eindruck; sie haben keine Gesellschaft, keinen Salon, keine Mode; auch keine erbärmlichen Künste und Mittelchen, um diese und jene Effekte zu erzielen. Die alltäglichen Quellen der Verstecktheit und des Neides sind ihnen unbekannt. Wenn sie Feinde und Mitbewerber täuschen, so geschieht es, weil sie sich mit diesen im Kriegszustande glauben; im Frieden aber sind sie offen und ehrlich. Diese Offenheit ist ja die Ursache des Aergernisses, das Sie so verurtheilen. Die Frauen, die unausgesetzt von Liebe sprechen hören, die inmitten der Versuchungen der Liebe leben, verheimlichen ihre Gefühle nicht und gehen, so zu sagen, mit einer gewissen Unschuld des Herzens in ihre Liebeshändel hinein. Auch von der Bedeutung des Lächerlichen haben sie keine Ahnung, besonders nicht von jener Lächerlichkeit, mit welcher die Gesellschaft zu stempeln vermag. Manche sind von solcher Unwissenheit, daß sie nicht schreiben können, und läugnen das gar nicht; ein Morgenbillet lassen sie durch ihren Sachwalter (il paglietto) in Folio und im Style einer Bittschrift beantworten. Doch dafür giebt es auch Unterrichtete, und zwar Solche, die als akademische Professoren, in schwarzer Amtskleidung, öffentlichen Vortrag halten; und wenn Sie sich's einfallen ließen, darüber zu lachen, würde man Ihnen antworten: Ist es denn etwas Böses, griechisch zu verstehen? Ist es denn verächtlich, sich durch Arbeit den Lebensunterhalt zu erwerben? Weshalb also lachen Sie über eine so einfache Sache?

„Darf ich endlich ein noch zarteres Thema berühren, My-lord? Darf ich zu erklären suchen, warum die Männer oft so wenig kriegerischen Geist zeigen? Sie geben bereitwillig um der Liebe und des Hasses willen ihr Leben preis, und die, in solchen Händeln ertheilten und empfangenen Dolchstiche überraschen Keinen und schüchtern Niemand ein. Sie fürchten den Tod durchaus nicht, wenn natürliche Leidenschaft ihm zu trotzen ge-bietet; doch oft, dies muß ich zugeben, ziehen sie ihre persönliche Sicherheit der politischen Theilnahme vor, welche in einem zer-stückelten Vaterlande auch keine erfreuliche sein kann. Die auf dem Boden der Gesellschaft und der öffentlichen Meinung ge-deihende ritterliche Ehre kann in einem Lande schwerlich zu finden sein, wo es jenen Boden nicht giebt. Es ist folglich ein-fach genug, daß bei solcher Zerrüttung aller öffentlichen Ge-walten die Frauen große Herrschaft über die Männer gewinnen, eine zu große vielleicht, um diese noch bewundern und fürchten zu können. Indeß ist der Männer Betragen gegen das weib-liche Geschlecht voller Zartgefühl und Ergebenheit. In England sind die häuslichen Tugenden der Ruhm und das Glück der Frauen. Allein da die Liebe doch nun einmal auch außer-halb der Ehe besteht, ist Italien dasjenige Land, in welchem der Frauen Glück am meisten berücksichtigt wird. Die Männer haben sich für eigentlich unsittliche Verhältnisse eine Art von sittlichem Gesetz gebildet, und sind gerecht und großmüthig in der Vertheilung der gegenseitigen Pflichten gewesen. Wenn sie das Band der Liebe zerreißen, halten sie sich selbst für strafbarer, als die Frauen, weil diese mehr Opfer brachten und mehr ver-lieren; vor dem Richterstuhle des Herzens, sagen sie, sind die-jenigen die Schuldigsten, welche die meisten Schmerzen berei-teten. Wenn die Männer fehlen, geschieht es aus Härte, irren die Frauen, so ist es Schwachheit. Die Gesellschaft, welche strenge und verderbt, und folglich mitleidslos gegen alle Ver-gehen ist, die Unglück nach sich ziehen, wird die Frauen stets härter verdammen; aber in einem Lande, wo es keine Gesellschaft giebt, gewinnt die natürliche Gutmüthigkeit beim Urtheilen das Uebergewicht.

„Die Begriffe von Ansehen und persönlicher Würdigkeit sind, ich gebe dies zu, in Italien viel machtloser, ja selbst viel unbekannter, als irgendwo sonst. Auch davon ist der Grund in dem Mangel einer sogenannten „Welt" und einer öffentlichen Meinung zu suchen. Aber trotz Allem, was man von der Verrätherei der Italiener fabelt, behaupte ich doch, daß man selten wo anders mehr Gutherzigkeit, als unter ihnen, finden wird. Diese Gutherzigkeit reicht in allen Eitelkeitsfragen sehr weit; so finden z. B. die Ausländer, obgleich sie kein Land mehr als dieses geschmäht haben, nirgend eine so wohlwollende Aufnahme wie hier. Man wirft den Italienern zu viel Schmeichelsucht vor; aber man sollte auch einräumen, daß sie meistentheils gar nicht aus Berechnung, sondern einfach in dem Wunsch zu gefallen ihre süßen, durch wahre Höflichkeit eingegebenen Ausdrucksweisen verschwenden, und diese Ausdrücke werden von ihrem Betragen selten Lügen gestraft. Würden sie aber in ungewöhnlichen Verhältnissen, in Gefahr und Widerwärtigkeit treue Freunde bleiben? Der kleinere, ja selbst nur der allerkleinste Theil wäre das im Stande; aber diese Erkenntniß ist nicht allein für Italien von Gültigkeit!

„Die Italiener haben im gewohnten Leben eine orientalische Faulheit; aber es kann keine thätigeren und beharrlicheren Menschen geben, wenn ihre Leidenschaften einmal erregt sind. Ebenso sind auch dieselben Frauen, die Sie jetzt schlaff, wie die Odalisken des Serails, sehen, plötzlich der edelsten, aufopferndsten Handlungen fähig. In dem Charakter und der Einbildungskraft der Italiener giebt es viel und geheimnißvoll ineinander Verwebtes, und man stößt in demselben wechselweise auf unerwartete Züge von Großmuth und Freundschaft, freilich dann auch wieder auf furchtbare Beweise von Haß und Rache. Zum Aufstreben, zur Nacheiferung ist hier keine Gelegenheit. Das Leben ist hier nur noch ein traumreicher Schlaf unter schönem Himmel. Aber geben Sie diesen Menschen ein Ziel, und Sie werden sehen, daß sie in kürzester Zeit Alles lernen, Alles begreifen. Mit den Frauen ist es das Gleiche; warum sollten sie sich unterrichten, da ja dann die meisten Männer sie nicht verstehen könnten? Sie würden also, indem sie ihren Geist bereichern, das Herz vereinsamen; und diese selben Frauen werden sich eines überlegenen Mannes sehr bald würdig zu machen wissen, wenn ein solcher der Gegenstand ihrer Liebe ist. Hier schlummert Alles; aber in einem Lande, wo alle großen Interessen niedergehalten werden, sind Ruhe und Sorglosigkeit edler als eitle Beweglichkeit für kleinliche Zwecke.

„Die Wissenschaften selbst müssen darniederliegen, wenn dem Geiste nicht aus einer raschen, kräftigen Lebensthätigkeit neue Gedanken zugeführt werden. Und dennoch, in welchem Lande hat man dem literarischen und künstlerischen Verdienst höhere Bewunderung gezollt? Die Geschichte lehrt uns, daß Päpste, Fürsten und Volk zu allen Zeiten unsere Künstler und Schriftsteller durch die glänzendsten Ehrenbezeigungen belohnt haben. Diese Begeisterung für das Schöne, ich gestehe es, Mylord, ist einer der ersten Beweggründe, welche mich an dieses Land fesseln. Man findet bei uns durchaus nicht die blasirten Anschauungen, den entmuthigenden Spott, noch die despotische Mittelmäßigkeit, welche anderswo so trefflich das natürliche Genie zu quälen und zu ersticken wissen. Ein Gedanke, ein Gefühl, ein hoher Ausdruck fassen schnell unter den Hörern Feuer. Das Talent erregt hier, allerdings eben weil es den ersten Rang einnimmt, vielen Neid. Pergolese wurde für sein Stabat mater ermordet; Georgione trug einen Panzer, wenn er an öffentlichen Orten zu malen genöthigt war. Aber solche, bei uns durch das Talent hervorgerufene Eifersucht wird anderswo von der Macht erregt. Und die Eifersucht des Italieners setzt ihren Gegenstand nicht herab; sie kann hassen, verfolgen, tödten, und dennoch, da sie mit dem Fanatismus der Bewunderung verknüpft ist, huldigt sie dem Genius noch, den sie verfolgt. Wenn man endlich noch so viel Trieb zum Leben in so beengtem Kreise, inmitten so vieler Hindernisse und aller Art von Bedrückung findet, kann man sich nicht erwehren, scheint mir, an diesem Volke, das mit Begier die wenige Luft athmet, welche sein dichterischer Geist in seine Einschränkung dringen läßt, lebhaften Antheil zu nehmen.

„Diese Schranken, ich will es durchaus nicht läugnen, hindern die Italiener allerdings, den Stolz und die Würde in sich zu entwickeln, durch welche freie und kriegerische Nationen sich auszeichnen; und ferner gestehe ich, daß vielleicht der Charakter dieser Nationen unseren Frauen mehr Begeisterung und Liebe abzugewinnen vermöchte. Aber wäre es nicht auch möglich, daß ein kühner, edler und streng denkender Mann alle Liebe erweckende Eigenschaften in sich vereinigte, ohne diejenigen zu besitzen, welche unser Glück verbürgen? Corinna.“

Viertes Kapitel.

Nach Corinnens Brief bereute Oswald ein zweites Mal, daß er daran hatte denken können, sich von ihr loszumachen. Die geistreiche Form, die vornehme Sanftmuth, mit denen sie seine harten Worte zurückwies, erfüllten ihn mit Bewunderung. Ihre so große, so einfache, so wahre Ueberlegenheit stellte sie hoch über alles gewöhnliche Maß. Er fühlte wohl immer noch, daß Corinna nicht die schwache, schüchterne, in Allem, außer in ihren Pflichten, unselbstständige Frau sei, welche er sich in Gedanken als Gefährtin seines Lebens geträumt, und die Erinnerung an die damals zwölfjährige Lucile stimmte besser zu dieser Vorstellung. Aber konnte man irgend Jemand mit Corinna vergleichen? Konnten Gesetze und alltägliche Regeln auf eine Frau Anwendung finden, die in sich so viel verschiedene Eigenschaften vereinigte, und welche dieselben durch Genie und Empfindung so schön verband? Corinna war ein Wunder der Natur; und war dies Wunder nicht allein für Oswald geschehen, wenn er hoffen durfte, von ihr geliebt zu sein? Aber wie war ihr Name? Wie ihr Schicksal? Was würden ihre Pläne sein, wenn er sie bäte, sich ihm zu vereinigen? Alles war noch in Dunkelheit; und obwohl sein begeistertes Gefühl ihn überredete, daß sie, nur sie, ihm bestimmt sei, so quälte oft auch die Befürchtung, Corinnens Leben möge nicht ganz tadellos gewesen sein, und würde dem Vater Grund zur Mißbilligung gegeben haben, seine Seele auf's Neue.

Er war durch den Schmerz nicht so niedergebeugt, als zu der Zeit, da er Corinna noch nicht kannte, aber ihm war dafür die Ruhe verloren gegangen, die selbst in einem von Reue über große Irrthümer erfüllten Leben bestehen kann. Früher fürchtete er nicht, sich seinen Erinnerungen zu überlassen, wie groß auch ihre Bitterkeit war; jetzt aber scheute er lange und tiefe Träumereien, die ihm enthüllt hätten, was auf dem Grunde seiner Seele vorging. Er schickte sich indessen eben zum Ausgehen an, um Corinna für ihren Brief zu danken, und Verzeihung für den seinen zu erbitten, als Herr Edgermond, ein Verwandter der jungen Lucile, ins Zimmer trat.

Herr Edgermond war ein rechtschaffener, englischer Landedelmann, der fast immer in Wales, wo er ein Gut besaß, gelebt hatte. Er bekannte sich zu jenen Grundsätzen und Vorurtheilen, welche in allen Landen dazu dienen, die Dinge, wie sie eben sind, in ihrem Bestehen aufrecht zu erhalten, und das ist eine gute Eigenschaft, wenn diese Einrichtungen so vollkommen sind, als menschliche Vernunft es gestattet; dann freilich müssen Männer, wie Herr Edgermond, das heißt: die Anhänger der bestehenden Ordnung, wie stark und selbst hartnäckig sie ihre Principien und Gewohnheiten auch vertreten mögen, als aufgeklärte, vernünftige Geister geschätzt werden.

Lord Nelvil fuhr zusammen, als er Herrn Edgermond anmelden hörte; es war ihm, als ob seine ganze Vergangenheit vor ihn hintrete. Zugleich fiel er auf die Vermuthung, daß Lady Edgermond, Lucilens Mutter, ihren Verwandten abgeschickt haben könnte, um ihm Vorwürfe zu machen, und dann seine Unabhängigkeit einzuschränken. Dieses Mißtrauen gab ihm Festigkeit; er empfing Herrn Edgermond mit äußerster Kälte, zu welcher er um so weniger berechtigt war, als der Ankommende in Betreff seiner auch nicht das Mindeste der Art beabsichtigte. Herr Edgermond durchstreifte Italien lediglich, um seine Gesundheit zu kräftigen; er machte sich viel körperliche Bewegung, jagte, trank fleißig auf das Wohl des Königs Georg und Alt-Englands, kurz, bewies sich als der ehrenhafteste Gentleman von der

Welt. Selbst sein Geist war viel gebildeter, als seine Neigungen erwarten lassen konnten. Vor Allem war er Engländer, und zwar nicht allein, wie er es sein sollte, sondern auch, wie man hätte wünschen mögen, daß er es nicht gewesen. Ueberall lebte er nach heimischer Sitte, und redete kaum mit Fremden; dies Letztere nicht etwa aus Geringschätzung, sondern aus Widerwillen gegen die fremden Sprachen und aus einer gewissen Schüchternheit, die ihm noch im Alter von fünfzig Jahren das Anknüpfen neuer Bekanntschaften sehr erschwerte.

„Ich freue mich, Sie zu sehen", sagte er zu Lord Nelvil, „in einigen Tagen gehe ich nach Neapel; werde ich Sie dort wiederfinden? Es wäre mir lieb, denn da mein Regiment sich bald einschiffen muß, kann meines Bleibens in Italien nicht lange sein." — „Ihr Regiment?" wiederholte Lord Nelvil, und er erröthete, als ob er vergessen hätte, daß er von dem seinigen, welches erst in Jahresfrist aufbrechen sollte, mit einjährigem Urlaub versehen war; dies Erröthen galt dem Gedanken, die Liebe zu Corinna könne ihn vielleicht selbst seiner Pflicht abwendig machen.

„Ihr eigenes Regiment", fuhr Herr Edgermond fort, „wird nicht so bald in Thätigkeit kommen; Sie können also Ihre Gesundheit erst ruhig wieder herzustellen suchen. Vor der Abreise sah ich meine junge Cousine, für die Sie sich ja interessiren; sie ist reizender denn je; und sie wird in einem Jahre, wenn Sie heimkehren, zweifellos das schönste Mädchen Englands sein." — Lord Nelvil schwieg, und auch Herr Edgermond ließ das Gespräch fallen. Sie wechselten noch einige lakonische, wenn auch herzliche Worte, und Herr Edgermond war im Begriff hinauszugehen, als er sich noch einmal umwendete: „Ich vergaß noch eins; man hat mir gesagt, daß Sie die berühmte Corinna kennen, und wenn ich auch im Allgemeinen die neuen Bekanntschaften nicht liebe, — auf diese wäre ich doch gespannt." — „Ich werde Corinna, da Sie es wünschen, um die Erlaubniß bitten, Sie ihr vorstellen zu dürfen." — „Thun Sie das, bitte, und richten Sie's doch ein, daß es an einem Tage geschehe, wo sie vor Andern improvisirt oder singt." — „Nicht in dieser

Staël's Corinna.   10

Weise bietet Corinna ihr Talent Freunden und Fremden dar; sie
ist eine Frau, die in jeder Rücksicht denselben gesellschaftlichen
Rang einnimmt, wie Sie oder ich." — „Verzeihen Sie meinen
Irrthum", erwiderte Herr Edgermond, „da man sie unter keinem
andern Namen kennt, und sie mit sechsundzwanzig Jahren allein,
ohne jeden Familienanhang, lebt, glaubte ich, sie existire durch
ihre Talente, und nehme gern eine Gelegenheit wahr, dieselben
gelten zu lassen." — „Sie ist vollkommen unabhängig durch ihr
Vermögen", antwortete Lord Nelvil lebhaft, „und durch ihren
Geist ist sie es noch viel mehr." — Herr Edgermond gab augenblicklich ein weiteres Gespräch über Corinna auf; er bereute, von
ihr begonnen zu haben, da er einsah, wie nahe es Lord Nelvil
berührt hatte. In Allem, was wahrste Empfindung angeht, haben
ganz besonders die Engländer viel Schonung und Feingefühl.

Herr Edgermond ging, und ließ Oswald in großer Bewegung zurück. „Corinna muß mein werden", rief er, „ich muß
sie beschützen, damit fortan Niemand sie verkenne. Das Wenige,
was ich zu bieten habe, will ich ihr geben — Rang und Namen;
wofür sie mich mit allen Glückseligkeiten überschütten wird, die
allein nur sie auf Erden gewähren kann." — In dieser Stimmung eilte er zu Corinna, und noch niemals hatte er ihr ein
süßeres Hoffen und Lieben entgegengebracht; allein, aus einer
sehr natürlichen Befangenheit redete er zuerst von geringfügigen
Dingen, und kam so auch auf jene Bitte in Betreff Herrn Edgermonds. Bei diesem Namen gerieth Corinna in sichtliche
Verwirrung und weigerte in bewegtem Ton die Erfüllung
seines Wunsches. Oswald, davon höchst betroffen, sagte zu
ihr: „Ich glaubte, daß da, wo so viele Leute empfangen werden,
die Eigenschaft, mein Freund zu sein, keine Zurückweisung begründen könne." — „Seien Sie nicht so verletzt, Mylord", erwiderte Corinna; „glauben Sie sicher, daß es äußerst wichtige
Gründe sein müssen, wenn sie mir die Gewährung Ihres
Wunsches verbieten." — „Und wollen Sie mir diese Gründe
sagen?" — „Unmöglich", rief Corinna, „das ist unmöglich."
— „Wohlan denn —" und da die Heftigkeit seiner Aufwallung
ihm das Wort nahm, wollte er sich entfernen. Aber Corinna

war schon in Thränen und rief ihm auf Englisch zu: „In des
Himmels Namen, wenn Sie mir das Herz nicht brechen wollen,
dann verlassen Sie mich nicht so schnell."

Diese Laute, dieser Ton erschütterten Oswald, und er nahm
wieder in einiger Entfernung von Corinna Platz; das Haupt an
eine, das Zimmer sanft erleuchtende Alabaster-Vase gelehnt,
verhielt er sich einige Zeit lang schweigend; endlich sagte er:
„Grausame Frau! Sie sehen, daß ich Sie liebe; Sie sehen,
daß ich jeden Tag bereit bin, Ihnen meine Hand, mein
ganzes Leben anzubieten, und Sie wollen mir nicht sagen, wer
Sie sind! Sagen Sie es mir, Corinna, sagen Sie es endlich!"
wiederholte er mit dem rührendsten Ausdruck des Flehens. —
„Oswald, Sie wissen nicht, wie weh Sie mir thun", rief Corinna. „Wenn ich thöricht genug wäre, Ihnen Alles zu bekennen
— wenn ich's wäre — so liebten Sie mich nicht mehr." —
„Großer Gott, was haben Sie denn zu enthüllen?" — „Nichts,
das mich Ihrer unwürdig machte; aber Zufall, Verschieden-
heiten unserer Neigungen, unserer Denkart, wie sie früher wohl
bestanden, und jetzt vielleicht geschwunden sind — Fragen Sie
mich nicht. Verlangen Sie nicht, daß ich mich Ihnen zu erkennen gebe, dereinst, wenn Sie mich genug lieben, dereinst,
wenn ...... Ach, ich weiß nicht, was ich spreche", fuhr sie fort,
„Sie sollen Alles wissen, aber verlassen Sie mich nicht, ehe Sie
mich gehört haben. Versprechen Sie mir das im Namen Ihres
Vaters, der im Himmel ist." — „Ihn nennen Sie nicht!" rief
Lord Nelvil, „wissen Sie denn, ob er uns vereinigte oder
trennte? Glauben Sie, daß er in unsere Verbindung willigen
würde? Wenn Sie's glauben, beweisen Sie es mir, dann würde
ich nicht mehr so schwankend und zerrissen sein. Ich werde Ihnen
noch einst erzählen, wie traurig mein Leben war; nicht jetzt, Sie
sehen, in welchem Zustande ich bin, durch Sie bin!" Und wirklich, seine Stirn war mit kaltem Schweiß bedeckt, sein Angesicht
bleich, die Lippen zitterten, und vermochten kaum noch diese letzten
Worte hervorzubringen. Corinna setzte sich neben ihn, und seine
Hände in den ihren haltend, bat sie ihn mit holder Sanftmuth,
sich zu fassen. „Mein theurer Oswald", sagte sie, „fragen Sie

10*

Herrn Edgermond, ob er niemals in Northumberland gewesen, oder wenigstens, ob er seit den letzten fünf Jahren erst dort war; nur in diesem Falle dürfen Sie ihn hieherbringen." — Oswald sah sie fest und fragend an; sie schlug die Augen nieder und schwieg. „Ich werde thun, was Sie mir befehlen", sagte er, und ging.

Zu Hause angelangt, erschöpfte er sich in Vermuthungen über Corinnens Geheimniß. Dies war ihm klar: sie mußte lange Zeit in England gelebt haben, ihr Name, ihre Familie mußten dort bekannt sein. Doch aus welchem Grunde war es nöthig, diese verborgen zu halten, und weshalb hatte sie England verlassen, wenn sie dort heimisch gewesen war? Diese sich widersprechenden Fragen bewegten Oswalds Herz auf's Ungestümste. Er war überzeugt, daß Corinnens Leben frei von jedem Tadel sei, indeß fürchtete er irgend ein ungünstiges Zusammentreffen von Umständen, welches sie in den Augen Anderer schuldig erscheinen lassen könnte. Am meisten besorgte er, man möchte sie in England nicht verstehen. Gegen alle andere Mißbilligung fühlte er sich gewappnet, aber das Andenken an seinen Vater war mit der Liebe zur Heimat innig verwachsen, und gegenseitig verstärkten diese beiden Gefühle einander. Oswald erfuhr durch Herrn Edgermond, daß dieser im verflossenen Jahre zum ersten Male in Northumberland gewesen sei, und konnte ihm also versprechen, ihn noch denselben Abend bei Corinna einzuführen. Er selbst ging etwas früher hin, um sie von der Vorstellung, welche sich Herr Edgermond über sie gebildet, in Kenntniß zu setzen, und sie zu bitten, sie möge ihn durch kalten und zurückhaltenden Anstand fühlen lassen, wie sehr er sich getäuscht habe.

„Wenn Sie es mir so erlauben", sagte Corinna, „werde ich ihm, wie aller Welt, begegnen; falls er mich zu hören wünscht, will ich für ihn improvisiren, auch sonst in Allem mich zeigen, wie ich bin; und ich glaube, daß er mich, und was ich werth sein mag, aus einem einfachen Betragen so gut und besser erkennen wird, als wenn ich mir ein stolzes, gehaltenes Ansehen gäbe, das ja doch nur gemacht wäre." — „Ja, Corinna", antwortete Oswald, „Sie haben Recht. Ach, welch Mißgriff wäre es, an

Ihrer wundervollen Natur ändern zu wollen!" — Herr Edgermond trat jetzt mit der übrigen Gesellschaft ein. Anfangs behielt Oswald seinen Platz neben Corinna; und mit der Theilnahme eines Liebenden und Beschützers sagte er Alles, was sie
zur Geltung bringen konnte; er bezeigte ihr eine Hochachtung,
die mehr noch zum Zweck hatte, den Anderen Ehrfurcht zu gebieten, als sich selbst zu genügen. Doch mit Freude fühlte er
bald das Ueberflüssige aller seiner Besorgnisse. Corinna gewann Herrn Edgermonds ganze Bewunderung; sie nahm ihn
nicht nur durch ihren Geist und ihr anziehendes Wesen ein, sondern nöthigte ihm auch die anerkennende Hochachtung ab, welche
ein ehrenhafter Charakter immer einem wahrhaftigen zollt; und
als er die Bitte wagte, sie möge sich über ein aufgegebenes
Thema hören lassen, warb er in ehrfurchtsvollster Form um
diese Gunst. Sie willigte auch sogleich, und mit bescheidener
Liebenswürdigkeit ein; allein ihr lebhafter Wunsch, einem Lands-
mann Oswalds, dessen Meinung den Freund beeinflussen konnte,
zu gefallen, erfüllte sie mit ungewohnter Schüchternheit; sie wollte
beginnen, doch schnitt die Bewegung ihr das Wort ab. Oswald
war peinlich berührt, daß sie sich so wenig auf ihrer ganzen
Höhe zeigte; er schlug die Augen nieder, und seine Verlegenheit wurde so sichtlich, daß Corinna, einzig mit der Wirkung,
welche dies Mißlingen auf ihn hervorbrachte, beschäftigt, immer
mehr und mehr die zum Improvisiren erforderliche Geistesgegenwart verlor. Endlich, als sie fühlte, daß sie stockte, daß ihr die
Worte aus dem Gedächtniß, nicht aus der Seele kamen, und sie
folglich nicht schilderte, was sie dachte und wirklich empfand,
hielt sie plötzlich inne, und sagte zu Herrn Edgermond: „Verzeihen Sie, wenn die Befangenheit mir heute mein Talent
raubt; meine Freunde wissen es: es ist das erste Mal, daß ich
mich so gänzlich unter mir selber zeige, und", fügte sie seufzend
hinzu, „ich fürchte, es wird vielleicht nicht das letzte Mal sein."
Corinnens Schwachheit, die sie so schlicht bekannte, erschütterte Oswald tief. Bis dahin hatten Geist und Einbildungskraft
stets über ihr Herz gesiegt, hatten stets in Augenblicken der
Niedergeschlagenheit ihre Seele erhoben. Dieses Mal aber

unterjochte das Gefühl den Geist.vollständig. Oswalds
Eitelkeit hing bei dieser Gelegenheit so sehr an ihrem Erfolge, daß er von ihrer Verwirrung gelitten hatte, statt sich
derselben zu freuen. Da es aber zweifellos war, sie werde ein
anderes Mal wieder in ihrem eigensten Glanze strahlen, überließ er sich endlich ohne Verstimmung dem süßen Nachsinnen,
das die gemachten Beobachtungen hervorriefen, und der Freundin Bild herrschte mächtiger als je in seinem Herzen.

Siebentes Buch.

Die italienische Literatur.

Erstes Kapitel.

Lord Nelvil wünschte sehr, daß Herr Edgermond sich an
Corinnens Unterhaltung, die selbst ihre improvisirten Verse
aufwog, erfreuen möge. Am folgenden Tage versammelte sich
die gleiche Gesellschaft bei ihr; und um sie zum Sprechen zu veranlassen, leitete er das Gespräch auf die italienische Literatur,
und forderte ihren warmen Widerspruch durch die Behauptung
heraus, daß England eine viel größere Anzahl wahrer Dichter,
und zwar an Kraft und Gefühl überlegener Dichter, besitze, als
Italien sich deren rühmen könne.

„Einestheils‟, erwiderte Corinna, „kennen die meisten
Ausländer nur unsere Dichter ersten Ranges: Dante, Petrarca,
Ariost, Guarini, Tasso und Metastasio; während wir doch noch
mehrere Andere, wie: Chiabrera, Guidi, Filicaja, Parini ꝛc.
besitzen, um Sannazar, Polician und Andere gar nicht zu zählen,
die recht geistvoll in lateinischer Sprache geschrieben haben; und
Alle vereinigen in ihren Versen Wohlklang mit großem Farben-

reichthum. Alle wissen mit mehr oder weniger Talent die
Wunder der Kunst und Natur in ihren Wortgemälden darzustellen. Gewiß, diese tiefe Schwermuth, diese Kenntniß des
Menschenherzens, welche Eure Dichter auszeichnet, findet sich
bei den unseren nicht, aber gebühren derartige Vorzüge nicht
eigentlich auch mehr dem philosophischen Schriftsteller, als dem
Dichter? Der volltönende Gesang des Italienischen eignet sich
mehr zur Verherrlichung äußerer Gegenstände, als zum tiefen
Gedankenausdruck. Unsere Sprache wird immer besser Empörung
und Begeisterung schildern, als edle Trauer, weil dies sinnigere
Gefühl, das gleichsam die zum Nachdenken gewordene Empfindung ist, mehr einen metaphysischen Ausdruck erfordert, während
zornige Rachelust die Einbildungskraft entzündet und den
Schmerz nach Außen wendet. Cesarotti hat die beste, ge-
schmückteste Uebersetzung des Ossian gemacht, aber beim Lesen
ist's eigentlich doch, als hätten die Worte in sich selbst eine festliche Stimmung, die sich zu den düsteren Vorstellungen, welche
sie wachrufen sollen, gar nicht recht schickt. Von unseren süßen
Lauten kann man sich berauschen lassen, wie von dem Gemurmel
des Wassers, wie von der Pracht der Farben, — was verlangen
Sie von der Dichtkunst noch mehr? Weshalb die Nachtigall
fragen, was ihr Gesang bedeutet? Sie kann es nicht erklären,
sondern beginnt einfach auf's Neue: man kann es nicht verstehen
und giebt sich doch gern und ganz dem Eindruck hin. Das Vers-
maß, die wohlklingenden Reime, die flüchtigen, aus zwei kurzen
Sylben gebildeten Endungen, welche in der That hinabgleiten,
wie ihr Name (Sdruccioli) es ausdrückt, ahmen zuweilen den
leichten Rhythmus des Tanzes nach; zuweilen auch erinnern
ernstere Laute an Sturmesrauschen und hellen Waffenklang!
Kurz, unsere Dichtkunst ist ein Wunder der Einbildungskraft,
und man muß in all ihren Gestaltungen nur die schöne Befriedigung der Letzteren suchen."

„Die Schönheiten und Fehler Ihrer Poesie erklären Sie
ohne Zweifel so viel, als es möglich ist", erwiderte Lord Nelvil,
„aber wie wollen Sie es vertheidigen, wenn diese Fehler sich ohne
jene Vorzüge in der Prosa finden? Und diese Schaar von All-

täglichkeiten, welche Eure Dichter mit ihren melodischen Gebilden
so herauszuschmücken wissen, erscheint in der kühlen Prosa von
ermüdender Rührigkeit. Die meisten Eurer prosaischen Schriftsteller haben heute eine so deklamatorische, so weitschweifige, so in
Superlativen überfließende Sprache, daß man schließen möchte,
sie schrieben Alle auf Kommando, mit zugetheilten Phrasen,
nach allgemeinem Uebereinkommen; sie scheinen gar nicht zu
ahnen, daß „Schreiben" seinen Charakter und seine Gedanken
aussprechen heißt. Der literarische Styl ist für sie künstliches
Gewebe, erzählte Mosaik, kurz, etwas ihrer Seele Fremdes,
das mit der Feder, wie eine mechanische Arbeit mit den Fingern,
gemacht wird. Sie besitzen im höchsten Grade das Geheimniß,
einen Gedanken auszunützen, paradiren zu lassen, ihn aufzubauschen, oder ein Gefühl moussiren zu lassen, wenn man sich so
ausdrücken darf; und dies in einem Grade, daß man versucht
wäre, diesen Schriftstellern zu sagen, was jene Afrikanerin eine
französische Dame fragte, die unter einer schleppenden Robe den
größesten Reifrock trug: „Madame, und alles dieses sind Sie
selbst?" Und wirklich, wo ist in solchem Wortgepränge, das
vor einem einzigen wahren Ausdruck wie eitler Schwindel zerstieben müßte; der eigentliche Kern?"

„Sie vergessen", unterbrach Corinna lebhaft, „vor Allen
den Macchiavelli und Boccaz; dann Gravina, Filangieri; ferner
aus unseren Tagen: Cesarotti, Verri, Bettinelli, und noch so
viele Andere, die beim Schreiben auch gedacht haben[15]. Aber
ich stimme mit Ihnen überein, daß man in Italien während der
letzten Jahrhunderte, und seit unglückliche Verhältnisse es seiner
Unabhängigkeit beraubten, alles Streben nach Wahrheit verloren hat, zuweilen selbst nicht einmal die Möglichkeit begreift,
sie auszusprechen. Daraus ist denn die Gewohnheit entstanden,
sich im Wortschwall zu gefallen, und an aufklärendes Denken
sich nicht heranzuwagen. Da man gewiß war, durch seine
Schriften keinerlei Einfluß auf die Dinge zu erlangen, schrieb
man nur noch, um seinen Geist zu zeigen, was das sicherste Mittel
ist, auch den bald einzubüßen; denn die meisten und reichsten
Gedanken fließen dem zu, der seine Geistesthätigkeit auf edle,

nußbringende Zwecke richtet. Wenn die Profaiker nach keiner
Richtung hin auf das Glück einer Nation einzuwirken vermögen,
wenn man nur um zu glänzen schreibt, kurz, wenn die Bahn
schon das Ziel ist, dann dreht und wendet man sich tausendfach
hin und her, und kommt doch nicht vorwärts. Es ist wahr, die
Italiener fürchten die neuen Ideen, doch nicht aus literarischer
Knechtschaft, sondern aus Faulheit. Charakter, Heiterkeit und Einbildungskraft sind bei ihnen höchst eigenartig geblieben, während
ihre allgemeinen Begriffe, da sie sich nicht mehr die Mühe des
Nachdenkens geben, höchst alltägliche sind; selbst ihre im Sprechen
so treffende Beredsamkeit hat, geschrieben, nichts Natürliches;
es ist, als ob sie sich während der Arbeit abkühlten. Ueberdies
ist die Prosa den Völkern des Südens unbequem, sie schildern
ihre wahren Gefühle nur in Versen. — Anders ist es in der
französischen Literatur", fuhr Corinna, jetzt zu Graf d'Erfeuil
gewendet fort, ,,Eure Profaiker sind meist viel beredtsamer, und
auch poetischer, als Eure Dichter." — ,,Es ist wahr", entgegnete Graf d'Erfeuil, ,,wir haben in dieser Gattung die wahrhaft klassischen Vorbilder geliefert: Bossuet, la Bruyère, Montesquieu, Buffon, sie Alle können nicht übertroffen werden;
dies gilt besonders von den beiden Ersten, welche dem nicht genug
zu preisenden Jahrhundert Ludwig des Vierzehnten angehören,
dieser großen Zeit, deren vollendete Muster man so viel als möglich nachahmen sollte; ein Rath, den die Ausländer, so gut als
wir, zu befolgen suchen müssen!" ,,Ich kann doch schwerlich
glauben", antwortete Corinna, ,,daß es für die ganze Welt
wünschenswerth sei, alle nationale Färbung, alle Originalität
des Gefühls und des Geistes aufzugeben; und ich wage Ihnen
zu prophezeien, Herr Graf, daß diese literarische Orthodoxie,
wenn ich mich so ausdrücken darf, diese sich allen Neuerungen
widersetzende Selbstzufriedenheit Ihre eigene Literatur auf die
Länge sehr unfruchtbar machen wird. Das Genie ist wesentlich schöpferisch, und trägt stets den individuellen Charakter
dessen, dem es angehört. Die Natur, welche nicht einmal wollte,
daß zwei Blätter sich gleichen, hat den Geistesformen noch mannigfaltigere Verschiedenheit verliehen; und die Nachahmung ist

eine Art von Tod, denn sie beraubt den Menschen seiner natürlichen Wesenheit."

„Möchten Sie nicht gar, o meine schöne Gegnerin, daß
wir die altdeutsche Barbarei, die Nachtgedanken des Engländers
Young, die Concetti der Italiener und Spanier bei uns aufnäh-
men?" fragte Graf d'Erfeuil spöttisch; „was würde, nach solcher
Vermischung, aus dem Geschmack und der Eleganz des französischen Styles werden?" — Fürst Castel-Forte, der so lange
geschwiegen, vermittelte jetzt: „Mich dünkt, daß wir Alle uns
gegenseitig brauchen, und einander ergänzen sollten. Die Literatur
eines jeden Landes zeigt denen, welche in sie einzudringen vermögen, ganz neue Gebiete des Denkens. Karl der Fünfte hat es
schon gesagt: „Ein Mann, der vier Sprachen versteht, steht für
vier Männer!" Wenn dieser große Politiker das mit Bezug auf
die Geschäfte sagen konnte, — wie viel mehr gilt es für die
Gelehrsamkeit! Die Ausländer verstehen Alle das Französische;
so ist also ihr Gesichtskreis viel weitreichender, als der der Franzosen, welche keine fremden Sprachen wissen. Warum geben sie
sich nicht häufiger die Mühe, sie zu lernen? Sie würden sich
damit ihre ausgezeichneten Eigenschaften nur fester bewahren, und
dann vielleicht auch eher entdecken, was ihnen zuweilen mangelt."

Zweites Kapitel.

„Sie werden mir wenigstens zugestehn", nahm Graf d'Erfeuil wieder das Wort, „daß wir in einer Beziehung von Niemand
mehr zu lernen haben, und diese ist das Theater. Unsere Bühne
ist entschieden die erste Europa's, denn ich denke nicht, daß die
Engländer sich einfallen lassen, uns Shakespeare entgegenzu-
halten." — „Ich bitte um Verzeihung", unterbrach Herr Edgermond, „sie lassen sich's einfallen." — Und nach diesen Worten
verfiel er wieder in Schweigen. — „Dann freilich habe ich nichts
weiter zu sagen", fuhr Graf d'Erfeuil mit einem Lächeln anmuthiger Geringschätzung fort, „es mag ein Jeder denken, was
er will; ich aber glaube ohne Anmaßung bestimmt behaupten
zu dürfen, wir seien in der dramatischen Kunst die Ersten. Und

was nun die Italiener anbetrifft, die — wenn es mir erlaubt ist, aufrichtig zu sein — die haben von dramatischem Verständniß auch noch nicht eine Ahnung. Die Musik ist ihnen Alles, das Stück nichts. Wenn der zweite Akt einer Oper bessere Musik enthält, als der erste, so fangen sie eben mit dem zweiten an; und wollen sie die beiden ersten Akte zweier verschiedener Stücke hören, nun, so spielen sie auch diese an demselben Abend, und legen dann wohl einen Akt aus irgend einer alten, gewöhnlich die schönste Moral von der Welt enthaltenden Komödie dazwischen, einer Moral freilich, die aus lauter Weisheitssprüchen zusammengebraut ist, und welcher unsere Vorfahren schon, als zu veraltet, den Laufpaß gaben. Eure berühmten Musiker machen mit Euren Dichtern, was sie wollen. Der Eine erklärt, er könne nicht singen, wenn er in seiner Arie nicht das Wort felicità habe; der Tenor verlangt das tomba; der dritte Sänger kann nur auf dem Worte catene Rouladen machen, und der arme Poet mag sehen, wie er diese verschiedenen Ansprüche mit der dramatischen Situation in Einklang bringt. Das ist noch nicht Alles; es giebt Virtuosen, welche nicht so schlechtweg auf ebener Erde erscheinen wollen, sie müssen sich zuerst etwa in einer Wolke ahnen lassen, oder von der Höhe einer Palastestreppe hinabsteigen, um ihrem Auftreten mehr Wirkung zu geben. In welcher rührenden oder heftigen Scene er auch sein Glanzstück abgesungen habe, der Sänger grüßt, und dankt für erhaltenen Beifall. Neulich in der Semiramis trat der Geist des Ninus, als er seine Arie beendigt hatte, vor, und machte in seinem Schattencostume dem Publikum eine große Reverenz; was natürlich das Schauerliche seiner Erscheinung nicht eben steigerte. Man ist in Italien gewohnt, das Theater als einen großen Versammlungsort zu betrachten, wo man auf nichts als den Gesang und das Ballet hört. Mit Grund sage ich: man hört das Ballet, denn erst, wenn es beginnen soll, gebietet das Parterre Schweigen; und nun giebt es ein Meisterstück von schlechtem Geschmack. Die Grotesktänze ausgenommen, welche wahre Caricaturen des Tanzes sind, wüßte ich nicht, was an diesen Ballets ergötzen könnte; es wäre denn ihre Lächerlichkeit. Ich

Herrn Edgermond, ob er niemals in Northumberland gewesen, oder wenigstens, ob er seit den letzten fünf Jahren erst dort war; nur in diesem Falle dürfen Sie ihn hierherbringen." — Oswald sah sie fest und fragend an; sie schlug die Augen nieder und schwieg. „Ich werde thun, was Sie mir befehlen", sagte er, und ging.

Zu Hause angelangt, erschöpfte er sich in Vermuthungen über Corinnens Geheimniß. Dies war ihm klar: sie mußte lange Zeit in England gelebt haben, ihr Name, ihre Familie mußten dort bekannt sein. Doch aus welchem Grunde war es nöthig, diese verborgen zu halten, und weshalb hatte sie England verlassen, wenn sie dort heimisch gewesen war? Diese sich widersprechenden Fragen bewegten Oswalds Herz auf's Ungestümste. Er war überzeugt, daß Corinnens Leben frei von jedem Tadel sei, indeß fürchtete er irgend ein ungünstiges Zusammentreffen von Umständen, welches sie in den Augen Anderer schuldig erscheinen lassen könnte. Am meisten besorgte er, man möchte sie in England nicht verstehen. Gegen alle andere Mißbilligung fühlte er sich gewappnet, aber das Andenken an seinen Vater war mit der Liebe zur Heimat innig verwachsen, und gegenseitig verstärkten diese beiden Gefühle einander. Oswald erfuhr durch Herrn Edgermond, daß dieser im verflossenen Jahre zum ersten Male in Northumberland gewesen sei, und konnte ihm also versprechen, ihn noch denselben Abend bei Corinna einzuführen. Er selbst ging etwas früher hin, um sie von der Vorstellung, welche sich Herr Edgermond über sie gebildet, in Kenntniß zu setzen, und sie zu bitten, sie möge ihn durch kalten und zurückhaltenden Anstand fühlen lassen, wie sehr er sich getäuscht habe.

„Wenn Sie es mir so erlauben", sagte Corinna, „werde ich ihm, wie aller Welt, begegnen; falls er mich zu hören wünscht, will ich für ihn improvisiren, auch sonst in Allem mich zeigen, wie ich bin; und ich glaube, daß er mich, und was ich werth sein mag, aus einem einfachen Betragen so gut und besser erkennen wird, als wenn ich mir ein stolzes, gehaltenes Ansehen gäbe, das ja doch nur gemacht wäre." — „Ja, Corinna", antwortete Oswald, „Sie haben Recht. Ach, welch Mißgriff wäre es, an

Ihrer wundervollen Natur ändern zu wollen!" — Herr Edgermond trat jetzt mit der übrigen Gesellschaft ein. Anfangs behielt Oswald seinen Platz neben Corinna; und mit der Theilnahme eines Liebenden und Beschützers sagte er Alles, was sie
zur Geltung bringen konnte; er bezeigte ihr eine Hochachtung,
die mehr noch zum Zweck hatte, den Anderen Ehrfurcht zu gebieten, als sich selbst zu genügen. Doch mit Freude fühlte er
bald das Ueberflüssige aller seiner Besorgnisse. Corinna gewann Herrn Edgermonds ganze Bewunderung; sie nahm ihn
nicht nur durch ihren Geist und ihr anziehendes Wesen ein, sondern nöthigte ihm auch die anerkennende Hochachtung ab, welche
ein ehrenhafter Charakter immer einem wahrhaftigen zollt; und
als er die Bitte wagte, sie möge sich über ein aufgegebenes
Thema hören lassen, warb er in ehrfurchtsvollster Form um
diese Gunst. Sie willigte auch sogleich, und mit bescheidener
Liebenswürdigkeit ein; allein ihr lebhafter Wunsch, einem Lands-
mann Oswalds, dessen Meinung den Freund beeinflussen konnte,
zu gefallen, erfüllte sie mit ungewohnter Schüchternheit; sie wollte
beginnen, doch schnitt die Bewegung ihr das Wort ab. Oswald
war peinlich berührt, daß sie sich so wenig auf ihrer ganzen
Höhe zeigte; er schlug die Augen nieder, und seine Verlegenheit wurde so sichtlich, daß Corinna, einzig mit der Wirkung,
welche dies Mißlingen auf ihn hervorbrachte, beschäftigt, immer
mehr und mehr die zum Improvisiren erforderliche Geistesgegenwart verlor. Endlich, als sie fühlte, daß sie stockte, daß ihr die
Worte aus dem Gedächtniß, nicht aus der Seele kamen, und sie
folglich nicht schilderte, was sie dachte und wirklich empfand,
hielt sie plötzlich inne, und sagte zu Herrn Edgermond: „Verzeihen Sie, wenn die Befangenheit mir heute mein Talent
raubt; meine Freunde wissen es: es ist das erste Mal, daß ich
mich so gänzlich unter mir selber zeige, und", fügte sie seufzend
hinzu, „ich fürchte, es wird vielleicht nicht das letzte Mal sein."

Corinnens Schwachheit, die sie so schlicht bekannte, erschütterte Oswald tief. Bis dahin hatten Geist und Einbildungskraft
stets über ihr Herz gesiegt, hatten stets in Augenblicken der
Niedergeschlagenheit ihre Seele erhoben. Dieses Mal aber

unterjochte das Gefühl den Geist. vollständig. Oswalds Eitelkeit hing bei dieser Gelegenheit so sehr an ihrem Erfolge, daß er von ihrer Verwirrung gelitten hatte, statt sich derselben zu freuen. Da es aber zweifellos war, sie werde ein anderes Mal wieder in ihrem eigensten Glanze strahlen, überließ er sich endlich ohne Verstimmung dem süßen Nachsinnen, das die gemachten Beobachtungen hervorriefen, und der Freundin Bild herrschte mächtiger als je in seinem Herzen.

Siebentes Buch.

Die italienische Literatur.

Erstes Kapitel.

Lord Nelvil wünschte sehr, daß Herr Edgermond sich an Corinnens Unterhaltung, die selbst ihre improvisirten Verse aufwog, erfreuen möge. Am folgenden Tage versammelte sich die gleiche Gesellschaft bei ihr; und um sie zum Sprechen zu veranlassen, leitete er das Gespräch auf die italienische Literatur, und forderte ihren warmen Widerspruch durch die Behauptung heraus, daß England eine viel größere Anzahl wahrer Dichter, und zwar an Kraft und Gefühl überlegener Dichter, besitze, als Italien sich deren rühmen könne.

„Einestheils", erwiderte Corinna, „kennen die meisten Ausländer nur unsere Dichter ersten Ranges: Dante, Petrarca, Ariost, Guarini, Tasso und Metastasio; während wir doch noch mehrere Andere, wie: Chiabrera, Guidi, Filicaja, Parini ꝛc. besitzen, um Sannazar, Polician und Andere gar nicht zu zählen, die recht geistvoll in lateinischer Sprache geschrieben haben; und Alle vereinigen in ihren Versen Wohlklang mit großem Farben-

reichthum. Alle wissen mit mehr oder weniger Talent die
Wunder der Kunst und Natur in ihren Wortgemälden darzustellen. Gewiß, diese tiefe Schwermuth, diese Kenntniß des
Menschenherzens, welche Eure Dichter auszeichnet, findet sich
bei den unseren nicht, aber gebühren derartige Vorzüge nicht
eigentlich auch mehr dem philosophischen Schriftsteller, als dem
Dichter? Der volltönende Gesang des Italienischen eignet sich
mehr zur Verherrlichung äußerer Gegenstände, als zum tiefen
Gedankenausdruck. Unsere Sprache wird immer besser Empörung
und Begeisterung schildern, als edle Trauer, weil dies sinnigere
Gefühl, das gleichsam die zum Nachdenken gewordene Empfindung ist, mehr einen metaphysischen Ausdruck erfordert, während
zornige Rachelust die Einbildungskraft entzündet und den
Schmerz nach Außen wendet. Cesarotti hat die beste, ge-
schmückteste Uebersetzung des Ossian gemacht, aber beim Lesen
ist's eigentlich doch, als hätten die Worte in sich selbst eine festliche Stimmung, die sich zu den düsteren Vorstellungen, welche
sie wachrufen sollen, gar nicht recht schickt. Von unseren süßen
Lauten kann man sich berauschen lassen, wie von dem Gemurmel
des Wassers, wie von der Pracht der Farben, — was verlangen
Sie von der Dichtkunst noch mehr? Weshalb die Nachtigall
fragen, was ihr Gesang bedeute? Sie kann es nicht erklären,
sondern beginnt einfach auf's Neue: man kann es nicht verstehen
und giebt sich doch gern und ganz dem Eindruck hin. Das Vers-
maß, die wohlklingenden Reime, die flüchtigen, aus zwei kurzen
Sylben gebildeten Endungen, welche in der That hinabgleiten,
wie ihr Name (Sdruccioli) es ausdrückt, ahmen zuweilen den
leichten Rhythmus des Tanzes nach; zuweilen auch erinnern
ernstere Laute an Sturmesrauschen und hellen Waffenklang!
Kurz, unsere Dichtkunst ist ein Wunder der Einbildungskraft,
und man muß in all ihren Gestaltungen nur die schöne Befriedigung der Letzteren suchen."

„Die Schönheiten und Fehler Ihrer Poesie erklären Sie
ohne Zweifel so viel, als es möglich ist", erwiderte Lord Nelvil,
„aber wie wollen Sie es vertheidigen, wenn diese Fehler sich ohne
jene Vorzüge in der Prosa finden? Und diese Schaar von All-

täglichkeiten, welche Eure Dichter mit ihren melodischen Gebilden so herauszuschmücken wissen, erscheint in der kühlen Prosa von ermüdender Rührigkeit. Die meisten Eurer prosaischen Schriftsteller haben heute eine so deklamatorische, so weitschweifige, so in Superlativen überfließende Sprache, daß man schließen möchte, sie schrieben Alle auf Kommando, mit zugetheilten Phrasen, nach allgemeinem Uebereinkommen; sie scheinen gar nicht zu ahnen, daß „Schreiben" seinen Charakter und seine Gedanken aussprechen heißt. Der literarische Styl ist für sie künstliches Gewebe, erzählte Mosaik, kurz, etwas ihrer Seele Fremdes, das mit der Feder, wie eine mechanische Arbeit mit den Fingern, gemacht wird. Sie besitzen im höchsten Grade das Geheimniß, einen Gedanken auszunützen, paradiren zu lassen, ihn aufzubauschen, oder ein Gefühl moussiren zu lassen, wenn man sich so ausdrücken darf; und dies in einem Grade, daß man versucht wäre, diesen Schriftstellern zu sagen, was jene Afrikanerin eine französische Dame fragte, die unter einer schleppenden Robe den größesten Reifrock trug: „Madame, und alles dieses sind Sie selbst?" Und wirklich, wo ist in solchem Wortgepränge, das vor einem einzigen wahren Ausdruck wie eitler Schwindel zerstieben müßte, der eigentliche Kern?"

„Sie vergessen", unterbrach Corinna lebhaft, „vor Allen den Macchiavelli und Boccaz; dann Gravina, Filangieri; ferner aus unseren Tagen: Cesarotti, Verri, Bettinelli, und noch so viele Andere, die beim Schreiben auch gedacht haben[15]. Aber ich stimme mit Ihnen überein, daß man in Italien während der letzten Jahrhunderte, und seit unglückliche Verhältnisse es seiner Unabhängigkeit beraubten, alles Streben nach Wahrheit verloren hat, zuweilen selbst nicht einmal die Möglichkeit begreift, sie auszusprechen. Daraus ist denn die Gewohnheit entstanden, sich im Wortschwall zu gefallen, und an aufklärendes Denken sich nicht heranzuwagen. Da man gewiß war, durch seine Schriften keinerlei Einfluß auf die Dinge zu erlangen, schrieb man nur noch, um seinen Geist zu zeigen, was das sicherste Mittel ist, auch den bald einzubüßen; denn die meisten und reichsten Gedanken fließen dem zu, der seine Geistesthätigkeit auf edle, nutzbringende Zwecke richtet. Wenn die Prosaiker nach keiner Richtung hin auf das Glück einer Nation einzuwirken vermögen, wenn man nur um zu glänzen schreibt, kurz, wenn die Bahn schon das Ziel ist, dann dreht und wendet man sich tausendfach hin und her, und kommt doch nicht vorwärts. Es ist wahr, die Italiener fürchten die neuen Ideen, doch nicht aus literarischer Knechtschaft, sondern aus Faulheit. Charakter, Heiterkeit und Einbildungskraft sind bei ihnen höchst eigenartig geblieben, während ihre allgemeinen Begriffe, da sie sich nicht mehr die Mühe des Nachdenkens geben, höchst alltägliche sind; selbst ihre im Sprechen so treffende Beredsamkeit hat, geschrieben, nichts Natürliches; es ist, als ob sie sich während der Arbeit abkühlten. Ueberdies ist die Prosa den Völkern des Südens unbequem, sie schildern ihre wahren Gefühle nur in Versen. — Anders ist es in der französischen Literatur", fuhr Corinna, jetzt zu Graf d'Erfeuil gewendet fort, „Eure Prosaiker sind meist viel beredtsamer, und auch poetischer, als Eure Dichter." — „Es ist wahr", entgegnete Graf d'Erfeuil, „wir haben in dieser Gattung die wahrhaft klassischen Vorbilder geliefert: Bossuet, la Bruyère, Montesquieu, Buffon, sie Alle können nicht übertroffen werden; dies gilt besonders von den beiden Ersten, welche dem nicht genug zu preisenden Jahrhundert Ludwig des Vierzehnten angehören, dieser großen Zeit, deren vollendete Muster man so viel als möglich nachahmen sollte; ein Rath, den die Ausländer, so gut als wir, zu befolgen suchen müssen!" „Ich kann doch schwerlich glauben", antwortete Corinna, „daß es für die ganze Welt wünschenswerth sei, alle nationale Färbung, alle Originalität des Gefühls und des Geistes aufzugeben; und ich wage Ihnen zu prophezeien, Herr Graf, daß diese literarische Orthodoxie, wenn ich mich so ausdrücken darf, diese sich allen Neuerungen widersetzende Selbstzufriedenheit Ihre eigene Literatur auf die Länge sehr unfruchtbar machen wird. Das Genie ist wesentlich schöpferisch, und trägt stets den individuellen Charakter dessen, dem es angehört. Die Natur, welche nicht einmal wollte, daß zwei Blätter sich gleichen, hat den Geistesformen noch mannigfaltigere Verschiedenheit verliehen; und die Nachahmung ist

eine Art von Tod, denn sie beraubt den Menschen seiner natürlichen Wesenheit."

„Möchten Sie nicht gar, o meine schöne Gegnerin, daß
wir die altdeutsche Barbarei, die Nachtgedanken des Engländers
Young, die Concetti der Italiener und Spanier bei uns aufnäh-
men?" fragte Graf d'Erfeuil spöttisch; „was würde, nach solcher
Vermischung, aus dem Geschmack und der Eleganz des französischen Styles werden?" — Fürst Castel-Forte, der so lange
geschwiegen, vermittelte jetzt: „Mich dünkt, daß wir Alle uns
gegenseitig brauchen, und einander ergänzen sollten. Die Literatur
eines jeden Landes zeigt denen, welche in sie einzudringen vermögen, ganz neue Gebiete des Denkens. Karl der Fünfte hat es
schon gesagt: „Ein Mann, der vier Sprachen versteht, steht für
vier Männer!" Wenn dieser große Politiker das mit Bezug auf
die Geschäfte sagen konnte, — wie viel mehr gilt es für die
Gelehrsamkeit! Die Ausländer verstehen Alle das Französische;
so ist also ihr Gesichtskreis viel weitreichender, als der der Franzosen, welche keine fremden Sprachen wissen. Warum geben sie
sich nicht häufiger die Mühe, sie zu lernen? Sie würden sich
damit ihre ausgezeichneten Eigenschaften nur fester bewahren, und
dann vielleicht auch eher entdecken, was ihnen zuweilen mangelt."

Zweites Kapitel.

„Sie werden mir wenigstens zugestehn", nahm Graf d'Erfeuil wieder das Wort, „daß wir in einer Beziehung von Niemand
mehr zu lernen haben, und diese ist das Theater. Unsere Bühne
ist entschieden die erste Europa's, denn ich denke nicht, daß die
Engländer sich einfallen lassen, uns Shakespeare entgegenzu-
halten." — „Ich bitte um Verzeihung", unterbrach Herr Edgermond, „sie lassen sich's einfallen." — Und nach diesen Worten
verfiel er wieder in Schweigen. — „Dann freilich habe ich nichts
weiter zu sagen", fuhr Graf d'Erfeuil mit einem Lächeln anmuthiger Geringschätzung fort, „es mag ein Jeder denken, was
er will; ich aber glaube ohne Anmaßung bestimmt behaupten
zu dürfen, wir seien in der dramatischen Kunst die Ersten. Und

was nun die Italiener anbetrifft, die — wenn es mir erlaubt
ist, aufrichtig zu sein — die haben von dramatischem Verständniß
auch noch nicht eine Ahnung. Die Musik ist ihnen Alles, das
Stück nichts. Wenn der zweite Akt einer Oper bessere Musik
enthält, als der erste, so fangen sie eben mit dem zweiten an;
und wollen sie die beiden ersten Akte zweier verschiedener Stücke
hören, nun, so spielen sie auch diese an demselben Abend, und
legen dann wohl einen Akt aus irgend einer alten, gewöhnlich die
schönste Moral von der Welt enthaltenden Komödie dazwischen,
einer Moral freilich, die aus lauter Weisheitssprüchen zusammengebraut ist, und welcher unsere Vorfahren schon, als zu veraltet,
den Laufpaß gaben. Eure berühmten Musiker machen mit Euren
Dichtern, was sie wollen. Der Eine erklärt, er könne nicht
singen, wenn er in seiner Arie nicht das Wort felicità habe; der
Tenor verlangt das tomba; der dritte Sänger kann nur auf dem
Worte catene Rouladen machen, und der arme Poet mag sehen,
wie er diese verschiedenen Ansprüche mit der dramatischen Situation in Einklang bringt. Das ist noch nicht Alles; es giebt
Virtuosen, welche nicht so schlechtweg auf ebener Erde erscheinen
wollen, sie müssen sich zuerst etwa in einer Wolke ahnen lassen,
oder von der Höhe einer Palastestreppe hinabsteigen, um ihrem
Auftreten mehr Wirkung zu geben. In welcher rührenden oder
heftigen Scene er auch sein Glanzstück abgesungen habe, der
Sänger grüßt, und dankt für erhaltenen Beifall. Neulich in der
Semiramis trat der Geist des Ninus, als er seine Arie beendigt
hatte, vor, und machte in seinem Schattencostume dem Publikum
eine große Reverenz; was natürlich das Schauerliche seiner Erscheinung nicht eben steigerte.

Man ist in Italien gewohnt, das Theater als einen großen
Versammlungsort zu betrachten, wo man auf nichts als den
Gesang und das Ballet hört. Mit Grund sage ich: man hört
das Ballet, denn erst, wenn es beginnen soll, gebietet das Par-
terre Schweigen; und nun giebt es ein Meisterstück von schlechtem
Geschmack. Die Grotesktänze ausgenommen, welche wahre
Carikaturen des Tanzes sind, wüßte ich nicht, was an diesen
Ballets ergötzen könnte; es wäre denn ihre Lächerlichkeit. Ich

habe Dschingiskhan gesehen; Dschingiskhan als Ballethelden ganz
mit Hermelin bedeckt, ganz in schöne Gefühle gehüllt; er tritt
seine Krone dem Kinde des von ihm besiegten Königs ab, und
hebt es dann auf seinem Fuße hoch in die Luft: die neueste
Manier, einen Monarchen auf den Thron zu setzen. Auch der
Aufopferung des Curtius wohnte ich bei, Ballet in drei Akten,
mit allen möglichen Ergötzlichkeiten. Curtius, als arkadischer
Schäfer gekleidet, tanzt erst noch lange mit seiner Geliebten,
steigt dann auf ein lebendiges Pferd und stürzt sich mit demselben
in einen feurigen Abgrund aus gelbem Atlas und Goldpapier,
der eher das Ansehen eines Tafelaufsatzes als eines Abgrundes
hatte. Kurz, ich habe einen ganzen Kursus römischer Geschichte
von Romulus bis Cäsar, in Balletform, durchgemacht."

„Alles, was Sie sagen, ist wahr", erwiderte Fürst Castel-
Forte sanft, „doch haben Sie nur von der Musik und dem Tanze
gesprochen, und nirgend, dächte ich, versteht man unter diesen die
dramatische Kunst." — „O, es geht noch viel ärger zu", unterbrach Graf d'Erfeuil, „wenn sie Tragödien darstellen, oder auch
nur Schauspiele, die nicht etwa Schauspiele mit „lustigem
Ende" genannt werden; man häuft in den fünf Akten mehr
Schrecklichkeiten auf, als die Einbildungskraft erfinden kann.
In einem der Stücke dieser Gattung tödtet der Liebhaber
den Bruder der Geliebten im zweiten Akt; im dritten schießt er
der Schönen selber eine Kugel vor den Kopf; im vierten
giebt es ihr Leichenbegängniß; den nun folgenden Zwischenakt
benützt der Schauspieler, welcher den Liebhaber darstellt, um
vor die Lampen zu treten und dem Publikum mit der größesten
Seelenruhe die, auf morgen zu hoffenden Harlekinaden anzu-
kündigen, worauf er dann wieder im fünften Akt erscheint und
sich durch einen Pistolenschuß umbringt. Eure tragischen Schauspieler sind mit der Frostigkeit und Riesenhaftigkeit der Stücke
in voller Uebereinstimmung, denn sie begehen alle diese entsetzlichen Thaten mit der behäbigsten Gelassenheit. Macht einer
von ihnen ein paar Bewegungen, so heißt es gleich, sie erinnerten an das Gebahren eines Priesters, und wirklich, man
findet hier mehr Handlung auf der Kanzel, als auf der Bühne.

Es ist ein wahres Glück, daß diese Leutchen in ihrem Pathos
so friedlich sind, denn da weder sie, noch die Situation einige
Großartigkeit besitzen, würden sie nur immer lächerlicher werden,
je mehr Lärm sie machten. Und wäre diese Lächerlichkeit noch
drollig! Aber sie ist nur langweilig. Es giebt in Italien so
wenig ein Lustspiel, als eine Tragödie, und auch in diesem Wett=
lauf sind wir Franzosen die Ersten. Die einzige, den Italienern
wirklich ureigne Gattung sind, die Harlekinaden. Ein spitz=
bübischer, gefräßiger, memmenhafter Bediente; ein geprellter,
geiziger oder verliebter Vormund, das sind die Träger des
Stücks. Sie werden zugeben, daß es nicht vieler Anstrengungen
für solche Erfindung bedarf, und daß der Tartüffe oder der Mi=
santhrop etwas mehr Genie voraussetzen lassen."

Den anwesenden Italienern mißfiel dieser Angriff des
Grafen d'Erfeuil sehr; aber sie mußten doch darüber lachen.
Der Graf liebte es, mehr Witz als Güte in der Unterhaltung
zu zeigen. Natürliches Wohlwollen beeinflußte seine Hand=
lungen, eine große Eigenliebe aber seine Worte. Fürst Castel=
Forte und dessen Landsleute wünschten ungeduldig den Grafen
widerlegt zu hören, doch da sie ihre Sache am besten durch
Corinna vertheidigt glaubten, und das Vergnügen, im Gespräch zu
glänzen, sie gar nicht reizte, baten sie Corinna, für sie zu antworten,
und begnügten sich mit dem Anführen so bekannter Namen, wie
Maffei, Metastasio, Goldoni, Alfieri, Monti. Corinna räumte
zuerst ein, daß die Italiener kein Theater hätten; aber sie suchte
zu beweisen, daß Verhältnisse und nicht Mangel an Talent
die Ursache davon seien. Das Schauspiel, das seinen Stoff
aus der Beobachtung der Sitten nimmt, kann nur in einem
Lande bestehen, wo man täglich im Mittelpunkt einer glänzenden
und zahlreichen Gesellschaft lebt: in Italien giebt es nur heftige
Leidenschaften oder trägen Genuß; und diese großen Leiden=
schaften erzeugen meist Verbrechen und Laster von so greller
Farbe, daß sie alle Charakterabstufungen auslöschen. Die, so
zu sagen, ideale Komödie aber, die von der Einbildungskraft ent=
lehnt und allen Zeiten, wie allen Völkern genügt, diese ist in
Italien entstanden. Die Figuren des Harlekin, Brighella,

Pantalon ꝛc. finden sich in all diesen Stücken und in demselben Charakter wieder. Dabei haben sie immer Masken, nicht Gesichter; das heißt nämlich: ihre Physiognomie ist die einer gewissen Gattung von Menschen, nicht die einzelner Individuen. Den neueren Verfassern von Harlekin-Spielen gebührt, da sie alle Rollen, wie die Figuren eines Schachspiels, bereits gegeben fanden, nicht das Verdienst der Erfindung; aber Italien muß man es allerdings zusprechen, und diese fantastischen Personen, die von einem Ende Europa's bis zum andern alle Kinder und die Erwachsenen ergötzen, deren Fantasie sie noch zu Kindern macht, müssen als eine Schöpfung der Italiener betrachtet werden, die ihnen sicherlich ein Recht auf den Anspruch giebt, eine nationale Komödie zu besitzen.

„Die Beobachtung des menschlichen Herzens ist für die Literatur eine unerschöpfliche Quelle; doch die Nationen, welche sich mehr der Poesie als dem Nachdenken zuneigen, geben sich auch lieber dem Rausch der Freude als philosophischem Spotte hin. In dem auf Menschenkenntniß gegründeten Scherz liegt etwas Betrübendes: wirklich harmlose Heiterkeit wendet sich immer nur an die Einbildungskraft. Auch ist damit nicht gesagt, daß die Italiener Menschen, mit denen sie zu thun haben, nicht klug zu ergründen wüßten, nicht schlauer als irgend Jemand die verborgensten Gedanken zu entdecken verständen; doch dieses Talent gestaltet sich bei ihnen zur Lebensklugheit, und es ist nicht ihre Gewohnheit, davon einen literarischen Gebrauch zu machen. Vielleicht sogar würden sie ihre Entdeckungen nicht gern allgemein werden lassen, nicht gern ihre scharfsichtigen Wahrnehmungen veröffentlichen. Es liegt etwas Kluges und Verschlagenes in ihrem Charakter, das ihnen vielleicht anrathet, nicht auf der Bühne preis zu geben, was zur geschickten Leitung ihrer privaten Angelegenheiten dienen, — nicht in den Spielen des Witzes zu enthüllen, was in den Verhältnissen des wirklichen Lebens ihnen nützlich sein kann.

„Macchiavel indessen hat ohne Rückhalt uns alle Geheimnisse einer verbrecherischen Politik offenbart, und man sieht an ihm, welcher schrecklichen Kenntniß des Menschenherzens die Italiener fähig sind. Doch gehört natürlich solche Tiefe nicht in das Fach der Komödie, und allein der Müßiggang der eigentlichen Gesellschaft liefert die Gestalten für die komische Bühne. Goldoni z. B., der in Venedig, also in derjenigen Stadt Italiens lebte, wo noch das meiste gesellige Treiben ist, legt in seinen Lustspielen schon viel mehr Feinheit der Beobachtung an den Tag, als sich gemeinhin bei den andern Schriftstellern findet. Dennoch sind seine Dramen einförmig; sie bringen die gleichen Verwickelungen in vielfacher Wiederkehr, weil in den Charakteren der Personen wenig Abwechselung ist. Seine zahlreichen Lustspiele scheinen nach dem Vorbilde der Theaterstücke, wie sie im Allgemeinen sind, gemacht zu sein, nicht nach dem Leben. Der wahre Charakter italienischer Fröhlichkeit ist nicht Spott, ist vielmehr eine scherzende Fantasie, ist nicht Schilderung der Sitten, sondern poetische Uebertreibung; Ariost ergötzt die Italiener, nicht Molière.

„Gozzi, der Nebenbuhler Goldoni's, zeigt in seinen Dichtungen viel mehr Originalität; sie gleichen weniger dem regelrechten Schauspiel. Freimüthig = entschlossen, ohne jeden Rückhalt, hat er sich dem italienischen Geiste hingegeben, hat uns Feenmährchen dargestellt, und Possen und Harlekinaden in die Wunder eines Gedichts gemischt. Er ahmt durchaus nicht die Natur nach, läßt sich in den Eingebungen der Heiterkeit, wie in den Fantastereien der Feenwelt gehen, und führt den Geist auf alle Art über die Grenzen des in der wirklichen Welt Geschehenden und Ueblichen hinaus. Er hatte seiner Zeit einen schwindelerregenden Erfolg, und vielleicht sagt unter allen Lustspieldichtern seine Weise der italienischen Sinnesart am meisten zu. Um jedoch mit Gewißheit zu erfahren, was Lustspiel und Tragödie in Italien sein könnten, müßte es irgendwo hier eine normale Bühne und entsprechende Schauspieler geben. Da alle kleinen Städte ein Theater haben wollen, werden die wenigen Mittel, die noch zusammenzubringen wären, vollends zersplittert und gehen damit verloren. Die im Allgemeinen der Freiheit und dem Glück so günstige Theilung der Staaten ist Italien

schädlich. Um den Vorurtheilen, die es verzehren, entgegenzuarbeiten, bedürfte es eines Mittelpunktes der Aufklärung und
der Macht. Die Autorität der Landesverwaltung unterdrückt
anderswo oft den persönlichen Aufschwung. In Italien aber
wäre diese Autorität eine Wohlthat, wenn sie gegen die Unwissenheit der gesonderten Staaten und der vereinzelten Menschen ankämpfte, wenn sie mit nacheiferndem Streben über die
durch das Klima bedingte Schlaffheit siegte, kurz, wenn sie
dieser ganzen Nation, die sich jetzt mit einem Traum begnügt,
ein Leben gäbe."

Verschiedene solche und noch andere Gedanken wurden von
Corinna geistreich entwickelt. Ebenso gut verstand sie sich auf
die flüchtige Kunst der leichten, nie stehen bleibenden Unterhaltung, und auf jenes herzliche Gefallen = Wollen, das den Andern
seinerseits zur Geltung zu bringen strebt; wenn schon sie sich im
Gespräche oft jener Richtung ihres Talentes hingab, welche ihr
Dichten aus dem Stegreife so berühmt machte. Verschiedene
Male ersuchte sie den Fürsten Castel = Forte, sie mit seiner eigenen
Meinung über den zu erörternden Gegenstand zu unterstützen;
doch die Hörer lauschten ihrer schönen Rede zu gern, um es
dulden zu wollen, daß man sie unterbreche.

Herr Edgermond besonders wurde nicht müde, Corinna zu
sehen, zu hören; er wagte es kaum, ihr die Bewunderung, die
sie ihm abnöthigte, auszusprechen; nur leise sagte er Einiges zu
ihrem Lobe, und hoffte, es werde ihr Ohr erreichen, und ihm so
den direkt ausgesprochenen Beifall ersparen. Trotz dieser Schüchternheit empfand er lebhaftes Verlangen, zu wissen, wie sie über
das Trauerspiel denke, und er redete sie endlich darauf an.

„Madame", sagte er, „vor Allem fehlt der italienischen
Literatur wohl die Tragödie; mir scheint das Kind vom Manne
weniger entfernt, als das italienische Trauerspiel von dem
unseren; denn die Kinder hegen in ihrer Beweglichkeit, wenn
auch nur flüchtige, doch wahre Gefühle, während der Ernst Eurer
Tragödie etwas Gespreiztes, Uebertriebenes hat, das mir jede
höhere Stimmung verdirbt. Finden Sie nicht, daß ich darin
Recht habe, Lord Nelvil?" fuhr Herr Edgermond gegen diesen

gewendet, fort, und erstaunt, wie er über sich selber war, vor so vielen Leuten gesprochen zu haben, bat er nun Jenen, ihn zu unterstützen.

„Ich denke ganz wie Sie", antwortete Oswald; „Metastasio, den man als den Dichter der Liebe preist, schildert diese Leidenschaft in allen Ländern, in jeder Situation mit den gleichen Farben. Wir müssen zwar seine Arien beifällig aufnehmen, die bald wegen ihrer Anmuth und ihres Wohlklanges, bald wegen großer lyrischer Schönheiten die höchste Bewunderung verdienen. Uns jedoch, die wir Shakespeare besitzen, den Dichter, welcher am besten der Menschen Charakter und Leidenschaften ergründete, uns ist es unmöglich, diese beiden Liebespaare auch nur erträglich zu finden, die sich in alle Stücke des Metastasio theilen, bald Achilles und Tircis, bald Brutus und Corilas heißen, und welche alle in einer Manier Liebesqualen singen, die uns kaum die Oberfläche der Seele streift, weil sie das stürmische Gefühl, welches das Menschenherz so emporfluthen läßt, mit schaaler Abgeschmacktheit schildert. Ein paar Bemerkungen, die ich mir über Alfieri's Leistungen erlaube, mache ich mit tiefer Ehrfurcht vor seinem Charakter. Ihr Ziel ist so edel, die Gefühle, welche der Verfasser ausdrückt, sind mit seiner persönlichen Haltung so sehr im Einklange, daß seine Tragödien auch dann immer noch, gleich schönen Handlungen, gelobt werden müssen, wenn sie als literarische Erzeugnisse in mancher Hinsicht doch einer Kritik zu unterwerfen sind. Einige seiner Trauerspiele sind, dünkt mich, durch allzugroßen Kraftaufwand ebenso einförmig, als die des Metastasio durch Süßlichkeit. Es ist in Alfieri's Stücken ein solcher Verbrauch von Kraft und Großartigkeit, oder vielmehr eine solche Uebertreibung von Gewaltthat und Verbrechen, daß es unmöglich wird, noch den wahren menschlichen Charakter darin zu erkennen. Niemals sind die Menschen im Leben weder so boshaft, noch so edel, als er sie zeichnet. Die meisten seiner Scenen scheinen eigens das Laster und die Tugend im Gegensatz zeigen zu sollen, doch sind diese Widersprüche nicht mit den nothwendigen Abstufungen dargestellt. Wenn die Tyrannen in der Wirklichkeit ertrügen, was auf der Bühne die Unterdrückten ihnen ins

Staël's Corinna.   11

Geficht fagen, wäre man beinahe verfucht, fie zu bemitleiden. „Octavia“ ift eines der Trauerfpiele, wo diefer Mangel an Wahrfcheinlichkeit am auffallendften ift. Seneca predigt darin unaufhörlich dem Nero, als ob diefer der geduldigfte, und er, Seneca, der kühnfte aller Menfchen wäre. In der Tragödie geruht der Weltbeherrfcher, fich zum Vergnügen der Zufchauer infultiren zu laffen, und mindeftens einmal in jeder Scene wüthend aufzufahren, als ob es nicht von ihm abhinge, der Sache mit einem Wort ein Ende zu machen. Freilich geben diefe fortwährenden Dialoge Seneca zu fehr fchönen Antworten Gelegenheit, uno man möchte feine edlen Gedanken in einer öffentlichen Rede, oder fonft wo, niedergelegt fehen; aber giebt man in diefer Weife eine Vorftellung von der Thrannei? Das heißt nicht, fie mit abfchreckenden Farben malen, das ift nur Wortfechterei. Wenn dagegen Shakefpeare den Nero gefchildert hätte, umgeben von zitternden Sklaven, welche kaum auf die geringfte Frage zu antworten wagen, während er felber feine Aufregung zu verbergen und äußerlich gelaffen zu fcheinen fucht, und Seneca neben ihm an der Vertheidigungsrede von Agrippinens Ermordung arbeitet — wäre dann das Entfetzen nicht taufendmal größer gewefen? Und würde des Italieners noch fo glänzender Wort- und Gedankenreichthum fo tief-beredte Eindrücke auf des Zufchauers Seele hervorbringen, als der Engländer durch das Schweigen der Rhetorik und durch die Wahrheit feines Bildes ficherlich vermocht hätte?“

Oswald hätte noch lange fo fortfahren können, ohne von Corinna unterbrochen zu werden; dem Ton feiner Stimme, der edlen Eleganz feiner Sprache laufchte fie mit nie ermüdendem Wohlgefallen; und ihre Blicke wendeten fich, felbft wenn er zu fprechen aufgehört, nur ungern von ihm ab. Langfam richtete fie diefelben jetzt auf die übrige Gefellfchaft, die mit Ungeduld ihre Anficht über das italienifche Trauerfpiel zu hören verlangte, und dann fich doch wieder zu Lord Nelvil zurückwendend, fagte fie: „Mylord, ich bin faft in Allem Ihrer Meinung; alfo antworte ich Ihnen nicht, um zu widerlegen, fondern um Ihren, nur vielleicht etwas zu allgemein gehaltenen Beobachtungen einige Ausnahmen hinzuzufügen. Es ist wahr, Metastasio ist viel mehr ein lyrischer, als dramatischer Dichter, und er schildert die Liebe etwa wie eine das Leben verschönernde Kunst, nicht als das innerste, urhebende Geheimniß unserer Schmerzen und unseres Glückes. Obwohl grade unsere Poesie sich vorzugsweise dem Preise der Liebe gewidmet hat, wage ich für's Allgemeine doch zu behaupten, daß wir alle anderen Leidenschaften mit mehr Tiefe und Empfindung auszudrücken vermögen. Durch vieles Schreiben von Liebespoesien hat man sich in diesem Genre bei uns eine herkömmliche Sprache geschaffen, und nicht das Gefühlte, sondern das Gelesene inspirirt unsere Dichter. Die Liebe, wie sie in Italien zur wirklichen Erscheinung kommt, gleicht durchaus der Liebe nicht, die unsere Poeten besingen. Ich weiß nur einen Roman, die „Fiammetta" des Boccaz, nach welchem man sich einen Begriff von dieser, hier mit durchaus nationalen Farben geschilderten Leidenschaft machen könnte. Unsere Dichter verfeinern und übertreiben das Gefühl, während doch der wahre Charakter der italienischen Natur ein rasches, aber tiefes Erfassen ist, das viel eher durch schweigendes, leidenschaftliches Handeln, als durch sinnige Worte zum Ausdruck kommt. Im Ganzen giebt unsere Literatur wenig von unserem Charakter und unseren Sitten wieder. Wir sind ein viel zu bescheidenes, fast möchte ich sagen, demüthiges Volk, als daß wir es wagten, ein völlig nationales, unserer Geschichte entnommenes, oder wenigstens mit den uns eigensten Gefühlen durchwebtes Trauerspiel besitzen zu wollen. [16])

„Alfieri ward durch einen wunderlichen Zufall, so zu sagen, aus dem Alterthum in die Neuzeit verpflanzt; zum Handeln geboren, durfte er nur schreiben. Sein Styl, wie seine Tragödien haben von dieser Einschränkung zu leiden. Er wollte auf dem Wege der schönen Literatur ein politisches Ziel erreichen, und dieses Ziel war sicherlich das edelste; doch gleichviel: wo ein solches vorhanden ist, entarten die Werke der Einbildungskraft gar zu leicht. Alfieri verlor endlich die Geduld, unter einem Volke zu leben, wo man zwar wohl etliche erfahrene Gelehrte und ein paar aufgeklärte Männer antreffen kann,

11*

deſſen Literaten und öffentliche Lehrer aber der Mehrzahl nach keine ernſten Ziele verfolgen, ſondern einzig an Novellen, Mährchen oder Madrigalen Gefallen finden, und deshalb wollte er ſeinen Tragödien ein edles, ſtrengſittliches Gepräge geben. Er hat in denſelben die Vertrautenrollen, die Theatereffekte und all dergleichen fortgelaſſen, um nur ganz und völlig die Wichtigkeit des Dialogs hervorzuheben. Es ſcheint, als wollte er die Italiener für ihre Lebhaftigkeit und natürliche Einbildungskraft einmal büßen laſſen. Aber er iſt dennoch ſehr bewundert worden, weil er durch Geiſt und Geſinnung wirklich groß iſt, und beſonders weil die heutigen Einwohner Roms die den Thaten und Gefühlen der alten Römer geſpendeten Lobeserhebungen mit einem Beifall aufnehmen, als ob er ſie noch mit beträfe. Sie lieben Kraft und Unabhängigkeit, etwa wie ſie die ſchönen Gemälde ihrer Gallerien lieben: als Kunſtfreunde. Doch iſt es darum nicht minder wahr, daß Alfieri nicht eigentlich das, was man ein italieniſches Theater nennen könnte, geſchaffen hat, daß er alſo nicht Tragödien ſchuf, in denen ein Italien ganz allein zugehöriges Verdienſt zu finden wäre. Selbſt die Sitten der Länder und Jahrhunderte, in welche die Handlung ſeiner Stücke eben fällt, hat er nicht charakteriſtiſch wiedergegeben. Seine „Verſchwörung der Pazzi“, „Virginia“, „Philipp der Zweite“ ſind durch Kraft und Erhabenheit der Ideen bewundernswürdig; aber man ſieht darin immer den Abdruck Alfieri's, nicht den der Nationen und Zeiten, welche er in Scene ſetzt. Obwohl der Geiſt der franzöſiſchen Schriftſteller und der Alfieri's nicht die geringſte Aehnlichkeit haben, gleichen ſie ſich doch darin, daß die von beiden behandelten Gegenſtände immer ihre, den Verfaſſern eigenſte Farbe tragen.“

Graf d'Erfeuil, als er vom Geiſt der Franzoſen reden hörte, nahm ſchnell das Wort: „Uns wäre es unmöglich, auf der Bühne die Inkonſequenzen der Griechen, oder die Ungeheuerlichkeiten Shakeſpeare's zu ertragen; dazu haben wir Franzoſen einen zu reinen Geſchmack. Unſer Theater iſt ein Muſter von Feinfühligkeit und Eleganz; hierin zeichnet es ſich beſonders aus, und irgend etwas Fremdes bei uns einführen wollen, hieße uns in Barbarei stürzen." — „Da wäre es ja ebenso gut", sagte Corinna lächelnd, „wenn Ihr die große, chinesische Mauer um Euch herumzöget. Es giebt sicherlich in Euren tragischen Dichtern seltene Schönheiten, und es würden sich deren vielleicht noch mehre finden, wenn Ihr zuweilen gestatten wolltet, daß man Euch Anderes noch, als immer nur Franzosen auf die Bühne brächte. Wir Italiener würden an dramatischem Geist viel einbüßen, wenn wir uns an Regeln binden sollten, von denen wir nicht die Ehre der eigenen Erfindung haben, und von deren Zwang wir deshalb leiden würden. Aus der Einbildungskraft, dem Charakter, den Gewohnheiten eines Volkes muß seine Bühne hervorgehen. Die Italiener lieben leidenschaftlich die schönen Künste, Musik, Malerei, selbst die Pantomime, kurz Alles, was die Sinne einnimmt. Wie wäre es ihnen also möglich, sich mit einem herben, wenn auch beredten Dialog als einzige theatralische Unterhaltung zufrieden zu geben? Umsonst versuchte Alfieri, mit Hülfe all seines Genies, sie darauf zurückzuführen; er selbst hat gefühlt, daß sein System zu strenge war. [17]

„Die „Merope" von Maffei, „Saul" von Alfieri, „Aristodemus" von Monti, und besonders die Dichtungen Dante's, wiewohl er keine Tragödien geschrieben, geben eine Vorstelluug, was die dramatische Kunst in Italien sein könnte. In der Merope ist große Einfachheit der Handlung, aber eine glänzende, bilderreiche Poesie; und warum sollte man diese Poesie aus den dramatischen Werken verbannen? Unsere gebundene Rede ist so wundervoll, daß es hier mehr, als irgendwo sonst, ein Unrecht wäre, ihren Schönheiten zu entsagen. Alfieri, der, wenn er wollte, in jeder Gattung vortrefflich war, hat in seinem „Saul" von der lyrischen Dichtkunst den herrlichsten Gebrauch gemacht; und hier ließe sich auch selbst die Musik mit Glück verwenden, nicht um sie dem Worte unterzulegen, sondern um Sauls wüthende Leidenschaftsausbrüche durch Davids Harfenspiel zu besänftigen. Wir besitzen eine so köstliche Musik, daß sie, begreiflich genug, die Genüsse des Geistes wohl etwas in den Schatten zu stellen vermag. Aber statt sie von einander trennen zu wollen, müßte man beide zu vereinigen suchen; zwar nicht so, daß man die Helden singen läßt, was alle dramatische Würde zerstört, sondern, wie bei den Alten, durch Einführung der Chöre; oder durch ein rechtzeitiges Eingreifen der Musik, das sich der Situation natürlich anpassen muß, wie dies im Leben ja auch so häufig vorkommt. Statt die Genüsse der Einbildungskraft auf der italienischen Bühne zu verringern, sollte man im Gegentheil sie vermehren und nach allen Richtungen hin vervielfältigen. Der Italiener lebhafte Neigung für Musik und großes Ballet ist ein Beweis von der Macht ihrer Fantasie, von der Nothwendigkeit, vor Allem diese anzuregen; und dies sollte auch bei der Behandlung ernster Gegenstände beobachtet werden, statt daß man, wie Alfieri es gethan, diese noch strenger macht, als sie sind. Die Nation hält die beifällige Aufnahme alles Hohen und sittlich Strengen für ihre Pflicht; doch wendet sie sich gern und bald ihrer angeborenen Neigung wieder zu. Diese aber könnte in der Tragödie befriedigt werden, wenn man sie mit dem Reiz und der Abwechselung verschiedener Dichtweisen, und mit all jener effektvollen Mannigfaltigkeit ausstattete, mit welcher Engländer und Spanier ihr Trauerspiel zu bereichern wissen.

Monti's „Aristodemus" hat etwas von dem furchtbar erschütternden Pathos des Dante, und sicherlich ist dieses Trauerspiel mit Recht eines der bewundertsten. Dante, der in vielen Gattungen so große Meister, besaß auch jenes tragische Genie, das in Italien die meiste Wirkung gemacht hätte, wenn es auf irgend eine Weise der Bühne anzupassen gewesen wäre. Denn dieser Dichter weiß den Augen zu schildern, was in der Seele vorgeht, seine Einbildungskraft zeigt uns den wahren Schmerz, und wir fühlen ihn mit. Wenn Dante Tragödien geschrieben hätte, würden sie das Kind wie den Mann, die Menge wie den vornehmen Geist gefesselt haben. Die dramatische Literatur muß volksthümlich sein; die ganze Nation muß über sie urtheilen können, wie über eine öffentliche Thatsache."

„Als Dante lebte", sagte Oswald, „spielten die Italiener in Europa, und bei sich zu Haus, eine große politische Rolle.

Vielleicht wäre es Euch jetzt unmöglich, eine Nationalbühne für
das Trauerspiel zu erhalten. Damit eine solche bestehen könne,
müssen große Ereignisse in Leben und Wirklichkeit die Gefühle
entwickelt haben, welche man auf den Brettern darstellen soll.
Unter allen Zweigen der Literatur ist keiner so wie die Tragödie
von der Gesammtheit des ganzen Volks abhängig; die Zuschauer tragen fast ebenso viel dazu bei als die Autoren. Der
dramatische Genius ist zusammengesetzt aus dem öffentlichen
Geist, den Sitten, der Geschichte, der Regierungsform, aus
Allem endlich, was täglich in das Gedankenreich eindringt, was
unser sittliches Wesen ebenso erhält, wie die Luft, die man
athmet, den physischen Körper nährt. Die Spanier, zu denen
Ihr durch Klima und Religion Beziehungen habt, sind Euch an
dramatischer Begabung sehr überlegen. Ihre Schauspiele sind
erfüllt von ihrer Geschichte, ihrem Ritterwesen, ihrem Glauben,
und deshalb sind sie eigenartig und voller Leben; aber freilich
kann man ihre Erfolge auf diesem Gebiete auch bis zu der
Epoche ihres historischen Ruhmes zurückleiten. Wie aber ließe
sich in Italien jetzt etwas gründen, das zur Zeit seiner Größe
nicht dagewesen ist?"

„Es ist unglücklicher Weise möglich, daß Sie Recht haben,
Mylord", erwiderte Corinna; „dennoch hoffe ich von dem
natürlichen Schwung des italienischen Geistes, von seinem im
Privatleben oft so regen Nacheifer immer noch viel für uns.
Was uns aber vor Allem fehlt, sind die tragischen Schauspieler.
Gezierte Worte veranlassen nothwendiger Weise auch eine falsche
Deklamation. Es giebt ja sonst keine Sprache, in welcher ein
großer Schauspieler mehr Talent entwickeln könnte, wie in der
unseren; denn ihr melodischer Klang fügt der Wahrheit des
Ausdrucks einen neuen Reiz hinzu; sie ist wie fortdauernde
Musik, die sich dem Ausdruck der Gefühle beimischt, ohne ihm
etwas von seiner Kraft zu nehmen."

„Am besten werden Sie uns von dem Gesagten überzeugen,
wenn Sie es uns durch die That beweisen", unterbrach Fürst
Castel=Forte; „ja, bereiten Sie uns das unbeschreibliche Vergnügen, Sie in einer tragischen Rolle zu sehen. Sie müssen den

Ausländern, die Sie dessen würdig halten, den seltenen Genuß gewähren, ein Talent kennen zu lernen, das Sie allein in Italien besitzen, oder vielmehr, da Sie ihm Ihre große Seele aufdrücken: das einzig ist in der ganzen Welt."

Corinna hegte vielleicht den geheimen Wunsch, vor Lord Nelvil zu spielen, um sich ihm damit im vortheilhaftesten Licht zu zeigen, doch wagte sie nicht, ohne seine Zustimmung einzuwilligen; ihre Blicke fragten ihn. Er verstand sie; und da er noch von der Schüchternheit gerührt war, die sie Tags vorher zu improvisiren hinderte, und auf Edgermonds Beifall nicht verzichten mochte, schloß er sich den Bitten ihrer Freunde an. Jetzt zögerte sie nicht mehr. „Wohlan", sagte sie, sich gegen den Fürsten wendend; „so werden wir, wenn Sie wollen, den längst von mir gefaßten Plan ausführen, Romeo und Julia in meiner Uebersetzung zu spielen." — „Romeo und Julia?" rief Herr Edgermond; „also können Sie englisch?" — „Ja", entgegnete Corinna. — „Und Sie lieben den Shakespeare?" fragte Herr Edgermond weiter. — „Wie einen Freund, der alle Geheimnisse des Schmerzes kennt." — „Italienisch werden Sie es aufführen?" rief Herr Edgermond, „und ich werde es hören! und auch Sie, theurer Nelvil! O, Sie Glücklicher!" — Doch schnell erröthend, bereute er das unbedachte Wort. Dieses durch Zartgefühl und Güte hervorgerufene Erröthen ist in jedem Alter schön. „Wie glücklich werden wir sein", verbesserte er mit Verlegenheit, „einem so seltenen Vergnügen beiwohnen zu dürfen."

Drittes Kapitel.

Alles war in wenigen Tagen eingerichtet; die Rollen vertheilt, und der Abend der Aufführung bestimmt. Diese sollte in dem Palast einer Verwandten des Fürsten Castel-Forte stattfinden, welche zugleich Corinnens Freundin war. Oswald empfand bei dem Herannahen dieses neuen Erfolges eine Mischung von Freude, Vergnügen und Unbehagen. Er genoß ihn schon im Voraus; aber im Voraus war er auch eifersüchtig; nicht etwa auf einen einzelnen Menschen, sondern auf das Publikum,

welches Zeuge von der Begabung der Geliebten sein sollte. Er
hätte am liebsten nur ganz allein ihren Zauber, ihren Geist
gekannt; er hätte gewünscht, daß Corinna, schüchtern und zurückhaltend, wie eine Engländerin, ihr Genie und ihre Redekunst
allein für ihn entfaltete. Wie ausgezeichnet ein Mann auch sei,
vielleicht erfreut er sich nie ohne ein gewisses Mißbehagen der
Ueberlegenheit einer Frau: wenn er sie liebt, ist sein Herz beunruhigt — liebt er sie nicht, ist seine Eigenliebe verletzt. Oswald
war neben Corinna mehr berauscht als glücklich, und die Bewunderung, welche sie ihm einflößte, vermehrte seine Liebe, ohne
seinen Plänen mehr Festigkeit zu geben. Er schaute zu ihr wie
zu einem herrlichen, ihm täglich neu aufgehenden Gestirn empor;
aber eben das staunende Entzücken, das sie ihm bereitete, schien
ihm die Hoffnung auf ein ruhiges und friedliches Leben auszu-
schließen. Corinna war die sanfteste, fügsamste der Frauen;
das Leben gestaltete sich mit ihr bequem genug, und man konnte
sie, abgesehen von ihren glänzenden Eigenschaften, um der
alltäglichen willen lieben. Indessen, um es noch einmal zu
sagen, sie vereinigte in sich zu viele Talente, sie war nach jeder
Richtung hin zu ausgezeichnet. Wie großer Vorzüge Lord
Nelvil sich auch rühmen durfte, er glaubte ihr nicht ebenbürtig zu
sein, und dieser Gedanke gab ihm Besorgnisse wegen der Dauer
ihrer gegenseitigen Zuneigung. Vergeblich machte die Gewalt
der Liebe Corinna zu seiner Sklavin; der um diese gefesselte
Königin besorgte Herrscher erfreute sich seiner Macht nicht in
Frieden.

Einige Stunden vor dem Beginn der Vorstellung geleitete
Lord Nelvil Corinna in den Palast der Prinzessin Castel-Forte,
wo man die Bühne aufgeschlagen hatte. Aus den Fenstern
des Treppenhauses, in welchem sie sich eben jetzt befanden,
sahen sie Rom und die Campagna in wundervollem Sonnenschein vor sich ausgebreitet. Oswald hielt Corinna einen
Augenblick zurück und sagte: „Sehen Sie dieses köstliche
Wetter, es ist für Sie, es ist um Ihre Erfolge zu verklären.'' —
„Ach, wenn dem so ist'', erwiderte sie, „dann sind Sie es, der
mir das Glück bringt, dann danke ich nur Ihnen des Himmels

Gunst." — „Würden diese reinen und sanften Gefühle, welche
die Freude an der Natur uns giebt, zu Ihrem Glücke ausreichend
sein?" fragte Oswald. „Von dieser weichen Luft, von diesem
träumerischen Frieden bis zu jenem geräuschvollen Saale, wo
bald Ihr Name in jubelndem Echo widerhallen wird, ist es
weit, sehr weit." — „Oswald", erwiderte sie, „wird mich denn
dieser Beifall, wenn ich ihn erhalte, nicht nur deshalb erfreuen,
weil Sie ihn miterleben? Und wenn ich Talent besitze, ist es
dann nicht mein Gefühl für Sie, dem ich's verdanke? Poesie,
Liebe, Religion, Alles endlich, was mit der Begeisterung
zusammenhängt, stimmt auch mit der Natur innig überein.
Wenn ich aufschaue in diese klare Himmelsbläue, fühle ich ihren
Wiederschein in meinem Herzen, verstehe ich Julia besser, bin ich
Romeo's würdiger." — „Ja, du bist seiner würdig, himmlisches
Geschöpf!" rief Lord Nelvil; „ja, sie ist Schwachheit, diese
Eifersucht auf deinen Glanz; es ist Schwachheit, dieses Bedürfniß, allein mit dir im Weltall sein zu wollen. Geh nur,
empfange die Huldigungen der Welt, geh; aber daß dieser Blick
voll Liebe, der göttlicher noch ist als dein Genie, daß er nur auf
mich gerichtet sei!" — Sie trennten sich darauf, und Lord Nelvil
ging, sich in Erwartung des bevorstehenden Glückes im Saale
einen Platz zu suchen.

Romeo und Julia ist ein italienischer Stoff; die Handlung
geschieht in Verona; man zeigt dort noch jetzt das Grab der
beiden Liebenden. Shakespeare hat dieses Stück mit der zugleich so leidenschaftlichen und so lachenden Einbildungskraft
des Südens geschrieben, dieser Einbildungskraft, die im Glücke
triumphirt und dennoch so leicht vom Glück zur Verzweiflung, von der Verzweiflung zum Tode übergeht. Alle ihre Eindrücke sind hinreißend schnell, und man fühlt dessenungeachtet, daß
diese plötzliche Ergriffenheit, diese rasche Ueberwältigung unabänderlich sein werden. Die Gewalt der Natur, nicht die Oberflächlichkeit des Herzens, zeitigt in einem treibenden Klima die Entwickelung der Leidenschaften. Ein Boden ist darum nicht leicht,
weil seine Vegetation sich rasch entfaltet; Shakespeare hat besser
als irgend ein Ausländer den italienischen Volkscharakter

begriffen. Diese Fruchtbarkeit des Geistes, welche tausend Weisen erfindet, um den Ausdruck ein und desselben Gefühls zu vermannigfaltigen, diese orientalische Redeblüthe, welche sich aller Gleichnisse aus der Natur bedient, um zu schildern, was im Menschenherzen vorgeht, hat Keiner wie er besessen. Es ist nicht, wie im Ossian, durchgehend ein und dieselbe Stimmung, nicht das immer gleiche Tönen, das beständig des Herzens zart empfindendste Saiten anklingen läßt. Dennoch geben die reichen Farben, welche Shakespeare in Romeo und Julia aufträgt, seinem Styl nicht etwa eine störende Gesuchtheit; sie alle sind ja nur die tausendfach schimmernden Brechungen desselben ewigen Lichtstrahls. Ueberquellendes Leben pulsirt in dieser Dichtung, und ein Glanz der Ausdrucksweise schmückt sie, welcher charakteristisch das Land und seine Bewohner zeichnet. Das ins Italienische übersetzte Trauerspiel „Romeo und Julia" ist gewissermaßen nur in seine Muttersprache zurückgekehrt.

Julia erscheint zuerst auf einem Balle im elterlichen Hause, dem Hause der Capulet, zu welchem Romeo Montague sich nur eingeschlichen hat, da jene die Todfeinde seines Geschlechtes sind. Corinna war in ein reizendes, jedoch der Sitte der Zeit entsprechendes Festgewand gekleidet. Edelsteine und Blumen vermischten sich kunstvoll in ihrem Haar. Anfangs überraschte sie, wie eine fremde Erscheinung; dann aber erkannte man ihre Stimme, ihr Gesicht, aber ein von dichterischem Ausdruck verklärtes Angesicht. Einstimmiges Beifallsrufen hallte bei ihrem Auftreten durch den Saal. Gleich ihre ersten Blicke fanden Oswald und verweilten auf ihm. Der Freude Götterfunken, ein süßes, sicheres Lebensgefühl malte sich in ihren Zügen; und wer sie so sah, dem schlug das Herz in Wonne und Furcht, der fühlte, daß so viel Glückseligkeit auf Erden nicht dauern könne. Sollte sich diese Ahnung nur für Julia, sollte sie sich auch für Corinna erfüllen?

Als Romeo sich ihr näherte, um ihr jene schmeichelnden glänzenden Verse über ihre Schönheit und Anmuth zuzuflüstern, billigten die Zuschauer entzückt diesen Ausdruck ihres eigenen Gefühls; und Allen schien seine plötzliche Leidenschaft, seine vom

erſten Blick entzündete Liebe wahrſcheinlich genug. Oswald
gerieth ganz in Verwirrung; ihm war, als müſſe ſich nun Alles
offenbaren, als wolle man Corinna für einen Engel unter den
Menſchen ausrufen, ihn ſelber fragen, was er für ſie empfinde,
ſie ihm ſtreitig machen, ſie ihm rauben, es ſchwebte wie eine
blendende Wolke an ihm vorüber, ſein Bewußtſein ſchien ihm zu
ſchwinden, er fürchtete noch alle Faſſung zu verlieren und zog
ſich deshalb für einige Augenblicke hinter eine Säule zurück.
Corinna ſuchte ihn ängſtlich, während ſie dieſe Worte:

„Too early seen unknown, and known too late!"

„Ich ſah zu früh, den ich zu ſpät erkannt!" mit ſo inner-
lichſtem Gefühl ſprach, daß Oswald erbebte, weil es ihm ſchien,
als lege ſie eine perſönliche Beziehung hinein.

Die Anmuth ihrer Geberden, das Würdige ihrer Haltung,
eine Miene, die Alles verrieth, was Worte nicht mehr ſagen
können, die Geheimniſſe des Herzens aufdeckte, welche nie geſprochen werden, und doch das ganze Leben beherrſchen, — er
ward nicht müde, das Alles zu bewundern. Der Ton, der
Blick, die geringſten Bewegungen eines wirklich großen, wirklich begeiſterten Schauſpielers ſind eine fortdauernde Offenbarung des Menſchenherzens; das Ideal der Kunſt iſt ſtets in
dieſen Offenbarungen der Natur zu finden. Die Harmonie
der Verſe, der Reiz der Stellungen verleihen der erdichteten
Leidenſchaft, was ihr ſo oft in der Wirklichkeit fehlt, Anmuth
und Würde.

Im zweiten Akt erſcheint Julia auf dem Altan, in ihrem
Garten, um hier mit Romeo zu reden. Von allem Schmuck
Corinnens waren nur die Blumen geblieben, und bald müſſen
auch dieſe verſchwinden. Das halbe Licht auf der Bühne, mit
welchem man die nächtliche Stunde anzudeuten ſucht, breitete
auch über Corinnens Züge weichere, rührendere Schatten. Ihre
Stimme klang jetzt noch ſeelenvoller als während des glänzenden Feſtes. Ihre zu den Sternen emporweiſende Hand ſchien
dieſe anrufen zu wollen als allein würdige Zeugen ſo heiligen
Zwiegeſprächs! Und als ſie wiederholt mit ſüßem Laut den
Namen des Geliebten, den Namen Romeo's rief, vernahm

Oswald mit Eiferſucht den fremden Klang, obwohl er ja mußte,
daß ſie ſeiner dabei denke. Er ſaß dem Altan grade gegenüber,
und ſo durften Corinnens Blicke alle auf ihn ſich richten, als
ſie die folgenden, wundervollen Verſe ſprach:

> „In truth, fair Montague, I am too fond
> And therefore thou may'st think my haviour light!
> But trust me, gentleman, I'll prove more true,
> Than those that have more cunning to be strange.
>
> — — — — — —
>
> — — — — — — therefore pardon me.“

> „Gewiß, mein Montague, ich bin zu herzlich.
> Du könnteſt denken, ich ſei leichten Sinns.
> Doch glaube, Mann, ich werde treuer ſein,
> Als die, die fremd zu thun, geſchickter ſind.
>
> — — — — — —
>
> — — — — — — Drum vergieb.“

Es lag hierbei in Corinnens Blicken ein ſo inniges Flehen,
ſo viel Verehrung für den Geliebten, ſo viel Stolz über ihre
Wahl, daß Oswald ſelbſt ſich ſo ſtolz als glücklich fühlte. Er hob
das Haupt empor, das er in Erſchütterung geſenkt hatte, und
ſtand da, kühn wie ein Weltenbeherrſcher, weil er in einem
Herzen herrſchte, das ihm alle Schätze des Lebens bot.

Als Corinna die Wirkung ihres Spieles auf Oswald
gewahrte, ſteigerte ſich die Erhebung ihrer Seele, mit welcher
man allein Wunder vermag, immer mehr, und als beim Nahen
des Morgens Julia den Geſang der Lerche, das Zeichen zu
Romeo's Aufbruch, zu hören glaubt, hatte ihre Stimme einen
faſt übernatürlichen Zauber. Sie klang wie die Liebe ſelbſt, und
doch webte es darin wie ein heiliges Geheimniß, wie eine Erinnerung an den Himmel und eine Verheißung des Ausruhens
in ihm, wie das göttliche Weh einer auf die Erde verbannten
Seele, die bald in ihre himmliſche Heimat zurückgerufen werden
ſoll. Ach, welch ein wonnevoller Tag war es für Corinna, da ſie ſo
in der edelſten Rolle eines großen Trauerſpiels vor dem Geliebten

ihr eigenes Wesen ausströmen laſſen durfte. Wie viele Jahre, wie ſo manches ganze Leben ſind neben ſolchem Tage ohne Glanz!

Wenn Lord Nelvil ſelbſt den Romeo geſpielt hätte, würde Corinnens Beſeligung nicht ſo vollſtändig geweſen ſein. Dann würde ſie die Verſe auch des größeſten Dichters haben zurückweiſen mögen, um ganz aus ihrem allereigenſten Herzen zu reden; vielleicht ſelbſt hätte dann eine unbeſiegliche Schüchternheit ihr Talent beſchränkt; aus Furcht, ſich ſehr zu verrathen, hätte ſie ihn nicht voll anſehn können; kurz, eine bis auf ſolchen Grad getriebene Wahrheit würde die künſtleriſche Täuſchung zerſtört haben. Aber ſüß war es, ſo wie es war! Den Geliebten da, ſich gegenüber zu wiſſen, während ſie jene Erhebung fühlte, die nur die Poeſie einflößen kann, während alle Wonne einer heißen Leidenſchaft, doch ohne deren Qualen, ohne deren Zerriſſenheit, ihr reines Herz erfüllte, während die von ihr dargeſtellten Gefühle weder ganz perſönlich, noch auch ganz von ihr geſondert zu denken waren, und ſie nur einfach Lord Nelvil zu ſagen ſchien: „Sieh, wie ich lieben kann!“

Es iſt unmöglich, in den Gemüthserregungen des wirklichen Lebens mit ſich, mit ſeiner Haltung zufrieden zu ſein; denn abwechſelnd reißt entweder die Leidenſchaft hin, oder die Schüchternheit hält zurück; bald zu viel Bitterkeit, bald zu viel Hingebung; — während man auf der Bühne vollkommen, und doch ohne Geſuchtheit ſein, die Ruhe dem Empfinden ſchön vereinen kann, kurz, für einen Moment in des Herzens ſüßeſtem Traum ſich verlieren darf. Und dies war Corinnens reiner Genuß bei der Ausführung einer tragiſchen Rolle. Mit dieſem Vergnügen durfte ſie noch das ihres großen Erfolges, des laut geſpendeten Beifalls vereinigen; und Alles legte ſie mit einem Blick Ihm zu Füßen — Oswald, deſſen Huldigung ihr mehr galt, als aller Ruhm der Welt! Ach! Einen Augenblick wenigſtens war Corinna glücklich; einen Augenblick kannte ſie, um den Preis ihrer Ruhe, jenes Entzücken der Seele, die ſie bis dahin vergeblich erſehnt hatte, und die ihr ewig — ewig verloren ſein ſollte.

Im dritten Akt wird Julia im Stillen Romeo's Gattin. Im vierten Akt entſchließt ſie ſich, als die Eltern ſie zwingen wollen, sich einem Andern zu vermählen, aus der Hand eines Mönchs den einschläfernden Trank zu nehmen, welcher ihr den Schein des Todes geben soll. Mit erschütternder Wahrheit schilderte Corinna den Kampf zwischen Furcht und Liebe. Ihr ungleicher Gang, ihre matte Stimme, ihre bald leuchtenden, bald niedergeschlagenen Blicke verriethen die schrecklichen Bilder, welche sie bei dem Gedanken ängsteten, lebend in die Gruft ihrer Ahnen eingeschlossen zu werden; zeigten aber auch die Begeisterung der Leidenschaft, mit der eine so junge Seele über solch begreifliches Entsetzen den Sieg davon trägt. Oswald empfand etwas wie eine unwiderstehliche Neigung, ihr zu Hülfe zu eilen. Einmal richtete sie die Augen mit einer Gluth zum Himmel, die das Bedürfniß nach dem göttlichen Schutz, von dem ein menschliches Wesen sich nie lossagen kann, rührend ausdrückte; ein andermal glaubte Lord Nelvil zu sehen, daß sie die Arme, wie hülfeflehend, ihm entgegenstrecke; er erhob sich in diesem Wahn, und dann, von dem Erstaunen seiner Umgebung zu sich selbst gebracht, setzte er sich wieder, ohne indeß seine mächtige Bewegung verbergen zu können.

Im fünften Akt hebt Romeo seine Julia, die er todt glaubt, von der Bahre und drückt sie an sein Herz. Corinna war weiß gekleidet, ihr schwarzes Haar hing zerstreut um die Schultern, das Haupt neigte sich mit Anmuth und dennoch in rührender und düstrer Todeswahrheit an Romeo's Brust. In Oswald kämpften die entgegengesetztesten Empfindungen. Er konnte es kaum ertragen, Corinna in den Armen eines Andern zu sehn, er schauderte vor dem Bilde der Geliebten, aus dem alles Leben entflohen schien, und er empfand, wie Romeo, jene qualvolle Mischung von Verzweiflung und Liebe, von Tod und Wollust, welche diese Scene zur herzzerreißendsten aller Bühnenwirkungen macht. Als endlich Julia im Sarge erwacht, neben welchem sich der Geliebte soeben den Tod gegeben, und ihre ersten Worte nicht etwa von dem Graus der sie umstarrenden Leichengruft eingegeben sind, sondern sie sich mit dem Ausruf emporrichtet:

„Where is my lord? where is my Romeo?“

„Wo ist mein Gatte? wo ist Romeo?“ da antwortete Lord

Nelvil nur noch mit heftigen Thränen, und erst, als Herr Edgermond mit ihm den Saal verlassen, gewann er einige Fassung.

Nach beendigter Vorstellung war Corinna durch die Anstrengung ihres leidenschaftlichen Spiels sehr angegriffen. Oswald trat zuerst in ihr Zimmer, fand sie noch in Julia's Gewändern, und, wie diese, halb ohnmächtig in den Armen ihrer Dienerinnen. Im Uebermaß seiner Verwirrung wußte er nicht zu entscheiden, ob dies Wahrheit, oder noch Dichtung sei; und sich Corinna zu Füßen werfend, sagte er auf englisch mit Romeo's Worten: „Augen, blickt Euer Letztes: Arme, nehmt Eure letzte Umarmung!"

„Eyes look your last! arms, take your last embrace!"

Corinna, selbst noch verwirrt, rief entsetzt: „Großer Gott, was sagen Sie? Wollen Sie mich verlassen? Könnten Sie es?"
— „Nein, nein", unterbrach Oswald, „nein, ich schwöre . . . . ."
— Eben jetzt drängte die Menge der Freunde und Bewunderer Corinnens in das Gemach, um sie zu sehen, und die Liebenden konnten sich während des ganzen Abends nicht mehr sprechen; man ließ sie nicht einen Augenblick allein.

Niemals hatte ein Trauerspiel in Italien solche Wirkung hervorgebracht. Die Römer priesen mit Entzücken das Stück, die Uebersetzung, die Schauspielerin. Sie versicherten, dies sei die wahre, den Italienern ziemende Tragödie, die ihre Sitten male, ihr Herz erhebe, ihre Fantasie bereichere, und welche durch einen abwechselnd lyrischen, hochpathetischen und wieder einfachen Styl ihre schöne Sprache zu rechter Geltung bringe. Corinna empfing das reich gespendete Lob mit sanfter, edler Bescheidenheit. Doch ihre Gedanken hingen an Oswalds unterbrochenem Schwur; unsicher suchte ihre besorgte Seele nach der Fortsetzung von diesem „Ich schwöre" — nach diesem einen Wort, das vielleicht das Geheimniß ihrer Zukunft enthielt.

———

Achtes Buch.

Statuen und Gemälde.

Erstes Kapitel.

Nach einem so verflossenen Tage vermochte Oswald Nachts kein Auge zu schließen. Er war nahe daran, Corinna Alles zu opfern. Selbst ihr Geheimniß wollte er nicht fordern, wenigstens nicht, bevor er in aller Form um sie geworben. Seine Unentschlossenheit schien auf ein paar Stunden ganz von ihm gewichen, und mit Wohlgefallen überlegte er in Gedanken den Brief an Corinna, welcher am folgenden Tage sein Schicksal entscheiden sollte. Allein dieses Vertrauen in das Glück, diese Ruhe des Entschlossenseins währten nicht lange. Bald trat wieder die Vergangenheit vor ihn hin: er hatte schon einmal geliebt, viel weniger leidenschaftlich freilich, als er Corinna liebte, und ihr durfte nimmermehr der Gegenstand seiner ersten Neigung verglichen werden; doch war es immerhin dies Gefühl, das ihn zu unüberlegten Handlungen fortgerissen, zu Handlungen, die seines Vaters Herz schwer gekränkt hatten. — „Wer weiß es“, seufzte er, „wer weiß es denn, ob er nicht heute noch ebenso fürchten würde, sein Sohn könne Pflicht und Vaterland über dieser Liebe vergessen! O du, du mein edelster Freund, den ich auf Erden besessen“, flüsterte er in sich hinein, „zwar kann ich deine Stimme nicht mehr vernehmen, aber lehre mich durch deinen stummen Blick, der noch heute mein Inneres mächtig durchschauert, lehre mich, was ich thun soll, damit du wenigstens vom Himmel herab noch mit einiger Befriedigung auf mich niederblicken kannst. Und verurtheile auch diese Glückessehnsucht nicht, die uns Sterbliche verzehrt; sei nachsichtig dort oben, wie du es auf Erden warst. Ich kann nur besser dadurch werden, daß ich auch einmal glücklich war. Wenn ich mit diesem engelgleichen Weibe lebe, wenn

Staël's Corinna.   12

Gunst." — „Würden diese reinen und sanften Gefühle, welche die Freude an der Natur uns giebt, zu Ihrem Glücke ausreichend sein?" fragte Oswald. „Von dieser weichen Luft, von diesem träumerischen Frieden bis zu jenem geräuschvollen Saale, wo bald Ihr Name in jubelndem Echo widerhallen wird, ist es weit, sehr weit." — „Oswald", erwiderte sie, „wird mich denn dieser Beifall, wenn ich ihn erhalte, nicht nur deshalb erfreuen, weil Sie ihn miterleben? Und wenn ich Talent besitze, ist es dann nicht mein Gefühl für Sie, dem ich's verdanke? Poesie, Liebe, Religion, Alles endlich, was mit der Begeisterung zusammenhängt, stimmt auch mit der Natur innig überein. Wenn ich aufschaue in diese klare Himmelsbläue, fühle ich ihren Wiederschein in meinem Herzen, verstehe ich Julia besser, bin ich Romeo's würdiger." — „Ja, du bist seiner würdig, himmlisches Geschöpf!" rief Lord Nelvil; „ja, sie ist Schwachheit, diese Eifersucht auf deinen Glanz; es ist Schwachheit, dieses Bedürfniß, allein mit dir im Weltall sein zu wollen. Geh nur, empfange die Huldigungen der Welt, geh; aber daß dieser Blick voll Liebe, der göttlicher noch ist als dein Genie, daß er nur auf mich gerichtet sei!" — Sie trennten sich darauf, und Lord Nelvil ging, sich in Erwartung des bevorstehenden Glückes im Saale einen Platz zu suchen.

Romeo und Julia ist ein italienischer Stoff; die Handlung geschieht in Verona; man zeigt dort noch jetzt das Grab der beiden Liebenden. Shakespeare hat dieses Stück mit der zugleich so leidenschaftlichen und so lachenden Einbildungskraft des Südens geschrieben, dieser Einbildungskraft, die im Glücke triumphirt und dennoch so leicht vom Glück zur Verzweiflung, von der Verzweiflung zum Tode übergeht. Alle ihre Eindrücke sind hinreißend schnell, und man fühlt dessenungeachtet, daß diese plötzliche Ergriffenheit, diese rasche Ueberwältigung unabänderlich sein werden. Die Gewalt der Natur, nicht die Oberflächlichkeit des Herzens, zeitigt in einem treibenden Klima die Entwickelung der Leidenschaften. Ein Boden ist darum nicht leicht, weil seine Vegetation sich rasch entfaltet; Shakespeare hat besser als irgend ein Ausländer den italienischen Volkscharakter begriffen. Diese Fruchtbarkeit des Geistes, welche tausend Weisen erfindet, um den Ausdruck ein und desselben Gefühls zu vermannigfaltigen, diese orientalische Redeblüthe, welche sich aller Gleichnisse aus der Natur bedient, um zu schildern, was im Menschenherzen vorgeht, hat Keiner wie er besessen. Es ist nicht, wie im Offian, durchgehend ein und dieselbe Stimmung, nicht das immer gleiche Tönen, das beständig des Herzens zart empfindendste Saiten anklingen läßt. Dennoch geben die reichen Farben, welche Shakespeare in Romeo und Julia aufträgt, seinem Styl nicht etwa eine störende Gesuchtheit; sie alle sind ja nur die tausendfach schimmernden Brechungen desselben ewigen Lichtstrahls. Ueberquellendes Leben pulsirt in dieser Dichtung, und ein Glanz der Ausdrucksweise schmückt sie, welcher charakteristisch das Land und seine Bewohner zeichnet. Das ins Italienische übersetzte Trauerspiel „Romeo und Julia" ist gewissermaßen nur in seine Muttersprache zurückgekehrt.

Julia erscheint zuerst auf einem Balle im elterlichen Hause, dem Hause der Capulet, zu welchem Romeo Montague sich nur eingeschlichen hat, da jene die Todfeinde seines Geschlechtes sind. Corinna war in ein reizendes, jedoch der Sitte der Zeit entsprechendes Festgewand gekleidet. Edelsteine und Blumen vermischten sich kunstvoll in ihrem Haar. Anfangs überraschte sie, wie eine fremde Erscheinung; dann aber erkannte man ihre Stimme, ihr Gesicht, aber ein von dichterischem Ausdruck verklärtes Angesicht. Einstimmiges Beifallsrufen hallte bei ihrem Auftreten durch den Saal. Gleich ihre ersten Blicke fanden Oswald und verweilten auf ihm. Der Freude Götterfunken, ein süßes, sicheres Lebensgefühl malte sich in ihren Zügen; und wer sie so sah, dem schlug das Herz in Wonne und Furcht, der fühlte, daß so viel Glückseligkeit auf Erden nicht dauern könne. Sollte sich diese Ahnung nur für Julia, sollte sie sich auch für Corinna erfüllen?

Als Romeo sich ihr näherte, um ihr jene schmeichelnden glänzenden Verse über ihre Schönheit und Anmuth zuzuflüstern, billigten die Zuschauer entzückt diesen Ausdruck ihres eigenen Gefühls; und Allen schien seine plötzliche Leidenschaft, seine vom

erſten Blick entzündete Liebe wahrſcheinlich genug. Oswald
gerieth ganz in Verwirrung; ihm war, als müſſe ſich nun Alles
offenbaren, als wolle man Corinna für einen Engel unter den
Menſchen ausrufen, ihn ſelber fragen, was er für ſie empfinde,
ſie ihm ſtreitig machen, ſie ihm rauben, es ſchwebte wie eine
blendende Wolke an ihm vorüber, ſein Bewußtſein ſchien ihm zu
ſchwinden, er fürchtete noch alle Faſſung zu verlieren und zog
ſich deshalb für einige Augenblicke hinter eine Säule zurück.
Corinna ſuchte ihn ängſtlich, während ſie dieſe Worte:

„Too early seen unknown, and known too late!“

„Ich ſah zu früh, den ich zu ſpät erkannt!“ mit ſo inner-
lichſtem Gefühl ſprach, daß Oswald erbebte, weil es ihm ſchien,
als lege ſie eine perſönliche Beziehung hinein.

Die Anmuth ihrer Geberden, das Würdige ihrer Haltung,
eine Miene, die Alles verrieth, was Worte nicht mehr ſagen
können, die Geheimniſſe des Herzens aufdeckte, welche nie geſprochen werden, und doch das ganze Leben beherrſchen, — er
ward nicht müde, das Alles zu bewundern. Der Ton, der
Blick, die geringſten Bewegungen eines wirklich großen, wirklich begeiſterten Schauſpielers ſind eine fortdauernde Offenbarung des Menſchenherzens; das Ideal der Kunſt iſt ſtets in
dieſen Offenbarungen der Natur zu finden. Die Harmonie
der Verſe, der Reiz der Stellungen verleihen der erdichteten
Leidenſchaft, was ihr ſo oft in der Wirklichkeit fehlt, Anmuth
und Würde.

Im zweiten Akt erſcheint Julia auf dem Altan, in ihrem
Garten, um hier mit Romeo zu reden. Von allem Schmuck
Corinnens waren nur die Blumen geblieben, und bald müſſen
auch dieſe verſchwinden. Das halbe Licht auf der Bühne, mit
welchem man die nächtliche Stunde anzudeuten ſucht, breitete
auch über Corinnens Züge weichere, rührendere Schatten. Ihre
Stimme klang jetzt noch ſeelenvoller als während des glänzenden Feſtes. Ihre zu den Sternen emporweiſende Hand ſchien
dieſe anrufen zu wollen als allein würdige Zeugen ſo heiligen
Zwiegeſprächs! Und als ſie wiederholt mit ſüßem Laut den
Namen des Geliebten, den Namen Romeo's rief, vernahm

Oswald mit Eiferfucht den fremden Klang, obwohl er ja wußte,
daß sie seiner dabei denke. Er saß dem Altan grade gegenüber,
und so durften Corinnens Blicke alle auf ihn sich richten, als
sie die folgenden, wundervollen Verse sprach:

> „In truth, fair Montague, I am too fond
> And therefore thou may'st think my haviour light!
> But trust me, gentleman, I'll prove more true,
> Than those that have more cunning to be strange.
>
> — — — — — — — —
>
> — — — — — — — —
>
> — — — — — — therefore pardon me."

> „Gewiß, mein Montague, ich bin zu herzlich.
> Du könntest denken, ich sei leichten Sinns.
> Doch glaube, Mann, ich werde treuer sein,
> Als die, die fremd zu thun, geschickter sind.
>
> — — — — — — — —
>
> — — — — — — Drum vergieb."

Es lag hierbei in Corinnens Blicken ein so inniges Flehen,
so viel Verehrung für den Geliebten, so viel Stolz über ihre
Wahl, daß Oswald selbst sich so stolz als glücklich fühlte. Er hob
das Haupt empor, das er in Erschütterung gesenkt hatte, und
stand da, kühn wie ein Weltenbeherrscher, weil er in einem
Herzen herrschte, das ihm alle Schätze des Lebens bot.

Als Corinna die Wirkung ihres Spieles auf Oswald
gewahrte, steigerte sich die Erhebung ihrer Seele, mit welcher
man allein Wunder vermag, immer mehr, und als beim Nahen
des Morgens Julia den Gesang der Lerche, das Zeichen zu
Romeo's Aufbruch, zu hören glaubt, hatte ihre Stimme einen
fast übernatürlichen Zauber. Sie klang wie die Liebe selbst, und
doch webte es darin wie ein heiliges Geheimniß, wie eine Erinnerung an den Himmel und eine Verheißung des Ausruhens
in ihm, wie das göttliche Weh einer auf die Erde verbannten
Seele, die bald in ihre himmlische Heimat zurückgerufen werden
soll. Ach, welch ein wonnevoller Tag war es für Corinna, da sie so
in der edelsten Rolle eines großen Trauerspiels vor dem Geliebten

ihr eigenes Wesen ausströmen lassen durfte. Wie viele Jahre, wie so manches ganze Leben sind neben solchem Tage ohne Glanz!

Wenn Lord Nelvil selbst den Romeo gespielt hätte, würde Corinnens Beseligung nicht so vollständig gewesen sein. Dann würde sie die Verse auch des größesten Dichters haben zurückweisen mögen, um ganz aus ihrem allereigensten Herzen zu reden; vielleicht selbst hätte dann eine unbesiegliche Schüchternheit ihr Talent beschränkt; aus Furcht, sich sehr zu verrathen, hätte sie ihn nicht voll ansehn können; kurz, eine bis auf solchen Grad getriebene Wahrheit würde die künstlerische Täuschung zerstört haben. Aber süß war es, so wie es war! Den Geliebten da, sich gegenüber zu wissen, während sie jene Erhebung fühlte, die nur die Poesie einflößen kann, während alle Wonne einer heißen Leidenschaft, doch ohne deren Qualen, ohne deren Zerrissenheit, ihr reines Herz erfüllte, während die von ihr dargestellten Gefühle weder ganz persönlich, noch auch ganz von ihr gesondert zu denken waren, und sie nur einfach Lord Nelvil zu sagen schien: „Sieh, wie ich lieben kann!"

Es ist unmöglich, in den Gemüthserregungen des wirklichen Lebens mit sich, mit seiner Haltung zufrieden zu sein; denn abwechselnd reißt entweder die Leidenschaft hin, oder die Schüchternheit hält zurück; bald zu viel Bitterkeit, bald zu viel Hingebung; — während man auf der Bühne vollkommen, und doch ohne Gesuchtheit sein, die Ruhe dem Empfinden schön vereinen kann, kurz, für einen Moment in des Herzens süßestem Traum sich verlieren darf. Und dies war Corinnens reiner Genuß bei der Ausführung einer tragischen Rolle. Mit diesem Vergnügen durfte sie noch das ihres großen Erfolges, des laut gespendeten Beifalls vereinigen; und Alles legte sie mit einem Blick Ihm zu Füßen — Oswald, dessen Huldigung ihr mehr galt, als aller Ruhm der Welt! Ach! Einen Augenblick wenigstens war Corinna glücklich; einen Augenblick kannte sie, um den Preis ihrer Ruhe, jenes Entzücken der Seele, die sie bis dahin vergeblich ersehnt hatte, und die ihr ewig — ewig verloren sein sollte.

Im dritten Akt wird Julia im Stillen Romeo's Gattin. Im vierten Akt entschließt sie sich, als die Eltern sie zwingen wollen, sich einem Andern zu vermählen, aus der Hand eines Mönchs den einschläfernden Trank zu nehmen, welcher ihr den Schein des Todes geben soll. Mit erschütternder Wahrheit schilderte Corinna den Kampf zwischen Furcht und Liebe. Ihr ungleicher Gang, ihre matte Stimme, ihre bald leuchtenden, bald niedergeschlagenen Blicke verriethen die schrecklichen Bilder, welche sie bei dem Gedanken ängsteten, lebend in die Gruft ihrer Ahnen eingeschlossen zu werden; zeigten aber auch die Begeisterung der Leidenschaft, mit der eine so junge Seele über solch begreifliches Entsetzen den Sieg davon trägt. Oswald empfand etwas wie eine unwiderstehliche Neigung, ihr zu Hülfe zu eilen. Einmal richtete sie die Augen mit einer Gluth zum Himmel, die das Bedürfniß nach dem göttlichen Schutz, von dem ein menschliches Wesen sich nie lossagen kann, rührend ausdrückte; ein andermal glaubte Lord Nelvil zu sehen, daß sie die Arme, wie hülfeflehend, ihm entgegenstrecke; er erhob sich in diesem Wahn, und dann, von dem Erstaunen seiner Umgebung zu sich selbst gebracht, setzte er sich wieder, ohne indeß seine mächtige Bewegung verbergen zu können.

Im fünften Akt hebt Romeo seine Julia, die er todt glaubt, von der Bahre und drückt sie an sein Herz. Corinna war weiß gekleidet, ihr schwarzes Haar hing zerstreut um die Schultern, das Haupt neigte sich mit Anmuth und dennoch in rührender und düstrer Todeswahrheit an Romeo's Brust. In Oswald kämpften die entgegengesetztesten Empfindungen. Er konnte es kaum ertragen, Corinna in den Armen eines Andern zu sehn, er schauderte vor dem Bilde der Geliebten, aus dem alles Leben entflohen schien, und er empfand, wie Romeo, jene qualvolle Mischung von Verzweiflung und Liebe, von Tod und Wollust, welche diese Scene zur herzzerreißendsten aller Bühnenwirkungen macht. Als endlich Julia im Sarge erwacht, neben welchem sich der Geliebte soeben den Tod gegeben, und ihre ersten Worte nicht etwa von dem Graus der sie umstarrenden Leichengruft eingegeben sind, sondern sie sich mit dem Ausruf emporrichtet:

„Where is my lord? where is my Romeo?"

„Wo ist mein Gatte? wo ist Romeo?" da antwortete Lord

ihr eigenes Wesen ausströmen laſſen durfte. Wie viele Jahre,
wie ſo manches ganze Leben ſind neben ſolchem Tage ohne Glanz!

Wenn Lord Nelvil ſelbſt den Romeo geſpielt hätte, würde
Corinnens Beſeligung nicht ſo vollſtändig geweſen ſein. Dann
würde ſie die Verſe auch des größeſten Dichters haben zurückweiſen mögen, um ganz aus ihrem allereigenſten Herzen zu
reden; vielleicht ſelbſt hätte dann eine unbeſiegliche Schüchternheit ihr Talent beſchränkt; aus Furcht, ſich ſehr zu verrathen,
hätte ſie ihn nicht voll anſehn können; kurz, eine bis auf ſolchen
Grad getriebene Wahrheit würde die künſtleriſche Täuſchung
zerſtört haben. Aber ſüß war es, ſo wie es war! Den Geliebten da, ſich gegenüber zu wiſſen, während ſie jene Erhebung
fühlte, die nur die Poeſie einflößen kann, während alle Wonne
einer heißen Leidenſchaft, doch ohne deren Qualen, ohne deren
Zerriſſenheit, ihr reines Herz erfüllte, während die von ihr dargeſtellten Gefühle weder ganz perſönlich, noch auch ganz von ihr
geſondert zu denken waren, und ſie nur einfach Lord Nelvil zu
ſagen ſchien: „Sieh, wie ich lieben kann!"

Es iſt unmöglich, in den Gemüthserregungen des wirklichen
Lebens mit ſich, mit ſeiner Haltung zufrieden zu ſein; denn abwechſelnd reißt entweder die Leidenſchaft hin, oder die Schüchternheit
hält zurück; bald zu viel Bitterkeit, bald zu viel Hingebung; —
während man auf der Bühne vollkommen, und doch ohne Geſuchtheit ſein, die Ruhe dem Empfinden ſchön vereinen kann, kurz, für
einen Moment in des Herzens ſüßeſtem Traum ſich verlieren darf.
Und dies war Corinnens reiner Genuß bei der Ausführung einer
tragiſchen Rolle. Mit dieſem Vergnügen durfte ſie noch das
ihres großen Erfolges, des laut geſpendeten Beifalls vereinigen;
und Alles legte ſie mit einem Blick Ihm zu Füßen — Oswald,
deſſen Huldigung ihr mehr galt, als aller Ruhm der Welt! Ach!
Einen Augenblick wenigſtens war Corinna glücklich; einen
Augenblick kannte ſie, um den Preis ihrer Ruhe, jenes Entzücken der Seele, die ſie bis dahin vergeblich erſehnt hatte, und
die ihr ewig — ewig verloren ſein ſollte.

Im dritten Akt wird Julia im Stillen Romeo's Gattin. Im
vierten Akt entſchließt ſie ſich, als die Eltern ſie zwingen wollen,

ſich einem Andern zu vermählen, aus der Hand eines Mönchs
den einſchläfernden Trank zu nehmen, welcher ihr den Schein
des Todes geben ſoll. Mit erſchütternder Wahrheit ſchilderte
Corinna den Kampf zwiſchen Furcht und Liebe. Ihr ungleicher
Gang, ihre matte Stimme, ihre bald leuchtenden, bald nieder-
geſchlagenen Blicke verriethen die ſchrecklichen Bilder, welche ſie
bei dem Gedanken ängſteten, lebend in die Gruft ihrer Ahnen ein-
geſchloſſen zu werden; zeigten aber auch die Begeiſterung der
Leidenſchaft, mit der eine ſo junge Seele über ſolch begreifliches
Entſetzen den Sieg davon trägt. Oswald empfand etwas wie
eine unwiderſtehliche Neigung, ihr zu Hülfe zu eilen. Einmal richtete ſie die Augen mit einer Gluth zum Himmel, die das
Bedürfniß nach dem göttlichen Schutz, von dem ein menſchliches
Weſen ſich nie losſagen kann, rührend ausdrückte; ein andermal glaubte Lord Nelvil zu ſehen, daß ſie die Arme, wie hülfe-
ſlehend, ihm entgegenſtrecke; er erhob ſich in dieſem Wahn,
und dann, von dem Erſtaunen ſeiner Umgebung zu ſich ſelbſt
gebracht, ſetzte er ſich wieder, ohne indeß ſeine mächtige Bewegung
verbergen zu können.

Im fünften Akt hebt Romeo ſeine Julia, die er todt glaubt,
von der Bahre und drückt ſie an ſein Herz. Corinna war weiß
gekleidet, ihr ſchwarzes Haar hing zerſtreut um die Schultern,
das Haupt neigte ſich mit Anmuth und dennoch in rührender und
düſtrer Todeswahrheit an Romeo's Bruſt. In Oswald kämpften
die entgegengeſetzteſten Empfindungen. Er konnte es kaum
ertragen, Corinna in den Armen eines Andern zu ſehn, er
ſchauderte vor dem Bilde der Geliebten, aus dem alles Leben
entſlohen ſchien, und er empfand, wie Romeo, jene qualvolle
Miſchung von Verzweiflung und Liebe, von Tod und Wolluſt,
welche dieſe Scene zur herzzerreißendſten aller Bühnenwirkungen
macht. Als endlich Julia im Sarge erwacht, neben welchem ſich
der Geliebte ſoeben den Tod gegeben, und ihre erſten Worte
nicht etwa von dem Graus der ſie umſtarrenden Leichengruft
eingegeben ſind, ſondern ſie ſich mit dem Ausruf emporrichtet:

  „Where is my lord? where is my Romeo?“
„Wo iſt mein Gatte? wo iſt Romeo?“ da antwortete Lord

Nelvil nur noch mit heftigen Thränen, und erst, als Herr Edgermond mit ihm den Saal verlaſſen, gewann er einige Faſſung.

Nach beendigter Vorſtellung war Corinna durch die Anſtren-
gung ihres leidenſchaftlichen Spiels ſehr angegriffen. Oswald
trat zuerſt in ihr Zimmer, fand ſie noch in Julia's Gewändern,
und, wie dieſe, halb ohnmächtig in den Armen ihrer Dienerinnen.
Im Uebermaß ſeiner Verwirrung wußte er nicht zu entſcheiden,
ob dies Wahrheit, oder noch Dichtung ſei; und ſich Corinna zu
Füßen werfend, ſagte er auf engliſch mit Romeo's Worten:
„Augen, blickt Euer Letztes: Arme, nehmt Eure letzte Umarmung!"

„Eyes look your last! arms, take your last embrace!"

Corinna, ſelbſt noch verwirrt, rief entſetzt: „Großer Gott,
was ſagen Sie? Wollen Sie mich verlaſſen? Könnten Sie es?"
— „Nein, nein", unterbrach Oswald, „nein, ich ſchwöre ....."
— Eben jetzt drängte die Menge der Freunde und Bewunderer
Corinnens in das Gemach, um ſie zu ſehen, und die Liebenden
konnten ſich während des ganzen Abends nicht mehr ſprechen;
man ließ ſie nicht einen Augenblick allein.

Niemals hatte ein Trauerſpiel in Italien ſolche Wirkung
hervorgebracht. Die Römer prieſen mit Entzücken das Stück,
die Ueberſetzung, die Schauſpielerin. Sie verſicherten, dies ſei
die wahre, den Italienern ziemende Tragödie, die ihre Sitten
male, ihr Herz erhebe, ihre Fantaſie bereichere, und welche
durch einen abwechſelnd lyriſchen, hochpathetiſchen und wieder
einfachen Styl ihre ſchöne Sprache zu rechter Geltung bringe.
Corinna empfing das reich geſpendete Lob mit ſanfter, edler Beſcheidenheit. Doch ihre Gedanken hingen an Oswalds unterbrochenem Schwur; unſicher ſuchte ihre beſorgte Seele nach der
Fortſetzung von dieſem „Ich ſchwöre" — nach dieſem einen
Wort, das vielleicht das Geheimniß ihrer Zukunft enthielt.

———

Achtes Buch.

Statuen und Gemälde.

Erstes Kapitel.

Nach einem so verflossenen Tage vermochte Oswald Nachts kein Auge zu schließen. Er war nahe daran, Corinna Alles zu opfern. Selbst ihr Geheimniß wollte er nicht fordern, wenigstens nicht, bevor er in aller Form um sie geworben. Seine Unentschlossenheit schien auf ein paar Stunden ganz von ihm gewichen, und mit Wohlgefallen überlegte er in Gedanken den Brief an Corinna, welcher am folgenden Tage sein Schicksal entscheiden sollte. Allein dieses Vertrauen in das Glück, diese Ruhe des Entschlossenseins währten nicht lange. Bald trat wieder die Vergangenheit vor ihn hin: er hatte schon einmal geliebt, viel weniger leidenschaftlich freilich, als er Corinna liebte, und ihr durfte nimmermehr der Gegenstand seiner ersten Neigung verglichen werden; doch war es immerhin dies Gefühl, das ihn zu unüberlegten Handlungen fortgerissen, zu Handlungen, die seines Vaters Herz schwer gekränkt hatten. — „Wer weiß es‟, seufzte er, „wer weiß es denn, ob er nicht heute noch ebenso fürchten würde, sein Sohn könne Pflicht und Vaterland über dieser Liebe vergessen! O du, du mein edelster Freund, den ich auf Erden besessen‟, flüsterte er in sich hinein, „zwar kann ich deine Stimme nicht mehr vernehmen, aber lehre mich durch deinen stummen Blick, der noch heute mein Inneres mächtig durchschauert, lehre mich, was ich thun soll, damit du wenigstens vom Himmel herab noch mit einiger Befriedigung auf mich niederblicken kannst. Und verurtheile auch diese Glückessehnsucht nicht, die uns Sterbliche verzehrt; sei nachsichtig dort oben, wie du es auf Erden warst. Ich kann nur besser dadurch werden, daß ich auch einmal glücklich war. Wenn ich mit diesem engelgleichen Weibe lebe, wenn

ich würdig befunden werde, sie zu schützen, sie zu retten. Sie
zu erretten?" fragte er sich plötzlich; „und woraus? Aus
einer ihr zusagenden Lebensweise? Aus einer Existenz voller
Huldigungen, voller Erfolg und Unabhängigkeit?" Und diese
in ihm selbst aufgestiegene Frage erschreckte ihn, als wäre sie des
Vaters Antwort.

Wer hat im Streit der Gefühle nicht oft von einem geheimen Aberglauben gelitten, mit dem wir unsere Gedanken für
Vorbedeutung, unser Leiden für eine Warnung des Himmels
halten? O! welches Ringen, welche Noth geht in Menschenherzen vor, die ebenso großer Leidenschaft, als strengen Pflicht-
gefühls fähig sind!

Oswald ging in heftiger Bewegung im Zimmer auf und
nieder; nur zuweilen hielt er an, um zu dem sanften, italienischen Mond hinaufzuschauen. Der Anblick der Natur lehrt
vielleicht Entsagung, doch über die Qualen der Ungewißheit
vermag er nichts.

Der anbrechende Tag fand Oswald noch in diesem Zustande,
und Graf d'Erfeuil wie auch Herr Edgermond beunruhigten sich
wegen seines höchst angegriffenen Aussehens, als sie ihn zu
besuchen kamen. Graf d'Erfeuil brach zuerst das zwischen ihnen
eingetretene Schweigen: „Es ist nicht zu läugnen", sagte er, „die
gestrige Aufführung war charmant. Corinna ist wirklich bezaubernd; zwar entging mir die Hälfte ihrer Worte, aber dies
beredte Spiel sagt ja Alles! Wie schade, daß eine so vermö-
gende Frau dieses Talent besitzt! Denn, frei wie sie ist, könnte
sie, wenn sie mittellos wäre, zur Bühne gehn, und eine solche
Schauspielerin wäre der Ruhm Italiens."

Oswald machten diese Worte einen widerlichen Eindruck;
doch wußte er nicht sogleich eine schickliche Weise, dies zu erkennen
zu geben; denn Graf d'Erfeuils Bemerkungen hatten die Eigenthümlichkeit, daß man sich nicht rechtmäßig darüber entrüsten
konnte, selbst wenn sie sehr unangenehm berührten. Nur
feinfühlige Seelen wissen einander zu schonen; die, für sich
selbst so empfindliche Eigenliebe erräth fast niemals die wunden
Stellen Anderer.

Herr Edgermond pries Corinna's seltene Eigenschaften in geziemender, verehrender Form. Oswald antwortete ihm englisch,
um auf diese Weise die Freundin vor den mißlichen Schmeicheleien
des Grafen zu schützen. „Ich bin hier überflüssig, scheint mir",
sagte dieser darauf; „da gehe ich lieber zu Corinna; es wird ihr
angenehm sein, mein Urtheil über ihr gestriges Spiel zu erfahren.
Ich habe ihr ein paar Rathschläge zu geben, die sich zwar nur
auf Einzelnes beziehen; indeß machen die Einzelheiten schließlich
das Ganze, und sie ist wirklich eine so außerordentliche Frau, daß
man nichts unterlassen darf, was zu ihrer höchsten Vollendung
beitragen kann. Und dann", fuhr er, sich zu Lord Nelvils Ohr
neigend, leiser fort, „will ich ihr auch zureden, häufiger in der
Tragödie aufzutreten: das wäre der sicherste Weg, um irgend einen
hier durchreisenden, vornehmen Fremden als Gatten zu gewinnen.
Sie und ich, mein lieber Nelvil, wir gehen nicht in solche Netze;
wir sind der reizenden Frauen zu gewohnt, als daß sie uns
noch zu Thorheiten bewegen könnten, aber so ein deutscher Fürst
oder ein Grande von Spanien, die laufen wohl noch hinein."
— Oswald fuhr auf, wie außer sich, und wer weiß, was geschehen wäre, wenn d'Erfeuil seinen Zorn bemerkt hätte. Doch
dieser war schon leichtfüßig, und von seiner letzten Bemerkung
sehr befriedigt, davongegangen. Gewiß fiel es ihm nicht ein,
daß er Lord Nelvil beleidigt zurückließ, sonst wäre er, obwohl er
Jenen liebte, wie er lieben konnte, geblieben.

Des Grafen glänzender Muth trug mehr noch, als selbst
seine Eigenliebe, dazu bei, ihn über seine Fehler zu täuschen.
Denn da er in Allem, was die Ehre anging, große Delikatesse
besaß, fiel es ihm nicht ein, daß ihm dieselbe in den Gefühlsfragen mangeln könne, und weil er sich zweifellos für liebenswürdig und ritterlich halten durfte, genügte ihm das, und er
ahnte nichts von des Lebens tieferem Sinn.

Keines von Oswalds peinlichen Gefühlen war Herrn
Edgermond entgangen, und als Graf d'Erfeuil sich entfernt
hatte, sagte er: „Mein lieber Oswald, ich reise nun ab; nach
Neapel." — „Weshalb so bald?" fragte Oswald. — „Weil
ein längeres Bleiben nicht gut für mich wäre", fuhr Herr

12*

Edgermond fort. „Ich bin fünfzig Jahre alt, und könnte nicht dafür stehen, daß Corinna mir nicht den Kopf verdrehte." „Und wenn dies geschähe", unterbrach Oswald, „was folgerte sich für Sie daraus?" — „Eine solche Frau ist für das Leben in unserem Wales nicht gemacht", erwiderte Herr Edgermond; „glauben Sie mir, mein theurer Nelvil, für England taugen nur die Engländerinnen. Es ist nicht meine Sache, Ihnen Rathschläge zu geben, und ich brauche nicht zu sagen, daß ich nicht ein Wort über das hier Gesehene erzählen werde. Aber so liebenswerth Corinna ist, denke ich, wie Thomas Walpole: „Was fängt man damit zu Hause an?" Und das „zu Hause" ist Alles bei uns, wie Sie wissen, — Alles wenigstens für die Frauen. Können Sie sich's vorstellen, wie Ihre schöne Italienerin, wenn Sie auf der Jagd, oder gar im Parlamente sind, allein zurückbleibt, wie sie beim Dessert sich entfernt, um den Thee bereit zu halten, bis Sie die Tafel aufheben? Bester Oswald, unsere Frauen besitzen häusliche Tugenden, die Sie nirgend sonst finden werden. In Italien haben die Männer nichts weiter zu thun, als den Frauen zu gefallen; je liebenswürdiger diese also sind, desto besser. Doch bei uns, wo der Mann eine thätige Laufbahn verfolgt, muß die Frau im Schatten bleiben, und Corinna in den Schatten zu stellen wäre schade. Ich sähe sie gern auf dem Thron von England, nicht aber unter meinem bescheidenen Dach. Mylord, ich habe Ihre Mutter gekannt, die von Ihrem verehrten Vater so tief betrauert worden ist; sie war ganz wie meine junge Cousine, und so würde ich mir eine Frau wünschen, wenn ich mich noch in dem Alter befände, wo man wählt und geliebt wird. Adieu, mein lieber Freund, zürnen Sie mir nicht über meine Offenheit. Niemand kann Corinna mehr bewundern, als ich, und vielleicht würde ich in Ihrem Alter dem Wunsche, sie zu besitzen, nicht zu entsagen vermögen." — Mit diesen Worten reichte er Lord Nelvil treuherzig die Hand und entfernte sich, ohne daß Jener ihm geantwortet hätte. Aber Herr Edgermond verstand dieses Schweigen, und selber ungeduldig, ein Gespräch abzubrechen, das ihm so schwer geworden, begnügte er sich mit Oswalds erwiderndem Händedruck.

Unter Allem, was er gesagt, hatte nur Eines Oswalds
Herz getroffen; dies war die Erwähnung seiner Mutter, und
der tiefen Zuneigung seines Vaters für dieselbe. Erst vierzehn
Jahre war er alt gewesen, da er sie verlor, doch erinnerte er sich mit
Ehrfurcht ihrer seltenen Vortrefflichkeit und des schüchternen und
zurückhaltenden Charakters ihrer Tugenden. „Ich Unsinniger!"
rief er, als er allein war; „ich frage noch, welche Gattin mein
Vater für mich wünschte? und weiß ich's denn nicht, da das Bild
meiner, von ihm so heißgeliebten Mutter mir noch vorschwebt?
Was will ich denn noch mehr? Was betrüge ich mich selbst?"

Dennoch schien es ihm, nach den Ereignissen des vorhergehenden Tages, furchtbar schwer, Corinna wiederzusehn,
ohne ihr die gestern ausgedrückten Empfindungen zu wiederholen und zu bestätigen. Das Uebermaß seiner schmerzvollen
Erregung brachte ihm einen Rückfall des Leidens, von dem er
sich geheilt glaubte; ein kaum vernarbtes Blutgefäß sprang von
Neuem in seiner Brust. Während die erschreckten Diener nach
Hülfe liefen, wünschte er im Stillen, daß er mit dem Leben auch
diese Schmerzen los werden möge. „Wenn ich sterben könnte,
nachdem ich Corinna gesehen! nachdem sie mich ihren Romeo
genannt!" — Und er weinte heftig; es waren seit seines Vaters
Tode die ersten Thränen, die er um einen andern Schmerz
vergoß.

Er theilte Corinna sein plötzliches Erkranken schriftlich mit,
und endete die Zeilen mit einigen schwermüthigen Worten. Corinna ihrerseits hatte diesen Tag in seligen, täuschenden Vorge-
fühlen begonnen. Sie freute sich des Eindrucks, den sie auf
Oswald gemacht, sie glaubte sich geliebt, war darüber glücklich,
und war sich ihrer weiteren Wünsche wohl nicht klar bewußt.
Tausend verschiedene Umstände drängten in ihr den Gedanken
zurück, Lord Nelvil zu heirathen; und da sie viel leidenschaftlicher,
als vorsichtig war, da sie ganz von der Gegenwart beherrscht
wurde, und sich um die Zukunft nur wenig kümmerte, schien
dieser Tag, der ihr so viel Schmerzen bringen sollte, wie der
hellste und heiterste ihres Lebens anzubrechen.
Als sie Oswalds Billet erhielt, ward sie von der quälendsten

Unruhe erfaßt: sie glaubte ihn in Lebensgefahr, eilte, um ihn nur gleich zu sehen, während der Stunde der großen Promenade zu Fuß über den Corso, und erreichte, im Angesichte fast der ganzen Gesellschaft Roms, Oswalds Hôtel. Zur Ueberlegung hatte sie sich keine Zeit gelassen, und war so schnell gelaufen, daß ihr Athem und Sprache fehlten, als sie das Zimmer des Freundes betrat. Lord Nelvil verstand vollkommen, welchen Deutungen sie sich um seinetwillen ausgesetzt; und sich die Folgen einer Handlungsweise übertreibend, die in England allerdings den Ruf einer Frau, vollends einer unverheiratheten, gänzlich untergraben hätte, zog er sie vollen Liebe und Dankbarkeit an sein Herz: „Geliebte Freundin“, rief er, „nein! ich kann Dich nicht verlassen, wenn Deine Liebe für mich Dich preis giebt, wenn ich herstellen muß......“ Corinna errieth, was er sagen wollte, und sich sanft aus seinen Armen losmachend, unterbrach sie ihn: „Sie irren, Mylord; mit diesem Besuche thue ich nichts, was die meisten Frauen Roms nicht auch gethan hätten. Ich wußte Sie krank, Sie sind hier fremd, kennen Niemand als mich, also kommt es mir zu, für Sie zu sorgen. Die Regeln der Schicklichkeit soll man achten, so lange man ihnen nur sich selbst zu opfern hat; aber müssen sie nicht der tiefen Besorgniß weichen, die uns eines Freundes Schmerzen und Gefahr verursachen? Wie schwer wäre das Loos der Frauen, wenn dieselben gesellschaftlichen Rücksichten, welche doch das Lieben gestatten, den unwiderstehlichen Drang, der uns treibt, dem Geliebten zu helfen, verbieten dürften? Und ich wiederhole es Ihnen, Mylord, fürchten Sie nicht, daß ich mich durch diesen Schritt Preis gegeben habe. Mein Alter und meine Talente verstatten mir in Rom die Freiheiten einer verheiratheten Frau. Ich denke meinen Freunden durchaus nicht zu verbergen, daß ich bei Ihnen gewesen; ob sie meine Liebe tadeln, weiß ich nicht; aber sicherlich tadeln sie mich nicht dafür, Ihnen ergeben zu sein, wenn ich Sie liebe!“ —

Von dieser natürlichen und aufrichtigen Erklärung empfing Oswald die gemischtesten Eindrücke; er war durch die stolze Zartheit ihrer Antwort gerührt, zugleich aber war es ihm leid, daß sie seine Befürchtungen unnöthig fand. Es wäre ihm lieb

gewefen, wenn fie, nach weltlichem Urtheil, um feinetwillen
einen Fehler begangen hätte, damit eben diefer ihm die Pflicht
auferlegte, fie zu heirathen, und fo feiner Unentfchloffenheit ein
Ende zu machen. Recht verdroffen gedachte er diefer freien, italienifchen Sitten, welche nur feine Zweifel verlängerten, indem
fie ihm viel Glück gewährten, ohne ihm des Glückes Feffeln
anzulegen. Er hätte gewollt, das Gebot der Ehre möchte ihm
heißen, den Schritt als eine Nothwendigkeit zu thun, den zu thun
er fo heiß erfehnte. Diefes quälende Sinnen verfchlimmerte von
Neuem feinen Zuftand. Corinna, obwohl felbft in furchtbarer
Sorge um ihn, wußte fich zu beherrfchen und umgab ihn mit
holdfeliger, wachfamer Aufmerkfamkeit. Gegen Abend fchien
es, als werde er noch unruhiger. An feinem Bette knieend,
ftützte fie feinen Kopf mit ihren Armen und litt wohl mehr, als
er; aber mitten in allen Schmerzen hing fein Blick mit dem vollen
Ausdrucke des Glücks an ihr.

Die Aerzte kamen, und fprachen fich im Ganzen nicht un-
günftig aus, doch unterfagten fie dem Kranken vorläufig jede
Anftrengung, befonders das Sprechen, bis das geöffnete Blutgefäß wieder verheilt fei. Sechs Tage verfloffen, während welcher
Corinna ihn nicht verließ. Sie wußte ihm die Stunden durch
Lektüre und Mufik abzukürzen, zuweilen auch durch ein Gefpräch,
deffen Koften fie allein beftritt, und das fie bald ernft, bald
heiter, und immer intereffant zu geftalten verftand. Aber mit
fo viel Anmuth und Zauber fuchte fie nur ihre große innere Beforgniß zu verhüllen, die Lord Nelvil unbekannt bleiben mußte,
und welche fie daher auch nicht einen Augenblick merken ließ.
Sie errieth fchnell, wenn er Schmerzen duldete, wenn er etwas verlangte, und ließ fich von feiner Selbftbeherrfchung nicht täufchen.
Geräufchlos that fie was ihm nützlich fein, ihm Linderung fchaffen
konnte, um feine Aufmerkfamkeit fo wenig als möglich auf ihre
Dienfte zu lenken. Wenn Oswald noch bleicher als gewöhnlich
fchien, floh auch von ihren Lippen die Farbe, und ihre Hände
leifteten nur zitternd Hülfe: doch zwang fie fich auch dann zur
Faffung, und lächelte mit thränenden Augen. Zuweilen preßte
fie feine Hand auf ihr Herz, als ob fie ihm das eigene Leben

geben wolle; und endlich wurden diese Mühen belohnt: Oswald genas.

„Corinna", sagte er, als ihm wieder zu sprechen erlaubt war,
„ach, daß mein Freund Edgermond ein Zeuge der verflossenen
Tage gewesen wäre! Er würde gesehen haben, daß Sie nicht
weniger gut, als geistreich sind; würde erkannt haben, daß das
häusliche Leben mit Ihnen nur dauerndes Entzücken ist, und daß
Sie von den andern Frauen sich nur unterscheiden, um zu all
deren Tugenden noch alle Reize zu fügen. Nein, es ist zu
viel: der Kampf, der mich verzehrt, der mich eben bis an den
Rand des Grabes brachte, er muß aufhören. Du sollst alle
meine Geheimnisse wissen, Corinna, Du, die Du mir die
Deinigen verbirgst, und dann wirst Du über unser Schicksal
Dein Urtheil sprechen." — „Unser Schicksal ist, uns nie von einander zu trennen, falls Sie fühlen, wie ich; doch werden Sie mir
glauben, daß ich, bis jetzt wenigstens, noch nicht den Wunsch
hegte, Ihre Gattin zu sein? Was ich empfinde, ist mir so
neu! Meine Gedanken über das Leben, meine Pläne für die Zukunft, sie sind alle durch dieses Gefühl umgestürzt; es verwirrt
mich, unterjocht mich täglich mehr. Ich weiß nicht, ob wir uns
vermählen können, ob wir es sollten." — „Corinna", erwiderte
Oswald; „verachten Sie mich, weil ich zögerte? Und könnten
Sie dies Zögern uneblen Beweggründen zuschreiben? Haben
Sie nicht errathen, daß meine Schwankungen allein aus dem
tiefen und schmerzlichen Vorwurf hervorgingen, welcher mich seit
zwei Jahren verfolgt?"

„Ich habe Sie wohl verstanden. Wenn ich Sie unedler Beweggründe hätte verdächtigen können, wären Sie nicht der, den
ich liebe. Aber, ich weiß es ja, das Leben gehört nicht ganz der
Liebe. Gewohnheiten, Erinnerungen, Verhältnisse legen fes-
selnde Bande um uns, welche oft selbst die Leidenschaft nicht
zerreißen kann. Der, für einen Augenblick zertretene Ephen
richtet sich bald wieder auf, und umschlingt nur fester die Eiche.
Geben wir jeder Epoche unseres Daseins nicht mehr, als sie
grade fordert. Vor Allem bedarf ich jetzt nur Ihrer Gegenwart, Ihres Bleibens. Sie sind hier fremd, keine Bande

halten Sie hier zurück, und die Angst vor einer plötzlichen Abreise verfolgt mich unaufhörlich. Wenn Sie mich jetzt verließen,
hätten Sie damit Alles gesagt; nichts bliebe mir dann von Ihnen,
nichts als mein Schmerz. Diese Natur, diese Kunst, diese ganze
Poesie, die ich mit Ihnen, und ach! jetzt einzig nur mit Ihnen
fühle, — sie würden alle für mich verstummen! Ich erwache
nur mit Zittern; wenn ich den sonnigen Morgen sehe, weiß ich
nicht, ob er mich mit seinen goldenen Strahlen betrügt, ob
Sie noch da sind, Sie, das Gestirn meines Lebens. Oswald,
nehmen Sie mir diese Furcht, dann könnte mir nichts über
diese schöne Gegenwart gehen.“ — „Sie wissen, Corinna“,
antwortete Oswald, „daß niemals ein Engländer seiner Heimat entsagt, daß der Krieg mich zurückrufen kann, daß.......“
— „O, mein Gott!“ rief Corinna, „Sie wollen mich vorbereiten.......“ Und sie zitterte an allen Gliedern, wie
bei dem Nahen der entsetzlichsten Gefahr. „Wohlan, wenn es
so ist, führen Sie mich als Gattin, als Sklavin mit......“
Dann sich plötzlich fassend, sagte sie: „Oswald, Sie werden
nicht abreisen, ohne mich vorher davon benachrichtigt zu haben,
nicht wahr? Sehen Sie: nirgend wird ein Verbrecher zur
Todesstrafe geführt, ohne daß man ihm einige Stunden
gönnte, sich zu sammeln. Nicht schriftlich, nein, nicht durch
einen Brief dürfen Sie mir Ihre Abreise melden. Nicht
wahr, Oswald, Sie selber werden es mir sagen, mich benach-
richtigen, mich anhören, ehe Sie fortgehen?“ — „Und würde
ich es dann wohl können?“ — „Wie? Sie zögern, mir die
Bitte zu gewähren?“ — „Nein“, erwiderte Oswald, „ich
zögere nicht; Du willst es, so schwöre ich es Dir: wenn diese
Abreise nothwendig ist, wirst Du es erfahren, und dieser Augenblick entscheidet dann über Dich und mich.“ Sie ging hinaus.

Zweites Kapitel.

In den, auf Oswalds Krankheit folgenden Tagen vermied
Corinna vorsichtig Alles, was eine Erklärung zwischen ihnen herbeiführen konnte. Sie wünschte des Freundes Leben so viel als

möglich zu verschönern, doch wollte sie ihm immer noch nicht ihre Geschichte anvertraun. Aus ihren bisherigen Gesprächen schloß sie mit Ueberzeugung auf den Eindruck, welchen die Kenntniß dessen, was sie gewesen, und was sie geopfert, auf ihn machen werde; und nichts fürchtete sie so sehr, als daß er sich darnach von ihr lossagen möchte.

So nahm sie denn, um Oswalds leidenschaftliche Unruhe zu zerstreuen, zu einer liebenswürdigen, auch sonst schon angewendeten List ihre Zuflucht. Indem sie des Freundes Geist und Gedanken mit den Wundern der ihm noch unbekannten Kunstschätze erfüllte, hoffte sie den Augenblick zu verzögern, in welchem ihr Geschick sich aufklären, sich vollziehen sollte. In jedem anderen Gefühl, als dem der Liebe, schiene solche Unsicherheit kaum erträglich. Der Liebe aber gewährt sie süße Stunden, ihr breitet sie über jede gerettete Minute einen schwermüthigen Zauber. Diese ungewisse Zukunft eben verleiht der Gegenwart den Rausch, und läßt das arme Frauenherz einige Stunden des Glückes oder Schmerzes wie eine Ewigkeit hinnehmen, so von Empfindungen und Gedanken sind sie überfüllt!

O, gewiß! Nur durch die Liebe lernt man die Ewigkeit verstehen. Sie tilgt alle Zeitbegriffe, verwirrt alle Vorstellungen von Anfang und Ende. Man glaubt den Geliebten immer geliebt zu haben, denn es ist ja so schwer zu begreifen, daß man ohne ihn hat leben können. Je entsetzlicher die Trennung, je unwahrscheinlicher dünkt sie uns. Wie der Tod, wird sie eine Furcht, von der wir mehr sprechen, als wir daran glauben. Wie der Tod, wird sie eine Zukunft, die ganz unmöglich scheint, wenngleich man sie unabwendbar weiß.

Als einen der unschuldigen Kunstgriffe, mit welchen Corinna Oswalds Vergnügungen wechselreicher zu machen suchte, hatte sie es sich bisher noch vorbehalten, ihm die Skulpturen und Gemälde zu zeigen. Nun schlug sie eines Tages die Besichtigung des Schönsten aus diesen Sammlungen vor. „Es ist eine Schande", sagte sie lächelnd, „daß Sie weder unsere Statuen, noch unsere Bilder kennen, und morgen muß mit der Reise durch die Museen begonnen werden." — „Weil Sie es ·

so wollen, bin ich bereit", erwiderte Lord Nelvil. „Doch Corinna, Sie bedürfen in Wahrheit dieser fremden Hülfsmittel
nicht, um mich an Sie zu fesseln. Vielmehr ist es mir ein
Opfer, wenn ich, für was es auch sei, den Blick von Ihnen
abwenden muß."

Sie gingen zuerst nach dem Vatican, diesem Palast der
Statuen, wo man die menschliche Gestalt durch das Heidenthum ebenso vergöttlicht sieht, als das Christenthum jetzt die
seelische Empfindung verklärt. Corinna zeigte Lord Nelvil
diese feierlich-stillen Säle, wo die Bilder der Götter und Heroen
versammelt stehen, wo die vollendete Schönheit, in ewiger Ruhe,
sich selbst zu genießen scheint. In der Betrachtung dieser wundervollen Züge und Formen offenbart sich uns die große Absicht, in welcher Gott dem Menschen so edle Gestalt verlieh,
und das Verstehen dieser Absicht erhebt die Seele zu hohen
Vorsätzen von Tugend und Pflicht. Denn Schönheit ist Tugend;
es giebt nur Eine Schönheit im Weltall, und unter welcher Form
sie sich auch darbiete, sie erregt im Menschenherzen immer religiöse Erhebung. Welche Poesie in diesen Angesichtern, in
denen der erhabenste Ausdruck auf ewig festgehalten ist, in denen
große Gedanken so würdig zur Anschauung kommen.

Ein Bildhauer des Alterthums machte zuweilen im Leben
nur Eine Statue; aber sie war dann seine ganze Geschichte.
Täglich vervollkommnete er sie; wenn er liebte, wenn er geliebt
wurde, wenn er von der Natur oder der Kunst neue Eindrücke
empfing, halfen dieses Lieben, diese Erinnerungen ihm sein
Ideal zu verschönern; so ward sein Werk nur eine sichtbare
Verkörperung seines eigenen innersten Wesens.

In unseren Tagen, inmitten eines kalten, einschränkenden
Gesellschaftszustandes ist der Schmerz die edelste, menschliche
Regung, und wer heute nicht gelitten hat, hat auch nichts gedacht,
nichts gefühlt, nichts gelebt. Im Alterthum gab es etwas Edleres
als den Schmerz, und das war die heroische Ruhe, das Gefühl
der Kraft, das sich unter freien und großartigen Institutionen
breit entfalten durfte. Die schönsten Statuen der Griechen
haben fast immer nur die Ruhe ausgesprochen. Laokoon und

Niobe allein sind Bilder des heftigsten Schmerzes; doch zeigen sie
Beide nur die Rache des Himmels, nicht die aus der menschlichen
Seele geborenen Leidenschaften. Die Organisation des sittlichen
Wesens war bei den Alten eine so gesunde, so frei und kühn
athmete ihre kräftige Brust, so entsprechend waren die Einrichtungen des Staats ihren Fähigkeiten, daß es da selten, wie
heutigen Tages, unbefriedigte, mißgestimmte Geister gab. Zwar
wird durch solche Stimmung eine feinere, mehr individuelle Sinnesart sehr gefördert; doch liefert sie den Künsten nicht, und
besonders nicht der Bildhauerkunst, die schlichten, primitiven
Grundlagen des Gefühls, welche allein der ewige Marmor schön
und einfach wiedergeben kann.

Kaum daß sich einige Spuren von Schwermuth in ihren
Statuen finden. Ein Kopf des Apollo im Palast Justiniani,
und einer des sterbenden Alexander, sind die einzigen, welche eine
in Leid und Tiefsinn versenkte Seele ausdrücken; aber sie
stammen aller Wahrscheinlichkeit nach beide aus einer Zeit, als
Griechenland unterjocht war.

Wenn der Geist von außen her nicht Nahrung ziehen kann,
kehrt er in sich selbst zurück; er arbeitet und wühlt in den innern
Empfindungen, er zersetzt sie förmlich, aber er besitzt nicht mehr
die schaffende Kraft, nicht mehr jene Fülle von Begabung,
wie sie nur das Glück in uns zu entwickeln vermag. Selbst die
Sarkophage der Alten sind noch mit kriegerischen oder heiteren
Gebilden geschmückt; es finden sich deren viele im Vatican; sie
zeigen allerlei Schlachtscenen und Spiele, in Basrelief ausgeführt. Die Erinnerung an die Thaten oder doch an die Thätigkeit des Lebens war die schönste Verehrung, die man den Todten
darbringen zu können glaubte. Nichts schwächte, nichts vermin-
derte die Kräfte. Aufmunterung und Nacheifer waren das
Princip der Künste sowohl, als der Politik; alle Tugenden,
wie alle Talente, fanden ihre Stelle. Der Alltagsmensch setzte
seinen Ruhm darein, bewundern zu können, und der Kultus des
Genies wurde von denen besorgt, die auf seine Kronen keinen
Anspruch machen konnten.

Die Religion der Griechen war nicht, wie das Christenthum, der Trost der Unglücklichen, der Reichthum der Armen, die Zukunft des Sterbenden. Jene wollte Ruhm und Triumph, wollte, so zu sagen, die Apotheose des Menschen. In ihrem vergänglichen Gottesdienst war selbst die Schönheit ein religiöser Lehrsatz. Wenn die Künstler sich genöthigt sahen, niedrige oder wilde Leidenschaften darzustellen, so retteten sie die menschliche Gestalt vor dieser Demüthigung, indem sie ihr, wie bei den Faunen und Centauren, Thierzüge hinzufügten. Und um der Schönheit ihren vollendetsten Charakter zu geben, vereinigten sie zuweilen, sowohl in männlichen, als weiblichen Standbildern, die Vorzüge beider Geschlechter, gaben sie der Kraft die Milde, der Milde die Kraft. Solche glückliche Mischung zweier entgegengesetzter Eigenschaften, ohne welche keine von beiden vollkommen ist, findet sich z. B. an der kriegerischen Minerva und bei dem Apollo Musagetes.

Corinna bat Oswald, etwas länger vor den schlafenden Bildsäulen zu verweilen, welche meist auf Gräbern gefunden wurden. In ihnen zeigt die Skulptur sich stets von ihrer anziehendsten Seite. Sie machte ihn darauf aufmerksam, daß eine Statue, welche in einer Handlung begriffen dargestellt ist, uns durch die gleichsam plötzlich erstarrte Bewegung zuweilen eine Art peinlichen Erschreckens hervorrufe. Wogegen ein im Schlummer, oder doch in tiefster Ruhe daliegendes Marmorbild jenes ewige Stillschweigen ausdrücke, das so gut zu der Stimmung paßt, welche der Süden in dem Menschen hervorruft. Im Süden scheint es, als sei die Kunst nur die friedliche Beschauerin der Natur, als sei das Genie, das im Norden die Seelen so stürmisch aufrührt, dort nur noch eine Harmonie mehr.

Sie betraten jetzt den Hof, wo die Steinbilder der Thiere, der Reptilien stehn; die Statue des Tiberius befindet sich mitten unter ihnen. Das ist ohne Absicht geschehn. Wie von selbst haben sich diese Gebilde um ihren Herrn geschaart. Ein anderer Saal enthält die düstern und strengen Monumente der Egypter. Bei diesem Volke, das durch seine leblosen, schwerfälligen und sklavischen Institutionen so viel als möglich das Leben dem Tode ähnlich zu machen suchte, scheinen auch die

Werke der Kunst mehr seinen Mumien, als dem Leben nach-
gebildet. Ihre Thierbilder sind am vortrefflichsten, während
sie in das Reich der Seele nicht einzudringen vermochten.

Hieran schließen sich nun die Säulenhallen des Museums,
wo man mit jedem Schritt auf ein neues Meisterwerk trifft.
Vasen, Altäre, Zierrathen aller Art umgeben den Apollo,
Laokoon und die Musen. Hier lernt man Homer und Sophokles
verstehen, hier offenbart sich uns eine Erkenntniß des Alterthums, wie sie sich anderswo nie erreichen ließe. Umsonst verläßt man sich auf das Lesen der Geschichte, um den Geist der
Völker zu begreifen. Gesehenes erweckt viel mehr Ideen als
Gelesenes, und diese in ihrer Aeußerlichkeit wiedergegebenen
Gegenstände wirken mit belebender Kraft, die uns das Studium
der Vergangenheit mit dem Interesse und dem Leben erfassen
hilft, wie wir es den Menschen und Thatsachen aus der Jetztzeit
entgegenbringen.

Inmitten dieser stolzen Arkaden, dieser Freistätte so
vieler Herrlichkeit, giebt es ewigströmende Springbrunnen,
deren Wasser uns leise rauschend erzählen, daß sie vor zwei-
tausend Jahren den großen Schöpfern dieser Wunderwelt schon
ihr träumerisches Lied gesungen. Doch den wehmüthigsten Eindruck empfängt man im Museum des Baticans, wo die Trümmer
einstiger Steinbilder angehäuft sind; ein Torso des Herkules,
Köpfe, die von den Leibern getrennt sind, ein Fuß des Jupiter,
der ein größeres und vollkommeneres Standbild des Gottes,
als alle bisher gekannten, voraussetzen läßt. Man glaubt das
Schlachtfeld zu sehen, wo die Zeit mit dem Genius gerungen, und
diese zerstückten Glieder bezeugen ihren Sieg und unsere Verluste.

Nachdem sie den Batican verlassen, führte Corinna Oswald
vor die Kolosse des Monte Cavallo, die, wie es heißt, Castor
und Pollux vorstellen. Jeder der beiden Heroen zügelt, jedoch
nur mit einer Hand, ein wildes, sich bäumendes Pferd. Diese
Riesenformen, dieser Kampf des Menschen mit dem Thier,
giebt, wie alle Werke der Alten, eine bewundernswürdige Vorstellung von der physischen Kraft der menschlichen Natur; und
hier hat dieselbe zugleich einen Adel, wie er sich heutzutage,

wo alle körperlichen Uebungen meist dem geringeren Volke
überlassen werden, nicht mehr vorfindet. Es ist nicht blos
die thierische Kraft des menschlichen Organismus, welche
in diesen Meisterwerken wiedergegeben ist. Bei den Alten,
die unaufhörlich im Kriege, und zwar in einem Kriege von
Mann gegen Mann, lebten, war die Verwandtschaft der sinnlichen und sittlichen Eigenschaften eine viel innigere als bei
uns; Kraft des Körpers und Adel der Seele, Würde im Angesichte und Stolz im Charakter, die Höhe der Gestalt und der
Blick eines Herrscher-Geistes waren unzertrennliche Vorstellungen, ehe eine übersinnliche Religion die Vollkommenheit des
Menschen in seiner Seele gipfeln ließ. Corinna und Lord Nelvil
beschlossen ihr schönes Tagewerk mit einem Besuch in der Werk-
stätte Canova's, des größesten modernen Bildhauers. Man
zeigte ihnen dieselbe, da es schon zu dunkeln begann, bei Fackelschein, und dadurch gewinnen Bildwerke ungemein. Die Alten
wußten dies, da sie ihre Statuen vorzugsweise gern in den
Bädern aufstellten, wo das Tageslicht nicht eindrang. Beim
Fackelschein dämpft der vermehrte Schatten des Marmors
glänzende Einförmigkeit, und zeigt uns blasse Gestalten von
milderem, anmuthigerem Leben. Hier bei Canova stand ein
wundervolles, für ein Grab bestimmtes Marmorbild: der
Genius des Schmerzes, gelehnt an einen Löwen, an das Symbol
der Kraft. Corinna glaubte in diesem Genius einige Aehnlichkeit mit Oswald zu finden, und auch der anwesende Meister war
davon betroffen. Lord Nelvil trat zurück, um solches Vergleichen
zu vermeiden, doch sagte er der Freundin leise: „Ich war, ehe
ich Ihnen begegnete, zu diesem ewigen Schmerz verurtheilt. Sie
aber haben mein Leben umgestaltet; jetzt füllt zuweilen Hoffnung, und immer süßeste Erregung das Herz, das sich nur noch
bestimmt glaubte zu leiden."

Drittes Kapitel.

Rom vereinigte damals die größten Meisterwerke der
Malerei; es waren keine reicheren Sammlungen auf der Welt

anzutreffen. In einem Punkte läßt sich über die Wirkung
dieser Schätze streiten: sind die, von den großen italischen Künst-
lern zur Darstellung gewählten Gegenstände geeignet, der Malerei
Gelegenheit zu geben zu dem vollen Ausdruck all der Vielseitigkeit der Leidenschaften, all der Eigenthümlichkeit der Charaktere,
deſſen ſie doch fähig iſt? Oswald und Corinna waren hier-
über abweichender Meinung. Aber dieses, wie alles ſonſtige
Auseinandergehen ihrer Anſichten hing mit der Verſchiedenheit
der Nationalität, des Klima's und der Religion zuſammen.
Corinna behauptete, die religiöſen Gegenſtände ſeien für die
Malerei die günſtigſten. Die Bildhauerei, meinte ſie, ſei die
Kunſt des Heidenthums, die Malerei die des Chriſtenthums; in
dieſen Künſten, wie in der Poeſie, finde man daſſelbe Verhältniß wieder, das auch in der klaſſiſchen und modernen Literatur
beſtehe. Die Werke von Michel Angelo, dem Darſteller der
bibliſchen Geſchichte, und die von Raphael, dem Maler des
Evangeliums, ſetzen ebenſo viel Tiefe und Gefühl voraus, als
man in Shakeſpeare und Racine nur finden kann. Die Bild-
hauerkunſt vermag nur das kraftvolle, einfache, äußere Daſein
darzuſtellen, während die Malerei die Geheimniſſe der Innerlichkeit andeutet und ſo, mit vergänglichen Farben zwar, der unſterblichen Seele Sprache leiht. Corinna meinte auch, daß die,
aus der Geſchichte oder der Dichtung entnommenen Stoffe ſelten
maleriſch ſeien; zum Verſtändniß ſolcher Bilder bedürfte man oft
noch des alten Brauches, der die Worte der dargeſtellten Per-
ſonen, auf ein Band geſchrieben, aus dem Munde flattern läßt;
dagegen würden religiöſe Stoffe ſogleich von aller Welt verſtanden, und bei ihnen werde die Aufmerkſamkeit nicht durch das
Rathen, was ſie vorſtellen, von der Kunſt abgezogen.

Sie hielt die Ausdrucksweiſe der modernen Maler oft für
theatraliſch, und zu ſehr im Gepräge ihres Jahrhunderts,
das die Einfalt, die von der Antike entlehnte Ruhe nicht
mehr kennt, welche Perugino und Leonardo da Vinci noch
beibehalten, und mit dem tiefen Gefühl des Chriſtenthums vereinigt haben. Corinna bewunderte die ungekünſtelte Compoſition
Raphaels, beſonders die ſeiner erſten Manier. Hier ſind alle

Figuren einem Hauptgegenstande zugewendet, ohne daß es
scheint, als ob der Künstler sie in Stellungen zu gruppiren und
auf den Effekt hinzuarbeiten suchte. In allen Zweigen der
Kunst ist diese Redlichkeit das Kennzeichen des wahren Genie's;
die Berechnung des Effekts zerstört fast immer die Begeisterung.
Wie in der Poesie, fuhr Corinna fort, so gebe es auch in der
Malerei eine Rhetorik; alle, die nicht verständen zu charakterisiren, nähmen zu schmückenden Nebendingen ihre Zuflucht, zu
dem Blendwerk eines auffälligen Sujets, zu reichen Costümen
und prächtigen Stellungen. Eine schlichte Jungfrau mit dem
Kinde, ein betender Greis, eine heilige Cäcilie, das seien Gegenstände, an welchen man nicht nur trotz ihrer Einfachheit, sondern
wegen derselben täglich neue Schönheiten entdecke, während die
Effektstücke keine Steigerung des Eindrucks mehr zulassen, und
der erste Blick daher immer der genußbringendste bleibe. [19]
Corinna fügte diesen Bemerkungen noch eine andere, sie
unterstützende hinzu: weil das religiöse Gefühl der Griechen
und Römer, wie überhaupt ihre ganze Geistesstimmung uns nicht
mehr angemessen sein können, ist es uns unmöglich, in ihrem
Sinne zu schaffen, so zu sagen: auf ihrem Grund und Boden zu
erfinden. Durch Studium kann man sie nachahmen; doch wie
sollte das Genie sich frei bei einer Arbeit aufschwingen können, zu
welcher Gedächtniß und Gelehrsamkeit so nothwendig wären.
Mit Gegenständen, die in unsere eigene Geschichte, unsere eigene
Religion gehören, verhält es sich anders. An diesen können die
Mäler sich persönlich begeistern, können fühlen, was sie malen,
und malen, was sie gesehen haben. Das Leben dient ihnen, das
Leben auszusinnen; während sie, wenn sie sich ins Alterthum
versetzen, nach Büchern und Statuen erfinden müssen. Kurz,
Corinna schätzte die religiösen Gemälde als eine, mit nichts zu
ersetzende Wohlthat für das Gemüth; und auch in dem Künstler,
der sie geschaffen, könne man, meinte sie, stets jene heilige, den
Genius belebende und kräftigende Begeisterung voraussetzen, die
allein vor Lebensüberdruß und den Ungerechtigkeiten der Menschen
zu schützen vermöge.
Oswalds Eindrücke wichen in mancher Beziehung von dem

Staël's Corinna. 13

Gesagten ab. Vor Allem nahm er Aergerniß daran, daß man
die Gestalt der Gottheit in sterblicher Hülle darstelle, wie es
Michel Angelo gethan. Er meinte, die Einbildungskraft dürfe
es nicht wagen, der Gottheit äußerliche Form zu geben, da man
ja kaum in seinem innersten Denken sich von dem höchsten Wesen
eine Vorstellung zu machen im Stande sei, die übersinnlich, die
überirdisch genug wäre; und was die, aus der heiligen Schrift
genommenen Vorlagen betrifft, schien es ihm, als ob in dieser
Gattung die Auffassung und der Ausdruck der Bilder noch viel
zu wünschen übrig ließen. Er glaubte mit Corinna, daß religiöse Andacht das innigste menschliche Gefühl sei, und in dieser
Hinsicht also auch den Malern die schönsten Geheimnisse in
Physiognomie und Blick auszusprechen gestatte; da aber die
Religion alle nicht aus ihr entspringenden Regungen der Seele
verwerfe, könnten die Gestalten der Märthrer und Heiligen begreiflicherweise nicht sehr mannigfaltig sein. Die Demuth, diese
Tugend vor Gott, schwächt die Kraft der irdischen Leidenschaften
und giebt nothwendig den meisten heiligen Gegenständen viel Einförmiges. Wenn Michel Angelo mit seinem groß=entsetzlichen
Talente diese biblischen Stoffe malen wollte, hat er deren Geist fast
verändert, indem er seinen Propheten einen herrschenden, fast
schreckenerregenden Ausdruck gab, der eher einem Jupiter, als
einem Heiligen ziemte. Oft bediente er sich heidnischer Bilder,
wie Dante es gethan, und vermischte die Götterlehre mit der
christlichen Religion. Der wundervolle Umstand, daß die Ein-
setzung des Christenthums von den Aposteln, nämlich von Menschen aus niederstem Stand, einem geknechteten und elenden Volke
verkündet ward, daß mithin so geringe Mittel so große Erfolge
lieferten, ist an sich, ist für die sittliche Betrachtung gewiß ein
sehr schöner Gegensatz. Aber für die Malerei, die eben doch
nur diese Mittel zur Anschauung bringen kann, werden die
biblischen Gegenstände niemals so wirkungsvoll sein, als die aus
sagenhaften, heroischen Zeiten entlehnten. Von allen Künsten
kann nur die Musik rein religiös sein. Mit so träumerischem,
unbestimmtem Ausdruck, als Töne ihn geben, darf die Malerei
sich nicht genügen lassen. Zwar kann eine glückliche Vereinigung

von Farbe, von Schatten und Licht gewisse, wenn ich so sagen darf, musikalische Effekte in der Malerei erzielen; da diese indeß das Leben darstellen soll, fordert man auch von ihr die Schilderung der Leidenschaft in all ihrer Macht und Großartigkeit. Dann sollte man auch von geschichtlichen Thatsachen nur solche wählen, die bekannt genug sind, um ohne Studium verstanden werden zu können; denn Gemälde, wie alle schöne Kunst, sollen plötzlich und schnell wirken. Wenn aber ein historischer Stoff ebenso klar verständlich ist, als ein biblischer, so hat er vor diesem den größeren Reichthum an Situationen und Gefühlen voraus.

Auch müßte man, fuhr Lord Nelvil fort, vorzugsweise Scenen aus Tragödien, oder doch aus sehr ergreifenden Gedichten malen, damit sich Alles vereinige, was Fantasie und Gefühl zu erheben vermag. Aber Corinna bestritt auch diese, freilich verführerische Ansicht. Sie war überzeugt, daß mit dem Eingreifen der einen Kunst in die Rechte der anderen Beiden Schaden geschehe. Die Skulptur büßt die, ihr eigenthümlichen Vortheile ein, wenn sie nach den Gruppen der Malerei strebt; die Malerei, wenn sie dramatischen Ausdruck erreichen will. Die Künste sind beschränkt in ihren Mitteln, wiewohl schrankenlos in ihren Wirkungen. Das Genie sucht niemals das ureigene Wesen der Dinge zu bekämpfen; vielmehr besteht grade seine Ueberlegenheit darin, dasselbe zu errathen, zu offenbaren. „Sie, theurer Oswald, Sie lieben die Künste nicht um ihrer selbst willen, sondern wegen ihrer Beziehung auf Gefühl und Geist. Sie werden nur da, wo sie unsere Schmerzen schildern, von ihnen ergriffen. Musik und Poesie sind solcher Seelenstimmung angemessen; während die bildenden Künste, wie ideal auch ihre Bedeutung sei, uns nur dann erfreuen und interessiren, wenn das Gemüth ruhig, wenn unsere Fantasie unbeschäftigt ist. Um sie zu genießen, bedarf man zwar nicht der Fröhlichkeit, aber doch innerer Heiterkeit; bedarf man eines wohligen Behagens an der allgemeinen Harmonie der Natur. Und wenn wir nun von Grund aus bekümmert sind, dann tragen wir diese Harmonie nicht mehr in uns, dann haben wir sie verloren: das Unglück hat sie zerstört.‟

„Ich weiß nicht‟, entgegnete Oswald, „ob ich in den

13*

schönen Künsten wirklich nur suche, was mir die Qualen innerlichen Leides zurückrufen kann; aber dies weiß ich, daß der, durch sie dargestellte physische Schmerz mir ganz unerträglich ist. Mein stärkster Einwurf gegen die christlichen Gegenstände der Malerei kommt aus der widerlichen Empfindung, welche mir die Abbildung der Wunden, des Blutes, der Todesangst verursacht, wenngleich ich zugebe, daß die Begeisterung jener Opfer eine erhabene ist. Philoctet ist vielleicht das einzige tragische Sujet, wo die Darstellung des körperlichen Schmerzes zulässig erscheint. Aber mit wie vielen poetischen Nebenumständen sind dessen grausame Leiden auch umgeben. Die Pfeile des Herkules verursachten sie, der Sohn Aeskulaps soll sie heilen; diese Wunde ist mit der sittlichen Betrübniß, welche sie dem Getroffenen bereitet, völlig eins geworden und kann durchaus nicht Ekel erregen. Wogegen die Gestalt des Besessenen in Raphaels wundervoller Transfiguration ein unangenehmer Anblick ist, dem alle Würde der Kunst fehlt. An solchem Gegenstand sucht man, und fürchtet man, die genaueste Nachahmung des Wirklichen herauszufinden. Welches Vergnügen kann aber solche ängstliche Nachahmung gewähren? Wir wollen die Süßigkeit des Schmerzes, das Schwermüthige des Glückes, kurz, wir wollen, daß uns das menschliche Geschick von der Kunst im Ideal vorgehalten werde."

„Sie haben Recht, Mylord, wenn Sie alles Peinliche aus den biblischen Hergängen entfernt wünschen", sagte Corinna, „es ist auch nicht nothwendig. Aber geben Sie mir dagegen zu, daß das Genie Alles zu besiegen weiß. Sehen Sie Domenichino's Tod des heiligen Hieronymus. Der Körper des ehrwürdigen Sterbenden ist farblos und abgezehrt, der Tod steigt schon auf zu seinem Herzen. Doch aus diesem Blick spricht ewiges Leben, und alles Elend der Welt scheint ihm nur da zu sein, um vor dem reinen Glanz eines frommen Bewußtseins zu verschwinden. Indessen, wenn ich auch nicht in Allem Ihrer Meinung bin, theurer Oswald", fuhr Corinna fort, „so will ich Ihnen doch zeigen, daß selbst in unserem Auseinandergehen noch Vereinigung ist. In meinem Landhause zu Tivoli besitze ich eine Sammlung

von Gemälden mir befreundeter Künstler, die, glaube ich, nach
Ihrem Sinne ist. Sie können dort die Mängel und die Vorzüge der von Ihnen befürworteten Richtung gegen einander
halten. Das Wetter ist schön! Wollen wir morgen nach der
Villa hinaus?" — Und da sie auf seine Zustimmung zu warten
schien, sagte er: „Liebe, zweifeln Sie an meiner Antwort? Giebt
es für mich auf der Welt ein anderes Glück, einen anderen Gedanken als Sie? Und ist mein Leben, das von Beschäftigung
und Interessen vielleicht zu frei geblieben, ist es nicht einzig und
allein von der Seligkeit erfüllt, Sie zu hören, und zu sehen?"

Viertes Kapitel.

So fuhren sie denn am folgenden Tage nach Tivoli. Oswald hatte die Zügel von vier feurigen Rossen in Händen,
deren flüchtiger Lauf ihn erfreute; solche Schnelligkeit der Bewegung giebt immer ein gesteigertes Lebensgefühl, und dies an
der Seite des Geliebtesten zu empfinden, ist reines, ist holdes
Glück. Aus Besorgniß für Corinna lenkte Oswald den Wagen
mit äußerster Vorsicht, wie er ihr denn in Allem jene schützende
Aufmerksamkeit bewies, welche stets das zarteste Band ist zwischen
dem Manne und der Frau. Corinna war vor einer möglichen
Gefahr nicht ängstlich, wie die meisten Frauen es sind. Doch
Oswalds Fürsorge gewährte ihr so seliges Behagen, daß sie fast
gewünscht hätte, furchtsam zu sein, nur um sich von ihm beruhigen zu lassen.

Was Lord Nelvil so großen Einfluß über das Herz der
Freundin gab, waren, wie man es in der Folge sehen wird, die
unerwarteten Widersprüche, welche seinem ganzen Wesen einen
eigenen Reiz verliehen. Alle Welt bewunderte seinen Geist und
die Anmuth seiner Gestalt; indessen mußte er eine Frau noch
besonders anziehen, die, wie Corinna, in schöner Eigenart Beständigkeit und feurige Erregtheit in sich vereinte, deren Herz so
reich an Liebe war, und doch so treu! Stets war er nur mit ihr
beschäftigt, aber dieses Beschäftigtsein nahm unaufhörlich neue
Formen an. Bald überwog Zurückhaltung, bald Hingebung;

jetzt war er sanft und innig, um darauf in düstre Bitterkeit
zu verfallen, welche zwar die Tiefe seines Gefühls bewies, aber
dem Vertrauen doch auch die Unruhe beimischte, und zu immer
neuen Erschütterungen Anlaß gab. Man könnte sagen, daß
grade Oswalds Fehler seine Vorzüge noch mehr zur Geltung
brachten. Kein noch so ausgezeichneter Mann würde ohne
diese Widersprüche, ohne diesen kampfbereiten Geist so viel
Gewalt über sie gewonnen haben. Eine Art Furcht vor Oswald
machte sie ihm unterwürfig; er herrschte durch eine gute, und
eine böse Macht, durch seine Eigenschaften, und durch die
wunderliche Zusammensetzung dieser Eigenschaften über ihr Gemüth: kurz, es war keine Sicherheit in dem Glücke, das Lord
Nelvil gewährte, und vielleicht erklärte sich eben dadurch das
Hochgespannte der Leidenschaft, mit welcher Corinna ihn liebte.
Vielleicht konnte sie bis zu solchem Grade nur den lieben, den
sie zu verlieren fürchtete. Ihr überlegener Geist, ihr so glühendes, als zartes Gefühl konnte des Besten müde werden, nur
dieses ungewöhnlichen Mannes nicht, dessen stets aufgeregter
Sinn dem bald heitern, bald umwölkten Himmel glich. Oswald,
immer wahr, immer tief und immer leidenschaftlich, war dennoch
oft bereit, dem Gegenstande seiner Zärtlichkeit zu entsagen, weil
eine lange Gewohnheit des Leidens ihn glauben machte, daß
eine so heiße Liebe nur Vorwurf und Herzeleid bringe.

Der Weg nach Tivoli führte sie an den Ruinen vom
Palaste des Hadrian und an dem unermeßlichen Garten vorüber, der ihn umgab. In diesem Garten vereinigte einst
Hadrian die seltensten Erzeugnisse, die wundervollsten Meisterwerke, welche die Römer in fremden Landen erbeutet hatten.
Noch heute sieht man dort zerstreute Steine, die „Egypten",
„Asien", „Indien" genannt werden. Etwas weiter hin war
der Ruhesitz, wo Zenobia, Königin von Palmyra, ihre Tage
in Zurückgezogenheit beschloß. Sie hatte sich im Unglück nicht
auf der Höhe ihres Schicksals erhalten, und verstand weder für
den Ruhm zu sterben, wie ein Mann, noch wie ein Weib, lieber
zu sterben, als den Freund zu verrathen.

Endlich zeigte sich ihnen Tivoli, das der Aufenthalt so

vieler berühmter Männer, des Brutus, Augustus, Mäcenas,
Catullus war; vor Allem aber auch der des Horaz, und seine
Dichtungen eben haben diesen Ort so verherrlicht. Corinnens
Haus lag über dem brausenden Wasserfall des Teverone; auf
dem Gipfel des Berges, dem Garten gegenüber stand der Tempel der Sibylle. Es war ein schöner Gedanke der Alten, ihre
Tempel auf hochgelegener Stätte zu errichten. So herrschten
diese über das Land, wie die religiöse Betrachtung über die andern
Gedanken. Von allen Standpunkten aus gestaltet sich die Landschaft zu einem Bilde, dessen Mittelpunkt und edelster Schmuck
immer dieser Tempel bleibt. Derartige Ruinen verleihen den italienischen Gegenden einen besonderen Reiz. Sie erinnern nicht,
wie moderne Gebäude, an die Arbeit und die Nähe des Menschen,
sondern sind eins mit der Natur, mit dem Waldesgrün; in
treuem Einverständniß scheinen sie mit dem Bergstrom zu stehen,
dem Bilde der Zeit, durch die sie wurden, was sie sind. Die
schönsten Gegenden der Welt ermangeln, wenn sie nicht die Vergangenheit zurückrufen, wenn sie nicht das Gepräge merkwürdiger Ereignisse tragen, im Vergleich mit einem historischen
Boden allen Interesses. Welch passenderen Aufenthalt konnte es
in Italien für Corinna geben, als diese, dem Gedächtnisse
einer gottbegeisterten Jungfrau geweihte Stätte? Corinnens
Behausung hier war in der That entzückend; das Innere
zeigte eine reiche Einrichtung in modernem Geschmack, aus
welcher aber doch allenthalben die sinnige Neigung für die
Schönheiten der Antike hervorlauschte; es fühlte sich aus Allem
ein seltenes, geistvolles Glücksverständniß heraus, ein hoher
Sinn für Lebensgenuß, um dieses Wort in seiner edelsten Bedeutung zu gebrauchen. Als Oswald mit Corinna draußen
lustwandelte, glaubte er den Windeshauch süß, harmonisch
ertönen zu hören; es umgab ihn leiser accordischer Wohlklang,
der von den wiegenden Blumen, den sich neigenden Zweigen
herabzuschweben schien, gleich einem Gesang der Natur. Es waren
Aeolsharfen, welche Corinna in einer Felsengrotte des Gartens
hatte anbringen lassen, auf daß die von Wohlgerüchen erfüllte
Luft auch noch holder Wohllaut durchklinge. In dieser köstlichen

Umgebung ward Oswald von den reinsten Gefühlen bewegt. „Hören Sie mich jetzt an, Corinna", sagte er; „bis heute quälten mich Vorwürfe über das an Ihrer Seite gefundene Glück. Nun aber glaube ich, mein Vater sandte Sie mir, um meine Qual zu enden. Ihn hatte ich gekränkt, von ihm kommt die Verzeihung. Ja, Corinna", rief er, indem er vor ihr niedersank, „mir ist verziehen; ich fühle es an der süßen, schuldlosen Ruhe meines Herzens. Du darfst furchtlos Dein Schicksal an das meine knüpfen; es wird Dir nicht unglückbringend sein." — „So laß uns noch in diesem Seelenfrieden dahinleben. Rühren wir nicht an unser Schicksal; es ist oft fürchterlich, wenn man ihm vorgreifen will; wenn man mehr von ihm zu erhalten strebt, als es uns bestimmte. O, mein Freund, ändern wir nichts, da wir ja glücklich sind." —

Lord Nelvil war von dieser Antwort verletzt. Er meinte, sie hätte verstehen müssen, daß er Alles zu bekennen, Alles zu versprechen bereit gewesen wäre, wenn auch sie ihm nun ihre Geschichte mittheilen wolle; und daß sie dies noch jetzt vermied, kränkte und bekümmerte ihn tief. Er erkannte ihr Feingefühl nicht, mit dem sie es verschmähte, seine Aufwallung zu benützen, um ihn durch einen Eid zu binden. Vielleicht auch liegt es in der Natur tiefer und wahrer Liebe, einen, wenn auch noch so ersehnten, feierlichen Augenblick zu fürchten, und nur zitternd das Glück gegen die Hoffnung einzutauschen. Oswald aber, entfernt von solcher Auffassung, glaubte, daß Corinna, bei aller Liebe für ihn, sich ihre Unabhängigkeit zu erhalten wünsche, und sorgfältig Alles meide, was sie mit unauflöslichem Band aneinander knüpfen könnte. Dieser Gedanke entrüstete ihn schmerzlich; er wurde kühl und zurückhaltend, und folgte Corinna ohne ein weiteres Wort in die Gemäldegallerie. Sie errieth sehr bald den Eindruck, den sie mit ihrer Antwort auf Oswald gemacht, allein sie kannte seinen Stolz und wagte daher nicht, etwas darüber zu erwähnen. Mit den Erklärungen der Bilder, mit Gesprächen über Allgemeines, hoffte sie ihn zu besänftigen; der rührende Klang ihrer Stimme bat um Verzeihung, wenn ihre Worte auch nur gleichgültige Gegenstände behandelten.

In ihrer Gallerie war die Geschichts- und Landschaftsmalerei ebenso gut vertreten als die Gemälde, welche poetische und religiöse Stoffe behandeln. Keines der Bilder zeigte eine große Zahl von Gestalten. Das figurenreiche Genre bietet der Ausführung viele Schwierigkeiten, ohne die Wirkung zu erhöhen. Die darin enthaltenen Schönheiten sind meist zu verworren oder zu vereinzelt; und die innerliche Einheit, welche für die Kunst, wie für alles Andere, Lebensbedingung ist, wird hierbei nothwendig zerstückt. Das erste der Gemälde geschichtlichen Inhalts stellte Brutus dar, wie er, in tiefes Nachdenken versunken, am Fuße der Statue Roms sitzt. Im Hintergrunde tragen Sklaven die Leichen seiner beiden, von ihm selbst verurtheilten Söhne hinweg; zur Seite deren Mutter und Schwester in jammernder Verzweiflung. Von der Größe, welche des Herzens Empfindungen dergestalt aufzuopfern befiehlt, sind die Frauen wenigstens losgesprochen. Das auf Brutus herniederschauende Standbild Roms ist ein glücklicher Gedanke, der Alles ausspricht. Und dennoch, wie könnte man es ohne eine Erklärung wissen, daß dies der ältere Brutus ist, welcher eben an seinen Söhnen die Todesstrafe vollziehen ließ? Wiewohl es ja gar nicht möglich ist, Thatsachen genauer wiederzugeben, als hier geschehen. Man sieht in der Entfernung das noch einfache, noch schmucklose Rom; es zeigt noch keine Prachtgebäude, aber doch ist's schon ein großes Vaterland, da es zu solchen Opfern begeistern kann. „Sobald ich Ihnen Brutus nenne", sagte Corinna zu Lord Nelvil, „sind Sie natürlich mit aller Theilnahme bei dem Bilde; aber Sie hätten es auch sehen können, ohne den Gegenstand zu errathen, und diese den historischen Gemälden fast immer eigene Unbestimmtheit mischt dem reinen Kunstgenuß das Quälende eines Räthsels bei.

„Ich wählte diesen Gegenstand, weil er an die furchtbarste That erinnert, zu welcher je die Vaterlandsliebe getrieben hat. Das Gegenstück zu diesem Bilde ist der große Marius, den zu tödten jener Cimber sich nicht entschließen kann. Des Marius Gestalt ist imponirend, das Gewand des Andern malerisch, sein Gesichtsausdruck sehr beredt. Dies ist aus Roms zweiter

Epoche, als die Gesetze zwar nichts mehr galten, das Genie aber
noch mit großem Ansehn die öffentlichen Verhältnisse beeinflußte. Dann folgt der Zeitabschnitt, in welchem Talent und
Verdienst nur noch mit Unglück, mit Schmach belohnt wurden.
Das dritte Bild hier zeigt Belisar, wie er seinen jungen Führer,
der um Almosen flehend mit ihm umherzog, todt in den Armen
trägt. Von seinem Gebieter mit Undank gelohnt, blind und
bettelnd, scheint es, er habe auf dieser Welt, die er sich einst
unterworfen, nichts mehr zu thun, als den Leib dieses Kindes,
des einzigen Wesens, das ihn nicht verließ, ins Grab zu legen.
Die Figur des Helden ist hier wundervoll ausgeführt; seit
unsern alten großen Malern ist kaum Schöneres gemacht worden.
Des Künstlers reiche, dichterische Einbildungskraft hat hier
das Unglück in all seinen Gestaltungen zusammengefaßt, es
ist vielleicht zu viel für das Mitgefühl. Doch wer sagt uns,
daß dies Belisar ist? Muß man der Geschichte nicht treu
bleiben, wenn man sie ins Gedächtniß zurückrufen will? Und
wenn man ihr treu bleibt, hat sie dann des Malerischen genug?
Diesen Bildern, wo uns im Brutus die dem Verbrechen gleichende
Tugend, im Marius der Ruhm als Ursache des Unglücks, im
Belisar die mit schwärzestem Undank bezahlten treuen Dienste
für's Vaterland, kurz all das Elend des Menschenschicksals ausgedrückt wird, wie es die Ereignisse der Geschichte, jedes in
seiner Weise, erzählen, habe ich hier zwei Gemälde der alten
Schule folgen lassen, die unser Gefühl heitrer anmuthen;
denn sie reden von der Religion, als Trösterin der geknechteten
und zerrissenen Welt, als lebenspendende Helferin für das
Herz, wenn draußen nur Druck und Schweigen ist. Das erstere
ist von Albano: ein auf dem Kreuze eingeschlafenes Jesuskind.
Sehen Sie, welche Milde, welche Ruhe in diesem Antlitz!
Welche reinen Gedanken es ausspricht! Wie läßt es ahnen,
daß die Liebe zu Gott gegen Schmerzen und Tod schützt. Ti-
zian malte das zweite Bild: Christus erliegt unter der Last
des Kreuzes. Seine Mutter kommt ihm entgegen, und als sie
ihn so erblickt, sinkt sie in die Kniee. Hier ist die Ehrfurcht einer
Mutter vor dem Unglück und den himmlischen Tugenden ihres

Sohnes sehr schön wiedergegeben. In dem Auge des Heilandes — welch ein Blick, welche Aufopferung, welche göttliche Entsagung und doch, welches Leiden! Und durch dieses Leid — welche Verwandtschaft mit unserm armen Menschenherzen! Dies ist ohne Zweifel das schönste meiner Bilder; das, zu welchem ich immer wieder aufschaue, ohne je der Rührung müde zu werden, die mich dann befällt.

„Nun kommen dramatische Gemälde", fuhr Corinna fort, „zu welchen man den Inhalt aus vier der größesten Dichter entnommen. Helfen Sie mir über deren Wirkung urtheilen, Mylord. Hier zuerst Aeneas in den elysäischen Gefilden, der sich Dido nahen will; ihr erzürnter Schatten weicht vor ihm zurück, und scheint zufrieden, das Herz nicht mehr in der Brust zu tragen, das beim Erblicken des Strafbaren ihm noch in Liebe entgegenschlagen würde. Das Nebelhafte der Schatten, und der sie umgebenden, verblaßten Natur bildet zu den lebenskräftigen Gestalten des Aeneas und der ihn begleitenden Sibylle einen starken Gegensatz. Doch ist diese Art von Effekt nur eine Spielerei des Künstlers, und nothwendigerweise übertagt die dichterische Darstellung die gemalte um Vieles. Dasselbe möchte ich auch von diesem Bilde sagen; es zeigt uns die sterbende Chlorinde und Tancred. Wie könnte es Tasso's Verse übertreffen, in denen Chlorinde dem Feinde verzeiht, der sie anbetet, und der ihr eben das Herz durchbohrte. Es heißt natürlich die Malerei der Poesie unterordnen, wenn sie ihre Vorlagen Stoffen entlehnt, die große Dichter schon behandelt haben; denn von den Worten dieser bleibt doch ein Eindruck, welcher alles Andere auslöscht, und die höchste Stärke der von ihnen gewählten Situationen liegt immer in der Aufwendung erhabener Beredsamkeit, in der Entwickelung großer Leidenschaften. Während die Malerei für ihre Effekte die friedlichste Schönheit, einfach edle Stellungen, und vor Allem solche Momente der Ruhe wählen muß, welche des Festhaltens würdig sind und niemals das Auge des Beschauers ermüden.

„Ihr furchtbar-großer Shakespeare, Mylord, hat zu dem dritten dramatischen Bilde den Stoff gegeben. Dies ist Macbeth,

der unbezwungene Macbeth, der, als er im Begriffe ist, mit Mac-
duff zu kämpfen, deſſen Gattin und Kinder er getödtet hat, erfährt, daß die Prophezeiung der Hexen ſich erfülle, daß der Wald
von Birnam im Vorrücken, und ſein Gegner kein von einem Weibe
Geborener ſei. Macbeth wird von ſeinem Schickſal, nicht vom
Feinde beſiegt. Hier hält er nun das Schwert in der verzweifelnden Hand; er weiß, daß er ſterben muß, doch will er verſuchen,
ob die menſchliche Kraft nicht das Schickſal zu bezwingen vermag.
Gewiß liegt in dieſem Kopfe ein ſchöner Ausdruck von Verwirrung und Muth, von Wahnſinn und Energie; aber auf wie
viele Schönheiten der Dichtung muß man nicht dennoch verzichten! Iſt der, durch das Blendwerk des Ehrgeizes ins Verbrechen gelockte Macbeth zu malen? Wie ſein Entſetzen ausdrücken, neben welchem er doch den unerſchrockenſten Muth zeigt?
Wie den Aberglauben, der ihn quält? Dieſen Glauben ohne
Würde, dieſe auf ihm laſtende Fatalität der Hölle, ſeine Verachtung des Lebens, ſeine Furcht vor dem Tode?

„Wohl iſt das menſchliche Angeſicht das größeſte der Geheimniſſe; doch kann es, auf einem Bilde feſtgehalten, kaum mehr als
ein einziges Gefühl in ſeiner ganzen Tiefe ausdrücken; die Gegenſätze, die Kämpfe, eine Folge von Ereigniſſen endlich, gehören
der dramatiſchen Kunſt. Nur ſchwer kann die Malerei Nach-
einanderfolgendes geben: Zeit und Bewegung ſind für ſie
nicht da.

„Racine's Phädra gab den Inhalt zum vierten Bilde
her", ſagte Corinna, indem ſie es Lord Nelvil zeigte, „Hippolyt, der in aller Blüthe der Jugend und Unſchuld ſtrahlende,
weiſt die argliſtigen Beſchuldigungen ſeiner Stiefmutter von ſich.
Held Theſeus ſteht noch der Gattin bei, er umſchlingt ſie mit
ſeinem tapferen Arm. Phädra's Geſicht iſt von abſchreckender
Verwirrung entſtellt; ihre gewiſſenloſe Amme redet ihr leiſe
zu, um ſie in der Vollbringung des Verbrechens zu beſtärken.
Der Hippolyt dieſes Bildes iſt vielleicht ſchöner, als ſelbſt der
des Racine; er gleicht hier mehr dem antiken Meleager, weil
keine Liebe für Aricia den Eindruck ſeiner ſcheuen, edlen Tugend
beeinträchtigt. Aber wie läßt ſich's begreifen, daß Phädra

in Hippolyts Gegenwart ihre lügenhafte Anklage aufrecht zu
erhalten vermochte, daß sie ihn unschuldig und verfolgt sah, und
nicht zu seinen Füßen lag? Eine beleidigte Frau kann den Ge=
liebten wohl in seiner Abwesenheit schmähen, doch sobald sie ihn
sieht, ist in ihrem Herzen nur Liebe. Der Dichter hat, seit Phädra
Hippolyt verläumdete, die Beiden auf der Scene nicht mehr ein=
ander gegenüber gestellt. Der Maler mußte dies, um, wie er
hier gethan, die Schönheit solchen Gegensatzes zur Geltung zu
bringen. Und giebt dieser Fall nicht Zeugniß davon, wie groß
der Unterschied zwischen einem dichterischen und malerischen
Sujet ist, und wie viel besser es wäre, wenn die Dichter zu Ge=
mälden Verse machten, als daß die Maler zu den Dichtungen
Bilder malen. Die Einbildungskraft soll immer dem Gedanken
vorauseilen; dies wird uns durch die Geschichte des menschlichen
Geistes bewiesen."

Corinna hatte mehrere Mal in ihren Erklärungen inne
gehalten, hoffend, daß Lord Nelvil etwas hinzufügen werde,
aber dessen verletztes Gefühl verrieth sich nur durch Schweigen.
Hievon äußerst gedrückt, setzte sie sich endlich, und barg das Ge=
sicht in den Händen. Lord Nelvil, sichtlich erregt, ging eine Weile
im Zimmer auf und ab, dann näherte er sich ihr, und war schon
im Begriff sie anzuklagen, sich dem Ausdrucke seines gekränkten
Gefühls zu überlassen; allein eine unüberwindliche Regung des
Stolzes hielt ihn davon ab, und er trat von Neuem vor die
Bilder, als erwarte er, daß Corinna in ihren Betrachtungen
fortfahre. Sie hoffte viel von der Wirkung des letzten Ge=
mäldes, und ihrerseits sich nun zu scheinbarer Ruhe zwingend,
erhob sie sich wieder und sagte: „Mylord, es bleiben mir
noch drei Landschaften zu zeigen. Zwar liebe ich die länd=
lichen Scenen eben nicht sehr, da sie, wenn sie sich nicht auf die
Sage oder Geschichte beziehen, meist fade, wie Idyllen, sind.
Das Beste in dieser Gattung scheint mir die Manier von Sal=
vator Rosa. Wie Sie es in dieser Landschaft sehen, stellt er
Felsen, Bäume, Wasser und Berge dar, ohne daß ein lebendes
Wesen, und wäre es auch nur ein Vogel in seinem Flug, diese
leblose Ruhe störte. Die Abwesenheit des Menschen in der

Natur regt tiefes Nachdenken an. Was wäre eine unbevölkerte
Erde? Ein Werk ohne Zweck, und doch, welch ein schönes Werk,
das geheimnißvoll dann nur noch allein vor Gott ausgebreitet läge.

„Endlich hier zwei Stücke, in denen, nach meiner Meinung,
sich Geschichte und Poesie auf's Glücklichste mit der Landschaft
verbinden [20]. Das eine zeigt den Augenblick, wo Cincinnatus
durch die Consuln aufgefordert wird, seinen Pflug mit dem
römischen Feldherrnstab zu vertauschen. In diesem Bilde haben
wir die ganze Pracht des Südens, seine Fülle der Vegetation,
seinen glühenden Himmel, und jenes Lachen der Natur, das sich
selbst der Physiognomie der Pflanzen mitzutheilen scheint. Und
dieses andere Bild, das Gegenstück zu dem vorigen, ist der auf
dem Grabe seines Vaters eingeschlafene Sohn Cairbars. Seit
drei Tagen und drei Nächten erwartet er den Barden, welcher
dem Gedächtniß des Vaters die letzte Ehre erweisen soll. Dieser
Barde zeigt sich nun in der Entfernung, wie er von einem Berge
herniedersteigt; der Geist des Vaters schwebt über den Wolken;
das Feld ist mit Reif bedeckt; die entlaubten Bäume werden
vom Sturme gerüttelt, mit dem ihre todten Aeste, ihre welken
Blätter dahintreiben."

Bis jetzt hatte Oswald dem, was im Garten geschehen war,
noch einigen Groll nachgetragen, doch dieses Bild rief ihm das
Grab des Vaters und die geliebten, schottischen Berge zurück;
seine Augen füllten sich mit Thränen. Corinna nahm ihre
Laute und sang eine jener schottischen Romanzen, deren schlichter
Gesang in das Rauschen des Windes einzustimmen scheint. Es
war eine sehr rührende Weise: der Abschied eines Kriegers, der
das Vaterland und die Geliebte verläßt; das im Englischen so
wohllautende, so tiefempfundene „Nimmermehr" (no more)
glitt mit schwermüthigem Nachdruck von ihren Lippen. Oswald
war überwältigt, und Beide vermochten sie nicht länger ihre
Thränen zurückzuhalten. „O!" rief Lord Nelvil, „dies Vaterland, das meine, spricht es denn nicht auch zu Deinem Herzen?
Würdest Du mir in jene einsame Zurückgezogenheit folgen, die nur
durch meine Erinnerungen bevölkert ist? Könntest Du meines
Lebens würdige Gefährtin sein, wie Du dessen Blüthe, dessen

Zauber bist?" — „Ich glaube es", entgegnete Corinna, „ich
glaube, daß ich es könnte, weil ich Sie liebe." — „Im
Namen der Liebe und der Barmherzigkeit", flehte Oswald,
„verbergen Sie mir nichts mehr!" — „Sie wollen es durchaus?
— Ich unterwerfe mich und verspreche, Alles zu enthüllen;
nur die Bedingung habe ich, daß Sie es nicht·noch vor dem
bevorstehenden Kirchenfeste verlangen. Brauche ich doch für
den Augenblick, wo mein Schicksal sich entscheidet, mehr denn
je des Himmels Beistand." — „O, Corinna!" rief Oswald,
„falls ich dieses Schicksal zu entscheiden habe, dann ist es
nicht mehr zweifelhaft." — „Sie glauben das?" entgegnete
sie, „mir fehlt dieses Vertrauen, und willfahren Sie, ich
beschwöre Sie, meiner Bitte." — Oswald seufzte, ohne den
erbetenen Aufschub weder zu gewähren, noch zu verweigern.
„Wir wollen jetzt aufbrechen und in die Stadt zurückkehren",
sagte Corinna, „wie kann ich in dieser Einsamkeit vor Ihnen
schweigen; und wenn das, was ich Ihnen zu sagen habe, Sie
von mir losreißt, warum sollte es so bald — Gehen wir. Was
auch geschehe, Oswald, Sie werden einst hieher zurückkehren;
denn meine Asche soll hier ruhen." Oswald folgte ihr verwirrt,
erschüttert. Auf dem Rückwege sprachen sie nur wenig; dann
und wann sagten sie sich mit einem verständnißvollen Blicke
Alles, — Alles, was zu sagen war, und als sie nach Rom kamen,
waren Beide ernst und schwermüthig.

Neuntes Buch.

Das Volksfest und die Musik.

Erstes Kapitel.

Es war der letzte Tag des Carneval, des lärmendsten Festes im ganzen Jahre, an welchem das Volk in Rom von einem wahren Freudenfieber, von einem Taumel des Vergnügens ergriffen wird, wie er in anderen Ländern seines Gleichen nicht findet. Alles ist maskirt; kaum daß sich in den Fenstern hie und da Leute zeigen, die ohne Masken und folglich unthätige Zuschauer des Festes sind. Dieses muntere Treiben beginnt an einem bestimmten Tage, ohne daß irgend welche öffentlichen oder privaten Ereignisse des verflossenen Jahres leicht Jemand hinderten, an demselben Theil zu nehmen.

Hier hat man Gelegenheit, von der Einbildungskraft des Volkes eine Vorstellung zu gewinnen. Die italienische Sprache ist selbst in ungebildetem Munde noch voller Reiz. Alfieri sagte schon, daß er in Florenz auf den öffentlichen Markt gehe, um ein gutes Italienisch sprechen zu hören. Rom bietet den gleichen Vortheil, und diese beiden Städte sind vielleicht die einzigen der Welt, wo das niedere Volk so gut spricht, daß man dem geistreichen Scherz an allen Straßenecken begegnen kann.

Allerlei Ausgelassenheit, wie sie in den Harlekinsspäßen und in den komischen Opern herrscht, ist hier selbst unter Menschen ohne Erziehung sehr verbreitet; und in der Carnevalszeit, wo Uebertreibung und Caricatur nun einmal vorausgesetzt sind, spielen sich unter den Masken die drolligsten Scenen ab.

Oft stellt sich dieser Lebhaftigkeit ein grotesker Ernst entgegen, und man möchte dann glauben, daß ihre wunderlichen Costüme ihnen solch ungewohntes Würdegefühl verleihen.

In ihren Verkleidungen verrathen sie mitunter eine überraschende Kenntniß der Mythologie, und die ältesten Sagen scheinen unter dem Volke noch frisch zu leben. Häufig spotten sie der gesellschaftlichen Zustände mit derbem und höchst originellem Witz. Diese Nation scheint in ihren Lustbarkeiten viel bedeutender, als in ihrer Geschichte. Die italienische Sprache beweist sich gegen alle Abstufungen der frohen Laune von bequemster Nachgiebigkeit, und es bedarf nur eines leichten Biegens oder Fallens der Stimme, um den Sinn der Rede zu vereblen oder herabzuziehen, um ihn abzuschwächen oder nachdrücklicher zu machen. Besonders hat sie in dem Munde der Kinder sehr viel Anmuth. Die Unschuld dieses Alters kontrastirt mit der neckischen Gewandtheit solchen Geschwätzes oft höchst zierlich.[21] Man kann wohl sagen, daß es eine Sprache ist, die von selbst redet, die fast immer scharf ausprägt, ohne daß man darauf Acht zu haben braucht, und die meistens geistreicher klingt, als der es sein mag, welcher sich ihrer bedient.

In den Festen des Carneval ist weder Luxus, noch guter Geschmack. Durch ein gewisses, allgemeines Ungestüm werden sie Bacchanalien der Fantasie, aber auch nur der Fantasie; denn die Römer sind im Ganzen mäßig und höchst ernsthaft, diese letzten Carnevalstage eben ausgenommen. Man macht stets und nach allen Richtungen hin in dem Charakter der Italiener plötzliche Entdeckungen, und das trägt besonders dazu bei, ihnen diesen Ruf von List und Schlauheit zu geben. Freilich ist in diesem Lande, das so verschiedenes Joch getragen, die Verstellung zur Gewohnheit geworden; doch muß man den jähen Uebergang von einer Weise zur andern nicht immer diesem Fehler zuschreiben. Oft ist ihre so leicht entzündete Fantasie Ursache davon. Ein nur geistreiches, nur vernünftiges Volk hat es leicht, verständlich und vorsichtig zu sein; wogegen eines, das viel in der Einbildung lebt, sich oft fremd und unerwartet äußern mag. Die Einbildungskraft überspringt das Hinüberleitende, Vermittelnde; ein Nichts kann sie verletzen, und dann ist sie auch wieder gleichgültig, wo sie am meisten in Aufregung sein sollte; kurz, ihre schließlichen Eindrücke sind aus den äußeren Veranlassungen nicht immer vorauszusehen.

Staël's Corinna.   14

So ist es z. B. nicht recht zu begreifen, welches Vergnügen
die römischen Großen darin finden, stundenlang den Corso auf
und ab zu fahren, sei dies nun während des Carneval oder
zu anderer Zeit. Nichts bringt sie von dieser Gewohnheit ab.
Ebenso giebt es auch Masken, die im lächerlichsten Costüm und
mit der gelangweiltesten Miene von der Welt einherwandeln,
die wie betrübte Hanswurste, wie düsterschweigende Polichinelle
während des ganzen Abends kein Wort reden, aber doch, so zu
sagen, ihr Carnevals-Gewissen auf diese Weise beruhigen wollen.
Man sieht in Rom eine Art Masken, die es nirgend sonst giebt;
das sind die, welche man den antiken Statuen nachbildet. Sie
täuschen in der Entfernung durch vollendete Schönheit, und die
Frauen verlieren oft sehr, wenn sie jene Masken abnehmen.
Aber dennoch haben diese Nachahmungen, diese umherwandeln-
den Wachsgesichter, wie hübsch sie auch sind, durch ihre leblose
Unbeweglichkeit etwas Scheuerregendes.

Die Vornehmen glänzen in den letzten Carnevalstagen
durch großen Equipagen-Luxus; indessen liegt der eigentliche Reiz dieses Festes in dem Volksgedränge und der allgemeinen Verworrenheit. Es ist wie eine Erinnerung an die
Saturnalien; alle Klassen vermischen sich; die ernsthaftesten Ma-
gistratspersonen fahren emsig, zuweilen mit einer rechten Amts-
miene, auf und nieder. Alle Fenster sind geschmückt, die ganze
Stadt ist auf den Straßen, es ist im wahrsten Sinne ein Volks-
fest. Das Vergnügen des Volks besteht weder in Schauspielen,
noch in Schmausereien, noch auch in der Pracht, von der es
Zeuge ist. In dem Genuß von Wein und Speisen begeht es
keine Maßlosigkeiten; dagegen liebt es diese, ihm gestattete Un-
gebundenheit, diesen scheinbar gleichgültigen Verkehr mit den
Vornehmen, welche ihrerseits eine Lust darin finden, sich so in
der Menge zu verlieren. Vor Allem ist es doch immer das Ver-
feinerte, das Ausgesuchte der Belustigungen, sowie die Sorgfalt
und Vollendung der Erziehung, was zwischen den verschiedenen
Klassen die Scheidewand aufrichtet. In Italien indeß ist die
Trennung der Stände weniger scharf ausgeprägt; die natürliche Begabung und die Einbildungskraft Aller überwuchern

hier selbst die Geistescultur der höhern Klassen. So hat man während des Carneval eine völlige Vermischung der Stände, der Lebensformen, der Bildungsgrade. Die Menge, das Rufen, die Witzesworte und die Confetti, mit welchen man die Vorüberfahrenden ohne Unterschied zu treffen sucht, schütteln hier alle sterblichen Wesen zusammen, werfen die ganze Nation bunt durcheinander, als gäbe es keine gesellschaftliche Ordnung mehr.

Mitten in diesen Tumult hinein geriethen jetzt Corinna und Lord Nelvil, als sie, Beide nachdenklich und in sich gekehrt, von Tivoli zurück kamen. Sie waren anfangs wie betäubt, denn nichts erscheint einem Gemüth, das eben ganz nach innen gewendet ist, unverständlicher, als diese thätige, lärmende Vergnüglichkeit. Auf der Piazza del popolo ließen sie halten, um das, neben dem Obelisken gelegene Amphitheater zu besuchen, von welchem aus man dem Rennen der Pferde zusehen kann. In dem Augenblick, als sie aus der Kalesche stiegen, wurden sie von Graf d'Erfeuil bemerkt, der Oswald sogleich bei Seite nahm, um mit ihm zu reden.

„Es ist nicht gut", sagte er, „daß Sie sich mit Corinna so öffentlich zeigen, und vollends wie eben jetzt: allein miteinander vom Lande kommend. Sie setzen ihren Ruf auf's Spiel, und was wollen Sie nachher thun?" — „Ich glaube", antwortete Lord Nelvil, „Corinna nicht damit zu kompromittiren, wenn ich die Neigung zur Schau trage, die ich für sie hege; doch wenn dem so wäre, würde ich nur zu glücklich sein, mit Aufopferung meines Lebens....." — „Ach, was das Glücklichsein anbetrifft", unterbrach Graf d'Erfeuil, „davon glaube ich nichts; man wird nur durch das Angemessene beglückt. Die Gesellschaft hat, was man auch sage, viel Macht über unser Glück, und was sie nicht billigt, soll man unterlassen." — „So hätte man also nur darauf zu denken, was die Gesellschaft von uns will", erwiderte Oswald, „und was man sonst denkt und fühlt, dürfte niemals als Richtschnur dienen! Wenn dies so nöthig wäre, wenn man unablässig einander nachahmen wollte, wozu dann noch Geist und Herz bei dem Einzelnen? Die Vorsehung hätte sich diesen

14*

Luxus sparen können." — „Das ist Alles sehr gut", erwiderte
der Graf, „sehr schön gesagt und höchst philosophisch gedacht!
Aber mit solchen Grundsätzen rennt man ins Verderben. Die
Liebe vergeht, die öffentliche Meinung besteht. Sie halten
mich für leichtsinnig, aber Sie werden mich im Leben nicht etwas
thun sehn, das mir den Tadel der Welt zuziehen könnte. Man
kann durch kleine Freiheiten, die man sich erlaubt, durch liebenswürdigen Scherz eine gewisse Unabhängigkeit der Ansichten an
den Tag legen, aber nie darf man solche in seinen Handlungen
zeigen; denn wenn die Sache ernsthaft wird . . . . . ." — „Ernsthaft!" rief Oswald, „aber das Ernsthafte daran ist ja eben
die Liebe und das Glück." — „Nein, nein", entgegnete d'Erfeuil, „das wollte ich nicht sagen. Es giebt gewisse, nun einmal herrschende Convenienzen, denen man nicht entgegentreten
darf, ohne für einen Sonderling zu gelten, für einen Mann —
nun, Sie verstehen mich, — für Jemand, der anders ist, als
die Anderen." — Lord Nelvil lächelte; und ohne die mindeste
Empfindlichkeit zog er den Grafen mit seiner leichtfertigen Strenge
auf. Mit innerer Genugthuung empfand er, daß jener zum
ersten Mal, und noch dazu in einer ihn so tief bewegenden Angelegenheit, ihn nicht beeinflusse. Corinna hatte aus der Entfernung den kleinen Hergang errathen. Aber Lord Nelvils Lächeln
beruhigte sie, und dieses Gespräch, statt sie zu verstimmen, hatte
Beide erst in die rechte Festlaune versetzt.

Der Wettlauf der Rosse sollte beginnen. Lord Nelvil erwartete davon etwas, den englischen Rennen Aehnliches, und er vernahm daher mit Verwunderung, daß es kleine Berberpferde
seien, die man hier ganz frei, ohne Reiter laufen läßt. Dieses
Schauspiel fesselt die Aufmerksamkeit der Römer im höchsten
Grade. Sobald es anfängt, stellt sich die Menge in zwei langen
Reihen zu beiden Seiten der Straße auf. Die eben noch mit
Menschen überfüllte Piazza del popolo ist plötzlich leer. Jeder
sucht auf den Tribünen Platz zu finden, und zahllose Köpfe
mit schwarzen Augen wenden sich den Schranken zu, von welchen
aus der Lauf beginnen soll.

Die Pferde werden von wohlgekleideten Stallknechten, die

an ihren Erfolg das leidenschaftlichste Interesse setzen, herbei-
geführt; sie sind ohne Sattel und Zaum, nur ein glänzendes
Stück Zeug bedeckt ihren Rücken. Die Thiere stehen hinter der
Barriere, und ihre Ungeduld, diese zu überspringen, ist kaum zu
bändigen; sie müssen fortwährend mit Gewalt zurückgehalten
werden; sie bäumen sich, sie wiehern und stampfen, als ob
sie einen Ruhm schon gar nicht mehr erwarten können, den
allein, ohne die lenkende Menschenhand zu erstreben, ihnen
gestattet ist. Diese Ungeduld der Pferde, dazu das Schreien der
Stallknechte machen aus dem Moment, wo die Schranken fallen,
einen vollständigen Theatereffekt. Die Thiere gehen ab. „Platz!
Platz!" ruft es von allen Seiten mit unbeschreiblich eifrigem
Entzücken. Die Stallknechte verfolgen ihre Pferde, so lange sie
diese sehen können, mit Zurufen und Geberden, und die Thiere
selbst sind eifersüchtig auf einander, wie Menschen. Das Pflaster
sprüht unter ihren Hufen, ihre Mähnen fliegen, und ihr Drang,
in solcher freien Selbstüberlassenheit den Sieg davon zu tragen,
geht so weit, daß es welche gegeben hat, die von der Schnelligkeit ihres Laufes todt am Ziele niederfielen. Es hat etwas ganz
Unheimliches, diese ungefesselten Rosse so von persönlicher Leidenschaft bewegt zu sehen, denn man wähnt, es sei Denkfähigkeit
hinter dieser Thiergestalt verborgen. Die Reihen der Menge
lösen sich auf, wenn die Pferde vorüberflogen; Alles eilt ihnen
lärmend nach. Sie erreichen das Ziel, den Palast von Venedig,
und nun muß man die Freude und den Triumph der Besitzer sehen,
deren Pferde gesiegt haben. Einer, der den ersten Preis gewonnen, warf sich vor seinem Pferd auf die Kniee, dankte ihm,
empfahl es dem heiligen Antonius, dem Schutzpatron der
Thiere, und das Alles mit einer Begeisterung, die so ernsthaft
war, als sie den Umstehenden komisch erscheinen mußte. [22]

Wenn der Tag sich neigt, pflegen die Rennen beendigt zu
sein, und dann beginnt eine andere, viel weniger malerische, aber
ebenso lärmende Lustbarkeit. Die Fenster werden erleuchtet; selbst
die Wachen verlassen jetzt ihre Posten, um sich in den allgemeinen Jubel zu mischen. Jeder versieht sich nun mit einer
kleinen, brennenden Kerze, moccolo genannt, die er dem Andern

auszulöschen sucht, indem er stets das Wort amazzare (tödten) mit entsetzlicher Lebhaftigkeit wiederholt. (Che la bella principessa sia amazzata! che il signore abbate sia amazzato!) „Daß die schöne Fürstin getödtet werde! daß der Herr Abbé getödtet werde!" ruft man von einem Ende der Straße zum anderen. ²³) Die durch das jetzt eingetretene Verbot der Pferde und Wagen sicher gemachte Menge stürzt nun von allen Richtungen her durcheinander; kurz, es giebt kein anderes Vergnügen mehr, als betäubendes Toben und Lärmen. Die Nacht rückt vor; das Geräusch hört allmählig auf, das tiefste Schweigen folgt ihm, und von dem Allen bleibt nur ein verworrener Traum, der für einen Augenblick dem Volk seine Arbeit, dem Gelehrten seine Studien, dem großen Herrn seinen Müßiggang hinwegtäuschte.

Zweites Kapitel.

Oswald hatte, seitdem er den Vater verlóren, noch nicht den Muth gehabt, Musik zu hören. Er fürchtete diese weichen Harmonien, die einer schwermüthigen Stimmung so wohlthätig sind, dem wahren Kummer aber das tiefste Weh bereiten; Musik erweckt die schlummernden Erinnerungen! Wenn Corinna sang, hörte Oswald nur ihre Worte, sah er nur den Ausdruck ihrer Züge, war er einzig nur mit ihr beschäftigt. Vereinigten sich aber Abends auf der Straße mehrere Stimmen, die Weise irgend eines großen Meisters zu singen, — und dies geschieht häufig in Italien, — dann versuchte er anfangs wohl, ihnen zu lauschen, doch vermochte er es nie lange zu ertragen, weil er in eine tiefe, unklare Erregung gerieth, die alle seine Schmerzen wieder aufrührte. Nun aber sollte im Schauspielhause ein ausgezeichnetes Concert veranstaltet werden, bei welchem die ersten Sänger Roms mitzuwirken dachten, und Corinna bat Lord Nelvil, sie dorthin zu begleiten; er willigte ein, in der Hoffnung, daß die Gegenwart der Geliebten seine Empfindungen besänftigen werde.

Als Corinna in ihre Loge trat, wurde sie sogleich bemerkt,

und da zu der Theilnahme, welche man immer schon für sie
hegte, sich nun noch die glänzende Erinnerung an ihre Krönung
auf dem Kapitol gesellte, wurde sie mit stürmischen Beifallsbezeigungen empfangen. Von allen Seiten rief man: „Es lebe
Corinna!" und die von der allgemeinen Begeisterung mit er-
griffenen Musiker stimmten Siegesfanfaren an; denn welcher Art
auch ein Triumph sei, er ruft dem Menschen immer Krieg und
Kampf zurück. Corinna war von diesem einstimmigen Zeugniß
wohlwollendster Bewunderung tief bewegt. Die Musik, die
ihr zujauchzenden Menschen, das Bravorufen, und jener nicht
zu beschreibende Eindruck, welchen immer eine große, in den
Ausdruck eines Gefühls zusammenstimmende Menschenmenge
hervorbringt, versetzten sie in ernste Rührung, und wenn sie diese
auch zu bekämpfen suchte, so füllten sich doch ihre Augen mit
Thränen, und über ihrem pochenden Herzen hob und senkte sich
das faltige Gewand. Oswald empfand darüber Eifersucht, und
sich ihr nähernd sagte er halblaut: „Man darf Sie solchen Erfolgen nicht entreißen wollen, Madame; da sie Ihr Herz so
in Aufruhr bringen können, gelten sie Ihnen wohl mehr, als die
Liebe." — Und ohne ihre Antwort abzuwarten, zog er sich
zurück, um am äußersten Ende der Loge Platz zu nehmen. Sie
war tief verletzt von seinen Worten; er raubte ihr damit alles Vergnügen an einem Erfolge, welcher sie eben deshalb so lebhaft
erfreute, weil er Zeuge davon war.

Das Concert begann. Wer den italienischen Gesang nicht
kennt, hat auch von der Musik keine Vorstellung. Es liegt eine
Weichheit, eine Biegsamkeit in diesen Stimmen, die uns an der
Blumen Duft, an des Himmels Reinheit erinnern. Die Natur
hat diese Musik für das Klima gemacht; die eine ist wie ein Reflex
des andern und man fühlt auch hier: die Welt ist das Werk eines
einzigen Gedankens, der in tausendfach verschiedener Gestalt immer
wieder zur Erscheinung kommt. Seit Jahrhunderten lieben die
Italiener die Musik mit Leidenschaft. Dante, in seiner Dichtung
vom Fegefeuer, begegnet einem der besten Sänger seiner Zeit;
er bittet ihn, eines seiner köstlichen Lieder zu singen, und die
entzückten Seelen vergessen sich, und lauschen ihm, bis ihr Hüter

sie wieder ruft. Christen, wie Heiden, hielten die Macht der Musik bis über den Tod hinausreichend. Von allen schönen Künsten wirkt diese am unmittelbarsten auf das Gemüth. Die anderen erfüllen es mit dieser oder jener Vorstellung, und nur die Musik allein wendet sich an des Daseins innersten Quell, und vermag eine vorhergehende Seelenstimmung ganz umzuwandeln. Was man von der göttlichen Gnade sagt, daß sie plötzlich die Herzen umschaffe, ist in irdischem Sinne auch auf die Musik anzuwenden, und die aus ihr aufsteigenden Ahnungen eines zukünftigen Lebens sind nicht durchaus abzuweisen.

Selbst die Heiterkeit der profanen Musik ist nicht von niederer Art, und läßt keineswegs die Fantasie unberührt. Auf dem Grunde des von ihr geschaffenen Frohsinns ruhen oft poetische Gedanken, angenehme Träumereien, welche der gesprochene Scherz nie zu erzeugen vermöchte. Die Musik ist ein so schnell vorüberschwebendes Vergnügen, man fühlt es so mit dem Genuß entrinnen, daß Schwermuth sich auch in ihre heitern Weisen mischt; dafür aber gesellt sie auch ihrem Ausdruck des Schmerzes ein Gefühl schwärmerischen Behagens bei. Das Herz pocht schneller bei ihren Rhythmen; des Taktes Regelmäßigkeit giebt uns eine gewisse Befriedigung, mahnt an die Flüchtigkeit der Zeit, mahnt, daß man sie genießen soll! Es giebt keine Leere, kein Schweigen mehr um uns, in uns; der Sinn ist erfüllt, das Blut strömt rascher, wir fühlen neues, thätiges Leben in uns!

Die Musik steigert das Vertrauen zu unseren Fähigkeiten; unter ihrem anfeuernden Einfluß fühlt man sich kühn bereit zu edlem Thun. Mit ihr geht man voller Begeisterung in den Tod. Sie hat die schöne Ohnmacht, nichts Niedriges, keine Arglist, keine Lüge ausdrücken zu können. Das Unglück selbst redet in ihrer Sprache ohne Bitterkeit, ohne Zerrissenheit, ohne Zorn. Sanft hebt sie die Last hinweg, welche der nur allzu oft auf dem Herzen trägt, der ernst und groß zu lieben weiß, — jene Last, deren Druck uns so gewohnt wird, daß er sich endlich ganz mit dem Gefühl des Daseins verwächst. Wenn uns Musik umgiebt, ist es, als ständen wir nahe davor, des Schöpfers Absicht zu erfassen, das Geheimniß unseres Lebens zu durchdringen. Nicht

Worte vermögen die tiefe Innerlichkeit dieser Stimmung zu schildern, denn Worte schleppen sich nur den ursprünglichen Eindrücken nach, wie eine prosaische Uebertragung dem dichterischen Redeschwung. Nur das Auge kann einigermaßen eine Vorstellung davon geben, nur jener Blick des Geliebten, wenn er sich lange auf uns herabsenkt, uns allmählig das Herz durchdringt, daß wir die Augen niederschlagen müssen und uns schüchtern dem heißen Glück entziehen möchten: wie ein Lichtstrahl aus höherer Welt das sterbliche Wesen verzehren würde, das sich unterfinge, keck zu ihm aufzuschaun.

In dem zweistimmigen Satz der großen Meister bringt uns das wundervolle Sichineinanderfügen der Stimmen oft zu tiefer Rührung, die indeß leicht in ein bestimmtes Schmerzgefühl übergreift. Das Wohlgefühl ist fast zu köstlich, und die Seele vibrirt darunter, gleich den zu rein gestimmten Saiten eines Instruments, welche ein zu vollkommner Einklang zerreißt.

Während des ersten Theiles des Concerts hatte sich Oswald beständig von Corinna fern gehalten; als das Duo jetzt in süßem mezza voce, und begleitet von weichen Blasinstrumenten, einsetzte, drückte sie, voll inniger Bewegung, ihr Gesicht in das Taschentuch; sie weinte ohne Schmerz, sie liebte ohne Furcht. Oswalds Bild war wohl wie sonst in ihrem Herzen, aber die edelste Begeisterung verklärte dieses Bild. Verworrene Gedanken stürmten durch ihre Seele; sie hätte dieselben, um sie zu ordnen, erst mäßigen müssen. Ein Prophet, sagt man, habe in einer Minute sieben Regionen des Himmels durcheilt; wer so im Stande war, fühlend zu umfassen, was ein einziger Moment in sich zu schließen vermag, der hat sicher einst eine hohe Musik in der Nähe des Geliebten an sich vorüberziehen hören. Auch Oswald empfand diese Macht, sie drängte allmählig seinen Mißmuth zurück. Corinnens Rührung erklärte ja Alles, rechtfertigte Alles. Er näherte sich ihr leise und während des höchsten Aufschwunges dieser göttlichen Musik hörte sie ihn neben sich athmen. Es überwältigte sie; das höchste, tragische Pathos hätte sie nicht so erschüttern können, als dieses

auszulöschen sucht, indem er stets das Wort amazzare (tödten) mit entsetzlicher Lebhaftigkeit wiederholt. (Che la bella principessa sia amazzata! che il signore abbate sia amazzato!) „Daß die schöne Fürstin getödtet werde! daß der Herr Abbé getödtet werde!" ruft man von einem Ende der Straße zum anderen. 23) Die durch das jetzt eingetretene Verbot der Pferde und Wagen sicher gemachte Menge stürzt nun von allen Richtungen her durcheinander; kurz, es giebt kein anderes Vergnügen mehr, als betäubendes Toben und Lärmen. Die Nacht rückt vor; das Geräusch hört allmählig auf, das tiefste Schweigen folgt ihm, und von dem Allen bleibt nur ein verworrener Traum, der für einen Augenblick dem Volk seine Arbeit, dem Gelehrten seine Studien, dem großen Herrn seinen Müßiggang hinwegtäuschte.

Zweites Kapitel.

Oswald hatte, seitdem er den Vater verloren, noch nicht den Muth gehabt, Musik zu hören. Er fürchtete diese weichen Harmonien, die einer schwermüthigen Stimmung so wohlthätig sind, dem wahren Kummer aber das tiefste Weh bereiten; Musik erweckt die schlummernden Erinnerungen! Wenn Corinna sang, hörte Oswald nur ihre Worte, sah er nur den Ausdruck ihrer Züge, war er einzig nur mit ihr beschäftigt. Vereinigten sich aber Abends auf der Straße mehrere Stimmen, die Weise irgend eines großen Meisters zu singen, — und dies geschieht häufig in Italien, — dann versuchte er anfangs wohl, ihnen zu lauschen, doch vermochte er es nie lange zu ertragen, weil er in eine tiefe, unklare Erregung gerieth, die alle seine Schmerzen wieder aufrührte. Nun aber sollte im Schauspielhause ein ausgezeichnetes Concert veranstaltet werden, bei welchem die ersten Sänger Roms mitzuwirken dachten, und Corinna bat Lord Nelvil, sie dorthin zu begleiten; er willigte ein, in der Hoffnung, daß die Gegenwart der Geliebten seine Empfindungen besänftigen werde.

Als Corinna in ihre Loge trat, wurde sie sogleich bemerkt,

und da zu der Theilnahme, welche man immer schon für sie
hegte, sich nun noch die glänzende Erinnerung an ihre Krönung
auf dem Kapitol gesellte, wurde sie mit stürmischen Beifalls
bezeigungen empfangen. Von allen Seiten rief man: „Es lebe
Corinna!" und die von der allgemeinen Begeisterung mit er-
griffenen Musiker stimmten Siegesjanfaren an; denn welcher Art
auch ein Triumph sei, er ruft dem Menschen immer Krieg und
Kampf zurück. Corinna war von diesem einstimmigen Zeugniß
wohlwollendster Bewunderung tief bewegt. Die Musik, die
ihr zujauchzenden Menschen, das Bravorufen, und jener nicht
zu beschreibende Eindruck, welchen immer eine große, in den
Ausdruck eines Gefühls zusammenstimmende Menschenmenge
hervorbringt, versetzten sie in ernste Rührung, und wenn sie diese
auch zu bekämpfen suchte, so füllten sich doch ihre Augen mit
Thränen, und über ihrem pochenden Herzen hob und senkte sich
das faltige Gewand. Oswald empfand darüber Eifersucht, und
sich ihr nähernd sagte er halblaut: „Man darf Sie solchen Erfolgen nicht entreißen wollen, Madame; da sie Ihr Herz so
in Aufruhr bringen können, gelten sie Ihnen wohl mehr, als die
Liebe." — Und ohne ihre Antwort abzuwarten, zog er sich
zurück, um am äußersten Ende der Loge Platz zu nehmen. Sie
war tief verletzt von seinen Worten; er raubte ihr damit alles Vergnügen an einem Erfolge, welcher sie eben deshalb so lebhaft
erfreute, weil er Zeuge davon war.

Das Concert begann. Wer den italienischen Gesang nicht
kennt, hat auch von der Musik keine Vorstellung. Es liegt eine
Weichheit, eine Biegsamkeit in diesen Stimmen, die uns an der
Blumen Duft, an des Himmels Reinheit erinnern. Die Natur
hat diese Musik für das Klima gemacht; die eine ist wie ein Reflex
des andern und man fühlt auch hier: die Welt ist das Werk eines
einzigen Gedankens, der in tausendfach verschiedener Gestalt immer
wieder zur Erscheinung kommt. Seit Jahrhunderten lieben die
Italiener die Musik mit Leidenschaft. Dante, in seiner Dichtung
vom Fegefeuer, begegnet einem der besten Sänger seiner Zeit;
er bittet ihn, eines seiner köstlichen Lieder zu singen, und die
entzückten Seelen vergessen sich, und lauschen ihm, bis ihr Hüter

sie wieder ruft. Christen, wie Heiden, hielten die Macht der Musik bis über den Tod hinausreichend. Von allen schönen Künsten wirkt diese am unmittelbarsten auf das Gemüth. Die anderen erfüllen es mit dieser oder jener Vorstellung, und nur die Musik allein wendet sich an des Daseins innersten Quell, und vermag eine vorhergehende Seelenstimmung ganz umzuwandeln. Was man von der göttlichen Gnade sagt, daß sie plötzlich die Herzen umschaffe, ist in irdischem Sinne auch auf die Musik anzuwenden, und die aus ihr aufsteigenden Ahnungen eines zukünftigen Lebens sind nicht durchaus abzuweisen.

Selbst die Heiterkeit der profanen Musik ist nicht von niederer Art, und läßt keineswegs die Fantasie unberührt. Auf dem Grunde des von ihr geschaffenen Frohsinns ruhen oft poetische Gedanken, angenehme Träumereien, welche der gesprochene Scherz nie zu erzeugen vermöchte. Die Musik ist ein so schnell vorüberschwebendes Vergnügen, man fühlt es so mit dem Genuß entrinnen, daß Schwermuth sich auch in ihre heitern Weisen mischt; dafür aber gesellt sie auch ihrem Ausdruck des Schmerzes ein Gefühl schwärmerischen Behagens bei. Das Herz pocht schneller bei ihren Rhythmen; des Taktes Regelmäßigkeit giebt uns eine gewisse Befriedigung, mahnt an die Flüchtigkeit der Zeit, mahnt, daß man sie genießen soll! Es giebt keine Leere, kein Schweigen mehr um uns, in uns; der Sinn ist erfüllt, das Blut strömt rascher, wir fühlen neues, thätiges Leben in uns!

Die Musik steigert das Vertrauen zu unseren Fähigkeiten; unter ihrem anfeuernden Einfluß fühlt man sich kühn bereit zu edlem Thun. Mit ihr geht man voller Begeisterung in den Tod. Sie hat die schöne Ohnmacht, nichts Niedriges, keine Arglist, keine Lüge ausdrücken zu können. Das Unglück selbst redet in ihrer Sprache ohne Bitterkeit, ohne Zerrissenheit, ohne Zorn. Sanft hebt sie die Last hinweg, welche der nur allzu oft auf dem Herzen trägt, der ernst und groß zu lieben weiß, — jene Last, deren Druck uns so gewohnt wird, daß er sich endlich ganz mit dem Gefühl des Daseins verwächst. Wenn uns Musik umgiebt, ist es, als ständen wir nahe davor, des Schöpfers Absicht zu erfassen, das Geheimniß unseres Lebens zu durchbringen. Nicht

Worte vermögen die tiefe Innerlichkeit dieser Stimmung zu schildern, denn Worte schleppen sich nur den ursprünglichen Eindrücken nach, wie eine prosaische Uebertragung dem dichterischen Redeschwung. Nur das Auge kann einigermaßen eine Vorstellung davon geben, nur jener Blick des Geliebten, wenn er sich lange auf uns herabsenkt, uns allmählig das Herz durchdringt, daß wir die Augen niederschlagen müssen und uns schüchtern dem heißen Glück entziehen möchten: wie ein Lichtstrahl aus höherer Welt das sterbliche Wesen verzehren würde, das sich unterfinge, keck zu ihm aufzuschaun.

In dem zweistimmigen Satz der großen Meister bringt uns das wundervolle Sichineinanderfügen der Stimmen oft zu tiefer Rührung, die indeß leicht in ein bestimmtes Schmerzgefühl übergreift. Das Wohlgefühl ist fast zu köstlich, und die Seele vibrirt darunter, gleich den zu rein gestimmten Saiten eines Instruments, welche ein zu vollkommener Einklang zerreißt.

Während des ersten Theiles des Concerts hatte sich Oswald beständig von Corinna fern gehalten; als das Duo jetzt in süßem mezza voce, und begleitet von weichen Blasinstrumenten, einsetzte, drückte sie, voll inniger Bewegung, ihr Gesicht in das Taschentuch; sie weinte ohne Schmerz, sie liebte ohne Furcht. Oswalds Bild war wohl wie sonst in ihrem Herzen, aber die edelste Begeisterung verklärte dieses Bild. Verworrene Gedanken stürmten durch ihre Seele; sie hätte dieselben, um sie zu ordnen, erst mäßigen müssen. Ein Prophet, sagt man, habe in einer Minute sieben Regionen des Himmels durcheilt; wer so im Stande war, fühlend zu umfassen, was ein einziger Moment in sich zu schließen vermag, der hat sicher einst eine hohe Musik in der Nähe des Geliebten an sich vorüberziehen hören. Auch Oswald empfand diese Macht, sie drängte allmählig seinen Mißmuth zurück. Corinnens Rührung erklärte ja Alles, rechtfertigte Alles. Er näherte sich ihr leise und während des höchsten Aufschwunges dieser göttlichen Musik hörte sie ihn neben sich athmen. Es überwältigte sie; das höchste, tragische Pathos hätte sie nicht so erschüttern können, als dieses

sie wieder ruft. Christen, wie Heiden, hielten die Macht der Musik bis über den Tod hinausreichend. Von allen schönen Künsten wirkt diese am unmittelbarsten auf das Gemüth. Die anderen erfüllen es mit dieser oder jener Vorstellung, und nur die Musik allein wendet sich an des Daseins innersten Quell, und vermag eine vorhergehende Seelenstimmung ganz umzuwandeln. Was man von der göttlichen Gnade sagt, daß sie plötzlich die Herzen umschaffe, ist in irdischem Sinne auch auf die Musik anzuwenden, und die aus ihr aufsteigenden Ahnungen eines zukünftigen Lebens sind nicht durchaus abzuweisen.

Selbst die Heiterkeit der profanen Musik ist nicht von niederer Art, und läßt keineswegs die Fantasie unberührt. Auf dem Grunde des von ihr geschaffenen Frohsinns ruhen oft poetische Gedanken, angenehme Träumereien, welche der gesprochene Scherz nie zu erzeugen vermöchte. Die Musik ist ein so schnell vorüberschwebendes Vergnügen, man fühlt es so mit dem Genuß entrinnen, daß Schwermuth sich auch in ihre heitern Weisen mischt; dafür aber gesellt sie auch ihrem Ausdruck des Schmerzes ein Gefühl schwärmerischen Behagens bei. Das Herz pocht schneller bei ihren Rhythmen; des Taktes Regelmäßigkeit giebt uns eine gewisse Befriedigung, mahnt an die Flüchtigkeit der Zeit, mahnt, daß man sie genießen soll! Es giebt keine Leere, kein Schweigen mehr um uns, in uns; der Sinn ist erfüllt, das Blut strömt rascher, wir fühlen neues, thätiges Leben in uns!

Die Musik steigert das Vertrauen zu unseren Fähigkeiten; unter ihrem anfeuernden Einfluß fühlt man sich kühn bereit zu edlem Thun. Mit ihr geht man voller Begeisterung in den Tod. Sie hat die schöne Ohnmacht, nichts Niedriges, keine Arglist, keine Lüge ausdrücken zu können. Das Unglück selbst redet in ihrer Sprache ohne Bitterkeit, ohne Zerrissenheit, ohne Zorn. Sanft hebt sie die Last hinweg, welche der nur allzu oft auf dem Herzen trägt, der ernst und groß zu lieben weiß, — jene Last, deren Druck uns so gewohnt wird, daß er sich endlich ganz mit dem Gefühl des Daseins verwächst. Wenn uns Musik umgiebt, ist es, als ständen wir nahe davor, des Schöpfers Absicht zu erfassen, das Geheimniß unseres Lebens zu durchdringen. Nicht

Worte vermögen die tiefe Innerlichkeit dieser Stimmung zu schildern, denn Worte schleppen sich nur den ursprünglichen Eindrücken nach, wie eine prosaische Uebertragung dem dichterischen Redeschwung. Nur das Auge kann einigermaßen eine Vorstellung davon geben, nur jener Blick des Geliebten, wenn er sich lange auf uns herabsenkt, uns allmählig das Herz durchdringt, daß wir die Augen niederschlagen müssen und uns schüchtern dem heißen Glück entziehen möchten: wie ein Lichtstrahl aus höherer Welt das sterbliche Wesen verzehren würde, das sich unterfinge, keck zu ihm aufzuschaun.

In dem zweistimmigen Satz der großen Meister bringt uns das wundervolle Sichineinanderfügen der Stimmen oft zu tiefer Rührung, die indeß leicht in ein bestimmtes Schmerzgefühl übergreift. Das Wohlgefühl ist fast zu köstlich, und die Seele vibrirt darunter, gleich den zu rein gestimmten Saiten eines Instruments, welche ein zu vollkommener Einklang zerreißt.

Während des ersten Theiles des Concerts hatte sich Oswald beständig von Corinna fern gehalten; als das Duo jetzt in süßem mezza voce, und begleitet von weichen Blasinstrumenten, einsetzte, drückte sie, voll inniger Bewegung, ihr Gesicht in das Taschentuch; sie weinte ohne Schmerz, sie liebte ohne Furcht. Oswalds Bild war wohl wie sonst in ihrem Herzen, aber die edelste Begeisterung verklärte dieses Bild. Verworrene Gedanken stürmten durch ihre Seele; sie hätte dieselben, um sie zu ordnen, erst mäßigen müssen. Ein Prophet, sagt man, habe in einer Minute sieben Regionen des Himmels durcheilt; wer so im Stande war, fühlend zu umfassen, was ein einziger Moment in sich zu schließen vermag, der hat sicher einst eine hohe Musik in der Nähe des Geliebten an sich vorüberziehen hören. Auch Oswald empfand diese Macht, sie drängte allmählig seinen Mißmuth zurück. Corinnens Rührung erklärte ja Alles, rechtfertigte Alles. Er näherte sich ihr leise und während des höchsten Aufschwunges dieser göttlichen Musik hörte sie ihn neben sich athmen. Es überwältigte sie; das höchste, tragische Pathos hätte sie nicht so erschüttern können, als dieses

Gefühl heißer, zärtlicher Leidenschaft, das Beide gleichzeitig durchdrang, und das mit jedem Augenblick, mit jedem Ton zu wachsen schien. Der Text bedeutet meist nicht viel bei solcher Wirkung, von Zeit zu Zeit geben wohl einige Worte von Liebe und Tod den Gedanken eine Richtung; aber häufiger schmiegt sich die Musik in ihrer Unbestimmtheit den Regungen der Seele an, und Jeder glaubt in dieser Melodie, wie in dem klaren, unerreichbaren Gestirn der Nacht, das Bild seines irdischen Wünschens zu finden.

„Führen Sie mich hinaus", sagte Corinna zu Lord Nelvil; „ich bin fast einer Ohnmacht nahe." — „Was fehlt Ihnen?" fragte Oswald beunruhigt, „Sie sind blaß. Kommen Sie; Sie müssen ins Freie." — Corinna, auf Oswalds Arm gestützt, fühlte, als ob ihre Kräfte dadurch wiederkehrten. Sie traten auf einen Balkon. „Mein theurer Oswald", sagte Corinna bewegt, „ich werde Sie auf acht Tage verlassen." — „Was meinen Sie?" unterbrach sie Oswald. — „Ich bringe alljährlich, beim Herannahen der Charwoche, einige Zeit in einem Kloster zu, um mich auf das Osterfest vorzubereiten", erwiderte Corinna. Oswald hatte dieser Absicht nichts entgegen zu setzen; er wußte, daß sich um diese Zeit viele römische Damen den strengsten Andachtsübungen unterwarfen, ohne sich indessen für den Rest des Jahres ernstlich mit der Religion zu beschäftigen; aber es erinnerte ihn dies nun an Corinnens von der seinen abweichende Confession, die ihm nicht gestattete, mit ihr zu beten. „Ach!" rief er, „warum haben wir nicht Eine Religion! Warum nicht Ein Vaterland?" — Er hielt inne. „Sind denn unsere Seelen, und unsere Geister nicht aus Einem Vaterland?" entgegnete Corinna. „Das ist wahr", antwortete Oswald; „doch fühle ich darum nicht weniger schmerzlich Alles, was uns trennt." — Und diese bevorstehende, achttägige Abwesenheit bedrückte ihm das Herz so sehr, daß er den Abend hindurch, als Corinna's Freunde um sie versammelt waren, kein Wort mehr zu reden wußte.

Drittes Kapitel.

Oswald ging folgenden Tages schon frühzeitig zu Corinna, deren Mittheilung von gestern ihn beunruhigte. Ihre Kammerfrau kam ihm entgegen, um ihm ein Billet ihrer Herrin einzuhändigen, welches ihn benachrichtigte, daß sie sich an eben diesem Morgen in ein Kloster zurückgezogen habe und, wie sie das bereits gesagt, ihn erst nach dem Charfreitage wiedersehen werde. Sie gestand, daß sie Abends vorher nicht den Muth gehabt habe, ihm auch noch diese rasche Ausführung ihres Entschlusses mitzutheilen. Oswald war höchst peinlich betroffen. Diese Räume, in denen er Corinna gesehen, und die nun so verödet waren, machten ihm den schmerzlichsten Eindruck. Da war ihre Harfe, hier lagen ihre Bücher, ihre Zeichnungen, Alles, was sie gewöhnlich umgab, und sie nur fehlte. Ein ahnender Schauer durchbebte ihn: er erinnerte sich des verlassenen Zimmers seines Vaters.

„So kann ich einst vielleicht auch ihren Verlust erfahren“, sagte er vor sich hin, als er sich müde auf einen Stuhl sinken ließ; „dieser hohe Geist, dies reiche Herz, diese in Leben und Liebe leuchtende Gestalt kann der Tod erfassen, und das Grab der Jugend wäre dann so stumm, wie das des Alters? O, welche Täuschung ist das Glück! Und weshalb von der unerbittlichen Zeit, die immer über ihrer Beute wacht, sich noch einen schönen Augenblick rauben lassen? Corinna! Corinna! Du hättest mich nicht verlassen sollen! Unter Deinem Zauber vergaß ich alles grübelnde Nachsinnen; alles Andere versank im Glanz Deiner Gegenwart; jetzt, nun ich allein bin, jetzt finde ich mich wieder und meine Wunden brechen auf.“ — Und er rief ihren Namen mit einer Art von Verzweiflung, die man nicht ihrer kurzen Abwesenheit beimessen konnte, sondern seiner steten quälenden Herzensangst, welche Corinna allein zu besänftigen im Stande war. Die Kammerfrau kam wieder herein; sie hatte Oswalds Selbstgespräch wohl zum Theil gehört, und davon gerührt sagte sie nun: „Mylord, ich will Ihnen ein Geheimniß meiner Herrin anvertrauen; vielleicht kann ich Sie damit ein wenig trösten.

Folgen Sie mir in das Schlafzimmer, Sie werden dort Ihr Portrait sehen." — „Mein Portrait!" rief Oswald, — „Sie hat es
aus dem Gedächtnisse gemalt", erwiderte Theresina (so hieß Corinnens Kammerfrau); „seit acht Tagen ist sie Morgens schon
um fünf Uhr aufgestanden, um damit fertig zu sein, ehe sie ins
Kloster ging."

Oswald besichtigte das sehr ähnliche, mit vieler Sorgfalt angefertigte Portrait, welches Zeugniß gab, wie gegenwärtig er ihren Gedanken war. Seinem Bilde gegenüber
hing das sehr schöne einer heiligen Jungfrau, und vor demselben stand Corinnens Betstuhl. Solche wunderliche Mischung
von Liebe und Religion findet sich bei den meisten Frauen
Italiens, und das oft unter viel ungewöhnlicheren Verhältnissen. Corinna, frei wie sie war, verknüpfte den Gedanken
an Oswald nur mit den reinsten Gefühlen und Hoffnungen.
Doch das Bild des Geliebten so einem Sinnbilde der Gottheit
gegenüberstellen, und sich auf die Zurückgezogenheit eines
Klosters durch acht, der Anfertigung dieses Bildes gewidmete
Tage vorbereiten, das war immerhin ein Zug, der mehr noch
die italienischen Frauen im Allgemeinen, als Corinna im Besonderen charakterisirte. Ihre Art von Frömmigkeit ließ mehr
Fantasie und Gefühl, als seelischen Ernst und Strenge der
Grundsätze vermuthen, und nichts konnte Oswalds Ansichten
über ein richtiges Erfassen der Religion entgegengesetzter sein.
Wie aber hätte er Corinna in einem Augenblicke tadeln können,
wo er einem so rührenden Beweis ihrer Liebe begegnete?

Seine Blicke schweiften nachdenklich durch dieses zum ersten
Mal von ihm betretene Gemach. Zu Häupten von Corinnens
Bett sah er das Portrait eines älteren Mannes, dessen Züge
jedoch durchaus nicht den Italiener verriethen. Zwei Armbänder
waren an diesem Bilde befestigt: das eine aus schwarzen und
weißen Haaren, das andere aus Haaren von wunderschönem
Blond geflochten; und was Lord Nelvil als ein sonderbarer
Zufall erschien: diese letzteren erinnerten ganz an die von
Lucile Edgermond, deren seltene Schönheit ihm vor drei Jahren
sehr aufgefallen war. Oswald betrachtete diese Armbänder

schweigend, denn Theresina über ihre Herrin auszufragen, wäre ihm nicht in den Sinn gekommen; die Kammerfrau jedoch, welche Oswald zu errathen meinte, und seine Eifersucht erregt glaubte, beeilte sich ihm zu sagen, daß Corinna die Armbänder schon seit den eilf Jahren trage, während welcher sie ihr diene, und daß dies die Haare von Corinnens Vater, Mutter und Schwester seien. „Seit eilf Jahren sind Sie bei Corinna?" fragte Lord Nelvil, „so wissen Sie also — —" und dann brach er ab, über die unwillkürliche Frage erröthend, die zu äußern er im Begriffe war, und verließ schnell das Haus, um jeder weiteren Versuchung zu entfliehen.

Im Fortgehen wendete er sich mehrere Mal nach Corinnens Fenstern zurück; doch als auch diese ihm entschwanden, kam neue Trauer, die Trauer der Einsamkeit, über ihn. Er ging Abends in große Gesellschaft und versuchte sich zu zerstreuen, denn um in der Träumerei einen Reiz zu finden, muß man im Glück, wie Unglück, mit sich selbst im Frieden sein.

Die große Welt wurde Lord Nelvil bald ganz unerträglich; nun erst, da er die Leere, die Nüchternheit gewahrte, welche durch Corinnens Abwesenheit in der Gesellschaft entstanden, nun erst begriff er den Zauber und das schöne Geistesleben, das sie um sich zu verbreiten wußte. Er versuchte, mit einigen Damen zu reden; allein diese antworteten ihm in den landläufigen Phrasen, mit denen man sein Gefühl, seine Meinungen und besonders die Wahrheit verbirgt, wenn überhaupt die, welche sich deren bedienen, in dieser Beziehung etwas zu verbergen haben. Er trat zu den Männern, die, nach Geberde und Stimme zu urtheilen, sich eifrig über wichtige Gegenstände besprachen, und er hörte, daß man alltägliche Dinge in der alleralltäglichsten Form verhandelte. Darauf nahm er schweigend Platz und sah gelassen jener ziel- und zwecklosen Beweglichkeit zu, wie sie eben in den meisten Gesellschaften zu finden ist. Uebrigens ist in Italien die Mittelmäßigkeit noch gutmüthig genug; sie zeigt wenig Eitelkeit, wenig Eifersucht, hat meist sogar viel Wohlwollen für geistige Ueberlegenheit, und wenn sie zuweilen auch recht lästig werden kann, verletzt sie wenigstens nie durch ihre Prätensionen.

Und doch waren es dieselben Gesellschaften, welche Oswald wenige Tage vorher so anziehend gefunden hatte. Das kleine Hinderniß, welches die Anwesenden seiner Unterhaltung mit Corinna entgegensetzten, die Sorgfalt, mit der sie sich wieder zu ihm wendete, wenn die Höflichkeitspflichten gegen Andere genügend erfüllt waren, das Einverständniß, das über die von der Gesellschaft ihnen auferlegten Rücksichten zwischen ihnen bestand, Corinnens Vergnügen in Oswalds Gegenwart zu sprechen, und indirekt Gedanken an ihn zu richten, deren wahren Sinn er allein verstand, — das Alles hatte diesen Cirkeln die schönste Reichhaltigkeit gegeben, und eifrig rief er sich jetzt die in ihnen verlebten süßen und angenehmen Augenblicke zurück, welche ihn über den Werth dieser Gesellschaften so sehr zu täuschen vermocht hatten. „Ach", sagte er sich, „hier, wie in der ganzen Welt, kommt alles Leben nur von ihr! Besser, ich suche bis zu ihrer Wiederkehr die einsamsten Stätten auf. Ich werde ihre Abwesenheit weniger schmerzlich empfinden, wenn ich nichts um mich sehe, was Vergnügen bedeuten soll."

Zehntes Buch.

Die Charwoche.

Erstes Kapitel.

Oswald verbrachte den folgenden Tag in den Gärten einiger Mönchsklöster. Er ging zuerst zu den Karthäusern und hielt sich vor der Klosterpforte einige Zeit mit der Bewunderung zweier egyptischer Löwen auf, die durch einen gewissen, weder dem Thier, noch dem Menschen gehörenden Ausdruck in ihrer Physiognomie es begreiflich machen, wie das Heidenthum auch durch solch ein Sinnbild seine Götter darzustellen liebte.

Das Karthäuserkloster ist auf den Trümmern der Bäder
des Diocletian erbaut, und die zu demselben gehörige Kirche ist
mit Granitsäulen geschmückt, welche man dort noch aufrecht
stehend gefunden hat. Die Mönche des Klosters zeigen sie
bereitwillig; nur durch ihr Interesse an diesen Ruinen stehen
sie noch mit der Welt in Verbindung. Die Lebensweise der
Karthäuser läßt in den Menschen, welche sie zu führen im
Stande sind, entweder einen sehr beschränkten Geist, oder die
edelste und dauerndste religiöse Erhebung voraussetzen. Diese
Folge von öden, ereignißarmen Tagen erinnert an den berühmten Vers:

„Auf den zerstörten Welten schläft regungslos die Zeit.‟

Es scheint, als diene hier das Leben nur dazu, den Tod zu
betrachten. Ein regsamer Geist wäre bei einer solchen Einförmigkeit des Daseins die grausamste aller Qualen. In der
Mitte des Klosterhofes erheben sich vier Cypressen. Der
dunkle und schweigsame, vom Winde schwer zu bewegende
Baum bringt eben auch keine Abwechselung in diese Zurückgezogenheit. Zwischen den Cypressen liegt ein Brunnen, der
sein spärliches Wasser matt und langsam ausströmt; es ist, als
ob dieses Stundenglas für eine so geräuschlos dahinschleichende
Zeit ganz besonders geeignet wäre. Zuweilen bringt der Mond
mit seinem blassen Licht hier hinein, und sein Gehen und Kommen bildet in diesem gleichförmigen Leben ein Ereigniß.

Und auf solche Weise existirende Menschen sind doch dieselben, denen ein Krieg etwa mit seiner ganzen Thätigkeit kaum
genügen würde, wenn sie daran gewöhnt wären. Die verschiedenen Fügungen des menschlichen Geschickes auf Erden geben
zum Nachdenken unerschöpflichen Stoff. Tausend innere Erlebnisse gehen in der Seele vor, es bilden sich tausend Gewohnheiten, und machen aus jedem Einzelmenschen eine Welt und
eine Weltgeschichte. Einen Anderen vollkommen zu erkennen,
wäre das Studium eines ganzen Lebens. Was heißt denn
Menschenkenntniß? Beherrschen kann man die Menschen, sie
verstehen kann nur Gott allein.

Von den Karthäusern begab sich Oswald nach dem, auf

den Ruinen von Nero's Palast erbauten Kloster des heiligen Bonaventura; da, wo einst gewissenlos so viele Verbrechen begangen wurden, legen sich jetzt arme, von Gewissensskrupeln geplagte Mönche für leichte Vergehen die grausamsten Strafen auf. „Wir hoffen einzig", sagte einer von ihnen, „daß im Augenblicke des Todes unsere Sünden nicht unsere Bußübungen übersteigen werden." — Lord Nelvil stieß bei seinem Eintritt in das Kloster an eine Fallthür, er fragte nach deren Zweck: „Hier werden wir begraben", sagte einer der Jüngsten unter den Mönchen, der schon von tödtlicher Krankheit ergriffen schien. Da die Bewohner des Südens den Tod sehr fürchten, muß man sich wundern, Einrichtungen zu finden, welche ohne Unterlaß daran erinnern; doch liegt es in der menschlichen Natur, sich gern das am meisten Gefürchtete vorzustellen. Es giebt ein Sichberauschen in Traurigkeit, das der Seele wenigstens die Wohlthat erzeigt, sie ganz auszufüllen.

Der antike Sarkophag eines Kindes dient in diesem Kloster als Brunnen. Die schöne Palme, deren Rom sich rühmt, ist der einzige Baum im Garten dieser Brüderschaft. Sie haben durchaus nicht auf äußere Dinge Acht. Ihre Ordensregeln sind zu streng, um dem Geiste irgend welche Freiheit zu lassen. Ihre Blicke sind niedergeschlagen, ihr Gang ist langsam; sie machen keinen Gebrauch mehr von ihrem Willen, und haben der Herrschaft über ihr Selbst entsagt: „so sehr ermüdet dieses Reich seinen traurigen Besitzer". — Indessen wirkte dieser Aufenthalt nicht sehr auf Oswald ein; die Fantasie empört sich gegen eine so stark ausgesprochene Absicht, ihr das Gedenken an den Tod unter jeder Gestalt zu erneuern. Wenn solche Mahnung uns unerwartet kommt, wenn die Natur, und nicht der Mensch uns davon spricht, empfangen wir einen viel tieferen Eindruck.

Sanfte und weiche Empfindungen erfüllten Oswalds Seele, als er beim Sonnenuntergang in den Garten San Giovanni e Paolo trat. Die Brüder dieses Ordens sind weniger strengen Regeln unterworfen; ihr Garten beherrscht die ganzen Ruinen des alten Roms. Man sieht von da das Coliseum, das Forum, alle noch aufrecht stehenden Siegesbogen, Obelisken und Säulen.

Welch eine schöne Lage für solche abgeschiedene Freistätte! In
der Betrachtung dieser von längst Dahingegangenen errichteten
Denkmale mögen die Einsiedler hier Trost dafür finden, daß sie
eben nichts sind in der Welt. Oswald wandelte lange unter
dem in Italien so seltenen Schatten dieses Gartens einher,
dessen schöne Bäume dann und wann die Aussicht auf Rom
unterbrechen, so daß man immer wieder mit neuem Vergnügen
zu ihr zurückkehrt. Es war um die Abendstunde, wenn alle
Glocken Roms das Ave Maria läuten:

. . . . Squilla de lositano,
Che paja il giorno pianger che si muore.

Dante.

. . . . . „Und aus der Ferne beweinet Glockenklang des
Tages Sterben." Das Abendgebet dient als Stundenzähler.
In Italien heißt es: „Ich werde Sie eine Stunde vor, eine
Stunde nach dem Ave Maria besuchen; und so sind des Tages
Stunden, wie die der Nacht, damit fromm bezeichnet. Andachtsvoll genoß Oswald das wundervolle Sonnenschauspiel; Abends
sinkt die Sonne langsam zwischen den Ruinen unter, und es scheint
einen Augenblick, als wolle sie sich, wie Menschenwerk, dem allgemeinen Verfalle unterwerfen. Oswalds grübelnde Gedanken
stiegen wieder in ihm auf. Corinna selbst konnte ihn eben jetzt
nicht beschäftigen, sie war zu zaubervoll, zu glückverheißend.
Unstät suchte sein Blick in dem dunkelnden Gewölk des Himmels
nach dem Schatten seines Vaters; er wähnte, es möchte irgend
ein reiner, wohlthuender Hauch ihm ein väterliches Segenswort
zuflüstern.

Zweites Kapitel.

Das Verlangen, die Religionsübungen der Italiener kennen
zu lernen, bestimmte Lord Nelvil, einige der eifrigsten Redner
der Fastenzeit zu hören. Er zählte die Tage bis zum Wiedersehen Corinnens; und während ihrer Abwesenheit wollte er
nichts aus dem Bereich der Kunst sehen, nichts, dessen Zauber
erst durch ihren anrufenden Geist recht für ihn ins Leben trat.
Wenn Corinna nicht bei ihm war, glaubte er sich dem Genusse des

_ Staëls Corinna. 15

Schönen nicht hingeben zu dürfen; er gestattete, er verzieh sich nur ein Glück, das von ihr kam. Poesie, Malerei, Musik, kurz Alles, was das Leben durch reiche, unbestimmte Fernsichten verschönt, es that ihm Alles wehe, wenn er nicht an ihrer Seite war.

Es ist Brauch in Rom, daß während der stillen Woche die Predigten Abends und bei sehr gedämpfter Erleuchtung Statt finden. Die Frauen sind dann, zur Erinnerung an den Tod des Heilands, schwarz gekleidet. Es liegt in dieser, durch so viele Jahrhunderte so vielmal erneuerten, jährlichen Trauer etwas das Gemüth tief Bewegendes, und fromm gestimmt tritt man in eine der vielen, schönen Kirchen ein; hier aber schlägt der Redner diese höhere Stimmung meist in wenig Augenblicken nieder.

Seine Kanzel ist eine ziemlich lange Tribüne, auf welcher er mit ebenso viel Regelmäßigkeit als Heftigkeit hin- und herläuft. Er verfehlt nie, beim Beginn einer Phrase abzusegeln, und mit deren Ende wieder anzukommen, gleich dem Pendel einer Uhr; und dabei macht er so viel Geberden, und eine so leidenschaftliche Miene, daß man eigentlich fürchtet, er müsse Alles, was er sagen will, vergessen. Doch ist das, wenn man sich so ausdrücken darf, nur eine systematische Wuth, dergleichen man viel in Italien sieht, wo die Lebhaftigkeit der äußeren Bewegung sich oft nur auf ein sehr oberflächlich Empfundenes gründet. Am Ende der Kanzel hängt ein Crucifix; der Prediger nimmt es herunter, küßt es, drückt es an sein Herz, und wenn der pathetische Abschnitt vorüber ist, hängt er es mit der äußersten Kaltblütigkeit wieder an seinen Platz. Sie haben auch noch ein anderes Mittel, um Effekt zu machen, dessen sich die gewöhnlichen Geistlichen häufig bedienen, nämlich ihr viereckiges Barret; mit unbegreiflicher Schnelligkeit nehmen sie dasselbe ab, und setzen es wieder auf. Einer von ihnen griff Voltaire und besonders Rousseau an, und maß ihnen die Schuld an der Irreligiosität des Jahrhunderts bei. Er warf sein Barret in die Mitte der Kanzel, erklärte, es habe Jean Jacques vorzustellen, redete es als diesen an, und schloß endlich feierlich: „Nun, du genfischer Philosoph,

was haft du gegen meine Beweisgründe anzuführen?" Er
schwieg einige Augenblicke, wie um die Antwort abzuwarten; als
diese indeffen ausblieb, fetzte er das Barret wieder auf und
endete die Unterhaltung mit den Worten: „Da du nun überzeugt bist, sprechen wir nicht mehr davon."

Solche Seltsamkeiten kommen bei den römischen Predigern
oft genug vor; denn nach diefer Richtung hin findet sich das ächte
Talent dort sehr selten. Die Religion ist in Italien wie ein
allmächtiges Gesetz geachtet; durch ihre Gebräuche und Ceremonien beherrscht sie die Einbildungskraft; allein in die Tiefe
des Menschenherzens dringt sie nicht, denn man beschäftigt sich
auf der Kanzel viel weniger mit den eigentlich sittlichen Begriffen, als mit strengen Glaubenslehren. Die Kanzelbered-
samkeit ist also, wie viele andere Zweige der Literatur, den alltäglichsten, nichts malenden, nichts sagenden Behandlungsweisen
verfallen. Ein neuer Gedanke würde eine Art von Aufruhr in
diesen Köpfen verursachen, die so feurig und zugleich auch so
träge sind, daß sie einer gewissen geistigen Einförmigkeit bedürfen, um zu ermüden, und diese Einförmigkeit auch lieben, weil
sie sich an ihr ausruhen. Es herrscht in ihren Predigten eine Art
von Rangordnung der Gedanken und Redensarten. Die einen
sind meist die hergebrachte Folge der anderen, und diese Ordnung
würde gestört werden, wenn der Redner aus seinem eigenen Inneren den Stoff nähme. Die christliche Philosophie, welche die
Verwandtschaft der Religion mit der Menschennatur darzulegen
sucht, ist dem italienischen Geistlichen grade so unbekannt wie
jede andere. Ueber die Religion nachzusinnen würden sie kaum
minder empörend finden, als gegen dieselbe gesonnen zu sein;
sie sind also in dieser Beziehung an den alltäglichen Schlendrian
gewöhnt. Der Cultus der heiligen Jungfrau ist den Italienern,
wie allen südlichen Völkern, besonders lieb; gewissermaßen ist er
identisch mit der Huldigung für die Frauen, wo, wie es sich
von selbst versteht, diese in ihrer reinsten Gestalt auftritt. Doch
die Kanzelredner behandeln auch diesen Gegenstand in denselben
übertriebenen Phrasen; und es ist zu verwundern, daß sie solchem
heiligen Ernst durch ihr Gebahren und ihre Schwätzereien nicht

15*

ganz ins Spaßhafte herabziehen. Man begegnet auf den Kanzeln der Italiener fast nie einem wahren, empfundenen Wort.

Durch die peinlichste aller Eintönigkeiten ermüdet, die nämlich einer gekünstelten Redegewalt, ging Oswald nach dem Coliseum, um den Capuziner zu hören, der dort unter freiem Himmel, und am Fuße eines der Altäre predigen sollte, welche, innerhalb der Kreismauer gelegen, den sogenannten Leidensweg bezeichnen. Welch reicher Stoff für die Beredtsamkeit ist dieses Denkmal, das einst eine Arena war, wo die Märtyrer den Gladiatoren folgten! Allein man darf nichts in diesem Sinne von dem armen Capuziner erwarten, der aus der Geschichte der Menschen nur sein eigenes Leben kennt. Wenn man es indessen möglich macht, seine schlechte Predigt gar nicht zu hören, fühlt man sich durch das, was ihn umgiebt, tief bewegt. Die meisten seiner Zuhörer sind von der Brüderschaft der Camaldulenser, die sich während der Buß- übungen in eine Art grauer Kutte hüllen, welche den Kopf und den ganzen Körper bedeckt, und nur zwei kleine Oeffnungen für die Augen läßt. So könnte man die Schatten darstellen. Wie vergraben in dieses Gewand, werfen sie sich mit dem Gesicht zur Erde und schlagen betend an ihre Brust. Wenn der Redner in die Kniee sinkt, und um Gnade und Barmherzigkeit zum Himmel fleht, kniet auch das ihn umgebende Volk nieder, den Fleheruf wiederholend, und dieser zieht dann weiter, unter den alten Säulen- hallen des Coliseums hinsterbend. Es ist kaum möglich, hier- bei unerschüttert zu bleiben; dieser Schmerzensschrei, der sich an die ewige Güte wendet, der so von der Erde zum Himmel auf- steigt, bewegt die Seele bis in ihr Allerheiligstes. Oswald erbebte, als alle Anwesenden um ihn her auf die Kniee fielen; er blieb stehen, um nicht einen Cultus zu bekennen, der nicht der seine war; aber es wurde ihm schwer, sich nicht öffentlich den armen Sterblichen beizugesellen, die hier vor Gott im Staube lagen; und geziemt es denn nicht allen Menschen, das göttliche Erbarmen anzuflehen?

Das Volk war von Lord Nelvils schöner Gestalt und fremd- ländischem Wesen überrascht, und nicht etwa durch sein Stehen- bleiben beleidigt. Man kann nicht toleranter sein, als die

Römer. Sie sind es gewöhnt, daß man nur um des Sehens und Beobachtens willen zu ihnen kommt, und, sei es Hochmuth, sei es Gleichgültigkeit, sie suchen Andern ihre Meinung nicht aufzudringen. Noch viel sonderbarer scheint es uns, daß die körperlichen Geißelungen, welche Viele unter ihnen sich besonders während der Charwoche auferlegen, vor den Augen der Fremden, bei offenen Kirchenthüren, unternommen werden. Dieses Volk beschäftigt sich nicht mit andern Leuten; es thut nichts, um bemerkt zu werden, und unterläßt nichts, weil es bemerkt wird; es geht einfach seinen Zwecken, seinen Vergnügungen nach, und scheint von jenem nur nach dem Beifall Anderer jagenden Gefühl, welches man Eitelkeit nennt, keine Ahnung zu haben.

Drittes Kapitel.

Von den Ceremonien der heiligen Woche in Rom ist genug geredet worden, und die Fremden-treffen zu diesem Schauspiel besonders zahlreich ein. Die Musik der sixtinischen Kapelle und die Illumination der Peterskirche sind von seltener, in ihrer Art einziger Schönheit, und ziehen mit Recht die Neugierde der Fremden an. Dagegen wird die Erwartung durch die eigentlichen Ceremonien, wie man sie nennt, nicht befriedigt. Das Mahl der zwölf Apostel, die der Papst bedient, die Fußwaschung, welche er ebenfalls verrichtet, wie denn überhaupt die verschiedenen Gebräuche jener fernen biblischen Zeit, rufen wohl ein rührendes Andenken wach; nur daß tausend unvermeidliche Nebenumstände die Würde dieser heiligen Handlungen oft beeinträchtigen. Nicht alle dabei Mitwirkenden scheinen genügend gesammelt, hinreichend von frommer Andacht erfüllt; diese so oft wiederholten Ceremonien sind für die meisten der an ihnen Betheiligten eine Art mechanischer Fertigkeit geworden, und die jungen Geistlichen beschleunigen bei großen Festlichkeiten den Dienst mit wenig schicklicher Behendigkeit und Eile. Das Unbestimmte, das geheimnißvoll Unbekannte, welches so sehr dem Charakter dieses Cultus entspricht, wird durch die Aufmerksamkeit ganz zerstört, die man der Weise, wie Jeder sich seiner Dienst-

leiftungen erledigt, zu zollen fich nicht erwehren fann. Die Gier
der Einen nach den ihnen dargereichten Speifen, und die Gleich-
gültigfeit, mit welcher die Andern ihre vielfachen Kniebeugungen
und Gebete ausführen, machen die Sache oft fehr wenig feierlich.

Die noch heute den alten Coftümen nachgebildete Kleidung
der Geiftlichen ftimmt fehr fchlecht mit dem modernen Kopfputz;
die Tracht des griechifchen Bifchofs mit feinem langen Bart ift
noch am ehrwürdigften. Auch die alten Gebräuche, wie z. B.
die Verbeugung, welche nach Frauenart gefchieht, machen feinen
würdigen Eindruck. Das Ganze hat feine Einheit, und Altes und
Neues mifchen fich, ohne daß man die Fantafie, und was diefe
verletzen könnte, berückfichtigt hat. Ein in feinen äußeren Formen glänzender und majeftätifcher Gottesdienft ift ficherlich fehr
geeignet, die Seele mit den erhebendften Gefühlen zu erfüllen;
doch muß man Acht haben, daß die Ceremonien nicht in ein
Schauftück ausarten, wo man feine Rolle vor einander fpielt,
wo man lernt, was man thun muß, in welchem Augenblicke man
es thun muß, wann man zu beten, und wann zu knieen hat. Die
in einen Tempel verlegte Regelmäßigfeit höfifcher Förmlichfeiten
beeinträchtigt den freien Auffchwung des Herzens, welcher doch
allein im Stande ift, uns der Gottheit zu nähern.

Die Fremden empfinden diefe Mängel ziemlich allgemein;
indeß die Mehrzahl der Römer wird all diefer Aeußerlichfeiten
durchaus nicht überdrüffig, und findet in deren jährlicher Wiederholung immer neuen Reiz. Es ift ein eigenthümlicher Zug der
Italiener, daß ihre Beweglichfeit fie nicht zur Unbeftändigfeit
verleitet, ihre Lebhaftigfeit fie der Abwechfelung nicht bedürftig
macht. Sie find in allen Dingen geduldig und beharrlich; ihre
Einbildungsfraft verfchönt ihnen auch das befcheidenfte Loos; fie
füllt ihr Leben aus, ftatt es unruhig zu machen; Alles finden fie
prachtvoller, großartiger, fchöner, als es wirflich ift, und während
anderswo die Eitelfeit erheifcht, fich blafirt zu zeigen, bewegen die
Italiener fich vorzugsweife gern in dem Gefühl der Bewunderung.

Lord Nelvil hatte, nach allem davon Gehörten, fich von
den Feierlichfeiten der heiligen Woche eine viel größere Wirfung
verfprochen. Er dachte an den edlen und einfachen Ritus der

anglikanischen Kirche, und kehrte mit einem peinlichen Gefühl
nach Hause zurück. Denn nichts ist trübseliger, als von etwas,
das uns rühren sollte, ungerührt zu bleiben: man hält sich für
trocken und gefühllos, man glaubt die Fähigkeit zur Begeisterung
verloren zu haben, ohne welche das Denkvermögen nur noch
dazu dient, uns das Leben zu verleiden.

Viertes Kapitel.

Der Charfreitag gewährte Lord Nelvil all jene religiöse
Erhebung, welche in den vorhergehenden Tagen nicht empfunden
zu haben er bedauerte. Corinnens klösterliche Zurückgezogenheit nahte sich ihrem Ende, und er erwartete sehnlich, sie wiederzusehn. Ein süßes, sicheres Hoffnungsgefühl stimmt gut zur Andacht; nur das gekünstelte Weltleben zieht von ihr ab. Oswald
begab sich nach der sixtinischen Kapelle, um das berühmte, von
ganz Europa gepriesene Miserere zu hören. Er trat noch beim
Tageslicht ein, und sah Michel Angelo's wundervolles jüngstes
Gericht, in welchem sich die ganze furchtbare Gewalt dieses
Gegenstandes mit dem erhabenen Schöpfertalent des Künstlers
vereinigt. Michel Angelo hat den Dante dabei als Vorbild
genommen, und stellt hier, wie es auch der Dichter thut, dem
Heiland mythologische Gestalten gegenüber; doch macht er fast
immer aus dem Heidenthum das böse Princip; Dämonen
charakterisiren die heidnischen Fabeln. An der Wölbung der
Kapelle sieht man die von den Christen als Zeugen herbei-
gerufenen Propheten und Sibyllen *). Eine Schaar Engel
umgiebt sie, und das ganze so bevölkerte Gewölbe scheint uns
den Himmel näher zu bringen. Doch dieser Himmel ist düster
und furchtbar; kaum dringt der Tag durch die Scheiben, welche
eher Schatten als Licht auf das Gemälde werfen. Die Dunkelheit steigert noch die imposante Größe von Michel Angelo's
kühnen Zeichnungen; Weihrauchdüfte erfüllen die Luft, und

---

*) Teste David cum Sibylla.

Alles bereitet auf den tiefsten Eindruck vor, den, welchen man
von der Musik empfangen soll.

Während Oswald in die Bewunderung dieser großen Umgebung ganz versunken war, erblickte er plötzlich auf dem
Frauenchor und hinter dem Gitter, welches dieses von den
Männern schied, Corinna, die Ersehnte! Corinna, bleich, in
schwarzen Gewändern und, als sie Oswald gewahrte, so zitternd,
daß sie, um nur weiterschreiten zu können, genöthigt war, sich an
dem Geländer zu halten. In diesem Augenblicke begann das
Miserere.

Die für diesen alten Kirchengesang vortrefflich geschulten
Stimmen kommen von einer am Ansatz der Deckenwölbung
befindlichen Gallerie herab. Man sieht die Sänger gar nicht,
die Töne scheinen in der Luft zu schweben. Der Tag sinkt mehr
und mehr, und es wird dunkler in der Kapelle. Das war nicht
mehr die leidenschaftliche, bestrickende Musik, welche Oswald
und Corinna acht Tage vorher gehört hatten. Diese Klänge
mahnten zu irdischem Entsagen. Corinna sank auf die Kniee
und betete in tiefster Andacht; selbst Oswald entschwand ihren
Gedanken, die jetzt ganz nach innen gewendet waren. In solcher
Stunde edelster Erhebung sterben zu können, wenn die Seele sich
gern und schmerzlos vom Körper trennen würde, dünkte ihr süß.
Wenn jetzt ein Engel das Gefühl und das Denkvermögen, diese
Götterfunken in der Menschenseele, auf seinen Flügeln wieder
emportrüge zu ihrem Urquell, wäre dann nicht der Tod nur
noch ein freier Entschluß des Herzens, ein heißes und erhörtes
Gebet?

Das Miserere, d. h. „Erbarme dich unser“, ist ein Psalm,
dessen Verse wechselweise halb gesungen und halb gesprochen
werden. Es erklingt zuerst eine himmlische Musik, wonach der
folgende Vers mit dumpfer, fast rauher Stimme gemurmelt wird.
Es ist wie die Antwort harter Menschen an die guten, — es ist
wie des Lebens starre Wirklichkeit, die das ideale Wünschen
großherziger Menschen verkommen läßt, es unbarmherzig zurückstößt. Hebt dann dieser sanfte Chor wieder an, athmet man
auch wieder hoffend und erleichtert auf, und bei dem nun folgen-

den Recitativ erfaßt nochmals kalter Schauer das erschrockene,
verzagte Menschenherz. Endlich läßt das letzte Stück, das edler
noch und erschütternder als die vorhergehenden ist, ein süßes,
reines Gefühl zurück. Wolle Gott uns ein solches verleihen, ehe
wir sterben!

Man löscht die Kerzen, die Nacht rückt vor, die Ge=
stalten der Propheten und Sibyllen erscheinen nur noch wie
dämmernde Phantome. Tiefes Schweigen! Das gesprochene
Wort würde dieser innerlichsten Seelenstimmung ein unerträg=
liches Mißbehagen verursachen, und wenn der letzte Ton er=
storben ist, geht Alles leise und langsam hinaus, als scheue
man es, sich nun wieder an die niederen Weltinteressen zu
verlieren.

Corinna folgte der Procession nach dem Dom von St. Peter,
der zu dieser Stunde nur von einem einzigen, leuchtenden Kreuz
erhellt ist; dieses einsame, durch die erhabene Dunkelheit des unge=
heuren Raumes weithinschimmernde Schmerzenszeichen ist das
edelste Symbol des Christenthums inmitten der Finsternisse
des Lebens. Die Standbilder der Grabstätten treten in seinem
Lichte blaß und schattenhaft hervor; neben ihnen erscheinen die
Gestalten der Lebenden wie Pygmäen. Unter dem Kreuz, da,
wo sein Licht den Raum am meisten erhellt, kniet der Papst in
weißen Gewändern, und mit ihm alle Cardinäle; sie verharren
betend und in tiefstem Schweigen wohl eine halbe Stunde
lang. Es ist ein erschütternder Anblick: man weiß nicht, was
sie erflehen, man hört ihr leises Klagen nicht; doch sie sind alt;
sie gehen uns voran in das Grab. Wenn wir einst in den
ernsten Reihen jener Vordermänner stehen — wolle Gott unser
Alter so adeln, daß des Lebens letzte Tage die ersten unserer
Unsterblichkeit seien!

Auch Corinna, die schöne und junge Corinna, kniete
in der Nähe dieser Priester; das sanfte Licht verklärte ihre
blassen Züge und milderte den Glanz ihrer Augen. Oswald be=
trachtete sie wie ein hinreißendes Bild, wie ein geliebtes Wesen.
Nach beendigtem Gebet erhob sie sich. Lord Nelvil wagte noch
nicht, sich ihr zu nahen, da er ihre tiefe, fromme Sammlung

achtete. Aber sie kam ihm mit entzückter Freude entgegen, und es war, als breite sich ein Glückesschein über ihr ganzes Wesen aus. Heiter-lebhaft empfing sie die begrüßenden Freunde, und die Peterskirche glich nun plötzlich einer öffentlichen Promenade, wo man sich begegnet, um von seinen Angelegenheiten und Vergnügungen zu sprechen.

Oswald war von dieser Flüchtigkeit, die so schnell die verschiedensten Eindrücke einander folgen läßt, überrascht, und obgleich Corinnens Frohsinn ihn beglückte, war er doch betroffen, daß er von dem Ernst des Tages keine Spur mehr an ihr fand. Wie er sie so inmitten eines Kreises von Bekannten sah, eifrig sprechend, und ihrer großartigen Umgebung scheinbar kaum noch gedenkend, kam ihm über die Wandelbarkeit, deren sie fähig sein möchte, doch ein Gefühl des Mißtrauens. Sie errieth seine Empfindungen sogleich, und sich schnell von jener Gruppe trennend, ergriff sie Oswalds Arm, um den Freund in der Kirche umherzuführen. „Ich habe Ihnen noch nie von meiner Religion gesprochen", sagte sie, „erlauben Sie mir das heute zu thun; vielleicht kann ich damit die Wolken verscheuchen, die eben in Ihrem Geist aufgestiegen sind."

Fünftes Kapitel.

„Die Verschiedenheit unserer Religionen, mein theurer Oswald", fuhr Corinna fort, „ist die Ursache des geheimen Tadels, welchen Sie, ohne Ihren Willen, mich eben fühlen lassen. Ihr Glaube ist streng und ernst, der unsere mild und schwärmerisch. Man nimmt gemeinhin an, daß der Katholicismus mit herberen Forderungen auftrete, als der Protestantismus, und das mag in solchen Ländern der Fall sein, wo einst beide Confessionen mit einander kämpften. In Italien hatten wir keine kirchlichen Zwistigkeiten, während es in England deren sehr viele gegeben; daraus folgt, daß die katholische Religion bei uns einen weichen und nachsichtigen Charakter angenommen hat, wogegen, um sie in England zu unterdrücken, die Reformation sich dort mit Grundsätzen von größester, sittlicher Strenge wappnete. Unsere Religion gleicht dem Cultus der Alten; sie belebt die Künste, begeistert die Poeten, nimmt gewissermaßen an allen Freuden unseres Lebens Theil; während die Eure, als sie sich in einem Lande ausbreitete, wo die Vernunft über die Einbildungskraft herrscht, einen nüchternen, gemessenen Charakter annehmen mußte, von welchem sie niemals abweichen wird. Die unsere spricht im Namen der Liebe, die Eure im Namen der Pflicht. Eure Grundsätze sind freisinnig, unsere Glaubenssätze sind absolut; und dennoch läßt sich unser orthodoxer Despotismus bei seiner Anwendung, in besonderen Verhältnissen, auf Concessionen ein, während Eure religiöse Freiheit ohne alle Ausnahme Ehrfurcht vor ihren Gesetzen verlangt. Es ist wahr, daß unsere Kirche den Vertretern des geistlichen Standes harte Entbehrungen auferlegt; doch wenn sie ihn aus freiem Antriebe wählten, ist er ein geheimnißvolles Band zwischen dem Menschen und der Gottheit, eine reiche Quelle edler Freuden. Liebe, Hoffnung und Glaube sind die Grundzüge unserer Religion, und diese versprechen und gewähren das Glück. So sind also unsere Priester weit davon entfernt, uns zu irgend welcher Zeit die reinen Freuden des Lebens zu verbieten; vielmehr lehren sie uns, daß wir durch den reinen Genuß derselben am besten unsere Dankbarkeit für des Schöpfers Gaben ausdrücken. Sie verlangen die Beobachtung religiöser Uebungen von uns, damit wir so der Ehrfurcht vor unserem Cultus, und dem Wunsche, Gott zu gefallen, Ausdruck geben; sie predigen Mitleid für die Unglücklichen und Reue für unsere Irrthümer. Wenn wir mit Eifer darnach streben, weigern sie uns nicht die Absolution, und mehr als anderswo zollt man hier den Neigungen des Herzens ein nachsichtsvolles Mitgefühl. Sagte Christus nicht von Magdalene: „Ihre Sünden sind ihr vergeben, denn sie hat viel geliebt!" Diese Worte wurden einst unter einem ebenso schönen Himmel gesprochen, als der unsrige es ist, demselben Himmel, der uns, wie damals, das göttliche Erbarmen verheißt."

„Corinna", entgegnete Lord Nelvil, „wie soll ich so holde Worte bekämpfen, Worte, die in meinem Herzen frommen Widerhall erwecken? Dennoch muß ich es, denn nicht für einen Tag liebe ich Corinna, eine lange Zukunft voller Glück und Tugend hoffe ich mit ihr. Die reinste Religion ist die, welche dem Höchsten das Opfer unserer Leidenschaften, die Erfüllung unserer Pflichten als unaufhörliche Anbetung darbringt. Die Sittlichkeit des Menschen ist sein Gottesdienst; es hieße, die Vorstellung, welche wir von dem Schöpfer haben, herabwürdigen, wenn wir voraussetzten, er könne von dem Geschöpfe etwas verlangen, das nicht seiner geistigen Vervollkommnung zum Heil wäre. In seiner Vatergüte will er von seinen Kindern nichts, als was sie besser und glücklicher macht; wie sollte er vom Menschen fordern, was nicht des Menschen Wohl zum Zwecke hat? Und Sie sehen, welche Verwirrung in den Köpfen Ihrer Mitbürger aus der Gewohnheit entsteht, den Religions-Gebräuchen mehr Wichtigkeit beizulegen, als den sittlichen Pflichten. Wie Sie wissen, werden nach der Charwoche die meisten Mordthaten in Rom verübt. Das Volk glaubt durch die Fasten, so zu sagen, die Mittel dazu zu haben, und verausgabt in Dolchstichen, was es sich durch Buße an Guthaben erworben. Man hat hier Verbrecher gesehen, die, noch triefend von vergossenem Blut, sich ein Gewissen daraus machten, am Feiertage Fleisch zu essen; und das rohe Gemüth, welchem man hier einredete, daß die Nichtbefolgung der vorgeschriebenen Andachtsübungen das schlimmste aller Verbrechen sei, betrachtet die Gottheit wie eine weltliche Regierung, welche mehr die Unterwerfung unter ihre Macht, als sonst eine Tugend, im Auge hat: dadurch ist höfische Augendienerei an Stelle der Ehrfurcht gegen den Schöpfer getreten, der doch zugleich Quelle und Belohnung eines gewissenhaften, reinen Lebens sein soll. Der in äußerlichen Kundgebungen sich ganz genügende italienische Katholicismus erläßt dem Gemüth alles Nachdenken, alle ernste Sammlung. Wenn das Schauspiel zu Ende ist, hört die Rührung auf, die Pflicht ist erfüllt, und man vertieft sich hier nicht weiter in Gedanken, wie sie bei uns durch die gewissenhafte Prüfung unseres Herzens, unserer Handlungsweise hervorgerufen werden."

„Sie sind strenge, mein lieber Oswald", entgegnete Corinna; „ich bemerke das nicht zum ersten Mal. Wenn die Re-

ligion lediglich in der gewissenhaften Beobachtung des Sittlichen
bestände, was hätte sie dann vor der Philosophie und der Vernunft voraus? Und wie weit könnte sich denn wahre Frömmigkeit in uns entwickeln, wenn unsre erste Sorge immer die wäre,
des Herzens Gefühle zu ersticken? Die Stoiker wußten von
Pflicht und strenger Lebensführung etwa so viel als wir; allein
nur dem Christenthum gehört die sich zu allen seelischen Regungen gesellende Begeisterung, die Kraft zu lieben und zu
dulden, der Cultus der Nachsicht und Nächstenliebe! Wovon
redet das Gleichniß vom verlorenen Sohn, wenn nicht von der
Liebe, der wahren Liebe, welche selbst der treuesten Pflichterfüllung vorgezogen wird? Dieser Sohn hatte das väterliche Haus
verlassen, sein Bruder war dort geblieben; er hatte sich in alle
Freuden der Welt gestürzt, während der Andere nicht einen
Augenblick von der Regelmäßigkeit des häuslichen Lebens gewichen war: doch er kehrte zurück, er weinte, er liebte, und der
Vater machte aus seiner Heimkehr ein Freudenfest. Ach gewiß! Es
ist unser himmlisches Erbtheil, zu lieben und nur zu lieben! Selbst
unsere Tugenden sind meist zu sehr mit dem Leben verflochten,
als daß wir immer einsehen könnten, was gut, was besser wäre,
und welcher geheime Antrieb uns leitet, uns irren läßt. Ich
bete zu Gott, mich das Rechte zu lehren, und meine eigenen
Thränen sagen mir, daß er mich erhört. Um sich indeß in solcher
Stimmung zu erhalten, sind die frommen Gebräuche nöthiger,
als man glaubt, denn sie setzen uns in fortdauernden Verkehr
mit der Gottheit. Es sind täglich wiederholte Handlungen, die
mit dem Leben nichts zu schaffen haben, einzig nur an die unsichtbare Welt gerichtet. Auch die äußeren Gegenstände können
sehr viel zur Andacht beitragen; die Seele sinkt in sich selbst zusammen, wenn nicht edle Kunst, große Monumente, erhabene
Gesänge unseren dichterischen Geist beleben, der ja auch zugleich
der Geist der Religion ist.

„Der alltäglichste Mensch empfindet, wenn er betet, wenn er
leidet und auf den Himmel hofft, etwas, das er in Miltons, in
Homers, in Tasso's Sprache ausdrücken würde, wenn er gelernt
hätte, seine Gedanken in Worte zu kleiden. Es giebt nur zwei

Menschenklassen auf der Erde: die eine versteht und würdigt edle Begeisterung, die andere verachtet sie; all die übrigen Unterschiede sind das Werk der Gesellschaft. Jener hat keine Worte für seine Gefühle; dieser weiß, was man zu sagen hat, um des Herzens Leere zu verbergen. Aber die Quelle, die auf des Himmels Ruf selbst aus dem Felsen springt, diese Quelle ist das wahre Talent, die wahre Religion, die wahrhaftige Liebe!

„Das Gepränge unseres Gottesdienstes, seine Gemälde, seine Standbilder, seine Kirchen mit ihren ungeheuren Wölbungen, stehen in innigster Beziehung zu unseren religiösen Vorstellungen. Ich liebe diese Huldigungen, die von den Menschen für Etwas dargebracht werden, das ihnen weder Glücksgüter, noch Macht verspricht, das sie nur mit einer Wallung ihres Herzens straft oder belohnt. Ich fühle dann stolzer für die Menschen, sie erscheinen mir so selbstlos darin; und da sogar, wo man den religiösen Prachtaufwand vielleicht übertreibt, liebe ich diese Verschwendung irdischer Reichthümer an ein anderes Leben, diese Vergeudung von Zeit an die Ewigkeit! es wird genug für menschlichen Haushalt und menschliches Bedürfen gesorgt. O, wie liebe ich das Nutzlose! Wie liebe ich diese ungenutzten Augenblicke in einem, nur der Arbeit und dem Erwerb gewidmeten Menschenleben! Was können wir inmitten dieses beschränkten, engen Erdendaseins denn Besseres thun, als unsere Seelen dem Unendlichen, Ewigen, Unsichtbaren zuwenden?

„Christus erlaubte einem schwachen, und vielleicht reuevollen Weibe, seine Füße mit den köstlichsten Wohlgerüchen zu salben; und denen, die für dieselben eine bessere Verwendung anriethen, verwies er das: „Laßt sie gewähren“, sagte er, „denn Ihr habt mich nicht allezeit bei Euch.“ Ach! Alles, was gut und erhaben ist auf dieser Erde, bleibt uns nur kurze Zeit. Alter, Gebrechlichkeit und der Tod werden bald den Tropfen Thau verzehren, der vom Himmel fällt und nur auf Blumen haftet. Theurer Oswald, lassen wir Alles ineinanderströmen: Liebe, Religion und Geist, Sonne und Blüthenduft, Musik und Poesie! Es giebt keinen anderen Atheismus, als die Kälte des Gefühls, als Selbstsucht und Niedrigkeit! Christus sagt: „Wo zwei oder drei in

meinem Namen versammelt sind, da bin ich mitten unter ihnen.''
Und was, o mein Gott, heißt in Deinem Namen versammelt
sein denn anders, als Deine erhabene Güte, Deine Natur genießen, Dich dafür preisen, Dir für das Leben danken, und vor
Allem danken, wenn ein von Dir erschaffenes Herz ganz und
groß dem unseren entgegenschlägt!''

Strahlende Verklärung lag jetzt auf Corinnens Zügen,
Oswald beherrschte sich kaum genug, um nicht hier im Tempel
vor ihr nieder zu sinken. Er schwieg lange, als lasse er ihre
Worte in seinem Innern ausklingen, als suche er sie noch
im Leuchten ihrer Augen. Endlich jedoch bemühte er sich, ihr
zu antworten, denn er wollte die ihm theuren Ueberzeugungen
nicht gern aufgeben. ,,Corinna'', sagte er, ,,gestatten Sie
Ihrem Freunde noch einige Worte, und halten Sie ihn um derselben willen nicht für trocken und kalt. Wenn ich strenge Grundsätze fordre, so ist es, weil sie den Gefühlen mehr Tiefe, größere
Dauer geben; wenn ich in der Religion die Vernunft liebe,
das heißt: wenn ich die sich widersprechenden Glaubenssätze
und die äußeren Effektmittel zurückweise, so geschieht es, weil
die Gottheit in der Vernunft, wie in der Begeisterung, ihre
Macht uns beweist, und wenn ich es nicht dulden mag, daß man
dem Menschen irgend eine seiner Fähigkeiten raube, so ist's,
weil er sie alle braucht, um durch Nachdenken zur Wahrheit zu
gelangen. Die poetische Begeisterung, die Sie so bezaubernd
macht, ist nicht eben die heilsamste Andacht. Wie sollte man
sich in dieser Stimmung zu den zahllosen Opfern vorbereiten,
welche die Pflicht von uns fordert? Wenn sich des Menschen
künftige und gegenwärtige Bestimmung nur so fern, in Wolken
gehüllt, ihm zeigte, bedürfte es ja stets eines Aufschwunges der
Seele, um eine Offenbarung jener Bestimmung zu erlangen.
Nein! für uns, die wir durch das Christenthum unsere Bestimmung klar und höchst positiv vor Augen sehen, kann das
Gefühl wohl Belohnung, aber es darf nicht Führer sein. Sie
beschreiben ein Dasein der Seligen, nicht das der Sterblichen.
Das gottgefällige Leben ist ein Kampf und nicht ein Hymnus.
Der Mensch ist ein schrofferes und mehr zu fürchtendes Geschöpf,

als Sie ihn sich denken. Als Zügel für seine hochstrebenden
Verirrungen braucht er in der Religion noch die Vernunft, über
der Pflicht noch das Gesetz!

„Wie Sie nun auch den äußeren Pomp und die vielfachen
Andachtsübungen Ihrer Religion auffassen mögen, liebste
Freundin, glauben Sie mir: die Bewunderung des Weltalls
und seines Schöpfers wird immer die edelste Gottesverehrung
bleiben, und die zugleich, welche die Einbildungskraft am reichsten
ausfüllt, ohne daß der prüfende Geist dabei je auf Nichtiges,
auf Abgeschmacktes stoßen kann. Glaubenssätze, welche meine
Vernunft beleidigen, erkälten auch meine Begeisterung. Ohne
Zweifel ist die Welt, so wie sie ist, ein Geheimniß, das wir
weder läugnen, noch begreifen können; und derjenige wäre wohl
sehr thöricht, der all das zu glauben sich weigerte, was er nicht
zu erklären vermag. Alles in sich Widersprechende ist immer
menschliches Machwerk. Das Geheimniß Gottes können wir
nicht mit dem Licht unseres Geistes durchdringen, aber es steht
mit diesem nicht in Widerspruch. Ein deutscher Philosoph hat
gesagt: „Ich kenne nur zwei große Dinge im Weltall: den gestirnten Himmel über unsern Häuptern, und das Gefühl der
Pflicht in unsern Herzen.“ Und wahrlich, diese Worte schließen
alle Herrlichkeit der Schöpfung ein.

„Statt daß eine strenge und einfache Religion das Herz
vertrockne, glaubte ich, ehe ich Sie kannte, daß nur eine solche
im Stande sei, unsern Gefühlen Halt und Dauer zu geben.
Ich habe einen Mann gekannt, aus dessen sittenstrengem und
reinem Leben sich die unerschöpflichste Liebe entwickelte; und bis
in sein Alter erhielt er sich eine Reinheit der Seele, welche
von dem Sturm der Leidenschaften und den aus ihnen erzeugten
Irrthümern wohl sicher zerstört worden wäre. Allerdings wirkt
die Reue veredelnd auf uns, und ich habe mehr als Jemand
Ursache, an ihre Wunderkraft zu glauben. Doch wiederholte.
Reue erschlafft die Seele, dies Gefühl stellt nur Einmal
wieder her. Die Erlösung, die sich in unserer Seele voll-
zieht, kann sich nicht häufig erneuern. Wenn die menschliche
Schwäche sich daran gewöhnt, verlieren wir die Kraft zu lieben.

Denn man bedarf der sittlichen Kraft, um zu lieben, wenigstens um mit Beständigkeit zu lieben.

„Auch gegen Ihren pomphaften Cultus, der nach Ihrer Meinung so veredelnd auf die Einbildungskraft wirkt, habe ich ähnliche Einwendungen zu erheben. Ich halte die Einbildungskraft für so bescheiden und einfach als das Herz. Die ihr aufgenöthigten Regungen sind weniger mächtig, als die aus ihr selbst erzeugten. Ich entsinne mich eines protestantischen Geistlichen, welchen ich an einem sternenklaren Sommerabend in der Tiefe der Cevennenberge predigen hörte. Er sprach von den verbannten und geächteten, in der Fremde gestorbenen Franzosen; ihren anwesenden Freunden verhieß er das Wiedersehen in einer bessern Welt, und sagte, daß ein tugendhaftes Leben uns dieses Glückes versichere. „Thuet den Menschen Gutes, auf daß Gott in Eurem Herzen die Wunde des Schmerzes heile." Er betrübte sich über die Unbeugsamkeit, die Härte, welche der kurzlebende Mensch dem andern, gleich ihm vorübergehenden, beweise, und behandelte schließlich den viel überdachten, nie zu erschöpfenden Gedanken über den Tod. All seine Aussprüche waren tiefergreifend und wahr, und standen in volltönendem Einklang mit der Natur! Der ferne rauschende Bergstrom, der Sterne schimmerndes Licht — sie redeten in anderer Sprache die gleichen Gedanken. Hier lag die Natur in all ihrer Größe ausgebreitet; in jener Herrlichkeit, die allein Feste zu feiern vermag, ohne mit ihnen das Unglück zu beleidigen; und diese stolze, erhabene Einfachheit bewegte die Seele viel tiefer, als Eure überschwänglichsten Ceremonien."

Am Osterfeste, zwei Tage nach diesem Gespräche, befanden sich Corinna und Lord Nelvil während der feierlichen Segenssprechung auf dem St. Petersplatze. Der Papst erscheint hierzu auf dem höchsten Altan der Kirche und flehet des Himmels Segen auf die Erde hernieder. Bei den Worten: urbi et orbi (der Stadt und der Welt) fällt das ganze versammelte Volk auf die Kniee. Corinna und ihr Freund fühlten in diesem feierlichen Augenblicke, daß es nur eine Gottesverehrung gebe. Das religiöse Gefühl bindet die Menschen innig aneinander, wenn

Staël's Corinna.   16

Eigenliebe und Fanatismus nicht Eifersucht und Haß auf-
stacheln. Mit einander beten, in welcher Sprache es auch sei,
ist die treueste Verbrüderung, welche die Menschen auf dieser
Erde eingehen können, eine Verbrüderung im Lieben und im
Hoffen!

Sechstes Kapitel.

Das Osterfest war vorüber, und Corinna erwähnte der
Erfüllung ihres Versprechens, Lord Nelvil nun endlich ihre Geschichte zu erzählen, mit keinem Wort. Durch dieses Stillschweigen verletzt, sprach er eines Tages von den vielgerühmten Schönheiten Neapels, das zu besuchen er halb entschlossen sei. Corinna
durchschaute sogleich, was in ihm vorging, und machte deshalb
den Vorschlag, ihn zu begleiten. Sie schmeichelte sich, die
verlangten Geständnisse noch hinausschieben zu können, wenn
sie ihm einen Beweis von Liebe gäbe, der ihn doch befriedigen
mußte. Und weiter noch glaubte sie, daß, wenn er sie jetzt mit
sich nähme, hiemit auch zugleich die Zukunft ausgesprochen sei.
Sie erwartete also mit sichtbarer Bangigkeit seine Antwort;
ihre liebevollen, fast flehenden Blicke baten um eine günstige.
Oswald konnte ihnen nicht widerstehen; das Anerbieten, und
die Einfachheit, mit welcher es gemacht wurde, hatten ihn
zuerst überrascht; er zögerte, es anzunehmen. Doch als er die
Spannung der Freundin, ihre tiefe Bewegung, ihre thränen-
erfüllten Augen sah, willigte er in die gemeinschaftliche Reise,
ohne sich selbst von der Wichtigkeit eines solchen Entschlusses
Rechenschaft zu geben. Und Corinna war auf der Höhe des
Glücks, denn sie verließ sich nun ganz auf Oswalds Liebe.

Der Tag war festgesetzt, und vor der süßen Aussicht des
Zusammen-Reisens verschwand jede andere Ueberlegung. Sie
unterhielten sich mit den erforderlichen Vorbereitungen, die
ihnen manchen Anlaß zu fröhlicher Geschäftigkeit gaben. O,
glückselige Stimmung, wenn alle Unternehmungen des Lebens einen besonderen Reiz haben, weil alle sie sich an eine
Hoffnung des Herzens knüpfen! Der Augenblick kommt nur zu
bald, wo uns das Dasein als Ganzes, wie in jeder seiner Stun-

den, nur Druck und Mühe ist; wo jeder Morgen, jedes Erwachen schon begleitet ist von dem Gefühl der Anstrengung,
deren es bedarf, um den Tag zu Ende zu bringen.

Als Lord Nelvil Corinna eben verlassen hatte, um Alles
für die Abreise noch ferner Nothwendige anzuordnen, kam Graf
d'Erfeuil. Mit großer Mißbilligung vernahm er den plötzlichen
Entschluß der Beiden. „Woran denken Sie?" rief er. „Wie!
Sie wollen sich mit Lord Nelvil auf Reisen begeben, ohne daß er
Ihr Gatte ist, ohne daß er verspricht, es zu werden? Und was wird
aus Ihnen, wenn er Sie verläßt?" — „Was aus mir wird? Was
in jedem Lebensverhältniß aus mir würde, wenn er aufhörte mich
zu lieben: das unglückseligste Weib auf Erden." — „Nun ja;
aber wenn Sie dabei nichts Sie Kompromittirendes thaten,
bleiben Sie doch wenigstens, was Sie sind." — „Ich? Was ich
bin, — wenn das tiefste Gefühl meines Lebens zertreten, wenn
mein Herz gebrochen wäre!" — „Das Publikum würde es nicht
erfahren, und Sie würden, wenn Sie vorsichtig sind, sich dann
mindestens in der öffentlichen Meinung nicht schaden." — „Und
weshalb die Meinung Anderer berücksichtigen", erwiderte Corinna,
„wenn es nicht etwa geschieht, um in den Augen des Geliebten
einen Reiz mehr zu haben?" — „Man hört auf zu lieben",
sagte Graf d'Erfeuil, „aber man kann nicht aufhören, in der
Gesellschaft zu leben, und ihrer zu bedürfen." — „Ach, wenn
ich es nur denken könnte, daß ein Tag kommen werde, wo
Oswalds Liebe nicht die Welt für mich ist, wenn ich es nur
denken könnte, dann liebte ich ihn ja schon nicht mehr! Was ist
denn das für eine Liebe, die vorauszusehen, die den Augenblick
ihres Aufhörens vorherzuberechnen vermöchte? Wenn Religion
in diesem Gefühle liegt, so ist's, weil es alle andern, alle selbsti-
schen Interessen auslöscht und, wie die Anbetung, in der völligen
Hinopferung des eigenen Ich sein Glück findet." — „O, was
Sie mir da erzählen!" rief Graf d'Erfeuil, „kann eine geistreiche
Frau, wie Sie, sich derartige Thorheiten in den Kopf setzen? Es
gereicht uns Männern zum Vortheil, wenn die Frauen so denken, wir haben dann viel größere Gewalt über sie. Ihre Superiorität aber darf nicht verloren gehen, Corinna; die muß

16*

Ihnen doch noch ferner nützen!" — „Mir nützen?" sagte Corinna, „ach, ich danke ihr viel, wenn sie mir hilft den ganzen Abel von Lord Nelvils Charakter zu erkennen."

„Lord Nelvil ist ein Mann, wie andere Männer", entgegnete der Graf, „er wird in seine Heimat zurückkehren, dort eine öffentliche Laufbahn verfolgen, kurz, er wird vernünftig sein; während Sie unklug Ihren Ruf auf's Spiel setzen, wenn Sie mit ihm nach Neapel gehen." — „Ich kenne Lord Nelvils Absichten nicht", sagte Corinna; „und vielleicht hätte ich besser gethan, darüber nachzudenken, ehe ich ihn liebte; doch jetzt, was kommt es jetzt noch auf ein Opfer mehr an! Hängt denn nicht mein Leben allein von seiner Liebe ab? Ich finde einigen Trost darin, keine Rettung für mich zu sehen: wo das Herz getroffen ist, giebt's auch keine! Die Welt zwar glaubt, es könne sich in solchem Fall noch ein Ausweg finden; ich aber weiß es, und will es auch nicht anders, daß mein Unglück vollkommen wäre, wenn Lord Nelvil sich von mir trennte." — „Weiß er, bis zu welchem Grade Sie sich für ihn kompromittiren?" fuhr Graf d'Erfeuil fort. „Ich habe ihm das sorgfältig zu verbergen gesucht", entgegnete Corinna; „da ihm die Sitten unseres Landes noch wenig bekannt sind, konnte ich ihm die Freiheit, welche sie gestatten, wohl ein wenig übertreiben. Ich verlange von Ihnen, daß Sie über diese Angelegenheit auch nicht ein Wort mit ihm reden; ich will, daß er in seinem Verhältniß zu mir frei sei, und immer frei bleibe. Mit keinem Opfer irgend welcher Art soll er mein Glück erkaufen. Das Gefühl, durch das ich so hoch begnadigt bin, ist die Blüthe des Lebens, und weder Güte, noch Zartgefühl vermögen es neu zu erwecken, wenn es verwelken und sterben mußte. Darum beschwöre ich Sie, mein lieber Graf, versuchen Sie nicht, in mein Schicksal einzugreifen. Nichts von Allem, was Sie über die Liebe zu wissen glauben, kann mir genügen. Was Sie sagen, ist verständig, ist ganz richtig, und für alltägliche Menschen und alltägliche Lebensverhältnisse sehr anwendbar. Mir aber würden Sie absichtslos ein großes Leid zufügen, wenn Sie mich mit Ihrem Urtheil in die große Masse einreihen wollten, welche

nur fertig zurecht gemachte Grundsätze kennt. Ich dulde, ich ge-
nieße, ich fühle auf meine Weise, und mich allein müßte man
beobachten, wenn man auf mein Glück Einfluß erlangen wollte."

Die Eigenliebe des Grafen war von der Nutzlosigkeit seiner
Rathschläge, und von dem großen Liebesbeweis, welchen Corinna
Lord Nelvil zu geben im Begriffe stand, ein wenig verletzt; er
mußte wohl, daß er von ihr nicht geliebt sei, er wußte auch, wie
Oswald gesiegt hatte, aber es berührte ihn unangenehm, dies
Alles so öffentlich bestätigt zu sehen. In dem Erfolg eines Mannes
bei einer Frau liegt immer etwas, das selbst seinen besten Freunden mißfällt. „Ich sehe, daß ich hier nichts vermag", sagte Graf
d'Erfeuil; „Sie werden meiner aber gedenken, wenn Sie einst
sehr unglücklich sind. Inzwischen verlasse ich ebenfalls Rom; ohne
Sie und Lord Nelvil würde ich mich hier tödtlich langweilen.
Sicher werde ich Sie Beide in Schottland oder Italien wiedersehen,
denn bis mir etwas Besseres zu Theil wird, gefällt mir das
Reisen immer noch am besten. Verzeihen Sie, daß ich Ihnen
rathen wollte, schöne Corinna, und rechnen Sie stets auf meine
Ergebenheit!" — Corinna dankte ihm, und schied mit einem
Gefühl des Bedauerns. Sie hatte ihn zugleich mit Oswald
kennen gelernt, und diese Erinnerung war zwischen ihnen
ein Band, das sie nicht gern gelöst sah. Im Uebrigen verfuhr
sie, wie sie es Graf d'Erfeuil vorhergesagt hatte. Zwar wurde
Lord Nelvils Freude, mit welcher er anfangs den Reiseplan aufgenommen hatte, durch einige Besorgniß gedämpft; denn er
fürchtete doch, daß dies Unternehmen Corinna in unvortheil-
haftem Lichte zeigen möchte, und gern hätte er ihr Geheimniß
noch vor der Abreise erfahren, um zu wissen, ob sie nicht durch
ein unübersteigliches Hinderniß getrennt seien. Sie jedoch bestand darauf, sich erst in Neapel erklären zu wollen, und täuschte
ihn ein wenig über das, was die Welt wohl von diesem Schritte
urtheilen könne. Nur allzu gern lieh er ihrer holden Ueber-
redungskunst sein Ohr; schwache schwankende Charaktere werden
nur halb von der Liebe geblendet, nur halb von der Vernunft
aufgeklärt, und schließlich entscheidet der Augenblick, welche von
beiden den Sieg behalten soll. Lord Nelvil besaß einen um-

faſſenden und durchbringenden Geiſt; ſich ſelbſt beurtheilte er indeß nur in der Vergangenheit richtig. Sein gegenwärtiger Zuſtand war ihm ſtets unklar. Zugleich voller Leidenſchaft und Schüchternheit, geneigt ſich hinreißen zu laſſen, um es nachher zu bereuen, hinderten ihn dieſe Gegenſätze, ſich ſelbſt eher zu erkennen, als bis der Ausgang ſeine inneren Kämpfe entſchieden hatte.

Als Corinnens Freunde von dem Reiſeplan erfuhren, waren ſie, und noch beſonders Fürſt Caſtel-Forte, höchſt bekümmert. Der Fürſt litt ſo davon, daß er beſchloß, ihr in kurzer Zeit zu folgen. Es lag ſicherlich wenig Eitelkeit darin, ſich ſo neben einen bevorzugten Geliebten zu ſtellen, aber er fürchtete, die durch der Freundin Abweſenheit für ihn entſtehende Leere nicht ertragen zu können. Er hatte kaum einen Freund, den er nicht bei Corinna antraf, und niemals beſuchte er ein anderes Haus, als das ihre. Fehlte ſie, ſo war auch die Geſellſchaft aufgelöſt, welche ſich bei ihr verſammelte, und deren Trümmer anderswo zu vereinigen, ſchien unmöglich. Mit ſeiner Familie lebte der Fürſt im Ganzen wenig; vieles Studium, obgleich er ſehr geiſtvoll war, ermüdete ihn; ſein Tag mußte ihm alſo unerträglich lang werden, wenn er nicht die Morgen- und Abendſtunden bei Corinna zubringen konnte. Ging ſie fort, was ſollte er anfangen? Es blieb ihm kaum Anderes, als ihr zu folgen; zu folgen als anſpruchsloſer Freund, der erſt im Unglück ſeine rechte Würdigung findet; und ſolch ein Freund kann ſicher ſein, daß ſeine Stunde kommt!

Corinna brach mit der ihr ſo theuer gewordenen Lebensweiſe nicht ohne bange Trauer; ſie war der Mittelpunkt aller in Rom lebenden Künſtler und erleuchteten Männer. Die vollſtändige Unabhängigkeit ihrer Geſinnung, ihrer Gewohnheiten verlieh ihrem Leben einen großen Reiz. Was ſollte nun mit ihr werden? Beſtimmte ihr das Glück Oswald zum Gatten, dann führte er ſie nach England. Wie würde man ſie dort beurtheilen? Wie würde ſie ſelbſt ſich in Verhältniſſe ſchicken, welche von denen, die ſie ſeit ſechs Jahren umgaben, ſo abweichend ſein mußten? Aber all dieſe Fragen durcheilten nur flüchtig ihren Geiſt, und die Liebe zu Oswald verwiſchte immer wieder ihre leichten Spuren. Ihn nur ſah ſie, ſie hörte nur ihn, nach ſeiner

Gegenwart und Abwesenheit zählte sie die Stunden. Wer möchte
mit dem Glücke verhandeln? Wer nimmt es nicht auf, wenn es
kommt? Corinna vollends hatte wenig Vorbedacht. Furcht und
Hoffnung beunruhigten sie nicht allzu viel; ihr Vertrauen in die
Zukunft war verworren, und ihre Einbildungskraft that ihr in
dieser Beziehung wenig Gutes und wenig zu leid.

Am Morgen ihrer Abreise kam Fürst Castel-Forte. „Kehren
Sie nicht wieder nach Rom zurück?" fragte er mit feuchten
Augen. — „O Gott, ja!" erwiderte sie, „in einigen Wochen
sind wir wieder hier." — „Doch wenn Sie sich mit Lord Nelvil
vermählen, werden Sie Italien verlassen müssen." — „Italien
verlassen!" sagte Corinna und seufzte. — „Das Land, wo man
Ihre Sprache spricht, wo man Sie so gut versteht, so
herzlich bewundert! Und Ihre Freunde, Corinna, Ihre Freunde!
Wo wird man Sie lieben, wie hier? Wo werden Sie die Kunst
finden, die Ihnen genügt? Macht denn dies eine Gefühl das
ganze Leben aus? Sind es doch die Sitten und Gewohnheiten,
die Sprache vor Allem, aus denen sich die Heimatsliebe bildet,
und erzeugt diese nicht wieder das Heimweh, diese schreckliche
Qual der Verbannten?" — „Ach, weshalb sagen Sie mir das
noch?" entgegnete Corinna, „ist es denn nicht eben dieses Weh,
das über mein Schicksal entschied?" — Traurig streifte ihr Blick
über das Zimmer und die schmückenden Kunstschätze in demselben,
dann über die Fluthen des Tiber unter ihren Fenstern, und
dann zum Himmel hinauf, dessen Schönheit sie zum Bleiben
einzuladen schien. Doch in diesem Augenblicke sprengte Oswald
mit Blitzesschnelle über die Engelsbrücke. „Da ist er!" rief
Corinna. Er sprang auch schon vom Pferde. Sie eilte ihm
entgegen; und in der Ungeduld, fortzukommen, bestiegen sie bald
ihren Wagen. Corinna sagte allerdings dem Fürsten ein herz-
liches Lebewohl; doch ihre Worte verklangen unter dem Rufen
der Postillone, dem Wiehern der Pferde, kurz in all dem Lärm
einer Abreise, der zuweilen so traurig, und wieder auch so be-
rauschend sein kann, je nachdem des Schicksals neue Wahrschein-
lichkeiten Furcht oder Hoffnung einflößen.

Eilftes Buch.

Neapel und die Einsiedelei von St. Salvador.

Erstes Kapitel.

Stolz führte Oswald die Freundin hinweg; er, der sich seine
Freuden so oft durch Trübsinn und Traurigkeit verkümmerte,
er litt dieses Mal von keinerlei Ungewißheit. Nicht daß er
nun endlich zu einem Entschlusse gelangt war; nein, doch er
strebte auch nicht weiter nach einem solchen und ließ sich durch die
Ereignisse tragen in der Hoffnung, sie würden ihn an das gewünschte Ziel bringen. Sie durchschnitten die Gegend von
Albano, wo man noch das angebliche Grab der Horatier und
Curiatier zeigt [24]. Dann kamen sie an den See von Nemi und
den ihn umgebenden heiligen Wäldern vorüber. Man sagt,
Diana habe an dieser Stätte den Hippolyt wieder auferstehen
lassen; sie erlaubte nicht, daß Pferde sie betraten, und durch
dieses Verbot verewigte sie die Sage von dem Unglück ihres
jungen Lieblings. So treten uns Poesie und Geschichte in
Italien fast bei jedem Schritte entgegen, und die reizenden
Gegenden, denen ihre Spuren aufgeprägt sind, mildern das
Gefühl der Schwermuth, mit welchem man sonst in die Vergangenheit zurückschaut, und scheinen ihr eine ewige Jugend zu
erhalten.

Oswald und Corinna mußten nun durch die pontinischen
Sümpfe, ein zugleich ergiebiger und höchst ungesunder Land-
strich, in welchem man, obgleich die Natur so fruchtbar erscheint,
ringsum nicht Eine menschliche Wohnung erblickt. Einige Leute
von krankem Aussehen schirren dem Reisenden die Pferde an,
und rathen ihm, während der Fahrt doch ja nicht einzuschlafen; denn der Schlaf ist hier der Vorläufer des Todes.
Büffelochsen mit niedriger und wilder Physiognomie schleppen

den Pflug, den unvorsichtige Ackerbauer noch zuweilen in diese
gemiedene Erde senken, auf welche aber doch die herrlichste Sonne
ihre Strahlen hinabsendet. Im Norden sind die sumpfigen
und verpesteten Gegenden meist durch ihren abschreckenden Anblick gekennzeichnet, während im Süden, auch in den schäblichsten
Landstrichen, die Natur noch eine Heiterkeit zeigt, deren betrü-
gerische Anmuth den Fremden zu täuschen pflegt. Wenn es wahr
ist, daß es sehr gefährlich sei, auf der Fahrt durch die pontinischen Sümpfe einzuschlafen, dann ist die kaum zu besiegende
Neigung zum Schlaf, welche die Reisenden während der Hitze
überkommt, noch eine ihrer tückischen Eigenschaften mehr. Lord
Nelvil wachte beständig über Corinna; zuweilen neigte sie das
Haupt auf die Schulter Theresinens, die sie begleitete, und schloß,
von der drückenden Atmosphäre überwältigt, die Augen. Dann
suchte Oswald mit unsäglicher Angst ihr gänzliches Einschlum-
mern zu verhindern, und er, der sonst so Schweigsame, war jetzt
unerschöpflich an reichem und geistreichem Gespräch. Ach, man
sollte den Frauen die herzzerreißenden Klagen verzeihen, mit
denen sie der Tage gedenken, als sie geliebt wurden, während
welcher ihr Dasein dem eines Anderen nothwendig war, und sie
sich in jedem Augenblick von dem Geliebten geschützt, getragen
wußten. In welcher Oede bleiben sie zurück, nach solch einer
seligen Zeit; und wie glücklich sind diejenigen, die durch das
Band der Ehe sanft von der Liebe zur Freundschaft geleitet
wurden, ohne daß ihr Leben über den furchtbaren Riß einer
verlorenen Liebe hinwegzukommen hatte!

Nachdem sie den Weg durch die pontinischen Sümpfe
gut zurückgelegt, erreichten sie das am Meeresufer gelegene
Terracina. Hier an der Grenze des Königreichs Neapel
fängt erst der eigentliche Süden an, hier begrüßt er den
Fremden mit seiner ganzen Herrlichkeit. Diese neapolitanische
Erde, dies beglückte Land ist durch das umgebende Meer und
durch Sumpfgegenden von dem übrigen Europa wie abge-
schnitten. Man könnte wähnen, die Natur habe dieses entzückende
Heiligthum für sich behalten, habe seinen Zugang wenigstens
erschweren wollen. Rom ist noch nicht der Süden; dort ahnt

man wohl seine Süßigkeit, aber sein ganzer Zauber umfängt
uns erst auf neapolitanischer Erde. Unweit Terracina liegt das
Vorgebirge, welches die Dichter für den Wohnsitz der Circe
hielten, und hinter der Stadt erhebt sich der Berg Anxur, von
Theodorich, dem Könige der Gothen, durch eine jener festen
Burgen gekrönt, mit welchen er und seine nordischen Krieger das
Land bedeckten. In Italien sind sonst nur wenig Spuren von
dem Einbruch der Barbaren zurückgeblieben, und da, wo sie sich
finden, bedeuten sie weiter nichts mehr, als ein Bild der zerstörenden Zeit; es hat von den abendländischen Völkern nicht
jenes kriegerische Gepräge empfangen, wie es Deutschland bis
auf den heutigen Tag noch besitzt. Es scheint, als habe
der weiche Boden Ausoniens die Burgen und Festungen nicht
tragen wollen, die in den nordischen Ländern noch stolz und
starr emporsteigen. Selten nur findet man hier ein gothisches Bauwerk oder ein altes Ritterschloß, und allein die Erinnerungen
der großen Römer herrschen, den Völkern zum Trotz, von denen
sie besiegt wurden, durch die Jahrhunderte auf uns herab.

Der ganze Berg bei Terracina ist mit Pomeranzen und
Citronenbäumen bedeckt, die köstlichen Wohlgeruch verbreiten.
Nichts in unserem Himmelsstrich gleicht dem südlichen Duft
der im Freien blühenden Citronenbäume; er wirkt auf die Fantasie wie schöne Musik, regt eine poetische Stimmung an und
berauscht gewissermaßen mit Natur. Die Aloe und der groß-
blättrige Cactus, denen man hier überall begegnet, haben schon
viel von den grotesken Formationen der Erzeugnisse Afrika's.
Diese seltsamen Pflanzen verursachen eine Art Schrecken; es ist,
als gehörten sie einer gewaltthätigen, herrschsüchtigen Natur an.
Das ganze Ansehen des Landes hat etwas Fremdartiges; man
glaubt sich in einer anderen Welt, einer nur aus den Schilderungen der Dichter des Alterthums gekannten Welt, in deren
Schriften Genauigkeit und Einbildungskraft gleichen Schritt
halten. Als sie in die Stadt fuhren, wurde Corinnens Wagen
von einer überreichen Blumenfülle empfangen, ja ganz überschüttet. Kinderhände hatten sie vom Wegesrand gepflückt oder
vom nahen Gebirge geholt und streuten die Blüthen sorglos

aus, so sehr durften sie auf ihre freigebige, beständig schaffende Natur rechnen. Die vom Felde heimkehrenden Erntewagen waren mit Rosenzweigen geschmückt, und Kinder bekränzten ihre Trink-schalen mit Blumen; unter einem schönen Himmel nimmt die Einbildungskraft auch des geringen Volkes ja so leicht poetischen Ausdruck an. Neben diesen lachenden Bildern sah und hörte man das Meer gewaltsam-rauschend seine Wogen brechen. Nicht etwa der Sturm regte es so auf, sondern allein dieser ewige, unerschütterliche Widerstand der Uferfelsen war es, über den es sich, in seiner Größe, so erzürnte.

E non udite ancor come risuona
Il roco et alto fremito marino?

„Und hört Ihr noch nicht, wie's fernhin brauset,
Das zürnende, hoch-aufschauernde Meer?“

Diese Bewegung ohne Ziel, diese Kraft ohne Gegenstand, wie sie sich in Ewigkeit erneuern, ohne daß wir ihren Ursprung begreifen, ihr Ende vorhersehen könnten! Wir fühlen uns an das Ufer gezogen, wo dies grause Schauspiel sich den Blicken darbietet, und es kommt uns eine schreckerfüllte Sehnsucht nach diesen Wogen, in denen Vergessenheit und Ruhe zu finden wäre.

Gegen Abend wurde es still. Corinna und Lord Nelvil wandelten mit Entzücken in den blumigen Gefilden Terracina's umher. Nachtigallen rasteten auf blühenden Rosengebüschen; ihr süßer Gesang verschmolz mit der Blüthen Duft; alle Reize der Natur schienen sich gegenseitig anzuziehen. Das Schönste aber, das Unbeschreiblichste von Allem bleibt immer die Luft, die man hier athmet. Will man sich im Norden an einer reichen Natur erfreuen, stört meist irgend ein rauher Luftzug den Genuß; wie ein falscher Ton in gute Musik, so schneidet solch kalter Wind in unsere Bewunderung. In Neapel dagegen fühlt man völligstes Wohlbehagen; die Natur bietet uns ihre ganze Freundschaft an. Nicht etwa, als hätte der Süden nicht auch seine Schwermuth; nirgend fehlt diese, nirgend, wo es Menschen und menschliche Schicksale giebt! Hier aber verliert sie wenigstens ihre Beimischung von Unzufriedenheit, von Angst und Reue. Anderswo ist es das Leben, welches, so wie es dort ist, den Fähigkeiten der Seele nicht genügt; hier dagegen reichen die seelischen Fähigkeiten nicht aus für des Lebens Mannigfaltigkeit. Der Ueberfluß unserer Gefühle strömt in träumerischem Gleichmuth dahin, den wir empfinden, ohne uns davon Rechenschaft zu geben.

In der Nacht durchirrten zahllose Leuchtkäfer die Dunkelheit; es schien, als sprühe der Berg Funken, als ließe die glühende Erde Flämmchen aufsteigen. Durch das Grün schwirrte es leuchtend hin und her; es rastete mitunter auf den Blättern; oder der Wind schaukelte diese kleinen Sterne und spielte mit ihrem ungewiß schimmernden Licht. Im Sande glänzten nach allen Seiten hin Tausende von erzhaltigen Steinchen, gleichsam als habe diese Erde noch die Spuren ihrer glühenden Sonne festgehalten. Es ist in dieser Natur ebenso viel Ruhe als Leben, und deßhalb genügt sie gewissermaßen aus dem Vollen den verschiedenen Wünschen der verschiedensten Existenzen.

Corinna genoß freudig den hinreißenden Zauber dieses Abends; Oswald aber konnte seine heftige Erregung kaum beherrschen. Zu wiederholten Malen preßte er Corinna an sein Herz; er entfernte sich von ihr, kam wieder, und ging von Neuem, um sie, die seines Lebens Gefährtin sein sollte, heilig zu halten. Corinna fühlte sich vollkommen sicher in seiner Nähe; denn so hoch achtete sie ihn, daß sie sein Verlangen nach der Hingabe ihres ganzen Wesens zugleich für das heiligste Ehegelöbniß genommen haben würde. Aber sie war doch erleichtert, da er über sich zu siegen schien; er ehrte sie durch dieses Opfer am höchsten, und in ihrer Seele war nun eine Fülle des Glücks und der Liebe, die keinem anderen Verlangen Raum gestattete. Von dieser inneren Gelassenheit war Oswald sehr entfernt. Corinnens Reize berauschten ihn. Einmal sank er ihr zu Füßen, umfaßte ihren Leib und schien jede Beherrschung seiner Leidenschaft verloren zu haben; sie aber blickte mit so viel schüchterner Sanftmuth zu ihm nieder, und in ihrer stummen Bitte, sie zu schonen, lag so vollständig das Zugeständniß seiner Macht, daß diese demüthige Abwehr ihm mehr Ehrfurcht abnöthigte, als jede andere Weise es vermocht hätte.

Sie bemerkten jetzt auf dem Wasser den Wiederschein einer von unbekannter Hand ans Ufer getragenen Fackel, die sich von dort nach einem nahegelegenen Hause fortbewegte. „Er geht zu der Geliebten!" sagte Oswald. — „Ja", erwiderte Corinna. — „Und für mich", fuhr er fort, „für mich geht das Glück dieses Tages nun zu Ende." — Corinnens zum Himmel gewendete Augen füllten sich mit Thränen. Oswald fürchtete sie verletzt zu haben, und sank vor ihr nieder, um Verzeihung flehend. „Nein, Oswald", sagte sie, als sie nun aufstand, ihm die Hand reichte, und zur Heimkehr mahnte, „nein, ich bin es überzeugt, Sie schonen das Weib, das Sie liebt. Sie wissen es, Ihre einfachste Bitte wäre mir ein allmächtiges Geheiß; daher müssen Sie selbst für mich bürgen. Sie selbst würden mich als Ihre Gattin verschmähen, wenn Sie mich unwürdig machten, es zu sein!" — „Nun wohl, Corinna, wenn Sie so an die grausame Herrschaft Ihres Willens über mein Herz glauben, warum denn sind Sie so traurig?" — „Ach!" entgegnete sie, „ich fühlte es eben, daß diese, jetzt mit Ihnen gelebten Augenblicke die glücklichsten meines Lebens waren: und wie ich eben den dankbaren Blick zum Himmel wendete, lebte durch unerklärlichen Zufall ein Aberglaube aus meiner Kindheit wieder in mir auf. Der Mond bedeckte sich mit einer Wolke, und diese schien mir Unheil verkündend. Immer war es mir so, als ob der Himmel einen bald gütigen, bald erzürnten Ausdruck für mich habe, und, ich weiß es, Oswald, heute Abend verurtheilte er unsere Liebe." — „Theuerste! es giebt keine anderen Weissagungen für eines Menschen Leben, als seine guten oder schlechten Handlungen; und habe ich nicht eben jetzt meine glühendste Sehnsucht der Tugend untergeordnet?" — „Um so besser, wenn Sie in diese Prophezeiung nicht mit einbegriffen sind", entgegnete Corinna, „und wirklich, so kann es auch sein: dieser stürmische Himmel droht vielleicht nur mir!"

Zweites Kapitel.

Sie erreichten Neapel bei Tage, und befanden sich alsogleich inmitten dieser, ungeheuren, ebenso regsamen als müßigen Bevölkerung. In der Toledostraße trafen sie die ersten Lazzaroni, entweder auf dem Pflaster lagernd oder in einen Korb zurückgezogen, der ihnen bei Tag und Nacht als Wohnung dient. Diese wilde Ursprünglichkeit, im Gemisch mit der Civilisation, hat etwas sehr Eigenthümliches. Es giebt unter diesen Menschen welche, die ihren eigenen Namen nicht wissen. In einer unterirdischen Grotte finden Tausende der Lazzaroni ihr Unterkommen; sie gehen nur Mittags ins Freie, um die Sonne zu sehen, verschlafen den Rest des Tages und lassen ihre Frauen spinnen. Unter Himmelsstrichen, wo es so leicht ist, sich zu kleiden und zu nähren, bedürfte es eines sehr entschiedenen, thatkräftigen Eingreifens von Seiten der Regierung, um die Nation zu tüchtigem Streben anzuspornen. In Neapel kann das Volk seinen Lebensunterhalt so mühelos beschaffen, daß die meist harte Arbeit, mit der es ihn anderswo verdient, überflüssig wird. Faulheit, Unwissenheit und die vulkanische Luft, welche man in diesem Lande athmet, müssen nothwendig die Leidenschaften entfesseln und eine große Zügellosigkeit erzeugen. Dennoch ist dies Volk nicht bösartiger als jedes andere. Es hat viel Einbildungskraft, die leicht eine Grundlage zu uneigennützigem Handeln ist; und mit dieser reichen Fantasie könnte man es zu guten Zielen führen, wenn seine politischen und religiösen Institutionen nur bessere wären.

Man sieht auf dem Lande Schaaren von Calabresen, die sich anschicken, zur Feldarbeit hinauszugehen, doch mit einem Violinspieler an der Spitze ihres Zuges, nach dessen Melodien sie, wenn sie des Gehens müde sind, zur Abwechselung auch einmal tanzen können. Alljährlich feiert man in der Nähe Neapels ein Fest zu Ehren der Madonna der Grotte, bei welchem die jungen Mädchen unter dem Klange des Tambourins und der Castagnetten ihren Reigen führen; und es ist nicht selten, daß sie eine Bedingung in den Ehekontrakt aufnehmen lassen, wonach der Gatte sie einer jeden Wiederkehr dieses Festes beiwohnen

laſſen muß. Man ſieht auf der neapolitaniſchen Bühne einen
achtzigjährigen Schauſpieler, der ſeit ſechzig Jahren, in der
Rolle eines komiſchen Nationalhelden, des Polichinello, ſein
Publikum zum Lachen bringt. Kann man ſich einen Begriff von
der unſterblichen Seele eines Menſchen machen, der ein langes
Leben mit ſolchen Zwecken ausfüllte? Das Volk von Neapel
verſteht unter Glück einzig nur das Vergnügen; aber Vergnü-
gungsſucht iſt immer noch beſſer, als trockene Selbſtſucht.

Wahr iſt's, es liebt das Geld mehr, als irgend ein Volk der
Erde. Wenn man Jemand aus der geringen Klaſſe um den
Weg befragt, ſtreckt er, nachdem er ſtumme Weiſung gab, (denn mit
dem Wort ſind ſie fauler, als mit der Geſte,) auch gleich die
Hand verlangend entgegen. Dennoch iſt ihre Geldgier unge-
ordnet, unberechnet; gleich nachdem ſie es erhalten, geben ſie es
auch wieder aus; ungefähr in einer Weiſe, wie der Wilde es
thäte, wenn er Münzen in die Hände bekäme. Was dieſer
Nation, im Ganzen genommen, am meiſten fehlt, iſt das Gefühl der Würde. Es geſchehen großmüthige, wohlwollende
Handlungen, doch mehr aus Gutherzigkeit, als aus Grundſatz;
denn, nach jeder Richtung hin, taugen ihre Theorien gar nichts,
und die öffentliche Meinung hat in dieſem Lande keine Stimme.
Wenn indeß die Einzelnen ſich vor dieſer ſittlichen Unordnung
zu bewahren wiſſen, iſt ihre Haltung um ſo anerkennenswerther,
und verdient, mehr als ſonſt wo, bewundert zu werden, weil
nichts, in den äußeren Verhältniſſen hier, die Tugend begünſtigt;
dieſe kann nur ganz in ſich ſelbſt, in tiefſter Innerlichkeit, ihren
Lohn finden. Die Geſetze wie die Sitten belohnen weder, noch
ſtrafen ſie. Der Tugendhafte iſt um ſo heroiſcher, als er darum
weder angeſehener, noch geſuchter iſt.

Bis auf einige ehrenvolle Ausnahmen haben die hohen
Stände mit den niederen viel Aehnlichkeit. Kaum daß in jenen
ein gebildeterer Geiſt zu finden wäre; ſie unterſcheiden ſich von
dieſen meiſt nur in ſehr äußerlicher Weiſe durch beſſere Welt-
formen. Aber unter all dieſer Unwiſſenheit liegt ein Schatz von
urſprünglichem Geiſt, von vielſeitigſter Begabung, und es iſt
gar nicht abzuſehen, was aus dieſen Menſchen zu machen

wäre, wenn die Regierung für Sittlichkeit und Aufklärung
Sorge trüge.

Das neapolitanische Volk ist in mancher Hinsicht völlig un-
kultivirt; aber es ist nicht gemein, in dem Sinne, wie anderer
Pöbel es so häufig ist. Selbst in seiner Rohheit ist noch Fantasie. Es ist, als ob der afrikanische Boden schon seine Ein-
flüsse über das Meer sendete; in dem wilden Klang der Stimmen
glaubt man etwas Numidisches zu hören. Welche gebräunten
Gesichter! Und dann diese, nur aus einigen Fetzen rothen oder
violetten Tuches bestehende Kleidung! Mit denselben Lumpen,
die anderswo das Symbol des nacktesten Elends wären, drapiren
sich diese Leute höchst malerisch. Es verräth oft eine gewisse
Vorliebe für Schmuck und Anordnung, selbst da, wo es ihm an
allem Nützlichen und Bequemen mangelt. Die Läden sind ge-
fällig mit Blumen und Früchten geziert; einige derselben haben
ein festliches Ansehen, das aber weniger aus großem Ueberfluß,
als von einer erfinderischen Fantasie geschaffen wird; man will vor
Allem das Auge ergötzen. Die Milde des Klima's gestattet
den Handwerkern fast jeden Gewerbes im Freien, vor ihren
Häusern, zu arbeiten. Der Schneider macht seine Kleider auf
der Straße, der Gastwirth seine Speisen, und natürlich vervielfältigen diese, vor der Thür sich abwickelnden häuslichen Beschäftigungen die Bewegung auf tausendfache Art. Gesang und
Tanz und lärmende Spiele begleiten das krause Bild noch oben-
drein, und es wird schwerlich einen Aufenthalt geben, wo sich der
Unterschied zwischen Glück und Zerstreuung schärfer wahrnehmen
ließe, als hier. Verläßt man endlich dann das Innere der Stadt,
um den Quai zu erreichen, so hat man das Meer und den Vesuv
vor sich, und vergessen sind die Menschen und das Menschliche!

Oswald und Corinna trafen während des Ausbruchs des
Vesuv in Neapel ein. Bei Tage war nur ein schwarzer Rauch
sichtbar, den sie auch für dunkle Wolken hätten halten können;
Abends jedoch, als sie auf den Balkon ihrer Wohnung traten,
genossen sie eines wundervollen Naturschauspiels. Der Feuerstrom senkt sich zum Meere nieder, und seine Flammenwogen
geben, wie die des Wassers, das Bild einer in schneller,

reißender Folge sich unaufhörlich wiederholenden Bewegung. Es ist, als ob die Natur, unter der Gestalt der verschiedenen Elemente, doch immer einen einzigen Urgedanken festhielte. Diese Wunder-Erscheinung des Besuv staunt der Fremde mit Herzklopfen an. Gemeinhin ist man mit den äußeren Gegenständen seiner Umgebung so vertraut, daß man sie kaum noch gewahr wird, und vollends empfängt man von den flachen, nordischen Gegenden wohl selten neue Eindrücke. Hier aber wird das Staunen, welches die Schöpfung uns immer erregen sollte, von dem Anblick dieses ungekannten Wunders neu erweckt. Unser ganzes Wesen wird erschüttert von der Erhabenheit dieser Naturgewalt, und wir ahnen, daß noch viele der größesten Weltgeheimnisse dem Menschen verborgen blieben, und daß eine von ihm unabhängige Macht, deren Gesetze er nicht einzusehen vermag, ihn wechselweise bedroht oder beschützt. Oswald und Corinna beschlossen, den Besuv zu besteigen; die mögliche Gefahr dieses Unternehmens verlieh demselben, da es gemeinschaftlich ausgeführt werden sollte, nur einen neuen Reiz.

Drittes Kapitel.

Es lag damals in dem Hafen von Neapel ein englisches Kriegsschiff, auf welchem der sonntägliche Gottesdienst regelmäßig abgehalten wurde. Der Kapitän des Schiffes ersuchte Lord Nelvil, dieser Feier am morgenden Tage doch beizuwohnen. Oswald nahm die Einladung an, ohne sogleich zu überlegen, ob Corinna ihn begleiten, und in welcher Eigenschaft er sie seinen Landsleuten vorstellen werde. Dies beunruhigte ihn die ganze Nacht hindurch. Als er am folgenden Morgen mit Corinna am Hafen auf und nieder ging, und er eben im Begriffe war, ihr von dem Besuch des Schiffes abzurathen, sahen sie eine englische, mit zehn Matrosen bemannte Schaluppe herbeirudern; die Leute waren weiß gekleidet, und trugen an ihren schwarzen Sammetmützen den Leoparden in Silber gestickt. Ihr Führer, ein junger Officier, stieg ans Land, und Corinna als Lady Nelvil begrüßend, lud er sie ein, in seiner Barke Platz zu nehmen, damit

Staël's Corinna.   17

er sie und Lord Nelvil dem Schiffe zuführen könne. Es verwirrte Corinna, sich Lady Nelvil nennen zu hören; sie erröthete und schlug die Augen nieder. Oswald schien einen Augenblick zu schwanken; dann plötzlich ihre Hand ergreifend, sagte er auf englisch: „Kommen Sie, Liebe!" — Und sie folgte ihm.

Das Geräusch der Wogen, das Schweigen der Matrosen, die, in bewundernswürdiger Disciplin, ohne unnütze Bewegung oder überflüssige Worte, die Barke schnell über das Meer gleiten ließen, forderten zum Träumen auf; Corinna hätte über das Geschehene auch keine Frage an Lord Nelvil wagen dürfen. Sie suchte seinen Plan zu errathen, und, was in solchem Fall meist das Wahrscheinlichste ist: daß er gar keinen haben möge, und sich eben nur einem neuen Zufall überlasse, das fiel ihr gar nicht ein. Einen Augenblick glaubte sie, er führe sie zu diesem Gottesdienst, um dort den kirchlichen Segen über ihren Bund sprechen zu lassen, und dieser Gedanke verursachte ihr eben jetzt mehr Schrecken, als Freude. Es war ihr, als verlasse sie Italien, als kehre sie nach England zurück, wo sie so viel gelitten hatte. Sie gedachte der Herbigkeit der englischen Sitten und Gewohnheiten, und die Liebe selbst schien nicht völlig über ihre peinlichen Erinnerungen siegen zu können. Wie unbegreiflich sollten ihr einst unter andern Verhältnissen diese vorübergehenden Gedanken erscheinen; wie gänzlich sollte sie sie einst verläugnen!

Man bestieg das Schiff, dessen Inneres mit der ausgesuchtesten Sauberkeit gehalten war. Die Stimme des Kapitäns, die in weithinschallenden, von augenblicklichem Gehorsam gefolgten Wiederholungen sich vernehmen ließ, gab allein hier Gesetze. Subordination, Ernst, Regelmäßigkeit, Schweigen, wie sie sich auf diesem Schiff als das Bild einer freien und strengen bürgerlichen Ordnung darboten, bildeten den lebhaftesten Gegensatz zu dem pulsirenden, leidenschaftlichen, lärmenden Neapel. Oswald war mit Corinna und dem Eindruck, welchen sie empfing, beschäftigt; zuweilen auch zog das Vergnügen, sich in der Heimat zu finden, seine Gedanken von ihr ab; denn wirklich sind die Schiffe und das Meer die zweite Heimat eines Engländers.

Oswald ging mit den am Bord befindlichen Landsleuten auf
und nieder, um Neues aus dem Vaterlande zu erfahren,
um von dessen innerem Treiben, dessen Politik zu reden, während
Corinna neben den englischen Frauen saß, die aus Neapel zu
dem Gottesdienst herbeigekommen waren. Sie waren von ihren
schönen Kindern umgeben, die aber, so schüchtern wie ihre
Mütter, nicht ein Wort vor der Fremden zu äußern wagten.
Dieser Zwang, dieses Schweigen machten Corinna ganz traurig;
sie richtete den Blick auf das leuchtende Neapel, auf seine
blühenden Ufer, sein heißes Leben, und seufzte! Zum Glück für
sie bemerkte Oswald dies nicht; im Gegentheil: mit frohem
Behagen sah er sie in der Mitte der englischen Damen, die
schwarzen Wimpern gesenkt, wie Jene ihre blonden senkten, und
sich in Allem den Formen der Anderen anschmiegend. Vergeblich
wird ein Engländer für einige Zeit von fremden Sitten angezogen; sein Herz wendet sich immer wieder zu den ersten Lebens-
eindrücken zurück.

Um die Predigt zu hören, begab man sich nach dem Zwischen-
deck, und Corinna sah bald ein, daß ihre Vermuthung unbegründet
gewesen, daß Lord Nelvil nicht den feierlichen Vorsatz hege, sich
hier auf immer mit ihr zu verbinden. Nun warf sie sich vor, dies
gefürchtet zu haben, und das Bewußtsein von der Peinlichkeit
ihrer Lage erwachte mit großer Lebhaftigkeit; denn sämmtliche
Anwesende hielten sie zweifellos für Lord Nelvils Gemahlin, und
es hatte ihr aller Muth gefehlt, ein Wort zu sagen, welches diese
Annahme bestätigt oder widerlegt hätte. Auch Oswald schien
davon zu leiden. Allein unter tausend vortrefflichen Eigenschaften
lag nun einmal viel Schwachheit und Unentschlossenheit in seinem
Charakter. Diese Fehler sind dem, welchem sie eigen, unbekannt, und sie nehmen nach seinem Willen in jedem anderen
Verhältnisse andere Gestalt an: bald als Klugheit, bald als
Rücksicht und Zartgefühl, suchen sie jeden festen Entschluß hinaus-
zuschieben, und verlängern damit einen unklaren Zustand; und
selten nur bemerkt der Scharfsichtige, daß es ein und derselbe
Charakter ist, welcher auf diese Weise allen Lebenslagen dieselben
Schwierigkeiten unterlegt.

17*

Corinna empfing indeß, troß ihrer trüben Gedanken, einen tiefen Eindruck von der Feierlichkeit, welcher sie beiwohnte. Weniges spricht auch so zum Herzen, als ein auf dem Schiffe abgehaltener Gottesdienst; und die edle Einfachheit des reformirten Cultus macht ihn dafür besonders geeignet. Ein junger Geistlicher redete in sanftmahnendem Ton; bei all seiner Jugend lag Reinheit und Strenge in diesem Angesicht. Solche Strenge giebt die Idee der Kraft, wie sie einer Religion wohl ansteht, welche mitten unter den Gefahren des Krieges gepredigt wird. Von Zeit zu Zeit spricht der englische Prediger Gebete, deren letzte Worte die ganze Versammlung wiederholt. Bei den Worten: „Lord have mercy upon us: Herr, habe Erbarmen mit uns", knieten Matrosen und Officiere nieder, und zeigten jene edle Vereinigung der Demuth vor Gott und der Kühnheit gegen Welt und Menschen, welche die Andacht des Helden stets so erschütternd macht. Während diese Tapferen also zu dem Herrn der Heerschaaren beteten, schimmerte durch die Stückpforten das Meer und seine nun beruhigten Wogen schienen zu flüstern: „Euer Flehen ist erhört". — Der Kaplan schloß die Feier durch das, von den englischen Seeleuten stets festgehaltene Gebet: „Gott beschütze unsere segensreiche Konstitution und erhalte uns das häusliche Glück am heimischen Heerde!" Welch ein Reichthum liegt in diesen einfachen Worten! — Die zum Seedienst erforderlichen Vorstudien und stets fortzusetzenden Exercitien, sowie das streng enthaltsame Leben auf dem Schiffe machen aus diesem eine Art von militärischem Kloster, das in den Wellen vereinsamt liegt, und dessen ernste Einförmigkeit nur durch Tod und Gefahren unterbrochen wird. Oft haben die Matrosen, troß ihrer rauhen Gewohnheiten, eine sehr sanfte Form sich auszudrücken; sie zeigen meist viel Rücksicht für Frauen und Kinder, wenn sie deren an Bord haben. Von diesem Zartgefühl wird man um so inniger gerührt, als man weiß, mit welcher Kaltblütigkeit sie sich den furchtbarsten Gefahren aussetzen; Gefahren, inmitten deren die Gegenwart von Menschen schon ohnehin etwas Unnatürliches an sich hat. Corinna und Lord Nelvil bestiegen die Barke von Neuem,

um sich nach der Stadt zurückführen zu lassen, die amphitheatralisch auf das Meer herniederschaut, als wolle sie das große
Festspiel der Natur immer unter Augen behalten; und als Corinna nun wieder das Ufer betrat, konnte sie sich eines Gefühls
der Freude, fast der Erleichterung, nicht erwehren. Wenn Lord
Nelvil dies hätte ahnen können, wäre er, vielleicht mit Recht, tief
davon verletzt worden; und dennoch verdiente Corinna keinen
Vorwurf dafür: sie liebte ihn leidenschaftlich, nur daß sie die
peinlichen Erinnerungen an drückende Verhältnisse, unter denen
sie in seiner Heimat gelitten hatte, nicht los werden konnte.
Ihre Fantasie war lebhaft, ihre Fähigkeit zu lieben sehr groß;
aber das Talent, und besonders das Talent, welches eine Frau
besitzt, verursacht eine Neigung zur Langenweile, ein Bedürfniß
nach Zerstreuung, das oft von der tiefsten Leidenschaft nicht
völlig verdrängt werden kann. Das Bild eines einförmigen
Lebens, selbst wenn es im Schooß des Glückes wäre, hat für
einen des Wechsels bedürftigen Geist etwas Abschreckendes.
Wer wenig Wind zum Segeln hat, hält allein eine dauernde,
seichte Uferfahrt aus; die reiche Einbildungskraft will und
muß ins Weite schweifen, wenn auch das Gefühl treu im
Herzen zurückbleibt; so wenigstens ist es, bis das Unglück all
diese Bestrebungen auslöscht, und nur ein einziger Gedanke auf
dem Menschenherzen lastet, nur ein Schmerz es beherrscht und
vernichtet!

Oswald glaubte Corinnens träumerische Nachdenklichkeit
allein auf die Verwirrung schieben zu müssen, mit welcher sie
sich als Lady Nelvil hatte bezeichnen hören; und neben dem
Vorwurf, sie diesem ausgesetzt zu haben, fürchtete er nun noch,
daß sie ihn auch des Leichtsinns zeihen möge. So erbot er sich
denn, um nur endlich die gewünschte Erklärung herbeizuführen,
ihr zuerst sein eigenes Leben erzählen zu wollen. „Wenn ich zu
reden anfange“, sagte er, „wird Ihr Vertrauen dem meinen
folgen?“ — „Ja, ohne Zweifel, es muß endlich geschehn“, erwiederte Corinna zitternd; „da Sie es wollen? An welchem Tag?
Zu welcher Stunde? Wenn Sie gesprochen haben — werde ich
Alles sagen.“ — „In welcher schmerzlichen Aufregung Sie

sind!" erwiderte Oswald. „Was soll das bedeuten? Werden Sie
nie aufhören, Ihrem Freunde diese Angst zu zeigen, dieses Mißtrauen in sein Herz zu setzen?" — „Nein, nein, es muß sein",
fuhr Corinna fort; „ich habe Alles niedergeschrieben; morgen,
wenn Sie wollen" — „Morgen", unterbrach sie Lord Nelvil,
„morgen wollen wir ja zusammen auf den Vesuv; ich will mit
Ihnen dies große Werk der Schöpfung sehen, will von Ihnen
lernen, es zu bewundern, und unterwegs werde ich, wenn
ich irgend die Kraft dazu habe, Ihnen aus meinem Leben
mittheilen. Es ist vielleicht nothwendig, daß mein Vertrauen
das Ihre erschließe; ich bin nun entschieden, es zu thun." —
„So geben Sie mir noch Morgen? ich danke Ihnen für den
Tag. Ach, wer weiß denn, ob Sie mir derselbe bleiben, wenn
ich Ihnen mein Herz geöffnet habe? Wer weiß es denn? und
wie sollte ich bei diesem Zweifel nicht zittern?" —

Viertes Kapitel.

Bekanntlich liegen die Ruinen von Pompeji in der Nähe
des Vesuv; von diesen aus brachen Oswald und Corinna
am nächsten Tage zu ihrem Unternehmen auf. Sie schwiegen
Beide, denn die Entscheidung ihres Geschickes nahte heran, und
diese ungewisse Hoffnung, deren sie sich so lange erfreut hatten,
und welche so gut zu dem italienischen Klima, dem träumerischen
Sichgehenlassen stimmte, sollte endlich durch einen fest ausgesprochenen Lebensplan verdrängt werden. Sie nahmen
zuerst Pompeji in Augenschein, die eigenthümlichste aller
Ruinen des Alterthums. In Rom findet man kaum andere,
als die Trümmer öffentlicher Bauwerke, und diese Denkmale reden meist nur von der politischen Geschichte der verflossenen Jahrhunderte. Doch in Pompeji tritt uns das Privatleben der Alten in seiner ganzen Ursprünglichkeit entgegen.
Der Vulkan hat, als er die Stadt mit Asche bedeckte, sie damit
auch vor den Verheerungen der Zeit geschützt. Niemals hätten
sich der Luft ausgesetzte Gebäude so erhalten können, während
nun diese verschüttete Vergangenheit ganz unversehrt blieb. Die

Malereien und Bronzen sind noch in erster Frische, und alles was zu häuslichem Gebrauche diente, hat sich fast in erschreckender Weise erhalten. Die Amphoren stehen noch da, bereit gesetzt für die Festlichkeit des folgenden Tages; das Mehl, das man eben kneten wollte, ist noch unverdorben; die Ueberreste einer Frau zeigen noch den Schmuck, welchen sie an jenem, von dem Bulkan so schrecklich unterbrochenen Festtage trug; ihre verdorrten Arme füllen die Armbänder von edlen Steinen nicht mehr aus. Nie sah man ein so wunderbares Bild von plötzlich unterbrochenem Leben. Die Furchen der Räder sind auf den Straßen noch sichtlich erkennbar; die steinernen Brunneneinfassungen zeigen noch die Einschnitte der Seile, die auf ihnen hin und her arbeiteten. An den Mauern eines Wachtgebäudes sieht man noch die schlecht geformten Buchstaben, und sonstige grobe Figurenzeichnungen, welche die Söldlinge dort einkratzten, um sich die Zeit zu vertreiben, — eine Zeit, die zu ihrem Verderben heranrückte.

Wenn man in der Mitte eines Platzes steht, wo verschiedene Straßen sich kreuzen, und von wo aus man nach allen Seiten in die fast noch ganz vorhandene Stadt hineinsehen kann, ist es, als müsse man hier Jemand erwarten, als werde ein Gebieter sogleich auftreten. Und eben dieser Schein von Leben, welcher über der Stätte ruht, macht ihr ewiges Stillschweigen noch trauriger. Aus versteinerter Lava sind diese Häuser gebaut, die wieder durch Lavaströme überfluthet wurden. Ruinen also auf Ruinen, Gruft auf Gruft! Diese Weltgeschichte, deren Zeitabschnitte sich von Vernichtung zu Vernichtung weiterzählen, dieses menschliche Dasein, dessen Spuren wir beim Schein desselben Bulkans verfolgen, der es verzehrte, erfüllen die Seele mit tiefer Schwermuth. Wie lange schon ist der Mensch da! Wie lange schon lebt er, leidet er, um endlich doch nur zu Grunde zu gehen! Wo findet man seine Gefühle, seine Gedanken wieder? Ist die Luft, welche man in diesen Trümmern athmet, noch von ihnen erfüllt? oder sind sie zum Himmel emporgestiegen, um dort, wo die Unsterblichkeit wohnt, ewig bewahrt zu werden? Man versucht jetzt zu Portici einige in Herculanum und Pompeji gefundene verbrannte Blätter von Handschriften zu entziffern, die allein uns von den Empfindungen der unglücklichen Opfer Nachricht bringen könnten. Wenn man sich dieser Asche nähert, welche wiederzubeleben die heutige Geschicklichkeit sich bemüht, fürchtet man zu athmen, in der Besorgniß, daß nicht ein Hauch den Staub entführe, dem noch edle Gedanken abzugewinnen sein können.

Die öffentlichen Gebäude Pompeji's sind, wiewohl es nicht zu den größeren Städten Italiens gehörte, immerhin noch sehr schön. Der Luxus der Alten richtete sich fast stets nur auf Gegenstände von allgemeinem Interesse. Ihre Wohnhäuser waren sehr klein, und ohne ausgesuchte Pracht; indessen ein hoher Kunstsinn spricht sich auch in diesen überall aus. Das ganze Innere fast ist mit gefälligen Malereien geschmückt, die Fußböden mit kunstvoll gearbeiteter Mosaik gepflastert. Auf den Schwellen der Thüren findet man häufig das ebenfalls in Mosaik ausgeführte „Salve" (Sei gegrüßt). Dieser Gruß war sicherlich keine bloße Höflichkeit, sondern eine ernst gebotene Gastfreundschaft. Die Zimmer sind auffallend eng, mit wenig Licht, nach der Straße hin stets ohne Fenster und fast alle in einen Säulengang mündend, der einen, innerhalb des Hauses gelegenen, marmorgetäfelten Hof umschließt, in dessen Mitte sich ein einfach geschmückter Wasserbehälter befindet. Eine derartige Wohnungseinrichtung zeigt klar, daß die Alten meist in freier Luft lebten, und so auch ihre Freunde empfingen. Von dieser Lebensweise macht man sich eine holde, überschwängliche Vorstellung; vollends, wenn man das Klima kennt, welches Natur und Menschen hier so innig verbindet. Es ist anzunehmen, daß bei solchen Gewohnheiten der Charakter der Unterhaltung und der Geselligkeit überhaupt sehr verschieden sein muß von dem, wie er sich in Gegenden gestaltet, wo die Kälte die Menschen zwingt, sich in ihre Wohnungen einzusperren. Man versteht Plato's Dialoge besser, wenn man diese Säulenhallen sieht, unter welchen die Alten halbe Tage lang lustwandelten. Ueber ihnen blaute unaufhörlich ein heiterer Himmel, der sie zu klarem Denken anregte, und nach ihrer Auffassung war die gesellschaftliche Ordnung nicht eine trockene

Vereinigung von Berechnung und Gewalt, sondern das glückliche Zusammenwirken von Einrichtungen, welche die individuelle
Begabung begünstigen, den Geist entwickeln, und dem Menschen
die Vervollkommnung seines Selbst und seiner Nächsten als
Ziel setzen.

Das Alterthum regt eine unersättliche Wißbegierde an.
Den Gelehrten, welche sich damit begnügen, eine Sammlung
von Namen anzuhäufen, und dies dann Geschichte nennen,
mangelt wohl alle Fantasie. Aber in die Vergangenheit eindringen, den Menschenherzen, die vor Jahrhunderten zu schlagen aufgehört, ihre geheimen Wünsche und Gedanken nachfühlen,
eine Thatsache aus einem Wort erklären, durch solche Thatsache
Charakter und Sitten eines ganzen Volks begreifen; bis zur
grauesten Vorzeit hinaufsteigen, um vielleicht eine Vorstellung
zu erlangen, wie den damaligen Menschen die jugendliche Erde
erschien, und wie sie das Leben ertrugen, das durch die mannigfaltigen Verzerrungen unserer gegenwärtigen Civilisation ein
so zweifelhaftes Gut geworden ist, — das Alles erfordert eine fort-
gesetzte Anstrengung unseres Denkvermögens, die uns dann aber
auch mit reichen Einsichten, mit schöner Erkenntniß lohnt. Diese
Art von geistiger Beschäftigung war Oswald sehr anziehend,
und er wiederholte es oft gegen Corinna, daß, wenn er in seinem
Vaterlande nicht edlen Zwecken zu dienen hätte, er das Leben
nur in solchen Gegenden erträglich gefunden haben würde, wo
die Denkmale der Geschichte die Nüchternheit eines von der Gegenwart nicht erfüllten Lebens allenfalls zu ersetzen vermöchten.
Man muß dem Ruhme wenigstens nachtrauern, wenn ihn zu
erwerben uns versagt ist. Nur das Vergessen der Ideale erniedrigt die Seele, sie kann in der großen Vergangenheit irgendwo ein Asyl finden, wenn grausame Verhältnisse es nicht gestatten, daß die Blüthen unserer, vielleicht edlen Thaten zu
lohnenden Früchten heranreifen.

Als sie Pompeji verlassen hatten, und Portici noch einmal
berührten, wurden sie von dessen Einwohnern lebhaft aufgefordert, das Besteigen „des Berges" nicht zu unterlassen: so nennen
sie kurzweg ihren Vesuv. Und brauchte er denn noch einen

anderen Namen? Er ist den Neapolitanern Ruhm und Vaterland, ist das Wunder, das Abzeichen ihrer Heimat. Oswald wünschte, daß Corinna sich bis zu der Einsiedelei von St. Salvador, die auf der Hälfte des Weges liegt, tragen lasse; dort pflegen die Reisenden zu ruhen, ehe sie das Ersteigen des Gipfels unternehmen. Oswald bestieg hier ein Pferd und hielt sich zur Bewachung der Träger stets neben Corinna. Sein Herz war voll, und je höher es schlug unter den Gedanken, welche Natur und Geschichte hier in ihm anregten, je demuthsvoller betete er zu Corinna.

Am Fuße des Vesuv liegt der fruchtbarste und am besten kultivirteste Boden des ganzen Königreichs Neapel; der berühmte Rebstock, dessen Saft lacrima Christi genannt wird, hat hier seine Heimat, und findet sich dicht neben den von Lava verheerten Erdstrichen. Es ist, als mache die Natur hier in der nächsten Nähe des Vulkans noch eine letzte Anstrengung, als schmücke sie sich vor ihrem Untergange mit ihren reichsten Gewändern. Beim Höhersteigen breitet sich vor dem zurückgewendeten Blick Neapel und seine wundervolle Umgebung immer herrlicher aus. Unter den Strahlen der Sonne funkelt das Meer wie kostbares Edelgestein; stufenweise aber erlischt diese leuchtende Pracht der Schöpfung, bis sie endlich in dem aschigen, rauchenden Boden, der den Vulkan zunächst umgiebt, völlig erstirbt. Die eisenhaltigen Laven verflossener Jahre haben breite, schwarze Furchen zurückgelassen, und Alles um sie her ist unfruchtbar. Von einer gewissen Höhe ab fliegen keine Vögel mehr; eine Strecke weiter werden die Pflanzen seltener, später finden auch die Insekten in dieser aufgezehrten Natur nichts mehr, das zu ihrer Ernährung dienen könnte. Endlich verschwindet Alles, was Leben hat, man tritt in das Reich des Todes, und allein die Asche dieser verbrannten Erde bewegt sich noch unter dem unsicheren Tritt des Menschen.

Nè greggi nè armenti
Guida bifolco mai, guida pastore.

„Weder Schafe noch Rinder führte je ein Hirt auf diese Stätte."

Hier auf der Grenze zwischen Leben und Tod wohnt ein Eremit. Ein Baum steht vor seiner Thür wie ein letztes Lebewohl der Vegetation; und die Reisenden haben die Gewohnheit, im Schatten seines matten Blätterschmucks die Dunkelheit zur Fortsetzung ihrer Pilgerschaft abzuwarten. Denn bei Tage haben die aus dem Vesuv aufsteigenden Flammen nur das Ansehen einer Rauchwolke, und seine Nachts so rothglühenden Lavaströme erscheinen im Sonnenlicht fast schwarz. Diese Metamorphose ist an sich schon ein sehr schöner Anblick; sie erneuert allabendlich das Erstaunen des Beschauers, welches eine ununterbrochene Fortdauer des großartigen Bildes ermüden würde. Die Gegend mit ihrer tiefen Einsamkeit wirkte erschütternd auf Oswalds Gemüth; in dieser Stimmung beschloß er, Corinna aus seiner Vergangenheit zu erzählen, und zugleich hoffte er, damit ihr Vertrauen zu wecken. „Sie wollen auf dem Grunde meiner Seele lesen", fing er bewegt an, „so sei es denn; ich werde Ihnen Alles gestehen, meine Wunden werden sich öffnen, das fühle ich; aber darf man denn im Angesicht dieser erstarrten Natur die Schmerzen fürchten, welche die Zeit mit sich hinwegnimmt?"

Zwölftes Buch.

Geschichte Lord Nelvils.

Erstes Kapitel.

„In dem väterlichen Hause mit einer Sorgfalt, mit einer Güte auferzogen worden, die ich erst recht bewundern lernte, seit ich die Menschen kenne. Nichts auf Erden habe ich mehr als meinen Vater geliebt, und doch scheint mir, daß meine Verehrung noch viel heißer, noch viel ergebener gewesen sein würde, wenn ich gewußt hätte, was ich jetzt weiß, wie einzig ein Charakter, gleich dem seinen, in dieser Welt ist. Ich erinnere mich an manchen Zug aus seinem Leben, die mir einfach selbstverständlich erschienen, weil er sie so fand, und die mir heute, wo ich ihren Werth kenne, sie erschüttern. Die Vorwürfe, welche man sich in Bezug auf einen geliebten Menschen macht, der nicht mehr ist, geben uns einen Begriff davon, was die Strafen der Hölle sein könnten, wenn die göttliche Barmherzigkeit nicht wäre!

„Ich lebte neben meinem Vater ruhig und glücklich; dennoch wünschte ich mir zu reisen, ehe ich in die Armee eintrat. Zwar ist in meiner Heimat die parlamentarische Laufbahn die bei weitem glänzendere; doch bedarf es für diese viel rednerischer Begabung, und ich zog ich wegen einer, mir damals noch dem eigenen, großer Schüchternheit, die mir das öffentliche Sprechen sehr verhaßt gemacht hätte, der Militärstand vor. Ich wollte lieber mit bestimmten Gefahren, als mit möglichen Verdrießlichkeiten zu thun haben. Meine Eigenliebe ist, nach allem Richtungen hin, mehr empfindlich als ehrgeizig; und immer habe ich gefunden, daß die Menschen, wenn sie uns tadeln, unserer Einbildungskraft wie Gespenster erscheinen, wenn sie uns loben, wie Pygmäen. Ich hatte Lust nach Frankreich zu gehen, wo jene Revolution eben ausgebrochen war, die, ohngeachtet des Alters des Menschengeschlechts, der Anbruch erbot, eine neue

Aera der Weltgeschichte zu beginnen. Mein Vater fand gegen Paris Manches einzuwenden; er hatte zu Ende der Regierung Ludwig des Fünfzehnten dort gelebt, und konnte nicht begreifen, wie Coterien sich in eine Nation, Anmaßung in Tugend, Eitelkeit in Begeisterung verwandelt haben sollten. Indessen willigte er, da er meinen Wünschen nicht hinderlich sein mochte, in diese Reise. Wenn die Pflicht es ihm nicht gebot, von seiner väterlichen Autorität Gebrauch zu machen, mied er es gern, mich diese fühlen zu lassen; er wollte vor Allem geliebt sein, und fürchtete immer, ein zu vieles Geltendmachen seines Ansehens möchte die Wahrhaftigkeit und Reinheit meiner kindlichen Liebe, wie auch ihre freie, unabhängige Aeußerung beeinträchtigen. So gestattete er mir in Beginn des Jahres 1791, als ich eben mein einundzwanzigstes Lebensjahr vollendet hatte, einen sechsmonatlichen Aufenthalt in Frankreich; und ich ging, die nachbarliche Nation kennen zu lernen, die dennoch durch ihre Institutionen, und ihre sich daraus entwickelnden Anschauungen so sehr von der unseren verschieden ist.

„Ich glaubte, das Land niemals lieben zu können, und betrat es mit all den Vorurtheilen, zu welchen wir Engländer durch unsern Stolz und unser gemessenes Wesen nur allzuleicht verleitet werden. Ich fürchtete die Verspottung dessen, was dem Geiste und Herzen heilig ist, und verabscheute die gekünstelte Manier, jeden Aufschwung niederzuschlagen, alles Liebesgefühl zu entnüchtern. Der Boden dieser vielgerühmten Heiterkeit schien mir sehr unfruchtbar, da auf ihm meine theuersten Empfindungen zu verdorren schienen. Ich kannte noch nicht die wirklich ausgezeichneten Franzosen, welche mit den edelsten Eigenschaften höchst anmuthsvolle Formen vereinigen. In den Pariser Gesellschaften herrschte eine Freiheit, eine Einfachheit, die mich überraschten. Die wichtigsten Dinge wurden dort ohne Leichtfertigkeit, aber auch ohne Pedanterie behandelt; es schien, als ob die tiefsten Ideen hier allgemeines Eigenthum der Unterhaltung geworden wären, und als ob die Revolution der ganzen Welt nur geschehen sei, um die Gesellschaft von Paris noch liebenswürdiger, noch geistvoller zu machen. Ich lernte Männer kennen voll tiefen Wissens, mit überlegenem Talent, die mehr von dem Wunſch zu gefallen, als dem Bedürfniß nützlich zu ſein, angeregt ſchienen; die ſelbſt nach dem Beifall, welchen man ihnen auf der Tribune gezollt, noch den des Salons ſuchten, und die im Verkehr mit Frauen eher bewundert, als geliebt zu werden ſtrebten.

„Alles, was äußerliches Behagen angeht, war in Paris vortrefflich eingerichtet. In den Einrichtungen des geſellſchaftlichen, wie öffentlichen Lebens gab es keinen Zwang; Selbſtſucht im Innern, doch niemals in der Form; eine Bewegung, eine Angeſpanntheit, die jeden Tag ausfüllten, ohne freilich viel Nutzen zurückzulaſſen, aber auch ohne einem Gefühl der Ermüdung Raum zu geſtatten; eine Schnelligkeit des Verſtändniſſes, vermöge welcher man durch ein Wort andeutete, oder begriff, wozu man anderswo der längſten Auseinanderſetzungen bedurft hätte; ein Geiſt der Nachahmung, der vielleicht wohl vor jeder wahren Unabhängigkeit zurückgeſchreckt wäre, der aber in das Geſpräch jene Uebereinſtimmung, jene Gefälligkeit brachte, wie ſie nirgend ſonſt zu finden ſind; endlich eine leichte Art das Leben zu nehmen, es zu mannigfaltigen, ihm ernſteres Nachdenken fern zu halten, ohne es indeß von Geiſtesanmuth zu entblößen. All dieſen berauſchenden Weiſen des Lebensgenuſſes fügen Sie noch die Schauſpiele, die anweſenden Fremden, die Neuigkeiten des Tages hinzu, und Sie haben einen Begriff von der geſelligſten Stadt der Welt. Hier in dieſer Einſiedelei, inmitten einer Wüſte, unter Eindrücken, welche der Gegenſatz von Allem ſind, aus dem jene geſchäftigſte aller Bevölkerungen ihren Lebensſtoff zieht, hier erſchreckt es mich faſt, das pulſirende Paris auch nur zu nennen; aber ich mußte verſuchen, Ihnen dieſen Aufenthalt und ſeine Wirkung auf mich zu ſchildern. Werden Sie es glauben, Corinna? Sie, die Sie mich jetzt ſo düſter und verzagt ſehen, — ich ließ mich durch dieſen geiſtreichen Taumel hinreißen. Es behagte mir, nicht einen Augenblick von Langerweile geplagt zu ſein, obwohl ich nun auch keinen für das Nachdenken übrig hatte; es war mir recht, die Fähigkeit zu leiden in mir abzuſtumpfen, wenngleich die Fähigkeit zu lieben dies mitzuempfinden hatte. Wenn ich nach mir ſelber urtheilen darf, ſo ſcheint es mir, daß

ein Mann von ernstem und leidenschaftlichem Charakter an
der Intensität und Tiefe seines eigenen Gefühls ermüden kann;
er kehrt immer zu seinem eigentlichen Wesen zurück, doch ist es
ihm wohlthätig, für einige Zeit wenigstens, aus demselben
herausgetreten zu sein. Sie, Corinna, verscheuchen meine natürliche Schwermuth, indem Sie mich über mich selbst erheben;
eine andere Frau, von der ich Ihnen bald sprechen werde, zerstreute meinen Trübsinn dadurch, daß sie mich hinab von
meinem eigentlichen Werth und zu sich hinunter zog. Indeß wie
vielen Geschmack ich auch an dem Pariser Leben fand, und wie
schnell es mir zur Gewohnheit wurde, lange hätte es mir nicht
genügen können, wenn ich nicht die Freundschaft eines Mannes
zu erwerben gewußt, der das vollendete Muster des französischen
Charakters in seiner alten Biederkeit, des modernen Franzosen-
geists in seiner jetzigen Bildungsform, war.

„Ich sage Ihnen nicht den wahren Namen der Personen,
von denen ich zu reden habe, liebste Freundin; wenn Sie
das Ende dieser Geschichte kennen, werden Sie einsehen, was
mich zwingt, ihn zu verbergen. Graf Raimond stammte aus
einer der vornehmsten Familien Frankreichs; in seiner Seele
thronte der ganze ritterliche Stolz seiner Ahnen, während sein
Verstand willig die neuen philosophischen Ideen aufnahm, auch
dann aufnahm, wenn sie persönliche Opfer von ihm forderten.
Er hatte sich an der Revolution nicht thätig betheiligt, doch
bewunderte er das, was an jeder Partei tugendhaft war:
den Muth der Dankbarkeit in den Einen, die Liebe zur Freiheit
bei den Andern. Vor Allem liebte er Uneigennützigkeit. Immer
erschien ihm die Sache der Unterdrückten als die gerechte, und
diese Großmuth trat durch die vollkommenste Sorglosigkeit um
sein eigenes Wohl in noch helleres Licht. Er war nicht eigentlich
ein unglücklicher Mensch; aber sein geistiges Wesen stand zu der
Gesellschaft, wie sie im Allgemeinen ist, doch in solchem Gegensatz, daß statt der täglichen Pein, welche ihm dies bereitete, er es
vorzog, sich, so zu sagen, von sich selber los zu machen. Ich
war so glücklich, des Grafen Raimond Theilnahme zu erregen;
er wünschte meine angeborene Zurückhaltung zu überwinden,

und um das zu erreichen, pflegte er unsere Freundschaft mit wahrhaft romantischer Zärtlichkeit. Um einen großen Dienst zu
leisten, oder ein Vergnügen zu bereiten, gab es für ihn kein
Hinderniß. Er beschloß, da er sich nicht ganz von mir trennen
mochte, die Hälfte des Jahres in England zu verleben, und ich
hatte Mühe zu verhindern, daß er sein ganzes Besitzthum mit
mir theilte.

„Ich habe nur eine Schwester, sagte er mir; sie ist an
einen sehr reichen, alten Mann verheirathet; ich darf also frei
mit meinem Vermögen schalten. Außerdem wird diese Revolution einen schlechten Ausgang nehmen, und ich könnte getödtet
werden. Lassen Sie mir darum die Freude, meinen Ueberfluß
mit Ihnen zu theilen. Ach! der großmüthige Raimond sah sein
Schicksal nur zu gut voraus! Wer im Stande ist, sich selbst zu
erkennen, täuscht sich selten über sein Loos; und die Vorahnungen sind in den meisten Fällen nichts, als ein Urtheil über das
eigene Ich, das man sich nur noch nicht ganz klar eingestanden.
Edel, offenherzig, selbst unvorsichtig, wie Graf Raimond war,
zeigte er mir offen seine ganze Seele; mir war ein solcher
Charakter neu und bewundernswerth. Bei uns werden die
Schätze der Innerlichkeit dem Blicke Anderer nicht so leicht
preis gegeben, und wir haben die Gewohnheit angenommen,
Alles zu bezweifeln, was sich nicht verhüllt; allein diese über-
strömende Güte meines Freundes gewährte mir ebenso leicht
errungene, als sichere Freuden, und es fiel mir nicht ein, an
seinen Eigenschaften zu zweifeln, weil sie sich gleich im ersten
Augenblicke wahrnehmen ließen.

„Ich empfand durchaus keine Schüchternheit in meinem Verkehr mit ihm, und was mir noch höher galt: er brachte mich mit mir
selbst in Einklang. So war der liebenswürdige Franzose geartet,
für welchen ich jene unbegrenzte Freundschaft, jenes kameradschaft-
liche Brudergefühl empfand, dessen man nur in der Jugend
fähig ist, ehe man das Gefühl der Nebenbuhlerschaft kennen
lernt, ehe die unabänderlich vorgezeichneten Lebensbahnen das
Feld der Zukunft furchen und zertheilen.

„Eines Tages erzählte mir Graf Raimond: „„Meine

Schwester ist Wittwe geworden, und ich gestehe, daß ich dadurch eben nicht allzu sehr bekümmert bin. Ich war einst gegen diese Heirath; sie hatte die Hand des Greises, der nun gestorben ist, in einer Zeit angenommen, als wir Beide ohne alles Vermögen waren; denn meinen jetzigen Wohlstand danke ich einer Erbschaft, welche mir erst kürzlich zugefallen ist. Dennoch widersetzte ich mich dieser Verbindung damals, so viel ich es vermochte: ich liebe es nun einmal nicht, daß man irgend etwas aus Berechnung thue, am wenigsten den heiligsten Schritt des Lebens. Uebrigens hat sie sich gegen den ungeliebten Gatten stets tadellos benommen, und es ist, nach dem Urtheile der Welt, nichts an der Sache auszusetzen. Nun sie frei ist, wird sie wieder bei mir leben, und Sie werden sie also kennen lernen. Sie ist immerhin doch eine liebenswürdige Frau, und Ihr Engländer liebt es ja wohl, Entdeckungen zu machen. Was mich betrifft, ich ziehe es vor, klar in einem Angesicht lesen zu können. Freilich war mir Ihre Zurückhaltung nie peinigend, mein theurer Oswald, aber die meiner Schwester finde ich zuweilen doch recht unangenehm.

„Diese Schwester des Grafen Raimond, Frau von Arbigny, kam am Morgen des folgenden Tages an; noch an demselben Abend wurde ich ihr vorgestellt. Ihre Züge und der Klang der Stimme waren denen des Bruders ähnlich, aber durch den vorsichtigen und listigen Ausdruck ihrer Augen und durch ihre manierirte Art zu sprechen wich sie wieder sehr von diesem ab. Sonst war ihr Aeußeres angenehm, ihr Wuchs voller Anmuth, und alle Bewegungen zeigten die vollendetste Eleganz. Sie sagte nichts, das nicht stets geziemend gewesen wäre, unterließ keinerlei Art von Rücksicht, ohne daß dabei ihre Höflichkeit übertrieben geschienen hätte; sie schmeichelte der Eigenliebe mit vieler Geschicklichkeit, und mußte es kund zu geben, wenn man ihr gefiel, wiewohl sie selbst sich nie dabei blosstellte; denn in Allem, was das Gefühl anging, drückte sie sich stets in einer Form aus, als wolle sie den Andern verbergen, was in ihrem Herzen vorgehe. Diese Weise zog mich an, da sie mit jener der Frauen meiner Heimat eine scheinbare Aehnlichkeit hatte. Zwar glaubte ich zu bemerken, daß Frau von Arbigny gar zu oft verrieth, was sie behauptete, verheim-

anderen Namen? Er ist den Neapolitanern Ruhm und Vaterland, ist das Wunder, das Abzeichen ihrer Heimat. Oswald wünschte, daß Corinna sich bis zu der Einsiedelei von St. Salvador, die auf der Hälfte des Weges liegt, tragen lasse; dort pflegen die Reisenden zu ruhen, ehe sie das Ersteigen des Gipfels unternehmen. Oswald bestieg hier ein Pferd und hielt sich zur Bewachung der Träger stets neben Corinna. Sein Herz war voll, und je höher es schlug unter den Gedanken, welche Natur und Geschichte hier in ihm anregten, je demuthsvoller betete er zu Corinna.

Am Fuße des Besuv liegt der fruchtbarste und am besten kultivirteste Boden des ganzen Königreichs Neapel; der berühmte Rebstock, dessen Saft lacrima Christi genannt wird, hat hier seine Heimat, und findet sich dicht neben den von Lava verheerten Erdstrichen. Es ist, als mache die Natur hier in der nächsten Nähe des Vulkans noch eine letzte Anstrengung, als schmücke sie sich vor ihrem Untergange mit ihren reichsten Gewändern. Beim Höhersteigen breitet sich vor dem zurückgewendeten Blick Neapel und seine wundervolle Umgebung immer herrlicher aus. Unter den Strahlen der Sonne funkelt das Meer wie kostbares Edelgestein; stufenweise aber erlischt diese leuchtende Pracht der Schöpfung, bis sie endlich in dem aschigen, rauchenden Boden, der den Vulkan zunächst umgiebt, völlig erstirbt. Die eisenhaltigen Laven verflossener Jahre haben breite, schwarze Furchen zurückgelassen, und Alles um sie her ist unfruchtbar. Von einer gewissen Höhe ab fliegen keine Vögel mehr; eine Strecke weiter werden die Pflanzen seltener, später finden auch die Insekten in dieser aufgezehrten Natur nichts mehr, das zu ihrer Ernährung dienen könnte. Endlich verschwindet Alles, was Leben hat, man tritt in das Reich des Todes, und allein die Asche dieser verbrannten Erde bewegt sich noch unter dem unsicheren Tritt des Menschen.

> Nè greggi nè armenti
> Guida bifolco mai, guida pastore.

„Weder Schafe noch Rinder führte je ein Hirt auf diese Stätte."

Hier auf der Grenze zwischen Leben und Tod wohnt ein Eremit. Ein Baum steht vor seiner Thür wie ein letztes Lebewohl der Vegetation; und die Reisenden haben die Gewohnheit, im Schatten seines matten Blätterschmucks die Dunkelheit zur Fortsetzung ihrer Pilgerschaft abzuwarten. Denn bei Tage haben die aus dem Vesuv aufsteigenden Flammen nur das Ansehen einer Rauchwolke, und seine Nachts so rothglühenden Lavaströme erscheinen im Sonnenlicht fast schwarz. Diese Metamorphose ist an sich schon ein sehr schöner Anblick; sie erneuert allabendlich das Erstaunen des Beschauers, welches eine ununterbrochene Fortdauer des großartigen Bildes ermüden würde. Die Gegend mit ihrer tiefen Einsamkeit wirkte erschütternd auf Oswalds Gemüth; in dieser Stimmung beschloß er, Corinna aus seiner Vergangenheit zu erzählen, und zugleich hoffte er, damit ihr Vertrauen zu wecken. „Sie wollen auf dem Grunde meiner Seele lesen", fing er bewegt an, „so sei es denn; ich werde Ihnen Alles gestehen, meine Wunden werden sich öffnen, das fühle ich; aber darf man denn im Angesicht dieser erstarrten Natur die Schmerzen fürchten, welche die Zeit mit sich hinwegnimmt?"

Zwölftes Buch.

Geschichte Lord Nelvils.

Erstes Kapitel.

„Ich bin im väterlichen Hause mit einer Sorgfalt, mit einer Güte auferzogen worden, die ich erst recht bewundern lernte, seit ich die Menschen kenne. Nichts auf Erden habe ich mehr als meinen Vater geliebt; und doch scheint mir, daß meine Verehrung noch viel heißer, noch viel ergebener gewesen sein würde, wenn ich gewußt hätte, was ich jetzt weiß, wie einzig ein Charakter, gleich dem seinen, in dieser Welt ist. Ich erinnere mich an tausend Züge aus seinem Leben, die mir einfach selbstverständlich erschienen, weil er sie so fand, und die mich heute, wo ich ihren Werth kenne, tief erschüttern. Die Vorwürfe, welche man sich in Bezug auf einen geliebten Menschen macht, der nicht mehr ist, geben uns einen Begriff davon, was die Strafen der Hölle sein könnten, wenn die göttliche Barmherzigkeit nicht wäre!

„Ich lebte neben meinem Vater ruhig und glücklich; dennoch wünschte ich mir zu reisen, ehe ich in die Armee eintrat. Zwar ist in meiner Heimat die parlamentarische Laufbahn die bei weitem glänzendere; doch bedarf es für diese viel rednerischer Begabung, und so zog ich wegen einer, mir damals und noch heute eigenen, großen Schüchternheit, die mir das öffentliche Sprechen sehr peinlich gemacht hätte, den Militärstand vor. Ich wollte lieber mit bestimmten Gefahren, als mit möglichen Verdrießlichkeiten zu thun haben. Meine Eigenliebe ist, nach allen Richtungen hin, mehr empfindlich als ehrgeizig; und immer habe ich gefunden, daß die Menschen, wenn sie uns tadeln, unserer Einbildungskraft wie Gespenster erscheinen, wenn sie uns loben, wie Pygmäen. Ich hatte Lust nach Frankreich zu gehen, wo jene Revolution eben ausgebrochen war, die, ohngeachtet des Alters des Menschengeschlechts, den Anspruch erhob, eine neue

Aera der Weltgeschichte zu beginnen. Mein Vater fand gegen
Paris Manches einzuwenden; er hatte zu Ende der Regierung
Ludwig des Fünfzehnten dort gelebt, und konnte nicht begreifen,
wie Coterien sich in eine Nation, Anmaßung in Tugend, Eitelkeit
in Begeisterung verwandelt haben sollten. Indessen willigte er, da
er meinen Wünschen nicht hinderlich sein mochte, in diese Reise.
Wenn die Pflicht es ihm nicht gebot, von seiner väterlichen Autorität Gebrauch zu machen, mied er es gern, mich diese fühlen
zu lassen; er wollte vor Allem geliebt sein, und fürchtete immer,
ein zu vieles Geltendmachen seines Ansehens möchte die Wahrhaftigkeit und Reinheit meiner kindlichen Liebe, wie auch ihre
freie, unabhängige Aeußerung beeinträchtigen. So gestattete
er mir in Beginn des Jahres 1791, als ich eben mein einundzwanzigstes Lebensjahr vollendet hatte, einen sechsmonatlichen
Aufenthalt in Frankreich; und ich ging, die nachbarliche Nation
kennen zu lernen, die dennoch durch ihre Institutionen, und ihre
sich daraus entwickelnden Anschauungen so sehr von der unseren
verschieden ist.

„Ich glaubte, das Land niemals lieben zu können, und betrat
es mit all den Vorurtheilen, zu welchen wir Engländer durch
unsern Stolz und unser gemessenes Wesen nur allzuleicht verleitet
werden. Ich fürchtete die Verspottung dessen, was dem Geiste
und Herzen heilig ist, und verabscheute die gekünstelte Manier, jeden Aufschwung niederzuschlagen, alles Liebesgefühl zu
entnüchtern. Der Boden dieser vielgerühmten Heiterkeit schien
mir sehr unfruchtbar, da auf ihm meine theuersten Empfindungen
zu verdorren schienen. Ich kannte noch nicht die wirklich ausgezeichneten Franzosen, welche mit den edelsten Eigenschaften höchst
anmuthsvolle Formen vereinigen. In den Pariser Gesellschaften herrschte eine Freiheit, eine Einfachheit, die mich überraschten. Die wichtigsten Dinge wurden dort ohne Leichtfertigkeit,
aber auch ohne Pedanterie behandelt; es schien, als ob die tiefsten
Ideen hier allgemeines Eigenthum der Unterhaltung geworden
wären, und als ob die Revolution der ganzen Welt nur geschehen
sei, um die Gesellschaft von Paris noch liebenswürdiger, noch geistvoller zu machen. Ich lernte Männer kennen voll tiefen Wissens,

mit überlegenem Talent, die mehr von dem Wunsch zu gefallen, als dem Bedürfniß nützlich zu sein, angeregt schienen; die selbst nach dem Beifall, welchen man ihnen auf der Tribune gezollt, noch den des Salons suchten, und die im Verkehr mit Frauen eher bewundert, als geliebt zu werden strebten.

„Alles, was äußerliches Behagen angeht, war in Paris vortrefflich eingerichtet. In den Einrichtungen des gesellschaftlichen, wie öffentlichen Lebens gab es keinen Zwang; Selbstsucht im Innern, doch niemals in der Form; eine Bewegung, eine Angespanntheit, die jeden Tag ausfüllten, ohne freilich viel Nutzen zurückzulassen, aber auch ohne einem Gefühl der Ermüdung Raum zu gestatten; eine Schnelligkeit des Verständnisses, vermöge welcher man durch ein Wort andeutete, oder begriff, wozu man anderswo der längsten Auseinandersetzungen bedurft hätte; ein Geist der Nachahmung, der vielleicht wohl vor jeder wahren Unabhängigkeit zurückgeschreckt wäre, der aber in das Gespräch jene Uebereinstimmung, jene Gefälligkeit brachte, wie sie nirgend sonst zu finden sind; endlich eine leichte Art das Leben zu nehmen, es zu mannigfaltigen, ihm ernsteres Nachdenken fern zu halten, ohne es indeß von Geistesanmuth zu entblößen. All diesen berauschenden Weisen des Lebensgenusses fügen Sie noch die Schauspiele, die anwesenden Fremden, die Neuigkeiten des Tages hinzu, und Sie haben einen Begriff von der geselligsten Stadt der Welt. Hier in dieser Einsiedelei, inmitten einer Wüste, unter Eindrücken, welche der Gegensatz von Allem sind, aus dem jene geschäftigste aller Bevölkerungen ihren Lebensstoff zieht, hier erschreckt es mich fast, das pulsirende Paris auch nur zu nennen; aber ich mußte versuchen, Ihnen diesen Aufenthalt und seine Wirkung auf mich zu schildern. Werden Sie es glauben, Corinna? Sie, die Sie mich jetzt so düster und verzagt sehen, — ich ließ mich durch diesen geistreichen Taumel hinreißen. Es behagte mir, nicht einen Augenblick von Langerweile geplagt zu sein, obwohl ich nun auch keinen für das Nachdenken übrig hatte; es war mir recht, die Fähigkeit zu leiden in mir abzustumpfen, wenngleich die Fähigkeit zu lieben dies mitzuempfinden hatte. Wenn ich nach mir selber urtheilen darf, so scheint es mir, daß

ein Mann von ernstem und leidenschaftlichem Charakter an
der Intensität und Tiefe seines eigenen Gefühls ermüden kann;
er kehrt immer zu seinem eigentlichen Wesen zurück, doch ist es
ihm wohlthätig, für einige Zeit wenigstens, aus demselben
herausgetreten zu sein. Sie, Corinna, verscheuchen meine natürliche Schwermuth, indem Sie mich über mich selbst erheben;
eine andere Frau, von der ich Ihnen bald sprechen werde, zerstreute meinen Trübsinn dadurch, daß sie mich hinab von
meinem eigentlichen Werth und zu sich hinunter zog. Indeß wie
vielen Geschmack ich auch an dem Pariser Leben fand, und wie
schnell es mir zur Gewohnheit wurde, lange hätte es mir nicht
genügen können, wenn ich nicht die Freundschaft eines Mannes
zu erwerben gewußt, der das vollendete Muster des französischen
Charakters in seiner alten Biederkeit, des modernen Franzosen-
geists in seiner jetzigen Bildungsform, war.

„Ich sage Ihnen nicht den wahren Namen der Personen,
von denen ich zu reden habe, liebste Freundin; wenn Sie
das Ende dieser Geschichte kennen, werden Sie einsehen, was
mich zwingt, ihn zu verbergen. Graf Raimond stammte aus
einer der vornehmsten Familien Frankreichs; in seiner Seele
thronte der ganze ritterliche Stolz seiner Ahnen, während sein
Verstand willig die neuen philosophischen Ideen aufnahm, auch
dann aufnahm, wenn sie persönliche Opfer von ihm forderten.
Er hatte sich an der Revolution nicht thätig betheiligt, doch
bewunderte er das, was an jeder Partei tugendhaft war:
den Muth der Dankbarkeit in den Einen, die Liebe zur Freiheit
bei den Andern. Vor Allem liebte er Uneigennützigkeit. Immer
erschien ihm die Sache der Unterdrückten als die gerechte, und
diese Großmuth trat durch die vollkommenste Sorglosigkeit um
sein eigenes Wohl in noch helleres Licht. Er war nicht eigentlich
ein unglücklicher Mensch; aber sein geistiges Wesen stand zu der
Gesellschaft, wie sie im Allgemeinen ist, doch in solchem Gegensatz, daß statt der täglichen Pein, welche ihm dies bereitete, er es
vorzog, sich, so zu sagen, von sich selber los zu machen. Ich
war so glücklich, des Grafen Raimond Theilnahme zu erregen;
er wünschte meine angeborene Zurückhaltung zu überwinden,

und um das zu erreichen, pflegte er unsere Freundschaft mit wahrhaft romantischer Zärtlichkeit. Um einen großen Dienst zu
leisten, oder ein Vergnügen zu bereiten, gab es für ihn kein
Hinderniß. Er beschloß, da er sich nicht ganz von mir trennen
mochte, die Hälfte des Jahres in England zu verleben, und ich
hatte Mühe zu verhindern, daß er sein ganzes Besitzthum mit
mir theilte.

„Ich habe nur eine Schwester, sagte er mir; sie ist an
einen sehr reichen, alten Mann verheirathet; ich darf also frei
mit meinem Vermögen schalten. Außerdem wird diese Revolution einen schlechten Ausgang nehmen, und ich könnte getödtet
werden. Lassen Sie mir darum die Freude, meinen Ueberfluß
mit Ihnen zu theilen. Ach! der großmüthige Raimond sah sein
Schicksal nur zu gut voraus! Wer im Stande ist, sich selbst zu
erkennen, täuscht sich selten über sein Loos; und die Vorahnungen sind in den meisten Fällen nichts, als ein Urtheil über das
eigene Ich, das man sich nur noch nicht ganz klar eingestanden.
Edel, offenherzig, selbst unvorsichtig, wie Graf Raimond war,
zeigte er mir offen seine ganze Seele; mir war ein solcher
Charakter neu und bewundernswerth. Bei uns werden die
Schätze der Innerlichkeit dem Blicke Anderer nicht so leicht
preis gegeben, und wir haben die Gewohnheit angenommen,
Alles zu bezweifeln, was sich nicht verhüllt; allein diese über-
strömende Güte meines Freundes gewährte mir ebenso leicht
errungene, als sichere Freuden, und es fiel mir nicht ein, an
seinen Eigenschaften zu zweifeln, weil sie sich gleich im ersten
Augenblicke wahrnehmen ließen.

„Ich empfand durchaus keine Schüchternheit in meinem Verkehr mit ihm, und was mir noch höher galt: er brachte mich mit mir
selbst in Einklang. So war der liebenswürdige Franzose geartet,
für welchen ich jene unbegrenzte Freundschaft, jenes kameradschaft-
liche Brudergefühl empfand, dessen man nur in der Jugend
fähig ist, ehe man das Gefühl der Nebenbuhlerschaft kennen
lernt, ehe die unabänderlich vorgezeichneten Lebensbahnen das
Feld der Zukunft furchen und zertheilen.

„Eines Tages erzählte mir Graf Raimond: „Meine

Schwester ist Wittwe geworden, und ich gestehe, daß ich dadurch
eben nicht allzu sehr bekümmert bin. Ich war einst gegen diese
Heirath; sie hatte die Hand des Greises, der nun gestorben ist,
in einer Zeit angenommen, als wir Beide ohne alles Vermögen
waren; denn meinen jetzigen Wohlstand danke ich einer Erbschaft,
welche mir erst kürzlich zugefallen ist. Dennoch widersetzte ich
mich dieser Verbindung damals, so viel ich es vermochte: ich
liebe es nun einmal nicht, daß man irgend etwas aus Berechnung thue, am wenigsten den heiligsten Schritt des Lebens.
Uebrigens hat sie sich gegen den ungeliebten Gatten stets tadellos
benommen, und es ist, nach dem Urtheile der Welt, nichts an der
Sache auszusetzen. Nun sie frei ist, wird sie wieder bei mir
leben, und Sie werden sie also kennen lernen. Sie ist immerhin
doch eine liebenswürdige Frau, und Ihr Engländer liebt
es ja wohl, Entdeckungen zu machen. Was mich betrifft, ich
ziehe es vor, klar in einem Angesicht lesen zu können. Freilich war
mir Ihre Zurückhaltung nie peinigend, mein theurer Oswald, aber
die meiner Schwester finde ich zuweilen doch recht unangenehm.

„Diese Schwester des Grafen Raimond, Frau von Arbigny,
kam am Morgen des folgenden Tages an; noch an demselben
Abend wurde ich ihr vorgestellt. Ihre Züge und der Klang der
Stimme waren denen des Bruders ähnlich, aber durch den vorsichtigen und listigen Ausdruck ihrer Augen und durch ihre
manierirte Art zu sprechen wich sie wieder sehr von diesem ab.
Sonst war ihr Aeußeres angenehm, ihr Wuchs voller Anmuth,
und alle Bewegungen zeigten die vollendetste Eleganz. Sie sagte
nichts, das nicht stets geziemend gewesen wäre, unterließ keinerlei
Art von Rücksicht, ohne daß dabei ihre Höflichkeit übertrieben geschienen hätte; sie schmeichelte der Eigenliebe mit vieler Geschicklichkeit, und wußte es kund zu geben, wenn man ihr gefiel, wiewohl
sie selbst sich nie dabei blossstellte; denn in Allem, was das Gefühl
anging, drückte sie sich stets in einer Form aus, als wolle sie den
Andern verbergen, was in ihrem Herzen vorgehe. Diese Weise
zog mich an, da sie mit jener der Frauen meiner Heimat eine scheinbare Aehnlichkeit hatte. Zwar glaubte ich zu bemerken, daß Frau
von Arbigny gar zu oft verrieth, was sie behauptete, verheim-

lichen zu wollen, und daß der Zufall so viele Gelegenheiten zu unfreiwilliger Rührung, als sie um sich her auftauchen zu lassen wußte, nicht herbeizuführen pflegt; doch diese Wahrnehmung ging mir nur flüchtig durch den Kopf, und was ich meistens für Frau von Arbigny empfand, war mir süß und neu.

„Die Gefahr der Schmeichelei kannte ich noch nicht. Wir fühlen bei uns tiefe Ehrfurcht vor der Liebe und der Begeisterung, welche sie erweckt, aber die Kunst, sich durch Schmeicheln der Eigenliebe in das Herz des Anderen einzuschleichen, ist wenig bekannt. Ueberdies kam ich eben von der Universität, und Niemand hatte mir bisher in England irgend welche Aufmerksamkeit gewidmet. Frau von Arbigny ließ jedes meiner Worte als bedeutend gelten und beschäftigte sich mit mir auf das Beständigste. Ich glaube nun zwar nicht mehr, daß sie recht erkannte, zu welchem besseren Ganzen meine Fähigkeiten sich hätten vollenden können; aber sie offenbarte mir zuweilen doch einzelne Verborgenheiten meines Wesens, und dies geschah dann in Worten, deren treffender Scharfsinn mich in Erstaunen setzte. Mitunter schien mir wohl, als ob etwas Gekünsteltes in ihrer Sprache sei, als ob sie zu gut und mit zu holder Stimme rede, und ihre Phrasen zu sorgsam setze, aber die Aehnlichkeit mit ihrem Bruder, dem aufrichtigsten aller Menschen, zerstreute diese Zweifel wieder, und trug selbst dazu bei, mir die Schwester sehr anziehend erscheinen zu lassen.

„Eines Tages sprach ich Graf Raimond von der Wirkung dieser Aehnlichkeit auf mich; er dankte mir, fügte dann aber nach einigem Zaudern hinzu: „Im Charakter indessen hat meine Schwester keine Aehnlichkeit mit mir." Er schwieg nach diesen Worten; als ich mich später ihrer, wie noch mancher anderer Umstände, erinnerte, habe ich die Ueberzeugung gewonnen, daß er meine Bewerbung um seine Schwester nicht wünschte. Ich kann nicht läugnen: sie ermuthigte eine solche schon damals in absichtlichster Weise, wiewohl diese Absicht sich nicht so deutlich als in der Folge zu erkennen gab. Wir lebten mit einander hin, und die Tage verflossen mit ihr meist angenehm, und immer ohne Verstimmung. Seither ist mir eingefallen; daß sie gewöhnlich meiner Ansicht war; wenn ich einen Satz anfing, beendete sie ihn, oder eilte, meine Aussprüche zu den ihrigen zu machen. Aber trotz dieser Nachgiebigkeit in der Form verfügte sie mit despotischer Gewalt über mich und mein Thun. Sie hatte eine gewisse Art mir zu sagen: „Sicherlich werden Sie dies thun; sicherlich werden Sie jenes unterlassen", die mich völlig beherrschte. Mir schien dann, als würde ich all ihre Anerkennung verlieren, wenn ich ihre Erwartungen täuschte: kurz, ich legte auf diese mir oft in den schmeichelhaftesten Ausdrücken bewiesene Anerkennung viel Gewicht.

„Indessen, Corinna, glauben Sie mir, denn ich wußte es, selbst ehe ich Sie kannte, das Gefühl, welches ich für Frau von Arbigny empfand, war nicht Liebe; auch hatte ich ihr durchaus nicht gesagt, daß ich sie liebte, denn ich wußte gar nicht, ob eine solche Schwiegertochter meinem Vater genehm sein werde. Die Möglichkeit, daß ich eine Französin heirathen könnte, war ihm wohl kaum in den Sinn gekommen, und ich hätte nichts ohne seine Zustimmung thun mögen. Mein Schweigen, glaube ich, mißfiel Frau von Arbigny; sie zeigte nun oft eine Mißstimmung, aus der sie nachher edle Trauer zu machen suchte, und sie durch rührende Gründe motivirte; allein ihre Physiognomie drückte in unbewachten Augenblicken oft viel Härte aus. Ich schrieb anfangs diese launischen Anwandlungen unseren gegenseitigen Beziehungen zu, mit denen ich selbst nicht zufrieden war; denn es schmerzt, nur ein wenig, und nicht ganz zu lieben.

„Weder Graf Raimond erwähnte seiner Schwester, noch that ich es, und das war der erste Zwang in unserem Verhältniß. Frau von Arbigny hatte mich wiederholt beschworen, mit ihrem Bruder nicht von ihr zu reden, und als ich mein Erstaunen über diese Bitte äußerte, sagte sie: „Ich weiß nicht, ob Sie darin denken, wie ich: ich kann es nicht ertragen, wenn ein Dritter, und wäre es mein nächster Freund, sich um meine Gefühle für einen Anderen kümmert. Ich liebe es, in meinen Zuneigungen geheimnißvoll zu sein." — Diese Erklärung schien mir ausreichend, und ich gehorchte ihrem Wunsche. Ich erhielt darauf von meinem Vater einen Brief, der mich nach Schottland

18*

zurückrief. Die sechs Monate meines Aufenthalts in Frankreich waren verflossen, und da hier die innern Wirren und Kämpfe immer bedenklicher wurden, hielt er es einem Ausländer nicht angemessen, noch länger zu verweilen. Sein Brief verursachte mir anfangs vielen Kummer. Allerdings fühlte ich, wie sehr mein Vater Recht habe, und mein Verlangen, ihn wiederzusehn, war groß; aber das Leben in Paris in Gesellschaft des Grafen Raimond und seiner Schwester war mir derartig zusagend, daß ich mich nicht ohne bitteren Schmerz herauszureißen vermochte. Ich ging sogleich zu Frau von Arbigny und zeigte ihr den Brief; während sie ihn las, war ich so in Traurigkeit versunken, daß ich nicht einmal sah, welchen Eindruck sie davon empfing; ich weiß nur, daß sie mich bestimmen wollte, meine Abreise zu verschieben, dem Vater zu schreiben, ich sei krank, — kurz, sie rieth mir, mit seinem Befehle zu „laviren". Ich erinnere mich dieses ihres Ausdruckes noch genau; eben wollte ich antworten, ihr sagen, daß ich bereits fest entschlossen sei, am folgenden Tage aufzubrechen, als Graf Raimond eintrat, und da er nun erfuhr, um was es sich handelte, kurz und bündig erklärte, es sei hier nichts zu zaudern, und ich hätte dem Wunsche meines Vaters unverzüglich Folge zu leisten. Ich war über diese schnelle Abfertigung der Sache betroffen, hatte erwartet, von dem Freunde gebeten, zurückgehalten zu werden, hatte geglaubt, solchem Zureden mit innerstem Bedauern Widerstand leisten zu müssen — Alles, nur daß man mir den Sieg so leicht machen werde, hatte ich nicht vorausgesehen, und für einen Augenblick verkannte ich die Motive meines Freundes. Er bemerkte es. „In drei Monaten bin ich in England", sagte er, mich liebevoll bei der Hand fassend; „weshalb also sollte ich Sie in Frankreich zurückhalten? Ich habe meine Gründe, es nicht zu thun", fügte er leiser hinzu. Dennoch hatte Frau von Arbigny seine letzten Worte vernommen, und eilig zustimmend sagte sie, es wäre auch in der That vernünftig, den Gefahren auszuweichen, welchen ein Engländer in Frankreich während der Revolution preis gegeben sei. Ich bin jetzt ganz sicher, daß Graf Raimond nicht dies gemeint hatte, wiewohl er der Erklärung seiner Schwester weder widersprach, noch sie bestätigte. Ich reiste ab, und er hielt es nicht für nothwendig, noch mehr über die Sache zu sagen.

„Könnte ich meinem Lande nützen, so würde ich bleiben", hatte er unter Anderem gegen mich geäußert, „doch Sie sehen es ja, es giebt kein Frankreich mehr. Das Gedankenleben, die charaktervolle Eigenthümlichkeit, um derentwillen man es so liebte, sie sind nicht mehr. Ich werde den heimatlichen Boden schwer vermissen, doch hoffe ich ein Vaterland wieder zu finden in einem Zusammenleben mit Ihnen." — Wie sehr bewegte mich der herzliche Ausdruck seiner ächten Freundschaft! Wie viel höher stand Raimond eben jetzt in meiner Liebe, als seine Schwester! Sie errieth das schnell, und noch an diesem Abend sah ich sie in ganz neuem Lichte. Es kam Besuch; sie empfing denselben auf das Heiterste, sprach von meiner Abreise mit der größesten Unbefangenheit und suchte allgemein den Eindruck zu machen, als sei diese für sie ein ganz gleichgültiges Ereigniß. Ich hatte schon bei mehreren Gelegenheiten bemerkt, welch großes Gewicht sie auf persönliches Ansehen legte, und wie sorgfältig sie ihre Liebe zu mir vor Anderen verbarg. Dieses Mal wurde es mir zu arg. Von ihrer Gleichgültigkeit verletzt, beschloß ich, mich noch vor der Gesellschaft zu entfernen, um auch nicht einen Augenblick mit ihr allein zu bleiben. Sie beobachtete mich, als ich mich ihrem Bruder näherte, und ihn bat, ihm erst am nächsten Morgen, kurz vor dem Aufbruch Lebewohl sagen zu dürfen. Darauf trat sie an mich heran, sprach laut genug, um von den Andern gehört zu werden, von einem Briefe, den sie mir für eine ihrer Freundinnen in England einhändigen wolle. Dann fügte sie leise und schnell hinzu: „Nur die Trennung von meinem Bruder wird Ihnen schwer; nur mit ihm reden Sie, und mir werden Sie durch solchen Abschied das Herz brechen!" Hierauf nahm sie ihren Platz im Kreise der Anwesenden wieder ein. Ich war von ihren Worten verwirrt, und dachte schon daran, noch zu bleiben; da legte Graf Raimond gelassen seinen Arm in den meinen und führte mich auf sein Zimmer.

„Als die Gesellschaft sich entfernt hatte, hörten wir sehr heftiges, wiederholtes Schellen, das nur aus den Gemächern der Frau von Arbigny kommen konnte. Graf Raimond achtete nicht darauf; ich bat ihn aber, es zu berücksichtigen, und wir schickten hinüber, um fragen zu lassen, was geschehen sei. Man antwortete uns, daß Frau von Arbigny sich plötzlich unwohl befinde. Ich war gerührt, wollte sie noch einmal sehen, noch einmal zu ihr zurückkehren, doch Graf Raimond widersetzte sich dem auf das Hartnäckigste. „Vermeiden wir diese Aufregungen", sagte er, „die Frauen trösten sich meist leichter, wenn sie allein sind." — Diese mit seiner sonstigen Milde in großem Gegensatz stehende Härte gegen seine Schwester war mir unverständlich, und ich trennte mich darnach am folgenden Morgen mit einer gewissen Beklommenheit von dem Freunde. Ach! hätte ich sein sorgendes Zartgefühl errathen können, das ihn bewog, die Künste seiner Schwester zurückzuweisen, weil er diese nicht geeignet hielt, mich glücklich zu machen, hätte ich vollends voraussehen können, daß die kommenden Ereignisse uns auf ewig trennen sollten, unser Lebewohl würde sein und mein Herz befriedigt haben."

Zweites Kapitel.

Oswald hatte seine Erzählung für ein paar Minuten unterbrochen, und Corinna war auf die Fortsetzung so gespannt, daß auch sie sich schweigend verhielt, um den Wiederbeginn seiner Rede nicht hinauszuschieben. „Ich wäre heute ein glücklicher Mensch", fuhr er fort, „wenn mein Verhältniß zu Frau von Arbigny damit ein Ende gehabt hätte, wenn ich bei meinem Vater geblieben und nie wieder nach Frankreich zurückgegangen wäre. Aber das Verhängniß, was hier vielleicht so viel heißt, als die Schwäche meines Charakters, hat auf immer mein Leben vergiftet, — ja, auf immer, theure Freundin, — selbst ein Leben an Ihrer Seite.

„Ich verlebte nahezu ein Jahr mit meinem Vater in Schottland, und unser gegenseitiges Verständniß wurde täglich inniger. Mehr und mehr drang ich in das Allerheiligste dieser schönen

Seele ein, an die mich freie Wahl ebenso sehr, als die Verwandtschaft des Blutes fesselte. Von Raimond erhielt ich die
liebevollsten Briefe; zwar sprach er von den Schwierigkeiten,
welche ihm das Umsetzen seines Vermögens bereitete, doch
blieb er bei seinem Vorsatze, mir zu folgen, wenn jenes
Geschäft ausgeführt sei. Ich liebte ihn unverändert; aber
welchen Freund konnte ich meinem Vater vergleichen! Die Verehrung, welche dieser mir abnöthigte, beschränkte durchaus nicht
mein Vertrauen. Ich glaubte seinen Worten, wie einem Orakel,
und die unglücklichen Schwankungen meines Charakters hörten
auf, wenn er gesprochen hatte. „Der Himmel gab uns die
Liebe für das Ehrwürdige", sagt ein englischer Schriftsteller.
Mein Vater wußte nicht, hat nicht wissen können, wie sehr ich
ihn liebte, und mein unseliges Betragen mußte ihn an mir irre
machen. Doch hat er Mitleid mit mir gehabt. Sterbend noch
beklagte er mich, um des Schmerzes willen, den sein Verlust mir
bereiten werde. Ach! Corinna, ich komme immer weiter, in
diesem traurigen Berichte; sprechen Sie mir Muth ein, — ich
bedarf dessen."

„Theurer Freund", sagte Corinna, „finden Sie denn nicht
einiges Glück darin, Ihre reiche, edle Seele vor der Frau zu
entfalten, die auf der Welt Sie am meisten bewundert und
liebt?" . . .

„Er schickte mich in Geschäften nach London", fuhr Lord
Nelvil fort, „ ich verließ ihn, um ihn nicht mehr wiederzusehn,
und ohne daß auch nur das leiseste Vorgefühl meines Unglücks
mich durchschauerte. In unsern letzten Unterredungen war er lieb-
reicher, denn je; es ist, als hauchte die Seele des Gerechten, gleich
der Blume, Abends den schönsten Wohlgeruch aus. Er küßte
mich unter Thränen, und sagte wiederholt, wie um diese zu
erklären, es werde in seinem Alter eben Alles feierlich. Ich aber
glaubte an seine Lebenskraft, wie an meine eigene; unsere Seelen
waren so gleichgestimmt, er war so jung im Lieben, daß ich sein
Alter vergaß. Sicherheit, wie Furcht, sie kommen uns in den
großen Gefühlen aus unerklärlichen Ursachen. Mein Vater
begleitete mich bis an die Schwelle seines Schlosses, dieses

Schlosses, das ich später leer und veröbet wiederfand, wie mein trauerndes Herz.

„Ich war noch nicht acht Tage in London, als ich von Frau von Arbigny den unseligen Brief empfing, dessen Inhalt mir wohl beinahe wörtlich im Gedächtniß geblieben ist. „Gestern, am zehnten August“, schreibt sie, „ist mein Bruder in den Tuilerien ermordet worden, weil er seinen König vertheidigte. Als seine Schwester bin ich proskribirt, bin gezwungen, mich vor meinen Verfolgern zu verbergen. Graf Raimond hatte mein ganzes Vermögen mit dem seinen vereinigt, um es nach England und in Ihre Hände zu schaffen; haben Sie es etwa schon erhalten? Er hat mir nur ein kurzes Wort zurückgelassen, das er von dem Schlosse aus in dem Augenblick an mich richtete, als man sich zum Sturm anschickte; und in diesen Zeilen verweist er mich an Sie, von dem ich Alles erfahren würde. Wenn es Ihnen möglich wäre, mich von hier abzuholen, retteten Sie mir vielleicht das Leben; Engländer können noch ungehindert in Frankreich reisen, während ich nicht einmal mehr einen Paß erhalte; der Name meines Bruders verdächtigt auch mich. Falls Sie für Raimonds unglückliche Schwester so viel Theilnahme haben, um sich ihrer anzunehmen, werden Sie in Paris bei Herrn von Maltigues, einem Verwandten von mir, meinen Zufluchtsort erfahren. Dann aber, wenn Sie diese Großmuth üben wollen, verlieren Sie keinen Augenblick, denn man sagt, daß mit jedem Tage der Krieg zwischen England und Frankreich ausbrechen könne.“

„Denken Sie sich die Wirkung dieses Briefes auf mich! Mein Freund getödtet, seine Schwester in Verzweiflung; und das Vermögen Beider glaubt sie in meinen Händen, während mir auch nicht die geringste Nachricht über dasselbe zugekommen war. Nehmen Sie dazu die Gefahr, in der Frau von Arbigny sich befand, und ihre Ueberzeugung, daß ich im Stande sei, ihr daraus zu helfen. Ein Zögern schien mir unmöglich; ich reiste augenblicklich ab, nachdem ich an meinen Vater einen Courier gesendet hatte, welcher ihm den eben erhaltenen Brief und mein schriftliches Versprechen überbrachte, in vierzehn Tagen wieder daheim zu

sein. Durch einen wirklich grausamen Zufall erkrankte mein
Bote unterwegs, und der zweite Brief, den ich meinem Vater
von Dover aus schrieb, erreichte ihn früher als der erste. So
erfuhr er meine Reise, ohne deren Beweggründe zu kennen; und
ehe ihm dieselben durch meinen ersten Brief mitgetheilt wurden,
hatte ihn über mein Ausbleiben eine Ruhelosigkeit erfaßt, die
ihn nicht mehr verließ.

„In drei Tagen erreichte ich Paris; hier erfuhr ich, daß Frau
von Arbigny sich in eine, noch sechzig Meilen entfernte, Pro-
vinzialstadt zurückgezogen habe, und dorthin setzte ich nun
sogleich meinen Weg fort. Wir wurden Beide durch das
Wiedersehen tief erschüttert; sie war im Schmerz viel liebenswürdiger als früher, weil in ihrem Benehmen jetzt weniger
gekünstelter Zwang lag. Wir beweinten zusammen den edlen
Bruder und das allgemeine Unglück der Nation. Ich fragte ängstlich nach ihrem Vermögen, und sie sagte mir, daß ihr jede Nachricht darüber fehle; doch einige Tage später erfuhr ich, sie habe die
Papiere von dem Bankier, welchem Graf Raimond sie anvertraut, wieder erhalten; und sonderbarer Weise erlangte ich diese
Kenntniß ganz zufällig, von einem in jener Stadt lebenden
Kaufmanne, welcher mich auch versicherte, daß Frau von Arbigny
niemals recht eigentlich Ursache gehabt habe, um ihr Besitzthum
in Sorge zu sein. Dies war mir unerklärlich, und ich ging zu
Frau von Arbigny, sie zu fragen, was das Alles bedeute. Ich
fand einen ihrer Verwandten, Herrn von Maltigues, bei ihr,
der mir schnell und mit merkwürdiger Schlagfertigkeit erklärte,
er komme in eben diesem Augenblicke von Paris, um Frau von
Arbigny die Nachricht von der Rückkehr des Bankiers zu
bringen, den sie in England vermuthet, und der seit vier
Wochen wie verschollen gewesen sei. Frau von Arbigny bestätigte seine Mittheilung, und ich glaubte ihr; seither freilich,
fiel mir ein, hatte sie beständig Vorwände gesucht, um mir
das angebliche Billet ihres Bruders, von welchem sie in jenem
Briefe gesprochen, nicht zu zeigen, und ich habe später das
listige Verfahren, durch welches sie mich über ihre Existenzmittel
beunruhigen wollte, durchschaut.

„So war sie wirklich reich; in ihren Wunsch, sich mir zu vermählen, mischte sich also wenigstens kein niedriger Eigennuß.
Aus einem Gefühle eine Unternehmung machen zu wollen, da
geschicktes Manövriren aufzuwenden, wo reine Liebe genügt
hätte, und sich unaufhörlich zu verstellen, wo es viel einfacher
gewesen wäre, zu zeigen, was sie empfand: das war das große
Unrecht dieser Frau. Denn sie liebte mich damals so sehr, als
man lieben kann, wenn man Alles berechnet, was man thut, ja,
was man denkt, und wenn man die Angelegenheiten des Herzens
wie politische Intriguen behandelt.

„Die Traurigkeit der Frau von Arbigny erhöhte ihre äußeren
Reize, und verlieh ihr einen rührenden Ausdruck, der mir ungemein gefiel. Ich hatte ihr auf das Bestimmteste erklärt, daß ich
mich ohne die Einwilligung meines Vaters nicht verheirathen
würde, konnte mich aber nicht enthalten ihr das Entzücken zu
verrathen, mit welchem ich an ihrer verführerischen Gestalt
hing; und da es in ihrer Absicht lag, mich um jeden Preis zu
gewinnen, glaubte ich auch zu erkennen, daß sie nicht unabänderlich entschlossen sei, meine Wünsche unerhört zu lassen. Wenn
ich mir jetzt zurückrufe, was zwischen uns vorging, scheint es mir,
als zögerte sie aus Beweggründen, die nichts mit der Liebe
gemein hatten, und als sei ihr scheinbares Kämpfen nur heimliche Ueberlegung gewesen. Ich war den ganzen Tag mit ihr
allein; und ohngeachtet meiner von Delikatesse und Gewissenhaftigkeit gepredigten Vorsätze konnte ich meiner Leidenschaft
nicht widerstehen, und Frau von Arbigny auferlegte mir alle
Pflichten, indem sie mir alle Rechte gewährte. Sie zeigte mir darauf wohl größeren Schmerz und innere Vorwürfe, als sie wirklich empfand, und so knüpfte sie mich durch diese Reue noch
enger an ihr Geschick. Ich wollte sie mit nach England nehmen, sie meinem Vater vorstellen, und ihn beschwören, in unsere
Verbindung zu willigen; allein sie weigerte sich, Frankreich zu
verlassen, ohne daß sie mich ihren Gatten nennen könne. Vielleicht hatte sie hierin Recht; da sie aber allezeit wußte, daß ich
mich nicht entschließen würde, sie ohne die Zustimmung meines
Vaters zu heirathen, that sie Unrecht, Mittel zu ergreifen, die

ihre Abreise verhindern und mich neben ihr festhalten sollten, ohngeachtet meine Pflicht mich nach England rief.

„Als der Krieg zwischen beiden Ländern erklärt war, steigerte sich natürlich mein Wunsch, Frankreich zu verlassen; mit ihm aber mehrten sich auch die Hindernisse, welche Frau von Arbigny dem entgegensetzte. Bald konnte sie keinen Paß erhalten, bald, als ich allein reisen wollte, versicherte sie, daß ihr Ruf gefährdet sei, wenn ich Frankreich verließe, und daß man sie einer Correspondenz mit mir verdächtigen werde. Diese sonst so gelassene und maßvolle Frau gab sich jetzt auf Augenblicke einer Verzweiflung hin, die meine ganze Seele erschütterte; sie wendete alle Reize ihrer Gestalt, alle Anmuth ihres Geistes auf, um mir zu gefallen, und ihren ganzen Schmerz, um mich einzuschüchtern.

„Vielleicht haben die Frauen Unrecht, mit Hülfe der Thränen über uns zu herrschen, und so die Kraft ihrer Schwäche dienstbar zu machen. Doch falls sie sich nicht scheuen, dieses Mittel anzuwenden, wirkt es fast immer, wenn auch nur für einige Zeit. Das Gefühl erkaltet durch die Herrschaft, die man sich über dasselbe anmaßt, und zu häufig angewendete Thränen hören auf, Eindruck zu machen. Indessen gab es zu jener Zeit in Frankreich tausend Gelegenheiten, um Interesse und Mitleid zu erregen. Auch die Gesundheit Frau von Arbigny's schien mit jedem Tage abzunehmen, und Kränklichkeit ist nun vollends ein furchtbares Herrschaftsmittel der Frauen. Diejenigen, welche nicht, wie Sie, Corinna, ein berechtigtes Vertrauen in ihren Geist und ihre Seelengröße setzen, oder die nicht wenigstens, wie unsere Engländerinnen, zu stolz und zu schüchtern sind, um sich der List zu bedienen, nehmen zu künstlichem Verfahren ihre Zuflucht, wenn sie rühren wollen; und das Beste, was man dann noch von ihnen erwarten kann, ist, daß der Verstellung ein wahres Gefühl zum Grunde liege.

„Ein Dritter, Herr von Maltigues, drängte sich ohne mein Wissen in mein Verhältniß zu Frau von Arbigny. Sie gefiel ihm, er hätte sie auch wohl geheirathet, aber eine bewußte Unsittlichkeit machte ihn gleichgültig gegen Alles; er liebte die Intrigue, wie ein Spiel, selbst wenn ihr Zweck ihn nichts anging, und

deshalb unterstützte er Frau von Arbigny in ihren Bestrebungen,
mich zu erwerben; immer bereit natürlich, den Plan zu ver-
eiteln, wenn die Gelegenheit, den seinen auszuführen, sich darbieten sollte. Ich hatte gegen diesen Mann eine besondere Abneigung; kaum dreißig Jahr alt, zeigte sein Aeußeres wie
sein ganzes Wesen schon eine merkwürdige Trockenheit. In
dem „kalten" England sah ich nie etwas, das seinem steifen
Ernste und der Haltung glich, mit welcher er in ein Zimmer
trat. Ich würde ihn nimmermehr für einen Franzosen gehalten haben, wenn er nicht so viel Geschmack an Scherz und
Spott und ein Bedürfniß zu sprechen gezeigt hätte, die sich sehr
seltsam an einem Menschen ausnahmen, der über Alles blasirt
schien, und diese Blasirtheit zu einem System erhob. Er behauptete, von Natur sehr gefühlvoll, sehr schwungvoll angelegt
zu sein, die französische Revolution aber und die durch sie
erlangte Menschenkenntniß habe ihn über Alles enttäuscht. Er
habe eingesehen, daß es auf der Welt nichts Gutes gebe, als
Geld und Macht, und daß man Neigung und Freundschaft nur
als Mittel zu seinen Zwecken betrachten dürfe, die man je nach
Umständen aufnehmen und wieder fallen lassen müsse. In der
Anwendung dieser Meinung war er sehr geschickt, er beging
dabei nur den einen Fehler, sie auszusprechen. Er hatte zwar
nicht, wie die Franzosen von früher, den liebenswürdigen
Wunsch zu gefallen, wohl aber das Bedürfniß, in der Unterhaltung Effekt zu machen, und dies verleitete ihn zur Unvorsichtigkeit.
Hierin unterschied er sich sehr von Frau von Arbigny, die ihren
Zweck erreichen wollte, sich aber nie dadurch verrieth, daß sie,
wie Herr von Maltigues, mit eingestandener Leichtfertigkeit zu
glänzen suchte. An diesen beiden Menschen war es sonderbar,
wie gut die wärmer fühlende Frau ihre Heimlichkeiten zu verbergen
wußte, und wie schlecht der kalte Mann zu schweigen verstand.

„Wie Herr von Maltignes nun aber auch beschaffen sein
mochte, er besaß jedenfalls einen erstaunlichen Einfluß auf Frau
von Arbigny. Er errieth sie stets, oder besser, sie vertraute
ihm Alles. Dieser meist so versteckten Frau war es vielleicht
ein Bedürfniß, von Zeit zu Zeit eine Unklugheit zu begehen, wie

um aufzuathmen. Wenigstens gerieth sie in sichtbare Verwirrung, wenn Herr von Maltigues sie nur scharf ansah; wenn er mißgestimmt schien, stand sie auf, um abseits mit ihm zu reden; wenn er unzufrieden fortgegangen war, zog sie sich, um sich mit ihm zu verständigen, sogleich an ihren Schreibtisch zurück. Ich erklärte mir seine Gewalt über sie dadurch, daß er sie von Kindheit auf kannte, und daß er, seit sie keinen näheren Verwandten besaß, die Führung ihrer Angelegenheiten übernommen hatte. Der Hauptgrund ihrer auffallenden Berücksichtigung aber, den ich zu spät erfuhr, war ihre Absicht, Herrn von Maltigues zu heirathen, im Fall ich sie verließe; denn vor Allem lag ihr daran, nicht für eine verlassene Frau zu gelten. So viel Berechnung sollte eigentlich glauben machen, daß sie mich nicht liebte; aber es gab, um mich vorzuziehen, keinen anderen Grund, als ihr Gefühl. Sie hatte nun einmal ihr Lebelang die Berechnung dem Sichgehenlassen, und die gekünstelten Forderungen der Gesellschaft den natürlichen Empfindungen beigemischt. Sie weinte, weil sie gerührt war, aber sie weinte auch, weil man dadurch Rührung erweckt. Sie war glücklich, geliebt zu sein, weil sie liebte, aber auch, weil das vor der Welt Ehre bringt. Sie hatte gute Gefühle, wenn sie allein war, aber falls sie diese nicht zum Vortheil ihrer Wünsche und ihrer Eigenliebe ausnützen konnte, ward sie derselben auch nicht froh. Sie war eine durch und für die Gesellschaft gebildete Frau, die sich auf die Kunst verstand, „das Wahre gut zu verarbeiten", eine Kunst, welche man häufig in Kreisen antreffen wird, wo die Begier, mit seinen Gefühlen Effekt zu machen, lebhafter ist, als diese Gefühle selbst.

„Seit lange fehlten mir Nachrichten von meinem Vater; der Krieg hatte unseren Briefwechsel unterbrochen. Durch Gelegenheit erhielt ich endlich ein Schreiben von ihm; in demselben beschwor er mich zurückzukehren, im Namen der Pflicht und seiner väterlichen Liebe; er erklärte mir in förmlichster Weise, daß ich ihm durch meine Ehe mit Madame d'Arbigny tödtlichen Schmerz bereiten würde, und bat mich, jetzt nur wenigstens noch frei heimzukehren, und mich nicht eher zu entscheiden, bis ich ihn angehört hätte. Ich antwortete augenblicklich; gab ihm mein

Ehrenwort, mich nicht ohne seine Einwilligung verheirathen und in Kurzem bei ihm sein zu wollen. Frau von Arbigny wendete erst Bitten, dann Verzweiflung an, um mich festzuhalten; und als sie deren Erfolglosigkeit einsah, versuchte sie es mit der Lüge: wie aber hätte ich damals Argwohn gegen sie hegen sollen?

„Eines Morgens kam sie blaß, mit aufgelösten Haaren zu mir herein, und warf sich um Schutz flehend in meine Arme; sie schien sterbend vor Entsetzen. Kaum vermochte ich aus all dieser Aufregung so viel zu verstehen, daß gegen sie, als Schwester des Grafen Raimond, ein Verhaftsbefehl ausgegeben sei, und daß ich ihr, um sie den Spähern der Polizei zu entziehen, einen Zufluchtsort ausfindig machen müsse. Zu jener Zeit waren auch Frauen schon mit ins Verderben gerissen worden, und das Furchtbarste hatte seine Wahrscheinlichkeit. Ich brachte sie zu einem mir ergebenen Kaufmann; dort glaubte ich sie sicher geborgen, da nur Herr von Maltigues und ich um diesen Aufenthalt wußten. Wie sollte man an dem Schicksal einer Frau in solcher Lage nicht den lebhaftesten Antheil nehmen? Wie könnte man eine Geächtete verlassen? Wann fände man die Möglichkeit, ihr zu sagen: „Du hast auf meinen Schutz gezählt, ich entziehe ihn dir!" — Dabei verfolgte mich beständig der Gedanke an meinen Vater, und bei verschiedenen Gelegenheiten suchte ich von Frau von Arbigny die Erlaubniß zu erhalten, allein abzureisen; aber sie drohte mir, sich den Henkern zu überliefern, wenn ich sie verließe, und zweimal stürzte sie bei hellem Tage in gänzlicher Fassungslosigkeit, die mich mit Schmerz und Angst erfüllte, auf die offene Straße. Ich folgte ihr, und beschwor sie vergebens, zurückzukommen. Glücklicherweise begegneten wir jedesmal aus Zufall, oder aus Berechnung, Herrn von Maltigues, der sie dann wieder umkehren hieß, und ihr über solch unvorsichtiges Benehmen Vorwürfe machte. Nun endlich ergab ich mich darein, zu bleiben; dem Vater setzte ich mein Verhalten, so gut ich konnte, schriftlich auseinander; aber ich schämte mich, inmitten der furchtbarsten Ereignisse, und während mein Vaterland mit den Franzosen im Kriege war, in Frankreich zu leben.

„Herr von Maltigues spottete oft über meine Gewissens-
scrupel; allein so scharffinnig er auch war, bemerkte er nicht,
oder gab er sich nicht die Mühe, zu bemerken, welche Wirkung
seine Spöttereien auf mich übten; sie erweckten all jene Empfindungen, die er vernichten wollte, nur um so lebhafter. Frau
von Arbigny sah das viel besser ein; nur hatte sie über Herrn
von Maltigues, der oft nach Launen handelte, sehr wenig
Gewalt. Um mich für ihren wahren Schmerz zu erweichen, spielte
sie mir immer wieder ihren übertriebenen Schmerz auf; sie
bediente sich der Schwäche ihrer Gesundheit ebenso sehr, um
reizend, als um rührend zu erscheinen, denn nie war sie an-
ziehender, als wenn sie ohnmächtig zu meinen Füßen lag. Sie
wußte ihre Schönheit, wie ihre übrigen Vorzüge zu verschönen,
und, um mich zu berauschen, verstand sie geschickt, die äußeren
Reize mit innerer Bewegung zu verweben.

„So lebte ich in beständiger Ruhelosigkeit; zitternd, wenn ich
einen Brief vom Vater erhielt, unglücklicher noch, wenn ich keinen
erhielt: festgehalten durch meine Neigung für Frau von Arbigny
und besonders durch die Furcht vor ihrer Verzweiflung; denn
aus einem unbegreiflichen Widerspruch war sie ebenso sanft,
gleichmäßig, selbst heiter im täglichen Treiben, als maßlos
heftig, wenn es einen Auftritt gab. Sie wollte mich nicht nur
vermöge des Glückes, auch mit der Furcht wollte sie mich an sich
fesseln, und deshalb verwandelte sie ihr Naturell in tausend Ab-
sichtlichkeiten. Eines Tages, es war im September 1793, als
ich bereits über ein Jahr in Frankreich zugebracht, erhielt ich
ein kurz gefaßtes Schreiben meines Vaters; es klang sehr
düster und schmerzlich; ersparen Sie mir, es zu wiederholen.
Mein Vater war schon krank, sein Zartgefühl und sein Stolz
gestatteten ihm aber nicht, mir dies mitzutheilen. Der ganze
Brief war voll des beredtesten Schmerzes über meine Abwesenheit, über die Möglichkeit meiner Vermählung mit Frau
von Arbigny, und ich begreife noch heute nicht, wie ich beim
Lesen das Unglück, welches mich bedrohte, nicht vorausahnte.
Ich war indeß erschüttert genug, um nicht mehr zu schwanken,
und eilte zu Frau von Arbigny, fest entschlossen, ihr Lebewohl

zu sagen. Sie mochte dies in meinen Augen lesen, denn sie erhob sich, völlig gesammelt, und sagte: „Ehe Sie gehen, müssen Sie ein Geheimniß erfahren, welches Ihnen zu gestehen ich bisher erröthete. Wenn Sie mich verlassen, tödten Sie nicht nur mich, sondern auch die Frucht meiner Schande und unserer strafbaren Liebe geht mit mir zu Grunde.“ Nichts vermag meine Empfindungen zu schildern. Diese neue, heilige Pflicht stellte sich mir gebieterisch entgegen; ich war der Sklave dieser Frau.

„Ich würde unsere kirchliche Trauung haben vollziehen lassen, wie sie das wünschte, wenn sich nicht eben jetzt der Vermählung eines Engländers in Frankreich unübersteigliche Hindernisse in den Weg gestellt hätten. So schob ich unsere Verbindung bis zu dem Augenblicke hinaus, wo wir zusammen würden nach England gehen können, und beschloß, bis dahin Frau von Arbigny nicht zu verlassen. Sie beruhigte sich anfangs, als die Gefahr meiner Abreise ihr aus nächster Nähe gerückt war; aber bald begann sie wieder mich anzuklagen, und abwechselnd unglücklich und gekränkt zu scheinen, weil ich nicht alle Schwierigkeiten, die sich unserer Trauung entgegensetzten, zu überwinden verstand. Ich versank in tiefste Schwermuth, brachte ganze Tage, ohne auszugehen, auf meinem Zimmer zu, nur an den einen Gedanken hingegeben, den ich mir nicht klar eingestand, und der mich doch immer verfolgte. Ich hatte von meines Vaters Krankheit ein Vorgefühl, und wollte dem nicht glauben, da ich es für Schwachheit hielt. In seltsamem Widerspruch, der sich von dem Entsetzen herleitete, welches Frau von Arbigny's Schmerz mir verursachte, bekämpfte ich meine Pflicht, wie eine Leidenschaft, und was man bei mir für Leidenschaft hätte halten können, quälte mich wie eine Pflicht. Frau von Arbigny schrieb mir unaufhörlich, ich möge zu ihr kommen, und wenn ich kam, sprach ich nicht einmal von ihrem Zustande, weil ich es nicht liebte, an ihre Rechte über mich erinnert zu werden; es scheint mir jetzt, daß auch sie weniger davon redete, als natürlich gewesen wäre; damals aber litt ich zu sehr, um das zu bemerken.

„Als ich einmal drei Tage lang, ohne auszugehen, verzehrt

von Vorwürfen, und hundert Briefe an den Vater schreibend, die ich alle wieder zerriß, mit mir allein zugebracht hatte, kam Herr von Maltigues. Er besuchte mich sonst gar nicht, da wir uns einander nicht mochten; jetzt schickte ihn Frau von Arbigny mit dem Auftrage, mich meiner Einsamkeit zu ent- reißen. Er schien sich indeß, wie Sie das bald selbst einsehen werden, wenig für den Erfolg seiner Botschaft zu interessiren. Beim Eintreten hatte er meine Thränen bemerkt, ehe ich Zeit fand, sie zu verbergen. „Wozu dieser Kummer, mein Bester?" sagte er, „verlassen Sie meine Cousine, oder heirathen Sie sie, Beides ist gleich gut, da es der Sache ein Ende macht." — „Es giebt Lebenslagen", antwortete ich, „in denen man, selbst wenn man sich aufopfert, doch noch nicht weiß, wie man alle seine Pflichten erfüllen soll." — „Eben deshalb muß man sich nicht aufopfern", entgegnete Herr von Maltigues; „ich wenigstens kenne kein Verhältniß, wo das nothwendig wäre; mit Gewandt- heit zieht man sich aus Allem heraus; Geschicklichkeit ist die Herrin der Welt." — „Nicht diese Geschicklichkeit wünsche ich mir", entgegnete ich; „doch möchte ich, ich wiederhole es, wenn ich doch allem Glück entsagen soll, die wenigstens nicht noch be- trüben, die ich liebe." — „Glauben Sie mir, es ist nicht gut, der schweren Aufgabe, welche man Leben nennt, noch ein sie so verwirrendes Gefühl beizumischen. Das ist eine Krankheit der Seele; ich werde gelegentlich, so gut wie Andere, davon ergriffen; doch wenn sie kommt, nehme ich mir vor, sie müsse vorübergehen, und dies hilft." — „Aber", erwiderte ich, und suchte dabei, wie er, auf allgemeinem Gebiet zu bleiben, denn ich konnte und wollte ihm mein Vertrauen nicht schenken, „wenn man auch das Gefühl beseitigen könnte, bliebe immer noch die Ehre und die Tugend, welche sich oft unseren Wünschen entgegenstellen." — „Die Ehre!" rief Herr von Maltigues; „verstehen Sie unter Ehre, sich zu schlagen, wenn man beleidigt ist? Darüber kann kein Zweifel stattfinden. Welchen Vortheil aber hätte man in jeder andern Beziehung davon, sich von tausend Spitzfindigkeiten beschränken zu lassen?" — „Welchen Vortheil!" unterbrach ich ihn; „das, dünkt mich, ist hier nicht das rechte Wort." —

Staël's Corinna.   19

„Nun, im Ernst", fuhr Herr von Maltigues fort, „es giebt
keines, das eine klarere Bedeutung hätte. Ich weiß wohl, daß
man früher von einem ehrenvollen Unglück, von glorreichen
Schicksalsprüfungen zu sprechen pflegte. Allein heutzutage, wo
alle Welt geplagt ist, die Schelme so gut, wie die sogenannten
ehrlichen Leute, heute unterscheidet man nur noch die Vögel, welche
an der Leimruthe hängen blieben, von denen, die davon kommen."
— „Ich glaube an einen andern Unterschied", erwiderte ich; „an
ein unverdientes, würdeloses Glück und an das, von der Achtung
rechtschaffener Menschen geehrte Unglück." — „So zeigen Sie sie
mir doch, diese rechtschaffenen Leute, welche Sie mit muthvoller
Anerkennung für Ihre Schmerzen trösten", entgegnete Herr von
Maltigues; „mir scheint vielmehr, daß die meisten der sogenannten
tugendhaften Menschen uns nur entschuldigen, wenn wir glücklich sind, uns nur lieben, wenn wir in der Welt und der Gesellschaft eine Bedeutung haben. Es ist ohne Frage sehr
schön von Ihnen, sich gegen einen Vater nicht auflehnen zu
mögen, der, nebenbei gesagt, sich jetzt lieber nicht mehr in Ihre
Angelegenheiten mischen sollte; deshalb aber brauchten Sie sich
das Leben hier nicht gleich in aller Art so gänzlich zu verderben.
Was mich betrifft, so will ich, bei Allem, was mir auch geschehe,
um jeden Preis meinen Freunden den Kummer, mich leiden zu
sehen, und mir den Anblick ihrer langen Trostgesichter ersparen."
— „Ich glaubte", antwortete ich eifrig, „der Lebenszweck eines
rechtschaffenen Mannes sei nicht das persönliche Glück, das ihm
allein zu Gute kommt, sondern die Tugend, die Andern Nutzen
bringt." — „Die Tugend, die Tugend!" rief Herr von Maltigues mit einigem Zögern; dann fuhr er plötzlich entschieden
fort: „das ist 'ne Sprache für den gemeinen Mann, welche die
Eingeweihten unter sich nur mit Hohnlachen gebrauchen. Es
giebt gutherzige Seelen, die von gewissen Worten, von gewissem
harmonischen Klingklang noch gerührt werden, und um ihretwillen läßt man wohl zuweilen noch das Instrument aufspielen.
Aber diese ganze Poesie von Gewissen und Entsagung und Begeisterung ist zum Trost für diejenigen erfunden, denen in dieser
Welt kein Glück zu Theil geworden; ist nichts als ein de pro-

fundis, wie man es für die Todten fingt. Die Lebendigen
tragen, wenn es ihnen wohl geht, nach dieser Art von Weihrauch durchaus kein Verlangen!" —

„Ich war von diesem Reden sehr aufgebracht, und konnte
mich nicht enthalten, etwas hochmüthig zu erwidern: „Hätte ich
ein Recht, über den Salon der Frau von Arbigny zu bestimmen,
so würde es mir unlieb sein, wenn sie Männer empfinge, die
sich eine derartige Denk- und Ausdrucksweise erlauben." —
„Sie können in dieser Beziehung nach Gefallen verfügen, sobald es Zeit dazu ist", entgegnete Herr von Maltigues; „allein
wenn meine Cousine auf mich hören wollte, heirathete sie nicht
einen Mann, der sich über die Möglichkeit dieser Verbindung so
unglücklich zeigt; lange schon table ich sie um dieser Schwäche
und um der Mittel willen, die sie für einen Zweck aufwendet,
der nicht der Mühe lohnt." — Nach diesem Wort, das durch
seinen Ton noch beleidigender wurde, bedeutete ich Herrn von
Maltigues, daß er mir Genugthuung zu geben habe. Wir gingen
vor's Thor hinaus. Unterwegs fuhr er fort, mir das System seiner
Ansichten mit der größten Kaltblütigkeit zu entwickeln, und
obwohl er in wenigen Minuten todt sein konnte, hörte ich von
ihm auch nicht ein religiöses oder gefühlvolles Wort. — „Wenn
ich mich auch auf all Eure Abgeschmacktheiten, wie Ihr jungen
Leute sie liebt, hätte einlassen wollen, selbst dann würden mich
die Ereignisse in meinem Vaterlande davon geheilt haben.
Wann sahen Sie, daß bei einer Gewissenhaftigkeit, wie die
Ihrige, je etwas Vernünftiges herauskam?" — „Ich gebe
Ihnen zu", erwiderte ich, „daß sie hier bei Ihnen gegenwärtig
weniger angebracht sein mag, als anderswo; doch mit der Zeit,
oder über alle Zeit hinaus, hat einst Alles seinen Lohn." —
„Ja wohl, wenn Sie den Himmel mit auf die Rechnung stellen!"
— „Und warum nicht?" entgegnete ich; „Einer von uns erfährt
vielleicht bald, was an der Sache ist." — „Wenn mich das
Sterben trifft", rief er lachend, „dann bin ich gewiß, nichts da-
von zu erfahren; und falls Sie hinüber müssen, werden Sie wohl
nicht zurückkommen, um meine verlorene Seele zu erleuchten!" —
Im Gehen fiel mir ein, daß ich für den Fall meines Todes gar

19*

keine Anordnungen getroffen hatte, weder um meinen Vater
von meinem Schicksal in Kenntniß zu setzen, noch auch, um
Frau von Arbigny einen Theil meines Vermögens zu sichern,
worauf sie, wie ich glaubte, ein Recht hatte. Während ich noch
darüber nachsann, kamen wir an der Wohnung des Herrn von
Maltigues vorüber, und ich bat ihn um die Erlaubniß, eintreten
und zwei Briefe schreiben zu dürfen; er gewährte sie, und als
wir darauf unseren Weg fortsetzten, um aus der Stadt zu
kommen, übergab ich ihm das Geschriebene, und empfahl mit
aufrichtiger Sorge Frau von Arbigny seinem Freundesschutz.
Dieser Beweis von Vertrauen rührte ihn; denn zum Ruhme der
Ehrenhaftigkeit zeigt es sich immer wieder, daß Menschen,
welche sich am kecksten zu unsittlichen Grundsätzen bekennen,
doch sehr geschmeichelt sind, wenn man ihnen einen Beweis von
Achtung giebt. Unser Vorhaben war überdies ernsthaft genug,
um selbst Herrn von Maltigues zu bewegen; aber da er um
Alles in der Welt das nicht hätte merken lassen wollen, sagte er
in scherzendem Ton, was ihm, glaube ich, aus ernsterem Gefühle kam:

„Sie sind ein redlicher Kerl, lieber Nelvil, und ich will
einmal großmüthig gegen Sie sein. Man sagt, das bringe Glück;
mag sein; die Großmuth ist in der That eine so kindliche Eigenschaft, daß sie eher im Himmel als auf Erden belohnt werden
kann. Doch ehe ich Ihnen diesen Dienst leiste, müssen wir
unsere Bedingungen klar festgestellt haben: was ich Ihnen auch
mittheile, wir schlagen uns darum nicht weniger.“ — Ich
erwiderte hierauf mit hochmüthiger Zustimmung, wie ich
glaube, denn ich fand seine Einleitungsrede zum Mindesten sehr
überflüssig. Herr von Maltigues fuhr in einem trockenen, unge-
zwungenen Tone fort: „Frau von Arbigny paßt nicht für Sie,
Ihre beiden Charaktere sind einander völlig entgegengesetzt.
Ueberdies würde Ihr Vater höchst unglücklich sein, wenn Sie
diese Ehe eingingen, und Sie wiederum würden höchst unglücklich sein, Ihren Vater zu betrüben; bleibe ich also leben, so ist's
besser, ich heirathe Frau von Arbigny, und tödten Sie mich,
ist's besser, sie heirathet einen Dritten. Denn meine Cousine

ist eine sehr kluge Frau, die, selbst wo sie liebt, ihre' weisen Vorsichtsmaßregeln für den Fall zu treffen weiß, daß man sie nicht mehr liebte. Sie werden dies Alles aus ihren Briefen erfahren, die ich Ihnen hinterlassen will; Sie finden dieselben in meinem Pult, zu welchem hier der Schlüssel. Ich kenne meine Cousine, seit sie auf der Welt ist, und Sie wissen, daß sie mir, wie geheimnißvoll sie auch thut, doch nicht eine ihrer intimen Angelegenheiten vorenthält. Sie glaubt, daß ich stets nur sage, was ich sagen will, und wahr ist's, ich lasse mich durch nichts hinreißen; aber ich lege auch nie unbedeutenden Dingen eine zu große Wichtigkeit bei, und bin der Meinung, daß wir Männer uns in Betreff der Frauen nichts verschweigen sollten. So wären es, wenn ich auf dem Platze bleibe, die schönen Augen der Frau von Arbigny, die mir diesen Unfall zugezogen, und wiewohl ich bereit bin, mit vollem Anstand für sie aus der Welt zu gehn, fühle ich mich ihr für die Lage, in welche sie mich durch ihre doppelte Intrigue gebracht hat, doch nicht eben sehr verpflichtet. Uebrigens", fügte er hinzu, „ist es ja noch nicht ausgemacht, daß Sie mich tödten." Und da wir jetzt außerhalb der Thore waren, zog er seinen Degen und nahm seine Position.

„Seine mit seltsamer Heftigkeit gesprochenen Andeutungen' hatten mich starr und sprachlos gemacht. Ohne sich durch die nahende Gefahr verwirren zu lassen, war er davon doch aufgeregt, und ich konnte nicht errathen, ob ihm eine Wahrheit entschlüpft sei, oder ob er, um sich zu rächen, eine Lüge erfunden habe. In dieser Ungewißheit schonte ich ihn' sehr. Er war in körperlichen Uebungen weniger gewandt, als ich, und zehnmal hätte ich ihm meinen Degen ins Herz stoßen können. Ich begnügte mich damit, ihm eine Wunde am Arm beizubringen, und ihn dann zu entwaffnen. Er schien mir hierfür dankbar zu sein, und als ich ihn nach Hause geleitete, erinnerte ich ihn an unser kurz vor dem Zweikampf stattgehabtes Gespräch. „Ich bedaure", erwiderte er, „das Vertrauen meiner Cousine verrathen zu haben. Die Gefahr gleicht dem Wein, sie steigt zu Kopf. Doch könnte ich mich eigentlich darüber trösten, denn Sie würden mit Frau von Arbigny nicht glücklich geworden sein; sie ist viel zu schlau für Sie. Mir kommt's darauf nicht an; denn obwohl ich sie sehr reizend finde, und von ihrem Geist äußerst angezogen bin, wird sie mich nie zu Handlungen, die gegen meinen Vortheil wären, bestimmen können; und wir werden sogar einander trefflich in die Hände arbeiten, weil die Ehe unsere Interessen zu gemeinschaftlichen macht. Aber Sie, mit Ihrer Romantik, Sie wären von ihr genasführt worden. Sie hatten eben mein Leben ganz in Ihrer Gewalt; ich schulde es Ihnen, und kann Ihnen also die Briefe nicht vorenthalten, die ich Ihnen für den Fall meines Todes versprach. Lesen Sie dieselben, gehen Sie nach England und grämen Sie sich nicht allzu sehr über die Schmerzen der Frau von Arbigny. Sie wird Thränen vergießen, denn sie liebt Sie, und wird sich trösten, denn sie ist eine viel zu vernünftige Frau, um unglücklich sein, und besonders um dafür gelten zu wollen. In drei Monaten ist sie Frau von Maltigues." Er hatte in Allem die Wahrheit gesagt, die erwähnten Briefe bewiesen es mir. Ich gewann die Ueberzeugung, daß Frau von Arbigny sich nicht in dem Zustande befand, den sie mit erröthendem Bekenntniß vor mir geheuchelt, und daß ich also in dieser Beziehung auf das Unwürdigste von ihr getäuscht worden war. Ohne Zweifel liebte sie mich, da sie es selbst in den Briefen an Herrn von Maltigues aussprach; doch schmeichelte sie ihm mit so viel Geschicklichkeit, ließ ihm so viel Hoffnung, und zeigte, um ihm zu gefallen, einen so gänzlich von jenem verschiedenen Charakter, mit welchem sie mich anzuziehen gesucht, daß ich unmöglich zweifeln konnte: sie hatte ihn geschont, um ihn heirathen zu können, falls unsere Vermählung nicht stattfände. So war die Frau geattet, Corinna, die mich auf ewig um die Ruhe meines Herzens und Gewissens gebracht hat.

„Ich schrieb ihr vor meiner Abreise und sah sie nicht mehr wieder; später erfuhr ich, was Herr von Maltigues mir vorhergesagt: sie hatte ihn an meiner Statt genommen. Ich war damals weit entfernt, das Unglück, welches mich erwartete, auch nur zu ahnen. Ich hoffte die Verzeihung meines Vaters zu erhalten und war überzeugt, daß, wenn ich ihm sagte, wie furchtbar ich hintergangen worden, er mich um so mehr lieben würde, als ich zu beklagen war. Nach einer Reise, die mich Tag und Nacht unterwegs hielt, deren Dauer sich aber doch auf vier Wochen belief, weil ich über Deutschland hatte gehen müssen, kam ich voll festen Vertrauens auf die unerschöpfliche, väterliche Güte in England an. Corinna! In einem öffentlichen Blatt, das ich zufällig zur Hand nahm, las ich die Nachricht von meines Vaters Tode. Zwanzig Monate sind seit jenem Augenblick verstrichen, und immer bleibt er mir gegenwärtig, wie ein verfolgendes Gespenst. In Flammenschrift stehen die Worte vor mir: „Soeben ist Lord Nelvil gestorben"; das Feuer des Vulkans hier vor uns brennt weniger schrecklich, als sie. Dies ist noch nicht Alles; ich erfuhr, daß er in äußerster Bekümmerniß über meinen Aufenthalt in Frankreich, und mit der Befürchtung geschieden sei, ich könne der militärischen Laufbahn entsagen, jene Frau, von der er wenig Gutes erfahren, wirklich heirathen, und mich durch meine Niederlassung in einem fremden, mit dem eigenen im Kriege begriffenen Lande, um meinen guten Namen in England bringen. Wer weiß, ob diese schmerzlichen Besorgnisse sein Ende nicht beschleunigten. Corinna, Corinna, bin ich denn nicht der Mörder meines Vaters; o, sagen Sie, bin ich's denn nicht?" — „Nein", rief diese, „Sie sind nur unglücklich; Sie haben sich von der eigenen Güte und Großmuth hinreißen lassen. Ich verehre Sie so hoch, als ich Sie liebe. Lassen Sie mein Herz richten, nehmen Sie mich als Ihr Gewissen an, und glauben Sie der Frau, die Sie liebt. Ach! die Liebe, wie ich sie fühle, ist keine Täuschung; nur weil Sie der beste, der edelste der Männer sind, bewundere ich Sie, nur deshalb bete ich Sie an." — „Corinna", sagte Oswald, „so viel Huldigung verdiene ich nicht, doch bin ich vielleicht wirklich nicht so strafbar. Mein Vater verzieh mir, ehe er starb; sein letztes mir hinterlassenes Wort giebt mir Trost. Er hatte kurz vor seinem Ende einen Brief von mir erhalten, der mich wohl etwas rechtfertigte; aber der Schlag war gefallen, und sein Schmerz über mich hatte ihm das Herz gebrochen.

„Als ich das väterliche Schloß betrat, als die alten Diener

sein; sie ist viel zu schlau für Sie. Mir kommt's darauf nicht
an; denn obwohl ich sie sehr reizend finde, und von ihrem Geist
äußerst angezogen bin, wird sie mich nie zu Handlungen, die
gegen meinen Vortheil wären, bestimmen können; und wir
werden sogar einander trefflich in die Hände arbeiten, weil die
Ehe unsere Interessen zu gemeinschaftlichen macht. Aber Sie,
mit Ihrer Romantik, Sie wären von ihr genasführt worden.
Sie hatten eben mein Leben ganz in Ihrer Gewalt; ich schulde
es Ihnen, und kann Ihnen also die Briefe nicht vorenthalten,
die ich Ihnen für den Fall meines Todes versprach. Lesen Sie
dieselben, gehen Sie nach England und grämen Sie sich nicht
allzu sehr über die Schmerzen der Frau von Arbigny. Sie wird
Thränen vergießen, denn sie liebt Sie, und wird sich trösten,
denn sie ist eine viel zu vernünftige Frau, um unglücklich sein,
und besonders um dafür gelten zu wollen. In drei Monaten
ist sie Frau von Maltigues." Er hatte in Allem die Wahrheit
gesagt, die erwähnten Briefe bewiesen es mir. Ich gewann die
Ueberzeugung, daß Frau von Arbigny sich nicht in dem Zustande befand, den sie mit erröthendem Bekenntniß vor mir geheuchelt, und daß ich also in dieser Beziehung auf das Unwürdigste von ihr getäuscht worden war. Ohne Zweifel liebte sie
mich, da sie es selbst in den Briefen an Herrn von Maltigues
aussprach; doch schmeichelte sie ihm mit so viel Geschicklichkeit,
ließ ihm so viel Hoffnung, und zeigte, um ihm zu gefallen, einen
so gänzlich von jenem verschiedenen Charakter, mit welchem sie
mich anzuziehen gesucht, daß ich unmöglich zweifeln konnte: sie
hatte ihn geschont, um ihn heirathen zu können, falls unsere
Vermählung nicht stattfände. So war die Frau geartet,
Corinna, die mich auf ewig um die Ruhe meines Herzens und
Gewissens gebracht hat.

„Ich schrieb ihr vor meiner Abreise und sah sie nicht mehr
wieder; später erfuhr ich, was Herr von Maltigues mir vorhergesagt: sie hatte ihn an meiner Statt genommen. Ich war
damals weit entfernt, das Unglück, welches mich erwartete, auch
nur zu ahnen. Ich hoffte die Verzeihung meines Vaters zu erhalten
und war überzeugt, daß, wenn ich ihm sagte, wie furchtbar ich

hintergangen worden, er mich um so mehr lieben würde, als ich zu beklagen war. Nach einer Reise, die mich Tag und Nacht unterwegs hielt, deren Dauer sich aber doch auf vier Wochen belief, weil ich über Deutschland hatte gehen müssen, kam ich voll festen Vertrauens auf die unerschöpfliche, väterliche Güte in England an. Corinna! In einem öffentlichen Blatt, das ich zufällig zur Hand nahm, las ich die Nachricht von meines Vaters Tode. Zwanzig Monate sind seit jenem Augenblick verstrichen, und immer bleibt er mir gegenwärtig, wie ein verfolgendes Gespenst. In Flammenschrift stehen die Worte vor mir: „Soeben ist Lord Nelvil gestorben"; das Feuer des Vulkans hier vor uns brennt weniger schrecklich, als sie. Dies ist noch nicht Alles; ich erfuhr, daß er in äußerster Bekümmerniß über meinen Aufenthalt in Frankreich, und mit der Befürchtung geschieden sei, ich könne der militärischen Laufbahn entsagen, jene Frau, von der er wenig Gutes erfahren, wirklich heirathen, und mich durch meine Niederlassung in einem fremden, mit dem eigenen im Kriege begriffenen Lande, um meinen guten Namen in England bringen. Wer weiß, ob diese schmerzlichen Besorgnisse sein Ende nicht beschleunigten. Corinna, Corinna, bin ich denn nicht der Mörder meines Vaters; o, sagen Sie, bin ich's denn nicht?" — „Nein", rief diese, „Sie sind nur unglücklich; Sie haben sich von der eigenen Güte und Großmuth hinreißen lassen. Ich verehre Sie so hoch, als ich Sie liebe. Lassen Sie mein Herz richten, nehmen Sie mich als Ihr Gewissen an, und glauben Sie der Frau, die Sie liebt. Ach! die Liebe, wie ich sie fühle, ist keine Täuschung; nur weil Sie der beste, der edelste der Männer sind, bewundere ich Sie, nur deshalb bete ich Sie an." — „Corinna", sagte Oswald, „so viel Huldigung verdiene ich nicht, doch bin ich vielleicht wirklich nicht so strafbar. Mein Vater verzieh mir, ehe er starb; sein letztes mir hinterlassenes Wort giebt mir Trost. Er hatte kurz vor seinem Ende einen Brief von mir erhalten, der mich wohl etwas rechtfertigte; aber der Schlag war gefallen, und sein Schmerz über mich hatte ihm das Herz gebrochen.

„Als ich das väterliche Schloß betrat, als die alten Diener

mich umringten, wies ich ihre Tröstungen zurück und klagte mich
selbst vor ihnen an. Auf dem Grabe meines Vaters schwur ich, als
wäre es zum Gutmachen noch Zeit gewesen, nie ohne seine Einwilligung mich vermählen zu wollen. Weh mir! Was gelobte
ich dem Dahingeschiedenen? Was bedeuteten die Gelübde des
verzweifelnden Wahnsinns? Ich muß sie als bindende Verpflichtung ansehen, nichts zu thun, was er im Leben nicht ge-
billigt hätte. Corinna, Liebe, warum sind Sie so betrübt?
Mein Vater konnte wohl von mir fordern, einer werthlosen Frau
zu entsagen, deren List allein meine Neigung für sie zuzuschreiben
war; aber weshalb sollte ich mich von einem edlen, wahrhaftigen und großmüthigen Weibe, weshalb mich von derjenigen
trennen müssen, für die ich die eine, die ächte Liebe empfunden,
weil sie mein Wesen geklärt und mich vor mir selbst erhöhet hat,
statt mich herabzuziehen.

„In meines Vaters Zimmer fand ich Alles unverändert; sein
Mantel, sein Lehnstuhl, sein Degen, sie waren da, wie sonst,
und er nur fehlte! — Vergeblich rief ich in meinem Schmerz
nach ihm. Wenn ich ihn vor seinem Tode nur einen Augenblick
gesehen hätte; wenn er nur noch hätte wissen können, daß ich
seiner doch nicht ganz unwürdig war, mir hätte sagen können,
daß er mir glaube, dann würde ich nicht, gleich dem sündhaf-
testen Verbrecher, von Reue und Qual zerrissen sein; dann würde
ich diese schwankende Haltung, diese verworrene Seele nicht haben,
mit denen ich keinem Menschen Glück bringen kann. Werfen
Sie mir dies nicht als Schwachheit vor: der Muth vermag nichts
über das Gewissen! Aus ihm erst wird er erzeugt, wie sollte er
es überwinden können? Selbst jetzt, bei dieser zunehmenden
Dunkelheit, scheint es mir, als sähe ich in den Wolken den
Blitzstrahl drohen, der mich verurtheilt. Corinna! Corinna!
trösten Sie Ihren armen Freund; oder ich möge hier auf dieser
Erde liegen bleiben — auf daß sie sich vielleicht öffne und mich
zu den Todten mit hinunter nehme.“

Dreizehntes Buch.

Der Vesuv und die Umgegend von Neapel.

Erstes Kapitel.

Lord Nelvil war von seiner schmerzlichen Erzählung wie
vernichtet, und lange verharrte er in tiefer Niedergeschlagenheit;
selbst Corinnens holdestem Bemühen gelang es nur allmählig,
ihn in die Gegenwart zurückzurufen. Die einbrechende Nacht,
in deren Dunkel der Feuerstrom des Vesuv immer sichtbarer
hervortrat, regte endlich Oswalds Fantasie lebhaft an. Corinna benutzte den großartigen überraschenden Anblick, um ihn
vollends seinen Erinnerungen zu entreißen; rasch zog sie ihn
bis auf das aschige Ufer des glühenden Lavastroms.

Der Boden entwich ihnen unter den Füßen, fast ehe sie
ihn berührten, als wolle er sie aus so lebensfeindlicher Sphäre
zurückstoßen: die Natur hat in diesen Regionen zum Menschen
kein Verhältniß mehr, er darf sich nicht mehr für ihren Beherrscher halten, sie entzieht sich seiner Tyrannei durch den Tod. Die
Lava ist von düstrer Farbe, wie man sich einen Höllenfluß denken
mag, und nur wenn sie Bäume oder Weinreben verzehrt, schlagen
helle, glänzende Flammen auf. Langsam, schwer wälzt sie sich
hinab, bei Tage schwarz, roth bei Nacht. Man hört bei ihrer
Annäherung ein gewisses Geräusch von knisternden Funken, das
um so unheimlicher wirkt, da es nur leise ist, und den Eindruck
macht, als geselle sich hier noch Ueberlistung zu der furchtbaren
Gewalt; so sachten, verstohlenen Schrittes schleicht der königliche
Tiger seiner Beute nicht. Ohne je zu eilen, ohne je inne zu
halten, rollt die heiße Fluth hinab, und häuft vor Mauern
und Gebäuden ihre schwarzen, harzigen Massen auf, bis sie das
Hinderniß in ihren Wogen begraben hat. Ihr Lauf ist keineswegs so rasch, daß die Menschen nicht vor ihr fliehen könnten;

doch aber erfaßt sie, gleich der Zeit, die Unvorsichtigen und die Greise, die sich einbilden, es sei leicht, ihr zu entrinnen, weil sie so schweigend und schwerfällg anrückt. Mit ihrer rothen Gluth steckt sie den Himmel an, der als ein fortdauernder Blitz sich wiederum im Meere spiegelt, und die ganze Welt scheint in diesem dreifachen Brande aufzuflammen.

Aus dem Schlunde des Kraters hört man den Wind pfeifen, und sieht man ihn in Flammenwirbeln aufsteigen. Man entsetzt sich vor dem, was da unten vorgeht, und fühlt, daß ungekannte Mächte der Erde Schooß zerwühlen. Die den Rand des Kraters umgebenden Felsen sind mit Schwefel und Schlacken bedeckt, deren Farben etwas Teuflisches an sich haben. Ein Todtengrün, ein Schmutziggelb mit düstrem Roth bilden für das Auge die quälendste Dissonanz, etwa wie das Gekreisch der Hexen sein mochte, wenn sie Nachts-den Mond auf die Erde herabriefen.

Die ganze Umgebung des Vulkans gleicht einer Hölle, und hier haben ohne Zweifel die Dichter ein Vorbild gefunden, um das Fegefeuer zu schildern. Hier begreift man auch, daß die Menschen einst an das Dasein eines zerstörenden, die Absichten der Vorsehung vernichtenden Geistes glaubten. Auf solcher Stätte fragt man sich, ob die göttliche Güte allein über den Wundern der Schöpfung wache, ob nicht irgend ein verborgenes böses Princip, wie im Menschen, so auch in der Natur zur Sünde dränge. „Corinna!" rief Lord Nelvil, „kommt der Schmerz von diesen teuflischen Ufern her, um uns arme Menschen zu verfolgen? Nimmt der Todesengel von diesem Gipfel aus seinen Flug? Wenn ich jetzt nicht in Dein himmlisches Auge blicken könnte, würde ich der Herrlichkeit dieser Welt und ihrer Gotteswerke vergessen; und doch verursacht der Anblick dieser Hölle, so furchtbar er ist, nicht solche Qual, wie das Nagen des Gewissens. Allen Gefahren kann man trotzen; aber wie soll Jemand, der nicht mehr ist, uns von den Vorwürfen befreien, die wir uns über ihm angethanes Unrecht machen? Dahin — dahin auf immer! O Corinna, das ist ein unerbittlich Wort von Feuer und Eisen! Die Qualen, welche der Wahnsinn in seinen Träumen erfindet, — das ewig sich drehende Rad, —

das Waſſer, das vor der verdorrenden Lippe zurückweicht, der Stein, der hinabrollt, nachdem man ihn emporgewälzt, — ſchwach nur ſchildern ſie den furchtbaren Gedanken des Unmöglichen — des Unwiederbringlichen!"

Tiefes Schweigen lagerte rings um Oswald und Corinna; ſelbſt die Führer hatten ſich zurückgezogen, und lange Zeit hörten ſie nichts, als das Ziſchen und Pfeifen der Flammen. Doch jetzt ſtieg von der Stadt her ein Läuten zu ihnen empor; es war der Glocken Ton, der durch die Lüfte hinaufzitterte, und ob er nun den Tod, ob er Geburt und Leben feierte — dieſer Erdenruf zu dieſer Stunde erſchütterte ſie tief. „Theurer Oswald", ſagte Corinna, „wir wollen fort von hier — hinunter zu den Lebendigen; dieſe Wüſte beklemmt mir das Herz. Alle andern Berge nähern uns dem Himmel, entrücken uns dem kleinen Erdenleben, hier aber fühle ich nur Angſt und Verworrenheit. Mir iſt, als behandle man hier die Natur wie einen Verbrecher, als ſei ſie verurtheilt, den göttlichen Athem ihres Schöpfers nicht mehr zu empfinden. Das iſt hier kein Aufenthalt für gute Menſchen, gehen wir fort!"

Beim Hinabſteigen wurden ſie von heftigem Regen über= fallen, der in jedem Augenblick ihre Fackeln zu verlöschen drohte. Die Lazzaroni begleiteten ſie mit ihrem ununterbrochenen Geſchrei, das für Jemand, der es nicht als ihre gewohnte Weiſe kennt, etwas ſehr Beängſtigendes hat. Bei dieſen Menſchen findet ſich, als Folge ihrer großen Faulheit und nicht geringern Leidenſchaftlichkeit, ein Uebermaß von Lebenskraft, mit dem ſie nichts anzufangen wiſſen. Ebenſo indeß, wie ihre Geſichtsbil= dung viel ausgeprägter iſt, als ihr Charakter, ganz ebenſo haben weder Geiſt noch Herz an dieſer Lebhaftigkeit vielen Antheil. In der Befürchtung, der Regen könne Corinna ſchaden, könne die Fackeln auslöſchen, kurz, irgend welcher Unfall ihr begegnen, war Oswald auf das Sorglichſte um ſie beſchäftigt, und dieſes zärtliche Intereſſe hob ihr armes, bekümmertes Herz aus der Trauer empor, in welche die Mittheilung ſeines Gelübdes ſie verſetzt hatte. Am Fuße des Berges fanden ſie ihren Wagen. Bei den Ruinen von Herculanum, die man gewiſſermaßen von Neuem verſchüttete, um das über ihnen erbaute Portici nicht zu

untergraben, hielten sie nicht an. Es war Mitternacht, als sie
Neapel erreichten, und Corinna versprach Lord Nelvil beim Abschied, ihm folgenden Tags die Geschichte ihres Lebens einzuhändigen.

Zweites Kapitel.

Am nächsten Morgen wollte Corinna es über sich gewinnen,
ihr Versprechen zu halten, und obwohl die ihr gestern gewordene
nähere Kenntniß von Lord Nelvils Charakter ihre Ungewißheit
steigerte, verließ sie doch, die niedergeschriebenen Erlebnisse in
der Hand, zitternd, aber entschlossen sie abzuliefern, ihr Zimmer.
Sie betrat den Salon des Gasthofes, in welchem Beide wohnten.
Oswald befand sich schon dort; er hatte soeben Briefe aus England erhalten, und einer derselben, welcher auf dem Tische lag,
zeigte Corinna eine Handschrift, bei deren Anblick sie in unaussprechliche Verwirrung gerieth; sie fragte, von wem der
Brief sei. „Von Lady Edgermond", erwiderte Oswald. „Sie
stehen mit ihr im Briefwechsel?" unterbrach Corinna. „Lord
Edgermond war der Freund meines Vaters; und weil der Zufall das Gespräch darauf führt, will ich Ihnen nicht verhehlen,
daß Lord Nelvil wohl den Gedanken hatte, Lucile Edgermond
dürfte einst eine passende Frau für mich sein." — „Großer
Gott!" rief Corinna und sank, fast bewußtlos, auf einen Stuhl.

„Woher diese schmerzliche Aufregung?" fragte Lord Nelvil;
„was fürchten Sie von mir, Corinna, da ich Sie mit solcher
Anbetung liebe? Wenn mein sterbender Vater es mir geboten
hätte, Lucile zu heirathen, dann allerdings würde ich mich nicht
für frei halten können, dann würde ich aber auch Ihrem unwiderstehlichen Zauber entflohen sein; nun hat er mir diese Wahl ja
nur angerathen, und selbst hinzugefügt, daß man Lucile noch
nicht beurtheilen könne, da sie noch ein Kind sei. Ich selbst habe
sie nur einmal gesehen; sie war damals zwölf Jahr alt. Auch
bin ich vor meiner Abreise keinerlei Verpflichtung gegen Lady
Edgermond eingegangen, und die Schwankungen, die Unruhe,
welche Sie an mir bemerkt haben, waren einzig aus des Vaters
Wunsch entsprungen; denn ehe ich Sie kannte, hoffte ich ihn

erfüllen zu können. Wie unbestimmt er auch geäußert war, es schien mir, als übe ich eine Art von Buße, wenn ich den Einfluß seines Willens auf meine Entschlüsse über seinen Tod hinaus verlängerte. Sie aber haben diesen Vorsatz besiegt, Sie haben mein ganzes Selbst überwunden, und mir bleibt nur noch, Ihre Verzeihung zu erstreben, für meine Schwäche und Unentschlossenheit. Corinna! nach einem Schmerz, wie ich ihn empfunden, richtet man sich nie ganz wieder auf. Er läßt die Hoffnungen verwelken, er giebt ein Gefühl peinlicher, düstrer Schüchternheit. Das Schicksal hat mir so wehe gethan, daß selbst jetzt, wo es mir das köstlichste Gut bietet, ich ihm noch nicht trauen mag. Aber alle Zweifel klären sich vor Dir, Corinna; ich bin Dein auf immer! ganz Dein! Dich würde mein Vater für mich gewählt haben, wenn er Dich gekannt hätte, Dich würde er . . . . —"
„Halten Sie ein — ich flehe Sie an — sprechen Sie das nicht aus!" rief Corinna unter Thränen.

„Was können Sie dagegen haben", fragte Oswald, „wenn es mir Freude macht, Sie in Gedanken neben meinen Vater zu stellen, und so in meinem Herzen Alles, was mir lieb und heilig ist, zu vereinen?" — „Sie dürfen es nicht, Oswald; ich weiß gewiß, daß Sie es nicht dürfen!" — „Aber was können Sie mir denn mitzutheilen haben?" rief Lord Nelvil erschreckt; „Geben Sie mir die Blätter, die Ihre Vergangenheit erzählen, geben Sie sie mir!" — „Sie sollen sie erhalten", entgegnete Corinna, „aber ich bitte noch um acht Tage Frist, — nur acht Tage. Was ich eben erfuhr, nöthigt mich, noch ausführlicher zu sein." — „Wie!" sagte Oswald, „in welcher Beziehung könnten Sie zu . . . . . ." — „Verlangen Sie jetzt keine Antwort", unterbrach ihn Corinna; „Sie werden bald Alles wissen, und dies ist vielleicht dann das Ende, das furchtbare Ende meines Glücks. Vorher aber wünsche ich, daß wir zusammen noch dieses schöne, neapolitanische Land bewundern, und uns mit noch süßem Gefühl, noch empfänglicher Seele an seiner entzückenden Natur erfreuen. Ich will hier, in diesen holden Gefilden, den feierlichsten Lebensabschnitt feierlich begehen. Sie müssen eine letzte Erinnerung von mir sich bewahren, — von mir, wie ich war, wie ich immer geblieben wäre, wenn mein Herz sich hätte enthalten können, Sie zu lieben!"

„O Corinna!" rief Oswald, „was wollen Sie mir mit diesen unheilkündenden Worten andeuten? Es ist doch unmöglich, daß ich etwas erführe, was meine Liebe, meine Bewunderung zu erkälten vermöchte! Wozu mir noch acht Tage dieses ängstigende Geheimniß vorenthalten, das eine Schranke zwischen uns aufzurichten scheint?" — „Ich will es so, theurer Oswald! Verzeihen Sie mir diesen letzten Gebrauch meiner Macht; bald werden nur Sie allein über uns Beide entscheiden. Ich werde mein Loos, wenn es ein grausames ist, ohne Murren von Ihren Lippen hinnehmen, denn mich fesseln auf dieser Erde keine Gefühle, keine Bande, die mich verurtheilen, ohne Ihre Liebe zu leben." Nach diesen Worten ging sie hinaus, Oswald, der ihr folgen wollte, sanft mit der Hand zurückweisend.

Drittes Kapitel.

Corinna hatte beschlossen, während der acht Tage des erhaltenen Aufschubes für Lord Nelvil eine Festlichkeit zu veranstalten, die wohl mehr den Charakter einer ernsteren Feier tragen sollte, denn sie knüpfte die schwermüthigsten Empfindungen an dieselbe. Wenn sie Oswalds Charakter prüfend übersah, war es fast unmöglich, sich über den Eindruck zu täuschen, den er von dem, was sie ihm zu entdecken hatte, empfangen werde. Man mußte Corinna als Dichterin, als Künstlerin beurtheilen, um ihr verzeihen zu können, daß sie der Begeisterung und der Kunst ihren hohen Rang, ihre Familie und ihr Vaterland geopfert hatte. Lord Nelvil hatte ohne Frage den erforderlichen Geist, um das Genie und seinen Reichthum gehörig zu würdigen; aber er war der Meinung, daß man die Verhältnisse des socialen Lebens über alles Andere zu stellen habe, und daß die erste Pflicht der Frau, und selbst des Mannes, nicht die Geltendmachung geistiger Fähigkeiten, sondern die Erfüllung der Jedem auferlegten Pflichten sei. Die nagenden Gewissensqualen, welche er erlitten, als er von der sich selber vorgeschriebenen Bahn abgewichen war, hatten seine strengen, ihm gleichsam angeborenen moralischen Grundsätze nur noch befestigt. Die Sitten, die Anschauungen seiner Heimat, eines Landes, in welchem man sich bei der gewissenhaftesten Hochachtung für Pflicht und Gesetz so wohl befindet, hielten ihn in Banden, nach mancher Richtung hin in recht engen Banden, und die, aus tiefem Kummer sich erzeugende Muthlosigkeit liebt Alles, was alltägliches Herkommen ist, was sich von selbst versteht, was keine neuen Entschlüsse, keine Entscheidung verlangt, die den uns vom Schicksal gegebenen Verhältnissen entgegen stände.

Oswalds Liebe zu Corinna hatte zwar seine ganze Empfindungsweise umgestaltet; den Charakter aber vermag die Liebe nicht völlig zu verändern, und Corinna erkannte diesen Charakter noch aus der Leidenschaft heraus, von welcher er besiegt worden war. Vielleicht sogar war Lord Nelvil grade durch diesen Gegensatz zwischen seiner Natur und seinem Gefühl so anziehend; ein Gegensatz, der all seinen Liebesbeweisen nur noch höhern Werth verlieh. Nun aber nahte der Augenblick, wo die vorübergehenden Besorgnisse, die Corinna stets zurückgedrängt, und die sich nur gleich einem leichten, träumerischen Nebel über die verflossenen Glückestage gebreitet hatten, eine festere Gestalt annehmen, wo sie über ihr Leben entscheiden sollten. Ihre für das Glück geborene, an die holdbeweglichen Eindrücke des Talents und der Poesie gewöhnte Seele erstaunte über die Zähigkeit, über die herbe Unveränderlichkeit des Schmerzes; ihr ganzes Wesen bebte unter einer Erschütterung, wie sie Frauen, die seit lange zu leiden wissen, wohl kaum mehr fühlen.

Indeß betrieb sie mitten in dieser Herzensangst heimlich die Vorbereitungen zu einem glänzenden Tag, den sie noch mit Oswald durchleben wollte; so vereinigte sich in ihr auf romantische Weise Einbildungskraft mit Gefühl. Die in Neapel anwesenden Engländer, wie auch einige Neapolitaner und ihre Damen, wurden von ihr eingeladen, und der Morgen des festlichen Tages — des letzten vor einem Geständnisse, das auf immer ihr Glück zerstören konnte, — sah Corinna in einer Erregtheit, die ihren Zügen einen ganz neuen seltsamen Ausdruck gab.

Unachtsamen Augen konnte dieser für lebhafte Freude gelten;
Lord Nelvil jedoch errieth aus ihren raschen, etwas plötzlichen Bewegungen, aus dem nirgend haftenden Blick, was in ihrer Seele
vorging. Umsonst suchte er sie durch die liebevollsten Versicherungen zu beruhigen. „Sie werden mir das Alles nach zwei
Tagen wiederholen, wenn Sie dann noch so denken", sagte sie;
„jetzt thun Ihre gütigen Worte mir nur weh." Und sie entfernte sich von ihm.

Als der Tag sich neigte, hielten die Equipagen der ein-
treffenden Gäste vor Corinnens Thür; wenn der Meereswind
sich erhebt und mit kühlem Hauch die Luft erfrischt, erst dann ist
es hier möglich, die freie Natur zu genießen. Bei der von
Corinna und ihrer Gesellschaft unternommenen Promenade
machte man zuerst am Grabe Virgils Halt. Dieses Grab hat
den schönsten Platz auf der Welt, denn es schaut auf den Golf
von Neapel hinaus. Es ist so viel Ruhe, so viel Großartigkeit
in dem Anblick, daß man glauben möchte, Virgil selber habe sich
den Ort erwählt. Der einfache Vers aus der Georgica, dem
Gedicht über den Landbau, hätte hier als Grabschrift dienen
können:

Illo Virgilium me tempore dulcis alebat
Parthenope*) — — — — — —

Seine Asche ruht hier noch, und sein Andenken zieht die Huldigungen des Weltalls nach dieser Stätte. Das ist Alles, was
der Mensch dem Tode entreißen kann.

Petrarca hat einen Lorbeerbaum auf dieses Grab gepflanzt,
und Petrarca ist nicht mehr, und der Lorbeer stirbt. Die um
Virgils Gedächtniß willen massenhaft hieher wallfahrtenden
Fremden haben ihre Namen auf die Mauer geschrieben, welche
die Urne umgiebt. Von diesen dunklen Namen, die nur da zu
sein scheinen, um den Frieden solcher Einsamkeit zu stören, fühlt
man sich belästigt. Nur Petrarca war würdig, einen dauernden Beweis seiner Anwesenheit an diesem Grabe zurückzulassen.
Schweigend steigt man von der ernsten Zufluchtsstätte des

---

*) Zu jener Zeit empfing mich die sanfte Parthenope.

Ruhms hinab, und erinnert sich der Gedanken, der Anschauungen, welche der Genius des Dichters auf immer geheiligt hat. Das ist wie eine hohe Unterredung mit den kommenden Geschlechtern! Eine Unterredung, die von der Schriftstellerkunst immer fortgesetzt, immer erneuert wird. O Todesnacht, was bist du denn? Die Gedanken, die Gefühle, die Worte eines Menschen sind vorhanden, und was er selber war, sein Ich, das sollte nicht mehr sein? Nein, ein solcher Widerspruch ist unmöglich in der Natur.

„Oswald", sagte Corinna zu Lord Nelvil, „die Eindrücke, welche Sie hier empfangen, können Sie nicht eben in festliche Stimmung versetzen; aber", fügte sie mit einer gewissen Exaltation hinzu, „aber wie viele Feste feierte man nicht über Gräbern!" — „Meine Freundin", antwortete Oswald, „was ist das für ein heimlich Leid, das Sie bewegt? Vertrauen Sie mir doch; ich danke Ihnen die sechs schönsten Monate meines Lebens; vielleicht gelang es auch mir über Ihre Tage einiges Glück zu breiten; o, und das Glück vergessen, das wäre Gottvergessenheit! Wer denn würde sich selbst um das stolze Entzücken bringen, einem Geiste wie dem Ihren zu genügen? Es ist schon so süß, dem Geringsten sich nothwendig zu fühlen; aber einer Corinna unentbehrlich sein, dies, glauben Sie mir, dies ist zu viel Glorie, zu viel Seligkeit, als daß man ihr freiwillig entsagen möchte!" „Ich glaube Ihren Versicherungen", erwiderte Corinna, „aber giebt es denn nicht Augenblicke, wo etwas Gewaltsames, Grausiges über uns kommt, das unser Herz schneller, angstvoller schlagen läßt?"

Durch die Höhle des Pausilippus fuhren sie mit Fackeln; selbst um die Mittagsstunde hat man sich derselben zu bedienen, da die Straße fast in der Länge einer Viertelmeile den Berg durchbohrt, so daß in ihrer Mitte man kaum das Tageslicht an den beiden Enden hereinschimmern sieht. Ein ungemein starker Wiederhall begleitet die Fahrt durch dies lange Gewölbe; das Pferdegetrappel, das Geschrei ihrer Führer zerstückeln hier mit ihrem betäubenden, vielfach verdoppelten Geräusch jeden zusammenhängenden Gedanken. Mit ungewöhnlicher Schnelligkeit flog Corinnens Wagen dahin, und dennoch war sie nicht zufrieden gestellt. „Wie langsam das geht! Theurer Oswald, sorgen Sie doch für schnelleres Fahren", sagte sie ungeduldig zu Lord Nelvil. „Und warum nun wieder diese Hast, Corinna?" fragte Oswald, „wenn wir sonst zusammen waren, suchten Sie nicht die Stunden abzukürzen, sondern genossen sie." — „Ja, aber jetzt", entgegnete Corinna, „jetzt muß Alles sich entscheiden, muß Alles zu einem Ende drängen, und ich möchte Alles beeilen, wäre es auch mein Tod!"

Mit herzlicher Freude begrüßt man am Ende der Höhle das Tageslicht und die Natur; und welche Natur ist's, die jetzt vor unsern Blicken lacht! So oft fehlen der italienischen Landschaft die Bäume; hier sind sie im Ueberfluß; und grade hier ist der Boden mit so viel Blumen und Kräutern bedeckt, daß jene Wälder, die der schönste Schmuck anderer Gegenden sind; hier schon zu entbehren wären. Bei Tage ist es in Neapel, wegen der entsetzlichen Hitze, selbst im Schatten unmöglich lange draußen zu verweilen; erst der Abend bringt von allen Seiten erquickende Kühlung, und in seinem weicheren Licht bietet sich das von Himmel und Meer umschlossene Land in weiter Ausdehnung dem entzückten Auge dar. Mit Vorliebe wählen die Maler besonders Neapels Landschaften für ihren Pinsel; denn die Durchsichtigkeit der Luft, der wechselnde Charakter der Gegenden, die wunderlichen Formationen der Gebirge sind im südlichen Italien hervorragende Eigenthümlichkeiten. Die Natur zeigt in diesem Lande eine Größe, eine Originalität, die von keinem Zauber anderer Gegenden übertroffen werden. „Ich führe Sie an den Ufern des Sees von Averno, nahe beim Phlegethon, vorüber", sagte Corinna zu ihrer Begleitung, „und hier, vor Ihnen, ist der Tempel der Sibylle von Cumä. Wir werden auch die berühmte Stätte berühren, welche man unter dem Namen der Wonnen von Bajä kennt; doch rathe ich Ihnen, sich dort nicht weiter aufzuhalten. Wenn wir auf einem Punkt angekommen sein werden, wo das Auge die großen uns hier umringenden Erinnerungen der Geschichte und Poesie gleichzeitig zu übersehen vermag, wollen wir sie auch mit dem Geiste zusammenfassen."

Auf dem Kap Misene hatte Corinna Vorbereitungen zu Tanz und Musik treffen lassen; sie waren mit künstlerischem Sinn geordnet. Die Matrosen von Bajä, in bunte, abstechende Farben gekleidet, und mehrere Orientalen, die einem im Hafen liegenden levantischen Schiffe angehörten, tanzten mit Bäuerinnen von den benachbarten Inseln Ischia und Procida, deren Trachten noch heute die griechische Abkunft verrathen. In einiger Entfernung erhob sich dann und wann ein vollendet ausgeführter mehrstimmiger Gesang, und auch die im Grünen verborgene Instrumentalmusik sendete in schmachtendem Echo ihre Töne von Fels zu Fels dem Meere zu, auf dessen silberner Fläche sie endlich im Abendhauch dahinstarben. Die entzückende Luft, welche man athmete, durchdräng die Seele wie ein Freudegefühl, das sich aller Anwesenden, selbst Corinnens bemächtigte. Diese wurde jetzt gebeten, sich in den Tanz der Landmädchen zu mischen, und sie willigte auch mit Vergnügen ein. Aber kaum hatte sie begonnen, als die düstersten Gedanken ihr auch schon solche Heiterkeit im abschreckendsten Lichte zeigten. Schnell verließ sie den anmuthigen Reigen und suchte, wie um auch den Klängen der Musik zu entfliehen, das äußerste Ende des Vorgebirges auf. Dort setzte sie sich nieder; Oswald ging ihr bald nach, doch hatte er sie kaum erreicht, da folgte ihm auch schon die übrige Gesellschaft, um Corinna zu bitten, sie möge an dieser schönen Stätte zur Freude Aller improvisiren. Willenlos und völlig verwirrt, ließ sie sich zu einem kleinen Hügel, wo man schon ihre Laute hingeschafft hatte, führen, ohne daß sie über das, was man von ihr erwartete, nachzudenken im Stande war.

Viertes Kapitel.

Indessen wünschte Corinna, daß Oswald sie noch einmal, wie bei der Feier auf dem Kapitol, im vollen Glanze ihres Talents hören möge; falls dieses Talent auf immer versinken mußte, dann sollten die letzten Strahlen vor seinem Erlöschen wenigstens noch den Geliebten treffen. Dieser Wunsch gab ihr die Begeisterung, welcher sie bedurfte, um sich über ihr

20*

stürmisch bewegtes Innere zu erheben. Corinnens Freunde und
Gäste waren ungeduldig, sie zu hören. Selbst das Volk umgab
in erwartungsvollem Schweigen den Kreis, in welchem Jene die
Künstlerin umstanden; denn dieses Volk, das im Süden vermöge
seiner Fantasie ein so guter Beurtheiler der Dichtkunst ist, kannte
ihren Ruf, und auf all diesen neapolitanischen Gesichtern lag
daher jetzt die gespannteste Aufmerksamkeit. Der Mond erhob sich
am Horizonte; das letzte Tageslicht beeinträchtigte zwar noch
seinen Glanz. Von der Höhe des kleinen Hügels, der, ins Meer
hinaustretend, eben das Kap Misene bildet, überblickte man den
Besuv, den Golf von Neapel mit seinen Inseln, den reichen
Strich Landes, welcher sich von Neapel bis Gaeta hinstreckt, kurz
ein Stück Erde, wo die Vulkane, wo Geschichte und Poesie die
zahlreichsten Spuren einer großen Vergangenheit zurückließen.
So verlangten Corinnens Freunde denn auch einstimmig, „die
Erinnerungen, welche dieser Boden erwecke", als Gegenstand
ihrer Improvisation zu wählen. Sie stimmte ihre Laute und
begann in bebendem Ton. Ihr Blick war schön; aber wer sie
kannte, mußte die Angst ihrer Seele darin lesen. Sie versuchte
jedoch, ihren Schmerz zu bemeistern und sich, für einen Augenblick wenigstens, über ihre persönliche Lage zu erheben.

Corinnens Gesang in den Gefilden von Neapel.

„Natur, Poesie und Geschichte wetteifern hier in Großartigkeit; mit Einem Blick vermag man hier alle Zeiten, alle
Wunder zu umfassen.

„Dort der See von Averno, ein erloschener Vulkan, dessen
Wogen einst Entsetzen erregten: der Acheron und Phlegethon,
deren Fluthen an unterirdischem Feuer sieden, sind die Ströme
dieser einst von Aeneas besuchten Hölle.

„Das Feuer, diese schaffende und verzehrende Kraft, wurde
um so mehr gefürchtet, als seine Gesetze den Menschen noch unbekannt waren. Die Natur offenbarte anfangs ihre Geheimnisse
nur der Poesie.

„Die Stadt Cumä, die Höhle der Sibylle, und auch Apollo's
Tempel lagen auf diesen Höhen. Hier das Gehölz, wo der

golbene Zweig gebrochen wurde. Das Land der Aeneïde umgiebt uns, und die vom Genius geweihten Träume des Dichters sind Erinnerungen geworden, von denen man noch die Spuren sucht.

„In diese Fluthen stürzte ein Triton den verwegenen Trojaner, der es wagte, die Gottheiten des Meeres durch seine Gesänge herauszufordern. Diese hohlen, tönenden Felsen sind noch so, wie Birgil sie schilderte, denn die Einbildungskraft malt treu, wenn sie eine so mächtige ist. Der Geist des Menschen ist schöpferisch, wenn er die Natur versteht, und nachahmend, wenn er sie zu erfinden glaubt.

„Mitten unter diesen ungeheuren Massen, den alten Zeugen der Schöpfung, sieht man einen neuen, vom Vulcan erst erschaffenen Berg. Hier ist die Erde stürmisch, wie das Meer; sie tritt nicht, wie dieses, friedlich in die alten Grenzen zurück. Das schwere, durch des Abgrunds furchtbare Gewalten emporgehobene Element höhlt Thäler aus, thürmt Berge auf und seine versteinerten Wogen reden von den Stürmen, die sein Inneres zerreißen.

„Schlagen wir auf diesen Boden, so hallt das unterirdische Gewölbe davon wieder. Es ist, als wäre die bewohnte Welt nur eine deckende Oberfläche, die stets bereit ist, sich gähnend zu öffnen. Die Gegend von Neapel ist ein Bild der menschlichen Leidenschaften: verderblich und fruchtbringend, scheinen ihre Gefahren, wie ihre Freuden, aus diesen flammenden Vulcanen hervorzugehen, welche dieser Luft ihre Zauber verleihen, während sie unter unsern Füßen den Donner grollen lassen.

„Plinius studirte die Natur, um Italien besser bewundern zu können; er rühmte sein Vaterland als das schönste Land der Erde, da er andere Eigenschaften nicht mehr preisen konnte. Die Wissenschaft suchend, wie ein Krieger die Eroberungen, verließ er eben dieses Vorgebirge, um den flammenspeienden Vesuv zu beobachten, und diese Flammen vernichteten ihn.

„O Erinnerung, du edle Macht! Hier diese Stätte ist dein Reich. Von Jahrhundert zu Jahrhundert — welch seltsames Schicksal! — beklagt der Mensch, was er verloren hat. Es ist, als sei das Glück in die längst verflossenen Zeiten zur Bewahrung

niedergelegt, und während der Gedanke sich seines Fortschreitens
rühmt, und kühn in die Zukunft bringt, scheint unsere Seele
schwermuthsvoll eine alte Heimat zu betrauern, die in der
Vergangenheit begraben liegt.

„Wir beneiden den Glanz der Römer, und beneideten sie
denn nicht wiederum die mannhafte Einfachheit ihrer Voreltern?
Ehemals verachteten sie dies üppige Land, und nur ihre Feinde
wurden von seiner wonnigen Herrlichkeit bezwungen. Sehet
Capua dort in der Ferne; es beugte den Krieger, dessen unbeug-
same Seele der alten Roma länger widerstand, als die ganze
übrige Welt.

„Darauf bewohnten auch die Römer diese Orte. Als die
Kraft der Seele ihnen nur noch diente, um Schmerz und
Schande tiefer zu empfinden, gaben sie sich ohne Scham der
Verweichlichung hin. Zu Bajä eroberten sie sich vom Meere
eine Strecke Ufers für ihre Paläste. Man durchwühlte die Berge,
um ihnen Säulenhallen und seltenes Gestein zu entreißen, und
die zu Sklaven herabgekommenen Herren der Welt unterjochten
die Natur, um sich über die eigene Unterjochung zu trösten.

„In der Nähe des Vorgebirges von Gaeta, das sich hier
unsern Blicken zeigt, verlor Cicero das Leben. Ohne Rücksicht
für die Nachwelt, beraubten die Triumvirn diese der Gedanken, welche jener große Mann noch hinterlassen haben würde.
Das Verbrechen der Triumvirn dauert noch fort; noch an uns
haben sie sich durch diesen Frevel vergangen.

„Cicero fiel unter den Dolchen der Tyrannen. Der unglück-
lichere Scipio ward aus seiner, damals noch freien Heimat verbannt. Er endete seine Tage nicht weit von diesem Gestade; die
Ruinen seines Grabes nennt man die Veste des Vaterlandes;
eine rührende Anspielung auf die Idee, von welcher seine große
Seele erfüllt war.

„Marius flüchtete sich in die Sümpfe von Minturnä, unweit von dem Wohnsitz des Scipio. So haben zu aller Zeit die
Nationen ihre großen Männer verfolgt und gequält. Aber diese
werden durch die Apotheose entschädigt, und der Himmel, in
welchem die Römer noch zu herrschen glaubten, nimmt unter seine

Sterne Romulus, Numa, Cäsar auf: neue Gestirne, die vor unsern Augen ihre Strahlen des Ruhms mit dem Himmelslicht vereinigen.

„Und nicht das Unglück allein, auch das Verbrechen hat hier sein Gedächtniß zurückgelassen. Seht dort, am äußersten Rande des Meerbusens, die Insel Capri, wo das Alter den Tiberius überwand; wo dieser zugleich so grausame und wollüstige, so gewaltthätige und schlaffe Fürst endlich auch des Verbrechens müde ward, und sich in die niedrigsten Genüsse stürzte, als ob die Thrannei ihn noch nicht genug erniedrigt habe.

„Das Grabmal Agrippinens liegt ebenfalls an diesem Strand, gegenüber der Insel Capri; erst nach dem Tode Nero's ward es errichtet. Der Mörder seiner Mutter fluchte auch ihrer Asche. Er wohnte lange in Bajä, umgeben von den Erinnerungen seiner Missethaten. Welche Ungeheuer versammelt hier der Zufall vor unsern Augen! Tiber und Nero stehen sich gegenüber!

„Beinahe von ihrer Entstehung an dienten die vulkanischen, aus dem Meere aufgestiegenen Inseln den Verbrechen der alten Welt. Den Blicken der Unglücklichen, die so mitten ins Meer, auf diese einsamen Felsen verwiesen waren, zeigte sich in der Ferne das Vaterland; sie suchten den Duft seiner Wälder in den Lüften zu erspähen, und erfuhren zuweilen, nach langem Exil, durch ein Todesurtheil, daß ihre Feinde wenigstens sie nicht vergessen hatten.

„O Erde! von Blut und Thränen getränkte Erde! Du hörst nie auf, Blumen und Früchte hervorzubringen. Bist du denn ohne Mitleid für den Menschen, und kehrt sein Staub in deinen mütterlichen Schooß zurück, ohne daß er ihn erzittern macht?"

Hier unterbrach sich Corinna, um einige Augenblicke zu ruhen. Die Anwesenden huldigten ihr mit Zweigen von Myrten und Lorbeer, die sie zu ihren Füßen niederlegten. Des Mondes weiches, reines Licht lag verklärend auf ihren Zügen; der kühle Meereswind trieb ihr Haar in malerische Unordnung; die Natur hatte offenbar ein Wohlgefallen daran, sie zu schmücken. Aber Corinna ward jetzt von tiefer Erschütterung überwältigt; als ihr Blick über diese entzückenden Gefilde, diesen wunderbar-herrlichen

Abendhimmel schweifte, endlich an Oswald hing, der jetzt noch da war, und vielleicht nicht immer da sein werde, kamen Thränen in ihre Augen. Das Volk selbst, das ihr eben so lauten Beifall gezollt, nahm ihre Bewegung mit Ehrfurcht hin, und in tiefstem Schweigen erwarteten Alle gespannt ihre nächsten Worte, die ihnen das, was sie fühlte, mittheilen sollten. Sie präludirte längere Zeit auf ihrer Laute, und dann die achtzeilige Strophe nicht wieder aufnehmend, ließ sie in freier, selten absetzender Form ihr innerstes Gefühl ausströmen.

„Auch einige Erinnerungen an großes Herzeleid, auch einige Frauennamen, rufen Euer Mitgefühl an. Hier auf dieser Stätte, hier zu Misene, nahm Cornelia, die Wittwe des Pompejus, ihre edle Trauer mit in den Tod. An diesen Ufern beweinte Agrippina lange den Germanicus, bis derselbe Mörder, welcher ihr den Gatten raubte, sie würdig hielt, diesem zu folgen. Die Insel Nisida war Zeuge von Brutus' und Porcia's Abschied.

„So sahen die Frauen und Freundinnen jener Helden den Mann, den sie angebetet, zu Grunde gehen. Vergeblich folgten sie lange seinen Schritten, es kam doch der Tag, wo er ihnen entrissen ward. Porcia tödtet sich, Cornelia drückt die geheiligte Urne an die Brust, als werde sie ihrem Jammer Antwort geben, Agrippina erzürnt Jahrelang erfolglos den Mörder ihres Gatten; und diese unglückseligen Gestalten, den Schatten gleich, die an den Gestaden des ewigen Flusses umherirren, sie seufzen vergeblich nach dem jenseitigen Land. In müder langer Einsamkeit schwanken sie dahin; sie blicken fragend, ungläubig in diesem Schweigen umher; sie suchen am gestirnten Himmel, auf dem großen unendlichen Meere, in der ganzen Natur nach einer Erinnerung an den Verlorenen, nach einem Klang, wie des Geliebten Stimme, und finden ihn nimmer und nimmermehr!

„O Liebe! Du hehre Gewalt! Geheimnißvolle Begeisterung des Menschenherzens, die du Poesie, Religion und Heroismus in dir vereinigest, — was geschieht, wenn das Schicksal uns von dem Manne trennt, der das Geheimniß unserer Seele besaß, der uns das Leben erst gegeben, das wahre, das himm-

„Erhabener Schöpfer dieser schönen Welt, beschütze uns! Unserem Aufschwunge fehlt die Kraft, unsere Hoffnungen sind trügerisch. Die Leidenschaften beherrschen uns mit wilder Thrannei und lassen uns weder Freiheit noch Ruhe. Was wir morgen thun, entscheidet vielleicht über unser Loos; vielleicht sprachen wir gestern ein Wort, das keine Reue, keine Noth zurückrufen kann. Wenn unser Geist sich zu den höchsten Gedanken erhebt, fühlen wir, wie auf dem Gipfel hoher Bauwerke, einen Schwindel, der das unten Liegende vor unserem Blicke verwirrt. Aber auch dann selbst, auch dann verliert er sich nicht, der entsetzliche Schmerz, er verflüchtigt sich nicht in die Wolken; er zertheilt sie — durchbricht sie — und steigt auf zu dir, o Gott! Und ach, welch Urtheil will er uns verkünden!"

Bei diesen Worten zog tödtliche Blässe über Corinnens Angesicht; ihre Augen schlossen sich, sie wäre umgesunken, wenn Lord Nelvil nicht schon an ihrer Seite gewesen wäre, um sie zu stützen.

Fünftes Kapitel.

Corinna kam wieder zu sich, Oswalds Nähe und sein liebender Blick, der voll theilnehmender Sorge auf ihr ruhte, gaben ihr einige Fassung. Mit Erstaunen hatten die Neapolitaner ihre düstern Poesien vernommen. Sie bewunderten zwar die klangvolle Schönheit dieser Sprache, doch hätten sie gewünscht, ihre Verse wären von weniger trauriger Stimmung beeinflußt gewesen: denn die schönen Künste, und unter ihnen die Poesie, waren für sie nur da, um sich von den Sorgen des Lebens zu zerstreuen, nicht um sich tiefer in seine furchtbaren Geheimnisse hineinzugraben. Dagegen hatten die anwesenden Engländer Corinnens Improvisation mit einer Art heiliger Andacht vernommen. Solche tief-schwermüthigen, aber mit italienischer Gluth ausgedrückten Gefühle entzückten sie. Diese schöne Corinna, deren geistreiche Züge, deren lebenspendender Blick nur für das Glück bestimmt schienen, diese von verborgenem Leid betroffene Tochter der Sonne glich den noch frischen, noch leuchtenden Blumen, die, durch einen tödtlichen Stich vergiftet, einem nahen Tode entgegenwelken.

Die Gesellschaft schiffte sich ein, um nach Neapel zurückzukehren; nach der heißen Ruhe, welche über dem Erdboden
lagerte, war der frische Meeresathem höchst erquickend. Goethe
hat in einer köstlichen Romanze die Sehnsucht geschildert, welche
uns bei großer Hitze ins kühle Element zieht: eine, aus bewegten Wassern emportauchende Nymphe singt dem jungen Fischer,
der am Ufer sitzt, von der Herrlichkeit, dem wohligen Behagen,
das er auf dem Grunde der Fluth finden werde. Sie lockt den,
anfangs Gleichgültigen, in ihren „ewigen Thau" hinunter, bis er,
von Sehnsucht erfaßt, halb von ihr gezogen und halb ihr entgegen-
sinkend, auf immer in die kühle Fluth hinabtaucht. Diese ma-
gische Gewalt des Wassers gleicht gewissermaßen dem Blick der
Schlange, der abschreckend anzieht. Die Woge, wie sie sich leise
in der Ferne erhebt, in stetem Wachsen herbeirollt, und sich in
eiliger, treibender Ueberstürzung am Strande bricht, sie ist gleich
einem verborgenen Wunsche der Seele, der unbemerkt auf-
steigt, und in unwiderstehlich zunehmender Gewalt das arme
irrende Menschenherz an der Klippe zerschellen läßt.

Corinna war jetzt ruhiger, die lieblichen Abendlüfte fächel-
ten ihr Frieden zu; um ihnen Stirn und Schläfen mehr preis
geben zu können, hatte sie das schwarze Haar zurückgestrichen,
und war so schöner denn je. Die in einer zweiten Barke folgende
Musik von Blasinstrumenten wirkte zauberhaft; ihre Töne ver-
banden sich mit dem Meer, den Sternen, der berauschenden
Süßigkeit eines italienischen Abends zu himmlischem Zusammen-
klang; sie waren die Stimme des Himmels inmitten der Natur.
„Geliebte", sagte Oswald leise, „süße Freundin meines Herzens, nie werde ich diesen Tag vergessen; kann es noch einen
glücklicheren geben?" — Und wie er das sagte, standen seine
Augen voll Thränen. Dann war sein Angesicht von unwiderstelh-
lichem Ausdruck. Zuweilen auch, während heiteren Scherzes,
bemerkte man, daß eine verborgene Rührung in ihm aufstieg, die
seinem Wesen die edelste Anmuth verlieh. „Ach!" antwortete
Corinna, „nein, ich hoffe auf keinen Tag mehr wie diesen; er
sei wenigstens als der letzte meines Lebens gesegnet, falls er die
Morgenröthe eines dauernden Glückes nicht ist, nicht sein kann."

Sechstes Kapitel.

Das Wetter änderte sich, eben als sie Neapel erreichten; der Himmel umwölkte sich, und die heftig aufeinander treibenden Wogen verkündeten schon das heraufziehende Gewitter, wie wenn der Meeressturm sich aus dem Schooße der Fluthen erhöbe, um dem Sturm des Himmels zu antworten. Oswald war Corinna etwas vorausgeeilt, da er für deren Weg bis zum Hotel Fackeln herbeischaffen lassen wollte; auf dem Quai fand er eine Gruppe schreiender Lazzaroni versammelt. „Ach! der Arme!" riefen sie, „er kann nicht mehr mit den Wellen fertig werden, er geht unter!" — „Was sagt Ihr, Leute", fragte Lord Nelvil heftig, „von wem sprecht Ihr?" — „Von jenem Greise dort", antworteten sie, „er badete dort unten, nicht weit von den Molen; da ist er vom Sturm überrascht worden, und es fehlt ihm jetzt die Kraft, gegen die Wellen anzukämpfen, um das Ufer zu erreichen." Oswalds erste Regung war, selbst ins Wasser zu springen; er dachte aber daran, welches Entsetzen Corinna, die ihm in wenig Augenblicken folgen mußte, dadurch bereitet werden könnte, und so bot er für die Rettung des Greises eine große Summe Geldes aus. Die Lazzaroni weigerten sich Alle, unter dem Vorgeben, daß die Gefahr zu groß, die Rettung unmöglich sei. In diesem Augenblick verschwand der Greis unter den Wogen. Länger zögerte Oswald nicht; er stürzte sich in die Fluthen. Sie schlugen auch ihm über dem Kopfe zusammen, doch rang er sich glücklich durch, erreichte den Greis, der einen Augenblick später verloren gewesen wäre, ergriff ihn und brachte ihn ans Ufer. Aber beim ersten Schritt, den er auf das Land setzte, fiel er in Folge der unerhörten Anstrengung, mit welcher allein solch ein Kampf gegen die wüthenden Gewässer bestanden werden konnte, bewußtlos nieder, und seine Todtenblässe glich der eines Sterbenden. [26)]

Corinna, die nichts ahnte, jetzt aber im Herbeikommen diese Menschenmasse, welche sich mit dem Klagerufe: „Er ist todt, er ist todt!" um einen Mittelpunkt zu drängen schien, voller Schreck bemerkt hatte, würde schnell vorübergegangen sein, wenn nicht einer der sie begleitenden Engländer von ihrer Seite fort und in das Gedränge geeilt wäre, um zu erfahren, was geschehen. Fast mechanisch folgte sie demselben, und das Erste, worauf nun ihr Auge fiel, war Oswalds Rock, den er vorhin abgeworfen hatte. In dem Glauben, dies sei Alles, was von ihm geblieben, griff sie darnach in convulsivischer Verzweiflung; und wie sie dann endlich ihn selbst erblickte, den scheinbar Leblosen, warf sie sich fast mit Entzücken auf den hingestreckten Körper des geliebten Mannes. Ihn leidenschaftlich mit den Armen umschlingend, fühlte sie voll unaussprechlichen Glückes noch die Schläge seines Herzens, das sich vielleicht bei ihrem Herannahen belebt hatte. „Er lebt!" rief sie, „er lebt!" und von nun an bewies sie mehr Kraft und Muth, als irgend Jemand der Umstehenden. Sie bestimmte die erforderlichen Hülfsmittel, und wußte sie geschickt anzuwenden; sie netzte das Haupt des Ohnmächtigen mit ihren Thränen, doch unterbrach sie, ohngeachtet ihrer schrecklichen Angst, ihr Mühen und Thun durch keine andern Schmerzensäußerungen. Sie vergaß nichts, sie verlor keinen Augenblick. Oswald schien ein wenig besser, nur hatte er seine Besinnung noch nicht wieder. Corinna ließ ihn in ihr Hotel schaffen; sie kniete neben ihm, gab ihm stärkende Essenzen und rief in leidenschaftlichster Zärtlichkeit seinen Namen. Das Leben mußte auf solchen Ruf wohl wiederkehren; und Oswald hörte ihn, er öffnete die Augen und drückte ihr die Hand.

War es nöthig, für die Seligkeit eines solchen Augenblicks die Qualen der Hölle durchzumachen? Arme Menschennatur! Nur durch den Schmerz erfahren wir, was Unendlichkeit ist; und unter allen Herrlichkeiten des Lebens giebt es nichts, das für die Verzweiflung entschädigen könnte, den Geliebten sterben zu sehn!

„Grausamer!" rief Corinna, „Grausamer! Wie konnten Sie mir das thun!"

„Verzeihen Sie, Corinna", entgegnete Oswald mit matter Stimme, „und glauben Sie mir, Geliebte, als ich mich verloren hielt, da hatte ich Furcht — ich fürchtete für Sie!" — O wundervolle Sprache gegenseitiger Liebe, einer durch das Glück des Vertrauens erst vollendeten Liebe! — Corinna, von seinen tief zärtlichen Worten erschüttert, erinnerte sich derselben bis zu ihrer letzten Stunde mit jener Wehmuth, die, auf Augenblicke wenigstens, uns hilft, Alles zu verzeihen.

Siebentes Kapitel.

Oswalds nächster Gedanke war das Bild seines Baters. Er griff darnach, und fand es auch, aber das Wasser hatte es bis zur Unkenntlichkeit verlöscht. „Mein Gott!" rief Oswald in schmerzlicher Betrübniß, „sein Bild selbst nimmst du mir!" Corinna bat Lord Nelvil, das Portrait herstellen zu dürfen; er gestattete es gern, ohne viel davon zu hoffen. Mit um so freudigerem Erstaunen empfing er es daher nach drei Tagen zurück, und jetzt war das Bild von noch treffenderer Aehnlichkeit als früher. „Ja", sagte Oswald hoch erfreut, „Sie haben seine Züge, und ihren Ausdruck, wie durch höheres Schauen, erkannt. Der Himmel bezeichnet Sie mir durch solches Wunder als die Genossin meines Schicksals, weil er Ihnen die Erinnerung an denjenigen offenbart, der immer über mich bestimmen soll. Corinna", fuhr er fort, sich ihr zu Füßen werfend, „herrsche endlich ganz über mein Leben. Hier ist der Ring, den mein Vater seiner Gattin gab; nie ward dies Symbol der Liebe von edlerer Hand an ein treueres Herz gegeben; ich nehme ihn von meinem Finger, und streife ihn auf den Deinen, und von dieser Stunde an bin ich nicht mehr frei; nicht frei, so lange Du ihn behältst. Ich spreche das heilige Gelöbniß aus, ehe ich weiß, wer Du bist; ich glaube Deiner hohen Seele; sie sagt mir Deine edelsten Geheimnisse, sagt mir Alles, was ich wissen muß. Wenn die Ereignisse Ihres Lebens in Ihrer Hand gelegen haben, müssen sie edel sein, wie Ihr Charakter; kamen sie von der Hand des Schicksals, und Sie wurden das Opfer derselben, so danke ich dem Himmel, daß ich berufen bin, sie vielleicht wieder gut zu machen. Darum also, o meine Corinna, sagen Sie mir Ihr Geheimniß; Sie sind dies dem Manne schuldig, dessen Gelübde Ihrem Vertrauen voranging."

„Oswald", erwiderte Corinna, „Ihre tiefe Bewegung entsteht aus einem Irrthum, den ich zerstören muß, ehe ich den Ring annehme. Sie glauben, daß ich die Züge Ihres Vaters vermöge eines Schauens mit dem Herzen errieth; darauf muß ich Ihnen bekennen, daß ich ihn mehrere Mal gesehen habe —" „Sie! meinen Vater gesehen!" rief Lord Nelvil, „und wie? Und wo? Ist es denn möglich? O mein Gott, wer sind Sie denn?" — „Hier ist Ihr Ring", sagte Corinna mit erstickter Stimme, „jetzt schon muß ich ihn zurückgeben." — „Nein", entgegnete Oswald nach einigem Stillschweigen, „ich schwöre es, nie werde ich der Gatte einer Andern sein, bis Sie mir diesen Ring wiederfenden. Aber verzeihen Sie nur, daß ich die Verwirrung, die Sie in meiner Seele aufregen, nicht bemeistern kann; unklare Vorstellungen drängen sich mir auf — ach, diese Unruhe thut so weh!"—„Ich sehe es", erwiderte Corinna, „und werde sie abkürzen; ich fühle es — Ihre Stimme ist nicht mehr dieselbe, Ihre Worte sind verändert. Wenn Sie meine Geschichte gelesen haben werden, wenn das furchtbare Abschiedswort ... —" „Abschied!" rief Lord Nelvil; „nein, Geliebte, auf dem Todbette nehme ich Abschied von Dir; fürchte nicht, daß es früher geschehe." — Corinna ging hinaus, und einige Minuten später trat Theresina ins Zimmer, um Lord Nelvil von Seiten ihrer Herrin die folgenden Blätter zu überreichen.

Abendhimmel schweifte, endlich an Oswald hing, der jetzt noch da war, und vielleicht nicht immer da sein werde, kamen Thränen in ihre Augen. Das Volk selbst, das ihr eben so lauten Beifall gezollt, nahm ihre Bewegung mit Ehrfurcht hin, und in tiefstem Schweigen erwarteten Alle gespannt ihre nächsten Worte, die ihnen das, was sie fühlte, mittheilen sollten. Sie präludirte längere Zeit auf ihrer Laute, und dann die achtzeilige Strophe nicht wieder aufnehmend, ließ sie in freier, selten absetzender Form ihr innerstes Gefühl ausströmen.

„Auch einige Erinnerungen an großes Herzeleid, auch einige Frauennamen, rufen Euer Mitgefühl an. Hier auf dieser Stätte, hier zu Misene, nahm Cornelia, die Wittwe des Pompejus, ihre edle Trauer mit in den Tod. An diesen Ufern beweinte Agrippina lange den Germanicus, bis derselbe Mörder, welcher ihr den Gatten raubte, sie würdig hielt, diesem zu folgen. Die Insel Nisida war Zeuge von Brutus' und Porcia's Abschied.

„So sahen die Frauen und Freundinnen jener Helden den Mann, den sie angebetet, zu Grunde gehen. Vergeblich folgten sie lange seinen Schritten, es kam doch der Tag, wo er ihnen entrissen ward. Porcia tödtet sich, Cornelia drückt die geheiligte Urne an die Brust, als werde sie ihrem Jammer Antwort geben, Agrippina erzürnt Jahrelang erfolglos den Mörder ihres Gatten; und diese unglückseligen Gestalten, den Schatten gleich, die an den Gestaden des ewigen Flusses umherirren, sie seufzen vergeblich nach dem jenseitigen Land. In müder langer Einsamkeit schwanken sie dahin; sie blicken fragend, ungläubig in diesem Schweigen umher; sie suchen am gestirnten Himmel, auf dem großen unendlichen Meere, in der ganzen Natur nach einer Erinnerung an den Verlorenen, nach einem Klang, wie des Geliebten Stimme, und finden ihn nimmer und nimmermehr!

„O Liebe! Du hehre Gewalt! Geheimnißvolle Begeisterung des Menschenherzens, die du Poesie, Religion und Heroismus in dir vereinigest, — was geschieht, wenn das Schicksal uns von dem Manne trennt, der das Geheimniß unserer Seele besaß, der uns das Leben erst gegeben, das wahre, das himm-

lische Leben! Was geschieht, wenn Entfernung oder Tod ein
Weib auf Erden vereinsamen? Es sinkt dahin — es stirbt. Wie
oft mögen die Felsen hier jenen verlassenen Wittwen als fühl-
lose, kalte Stützen gedient haben — den einst so hoch beglückten
Frauen, die sich sonst an das Herz eines Freundes, auf den
Arm eines Helden lehnen durften!

„Vor uns liegt Sorrent; dort wohnte die Schwester des
Tasso. Bei ihr, deren Leben in Dunkelheit verstrich, suchte
und fand er ein Asyl vor der Ungerechtigkeit der Fürsten; langes
Dulden hatte ihn fast der Vernunft beraubt, nur sein Genius
blieb ihm, nur die Kenntniß von den göttlichen Dingen; alle
irdischen Erinnerungen waren ihm verworren, verdorben. So
durchirrt das Genie, entsetzt, zurückgestoßen von der Oedigkeit
seiner Umgebung, und ihr bang entfliehend, das Weltall. Es
findet in der Natur kein Echo mehr, und dieses leidensvolle Unbehagen eines Gemüths, dem diese Welt zu wenig Lebensluft,
zu wenig Begeisterung, keine Hoffnung mehr giebt, — der Alltagsmensch hält es für Irrsinn!

„Das Verhängniß", fuhr Corinna in immer steigender Bewegung fort, „das Verhängniß verfolgt die hochgestimmten
Seelen, vor Allen die Dichter, deren Einbildungskraft aus der
Fähigkeit zu lieben und zu leiden ihre Nahrung zieht. Sie sind
wie Verbannte, aus höherer Sphäre vertrieben, und des Allmächtigen Güte durfte nicht Alles für diese kleine Schaar Er-
wählter oder Verstoßener anordnen. Was meinten die Alten,
wenn sie mit so viel Entsetzen vom Fatum sprachen? Was vermag
es, dieses Fatum über niedere, alltägliche Menschen? Sie treiben
mit der Zeit hinweg, sie durcheilen fügsam die ausgetretene Lebens-
bahn. Die Priesterin aber, deren Mund ihnen des Orakels
Sprüche verkündete, sie wird betroffen von furchtbarem Geschick.
Ich weiß nicht, welche unwiderstehliche Gewalt das Genie ins
Unglück hinabreißt; wenn es dem Gesange der Sphären lauscht,
den ein sterbliches Ohr nicht mehr zu erfassen vermag, wenn es
in ferne, geheimnißvolle Gefühlswelten bringt, die Andern unbekannt, wenn es überfließt von göttlicher Begeisterung, dann
strauchelt es wohl leichter auf dem Pfad zu irdischem Glück.

„Erhabener Schöpfer dieser schönen Welt, beschütze uns! Unserem Aufschwunge fehlt die Kraft, unsere Hoffnungen sind trügerisch. Die Leidenschaften beherrschen uns mit wilder Thyrannei und lassen uns weder Freiheit noch Ruhe. Was wir morgen thun, entscheidet vielleicht über unser Loos; vielleicht sprachen wir gestern ein Wort, das keine Reue, keine Noth zurückrufen kann. Wenn unser Geist sich zu den höchsten Gedanken erhebt, fühlen wir, wie auf dem Gipfel hoher Bauwerke, einen Schwindel, der das unten Liegende vor unserem Blicke verwirrt. Aber auch dann selbst, auch dann verliert er sich nicht, der entsetzliche Schmerz, er verflüchtigt sich nicht in die Wolken; er zertheilt sie — durchbricht sie — und steigt auf zu dir, o Gott! Und ach, welch Urtheil will er uns verkünden!"

Bei diesen Worten zog tödtliche Blässe über Corinnens Angesicht; ihre Augen schlossen sich, sie wäre umgesunken, wenn Lord Nelvil nicht schon an ihrer Seite gewesen wäre, um sie zu stützen.

Fünftes Kapitel.

Corinna kam wieder zu sich, Oswalds Nähe und sein liebender Blick, der voll theilnehmender Sorge auf ihr ruhte, gaben ihr einige Fassung. Mit Erstaunen hatten die Neapolitaner ihre düstern Poesien vernommen. Sie bewunderten zwar die klangvolle Schönheit dieser Sprache, doch hätten sie gewünscht, ihre Verse wären von weniger trauriger Stimmung beeinflußt gewesen: denn die schönen Künste, und unter ihnen die Poesie, waren für sie nur da, um sich von den Sorgen des Lebens zu zerstreuen, nicht um sich tiefer in seine furchtbaren Geheimnisse hineinzugraben. Dagegen hatten die anwesenden Engländer Corinnens Improvisation mit einer Art heiliger Andacht vernommen. Solche tief-schwermüthigen, aber mit italienischer Gluth ausgedrückten Gefühle entzückten sie. Diese schöne Corinna, deren geistreiche Züge, deren lebenspendender Blick nur für das Glück bestimmt schienen, diese von verborgenem Leid betroffene Tochter der Sonne glich den noch frischen, noch leuchtenden Blumen, die, durch einen tödtlichen Stich vergiftet, einem nahen Tode entgegenwelkten.

Die Gesellschaft schiffte sich ein, um nach Neapel zurückzukehren; nach der heißen Ruhe, welche über dem Erdboden
lagerte, war der frische Meeresathem höchst erquickend. Goethe
hat in einer köstlichen Romanze die Sehnsucht geschildert, welche
uns bei großer Hitze ins kühle Element zieht: eine, aus bewegt-
ten Waffern emportauchende Nymphe singt dem jungen Fischer,
der am Ufer sitzt, von der Herrlichkeit, dem wohligen Behagen,
das er auf dem Grunde der Fluth finden werde. Sie lockt den,
anfangs Gleichgültigen, in ihren „ewigen Thau" hinunter, bis er,
von Sehnsucht erfaßt, halb von ihr gezogen und halb ihr entgegen-
sinkend, auf immer in die kühle Fluth hinabtaucht. Diese ma-
gische Gewalt des Waffers gleicht gewiffermaßen dem Blick der
Schlange, der abschreckend anzieht. Die Woge, wie sie sich leise
in der Ferne erhebt, in stetem Wachsen herbeirollt, und sich' in
eiliger, treibender Ueberstürzung am Strande bricht, sie ist gleich
einem verborgenen Wunsche der Seele, der unbemerkt auf-
steigt, und in unwiderstehlich zunehmender Gewalt das arme
irrende Menschenherz an der Klippe zerschellen läßt.

Corinna war jetzt ruhiger, die lieblichen Abendlüfte fächel-
ten ihr Frieden zu; um ihnen Stirn und Schläfen mehr preis
geben zu können, hatte sie das schwarze Haar zurückgestrichen,
und war so schöner denn je. Die in einer zweiten Barke folgende
Musik von Blasinstrumenten wirkte zauberhaft; ihre Töne ver-
banden sich mit dem Meer, den Sternen, der berauschenden
Süßigkeit eines italienischen Abends zu himmlischem Zusammen-
klang; sie waren die Stimme des Himmels inmitten der Natur.
„Geliebte", sagte Oswald leise, „süße Freundin meines Herzens, nie werde ich diesen Tag vergeffen; kann es noch einen
glücklicheren geben?" — Und wie er das sagte, standen seine
Augen voll Thränen. Dann war sein Angesicht von unwiderstieh-
lichem Ausdruck. Zuweilen auch, während heiteren Scherzes,
bemerkte man, daß eine verborgene Rührung in ihm aufstieg, die
seinem Wesen die edelste Anmuth verlieh. „Ach!" antwortete
Corinna, „nein, ich hoffe auf keinen Tag mehr wie diesen; er
sei wenigstens als der letzte meines Lebens gesegnet, falls er die
Morgenröthe eines dauernden Glückes nicht ist, nicht sein kann."

„Erhabener Schöpfer dieser schönen Welt, beschütze uns! Unserem Aufschwunge fehlt die Kraft, unsere Hoffnungen sind trügerisch. Die Leidenschaften beherrschen uns mit wilder Tyrannei und lassen uns weder Freiheit noch Ruhe. Was wir morgen thun, entscheidet vielleicht über unser Loos; vielleicht sprachen wir gestern ein Wort, das keine Reue, keine Noth zurückrufen kann. Wenn unser Geist sich zu den höchsten Gedanken erhebt, fühlen wir, wie auf dem Gipfel hoher Bauwerke, einen Schwindel, der das unten Liegende vor unserem Blicke verwirrt. Aber auch dann selbst, auch dann verliert er sich nicht, der entsetzliche Schmerz, er verflüchtigt sich nicht in die Wolken; er zertheilt sie — durchbricht sie — und steigt auf zu dir, o Gott! Und ach, welch Urtheil will er uns verkünden!"

Bei diesen Worten zog tödtliche Blässe über Corinnens Angesicht; ihre Augen schlossen sich, sie wäre umgesunken, wenn Lord Nelvil nicht schon an ihrer Seite gewesen wäre, um sie zu stützen.

Fünftes Kapitel.

Corinna kam wieder zu sich, Oswalds Nähe und sein liebender Blick, der voll theilnehmender Sorge auf ihr ruhte, gaben ihr einige Fassung. Mit Erstaunen hatten die Neapolitaner ihre düstern Poesien vernommen. Sie bewunderten zwar die klangvolle Schönheit dieser Sprache, doch hätten sie gewünscht, ihre Verse wären von weniger trauriger Stimmung beeinflußt gewesen: denn die schönen Künste, und unter ihnen die Poesie, waren für sie nur da, um sich von den Sorgen des Lebens zu zerstreuen, nicht um sich tiefer in seine furchtbaren Geheimnisse hineinzugraben. Dagegen hatten die anwesenden Engländer Corinnens Improvisation mit einer Art heiliger Andacht vernommen. Solche tief-schwermüthigen, aber mit italienischer Gluth ausgedrückten Gefühle entzückten sie. Diese schöne Corinna, deren geistreiche Züge, deren lebenspendender Blick nur für das Glück bestimmt schienen, diese von verborgenem Leid betroffene Tochter der Sonne glich den noch frischen, noch leuchtenden Blumen, die, durch einen tödtlichen Stich vergiftet, einem nahen Tode entgegenwelkten.

Die Gesellschaft schiffte sich ein, um nach Neapel zurückzukehren; nach der heißen Ruhe, welche über dem Erdboden
lagerte, war der frische Meeresathem höchst erquickend. Goethe
hat in einer köstlichen Romanze die Sehnsucht geschildert, welche
uns bei großer Hitze ins kühle Element zieht: eine, aus bewegt-
ten Wassern emportauchende Nymphe singt dem jungen Fischer,
der am Ufer sitzt, von der Herrlichkeit, dem wohligen Behagen,
das er auf dem Grunde der Fluth finden werde. Sie lockt den,
anfangs Gleichgültigen, in ihren „ewigen Thau" hinunter, bis er,
von Sehnsucht erfaßt, halb von ihr gezogen und halb ihr entgegen-
sinkend, auf immer in die kühle Fluth hinabtaucht. Diese ma-
gische Gewalt des Wassers gleicht gewissermaßen dem Blick der
Schlange, der abschreckend anzieht. Die Woge, wie sie sich leise
in der Ferne erhebt, in stetem Wachsen herbeirollt, und sich in
eiliger, treibender Ueberstürzung am Strande bricht, sie ist gleich
einem verborgenen Wunsche der Seele, der unbemerkt auf-
steigt, und in unwiderstehlich zunehmender Gewalt das arme
irrende Menschenherz an der Klippe zerschellen läßt.

Corinna war jetzt ruhiger, die lieblichen Abendlüfte fächel-
ten ihr Frieden zu; um ihnen Stirn und Schläfen mehr preis
geben zu können, hatte sie das schwarze Haar zurückgestrichen,
und war so schöner denn je. Die in einer zweiten Barke folgende
Musik von Blasinstrumenten wirkte zauberhaft; ihre Töne ver-
banden sich mit dem Meer, den Sternen, der berauschenden
Süßigkeit eines italienischen Abends zu himmlischem Zusammen-
klang; sie waren die Stimme des Himmels inmitten der Natur.
„Geliebte", sagte Oswald leise, „süße Freundin meines Herzens, nie werde ich diesen Tag vergessen; kann es noch einen
glücklicheren geben?" — Und wie er das sagte, standen seine
Augen voll Thränen. Dann war sein Angesicht von unwidersteh-
lichem Ausdruck. Zuweilen auch, während heiteren Scherzes,
bemerkte man, daß eine verborgene Rührung in ihm aufstieg, die
seinem Wesen die edelste Anmuth verlieh. „Ach!" antwortete
Corinna, „nein, ich hoffe auf keinen Tag mehr wie diesen; er
sei wenigstens als der letzte meines Lebens gesegnet, falls er die
Morgenröthe eines dauernden Glückes nicht ist, nicht sein kann."

Sechstes Kapitel.

Das Wetter änderte sich, eben als sie Neapel erreichten; der Himmel umwölkte sich, und die heftig aufeinander treibenden Wogen verkündeten schon das heraufziehende Gewitter, wie wenn der Meeressturm sich aus dem Schooße der Fluthen erhöbe, um dem Sturm des Himmels zu antworten. Oswald war Corinna etwas vorausgeeilt, da er für deren Weg bis zum Hotel Fackeln herbeischaffen lassen wollte; auf dem Quai fand er eine Gruppe schreiender Lazzaroni versammelt. „Ach! der Arme!" riefen sie, „er kann nicht mehr mit den Wellen fertig werden, er geht unter!" — „Was sagt Ihr, Leute", fragte Lord Nelvil heftig, „von wem sprecht Ihr?" — „Von jenem Greise dort", antworteten sie, „er badete dort unten, nicht weit von den Molen; da ist er vom Sturm überrascht worden, und es fehlt ihm jetzt die Kraft, gegen die Wellen anzukämpfen, um das Ufer zu erreichen." Oswalds erste Regung war, selbst ins Wasser zu springen; er dachte aber daran, welches Entsetzen Corinna, die ihm in wenig Augenblicken folgen mußte, dadurch bereitet werden könnte, und so bot er für die Rettung des Greises eine große Summe Geldes aus. Die Lazzaroni weigerten sich Alle, unter dem Vorgeben, daß die Gefahr zu groß, die Rettung unmöglich sei. In diesem Augenblick verschwand der Greis unter den Wogen. Länger zögerte Oswald nicht; er stürzte sich in die Fluthen. Sie schlugen auch ihm über dem Kopfe zusammen, doch rang er sich glücklich durch, erreichte den Greis, der einen Augenblick später verloren gewesen wäre, ergriff ihn und brachte ihn ans Ufer. Aber beim ersten Schritt, den er auf das Land setzte, fiel er in Folge der unerhörten Anstrengung, mit welcher allein solch ein Kampf gegen die wüthenden Gewässer bestanden werden konnte, bewußtlos nieder, und seine Todtenblässe glich der eines Sterbenden. [26)]

Corinna, die nichts ahnte, jetzt aber im Herbeikommen diese Menschenmasse, welche sich mit dem Klagerufe: „Er ist todt, er ist todt!" um einen Mittelpunkt zu drängen schien, voller Schreck bemerkt hatte, würde schnell vorübergegangen sein, wenn nicht einer der sie begleitenden Engländer von ihrer Seite fort und in das Gedränge geeilt wäre, um zu erfahren, was geschehen. Fast mechanisch folgte sie demselben, und das Erste, worauf nun ihr Auge fiel, war Oswalds Rock, den er vorhin abgeworfen hatte. In dem Glauben, dies sei Alles, was von ihm geblieben, griff sie darnach in convulsivischer Verzweiflung; und wie sie dann endlich ihn selbst erblickte, den scheinbar Leblosen, warf sie sich fast mit Entzücken auf den hingestreckten Körper des geliebten Mannes. Ihn leidenschaftlich mit den Armen umschlingend, fühlte sie voll unaussprechlichen Glückes noch die Schläge seines Herzens, das sich vielleicht bei ihrem Herannahen belebt hatte. „Er lebt!" rief sie, „er lebt!" und von nun an bewies sie mehr Kraft und Muth, als irgend Jemand der Umstehenden. Sie bestimmte die erforderlichen Hülfsmittel, und wußte sie geschickt anzuwenden; sie netzte das Haupt des Ohnmächtigen mit ihren Thränen, doch unterbrach sie, ohngeachtet ihrer schrecklichen Angst, ihr Mühen und Thun durch keine andern Schmerzensäußerungen. Sie vergaß nichts, sie verlor keinen Augenblick. Oswald schien ein wenig besser, nur hatte er seine Besinnung noch nicht wieder. Corinna ließ ihn in ihr Hotel schaffen; sie kniete neben ihm, gab ihm stärkende Essenzen und rief in leidenschaftlichster Zärtlichkeit seinen Namen. Das Leben mußte auf solchen Ruf wohl wiederkehren; und Oswald hörte ihn, er öffnete die Augen und drückte ihr die Hand.

Was es nöthig, für die Seligkeit eines solchen Augenblicks die Qualen der Hölle durchzumachen? Arme Menschennatur! Nur durch den Schmerz erfahren wir, was Unendlichkeit ist; und unter allen Herrlichkeiten des Lebens giebt es nichts, das für die Verzweiflung entschädigen könnte, den Geliebten sterben zu sehn!

„Grausamer!" rief Corinna, „Grausamer! Wie konnten Sie mir das thun!"

„Verzeihen Sie, Corinna", entgegnete Oswald mit matter Stimme, „und glauben Sie mir, Geliebte, als ich

mich verloren hielt, da hatte ich Furcht — ich fürchtete für
Sie!" — O wundervolle Sprache gegenseitiger Liebe, einer
durch das Glück des Vertrauens erst vollendeten Liebe! — Corinna, von seinen tief zärtlichen Worten erschüttert, erinnerte
sich derselben bis zu ihrer letzten Stunde mit jener Wehmuth,
die, auf Augenblicke wenigstens, uns hilft, Alles zu verzeihen.

Siebentes Kapitel.

Oswalds nächster Gedanke war das Bild seines Vaters. Er
griff darnach, und fand es auch, aber das Wasser hatte es bis
zur Unkenntlichkeit verlöscht. „Mein Gott!" rief Oswald in
schmerzlicher Betrübniß, „sein Bild selbst nimmst du mir!"
Corinna bat Lord Nelvil, das Portrait herstellen zu dürfen;
er gestattete es gern, ohne viel davon zu hoffen. Mit um so
freudigerem Erstaunen empfing er es daher nach drei Tagen
zurück, und jetzt war das Bild von noch treffenderer Aehnlichkeit
als früher. „Ja", sagte Oswald hoch erfreut, „Sie haben
seine Züge, und ihren Ausdruck, wie durch höheres Schauen,
erkannt. Der Himmel bezeichnet Sie mir durch solches Wunder
als die Genossin meines Schicksals, weil er Ihnen die
Erinnerung an denjenigen offenbart, der immer über mich bestimmen soll. Corinna", fuhr er fort, sich ihr zu Füßen werfend,
„herrsche endlich ganz über mein Leben. Hier ist der Ring, den
mein Vater seiner Gattin gab; nie ward dies Symbol der Liebe
von edlerer Hand an ein treueres Herz gegeben; ich nehme ihn
von meinem Finger, und streife ihn auf den Deinen, und von
dieser Stunde an bin ich nicht mehr frei; nicht frei, so lange Du
ihn behältst. Ich spreche das heilige Gelöbniß aus, ehe ich weiß,
wer Du bist; ich glaube Deiner hohen Seele; sie sagt mir Deine
edelsten Geheimnisse, sagt mir Alles, was ich wissen muß.
Wenn die Ereignisse Ihres Lebens in Ihrer Hand gelegen
haben, müssen sie edel sein, wie Ihr Charakter; kamen sie von
der Hand des Schicksals, und Sie wurden das Opfer derselben,
so danke ich dem Himmel, daß ich berufen bin, sie vielleicht
wieder gut zu machen. Darum also, o meine Corinna, sagen Sie

mir Ihr Geheimniß; Sie sind dies dem Manne schuldig, dessen Gelübde Ihrem Vertrauen voranging.''

„Oswald'', erwiderte Corinna, „Ihre tiefe Bewegung entsteht aus einem Irrthum, den ich zerstören muß, ehe ich den Ring annehme. Sie glauben, daß ich die Züge Ihres Vaters vermöge eines Schauens mit dem Herzen errieth; darauf muß ich Ihnen bekennen, daß ich ihn mehrere Mal gesehen habe —'' „Sie! meinen Vater gesehen!'' rief Lord Nelvil, „und wie? Und wo? Ist es denn möglich? O mein Gott, wer sind Sie denn?'' — „Hier ist Ihr Ring'', sagte Corinna mit erstickter Stimme, „jetzt schon muß ich ihn zurückgeben.'' — „Nein'', entgegnete Oswald nach einigem Stillschweigen, „ich schwöre es, nie werde ich der Gatte einer Andern sein, bis Sie mir diesen Ring wiedersenden. Aber verzeihen Sie nur, daß ich die Verwirrung, die Sie in meiner Seele aufregen, nicht bemeistern kann; unklare Vorstellungen drängen sich mir auf — ach, diese Unruhe thut so weh!'' — „Ich sehe es'', erwiderte Corinna, „und werde sie abkürzen; ich fühle es — Ihre Stimme ist nicht mehr dieselbe, Ihre Worte sind verändert. Wenn Sie meine Geschichte gelesen haben werden, wenn das furchtbare Abschiedswort ...—'' „Abschied!'' rief Lord Nelvil; „nein, Geliebte, auf dem Todbette nehme ich Abschied von Dir; fürchte nicht, daß es früher geschehe.'' — Corinna ging hinaus, und einige Minuten später trat Theresina ins Zimmer, um Lord Nelvil von Seiten ihrer Herrin die folgenden Blätter zu überreichen.

———

Vierzehntes Buch.

Corinna's Geschichte.

Erstes Kapitel.

„Oswald, ich will mit dem Bekenntniß anfangen, das über mein Leben entscheiden wird. Wenn Sie es unmöglich finden, mir darnach zu verzeihen, dann lesen Sie nicht weiter, dann stoßen Sie mich von sich; wenn aber noch nicht Alles zwischen uns. zerrissen ist, nachdem Sie den Namen und die Lebens-stellung erfuhren, denen ich entsagt habe, dann kann das, was Sie ferner hören werden, vielleicht dazu dienen, mich zu ent-schuldigen.

„Lord Edgermond war mein Vater; ich ward ihm in Italien von seiner ersten Frau, einer Römerin, geboren, und Lucile Edgermond, die Ihnen bestimmte Gattin, ist meine Schwester von väterlicher Seite; sie ist das Kind aus meines Vaters zweiter Ehe mit einer Engländerin.

„Und nun hören Sie mich. In Italien auferzogen, verlor ich meine Mutter, als ich erst zehn Jahre alt war. Sterbend hatte sie den heißen Wunsch geäußert, ich möge nicht, bevor meine Erziehung vollendet sei, nach England gebracht werden, und ihn berücksichtigend, ließ mein Vater mich bis zum fünf-zehnten Jahre in Florenz, bei einer Tante meiner Mutter. Meine Neigungen, meine Talente, mein Charakter waren schon sehr aus-gebildet, als nach dem Tode auch dieser Tante mein Vater sich veranlaßt sah, mich zu sich zu nehmen. Er lebte in einer kleinen Stadt Northumberlands, die mir schwerlich von England einen Begriff geben konnte; doch ist sie Alles, was ich während der sechs dort verlebten Jahre von Ihrer Heimat kennen lernte. Seit meiner frühesten Kindheit hatte die Mutter mir davon ge-sprochen, welches Unglück ein Leben fern von Italien für sie

sein würde, und später versicherte mich meine Tante oft, daß
meiner Mutter frühzeitiger Tod durch die stete Besorgniß, ihre
Heimat verlassen zu müssen, beschleunigt worden sei. Auch war die
gute Tante ferner überzeugt, eine in protestantischen Landen
lebende Katholikin müsse einst sicher zur Hölle fahren, und wenn
ich derartige Befürchtungen auch natürlich nicht theilte, erregte
mir der Gedanke, nach England zu gehen, doch großen Schrecken.

„Ich reiste mit einem Gefühl unaussprechlicher Traurigkeit
ab. Die Frau, welche mich zu holen kam, verstand nicht
italienisch; zwar sprach ich es noch heimlich mit meiner armen
Therestna, die sich entschlossen hatte, mir zu folgen, obwohl sie
sich unter tausend Thränen von der Heimat trennte, aber ich
mußte mich doch von seinen wohllautenden Klängen entwöhnen,
die selbst den Fremden so sehr gefallen, und die über alle Erinnerungen meiner Kindheit ihren Zauber gebreitet hatten. Als ich
tiefer in den Norden kam, bemächtigte sich meiner allmählig ein
düsteres Vorgefühl, für das ich keine rechte Ursache wußte. Seit
fünf Jahren hatte ich meinen Vater nicht gesehen, und als ich
ihm jetzt entgegentrat, erkannte ich ihn kaum. Es schien mir,
als hätten seine Züge einen ernsteren Charakter angenommen;
doch empfing er mich höchst liebevoll, und fand, ich gliche
meiner Mutter. Man führte mir meine kleine, damals drei-
jährige Schwester zu; ihre schneeweiße Haut, ihr goldenes Lockenhaar waren mir neu, denn wir haben keine solche Gesichter in
Italien; und sie gewann sogleich meine zärtlichste Theilnahme;
noch an diesem Tage raubte ich von ihren blonden, seidenen
Haaren, um daraus ein Armband zu flechten, das ich noch auf-
bewahre. Endlich erschien auch meine Stiefmutter, und der
Eindruck, den ich von ihr empfing, hat sich während der sechs
neben ihr zugebrachten Jahre stets gesteigert und erneuert.

„Lady Edgermond liebte ausschließlich die Provinz, in
welcher sie geboren war, und mein Vater, den sie beherrschte,
opferte ihr deshalb einen Aufenthalt in London oder Edinburg.
Sie war eine kalte, förmliche, schweigsame Frau, deren Augen
nur auf ihrer Tochter mit Empfindung ruhten, und die sonst
etwas so Entschiedenes in ihrer Miene, ihren Reden hatte, daß

es unmöglich schien, ihr weder einen neuen Gedanken, noch selbst ein Wort begreiflich zu machen, wenn es nicht nach ihrem Sinne war. Sie empfing mich recht gut; doch bemerkte ich schnell, wie überrascht sie von meinem ganzen Benehmen war, und es schien, als nehme sie sich vor, es zu ändern. Während des Essens wurde kein Wort gesprochen, obwohl man einige Personen aus der Nachbarschaft eingeladen hatte; ich langweilte mich so sehr bei diesem Stillschweigen, daß ich endlich einen neben mir sitzenden, älteren Herrn anredete, und als ich nun, im Laufe des Gesprächs, einige italienische Verse, sehr reinen und edlen Inhalts, anführte, die jedoch von Liebe sprachen, sah meine Stiefmutter, da sie ein wenig italienisch verstand, mich tadelnd an, erröthete, und gab noch früher, als gewöhnlich, den Damen das Zeichen, sich zurückzuziehen, um den Thee zu bereiten, und die Männer beim Nachtische allein zu lassen. Ich wußte nichts von einem Brauche, der in Italien, wo man sich keine Unterhaltung ohne Frauen denken kann, etwas Unerhörtes sein würde, und glaubte einen Augenblick, meine Stiefmutter wäre so entrüstet über mich, daß sie nicht in einem Zimmer mit mir bleiben wolle. Indessen beruhigte ich mich darüber, als sie mir einen Wink gab, ihr in den Salon zu folgen, wo ich während der drei Stunden, die wir in Erwartung der Herren dort zubrachten, keine Vorwürfe von ihr erhielt.

„Beim Souper erklärte mir meine Stiefmutter recht maßvoll, wie es nicht geziemend sei, daß junge Mädchen sich am Gespräche betheiligten, am wenigsten um Verse, in denen von Liebe die Rede sei, zu citiren. „Miß Edgermond", fügte sie hinzu, „Sie müssen versuchen, all diese, aus Italien herübergebrachten Weisen abzulegen; es wäre zu wünschen, Sie hätten nie dieses Land gekannt." — Ich verbrachte die Nacht in Thränen; Sehnsucht bedrückte mein Herz; am Morgen ging ich spazieren; es lag dichter Nebel auf der Erde, und ich konnte die Sonne nicht sehen, die mir doch wenigstens meine Heimat zurückgerufen hätte. Mein Vater begegnete mir, und redete mich an: „Mein liebes Kind", sagte er, „hier ist es nicht wie in Italien; bei uns haben die Frauen keinen andern Beruf, als ihre häuslichen Pflichten zu erfüllen. Deine Talente werden Dich in der Einsamkeit unterhalten, und vielleicht findest Du einen Gemahl, der sich ihrer freut. In einer kleinen Stadt erzeugt Alles, was Aufmerksamkeit erregt, auch Reid, und es würde sich keine Gelegenheit bieten, Dich zu verheirathen, wenn man glaubte, daß Deine Liebhabereien unsern Sitten widersprächen; hier muß man sich in seiner ganzen Lebensweise den veralteten Gewohnheiten einer abgelegenen Provinz unterordnen. Ich habe mit Deiner Mutter zwölf Jahr in Italien gelebt, und die Erinnerung daran ist mir sehr theuer; damals war ich jung und das Neue gefiel mir. Seitdem bin ich unter mein heimatliches Dach zurückgekehrt, und befinde mich gut dabei, denn ein regelmäßiges, selbst etwas einförmiges Leben läßt die Zeit verstreichen, ohne daß man es bemerkt. Es taugt nicht, gegen die Gebräuche eines Landes verstoßen, in welchem man nun einmal leben muß; man leidet dabei stets. In so einer kleinen Stadt, wie die unsere, erfahren die Leute Alles, besprechen sie Alles, nicht etwa um uns nachzueifern, sondern aus Eifersucht, und es ist immer noch besser, ein wenig Langeweile zu ertragen, als erstaunten, übelwollenden Gesichtern zu begegnen, die Einen in jedem Augenblick zur Rechenschaft ziehen möchten.‟

„Sie können es sich wohl kaum vorstellen, mein theurer Oswald, welchen Schmerz ich bei diesen Ermahnungen meines Vaters empfand. Aus meinen Kinderjahren erinnerte ich mich seiner als eines geistreich-lebhaften Mannes, und jetzt sah ich ihn unter jenem bleiernen Mantel, welchen Dante in seiner Hölle beschreibt, und den die Mittelmäßigkeit auf die Schultern derer legt, die sich ihrem Joche gefügt haben. Alles schien nun meinen Blicken zu entweichen; die Begeisterung für Natur und Kunst, die hohe Weise zu fühlen, ich sollte sie verläugnen, und meine gequälte Seele war wie ein nutzloses Feuer, das mich verzehren mußte, da es außen keine Nahrung mehr fand. Weil ich von sanftem Naturell bin, und dies in den Beziehungen zu meiner Stiefmutter sehr vorwalten ließ, hatte sie keinen Grund, sich über mich zu beklagen; noch weniger mein Vater, den ich innig

21*

liebte, und dessen Unterhaltung allein mir noch einiges Vergnügen gewährte. Er hatte verzichtet, aber wenigstens war
er sich dessen bewußt, während die meisten unserer Landedelleute
jagten, tranken, spielten und damit das vernünftigste und beste
Leben von der Welt zu führen glaubten.

„Ihre Selbstzufriedenheit verwirrte mich fast: ich fragte
mich, ob nicht vielmehr mei ne Denkart thöricht sei; ob dieses
materielle Dasein, in welchem der Schmerz und der Gedanke
keine Stätte findet, das sich dem Gefühl wie aller schwärmerischen Erhebung entzieht, ob es nicht viel besser sei, als
meine Auffassung vom Leben. Doch was hätte mir diese traurige
Ueberzeugung helfen können? Mich über meine Talente zu
grämen, wie über ein Unglück, während sie in Italien für eine
schöne Himmelsgabe galten.

„In dem Kreise meiner Eltern gab es Leute, die nicht
ohne Geist waren, ihn aber verhüllten, wie ein störendes
Licht; und meistens begab sich diese kleine Regung ihres Hirns
beim vorschreitenden Alter mit allem Uebrigen zur Ruhe. Im
Herbst ging mein Vater viel auf die Jagd, und wir erwarteten
ihn oft bis Mitternacht. Ich brachte während seiner Abwesenheit den größesten Theil des Tages auf meinem Zimmer zu,
um meine Talente zu üben; darüber war meine Stiefmutter verstimmt. „Wozu soll das Alles dienen?" fragte sie, „werden
Sie deshalb glücklicher sein?" Und solch ein Wort konnte mich
zur Verzweiflung bringen. „Was ist das Glück", antwortete
ich mir, „wenn es nicht die Entwickelung unserer Fähigkeiten
ist? Ist der physische Tod denn schlimmer, als der moralische?
Und wenn ich Geist und Seele ersticken soll, was fange ich mit
dem elenden Leben an, das mir dann noch bleibt?" — Doch
hütete ich mich wohl, meiner Stiefmutter in diesem Sinne zu
entgegnen. Ich hatte es einige Mal versucht, und ihre Erwiderung ging stets dahin, daß eine Frau nur für den Haushalt
ihres Mannes, für die Gesundheit ihrer Kinder zu sorgen habe;
alle andern Prätensionen brächten nur Unheil, und der beste
Rath, den sie mir geben könne, sei der, sie zu verbergen, wenn
ich sie hegte. Auf derartige Reden, so alltäglich sie waren,

fehlte mir jede Antwort; denn Streben und Begeisterung, diese bewegenden Triebkräfte, bedürfen sehr der Ermuthigung, sonst verkommen sie, wie Blumen unter kaltem Himmel.

„Es ist nichts leichter, als die Eigenartigkeit einer hoch-gestimmten Seele zu verdammen, und sich dadurch ein höchst moralisches Ansehen zu geben. Man kann die Pflicht, diese beste Religion des Menschen, wie jeden anderen Begriff ent-stellen; man kann sie zu einer schmerzhaft verwundenden Waffe machen, deren sich beschränkte Geister, mittelmäßige und von dieser Mittelmäßigkeit befriedigte Menschen gern bedienen, um dem Talente Schweigen zu gebieten, und sich damit das ihnen unbequeme Streben, die idealere Rechtschaffenheit Anderer — kurz Alles fern zu halten, was ihnen feindlich, weil edel überlegen ist. Wenn man solche Leute reden hört, klingt es, als bestände die Pflicht in der Verläugnung aller auszeichnenden Fähigkeiten, als wäre ein reicher Geist ein Unrecht, das man büßen muß, indem man eben das Leben zu führen hat, wie Jene, denen er mangelt. Muß denn die Pflicht allen Charakteren gleiche Gesetze vorschreiben? Sind die großen Gedanken, die edlen An-schauungen nicht eine Schuld, welche diejenigen, die solcher Er-hebung fähig sind, ihrem Dasein abzahlen müssen? Darf denn nicht jede Frau, wie jeder Mann, sich einen Weg bahnen, der ihrem Charakter und ihren Talenten angemessen ist? Und soll man den blinden Instinkt der Bienen nachahmen, deren Schwärme ohne Fortschritt, ohne Abwechselung auf einander folgen?

„Nein, Oswald! Verzeihen Sie Corinna diesen Stolz: sie glaubte sich zu anderm Loose bestimmt. Dem Manne, den ich liebe, bin ich ebenso sehr, noch mehr vielleicht, unterworfen, als diese Frauen, welche mich dort umgaben, und die ihrem Geiste kein Urtheil, ihrem Herzen keinen Wunsch gestatteten. Wenn es Ihnen gefiele, Ihren Aufenthält im Innern Schottlands zu nehmen, würde ich glücklich sein, an Ihrer Seite leben und sterben zu dürfen; aber statt meiner Einbildungskraft zu entsagen, wollte ich mich durch sie nur besser der Schöpfung erfreuen, und je ausgedehnter die Welt wäre, die ich mit meinem Geiste zu

umfaſſen vermöchte, je mehr wäre es des Ruhmes und Glückes
für mich, Sie darin als meinen Herrn über mir zu ſehen.

„Ich war Lady Edgermond durch mein Denken nicht minder
unbequem, als durch mein Thun. Es genügte ihr nicht, daß ich
das gleiche Leben führte, wie ſie; ich ſollte es auch aus denſelben
Beweggründen führen; die Eigenſchaften, welche ihr mangelten,
wollte ſie gewiſſermaßen nur wie eine Krankheit gelten laſſen.
Wir lebten nahe dem Meeresſtrand, und der Nordwind war
bis in unſer Schloß hinein zu fühlen. Nachts hörte ich ihn
durch die langen Corridore klagen, und des Tages begünſtigte
er das drückende Schweigen unſeres Kreiſes nur zu gut. Die
Luft war kalt und feucht; faſt niemals konnte ich ausgehen, ohne
ein ſchmerzendes Unbehagen davonzutragen; mir ſchien in dieſer
Natur etwas Feindliches zu ſein, das mich an das milde Italien
ſehnſuchtsvoll zurückdenken ließ.

„Für den Winter zogen wir in die Stadt, wenn man einen
Ort, wo es weder Theater, noch Architektur, noch Muſik, noch
Gemälde giebt, eine Stadt nennen kann; es war ein Zuſammen-
getragenes von Weiberklatſch, eine Anhäufung von zugleich ver-
ſchiedenartigen und einförmigen Langweiligkeiten.

„Geburten, Heirathen, Sterbefälle, ſie allein gaben den Stoff
zu geſelligem Geſpräch, und es ſchien, als ob dieſe drei Ereigniſſe
dort noch weniger als anderswo abwechſelten. Stellen Sie ſich
vor, was es für eine Italienerin meiner Art bedeutete, mehrere
Stunden des Tages nach dem Diner an einem Theetiſch, und
mit den Gäſten meiner Mutter, feſtſitzen zu müſſen. Es waren
faſt immer Damen aus der Stadt; zwei von ihnen fünfzig-
jährige Mädchen, ſchüchtern als wären ſie fünfzehn, doch
ohne die Heiterkeit dieſes Alters. „Meine Liebe, glauben Sie,
das Waſſer koche genügend, um den Thee aufzugießen?“ fragt
Eine aus dem Kreiſe. „Meine Liebe, ich denke, es iſt noch zu
früh, denn die Herren ſcheinen an kein Aufheben der Tafel zu
denken.“ — „Wie lange ſie heute wohl bleiben werden?“ ſagt
eine Dritte. „Was denken Sie davon, meine Liebe?“ — „Ich
weiß es nicht“, erwidert die Vierte, „aber da die Wahlen zum
Parlament in nächſter Woche ſtattfinden, ſcheint es mir wahr-

scheinlich, daß sie sich lange über den Gegenstand unterhalten
werden." "Nein", sagt eine Fünfte, "ich glaube, sie sprechen
von der neulichen Fuchsjagd, die so befriedigend ausgefallen ist,
daß sie am nächsten Montag wiederholt werden soll; doch mir
scheint, sie sind bald damit fertig." — "Ach, ich hoffe es kaum",
seufzte die Sechste, und Alles verfiel wieder in Schweigen. Die
italienischen Klöster, in denen ich zuweilen gewesen, schienen wie
das Leben selbst gegen diesen Cirkel, in welchem ich nichts mit
mir anzufangen wußte.

„Alle Viertelstunde etwa erhob sich eine Stimme, um die
abgeschmackteste Frage zu thun, und die seichteste Antwort darauf
zu erhalten; dann fiel die Langeweile von Neuem mit bleiernem
Gewicht auf diese Frauen, die man für unglücklich halten könnte,
wenn die von Kindheit auf anerzogene Gewohnheit, Alles zu
ertragen, ihnen noch ein Bewußtsein davon übrig gelassen hätte.
Endlich kamen „die Herren", und dieser erwartete Augenblick brachte eben auch keine Veränderung. Die Männer setzten
ihr Gespräch am Kamine fort, die Frauen blieben am Theetisch,
oder reichten die Tassen umher, bis sie endlich mit ihren Gatten
nach Hause gingen, um am folgenden Tage ein Leben wieder
anzufangen, das sich vom vorhergehenden nur durch den Ka-
lender und durch die Spuren der Zeit unterschied, die sich allmählig ihren Gesichtern eindrückten, — als ob sie inzwischen
gelebt hätten!

„Ich begreife noch heute nicht, daß mein Talent in dieser
tödtlich frostigen Atmosphäre nicht verloren ging; denn man
darf es sich nicht verschweigen: es giebt für die meisten Dinge
zwei Anschauungsweisen: man kann den höhern Geistes-
flug rühmen, man kann ihn tadeln; Bewegung und Ruhe,
Mannigfaltigkeit und Einförmigkeit können durch verschiedene
Beweisführungen sowohl angegriffen, als vertheidigt werden;
man kann dem Leben das Wort reden, und doch läßt sich viel
Gutes vom Tode sagen, und von dem, was ihm gleicht. Man
ist also durchaus nicht berechtigt, die Meinung mittelmäßiger
Menschen einfach zu verachten. Wider unsern Willen dringen
sie bis auf den Grund unserer Gedanken; sie stehen in dem

Augenblick neben uns auf der Lauer, wo unsere Ueberlegenheit Kummer über uns gebracht hat, um uns dann ein sehr ruhiges „Nun also" zu sagen, das mit seiner scheinbaren Mäßigung das Härteste ist, was man hören kann. Der Neid ist nur in solchen Kreisen allenfalls erträglich, wo er durch die Bewunderung, welche man dem Talente zollt, erregt wird; aber dort leben müssen, wo die Ueberlegenheit kein begeistertes Nachstreben, sondern nur Eifersucht erweckt, ist ein sehr großes Unglück; und sehr schwer ist es, wie eine Macht gehaßt zu werden, und doch weniger stark, weniger zäh, als ein ganz untergeordneter Mensch zu sein. Dies aber war grade meine Lage im väterlichen Hause; Allen fast galt mein Talent nur als ein lästiges Geräusch; ich konnte hier nicht, wie es in London oder Edinburg möglich gewesen wäre, jenen überlegenen Menschen begegnen, die Alles zu beurtheilen, Alles anzuerkennen wissen, und die mit dem Bedürfniß nach den unerschöpflichen Freuden des Geistes, nach edlem Gedankenaustausch, auch in der Unterhaltung mit einer Ausländerin vielleicht noch einigen Reiz gefunden haben würden, selbst wenn sie sich nicht immer den strengen Formen des Landes gefügt hätte.

„Ich brachte ganze Tage in den Gesellschaften meiner Stiefmutter zu, ohne auch nur ein einziges Wort zu hören, das der Ausdruck eines Gefühls, eines Gedankens gewesen wäre; man gestattete sich nicht einmal, die Rede mit Gesten zu begleiten. Auf den Gesichtern der jungen Mädchen war die schönste Frische, die lebhaftesten Farben, aber die vollkommenste Unbeweglichkeit. Welch sonderbarer Contrast zwischen Natur und Gesellschaft! Alle Altersstufen hatten dieselben Unterhaltungen: man trank Thee, man spielte Whist, und da sie stets dieselbe Sache thaten, immer auf demselben Platze blieben, alterten die Frauen schnell; die Zeit konnte sicher sein, sie nicht zu verfehlen, wußte sie doch stets, wo die Bewegungslosen anzutreffen waren!

„In den kleinsten Städten Italiens giebt es ein Theater, Musik, Improvisatoren, viel Begeisterung für Poesie und Kunst, viel lieben Sonnenschein — kurz, man weiß dort, daß man lebt! In jener nordischen Provinz aber vergaß ich es, und ich glaube, wenn ich, statt meiner, eine Puppe mit leiblicher Mechanik abgesendet hätte, sie würde meinen Platz in der Gesellschaft genügend ausgefüllt haben. In England findet man die ver= schiedenartigsten, höchst achtbaren Interessen für das öffent= liche Wohl überall verbreitet; folglich haben die Männer, in welcher Zurückgezogenheit sie auch leben, die Mittel zur Hand, ihre Muße würdig auszufüllen; aber die Tage der Frauen waren dort in jenem entlegenen Winkel, wo ich lebte, unaus= sprechlich nüchtern. Es gab wohl Einige unter ihnen, die von Natur und durch Nachdenken einen etwas freier entwickelten Geist besaßen, und hie und da war mir ein Ton, ein Blick, ein leise gesprochenes Wort aufgefallen, die von der vorgeschriebenen Linie abwichen; allein diese schüchternen Keime wurden von der kleinen, in ihrem kleinen Kreise allmächtigen Meinung einer kleinen Stadt gänzlich erstickt. Man würde für abenteuerlich, für eine Frau von zweifelhaftem Ruf gegolten haben, wenn man sich's hätte einfallen lassen, zu sprechen, oder irgendwie hervor= zutreten; und was schlimmer als all das Unbequeme: man hatte auch keinen Vortheil davon.

„Anfangs versuchte ich, diese schlafenden Menschen auf= zurütteln: ich schlug ihnen ein gemeinsames Lesen unserer großen Dichter, auch gemeinschaftliches Musiciren vor. Wirklich wurde auch ein Tag dafür festgesetzt; aber plötzlich erinnerte sich eine der Damen, daß sie seit drei Wochen versprochen habe, bei irgend welcher Tante zu Abend zu speisen; eine Zweite, daß sie um einer alten Muhme willen, die sie nie gekannt, und die vor mehr denn drei Monaten gestorben, in Trauer sei; eine Andere hatte unvermeidliche wirthschaftliche Abhaltungen —: all das klang sicherlich sehr vernünftig; was aber immer dabei geopfert wurde, das waren die edleren, geistigen Freuden, und da ich so oft ein niederschlagendes „Das geht nicht an" hören mußte, schien mir endlich unter so vielen Verneinungen ein verneinendes Leben noch immer am besten.

„Nachdem ich mich einige Zeit gesträubt hatte, entsagte ich meinen erfolglosen Versuchen; nicht etwa, weil mein Vater mir gebot, sie zu unterlassen; im Gegentheil, er hatte von meiner

Stiefmutter verlangt, sie möge mir nicht hinderlich sein; sondern
weil die Andeutungen, die spöttischen Seitenblicke, während
meines Sprechens, die tausend kleinen Nadelstiche, — den Banden
gleich, mit welchen die Pygmäen Gulliver umstrickten, — mir jede
freie Bewegung unmöglich machten; ich that schließlich, was
die Andern thaten, nur mit dem Unterschiede, daß ich vor
Langerweile, Ungeduld und Ekel innerlich förmlich dahinstarb.
In dieser Weise hatte ich schon vier der drückendsten Jahre
verlebt. Noch größere Bekümmerniß selbst, als diese Verhältnisse, bereitete mir der Umstand, daß mein Talent im Abnehmen war. Unwillkürlich erfüllte sich mein Geist mit Kleinlich-
keiten; denn in einer Gesellschaft, die an Wissenschaft, an
Literatur und Kunst, an allem Höheren endlich kein Interesse
findet, liefern die kleinen Thatsachen, die genau abwägenden
Urtheilchen über Nebenmenschen nothwendiger Weise den einzigen Unterhaltungsstoff; und solche Menschen ohne geistige
Thätigkeit, ohne Nachdenken, haben etwas Engherziges, Miß-
trauisches, Gezwungenes, das den Verkehr mit ihnen ebenso
peinlich als unersprießlich macht.

„Sie finden nur in einer gewissen mathematischen Regelmäßigkeit Befriedigung; diese ist ihnen genehm, denn sie kommt
ihrem Wunsche entgegen, alle Ueberlegenheit zu unterdrücken,
und die ganze Welt auf ihren Standpunkt herabzuzerren;
aber diese Einförmigkeit der Standpunkte bereitet Charakteren,
die sich zu einem ihnen angemesseneren Loose berufen glauben,
ununterbrochenen Schmerz. Das bittre Bewußtsein von der
Abneigung, die ich wider meinen Willen erregte, vereinigte sich
mit dem Druck einer Nüchternheit, einer Leere, die mir fast den
Athem raubte. Umsonst sagt man sich: „Dieser Mann ist nicht
würdig, über dich zu urtheilen, jene Frau kann dich nicht verstehen"; des Menschen Angesicht übt nun einmal große Herrschaft über des Menschen Herz, und wenn wir auf solchem
Gesichte heimliche Mißbilligung lesen, so beunruhigt uns diese
troß unseres Sträubens; kurz, es gelingt dem uns umgebenden
Kreise schließlich immer, die übrige Welt unsern Blicken zu
verdecken. Der kleinste Gegenstand vermag uns die Sonnen-

strahlen abzufangen, und ebenso ist's mit der Gesellschaft, in welcher man lebt; weder Europa, noch die Nachwelt vermögen gegen etwaige Häkeleien mit dem Nachbarhause unempfindlich zu machen, und wer glücklich sein und den Geist frei entwickeln will, soll vor Allem die Atmosphäre, welche ihn zunächst umgiebt, mit Vorsicht wählen.''

Zweites Kapitel.

„Ich hatte kein anderes Vergnügen, als die Erziehung meiner kleinen Schwester; meine Stiefmutter wollte nicht, daß sie musikalisch gebildet werde, doch gestattete sie mir, Lucile im Zeichnen und im Italienischen zu unterrichten, und ich bin überzeugt, sie wird Beides nicht vergessen haben, denn sie bewies damals große Fähigkeiten. Oswald! Oswald! und wenn ich mir alle diese Mühe zur Verschönerung Ihres Glückes mit einer Andern gegeben haben sollte, so freue ich mich doch, so will ich mich dessen noch im Grabe freun!

„Ich war fast zwanzig Jahre alt; man wollte mich verheirathen, und jetzt begann das Verhängnißvolle meines Geschickes Gestalt anzunehmen. Mein Vater war mit dem Ihren innig befreundet, und Sie, Oswald, Sie hatte er für mich als Gatten erwählt. Hätten wir uns damals gekannt, hätten Sie mich geliebt, wäre unser Schicksal ein wolkenloses gewesen! Ich hatte von Ihnen sehr viel Auszeichnendes gehört, und war es nun Vorgefühl, war es Stolz: die Hoffnung, mich Ihnen zu vermählen, schmeichelte meinem Herzen, wie meinem Geschmacke. Sie waren zu jung für mich, da ich um ein und ein halbes Jahr älter bin, als Sie; doch Ihr Geist, hieß es, Ihre ernste wissenschaftliche Richtung seien weit über Ihre Jahre hinaus. Ich machte mir von dem Zusammenleben mit einem Manne, wie man Sie schilderte, die beglückendsten Vorstellungen; es war ein hoffnungsvolles, reichgefärbtes Bild, das all meine Vorurtheile gegen die Lebensweise der englischen Frauen verdrängt hatte. Ueberdies wußte ich, daß Sie Ihren Aufenthalt in Edinburg oder London zu nehmen gedachten, und ich durfte sicher sein, in beiden Städten die gewählteste Gesellschaft zu finden. Ich sah damals

ein, was ich noch heute für richtig halte, daß nämlich all das
Unglückliche meiner Situation aus dem kleinstädtischen, vom
großen Weltgetriebe abgeschnittenen Leben entsprang. Denn
allein in großen Städten finden ursprüngliche, aus der All-
täglichkeit heraustretende Persönlichkeiten einen ihnen zusagenden Boden, immer vorausgesetzt, daß sie in der Gesellschaft
zu leben wünschen. In der großen Stadt ist das Leben mannigfaltig, und deshalb gefällt dort das Neue und Ungewohnte,
wie etwas Gewohntes; wogegen man an kleinen Orten, wo die
Einförmigkeit ein bequemes Herkommen geworden, unmöglich
wünschen kann, sich ein mal zu amüsiren, weil man darüber die
gefährliche Entdeckung machen könnte, daß man sich alle Tage
langweilt.

„Ich wiederhole es so gern, Oswald: obgleich ich Sie nie
gesehen hatte, erwartete ich mit wahrer Herzensangst Ihren
Vater, der den meinigen auf acht Tage zu besuchen dachte; jenes
Gefühl ließ sich damals durch nichts Haltbares begründen, es
war eben die Vorahnung meines Geschicks. Als Lord Nelvil
anlangte, wünschte ich ihm zu gefallen; vielleicht wünschte ich es
zu sehr, denn ich wendete viel mehr Mühe auf das Gelingen,
als erforderlich gewesen wäre. Ich entfaltete all meine Talente,
sang, tanzte, improvisirte für ihn, und mein so lange in die
engsten Schranken gewiesener Geist brach vielleicht zu eifrig seine
Fesseln. Seit sieben Jahren hat mich Erfahrung Mäßigung
gelehrt; es liegt mir weniger daran, mich zu zeigen, ich bin
meiner selbst gewohnter und kann jetzt warten. Vielleicht
habe ich weniger Vertrauen in Anderer Wohlwollen, aber dafür
frage ich auch nicht mehr so viel nach ihrem Beifall — kurz, es
ist wohl möglich, daß in meinem Wesen damals etwas Wunderliches lag. Man hat in der ersten Jugend so viel Feuer, so
viel Unvorsichtigkeit! Man wirft sich dem Leben mit so viel Lebenskraft entgegen! Geist, auch der reichbegabteste, ersetzt
nie die mangelnden Jahre, und wiewohl man mit diesem Geist
über Menschen und Dinge zu sprechen weiß, als ob man sie
erkennte und verstände, handelt man nicht nach solchen selbst
gemachten Beobachtungen; in der jungen Geistesthätigkeit arbeitet

ein unerklärliches Fieber, welches oft verhindert, das Betragen folgerecht dem eigenen Besserwissen anzupassen.

„Ohne es bestimmt erfahren zu haben, glaube ich doch, daß ich Lord Nelvil alle zu lebhaft erschien; denn nach achttägigen Aufenthalt, während dessen er mir jedoch sehr gütig begegnet war, verließ er uns, um darauf meinem Vater zu schreiben, daß er nach reiflicher Ueberlegung seinen Sohn für die beabsichtigte Heirath noch zu jung finde. Oswald! welches Gewicht werden Sie diesem Bekenntnisse beimessen? Ich hätte Ihnen den Umstand verbergen können, — ich thue es nicht. Wäre es denn möglich, daß er mich vor Ihnen verurtheilte? Ich weiß es, ich habe mich seit sieben Jahren gebessert, und würde Ihr Vater meine Liebe, meine begeisterte Anbetung für Sie ohne Rührung gesehen haben? O Oswald, da er Sie liebte, hätten wir uns verstanden!

„Meine Stiefmutter hatte den Plan, mich mit dem Sohne ihres ältesten Bruders zu verheirathen, dessen Grundbesitz in der Nachbarschaft lag. Er war ein Mann von dreißig Jahren, von schöner Gestalt, der vornehmsten Abkunft und sehr ehren= werthem Charakter, aber mit den seltsamsten Ansichten in Betreff des oberherrlichen Verhältnisses des Gatten zu der Frau. Ein Zweifel über die Bestimmung der Frau zu gänzlicher Unter= würfigkeit und häuslicher Dienstbarkeit würde ihn empört haben, wie wenn man Ehre und Rechtschaffenheit in Frage gestellt hätte. Herr Maclinson (dies war sein Name) hegte viel Neigung für mich, und das kleinstädtische Geschwätz über meine Geistesrich= tung und meinen sonderbaren Charakter beunruhigte ihn nicht im Mindesten. In seinem Hause herrschte so viel Ordnung, geschah Alles so pünktlich zu gleicher Stunde und auf gleiche Weise, daß wohl Niemand im Stande gewesen wäre, daran etwas zu ändern. Zwei alte Tanten, welche den Haushalt beaufsichtigten, die Die= nerschaft, ja selbst die Pferde hätten es nicht begriffen, daß man eine Sache heute anders als gestern machen könne; und ich glaube, das Hausgeräth selbst, das seit drei Generationen die= sem Scheinleben zusah, würde sich von seinem Platze bewegt haben, wenn ihm etwas Neues aufgestoßen wäre. Herr Maclinson hatte also vollkommen Recht, wenn er den Einfluß meiner Gegenwart auf so versteinerte Einrichtungen nicht fürchtete. Das Hergebrachte herrschte dort mit solcher Wucht, daß meine etwaigen kleinen Abweichungen ihn vielleicht auf eine Viertelstunde verstimmt, sonst aber sicherlich keine andern Folgen gehabt haben würden.

„Er war ein gütiger Mann, unfähig, Andere zu kränken; aber wenn ich ihm von den zahllosen langen Sorgen, die ein mit der Menschheit lebendes, mit ihr empfindendes Gemüth quälen können, hätte sprechen wollen, würde er mir, wie einem überspannten Frauenzimmer, einfach gerathen haben, ein wenig auszureiten, um in der freien Luft auf bessere Gedanken zu kommen. Eben weil er keine Ahnung von einem Leben im Geist und dessen höheren Bedürfnissen hatte, wünschte er mich zu heirathen, denn ich gefiel ihm, ohne daß er mich verstand.

„Hätte er sich Gedanken über das Wesen einer ausgezeichneten Frau gemacht, über die Vortheile, über die Nachtheile, welche ihr Besitz mit sich führen kann, würde er gefürchtet haben, mir nicht liebenswürdig genug zu erscheinen; aber solche Besorgnisse kamen ihm gar nicht in den Sinn. Stellen Sie sich also meinen Widerwillen gegen diese Vermählung vor! Ich lehnte sie auf das Entschiedenste ab. Mein Vater unterstützte mich, doch meine Stiefmutter zeigte mir seitdem die heftigste Abneigung. Nach meinem Urtheil war sie eine durchaus herrschsüchtige Frau, obgleich ihre Schüchternheit sie oft hinderte ihren Willen auszusprechen. Wenn man ihn nicht errieth, war sie übler Laune; widerstand man ihm aber, nachdem sie die Anstrengung gemacht, ihn zu äußern, dann verzieh sie das um so weniger, als es ihr schwer geworden war, aus ihrer gewohnten Zurückhaltung herauszutreten.

„Die ganze Stadt tadelte mich unbedingt: eine so passende Verbindung, ein so großes Vermögen, ein so achtbarer Mann, ein so glänzender Name! Mit Entrüstung zählte man mir all die zurückgewiesenen Vortheile auf. Ich versuchte auseinanderzusetzen, warum diese passende Verbindung mir nicht passe; es war verlorene Mühe. So lange ich sprach, machte ich mich zuweilen

verständlich; aber meine Worte ließen keinen bleibenden Eindruck zurück, denn die gewohnten Ideen bemächtigten sich der
Köpfe meiner Zuhörer bald wieder, und wurden von diesen als
alte Bekannte, die ich einen Augenblick verscheucht hatte, nur um
so lieber begrüßt.

„Eine Frau, die viel geistvoller war, als die übrigen, wiewohl sie sich äußerlich völlig in die allgemeine Lebensweise
geschickt hatte, nahm mich eines Tages, als ich mit besonderer
Lebhaftigkeit gesprochen hatte, auf die Seite, um mir ein paar
weise Worte zu sagen, die mir den tiefsten Eindruck zurückgelassen
haben. „Sie geben sich viele Mühe für ein Unerreichbares,
meine Liebe, und werden natürliche Dinge doch nicht ändern.
Eine kleine Stadt im Norden, die keine Beziehung zur übrigen
Welt, keinen Sinn für Kunst und Wissenschaft hat, kann eben
nicht anders sein, als diese ist. Wenn Sie hier leben müssen,
so fügen Sie sich — und gehen Sie fort, wenn Sie können. Sie
haben nur unter diesen beiden Entschlüssen zu wählen." Die
Richtigkeit dieses Rathes war nur zu klar, nur zu begründet. Ich
empfand für diese Frau viel Verehrung, und setzte größeres Vertrauen in sie, als in mich selbst; denn mit einer Richtung, welche der
meinigen sehr verwandt, hatte sie sich einem Loose, das ich nicht
ertragen konnte, zu unterwerfen gewußt, und indem sie die Poesie
und ihre idealen Freuden liebte, beurtheilte sie die Macht der
Verhältnisse, die Verstocktheit der Menschen mit klarer Uebersicht.
Ich gab mir viel Mühe, sie häufiger zu sehen, aber das war
vergeblich; ihr Geist überflog die Schranken, ihr Leben hatte sie
hineingeschlossen, und ich glaube fast, sie fürchtete durch unsere
Gespräche ihre angeborene Ueberlegenheit zu wecken. Was
hätte sie damit anfangen sollen?"

Drittes Kapitel.

„Dennoch würde ich mein ganzes Leben in dieser jammervollen Bedrängniß verbracht haben, wenn mir der Vater
erhalten worden wäre. Eine plötzliche Krankheit raffte ihn
hinweg. Mit ihm verlor ich meinen Beschützer, meinen Freund,

das einzige Herz, welches mich in dieser Einöde verstand; meine
Verzweiflung war grenzenlos. Mit zwanzig Jahren sah ich
mich ohne jedes Band, ohne jede andere Stütze auf Erden, als
meine Stiefmutter, der ich nach fünf Jahren unausgesetzten
Nebeneinanderlebens nicht näher gekommen war, als ich ihr am
ersten Tage unseres Begegnens stand. Sie sprach mir in
lästigen Wiederholungen von Herrn Maclinson, und wenn sie
auch kein Recht hatte, mich zu dieser Ehe zu zwingen, so empfing
sie doch nur ihn in ihrem Hause, und erklärte mir rund heraus,
daß sie keine andere Heirath begünstigen werde. Nicht weil sie
Herrn Maclinson sehr liebte, nicht aus beleidigtem Verwandt-
schaftsgefühl machte sie gemeinschaftliche Sache mit ihm, sondern
weil sie es hochmüthig von mir fand, ihn abzulehnen, weil sie
die Mittelmäßigkeit vertheidigen wollte.

„Mit jedem Tage wurde meine Lage unerträglicher, vollends
als das Heimweh mich ergriff. Das Exil mit seinem nagenden,
heimlichen Leid ist für empfindungsvolle Menschen oft grausamer als der Tod: in kranker Einbildung hadern wir
mit unserer Umgebung, mit dem Klima, der Gegend, der
Sprache, den Sitten, mit dem öffentlichen, wie mit dem Privatleben; jeder Augenblick hat seinen Schmerz, jede Situation ihr Unbehagen, denn das Vaterland gewährt uns tausend
fortdauernde Freuden, deren wir uns nicht bewußt werden, bis
wir sie verloren haben.

.... La favella, i costumi
L'aria, i tronchi, il terren, le mura, i sassi *).

„Es ist schon eine große Entbehrung, die Stätte nicht mehr
zu sehen, wo man seine Kindheit verlebte; mit wunderbarem
Zauber verjüngen die Erinnerungen dieses Alters das Herz, und
versüßen doch zugleich den Gedanken an den Tod. Wenn das
Grab nicht fern dem Orte liegt, wo einst die Wiege stand, ist's,
als berge sich das ganze Leben unter ein und demselben Schatten,
während die auf fremdem Boden verbrachten Jahre gleich
Zweigen ohne Wurzeln sind. Dort sah die ältere Generation

---

*) Sprache, Sitten, Luft, Bäume, die Erde, die Mauern, das Gestein!

uns nicht geboren werden sehen, sie ist uns kein Schutz, wir finden in ihr nicht die Altersgenossen unserer Väter. Für tausend Interessen, die wir mit unsern Landsleuten gemein haben, fehlt dem Fremden jedes Verständniß; man muß Alles erklären, Alles auseinandersetzen, Alles sagen, statt jenes leichten Gedankenverkehrs, jener warmen Ergießungen, die mit dem Augenblick beginnen, wo man wieder unter Mitbürgern ist. Ich konnte nicht ohne Rührung der holden Ausdrucksweise meiner Heimat gedenken: cara, carissima, flüsterte ich zuweilen, wenn ich spazieren ging, in mich hinein, und unwillkürlich verglich ich diese herzliche Begrüßung mit dem Empfang, der mir hier meist zu Theil wurde.

„Täglich irrte ich in den Feldern umher, wo allein das Ge-krächz der Raben durch die grauen Wolken schnitt, während ich in Italien den harmonischen Gesang reiner, klarer Menschen-stimmen allabendlich über die Gefilde ziehen hörte. Statt der schönen Sonne, statt der lauen Lüfte meiner Heimat, nichts als Nebel! Die Früchte reiften kaum, ich sah keine Trauben, selbst die Blumen blühten matt und in weiten Zwischenräumen von einander; das ganze Jahr hindurch bedeckte das dunkle Kleid der Tannen die Berge. Ein altes Gebäude, ein Gemälde, nur ein einziges schönes Gemälde, würden meine Seele erhoben haben; aber umsonst hätte ich im Umkreis von dreißig Meilen darnach gesucht. Alles war düster und wie erloschen um mich her, und was von Menschen und ihren Wohnungen da war, diente höchstens dazu, die Einsamkeit jenes poetischen Entsetzens zu berauben, welches die Seele in beinahe wohlthuenden Schauern erbeben läßt. Rings herum gab es Wohlhabenheit, etwas Handel und Ackerbau, kurz, was nöthig ist, damit man uns sagen könne: „Du mußt zufrieden sein, es fehlt Dir nichts.“ Allein das ist ein albernes, auf des Lebens Aeußerlichkeiten zielendes Wort, wenn der Brennpunkt des Glücks und des Leides in dem innersten, verborgensten Heiligthum unseres Wesens liegt!

„Mit einundzwanzig Jahren durfte ich in den Besitz des Vermögens meiner Mutter und auch des mir vom Vater hinter-

Staël's Corinna.

22

laſſenen gelangen. Es tauchte mir damals in meinen einſamen
Träumereien der Wunſch auf, nach Italien zurückzukehren, um
dort, da ich verwaiſt und volljährig war, ein unabhängiges,
ganz der Kunſt geweihtes Leben zu führen. Ich war glück-
berauſcht von dem bloßen Gedanken und faßte anfangs gar nicht
die Möglichkeit eines Hinderniſſes. Als ſich jedoch das erſte
Hoffnungsfieber etwas beruhigte, ſcheute ich zurück vor einem
ſo unwiderruflichen Schritte; und je mehr ich mir vorſtellte, was
Alle, die ich kannte, davon denken würden, deſto unausführbarer
ſchien mir das anfänglich ſo Natürliche. Aber mir war das
Bild jenes Lebens, umgeben von den Erinnerungen des Alterthums, von Malerei und Muſik mit ſo vielen zauberhaften
Einzelheiten vor die Seele getreten, daß ich erneuerten Widerwillen vor meinem langweiligen Daſein empfand.

„Mein Talent, das ich ganz einzubüßen fürchtete, war vielmehr durch meine gründlichen Studien der engliſchen Sprache
noch bereichert worden; die, Euren Dichtern eigene, tiefe Weiſe
des Schauens und Denkens hatte mir Geiſt und Seele gekräf-
tigt, ohne daß dies auf Koſten jener lebhaften Einbildungskraft
geſchehen wäre, die allein den Bewohnern unſerer Lande anzu-
gehören ſcheint. Durch die ſeltene Vereinigung von Umſtänden
alſo, welche mir eine zwiefache Erziehung und, wenn ich ſo
ſagen darf, zwei verſchiedene Nationalitäten gegeben, durfte ich
mich im Beſitze ungewöhnlicher Vortheile glauben. Ich erinnerte mich des Beifalls, welchen in Florenz eine kleine Zahl
ſachkundiger Richter meinen erſten dichteriſchen Verſuchen ge-
gönnt hatte. Ich ſchwelgte in zukünftigen Erfolgen, die mir
zu Theil werden konnten; kurz, ich erwartete viel von mir: iſt
das denn nicht die erſte und edelſte Täuſchung der Jugend?

„Mir war, als werde mir an dem Tage, wo ich nicht mehr
den verdorrenden Einfluß böswilliger Mittelmäßigkeit fühlen
dürfte, die ganze Welt gehören. Aber als es ſich um den Ent-
ſchluß handelte, wirklich abzureiſen, heimlich zu entfliehen, da
fand ich mich durch das Urtheil der Geſellſchaft gefeſſelt, das
mir in England viel mehr, als in Italien imponirte. Denn obwohl ich jene kleine Stadt nicht liebte, achtete ich doch das große

Land, von dem sie ein Theil war. Wenn meine Stiefmutter sich herbeigelassen hätte, mich nach London oder Edinburg zu begleiten, wenn sie daran gedacht hätte, mich einem Manne zu vereinigen, der Geist genug besaß, um den meinigen zu würdigen, niemals hätte ich meinem Namen und jener Lebensweise entsagt, selbst nicht um meiner alten Heimat willen. Und wie schwer mir auch die Herrschaft meiner Stiefmutter zu tragen war, ich hätte ohne eine Menge zusammentreffender Umstände, die meinen schwankenden Sinn zur Entscheidung drängten, nie die Kraft zur Aenderung meiner Lage besessen.

„Theresina, meine Ihnen bekannte Kammerfrau, war immer noch bei mir; sie ist aus Toskana; und obwohl ihr Geist nicht gebildet ist, weiß sie doch jene edlen, harmonischen Ausdrücke zu brauchen, die den geringsten Worten unseres Volkes so viel Anmuth verleihen. Mit ihr allein konnte ich meine Sprache reden, und dies knüpfte mich eng an sie. Ich sah sie oft traurig, doch wagte ich nicht, sie nach der Ursache zu fragen, denn ich dachte mir wohl, daß sie, wie ich, unserer Heimat nachhänge, und fürchtete, meine Gefühle nicht mehr beherrschen zu können, wenn sie durch die eines Andern noch mehr aufgeregt würden. Es giebt Schmerzen, welche sich in der Mittheilung besänftigen, aber die Krankheiten der Einbildungskraft steigern sich, indem man sie anvertraut; steigern sich mehr noch, wenn man in dem Andern den verwandten Schmerz findet. Das zu erduldende Leid scheint dann unbesiegbar, und man versucht gar nicht mehr, es zu bekämpfen. Meine arme Theresina erkrankte plötzlich sehr ernst, und da ich sie Tag und Nacht seufzen hörte, entschloß ich mich, sie nach der Ursache ihres Kummers zu fragen. Mit welchem Erstaunen vernahm ich Alles das von ihr, was ich selbst empfunden! Sie war sich dessen nicht so klar, wie ich, bewußt, und gab mehr den örtlichen Verhältnissen, den einzelnen Persönlichkeiten die Schuld; aber das Traurige dieser Natur, die Schaalheit der kleinen Stadt, die Kaltherzigkeit ihrer Einwohner und das Gezwungene ihrer Sitten — sie fühlte das Alles, ohne sich Rechenschaft darüber geben zu können. „O, mein Vaterland, werde ich dich denn niemals wiedersehn!“ rief

22*

sie unaufhörlich, um doch gleich hinzuzufügen, sie wolle mich nicht verlassen, und es dann wieder in bitterem Jammer zu beklagen, daß ihre Anhänglichkeit an mich nicht mit ihrem schönen, italienischen Himmel und den geliebten Tönen ihrer Muttersprache vereinbar sei.

„Nichts hätte mir tieferen Eindruck machen können, als dieser Wiederhall meiner eigenen Gefühle in dem Gemüthe eines ganz alltäglichen Geschöpfes, das jedoch den italienischen Charakter und seine Neigungen in ihrer ganzen Ursprünglichkeit sich bewahrt hatte; ich versprach ihr, sie solle Italien wiedersehn. „Mit Ihnen?" fragte sie. Ich schwieg. Darauf gerieth sie in die maßloseste Bekümmerniß, und schwur, sie wolle sich nie von mir trennen; zwar schien sie beinahe sterbend, als sie mir diese Versicherung gab. In meiner Besorgniß, und nur um sie zu beruhigen, entschlüpfte mir das Versprechen, auch ich würde nach dem Süden zurückkehren; aber sie gab dem unbedachten Wort durch ihre grenzenlose Freude und durch das Vertrauen, mit welchem sie es aufnahm, eine größere, feierlichere Bedeutung. Seit jenem Tage setzte sie sich, ohne mir etwas davon zu sagen, mit einigen Kaufleuten der Stadt in Verbindung und machte mir stets genaue Anzeige, wenn ein nach Genua oder Livorno segelndes Schiff den Hafen verließ. Ich hörte das meist ohne Erwiderung an; sie schwieg dann auch, doch ihre Augen standen immer voll Thränen. Durch das Klima und das innere Leid verschlechterte sich meine Gesundheit täglich mehr. Mein Geist bedarf der Bewegung und Heiterkeit; ich habe es Ihnen schon oft gesagt: der Schmerz vermag mich zu tödten, denn es kämpft in mir zu fürchterlich gegen ihn an; um nicht davon zu sterben, muß man sich ihm unterwerfen.

„Ich kam häufig auf den Gedanken an Flucht zurück. Doch meine Liebe zu Lucile, für welche ich mich seit sechs Jahren wie eine Mutter bemühte, und die Befürchtung, solch heimliches Entweichen könne meinen Ruf derartig gefährden, daß selbst der Name meiner Schwester darunter leiden würde, bestimmten mich, noch einige Zeit hindurch meinem Plan zu entsagen. Eines Abends indessen, als ich mich über die Art meiner

Beziehungen zu Lady Edgermond und der Gesellschaft grade ganz besonders verstimmt fühlte, speiste ich zufällig mit Jener allein, und nach einer Stunde absoluten Schweigens ergriff mich plötzlich eine solche Ungeduld über ihre unerschütterliche Frostigkeit, daß ich die Klage über das Leben, welches ich führte, zum Gegenstand des Gespräches machte, mehr eigentlich, um sie zum Reden zu zwingen, als weil ich irgend ein für mich günstiges Resultat erwartet hätte. Ich wurde etwas eifrig dabei, und ging so weit, die Möglichkeit, in einer Lage, wie die meinige sei, England auf immer zu verlassen, als sehr naheliegend anzudeuten. Meine Stiefmutter regte sich darüber durchaus nicht auf, und mit einer Gleichgültigkeit und Härte, die ich in meinem Leben nicht vergessen werde, erwiderte sie mir: „Sie sind einundzwanzig Jahr alt, Miß Edgermond, und haben jetzt über das Vermögen Ihrer Mutter, wie über Ihr väterliches Erbtheil, frei zu verfügen. Folglich können Sie sich aufführen, wie es Ihnen beliebt; wenn Sie indessen etwas unternehmen, das Sie in der öffentlichen Meinung entehrt, sind Sie es Ihrer Familie schuldig, den Namen zu wechseln und für todt zu gelten." Ohne auf diese Worte etwas zu erwidern, stand ich heftig auf und verließ das Zimmer.

„So viel geringschätzige Härte versetzte mich in bebende Entrüstung, und anfangs empfand ich ein mir sonst fremdes Bedürfniß nach Rache; zwar beruhigte sich diese Aufwallung wieder, aber die Ueberzeugung, daß Niemand hier sich um mich kümmere, zerriß auch die letzten Bande, welche mich an das Haus meines todten Vaters knüpften. Allerdings liebte ich Lady Edgermond nicht, aber eine Unempfindlichkeit, wie sie mir solche zeigte, hatte ich nicht für sie; ihre Liebe für Lucile war mir immer rührend gewesen, ich glaubte ihr durch meine Sorgfalt für das Kind einiges Wohlwollen abgewonnen zu haben, und vielleicht hatte im Gegentheil eben diese Sorgfalt ihre Eifersucht erregt; denn je verneinender sie allen andern Dingen gegenüber stand, um so leidenschaftlicher war sie in dieser einzigen Zuneigung, welche sie sich gestattet hatte. Alles, was es an Gluth und Leben im Menschenherzen giebt, und was sie sonst mit kühler Vernunft nach allen Richtungen hin in Schranken hielt, ergoß sich auf diese Tochter.

„Noch während des grollenden Schmerzes, welchen die Unterhaltung mit Lady Edgermond in mir aufgestürmt, meldete Theresina in größester Bewegung, daß im benachbarten Hafen ein von Livorno kommendes Schiff eingelaufen sei, auf welchem sich mehrere ihr bekannte Kaufleute, „die ehrenhaftesten Männer von der Welt", befänden. „Sie Alle sind Italiener", erzählte sie weinend, „sie sprechen nur italienisch; in acht Tagen schiffen sie sich wieder nach Livorno ein, und wenn Madame entschieden wäre ...." — „Geh mit ihnen, meine gute Theresina", erwiderte ich ihr. — „Nein, Madame", rief sie, „lieber sterbe ich hier!" — Und sie verließ mein Zimmer, wo ich in Grübeleien über meine Pflichten gegen Lady Edgermond zurückblieb. Daß sie mich nicht mehr um sich zu haben wünschte, schien mir klar; mein Einfluß auf Lucile mißfiel ihr, sie fürchtete mein Ruf als ein sonderbares, überspanntes Mädchen könne einst ihrer Tochter schaden; auch hatte sie mir ja wirklich ihre verborgenste Gesinnung enthüllt, als sie mir den Wunsch andeutete, daß ich mich für todt ausgeben möge; und dieser bittere Rath, wie sehr er mich anfangs auch empört hatte, schien mir nach einiger Ueberlegung recht brauchbar.

„Ja wohl", dachte ich, „wohl kann ich hier für todt gelten, hier, wo mein Dasein nur einem gequälten Schlafe gleicht. Natur, Sonnenschein und Kunst werden mich in der Heimat zu neuem Leben erwecken, und die kalten Buchstaben meines Namens auf einem lügnerischen Grab können in diesem leblosen Aufenthalt meine Stelle so gut, als ich selber, ausfüllen. Dieses Aufstreben meiner Seele nach Licht und Freiheit gab ihr indeß noch nicht den Muth zum letzten Entschlusse. Wir haben Augenblicke, wo wir die Kraft zur Erreichung aller unserer Wünsche in uns fühlen; und andere, wo es uns dünkt, als müsse die herkömmliche Ordnung der uns umgebenden Einrichtungen über alle unsere Gefühle den Sieg davon tragen. In solcher Schwankung befand ich mich, und sie hätte ewig dauern können, weil nichts von Außen an mich Herantretendes mir eine Ent-

scheidung abnöthigte, als ich am Abend des folgenden Sonntags
unter meinen Fenstern einen italienischen Gesang anstimmen
hörte, der, von der Mannschaft jenes Schiffes ausgeführt, eine
Ueberraschung war, welche Theresina mir bereitet hatte. Ich
gerieth in unbeschreibliche Bewegung, meine Thränen flossen,
und all die theuren Erinnerungen standen auf — denn nichts
bringt uns so die Vergangenheit zurück, als Musik. Wenn sie
das Gewesene heraufbeschwört, gleicht sie den schwermüthigen,
geheimnißvollen Schatten unserer Lieben. Die Italiener sangen
Monti's köstliche, im Exil gedichtete Verse:

> Bella Italia, amate sponde,
> Pur vi torno à riveder.
> Trema in petto e si confonde
> L'alma oppressa dal piacer. *)

„Ich war wie trunken, wie außer mir, und empfand für die
Heimat alle Gefühle der Liebe: Sehnsucht, Begeisterung,
Schmerz; meine ganze Seele drängte sich nach dem Süden —
ich mußte ihn sehen, ihn athmen, ihn hören, jeder Schlag meines
Herzens war ein Ruf nach dem schönen, lachenden Vaterlande.
Wenn den Todten in ihren Grüften das Leben angeboten würde,
sie könnten den Stein, welcher sie deckt, nicht mit größerer Ungeduld emporheben, als die war, mit der ich meine kalten Leichen-
tücher abwerfen und in den Vollbesitz meines Genius, meiner
Begeisterung, meiner wahren Natur zurückkehren wollte. Aber
auch auf der Höhe dieser durch die Musik entzündeten Schwärmerei war ich noch weit entfernt, an die Ausführung meines
Vorhabens zu denken; es war noch viel zu unklar, viel zu verwirrt, um es zu einem bestimmten Plane festigen zu können.
Da aber trat meine Stiefmutter ins Zimmer, und ersuchte mich,
den Gesang aufhören zu lassen, weil Musik am Sonntage ein
großes Aergerniß sei. Ich machte zögernde Einwendungen: die
Italiener wollten morgen schon fort, seit sechs Jahren hätte ich
solch ein Vergnügen nicht gehabt, — meine Stiefmutter hörte nicht
darauf, und erklärend, daß man vor Allem den Anstand gegen

---

*) Schönes Italien! Geliebter Strand! So werde ich Euch denn wiedersehen,
meine Seele erbebt und erliegt fast dem Uebermaße des Glücks.

das Land, in welchem man lebe, zu berücksichtigen habe, trat sie
ans Fenster und befahl ihrer draußen lauschenden Dienerschaft,
meine armen Landsleute fortzuschicken. Sie gingen, und sen-
deten mir von Zeit zu Zeit aus immer größerer Ferne ein ge-
sungenes Lebewohl zurück, das mir ins Herz schnitt.

„Das Maß meiner Widerwärtigkeiten war voll. Am
nächsten Tage sollte jenes Schiff die Anker lichten. Theresina
hatte auf's Ungewisse hin, und ohne mich davon in Kenntniß zu
setzen, Alles zur Abreise vorbereitet. Lucile war seit acht Tagen
bei einer Verwandten ihrer Mutter; die Asche meines Vaters
befand sich nicht hier, sondern war, seiner Bestimmung gemäß,
nach seinem Gute in Schottland gebracht worden, — kurz, nachdem
ich Lady Edgermond brieflich meinen Entschluß mitgetheilt,
hatte ich eben nur zu gehen. Ich ging. Es geschah in einem
jener Augenblicke, wo man sich gänzlich an das Schicksal hingiebt, wo uns Alles besser scheint, als Abhängigkeit, als schaaler
Ueberdruß und ein zielloses Leben, wo die unbedachte Jugend
der Zukunft warm vertraut und gläubig den Stern ihres Glückes
über sich leuchten sieht.“

Viertes Kapitel.

„Als ich Englands Küste aus den Augen verlor, kamen mir
wohl bange Gedanken; da ich aber kein mir zugehöriges
Herz zurückließ, fühlte ich mich in Livorno bald durch den mich
rings umfangenden Zauber Italiens getröstet. Wie ich es
meiner Stiefmutter versprochen hatte, sagte ich Niemand meinen
wahren Namen, und nannte mich einfach Corinna, welches der
Name einer griechischen Dichterin, der Freundin Pindars ist,
deren Geschichte ihn mir theuer gemacht hatte [27]. Da mein, durch
die verflossenen Jahre noch mehr entwickeltes Aeußere recht verändert war, ich auch in Florenz früher sehr zurückgezogen gelebt
hatte, durfte ich darauf rechnen, was eingetroffen ist, daß Niemand
mich erkannte, und man in Rom nicht erfahren hat, wer ich bin.
In Northumberland verbreitete meine Stiefmutter das Gerücht
von meinem plötzlichen Tode, der während der Ueberfahrt nach

Italien, welchen Aufenthalt die Aerzte mir verordnet hätten, erfolgt sei. Sie meldete mir dies in einem Briefe, ohne irgend welch anderes Wort hinzuzufügen. Mit größester Sorgfalt ließ sie mir mein ganzes, sehr bedeutendes Vermögen verabfolgen; dann hat sie mir nie wieder geschrieben. Fünf Jahre liegen zwischen damals und dem Augenblicke, wo ich Sie sah, fünf Jahre voll mannigfaltigen Glückes. Ich nahm meinen Aufenthalt in Rom; mein Ruf verbreitete sich schnell, obwohl mir durch Literatur und Kunst noch mehr einsame Freuden als selbst öffentliche Erfolge zu Theil geworden sind; und bis ich Sie kannte, wußte ich nichts von der Gewalt eines großen, allmächtigen Gefühls. Zuweilen verleitete mich meine Einbildungskraft zu farbenreichen Illusionen, indeß entfärbten sich diese auch wieder, ohne daß es mir sonderlich Schmerz bereitet hätte. Noch keine Neigung hatte mich erfaßt, die mich beherrschte: Bewunderung, Ehrfurcht und Liebe, sie spannten nicht alle meine seelischen Fähigkeiten an. Selbst da, wo ich liebte, konnte ich mir mehr große Eigenschaften, mehr Adel vorstellen, als ich in Wirklichkeit nachher vorfand; kurz, ich stand immer über meinen eigenen Eindrücken, statt ganz von ihnen unterjocht zu werden.

„Verlangen Sie nicht, daß ich ausführlicher erzähle, wie vor Ihnen zwei Männer, deren Leidenschaft für mich nur zu bekannt geworden ist, mein Leben beschäftigt haben, ohne es zu erfüllen. Nur mit Anrufung meiner innersten Rechtlichkeit vermag ich mich zu überzeugen, daß ein Anderer als Sie mich hat interessiren können, und ich empfinde darüber jetzt Reue und Schmerz. Sie wissen es wohl durch meine Freunde: die Unabhängigkeit war mir so theuer, daß ich nach langen Schwankungen, nach traurigen Auftritten, zweimal Verhältnisse abgebrochen habe, welche die Sehnsucht, zu lieben, mich eingehen ließ, und die unauflöslich zu machen ich mich doch nicht entschließen konnte. Ein Deutscher aus großem Geschlecht wollte mich als Gemahlin in seine Heimat führen, an welche ihn, neben seiner Vorliebe für dieselbe, auch Stand und Besitz fesselten. Und ein italienischer Fürst bot mir die glänzendste Stellung in Rom selber an. Der Erstere hatte mir eine außerordentliche Hochschätzung einzuflößen

gewußt, doch bemerkte ich mit der Zeit, d'aß er keinen weit-
reichenden Geist besaß. Wenn wir allein waren, mußte ich mir
viel Mühe geben, um das Gespräch im Gange zu erhalten und
ihm mit Sorgfalt zu verbergen, was ihm mangelte. Ich wagte
nicht, mein ganzes Geistesvermögen vor ihm zu entfalten, aus
Furcht, ihm Unbehagen zu verursachen, und ich sah voraus, daß
nothwendigerweise sein Gefühl für mich an dem Tage abnehmen
werde, wo ich aufhörte, ihn zu schonen; es ist aber schwer, für
Menschen, die man schonen muß, Begeisterung zu fühlen. Die
Rücksicht einer Frau für einen ihr untergeordneten Mann verräth mehr Mitleid als Liebe; und die Art von Berechnung und
Ueberlegung, welche jene Rücksicht verlangt, läßt die himmlische
Blüthe eines unwillkürlichen Gefühls verdorren. Der Italiener
hatte einen schöpferischen und anmuthigen Geist; auch wollte er
in Rom bleiben, denn wir hatten gleiche Neigungen, und er
liebte meine Weise zu leben. Allein bei einer sehr wichtigen
Gelegenheit bemerkte ich, daß es ihm an Kraft der Seele ge-
bräche, und daß in schwierigen Lebensverhältnissen nicht er,
sondern ich für uns Beide Stütze und Halt sein müßte.
Damit war es um alle Liebe geschehen, denn die Frauen bedürfen
des Schutzes, und nichts erkältet sie wohl mehr, als wenn sie
ihn gewähren müssen. So bin ich also nicht durch Unglück,
nicht durch menschliches Fehlen, sondern durch meinen beobachtenden Geist, der mir aufdeckte, was die Einbildungskraft mir
verbarg, zweimal in meinen Gefühlen enttäuscht worden.

„Ich glaubte, es sei mein Schicksal, nicht mit der vollen
Kraft meiner Seele lieben zu dürfen; zuweilen war mir das
sehr schmerzlich, aber häufiger noch wünschte ich mir Glück, frei
zu sein, denn ich fürchtete beinahe diese Leidensfähigkeit in mir,
diese glühende Natur, die mein Glück und mein Leben bedrohte;
zwar suchte ich mich stets dadurch zu beruhigen, daß ich mich
erinnerte, wie schwer mein Urtheil einzunehmen sei, und wie
kaum Jemand der Vorstellung entsprechen werde, die ich mir von
dem Charakter und dem Geiste eines Mannes gemacht. Immer,
hoffte ich, würde ich an dem Gegenstande meines Gefallens
einige Mängel bemerken, und so der Vollgewalt einer großen

Leidenschaft entrinnen; ich mußte nicht, daß es Mängel giebt, welche grade durch die Besorgniß, die sie hervorrufen, die Liebe erhöhen. Oswald, Ihre Schwermuth, Ihre Ungewißheit, mit der Sie an Alles zagend herantreten, die Strenge Ihrer Meinungen trüben meine Ruhe, ohne meine Liebe zu erkälten; diese Liebe wird, fürchte ich, mich nicht glücklich machen, aber dann bin ich zu verurtheilen, nicht Sie.

„Nun wissen Sie die Geschichte meines Lebens; das Verlassen Englands, den Wechsel meines Namens, meines Herzens Unbeständigkeit — nichts habe ich Ihnen verschwiegen. Vielleicht werden Sie nun sagen, meine Einbildungskraft habe mich oft auf Irrwege geführt. Aber wenn die Gesellschaft den Frauen nicht so viel Zwang anlegte, von dem die Männer sich frei fühlen, was in meinem Leben gäbe Ihnen ein Hinderniß, mich zu lieben? Habe ich je getäuscht? Jemals Böses gethan? Hat gemeine Selbstsucht je meine Seele erniedrigt? Wird Gott mehr als Aufrichtigkeit, Güte und Selbstachtung von der Waise verlangen, die sich in der weiten Welt allein sah? O, die glücklichen Frauen, welche bei den ersten Schritten ins Leben Dem begegnen, Den sie immer lieben werden! Doch verdiene ich ihn weniger, weil ich ihn später kennen lernte?

„Indessen gestehe ich Ihnen offen, und Sie werden es mir glauben, Mylord: wenn ich mein Leben an Ihrer Seite hinbringen könnte, ohne Ihnen vermählt zu sein, würde ich das eheliche Band kaum wünschen, ohngeachtet ich mir vollkommen bewußt bin, welch großes Glück, welchen Ruhm, — den stolzesten von Allen, — ich dabei aufgebe. Diese Ehe wäre Ihnen vielleicht ein Opfer; vielleicht gedächten Sie einst in Reue meiner Schwester, der schönen Lucile, welcher Ihr Vater Sie bestimmte. Sie ist zwölf Jahre jünger als ich; ihr Name ist fleckenlos, wie die erste Frühlingsblüthe; der meine, welcher in England schon zu den Todten hinabgestiegen ist, müßte dort erst wieder ins Leben gerufen werden. Lucile hat, ich weiß es, eine milde und reine Seele, und durch die Liebe würde sie lernen, Sie zu verstehen. Oswald, Sie sind frei! Sie erhalten Ihren Ring zurück, sobald Sie es wünschen.

sie unaufhörlich, um doch gleich hinzuzufügen, sie wolle mich nicht verlassen, und es dann wieder in bitterem Jammer zu beklagen, daß ihre Anhänglichkeit an mich nicht mit ihrem schönen, italienischen Himmel und den geliebten Tönen ihrer Muttersprache vereinbar sei.

„Nichts hätte mir tieferen Eindruck machen können, als dieser Wiederhall meiner eigenen Gefühle in dem Gemüthe eines ganz alltäglichen Geschöpfes, das jedoch den italienischen Charakter und seine Neigungen in ihrer ganzen Ursprünglichkeit sich bewahrt hatte; ich versprach ihr, sie solle Italien wiedersehn. „Mit Ihnen?" fragte sie. Ich schwieg. Darauf gerieth sie in die maßloseste Bekümmerniß, und schwur, sie wolle sich nie von mir trennen; zwar schien sie beinahe sterbend, als sie mir diese Versicherung gab. In meiner Besorgniß, und nur um sie zu beruhigen, entschlüpfte mir das Versprechen, auch ich würde nach dem Süden zurückkehren; aber sie gab dem unbedachten Wort durch ihre grenzenlose Freude und durch das Vertrauen, mit welchem sie es aufnahm, eine größere, feierlichere Bedeutung. Seit jenem Tage setzte sie sich, ohne mir etwas davon zu sagen, mit einigen Kaufleuten der Stadt in Verbindung und machte mir stets genaue Anzeige, wenn ein nach Genua oder Livorno segelndes Schiff den Hafen verließ. Ich hörte das meist ohne Erwiderung an; sie schwieg dann auch, doch ihre Augen standen immer voll Thränen. Durch das Klima und das innere Leid verschlechterte sich meine Gesundheit täglich mehr. Mein Geist bedarf der Bewegung und Heiterkeit; ich habe es Ihnen schon oft gesagt: der Schmerz vermag mich zu tödten, denn es kämpft in mir zu fürchterlich gegen ihn an; um nicht davon zu sterben, muß man sich ihm unterwerfen.

„Ich kam häufig auf den Gedanken an Flucht zurück. Doch meine Liebe zu Lucile, für welche ich mich seit sechs Jahren wie eine Mutter bemühte, und die Befürchtung, solch heimliches Entweichen könne meinen Ruf derartig gefährden, daß selbst der Name meiner Schwester darunter leiden würde, bestimmten mich, noch einige Zeit hindurch meinem Plan zu entsagen. Eines Abends indessen, als ich mich über die Art meiner

Beziehungen zu Lady Edgermond und der Gesellschaft grade ganz
besonders verstimmt fühlte, speiste ich zufällig mit Jener allein,
und nach einer Stunde absoluten Schweigens ergriff mich plötzlich eine solche Ungeduld über ihre unerschütterliche Frostigkeit,
daß ich die Klage über das Leben, welches ich führte, zum
Gegenstand des Gespräches machte, mehr eigentlich, um sie zum
Reden zu zwingen, als weil ich irgend ein für mich günstiges
Resultat erwartet hätte. Ich wurde etwas eifrig dabei, und
ging so weit, die Möglichkeit, in einer Lage, wie die meinige
sei, England auf immer zu verlassen, als sehr naheliegend anzudeuten. Meine Stiefmutter regte sich darüber durchaus nicht
auf, und mit einer Gleichgültigkeit und Härte, die ich in meinem
Leben nicht vergessen werde, erwiderte sie mir: „Sie sind einundzwanzig Jahr alt, Miß Edgermond, und haben jetzt über
das Vermögen Ihrer Mutter, wie über Ihr väterliches Erbtheil, frei zu verfügen. Folglich können Sie sich aufführen, wie
es Ihnen beliebt; wenn Sie indessen etwas unternehmen, das
Sie in der öffentlichen Meinung entehrt, sind Sie es Ihrer
Familie schuldig, den Namen zu wechseln und für todt zu gelten."
Ohne auf diese Worte etwas zu erwidern, stand ich heftig auf
und verließ das Zimmer.

„So viel geringschätzige Härte versetzte mich in bebende
Entrüstung, und anfangs empfand ich ein mir sonst fremdes
Bedürfniß nach Rache; zwar beruhigte sich diese Aufwallung
wieder, aber die Ueberzeugung, daß Niemand hier sich um mich
kümmere, zerriß auch die letzten Bande, welche mich an das Haus
meines todten Vaters knüpften. Allerdings liebte ich Lady Edgermond nicht, aber eine Unempfindlichkeit, wie sie mir solche zeigte,
hatte ich nicht für sie; ihre Liebe für Lucile war mir immer rührend
gewesen, ich glaubte ihr durch meine Sorgfalt für das Kind
einiges Wohlwollen abgewonnen zu haben, und vielleicht hatte
im Gegentheil eben diese Sorgfalt ihre Eifersucht erregt; denn
je verneinender sie allen andern Dingen gegenüber stand, um so
leidenschaftlicher war sie in dieser einzigen Zuneigung, welche sie
sich gestattet hatte. Alles, was es an Gluth und Leben im
Menschenherzen giebt, und was sie sonst mit kühler Vernunft

nach allen Richtungen hin in Schranken hielt, ergoß sich auf diese Tochter.

„Noch während des grollenden Schmerzes, welchen die Unterhaltung mit Lady Edgermond in mir aufgestürmt, meldete Theresina in größester Bewegung, daß im benachbarten Hafen ein von Livorno kommendes Schiff eingelaufen sei, auf welchem sich mehrere ihr bekannte Kaufleute, „die ehrenhaftesten Männer von der Welt“, befänden. „Sie Alle sind Italiener“, erzählte sie weinend, „sie sprechen nur italienisch; in acht Tagen schiffen sie sich wieder nach Livorno ein, und wenn Madame entschieden wäre ......“ — „Geh mit ihnen, meine gute Theresina“, erwiderte ich ihr. — „Nein, Madame“, rief sie, „lieber sterbe ich hier!“ — Und sie verließ mein Zimmer, wo ich in Grübeleien über meine Pflichten gegen Lady Edgermond zurückblieb. Daß sie mich nicht mehr um sich zu haben wünschte, schien mir klar; mein Einfluß auf Lucile mißfiel ihr, sie fürchtete mein Ruf als ein sonderbares, überspanntes Mädchen könne einst ihrer Tochter schaden; auch hatte sie mir ja wirklich ihre verborgenste Gesinnung enthüllt, als sie mir den Wunsch andeutete, daß ich mich für todt ausgeben möge; und dieser bittere Rath, wie sehr er mich anfangs auch empört hatte, schien mir nach einiger Ueberlegung recht brauchbar.

„Ja wohl“, dachte ich, „wohl kann ich hier für todt gelten, hier, wo mein Dasein nur einem gequälten Schlafe gleicht. Natur, Sonnenschein und Kunst werden mich in der Heimat zu neuem Leben erwecken, und die kalten Buchstaben meines Namens auf einem lügnerischen Grab können in diesem leblosen Aufenthalt meine Stelle so gut, als ich selber, ausfüllen. Dieses Aufstreben meiner Seele nach Licht und Freiheit gab ihr indeß noch nicht den Muth zum letzten Entschlusse. Wir haben Augenblicke, wo wir die Kraft zur Erreichung aller unserer Wünsche in uns fühlen; und andere, wo es uns dünkt, als müsse die herkömmliche Ordnung der uns umgebenden Einrichtungen über alle unsere Gefühle den Sieg davon tragen. In solcher Schwankung befand ich mich, und sie hätte ewig dauern können, weil nichts von Außen an mich Herantretendes mir eine Ent-

scheidung abnöthigte, als ich am Abend des folgenden Sonntags
unter meinen Fenstern einen italienischen Gesang anstimmen
hörte, der, von der Mannschaft jenes Schiffes ausgeführt, eine
Ueberraschung war, welche Theresina mir bereitet hatte. Ich
gerieth in unbeschreibliche Bewegung, meine Thränen flossen,
und all die theuren Erinnerungen standen auf — denn nichts
bringt uns so die Vergangenheit zurück, als Musik. Wenn sie
das Gewesene heraufbeschwört, gleicht sie den schwermüthigen,
geheimnißvollen Schatten unserer Lieben. Die Italiener sangen
Monti's köstliche, im Exil gedichtete Verse:

> Bella Italia, amate sponde,
> Pur vi torno à riveder.
> Trema in petto e si confonde
> L'alma oppressa dal piacer. *)

„Ich war wie trunken, wie außer mir, und empfand für die
Heimat alle Gefühle der Liebe: Sehnsucht, Begeisterung,
Schmerz; meine ganze Seele drängte sich nach dem Süden —
ich mußte ihn sehen, ihn athmen, ihn hören, jeder Schlag meines
Herzens war ein Ruf nach dem schönen, lachenden Vaterlande.
Wenn den Todten in ihren Grüften das Leben angeboten würde,
sie könnten den Stein, welcher sie deckt, nicht mit größerer Ungeduld emporheben, als die war, mit der ich meine kalten Leichen-
tücher abwerfen und in den Vollbesitz meines Genius, meiner
Begeisterung, meiner wahren Natur zurückkehren wollte. Aber
auch auf der Höhe dieser durch die Musik entzündeten Schwärmerei war ich noch weit entfernt, an die Ausführung meines
Vorhabens zu denken; es war noch viel zu unklar, viel zu verwirrt, um es zu einem bestimmten Plane festigen zu können.
Da aber trat meine Stiefmutter ins Zimmer, und ersuchte mich,
den Gesang aufhören zu lassen, weil Musik am Sonntage ein
großes Aergerniß sei. Ich machte zögernde Einwendungen: die
Italiener wollten morgen schon fort, seit sechs Jahren hätte ich
solch ein Vergnügen nicht gehabt, — meine Stiefmutter hörte nicht
darauf, und erklärend, daß man vor Allem den Anstand gegen

---

*) Schönes Italien! Geliebter Strand! So werde ich Euch denn wiedersehen,
meine Seele erbebt und erliegt fast dem Uebermaße des Glücks.

das Land, in welchem man lebe, zu berücksichtigen habe, trat sie
ans Fenster und befahl ihrer draußen lauschenden Dienerschaft,
meine armen Landsleute fortzuschicken. Sie gingen, und sen-
deten mir von Zeit zu Zeit aus immer größerer Ferne ein ge-
sungenes Lebewohl zurück, das mir ins Herz schnitt.

„Das Maß meiner Widerwärtigkeiten war voll. Am
nächsten Tage sollte jenes Schiff die Anker lichten. Theresina
hatte auf's Ungewisse hin, und ohne mich davon in Kenntniß zu
setzen, Alles zur Abreise vorbereitet. Lucile war seit acht Tagen
bei einer Verwandten ihrer Mutter; die Asche meines Vaters
befand sich nicht hier, sondern war, seiner Bestimmung gemäß,
nach seinem Gute in Schottland gebracht worden, — kurz, nachdem
ich Lady Edgermond brieflich meinen Entschluß mitgetheilt,
hatte ich eben nur zu gehen. Ich ging. Es geschah in einem
jener Augenblicke, wo man sich gänzlich an das Schicksal hingiebt, wo uns Alles besser scheint, als Abhängigkeit, als schaaler
Ueberdruß und ein zielloses Leben, wo die unbedachte Jugend
der Zukunft warm vertraut und gläubig den Stern ihres Glückes
über sich leuchten sieht."

Viertes Kapitel.

„Als ich Englands Küste aus den Augen verlor, kamen mir
wohl bange Gedanken; da ich aber kein mir zugehöriges
Herz zurückließ, fühlte ich mich in Livorno bald durch den mich
rings umfangenden Zauber Italiens getröstet. Wie ich es
meiner Stiefmutter versprochen hatte, sagte ich Niemand meinen
wahren Namen, und nannte mich einfach Corinna, welches der
Name einer griechischen Dichterin, der Freundin Pindars ist,
deren Geschichte ihn mir theuer gemacht hatte [27]. Da mein, durch
die verflossenen Jahre noch mehr entwickeltes Aeußere recht verändert war, ich auch in Florenz früher sehr zurückgezogen gelebt
hatte, durfte ich darauf rechnen, was eingetroffen ist, daß Niemand
mich erkannte, und man in Rom nicht erfahren hat, wer ich bin.
In Northumberland verbreitete meine Stiefmutter das Gerücht
von meinem plötzlichen Tode, der während der Ueberfahrt nach

Italien, welchen Aufenthalt die Aerzte mir verordnet hätten,
erfolgt sei. Sie meldete mir dies in einem Briefe, ohne irgend
welch anderes Wort hinzuzufügen. Mit größester Sorgfalt ließ
sie mir mein ganzes, sehr bedeutendes Vermögen verabfolgen;
dann hat sie mir nie wieder geschrieben. Fünf Jahre liegen
zwischen damals und dem Augenblicke, wo ich Sie sah, fünf
Jahre voll mannigfaltigen Glückes. Ich nahm meinen Aufenthalt in Rom; mein Ruf verbreitete sich schnell, obwohl mir
durch Literatur und Kunst noch mehr einsame Freuden als selbst
öffentliche Erfolge zu Theil geworden sind; und bis ich Sie
kannte, wußte ich nichts von der Gewalt eines großen, allmächtigen Gefühls. Zuweilen verleitete mich meine Einbildungskraft zu farbenreichen Illusionen, indeß entfärbten sich diese auch
wieder, ohne daß es mir sonderlich Schmerz bereitet hätte. Noch
keine Neigung hatte mich erfaßt, die mich beherrschte: Bewunderung, Ehrfurcht und Liebe, sie spannten nicht alle meine seelischen Fähigkeiten an. Selbst da, wo ich liebte, konnte ich mir
mehr große Eigenschaften, mehr Adel vorstellen, als ich in Wirklichkeit nachher vorfand; kurz, ich stand immer über meinen eigenen
Eindrücken, statt ganz von ihnen unterjocht zu werden.

„Verlangen Sie nicht, daß ich ausführlicher erzähle, wie vor
Ihnen zwei Männer, deren Leidenschaft für mich nur zu bekannt
geworden ist, mein Leben beschäftigt haben, ohne es zu erfüllen.
Nur mit Anrufung meiner innersten Rechtlichkeit vermag ich
mich zu überzeugen, daß ein Anderer als Sie mich hat interessiren können, und ich empfinde darüber jetzt Reue und Schmerz.
Sie wissen es wohl durch meine Freunde: die Unabhängigkeit war
mir so theuer, daß ich nach langen Schwankungen, nach traurigen Auftritten, zweimal Verhältnisse abgebrochen habe, welche
die Sehnsucht, zu lieben, mich eingehen ließ, und die unauflöslich zu machen ich mich doch nicht entschließen konnte. Ein
Deutscher aus großem Geschlecht wollte mich als Gemahlin in
seine Heimat führen, an welche ihn, neben seiner Vorliebe für
dieselbe, auch Stand und Besitz fesselten. Und ein italienischer
Fürst bot mir die glänzendste Stellung in Rom selber an. Der
Erstere hatte mir eine außerordentliche Hochschätzung einzuflößen

gewußt, doch bemerkte ich mit der Zeit, daß er keinen weit-
reichenden Geist besaß. Wenn wir allein waren, mußte ich mir
viel Mühe geben, um das Gespräch im Gange zu erhalten und
ihm mit Sorgfalt zu verbergen, was ihm mangelte. Ich wagte
nicht, mein ganzes Geistesvermögen vor ihm zu entfalten, aus
Furcht, ihm Unbehagen zu verursachen, und ich sah voraus, daß
nothwendigerweise sein Gefühl für mich an dem Tage abnehmen
werde, wo ich aufhörte, ihn zu schonen; es ist aber schwer, für
Menschen, die man schonen muß, Begeisterung zu fühlen. Die
Rücksicht einer Frau für einen ihr untergeordneten Mann verräth mehr Mitleid als Liebe; und die Art von Berechnung und
Ueberlegung, welche jene Rücksicht verlangt, läßt die himmlische
Blüthe eines unwillkürlichen Gefühls verdorren. Der Italiener
hatte einen schöpferischen und anmuthigen Geist; auch wollte er
in Rom bleiben, denn wir hatten gleiche Neigungen, und er
liebte meine Weise zu leben. Allein bei einer sehr wichtigen
Gelegenheit bemerkte ich, daß es ihm an Kraft der Seele ge-
bräche, und daß in schwierigen Lebensverhältnissen nicht er,
sondern ich für uns Beide Stütze und Halt sein müßte.
Damit war es um alle Liebe geschehen, denn die Frauen bedürfen
des Schutzes, und nichts erkältet sie wohl mehr, als wenn sie
ihn gewähren müssen. So bin ich also nicht durch Unglück,
nicht durch menschliches Fehlen, sondern durch meinen beobachtenden Geist, der mir aufdeckte, was die Einbildungskraft mir
verbarg, zweimal in meinen Gefühlen enttäuscht worden.

„Ich glaubte, es sei mein Schicksal, nicht mit der vollen
Kraft meiner Seele lieben zu dürfen; zuweilen war mir das
sehr schmerzlich, aber häufiger noch wünschte ich mir Glück, frei
zu sein, denn ich fürchtete beinahe diese Leidensfähigkeit in mir,
diese glühende Natur, die mein Glück und mein Leben bedrohte;
zwar suchte ich mich stets dadurch zu beruhigen, daß ich mich
erinnerte, wie schwer mein Urtheil einzunehmen sei, und wie
kaum Jemand der Vorstellung entsprechen werde, die ich mir von
dem Charakter und dem Geiste eines Mannes gemacht. Immer,
hoffte ich, würde ich an dem Gegenstande meines Gefallens
einige Mängel bemerken, und so der Vollgewalt einer großen

Leidenschaft entrinnen: ich wußte nicht, daß es Mängel giebt, welche grade durch die Besorgniß, die sie hervorrufen, die Liebe erhöhen. Oswald, Ihre Schwermuth, Ihre Ungewißheit, mit der Sie an Alles zagend herantreten, die Strenge Ihrer Meinungen trüben meine Ruhe, ohne meine Liebe zu erkälten: diese Liebe wird, fürchte ich, mich nicht glücklich machen, aber dann bin ich zu verurtheilen, nicht Sie.

"Nun wissen Sie die Geschichte meines Lebens: das Verlassen Englands, den Wechsel meines Namens, meines Herzens Unbeständigkeit — nichts habe ich Ihnen verschwiegen. Vielleicht werden Sie nun sagen, meine Einbildungskraft habe mich oft auf Irrwege geführt. Aber wenn die Gesellschaft den Frauen nicht so viel Zwang anlegte, von dem die Männer sich frei fühlen, was in meinem Leben gäbe Ihnen ein Hinderniß, mich zu lieben? Habe ich je getäuscht? Jemals Böses gethan? Hat gemeine Selbstsucht je meine Seele erniedrigt? Wird Gott mehr als Aufrichtigkeit, Güte und Selbstachtung von der Waise verlangen, die sich in der weiten Welt allein sah? O, die glücklichen Frauen, welche bei den ersten Schritten ins Leben Dem begegnen, Den sie immer lieben werden! Doch verdiene ich ihn weniger, weil ich ihn später kennen lernte?

"Indessen gestehe ich Ihnen offen, und Sie werden es mir glauben, Mylord: wenn ich mein Leben an Ihrer Seite hinbringen könnte, ohne Ihnen vermählt zu sein, würde ich das eheliche Band kaum wünschen, ohngeachtet ich mir vollkommen bewußt bin, welch großes Glück, welchen Ruhm, — den stolzesten von Allen, — ich dabei aufgebe. Diese Ehe wäre Ihnen vielleicht ein Opfer; vielleicht gedächten Sie einst in Reue meiner Schwester, der schönen Lucile, welcher Ihr Vater Sie bestimmte. Sie ist zwölf Jahre jünger als ich; ihr Name ist fleckenlos, wie die erste Frühlingsblüthe; der meine, welcher in England schon zu den Todten hinabgestiegen ist, müßte dort erst wieder ins Leben gerufen werden. Lucile hat, ich weiß es, eine milde und reine Seele, und durch die Liebe würde sie lernen, Sie zu verstehen. Oswald, Sie sind frei! Sie erhalten Ihren Ring zurück, sobald Sie es wünschen.

„Ehe Sie sich entscheiden, möchten Sie vielleicht wissen, was ich leiden werde, wenn Sie mich verlassen. Ich weiß es nicht; es steigen zuweilen schwere Kämpfe in meiner Seele auf, die stärker sind, als meine Vernunft, und ich wäre nicht strafbar, wenn solche innere Zerrüttungen mir das Dasein unerträglich machten. Dagegen habe ich auch wieder viel Glücksfähigkeit, und ein förmliches Gedankenfieber treibt zuweilen mein Blut in Umlauf. Ich interessire mich für Alles, spreche mit Vergnügen, erfreue mich mit Entzücken an geistreichen Menschen, an ihrer Theilnahme für mich, an den Wundern der Natur, den Werken der Kunst. Aber ob ich leben kann, wenn ich Sie nicht sehe? Das zu beurtheilen ist an Ihnen, Oswald; Sie kennen mich besser, als ich mich kenne; ich bin für das, was ich zu leiden haben würde, nicht verantwortlich. Wer den Dolch führt, muß wissen, ob die Wunde tödtlich ist. Und wenn sie es wäre. Oswald, müßte ich's Ihnen verzeihen.

„Mein Glück hängt ganz und allein von dem Gefühl ab, das Sie mir seit sechs Monaten bewiesen haben. Und wenn Sie die ganze Macht Ihres Willens und Ihres Zartgefühls aufbieten, können Sie mich über die leichteste Veränderung in diesem Gefühl nicht täuschen. Lassen Sie in dieser Beziehung nicht etwas, wie Pflichtgedanken, in sich aufsteigen; in der Liebe giebt es für mich weder Versprechen, noch Bürgschaft. Nur Gott kann eine Blume wieder blühen lassen, wenn der Sturm sie entblätterte. Ein Ton, ein Blick von Ihnen würde mir genügen, um zu erfahren, daß Ihr Herz nicht mehr dasselbe ist, und Alles würde ich verschmähen, was Sie mir als Ersatz für Ihre Liebe, für diese göttliche Offenbarung, diese Himmelsseligkeit, bieten könnten. So sind Sie denn frei, Oswald; an jedem Tage frei; frei noch, selbst wenn Sie mein Gatte würden! Denn wenn Sie mich nicht mehr liebten, würde ich Sie durch meinen Tod von den unauflöslichen Banden befreien, die Sie an mich fesselten.

„Sobald Sie diesen Brief gelesen haben, will ich Sie wiedersehn; meine Ungeduld wird mich zu Ihnen treiben, und mit dem ersten Blick auf Sie werde ich mein Schicksal wissen. Denn das Unglück geht schnell, und das Herz, so schwach es ist, darf sich über die todbringenden Anzeichen eines unabänderlichen Schicksals nicht irren. Leben Sie wohl."

Fünfzehntes Buch.

Der Abschied von Rom und die Reise nach Venedig.

Erstes Kapitel.

Oswald hatte Corinnens Brief in tiefster Bewegung gelesen; ein verworrenes Durcheinander von Schmerzen kämpfte in ihm. Bald verletzte ihn ihre Schilderung des englischen Provinzlebens, denn mit Verzweiflung folgerte er daraus, daß eine solche Frau niemals in der Häuslichkeit glücklich sein werde; bald beklagte er sie über ihr Erduldetes und konnte sich nicht erwehren, die Offenherzigkeit und Einfachheit ihrer Erzählung liebevoll zu bewundern. Auf ihre früheren Neigungen war er eifersüchtig, doch je mehr er sich diese Eifersucht verbergen wollte, je mehr quälte sie ihn. Vor Allem aber, und auf das Bitterste, bekümmerte ihn der Antheil seines Vaters in Corinnens Geschichte; sein Herz war so beklommen, daß er nicht wußte was er dachte, was er that. Er ging in der Mittagszeit, bei der heißesten Sonnengluth, ins Freie; um diese Stunde sind Neapels Straßen menschenleer; die Furcht vor der Hitze hält alle lebenden Wesen im Schatten zurück. Sich planlos dem Zufall überlassend, wendete er sich nach Portici hinaus; die senkrecht glühenden Strahlen fielen auf sein Haupt, um seine Gedanken zugleich aufzuregen und zu verwirren.

Corinna konnte indessen, nach einigen durchwarteten Stunden, der Sehnsucht, Oswald zu sprechen, nicht länger widerstehn. Sie eilte in sein Zimmer; mit tödtlichem Schreck gewahrte sie seine Abwesenheit um diese Stunde. Auf dem Tische lagen ihre Bekenntnisse, und da sie nicht zweifeln konnte, daß Lord Nelvil sich erst, nachdem er sie gelesen, entfernt habe, bildete sie sich ein, er wäre abgereist, und sie würde ihn nicht wiedersehen. Von rastlosem Schmerz erfaßt, versuchte sie dennoch zu warten, wiewohl jeder Augenblick sie zu verzehren schien; sie eilte in großen Schritten durch das Gemach, und hielt dann wieder plötzlich inne, in der Furcht, ein Klang, der seine Wiederkehr verkünde, könne ihr entgehen. Endlich, da sie sich nicht länger zu beherrschen vermochte, ging sie hinunter, um zu fragen, ob und in welcher Richtung Oswald ausgegangen sei. Der Wirth des Hotels erwiderte, Lord Nelvil sei nach der Seite von Portici hin, aber hoffentlich wohl nicht weit gegangen, denn eben jetzt würde ein Sonnenstich sehr gefährlich sein. In dieser neuen Sorge eilte Corinna nun, vergessend, daß sie selbst unbedeckten Hauptes und durch nichts gegen die Mittagssonne geschützt war, die bezeichnete Straße hinunter. Das weiße Lavapflaster Neapels, welches nur ausgebreitet scheint, um das Uebermaß von Licht und Hitze noch zu vervielfältigen, brannte gegen ihre Füße, und blendete sie fast mit den zurückgeworfenen Sonnenstrahlen.

Sie hatte durchaus nicht die Absicht, bis Portici zu gehen, und doch lief sie, von Angst und Unruhe getrieben, immer weiter, immer schneller. Auf der großen Straße war kein Mensch zu sehen; um diese Stunde halten sich selbst die Thiere verborgen und fürchten die Natur.

Sobald der leiseste Windstoß über die Straße zog, erhoben sich entsetzliche Staubwolken; die mit diesem Staub bedeckten Wiesen sind ohne Grün, ohne Leben. Von Schritt zu Schritt glaubte Corinna umzusinken; sie begegnete auch nicht einem Baum, der ihr Schatten oder eine Stütze bot, und ihr Verstand verwirrte sich in dieser flammenden Wüste. Es blieb ihr jetzt nur noch eine kurze Strecke bis zu dem Palast des Königs, unter dessen Säulengängen sie Schatten und Wasser gefunden hätte. Aber die Kräfte versagten ihr. Vergeblich zwang sie sich zum

Gehen; sie sah ihren Weg nicht mehr; ein Schwindel überkam sie und neckte sie mit tausend noch sprühenderen Lichtern, als die des sengenden Tages waren, und diesen Lichtern folgte eine Wolke, welche sie mit dichter, aber nicht kühlender Dunkelheit umgab. Von brennendem Durst verzehrt, bat sie einen ihr begegnenden Lazzaroni, — das einzige Menschenwesen, welches um diese Zeit der Gewalt des Klimas zu trotzen wagte, — ihr einen Trunk Wasser zu holen; aber der Mann zweifelte nicht, daß diese zu solcher Stunde allein umherirrende, durch ihre Schönheit und elegante Kleidung so auffallende Frau eine Wahnsinnige sei, und mit Entsetzen eilte er von dannen.

Zum Glück kam jetzt Oswald zurück; er vernahm zuerst ungläubig, dann völlig außer sich, Corinnens klagende Stimme, und die bewußtlos Zusammensinkende in seine Arme nehmend, trug er sie unter die Arkaden des Königspalastes von Portici, wo er sie mit liebender Sorgfalt allmählig ins Leben zurückrief.

„Sie gelobten mir, nicht ohne mein Vorwissen mich zu verlassen", sagte sie, noch halb verwirrt, zu Oswald; „ich mag Ihnen jetzt Ihrer Liebe unwerth scheinen, aber was hat das mit der Einhaltung Ihres Versprechens zu thun?" —

„Corinna", antwortete Oswald, „noch nie hat der Gedanke, Sie zu verlassen, mein Herz erniedrigt; ich wollte nur über unsere Zukunft nachdenken, und mich besser sammeln, ehe ich Sie wiedersähe!" — „Nun also", sagte Corinna, indem sie ruhig zu scheinen versuchte, „Sie haben Zeit dazu gehabt, — während dieser drei tödtlichen Stunden, die mich fast das Leben kosteten, haben Sie Zeit dazu gehabt. Sprechen Sie, sagen Sie, was Sie beschlossen haben." — Ihr Ton, der so deutlich ihre Erschütterung verrieth, erschreckte Oswald. — „Corinna", sagte er, vor ihr niederkniend, „die Liebe Deines Freundes ist unverändert; was habe ich denn erfahren, das Dich mir entzaubern könnte? Aber höre mich an"; und da sie immer heftiger zitterte, fuhr er dringend fort: „Höre mich ohne Schrecken an, mich, der ja nicht leben könnte, wenn er Dich im Unglück wüßte." — „O", rief Corinna, „von meinem Glück also sprechen Sie

nur, und es handelt sich schon nicht mehr um das Ihre? Ich
weise Ihr Mitleid zwar nicht zurück, in diesem Augenblick habe
ich es nöthig; aber meinen Sie etwa, daß ich von ihm allein
leben möchte?" — „Nein, wir werden Beide von meiner Liebe
leben", sagte Oswald; „ich komme wieder ...." — „Sie
kommen wieder!" unterbrach ihn Corinna; „ach, so wollen Sie
also fort? Was ist denn geschehen, was ist denn verändert seit
gestern? O, ich Unglückselige!" — „Geliebteste, laß Dein Herz
nicht gleich so aufstürmen", sagte Oswald, „und gestatte mir, —
wenn ich's vermag, — Dir darzulegen, was ich überdacht habe;
es ist weniger, als Du fürchtest, viel weniger. Ich muß nur", erklärte er mit großer Anstrengung, „ich muß doch die Gründe
wissen, welche mein Vater vor sieben Jahren unserer Verbindung
entgegengesetzt haben kann; er hat mir nie davon gesprochen und
ich bin über diesen Punkt ohne jede Kenntniß; aber sein innigster
Freund, der noch in England lebt, wird mir angeben können,
was er einzuwenden hatte. Wenn es, wie ich glaube, nur geringe Nebenumstände betrifft, werde ich kein Gewicht darauf
legen, werde ich Dir verzeihen, daß Du Deines und meines Vaters
Land, ein so edles Vaterland, verlassen konntest. Die Liebe
wird Dich, hoffe ich, mit ihm verbinden, und Du wirst das
häusliche Glück und seine stille Tugend selbst dem Glanze Deines Genius vorziehen. Ich hoffe Alles, ich will Alles thun
Doch wenn mein Vater sich gegen Dich erklärte, Corinna,
will ich zwar nicht der Gatte einer Andern werden, aber niemals könnte ich der Deine sein." —

Oswald rang nach Fassung; seine Stirn bedeckte kalter
Schweiß; Corinna sah dies, und ergriff stumm seine Hand.
„Wie! Sie reisen!" sagte sie endlich. „Sie gehen nach England — ohne mich!" — Er schwieg. „Grausamer!" rief
sie verzweifelnd, „Sie antworten nichts, Sie bestreiten nicht,
was ich sage. Weh mir! so ist's denn wahr! Ach, indem
ich's sagte, glaubte ich es noch nicht." — „Ich habe, Dank
Ihnen, das Leben wiedergefunden, das zu verlieren ich nahe
daran war", erwiderte Oswald, „und dies Leben gehört während
des Krieges meinem Vaterlande. Darf ich mich mit Ihnen

verbinden, so verlassen wir uns nicht mehr, und ich werde Ihnen Ihren Namen und Ihre Existenz im Vaterlande wiedergeben. Ist dies glückliche Loos mir aber versagt, so kehre ich, bei eingetretenem Frieden, nach Italien zurück; ich würde dann lange an Ihrer Seite bleiben, und nichts weiter an Ihrem Schicksal ändern, als daß Sie einen treuen Freund mehr an mir hätten." — „Ach! Sie würden nichts weiter an meinem Geschicke ändern? Und sind doch der einzige Gedanke meines Lebens geworden, und haben mich doch diesen berauschenden Trank kosten lassen, nach welchem es nur Glück oder Tod giebt! Aber sagen Sie mir wenigstens, wann — wann wollen Sie reisen? wie viel Tage bleiben wir noch?" — „Geliebte, ich schwöre Dir, daß ich Dich vor drei Monaten nicht verlasse, und selbst dann ...... —" „Drei Monate!" rief Corinna, „eine so lange Zeit werde ich noch leben! Es ist viel, ich hoffte nicht so viel! Wir wollen gehen, mir ist jetzt besser; drei Monate — das ist ja eine Zukunft!" sagte sie mit einer Mischung von Freude und Trauer, die Oswald tief erschütterte. Darauf stiegen Beide schweigend in einen Wagen, der sie nach Neapel führte.

Zweites Kapitel.

Bei ihrer Ankunft im Gasthofe fanden sie den Fürsten Castel-Forte, ihrer wartend. Es hatte sich das Gerücht verbreitet, sie seien mit einander vermählt, und obgleich diese Nachricht dem Fürsten großen Schmerz verursachte, war er doch gekommen, um sich von der Wahrheit derselben zu überzeugen, und selbst jetzt noch, da sie für immer einem Andern gehörte, sich einen Platz neben ihr zu sichern. Mit großem Kummer bemerkte er Corinnens Schwermuth und äußerste Niedergeschlagenheit; er wagte indeß nicht sie zu fragen, da sie jeder Erwähnung dieses Gegenstandes auszuweichen schien. Es giebt einen Seelenzustand, in welchem man vor jeder Aussprache zurückscheut; ein Wort, das man sagt, oder hört, würde genügen, in unsern eigenen Augen die Täuschung zu zerreißen, die uns das Dasein noch erträglich macht. Und die Täuschung in leiden-

schaftlichen Gefühlen, welcher Art sie auch seien, hat das Eigenthümliche, daß man sich selber schont, wie man einen Freund
schonen würde, den man durch eine Aufklärung zu betrüben
fürchtet, und daß man, ohne es zu wissen, den eigenen Schmerz
unter den Schutz des eigenen Mitleids stellt.

Am folgenden Tage suchte Corinna heiter und theilnehmend
zu erscheinen; sie war ein sehr natürliches Weib, und wollte durchaus nicht mit ihrem Schmerze Effekt machen; auch glaubte sie,
das beste Mittel, um Oswald festzuhalten, sei, sich so liebenswürdig zu zeigen, wie sonst. Sie fing also mit Lebhaftigkeit
über einen interessanten Gegenstand zu sprechen an; plötzlich aber kam eine Art Abwesenheit über sie, und ihre Blicke
irrten ziellos umher. Sie, die sonst die Leichtigkeit der Rede
im allerhöchsten Grade besaß, zögerte in der Wahl der Worte,
und bediente sich zuweilen eines Ausdrucks, der zu dem, was sie
sagen wollte, nicht in geringster Beziehung stand. Sie lachte
dann über sich selbst, und während des Lachens füllten ihre
Augen sich mit Thränen. Oswald war in Verzweiflung über
dies durch ihn verursachte Elend; er wollte allein mit ihr reden,
aber sie mied sorgfältig jede Gelegenheit dazu.

„Was wollen Sie von mir wissen?" fragte sie ihn eines
Tages, als er dringend um eine Unterredung bat. „Es ist
schade um mich — was weiter? Ich empfand einigen Stolz auf
meine Talente, liebte den Erfolg, den Ruhm; und die Huldigungen selbst alltäglicher Menschen waren mein Ehrgeiz. Jetzt
frage ich nach nichts, und nicht das Glück hat mich von diesen
eitlen Freuden abgewendet, sondern die tiefste Entmuthigung.
Sie klage ich nicht an, es ist meine Schuld; vielleicht kann ich's
überwinden. Es ereignen sich ja so viele Dinge in dem Innersten
unserer Seele, die wir weder vorhersehen, noch lenken können!
Und ich sehe es ja, Oswald, und erkenne es an: Sie leiden mit
mir. Auch ich habe Mitleid mit Ihnen, und dies Gefühl ziemt
ja wohl uns Beiden. Ach! es kann sich auf Alles, was athmet,
erstrecken, ohne dabei viele Fehlgriffe zu begehen."

Oswald war damals nicht weniger niedergeschlagen, als
Corinna; er liebte sie sehr, doch hatte ihn ihre Geschichte in

seiner Weise zu denken und zu fühlen verletzt. Er glaubte, sein
Vater habe Alles vorhergesehen, Alles vorher erwogen, und
fürchtete, die väterliche Mahnung zu mißachten, wenn er Corinna
zur Gattin wähle. Indeß brachte er ihr auch nicht entsagen,
und so sah er sich in die Schwankungen zurückgetrieben, denen
er durch die Kenntniß ihrer Lebensverhältnisse zu entgehen
gehofft hatte. Sie ihrerseits hatte das Band der Ehe mit
Oswald nicht so sehr ersehnt, und wenn sie die Gewißheit
gehabt hätte, er werde sie nie verlassen, würde sie nichts Weiteres
für sich gewollt haben. Ihn aber kannte sie genug, um zu
wissen, daß er kein anderes Glück, als das im häuslichen Leben
begründete gelten lasse, und wenn er das Verlangen, sich mit
ihr zu vermählen, aufgeben könne, so vermöge er es, weil er sie
nicht mehr liebe. Oswalds Abreise nach England war ihr das
Todeszeichen; sie wußte, wie vielen Einfluß die Sitten und Meinungen seiner Heimat auf ihn hatten; mit seinem Plan, an
ihrer Seite in Italien zu leben, täuschte er sich selbst: klar sah
sie voraus, daß, wenn er sich erst wieder im Vaterlande aufgehalten, der Gedanke, es zum zweiten Male zu verlassen, ihm
entsetzlich sein werde. Ihre ganze Macht, das fühlte sie, lag in
ihrem Zauber, und was ist solche Macht in der Abwesenheit?
Was vermögen hohe, poetische Erinnerungen, wenn man von
allen Seiten durch die Wirklichkeit, durch die Gewalt einer Ge-
sellschaftsordnung umringt ist, die um so unerbittlicher zwingt,
als sie sich auf edle und reine Principien gründet!

Corinna, durch diese Ueberlegungen gefoltert, hätte gern
ihr Gefühl für Lord Nelvil einigermaßen verbergen mögen.
Sie suchte mit dem Fürsten über Literatur und Kunst und Alles,
was sie sonst interessirt hatte, zu reden; wenn aber Oswald ins
Zimmer trat mit seiner stolzen Haltung, mit dem schwermüthigen Blick auf sie, der zu sprechen schien „Warum willst Du
Dich von mir los machen?" dann war ihr Vorhaben vereitelt.
Hundertmal wollte sie ihm sagen, daß seine Unentschlossenheit
sie beleidige, daß sie entschieden sei, sich von ihm zu trennen;
wenn sie dann indeß wieder sah, wie er unter der Last seines
Schmerzes, gleich einem gebeugten Manne, den Kopf in die

23*

Hand stützte, wie er oft mit Anstrengung athmete, wie er am
Meeresstrand träumte, oder bei schöner Musik den Blick zum
Himmel wendete, — wenn sie diese stummen, für ihr Verständniß so wundersam beredten Weisen sah, dann hatte sie alle
Kraft verloren. Der Ton, der Gesichtsausdruck, eine gewisse
Anmuth der Bewegung — sie alle offenbaren der Liebe die
verborgensten Innerlichkeiten unserer Seele; und es ist wohl
gewiß, daß ein scheinbar so kalter Charakter, wie der Lord Nelvils, nur von der Frau, die ihn liebte, ergründet werden
konnte. Die Gleichgültigkeit kann nichts errathen, und beurtheilt nur das, was offen daliegt. In schweigender Beklemmung beschloß Corinna sogar, zu verfahren wie früher, als sie
zu lieben glaubte; sie rief ihren scharfen Beobachtungsgeist zu
Hülfe, der die geringsten Schwächen gewandt entdeckte, und
versuchte es ihrer Einbildungskraft abzunöthigen, daß sie ihr
Oswald in weniger hinreißender Gestalt zeige; aber sie fand
nichts an ihm, das nicht edel, rührend und einfach gewesen
wäre; und wie soll man es denn auch anfangen, sich den
Zauber eines durchaus klaren Charakters, eines vollkommen
natürlichen Geistes zu entstellen? Nur wo es Affektation entdeckt, kann das Herz so jäh und plötzlich erwachen — das
Herz, das nun erstaunt ist, hier geliebt zu haben.

Außerdem bestand zwischen Oswald und Corinna eine
wunderbare, allmächtige Sympathie. Sie hatten nicht die
gleiche Geschmacksrichtung, ihre Meinungen stimmten selten
überein, und dennoch lebte und webte es auf dem Grunde ihrer
Seele in geheimnißvoller Verwandtschaft, schöpfte dort das
Lebensgefühl aus gleicher Quelle, gab es dort allerlei verborgene Aehnlichkeit, die eine und dieselbe Natur vermuthen ließ,
wie sehr auch ihre äußerlichen Eigenschaften eine sehr von
einander abweichende Gestalt angenommen hatten. Und indem
also Corinna den Geliebten von Neuem beobachtete, ihn im
Einzelnen beurtheilte, mit aller Kraft gegen den empfangenen
Eindruck ankämpfte, hatte sie — das sah sie mit Schrecken —
sich nur von der Unabänderlichkeit ihrer Liebe für ihn überzeugt.

Sie schlug dem Fürsten Castel-Forte eine gemeinschaftliche Rückkehr nach Rom vor, und Lord Nelvil fühlte, daß sie auf diese Weise das Alleinsein mit ihm vermeiden wolle; dies betrübte ihn zwar, doch widersetzte er sich dem nicht; er wußte nicht mehr, ob das, was er für Corinna zu thun vermochte, zu ihrem Glücke ausreichend sein würde, und dieser Zweifel machte ihn zurückhaltend. Corinna ihrerseits hätte gewünscht, daß er sich gegen die Reisegesellschaft des Fürsten gesträubt hätte, doch sagte sie es nicht. Ihr Verhältniß zu einander war nicht mehr einfach, wie sonst; zwar gab es noch keine Verstellung zwischen ihnen, aber schon machte Corinna einen Vorschlag, den sie von Oswald verweigert sehen wollte; und so drängte sich allmählig etwas Unklares in eine Liebe, die ihnen seit sechs Monaten ein wolkenloses Glück gegeben hatte.

Als sie Capua und Gaeta wieder berührten, dieselben Orte, die so kurze Zeit vorher Corinnens Seligkeit gesehen, stiegen bittre Betrachtungen in ihr auf, und diese schöne, zu Glück und Lebensgenuß aufrufende Natur vermehrte jetzt nur ihre Trauer. Wenn dieser Himmel nicht Vergessenheit zu gewähren vermag, dann wahrlich erhöht sein lachender Anblick, durch den Gegensatz, nur das innere Leid. Bei köstlicher Abendkühle kamen sie nach Terracina; dasselbe Meer brach seine Wogen an denselben Felsen. Nach dem Abendessen verschwand Corinna; da sie lange nicht wiederkam, ging Oswald beunruhigt, hinaus und sein Herz führte ihn an die Stelle, wo sie auf der Hinreise geweilt hatten. Er fand Corinna neben dem Felsen knieend, auf dem sie damals gesessen, und als er jetzt zum Mond aufblickte, sah er ihn mit einer Wolke bedeckt, genau so, wie es vor zwei Monaten um dieselbe Stunde gewesen war. Corinna erhob sich, und deutete nach der Wolke. „Hatte ich nicht Recht, an jene Weissagung zu glauben?" sagte sie, „und ist es nicht wahr, daß es ein Mitgefühl im Himmel giebt? Er hat mir die Zukunft vorhergesagt, und heute, sehen Sie, heute trauert er um mich. Vergessen Sie nicht Acht zu geben, Oswald, ob nicht die gleiche Wolke über den Mond hinwegzieht, wenn ich sterbe." — „Corinna! Corinna! habe ich den tödtlichen Schmerz um

Sie verdient, habe ich ihn verdient? Noch mehr solcher Worte, und ich sinke zusammen. Was ist denn mein Verbrechen? Durch Ihre Denkungsart sind Sie eine von der öffentlichen Meinung unabhängige Frau. Sie leben in einem Lande, wo diese Meinung niemals strenge ist, und wäre sie es, so würde Ihr Geist sie zu verachten wissen. Ich will, was auch geschehe, mein Leben mit Ihnen zubringen; ich will es; woher also dieser Schmerz? Wenn ich Ihr Gatte nicht werden kann, ohne ein Andenken zu beleidigen, das mit gleicher Gewalt, wie Sie es thun, meine Seele beherrscht, würden Sie mich dann nicht genug lieben, um in meiner Zärtlichkeit, in meiner nie ermüdenden Ergebenheit noch Glück zu finden?" — „Oswald“, erwiderte Corinna, „wenn ich glauben könnte, daß wir uns nie verlassen, hätte ich nichts mehr zu wünschen, aber . . . .“ — „Haben Sie nicht den Ring, das heilige Pfand?“ — „Sie werden ihn zurückerhalten.“ — „Nein, niemals!“ rief er. „Ach, Sie werden ihn wiedererhalten, sobald Sie es wünschen; und wenn Sie aufhören mich zu lieben“, fuhr sie fort, „wird dieser Ring es mich wissen lassen. Sagt denn nicht ein alter Glaube, der Diamant sei treuer als der Mensch und sein Feuer erlösche, wenn der, welcher ihn gab, uns verrieth?“[28] „Corinna!“ rief Oswald, „Sie können von Untreue und Verrath sprechen? Ihr Geist umdunkelt sich, Sie kennen mich nicht mehr.“ — „Verzeihung, Oswald, Verzeihung!“ rief Corinna, „aber ein Herz in großer Leidenschaft ist mit wunderbarem Instinkt begabt, und seine Schmerzen werden zu Orakeln! Was bedeutet denn dies wehevolle Herzklopfen, das meine Brust durchbebt? O, mein Freund, wenn es mir nur den Tod verhieße, fürchtete ich's nicht!“

Nach diesen Worten entfernte sich Corinna sehr schnell, denn sie wollte keine längere Unterredung mit Oswald; sie gefiel sich durchaus nicht im Schmerz und vermied wo möglich die traurigen Eindrücke, aber sie kamen nur um so heftiger wieder, wenn sie sie zurückgedrängt hatte. Am folgenden Tage, als sie durch die pontinischen Sümpfe fuhren, hütete Oswald Corinna mit noch wärmerer Sorgfalt, als das erste Mal. Sie nahm es mit sanfter Dankbarkeit hin, aber aus ihrem Blicke sprach: „Warum willst Du mich nicht sterben lassen?"

Drittes Kapitel.

Wie öde erscheint Rom dem von Neapel Kommenden! Man fährt durch das Thor St. Johann vom Lateran in die Stadt, dann lange, einsame Straßen hinunter. Das Geräusch von Neapel, seine Uebervölkerung und ihr lärmendes Treiben machen einen gewissen Grad von Unruhe zur Gewohnheit, nach welcher Rom anfangs ungemein öde erscheint. Nach einigen Tagen Aufenthalts gefällt man sich dort von Neuem. Wer aber einmal an ein zerstreuendes Leben gewöhnt ist, kehrt immer mit einem Gefühl der Schwermuth in sich selbst zurück, auch wenn man sich dabei zufrieden fühlt. Außerdem ist der Aufenthalt in Rom zu Ende des Juli, in welcher Jahreszeit man sich damals befand, sehr gefährlich. Einige Stadt-Viertel sind dann durch die un-gesunden Dünste ganz unbewohnbar gemacht; nicht selten breiten sich die Fieber über die ganze Stadt aus. In diesem Jahre hatte man noch größere Besorgnisse, als gewöhnlich, und auf den meisten Gesichtern lag der Ausdruck geheimen Schreckens.

Bei ihrer Ankunft fand Corinna vor der Thür einen Mönch, der sie um die Erlaubniß bat, ihr Haus segnen zu dürfen, um es vor Ansteckung zu bewahren. Corinna gestattete es gern, und der Priester ging, Weihwasser sprengend und lateinische Gebete murmelnd, durch alle Zimmer. Lord Nelvil lächelte ein wenig über diese Ceremonie; Corinna war davon gerührt. „Für mich", sagte sie, „liegt ein unbeschreiblicher Reiz in allen diesen religiösen, ich möchte fast sagen abergläubischen Gebräu-chen, vorausgesetzt, solch ein Aberglaube enthalte nichts Feind-liches, Unduldsames; der göttliche Beistand ist ja so nothwendig, wenn Gedanken und Empfindungen aus dem alltäglichen Kreislauf des Lebens heraustreten! Grade bei hervorragenden Geistern verstehe ich das Bedürfniß nach übernatürlichem Schutz." — „Solch Bedürfniß ist ohne Zweifel vorhanden", erwiderte Lord Nelvil; „aber kann es auf diese Art befriedigt werden?" — „Ich weise nie ein Gebet zurück, das sich mit dem meinigen vereinigen will, es komme mir, woher es wolle", antwortete Corinna. „Sie haben Recht", sagte Lord Nelvil, und der Armen und Kranken gedenkend, reichte er dem schüchternen, alten Mönche seine Börse hin; dieser entfernte sich mit Segenswünschen für das zurückbleibende Paar.

Sobald Corinnens Freunde ihre Heimkehr erfuhren, suchten sie sie eilig auf; Niemand wunderte sich, daß sie nicht als Oswalds Gemahlin wiederkam, Niemand wenigstens fragte nach den Hindernissen, welche dieser Verbindung im Wege gestanden hatten. Die Freude, sie wiederzuhaben, war zu groß, um Nebengedanken aufkommen zu lassen. Corinna war bemüht, sich ganz unverändert zu zeigen; doch gelang ihr das nicht, und sie fand ihre Schmerzen in Allem wieder, was sie unternahm. Sie suchte die Antiken- und Gemäldesammlungen, das Grab der Cäcilia Metella, den Garten der Villa Borghese wieder auf, aber der Aufenthalt an diesen sonst so geliebten Orten that ihr nur weh. Sie verstand das süße Genießen nicht mehr, das uns zwar über die Flüchtigkeit aller Lebensfreuden nicht täuschen kann, das uns aber lehrt, sie desto dankbarer aufzunehmen. Ein einziger, schwerer Gedanke lag drückend auf ihrem bangen Herzen, und die Natur, die nur Allgemeines sagt, hat keine Worte für ein übermächtiges, persönliches Leid.

Auch Oswalds und Corinnens gegenseitiger Verkehr litt jetzt unter einem peinlichen Zwang, der indeß noch nicht das ausgesprochene Unglück war; dieses erleichtert mit seinen heftigen Erschütterungen oft die gepreßte Brust und läßt aus dem Gewittersturme einen Blitz hervorleuchten, der Alles aufklären kann. Es war gegenseitige Zurückhaltung, es waren vergebliche Versuche den auf Beiden lastenden Umständen zu entrinnen, was ihnen ein wenig Unzufriedenheit miteinander gab. Kann man denn leiden, ohne anzuklagen, was man liebt? Und genügte es nicht eines Blickes, eines Tones, um Alles vergessen zu machen? Aber dieser Blick, dieser Ton, sie kommen nicht, wenn sie erwartet werden; sie fehlen, wenn sie nöthig sind. Nichts ist begründet in der Liebe; sie ist eine göttliche

Macht, die in uns denkt und fühlt, ohne daß wir sie beeinflussen können.

In Rom griff jetzt plötzlich eine seit langer Zeit nicht mehr aufgetretene, ansteckende Krankheit um sich. Eine junge Frau erlag derselben, und Freunde und Familie, die sie nicht hatten verlassen wollen, starben mit ihr; das Nachbarhaus wurde vom gleichen Schicksal betroffen. Unausgesetzt war jene weißgekleidete Brüderschaft Roms in den Straßen zu sehen, welche verschleierten Angesichtes die Gestorbenen in die Kirchen trägt, — Todte, von Schatten getragen. Jene liegen mit unverhüllten Gesichtern auf einer Art von Bahre; nur über die Füße wirft man ihnen einen gelben oder rosenfarbenen Atlas, und oft spielen Kinder mit den erstarrten Händen des Hingeschiedenen. Derartige, zugleich schreckliche und anheimelnde Scenen werden von düstern, einförmig hingemurmelten Psalmen begleitet, denen alle Modulation fehlt, und in welchen nichts mehr von dem Klang einer menschlichen Seele zu finden ist.

Eines Abends, als Corinna mit Lord Nelvil allein war, und er eben sehr von ihrer schmerzlich befangenen Haltung litt, erhoben sich unter den Fenstern die ernsten, gedehnten Trauerklänge eines Leichenbegängnisses; sie hörten einige Zeitlang schweigend zu. „Vielleicht", sagte Oswald zu Corinna, „vielleicht erfaßt auch mich morgen diese unerbittliche Krankheit, und Sie würden es dann bereuen, Ihrem Freund am letzten Tage seines Lebens nicht ein paar herzliche Worte gesagt zu haben. Corinna, uns Beide kann der Tod treffen; ist's denn nicht an dem Unvermeidlichen genug, müssen wir uns noch gegenseitig das Herz zerreißen?" Corinna, nun plötzlich von dem Gedanken an die Gefahr erschreckt, welcher Oswald inmitten dieser Seuche ausgesetzt sei, flehte ihn an, Rom zu verlassen. Er weigerte es auf das Bestimmteste. Darauf schlug sie eine gemeinsame Reise vor, und in diese willigte er offenbar sehr gern; denn er zitterte während dieser Epidemie schon längst für Corinnens Leben.

Ihre Abreise wurde auf den übermorgenden Tag festge-

schaftlichen Gefühlen, welcher Art sie auch seien, hat das Eigenthümliche, daß man sich selber schont, wie man einen Freund
schonen würde, den man durch eine Aufklärung zu betrüben
fürchtet, und daß man, ohne es zu wissen, den eigenen Schmerz
unter den Schutz des eigenen Mitleids stellt.

Am folgenden Tage suchte Corinna heiter und theilnehmend
zu erscheinen; sie war ein sehr natürliches Weib, und wollte durchaus nicht mit ihrem Schmerze Effekt machen; auch glaubte sie,
das beste Mittel, um Oswald festzuhalten, sei, sich so liebenswürdig zu zeigen, wie sonst. Sie fing also mit Lebhaftigkeit
über einen interessanten Gegenstand zu sprechen an; plötzlich aber kam eine Art Abwesenheit über sie, und ihre Blicke
irrten ziellos umher. Sie, die sonst die Leichtigkeit der Rede
im allerhöchsten Grade besaß, zögerte in der Wahl der Worte,
und bediente sich zuweilen eines Ausdrucks, der zu dem, was sie
sagen wollte, nicht in geringster Beziehung stand. Sie lachte
dann über sich selbst, und während des Lachens füllten ihre
Augen sich mit Thränen. Oswald war in Verzweiflung über
dies durch ihn verursachte Elend; er wollte allein mit ihr reden,
aber sie mied sorgfältig jede Gelegenheit dazu.

„Was wollen Sie von mir wissen?" fragte sie ihn eines
Tages, als er dringend um eine Unterredung bat. „Es ist
schade um mich — was weiter? Ich empfand einigen Stolz auf
meine Talente, liebte den Erfolg, den Ruhm; und die Huldigungen selbst alltäglicher Menschen waren mein Ehrgeiz. Jetzt
frage ich nach nichts, und nicht das Glück hat mich von diesen
eitlen Freuden abgewendet, sondern die tiefste Entmuthigung.
Sie klage ich nicht an, es ist meine Schuld; vielleicht kann ich's
überwinden. Es ereignen sich ja so viele Dinge in dem Innersten
unserer Seele, die wir weder vorhersehen, noch lenken können!
Und ich sehe es ja, Oswald, und erkenne es an: Sie leiden mit
mir. Auch ich habe Mitleid mit Ihnen, und dies Gefühl ziemt
ja wohl uns Beiden. Ach! es kann sich auf Alles, was athmet,
erstrecken, ohne dabei viele Fehlgriffe zu begehen."

Oswald war damals nicht weniger niedergeschlagen, als
Corinna; er liebte sie sehr, doch hatte ihn ihre Geschichte in

seiner Weise zu denken und zu fühlen verletzt. Er glaubte, sein
Vater habe Alles vorhergesehen, Alles vorher erwogen, und
fürchtete, die väterliche Mahnung zu mißachten, wenn er Corinna
zur Gattin wähle. Indeß konnte er ihr auch nicht entsagen,
und so sah er sich in die Schwankungen zurückgetrieben, denen
er durch die Kenntniß ihrer Lebensverhältniße zu entgehen
gehofft hatte. Sie ihrerseits hatte das Band der Ehe mit
Oswald nicht so sehr ersehnt, und wenn sie die Gewißheit
gehabt hätte, er werde sie nie verlaßen, würde sie nichts Weiteres
für sich gewollt haben. Ihn aber kannte sie genug, um zu
wissen, daß er kein anderes Glück, als das im häuslichen Leben
begründete gelten laße, und wenn er das Verlangen, sich mit
ihr zu vermählen, aufgeben könne, so vermöge er es, weil er sie
nicht mehr liebe. Oswalds Abreise nach England war ihr das
Todeszeichen; sie wußte, wie vielen Einfluß die Sitten und Meinungen seiner Heimat auf ihn hatten; mit seinem Plan, an
ihrer Seite in Italien zu leben, täuschte er sich selbst; klar sah
sie voraus, daß, wenn er sich erst wieder im Vaterlande aufgehalten, der Gedanke, es zum zweiten Male zu verlaßen, ihm
entsetzlich sein werde. Ihre ganze Macht, das fühlte sie, lag in
ihrem Zauber, und was ist solche Macht in der Abwesenheit?
Was vermögen hohe, poetische Erinnerungen, wenn man von
allen Seiten durch die Wirklichkeit, durch die Gewalt einer Ge-
sellschaftsordnung umringt ist, die um so unerbittlicher zwingt,
als sie sich auf edle und reine Principien gründet!

Corinna, durch diese Ueberlegungen gefoltert, hätte gern
ihr Gefühl für Lord Nelvil einigermaßen verbergen mögen.
Sie suchte mit dem Fürsten über Literatur und Kunst und Alles,
was sie sonst interessirt hatte, zu reden; wenn aber Oswald ins
Zimmer trat mit seiner stolzen Haltung, mit dem schwermüthigen Blick auf sie, der zu sprechen schien „Warum willst Du
Dich von mir los machen?" dann war ihr Vorhaben vereitelt.
Hundertmal wollte sie ihm sagen, daß seine Unentschloßenheit
sie beleidige, daß sie entschieden sei, sich von ihm zu trennen;
wenn sie dann indeß wieder sah, wie er unter der Last seines
Schmerzes, gleich einem gebeugten Manne, den Kopf in die

Hand stützte, wie er oft mit Anstrengung athmete, wie er am
Meeresstrand träumte, oder bei schöner Musik den Blick zum
Himmel wendete, — wenn sie diese stummen, für ihr Verständniß so wundersam beredten Weisen sah, dann hatte sie alle
Kraft verloren. Der Ton, der Gesichtsausdruck, eine gewisse
Anmuth der Bewegung — sie alle offenbaren der Liebe die
verborgensten Innerlichkeiten unserer Seele; und es ist wohl
gewiß, daß ein scheinbar so kalter Charakter, wie der Lord Nelvils, nur von der Frau, die ihn liebte, ergründet werden
konnte. Die Gleichgültigkeit kann nichts errathen, und beurtheilt nur das, was offen daliegt. In schweigender Beklemmung beschloß Corinna sogar, zu verfahren wie früher, als sie
zu lieben glaubte; sie rief ihren scharfen Beobachtungsgeist zu
Hülfe, der die geringsten Schwächen gewandt entdeckte, und
versuchte es ihrer Einbildungskraft abzunöthigen, daß sie ihr
Oswald in weniger hinreißender Gestalt zeige; aber sie fand
nichts an ihm, das nicht edel, rührend und einfach gewesen
wäre; und wie soll man es denn auch anfangen, sich den
Zauber eines durchaus klaren Charakters, eines vollkommen
natürlichen Geistes zu entstellen? Nur wo es Affektation entdeckt, kann das Herz so jäh und plötzlich erwachen — das
Herz, das nun erstaunt ist, hier geliebt zu haben.

Außerdem bestand zwischen Oswald und Corinna eine
wunderbare, allmächtige Sympathie. Sie hatten nicht die
gleiche Geschmacksrichtung, ihre Meinungen stimmten selten
überein, und dennoch lebte und webte es auf dem Grunde ihrer
Seele in geheimnißvoller Verwandtschaft, schöpfte dort das
Lebensgefühl aus gleicher Quelle, gab es dort allerlei verborgene Aehnlichkeit, die eine und dieselbe Natur vermuthen ließ,
wie sehr auch ihre äußerlichen Eigenschaften eine sehr von
einander abweichende Gestalt angenommen hatten. Und indem
also Corinna den Geliebten von Neuem beobachtete, ihn im
Einzelnen beurtheilte, mit aller Kraft gegen den empfangenen
Eindruck ankämpfte, hatte sie — das sah sie mit Schrecken —
sich nur von der Unabänderlichkeit ihrer Liebe für ihn überzeugt.

Sie schlug dem Fürsten Castel-Forte eine gemeinschaftliche Rückkehr nach Rom vor, und Lord Nelvil fühlte, daß sie auf diese Weise das Alleinsein mit ihm vermeiden wolle; dies betrübte ihn zwar, doch widersetzte er sich dem nicht; er wußte nicht mehr, ob das, was er für Corinna zu thun vermochte, zu ihrem Glücke ausreichend sein würde, und dieser Zweifel machte ihn zurückhaltend. Corinna ihrerseits hätte gewünscht, daß er sich gegen die Reisegesellschaft des Fürsten gesträubt hätte, doch sagte sie es nicht. Ihr Verhältniß zu einander war nicht mehr einfach, wie sonst; zwar gab es noch keine Verstellung zwischen ihnen, aber schon machte Corinna einen Vorschlag, den sie von Oswald verweigert sehen wollte; und so drängte sich allmählig etwas Unklares in eine Liebe, die ihnen seit sechs Monaten ein wolkenloses Glück gegeben hatte.

Als sie Capua und Gaeta wieder berührten, dieselben Orte, die so kurze Zeit vorher Corinnens Seligkeit gesehen, stiegen bittre Betrachtungen in ihr auf, und diese schöne, zu Glück und Lebensgenuß aufrufende Natur vermehrte jetzt nur ihre Trauer. Wenn dieser Himmel nicht Vergessenheit zu gewähren vermag, dann wahrlich erhöht sein lachender Anblick, durch den Gegensatz, nur das innere Leid. Bei köstlicher Abendkühle kamen sie nach Terracina; dasselbe Meer brach seine Wogen an denselben Felsen. Nach dem Abendessen verschwand Corinna; da sie lange nicht wiederkam, ging Oswald beunruhigt, hinaus und sein Herz führte ihn an die Stelle, wo sie auf der Hinreise geweilt hatten. Er fand Corinna neben dem Felsen knieend, auf dem sie damals gesessen, und als er jetzt zum Mond aufblickte, sah er ihn mit einer Wolke bedeckt, genau so, wie es vor zwei Monaten um dieselbe Stunde gewesen war. Corinna erhob sich, und deutete nach der Wolke. „Hatte ich nicht Recht, an jene Weissagung zu glauben?" sagte sie, „und ist es nicht wahr, daß es ein Mitgefühl im Himmel giebt? Er hat mir die Zukunft vorhergesagt, und heute, sehen Sie, heute trauert er um mich. Vergessen Sie nicht Acht zu geben, Oswald, ob nicht die gleiche Wolke über den Mond hinwegzieht, wenn ich sterbe." — „Corinna! Corinna! habe ich den tödtlichen Schmerz um

Sie verdient, habe ich ihn verdient? Noch mehr solcher Worte,
und ich sinke zusammen. Was ist denn mein Verbrechen?
Durch Ihre Denkungsart sind Sie eine von der öffentlichen
Meinung unabhängige Frau. Sie leben in einem Lande, wo
diese Meinung niemals strenge ist, und wäre sie es, so würde
Ihr Geist sie zu verachten wissen. Ich will, was auch geschehe,
mein Leben mit Ihnen zubringen; ich will es; woher also dieser
Schmerz? Wenn ich Ihr Gatte nicht werden kann, ohne ein Andenken zu beleidigen, das mit gleicher Gewalt, wie Sie es thun,
meine Seele beherrscht, würden Sie mich dann nicht genug
lieben, um in meiner Zärtlichkeit, in meiner nie ermüdenden
Ergebenheit noch Glück zu finden?" — „Oswald", erwiderte
Corinna, „wenn ich glauben könnte, daß wir uns nie verlassen,
hätte ich nichts mehr zu wünschen, aber . . . ." — „Haben
Sie nicht den Ring, das heilige Pfand?" — „Sie werden ihn
zurückerhalten." — „Nein, niemals!" rief er. „Ach, Sie werden
ihn wiedererhalten, sobald Sie es wünschen; und wenn Sie
aufhören mich zu lieben", fuhr sie fort, „wird dieser Ring es
mich wissen lassen. Sagt denn nicht ein alter Glaube, der
Diamant sei treuer als der Mensch und sein Feuer erlösche,
wenn der, welcher ihn gab, uns verrieth?"[28) „Corinna!"
rief Oswald, „Sie können von Untreue und Verrath sprechen?
Ihr Geist umdunkelt sich, Sie kennen mich nicht mehr."
— „Verzeihung, Oswald, Verzeihung!" rief Corinna, „aber
ein Herz in großer Leidenschaft ist mit wunderbarem Instinkt begabt, und seine Schmerzen werden zu Orakeln! Was bedeutet
denn dies wehevolle Herzklopfen, das meine Brust durchbebt?
O, mein Freund, wenn es mir nur den Tod verhieße, fürchtete
ich's nicht!"

Nach diesen Worten entfernte sich Corinna sehr schnell,
denn sie wollte keine längere Unterredung mit Oswald; sie gefiel
sich durchaus nicht im Schmerz und vermied wo möglich die
traurigen Eindrücke, aber sie kamen nur um so heftiger wieder,
wenn sie sie zurückgedrängt hatte. Am folgenden Tage, als sie
durch die pontinischen Sümpfe fuhren, hütete Oswald Corinna
mit noch wärmerer Sorgfalt, als das erste Mal. Sie nahm es

mit sanfter Dankbarkeit hin, aber aus ihrem Blicke sprach: „Warum willst Du mich nicht sterben lassen?"

Drittes Kapitel.

Wie öde erscheint Rom dem von Neapel Kommenden! Man fährt durch das Thor St. Johann vom Lateran in die Stadt, dann lange, einsame Straßen hinunter. Das Geräusch von Neapel, seine Uebervölkerung und ihr lärmendes Treiben machen einen gewissen Grad von Unruhe zur Gewohnheit, nach welcher Rom anfangs ungemein öde erscheint. Nach einigen Tagen Aufenthalts gefällt man sich dort von Neuem. Wer aber einmal an ein zerstreuendes Leben gewöhnt ist, kehrt immer mit einem Gefühl der Schwermuth in sich selbst zurück, auch wenn man sich dabei zufrieden fühlt. Außerdem ist der Aufenthalt in Rom zu Ende des Juli, in welcher Jahreszeit man sich damals befand, sehr gefährlich. Einige Stadt-Viertel sind dann durch die ungesunden Dünste ganz unbewohnbar gemacht; nicht selten breiten sich die Fieber über die ganze Stadt aus. In diesem Jahre hatte man noch größere Besorgnisse, als gewöhnlich, und auf den meisten Gesichtern lag der Ausdruck geheimen Schreckens.

Bei ihrer Ankunft fand Corinna vor der Thür einen Mönch, der sie um die Erlaubniß bat, ihr Haus segnen zu dürfen, um es vor Ansteckung zu bewahren. Corinna gestattete es gern, und der Priester ging, Weihwasser sprengend und lateinische Gebete murmelnd, durch alle Zimmer. Lord Nelvil lächelte ein wenig über diese Ceremonie; Corinna war davon gerührt. „Für mich", sagte sie, „liegt ein unbeschreiblicher Reiz in allen diesen religiösen, ich möchte fast sagen abergläubischen Gebräuchen, vorausgesetzt, solch ein Aberglaube enthalte nichts Feindliches, Unduldsames; der göttliche Beistand ist ja so nothwendig, wenn Gedanken und Empfindungen aus dem alltäglichen Kreislauf des Lebens heraustreten! Grade bei hervorragenden Geistern verstehe ich das Bedürfniß nach übernatürlichem Schutz." — „Solch Bedürfniß ist ohne Zweifel vorhanden", erwiderte Lord Nelvil; „aber kann es auf diese Art befriedigt

werden?" — „Ich weise nie ein Gebet zurück, das sich mit dem
meinigen vereinigen will, es komme mir, woher es wolle", antwortete Corinna. „Sie haben Recht", sagte Lord Nelvil, und
der Armen und Kranken gedenkend, reichte er dem schüchternen,
alten Mönche seine Börse hin; dieser entfernte sich mit Segenswünschen für das zurückbleibende Paar.

Sobald Corinnens Freunde ihre Heimkehr erfuhren, suchten
sie sie eilig auf; Niemand wunderte sich, daß sie nicht als Oswalds Gemahlin wiederkam, Niemand wenigstens fragte nach
den Hindernissen, welche dieser Verbindung im Wege gestanden
hatten. Die Freude, sie wiederzuhaben, war zu groß, um
Nebengedanken aufkommen zu lassen. Corinna war bemüht,
sich ganz unverändert zu zeigen; doch gelang ihr das nicht, und
sie fand ihre Schmerzen in Allem wieder, was sie unternahm.
Sie suchte die Antiken- und Gemäldesammlungen, das Grab
der Cäcilia Metella, den Garten der Villa Borghese wieder
auf, aber der Aufenthalt an diesen sonst so geliebten Orten that
ihr nur weh. Sie verstand das süße Genießen nicht mehr, das
uns zwar über die Flüchtigkeit aller Lebensfreuden nicht täuschen
kann, das uns aber lehrt, sie desto dankbarer aufzunehmen.
Ein einziger, schwerer Gedanke lag drückend auf ihrem bangen
Herzen, und die Natur, die nur Allgemeines sagt, hat keine
Worte für ein übermächtiges, persönliches Leid.

Auch Oswalds und Corinnens gegenseitiger Verkehr litt
jetzt unter einem peinlichen Zwang, der indeß noch nicht das
ausgesprochene Unglück war; dieses erleichtert mit seinen heftigen
Erschütterungen oft die gepreßte Brust und läßt aus dem Gewittersturme einen Blitz hervorleuchten, der Alles aufklären
kann. Es war gegenseitige Zurückhaltung, es waren vergebliche Versuche den auf Beiden lastenden Umständen zu entrinnen, was ihnen ein wenig Unzufriedenheit miteinander gab.
Kann man denn leiden, ohne anzuklagen, was man liebt?
Und genügte es nicht eines Blickes, eines Tones, um Alles
vergessen zu machen? Aber dieser Blick, dieser Ton, sie kommen
nicht, wenn sie erwartet werden; sie fehlen, wenn sie nöthig
sind. Nichts ist begründet in der Liebe; sie ist eine göttliche

Macht, die in uns denkt und fühlt, ohne daß wir sie beeinflussen können.

In Rom griff jetzt plötzlich eine seit langer Zeit nicht mehr aufgetretene, ansteckende Krankheit um sich. Eine junge Frau erlag derselben, und Freunde und Familie, die sie nicht hatten verlassen wollen, starben mit ihr; das Nachbarhaus wurde vom gleichen Schicksal betroffen. Unausgesetzt war jene weißgekleidete Brüderschaft Roms in den Straßen zu sehen, welche verschleierten Angesichtes die Gestorbenen in die Kirchen trägt, — Todte, von Schatten getragen. Jene liegen mit unverhüllten Gesichtern auf einer Art von Bahre; nur über die Füße wirft man ihnen einen gelben oder rosenfarbenen Atlas, und oft spielen Kinder mit den erstarrten Händen des Hingeschiedenen. Derartige, zugleich schreckliche und anheimelnde Scenen werden von düstern, einförmig hingemurmelten Psalmen begleitet, denen alle Modulation fehlt, und in welchen nichts mehr von dem Klang einer menschlichen Seele zu finden ist.

Eines Abends, als Corinna mit Lord Nelvil allein war, und er eben sehr von ihrer schmerzlich befangenen Haltung litt, erhoben sich unter den Fenstern die ernsten, gedehnten Trauerklänge eines Leichenbegängnisses; sie hörten einige Zeitlang schweigend zu. „Vielleicht", sagte Oswald zu Corinna, „vielleicht erfaßt auch mich morgen diese unerbittliche Krankheit, und Sie würden es dann bereuen, Ihrem Freund am letzten Tage seines Lebens nicht ein paar herzliche Worte gesagt zu haben. Corinna, uns Beide kann der Tod treffen; ist's denn nicht an dem Unvermeidlichen genug, müssen wir uns noch gegenseitig das Herz zerreißen?" Corinna, nun plötzlich von dem Gedanken an die Gefahr erschreckt, welcher Oswald inmitten dieser Seuche ausgesetzt sei, flehte ihn an, Rom zu verlassen. Er weigerte es auf das Bestimmteste. Darauf schlug sie eine gemeinsame Reise vor, und in diese willigte er offenbar sehr gern; denn er zitterte während dieser Epidemie schon längst für Corinnens Leben.

Ihre Abreise wurde auf den übermorgenden Tag festge-

setzt; in der Frühe dieses Tages aber erhielt Lord Nelvil, der
durch einen befreundeten Engländer, welcher Rom eben verließ, abgehalten worden war, Corinna seit dem vorgestrigen
Abend zu sprechen, einen Brief von dieser, in welchem sie ihm
schrieb, daß eine ebenso dringende als unerwartete Angelegenheit sie nöthige, nach Florenz zu reisen, und daß sie ihm also
erst in vierzehn Tagen nach Benedig folgen könne; sie bat
ihn, über Ancona zu gehen, und gab ihm dorthin einen scheinbar
recht wichtigen Auftrag. Der Brief war liebevoll und ruhig
abgefaßt, und seit Neapel hatte Oswald Corinnens Rede nicht
so zärtlich und so heiter gefunden. Er glaubte deshalb an den
Inhalt ihrer Zeilen und schickte sich bereits zur Abreise an, als
es ihm einfiel, Corinnens Haus, ehe er Rom verlasse, noch einmal sehen zu wollen. Er geht hin und findet die Thür verschlossen; erst nach längerem Klopfen öffnet ihm die alte Hüterin
des Hauses, berichtet, daß die Herrin mit ihrer ganzen Dienerschaft verreist sei, und steht allen weiteren Fragen Oswalds nicht
Rede. Er begiebt sich zum Fürsten Castel-Forte, der ihm nichts
von Corinna sagen kann, und auf das Aeußerste über eine Abreise verwundert ist, von welcher er nichts erfahren. Nun
bemächtigt sich Oswalds die größeste Unruhe, und er beschließt,
den in Tivoli wohnenden Haushofmeister Corinnens, der doch
irgend welche Befehle erhalten haben mußte, aufzusuchen. Mit
einer Schnelligkeit, die nur der Ausdruck seiner innern Aufregung war, erreicht er die Villa; alle Thüren stehen offen, und
ohne Jemand anzutreffen, dringt er bis zu Corinnens Zimmer
vor; hier findet er sie, im Halbdunkel auf ihrem Bette liegend,
und nur Theresina an ihrer Seite. Er stößt einen Schrei aus,
der Corinna zum Bewußtsein bringt, und als sie ihn nun gewahrt,
richtet sie sich mit abwehrender Bewegung auf. „Kommen Sie
mir nicht nahe", ruft sie, „ich verbiete es Ihnen; ich sterbe, wenn
Sie mich anrühren." — Oswald war entsetzt, völlig verwirrt;
schien es doch, als beschuldige die Geliebte ihn irgend eines
Verbrechens, als hasse, als verachte sie ihn. An ihrem Bette
niederknieend, richtete er so verzweifelnde, so unklare Fragen an
sie, daß Corinna plötzlich auf den Gedanken kam, seinen Irr-

thum zu benützen: wie einem strafbaren Verräther gebot sie
ihm, sich auf immer von ihr zu entfernen.

Bestürzt, beleidigt, wollte er hinaus. „Ach, Mylord, Sie
werden doch meine arme Herrin nicht verlassen?" rief jetzt Theresina. „Sie hat all ihre Leute fortgeschickt, und selbst meine
Pflege wollte sie zurückweisen, denn sie hat die ansteckende Krankheit." — Jetzt verstand Oswald Corinnens edle, selbstver-
läugnende List, und mit einem Entzücken, mit einer Rührung,
wie er sie nie empfunden, sank er an das Herz der Geliebten.
Umsonst stieß diese ihn zurück, umsonst schalt sie entrüstet auf
Theresina, die von Oswald gebieterisch hinausgeschickt wurde.
Er schloß Corinna in seine Arme, bedeckte sie mit Thränen und
Küssen. „Jetzt", rief er, „jetzt stirbst Du nicht ohne mich! und
wenn das unselige Gift in Deinen Adern fließt, dann, Dank dem
Himmel, dann habe ich es wenigstens an Deiner Brust mit ein-
geathmet." — „Grausamer! Geliebter! zu welcher Qual ver-
urtheilst Du mich! O mein Gott! weil er ohne mich nicht leben
will, wirst du nicht dulden, daß er sterbe." Nach diesen Worten
hatten Corinnens Kräfte sie auch schon wieder verlassen. Acht
Tage lang schwebte sie in höchster Gefahr, und in all ihren
Fantasien gedachte sie immer nur seiner. „Man soll Oswald
von mir entfernen. Er darf mich nicht berühren! Man muß
ihm verbergen, wo ich bin." Als sie wieder bei Sinnen war,
galt ihr erstes Wort dem Geliebten. „Oswald; Du bist da!"
sagte sie, „im Tode, wie im Leben, werden wir also vereinigt
sein." — Und als sie ihn so blaß sah, gerieth sie in die töbtlichste
Angst, und flehte um seinetwillen die Aufmerksamkeit der Aerzte
an, die ihr den seltenen Beweis von Freundschaft gegeben
hatten, sie nicht zu verlassen.

Oswald hielt unaufhörlich ihre glühenden Hände in den
seinen; er leerte den Becher, den sie zur Hälfte ausgetrunken,
er suchte mit solcher Begier die Gefahr der Freundin zu
theilen, daß diese selbst darauf verzichtete seine leidenschaftliche
Hingebung zu bekämpfen, und ihren Kopf auf seinen Arm
lehnend ihn gewähren ließ. Kann denn die Zusammengehörigkeit
zweier Menschen, welche sich genug lieben, um einzusehen, daß

sie das Leben ohne einander nicht ertragen würden, kann sie nicht so weit gehen, um sie dem Tode, wie allem Andern gemeinsam entgegen zu führen?[29]. Glücklicherweise blieb Oswald von der Ansteckung verschont, und Corinna genas. Aber ein anderes Uebel war tiefer, denn je, in ihr Herz gedrungen: die von dem Freunde ihr bewiesene Großmuth und Liebe verdoppelten, wenn es noch möglich war, ihre Leidenschaft für ihn.

Viertes Kapitel.

Corinna und Lord Nelvil nahmen nun den Entschluß, nach Benedig zu reisen, um Roms todbringender Luft zu entgehen, von Neuem wieder auf. Ueber ihre weiteren Zukunftspläne beobachteten sie das frühere Stillschweigen, aber mit größerer Zärtlichkeit, denn je, gaben sie sich dem Ausdruck ihrer Liebe hin, und Corinna vermied nicht weniger sorgfältig, als der Freund, ein Thema zu berühren, das so leicht den göttlichen Frieden ihres Verkehrs stören konnte. Welch einen Glückesreichthum barg so ein mit ihm verlebter Tag! Mit welchem Entzücken genoß er die Unterhaltungen der Geliebten, folgte er ihren Bewegungen, errieth er ihre geringsten Wünsche, und dies Alles mit so beständigem, so anhaltendem Interesse, daß ein anderes Leben für ihn undenkbar schien, daß es unmöglich schien, er könne so viel Glück gewähren, ohne selbst glücklich zu sein. Corinna schöpfte Sicherheit aus der eigenen, tief empfundenen Beseligung. Wer eine Zeitlang in solchem Zustand lebt, glaubt endlich, dieser sei vom Dasein unzertrennlich, sei das wahre, eigentliche Leben. Er irrt. Corinnens Herzensangst hatte sich nur wieder beruhigt, und ihre Sorglosigkeit kam ihr noch einmal zu Hülfe.

Ihr letzter Tag in Rom fand sie indessen doch in tiefer Schwermuth, sie fürchtete und wünschte es für immer zu verlassen. In der Nacht vor dem Morgen der Abreise hörte sie eine singende Schaar Römer und Römerinnen unter ihren Fenstern vorüberziehen. Schlafen konnte sie doch nicht, so widerstand sie dem Verlangen nicht, es Jenen nachzuthun und noch einmal auf diese Art ihre geliebte Stadt zu durchwandern.

Sie kleidete sich an, ließ Wagen und Diener in einiger Entfernung folgen, und dicht in einen Schleier gehüllt, der sie unkenntlich machte, erreichte sie bald bis auf wenige Schritte den fröhlichen Trupp, welcher auf der Engelsbrücke, gegenüber dem Mausoleum Hadrians, Halt gemacht hatte. Die Musik, an dieser Stätte, klang wundersam, als wolle sie dem Lauschenden erzählen, wie vergänglich und traumhaft alle Herrlichkeit der Welt sei. Es war, als sehe man den großen Schatten Hadrians in den Lüften schweben, der erstaunt ist, keine andere Spur seiner Macht auf Erden zu finden, als ein Grab. Die Schaar setzte ihren Weg weiter fort, immer in die schweigende Nacht hinaussingend. Zu dieser Stunde, wenn die Glücklichen schlafen, mochten die reinen sanften Klänge wohl Manche trösten, denen der Schmerz die Augen offen hielt. Corinna folgte ihnen, nachgezogen von dem unwiderstehlichen Zauber der Melodie, welcher uns die Müdigkeit vergessen läßt, und unserem Schritte Flügel leiht.

Vor der antoninischen Säule und der des Trajan machten die Sänger von Neuem Halt, und sangen diesen, wie auch dem Obelisken von St. Johann vom Lateran ihren Gruß entgegen. Die ideale Sprache der Musik stimmte würdig zu dem idealischen Eindruck dieser Monumente, und Begeisterung allein herrschte jetzt, während des Schlafes der gemeinen Tagesinteressen, in dieser ewigen Stadt. Endlich entfernte sich die singende Schaar, und Corinna blieb einsam neben dem Coliseum zurück, dessen Umkreis sie nun betrat, dem antiken Rom ein Lebewohl zu sagen. Wer das Coliseum nur bei Tage gesehen hat, kennt es nicht; wohl ist er schön, der festlich verklärende Glanz der italienischen Sonne; der Mond aber ist das Gestirn der Ruinen! Zuweilen liegt hinter den Oeffnungen des Amphitheaters, das bis in die Wolken aufzusteigen scheint, ein Stück des Himmelsgewölbes, gleich einem hinter dem Gemäuer herabgezogenen dunkelblauen Vorhang. Pflanzen, wie sie gern in der Einsamkeit grünen, schlingen sich um die zerbröckelnden Mauern und scheinen jetzt, in dem Halbdunkel der Nacht so wirr und fremdartig. Die Seele durchschauert heilige Rührung, wenn sie sich hier mit der Natur allein findet.

Die eine Seite des Bauwerkes ist viel verfallener, als die

andere. Obwohl Zeitgenossen, kämpfen sie doch mit ungleichem Erfolg gegen die Zeit; der schwächere Theil unterliegt, der stärkere widersteht noch, um eben auch bald zusammenzustürzen. „Heilige Stätte", rief Corinna, „wo in diesem Augenblicke kein menschliches Wesen mit mir lebt, wo nur meine Stimme allein meiner Stimme Antwort giebt, warum besänftigen sich die Stürme der Leidenschaften nicht an dieser Ruhe der Natur, die so gelassen die Generationen an sich vorübergehen läßt? Hat denn das Weltall nicht noch einen andern Zweck als den Menschen, und sind all seine Wunder nur da, um auf unsere Seele zurück-zustrahlen? Oswald! Oswald! warum dich mit solcher An-betung lieben? warum sich Empfindungen hingeben, die neben der Ewigkeit, neben den überirdischen Hoffnungen, die uns an die Gottheit knüpfen, doch nur Eintagsgefühle sind? Großer Gott! wenn es wahr ist, wie ich's ja glaube, daß man dich nur mehr bewundert, je mehr man des Nachdenkens fähig ist, dann hilf mir in der Gedankenwelt eine Zufluchtsstätte finden vor diesem Herzeleid! Ist denn der edle Freund, dessen geliebtes Auge ich nicht vergessen kann, nicht ein ebenso vorübergehen-des Wesen, als ich? Und droben über den Sternen wohnt doch eine ewige Liebe, die allein der Unendlichkeit unseres Seh-nens genügen sollte." — Corinna blieb noch lange dort, in Träu-merei versunken, endlich schlug sie ernsten Schrittes den Weg nach ihrem Hause ein.

Vorher aber wollte sie noch nach der Peterskirche gehen, um den Anbruch des Tages dort zu erwarten, und von der Höhe ihrer Kuppel herab der Stadt Rom einen Abschiedsgruß zu sagen. Als jener Wunderbau jetzt vor ihr lag, suchte sie sich in Gedanken vorzustellen, wie er, wenn einst auch Ruine, den kommenden Geschlechtern ein Gegenstand der Bewunde-rung sein werde. Im Geist sah sie diese aufrecht stehenden Säulen zum Theil darniederliegend, diesen Porticus zertrüm-mert, das Gewölbe aufgedeckt, aber selbst dann würde sicherlich der Obelisk der Egypter noch auf die neuen Trümmer herab-schauen: dies Volk hat für eine irdische Ewigkeit gearbeitet. Endlich kam die Morgenröthe, und Corinna betrachtete von der

Höhe St. Peters das alte Rom, das hier vor ihr lag, verloren in der Campagna, gleich einer Oase in Libyens Wüste. Veröbung umgiebt es; aber diese Schaar es überragender Thürme, Kuppeln, Obelisken, Säulen, über welche wiederum die Peterskirche in ihrer Größe sich noch erhebt, verleiht seinem Anblick eine ganz außerordentliche Schönheit. Diese Stadt besitzt einen, so zu sagen individuellen Reiz. Man liebt sie, wie ein lebenathmendes Wesen; ihre Mauern, ihre Trümmer sind unsere Freunde.

Corinna wendete sich scheidend dem Coliseum, dem Pantheon, der Engelsburg, kurz all den Orten zu, deren Anblick so oft die Freuden ihrer Einbildungskraft erneuert hatte. „Leb wohl, du Land der Erinnerung!" rief sie, „leb wohl, du Stätte, wo das Leben weder von der Gesellschaft, noch den Ereignissen abhängig ist, wo die Begeisterung sich durch die Bewunderung äußerer Gegenstände, durch den innigsten seelischen Zusammenhang mit ihnen, nährt. Ich gehe fort; ich folge Oswald, ohne auch nur zu wissen, welches Loos er mir bestimmt; folge dem Manne, welchen ich dem unabhängigen Leben vorziehe, das mir so glückliche Tage gewährt hat. Vielleicht komme ich wieder zurück; aber mit verwundetem Herzen, mit gebrochener Seele, und selbst ihr, ihr schönen Künste und heiligen Monumente, und du Sonne, die ich in der dunstigen Atmosphäre meines Exils so oft angerufen habe — ihr Alle werdet mir dann nichts mehr sein!"

Corinna weinte viel heiße Thränen bei diesem Abschiede, doch dachte sie nicht einen Augenblick daran, Oswald allein reisen zu lassen. Frei aus dem Herzen kommende Entschlüsse haben das Eigenartige, daß man sie klar beurtheilt, sie vor sich selbst oft mit Strenge tadelt, und doch nicht zögert, sie zu fassen. Wenn Leidenschaft einen überlegenen Geist bemeistert, trennt sie die Urtheilskraft gänzlich vom Handeln, und hat es gar nicht nöthig, die eine zu verwirren, um das andere irren zu lassen.

Als Corinna aus der Kirche trat, lag auf ihren bleichen, von dem Schleier und dem halbgelösten Haar malerisch umrahmten Zügen ein ungewöhnlicher Ausdruck; eine Menge

Menschen folgten ihr unter Beweisen der verehrendsten Anhänglichkeit bis zum Wagen, und sie seufzte noch einmal, als
sie ein Volk verließ, dessen Empfindungen immer so leidenschaftlich und oft so liebenswürdig sind.

Das war aber noch nicht Alles; Corinna hatte auch noch
den Abschied von ihren Freunden zu bestehen. Diese ersannen,
um sie noch einige Tage zurückzuhalten, Festlichkeiten aller Art,
und machten Verse, um sie in tausend Weisen anzuflehen, sie
möge sie nicht verlassen; als sie nun endlich abreiste, wurde
sie von ihnen noch meilenweit hinausbegleitet. Sie war tief
gerührt; Oswald aber blickte still vor sich nieder; er warf es sich
vor, sie so vielem Glück zu entziehen, wenn er auch wußte,
daß es noch grausamer gewesen wäre, ihr zum Bleiben zuzu-
reden. Er schien selbstsüchtig, da er Corinna so hinwegführte,
und war es doch eigentlich nicht; denn die Furcht, sie durch sein
Alleinreisen zu betrüben, bestimmte ihn mehr noch, als das
Glück, welches er mit ihr genoß. Noch mußte er nicht, was er
thun werde, und über Venedig vermochte er nicht hinauszu-
denken. Er hatte nach Schottland, an einen der Freunde seines
Vaters geschrieben, um zu erfahren, ob sein Regiment bald zu
aktivem Kriegsdienst herangezogen würde, und erwartete noch
die Antwort. Zuweilen dachte er daran, Corinna mit nach
England zu nehmen, um doch gleich wieder einzusehen, daß er
auf immer ihren Ruf untergrabe, wenn er sie nicht als seine
Frau dorthinführe. Ein andermal wollte er, um die Bitterkeit
der Trennung zu mildern, vor der Abreise eine heimliche
Trauung stattfinden lassen, und gleich darauf wies er auch
diesen Gedanken zurück. „Giebt es für die Todten Geheimnisse“,
sagte er sich, „und wo läge der Vortheil, wenn ich eine Verbindung geheim hielte, deren Vollziehung ohnehin nur durch die
Macht eines Grabes gehindert wird?“ — Kurz, er war sehr
unglücklich. Seine Seele, der es in allen Gefühlsfragen stets
an Kraft gebrach, war durch die widerstreitendsten Bedenk-
lichkeiten auf das Grausamste bewegt. Corinna gab sich ihm
vertrauend und in entsagender Ergebung hin; mit der
großmüthigen Unvorsicht ihres Herzens begeisterte sie sich in

ihrem Schmerz noch an den Opfern, welche sie dem Geliebten
brachte; während Oswald, für ein fremdes Geschick' verant=
wortlich, mit jedem Augenblick neue Bande einging, ohne die
Möglichkeit sich ihnen zu überlassen, und weder seiner Liebe, noch
seiner Gewissenhaftigkeit froh wurde, weil er der einen wie der
andern nur durch ihr gegenseitiges Sichbekämpfen inne ward.

Beim Abschiede empfahlen Corinna's Freunde Lord Nelvil
das Wohl derselben auf das Angelegentlichste. Ihm aber wünsch=
ten sie Glück dazu, von der edelsten aller Frauen geliebt zu sein;
der geheime Vorwurf, den ihre Worte enthielten, bereitete Os=
wald neues Mißbehagen. Corinna fühlte das und suchte daher
diese Freundschaftsbezeugungen, so liebenswürdig sie auch waren,
abzukürzen. Indessen sagte sie doch, als die Scheidenden,
welche sich von Zeit zu Zeit noch grüßend zurückgewendet hatten,
ihren Blicken entschwunden waren, die einfachen Worte zu Lord
Nelvil: „Oswald, ich habe keinen Freund mehr als Sie!" —
O, wie fühlte er in diesem Augenblick die Nothwendigkeit, sich
ihr als Gatte anzugeloben! Er war nahe daran, es zu thun;
aber wer viel gelitten hat, den hindert ein schwer zu besiegendes
Mißtrauen sich seinen ersten Regungen hinzugeben, und er
zittert vor allen unwiderruflichen Entschließungen, dann selbst,
wenn das Herz sie befiehlt. Corinna glaubte zu erkennen,
was in Oswalds Seele vorging; und mit schönem Zartgefühl
lenkte sie das Gespräch auf die, sich vor ihnen ausbreitende
Landschaft.

Fünftes Kapitel.

Ihre Reise fiel in den Beginn des Monats September; in
der Ebene war das Wetter vortrefflich; als sie jedoch die Apen=
ninen erreichten, fühlten sie das Nahen des Winters. Hohe
Gebirge beeinträchtigen oft die Gleichmäßigkeit des Klimas,
und selten kann man den malerischen Anblick erhabener Berg=
gegenden mit dem Genuß einer milden Luft vereinigen. Eines
Abends, als Corinna und Lord Nelvil unterwegs waren, erhob
sich ein furchtbarer Gewittersturm; tiefe Dunkelheit umgab sie,
und die, in jenen Gegenden so unruhigen Pferde zogen den

Staël's Corinna.   24

Wagen mit unbegreiflicher Schnelligkeit; ein süßer Schauer durchbebte Beide, da sie sich so miteinander hinweggerissen fühlten. „Ach“, rief Lord Nelvil, „wenn man uns so aus allem Irdischen hinwegführte, wenn wir die Berge erklimmen, uns in ein anderes Leben hinüberschwingen könnten, wo wir dann meinen Vater fänden, der uns aufnehmen, uns segnen würde! Möchtest Du das, Geliebte?“ Und er drückte sie stürmisch an sein Herz. Corinna war nicht weniger erschüttert: „Thue mit mir, wie Du willst; feßle mich wie eine Sklavin an Dein Geschick; hatten denn früher die Sklavinnen nicht Talente, mit welchen sie das Leben ihrer Gebieter verschönten? Mag es doch also zwischen uns sein. Das Weib wird Dir heilig sein, das sich an Dein Glück verliert, und Du wirst nicht wollen, daß sie jemals vor Dir erröthen müßte, möge auch die Welt sie verdammen.“ — „Ich muß es ...“ rief Oswald, „ich will — es muß Alles errungen oder Alles geopfert werden. Ich muß Dein Gatte sein, oder zu Deinen Füßen vor Liebe sterben, die Sehnsucht erstiken, die Du in mir erregst. Aber ich hoffe noch! Ich werde mich vor aller Welt Dir vereinen, mich Deiner Liebe rühmen dürfen. Ach, sage mir, Theure, habe ich durch die Kämpfe, welche mich zerrissen, nichts von Deiner Neigung verscherzt? Glaubst Du Dich weniger geliebt?“ — Und er fragte in so leidenschaftlichem Ton, daß er Corinna für einen Augenblick ihr ganzes Vertrauen wiedergab. Reinstes und innigstes Empfinden beseelte jetzt Beide.

Die Pferde hielten, und Lord Nelvil stieg zuerst aus. Er fühlte nun den kalten schneidenden Wind, vor welchem ihn der Wagen geschützt hatte; man konnte sich auf Englands Küste wähnen. Diese eisige Luft stimmte nicht mehr zu dem schönen Italien, fächelte nicht mehr, wie die des Südens, Vergessenheit von Allem, außer der Liebe, zu. Oswald war bald wieder in seine schmerzlichen Betrachtungen zurückgesunken, und Corinna, welche die ruhelose Wandelbarkeit seiner Fantasie kannte, errieth ihn nur zu bald.

Am folgenden Tage erreichten sie das, auf hohem Bergesrücken gelegene St. Loretto, von welchem aus man das adriatische

Meer erblickt. Während Lord Nelvil durch einige, auf die
Reise bezügliche Anordnungen zurückgehalten wurde, ging
Corinna nach der Kirche, in welcher eine, in der Mitte des
Chors gelegene, mit recht schönen Basreliefs geschmückte Kapelle das Bild der heiligen Jungfrau umschließt. Das Mar-
morpflaster vor diesem Heiligthum ist von den auf den Knieen
nahenden Pilgern völlig ausgehöhlt. Corinna war von diesen
Spuren der Andacht bewegt, und auf dieselben Steine nieder-
sinkend, wo vor ihr so viele Unglückliche geweint, betete sie mit
Thränen zu jenem Bilde der Güte, dem Symbol der himmlischen
Liebe. So fand sie Oswald. Er begriff nicht, wie eine Frau
von ihrem überlegenen Geist sich derartigen Volksgebräuchen
anschließen konnte, und Corinna las in seiner Miene, was er
dachte. „Theurer Oswald", sagte sie, „darf man denn immer
wagen, seine Wünsche bis zum Allerhöchsten zu erheben? Wie
könnten wir ihm all das Herzeleid anvertrauen? Ist es denn
nicht tröstlich, eine Frau dafür als Fürbitterin wählen zu dürfen?
Sie hat auf dieser Erde gelitten, denn sie hat gelebt; zu ihr
flehe ich mit weniger Erröthen; ein unmittelbares Gebet wäre
mir zu anspruchsvoll erschienen." — „Auch ich bete nicht
immer in directer Form", entgegnete Oswald, „auch ich habe
meinen Vermittler; der Schutzengel der Kinder ist ihr Vater;
und seit der meinige im Himmel ist, habe ich oft Trost und unerwartete Hülfe und manche ruhige, weihevolle Stunde in dem
erhebenden Gedanken an Ihn gefunden; mit seinem Beistand
hoffe ich auch jetzt meiner qualvollen Unschlüssigkeit Herr zu
werden." — „Ich kann das verstehn", sagte Corinna, „Jeder hat
wohl im Stillen seine besondere und geheimnißvolle Vorstellung
von dem eigenen Schicksal; sei es in Gestalt eines Ereignisses,
das man immer gefürchtet hat, das gar nicht wahrscheinlich war
und welches dennoch eintritt, oder einer Strafe, deren Beziehung
zu unserem Unglück wir oft durchaus nicht herausfinden
können. Von Kindheit auf z. B. begleitete mich die Furcht,
einst in England bleiben zu müssen, während nun der Schmerz,
nicht dort leben zu können, mich vielleicht noch in Verzweiflung
stürzen wird. Ich fühle, wie in dieser Hinsicht ein Unbezwing-

24*

liches in meinem Schicksale liegt, ein Widerstand, gegen den ich
vergeblich ankämpfe, an dem ich zu Grunde gehen werde. Ein
Jeder begreift innerlich sein Leben ganz anders, als es zur Erscheinung kommt. Man glaubt verworren an eine übernatürliche, ohne unser Mitwissen waltende Macht, die sich unter der
Gestalt äußerer Verhältnisse verbirgt und allein die Ursache
von Allem ist. Mein Freund, gedankenreiche Menschen tauchen
unaufhörlich in den Abgrund ihres Selbstes hinunter, und finden nimmer, nimmer ein Ende!" Wenn Oswald Corinna so
sprechen hörte, wunderte er sich stets, daß sie im Stande war, so
leidenschaftliche Gefühle zu durchleben, und sich zugleich mit
klarem Urtheil über dieselben zu stellen. „Nein", sagte er sich
dann wohl, „nein, nichts auf Erden kann Dem noch genügen,
der die Unterhaltung einer solchen Frau genossen hat."

In Ancona trafen sie Nachts ein, weil Lord Nelvil dort
erkannt zu werden fürchtete. Trotz dieser Vorsicht erfuhr man
aber seine Ankunft, und am folgenden Morgen versammelte sich
die ganze Einwohnerschaft der Stadt vor dem Gasthause, in
welchem sie abgestiegen waren. Corinna wurde durch Rufe geweckt, die sie durchschauerten: „Es lebe Lord Nelvil, es lebe
unser Wohlthäter." Sie kleidete sich schnell an, und ging hinaus,
um sich in der Menge zu verlieren, denn sie sehnte sich, das Lob
des Geliebten von fremden Lippen zu vernehmen. Lord Nelvil
war endlich genöthigt, sich dem Volke, das ungestüm nach ihm verlangte, zu zeigen; er glaubte, Corinna schlafe noch und wisse nicht,
was vorgehe. Wie erstaunte er daher, als er sie mitten auf
dem Platze sah, schon bekannt, schon vertraut mit diesen dankbaren Menschen, welche sie anflehten, für sie den Ausdruck ihrer
Verehrung zu übernehmen. Corinnens Einbildungskraft gefiel
sich leicht in allen außergewöhnlichen Situationen; diese Einbildungskraft war ihr größester Reiz, doch zuweilen ihr Fehler. Sie
dankte Lord Nelvil im Namen des Volks, und entzückte dieses
durch die edle Anmuth, mit der sie es that. Sich mit den Bürgern identificirend, sagte sie „Wir". „Sie haben uns gerettet,
wir schulden Ihnen das Leben." — Und als sie vortrat, um
Lord Nelvil einen für ihn geflochtenen Kranz aus Lorbeer

und Eichenlaub zu überreichen, wurde sie von unbeschreiblicher Bewegung ergriffen; in diesem Augenblick empfand sie tiefe Scheu vor Oswald, und als das enthusiastische Volk sich jetzt vor ihm niederwarf, beugte auch sie unwillkürlich das Knie, und reichte ihm den Kranz in dieser Stellung. Lord Nelvil, hievon auf das Aeußerste verwirrt, vermochte diese öffentliche Scene und solche von der angebeteten Frau ihm dargebrachte Huldigung nicht länger zu ertragen. Er entfernte sich schnell und zog sie mit sich hinweg.

Bei der Abreise dankte Corinna den Einwohnern Ancona's, die sie mit ihren Segenswünschen begleiteten, unter Thränen, während Oswald sich in die Tiefe des Wagens zurückzog und das vorhin empfundene peinliche Gefühl noch nicht überwunden zu haben schien. „Corinna mir zu Füßen! Mir, der ich den Boden küssen möchte, auf welchem sie wandelte. Habe ich solche Mißkennung verdient? Trauen Sie mir den unwürdigen Hochmuth zu......" — „Nein, sicherlich nicht", unterbrach ihn Corinna, „aber ich wurde plötzlich von der Ehrfurcht hingerissen, die eine Frau immer für den Mann fühlt, den sie liebt. Die äußerlichen Huldigungen richtet man an uns, aber in der Wirklichkeit, in der Natur ist es die Frau, welche verehrend zu dem Manne aufschaut, den sie sich zum Beschützer wählte! — „Ja, und das werde ich Dir sein", rief Lord Nelvil, „bis zum letzten Tage meines Lebens will ich Dein Beschützer sein, der Himmel ist mein Zeuge! So viel Güte, so viel Geist sollen sich nicht vergeblich unter das Obdach meiner Liebe geflüchtet haben." — „Ach!" antwortete Corinna, „ich will sonst nichts, als diese Liebe; und welches Versprechen kann mir für sie bürgen? Genug — ich fühle, daß Du mich jetzt mehr als jemals liebst; trüben wir uns diese Rückkehr nicht." — „Diese Rückkehr!" unterbrach Oswald. — „Ja, ich nehme das Wort nicht zurück", sagte Corinna; „aber wir wollen es nicht erklären"; und lächelnd hieß sie ihn schweigen.

Sechstes Kapitel.

Zwei Tage lang verfolgten sie die Ufer des adriatischen Meeres, das indessen von der romanischen Küste aus nicht den Eindruck des Oceans, nicht einmal den des mittelländischen Meeres macht. Die Landstraße streift oft dicht an das Wasser, dessen Rand von grünem· Rasen bedeckt ist, und nicht so stellt man sich gemeinhin die Grenzen des furchtbaren Reiches der Stürme vor. In Rimini und Cesena verläßt man den klassischen, römischen Boden mit seiner großen Geschichte, und die letzte Erinnerung, die sich darbietet, ist der Rubicon, den Cäsar überschritt, als er beschloß, sich zum Herrn von Rom zu machen. Durch ein seltsames Zusammentreffen liegt heute nicht weit von diesem Rubicon die Republik von St. Marino, und so besteht also diese letzte schwache Spur der Freiheit neben der Stätte fort, wo die Republik der Welt zerstört worden ist. Von Ancona aus bringt man in Gegenden vor, die allmählig einen, von dem des Kirchenstaats sehr verschiedenen Anblick gewähren. Das Bolognesische, die Lombardei, die Umgebungen von Ferrara und Rovigo sind durch ihre Schönheit und Cultur bemerkenswerth; das ist die poetische Wüstenei nicht mehr, welche Roms Nähe und die furchtbaren, dort stattgehabten Ereignisse ankündet. Man verläßt dann

Die Tannen, die des Sommers Trauerkleid,
Des Winters Zierde sind,

verläßt die „Zapfentragenden, obeliskengleichen Cypressen", die Berge und das Meer. Die Natur, wie der Reisende, sagt schrittweise den Strahlen des Südens Lebewohl. Zuerst wachsen die Pomeranzenbäume nicht mehr im Freien, und Olivenbäume, deren mattes, leichtes Grün sich für die Haine zu eignen scheint, in welchen die Schatten Elysiums wohnen, nehmen ihre Stelle ein; einige Meilen weiter hinauf verschwinden auch die Olivenbäume.

Wenn man in das Bolognesische kommt, hat man eine lachende Ebene vor sich, wo die Rebe in Kranzgewinden sich von Ulme zu Ulme zieht; das ganze Land sieht aus wie geschmückt zu einem Feſte. Der Gegenſatz zwiſchen ihrer innern Stimmung und dem leuchtenden Glanz dieſer Gefilde bewegte Corinna tief. „Ach!“ ſagte ſie ſeufzend zu Lord Nelvil, „weshalb nur zeigt die Natur den Freunden, die vielleicht bald von einander ſcheiden werden, ſo viele Bilder des Glücks?“ — „Nein, ſie werden nicht ſcheiden“, ſagte Oswald, „täglich habe ich weniger die Kraft dazu. Ihre unveränderliche Sanftmuth fügt zu der Leidenſchaft, die Sie einflößen, noch den Zauber der Gewohnheit. Man iſt mit Ihnen glücklich, als ob Sie nicht ein Weib von der wunderbarſten Begabung wären, oder man iſt's vielmehr, weil Sie das ſind; denn die wahre Ueberlegenheit führt zu vollkommener Güte; man iſt mit ſich, mit den Andern, mit der Natur zufrieden; welches bittre Gefühl könnte man empfinden?“

Sie erreichten Ferrara, eine der traurigſten Städte Italiens, denn ſie iſt ebenſo ausgedehnt als öde. Die wenigen Menſchen, welchen man von Zeit zu Zeit auf der Straße begegnet, gehen langſam, als ob ſie wüßten, daß ſie noch zu Allem Zeit haben. Man begreift es nicht, daß hier einſt der glänzendſte Hof gehalten worden iſt, ein Hof, den Arioſt und Taſſo beſangen. Man zeigt dort noch ihre eigenhändigen Manuſcripte, wie auch das des Dichters des Pastor fido.

Arioſt vermochte friedlich an einem Fürſtenhofe zu leben; aber es iſt zu Ferrara auch noch jenes Haus zu ſehen, wo ſie den Taſſo als wahnſinnig einzuſperren wagten, und man kann nur mit Rührung die vielen Briefe leſen, in welchen der Unglückliche nach dem Tode verlangt, der ihm nun ſeit ſo lange ſchon geworden. Taſſo hatte jenes eigenthümlich geartete Talent, das denen, die es beſitzen, ſo verhängnißvoll wird; ſeine Einbildungkraft wendete ſich gegen ihn ſelbſt, er wußte nur deshalb alle Geheimniſſe der Seele, er war nur deshalb ſo reich an Gedanken, weil er ſo viele Schmerzen gekannt. „Wer nicht gelitten hat“, ſagt ein Prophet, „was weiß Der?“

Corinnens Gemüthsſtimmung hatte in mancher Hinſicht viel Aehnliches: ihr Geiſt war heiterer, ſie empfing mannigfaltigere Eindrücke, aber ihre Einbildungskraft bedurfte ebenſo, auf's Aeußerſte geſchont zu werden; denn ſtatt daß dieſe ihr den

Gram verscheuchen half, steigerte sie nur seine Gewalt. Lord Nelvil täuschte sich sehr, wenn er, wie er das häufig that, annahm, Corinnens glänzende Fähigkeiten müßten ihr die Mittel zu einem von ihrer Liebe unabhängigen Glück gewähren. Wenn ein Mensch von hohem Geist mit wahrhafter Empfindung begabt ist, vermehrt sich sein Kummer an eben diesen vielen Fähigkeiten; er macht in seinem eigenen Gram so gut Entdeckungen, als in anderen Bereichen der Natur, und da das Unglück eines Herzens, das liebt, ein unerschöpfliches ist, fühlt man dies um so tiefer, je mehr man im Gedanken lebt.

Siebentes Kapitel.

Um nach Venedig zu gelangen, schifft man sich auf der Brenta ein; von beiden Seiten des Kanals stehen die großen und, wie alle italienische Herrlichkeit, etwas verfallenen Paläste der Venetianer. Ihre Verzierungen sind meist sehr wunderlich und lehnen sich in keiner Weise an die antiken Vorbilder an. In der venetianischen Architektur spürt man die Folgen des Verkehrs mit dem Orient; es ist eine Mischung des Maurischen und Gothischen, welche sich wunderlich ausnimmt, ohne einem reinen Geschmack zu genügen. Die Pappel, dieser architektonisch-regelmäßige Baum, faßt den Kanal meist überall ein; der tiefblaue Himmel hebt sich stark ab gegen das leuchtende Grün der Ebene, das von dem ungeheuren Ueberfluß an Wasser so frisch erhalten wird. Himmel und Erde haben demnach so grell von einander abstechende Farben, daß diese Natur ein etwas zurechtgemachtes Ansehen und durchaus nicht das geheimnißvoll Unbestimmte hat, das uns den Süden Italiens so theuer macht. Der Anblick Venedigs ist mehr überraschend als angenehm; man glaubt zuerst eine überschwemmte Stadt zu sehen, und es bedarf vorher des Nachdenkens, um das Genie der Sterblichen zu bewundern, mit dem sie hier den Wassern einen Wohnplatz abgewannen. Neapel ist amphitheatralisch am Ufer des Meeres erbaut, während Venedig auf durchaus plattem Boden liegt, und seine Thürme den Masten eines unbeweglich in den Wellen ruhenden Schiffes gleichen. Trauer verdunkelt unsern Blick, wenn wir nach Venedig kommen. Man nimmt von der Vegetation Abschied, alle Thiere sind von hier verbannt, man sieht auch nicht eine Fliege. Der Mensch allein weilt hier, um mit dem Meere zu ringen.

Tiefes Schweigen liegt über dieser Stadt, deren Straßen Kanäle sind, und das Geräusch der Ruder ist dieses Schweigens einzige Unterbrechung. Es ist hier nicht das Land, denn man sieht keinen Baum; es ist auch nicht die Stadt, denn man hört kein Geräusch; nicht einmal ein Schiff ist's, denn es kommt nicht vorwärts: es ist eine Wohnstätte, aus welcher der Sturm ein Gefängniß macht; denn zu Zeiten kann man weder aus der Stadt, noch aus dem Hause heraus. Es giebt Leute in Venedig, die niemals aus einem Stadt-Viertel ins andere gekommen sind, die den Marcusplatz nicht kennen, und für welche der Anblick eines Pferdes oder eines Baumes das unerhörteste Wunder wäre. Die, auf den Kanälen dahin gleitenden, schwarzen Gondeln gleichen dem Sarge oder der Wiege, dem letzten oder dem ersten Bette des Menschen. Abends sieht man nur den Schein der den Gondeln zugehörigen Laternen vorüberziehn, denn jene selbst sind wegen ihres dunklen Aeußern kaum sichtbar. Es ist, als ob Schatten, von einem kleinen Stern geleitet, über das Wasser schweben. Alles ist an diesem Aufenthalt geheimnißvoll: die Regierung, die Gebräuche und die Liebe. Ohne Zweifel giebt es hier viel des Genusses für Herz und Geist, wenn es einem gelingt, in jene Verborgenheiten einzudringen; aber der Fremde muß den ersten Eindruck wunderbar traurig finden.

Corinna, die an Ahnungen glaubte, und deren erschütterte Einbildungskraft in Allem eine Vorbedeutung sah, sagte zu Lord Nelvil: „Woher kommt nur die tiefe Schwermuth, die mich beim Eintritt in diese Stadt ergreift? Ist es nicht ein Zeichen, daß mich irgend ein großes Unglück hier treffen wird?" — Eben jetzt ließen sich von einer der Inseln der Lagune drei Kanonenschüsse vernehmen. Corinna war erschrocken, und bebend fragte sie nach der Ursache derselben. „Eine Nonne nimmt heute den Schleier", antwortete man ihr, "dort drüben in einem der Klöster, mitten im Meer. Bei uns ist es Brauch, daß in dem Augenblick, wo die Frauen ihr geistliches Gelübde ablegen, sie einen Blumenstrauß hinter sich zurückwerfen, den sie während der Ceremonie trugen. Dies ist das Zeichen der Weltentsagung, und die eben gelösten Kanonenschüsse verkünden solch eine feierliche Stunde." — Ein Schauer überlief Corinna. Oswald fühlte ihre kalten Hände in den seinen, und sah die tödtliche Blässe ihres Gesichts. "Geliebte!" sagte er, "wie kann Ihnen der einfachste Zufall einen so lebhaften Eindruck machen?" — "Nein", erwiderte Corinna, "das ist kein Zufall; glauben Sie mir, auch die Blüthen meines Lebens liegen hinter mir." — "Während ich Dich mehr, als je, liebe", unterbrach sie Oswald; "während mein ganzes Sein Dir gehört ...... " — "Diese Donner des Krieges, welche anderswo Sieg oder Tod verkünden, feiern hier die verborgene Hinopferung eines jungen Mädchens", fuhr Corinna fort, "fürwahr, eine unschuldige Verwendung für diese schreckliche, sonst die Welt erschütternde Waffe. Es ist wie ein feierlicher Rath, welchen ein entsagendes Weib allen den Frauen zuruft, die noch mit ihrem Schicksale ringen."

Achtes Kapitel.

Die venetianische Regierung entlieh in den letzten Jahren ihres Bestehens fast ihre ganze Gewalt von der Macht der Gewohnheit und der Einbildungskraft. Sie war furchtbar gewesen und milde geworden, war muthig aufgetreten, um sich nun schüchtern zu zeigen. Leicht hatte sie Haß erweckt, als sie sich gefürchtet zu machen wußte, und leicht war sie umgestürzt, als sie aufhörte, gefürchtet zu sein. Es war eine Aristokratie, die sich sehr um die Gunst des Volkes bemühte; nur suchte sie diese nach der Weise des Despotismus: sie unterhielt das Volk, aber sie klärte es nicht auf. Immerhin ist der Zustand des Amüsirtwerdens für ein Volk ein ganz angenehmer, besonders in Ländern, wo Geschmack und Fantasie bis in die untersten Klassen der Gesellschaft entwickelt worden sind. Nicht grobe, abstumpfende Lustbarkeiten bot man dem Volke, sondern Musik, Bilder, Improvisatoren, Festlichkeiten; und hiermit versorgte die Regierung ihre Unterthanen, wie ein Sultan seinen Serail. Als bestände es aus Frauen, verlangte sie vom Volke nur, sich nicht in die Politik zu mischen, und die höchste Gewalt nicht beurtheilen zu wollen. Doch um diesen Preis versprach sie ihm viel Unterhaltung und selbst hinreichenden Ruhm; die Beutestücke aus Konstantinopel, welche seine Kirchen schmücken, die auf öffentlichem Platze wehenden Standarten der Inseln Cypern und Candia, die korinthischen Pferde ergötzen hier das Auge des Volks, und den geflügelten Löwen hält es für das Sinnbild seines Ruhms.

Weil das Regierungssystem den Bürgern jede Beschäftigung mit den öffentlichen Angelegenheiten untersagte, und Ackerbau, Jagd und Promenaden durch die Lage der Stadt zur Unmöglichkeit wurden, blieb den Venetianern kein anderes Interesse übrig als leichter Zeitvertreib: daher ist Venedig denn auch eine Stadt des Vergnügens.

Der venetianische Dialekt ist weich und leicht, wie ein lieblicher Windhauch, und man begreift nicht, daß ein Volk, welches der Ligue von Cambray Widerstand leistete, eine so schmiegsame Sprechweise hat. Für Scherz und Anmuth ist dieser Dialekt reizend; aber wenn er sich ernstere Gegenstände zum Ausdrucke wählt, wenn man z. B. in so zarten, fast kindlichen Klängen Verse über den Tod recitiren hört, möchte man glauben, daß ein derartig besungenes Ereigniß nur eine poetische Täuschung sei.

Die Venetianer sind im Allgemeinen noch geistreicher, als die übrigen Italiener, weil die Regierung, wie sie auch sein mochte, ihnen doch öfter Gelegenheit zum Nachdenken geboten hat; aber ihre Einbildungskraft ist natürlich nicht so glühend, als die der südlichen Italiener. Die meisten der sonst sehr liebenswürdigen Frauen haben durch die Gewohnheit des Weltlebens eine Sentimentalität angenommen, welche, ohne die Freiheit ihrer Sitten im Mindesten zu beschränken, ihren Liebeshändeln eben nur noch die Affektation beigemischt hat. Ein großes Verdienst muß den Italienerinnen bei all ihren Fehlern gelassen werden: sie sind ohne Eitelkeit. In Benedig, wo es mehr Geselligkeit giebt, als in irgend einer andern Stadt Italiens, ist dieses Verdienst zwar etwas verloren gegangen. Denn Eitelkeit entwickelt sich besonders durch die Gesellschaft; sie ertheilt ihren Beifall so oft und so schnell, daß alle Berechnungen nur dem Augenblick gelten können, und daß man, um Erfolg zu haben, der Zeit auch nicht eine Minute Credit geben kann. Dessen ungeachtet fand sich in Benedig noch viel von der Leichtigkeit und Originalität italienischer Formen. Die vornehmsten Damen empfingen alle ihre Besuche in den Cafés des Marcusplatzes, und dies seltsame Durcheinander verhinderte, daß die Salons nicht allzu sehr ein Tummelplatz für die Anmaßungen der Eigenliebe werden konnten.

Auch von den Sitten des Volks und den alten Gebräuchen war noch Manches geblieben, und diese Gebräuche lassen stets Ehrfurcht gegen die Vorfahren und eine gewisse Jugend des Herzens voraussetzen, welche der Vergangenheit und des gerührten Gedenkens derselben nicht müde wird. Der Anblick der Stadt ist an sich schon höchst geeignet, eine Menge Erinnerungen und Ideen zu erwecken. Der Marcusplatz, unter dessen rings herumlaufenden blauen Zelten eine Menge Türken, Griechen und Armenier müßig ruhen, wird durch eine Kirche abgeschlossen, deren Aeußeres viel eher das Ansehen einer Moschee, als eines christlichen Tempels hat. Man gewinnt hier eine Vorstellung von dem schlaffen Leben der Orientalen, die ihre Tage in den Cafés mit Rauchen und dem Trinken von Sorbet hinbringen; auch sieht man Türken und Armenier in offenen Barken, nachlässig ausgestreckt, mit Blumentöpfen zu ihren Füßen, vorübergleiten.

Männer und Frauen der höchsten Stände gehen nie anders, als in schwarzem Domino aus. Die gleichfalls immer schwarzen Gondeln, denn in Benedig findet das Gleichheitssystem hauptsächlich in Aeußerlichkeiten seinen Ausdruck, werden oft von weißgekleideten, rothgürteten Schiffern gelenkt. Dieser Gegensatz hat etwas Auffallendes; es ist, als ob man das

Feſtkleid dem Volke überlaſſen hätte, während die Großen immerwährender Trauer hingegeben ſind. In den meiſten europäiſchen Städten muß der Dichter mit ſorgfältigem Takt das Alltagstreiben aus ſeinen Beobachtungen ausſondern, weil unſere Gebräuche, ſelbſt unſer Luxus nicht poetiſch ſind. Aber in Benedig giebt es nichts Alltägliches; Waſſer und Barken machen aus den einfachſten Situationen ein maleriſches Bild.

Auf dem Quai der Slavonier trifft man gemeinhin Marionetten, Marktſchreier und Erzähler, die ſich in jeder nur möglichen Geſtalt an die Einbildungskraft des Volkes wenden. Beſonders die Erzähler verdienen Aufmerkſamkeit; faſt immer ſind es Epiſoden aus dem Taſſo und dem Arioſt, die ſie, zur großen Bewunderung ihrer Hörer, in Proſa vortragen. Dieſe, im Kreis um den Sprechenden gruppirt, und meiſtens nur halb gekleidet, ſitzen bewegungslos und in geſpannteſter Aufmerkſamkeit da; man reicht ihnen von Zeit zu Zeit ein Glas Waſſer, das bezahlt wird, wie anderswo der Wein; und ſo beſchäftigt iſt dann der Geiſt dieſer Leute, daß jene einfache Erfriſchung Alles iſt, was ſie während ganzer Stunden bedürfen. Der Erzähler begleitet ſeine Rede mit den lebhafteſten Geberden; ſeine Stimme iſt laut, er wird zornig, wird leidenſchaftlich, und doch ſieht man, daß er im Grunde vollkommen gelaſſen iſt; man könnte ihm ſagen, was Sappho zu der Bacchantin ſagte, die mit kaltem Blut ſich aufgeregt ſtellte: „Bacchantin! Was willſt Du, da Du nicht trunken biſt?" — Die belebte Pantomime der Bewohner des Südens läßt indeß niemals den Gedanken an etwas Gemachtes aufſteigen. Sie iſt ihnen von den Römern, die auch ſo viel Geſtikulation aufwendeten, überkommen, und hängt mit ihrer lebhaften und poetiſchen Stimmung innig zuſammen.

Die Fantaſie eines im Vergnügungstreiben befangenen Volkes war durch das Blendwerk der Macht, mit welchem die venetianiſche Regierung ſich zu umgeben wußte, leicht in Banden zu halten. Nie ſah man einen Soldaten in Benedig, und man drängte ſich ins Theater, wenn dort zufällig irgend eine Komödie das Auftreten eines solchen, vielleicht noch mit einer Trommel versehenen in Aussicht stellte. Es genügte, daß der Sbirre der Staatsinquisition, mit dem Schilde an der Mütze, sich zeigte, um bei einem öffentlichen Feste dreißigtausend Menschen zur Ordnung zu weisen. Es wäre eine schöne Sache, wenn diese Allgewalt sich auf die Ehrfurcht vor dem Gesetz gegründet hätte; aber sie zog ihre eigentliche Kraft aus der Scheu vor den geheimen Maßregeln, welche dies Gouvernement zur Aufrechthaltung der Ruhe anwendete. Die, in ihrer Art nie wieder dagewesenen Gefängnisse waren im Palast des Dogen, einige derselben lagen sogar unter dessen Gemächern. Auch das „Maul des Löwen", in welches alle Denunciatoren hineingeworfen wurden, befindet sich im Palast des Regierungshauptes. Der Saal, welcher den Staatsinquisitoren als Aufenthalt diente, war schwarz behangen, und empfing sein Licht nur von oben; die hier gefällten Urtheile glichen schon im Voraus Verurtheilungen. Die sogenannte Seufzerbrücke führte von dem Palast des Dogen nach dem Staatsgefängniß hinüber. Wenn man über den Kanal fuhr, welcher diese Gefängnisse umgiebt, vernahm man wohl oft dumpfe Rufe nach Hülfe und Gerechtigkeit; doch diese ächzenden, verzweifelnden Stimmen wurden nicht erhört. Wenn endlich ein Staatsverbrecher verurtheilt war, verließ er, durch eine auf den Kanal führende kleine Thür tretend, Nachts das Gefängniß und bestieg eine ihn erwartende Gondel, die ihn nach einer bestimmten Stelle der Lagune führte. Hier, wo es verboten war zu fischen, wurde er ertränkt. Entsetzlicher Gedanke dies bis über den Tod hinausgetragene Geheimniß, welches dem Unglücklichen sogar die Hoffnung raubt, er könne mit seiner Leiche den Seinen erzählen, daß er gelitten hat, und nicht mehr ist!

Um die Zeit, als Corinna und Lord Nelvil nach Venedig kamen, war seit dem Aufhören solcher Executionen nahezu ein Jahrhundert verflossen; aber das die Einbildungskraft so beherrschende Geheimniß lastete noch auf der Stadt, und obwohl Lord Nelvil am wenigsten der Mann war, sich in irgend einer Weise in die politischen Interessen eines fremden Landes zu mischen, fühlte er sich doch von dieser Willkür ohne Erbarmen, die in Benedig über allen Häuptern schwebt, sehr bedrückt.

Neuntes Kapitel.

„Sie dürfen sich nicht lediglich an die peinlichen Eindrücke halten, welche diese verborgene Gewalt auf Sie hervorbringt", sagte Corinna zu Lord Nelvil, „Sie müssen auch die großen Eigenschaften dieses Senats ins Auge fassen, der aus Benedig eine Republik für den Adel machte und denselben früher zu jener Energie, zu jener hochstrebenden Großheit anspornte, die selbst dann noch eine Frucht der Freiheit ist, wenn sie sich auf eine kleine Zahl beschränkt. Sie werden sehen, daß sie, streng gegeneinander, wenigstens unter sich die Tugenden und die Gerechtigkeit einsetzten, die Allen hätten eigen sein sollen. Sie werden sie so väterlich für ihre Untergebenen finden, als man es sein kann, wenn man diese Menschenklasse einzig und allein des physischen Wohlergehens bedürftig hält. Endlich werden Sie ihnen auch den edlen Stolz auf ihr Vaterland zuerkennen müssen, ein Vaterland, das ihr besonderes Eigenthum ist, und welchem sie dennoch die Liebe des Volkes, das in so vieler Hinsicht davon ausgeschlossen ist, zuzuwenden wissen."

Sie besichtigten zusammen den Saal, in welchem früher der große Rath der Zweihundert sich versammelte; er ist mit den Bildnissen sämmtlicher Dogen geschmückt; an der Stelle des Portraits desjenigen, der als Verräther an seinem Vaterlande enthauptet wurde, hat man einen schwarzen Vorhang gemalt, auf welchem sein Todestag und die Art seiner Hinrichtung angegeben ist. Die königlichen Prachtgewänder, in welchen die andern Dogen dargestellt sind, verstärken noch den Eindruck dieses furchtbaren, schwarzen Vorhangs. Weiter befindet sich in diesem Saale ein Gemälde des jüngsten Gerichts, und eines von dem Augenblicke, wo der mächtigste der Kaiser, Friedrich Barbarossa, sich vor dem Senate Benedigs demüthigt. Es liegt ein schöner Sinn darin, daß man hier Alles vereinigte, was die

Größe einer Regierung verherrlichend ausdrücken kann, um dar=
auf eben diese Größe vor dem Himmel zu beugen.

Später gingen Corinna und Nelvil nach dem Arsenal. Vor
der Thür desselben befinden sich zwei in Griechenland gemeißelte
Löwen, die aus dem Hafen Athens hiehergeschafft wurden, um
die Hüter der venetianischen Macht zu sein — regungslose
Hüter, die nur das vertheidigen, was schon durch die Achtung,
die man ihm zollt, stark ist. Das Arsenal enthält die Sieges=
trophäen ihrer Seemacht. Die berühmte Ceremonie der Vermählung des Dogen mit der Adria, wie auch alle übrigen
Institutionen der Venetianer bezeugen ihre Dankbarkeit gegen
das Meer. Sie haben hierin einige Aehnlichkeit mit den Eng-
ländern; Lord Nelvil machte diese Wahrnehmung mit lebhaftem Antheil.

Corinna führte ihn auch auf die Spitze des nahe der
Kirche gelegenen Thurms von St. Marcus. Von dort aus
breitet sich vor dem bewundernden Blick die ganze, in den
Wellen ruhende Stadt aus, dazu der ungeheure Damm,
welcher sie vor dem Meere schützt; in der Ferne die Küsten
Istriens und Dalmatiens. „Dort, wo jene Wolken lagern, ist
Griechenland", sagte Corinna, „genügt nicht schon der Gedanke,
uns zu erschüttern? Da giebt es auch noch Menschen mit hoher
Fantasie, mit enthusiastischem Charakter, durch ihr Geschick
zwar erniedrigt, aber vielleicht, wie wir, bestimmt, sich noch einmal aus der Asche ihrer Väter zu erheben. Es ist schon immer
etwas um ein Land, das einmal groß gewesen; seine Bewohner
erröthen wenigstens wegen ihres gegenwärtigen Zustandes,
während in den von der Geschichte niemals geweihten Gegenden
der Mensch nicht einmal eine Ahnung hat, daß es eine höhere
Bestimmung giebt als die dunkle Knechtschaft, die ihm von seinen
Voreltern überkommen ist.

„Dalmatien dort", fuhr Corinna fort, „das ehemals von
einem so kriegerischen Volke bewohnt wurde, hat noch heute seine
wilde Eigenthümlichkeit beibehalten. Die Dalmatier wissen
so wenig von dem seit fünfzehn Jahrhunderten Geschehenen,
daß sie die Römer noch jetzt „die Allmächtigen" nennen. Aller-

dings verrathen sie auch einige Kenntniß der Neuzeit, wenn sie
Euch Engländer als die „Krieger des Meeres" bezeichnen; doch
das ist nur, weil Eure Schiffe oft in ihre Häfen eingelaufen
sind; sonst wissen sie wenig von der übrigen Welt. — Ich würde",
sagte Corinna nach einem Weilchen, „am liebsten solche Länder
sehen, die sich in den Sitten, Trachten und der Sprache
noch einige Originalität bewahrt haben. Die civilisirte Welt
ist sehr einförmig, und um sie zu kennen, habe ich schon genug
gelebt; man weiß in kurzer Zeit Alles Nöthige." — „Ist das
Ende alles dessen, was zum Denken und Empfinden anregt, abzu-
sehen, wenn man mit Ihnen lebt?" — „Gott wolle diesen Zauber
mir erhalten", antwortete Corinna."

„Aber bleiben wir noch ein wenig bei Dalmatien stehen",
hob sie wieder an, „wenn wir uns nicht auf solcher Höhe befänden,
könnten wir nicht einmal die ungewissen Linien sehen, die uns
jetzt das Land unklar von Weitem zeigen, wie eine Erinnerung
im Gedächtnisse des Menschen. Die Dalmatier haben, wie auch
die wilden Völker, ihre Improvisatoren; ebenso fand man diese
bei den alten Griechen, und findet man sie bei allen Völkern,
die Einbildungskraft und keine gesellschaftliche Eitelkeit haben;
während der natürliche Geist eher eine epigrammatische, als
poetische Form annimmt in Ländern, wo die Furcht, zum Gegenstand des Spottes zu werden, einen Jeden treibt, zuerst nach
diesem, als nach einer Waffe zu greifen. Völker, die noch nicht
zu weit von der Natur abgewichen sind, hegen vor dieser eine
Ehrfurcht, die einer reichen Einbildungskraft sehr zu Statten
kommt. „Die Höhlen sind heilig", sagen die Dalmatier, und
drücken damit ohne Zweifel einen unklaren Schrecken vor den
Geheimnissen der Erde aus. Ihre Poesie gleicht, wiewohl sie
Südländer sind, ein wenig der Ossianischen; doch kennen sie
nur zwei sehr bestimmte Weisen, die Natur zu empfinden: sie zu
lieben, und sie unter tausend glänzenden Formen zu vervollkomm-
nen, wie die Alten es thaten, oder sich, wie die schottischen Barden,
dem Schauer des Geheimnißvollen, der Schwermuth, welche
Ungewisses und Ungekanntes meist hervorruft, zu überlassen.
Seit ich Sie kenne, Oswald spricht diese letztere Weise mich an.

Staël's Corinna.   25

Ehemals besaß ich Hoffnung und Leben genug, um die lachenden Gedankenbilder vorzuziehen, und mich der Natur zu erfreuen, ohne ein Verhängniß zu fürchten."

„So wäre ich es denn", sagte Oswald, „so bin ich es, der diese herrliche Einbildungskraft gebrochen hat, welcher ich die beseligendsten Freuden meines Lebens danke?" — „Nicht Sie sind anzuklagen", antwortete Corinna, „sondern eine tiefe, große Leidenschaft. Das Talent bedarf der innerlichen Unabhängigkeit, welche eine wahrhafte Liebe niemals gestattet." — — „Ach! wenn dem so ist", rief Lord Nelvil, „so laß Dein Genie verstummen, auf daß Dein Herz ganz mir gehöre!" Er war sehr bewegt bei diesen Worten, und er fühlte, daß sie mehr noch versprachen, als sie sagten. Corinna verstand sie, aber wagte nicht, zu antworten, um ihr süßes Ausklingen nicht zu stören. Sie fühlte sich geliebt; und da sie in einem Lande gelebt hatte, wo die Menschen Alles dem Gefühle opfern, überredete sie sich, Lord Nelvil werde nicht im Stande sein, sie zu verlassen; sorglos und leidenschaftlich zugleich, bildete sie sich ein, es genüge, Zeit zu gewinnen, und hielt die Gefahr, von der man nicht mehr rede, auch für vorübergegangen. Kurz, Corinna lebte, wie die meisten Menschen leben, wenn sie lange von demselben Unglück bedroht sind: sie glauben schließlich, es werde nicht kommen, weil es noch nicht gekommen ist.

Die Luft in Venedig und auch das Leben, welches man dort führt, sind besonders geeignet, die Seele mit schmeichlerischen Hoffnungen zu wiegen; das ruhige Schaukeln der Barken macht zu Träumerei und Trägheit geneigt. Zuweilen hört man auf der Rialto-Brücke einen Gondoliere irgend welche Stanze aus dem Tasso anstimmen, worauf ihm ein anderer, vom entgegengesetzten Ende des Kanales her, mit der darauf folgenden antwortet. Die uralte Musik dieser Stanzen gleicht dem Kirchengesange und ihre Monotonie würde in geschlossenen Räumen sehr fühlbar sein. Aber im Freien und Abends, wenn diese verhallenden Töne sammt dem Wiederschein der untergehenden Sonne auf der Wasserfläche dahinziehen, und wenn Tasso's Verse diesem Zusammenspiel von Licht und Wohllaut auch noch ihre empfindungsvolle Schönheit beimischen, dann stimmen uns diese Gesänge zu süßer Schwermuth. Stundenlang fuhren Oswald und Corinna auf dem Waffer umher; zuweilen sprachen sie einige Worte, oder reichten sich auch wohl die Hand, meistens aber schwiegen sie und gaben sich den vaguen Gedanken hin, welche Natur und Liebe erzeugen.

Sechzehntes Buch.

Trennung und Abwesenheit.

Erstes Kapitel.

Sobald die Kunde von Corinnens Ankunft sich in Benedig verbreitet hatte, war Alles begierig, sie kennen zu lernen. Wenn sie ein Café des Marcusplatzes besuchte, so drängte man sich dicht unter die Gallerien desselben, um sie einen Augenblick zu sehen. Auch von der höhern Gesellschaft Benedigs wurde sie auf das Eifrigste gesucht. Früher war es ihr wohl werth und lieb, daß sie überall, wo sie erschien, mit so viel Glanz empfangen wurde, und stets hatte sie es mit schlichter Aufrichtigkeit zugegeben, wie empfänglich sie sei für die Bewunderung der Welt. Das Genie bedingt auch wirklich ein Bedürfniß nach Ruhm, wie es denn überhaupt wohl kein Gut auf Erden geben mag, nach welchem die, welche es zu erwerben die Mittel haben, nicht auch Verlangen trügen. — In ihrer gegenwärtigen Lage aber fürchtete Corinna Alles, was mit den Lord Nelvil so theuren Gewohnheiten des häuslichen Lebens nicht vereinbar war, oder doch nicht vereinbar zu sein schien.

Um ihres Glückes willen war es schade, daß Corinna sich so leidenschaftlich an einen Mann fesseln mußte, der mit ihrer idealischen Lebensweise im Widerspruche sich befand, der ihre

25*

hohen Gaben eher beschränken mochte, als sie entfalten half. Es läßt sich aber begreifen, wenn eine Frau, die sich viel mit Kunst und Wissenschaft beschäftigte, grade solchen Mann durch ihre Liebe bevorzugt, dessen Geschmacksrichtung und Eigenschaften von den ihrigen ganz abweichen. Hier und da werden wir unserer selbst wohl einmal überdrüssig; dann vermag uns das, was uns ähnlich ist, nicht anzuziehn. Es bedarf der Uebereinstimmung der Gefühle und des Gegensatzes der Charaktere, auf daß aus Sympathie und Verschiedenheit die Liebe erzeugt werde. Lord Nelvil besaß diese doppelte Anziehung im höchsten Grade: durch seine bequemen, schmiegsamen Umgangsformen lebte es sich leicht mit ihm, und doch verhinderte sein düstres, reizbares Gemüth, daß man der Anmuth seines Wesens recht sicher gewohnt wurde. Obgleich die Tiefe und Ausdehnung seines Verstandesvermögens ihn zu Allem befähigt hatten, flößten seine politischen Ueberzeugungen und ein lebhafter Hang zum Militärstand ihm doch mehr Neigung für eine praktische, als eine wissenschaftliche Laufbahn ein, und mit Bezug darauf pflegte er zu sagen: „Thaten seien immer noch poetischer, als selbst die Poesie". Er fühlte, daß er über den Erfolgen seines Geistes stand, und sprach von diesen mit großer Gleichgültigkeit.

Um ihm zu gefallen, suchte Corinna ihn in dieser Hinsicht nachzuahmen; sie fing an, ihre eigenen literarischen Verdienste gering zu achten, um jenen bescheidenen und zurückgezogenen Frauen ähnlicher zu werden, von welchen Oswalds Heimat die Vorbilder liefert.

Inzwischen machten die Huldigungen, welche Corinna in Benedig erfuhr, auf Oswald nur angenehmen Eindruck, es war so viel Wohlwollen in dem Empfang der Venetianer, sie drückten mit so viel feuriger Grazie das Vergnügen aus, welches sie in Corinnens Unterhaltung fanden, daß Oswald sich wohl glücklich fühlen mußte, von einer so hinreißenden und allgemein verehrten Frau geliebt zu sein. Er war auf ihren Ruhm nicht mehr eifersüchtig, seit er ihres Vorzuges so gewiß sein konnte, und seine Liebe schien durch Alles, was er rings um sich her über sie vernahm, nur noch gesteigert. Ja, weniger, als bisher, gedachte

er feines fchwerfälligen Englands und nahm etwas von der
italienifchen Sorglofigkeit über die Zukunft an. Corinna gewahrte diefe Veränderung, und ihr voreiliges Herz erfreute fich
derfelben, — als ob fie hätte dauern können!

Die italienifche ift die einzige Sprache Europa's, deren ver-
fchiedene Dialekte jeder einen Geift für fich haben. In jedem
derfelben, auch in denen, welche mehr oder weniger von dem
klaffifchen Italienifch abweichen, kann man Verfe machen und
Bücher fchreiben. Aber nur dem Neapolitanifchen, dem Sici-
lianifchen und Venetianifchen unter den verfchiedenen Dialekten
der einzelnen Staaten ertheilt man die Ehre, als vollgültig
angefehen zu werden; unter diefen dreien endlich wird nun
wieder das Venetianifche für das anmuthigfte und originalfte
gehalten. Corinna fprach es mit bezaubernder Weichheit; die
Art, wie fie einige Barcarolen heiteren Genre's vortrug, ließ
vorausfetzen, daß fie im Luftfpiel ebenfo vortrefflich als in der
Tragödie fein müffe. Sie wurde vielfach gebeten, in einer
komifchen Oper, welche man in gefchloffenem Kreife aufzu-
führen gedachte, eine Rolle zu übernehmen. Corinna hatte
Oswald niemals mit diefer Seite ihres Talents bekannt machen
wollen; feit fie ihn liebte, war fie fich des Mangels an dazu
erforderlichem Frohfinn nur zu bewußt gewefen; zuweilen auch
hatte fie fich fcheu gefagt, es könne ihr Unglück bringen, wollte
fie fich fo ganz dem heiterften Muthwillen überlaffen. Jetzt
aber willigte fie mit feltfamer Zuverficht ein, zumal Oswald
felbft fie bringend darum gebeten hatte. Es wurde demnach be-
fchloffen, daß fie in dem zur Aufführung gewählten Stück
„Die Tochter der Luft" die Titelrolle übernehmen werde.

Diefes Luftfpiel beftand, wie die meiften von Gozzi, aus
den übernatürlichften, ebenfo originalen als heitern Zauber-
poffen. Truffaldin und Pantalon erfcheinen in diefen Burlesken
oft neben den größeften Königen der Erde. Das Wunderbare
dient hier dem Scherz, aber fo, daß deffen Komik durch eben
diefes Wunderbare, welches an fich niemals gemein oder niedrig
fein kann, veredelt wird. Die „Tochter der Luft" oder „Semiramis in ihrer Jugend" ift eine von Himmel und Hölle mit der

Macht, die Welt zu unterjochen, begabte Coquette. Gleich einer Wilden in felsiger Höhle erzogen, gewandt wie eine Zauberin, gebieterisch gleich einer Königin, vereint sie natürliche Lebhaftigkeit mit überlegter Anmuth, kriegerischen Muth mit weiblicher Leichtfertigkeit und Ehrgeiz mit Unbesonnenheit. Diese Rolle verlangt viel fantasievolle und fröhliche Schlagfertigkeit, wie nur der Augenblick sie eingeben kann, und die ganze Gesellschaft erwartete mit gutem Grund, daß Corinna die Aufgabe auf das Glänzendste lösen werde.

Zweites Kapitel.

Das Schicksal treibt zuweilen ein grausames wunderliches Spiel; es ist, als ob es eine Macht wäre, die Furcht erregen und jede Vertraulichkeit zurückweisen wolle. Wenn man sich am sichersten der Hoffnung hingiebt, und besonders, wenn man den Anschein hat, mit dem Schicksal scherzen und auf Glück rechnen zu wollen, dann wirkt sich meist etwas Furchtbares in das Gewebe unseres Lebens ein, und die verhängnißvollen Schwestern kommen und flechten ihren schwarzen Faden noch dazwischen, um das Werk unserer Hände zu verderben.

Am siebzehnten November, dem Tage der Aufführung erwachte Corinna ahnungslos, und fröhlich unterzog sie sich den letzten Vorbereitungen für den Abend. Im ersten Akt hatte sie in sehr malerischem Kostüm als Wilde zu erscheinen. Ihr Haar, das zwar aufgelöst, dennoch in reizender Sorgfalt geordnet war, sowie ihr duftiges, fantastisch-leichtes Gewand verliehen ihrer edlen Gestalt einen ungewöhnlich anmuthigen Charakter von Coquetterie und schalkhaftem Uebermuth. Sie erreichte den Palast, in welchem die Aufführung stattfinden sollte, als dort bereits Alles versammelt war; Alles, mit Ausnahme Oswalds. Corinna verzögerte den Beginn der Vorstellung, so viel sie es vermochte, und fing schon an sich über seine Abwesenheit sehr zu beunruhigen. In dem Augenblick, als sie auf die Bühne trat, sah sie ihn endlich; verborgen zwar, in einer sehr dunklen Ecke des Saales, aber sie sah ihn doch. Und da dieselbe Angst, in welche das lange Warten sie hinein getrieben, nun auch ihre Freude doppelt aufwallen ließ, wurde sie inspirirt von blitzender Heiterkeit, wie auf dem Kapitol sie getragen ward von der Begeisterung.

Gesang und Worte wechselten miteinander ab; das Stück war auf improvisirten Dialog eingerichtet; dies gewährte Corinna den großen Vortheil, die Handlung zu höherer Lebendigkeit steigern zu können. Beim Singen mußte sie den Geist der italienischen Buffa-Arie mit eigenthümlicher Eleganz zur Geltung zu bringen. Ihre, von Musik begleiteten Bewegungen waren ebenso drollig als vornehm; sie erregte Lachen, ohne daß sie zu imponiren aufhörte, und ihre Rolle wie ihr Talent beherrschten Zuschauer und Schauspieler, indem sie sich anmuthig über die Einen wie über die Andern lustig machte. Ach! wer hätte mit ihrem Siege nicht Mitleid gehabt, wenn er gewußt, daß dies vertrauensvolle Glück schon den Strahl der Vernichtung herabzog, daß diese triumphirende Heiterkeit bald den bittersten Schmerzen Platz machen sollte!

Vielfach und herzlich waren die Beifallsbezeigungen der entzückten Zuschauer; ihre Freude theilte sich Corinna mit. Sie empfand jene Art von Aufschwung, wie ihn das Vergnügen wohl hervorrufen kann, wenn es uns ein gesteigertes Lebensgefühl und Vergessenheit unseres Geschickes giebt und für einen Augenblick den Geist von allen Banden, allen Sorgen befreit. Oswald hatte Corinna den tiefsten Schmerz in einer Zeit darstellen sehen, als er sich schmeicheln durfte, sie glücklich zu machen, und jetzt, wo er soeben eine für sie Beide sehr folgenschwere Nachricht erhalten, mußte er bewundernd vor ihrer vollendeten Schilderung der ungetrübtesten Heiterkeit stehen. Mehrere Male dachte er daran, Corinna von dem verwegenen Spiele hinweg zu ziehen, aber er fand eine traurige Genugthuung darin, noch einmal auf diesem liebenswürdigen Gesichte den leuchtenden Ausdruck des Glücks zu sehen.

Am Ende des Stückes erschien Corinna als Amazone, prächtig und königlich angethan. Sie herrschte, der Rolle entsprechend, über die Menschen, ja fast schon über die Ele-

mente, sie herrschte durch jenes Vertrauen in ihre Reize, das
eine schöne Frau wohl empfinden kann — wenn sie nicht liebt.
Denn es genügt zu lieben, auf daß keine Gabe der Natur
oder der Verhältnisse ihr noch völlige Sicherheit gewährte.
Aber diese gekrönte Coquette, diese souveräne Fee, in deren
Auffassung und Darstellung Corinna auf das Wundervollste
Zorn mit Scherz, Sorglosigkeit mit dem Streben zu gefallen
und Anmuth mit Despotismus vereinte, schien über das Schicksal
ebenso wie über die Herzen zu siegen, und als sie auf den Thron
stieg, gebot sie ihren Unterthanen lächelnd und mit holdem Selbst-
bewußtsein, sich zu unterwerfen. Alle Zuschauer erhoben sich,
um Corinna wie eine ächte Königin zu grüßen. Vielleicht hatte
in keinem Augenblick ihres Lebens die Furcht vor dem Schmerz
ihr ferner gelegen; da fiel ihr Blick plötzlich auf Oswald, der
sich nicht mehr fassen konnte, und den Kopf in die Hände stützend
seine Thränen zu verbergen suchte. Sie war betroffen; und noch
war der Vorhang nicht gefallen, als sie von dem, jetzt schon un-
glückbringenden Thron hinabstieg und in das anstoßende Gemach eilte.

Oswald folgte ihr dorthin. Die Todtenblässe seiner Züge
entsetzte sie so, daß sie genöthigt war, sich stützesuchend gegen die
Wand zu lehnen. „Oswald! o mein Gott! was ist Ihnen?"
— fragte sie zitternd. „Ich muß noch diese Nacht nach England
abreisen", sagte er, ohne zu wissen, was er that; denn er
hätte der unglücklichen Freundin das für sie so Schreckliche nicht
in dieser Form mittheilen dürfen. Sie stürzte außer sich ihm entgegen. „Nein, es kann nicht sein; Sie können mir solches Leid
nicht anthun! Was that ich, um es zu verdienen? Sie nehmen
mich also wohl mit?" — „Verlassen wir erst diese unerträgliche
Menschenmenge", antwortete Oswald, „komm mit mir, Corinna." — Sie folgte ihm: schwankend, mit entstelltem Antlitz,
nicht mehr begreifend, was man sie fragte, unverständliche Antwort gebend, — ein Jeder glaubte, sie sei plötzlich erkrankt.

Drittes Kapitel.

„Oswald", sagte Corinna, als sie sich in der Gondel befanden, in gänzlicher Verwirrung, „was Sie mir eben sagten, ist tausendmal grausamer, als der Tod. Seien Sie großmüthig, stürzen Sie mich in die Wellen, damit ich ihn los werde, den verzehrenden Schmerz. Thun Sie's doch, Oswald. Es bedarf dazu geringeren Muthes, als Sie mir eben bewiesen." — „Wenn Sie noch ein Wort weiter reden, stürze ich mich selbst, und zwar vor Ihren Augen, hinein. Hören Sie mich nur erst an; lassen Sie uns nur erst in Ihrer Wohnung sein, dann werden Sie über mein und Ihr Schicksal zu entscheiden haben. Bis dahin, um Gottes willen, fassen Sie sich." Die innere Qual, welche Oswalds Ton verrieth, hieß Corinna schweigen; aber sie war so gebrochen, daß sie kaum die zu ihrer Wohnung führenden Stufen hinaufzusteigen vermochte. Dort angekommen, riß sie voller Abscheu ihren Putz herunter. Lord Nelvil, als er sie, die vor wenigen Augenblicken so Glänzende, in diesem Zustande sah, sank weinend auf einen Stuhl. „Gott im Himmel! bin ich denn ein Barbar?" rief er, „Corinna, glaubst Du's?" — „Nein", sagte sie, „nein, ich kann's nicht glauben; ist dies nicht noch das Auge, das mir jeden Tag mein Glück brachte? Oswald, o, ist's denn möglich, daß ich Sie fürchten muß, Sie, dessen Gegenwart für mich ein Strahl vom Himmel war! Ist's möglich, daß ich mich nicht getraue, zu Ihnen aufzublicken, daß ich vor Ihnen wie vor einem Mörder stehe? Oswald! Oswald!" Und flehend sank sie vor ihm nieder.

„Was meinst Du?" rief er wüthend, „Du willst also, daß ich mich entehre! Gut denn, ich werde es thun. Mein Regiment schifft sich binnen vier Wochen ein, ich erhielt vorhin davon die Nachricht. Ich bleibe, hüte Dich, ich bleibe, wenn Du mir diesen Schmerz zeigst — diesen über mich so allmächtigen Schmerz; aber ich werde den Schimpf nicht überleben." — „Ich verlange nicht, daß Sie bleiben", antwortete Corinna, „doch was schadet es Ihnen, wenn ich mitgehe?" — „Mein Regiment schifft sich nach den Inseln ein und es ist keinem Officier erlaubt,

feine Frau mitzunehmen." — „So darf ich Ihnen wenigstens
bis England folgen?" — „Ich erfahre", erwiderte Oswald,
„aus den eben erhaltenen Briefen noch weiter, daß das Gerücht
von unserm Verhältniß sich in England verbreitet hat, daß die
englischen Blätter davon erzählen, und man zu vermuthen beginnt, wer Sie sind; daß endlich, auf Anstiften der Lady
Edgermond, Ihre Familie erklärt hat, Sie niemals anerkennen
zu wollen. Lassen Sie mir die Zeit, sie zu Besserem zu überreden, und Ihre Stiefmutter zu den Pflichten zu zwingen, die
sie Ihnen schuldig ist. Wenn ich jetzt mit Ihnen ankomme, und
genöthigt bin, Sie zu verlassen, ehe ich Ihnen Ihren Namen
wieder erwarb, gebe ich Sie dem öffentlichen Urtheil in seiner
ganzen Unerbittlichkeit preis, ohne nachher zu Ihrer Vertheidigung anwesend zu sein." „So versagen Sie mir denn
Alles", stammelte Corinna, und stürzte bewußtlos zu Boden;
ihr Kopf fiel hart auf das Parquet und blutete. Oswald brach
bei diesem Anblick in lauten Jammer aus, und Theresina, welche
ihn vernommen haben mochte, erschien bestürzt, um der Herrin
die nöthige Hülfe zu leisten. Als diese sich wieder aufzurichten
vermochte, fiel ihr Blick zufällig in einen Spiegel, und sie sah
ihr bleiches, schmerzentstelltes Angesicht, ihre aufgelösten, blutigen
Haare. „Nicht so war ich, Oswald, nicht so, als Sie mir zuerst
auf dem Kapitol begegneten", sagte sie; „damals schmückte ein
Kranz der Hoffnung und des Ruhmes meine Stirn, jetzt ist sie
mit Blut und Staub besudelt. Aber nicht Ihnen sei es
erlaubt, mich in der Verzweiflung zu verachten, in die Sie mich
gestürzt. Die Andern dürfen es wohl; aber Sie — Sie dürfen's
nicht. Sie müssen Mitleid mit der Liebe haben, die Sie ein-
flößten. Sie müssen" — —

„O schweig, das ist zu viel!" rief Lord Nelvil, und nachdem er Theresina geheißen, sich zu entfernen, schloß er Corinna
leidenschaftlich an sein Herz. „Es ist entschieden", sagte er, „ich
bleibe; Du wirst mit mir machen, was Du willst. Ich will ertragen, was der Himmel mir auferlegt; ich will Dich in diesem Unglück nicht verlassen, da ich Dich nicht nach England nehmen
kann, ehe ich Dir dort eine würdige Stellung sicherte. Den

Beleidigungen jener hochmüthigen Frau darf ich Dich nicht aussetzen. Ich bleibe, ja, ich bleibe, denn ich kann Dich nicht verlassen." — Seine Worte riefen Corinna wieder zu sich selbst
zurück, doch nur um sie aus der Verzweiflung in eine noch schreck-
lichere Niedergeschlagenheit zu versetzen. Sie fühlte die auf
ihr lastende Nothwendigkeit, und lange verharrte sie gesenkten
Hauptes in düstrem Schweigen. „Sprich doch, Geliebte", sagte
Oswald, „laß mich Deine Stimme hören; nur an sie kann ich
mich noch halten, nur Du sollst mich leiten." — „Nein", erwiderte Corinna, „nein, Sie müssen fort! Sie müssen!"
Und ihre Thränen verkündeten ihm ihre Entsagung. „Geliebte!"
rief Lord Nelvil, „dort das Bild Deines Vaters nehme ich zum
Zeugen, und Du weißt, ob der Name eines Vaters mir heilig
ist! ich rufe es zum Zeugen auf, daß mein Leben Dir gehört, so
lange es zu Deinem Glücke nothwendig ist. Nach meiner Rückkehr von den Inseln werde ich mich bemühen, Dir Deine Heimat,
und den Dir zukommenden Rang und Namen in derselben
wiederzugeben; und falls mir dies nicht gelänge, würde ich nach
Italien zurück kommen, und zu Deinen Füßen leben und sterben."
— „Ach", seufzte Corinna, „und diese Gefahren, denen Sie
nun entgegen gehn . . . . . ." „Fürchte nichts", erwiderte Oswald, „ich werde ihnen glücklich entrinnen; wenn ich aber nicht
wiederkehrte, ich, der unbekannte, namenlose Mann, dann würde
mein Andenken in Deinem Herzen bleiben? Du würdest mich
nicht nennen hören, ohne daß Thränen Deinen Blick umfloren,
nicht wahr, Corinna? Du würdest sagen: „Ich habe ihn gekannt, er liebte mich." — „Ach, laß mich, laß mich!" rief sie,
„Du täuschest Dich über meine äußere Ruhe! Morgen,
wenn die Sonne scheint und ich es fühle, daß ich Dich nicht
mehr — nie mehr wiedersehe, dann versagt mir vielleicht das
Leben, ach! und dies wäre ja auch ein Glück!" — „Warum",
rief Lord Nelvil, „warum fürchtest Du, mich nicht wieder
zu sehen, Corinna? Ist mein feierliches Versprechen unserer
ewigen Vereinigung nichts für Dich? Kann Dein Herz zweifeln?"
— „Nein, ich verehre Sie zu hoch, um Ihnen nicht zu glauben",
antwortete Corinna, „es würde mir noch furchtbarer sein, meine

seine Frau mitzunehmen." — „So darf ich Ihnen wenigstens
bis England folgen?" — „Ich erfahre", erwiderte Oswald,
„aus den eben erhaltenen Briefen noch weiter, daß das Gerücht
von unserm Verhältniß sich in England verbreitet hat, daß die
englischen Blätter davon erzählen, und man zu vermuthen beginnt, wer Sie sind; daß endlich, auf Anstiften der Lady
Edgermond, Ihre Familie erklärt hat, Sie niemals anerkennen
zu wollen. Lassen Sie mir die Zeit, sie zu Besserem zu überreden, und Ihre Stiefmutter zu den Pflichten zu zwingen, die
sie Ihnen schuldig ist. Wenn ich jetzt mit Ihnen ankomme, und
genöthigt bin, Sie zu verlassen, ehe ich Ihnen Ihren Namen
wieder erwarb, gebe ich Sie dem öffentlichen Urtheil in seiner
ganzen Unerbittlichkeit preis, ohne nachher zu Ihrer Vertheidigung anwesend zu sein." „So versagen Sie mir denn
Alles", stammelte Corinna, und stürzte bewußtlos zu Boden;
ihr Kopf fiel hart auf das Parquet und blutete. Oswald brach
bei diesem Anblick in lauten Jammer aus, und Theresina, welche
ihn vernommen haben mochte, erschien bestürzt, um der Herrin
die nöthige Hülfe zu leisten. Als diese sich wieder aufzurichten
vermochte, fiel ihr Blick zufällig in einen Spiegel, und sie sah
ihr bleiches, schmerzentstelltes Angesicht, ihre aufgelösten, blutigen
Haare. „Nicht so war ich, Oswald, nicht so, als Sie mir zuerst
auf dem Kapitol begegneten", sagte sie; „damals schmückte ein
Kranz der Hoffnung und des Ruhmes meine Stirn, jetzt ist sie
mit Blut und Staub besudelt. Aber nicht Ihnen sei es
erlaubt, mich in der Verzweiflung zu verachten, in die Sie mich
gestürzt. Die Andern dürfen es wohl; aber Sie — Sie dürfen's
nicht. Sie müssen Mitleid mit der Liebe haben, die Sie ein-
flößten — Sie müssen" — —

„O schweig, das ist zu viel!" rief Lord Nelvil, und nachdem er Theresina geheißen, sich zu entfernen, schloß er Corinna
leidenschaftlich an sein Herz. „Es ist entschieden", sagte er, „ich
bleibe; Du wirst mit mir machen, was Du willst. Ich will ertragen, was der Himmel mir auferlegt; ich will Dich in diesem Unglück nicht verlassen, da ich Dich nicht nach England nehmen
kann, ehe ich Dir dort eine würdige Stellung sicherte. Den

Beleidigungen jener hochmüthigen Frau darf ich Dich nicht aussetzen. Ich bleibe, ja, ich bleibe, denn ich kann Dich nicht verlaſſen." — Seine Worte riefen Corinna wieder zu ſich ſelbſt
zurück, doch nur um ſie aus der Verzweiflung in eine noch ſchreck-
lichere Niedergeſchlagenheit zu verſetzen. Sie fühlte die auf
ihr laſtende Nothwendigkeit, und lange verharrte ſie geſenkten
Hauptes in düſtrem Schweigen. „Sprich doch, Geliebte", ſagte
Oswald, „laß mich Deine Stimme hören; nur an ſie kann ich
mich noch halten, nur Du ſollſt mich leiten." — „Nein", erwiderte Corinna, „nein, Sie müſſen fort! Sie müſſen!"
Und ihre Thränen verkündeten ihm ihre Entſagung. „Geliebte!"
rief Lord Nelvil, „dort das Bild Deines Vaters nehme ich zum
Zeugen, und Du weißt, ob der Name eines Vaters mir heilig
iſt! ich rufe es zum Zeugen auf, daß mein Leben Dir gehört, ſo
lange es zu Deinem Glücke nothwendig iſt. Nach meiner Rückkehr von den Inſeln werde ich mich bemühen, Dir Deine Heimat,
und den Dir zukommenden Rang und Namen in derſelben
wiederzugeben; und falls mir dies nicht gelänge, würde ich nach
Italien zurück kommen, und zu Deinen Füßen leben und ſterben."
— „Ach", ſeufzte Corinna, „und dieſe Gefahren, denen Sie
nun entgegen gehn ......" „Fürchte nichts", erwiderte Oswald, „ich werde ihnen glücklich entrinnen; wenn ich aber nicht
wiederkehrte, ich, der unbekannte, namenloſe Mann, dann würde
mein Andenken in Deinem Herzen bleiben? Du würdeſt mich
nicht nennen hören, ohne daß Thränen Deinen Blick umfloren,
nicht wahr, Corinna? Du würdeſt ſagen: „Ich habe ihn gekannt, er liebte mich." — „Ach, laß mich, laß mich!" rief ſie,
„Du täuſcheſt Dich über meine äußere Ruhe! Morgen,
wenn die Sonne ſcheint und ich es fühle, daß ich Dich nicht
mehr — nie mehr wiederſehe, dann verſagt mir vielleicht das
Leben, ach! und dies wäre ja auch ein Glück!" — „Warum",
rief Lord Nelvil, „warum fürchteſt Du, mich nicht wieder
zu ſehen, Corinna? Iſt mein feierliches Verſprechen unſerer
ewigen Vereinigung nichts für Dich? Kann Dein Herz zweifeln?"
— „Nein, ich verehre Sie zu hoch, um Ihnen nicht zu glauben",
antwortete Corinna, „es würde mir noch furchtbarer ſein, meine

Bewunderung für Sie aufgeben zu müssen, als meine Liebe. Ich halte Sie für einen höheren Menschen, für den reinsten und edelsten Charakter, der je auf Erden wandelte. Was mich an Sie fesselt, ist nicht blos der Zauber Ihrer Persönlichkeit, es ist der Glaube, daß niemals so viel Tugenden in einem Manne vereint waren; und Ihre geliebten Augen erzählen von ihnen allen! Nein, fern von mir ein Zweifel an Ihrem Wort. Ich würde den Anblick des menschlichen Angesichts fliehen, da es mir nur noch Grauen erregte, wenn Lord Nelvil täuschen könnte. — Nein, das nicht; aber die Trennung bringt so viel Unerwartetes, und das entsetzliche Wort „Lebe wohl".... „Niemals", unterbrach er sie, „niemals kann Dein Oswald Dir das letzte Lebewohl sagen; es sei denn auf dem Todtenbette." — Seine Erschütterung war angsterregend, und Corinna, das Schlimmste für seine Gesundheit fürchtend, suchte sich nun besser zu beherrschen; sie, die doch so viel mehr zu beklagen war.

Sie sprachen nun Weiteres über diese schwere Trennung, über die Art ihres Briefwechsels, über die Gewißheit ihrer Wiedervereinigung. Seine Abwesenheit wurde auf ein Jahr festgesetzt, denn Oswald glaubte bestimmt, die Expedition werde nicht länger dauern. Genug, es blieben ihnen noch einige Stunden des Zusammenseins, und Corinna hoffte sich kraftvoll zu zeigen. Aber schon als Oswald ihr mittheilte, daß bereits um drei Uhr Morgens die bestellte Gondel eintreffen werde, und sie diese Stunde nicht mehr weit sah, bebte sie an allen Gliedern und das Schaffot selber hätte ihr nicht größeren Schrecken bereiten können. Oswalds Entschlossenheit schien auch mit jedem Augenblick mehr dahinzuschwinden, und Corinna, da sie ihn nie die Herrschaft über sich hatte verlieren sehen, zerriß der Anblick seines Leidens das Herz. Arme Corinna! Sie tröstete ihn, und sollte doch tausendmal unglücklicher werden, als er!

„In London, Oswald, werden Ihnen die Weltmenschen sagen, daß ein Liebesversprechen noch keine Ehe sei; daß unzählige Engländer auf ihren Reisen so eine Italienerin geliebt haben, um sie nach der Heimkehr zu vergessen; daß ein paar glückliche Monde weder die Frau binden, der sie bereitet wurden, noch Den, welcher sie spendete, und daß ein ganzes Leben nicht von dem Zauber abhängen dürfe, der Sie auf kurze Zeit in dem Verkehr mit einer Ausländerin umfangen hielt. Jene werden dem Anschein nach Recht haben, Recht vor der Welt: aber Sie, der Sie das Herz kannten, über das Sie sich zum Herrn machten, Sie, der Sie wissen, wie dieses Herz Sie liebt, werden auch Sie Sophismen finden, um eine tödtliche Wunde für heilbar zu halten? Und die glatten, grausamen Gesellschaftsmenschen, werden Sie Ihrer Hand das Zittern nehmen können, wenn Sie einen Dolch in meine Brust stoßen?" — „Ach! wie sprichst Du doch!" rief Lord Nelvil; „es ist ja nicht Dein Schmerz allein, der mich zurückhält, sondern auch der meine. Wo fände ich ein Glück, das dem gleichen kann, welches ich mit Dir genossen? Wer auf der ganzen Welt wird mich verstehen, wie Du mich verstanden hast? Die Liebe, Corinna, die Liebe, die kannst nur Du allein so erfassen, die kannst nur Du allein so erregen! Diese Harmonie der Seele, dies innige Einverständniß zwischen Geist und Herz — bei welcher andern Frau könnte ich sie finden, als bei Dir, meine Corinna? Dein Freund ist kein leichtfertiger Mann, Du weißt es ja! Das ganze Leben nehme ich ernst, und sollte vor Dir mein Wesen verläugnen?"

„Nein, nein", erwiderte Corinna, „Sie werden eine wahrhaftige Seele nicht verachten; und nicht Sie, Oswald, ich weiß es, nicht Sie werden unempfindlich vor meiner Verzweiflung stehn. Aber neben Ihnen droht mir ein furchtbar Feindliches: die despotische Strenge nämlich, die hochmüthige Mittelmäßigkeit meiner Stiefmutter. Sie wird Ihnen alles Mögliche anführen, was meine Vergangenheit herabsetzen kann. Ersparen Sie mir Ihnen ihre unbarmherzigen Reden vorherzusagen. Statt daß meine Gaben mich in ihren Augen entschuldigen müßten, rechnet sie mir dieselben als mein größestes Vergehen an. Sie versteht ihren Zauber nicht und sieht nur ihre Gefahren. Alles, was nicht in die Richtung paßt, die sie vorgeschrieben, findet sie unnütz, selbst strafbar, und alle Poesie des Herzens scheint ihr eine unbequeme Grille, die sich's anmaßt, ihre Vernunft gering zu schätzen. Im Namen von Tugenden, die ich ebenso heilig halte als sie, wird sie meinen Charakter und meinen Lebensweg verdächtigen. Oswald! sie wird Ihnen sagen, daß ich Ihrer unwürdig sei!" — „Und wie sollte ich auf sie hören können", unterbrach sie Oswald; „welche Tugenden dürfte man über Deine Großmuth, Deine Aufrichtigkeit, Deine Güte, Deine Menschenliebe zu setzen wagen, Du himmlisches Geschöpf? Man soll die gewöhnlichen Frauen nach gewöhnlichen Gesetzen richten! Aber Schande über den Bevorzugten, den Du liebst, und der Dich nicht ebenso hochachtete, als er Dich anbetet! Nichts in der ganzen Natur kommt Deinem Geiste, Deinem Herzen gleich. An der reinen göttlichen Quelle, wo Du Deine Gefühle schöpfst, ist Alles Liebe und Wahrheit. Corinna, Corinna! O, ich kann Dich nicht verlassen; mir schwindet aller Muth. Wenn Du mir nicht hilfst, kann ich nicht fort, und von Dir, von Dir muß ich die Kraft empfangen, Dich zu betrüben." — „Wohlan", sagte Corinna, „warte noch ein paar Augenblicke, ehe ich meine Seele Gott empfehle, und ihn anflehe, mir in dieser Trennungs= stunde beizustehn. Wir haben uns geliebt, Oswald, geliebt mit tiefer Leidenschaft! Ich habe Dir die Geheimnisse meines Lebens anvertraut; das sind aber doch nur Thatsachen; Du weißt mehr von mir; Du kennst mein ganzes Innere! Ich habe keinen Gedanken, der nicht eins wäre mit Dir. Wenn ich im Schreiben meine Seele ausströme, so hast Du mich dazu be= geistert; an Dich richte ich mein Träumen und Sinnen und mein letzter Athemzug wird Dir gehören. Wo fände ich Zuflucht, wenn Du mich verließest? In der Kunst suche ich nur Dein Bild, in der Musik nur Deine Stimme — der Himmel ist gleich Deinem Blick! Das Genie, das sonst mein Wesen entflammte, ist Alles zu Liebe geworden. Begeisterung, Nachdenken, Ver= stand — ich habe Alles nur in Gemeinschaft mit Dir!"

„Allmächtiger Gott, erhöre mich!" betete sie nun, mit zum Himmel gewendetem Blick. „O Gott, der du über die Schmer= zen der Liebe, die edelsten von Allen, nicht unbarmherzig richtest, nimm mein Leben hin, wenn er aufhört mich zu lieben; nimm mir den elenden Rest des Daseins, den ich doch nur in Leid und Noth dahinschleppen könnte. Was gut und groß ist an mir,

das nimmt er mit sich hinweg. Wenn er das Feuer seines Herzens für mich erlöschen läßt, dann, o Gott, dann bestimme, daß
auch mein Leben erlösche. Großer Gott! Du hast mich nicht
erschaffen, um alles edelste Gefühl zu überleben, und was bliebe
mir, wenn ich aufhören müßte, ihn zu verehren? Denn auch er
muß mich lieben, er muß es; ich fühle bis in den tiefsten Herzensgrund eine Liebe für ihn, welche die seine von ihm fordert. O
Gott!" rief sie nochmals, „den Tod oder seine Liebe!" Als sie
geendet, wendete sie sich zu Oswald und fand ihn hingestreckt in
entsetzlichen Zuckungen. Die Aufregung hatte seine Kräfte über-
schritten; er wies Corinnens Beistand zurück, er wollte sterben,
und schien im Wahnsinn; Corinna hielt seine Hände in den
ihren; mit Sanftmuth wiederholte sie ihm Alles, was er selbst
ihr tröstend gesagt hatte. Sie versicherte, daß sie ihm glaube,
auf seine Wiederkehr rechne und nun ganz gefaßt sei. Ihr holder Zuspruch that ihm wohl; doch je mehr die Abschiedsstunde
heranrückte, je unmöglicher schien es ihm, sich zu überwinden.

„Weshalb", sagte er zu Corinna, „weshalb nun treten wir
nicht, noch ehe ich abreise, vor den Altar, um dort den Eid unserer Treue niederzulegen?" Corinna bebte; forschend und in
großer Verwirrung blickte sie zu ihm hinauf. Es fiel ihr ein,
daß Oswald beim Erzählen seiner Erlebnisse geäußert hatte:
der Schmerz einer Frau sei von allmächtigem Einfluß auf ihn,
aber sein Gefühl erkälte sich auch durch eben die Opfer, welche
dieser Schmerz ihm abgewonnen. Diese Erinnerung gab Corinna ihre ganze Festigkeit, ihren ganzen Stolz zurück. Nach
kurzem Schweigen erwiderte sie: „Sie müssen Freunde und
Vaterland wiedergesehen haben, Mylord, ehe Sie den Entschluß
fassen, Ihr Leben unwiderruflich an das meine zu knüpfen.
Jetzt würde ich ihn der Rührung des Abschieds verdanken, und
nicht so kann ich die Ihre werden." — Oswald drang nicht
weiter in sie. „Wenigstens schwöre ich von Neuem", sagte er,
Corinnens Hand ergreifend, „daß meine Treue an diesen Ring
gebunden ist. So lange Sie ihn bewahren, wird nie eine
andere Frau Rechte an mich haben; wenn Sie ihn einst verschmähen, ihn mir zurücksenden....."—„Hören Sie auf", unter-

brach ihn Corinna, „hören Sie auf, eine Besorgniß auszudrücken, die Sie nicht hegen. Ach! nicht ich werde zuerst das
heilige Band unserer Herzen zerreißen; Sie wissen es wohl,
nicht ich! Und ich erröthe, etwas zu betheuern, das so zweifellos ist."

Indessen verfloß die Zeit. Corinna erbleichte bei jedem
Geräusch, und Lord Nelvil, in den tiefsten Schmerz versenkt,
hatte kaum noch Kraft zu einem Worte. Endlich zeigte sich das
gefürchtete, kleine Licht, und bald darauf hielt die Gondel vor
der Thür. Scheu wich Corinna vor ihrem Anblick zurück;
Oswald schloß nochmals die Geliebte in seine Arme. „Sie
sind da! sie sind da!" rief sie. „Leben Sie wohl, gehen Sie —
es ist vorbei." — „O mein Vater", stammelte Lord Nelvil,
„o mein Vater! Verlangst Du denn das von mir?" — „Gehen
Sie", sagte Corinna, „gehen Sie! Es muß sein." — „Theresina
soll kommen", antwortete Oswald, „ich mag Sie nicht allein
lassen." — „Allein! ach, bin ich's denn nicht bis zu Ihrer Rückkehr?" — „Ich kann nicht fort, ich kann nicht!" rief Oswald,
und verzweifelnd wünschte er sich den Tod. „So werde ich Sie
gehen heißen — ich selbst; aber gewähren Sie mir noch einige
Augenblicke." — „Ja wohl!" rief Oswald, „ach, bleiben wir
noch zusammen. Dieser fürchterliche Kampf ist besser noch, als
Dich nicht mehr sehen."

Unter Corinnens Fenster riefen die Gondoliere nach Lord
Nelvils Dienerschaft; man antwortete, und bald darauf meldete
einer der Bedienten, daß Alles bereit sei. „Ja, Alles ist bereit",
sagte Corinna, und sich von Oswald losmachend, trat sie vor
das Bild ihres Vaters, lehnte das Haupt daran und betete.
Ihr ganzes vergangenes Leben mochte sich wohl in diesem
Augenblick vor ihr aufrollen; mit Gewissenhaftigkeit übertrieb
sie alle ihre Fehler; sie fürchtete die göttliche Barmherzigkeit
nicht zu verdienen, und fühlte sich doch so unglücklich, daß sie
des Glaubens an das Mitleid des Himmels sehr bedurfte.
Endlich richtete sie sich auf, und Lord Nelvil die Hand reichend,
sagte sie: „Gehen Sie jetzt, ich will es; einen Augenblick später
kann ich's vielleicht nicht mehr wollen. Gehen Sie; Gott segne

jeden Ihrer Schritte und beschütze auch mich; ich brauche es." —
Oswald zog sie noch einmal mit unaussprechlicher Leidenschaft
an sein Herz und verließ darauf, bleich und schwankend, wie ein
Mensch, der in den Tod geht, dieses Gemach, wo er vielleicht
zum letzten Male geliebt hatte, und geliebt worden war, wie die
Erde es kaum wieder gesehen!

Als Oswald ihren Blicken entschwunden war, gerieth Corinna in einen bejammernswerthen Zustand: ein maßloses Herzklopfen raubte ihr den Athem; ihr Blick umwölkte sich; die
Dinge um sie her schienen alle Wesenheit zu verlieren und irrten
vor ihren Augen bald nah, bald fern umher. Sie glaubte, der
Boden wanke unter ihren Füßen, wie bei einem Erdbeben, und
hielt sich fest, um nicht zu fallen. Noch einige Minuten
hindurch hörte sie das Geräusch der letzten Vorbereitungen zur
Abfahrt. Er war noch da! sie konnte ihn noch wiedersehen!
aber sie fürchtete sich vor sich selbst. Inzwischen lag er fast
bewußtlos in der Barke. Endlich stieß diese ab, und jetzt stürzte
Corinna nach der Thür, um ihn zurückzurufen. Theresina
hinderte sie daran. Bald fing es heftig zu regnen an; ein
rasender Sturm erhob sich; das Haus erbebte wie ein Schiff
auf offenem Meer. Nun litt Corinna noch die schreckliche
Besorgniß um Oswalds Sicherheit, da er in diesem Wetter
auf der Lagune war. In der Absicht sich einzuschiffen, um
ihm wenigstens bis zum Festlande zu folgen, eilte sie nach
dem Kanal hinunter. Doch die Nacht war so stürmisch, daß
auch nicht eine einzige Gondel anzutreffen war. In unerträglicher Ruhelosigkeit eilte sie auf den schmalen Steinen weiter,
welche die Häuser vom Kanal trennen. Der Sturm nahm
immer zu; mit ihm ihre Angst um Oswald. Sie versuchte von
einigen Schiffern gehört zu werden, die in ungewisser, dunkler
Entfernung sichtbar wurden; aber diese hielten ihr Rufen wohl
für das Hülfegeschrei Verunglückter, die sich in solcher Nacht
auf das Wasser hinausgewagt. Ohnehin hätte Niemand vermocht herbeizukommen, so furchtbar drohten die zürnenden
Wellen des großen Kanals.

Der Anbruch des Tages fand Corinna noch in dieser Lage.

Staëls Corinna.   26

Das Wetter hatte sich allmählig beruhigt, und Oswalds Gon-
dolier brachte ihr die Nachricht von dessen glücklich zurück-
gelegter Fahrt durch die Lagunen. Dieser Augenblick glich beinahe noch dem Glücke, und erst nach einigen Stunden empfand
die arme Corinna von Neuem seine Abwesenheit; erst dann kam
ihr das Vorgefühl der öden Tage, der müde dahinschleichen-
den Zeit, des ruhelosen, verzehrenden Schmerzes, der sich fortan
in ihr Dasein hineingraben sollte.

Viertes Kapitel.

Während der ersten Tage seiner Reise war Oswald hundertmal bereit gewesen, umzukehren; zuletzt siegten freilich die
strengen Gründe, die ihn nach der Heimat riefen, über dieses
Verlangen. Fürwahr, in der Liebe ist's ein feierlicher Schritt,
sie einmal überwunden zu haben: ihre Allmacht ist dahin!

Alle theuren Heimatserinnerungen tauchten in Oswalds
Seele auf, als er sich England näherte. Das in Italien zu-
gebrachte Jahr stand mit keiner seiner frühern Lebensepochen in
Verbindung; es glich in seiner Wirkung auf ihn einem leuchtenden Meteor, das seine Einbildungskraft beherrscht hatte,
welches aber doch die Ansichten und Neigungen, nach denen sich
sein Leben bisher gebildet, nicht völlig umzuformen im Stande
gewesen war. Er fand sich selbst wieder; und obwohl das Bedauern, von Corinna getrennt zu sein, ihn für heitere Eindrücke
unempfänglich machte, nahmen seine Ideen doch schon wieder
eine gewisse Unbeweglichkeit an, die sich in dem berauschenden
Umherschweifen unter den Kunst- und Naturschönheiten Italiens
scheinbar verloren hatte.

Sobald er den Fuß auf englischen Boden setzte, traten ihm
überall Ordnung, Wohlstand, Reichthum und Industrie entgegen, und seine mit ihm geborenen Neigungen und Gewohnheiten standen entschiedener denn je wieder auf. In diesem
Lande, wo die Männer so viel Würde, die Frauen so viel
Bescheidenheit besitzen, wo das häusliche Glück mit dem politischen enge im Bunde steht, dachte Oswald an Italien nur, um

es zu beklagen. In seinem Vaterlande glaubte er aller Orten
die menschliche Vernunft auf die edelste Weise herrschen zu sehn,
während Italiens Institutionen und gesellschaftliche Zustände
ihm nichts als Verworrenheit, Schwäche und Unwissenheit gezeigt hatten. Seine verführerischen Bilder, seine poetischen
Eindrücke wichen in Oswalds Herzen mehr und mehr der tiefen
Ehrfurcht vor Freiheit und Sittlichkeit, und obwohl er Corinnens in Liebe gedachte, tadelte er sie doch leise, daß sie ungern
in einem Staate gelebt hatte, den er für so weise, so großartig
eingerichtet hielt. Wäre er aus einem Lande, wo man die Einbildungskraft wie eine Gottheit ehrt, in ein dürres, leichtfertiges
gekommen, würden ihn seine Erinnerungen, würde seine ganze
Seele ihn nach Italien wieder hingezogen haben; aber er tauschte
die unklare Sehnsucht nach romantischem Glücke gegen den
stolzen Besitz der ächten Güter des Lebens ein, gegen Unabhängigkeit und Sicherheit. Er trat wieder in die Sphäre zurück,
welche dem Manne ziemt: das Handeln mit einem Zweck; das
Träumen und Schwärmen gilt nun einmal als das Antheil
der von Jugend auf zu Schwachheit und Resignation erzogenen
Frauen. Der Mann will erwerben, was er zu besitzen wünscht,
und ist schnell bereit, sich in zürnender Ungeduld gegen sein Geschick aufzulehnen, wenn's ihm, der seiner Kraft und seines
geschulten Muths sich bewußt ist, dennoch nicht gelingt, es nach
seinem Willen zu beugen.

Oswald fand in London seine Jugendfreunde wieder; er
hörte wieder diese kräftige, gedrungene Sprache, die noch viel
mehr anzudeuten scheint, als sie ausdrückt; er sah diese ernsten
Physiognomien wieder, sah, wie sie plötzlich aufleuchten, wenn
ein tiefes Gefühl über die herkömmliche Zurückhaltung siegt; er
konnte wieder den Genuß haben, Entdeckungen in Herzen zu
machen, die sich nur nach und nach dem beobachtenden Auge
offenbaren — kurz, er fühlte sich im Vaterlande! Die, welche
es niemals verließen, wissen nicht, durch wie viele Bande wir
an dasselbe geknüpft sind. Indessen begleitete der Gedanke an
Corinna alle Eindrücke, welche Oswald empfing, und da er sich
so unzertrennlich mit der Heimat verbunden fühlte, hatte er

26*

auch zugleich die größeste Abneigung, sie von Neuem zu verlaffen. So führten ihn denn alle seine Ueberlegungen auf den
Entschluß zurück, seinen Aufenthalt in Schottland zu nehmen,
und Corinna als seine Gattin dorthin zu führen.

Er wünschte sehnlich fortzukommen, um nur schneller wiederkehren zu können. Da erhielt er Gegenbefehl: die Einschiffung der
Expedition, an welcher sein Regiment sich betheiligen sollte, war
aufgeschoben, und zwar mit dem Vermerk: es dürfe sich dennoch
kein Officier länger als vierzehn Tage von seinem Platze entfernen, da der Aufbruch sehr unerwartet geschehen könne. In
dieser Lage fühlte Lord Nelvil sich sehr unglücklich; er litt
schmerzlich darunter, von Corinna getrennt zu sein, und weder
Zeit, noch Freiheit zu haben, um irgend einen Plan fassen und
ausführen zu können. Er verbrachte sechs Wochen in London,
ohne in die große Welt zu gehn, einzig nur dem Augenblicke
entgegenlebend, wo er Corinna wiedersehen werde, und war sehr
verstimmt, daß er eine so lange Zeit ohne sie verlieren müsse.
Endlich beschloß er, diese Tage des Wartens für eine Reise nach
Northumberland zu verwenden; er wollte dort Lady Edgermond
besuchen, um diese zu einer rechtskräftigen Anerkennung Corinnens, als Lord Edgermonds Tochter, die man fälschlich für
todt ausgegeben, zu bestimmen. Seine Freunde zeigten ihm die
öffentlichen Blätter, in denen man sich sehr ungünstige Andeutungen über Corinnens Lebensweise erlaubt; und er empfand
den glühenden Wunsch, ihr den Rang und die Anerkennung,
auf welche sie Anspruch machen durfte, wiederzuverschaffen.

Fünftes Kapitel.

Oswald reiste nach dem Landsitze Lady Edgermonds, in
gespannter Erwartung, den Ort zu sehen, wo Corinna so viele
Jahre gelebt hatte. Verlegen stand er vor der Nothwendigkeit,
Lady Edgermond verständlich machen zu müssen, daß er ihrer
Tochter entsagen wolle, und diese gemischten Gefühle bewegten
ihn und stimmten ihn gedankenvoll. Das nördliche England,
durch welches sein Weg ihn führte, wurde seiner schottischen

Heimat immer ähnlicher, und immer allmächtiger herrschte deshalb auch die Erinnerung an den Vater in seinem Herzen. Auf
dem Schlosse der Lady Edgermond angekommen, fand er sich
von dem guten Geschmacke, den hier sämmtliche Einrichtungen
verriethen, wohlthuend überrascht; und da die Herrin des
Hauses noch nicht bereit war, ihn zu empfangen, trat er in den
Park hinaus, um sich inzwischen dort ein wenig umzuschauen.
Hier erblickte er eine junge Dame, an deren eleganter Gestalt
und wunderbar schönen blonden Haaren er die zu holdester
Jungfräulichkeit entfaltete Lucile erkannte. Sie las mit großer
Aufmerksamkeit; er näherte sich ihr, grüßte sie, und vergessend,
daß er in England war, wollte er ihre Hand ergreifen, um sie
nach italienischer Sitte ehrerbietig zu küssen; aber das junge
Mädchen trat mit tiefem Erröthen zurück und sagte, sich formvoll
verneigend: „Ich will es meiner Mutter sagen, Mylord, daß
Sie sie zu sprechen wünschen." Damit entfernte sie sich, und
ließ Lord Nelvil in Verwunderung zurück über ihr engelgleiches
Angesicht und ihre vornehme bescheidene Haltung.

Lucile war kaum in ihr sechzehntes Jahr getreten. Ihre
Züge waren von ganz ungewöhnlicher Zartheit; Blässe und
Erröthen verscheuchten dort einander in holder Flüchtigkeit. Der
Körper mochte fast zu schlank sein, denn in ihrem Gange verrieth
sich einige Schwäche. Da sie die blauen Augen meist nieder-
schlug, erhielt ihre Physiognomie den nöthigen Ausdruck hauptsächlich von einer großen Durchsichtigkeit der Haut, welche gegen
ihren Willen die Bewegungen verrieth, die in anderer Weise
auszusprechen ihre große Zurückhaltung sie verhinderte. Oswald
hatte, seit er im Süden reiste, den Charakter derartiger Frauen-
schönheit ganz vergessen; er empfand etwas wie Ehrfurcht. Lebhaft warf er sich's vor, sie mit einer Art Vertraulichkeit begrüßt
zu haben, und als er sich jetzt nach dem Schlosse zurückwendete,
in dessen Portal Lucile eben verschwand, träumte er von der
himmlischen Reinheit eines jungen Mädchens, das immer unter
dem Schutze der Mutter blieb, und vom Leben nichts kennt, als
die kindliche Liebe.

Lady Edgermond war allein, als sie Lord Nelvil empfing;

er hatte sie vor einigen Jahren in Gesellschaft seines Vaters schon zweimal gesehen, damals jedoch wenig auf sie Acht gegeben. Jetzt beobachtete er sie genauer, um sie dem Bilde zu vergleichen, das Corinna von ihr entworfen hatte. Er fand dieses in vieler Beziehung richtig, nur schien es ihm, als ob in den Augen Lady Edgermonds mehr Empfindung liege, als die Freundin zugeben wolle; natürlich, sagte er sich, könne sie nicht, wie er, für diese verschlossenen Physiognomien ein Verständniß haben. Um bald auf seine wichtigste Angelegenheit, die Anerkennung Corinnens, hinlenken zu können, begann er das Gespräch, indem er Italien und dessen Vorzüge rühmte. „Es mag für einen Mann ein angenehmer Aufenthalt sein", erwiderte Lady Edgermond, „wenn aber eine Frau, die mich näher angeht, sich dort lange gefiele, würde ich das nicht billigen." — „Dennoch", entgegnete Lord Nelvil, von dieser Andeutung verletzt, „dennoch habe ich dort die ausgezeichnetste Frau angetroffen, die mir in meinem Leben vorgekommen ist." — „In Betreff der Geistesvorzüge kann das der Fall sein, aber ein ehrenwerther Mann sucht in seiner Lebensgefährtin doch wohl andere Eigenschaften." — „Und findet auch diese", unterbrach Oswald warm. Er wollte fortfahren und jetzt klar aussprechen, worauf bisher von beiden Seiten nur hingedeutet worden war, als Lucile eintrat, und sich zu dem Ohr der Mutter hinabneigend, dieser leise einige Worte zuflüsterte. „Nein, mein Kind", erwiderte Lady Edgermond laut, „Du kannst heute Deine Cousine nicht besuchen; ich wünsche, daß Du bleibst, um mit Lord Nelvil zu Mittag zu speisen." — Lucile erröthete bei diesen Worten noch tiefer, als es im Garten geschehen war; dann setzte sie sich neben ihre Mutter und nahm vom Tische eine Stickerei, mit welcher sie sich beschäftigte, ohne die Augen aufzuschlagen, noch sich ins Gespräch zu mischen.

Lord Nelvil machte dieses Betragen fast ungeduldig; denn es war doch anzunehmen, Lucile sei davon unterrichtet, daß von einer Verbindung zwischen ihnen die Rede gewesen. Er erinnerte sich Alles dessen, was Corinna ihm über die wahrscheinliche Wirkung der strengen Erziehung Lady Edgermonds vorhergesagt hatte; daneben war er jedoch von Lucilens hinreißender Erscheinung mehr und mehr betroffen. In England haben die jungen Mädchen im Allgemeinen mehr Freiheit, als die verheiratheten Frauen, und Vernunft wie Moral erklären diesen Brauch. Lady Edgermonds Grundsätze wichen von demselben ab; zwar nicht in Betreff der Frauen, wohl aber um der Mädchen willen; sie behauptete, in allen Lebenslagen zieme dem Weibe die strengste Zurückhaltung. — Lord Nelvil hoffte, nun seine Absichten in Bezug auf Corinna erklären zu können, sobald er sich mit Lady Edgermond wieder allein befinden werde, doch Lucile entfernte sich nicht mehr, und Jene leitete, bis man sich zum Diner erhob, das Gespräch über verschiedene Dinge mit einfacher, sicherer Verständigkeit, die Oswald einige Anerkennung abnöthigte. Er hätte zwar ihre, auf allen Seiten so abgeschlossenen und mit den seinen oft nicht übereinstimmenden Ansichten bekämpfen mögen; aber er fürchtete, durch irgend ein Wort, das nicht in den Gang ihrer Ideen passe, ihr eine später vielleicht schwer zu ändernde Meinung von sich zu geben, und er zögerte deshalb, bei diesem ersten Bekanntwerden mit seinen Ueberzeugungen scharf hervorzutreten. Einer Frau gegenüber, die keine feineren Unterschiede, keine Ausnahmen zuließ, und Alles nach allgemeinen festgesetzten Regeln beurtheilte, mußten diese ersten Schritte unwiderruflich sein.

Man meldete, daß servirt sei. Lucile näherte sich ihrer Mutter, um derselben den Arm zur Stütze zu bieten, und jetzt erst bemerkte Oswald, wie mühsam Lady Edgermond den kurzen Weg bis zur Tafel zurücklegte. „Ich leide", sagte sie erklärend, „an einer sehr schmerzhaften, vielleicht tödtlichen Krankheit"; und als Lucile bei diesen Worten bleich wurde, fügte sie sanft hinzu: „Die Sorgfalt meiner Tochter hat mir indessen schon einmal das Leben gerettet, und kann es vielleicht noch ferner erhalten." Lucile neigte das Haupt, um ihre Bewegung zu verbergen; als sie es wieder erhob, waren ihre Augen von Thränen feucht. Doch hatte sie nicht einmal gewagt, die Hand ihrer Mutter zu ergreifen. Es hatte sich Alles auf dem Grunde ihres Herzens zugetragen; der Andern schien sie nur gedacht zu haben, um ihnen zu entziehen, was sie empfand. Oswald rührte so viel Beschränkung und Zurückgehaltenheit; seine eben noch von der Gewalt der Beredsamkeit und Leidenschaft erschütterte Einbildungskraft gefiel sich in der Betrachtung dieses Bildes der Unschuld; Lucile schien ihm wie von sittsamen Schleiern umgeben; aber doch Schleiern, auf denen sein Auge mit innigem Wohlgefallen ruhte.

Während des Essens sorgte Lucile, da sie ihrer Mutter auch die kleinste Mühe ersparen wollte, für Alles mit leiser Aufmerksamkeit und sprach nur, wenn sie Lord Nelvil eines oder das andere reichte; aber diese unbedeutenden Worte schienen ihm von bezaubernder Süßigkeit, und er fragte sich, wie es möglich sei, daß die einfachsten Bewegungen, die alltäglichsten Formen eine ganze Seele offenbaren können. „Es muß“, dachte er, „entweder ein Genie, wie das Corinnens sein, das Alles übertrifft, was die Fantasie träumen kann, oder dieses verschleierte Geheimniß von Schweigen und Sittsamkeit, welches dem Manne erlaubt, die Tugenden und Gefühle vorauszusetzen, die er zu finden wünscht.“ — Die Damen erhoben sich von der Tafel und Lord Nelvil wollte es ihnen nachthun, doch Lady Edgermonds peinliche Genauigkeit, mit der sie an der Beobachtung des Herkömmlichen hing, ließ das nicht zu. Sie ersuchte ihren Gast, bei Tische auszuharren, bis sie im Salon den Thee bereitet haben würde, und demgemäß folgte Oswald den Damen erst nach einer Viertelstunde in das Gesellschaftszimmer nach. Im Verlauf des Abends bot sich ihm dann keine weitere Gelegenheit zu einem gesonderten Gespräch mit Lady Edgermond, denn Lucile entfernte sich nicht einen Augenblick. Er war schon im Begriffe aufzubrechen, um sich am nächsten Tage zu der beabsichtigten Unterredung nochmals einzufinden, als die Lady ihn bat, seinen Besuch bis zum folgenden Morgen auszudehnen. Er willigte gern ein, ohne irgend welch Gewicht darauf zu legen, und bereute doch bald nachher, es gethan zu haben, da ein gewisses Etwas in Lady Edgermonds Worten ihm anzudeuten schien, sie halte dieses Annehmen ihrer Gastfreundschaft für einen Beweis, daß er sich ihr noch in besonderer Absicht zu

näbern wünfche. Dies bestimmte ihn sofort, sie um eine Unterredung zu bitten, welche ihm denn auch für den Morgen des
folgenden Tages zugesagt wurde.

Lady Edgermond ließ sich in den Garten tragen, und Oswald bot ihr hier zu einem kurzen Spaziergange seinen Arm als
Stütze. Sie richtete ihren Blick fest auf ihn und sagte dann
nur: „Ich nehme es an"; worauf Lucile ihm den Platz an der
Seite ihrer Mutter überließ. „Bitte, Mylord, gehen Sie nicht
zu schnell", flüsterte sie leise, in der Besorgniß, von Jener gehört zu werden. Lord Nelvil erbebte bei dem heimlichen Wort;
nur in solcher Absicht, dachte er, könne dieses Engelsantlitz,
das für irdische Liebe nicht gemacht schien, so empfindungsvoll
zu ihm reden. Es fiel ihm durchaus nicht ein, daß seine innere
Erregung ein Unrecht gegen Corinna sei; er hielt sie nur für die
unwillkürliche Huldigung, die man Lucilens himmlischer Reinheit zollen mußte. Um die Stunde des Abendgebets, das Lady
Edgermond täglich im Kreise der ganzen Dienerschaft abhielt,
kehrten sie nach dem Schlosse zurück; hier fanden sie die Leute,
von denen die meisten alt und gebrechlich waren und schon
dem Vater und dem Gemahl der Herrin gedient hatten, bereits
im untern Saale versammelt: eine Scene, die Oswald an die
theuern Gewohnheiten des Vaterhauses lebhaft erinnerte.

Alle Anwesenden knieten nieder, Lady Edgermond ausgenommen, welche durch ihre Körperleiden daran verhindert
wurde; doch faltete auch sie in würdevoller Andacht und gesenkten Blickes die Hände.

Lucile, deren Amt es war, das göttliche Wort vorzulesen,
kniete neben ihrer Mutter. Sie wählte ein Kapitel aus dem
Evangelium und schloß darauf mit einem Gebet, das dem länd-
lichen und häuslichen Leben angepaßt war. Dieses Gebet, von
Lady Edgermond verfaßt, hatte eine gewisse Herbigkeit des
Ausdrucks, die mit dem weichen, schüchternen Ton der Vortra-
genden im Gegensatze stand; aber eben dies steigerte noch den
Eindruck der letzten, von Lucile mit einigem Beben gesprochenen
Worte. Nachdem hier für die Dienerschaft, für die Eltern, den
König und das Vaterland gebetet worden, heißt es: „Gewähre

uns auch die Gnade, o Gott, daß die Tochter dieses Hauses lebe
und sterbe, ohne ihre Seele durch einen Gedanken, durch ein
Gefühl befleckt zu haben, das nicht ihrer Pflicht entspräche; und
im Hinblick auf die Tugenden des einzigen Kindes verzeihe auch
der Mutter ihre begangenen Irrthümer.''

Lucile sprach dieses Gebet täglich; aber heute, in Oswalds
Gegenwart, war sie mehr als sonst davon gerührt, und ihre
Thränen flossen, ehe sie zu Ende gelesen; dann das Gesicht in
die Hände bergend, suchte sie ihre Bewegung den Blicken der
Andern zu entziehn. Oswald aber hatte diese Thränen gesehen;
mit Rührung und Ehrfurcht betrachtete er diese Jugendlichkeit,
die fast noch Kindheit war, diesen Blick, in welchem noch die
frischen Erinnerungen an den Himmel zu weilen schienen. Ihr
reizendes Gesicht leuchtete inmitten der Andern, von Alter und
Krankheit verwelkten, wie das Bild der göttlichen Barmherzigkeit. Lord Nelvil gedachte des strengen, zurückgezogenen Lebens,
welches Lucile geführt hatte, und dieser Schönheit ohne Gleichen,
die alle Freuden und Huldigungen der Welt entbehrte, und seine
Seele schwamm in reinster Bewunderung. Auch Lucilens
Mutter flößte Hochachtung ein, und er zollte sie ihr. Sie war
eine Frau, die sich selbst noch strenger als Andere behandelte;
ihr beschränkter Geist konnte wohl eher der Unerbittlichkeit ihrer
Grundsätze, als einem Mangel an natürlicher Begabung zuge-
schrieben werden; unter diesen selbstauferlegten Fesseln, unter
ihrer angenommenen und angeborenen Unbeugsamkeit barg sich
eine große Liebe für ihre Tochter, eine Liebe, die um so tiefer
war, als die Zähigkeit ihres Charakters sich auf zurückgedrängte
Empfindsamkeit gründete und folglich dem einzigen Gefühl, das
sie nicht unterdrückt hatte, eine nur desto größere Kraft verlieh.

Um zehn Uhr Abends herrschte das tiefste Stillschweigen
im Hause, und Oswald konnte mit Ruhe den verflossenen Tag
überblicken. Er gestand sich's nicht ein, Lucile habe Eindruck
auf sein Herz gemacht, und vielleicht war dies auch noch nicht
der Fall; aber obwohl Corinna die Einbildungskraft tausendfach zu entzücken verstand, gab es doch eine gewisse Gedankenrichtung, einen musikalischen Klang, wenn man sich so aus-

drücken darf, der nur zu Lucile stimmte. Die Bilder häuslichen Glückes waren leichter mit dieser und der Zurückgezogenheit Northumberlands, als mit dem Triumphzuge Corinnens zu vereinigen; genug, Oswald konnte sich nicht verhehlen, daß Lucile es sei, welche sein Vater ihm gewählt haben würde. Aber er liebte Corinna, wurde von ihr wieder geliebt, und hatte geschworen, nie ein anderes Band zu knüpfen. Dies war ihm genug, um darauf zu beharren, daß er der Lady am folgenden Morgen seine Absicht, Corinna zu heirathen, mittheilen wolle. Er schlief mit Gedanken an Italien ein, und dennoch war es Lucile, die er im Traume in leichter, verklärter Engelsgestalt an sich vorüberschweben sah. Er erwachte; er wollte den holden Eindruck vergessen; aber dasselbe Traumbild kam wieder, und es schien, als entflattre es nach Oben; von Neuem erwachte er, und bedauerte jetzt, die vor seinen Augen zerfließende Gestalt nicht festhalten zu können. Bald darauf wurde es Tag und Oswald kleidete sich an, um einen Gang ins Freie zu machen.

Sechstes Kapitel.

Die Sonne war zwar eben erst aufgegangen, doch sah sich Lord Nelvil in seiner Voraussetzung, es werde noch Niemand im Hause wach sein, getäuscht, denn Lucile zeichnete schon auf dem Balcon. Ihr lose herabhängendes Haar flatterte im Winde; so glich sie jener Traumgestalt, und es bewegte ihn, sie hier nochmals, wie eine übernatürliche Erscheinung über sich schwebend zu finden. Er blieb einige Zeit unter dem Balcon stehen und grüßte hinauf; indeß mußte Lucile es nicht bemerken, denn sie wendete den Blick nicht von der Arbeit. Darauf setzte er seinen Weg fort, und sein Herz sehnte mehr denn je Corinna herbei, damit sie ihm die unbestimmten Eindrücke verscheuche, von denen er sich keine Rechenschaft geben konnte oder wollte. Wie ein Geheimniß, wie das Unbekannte zog Lucile ihn an; er hätte gewünscht, daß der Sonnenglanz von Corinnens Genie dieses leichte Nebelbild aufzehre, das nach einander in allerlei Gestalt seinen Blick umgaukelte.

Er ging endlich in den Salon, und fand hier Lucile damit beschäftigt, die eben vollendete Zeichnung in einen kleinen Rahmen zu fügen, der gegenüber dem Theetisch ihrer Mutter seinen Platz finden sollte. Oswald prüfte das Blatt: nichts als eine weiße Rose, aber mit vollendeter Anmuth wiedergegeben. „So können Sie malen?" fragte er. „Nein, Mylord; ich verstehe nichts, als diese Nachahmung der Blumen, und dazu müssen es noch die am leichtesten auszuführenden sein. Es giebt hier keinen Lehrer, und das Wenige, was ich gelernt habe, danke ich einer Schwester, die mir einst Unterricht gab." — Sie seufzte; Lord Nelvil aber erröthete tief bei diesen Worten. „Und wo ist jetzt diese Schwester?" fragte er. — „Sie lebt nicht mehr", erwiderte Lucile, „aber ich werde sie nie vergessen." — Oswald sah, daß Lucile, wie die übrige Welt, über das Schicksal ihrer Schwester getäuscht worden war; allein dieses „Ich werde sie nie vergessen" schien ihm einen liebenswürdigen Charakter zu offenbaren, und es rührte ihn. Eben wollte Lucile sich zurückziehn, weil sie sich mit Lord Nelvil allein im Zimmer befand; da trat aber schon Lady Edgermond ein. Sie maß die Tochter mit verwundertem, mißbilligendem Blick und hieß sie das Zimmer verlassen. Hieraus erfuhr Oswald, was er nicht gewußt, daß Lucile etwas Ungewöhnliches, gegen das Herkommen Verstoßendes begangen hatte, als sie einige Minuten ohne die Mutter mit ihm allein blieb; dies machte ihn weich, als ob es ein sehr vielsagender Beweis von Interesse gewesen wäre!

Lady Edgermond setzte sich, und schickte die Diener fort, welche sie bis zu ihrem Sitze geleitet hatten. Sie war blaß und ihre Lippen bebten, als sie Lord Nelvil eine Tasse Thee bot. Er bemerkte diese Aufregung, an welcher sich seine eigene Verlegenheit nur steigerte; indessen gab ihm der Wunsch, Corinna zu dienen, den Muth, das Gespräch anzufangen. „Mylady", sagte er zu Lady Edgermond, „ich bin in Italien viel in der Gesellschaft einer Frau gewesen, die Sie sehr nahe angeht." — „Das bezweifle ich", erwiderte Lady Edgermond scharf und trocken, „denn in dem Lande dort interessirt mich durchaus Niemand." — „Ich denke doch, die Tochter Ihres Gemahls hätte

ein Recht an Ihre Theilnahme." — „Wenn aber die Tochter
meines Gatten vielleicht eine Person wäre, die über ihre Pflichten ebenso gleichgültig denkt als über ihre Stellung, dann
würde ich ihr zwar sicherlich weiter nichts Böses gönnen, aber ich
würde doch wünschen müssen, nicht mehr von ihr reden zu hören."
— „Und, Mylady", erwiderte Lord Nelvil mit Wärme, „wenn
diese von Ihnen verlassene Tochter nun eines durch ihre bewunderungswürdigen, vielseitigen Talente glänzend begründeten
Ruhmes genösse, würden Sie sie auch dann noch verläugnen?"
— „Auch dann; ich kann Talente nicht schätzen, wenn sie eine
Frau von ihren wahren Pflichten abwendig machen. Es giebt
ja Schauspielerinnen, Musikerinnen, Künstlerinnen aller Art,
um die Welt zu amüsiren; doch Frauen unseres Ranges haben
nur einen geziemenden Beruf, den nämlich, sich dem Gatten und
der Erziehung ihrer Kinder zu widmen." — „Wie!" entgegnete
Lord Nelvil, „diese hohen Gaben, die aus der innersten Wesenheit entspringen, die ohne den stolzesten Charakter, ohne das
reichste Gefühl nicht bestehen können, diese Talente, die sich mit
edelster Güte, mit dem großmüthigsten Herzen vereinen, — die
wollen Sie verwerfen! Verwerfen, weil sie das Denkvermögen
erweitern, weil sie selbst der Tugend einen ausgedehnteren Wir-
kungskreis, einen großartigeren Einfluß vorbereiten? — „Der
Tugend?" fragte Lady Edgermond mit bitterem Spott; „ich
weiß nicht, was Sie unter diesem so angewendeten Worte verstehn! Die Tugend eines Mädchens, das dem Vaterhause ent-
floh, die Tugend eines Mädchens, das sich in Italien amüsirt,
dort das unabhängigste Leben führt, alle nur denkbaren Huldigungen annimmt — um nicht noch mehr zu sagen — das Andern das verderblichste Beispiel giebt, ihrem Range entsagt, ihre
Familie, ja selbst dem Namen ihres Vaters ....." — „Mylady",
unterbrach sie Oswald, „das war ein großmüthiges Opfer,
welches sie Ihren Wünschen, Ihrer Tochter brachte; sie fürchtete,
Ihnen zu schaden, wenn sie den Namen beibehielte ....." — „Sie
fürchtete!" rief Lady Edgermond, „so fühlte sie also, daß sie
ihn entehrte?" — „Das ist zu viel", entgegnete Oswald
mit großer Heftigkeit, „Corinna Edgermond wird bald Lady

Er ging endlich in den Salon, und fand hier Lucile damit beschäftigt, die eben vollendete Zeichnung in einen kleinen Rahmen zu fügen, der gegenüber dem Theetisch ihrer Mutter seinen Platz finden sollte. Oswald prüfte das Blatt: nichts als eine weiße Rose, aber mit vollendeter Anmuth wiedergegeben. „So können Sie malen?" fragte er. „Nein, Mylord; ich verstehe nichts, als diese Nachahmung der Blumen, und dazu müssen es noch die am leichtesten auszuführenden sein. Es giebt hier keinen Lehrer, und das Wenige, was ich gelernt habe, danke ich einer Schwester, die mir einst Unterricht gab." — Sie seufzte; Lord Nelvil aber erröthete tief bei diesen Worten. „Und wo ist jetzt diese Schwester?" fragte er. — „Sie lebt nicht mehr", erwiderte Lucile, „aber ich werde sie nie vergessen." — Oswald sah, daß Lucile, wie die übrige Welt, über das Schicksal ihrer Schwester getäuscht worden war; allein dieses „Ich werde sie nie vergessen" schien ihm einen liebenswürdigen Charakter zu offenbaren, und es rührte ihn. Eben wollte Lucile sich zurückziehn, weil sie sich mit Lord Nelvil allein im Zimmer befand; da trat aber schon Lady Edgermond ein. Sie maß die Tochter mit verwundertem, mißbilligendem Blick und hieß sie das Zimmer verlassen. Hieraus erfuhr Oswald, was er nicht gewußt, daß Lucile etwas Ungewöhnliches, gegen das Herkommen Verstoßendes begangen hatte, als sie einige Minuten ohne die Mutter mit ihm allein blieb; dies machte ihn weich, als ob es ein sehr vielsagender Beweis von Interesse gewesen wäre!

Lady Edgermond setzte sich, und schickte die Diener fort, welche sie bis zu ihrem Sitze geleitet hatten. Sie war blaß und ihre Lippen bebten, als sie Lord Nelvil eine Tasse Thee bot. Er bemerkte diese Aufregung, an welcher sich seine eigene Verlegenheit nur steigerte; indessen gab ihm der Wunsch, Corinna zu dienen, den Muth, das Gespräch anzufangen. „Mylady", sagte er zu Lady Edgermond, „ich bin in Italien viel in der Gesellschaft einer Frau gewesen, die Sie sehr nahe angeht." — „Das bezweifle ich", erwiderte Lady Edgermond scharf und trocken, „denn in dem Lande dort interessirt mich durchaus Niemand." — „Ich denke doch, die Tochter Ihres Gemahls hätte

ein Recht an Ihre Theilnahme." — „Wenn aber die Tochter
meines Gatten vielleicht eine Person wäre, die über ihre Pflichten ebenso gleichgültig denkt als über ihre Stellung, dann
würde ich ihr zwar sicherlich weiter nichts Böses gönnen, aber ich
würde doch wünschen müssen, nicht mehr von ihr reden zu hören."
— „Und, Mylady", erwiderte Lord Nelvil mit Wärme, „wenn
diese von Ihnen verlassene Tochter nun eines durch ihre bewunderungswürdigen, vielseitigen Talente glänzend begründeten
Ruhmes genösse, würden Sie sie auch dann noch verläugnen?"
— „Auch dann; ich kann Talente nicht schätzen, wenn sie eine
Frau von ihren wahren Pflichten abwendig machen. Es giebt
ja Schauspielerinnen, Musikerinnen, Künstlerinnen aller Art,
um die Welt zu amüsiren; doch Frauen unseres Ranges haben
nur einen geziemenden Beruf, den nämlich, sich dem Gatten und
der Erziehung ihrer Kinder zu widmen." — „Wie!" entgegnete
Lord Nelvil, „diese hohen Gaben, die aus der innersten Wesenheit entspringen, die ohne den stolzesten Charakter, ohne das
reichste Gefühl nicht bestehen können, diese Talente, die sich mit
edelster Güte, mit dem großmüthigsten Herzen vereinen, — die
wollen Sie verwerfen! Verwerfen, weil sie das Denkvermögen
erweitern, weil sie selbst der Tugend einen ausgedehnteren Wir-
kungskreis, einen großartigeren Einfluß vorbereiten? — „Der
Tugend?" fragte Lady Edgermond mit bitterem Spott; „ich
weiß nicht, was Sie unter diesem so angewendeten Worte verstehn! Die Tugend eines Mädchens, das dem Vaterhause ent-
floh, die Tugend eines Mädchens, das sich in Italien amüsirt,
dort das unabhängigste Leben führt, alle nur denkbaren Huldigungen annimmt — um nicht noch mehr zu sagen — das Andern das verderblichste Beispiel giebt, ihrem Range entsagt, ihre
Familie, ja selbst dem Namen ihres Vaters ....." — „Mylady",
unterbrach sie Oswald, „das war ein großmüthiges Opfer,
welches sie Ihren Wünschen, Ihrer Tochter brachte; sie fürchtete,
Ihnen zu schaden, wenn sie den Namen beibehielte ....." — „Sie
fürchtete!" rief Lady Edgermond, „so fühlte sie also, daß sie
ihn entehrte?" — „Das ist zu viel", entgegnete Oswald
mit großer Heftigkeit, „Corinna Edgermond wird bald Lady

Nelvil sein, und wir werden dann sehen, ob Sie bei der Anerkennung der Tochter Ihres Gemahls ein Erröthen nöthig haben
werden! Sie richten eine Frau nach Alltagsgesetzen, die begabt
ist, wie keine es vorher gewesen; die ein Engel ist an Geist und
Güte, ein bewundernswürdiges Genie und dennoch ein fein-
fühliger und bescheidener Charakter; eine erhabene Einbildungskraft, eine Großmuth ohne Grenzen; eine Frau, die geirrt
haben mag, weil eine so unerhörte Ueberlegenheit sich nicht immer
mit dem gemeinen Leben abfinden kann, die aber eine so schöne
Seele besitzt, daß eine einzige ihrer Handlungen oder ihrer
Worte Alles vergessen machte, falls dies irgend nöthig wäre.
Den Mann, den sie zu ihrem Beschützer wählt, ehrt sie mehr,
als eine Beherrscherin der Welt es vermöchte, wenn sie ihren
Auserkorenen bezeichnet." — „Mylord, Sie werden mir vielleicht
Beschränktheit des Geistes vorwerfen", antwortete Lady Edgermond, indem sie mit großer Anstrengung gefaßt zu scheinen
suchte, „doch muß ich bekennen, daß Alles, was Sie mir eben
gesagt haben, völlig über mein Verständniß geht. Ich begreife
unter Sittlichkeit nichts als die pünktliche Einhaltung der vorgeschriebenen Gesetze; was darüber hinausgeht, nenne ich schlecht
angewendete Eigenschaften, die höchstens Mitleid verdienen."
— „Die Welt wäre recht nüchtern geworden, Mylady", antwortete Oswald, „wenn man niemals den Genius und die Begeisterung zu begreifen verstanden, wenn man aus der menschlichen Natur ein so regelrechtes, einförmiges Ding gemacht hätte.
Aber wir wollen einen nutzlosen Wortwechsel nicht weiter fort-
setzen; ich komme, Sie in aller Form zu fragen, ob Sie Miß.
Edgermond als Ihre Stieftochter anzuerkennen denken, wenn
sie Lady Nelvil geworden ist." — „Dann noch weniger", erwiderte Lady Edgermond; „ich schulde es dem Gedächtnisse
Ihres Vaters, eine so unglückselige Verbindung zu verhindern,
wenn ich's vermag." — „Sie schulden es meinem Vater?" fragte
Oswald, den eine Erwähnung desselben immer beunruhigte. „Ist
es Ihnen denn unbekannt", fuhr Lady Edgermond fort, „daß Ihr
Vater die Hand Miß Edgermonds für Sie ablehnte, als sie sich
noch durchaus keines Fehls schuldig gemacht, als er lediglich

mit seinem scharfen, unfehlbaren Urtheil voraussah, was sie einst sein werde?" — „Wie! Sie wissen .....?" — „Der über diesen Gegenstand handelnde Brief Ihres Vaters an Lord Edgermond ist in den Händen seines Freundes, des Herrn Dickson", unterbrach Lady Edgermond; „als ich Ihre Beziehungen zu Corinna erfuhr, habe ich diesem das Schreiben zugestellt, damit er Sie bei Ihrer Rückkehr mit dessen Inhalt bekannt machen möge; es kam mir nicht zu, mich damit zu befassen."

Oswald schwieg einige Augenblicke. „Was ich von Ihnen fordere", hub er dann wieder an, „ist nur eine Gerechtigkeit, ist etwas, das Sie sich selber schulden. Widerrufen Sie dieses Gerücht, das Sie über den Tod Ihrer Stieftochter ausgebreitet haben, und erkennen Sie sie als das an, was sie in Ehren ist: die Tochter Lord Edgermonds." — „Ich will in keiner Weise das Unglück Ihres Lebens befördern helfen; und wenn Corinnens gegenwärtige Existenz, diese Existenz ohne Namen, ohne Anhalt, Ihnen vielleicht ein Grund wäre, sie nicht zu heirathen, dann wolle mich doch Gott und Ihr Vater davor bewahren, dieses Hinderniß zu beseitigen." — „Mylady", antwortete Lord Nelvil, „das Unglück Corinnens wäre ein Band mehr zwischen ihr und mir." — „Nun wohlan", sagte Lady Edgermond mit einer Heftigkeit, wie sie sich dieselbe noch nie gestattet hatte, und die ohne Zweifel aus dem Bedauern entsprang, ihrer Tochter einen in vieler Hinsicht so ausgezeichneten Gatten entgehen zu sehen, „wohlan, machen Sie doch sich und sie unglücklich; denn auch sie wird unglücklich! Dieses Land ist ihr verhaßt; sie kann sich in unsere Gewohnheiten, in unser strenges Leben nicht fügen. Sie bedarf eines Schauplatzes, wo sie alle jene Talente, auf die Sie so vielen Werth legen, und die das Leben so schwierig machen, zeigen und bewundern lassen kann. Sie wird sich hier langweilen, wird nach Italien zurückkehren wollen und Sie mit fortziehen. Sie werden dann Ihre Freunde, Ihre und Ihres Vaters Heimat um einer, ich gebe es zu, liebenswürdigen Ausländerin willen verlassen, die Sie indessen doch leicht vergessen würde, wenn Sie selbst dies nur wollten. Denn es giebt nichts Wandelbareres unter der Sonne, als jene überspannten Köpfe. Nur

folche Frauen, die fie die alltäglichen zu nennen belieben, die
für Gatten und Kinder leben, nur fie verftehen große Schmerzen
zu tragen." — Nie in ihrem Leben hatte Lady Edgermond fich wohl
in folcher Heftigkeit gehen laffen; die Aufregung hatte denn auch
ihre kranken Nerven dergeftalt erfchüttert, daß fie, als fie nun ge-
endigt, ohnmächtig zufammenfank. Oswald klingelte um Hülfe.

Lucile eilte fchnell herbei. Eifrig bemüht, der Mutter einige
Erleichterung zu verfchaffen, fragte fie Oswald nur mit einem
beforgten Blick, ob er es denn fei, der ihr fo wehe gethan.
Oswald war tief ergriffen. Als Lady Edgermond wieder zu
fich kam, fuchte er ihr feine Theilnahme an dem Unfalle auszudrücken; doch fie wies ihn kalt ab, und erröthete bei dem Gedanken, daß ihr Zorn fo fehr ihren Stolz überwogen, und fie
allzu deutlich den Wunfch verrathen hatte, Lord Nelvil für die
Tochter zu gewinnen. Sie fchickte Lucile hinaus.

„Mylord", fagte fie, „Sie haben fich von irgend welchem
Abkommen, wie es vielleicht zwifchen uns obwaltete, in jedem
Fall als frei zu betrachten. Da meine Tochter noch fo jung ift,
wird fie an den von Ihrem Vater und mir gefaßten Plan noch
keine ernfteren Hoffnungen geknüpft haben; dennoch fcheint es
mir, nachdem jene Verabredung aufgehoben ift, fchicklicher,
wenn Sie, während meine Tochter unverheirathet ift, mein
Haus nicht wieder betreten." — „So werde ich mich alfo auf
den fchriftlichen Ausdruck befchränken müffen, Mylady, um mit
Ihnen über eine Frau zu verhandeln, die ich nie zu verlaffen
gedenke." — „Das liegt in Ihrem Ermeffen", erwiderte die
Lady mit erftickter Stimme, und Lord Nelvil entfernte fich.

Wie er jetzt die große Allée hinunterritt, gewahrte er von
Weitem in dem Gehölz des Parks Lucilens vornehme Geftalt.
Er mäßigte den Schritt feines Pferdes, um fie noch einmal zu
fehen, und wiewohl fie fichtlich ftrebte, fich hinter den Bäumen zu
verbergen, fchien es ihm doch, als nehme fie diefelbe Richtung,
welche er verfolgte. Die große Straße führte an einem das
äußerfte Ende des Parks abfchließenden Pavillon vorüber.
Oswald fah Lucile in diefen hineintreten, doch vermochte er,
während des Vorüberreitens, in demfelben nichts von ihr zu

entdecken. Sich langsam entfernend, wendete er mehrmals den
Kopf zurück, und endlich glaubte er in dem Gebüsch, das neben
dem Pavillon weit genug auf die Straße vorsprang, um diese
von dort aus in ganzer Ausdehnung übersehen zu können, ein
Geräusch, eine Bewegung zu vernehmen. Er sprengte zurück,
indem er sich das Ansehn gab, als habe er irgend einen Gegenstand verloren, und fand Lucile am Rand des Weges stehen.
Sie zog, obwohl er sie hochachtungsvoll grüßte, schnell den
Schleier über das Gesicht und verschwand in dem Gehölz, ohne
zu überlegen, daß sie damit den Beweggrund, der sie hieher
geführt, eingestand. Das arme Kind hatte im Leben noch nichts
so Lebhaftes und Strafbares empfunden, als das Gefühl,
welches sie getrieben, Lord Nelvil noch einmal zu sehen; und
statt diesen einfach zu grüßen, eilte sie schuldbewußt hinweg, sich
verrathen und in dem Urtheil des fremden Mannes sich verloren glaubend. Oswald hatte Alles dies recht gut verstanden;
er fühlte sich durch dieses unschuldige, so schüchtern und aufrichtig ausgedrückte Interesse wohlthuend geschmeichelt. „Keine“,
dachte er, „kann wahrhaftiger sein als Corinna, aber Keine auch
kannte sich und Andere besser; Lucile müßte man die Liebe, die
sie empfindet, und die, welche sie erregt, erst verstehen lehren.
Könnte aber wohl dieser Eintagszauber für das ganze Leben
ausreichen? Und weil diese holde Unkenntniß seiner selbst nicht
immer währen kann, weil man endlich doch in sein Inneres
schauen, endlich doch prüfen muß, was man fühlt, ist da die
Reinheit, die das Selbsterkennen überdauert, nicht mehr werth,
als die, welche ihm vorangeht?“

Schon zog er zwischen Corinna und Lucile Vergleiche; doch
es war dieses Vergleichen, so glaubte er wenigstens, nichts weiter
als ein Zeitvertreib für seine Gedanken, und die Besorgniß, es
könne ihn tiefer beschäftigen, fiel ihm gar nicht ein.

Siebentes Kapitel.

Oswald begab sich nun nach Schottland. Die Erregung,
in welche ihn Lucile versetzt, das Gefühl, das er Corinna noch

Stael's Corinna.   27 bewahrte, sie wurden jetzt von der Erschütterung verdrängt, mit der er die Heimat wiedersah. Er machte sich die Zerstreuungen des verflossenen Jahres zum Vorwurf; es war ihm, als sei er nicht mehr würdig, das Vaterhaus zu betreten, als hätte er es nie verlassen dürfen. Ach, wie sollte man nach dem Verlust dessen, was man am meisten geliebt, mit sich selbst zufrieden sein, wenn man nicht in tiefster Zurückgezogenheit geblieben ist? Es genügt, in der Gesellschaft zu leben, um immer auf irgend eine Weise den Cultus Derer, die nicht mehr sind, zu vernachlässigen. Umsonst wohnt ihr Gedächtniß im tiefen Herzensgrund: man läßt sich miterfassen von der Thätigkeit der Lebenden, welche den Gedanken an den Tod als schmerzlich, oder überflüssig oder sogar ermüdend zurückweist. Kurz, wenn nicht Einsamkeit den Kummer und die trauernde Sehnsucht verlängert, bemächtigt sich das Leben, wie es nun einmal ist, von Neuem auch des besten Herzens, und erfüllt es wieder mit Interessen, Wünschen, Leidenschaften. Diese Nothwendigkeit, sich zu zerstreuen, ist eine erbärmliche Bedingung der menschlichen Natur, und obwohl die Vorsehung den Menschen so gewollt hat, damit er den eigenen Tod, wie den der Andern, zu ertragen vermöge, fühlt man sich doch oft inmitten des Vergnügens von dem Vorwurf ergriffen: daß man desselben fähig ist. Es ist, als ob eine rührende und entsagende Stimme uns zuflüstere: „Ich liebte Dich, und Du kannst mich vergessen?"

Mit solchen Gefühlen betrat Oswald sein Vaterhaus; nicht so in Verzweiflung, als bei seiner früheren Heimkehr, war er doch voll tiefster Traurigkeit. Er sah, wie die Zeit einen Jeden an den Verlust dessen gewöhnt hatte, den er beweinte. Die Dienerschaft glaubte ihm nicht mehr davon sprechen zu dürfen, und Alles hatte längst seine gewohnten Beschäftigungen wieder aufgenommen. Die Reihen schlossen sich, und das Geschlecht der Kinder wuchs heran, um das der Väter zu ersetzen. Oswald zog sich in die Gemächer seines Vaters zurück, in denen er Alles an seinem alten Platze fand. Aber wo war die Stimme, welche der seinen antwortete; wo das Vaterherz, das höher schlug, wenn es den Sohn erblickte?

Lord Nelvil blieb lange in tiefem Nachsinnen. „O Schicksal!" rief er, mit von Thränen überströmtem Angesicht, „was willst du von uns? Ist all das Leben nur, auf daß es zu Grunde gehe? Erstehen so viele Gedanken, damit sie verflüchtigen? Nein, nein! er hört mich, mein einziger Freund, er ist mir gegenwärtig, er sieht meine Thränen, und unsere unsterblichen Geister erwarten einander. O mein Vater! O mein Gott! leitet mich durch das Leben. Jene ehernen Seelen, mit den unbeweglichen Eigenschaften der gröberen Natur, sie kennen keine Unentschiedenheit, keine Reue; aber die mit Einbildungskraft, mit Gefühl und Gewissenhaftigkeit begabten Wesen vermögen kaum einen Schritt zu thun, ohne fürchten zu müssen, daß sie irren. Sie suchen die Pflicht als Führer, und selbst die Pflicht wird ihrem Urtheil unklar, wenn die Gottheit sie ihnen nicht offenbart."

Abends ging Oswald in der Lieblingsallée seines Vaters auf und nieder; überall glaubte er dessen theures Bild zu sehen. Ach! Wer hat während heißen Gebets nicht zuweilen gehofft, daß er kraft seiner Liebe ein Wunder bewirken könne! Eitle Hoffnung! Vor dem Grabe stehen wir als Unwissende. Ungewißheit der Ungewißheiten! den Alltäglichen beunruhigest du nicht. Doch je mehr das Denken sich veredelt, je mehr wird es unwiderstehlich hingezogen zu den Abgründen der Betrachtung. Oswald, ganz in diese Grübeleien versunken, bemerkte nicht, daß jetzt ein Wagen in der Auffahrt hielt; ein Greis stieg aus und kam langsam auf Oswald zu. Es war Herr Dickson, der alte Freund seines Vaters, und er empfing diesen jetzt mit einer Innigkeit, wie er sie früher nie für ihn gefühlt hatte.

Achtes Kapitel.

Herr Dickson glich dem Vater Oswalds durchaus nicht; er besaß weder dessen Geist, noch Charakter; doch war er bei Lord Nelvils Tode zugegen gewesen, und da beide Freunde von gleichem Alter waren, schien es, als sei der Eine nur noch ein wenig hier zurückgeblieben, um dem Andern bald von dieser Welt Nachricht zu bringen. Oswald lieh dem alten Manne seinen Arm,

27*

als er ihn die Treppe hinaufführte, und leistete ihm auch sonst mit Herzlichkeit all jene Aufmerksamkeiten, die er so gern noch seinem Vater hätte erweisen mögen. Herr Dickson kannte Oswald von dessen frühester Kindheit an und ohne Zögern, wie ohne Zwang, begann er ihm sogleich von seinen Angelegenheiten zu reden. Er tadelte sein Verhältniß zu Corinna auf das Nachdrücklichste; doch würden des Greises schwache Einwände Oswald noch weniger als die der Lady Edgermond beeinflußt haben, wenn er ihm nicht zugleich jenen schon erwähnten Brief eingehändigt hätte, den Lord Nelvil einst in Betreff Corinnens an Lord Edgermond schrieb, als er den Plan der Vermählung dieser mit seinem Sohne nicht ausgeführt sehen wollte. Hier folgte dieser, im Jahre 1791 während Oswalds Aufenthalt in Frankreich geschriebene Brief. Der Sohn las ihn zitternd.

Brief Lord Nelvils an Lord Edgermond.

„Werden Sie es mir verzeihen, mein Freund, wenn ich Ihnen in dem, zwischen unsern Familien verabredeten Heirathsprojekte eine Veränderung vorschlage? Mein Sohn ist ein und ein halbes Jahr jünger, als Ihre älteste Tochter, und es wäre darum wohl besser, ihm Lucile zu bestimmen, die zwölf Jahre weniger als ihre Schwester zählt. Ich könnte mich auf diesen Grund beschränken; da mir jedoch das Alter von Miß Edgermond bekannt war, als ich um sie für Oswald bei Ihnen warb, wäre es ein Mangel an vertrauender Freundschaft, wenn ich Ihnen nicht die eigentlichen Gründe angäbe, die mich von dieser Verbindung abstehen lassen. Wir sind seit zwanzig Jahren Freunde und dürfen deshalb rückhaltslos über unsere Kinder mit einander sprechen; um so mehr, als sie noch so jung sind, daß sie sich nach unserm Rathe umbilden können. Ihre Tochter ist bezaubernd; bezaubernd wie eine jener schönen Griechinnen, welche die Welt hinrissen und unterjochten. Nehmen Sie an diesem Vergleich keinen Anstoß. Ihre Tochter hat von Ihnen ohne Zweifel nur die reinsten Grundsätze und Empfindungsweisen gelernt, hat sicherlich nur solche in ihrem eigenen Herzen genährt; allein sie scheint mir ein wenig zu sehr von dem

Wunsche belebt, zu gefallen, einzunehmen, Effekt zu machen. Ihre Begabung ist freilich größer, als ihre Eigenliebe, und es ist eben nur eine Nothwendigkeit, dieses Verlangen nach weiterer Entfaltung eines so seltenen Talents. Ich weiß gar nicht, welch ein Schauplatz solcher Geistesthätigkeit, solcher überschwänglichen Einbildungskraft, kurz einem so glühenden Charakter, wie er sich in dem ganzen Wesen Ihrer Tochter kundgiebt, genügen könnte. Sie würde meinen Sohn dem heimatlichen Boden entführen, denn eine derartige Frau kann hier nicht glücklich sein, und Italien allein ist der für sie geeignete Aufenthalt.

„Sie bedarf jener unabhängigen Art zu leben, die sich nur dem Augenblick unterwirft. Unser Landleben, unsere häuslichen Gewohnheiten müssen begreiflicher Weise ihren Neigungen entgegen stehen. Ein Mann, der das Glück hat, als Bürger unseres edlen Vaterlandes geboren zu sein, muß vor Allem seine Pflichten als solcher erfüllen, muß vor Allem Engländer sein; und in Ländern, wo die politischen Institutionen den Männern die ehrenvollste Gelegenheit zur Thätigkeit, zu öffentlichem Hervortreten geben, sollen die Frauen im Schatten bleiben. Wie aber könnte eine Frau von so seltener Auszeichnung, wie Ihre Tochter, sich an solchem Loose genügen lassen? Glauben Sie mir, sie gehört nach Italien. Ihr Herz, ihre Religion, ihre Gaben, Alles zieht sie dorthin. Verheirathen Sie sie dort. Mein Sohn, als der Gatte Miß Edgermonds, würde sie ohne Zweifel höchst leidenschaftlich lieben, denn unmöglich kann ein Weib hinreißender sein, als sie. Um ihres Beifalls willen würde er folglich in seinem Hause fremde Sitten einführen, und wie bald verlöre er dann den nationalen Sinn und jene Vorurtheile, wenn Sie wollen, die uns untereinander verbinden, die aus unserer Nation ein Ganzes, eine freie, unauflösbare Genossenschaft machen, eine Verbrüderung, die nur mit den Letzten von uns zu Grunde gehen kann. Mein Sohn würde sich bald in England unbehaglich fühlen, wenn er seine Frau dort nicht glücklich sähe; er hat, ich weiß es, die ganze Schwäche, welche mit sehr weichem Gefühl verbunden zu sein pflegt; und wenn

ich dieſes Verläugnen ſeines Vaterlandes noch erlebte, gäbe mir
der Schmerz darum den Tod: nicht allein, weil es mir den
Sohn raubte, ſondern auch, weil es ihn um die Ehre brächte,
ſeinem Staate zu dienen.

„Welch eine Beſtimmung wäre es denn für ein Kind
unſerer Berge, im Schooße der Freuden Italiens ein müßiges
Leben zu verträumen? Ein Schotte, der Cicisbeo ſeiner Frau!
Wenn nicht noch gar der einer Andern! Seiner Familie kein
Lenker, keine Stüße! Wie ich Oswald kenne, würde Ihre
Tochter viel Einfluß über ihn gewinnen. Es iſt mir deshalb
ſehr lieb, daß ſein gegenwärtiger Aufenthalt in Frankreich ihm
die Gelegenheit entzogen hat, Miß Edgermond zu begegnen.
Ja, für den Fall ich vor der Verheirathung meines Sohnes
ſtürbe, wage ich Sie anzuflehen, mein Freund, ihn nicht mit
Ihrer älteſten Tochter bekannt zu machen, ehe die jüngere in
dem Alter iſt, um ihn feſſeln zu können. Unſer Verhältniß iſt
ſo alt und heilig, daß ich dieſen Beweis der Freundſchaft von
Ihnen wohl erwarten darf. Machen Sie Oswald, falls es
nöthig ſein ſollte, in Betreff dieſes Punktes mit meinem Willen
bekannt; ich bin überzeugt, er wird ihn ehren; vollends ehren,
wenn ich dann nicht mehr unter den Lebenden bin.

„Und ſchenken Sie, bitte ich, dagegen der Verbindung
Oswalds und Lucilens Ihre ganze Billigung. In den Zügen
Ihrer jüngeren Tochter, in dem Geſichtsausdruck, dem Ton
ihrer Stimme liegt die rührendſte Beſcheidenheit; und wenn ſie
auch noch ſehr Kind iſt, glaube ich doch ſchon in ihr die wahre
Engländerin, alſo eine Frau zu ſehen, die einſt das Glück meines
Sohnes begründen könnte. Sollte ich nicht lange genug leben,
um Zeuge dieſer Vereinigung zu ſein, ſo werde ich mich ihrer
noch im Himmel freuen, und wenn wir uns dort einſt wiederfinden, mein theurer Freund, ſoll unſer Segen und Gebet auch
dann noch das Glück unſerer Kinder behüten. Ganz der Ihre.

Nelvil.“

Oswald blieb eine Weile ſprachlos, nachdem er geleſen,
und Herr Dickſon hatte Zeit genug, in ſeinen langen Reden ohne
Unterbrechung fortzufahren. Er bewunderte die Scharfſicht

seines Freundes, mit welcher er Miß Edgermond so richtig beurtheilt habe, obgleich er ja noch weit entfernt gewesen sei, die höchst tabelnswerthe Aufführung, deren sie sich seither schuldig gemacht, vorauszusehen. Er behauptete, eine solche Wahl würde dem Gedächtnisse des Vaters die tödtlichste Beleidigung sein. Oswald erfuhr auch von ihm, daß während seines zweiten Aufenthalts in Frankreich, im Jahre 1792, sein Vater einen ganzen Sommer bei Lady Edgermond zugebracht, nur in ihrem Umgange Trost gefunden und sich dort mit der Erziehung Lucilens, seines Lieblings, beschäftigt habe. Kurz, Herr Dickson griff Oswalds Herz ohne Berechnung zwar, aber auch ohne Schonung, bei seinen empfindlichsten Seiten an.

So vereinigte sich Alles, um das Glück der abwesenden Corinna zu untergraben. Sie hatte keine andere Vertheidigung als ihre Briefe, und was stand ihr nicht Alles entgegen: die Natur der Verhältnisse, der Einfluß der Heimat, das Angedenken eines Vaters, die Beschwörungen der Freunde zu Gunsten des Bequem-conventionellen, zu Gunsten eines dem Laufe des alltäglichen Lebens entsprechenden Beschlusses, und endlich der sich entfaltende Zauber eines jungen Mädchens, das mit den reinen und friedlichen Hoffnungen auf häusliches Glück in schöner Uebereinstimmung stand.

Siebzehntes Buch.

Corinna in Schottland.

Erstes Kapitel.

Corinna hatte inzwischen ein Landhaus bezogen, das nahe bei Venedig, an den Ufern der Brenta lag. Sie wollte an dem Orte bleiben, wo sie Oswald zum letzten Male gesehen, und überdies hoffte sie, die Briefe aus England hier schneller zu erhalten. Fürst Castel-Forte hatte ihr geschrieben und sich erboten, nach Venedig zu kommen. Sie fürchtete indeß, er möchte versuchen, ihr Oswald zu entfremden, er möchte ihr sagen, was sich von selber sagt: daß die Abwesenheit die Liebe nothwendig erkälten müsse, — kurz, sie scheute sich vor jenen oft gutgemeinten, aber unüberlegten Ermahnungen, die für ein leidendes Gemüth Dolchstiche sind; deshalb zog sie vor, Niemand zu sehen. Aber mit einer glühenden Seele in unglücklicher Lage allein zu leben, ist kein leichtes Ding! Die Beschäftigungen der Einsamkeit erfordern alle einen gesammelten Geist, und wenn man innerlich sehr beunruhigt ist, sind aufgezwungene Zerstreuungen, wie ungelegen sie auch kommen mögen, immer noch besser, als das ununterbrochene Andauern desselben Eindrucks.

Es läßt sich begreifen, wie man zum Wahnsinn gelangt, wenn ein einziger Gedanke sich des Geistes bemächtigt und damit verhindert, daß die Ideen durch eine Folge wechselnder Gegenstände verändert werden. Corinna, mit ihrer feurigen Einbildungskraft, zehrte sich selbst auf, wenn ihren Fähigkeiten von Außen keine Nahrung zuströmte. Welch ein Leben folgte für sie nun auf die goldenen Tage, die sich zu einem vollen, glücklichen Jahr aufgesummt hatten! Oswald war fast von früh bis spät an ihrer Seite gewesen, hatte an allen ihren Beschäftigungen Theil genommen, hatte jedes ihrer Worte mit

warmem Verständniß gehört, und ihrem Geiste noch neue An-
regung gegeben. Was es Verwandtes, was es Abweichendes
zwischen ihnen gab, belebte gleichermaßen ihre Gespräche, und
Corinna vermißte überall diesen milden, liebevollen, stets nur
mit ihr beschäftigten Blick, der lebenspendend für sie war. Wenn
die geringste Unruhe sie bewegte, nahm Oswald ihre Hand,
drückte sie an sein Herz und Friede, nein, mehr noch als Friede,
eine unbestimmte, köstliche Hoffnung erhellte dann wieder ihr
bangendes Gemüth. Und jetzt! Nichts als Oede in der Außen-
welt; nichts als düstre Trauer im Herzen. Es gab in ihrem
Leben keine andere Abwechselung mehr, als Oswalds Briefe.
Die Unregelmäßigkeit der Post während des Winters verursachte ihr täglich die Qualen der Erwartung, und wie oft wurde
diese getäuscht! An dem Ufer des Kanals mit seinen, von den
breiten Blättern der Wasserlilien sanft gedrückten Wellen ging
sie an jedem Morgen spazieren, um die Ankunft der schwarzen
Gondel zu erspähen, welche die Briefe von Venedig brachte; sie
hatte es schon gelernt, das kleine Fahrzeug in weiter Entfernung
zu erkennen, und wie heftig schlug ihr Herz, wenn sie seiner an-
sichtig ward. Der Briefbote stieg aus; zuweilen sagte er wohl:
„Madame, es sind keine Briefe für Sie da", und besorgte dann
gelassen seinen Dienst weiter, als ob nichts auf der Welt so einfach sei, als keine Briefe zu erhalten. Ein anderes Mal hieß
es auch wieder: „Ja, Madame, heute haben Sie Briefe." In
zitternder Spannung durcheilte sie dann die Aufschriften, und
fand sie eine von Oswalds Hand, so war der Rest des Tages
voll gedrückter Betrübniß, die Nacht verging ohne Schlaf und
der folgende Morgen brachte ihr die neue, die gleiche Qual.

Sie litt so sehr — sie klagte endlich Lord Nelvil dafür an;
es schien ihr, er könne ihr öfter schreiben, sie machte ihm deshalb Vorwürfe. Er rechtfertigte sich und seine Briefe wurden
weniger zärtlich: denn statt von seinen eigenen Besorgnissen zu
reden, bemühte er sich, die der Freundin zu zerstreuen.

Diese Abstufungen entgingen der armen Corinna nicht.
Tag und Nacht konnte sie über eine Phrase, ein Wort aus Oswalds Briefen grübeln; sie las dieselben wieder und wieder, um

noch eine Antwort auf ihre Befürchtungen, noch irgend eine
neue, günstigere Auslegung zu finden, die ihr auf ein paar
Tage Ruhe und Trost verschaffen konnte.

Dieser Zustand zerstörte ihre Nerven und schwächte ihren
Geist. Sie wurde abergläubisch und gab sich dem Einfluß
nie endender Vorbedeutungen hin, wie solche schließlich aus
jedem Ereignisse gezogen werden können, wenn stets dieselbe
Furcht das Gemüth bewegt. Ein Mal in der Woche fuhr sie
nach Benedig, um an diesem Tage ihre Briefe einige Stunden
früher zu erhalten. So suchte sie Abwechselung in die Qual
ihres Wartens zu bringen. Bald empfand sie vor den Gegenständen allen, denen sie beim Gehen und Kommen vorüberglitt,
eine Art Abscheu: sie erschienen ihr wie die Geister ihrer Gedanken, und brachten ihr diese unter grausigen Verzerrungen
immer wieder vor die Seele.

Als sie eines Tages die St. Marcuskirche betrat, erinnerte
sie sich, wie ihr bei ihrer Ankunft in Benedig die Möglichkeit
eingefallen war, Lord Nelvil könne sie an diese heilige Stätte
führen, um sie dort im Angesichte des Himmels zur Gattin zu
nehmen. Nun gab sie sich dieser Vorstellung völlig hin: Sie
sah ihn unter dem Porticus eintreten, sich dem Altare nähern,
hörte ihn vor Gott das Gelübde ablegen, Corinna immer zu
lieben. Sie sah sich vor Oswald auf die Kniee sinken und von
ihm den bräutlichen Kranz empfangen. Die Tonfluthen der
Orgel, der feierliche Glanz der Kerzen unterstützten ihre Vision,
und für einen Augenblick fühlte sie nicht mehr das furchtbar
Nüchterne der Abwesenheit, sondern jene Rührung, die unsere
ganze Seele überströmt, in der wir die Stimme des Geliebten
zu hören glauben. Jetzt drang ein dumpfes Murmeln an Corinnens Ohr; sie wendete sich um und erblickte einen Sarg, den
man eben in die Kirche trug. Es wurde Nacht vor ihren Augen,
sie schwankte, und von dieser Stunde an war sie überzeugt, daß
ihre Liebe zu Oswald die Ursache ihres Todes sein werde.

Zweites Kapitel.

Als Oswald den von Herrn Dickson ihm übergebenen
Brief seines Vaters gelesen hatte, war er mehr als jemals der
unglücklichste, der unentschlossenste aller Menschen. Corinna
das Herz zerreißen oder das Gedächtniß an den Vater verrathen: dies war eine furchtbare Alternative. Um ihr zu entgehen, wäre er tausendmal lieber gestorben. Er that schließlich
noch einmal, was er schon so oft gethan: er verschob den Augenblick der Entscheidung und nahm sich vor, nach Italien zu reisen,
um Corinna selbst über seine Qualen und den Entschluß, den er
zu fassen habe, richten zu lassen. Seine Pflicht, meinte er, gebiete ihm, Corinna nicht zur Gattin zu nehmen, indeß verlangte
ja kein väterliches Gebot, daß er Lucile heirathe. In welcher
Form konnte er dann aber sein Leben mit dem der Freundin
vereinigen? Mußte er ihr die Heimat opfern, oder sollte er sie,
ohne Rücksicht auf ihren Ruf und ihr ferneres Schicksal, mit
nach England nehmen? In dieser rathlosen Bestürzung würde
er nach Venedig gereist sein, wenn man von Monat zu Monat
nicht die Einschiffung seines Regiments erwartet hätte; er würde
gereist sein, um Corinna mündlich mitzutheilen, was zu schreiben
er sich nicht entschließen konnte.

Dadurch ward nothwendigerweise der Ton seiner Briefe
verändert. Er wollte ihr nicht gestehen, was in seinem Innern
vorging, und doch vermochte er nicht mehr, sich mit derselben
Hingebung auszudrücken. Auch mit den Hindernissen, welche
sich ihrer Wiederanerkennung in England entgegenstellten, wollte
er Corinna nicht bekannt machen, denn er hoffte noch, sie überwinden zu können, und mochte die Freundin nicht unnöthig gegen
ihre Stiefmutter aufbringen. So kürzten verschiedene, absicht-
liche Verschweigungen seine Briefe ab; er füllte sie mit ferner
liegenden Dingen aus, sprach von seinen Zukunftsplänen gar
nicht, und eine Andere, als die glaubensvolle Corinna, hätte
durchfühlen müssen, was sich in seinem Herzen vollzog. Allein
ein leidenschaftliches Gefühl macht zugleich scharfsichtiger und
leichtgläubiger; es ist, als könne man in solchem Zustande Alles

nur in übernatürlichem Lichte sehn: man entdeckt, was verborgen ist, und täuscht sich über das offen zu Tage Liegende. Man ist von der Vorstellung empört, daß man so Furchtbares leiden soll, während eben keine außerordentliche, in den Verhältnissen begründete Ursache dazu vorhanden scheint, und daß so viel Verzweiflung durch so einfache Umstände hervorgebracht werden könne.

Oswald war äußerst bekümmert, sowohl wegen seines persönlichen Unglücks als wegen des Grams, den er der Geliebten bereiten mußte, und seine Briefe drückten viel Gereiztheit aus, ohne deren Grund anzugeben. Mit wunderlicher Laune machte er Corinna seinen eigenen Schmerz zum Vorwurf, als ob sie nicht tausendmal mehr zu beklagen gewesen wäre als er! Damit zerrüttete er aber vollends ihr Gemüth. Sie hatte sich nicht in der Gewalt, ihr Geist verwirrte sich. Nachts umdrängten sie die entsetzlichsten Bilder, am Tage entwichen diese kaum, und die Unglückselige konnte nicht glauben, daß dieser Oswald, der ihr jetzt so harte, so aufgeregte, so bittere Briefe schrieb, derselbe Mann sei, den sie großmüthig und liebevoll gekannt hatte: daraus entstand das unbesiegliche Verlangen, ihn noch einmal wiederzusehen, noch einmal zu sprechen. „Ich muß ihn sprechen!" rief sie; „er soll mir sagen, daß er, er selbst es ist, der jetzt mitleidslos das Herz der Frau zerreißt, um deren geringstes Leid er früher so große Sorge trug! Er selbst muß mir dies erst sagen, dann will ich mich dem Geschick unterwerfen. Nur eine böse Macht kann ihn zu solcher Sprache treiben. Es ist nicht Oswald, nein! es ist nicht Oswald, der mir schreibt. Man hat mich bei ihm verläumdet; wo so viel Unglück ist, muß irgend ein Verrath zu Grunde liegen."

Eines Tages faßte Corinna den Entschluß nach Schottland zu reisen, wenn ein Einfall des stürmenden Schmerzes, der um jeden Preis nach einer Veränderung der Lage drängt, ein Entschluß zu nennen ist. Sie wagte ihn Niemand mitzutheilen und konnte sich nicht einmal überwinden, Theresina davon zu sagen; denn sie hoffte immer noch, sie werde es ihrer eigenen Vernunft abgewinnen, zu bleiben. Es war einige Erleichterung:

diese Aussicht auf eine Reise, dieser, von dem des vorhergehenden Tages verschiedene Gedanke, dieses bischen Zukunft an Stelle des ewigen, verzweifelnden Zurückblickens! Sie war zu jeder Beschäftigung unfähig: Lesen konnte sie unmöglich, die Musik bereitete ihr nur schmerzhafte Nervenerschütterungen, und der, zur Träumerei auffordernde Anblick der Natur verdoppelte nun gar ihr entsetzliches Weh. Diese Frau, mit dem sonst so reichen Leben, brachte ganze Tage lang in völliger Unbeweglichkeit, oder doch mindestens ohne jede äußere Bewegung zu. Die Qualen ihrer Seele verriethen sich nur noch durch ihre tödtliche Blässe. Sie sah fortwährend nach der Uhr, hoffte, daß eine Stunde verflossen sei, und wußte doch nicht, weshalb sie es hoffte, da die fortschreitende Zeit ihr weiter nichts Neues brachte, als eine schlaflose Nacht, auf die ein noch schmerzerfüllterer Tag folgte.

Eines Abends, als sie sich zur Abreise schon ganz entschlossen glaubte, ließ eine Frau um die Erlaubniß bitten, sie sprechen zu dürfen. Corinna erklärte sich bereit, weil man ihr zugleich gemeldet, die Frau scheine in dringender Angelegenheit zu kommen. Sie trat ein: eine völlig mißgestaltete Person, mit Zügen, die von Krankheit entstellt waren. Schwarz gekleidet und in einen Schleier gehüllt, suchte sie ihren Anblick so viel als möglich für Andere zu mildern. Diese von der Natur so mißhandelte Frau unterzog sich des Einsammelns von Almosen. Sie bat in würdiger Form und mit rührender Sicherheit um Hülfe für die Armen. Corinna gab ihr eine große Summe, indem sie sich versprechen ließ, man solle für sie beten. Die arme Frau, die sich längst in ihr Schicksal gefunden hatte, sah mit Erstaunen dieses stolze, schöne Weib in Kraft und Lebensfülle, das reich, jung, bewundert, dennoch unter der Last des Unglücks zusammenzubrechen schien. „Mein Gott, Madame", sagte sie, „ich wünschte, Sie wären so ruhig als ich." Welch ein Wort, das hier eine Unglückliche der gefeiertsten Frau Italiens sagen durfte, der glänzendsten! nur daß sie mit der Berzweiflung rang.

Ach! die Kraft zu lieben ist zu groß in leidenschaftlichen

Seelen — zu groß! Wie glücklich sind Diejenigen, die Gott allein jene hohe Liebe weihen können, deren die Bewohner der Erde nicht würdig sind! Aber für Corinna war diese Zeit noch nicht gekommen: sie bedurfte noch der Illusionen, sie verlangte noch nach Glück. Zwar betete sie, aber sie hatte noch nicht entsagt. Ihre seltene Begabung, wie der Ruhm, den sie erworben, erregten ihr noch zu viel Interesse an sich selbst. Nur indem man sich von Allem auf der Welt losreißt, vermag man auch auf das, was man liebt, zu verzichten. Die andern Opfer alle gehen diesem voran, und das Leben kann längst zur Einöde geworden sein, ohne daß das Feuer erlosch, welches es verzehrte.

Endlich erhielt Corinna inmitten der Zweifel und Kämpfe, die sie unaufhörlich ihren Plan zurückweisen und wieder aufnehmen ließen, von Oswald einen Brief, der ihr ankündigte, daß sein Regiment sich in sechs Wochen einschiffen werde, er indeß diese Zeit zu einer Reise nach Venedig nicht benützen könne, da ein Oberst, der sich in solchem Moment von seiner Truppe entferne, seine Ehre auf ein bedenkliches Spiel setze. Es blieb Corinna nur eben die Zeit, England zu erreichen, ehe Lord Nelvil es vielleicht für immer verlassen hatte. Diese Besorgniß entschied endlich über ihre Abreise. Man darf Corinna nur beklagen, denn sie verhehlte sich die Unüberlegtheit dieses Schrittes durchaus nicht; sie beurtheilte sich selbst strenger als Andere; und welche Frau hätte wohl das Recht, den ersten Stein auf die Unglückliche zu werfen, die ihren Irrthum nicht einmal zu rechtfertigen sucht, die kein Glück daraus für sich erhofft, und nur von einer Verzweiflung zur andern flüchtet, als ob schreckliche Fantome sie von allen Seiten verfolgten.

Hier die letzten Zeilen ihres Briefes an den Fürsten Castel-Forte: „Leben Sie wohl, mein treuer Beschützer; lebt wohl, Ihr meine römischen Freunde, lebt wohl, Ihr Alle, mit denen ich so schöne, sorglose Tage verlebte! Es ist geschehen; das Verhängniß hat mich getroffen; ich fühle seine tödtliche Wunde, ich sträube mich noch, aber ich werde erliegen. Ich muß — ich muß ihn wiedersehen! Glaubt mir, ich bin für mich selbst nicht verantwortlich; in meiner Brust toben Stürme, denen der Wille nicht zu gebieten vermag. Aber schon nahe ich mich dem Ziele, wo Alles für mich zu Ende ist: es trägt sich jetzt der letzte Act meines Lebens zu; nachher kommt die Buße und der Tod. O wunderbare Verworrenheit des menschlichen Herzens: selbst in diesem Augenblicke des leidenschaftlichsten Thuns sehe ich doch in der Ferne schon die immer länger werdenden Schatten meines sich neigenden Lebens, glaube ich schon eine göttliche Stimme zu hören, die mir zuruft: „Unglückselige! Nur noch diese Tage des Kampfes und der Liebe, dann erwarte ich Dich zu ewiger Ruhe." — O mein Gott! Gewähre mir Oswalds Gegenwart noch einmal, noch ein letztes Mal! Sein Bild hat sich mir in der Verzweiflung verdunkelt. Lag denn nicht etwas Göttliches in seinem Blick? War es nicht bei seinem Kommen, als bringe seine Gegenwart eine reinere heiligere Stimmung? Mein Freund, Sie haben ihn gesehen, wie er an meiner Seite war, wie er mich mit seiner Sorgfalt umgab, wie er mich durch die Verehrung beschützte, die er für seine Wahl an den Tag zu legen verstand. Ach! Wie kann ich ohne ihn leben? Verzeihen Sie meine Undankbarkeit! Muß ich so Ihnen für die beständige und edle Neigung lohnen, die Sie mir stets bewiesen haben? Doch ich bin alles dessen nicht mehr würdig, und ich könnte für verrückt gelten, wenn ich nicht die traurige Fähigkeit besäße, meinen Wahnsinn selbst zu beobachten. So leben Sie denn wohl — leben Sie wohl!"

Drittes Kapitel.

Wie unglücklich ist sie, die feinfühlige und tiefempfindende Frau, die eine große Unvorsichtigkeit begeht, sie für einen Gegenstand begeht, von dem sie sich weniger geliebt glaubt und nur in sich selbst eine Stütze für ihr Handeln findet! Wenn sie Ruf und Ruhe auf's Spiel setzte, um dem Geliebten damit einen großen Dienst zu leisten, wäre sie durchaus nicht zu beklagen. Es ist so süß, sich aufzuopfern! Es ist so entzückend, großen Gefahren zu trotzen, um ein uns theures Leben zu retten, um den Schmerz zu lindern, der ein befreundetes Herz zerreißt!

Aber unbekannte Länder schutzlos durcheilen müssen, ankommen
ohne erwartet zu sein, vor dem Geliebten erröthen müssen über
den Beweis von Liebe, den man ihm giebt, alles auf's Spiel
setzen, weil man es selbst will, nicht weil ein Anderer es von uns
verlangt — welch erbarmungswürdiges Elend! Welche des
Mitleids werthe Demüthigung! Denn alles Leid, was von der
Liebe kommt, verdient Mitleid. Anders wäre es, wenn man
fremdes Glück mit in den Abgrund zöge, wenn man der Pflichten gegen geheiligte Bande vergäße! Doch Corinna war frei;
sie opferte nur ihre Ehre, nur das eigene Glück. In ihrer Haltung war keine Vorsicht, keine Klugheit, aber auch nichts, das
ein anderes Geschick, als das ihre, beeinträchtigen konnte; und
ihre unglückselige Liebe richtete Niemand zu Grunde, als sie allein.

Als Corinna in England ankam, erfuhr sie durch die öffentlichen Blätter, daß der Aufbruch von Lord Nelvils Regiment
auf's Neue verschoben sei. In London sah sie nur den Familienkreis des Banquiers, welchem sie unter einem angenommenen
Namen empfohlen war. Man interessirte sich hier für sie und
erwies ihr alle erdenkliche Aufmerksamkeit. Gleich nach ihrer
Ankunft erkrankte sie gefährlich; und vierzehn Tage hindurch
pflegten ihre neuen Freunde sie mit der liebevollsten Güte. Ueber
Lord Nelvil erfuhr sie, daß er jetzt in Schottland sei, aber in
einigen Tagen nach London zurückkehren müsse, wo sein Regiment eben in Garnison lag. Sie wußte nicht, wie es anfangen,
um ihn von ihrer Anwesenheit in England in Kenntniß zu setzen.
Ihre Abreise hatte sie ihm nicht gemeldet, und so groß war
hierin ihre Verlegenheit, daß Oswald seit einem Monat keinen
Brief mehr von ihr erhalten hatte. Auch war er in höchster Unruhe; -
er warf ihr Unbeständigkeit vor, als ob er das Recht gehabt
hätte, über solche zu klagen. Bei seiner Rückkehr nach London
eilte er zuerst zu seinem Banquier, wo er Briefe aus Italien zu
finden hoffte; man sagte ihm, es seien keine eingetroffen. Er
ging fort, und wie er noch sorgenvoll über dieses Stillschweigen
hin und her dachte, traf er auf Herrn Edgermond, den er zuletzt
in Rom gesehen hatte. Dieser fragte sogleich nach Corinna.
„Ich weiß nichts von ihr", erwiderte Lord Nelvil verstimmt. —

Aber unbekannte Länder schutzlos durcheilen müssen, ankommen
ohne erwartet zu sein, vor dem Geliebten erröthen müssen über
den Beweis von Liebe, den man ihm giebt, alles auf's Spiel
setzen, weil man es selbst will, nicht weil ein Anderer es von uns
verlangt — welch erbarmungswürdiges Elend! Welche des
Mitleids werthe Demüthigung! Denn alles Leid, was von der
Liebe kommt, verdient Mitleid. Anders wäre es, wenn man
fremdes Glück mit in den Abgrund zöge, wenn man der Pflichten gegen geheiligte Bande vergäße! Doch Corinna war frei;
sie opferte nur ihre Ehre, nur das eigene Glück. In ihrer Haltung war keine Vorsicht, keine Klugheit, aber auch nichts, das
ein anderes Geschick, als das ihre, beeinträchtigen konnte; und
ihre unglückselige Liebe richtete Niemand zu Grunde, als sie allein.

Als Corinna in England ankam, erfuhr sie durch die öffentlichen Blätter, daß der Aufbruch von Lord Nelvils Regiment
auf's Neue verschoben sei. In London sah sie nur den Familienkreis des Banquiers, welchem sie unter einem angenommenen
Namen empfohlen war. Man interessirte sich hier für sie und
erwies ihr alle erdenkliche Aufmerksamkeit. Gleich nach ihrer
Ankunft erkrankte sie gefährlich; und vierzehn Tage hindurch
pflegten ihre neuen Freunde sie mit der liebevollsten Güte. Ueber
Lord Nelvil erfuhr sie, daß er jetzt in Schottland sei, aber in
einigen Tagen nach London zurückkehren müsse, wo sein Regiment eben in Garnison lag. Sie wußte nicht, wie es anfangen,
um ihn von ihrer Anwesenheit in England in Kenntniß zu setzen.
Ihre Abreise hatte sie ihm nicht gemeldet, und so groß war
hierin ihre Verlegenheit, daß Oswald seit einem Monat keinen
Brief mehr von ihr erhalten hatte. Auch war er in höchster Unruhe; -
er warf ihr Unbeständigkeit vor, als ob er das Recht gehabt
hätte, über solche zu klagen. Bei seiner Rückkehr nach London
eilte er zuerst zu seinem Banquier, wo er Briefe aus Italien zu
finden hoffte; man sagte ihm, es seien keine eingetroffen. Er
ging fort, und wie er noch sorgenvoll über dieses Stillschweigen
hin und her dachte, traf er auf Herrn Edgermond, den er zuletzt
in Rom gesehen hatte. Dieser fragte sogleich nach Corinna.
„Ich weiß nichts von ihr", erwiderte Lord Nelvil verstimmt. —

„Ach, das glaube ich wohl", entgegnete Herr Edgermond, „diese
Italienerinnen vergessen die Ausländer immer, sobald sie ihnen
aus den Augen sind. Es giebt tausend Beispiele davon, und
man muß sich das nicht zu Herzen nehmen; sie wären zu liebenswerth, wenn sie mit so vielem Zauber auch noch Beständigkeit
vereinten. Es ist gut, daß unsern Frauen auch ein Vorzug
bleibe." — Er drückte Oswald bei diesen Worten die Hand,
verabschiedete sich von ihm, um in sein Wales zurückzukehren,
und dachte wohl kaum, daß er mit den wenigen Worten Oswald
sehr bekümmert hatte. „Es ist unrecht", sagte er sich, „unrecht,
zu wünschen, sie solle mir nachhängen, da ich mich ihrem Glücke
nicht widmen kann. Aber so schnell vergessen, was man liebte,
das heißt die Vergangenheit ebenso sehr vernichten als die Zukunft!"

In dem Augenblick, als Lord Nelvil den Willen seines Vaters erfahren, war er entschieden gewesen, sich nicht mit Corinna
zu verbinden; aber zugleich hatte er auch den Entschluß gefaßt,
Lucile nicht wiederzusehn. Ueber den bedeutsamen Eindruck,
welchen diese auf ihn gemacht, war er mit sich selbst unzufrieden.
Wenn er dazu verurtheilt sei, sagte er sich, der Freundin so viel
Schmerz zu bereiten, habe er ihr wenigstens jene Treue des
Herzens zu bewahren, welche zu opfern keine Pflicht ihm gebieten
könne. Er beschränkte sich darauf, seine Bitte in Betreff Corinnens schriftlich bei Lady Edgermond zu erneuern; doch verweigerte ihm diese beharrlich jede Antwort, und Lord Nelvil errieth
aus einigen Unterhaltungen mit Herrn Dickson, der auch Lord
Edgermond nahe gestanden, daß es wohl kein anderes Mittel
gebe, seinen Wunsch bei der Lady zu erreichen, als um die Tochter, um Lucile, zu werben. Denn die vorsichtige Dame fürchtete,
daß Corinna, wenn sie jetzt wieder in ihre Familie zurücktrete,
einer Verheirathung ihrer jüngeren Schwester hinderlich sein
werde. — Corinna ahnte noch nichts von dem Interesse, das
Lucile Lord Nelvil abgewonnen hatte; diesen Schmerz hatte ihr
das Schicksal bis jetzt erspart. Nie indessen war sie ihm näher
nie war sie seiner würdiger gewesen, als in dem Augenblick, wo
das Loos sie von ihm schied. Während ihrer Krankheit, umgeben

Staël's Corinna. 28

von der Sorgfalt der einfachen, herzlichen Familie jenes Kaufmannes, hatte sie an englischen Sitten und Lebensgewohnheiten aufrichtiges Wohlgefallen gefunden. Ohne in irgend welcher Richtung besonders hervorragend zu sein, besaßen diese Menschen, von denen sie so liebevoll aufgenommen war, doch viel seltene Geisteskraft und eine anerkennenswerthe Bildung des Urtheils. Man drückte ihr weniger überschwängliche Zuneigung aus, als sie es gewohnt war, doch bewies man ihr solche zu jeder Stunde durch neue Wärme, neue Dienstleistungen. Die Strenge der Lady Edgermond, die Langeweile der kleinen Stadt hatten sich hindernd vor Corinnens Urtheil gestellt; sie hatte die großen und edlen Vorzüge des Landes, dem sie entsagt, nicht überblicken können; und nun wendete sie diesem unter Verhältnissen ihre Neigung zu, die ein solches Gefühl, zu ihrem Glücke wenigstens, nicht mehr wünschenswerth machten.

Viertes Kapitel.

Die Damen der Familie des Banquiers, welche Corinna mit Beweisen von Freundschaft und Theilnahme überschütteten, forderten diese eines Abends auf, in ihrer Begleitung Madame Siddons als „Isabella" in der „Unglücklichen Ehe" zu sehen, einem der englischen Stücke, in welchem diese Schauspielerin ihr Talent am Bewundernswürdigsten entfaltete. Corinna weigerte sich lange, bis die Erinnerung daran, daß Lord Nelvil ihre Declamation oft mit der von Madame Siddons verglichen hatte, einige Neugierde, diese zu hören, in ihr anregte. Verschleiert begab sie sich in eine kleine Loge, wo sie Alles sehen konnte, ohne gesehen zu werden. Sie wußte zwar nicht, daß Lord Nelvil am vorhergehenden Tage in London eingetroffen war, doch fürchtete sie auch schon, nur von irgend einem Engländer, der sie vielleicht in Italien gesehen hatte, bemerkt zu werden. Die edle Erscheinung und tiefe Auffassung der Schauspielerin fesselten Corinnens Aufmerksamkeit dergestalt, daß sie während der ersten Aufzüge die Augen nicht von der Bühne wendete. Wenn ein schönes Talent die Kraft und Originalität

der englischen Declamation zur Geltung bringt, ist diese
mehr als jede andere geeignet, den Hörer zu ergreifen. Sie
hat nicht so viel Gekünsteltes, nicht so viel Verabredetes und so
zu sagen Uebereingekommenes als die französische; ihre Wirkung ist unmittelbarer, die wahre Verzweiflung würde sich ausdrücken wie sie; und da die Natur der Stücke, wie die Art der
Versifikation hier die dramatische Kunst in geringerer Entfernung vom realen Leben halten, bringt diese eine um so ergreifen-
dere Wirkung hervor. Um in Frankreich ein großer Schauspieler zu sein, bedarf es um so viel mehr des Genie's, als die allgemeinen Regeln so breit in den Vordergrund treten, daß wenig
Freiheit für individuelle Ausführung bleibt. In England aber
darf man Alles wagen, falls es natürliche Eingebung ist. Dieses
lange Seufzen z. B., das lächerlich wäre, wenn man es erzählte,
durchschauert das Herz, wenn man es hört. Madame Siddons,
in ihren Formen die edelste aller Schauspielerinnen, verliert
nichts von ihrer Würde, wenn sie zur Erde stürzt. Es liegt
hierin auch gar nichts, das nicht bewundernswürdig sein könnte,
wenn wahre Erschütterung dazu hinreißt, eine Erschütterung,
die, von der innersten Seele ausgehend, den, welcher sie empfindet, noch mehr beherrscht als den, welcher davon Zeuge ist. Es
giebt bei den verschiedenen Nationen auch eine verschiedene Art,
die Tragödie zu spielen; doch der Ausdruck des Schmerzes wird
von einem Ende der Welt bis zum andern verstanden, und
vom Bettler bis zum Könige gleichen sich die wahrhaft unglücklichen Menschen.

Im letzten Zwischenact fiel es Corinna auf, daß alle Blicke
sich nach einer Loge richteten, in welcher auch sie nun Lady Edgermond und ihre Tochter bemerkte. Denn sie zweifelte nicht
daran, daß diese blonde Schönheit Lucile sei. Der Tod eines
sehr reichen Verwandten Lord Edgermonds hatte die Lady genöthigt, wegen des Ordnens ihrer Erbschaftsangelegenheiten nach
London zu kommen. Lucile, die sich für das Theater mehr als
gewöhnlich geschmückt hatte, erregte sichtlich die allgemeinste Bewunderung, und seit lange war in England, wo doch schöne
Frauen häufig sind, eine so außerordentliche Erscheinung nicht

28*

gesehen worden. Corinna war von ihrem Anblick schmerzlich überrascht. Es schien ihr unmöglich, daß Oswald dem Zauber eines solchen Gesichts widerstehen könne. Sie verglich sich in Gedanken mit der Schwester und fand sich sehr untergeordnet. Wenn hier zu übertreiben möglich war, übertrieb sie sich dergestalt den Reiz dieser Jugend, dieser schneeigen Weiße, dieses blonden Haares, dieses unschuldigen Bildes vom Frühling des Lebens, daß sie sich fast gedemüthigt fühlte, mit Talent, mit Geist, kurz, mit erworbenen oder doch vervollkommneten Gaben gegen solche verschwenderische Huld der Natur zu streiten.

Plötzlich bemerkte sie in der gegenüberliegenden Loge Lord Nelvil, dessen Blicke auf Lucile geheftet waren. Welch ein Augenblick für Corinna! Zum ersten Mal sah sie die theuren Züge wieder, an die sie so viel gedacht! Dieses Antlitz, das sie so viel in der Erinnerung gesucht, wiewohl es nie derselben entflohen, sie sah es nun wieder: als Oswald eben ganz von Lucile hingenommen schien! Er konnte Corinnens Gegenwart nicht ahnen; aber wenn sein Auge sich jetzt zufälligerweise auf Corinna gerichtet hätte, würde die Unglückselige sich das günstig und tröstend gedeutet haben. Endlich erschien Madame Siddons wieder, und Lord Nelvil wendete sich der Bühne zu.

Corinna athmete auf; sie schmeichelte sich, daß eben nur die Neugierde Oswalds Aufmerksamkeit auf Lucile gezogen habe. Das Stück wurde mit jedem Augenblick ergreifender, und Lucile schwamm in Thränen; um diese zu verbergen, zog sie sich in den Hintergrund der Loge zurück. Nun blickte Oswald von Neuem, und mit noch größerem Interesse als das erste Mal zu ihr hinüber. Endlich kam die furchtbare Scene, wo Isabella, welche den Händen der Frauen entronnen, die sie hindern wollen, sich zu tödten, über die Nutzlosigkeit ihrer Anstrengungen lachend, sich den Dolch ins Herz stößt. Dieses Lachen der Verzweiflung ist der schwierigste Effekt, den die dramatische Kunst hervorbringen kann; er erschüttert viel mehr als Thränen; mehr als sie ist dieser bittere Spott des Unglücks sein herzzerreißendster Ausdruck. Wie gräßlich ist das Leid der Seele, wenn es in solche schauerliche Freude umschlägt; wenn es bei dem Anblick

feines eigenen Blutes die wilde Befriedigung eines furchtbaren
Feindes empfindet, der sich gerächt hat!

Lucile war jetzt offenbar so ergriffen, daß die Mutter es beun-
ruhigend fand, denn sie wendete sich wiederholt nach dem Innern
der Loge zurück. Oswald erhob sich voller Hast, als wolle er
zu den Damen hinüber, doch setzte er sich wieder. Corinna
empfand etwas wie Genügen an dieser zweiten Bewegung,
aber sie seufzte. „Meine Schwester, das mir einst so theure
Kind, ist jung und empfänglichen Herzens", sagte sie sich,
„darf ich ihr ein Glück rauben wollen, dessen sie sich ohne
Hinderniß, ohne ein Opfer von Seiten des Geliebten, erfreuen
kann?" — Der Vorhang fiel. Corinna, in der Besorgniß,
erkannt zu werden, wollte das ganze Publikum sich erst entfernen
lassen, ehe sie selbst hinausginge. Wartend stand sie hinter der
geöffneten Thür ihrer Loge, von wo aus sie den Corridor übersehen konnte. Als Lucile auf denselben heraustrat, wurde sie
von allen Seiten mit Ausrufungen über ihre Schönheit empfangen, die nur wenig von der nothwendigsten Rücksicht gedämpft
waren. Das junge Mädchen gerieth dadurch in große Verwirrung; zumal Lady Edgermond in ihrer Gebrechlichkeit, ohngeachtet der Sorgfalt ihrer Tochter und der ihnen von den Umstehenden bewiesenen Hochachtung, ohnehin große Mühe hatte
durch das Gedränge zu kommen. Sie kannten Niemand, und
deshalb wagte keiner der Herren sie anzureden; bis Lord Nelvil
nun die Verlegenheit der Damen sah, und ihnen entgegeneilte.
Er bot Lady Edgermond den einen Arm; den andern reichte er
Lucile, die ihn schüchtern und erröthend annahm. So schritten
sie an Corinna vorüber. Oswald dachte nicht, daß seine arme
Freundin Zeugin eines für sie so schmerzlichen Anblicks sei;
nicht ohne einigen Stolz führte er die schönste Frau Englands
durch diese Reihen zahlloser Bewunderer.

Fünftes Kapitel.

Corinna kehrte halb verwirrt in ihre Wohnung zurück;
sie wußte nicht, welchen Entschluß sie fassen, wie sie Lord Nelvil

Seelen — zu groß! Wie glücklich sind Diejenigen, die Gott allein jene hohe Liebe weihen können, deren die Bewohner der Erde nicht würdig sind! Aber für Corinna war diese Zeit noch nicht gekommen: sie bedurfte noch der Illusionen, sie verlangte noch nach Glück. Zwar betete sie, aber sie hatte noch nicht entsagt. Ihre seltene Begabung, wie der Ruhm, den sie erworben, erregten ihr noch zu viel Interesse an sich selbst. Nur indem man sich von Allem auf der Welt losreißt, vermag man auch auf das, was man liebt, zu verzichten. Die andern Opfer alle gehen diesem voran, und das Leben kann längst zur Einöde geworden sein, ohne daß das Feuer erlosch, welches es verzehrte.

Endlich erhielt Corinna inmitten der Zweifel und Kämpfe, die sie unaufhörlich ihren Plan zurückweisen und wieder aufnehmen ließen, von Oswald einen Brief, der ihr ankündigte, daß sein Regiment sich in sechs Wochen einschiffen werde, er indeß diese Zeit zu einer Reise nach Venedig nicht benützen könne, da ein Oberst, der sich in solchem Moment von seiner Truppe entferne, seine Ehre auf ein bedenkliches Spiel setze. Es blieb Corinna nur eben die Zeit, England zu erreichen, ehe Lord Nelvil es vielleicht für immer verlassen hatte. Diese Besorgniß entschied endlich über ihre Abreise. Man darf Corinna nur beklagen, denn sie verhehlte sich die Unüberlegtheit dieses Schrittes durchaus nicht; sie beurtheilte sich selbst strenger als Andere; und welche Frau hätte wohl das Recht, den ersten Stein auf die Unglückliche zu werfen, die ihren Irrthum nicht einmal zu rechtfertigen sucht, die kein Glück daraus für sich erhofft, und nur von einer Verzweiflung zur andern flüchtet, als ob schreckliche Fantome sie von allen Seiten verfolgten.

Hier die letzten Zeilen ihres Briefes an den Fürsten Castel-Forte: „Leben Sie wohl, mein treuer Beschützer; lebt wohl, Ihr meine römischen Freunde, lebt wohl, Ihr Alle, mit denen ich so schöne, sorglose Tage verlebte! Es ist geschehen; das Verhängniß hat mich getroffen; ich fühle seine tödtliche Wunde, ich sträube mich noch, aber ich werde erliegen. Ich muß — ich muß ihn wiedersehen! Glaubt mir, ich bin für mich selbst nicht verantwortlich; in meiner Brust toben Stürme, denen der Wille nicht zu gebieten vermag. Aber schon nahe ich mich dem Ziele, wo Alles für mich zu Ende ist: es trägt sich jetzt der letzte Act meines Lebens zu; nachher kommt die Buße und der Tod. O wunderbare Verworrenheit des menschlichen Herzens: selbst in diesem Augenblicke des leidenschaftlichsten Thuns sehe ich doch in der Ferne schon die immer länger werdenden Schatten meines sich neigenden Lebens, glaube ich schon eine göttliche Stimme zu hören, die mir zuruft: „Unglückselige! Nur noch diese Tage des Kampfes und der Liebe, dann erwarte ich Dich zu ewiger Ruhe." — O mein Gott! Gewähre mir Oswalds Gegenwart noch einmal, noch ein letztes Mal! Sein Bild hat sich mir in der Verzweiflung verdunkelt. Lag denn nicht etwas Göttliches in seinem Blick? War es nicht bei seinem Kommen, als bringe seine Gegenwart eine reinere heiligere Stimmung? Mein Freund, Sie haben ihn gesehen, wie er an meiner Seite war, wie er mich mit seiner Sorgfalt umgab, wie er mich durch die Verehrung beschützte, die er für seine Wahl an den Tag zu legen verstand. Ach! Wie kann ich ohne ihn leben? Verzeihen Sie meine Undankbarkeit! Muß ich so Ihnen für die beständige und edle Neigung lohnen, die Sie mir stets bewiesen haben? Doch ich bin alles dessen nicht mehr würdig, und ich könnte für verrückt gelten, wenn ich nicht die traurige Fähigkeit besäße, meinen Wahnsinn selbst zu beobachten. So leben Sie denn wohl — leben Sie wohl!"

Drittes Kapitel.

Wie unglücklich ist sie, die feinfühlige und tiefempfindende Frau, die eine große Unvorsichtigkeit begeht, sie für einen Gegenstand begeht, von dem sie sich weniger geliebt glaubt und nur in sich selbst eine Stütze für ihr Handeln findet! Wenn sie Ruf und Ruhe auf's Spiel setzte, um dem Geliebten damit einen großen Dienst zu leisten, wäre sie durchaus nicht zu beklagen. Es ist so süß, sich aufzuopfern! Es ist so entzückend, großen Gefahren zu trotzen, um ein uns theures Leben zu retten, um den Schmerz zu lindern, der ein befreundetes Herz zerreißt!

Aber unbekannte Länder schutzlos durcheilen müssen, ankommen ohne erwartet zu sein, vor dem Geliebten erröthen müssen über den Beweis von Liebe, den man ihm giebt, alles auf's Spiel setzen, weil man es selbst will, nicht weil ein Anderer es von uns verlangt — welch erbarmungswürdiges Elend! Welche des Mitleids werthe Demüthigung! Denn alles Leid, was von der Liebe kommt, verdient Mitleid. Anders wäre es, wenn man fremdes Glück mit in den Abgrund zöge, wenn man der Pflichten gegen geheiligte Bande vergäße! Doch Corinna war frei; sie opferte nur ihre Ehre, nur das eigene Glück. In ihrer Haltung war keine Vorsicht, keine Klugheit, aber auch nichts, das ein anderes Geschick, als das ihre, beeinträchtigen konnte; und ihre unglückselige Liebe richtete Niemand zu Grunde, als sie allein.

Als Corinna in England ankam, erfuhr sie durch die öffentlichen Blätter, daß der Aufbruch von Lord Nelvils Regiment auf's Neue verschoben sei. In London sah sie nur den Familienkreis des Banquiers, welchem sie unter einem angenommenen Namen empfohlen war. Man interessirte sich hier für sie und erwies ihr alle erdenkliche Aufmerksamkeit. Gleich nach ihrer Ankunft erkrankte sie gefährlich; und vierzehn Tage hindurch pflegten ihre neuen Freunde sie mit der liebevollsten Güte. Ueber Lord Nelvil erfuhr sie, daß er jetzt in Schottland sei, aber in einigen Tagen nach London zurückkehren müsse, wo sein Regiment eben in Garnison lag. Sie wußte nicht, wie es anfangen, um ihn von ihrer Anwesenheit in England in Kenntniß zu setzen. Ihre Abreise hatte sie ihm nicht gemeldet, und so groß war hierin ihre Verlegenheit, daß Oswald seit einem Monat keinen Brief mehr von ihr erhalten hatte. Auch war er in höchster Unruhe; — er warf ihr Unbeständigkeit vor, als ob er das Recht gehabt hätte, über solche zu klagen. Bei seiner Rückkehr nach London eilte er zuerst zu seinem Banquier, wo er Briefe aus Italien zu finden hoffte; man sagte ihm, es seien keine eingetroffen. Er ging fort, und wie er noch sorgenvoll über dieses Stillschweigen hin und her dachte, traf er auf Herrn Edgermond, den er zuletzt in Rom gesehen hatte. Dieser fragte sogleich nach Corinna. „Ich weiß nichts von ihr", erwiderte Lord Nelvil verstimmt. —

„Ach, das glaube ich wohl", entgegnete Herr Edgermond, „diese Italienerinnen vergessen die Ausländer immer, sobald sie ihnen aus den Augen sind. Es giebt tausend Beispiele davon, und man muß sich das nicht zu Herzen nehmen; sie wären zu liebenswerth, wenn sie mit so vielem Zauber auch noch Beständigkeit vereinten. Es ist gut, daß unsern Frauen auch ein Vorzug bleibe." — Er drückte Oswald bei diesen Worten die Hand, verabschiedete sich von ihm, um in sein Wales zurückzukehren, und dachte wohl kaum, daß er mit den wenigen Worten Oswald sehr bekümmert hatte. „Es ist unrecht", sagte er sich, „unrecht, zu wünschen, sie solle mir nachhängen, da ich mich ihrem Glücke nicht widmen kann. Aber so schnell vergessen, was man liebte, das heißt die Vergangenheit ebenso sehr vernichten als die Zukunft!"

In dem Augenblick, als Lord Nelvil den Willen seines Vaters erfahren, war er entschieden gewesen, sich nicht mit Corinna zu verbinden; aber zugleich hatte er auch den Entschluß gefaßt, Lucile nicht wiederzusehn. Ueber den bedeutsamen Eindruck, welchen diese auf ihn gemacht, war er mit sich selbst unzufrieden. Wenn er dazu verurtheilt sei, sagte er sich, der Freundin so viel Schmerz zu bereiten, habe er ihr wenigstens jene Treue des Herzens zu bewahren, welche zu opfern keine Pflicht ihm gebieten könne. Er beschränkte sich darauf, seine Bitte in Betreff Corinnens schriftlich bei Lady Edgermond zu erneuern; doch verweigerte ihm diese beharrlich jede Antwort, und Lord Nelvil errieth aus einigen Unterhaltungen mit Herrn Dickson, der auch Lord Edgermond nahe gestanden, daß es wohl kein anderes Mittel gebe, seinen Wunsch bei der Lady zu erreichen, als um die Tochter, um Lucile, zu werben. Denn die vorsichtige Dame fürchtete, daß Corinna, wenn sie jetzt wieder in ihre Familie zurücktrete, einer Verheirathung ihrer jüngeren Schwester hinderlich sein werde. — Corinna ahnte noch nichts von dem Interesse, das Lucile Lord Nelvil abgewonnen hatte; diesen Schmerz hatte ihr das Schicksal bis jetzt erspart. Nie indessen war sie ihm näher nie war sie seiner würdiger gewesen, als in dem Augenblick, wo das Loos sie von ihm schied. Während ihrer Krankheit, umgeben

Staël's Corinna.   28

von der Sorgfalt der einfachen, herzlichen Familie jenes
Kaufmannes, hatte sie an englischen Sitten und Lebensgewohnheiten aufrichtiges Wohlgefallen gefunden. Ohne in irgend welcher
Richtung besonders hervorragend zu sein, besaßen diese Menschen,
von denen sie so liebevoll aufgenommen war, doch viel seltene
Geisteskraft und eine anerkennenswerthe Bildung des Urtheils.
Man drückte ihr weniger überschwängliche Zuneigung aus, als
sie es gewohnt war, doch bewies man ihr solche zu jeder Stunde
durch neue Wärme, neue Dienstleistungen. Die Strenge der
Lady Edgermond, die Langeweile der kleinen Stadt hatten sich
hindernd vor Corinnens Urtheil gestellt; sie hatte die großen und
edlen Vorzüge des Landes, dem sie entsagt, nicht überblicken
können; und nun wendete sie diesem unter Verhältnissen ihre
Neigung zu, die ein solches Gefühl, zu ihrem Glücke wenigstens,
nicht mehr wünschenswerth machten.

Viertes Kapitel.

Die Damen der Familie des Banquiers, welche Corinna
mit Beweisen von Freundschaft und Theilnahme überschütteten,
forderten diese eines Abends auf, in ihrer Begleitung Madame
Siddons als „Isabella" in der „Unglücklichen Ehe" zu sehen,
einem der englischen Stücke, in welchem diese Schauspielerin ihr
Talent am Bewundernswürdigsten entfaltete. Corinna weigerte
sich lange, bis die Erinnerung daran, daß Lord Nelvil ihre
Declamation oft mit der von Madame Siddons verglichen hatte,
einige Neugierde, diese zu hören, in ihr anregte. Verschleiert
begab sie sich in eine kleine Loge, wo sie Alles sehen konnte,
ohne gesehen zu werden. Sie wußte zwar nicht, daß Lord
Nelvil am vorhergehenden Tage in London eingetroffen war,
doch fürchtete sie auch schon, nur von irgend einem Engländer,
der sie vielleicht in Italien gesehen hatte, bemerkt zu werden.
Die edle Erscheinung und tiefe Auffassung der Schauspielerin
fesselten Corinnens Aufmerksamkeit dergestalt, daß sie während der ersten Aufzüge die Augen nicht von der Bühne wendete. Wenn ein schönes Talent die Kraft und Originalität

der englischen Declamation zur Geltung bringt, ist diese
mehr als jede andere geeignet, den Hörer zu ergreifen. Sie
hat nicht so viel Gekünsteltes, nicht so viel Verabredetes und so
zu sagen Uebereingekommenes als die französische; ihre Wirkung ist unmittelbarer, die wahre Verzweiflung würde sich ausdrücken wie sie; und da die Natur der Stücke, wie die Art der
Versifikation hier die dramatische Kunst in geringerer Entfernung vom realen Leben halten, bringt diese eine um so ergreifen-
dere Wirkung hervor. Um in Frankreich ein großer Schauspieler zu sein, bedarf es um so viel mehr des Genie's, als die allgemeinen Regeln so breit in den Vordergrund treten, daß wenig
Freiheit für individuelle Ausführung bleibt. In England aber
darf man Alles wagen, falls es natürliche Eingebung ist. Dieses
lange Seufzen z. B., das lächerlich wäre, wenn man es erzählte,
durchschauert das Herz, wenn man es hört. Madame Siddons,
in ihren Formen die edelste aller Schauspielerinnen, verliert
nichts von ihrer Würde, wenn sie zur Erde stürzt. Es liegt
hierin auch gar nichts, das nicht bewundernswürdig sein könnte,
wenn wahre Erschütterung dazu hinreißt, eine Erschütterung,
die, von der innersten Seele ausgehend, den, welcher sie empfindet, noch mehr beherrscht als den, welcher davon Zeuge ist. Es
giebt bei den verschiedenen Nationen auch eine verschiedene Art,
die Tragödie zu spielen; doch der Ausdruck des Schmerzes wird
von einem Ende der Welt bis zum andern verstanden, und
vom Bettler bis zum Könige gleichen sich die wahrhaft unglücklichen Menschen.

Im letzten Zwischenact fiel es Corinna auf, daß alle Blicke
sich nach einer Loge richteten, in welcher auch sie nun Lady Edgermond und ihre Tochter bemerkte. Denn sie zweifelte nicht
daran, daß diese blonde Schönheit Lucile sei. Der Tod eines
sehr reichen Verwandten Lord Edgermonds hatte die Lady genöthigt, wegen des Ordnens ihrer Erbschaftsangelegenheiten nach
London zu kommen. Lucile, die sich für das Theater mehr als
gewöhnlich geschmückt hatte, erregte sichtlich die allgemeinste Bewunderung, und seit lange war in England, wo doch schöne
Frauen häufig sind, eine so außerordentliche Erscheinung nicht

28*

jehen worden. Corinna war von ihrem Anblick schmerzlich
verrascht. Es schien ihr unmöglich, daß Oswald dem Zauber
nes solchen Gesichts widerstehen könne. Sie verglich sich in
Gedanken mit der Schwester und fand sich sehr untergeordnet.
Wenn hier zu übertreiben möglich war, übertrieb sie sich dergestalt den Reiz dieser Jugend, dieser schneeigen Weiße, dieses
blonden Haares, dieses unschuldigen Bildes vom Frühling des
Lebens, daß sie sich fast gedemüthigt fühlte, mit Talent, mit
Geist, kurz, mit erworbenen oder doch vervollkommneten Gaben
gegen solche verschwenderische Huld der Natur zu streiten.

Plötzlich bemerkte sie in der gegenüberliegenden Loge Lord
Nelvil, dessen Blicke auf Lucile geheftet waren. Welch ein
Augenblick für Corinna! Zum ersten Mal sah sie die theuren
Züge wieder, an die sie so viel gedacht! Dieses Antlitz, das sie
so viel in der Erinnerung gesucht, wiewohl es nie derselben entflohen, sie sah es nun wieder: als Oswald eben ganz von Lucile
hingenommen schien! Er konnte Corinnens Gegenwart nicht
ahnen; aber wenn sein Auge sich jetzt zufälligerweise auf Corinna
gerichtet hätte, würde die Unglückselige sich das günstig und
tröstend gedeutet haben. Endlich erschien Madame Siddons
wieder, und Lord Nelvil wendete sich der Bühne zu.

Corinna athmete auf; sie schmeichelte sich, daß eben nur die
Neugierde Oswalds Aufmerksamkeit auf Lucile gezogen hab
Das Stück wurde mit jedem Augenblick ergreifender, und Luc
schwamm in Thränen; um diese zu verbergen, zog sie sich in t
Hintergrund der Loge zurück. Nun blickte Oswald von Neue
und mit noch größerem Interesse als das erste Mal zu
hinüber. Endlich kam die furchtbare Scene, wo Isabella, wel
den Händen der Frauen entronnen, die sie hindern wollen,
zu tödten, über die Nutzlosigkeit ihrer Anstrengungen lache
sich den Dolch ins Herz stößt. Dieses Lachen der Verzweifl
ist der schwierigste Effekt, den die dramatische Kunst herr
bringen kann; er erschüttert viel mehr als Thränen; mehr
sie ist dieser bittere Spott des Unglücks sein herzzerreißen
Ausdruck. Wie gräßlich ist das Leid der Seele, wenn e
solche schauerliche Freude umschlägt; wenn es bei dem A

her
an
dem
jeute
Sie
ihren
„Viel-
Italien
ein Be-
ein Herz

... Der Verdung bei ... Verdung ... der Gelegenheit ... ehe sie selbst hinausgunge ... Publikum sich erst entfernen ... Thür ihrer Loge, von wo aus sie den Kutscher über ... Als Aneile auf denselben herantrat, wurde sie ... wenig von der nothwendigsten Schönheit empfun...

... Mädchen gerieth dadurch in große Ver...

... ihrer Tochter und der ihnen von den Um...
Hochachtung, ohnehin große Mühe hatte
... zu kommen. Sie kannten Niemand, und
... Herren sie anzureden; bis Lord Rewit
Damen sah, und ihnen ent...
... uten Arm; den an...
... errothend umnahm.
... achte nicht, ...
... umerzlichen ...

mit ihrer Ankunft bekannt machen und was sie ihm sagen solle, um dieselbe zu motiviren. Denn immer mehr schwand ihr Vertrauen in die Treue des Freundes, und es war ihr zuweilen, als wolle sie einen Fremden wiedersehen, einen Fremden, den sie mit Leidenschaft liebte, und der sie nicht mehr wiedererkennen werde. Am Abend des nächsten Tages schickte sie zu Lord Nelvil, und erfuhr, daß er bei Lady Edgermond sei; am folgenden Tage brachte man ihr dieselbe Botschaft mit der Bemerkung, Lady Edgermond sei krank und wolle gleich nach ihrer Genesung wieder auf das Land zurückkehren. Corinna beschloß nun, diesen Augenblick erst abzuwarten, ehe sie Lord Nelvil von ihrer Gegenwart benachrichtige. Inzwischen ging sie allabendlich an dem Hause der Lady vorüber, und sah vor deren Thür stets Oswalds Wagen halten. Ein unaussprechliches Weh beschlich dann ihr armes Herz, aber am nächsten Tage unternahm sie doch denselben Weg, um dieselben Schmerzen zu empfinden. Indessen irrte sich Corinna, wenn sie annahm, Oswalds Besuche bei Lady Edgermond hätten seine Werbung um Lucile zum Zweck.

Während Oswald die Lady an jenem Theaterabend nach ihrem Wagen geleitete, hatte diese ihm mitgetheilt, daß die Hinterlassenschaft des in Indien verstorbenen Verwandten Lord Edgermonds Corinna ebenso viel als Lucile angehe, und ihn gebeten, sich in ihrem Hotel einzufinden, damit sie ihn mit den getroffenen Bestimmungen bekannt machen und er diese dann weiter nach Italien berichten könne. Oswald versprach zu kommen, und da er in diesem Augenblick Lucile zum Abschied die Hand reichte, schien es ihm, als ob die kleine Hand zittere. Corinnens Stillschweigen konnte ihn glauben machen, er sei nicht mehr von ihr geliebt, und die Erregung dieses jungen Mädchens mußte ihm die Vermuthung an eine für ihn aufsteigende Neigung erwecken. Noch dachte er nicht daran, seinem Versprechen mit Corinna untreu zu werden. War ja doch der Ring, den sie von ihm besaß, ein sicheres Pfand, daß er, ohne ihre Einwilligung, nie eine Andere heirathen werde! Um also Corinnens Interesse zu vertreten, begab er sich Tags darauf zu Lady Edgermond, fand aber diese so krank, und Lucile von ihrer Verlassenheit in der

großen Stadt, welche derartig war, daß sie nicht einmal wußte,
an welchen Arzt sich wenden, so beunruhigt, daß Oswald es als
eine Pflicht gegen die Freundin seines Vaters betrachtete, ihr
seine ganze Zeit zu widmen.

Lady Edgermond, von Natur herbe und stolz, schien nur
für Oswald milder gestimmt zu sein; sie empfing ihn täglich,
wiewohl er nichts that und sagte, das eine Absicht auf ihre
Tochter verrathen hätte. Luciles Name wie ihre Schönheit
machten sie zu einer der glänzendsten Partien Englands; seit sie
im Theater erschienen und man sie in London wußte, war ihre
Thüre von Besuchern aus den höchsten Kreisen des Adels umlagert worden. Doch Lady Edgermond wies diese beständig
zurück, ging niemals aus und empfing nur Lord Nelvil. Wie
hätte er von so feiner Auszeichnung nicht geschmeichelt sein
sollen? Die schweigende Großmuth, mit der man sich auf ihn
verließ, ohne etwas zu verlangen, ohne sich über etwas zu beklagen, rührte ihn tief; und doch fürchtete er immer, daß man
seine Besuche als verpflichtend auffassen möge. Er würde sie
eingestellt haben, sobald der Abschluß von Corinnens Angelegenheiten sie unnöthig machte, wenn Lady Edgermond wieder hergestellt gewesen wäre. Aber grade, als man sie auf dem Wege
der Besserung hielt, erkrankte sie von Neuem und gefährlicher,
als das erste Mal. Wäre sie jetzt gestorben, hätte Lucile, da
ihre Mutter mit Niemand Verbindungen angeknüpft hatte, keinen
andern Schutz in London gehabt als Oswald.

Nicht ein einziges Wort hatte Lucile sich erlaubt, das Lord
Nelvil verrathen konnte, sie gewähre ihm im Stillen irgend
welchen Vorzug; doch durfte er solchen aus diesem leichten und
plötzlichen Verändern ihrer Farben, aus den sich oft so scheu
senkenden Augen, aus manchem ungleichen Aufathmen wohl
voraussetzen. Jedenfalls studirte er das Herz des jungen
Mädchens mit neugierigem und wohlwollendem Interesse; wenn
ihre große Zurückhaltung ihn über die Natur ihrer Gefühle auch
stets in Zweifel und Ung???ißheit ließ. Der höchste Grad der
Leidenschaft und die gro?   ??che, durch welche sie zum Ausdruck kou   ,   ??   ???t ??? nicht; man

mit ihrer Ankunft bekannt machen und was sie ihm sagen solle, um dieselbe zu motiviren. Denn immer mehr schwand ihr Vertrauen in die Treue des Freundes, und es war ihr zuweilen, als wolle sie einen Fremden wiedersehen, einen Fremden, den sie mit Leidenschaft liebte, und der sie nicht mehr wiedererkennen werde. Am Abend des nächsten Tages schickte sie zu Lord Nelvil, und erfuhr, daß er bei Lady Edgermond sei; am folgenden Tage brachte man ihr dieselbe Botschaft mit der Bemerkung, Lady Edgermond sei krank und wolle gleich nach ihrer Genesung wieder auf das Land zurückkehren. Corinna beschloß nun, diesen Augenblick erst abzuwarten, ehe sie Lord Nelvil von ihrer Gegenwart benachrichtige. Inzwischen ging sie allabendlich an dem Hause der Lady vorüber, und sah vor deren Thür stets Oswalds Wagen halten. Ein unaussprechliches Weh beschlich dann ihr armes Herz, aber am nächsten Tage unternahm sie doch denselben Weg, um dieselben Schmerzen zu empfinden. Indessen irrte sich Corinna, wenn sie annahm, Oswalds Besuche bei Lady Edgermond hätten seine Werbung um Lucile zum Zweck.

Während Oswald die Lady an jenem Theaterabend nach ihrem Wagen geleitete, hatte diese ihm mitgetheilt, daß die Hinterlassenschaft des in Indien verstorbenen Verwandten Lord Edgermonds Corinna ebenso viel als Lucile angehe, und ihn gebeten, sich in ihrem Hotel einzufinden, damit sie ihn mit den getroffenen Bestimmungen bekannt machen und er diese dann weiter nach Italien berichten könne. Oswald versprach zu kommen, und da er in diesem Augenblick Lucile zum Abschied die Hand reichte, schien es ihm, als ob die kleine Hand zittere. Corinnens Stillschweigen konnte ihn glauben machen, er sei nicht mehr von ihr geliebt, und die Erregung dieses jungen Mädchens mußte ihm die Vermuthung an eine für ihn aufsteigende Neigung erwecken. Noch dachte er nicht daran, seinem Versprechen mit Corinna untreu zu werden. War ja doch der Ring, den sie von ihm besaß, ein sicheres Pfand, daß er, ohne ihre Einwilligung, nie eine Andere heirathen werde! Um also Corinnens Interesse zu vertreten, begab er sich Tags darauf zu Lady Edgermond, fand aber diese so krank, und Lucile von ihrer Verlassenheit in der

großen Stadt, welche derartig war, daß sie nicht einmal wußte, an welchen Arzt sich wenden, so beunruhigt, daß Oswald es als eine Pflicht gegen die Freundin seines Vaters betrachtete, ihr seine ganze Zeit zu widmen.

Lady Edgermond, von Natur herbe und stolz, schien nur für Oswald milder gestimmt zu sein; sie empfing ihn täglich, wiewohl er nichts that und sagte, das eine Absicht auf ihre Tochter verrathen hätte. Lucilens Name wie ihre Schönheit machten sie zu einer der glänzendsten Partien Englands; seit sie im Theater erschienen und man sie in London wußte, war ihre Thüre von Besuchern aus den höchsten Kreisen des Adels umlagert worden. Doch Lady Edgermond wies diese beständig zurück, ging niemals aus und empfing nur Lord Nelvil. Wie hätte er von so feiner Auszeichnung nicht geschmeichelt sein sollen? Die schweigende Großmuth, mit der man sich auf ihn verließ, ohne etwas zu verlangen, ohne sich über etwas zu beklagen, rührte ihn tief; und doch fürchtete er immer, daß man seine Besuche als verpflichtend auffassen möge. Er würde sie eingestellt haben, sobald der Abschluß von Corinnens Angelegenheiten sie unnöthig machte, wenn Lady Edgermond wieder hergestellt gewesen wäre. Aber grade, als man sie auf dem Wege der Besserung hielt, erkrankte sie von Neuem und gefährlicher, als das erste Mal. Wäre sie jetzt gestorben, hätte Lucile, da ihre Mutter mit Niemand Verbindungen angeknüpft hatte, keinen andern Schutz in London gehabt als Oswald.

Nicht ein einziges Wort hatte Lucile sich erlaubt, das Lord Nelvil verrathen konnte, sie gewähre ihm im Stillen irgend welchen Vorzug; doch durfte er solchen aus diesem leichten und plötzlichen Verändern ihrer Farben, aus den sich oft so scheu senkenden Augen, aus manchem ungleichen Aufathmen wohl voraussetzen. Jedenfalls studirte er das Herz des jungen Mädchens mit neugierigem und wohlwollendem Interesse; wenn ihre große Zurückhaltung ihn über die Natur ihrer Gefühle auch stets in Zweifel und Ungewißheit ließ. Der höchste Grad der Leidenschaft und die große Sprache, durch welche sie zum Ausdruck kommt, genügen der Einbildungskraft noch nicht; man

von der Sorgfalt der einfachen, herzlichen Familie jenes
Kaufmannes, hatte sie an englischen Sitten und Lebensgewohnheiten aufrichtiges Wohlgefallen gefunden. Ohne in irgend welcher
Richtung besonders hervorragend zu sein, besaßen diese Menschen,
von denen sie so liebevoll aufgenommen war, doch viel seltene
Geisteskraft und eine anerkennenswerthe Bildung des Urtheils.
Man drückte ihr weniger überschwängliche Zuneigung aus, als
sie es gewohnt war, doch bewies man ihr solche zu jeder Stunde
durch neue Wärme, neue Dienstleistungen. Die Strenge der
Lady Edgermond, die Langeweile der kleinen Stadt hatten sich
hindernd vor Corinnens Urtheil gestellt; sie hatte die großen und
edlen Vorzüge des Landes, dem sie entsagt, nicht überblicken
können; und nun wendete sie diesem unter Verhältnissen ihre
Neigung zu, die ein solches Gefühl, zu ihrem Glücke wenigstens,
nicht mehr wünschenswerth machten.

Viertes Kapitel.

Die Damen der Familie des Banquiers, welche Corinna
mit Beweisen von Freundschaft und Theilnahme überschütteten,
forderten diese eines Abends auf, in ihrer Begleitung Madame
Siddons als „Isabella" in der „Unglücklichen Ehe" zu sehen,
einem der englischen Stücke, in welchem diese Schauspielerin ihr
Talent am Bewundernswürdigsten entfaltete. Corinna weigerte
sich lange, bis die Erinnerung daran, daß Lord Nelvil ihre
Declamation oft mit der von Madame Siddons verglichen hatte,
einige Neugierde, diese zu hören, in ihr anregte. Verschleiert
begab sie sich in eine kleine Loge, wo sie Alles sehen konnte,
ohne gesehen zu werden. Sie wußte zwar nicht, daß Lord
Nelvil am vorhergehenden Tage in London eingetroffen war,
doch fürchtete sie auch schon, nur von irgend einem Engländer,
der sie vielleicht in Italien gesehen hatte, bemerkt zu werden.
Die edle Erscheinung und tiefe Auffassung der Schauspielerin
fesselten Corinnens Aufmerksamkeit dergestalt, daß sie während der ersten Aufzüge die Augen nicht von der Bühne wendete. Wenn ein schönes Talent die Kraft und Originalität

der englischen Declamation zur Geltung bringt, ist diese
mehr als jede andere geeignet, den Hörer zu ergreifen. Sie
hat nicht so viel Gekünsteltes, nicht so viel Verabredetes und so
zu sagen Uebereingekommenes als die französische; ihre Wirkung ist unmittelbarer, die wahre Verzweiflung würde sich ausdrücken wie sie; und da die Natur der Stücke, wie die Art der
Versifikation hier die dramatische Kunst in geringerer Entfernung vom realen Leben halten, bringt diese eine um so ergreifen-
dere Wirkung hervor. Um in Frankreich ein großer Schauspieler zu sein, bedarf es um so viel mehr des Genie's, als die allgemeinen Regeln so breit in den Vordergrund treten, daß wenig
Freiheit für individuelle Ausführung bleibt. In England aber
darf man Alles wagen, falls es natürliche Eingebung ist. Dieses
lange Seufzen z. B., das lächerlich wäre, wenn man es erzählte,
durchschauert das Herz, wenn man es hört. Madame Siddons,
in ihren Formen die edelste aller Schauspielerinnen, verliert
nichts von ihrer Würde, wenn sie zur Erde stürzt. Es liegt
hierin auch gar nichts, das nicht bewundernswürdig sein könnte,
wenn wahre Erschütterung dazu hinreißt, eine Erschütterung,
die, von der innersten Seele ausgehend, den, welcher sie empfindet, noch mehr beherrscht als den, welcher davon Zeuge ist. Es
giebt bei den verschiedenen Nationen auch eine verschiedene Art,
die Tragödie zu spielen; doch der Ausdruck des Schmerzes wird
von einem Ende der Welt bis zum andern verstanden, und
vom Bettler bis zum Könige gleichen sich die wahrhaft unglücklichen Menschen.

Im letzten Zwischenact fiel es Corinna auf, daß alle Blicke
sich nach einer Loge richteten, in welcher auch sie nun Lady Edgermond und ihre Tochter bemerkte. Denn sie zweifelte nicht
daran, daß diese blonde Schönheit Lucile sei. Der Tod eines
sehr reichen Verwandten Lord Edgermonds hatte die Lady genöthigt, wegen des Ordnens ihrer Erbschaftsangelegenheiten nach
London zu kommen. Lucile, die sich für das Theater mehr als
gewöhnlich geschmückt hatte, erregte sichtlich die allgemeinste Bewunderung, und seit lange war in England, wo doch schöne
Frauen häufig sind, eine so außerordentliche Erscheinung nicht

28*

gesehen worden. Corinna war von ihrem Anblick schmerzlich überrascht. Es schien ihr unmöglich, daß Oswald dem Zauber eines solchen Gesichts widerstehen könne. Sie verglich sich in Gedanken mit der Schwester und fand sich sehr untergeordnet. Wenn hier zu übertreiben möglich war, übertrieb sie sich dergestalt den Reiz dieser Jugend, dieser schneeigen Weiße, dieses blonden Haares, dieses unschuldigen Bildes vom Frühling des Lebens, daß sie sich fast gedemüthigt fühlte, mit Talent, mit Geist, kurz, mit erworbenen oder doch vervollkommneten Gaben gegen solche verschwenderische Huld der Natur zu streiten.

Plötzlich bemerkte sie in der gegenüberliegenden Loge Lord Nelvil, dessen Blicke auf Lucile geheftet waren. Welch ein Augenblick für Corinna! Zum ersten Mal sah sie die theuren Züge wieder, an die sie so viel gedacht! Dieses Antlitz, das sie so viel in der Erinnerung gesucht, wiewohl es nie derselben entflohen, sie sah es nun wieder: als Oswald eben ganz von Lucile hingenommen schien! Er konnte Corinnens Gegenwart nicht ahnen; aber wenn sein Auge sich jetzt zufälligerweise auf Corinna gerichtet hätte, würde die Unglückselige sich das günstig und tröstend gedeutet haben. Endlich erschien Madame Siddons wieder, und Lord Nelvil wendete sich der Bühne zu.

Corinna athmete auf; sie schmeichelte sich, daß eben nur die Neugierde Oswalds Aufmerksamkeit auf Lucile gezogen habe. Das Stück wurde mit jedem Augenblick ergreifender, und Lucile schwamm in Thränen; um diese zu verbergen, zog sie sich in den Hintergrund der Loge zurück. Nun blickte Oswald von Neuem, und mit noch größerem Interesse als das erste Mal zu ihr hinüber. Endlich kam die furchtbare Scene, wo Isabella, welche den Händen der Frauen entronnen, die sie hindern wollen, sich zu tödten, über die Nutzlosigkeit ihrer Anstrengungen lachend, sich den Dolch ins Herz stößt. Dieses Lachen der Verzweiflung ist der schwierigste Effekt, den die dramatische Kunst hervorbringen kann; er erschüttert viel mehr als Thränen; mehr als sie ist dieser bittre Spott des Unglücks sein herzzerreißendster Ausdruck. Wie gräßlich ist das Leid der Seele, wenn es in solche schauerliche Freude umschlägt; wenn es bei dem Anblick feines eigenen Blutes die wilde Befriedigung eines furchtbaren Feindes empfindet, der sich gerächt hat!

Lucile war jetzt offenbar so ergriffen, daß die Mutter es beun-ruhigend fand, denn sie wendete sich wiederholt nach dem Innern der Loge zurück. Oswald erhob sich voller Hast, als wolle er zu den Damen hinüber, doch setzte er sich wieder. Corinna empfand etwas wie Genügen an dieser zweiten Bewegung, aber sie seufzte. „Meine Schwester, das mir einst so theure Kind, ist jung und empfänglichen Herzens", sagte sie sich, „darf ich ihr ein Glück rauben wollen, dessen sie sich ohne Hinderniß, ohne ein Opfer von Seiten des Geliebten, erfreuen kann?" — Der Vorhang fiel. Corinna, in der Besorgniß, erkannt zu werden, wollte das ganze Publikum sich erst entfernen lassen, ehe sie selbst hinausginge. Wartend stand sie hinter der geöffneten Thür ihrer Loge, von wo aus sie den Corridor über-sehen konnte. Als Lucile auf denselben heraustrat, wurde sie von allen Seiten mit Ausrufungen über ihre Schönheit empfan-gen, die nur wenig von der nothwendigsten Rücksicht gedämpft waren. Das junge Mädchen gerieth dadurch in große Ver-wirrung; zumal Lady Edgermond in ihrer Gebrechlichkeit, ohn-geachtet der Sorgfalt ihrer Tochter und der ihnen von den Um-stehenden bewiesenen Hochachtung, ohnehin große Mühe hatte durch das Gedränge zu kommen. Sie kannten Niemand, und deshalb wagte keiner der Herren sie anzureden; bis Lord Nelvil nun die Verlegenheit der Damen sah, und ihnen entgegeneilte. Er bot Lady Edgermond den einen Arm; den andern reichte er Lucile, die ihn schüchtern und erröthend annahm. So schritten sie an Corinna vorüber. Oswald dachte nicht, daß seine arme Freundin Zeugin eines für sie so schmerzlichen Anblicks sei; nicht ohne einigen Stolz führte er die schönste Frau Englands durch diese Reihen zahlloser Bewunderer.

Fünftes Kapitel.

Corinna kehrte halb verwirrt in ihre Wohnung zurück; sie wußte nicht, welchen Entschluß sie fassen, wie sie Lord Nelvil

gesehen worden. Corinna war von ihrem Anblick schmerzlich
überrascht. Es schien ihr unmöglich, daß Oswald dem Zauber
eines solchen Gesichts widerstehen könne. Sie verglich sich in
Gedanken mit der Schwester und fand sich sehr untergeordnet.
Wenn hier zu übertreiben möglich war, übertrieb sie sich dergestalt den Reiz dieser Jugend, dieser schneeigen Weiße, dieses
blonden Haares, dieses unschuldigen Bildes vom Frühling des
Lebens, daß sie sich fast gedemüthigt fühlte, mit Talent, mit
Geist, kurz, mit erworbenen oder doch vervollkommneten Gaben
gegen solche verschwenderische Huld der Natur zu streiten.

Plötzlich bemerkte sie in der gegenüberliegenden Loge Lord
Nelvil, dessen Blicke auf Lucile geheftet waren. Welch ein
Augenblick für Corinna! Zum ersten Mal sah sie die theuren
Züge wieder, an die sie so viel gedacht! Dieses Antlitz, das sie
so viel in der Erinnerung gesucht, wiewohl es nie derselben entflohen, sie sah es nun wieder: als Oswald eben ganz von Lucile
hingenommen schien! Er konnte Corinnens Gegenwart nicht
ahnen; aber wenn sein Auge sich jetzt zufälligerweise auf Corinna
gerichtet hätte, würde die Unglückselige sich das günstig und
tröstend gedeutet haben. Endlich erschien Madame Siddons
wieder, und Lord Nelvil wendete sich der Bühne zu.

Corinna athmete auf; sie schmeichelte sich, daß eben nur die
Neugierde Oswalds Aufmerksamkeit auf Lucile gezogen habe.
Das Stück wurde mit jedem Augenblick ergreifender, und Lucile
schwamm in Thränen; um diese zu verbergen, zog sie sich in den
Hintergrund der Loge zurück. Nun blickte Oswald von Neuem,
und mit noch größerem Interesse als das erste Mal zu ihr
hinüber. Endlich kam die furchtbare Scene, wo Isabella, welche
den Händen der Frauen entronnen, die sie hindern wollen, sich
zu tödten, über die Nutzlosigkeit ihrer Anstrengungen lachend,
sich den Dolch ins Herz stößt. Dieses Lachen der Verzweiflung
ist der schwierigste Effekt, den die dramatische Kunst hervorbringen kann; er erschüttert viel mehr als Thränen; mehr als
sie ist dieser bittre Spott des Unglücks sein herzzerreißendster
Ausdruck. Wie gräßlich ist das Leid der Seele, wenn es in
solche schauerliche Freude umschlägt; wenn es bei dem Anblick

feines eigenen Blutes die wilde Befriedigung eines furchtbaren Feindes empfindet, der sich gerächt hat!

Lucile war jetzt offenbar so ergriffen, daß die Mutter es beunruhigend fand, denn sie wendete sich wiederholt nach dem Innern der Loge zurück. Oswald erhob sich voller Hast, als wolle er zu den Damen hinüber, doch setzte er sich wieder. Corinna empfand etwas wie Genügen an dieser zweiten Bewegung, aber sie seufzte. „Meine Schwester, das mir einst so theure Kind, ist jung und empfänglichen Herzens", sagte sie sich, „darf ich ihr ein Glück rauben wollen, dessen sie sich ohne Hinderniß, ohne ein Opfer von Seiten des Geliebten, erfreuen kann?" — Der Vorhang fiel. Corinna, in der Besorgniß, erkannt zu werden, wollte das ganze Publikum sich erst entfernen lassen, ehe sie selbst hinausginge. Wartend stand sie hinter der geöffneten Thür ihrer Loge, von wo aus sie den Corridor übersehen konnte. Als Lucile auf denselben heraustrat, wurde sie von allen Seiten mit Ausrufungen über ihre Schönheit empfangen, die nur wenig von der nothwendigsten Rücksicht gedämpft waren. Das junge Mädchen gerieth dadurch in große Verwirrung; zumal Lady Edgermond in ihrer Gebrechlichkeit, ohngeachtet der Sorgfalt ihrer Tochter und der ihnen von den Umstehenden bewiesenen Hochachtung, ohnehin große Mühe hatte durch das Gedränge zu kommen. Sie kannten Niemand, und deshalb wagte keiner der Herren sie anzureden; bis Lord Nelvil nun die Verlegenheit der Damen sah, und ihnen entgegeneilte. Er bot Lady Edgermond den einen Arm; den andern reichte er Lucile, die ihn schüchtern und erröthend annahm. So schritten sie an Corinna vorüber. Oswald dachte nicht, daß seine arme Freundin Zeugin eines für sie so schmerzlichen Anblicks sei; nicht ohne einigen Stolz führte er die schönste Frau Englands durch diese Reihen zahlloser Bewunderer.

Fünftes Kapitel.

Corinna kehrte halb verwirrt in ihre Wohnung zurück; sie wußte nicht, welchen Entschluß sie fassen, wie sie Lord Nelvil

mit ihrer Ankunft bekannt machen und was sie ihm sagen solle, um dieselbe zu motiviren. Denn immer mehr schwand ihr Vertrauen in die Treue des Freundes, und es war ihr zuweilen, als wolle sie einen Fremden wiedersehen, einen Fremden, den sie mit Leidenschaft liebte, und der sie nicht mehr wiedererkennen werde. Am Abend des nächsten Tages schickte sie zu Lord Nelvil, und erfuhr, daß er bei Lady Edgermond sei; am folgenden Tage brachte man ihr dieselbe Botschaft mit der Bemerkung, Lady Edgermond sei krank und wolle gleich nach ihrer Genesung wieder auf das Land zurückkehren. Corinna beschloß nun, diesen Augenblick erst abzuwarten, ehe sie Lord Nelvil von ihrer Gegenwart benachrichtige. Inzwischen ging sie allabendlich an dem Hause der Lady vorüber, und sah vor deren Thür stets Oswalds Wagen halten. Ein unaussprechliches Weh beschlich dann ihr armes Herz, aber am nächsten Tage unternahm sie doch denselben Weg, um dieselben Schmerzen zu empfinden. Indessen irrte sich Corinna, wenn sie annahm, Oswalds Besuche bei Lady Edgermond hätten seine Werbung um Lucile zum Zweck.

Während Oswald die Lady an jenem Theaterabend nach ihrem Wagen geleitete, hatte diese ihm mitgetheilt, daß die Hinterlassenschaft des in Indien verstorbenen Verwandten Lord Edgermonds Corinna ebenso viel als Lucile angehe, und ihn gebeten, sich in ihrem Hotel einzufinden, damit sie ihn mit den getroffenen Bestimmungen bekannt machen und er diese dann weiter nach Italien berichten könne. Oswald versprach zu kommen, und da er in diesem Augenblick Lucile zum Abschied die Hand reichte, schien es ihm, als ob die kleine Hand zittere. Corinnens Stillschweigen konnte ihn glauben machen, er sei nicht mehr von ihr geliebt, und die Erregung dieses jungen Mädchens mußte ihm die Vermuthung an eine für ihn aufsteigende Neigung erwecken. Noch dachte er nicht daran, seinem Versprechen mit Corinna untreu zu werden. War ja doch der Ring, den sie von ihm besaß, ein sicheres Pfand, daß er, ohne ihre Einwilligung, nie eine Andere heirathen werde! Um also Corinnens Interesse zu vertreten, begab er sich Tags darauf zu Lady Edgermond, fand aber diese so krank, und Lucile von ihrer Verlassenheit in der

großen Stadt, welche derartig war, daß sie nicht einmal wußte,
an welchen Arzt sich wenden, so beunruhigt, daß Oswald es als
eine Pflicht gegen die Freundin seines Vaters betrachtete, ihr
seine ganze Zeit zu widmen.

Lady Edgermond, von Natur herbe und stolz, schien nur
für Oswald milder gestimmt zu sein; sie empfing ihn täglich,
wiewohl er nichts that und sagte, das eine Absicht auf ihre
Tochter verrathen hätte. Lucilens Name wie ihre Schönheit
machten sie zu einer der glänzendsten Partien Englands; seit sie
im Theater erschienen und man sie in London wußte, war ihre
Thüre von Besuchern aus den höchsten Kreisen des Adels umlagert worden. Doch Lady Edgermond wies diese beständig
zurück, ging niemals aus und empfing nur Lord Nelvil. Wie
hätte er von so feiner Auszeichnung nicht geschmeichelt sein
sollen? Die schweigende Großmuth, mit der man sich auf ihn
verließ, ohne etwas zu verlangen, ohne sich über etwas zu beklagen, rührte ihn tief; und doch fürchtete er immer, daß man
seine Besuche als verpflichtend auffassen möge. Er würde sie
eingestellt haben, sobald der Abschluß von Corinnens Angelegenheiten sie unnöthig machte, wenn Lady Edgermond wieder hergestellt gewesen wäre. Aber grade, als man sie auf dem Wege
der Besserung hielt, erkrankte sie von Neuem und gefährlicher,
als das erste Mal. Wäre sie jetzt gestorben, hätte Lucile, da
ihre Mutter mit Niemand Verbindungen angeknüpft hatte, keinen
andern Schutz in London gehabt als Oswald.

Nicht ein einziges Wort hatte Lucile sich erlaubt, das Lord
Nelvil verrathen konnte, sie gewähre ihm im Stillen irgend
welchen Vorzug; doch durfte er solchen aus diesem leichten und
plötzlichen Verändern ihrer Farben, aus den sich oft so scheu
senkenden Augen, aus manchem ungleichen Aufathmen wohl
voraussetzen. Jedenfalls studirte er das Herz des jungen
Mädchens mit neugierigem und wohlwollendem Interesse; wenn
ihre große Zurückhaltung ihn über die Natur ihrer Gefühle auch
stets in Zweifel und Ungewißheit ließ. Der höchste Grad der
Leidenschaft und die große Sprache, durch welche sie zum Ausdruck kommt, genügen der Einbildungskraft noch nicht; man

wünſcht immer noch mehr, und da man es nicht erhalten kann, wird man kalt und müde; während jener ſchwache Schimmer, den man hinter Wolken bemerkt, unſere Neugierde lange in Spannung erhält, und uns für die Zukunft neue Gefühle, neue Entdeckungen zu verheißen ſcheint. Jedoch nur ſcheint: denn die Erwartung wird durchaus nicht erfüllt; und ſieht man ſchließlich ein, was dieſe reizvolle, aus Schweigen und Unbekanntſchaft gewebte Hülle verbirgt, iſt auch der geheimnißvolle Zauber zerſtoben, und man kommt darauf zurück, die Hingebung und reiche Beweglichkeit eines lebhaften Charakters reuevoll anzuerkennen. Ach! auf welche Weiſe wäre dieſe Trunkenheit des Herzens, wäre dies ſeeliſche Entzücken zu verlängern, das ſich im Vertrauen wie im Zweifel, im Glück wie im Unglück ſo bald verflüchtigt? Wie ſind dieſe himmliſchen Freuden unſerm Erdenlooſe ſo ganz entfremdet! Sie ziehen manchmal durch das Gemüth, aber nur um uns an unſern Urſprung, an unſere Hoffnungen zu erinnern.

Lucilens Mutter war wieder geneſen. In einigen Tagen dachte ſie nach dem Landſitze Lord Edgermonds, welcher an den Lord Nelvils grenzte, abzureiſen. Sie erwartete, dieſer werde ihr vorſchlagen, ſie dorthin zu begleiten, da er geäußert hatte, daß er Willens ſei, vor dem Antritte der Expedition noch einmal nach Schottland zu gehen. Er ſagte indeß nichts darauf Hinweiſendes; Lucile ſah ihn an, und dennoch ſchwieg er. Sie ſtand ſchnell auf, und eilte ans Fenſter; kurz darauf fand Lord Nelvil einen Vorwand, ihr dorthin zu folgen: ſie hatte die Augen voll Thränen. Er war bewegt davon, und ſeufzte, und eben jetzt trat ihm die Untreue, deren er Corinna anklagte, ſo lebhaft vor die Seele, daß er ſich fragte, ob dieſes junge Mädchen nicht eines beſtändigeren Gefühls fähig ſei als Jene.

Oswald ſuchte Lucilens Kummer wieder zu verſcheuchen; es iſt ſo ſüß, auf ein noch kindliches Geſicht wieder Freude und Sonnenſchein zurückzubringen! Der Schmerz iſt für Phyſiognomien, auf denen ſelbſt der Gedanke noch keine Spur zurückließ, nicht gemacht. Ueber Lord Nelvils Regiment ſollte am folgenden Morgen in Hyde-Park eine Revue abgehalten werden. Er bat nun Lady Edgermond, dort ebenfalls zu Wagen einzutreffen und zu gestatten, daß nach abgenommener Parade Lucile ein Pferd besteige, damit sie zusammen neben ihrer Kalesche reitend noch ein wenig den Park durchstreiften. Lucile hatte einmal geäußert, wie gern sie reite. Sie blickte auf ihre Mutter mit einem Ausdruck, der zwar immer noch ein gehorsamer blieb, in welchem aber doch die Bitte um gütige Einwilligung deutlich genug zu lesen war. Lady Edgermond überlegte einige Augenblicke; dann reichte sie Lord Nelvil ihre schwache, täglich mehr abzehrende Hand und sagte: „Wenn Sie selbst es sehr wünschen, Mylord, so erlaube ich's gern." Aeußerst betroffen von dem bedeutsamen Ton dieser Worte, stand Oswald im Begriff, auf die Gewährung der eben von ihm selbst gestellten Bitte Verzicht zu leisten. Lucile hatte aber schon mit einer noch nie gezeigten Lebhaftigkeit die Hand der Mutter geküßt, um für die erhaltene Erlaubniß zu danken, und Lord Nelvil fehlte nun der Muth, das unschuldige Geschöpf, dessen Leben so einförmig und traurig verfloß, des kaum gehofften Vergnügens wieder zu berauben.

Sechstes Kapitel.

Corinna hatte die letzten vierzehn Tage in fürchterlicher Unruhe zugebracht. An jedem Morgen schwankte sie, ob sie an Lord Nelvil schreiben solle, und jeder Abend verfloß ihr in dem unsäglichen Schmerz, ihn bei Lucile zu wissen. Was sie heute litt, machte sie für das Morgen nur noch schüchterner. Sie erröthete, dem Manne, der sie vielleicht nicht mehr liebte, ihren unvorsichtigen, für ihn gethanen Schritt mitzutheilen. „Vielleicht", sagte sie sich oft, „sind alle Erinnerungen an Italien seinem Gedächtnisse entwichen? Vielleicht ist es ihm kein Bedürfniß mehr, in den Frauen einen überlegenen Geist, ein Herz voll Leidenschaft zu finden? Jetzt gefällt ihm die entzückende Schönheit von sechzehn Jahren, der engelhafte Ausdruck dieses Alters, die schüchterne und junge Seele, die dem Gegenstande ihrer Wahl ihre ersten Gefühle weiht!"

So sehr war Corinnens Fantasie von den körperlichen

Vorzügen ihrer Schwester eingenommen, daß sie beinahe Scham empfand, mit so vielen Reizen kämpfen zu wollen. Neben dieser entwaffnenden Unschuld schien ihr das Talent ein listiger Kunstgriff, Geist eine Thrannei, Leidenschaft eine Gewaltsamkeit; und obwohl Corinna noch nicht achtundzwanzig Jahr zählte, ahnte sie schon das Nahen jener Lebensepoche, in der die Frauen mit so vielem Schmerz ihrer Macht zu gefallen mißtrauen. Eifersucht und stolze Schüchternheit rangen mit einander in ihrer Seele, und von Tag zu Tag verschob sie deshalb den ersehnten und gefürchteten Augenblick des Wiedersehens mit Oswald. Da sie erfuhr, daß man über sein Regiment Revue halten werde, beschloß auch sie, nach Hyde-Park zu fahren. Möglicherweise, dachte sie, sei Lucile da, und dann würde sie mit eigenen Augen über Oswalds Gefühle urtheilen können. Anfangs hatte sie den Gedanken, sich ihm plötzlich und schön geschmückt zu zeigen; als sie aber die Toilette begann, ihr schwarzes Haar, den von der Sonne etwas gebräunten Teint und ihre scharf geschnittenen Züge musterte, deren Ausdruck sie bei dieser Selbstkritik doch nicht zu beurtheilen vermochte, sank ihr der Muth. Stets sah sie das ätherische Angesicht der Schwester im Spiegel, und vor all dem versuchten Putz verzagt zurückscheuend, legte sie einfach das schwarze Kleid nach venetianischem Schnitte an, bedeckte Kopf und Taille mit der üblichen Mantilla und warf sich tief in die Ecke eines Wagens.

Sie hatte Hyde-Park kaum erreicht, als sie auch schon Oswald an der Spitze seines Regiments anrücken sah. Die Uniform brachte seine edle Gestalt zu stattlichster Geltung, und mit vollendetem Anstand lenkte er das Pferd. Die stolzen, weichen Klänge der Militairmusik zogen ihm voran; Corinna war's, als forderten sie zu edler Hinopferung des Lebens auf. Man spielte das berühmte „God save the King", das so tief auf englische Herzen wirkt. Vornehm blickende Herren, schöne und sittsame Frauen zeigten in ihren Mienen, die einen den Ausdruck männlicher Tugend, die andern den edler Bescheidenheit. Die Leute von Oswalds Regiment schienen mit Vertrauen und Ergebenheit zu ihm aufzuschauen. „O würdiges Land, das meine

Heimat sein sollte", mußte Corinna unwillkürlich ausrufen, „warum habe ich dich verlassen? Was kommt es inmitten so vieler Tugenden auf etwas mehr oder weniger persönlichen Ruhm an? Und welcher Ruhm gliche dem, o Nelvil, Deine beglückte Gattin zu sein!"

Die Musik nahm jetzt einen kriegerischen Charakter an, der Corinnens Gedanken auf die Gefahren hinleitete, denen Oswald entgegen ging. Lang hing ihr Blick an ihm, er ahnte nichts davon, und mit thränenvollen Augen sagte sie sich: „Möge er leben, wenn auch nicht für mich! Er ist's, o Gott, nur er, der erhalten werden muß." — Jetzt traf auch Lady Edgermond ein. Lord Nelvil grüßte sie hochachtungsvoll, indem er die Spitze seines Degens neigte. Die Kalesche der Damen fuhr mehrmals auf und nieder, während aller Augen bewundernd an Lucile hingen. Oswald betrachtete sie mit Blicken, die Corinnens Herz durchbohrten. Die Unglückselige! Sie kannte diese Blicke — sie hatten einst auch auf ihr geruht!

Die Lord Nelvil gehörenden Rosse vor Lucilens Wagen eilten mit eleganter Flüchtigkeit durch die Alleen des Hyde-Park. Corinnens Equipage bewegte sich dagegen nur langsam fort; sie schlich jenen schnellen, feurigen Rennern wie ein Leichenwagen nach. „Ach! es war nicht so", dachte Corinna, „nein, nicht so, als ich auf das Kapitol zog, als ich ihm zum ersten Mal begegnete. Er hat mich von dem Triumphwagen in diesen Abgrund der Schmerzen gestürzt. Ich liebe ihn! und alle Freuden des Lebens sind entschwunden. Ich liebe ihn! und alle Gaben der Natur sind dahin. O mein Gott, verzeihe ihm, wenn ich nicht mehr bin!" — Oswald ritt an Corinna vorüber; der italienische Schnitt ihrer schwarzen Gewänder mußte ihm sehr auffallen, denn er sprengte um ihren Wagen herum, kam zurück, sie noch einmal zu sehen, und schien sehr gern errathen zu wollen, wer die Dame sei, die sich so in der Tiefe des Sitzes verberge. Das bange Herz Corinnens schlug während dieser Zeit mit gewaltsamer Heftigkeit; Alles, was sie fürchtete, war, ohnmächtig umzusinken und in Folge dessen erkannt zu werden. Doch gelang es ihr, den innern Aufruhr zu bemeistern, und

Lord Nelvil mochte seine anfängliche Vermuthung wohl aufgeben. Um seine Aufmerksamkeit nicht noch weiter auf sich zu ziehen, verließ Corinna, als die Revue beendet war, ihren Wagen; sie verschwand zwischen den Bäumen, und in der Volksmenge. Oswald sprengte jetzt der Kalesche von Lady Edgermond nach, und auf ein sehr frommes Pferd weisend, das seine Leute am Zügel führten, bat er um das versprochene Vergnügen, mit Lucile einen Spazierritt unternehmen zu dürfen. Die Lady gestattete es, indem sie ihm die möglichste Sorgfalt empfahl. Er war abgestiegen, und während er unbedeckten Hauptes an der Wagenthür stand, sprach er mit der Lady in höchst achtungsvoller, ritterlicher Haltung, welche Corinna nur zu deutlich jene Ehrfurcht für die Mutter verrieth, die aus der Bewunderung für die Tochter hervorgeht.

Lucile verließ den Wagen. Sie trug ein Reitkleid, das die Schönheit ihres Wuchses auf das Vortheilhafteste abzeichnete; den Kopf bedeckte ein schwarzer, mit weißen Federn gezierter Hut, und ihre reichen, blonden Haare fielen anmuthig um das reizende Gesicht. Oswald reichte die Hand hin, damit sie, um sich in den Sattel zu schwingen, den Fuß darauf setze. Sie erröthete, diesen Dienst, den sie von einem seiner Leute erwartet hatte, von ihm selbst zu empfangen, und zögerte, ihn anzunehmen. Da er aber darauf bestand, setzte Lucile endlich einen sehr zierlichen Fuß in diese Hand, und die Leichtigkeit, mit der sie sich auf das Pferd schwang, erinnerte an die Sylphiden, welche unsere Fantasie uns mit so duftigen Farben malt. Sie sprengte im Galopp davon. Oswald folgte ihr; er verlor sie nicht aus den Augen, und als ihr Pferd einmal fehl trat, untersuchte er augenblicklich Zaum und Kinnkette mit liebenswürdigster Besorgniß. Ein anderes Mal glaubte er, das Thier gehe durch; todtenblaß sprang er herunter, um ihm in die Zügel zu fallen. Lucile fürchtete, nicht rechtzeitig pariren zu können; aber mit fester Hand brachte er das Pferd zum Stehen, und ließ sie dann, sanft auf ihn gestützt, aus dem Sattel gleiten.

Was bedurfte es noch mehr, um Corinna von Oswalds Gefühl für Lucile zu überzeugen? Sah sie nicht alle, die

Beweise von Interesse, mit denen er früher sie selbst überschüttet hatte? Und mehr noch: glaubte sie nicht, mit nagender Verzweiflung, in seinen Blicken mehr Schüchternheit, mehr zurückgehaltene Verehrung zu lesen, als während der Zeit seiner Liebe für sie aus ihnen gesprochen? Zweimal zog sie den Ring vom Finger, im Begriff durch die Menge zu stürzen, um ihn Oswald vor die Füße zu schleudern, und die Hoffnung im Augenblick zu sterben, spornte sie an zu so verzweifeltem Thun. Aber wo wäre die Frau, selbst eine unter südlichem Himmel geborene, die, ohne zu schaudern, also die öffentliche Aufmerksamkeit auf ihre Empfindungen lenken möchte! Bald genug erbebte Corinna bei dem bloßen Gedanken, jetzt vor Lord Nelvil hinzutreten; verzagt und maßlos elend suchte sie ihren Wagen wieder auf. Als sie durch eine verlassene Seiten-Allée fuhr, sah Oswald noch einmal aus der Ferne die schwarze Gestalt, welche ihm vorher schon so aufgefallen war, und jetzt machte sie einen viel stärkeren Eindruck auf ihn. Indessen schrieb er diese Bewegung der vorwurfsvollen Empfindung zu, mit welcher er sich gestand, daß er Corinna heute zum ersten Mal im Grunde seines Herzens untreu gewesen sei; auf dem Wege zum Hotel faßte er den Entschluß, die beabsichtigte Reise nach Schottland sofort anzutreten.

Siebentes Kapitel.

Corinna erreichte ihre Wohnung in einem Zustande des Schmerzes, der an Verstandeszerrüttung gränzte, und von nun an war ihre Kraft auf immer gebrochen. Sie beschloß, an Lord Nelvil zu schreiben, ihm ihre Ankunft in England mitzutheilen, und Alles, was sie seitdem gelitten hatte! Wirklich begann sie auch einen Brief voll der bittersten Vorwürfe, aber sie zerriß ihn bald. „Was sollen Vorwürfe in der Liebe?" rief sie; „könnte sie das reinste, großherzigste, innerlichste aller Gefühle sein, wenn sie nicht ein freiwilliges wäre? Was würde ich denn mit meinen Klagen erreichen? Eine andere Stimme, ein anderer Blick beherrschen jetzt sein Herz, ist damit nicht Alles gesagt?" — Sie fing von Neuem an; und dieses Mal wollte sie Lord

Nelvil die Einförmigkeit schildern, die er in seiner Verbindung mit Lucile zu erwarten habe; sie versuchte, ihm auseinanderzusetzen, daß ohne eine vollendete Uebereinstimmung der Seelen und der Geister kein Glück der Liebe dauern könne; aber auch diesen Brief zerriß sie, noch ungeduldiger selbst, als den ersten. „Wenn er nicht weiß, was ich werth bin", sagte sie, „darf er's von mir erfahren? Und darf ich so von meiner Schwester sprechen? Ist's auch wahr, daß sie so untergeordnet ist, als ich's mir vorstellen will? Und wäre sie's, ziemte es sich für mich, die ich sie in ihrer Kindheit wie eine Mutter an's Herz gedrückt habe, ziemte es sich für mich, es ihm zu sagen? Ach nein, man darf sein eigen Glück nicht um jeden Preis wollen. Dieses Leben, das uns so viele Wünsche giebt — es geht vorüber; und lange selbst vor dem Tode löst uns ein weiches, träumerisches „In die Ferne schauen" allmählig vom Dasein ab.

Sie griff noch einmal nach der Feder und sprach nur von ihrem Unglück; aber wie sie diesem hier Worte gab, fühlte sie das tiefste Mitleid mit sich selbst; ihre Thränen fielen auf das Papier. „Nein", sagte sie sich noch weiter, „wenn er diesem Briefe widerstände, könnte ich ihn hassen; und rührte er ihn, so könnte ich doch nicht wissen, ob er mir nicht ein Opfer bringt, ob ihm nicht die Erinnerung an eine Andere bliebe. Besser ist's, ihn zu sehen, zu sprechen, und ihm den Ring, das Pfand seiner Treue, wiederzugeben." — Auf ein neues Blatt schrieb sie nichts, als ein kurzes: „Sie sind frei!" dann fügte sie den Ring dazu, und diesen letzten Brief in den Brustfalten ihres Kleides bergend, wartete sie die Abendstunde ab, um ihn Oswald selbst zu bringen. Ihr war, als müsse sie im hellen Tageslicht vor der Welt erröthen; wieder aber wünschte sie auch Lord Nelvil anzutreffen, ehe er sich nach seiner Gewohnheit zu Lady Edgermond begab. Um sechs Uhr ging sie aus, zitternd wie eine Verurtheilte. Wie fürchtet man sich vor dem Geliebten, wenn das Vertrauen einmal dahin ist! Ach, der Gegenstand einer leidenschaftlichen Liebe ist in unsern Augen entweder der sicherste Beschützer oder der gefürchtetste Despot.

Corinna ließ vor Lord Nelvils Thür halten und fragte

einen öffnenden Bedienten mit unsicherer Stimme, ob der Herr zu Hause sei. „Mylord ist vor einer halben Stunde nach Schottland gereist, Madame", war die Antwort. Diese Nachricht fiel drückend auf ihr Herz; zwar bangte sie, Oswald zu sehen, aber dennoch war ihre Seele, über die entsetzliche Aufregung hin, ihm schon entgegengeeilt. Sie hatte sich einmal überwunden, hatte sich fähig gehalten, seine Stimme hören, seinen Blick ertragen zu können. Um das wieder zu erlangen, bedurfte es einer neuen Anstrengung, mußte sie wieder mehrere Tage warten, mußte sie zu einem neuen, schweren Schritt ihre erschöpfte Kraft zusammenraffen. Indessen wollte sie ihn nun um jeden Preis antreffen; am folgenden Tage reiste sie nach Edinburg ab.

Achtes Kapitel.

Lord Nelvil war, ehe er London verließ, noch einmal zu seinem Banquier gegangen, um etwaige Briefe aus Italien in Empfang zu nehmen, und da er hörte, daß immer noch nichts von Corinna eingetroffen sei, fragte er sich mit Bitterkeit, ob er ein sicheres und dauerndes häusliches Glück einer Frau zu opfern habe, die sich seiner vielleicht nicht mehr erinnere? Doch beschloß er, nochmals zu schreiben, wie er das seit sechs Wochen schon so oft gethan hatte, um Corinna nach der Ursache ihres Schweigens zu fragen, und wiederholt zu versichern, daß er nie der Gatte einer Andern sein werde, bis sie ihm nicht den Ring wiedersende. Die Reise legte er in sehr verdrossener Stimmung zurück: er liebte Lucile, fast ohne sie zu kennen, gedachte aber auch mit Schmerz Corinnens, und betrübte sich über die Verhältnisse, die sie Beide von einander schieden. Abwechselnd bestach ihn der jungfräuliche Zauber der Einen, erinnerte er sich der edlen Anmuth, der hohen Redegabe der Andern. Hätte er in diesem Augenblick gewußt, daß Corinna ihn mehr als je liebte, daß sie Alles verlassen hatte, um ihm zu folgen, würde er Lucile niemals wiedergesehen haben; doch er glaubte sich vergessen! Die Charaktere von Corinna und Lucile vergleichend, meinte er, daß eine äußerlich kalte und verschlossene Frau oft

des wärmsten Empfindens fähig sei. Er täuschte sich: „leidenschaftliche Menschen verrathen sich auf tausendfache Art, und was
man stets zurückzuhalten vermag, ist wohl nur schwach empfunden!"

Es kam noch ein Umstand dazu, um Lord Nelvils Interesse
an Lucile zu steigern. Der Weg zu seinem Landsitze führte nahe
an dem Schlosse der Lady Edgermond vorüber; neugierig
machte er dort Halt. Er ließ sich das Kabinet öffnen, in welchem
Lucile zu arbeiten pflegte, und fand hier viele Erinnerungen aus
der Zeit, die Oswalds Vater, während seines Sohnes Aufenthalt in Frankreich, in diesem Hause verlebt hatte. An der
Stelle, wo Lord Nelvil ihr noch wenige Monate vor seinem
Tode Unterricht ertheilte, hatte Lucile ein kleines Denkmal errichten lassen, auf welchem die Worte „Dem Gedächtnisse
meines zweiten Vaters" zu lesen waren. In einem Buche,
das auf dem Tische lag, erkannte Oswald eine Sammlung von
Gedanken und Aussprüchen seines Vaters, und auf der ersten
Seite stand in dessen eigener Handschrift Folgendes: „An sie,
die mich in meinem Kummer tröstete; der reinsten Seele, der
engelgleichen Frau, die einst der Stolz und das Glück ihres
Gatten sein wird!" — Mit tiefer Bewegung las Oswald
diese Zeilen, in denen der Wunsch des hochverehrten Mannes so
lebhaft ausgesprochen war. Lucilens Verschweigen der Beweise
von Zuneigung, welche sie von seinem Vater empfangen, erstaunte ihn. Er sah in diesem Schweigen ein seltenes Zartgefühl, und die Besorgniß, daß die Pflicht seine Wahl bestimmen
könne. Am meisten trafen ihn die Worte: „An Sie, die mich
in meinem Kummer tröstete." — „Also Lucile ist's", rief er,
„Lucile, die den Schmerz zu lindern verstand, den meine Irrthümer dem Vater bereiteten; und ich sollte sie verlassen, während
ihre Mutter im Sterben ist, und sie keinen anderen Tröster
haben wird, als mich! Ach Corinna! Du Strahlende, Du
Vielgesuchte, bedarfst Du, wie Lucile, eines treuen und ergebenen
Freundes?" — Sie war nicht mehr strahlend, sie war nicht
mehr gesucht, diese Corinna, die eben allein von Station zu
Station irrte; die den nicht einmal sah, für den sie Alles geopfert, und welche dennoch die Kraft nicht hatte, sich von ihm

loszusagen. In einer kleinen Stadt, auf dem halben Wege nach Edinburg, war sie erkrankt, und trotz aller Selbstbeherrschung nicht im Stande gewesen, ihre Reise fortzusetzen. Oft, in diesen langen Leidensnächten, dachte sie daran, daß, falls sie hier stürbe, Theresina allein ihren Namen wisse, um ihn auf ihr Grab zu setzen. Welch eine Veränderung, welch ein Schicksal für eine Frau, die in Italien keinen Schritt gethan hatte, ohne daß die überschwänglichsten Huldigungen zu ihren Füßen niedergelegt wurden. Muß denn die Fluth eines einzigen Gefühls so das ganze Leben veröden? Endlich, nach acht Tagen der unaussprechlichsten Angst, vermochte sie ihren traurigen Weg wieder anzutreten; wenn das Ziel desselben auch die Hoffnung war, Oswald zu sehen, so lagerte sich um diese bange Erwartung doch eine solche Schaar schmerzlichster Empfindungen, daß die qualvollste Rastlosigkeit doch eigentlich alles Andere in ihrem Herzen überwog. Corinna wünschte, ehe sie Lord Nelvils Schloß erreichte, noch einige Stunden auf dem nahegelegenen Landsitze ihres Vaters zuzubringen, wo sich, nach dessen letztem Willen, sein Grabmal befand. Sie war seit seinem Tode nicht dort gewesen, und hatte überhaupt einst nur einen Monat, allein mit dem Vater, auf diesem Gute zugebracht. Diese Erinnerungen an den glücklichsten Abschnitt ihres Aufenthalts in England machten es ihr zum Bedürfniß, den Ort noch einmal wiederzusehen. Sie konnte nicht voraussetzen, daß Lady Edgermond schon dort sei.

Noch einige Meilen vom Schlosse entfernt, traf Corinna auf der großen Straße eine umgeworfene Reisekalesche. Sie ließ halten, um dem Inhaber derselben, einem greisen Gentleman, der von dem eben stattgehabten Unfalle sehr erschrocken schien, und sich mühsam aus dem zertrümmerten Wagen hervorarbeitete, Hülfe zu leisten. Voller Dankbarkeit nahm er den von Corinna freundlich angebotenen Platz in ihrer Chaise an und stellte sich ihr als Herr Dickson vor. Corinna erinnerte sich, wie oft sie diesen Namen von Lord Nelvil gehört. Bald mußte sie die Rede dieses guten Mannes auf den einzigen Gegenstand zu leiten, der noch ihr Leben erfüllte. Herr Dickson war ein

Staël's Corinna.   29

sehr gesprächiger, alter Herr; wie konnte er ahnen, daß Corinna, deren Namen ihm unbekannt, und die er wohl für eine Engländerin hielt, bei ihren Fragen irgend welch persönliches Interesse haben könne. So erzählte er Alles, was er mußte, mit der größten Umständlichkeit; und da ihre Güte ihn gerührt hatte, und er ihr gern gefallen wollte, wurde er schließlich, nur um zu unterhalten, recht indiscret.

Er erzählte, wie er selber Lord Nelvil davon in Kenntniß gesetzt, daß sein Vater die Ehe, welche er jetzt einzugehen denke, im Voraus gemißbilligt habe. Den darauf bezüglichen Brief des Verstorbenen gab er im Auszuge wieder; es durchschnitt Corinnens Herz, ihn mehrmals eifrig wiederholen zu hören: „Der Vater habe es Oswald nun einmal untersagt, diese Italienerin zu heirathen, und solchem Befehl zu trotzen, hieße sein Gedächtniß entehren."

Damit ließ es Herr Dickson noch nicht genug sein. Er berichtete weiter, daß Oswald Lucile liebe, diese es erwidere, und daß Lady Edgermond nun gar die Angelegenheit auf das Lebhafteste betreibe; kurz, nichts hindere Lord Nelvil, darein zu willigen, als dies in Italien eingegangene Verlöbniß. „Wie!" rief Corinna, indem sie ihre furchtbare Aufregung zu unterdrücken suchte, „Sie glauben, daß Lord Nelvil sich lediglich durch diese Verpflichtung verhindert fühlt, Miß Lucile Edgermond zu heirathen?" — „Ich bin dessen gewiß", entgegnete Herr Dickson, entzückt von Neuem befragt zu werden, „erst vor drei Tagen habe ich Lord Nelvil gesprochen, und obgleich er mir die Art jenes unglückseligen Verhältnisses nicht mittheilte, sagte er mir doch ein Wort, das Lady Edgermond zu berichten ich nicht unterlassen habe: Wenn ich frei wäre, würde ich um Lucile werben." — „Wenn er frei wäre!" wiederholte Corinna, in dem Augenblicke, als ihr Wagen vor der Thür des Gasthauses hielt, wo Herr Dickson abzusteigen wünschte. Er wollte ihr danken, sie fragen, wann und wo er sie wiedersehen könne, doch hörte sie ihn nicht mehr. Sie drückte ihm die Hand, und wendete sich ab, ohne zu antworten, ohne auch nur ein Wort gesprochen zu haben. Es war spät geworden; indessen wollte sie noch gern die Stätte aufsuchen, wo ihres Vaters Asche ruhte; die Verwirrung ihres Geistes machte ihr diese Wallfahrt nun ganz zur heiligen Nothwendigkeit.

Neuntes Kapitel.

Lady Edgermond war schon seit zwei Tagen auf ihrem Gute, und grade an diesem Abend von Corinnens Eintreffen fand dort ein großes Ballfest statt. Sämmtliche Nachbarn hatten die Lady gebeten, sich zur Feier ihrer Ankunft bei ihr vereinigen zu dürfen, und Lucile sich diesem Wunsche angeschlossen, in der geheimen Hoffnung vielleicht, auch Oswald werde sich zu dem Feste einfinden. So war es auch: als Corinna ankam, war er schon dort. Die Auffahrt schien von Equipagen angefüllt; sie ließ deshalb die ihrige eine Strecke vorher halten, stieg aus, und stand nun wieder auf dem Boden, wo sie von dem theuren Vater so viele Beweise seiner Liebe erhalten hatte. Welch ein Unter- schied zwischen jenen Zeiten, die sie damals doch für glücklose hielt, und ihrer gegenwärtigen Lage! So werden wir im Leben für die Schmerzen unserer Einbildungskraft oft durch ein Leid gestraft, das uns nur zu gut erkennen lehrt, was wahrer Kummer ist.

Corinna ließ sich erkundigen, aus welchem Grunde das Schloß erleuchtet und welches die Namen der dort versammelten Gäste seien. Der Zufall wollte, daß Corinnens Bediente einen von Lord Nelvils Leuten fragte, der erst seit dessen Heimkehr von Italien in seine Dienste getreten war. Jener berichtete die er- haltene Antwort: „Lady Edgermond giebt heute einen Ball, und mein Herr, Lord Nelvil, hat ihn soeben mit Miß Lucile, der Erbin dieses Schlosses, eröffnet." — Corinna bebte, doch gab sie ihren Entschluß nicht auf. Eine unselige Neugier zog sie nach der Stätte, wo so viel Schmerzen ihrer warteten. Sie schickte ihre Leute fort und trat allein in den offenen Park, in welchem sich ungesehen zu bewegen die Dunkelheit dieser Stunde ihr ge- stattete. Es war zehn Uhr, und seit dem Beginn des Balles tanzte Oswald mit Lucile jene englischen Contretänze, die fünf-

29*

bis sechsmal in einem Abend, und stets mit derselben Dame, wiederholt werden; der größeste Ernst waltet zuweilen über diesem Vergnügen.

Lucile tanzte mit edlem Anstand, doch ohne Leben, und das Gefühl, von dem sie jetzt beschäftigt war, vermehrte noch ihren natürlichen Ernst. Da man in der Nachbarschaft begierig war, zu wissen, ob sie Lord Nelvil liebe, wurde sie von aller Welt mehr als gewöhnlich beobachtet. Das hinderte sie, die Augen zu Oswald aufzuschlagen, wie sie denn überhaupt vor lauter Schüchternheit nichts mehr sah und hörte. Anfangs war Lord Nelvil von so vieler Verwirrung und Zurückhaltung äußerst gerührt; da sich diese Situation aber gar nicht änderte, fing er doch an, derselben müde zu werden, und er verglich diese langen Reihen von Damen und Herren und diese einförmige Musik mit der seelenvollen Anmuth der italienischen Weisen und Tänze. Diese Betrachtung versenkte ihn in tiefe Träumerei, und Corinna würde noch einige Augenblicke des Glückes genossen haben, wenn sie jetzt Lord Nelvils Gefühle hätte ahnen können. Aber die Unglückliche, die auf dem väterlichen Boden als Fremde stand, die eine Verlassene in der Nähe des Mannes war, den sie als Gatten zu besitzen gehofft, sie durchirrte ziellos, schmerzzerrissen die dunklen Alleen eines Wohnsitzes, den sie einst als den ihren hatte betrachten dürfen. Die Erde schwankte unter ihren Füßen, und nur die Aufregung der Verzweiflung vertrat die mangelnde Kraft. Vielleicht hoffte sie, Oswald im Garten zu begegnen; doch sie wußte selber nicht, was sie wünschen sollte.

Das Schloß lag auf einer Anhöhe, an deren Abdachung sich ein kleiner anmuthiger Fluß hinzog. Sein diesseitiges Ufer schmückten reiche Baumgruppen; das jenseitige wurde von nackten, mit wenigem Gestrüpp bedeckten Felsen gebildet. Corinna befand sich jetzt in der Nähe dieses Flusses, zu dessen leisem Rauschen die Klänge der festlichen Musik herniederschwebten, als suchten sie Vereinigung. Auch der Glanz der Lichter fiel von der Höhe herab tief in die Fluthen hinein, während allein des Mondes Schimmer die schroffen Abhänge des jenseitigen Ufers

erhellte. Wie in der Tragödie des Hamlet, irrten hier die
Schatten um das von früher Lustbarkeit wiederhallende Schloß.

Die einsame und verstoßene, die beklagenswerthe Corinna,
sie hatte jetzt nur einen Schritt zu thun, um in ewiges Vergessen
zu tauchen! „Ach!" rief sie, „wenn er morgen im Kreise heiterer
Genossen an diesem Ufer wandelte und sein siegender Blick fiele
dann auf den Körper der Frau, die er doch einst liebte, würde er
dann nicht ein Furchtbares empfinden, das mich rächte, einen
Schmerz, der dem gliche, was ich leide? Nein! Nein!" rief sie,
„nicht Rache soll man in dem Tode suchen, sondern Ruhe!" Sie
schwieg; nachdenklich blickte sie auf dieses eifrige schnelle und
dennoch so gleichmäßig dahinfließende Wasser, und bedachte,
wie es in der Natur gelassen weiter treibt und webt, während
des Menschen Seele im höchsten Aufruhr kämpft. Jener Tag,
an welchem Lord Nelvil sich in das tobende Meer stürzte, um
einen Greis zu retten, kam ihr ins Gedächtniß. „Wie gut er
damals war!" rief Corinna. „Ach!" fuhr sie weinend fort,
„vielleicht ist er es noch! Weshalb soll ich ihn tadeln, weil ich
leide? Vielleicht weiß er es nicht, vielleicht würde er, wenn er
mich sähe ......" Und plötzlich kam ihr der Entschluß, Lord
Nelvil mitten aus diesem Feste abrufen zu lassen, um augenblicklich mit ihm zu reden. In der Anspannung, die sich aus einer
neu errungenen Entscheidung erzeugt, stieg sie nun wieder zum
Schlosse hinauf; allein als sie dasselbe erreicht, fühlte sie sich
längst wieder entkräftet und verzagt, und war genöthigt, sich auf
einer Steinbank niederzulassen, welche unter den Fenstern des
Saales stand. Die Menge der Landleute, welche herbeigeströmt
waren, um den Tanz mit anzusehen, schützte sie vor Entdeckung.

Lord Nelvil trat eben jetzt auf den Balcon hinaus; er
athmete die frische Abendluft begierig ein; der Duft einiger in
der Nähe befindlicher Rosenbüsche erinnerte ihn an das Parfüm, das Corinna immer trug, — es durchschauerte ihn! Die
lange, eintönige Festlichkeit war so ermüdend! Er erinnerte sich,
mit welchem Geist Corinna dergleichen zu arrangiren wußte, er
gedachte ihres künstlerischen Verständnisses für alles Schöne
und Große, und es fiel ihm ein, daß er sich Lucile nur in einem

regelmäßigen, häuslichen Leben mit Wohlgefallen als Gefährtin denken könne. Alles nur im entferntesten in das Reich der Einbildungskraft, der Poesie hinübergreifende erweckte ihm Gedanken an Corinna, erneuerte ein schmerzliches Bangen nach ihr! In diesem Augenblick wurde Oswald von einem seiner Freunde angeredet, und Corinna vernahm seine Stimme. In wie unaussprechliche Bewegung bringt sie uns, die Stimme des Geliebten! Welch ein Durcheinander von Wonne und Schreck! Schreck: denn es giebt so heftige Eindrücke, daß die arme Menschennatur, die ihnen unterworfen ist, vor sich selber scheut.

„Finden Sie den Ball nicht entzückend?" fragte einer von Oswalds Bekannten. „Ja", sagte er, „ja in der That", wiederholte er zerstreut und seufzend. Dieses Seufzen und der schwermüthige Klang seiner Stimme gaben Corinna ein Gefühl des Glücks. Mit Sicherheit hoffte sie jetzt, Oswalds Herz noch wiederzufinden, noch von ihm verstanden zu werden, und schnell erhob sie sich, um einen der Bedienten zu bitten, er möge Lord Nelvil rufen. Wie verschieden würde sich ihr Schicksal und das Oswalds gestaltet haben, wenn sie dieser Regung gefolgt wäre!

In diesem Moment näherte sich Lucile dem Fenster; beim Hinausblicken fiel ihr Auge auf die Gestalt einer fremdartig gekleideten und dennoch nicht festlich geschmückten Frau. Mit vorgebeugtem Haupt spähte sie aufmerksam prüfend der Erscheinung nach; sie glaubte die Züge der Schwester klar zu erkennen, und da sie dieselbe seit sieben Jahren zweifellos für todt hielt, sank sie im Entsetzen über deren vermeintlichen Schatten ohnmächtig zusammen. Alles lief ihr zu Hülfe. Corinna fand den Diener nicht mehr, den sie hatte anreden wollen, und ängstlich zog sie sich tiefer in den Garten zurück, um nicht gesehen zu werden.

Lucile erholte sich wieder; sie wagte aber nicht zu gestehen, was sie so erschreckt hatte. Ihr Geist war von Kindheit auf durch die mütterliche Erziehung mit frommgläubigen Vorstellungen überfüllt worden, und so wähnte sie denn, dieser auf des Vaters Grab zuschreitende Schatten der Schwester sei ihr erschienen, um ihr das Vergessen dieses Grabes und den Leichtsinn

vorzuwerfen, mit welchem sie hier an Lustbarkeiten Theil nahm,
ohne vorher der heiligen Asche mindestens ein frommes Gedenken
geweiht zu haben. In einem Augenblicke daher, als Lucile sich
unbeobachtet glaubte, verließ sie schnell den Ballsaal, und mit
Erstaunen sah Corinna die Schwester allein in den Garten
treten. Sie zweifelte nicht, Lord Nelvil werde ihr bald folgen;
ja vielleicht hatte er eine geheime Unterredung von ihr erbeten,
um die Erlaubniß nachzusuchen, daß er mit seinen Wünschen zu
ihrer Mutter gehen dürfe. Bei dieser Vermuthung zitterte
Corinna; bald jedoch sah sie Lucile den Weg nach einem Bosquet
einschlagen, welches das Grabmal Lord Edgermonds umschloß;
und sich nun gleichfalls anklagend, daß sie ihr Herz und ihre
Schritte nicht zuerst dorthin gerichtet, folgte sie der Schwester
in einiger Entfernung, während sie immer Acht hatte, sich im
Dunkel der Bäume zu halten. Sie konnte jetzt die scharfen
Umrisse des Sarkophags genau unterscheiden. Unfähig weiter-
zugehen, lehnte sie sich in tiefer Erschütterung an einen Baum;
Lucile stand vor dem Grabe.

Jetzt war Corinna bereit, sich der Schwester zu entdecken,
und im Namen ihres Vaters Rang und Gatten zurückzufordern;
aber eben trat Lucile noch einige Schritte näher an das Denkmal heran, und von Neuem sank Corinnens Muth. In dem
Herzen einer Frau eint sich so viel Schüchternheit mit der Allmacht ihres Gefühls, daß ein Nichts sie zurückhalten, ein Nichts
sie hinreißen kann. Lucile beugte vor dem Grabe ihres Vaters
die Kniee. Sie strich ihr blondes Haar zurück, welches heute ein
Blumenkranz schmückte, und hob mit holder Andacht die Augen
im Gebet zum Himmel. Corinna konnte die vom Licht des
Mondes sanft verklärte Gestalt der Schwester deutlich sehen;
mit großmüthiger Rührung betrachtete sie diese reine Frömmigkeit, dieses jugendliche Antlitz, auf dem der Kindheit Züge noch
erkennbar waren. Sie erinnerte sich der Zeit, als sie Lucile wie
eine Mutter liebte; sie dachte an sich selbst und daß sie nicht
mehr weit vom dreißigsten Jahre, von dem Höhepunkte sei,
wo die Jugend sich abwärts zu neigen beginnt, während
ihre Schwester eine lange, lange Zukunft vor sich habe; eine

Zukunft, die durch keine Erinnerung, durch keine Vergangenheit, welche man vor Andern, oder vor dem eigenen Gewissen zu verantworten habe, getrübt werde. „Wenn ich vor Lucile trete und mit ihr rede", sagte sie sich, „stürme ich ihre ruhige Seele auf, und nie vielleicht kehrt der Friede ihr wieder zurück. Ich habe schon so viel gelitten, ich werde auch noch mehr zu leiden wissen; während dieses unschuldige Kind schnell aus tiefer Ruhe in furchtbare Erschütterung versetzt würde. Und ich, die ich sie in meinen Armen hielt, die ich sie an meiner Brust in Schlaf gesungen, ich sollte sie in die Welt des Schmerzes stürzen?" — So dachte Corinna. Aber diesem uneigennützigen Gefühl, dieser edlen Exaltation, mit welcher sie sich selbst hinopfern wollte, stellte sich die Liebe in ihrem Herzen zu schwerem Kampfe entgegen!

„O mein Vater, bitte für mich", sprach Lucile halblaut; Corinna hörte es; auch sie kniete nieder, auch sie flehte den väterlichen Segen, für beide Schwestern jedoch, hernieder, und vergoß Thränen, die einem noch reineren Gefühl, als dem irdischer Liebe entströmten. Wie tief gerührt war sie, als Lucile in ihrem Gebete fortfuhr: „Und Du, meine Schwester, sprich im Himmel für mich! Du, die Du mich in meiner Kindheit liebtest, beschütze mich auch ferner. Mein Vater, verzeihe mir, daß ich Dich einen Augenblick vergaß; ein von Dir gebotenes Gefühl ist Schuld daran. Ich bin nicht strafbar, wenn ich den Mann liebe, den Du selbst mir zum Gatten bestimmtest; aber vollende Dein Werk und füge es, daß er mich als die Seine erwähle. Ich kann nur mit ihm mein Glück finden; doch soll er niemals wissen, daß ich ihn liebe, niemals soll dies zitternde Herz sein Geheimniß verrathen. O mein Gott! O mein Vater! Tröstet Euer Kind, und macht es der Liebe Oswalds werth." — „Ja", wiederholte Corinna, „erhöre sie, mein Vater, und Deinem andern Kinde gewähre bald den Tod."

Nach diesem Gelübde, dem schwersten Siege, den sie ihrer Seele abzuringen vermocht, zog Corinna den Brief mit Oswalds Ring hervor und entfernte sich schnell. Sie fühlte es wohl: wenn sie diesen Brief an Lord Nelvil schickte, ohne ihn wissen zu lassen, daß sie in England sei, zerriß sie auf ewig das

Band, das sie noch an Oswald knüpfte, und gab ihn an Lucile fort. Aber in Gegenwart dieses Grabes hatten sich die Hindernisse, welche sie von Oswald trennten, ihrem Nachdenken furchtbarer denn je entgegengestellt. Sie hatte der Worte Herrn Dicksons gedacht: „Sein Vater verbietet es ihm, jene Italienerin zu heirathen"; und es war ihr, als ob auch der ihre sich dem Vater Oswalds zugeselle, als ob ihre Liebe von dieser hohen väterlichen Machtvollkommenheit verurtheilt werde. Lucilens Unschuld, Jugend und Reinheit begeisterten ihre Einbildungskraft, und einen Augenblick wenigstens war sie stolz, sich hinzuopfern, auf daß Oswald mit seinem Lande, seiner Familie, mit sich selbst im Frieden sei!

Die glanzvolle Musik, welche gleichsam auf sie herniederströmte, als sie sich dem Schlosse näherte, unterstützte ihren Muth. Sie bemerkte einen armen, blinden Greis, der, am Fuße eines Baumes sitzend, auf das Geräusch des Festes lauschen mochte; an diesen trat sie heran und bat ihn, er möge den erwähnten Brief einem der Bedienten des Hauses übergeben. So vermied sie die Gefahr, daß Lord Nelvil entdecke, eine Frau sei die Ueberbringerin desselben gewesen. Wer Corinna gesehen hätte, als sie diesen Brief aushändigte, der würde auch gefühlt haben, daß er die Verurtheilung ihres Lebens, ihres Glückes enthielt. Ihr Blick, ihre zitternde Hand, die feierliche und traurige Stimme, alles entsprach einem jener unseligen Momente, wo das Schicksal sich unserer bemächtigt, wo der glücklose Mensch nur noch als der Sklave des Verhängnisses handelt, das ihn endlich ereilt.

Corinna folgte dem Greise mit den Augen; ein treuer Hund geleitete ihn, und sie sah deutlich, wie er, seinen Auftrag gewissenhaft ausführend, den Brief einem der Bedienten Lord Nelvils übergab. Alle Verhältnisse wirkten zusammen, um ihr keine Hoffnung mehr zu lassen. Noch einige Schritte ging sie weiter, zu beobachten, wie der Diener unter dem Portale verschwand; und dann — als sie ihn nicht mehr sah, als sie die große Straße erreicht hatte, als sie die Festesklänge nicht mehr vernahm, und selbst die erleuchteten Fenster des Schlosses nicht mehr sichtbar waren, da durchbebten sie Todesschauer: kalter

Schweiß netzte ihre Stirn, sie wollte weiter, aber die Kräfte versagten, und besinnungslos brach sie auf der offenen Landstraße zusammen.

Achtzehntes Buch.

Das Leben in Florenz.

Erstes Kapitel.

Nachdem Graf d'Erfeuil einige Zeit in der Schweiz zugebracht und sich in der Alpennatur ebenso gelangweilt hatte, als er vorher die Kunstschätze Roms ermüdend gefunden, ergriff ihn plötzlich das Verlangen, nach England zu gehen, wo, wie man ihn versichert, des Gedankens wahre Tiefe zu finden sei. Und eines schönen Morgens erwachte er mit der fertigen Ueberzeugung, daß er dieser jetzt vor allem Anderen bedürfe. Da indeß dieser dritte Versuch nicht viel besser gelang als die beiden ersten, fiel ihm, wiederum plötzlich und eines schönen Morgens seine Zuneigung für Lord Nelvil ein, und mit dem Grundsatze, daß nur in der wahren Freundschaft das wahre Glück zu finden sei, reiste er nach Schottland ab. Auf dem Landsitze Lord Nelvils angekommen, erfuhr er, daß dieser abwesend sei, wenn auch nur, um auf dem benachbarten Schlosse der Lady Edgermond einer großen Festlichkeit beizuwohnen. Unverzüglich bestieg der Graf ein Pferd, um den Freund dort aufzusuchen, den wiederzusehen ihm ein so höchst dringendes Bedürfniß geworden war. Während er schnell dahinsprengte, gewahrte er am Rande der Straße eine regungslos liegende Frauengestalt. Er hielt an, stieg ab, ihr zu Hülfe zu eilen, und wie groß war sein Erstaunen, als er, trotz ihrer tödtlichen Blässe, Corinna erkannte! Vom lebhaftesten Mitleid erfaßt, suchte er, mit Hülfe seines Bedienten, aus Zweigen eine Art Bahre herzurichten, um sie auf diese

Weise nach dem Schlosse der Lady Edgermond zu schaffen. Allein eben jetzt kam Theresina herzu, die im Wagen sitzen geblieben war, denselben jedoch, über die verzögerte Rückkehr der Herrin besorgt, endlich verlassen hatte, und da sie annahm, nur Lord Nelvil könne diese in einen solchen Zustand versetzt haben, bestimmte sie, man müsse die Erkrankte nach der nächsten Stadt bringen. Graf d'Erfeuil begleitete Corinna auch dorthin; und während der acht Tage, welche die Unglückliche nun in Fieber und Geisteszerrüttung zubrachte, verließ er sie keinen Augenblick; so war es also der frivole Mann, der ihr im Elende half, während der empfindungsvolle ihr das Herz gebrochen!

Corinna war, als sie ihre Besinnung wieder hatte, von diesem Widerspruch nur allzu schmerzlich ergriffen; sie dankte dem Grafen in tiefer Bewegung. Seine Antwort verrieth ein Bemühen, sie schnell zu trösten; er war edler Handlungen fähiger, als ernster Worte, und Corinna konnte in ihm viel eher einen Beistand, als einen Freund finden. Sie suchte ihre Verstandeskräfte zu sammeln, sich das Geschehene ins Gedächtniß zurückzurufen; es kostete sie lange Mühe, sich zu erinnern, was sie gethan, und weshalb sie so gethan. Vielleicht begann sie schon, ihr Opfer zu groß zu finden, vielleicht dachte sie daran, Lord Nelvil wenigstens ein letztes Lebewohl zu sagen, ehe sie England verließe: da fand sie am zweiten Tage, nachdem sie wieder bei Bewußtsein war, in einem öffentlichen Blatt, das ihr durch Zufall in die Hände kam, folgende Mittheilung:

„Lady Edgermond hat soeben erfahren, daß ihre Stieftochter, von der sie geglaubt, sie sei in Italien gestorben, noch lebt, und sich in Rom unter dem Namen Corinna eines großen literarischen Rufes erfreut. Lady Edgermond rechnet es sich zur Ehre, sie anzuerkennen und mit ihr die Erbschaft des kürzlich in Indien verstorbenen Bruders des Lord Edgermond zu theilen.

„Lord Nelvil wird sich am nächsten Sonntage mit Miß Lucile Edgermond vermählen, der jüngsten Tochter Lord Edgermonds und seiner Wittwe, Lady Edgermond. Der Ehekontrakt wurde gestern unterzeichnet

bis sechsmal in einem Abend, und stets mit derselben Dame, wiederholt werden; der größeste Ernst waltet zuweilen über diesem Vergnügen.

Lucile tanzte mit edlem Anstand, doch ohne Leben, und das Gefühl, von dem sie jetzt beschäftigt war, vermehrte noch ihren natürlichen Ernst.. Da man in der Nachbarschaft begierig war, zu wissen, ob sie Lord Nelvil liebe, wurde sie von aller Welt mehr als gewöhnlich beobachtet. Das hinderte sie, die Augen zu Oswald aufzuschlagen, wie sie denn überhaupt vor lauter Schüchternheit nichts mehr sah und hörte. Anfangs war Lord Nelvil von so vieler Verwirrung und Zurückhaltung äußerst gerührt; da sich diese Situation aber gar nicht änderte, fing er doch an, derselben müde zu werden, und er verglich diese langen Reihen von Damen und Herren und diese einförmige Musik mit der seelenvollen Anmuth der italienischen Weisen und Tänze. Diese Betrachtung versenkte ihn in tiefe Träumerei, und Corinna würde noch einige Augenblicke des Glückes genossen haben, wenn sie jetzt Lord Nelvils Gefühle hätte ahnen können. Aber die Unglückliche, die auf dem väterlichen Boden als Fremde stand, die eine Verlassene in der Nähe des Mannes war, den sie als Gatten zu besitzen gehofft, sie durchirrte ziellos, schmerzzerrissen die dunklen Alleen eines Wohnsitzes, den sie einst als den ihren hatte betrachten dürfen. Die Erde schwankte unter ihren Füßen, und nur die Aufregung der Verzweiflung vertrat die mangelnde Kraft. Vielleicht hoffte sie, Oswald im Garten zu begegnen; doch sie wußte selber nicht, was sie wünschen sollte.

Das Schloß lag auf einer Anhöhe, an deren Abdachung sich ein kleiner anmuthiger Fluß hinzog. Sein diesseitiges Ufer schmückten reiche Baumgruppen; das jenseitige wurde von nackten, mit wenigem Gestrüpp bedeckten Felsen gebildet. Corinna befand sich jetzt in der Nähe dieses Flusses, zu dessen leisem Rauschen die Klänge der festlichen Musik herniederschwebten, als suchten sie Vereinigung. Auch der Glanz der Lichter fiel von der Höhe herab tief in die Fluthen hinein, während allein des Mondes Schimmer die schroffen Abhänge des jenseitigen Ufers erhellte. Wie in der Tragödie des Hamlet, irrten hier die Schatten um das von froher Lustbarkeit wiederhallende Schloß.

Die einsame und verstoßene, die beklagenswerthe Corinna, sie hatte jetzt nur einen Schritt zu thun, um in ewiges Vergessen zu tauchen! „Ach!" rief sie, „wenn er morgen im Kreise heiterer Genossen an diesem Ufer wandelte und sein siegender Blick fiele dann auf den Körper der Frau, die er doch einst liebte, würde er dann nicht ein Furchtbares empfinden, das mich rächte, einen Schmerz, der dem gliche, was ich leide? Nein! Nein!" rief sie, „nicht Rache soll man in dem Tode suchen, sondern Ruhe!" Sie schwieg; nachdenklich blickte sie auf dieses eifrige schnelle und dennoch so gleichmäßig dahinfließende Wasser, und bedachte, wie es in der Natur gelassen weiter treibt und webt, während des Menschen Seele im höchsten Aufruhr kämpft. Jener Tag, an welchem Lord Nelvil sich in das tobende Meer stürzte, um einen Greis zu retten, kam ihr ins Gedächtniß. „Wie gut er damals war!" rief Corinna. „Ach!" fuhr sie weinend fort, „vielleicht ist er es noch! Weshalb soll ich ihn tadeln, weil ich leide? Vielleicht weiß er es nicht, vielleicht würde er, wenn er mich sähe ......" Und plötzlich kam ihr der Entschluß, Lord Nelvil mitten aus diesem Feste abrufen zu lassen, um augenblicklich mit ihm zu reden. In der Anspannung, die sich aus einer neu errungenen Entscheidung erzeugt, stieg sie nun wieder zum Schlosse hinauf; allein als sie dasselbe erreicht, fühlte sie sich längst wieder entkräftet und verzagt, und war genöthigt, sich auf einer Steinbank niederzulassen, welche unter den Fenstern des Saales stand. Die Menge der Landleute, welche herbeigeströmt waren, um den Tanz mit anzusehen, schützte sie vor Entdeckung.

Lord Nelvil trat eben jetzt auf den Balcon hinaus; er athmete die frische Abendluft begierig ein; der Duft einiger in der Nähe befindlicher Rosenbüsche erinnerte ihn an das Parfüm, das Corinna immer trug, — es durchschauerte ihn! Die lange, eintönige Festlichkeit war so ermüdend! Er erinnerte sich, mit welchem Geist Corinna dergleichen zu arrangiren wußte, er gedachte ihres künstlerischen Verständnisses für alles Schöne und Große, und es fiel ihm ein, daß er sich Lucile nur in einem

regelmäßigen, häuslichen Leben mit Wohlgefallen als Gefährtin
denken könne. Alles nur im entferntesten in das Reich der Einbildungskraft, der Poesie Hinübergreifende erweckte ihm Gedanken an Corinna, erneuerte ein schmerzliches Bangen nach ihr!
In diesem Augenblick wurde Oswald von einem seiner Freunde
angeredet, und Corinna vernahm seine Stimme. In wie unaussprechliche Bewegung bringt sie uns, die Stimme des Geliebten! Welch ein Durcheinander von Wonne und Schreck!
Schreck: denn es giebt so heftige Eindrücke, daß die arme Menschennatur, die ihnen unterworfen ist, vor sich selber scheut.

„Finden Sie den Ball nicht entzückend?" fragte einer von
Oswalds Bekannten. „Ja", sagte er, „ja in der That", wiederholte er zerstreut und seufzend. Dieses Seufzen und der
schwermüthige Klang seiner Stimme gaben Corinna ein Gefühl
des Glücks. Mit Sicherheit hoffte sie jetzt, Oswalds Herz noch
wiederzufinden, noch von ihm verstanden zu werden, und schnell
erhob sie sich, um einen der Bedienten zu bitten, er möge Lord
Nelvil rufen. Wie verschieden würde sich ihr Schicksal und das
Oswalds gestaltet haben, wenn sie dieser Regung gefolgt wäre!

In diesem Moment näherte sich Lucile dem Fenster;
beim Hinausblicken fiel ihr Auge auf die Gestalt einer fremdartig gekleideten und dennoch nicht festlich geschmückten Frau.
Mit vorgebeugtem Haupt spähte sie aufmerksam prüfend der Erscheinung nach; sie glaubte die Züge der Schwester klar zu erkennen, und da sie dieselbe seit sieben Jahren zweifellos für todt
hielt, sank sie im Entsetzen über' deren vermeintlichen Schatten
ohnmächtig zusammen. Alles lief ihr zu Hülfe. Corinna fand
den Diener nicht mehr, den sie hatte anreden wollen, und ängstlich zog sie sich tiefer in den Garten zurück, um nicht gesehen zu
werden.

Lucile erholte sich wieder; sie wagte aber nicht zu gestehen,
was sie so erschreckt hatte. Ihr Geist war von Kindheit auf
durch die mütterliche Erziehung mit frommgläubigen Vorstellungen überfüllt worden, und so wähnte sie denn, dieser auf des
Vaters Grab zuschreitende Schatten der Schwester sei ihr erschienen, um ihr das Vergessen dieses Grabes und den Leichtsinn

vorzuwerfen, mit welchem sie hier an Lustbarkeiten Theil nahm,
ohne vorher der heiligen Asche mindestens ein frommes Gedenken
geweiht zu haben. In einem Augenblicke daher, als Lucile sich
unbeobachtet glaubte, verließ sie schnell den Ballsaal, und mit
Erstaunen sah Corinna die Schwester allein in den Garten
treten. Sie zweifelte nicht, Lord Nelvil werde ihr bald folgen;
ja vielleicht hatte er eine geheime Unterredung von ihr erbeten,
um die Erlaubniß nachzusuchen, daß er mit seinen Wünschen zu
ihrer Mutter gehen dürfe. Bei dieser Vermuthung zitterte
Corinna; bald jedoch sah sie Lucile den Weg nach einem Bosquet
einschlagen, welches das Grabmal Lord Edgermonds umschloß;
und sich nun gleichfalls anklagend, daß sie ihr Herz und ihre
Schritte nicht zuerst dorthin gerichtet, folgte sie der Schwester
in einiger Entfernung, während sie immer Acht hatte, sich im
Dunkel der Bäume zu halten. Sie konnte jetzt die scharfen
Umrisse des Sarkophags genau unterscheiden. Unfähig weiter-
zugehen, lehnte sie sich in tiefer Erschütterung an einen Baum;
Lucile stand vor dem Grabe.

Jetzt war Corinna bereit, sich der Schwester zu entdecken,
und im Namen ihres Vaters Rang und Gatten zurückzufordern;
aber eben trat Lucile noch einige Schritte näher an das Denkmal heran, und von Neuem sank Corinnens Muth. In dem
Herzen einer Frau eint sich so viel Schüchternheit mit der Allmacht ihres Gefühls, daß ein Nichts sie zurückhalten, ein Nichts
sie hinreißen kann. Lucile beugte vor dem Grabe ihres Vaters
die Kniee. Sie strich ihr blondes Haar zurück, welches heute ein
Blumenkranz schmückte, und hob mit holder Andacht die Augen
im Gebet zum Himmel. Corinna konnte die vom Licht des
Mondes sanft verklärte Gestalt der Schwester deutlich sehen;
mit großmüthiger Rührung betrachtete sie diese reine Frömmigkeit, dieses jugendliche Antlitz, auf dem der Kindheit Züge noch
erkennbar waren. Sie erinnerte sich der Zeit, als sie Lucile wie
eine Mutter liebte; sie dachte an sich selbst und daß sie nicht
mehr weit vom dreißigsten Jahre, von dem Höhepunkte sei,
wo die Jugend sich abwärts zu neigen beginnt, während
ihre Schwester eine lange, lange Zukunft vor sich habe; eine

Zukunft, die durch keine Erinnerung, durch keine Vergangenheit, welche man vor Andern, oder vor dem eigenen Gewissen zu verantworten habe, getrübt werde. „Wenn ich vor Lucile trete und mit ihr rede", sagte sie sich, „stürme ich ihre ruhige Seele auf, und nie vielleicht kehrt der Friede ihr wieder zurück. Ich habe schon so viel gelitten, ich werde auch noch mehr zu leiden wissen; während dieses unschuldige Kind schnell aus tiefer Ruhe in furchtbare Erschütterung versetzt würde. Und ich, die ich sie in meinen Armen hielt, die ich sie an meiner Brust in Schlaf gesungen, ich sollte sie in die Welt des Schmerzes stürzen?" — So dachte Corinna. Aber diesem uneigennützigen Gefühl, dieser edlen Exaltation, mit welcher sie sich selbst hinopfern wollte, stellte sich die Liebe in ihrem Herzen zu schwerem Kampfe entgegen!

„O mein Vater, bitte für mich", sprach Lucile halblaut; Corinna hörte es; auch sie kniete nieder, auch sie flehte den väterlichen Segen, für beide Schwestern jedoch, hernieder, und vergoß Thränen, die einem noch reineren Gefühl, als dem irdischer Liebe entströmten. Wie tief gerührt war sie, als Lucile in ihrem Gebete fortfuhr: „Und Du, meine Schwester, sprich im Himmel für mich! Du, die Du mich in meiner Kindheit liebtest, beschütze mich auch ferner. Mein Vater, verzeihe mir, daß ich Dich einen Augenblick vergaß; ein von Dir gebotenes Gefühl ist Schuld daran. Ich bin nicht strafbar, wenn ich den Mann liebe, den Du selbst mir zum Gatten bestimmtest; aber vollende Dein Werk und füge es, daß er mich als die Seine erwähle. Ich kann nur mit ihm mein Glück finden; doch soll er niemals wissen, daß ich ihn liebe, niemals soll dies zitternde Herz sein Geheimniß verrathen. O mein Gott! O mein Vater! Tröstet Euer Kind, und macht es der Liebe Oswalds werth." — „Ja", wiederholte Corinna, „erhöre sie, mein Vater, und Deinem andern Kinde gewähre bald den Tod."

Nach diesem Gelübde, dem schwersten Siege, den sie ihrer Seele abzuringen vermocht, zog Corinna den Brief mit Oswalds Ring hervor und entfernte sich schnell. Sie fühlte es wohl: wenn sie diesen Brief an Lord Nelvil schickte, ohne ihn wissen zu lassen, daß sie in England sei, zerriß sie auf ewig das

Band, das sie noch an Oswald knüpfte, und gab ihn an Lucile fort. Aber in Gegenwart dieses Grabes hatten sich die Hindernisse, welche sie von Oswald trennten, ihrem Nachdenken furchtbarer denn je entgegengestellt. Sie hatte der Worte Herrn Dicksons gedacht: „Sein Vater verbietet es ihm, jene Italienerin zu heirathen"; und es war ihr, als ob auch der ihre sich dem Vater Oswalds zugeselle, als ob ihre Liebe von dieser hohen väterlichen Machtvollkommenheit verurtheilt werde. Lucilens Unschuld, Jugend und Reinheit begeisterten ihre Einbildungskraft, und einen Augenblick wenigstens war sie stolz, sich hinzuopfern, auf daß Oswald mit seinem Lande, seiner Familie, mit sich selbst im Frieden sei!

Die glanzvolle Musik, welche gleichsam auf sie herniederströmte, als sie sich dem Schlosse näherte, unterstützte ihren Muth. Sie bemerkte einen armen, blinden Greis, der, am Fuße eines Baumes sitzend, auf das Geräusch des Festes lauschen mochte; an diesen trat sie heran und bat ihn, er möge den erwähnten Brief einem der Bedienten des Hauses übergeben. So vermied sie die Gefahr, daß Lord Nelvil entdecke, eine Frau sei die Ueberbringerin desselben gewesen. Wer Corinna gesehen hätte, als sie diesen Brief aushändigte, der würde auch gefühlt haben, daß er die Verurtheilung ihres Lebens, ihres Glückes enthielt. Ihr Blick, ihre zitternde Hand, die feierliche und traurige Stimme, alles entsprach einem jener unseligen Momente, wo das Schicksal sich unserer bemächtigt, wo der glücklose Mensch nur noch als der Sklave des Verhängnisses handelt, das ihn endlich ereilt.

Corinna folgte dem Greise mit den Augen; ein treuer Hund geleitete ihn, und sie sah deutlich, wie er, seinen Auftrag gewissenhaft ausführend, den Brief einem der Bedienten Lord Nelvils übergab. Alle Verhältnisse wirkten zusammen, um ihr keine Hoffnung mehr zu lassen. Noch einige Schritte ging sie weiter, zu beobachten, wie der Diener unter dem Portale verschwand; und dann — als sie ihn nicht mehr sah, als sie die große Straße erreicht hatte, als sie die Festesklänge nicht mehr vernahm, und selbst die erleuchteten Fenster des Schlosses nicht mehr sichtbar waren, da durchbebten sie Todesschauer: kalter

Schweiß netzte ihre Stirn, sie wollte weiter, aber die Kräfte versagten, und besinnungslos brach sie auf der offenen Landstraße zusammen.

Achtzehntes Buch.

Das Leben in Florenz.

Erstes Kapitel.

Nachdem Graf d'Erfeuil einige Zeit in der Schweiz zugebracht und sich in der Alpennatur ebenso gelangweilt hatte, als er vorher die Kunstschätze Roms ermüdend gefunden, ergriff ihn plötzlich das Verlangen, nach England zu gehen, wo, wie man ihn versichert, des Gedankens wahre Tiefe zu finden sei. Und eines schönen Morgens erwachte er mit der fertigen Ueberzeugung, daß er dieser jetzt vor allem Anderen bedürfe. Da indeß dieser dritte Versuch nicht viel besser gelang als die beiden ersten, fiel ihm, wiederum plötzlich und eines schönen Morgens seine Zuneigung für Lord Nelvil ein, und mit dem Grundsatze, daß nur in der wahren Freundschaft das wahre Glück zu finden sei, reiste er nach Schottland ab. Auf dem Landsitze Lord Nelvils angekommen, erfuhr er, daß dieser abwesend sei, wenn auch nur, um auf dem benachbarten Schlosse der Lady Edgermond einer großen Festlichkeit beizuwohnen. Unverzüglich bestieg der Graf ein Pferd, um den Freund dort aufzusuchen, den wiederzusehen ihm ein so höchst dringendes Bedürfniß geworden war. Während er schnell dahinsprengte, gewahrte er am Rande der Straße eine regungslos liegende Frauengestalt. Er hielt an, stieg ab, ihr zu Hülfe zu eilen, und wie groß war sein Erstaunen, als er, trotz ihrer tödtlichen Blässe, Corinna erkannte! Vom lebhaftesten Mitleid erfaßt, suchte er, mit Hülfe seines Bedienten, aus Zweigen eine Art Bahre herzurichten, um sie auf diese

Weiſe nach dem Schloſſe der Lady Edgermond zu ſchaffen. Allein eben jetzt kam Thereſina herzu, die im Wagen ſitzen geblieben war, denſelben jedoch, über die verzögerte Rückkehr der Herrin beſorgt, endlich verlaſſen hatte, und da ſie annahm, nur Lord Nelvil könne dieſe in einen ſolchen Zuſtand verſetzt haben, beſtimmte ſie, man müſſe die Erkrankte nach der nächſten Stadt bringen. Graf d'Erfeuil begleitete Corinna auch dorthin; und während der acht Tage, welche die Unglückliche nun in Fieber und Geiſteszerrüttung zubrachte, verließ er ſie keinen Augenblick; ſo war es alſo der frivole Mann, der ihr im Elende half, während der empfindungsvolle ihr das Herz gebrochen!

Corinna war, als ſie ihre Beſinnung wieder hatte, von dieſem Widerſpruch nur allzu ſchmerzlich ergriffen; ſie dankte dem Grafen in tiefer Bewegung. Seine Antwort verrieth ein Bemühen, ſie ſchnell zu tröſten; er war edler Handlungen fähiger, als ernſter Worte, und Corinna konnte in ihm viel eher einen Beiſtand, als einen Freund finden. Sie ſuchte ihre Verſtandeskräfte zu ſammeln, ſich das Geſchehene ins Gedächtniß zurückzurufen; es koſtete ſie lange Mühe, ſich zu erinnern, was ſie gethan, und weshalb ſie ſo gethan. Vielleicht begann ſie ſchon, ihr Opfer zu groß zu finden, vielleicht dachte ſie daran, Lord Nelvil wenigſtens ein letztes Lebewohl zu ſagen, ehe ſie England verließe: da fand ſie am zweiten Tage, nachdem ſie wieder bei Bewußtſein war, in einem öffentlichen Blatt, das ihr durch Zufall in die Hände kam, folgende Mittheilung:

„Lady Edgermond hat ſoeben erfahren, daß ihre Stieftochter, von der ſie geglaubt, ſie ſei in Italien geſtorben, noch lebt, und ſich in Rom unter dem Namen Corinna eines großen literariſchen Rufes erfreut. Lady Edgermond rechnet es ſich zur Ehre, ſie anzuerkennen und mit ihr die Erbſchaft des kürzlich in Indien verſtorbenen Bruders des Lord Edgermond zu theilen.

„Lord Nelvil wird ſich am nächſten Sonntage mit Miß Lucile Edgermond vermählen, der jüngſten Tochter Lord Edgermonds und ſeiner Wittwe, Lady Edgermond. Der Ehekontrakt wurde geſtern unterzeichnet."

Zu ihrem Unglücke wurde Corinna nicht wahnsinnig, als
sie diese Nachricht las; aber eine jähe Umwälzung ging in ihr
vor. Alle Interessen des Lebens wichen von ihr; sie fühlte sich
eine zum Tode Verurtheilte, nur daß sie noch nicht wußte, wann
das Urtheil vollzogen werde, und von Stunde an herrschte allein
die Stille der Verzweiflung in ihrer gebrochenen Seele.

Graf d'Erfeuil trat jetzt in ihr Zimmer; er fand sie bleicher
noch und schattenhafter, als sie selbst im ohnmächtigen Zustande
ihm erschienen war; voller Sorge fragte er nach ihrem Befinden.
„Es geht mir nicht schlechter, und ich möchte übermorgen abreisen. Es ist ein Sonntag"; fügte sie mit feierlichem Ernst
hinzu, „ich denke nach Plymouth zu gehen, und mich dort nach
Italien einzuschiffen." — „Ich begleite Sie", erwiderte Graf
d'Erfeuil, „nichts hält mich hier zurück, und es wird mir ein
Vergnügen sein, diese Reise mit Ihnen zu machen." — „Sie
sind gut", entgegnete Corinna, „wahrhaft gut; man muß nicht
nach dem Schein urtheilen ...", sie hielt inne; dann fuhr sie
fort: „Ich nehme bis Plymouth Ihre Begleitung an, denn ich
bin nicht gewiß, daß ich mich allein dort hinfände; nachher,
wenn ich nur erst einmal in der Kajüte bin, führt mich das
Schiff hinweg; und in welchem Zustande ich dann auch sei, das
ist ja ganz gleichgültig." — Sie wünschte nun, allein zu sein;
lange weinte sie vor Gott und bat ihn um Kraft, ihren Schmerz
zu tragen. Das war nicht mehr die ungestüme, die aufstrebende
Corinna; ihre reiche mächtige Lebenskraft war erschöpft, und
dieses gänzliche Vernichtetsein, von dem sie sich nicht eigentlich
Rechenschaft geben konnte, gab ihr Gelassenheit. Das Unglück
hatte sie überwunden: müssen denn nicht früher oder später auch
die Widerstrebendsten den Nacken unter sein Joch beugen lernen?

Am Sonntage verließ Corinna Schottland, vom Grafen
d'Erfeuil begleitet. „Heute also!" — sagte sie, als sie sich vom
Bette erhob, um in den Wagen zu steigen, „Heute!" Graf
d'Erfeuil fragte, was sie meine; sie antwortete jedoch nicht, und
versank wieder in Stillschweigen. Der Weg führte an einer
Kirche vorüber, und Corinna bat ihren Begleiter, für einen
Augenblick dort hineintreten zu dürfen. Vor dem Altar sank

sie auf die Kniee und betete für Oswald und Lucile, die sie in
Gedanken wohl eben jetzt an gleicher Stätte knieen sah. Als sie
aber wieder aufstehen wollte, wankte sie, vor übermächtiger Erschütterung, und nur gestützt auf den Grafen und Theresina
vermochte sie die Kirche zu verlassen. Wo sie vorüberschritt,
erhoben sich die Betenden in mitleidiger Ehrfurcht. „Ich sehe
wohl recht krank und traurig aus?" fragte sie den Grafen, „es
giebt jüngere und glücklichere Menschen als ich, die sich um eben
diese Stunde triumphirend vom Altare wenden."

Graf d'Erfeuil hörte das Ende dieser Worte schon nicht
mehr; er war gut, aber nicht mitfühlend. Gewiß, er hatte Corinna herzlich lieb, aber dennoch langweilte ihn ihre Niedergeschlagenheit unterwegs recht sehr, und er versuchte, sie derselben zu entziehen, als ob man nur zu wollen habe, um alle
Noth des Lebens zu vergessen. „Ich hatte es Ihnen ja vorhergesagt", äußerte er zuweilen. Eine sonderbare Art zu trösten,
diese Genugthuung, welche die Eitelkeit sich auf Kosten des
Schmerzes erlaubt!

Corinna machte die unerhörtesten Anstrengungen, um zu
verbergen, was sie litt; denn vor oberflächlichen Menschen schämt
man sich seiner großen Leidensfähigkeit: mit keuschem Gefühl
hält man Alles zurück, was nicht verstanden wird, was man erst
erklären muß, und bewahrt still diese Geheimnisse der Seele, für
welche man Erleichterung nur von Menschen erfahren kann, die
sie ohne Worte verstehen. Auch Vorwürfe machte sich Corinna,
für Graf d'Erfeuils Freundschaftsbeweise nicht dankbar genug
zu sein; doch seine Stimme, sein Ton, sein Blick verriethen so
viel Zerstreuung, so sehr das Bedürfniß sich zu amüsiren, daß
man unaufhörlich im Begriffe stand, sein großmüthiges Thun
zu vergessen, wie er selbst es vergaß. Es ist ja ohne Zweifel
sehr schön, wenn man wenig Gewicht auf dasselbe legt, aber für
gewisse Charaktere kann die Sorglosigkeit, mit welcher man
über den eigenen Edelmuth hinwegsieht, wohl auch den Eindruck
der Leichtfertigkeit machen.

In ihren Fieberfantasien hatte Corinna fast all ihre Geheimnisse verrathen, und aus den öffentlichen Blättern erfuhr

der Graf das Uebrige. Zu wiederholten Malen wollte er mit
ihr über das, was er ihre „Angelegenheiten" nannte, reden;
aber schon dieser Ausdruck war hinreichend, um ihr Vertrauen
zu erstarren; sie flehte ihn an, den Namen Lord Nelvils lieber
gar nicht zu nennen. Als sie sich vom Grafen d'Erfeuil trennte,
wußte sie, in banger Verlegenheit, nicht, wie sie ihm ihre Dankbarkeit ausdrücken solle; denn war es ihr auch lieb, fortan
allein zu sein, so schied sie doch höchst ungern von einem Manne,
der ihr so viel ächte Güte bewiesen. Sie versuchte ihm zu
danken, doch die einfache Natürlichkeit, mit der er sie bat, nicht
weiter davon zu reden, hieß sie verstummen. Darauf ersuchte sie
ihn, Lady Edgermond mitzutheilen, daß sie auf die Erbschaft
des Onkels gänzlich Verzicht leiste, und fügte hinzu, er möge
sich des Auftrages in solcher Weise entledigen, als habe er ihn
von Italien aus erhalten; es solle ihrer Stiefmutter nichts von
ihrem Aufenthalt in England bekannt werden.

„Und darf Lord Nelvil es wissen?" fragte Graf d'Erfeuil
darauf. Corinna bebte, und schwieg einige Augenblicke. „Sie
werden es ihm bald sagen können", erwiderte sie endlich; „ja
bald! Meine römischen Freunde sollen Ihnen melden, wenn es
so weit ist." — „Pflegen Sie wenigstens Ihre Gesundheit,
theure Corinna", sagte Graf d'Erfeuil; „wissen Sie wohl, daß
ich recht besorgt Ihretwegen bin?" — „Wirklich?" erwiderte
Corinna lächelnd, „aber ich glaube selbst, Sie haben Recht."
— Der Graf reichte ihr den Arm, um sie an den Strand zu geleiten; im Begriffe, sich einzuschiffen, wendete sie sich noch
einmal diesem England zu, das sie auf immer verließ, und das
den einzigen Gegenstand ihrer Liebe und ihres Leides zurück-
behielt. Ihre Augen füllten sich mit Thränen, den ersten, die sie
in des Grafen Gegenwart vergoß. „Schöne Corinna", sagte
er, „vergessen Sie einen Undankbaren; erinnern Sie sich der
Freunde, die Ihnen so herzlich ergeben sind, und denken Sie
doch mit Vergnügen an die großen Vorzüge, die Sie noch besitzen." — Während dieser Rede entzog ihm Corinna ihre Hand
und trat ein paar Schritte von ihm zurück; dann schnell diese
Regung bereuend, reichte sie ihm beide Hände hin und sagte ihm

sanft Lebewohl. Graf d'Erfeuil bemerkte durchaus nicht, was
in ihr vorgegangen war. Er bestieg mit ihr das Schiff, empfahl
sie dem Capitän auf's Dringendste, und kümmerte sich mit
liebenswürdiger Sorgfalt um alle die Einzelheiten, durch welche
ihr die Ueberfahrt angenehmer gemacht werden konnte. Dann,
während er sich mit dem Boot an's Land zurückbegab, grüßte er
noch lange mit dem Taschentuch nach dem Schiffe hinüber.
Corinna erwiderte ihm voll inniger Dankbarkeit; aber ach! war
denn dies der Freund, auf welchen sie zählen sollte?

Oberflächliche Gefühle haben zuweilen eine lange Dauer;
da sie nicht hochgespannt sind, zerreißen sie auch nicht. Sie
schmiegen sich den Umständen an, verschwinden mit diesen, kehren
mit diesen wieder; während die tiefen, leidenschaftlichen Zuneigungen unwiederbringlich zerreißen und nichts an ihrer Statt
zurücklassen, als eine schmerzende Wunde.

Zweites Kapitel.

Bei günstigem Wind erreichte Corinna Livorno in kaum
vier Wochen. Sie litt während dieser Zeit beständig am Fieber;
das körperliche mischte sich dem Seelenleiden bei, und in ihrer
gänzlichen Zerrüttung hatte sie von all diesen verworrenen
Schmerzen keine klaren Eindrücke mehr. Sie schwankte bei ihrer
Ankunft, ob sie sich nicht zuerst nach Rom begeben solle; aber
wenngleich ihre besten Freunde sie dort erwarteten, hinderte sie
ein unübersteiglicher Widerwille, an dem Orte zu leben, wo sie
Oswald gekannt hatte. Sie gedachte ihrer Wohnung, der
Thür, durch welche er zweimal des Tages einzutreten pflegte,
und die Vorstellung, dort ohne ihn leben zu müssen, machte sie
schaudern. Aus diesem Grunde entschied sie sich, nach Florenz
zu gehen; da sie ein Vorgefühl hatte, als werde der Rest
ihres Lebens dem Gram nicht gar zu lange Widerstand leisten,
war sie es ganz zufrieden, sich allmählig vom Dasein loszu-
lösen, und hiermit zu beginnen, indem sie allein lebte, fern von
den Freunden, fern von der Stadt, die Zeuge ihrer Triumphe
gewesen, fern von einem Aufenthalte, wo man versuchen würde,

ihren Geist neu anzuregen, wo man verlangen würde, sie solle sich zeigen, wie sie früher war; sie, die in ihrer unbezwingbaren Niedergeschlagenheit auf jede Anstrengung mit Widerwillen sah.

Als sie sich dem fruchtbaren Toscana, dem von Blumen duftenden Florenz näherte, kurz: als sie ihr Italien wiedersah, empfand sie doch nichts als Trauer. Nur Schwermuth bereitete ihr jetzt der Anblick dieser Gefilde, über welche ihr Kinderauge einst in trunkener Lebensfreude hingeschweift. „Wie schrecklich‟, sagt Milton, „ist eine Verzweiflung, die sich in dieser milden Luft nicht zu beruhigen vermag!‟ — Um die Natur zu verstehen, bedarf es der Liebe oder der Religion; und in diesem Augenblick hatte die beklagenswerthe Corinna das köstlichste der irdischen Güter verloren, ohne dafür jene Ruhe gefunden zu haben, welche tief empfindenden und unglücklichen Menschen dann allein noch durch die Frömmigkeit gewährt werden kann.

Toscana ist ein lachendes, reich bebautes Land; auf die Einbildungskraft aber wirkt es nicht wie die Umgebungen Roms. Die Römer haben einst die ursprünglichen Einrichtungen jenes Volkes, das früher Toscana bewohnte, so völlig vernichtet, daß von den Bauten des Alterthums, die Rom und Neapel so interessant machen, hier fast nichts mehr übrig geblieben ist. Dafür hat das Mittelalter Erinnerungen zurückgelassen, die noch ganz das Gepräge seines republikanischen Geistes tragen. In Siena z. B. wird der öffentliche Platz, wo das Volk sich versammelte, wie der Balcon, von welchem aus seine Lenker es anredeten, auch dem am wenigsten zum Nachdenken geneigten Reisenden noch von Bedeutung sein; überall fühlt sich's heraus, daß dort eine demokratische Regierungsform gewaltet hat.

Ein wahres Vergnügen ist's, die Toscaner, selbst die der untersten Klassen, sprechen zu hören. Ihr Ausdruck ist vornehm und bilderreich; er kann einen Begriff von dem reinen Griechisch geben, das in Athen vom ganzen Volke geredet wurde, und wohlklingend war, wie lauterste Musik. Es ist ein ganz seltsames Gefühl, mit dem man sich inmitten eines Volks sieht, dessen Individuen alle gleich gebildet, alle von höherem Stande zu sein scheinen; und wenigstens die Täuschung dieses Gefühls gewinnt man auf Augenblicke in Toscana durch diese allgemein verbreitete Reinheit der Sprache.

Das heutige Florenz erinnert am meisten an den Abschnitt seiner Geschichte, welcher der Thronerhebung der Medici vorausging. Die Paläste der vornehmsten Familien sind gewissermaßen nur Festungen, die auf nachdrückliche Vertheidigung vorbereitet standen; außen sieht man noch die eisernen Ringe, bestimmt die Standarten der Parteien zu tragen. Genug, Alles war dort viel mehr darauf eingerichtet, die Gewalt des Einzelnen, eine jede für sich, zur Geltung zu bringen, als sie für das allgemeine Wohl zu concentriren. Die Stadt scheint für den Bürgerkrieg gebaut. Der Justizpalast hat Thürme, von welchen aus man den nahenden Feind erspähen und zugleich sich gegen ihn vertheidigen konnte. Man sieht hier Paläste von wunderlichster Gestalt, welche daraus entstand, daß ihre Erbauer sie nicht über einen Boden ausdehnen wollten, auf welchem feindliche Häuser geschleift worden. Derartig war der Haß der Familien unter einander. Hier verschworen sich die Pazzi gegen die Medici; dort ermordeten die Guelfen die Ghibellinen, die Spuren des Kampfes und der Rivalität finden sich eben überall. Jetzt aber liegt das Alles wieder im Todesschlaf und nur die Steine haben noch einige Physiognomie behalten. Man haßt sich nicht mehr, weil es nichts mehr zu behaupten giebt, weil die Einwohner sich um die Lenkerschaft eines ruhm- und machtlosen Staates nicht mehr streiten. Das Leben, welches man heutzutage in Florenz führt, ist wunderbar einförmig: Nachmittags geht man am Ufer des Arno spazieren, und Abends fragt man sich, ob man dort gewesen ist.

Corinna richtete sich in einem, nicht fern von der Stadt gelegenen Landhause ein, und meldete dem Fürsten Castel-Forte ihre Absicht, dort bleiben zu wollen. Dies war der einzige Brief, den sie schrieb; sie hatte jetzt einen Abscheu vor den herkömmlichen Beschäftigungen des Lebens; es kostete sie viel Mühe, den geringsten Entschluß zu fassen, die kleinste Anordnung zu treffen. Ihre Tage schleppten sich in völliger Unthätigkeit hin.

Staël's Corinna.   30

Sie stand auf, legte sich nieder, stand wieder auf; öffnete vielleicht ein Buch, ohne auch nur den Sinn von ein paar Seiten
zu fassen; stundenlang stand sie am Fenster, oder eilte rastlos
im Garten umher, oder griff nach einem Blumenstrauß, an
dessen Duft sie sich zu betäuben suchte. Das Gefühl vom Dasein
verfolgte sie wie ein nie rastender Schmerz. Auf tausendfache
Art suchte sie dieses reiche Denkvermögen in sich zu beschränken,
das ihr ja doch nicht mehr, wie sonst, hohe weitreichende Betrachtungen vor die Seele führte, sondern nur das eine, eine
Bild, den einen furchtbaren Gedanken, der ihr das Herz zer-
fleischte.

Drittes Kapitel.

Eines Tages beschloß Corinna die Kirchen von Florenz zu
besichtigen; sie gereichen der Stadt zu großer Zierde. In Rom,
erinnerte sie sich, hatten ein paar im Dom von St. Peter verbrachte Stunden ihrer Seele, wenn sie schwankte, stets das
Gleichgewicht zurückgegeben; jetzt hoffte sie von den florentinischen Kirchen eine ähnliche Wohlthat zu empfangen. Ihr
Weg zur Stadt führte durch ein Gehölz, das sich anmuthig an
dem Ufer des Arno entlang zieht. Es war ein köstlicher Juni-
Abend. Rosen in unglaublichem Ueberfluß erfüllten die Luft
mit Wohlgeruch, und die Mienen der Lustwandelnden sprachen
von Glück und frohem Genießen.

Von dieser Lebensfreudigkeit, wie die Vorsehung sie den
meisten Geschöpfen verleiht, fühlte sie sich grausam ausgeschlossen; aber sie dankte dieser Vorsehung doch und segnete sie
für ihre Güte gegen den Menschen. „Ich bin vielleicht nur
eine Ausnahme von der allgemeinen Regel", sagte sie sich, „es
giebt ein Glück für Alle sonst, und diese entsetzliche, diese mich
tödtende Fähigkeit zu leiden ist nur meine eigene Art, ist ein
Zufall in meinem Sein. Allmächtiger Gott, weshalb aber
mußte ich zum Dulden solcher Schmerzen ausersehen werden?
Darf ich denn nicht bitten, gleich deinem göttlichen Sohn, daß
dieser Kelch an mir vorübergehe?"

Das thätige, lebhafte Treiben der Stadtbewohner setzte sie

in Verwunderung: Seit sie keinen Theil mehr hatte am Leben, begriff sie nicht, was die Menschen gehen, kommen, eilen macht. Langsam schlich sie über die großen Steine des florentinischen Pflasters hin; sie hatte die Idee verloren: irgendwo anzukommen, weil sie sich nicht mehr erinnerte, wohin sie gehen wollte. Endlich fand sie sich vor dem berühmten Werk Ghiberti's, den ehernen Thüren der Taufkapelle von St. Johann, welche neben der Cathedrale von Florenz liegt.

Sie bewunderte eine Zeit lang diese unermeßliche Arbeit; ganze Völkerschaften von Bronze, in sehr kleinem Maßstabe, aber in den schärfsten Umrissen ausgeführt, liefern eine Menge der verschiedenartigsten Physiognomien, von denen jede eine Absicht, einen Gedanken des Künstlers ausdrückt. „Welche Geduld!" rief Corinna, „welche Hochachtung für die Nachwelt! Und dennoch: wie Wenige betrachten auch nur mit einiger Aufmerksamkeit diese Thüren, durch welche die unwissende Menge mit Zerstreuung, wenn nicht gar mit Geringschätzung drängt. O, was ist es dem Menschen schwer, der Vergessenheit zu entrinnen, und wie mächtig ist der Tod!"

In dieser Cathedrale wurde Julius von Medici ermordet; nicht weit von hier, in der St. Lorenz-Kirche liegt die marmorne, mit Edelsteinen geschmückte Kapelle, in welcher sich die Gräber der Mediceer und die von Michel Angelo ausgeführten Statuen des Julian und Lorenzo befinden. Die des Lorenzo von Medici, wie er dem Racheplane gegen den Mörder seines Bruders nachsinnt, nennt man ehrend „den Gedanken Michel Angelo's". Am Fuße dieser Statuen stehen Michel Angelo's große Meisterwerke: „der Tag und die Nacht". Das Erwachen des einen und besonders der Schlummer der andern sind von merkwürdiger, großartiger Schönheit. Ein Dichter machte auf die Statue der Nacht Verse, die mit folgenden Worten endigten: „Sie lebt, obwohl sie schläft; erwecke sie, wenn Du's nicht glaubst, und sie wird zu Dir reden." Michel Angelo, der auch die Dichtkunst übte, ohne welche alle Einbildungskraft so bald verdorrt, antwortete im Namen der Nacht:

30*

Grato m'è il sonno, e più l'esser di sasso.
Mentre che il danno e la vergogna dura,
Non veder, non sentir m'e gran ventura:
Però non mi destar, deh parla basso *).

Michel Angelo ist der einzige Bildhauer aus neuerer Zeit, welcher der menschlichen Gestalt einen Charakter gegeben hat, der weder der antiken Schönheit, noch unserer heutigen Gesuchtheit gleicht. Man glaubt den Geist des Mittelalters in seinen Meisterwerken ausgesprochen zu finden: eine kraftvolle und düstre Seele, standhafte Thätigkeit, scharfe und kühne Formen, Züge, die das Gepräge der Leidenschaft tragen, aber das Ideal der Schönheit nicht wiedergeben. Michel Angelo ist der Genius seiner eigenen Schule; er hat nichts nachgeahmt, nicht einmal die Antike.

Sein Grab befindet sich in der Kirche von Santa Croce. Er wollte, daß es einem Fenster gegenüber liege, aus welchem man den, von Filippo Brunelleschi erbauten Dom sehen kann; als ob seine Asche in der Nähe dieser Kuppel, dem Vorbild der von St. Peter, noch unter dem Marmor erzittern solle. Diese Kirche von Santa Croce birgt eine Versammlung großer Todten, wie sie glänzender wohl im ganzen Europa nicht zu finden sein dürfte. Corinna wandelte in tiefer Bewegung unter diesen Gräberreihen umher. Hier liegt Galilei, den die Menschen verfolgten, weil er die Geheimnisse des Himmels entdeckte. Weiterhin Macchiavelli, der die Kunst des Verbrechens, mehr zwar als Beobachter, denn als Verbrecher, offenbarte, dessen Rathschläge aber doch mehr den Unterdrückern, als den Unterdrückten zu Gute kommen. Aretino, der seine Tage dem Scherze widmete, und auf Erden nichts Ernstes sonst empfand, als den Tod. Boccaz, dessen lachende Einbildungskraft den zwiefachen Geißeln des Bürgerkrieges und der Pest widerstand. Ein Gemälde zu Ehren Dante's, als ob die Florentiner, die ihn in den Qualen des Exils sterben ließen, jetzt mit seiner Größe prahlen dürften!

---

*) Wohl mir, daß ich schlafe, mehr noch, daß ich von Stein bin. So lange Schmach und Schande bei uns dauern, ist nichts zu sehen, nichts zu hören, das glücklichste Schicksal; deshalb erwecke mich nicht, bitte sprich leise!

Auch noch mehrere andere, ehrenvolle Namen sind an dieser
Stelle zu finden; Namen von Menschen, die während ihres
Lebens berühmt waren, welche aber von Geschlecht zu Geschlecht
schwächer nachtönen, bis ihr Klang völlig erstirbt.

Die Besichtigung dieser von so edlen Erinnerungen geschmückten Kirche versetzte Corinna in begeisterte Stimmung.
Der Anblick der Lebenden hatte sie entmuthigt; die schweigende
Gegenwart der Todten belebte, für einen Augenblick wenigstens,
dieses Streben nach Ruhm, von dem sie früher getrieben ward.
Festeren Schrittes ging sie unter den stolzen Wölbungen hin und
her, und durch ihre Seele zogen große Gedanken, wie einst.
Um das Chor herum wandelten junge Priester, langsam und
leise singend. Sie fragte einen von ihnen, was diese Ceremonie
bedeute. „Wir beten für unsere Todten", antwortete man ihr.
„Ja, Ihr habt Recht", dachte Corinna, „sie „Eure Todten" zu
nennen; es ist das einzige glorreiche Eigenthum, das Euch
bleibt! O, warum hat Oswald die Gaben getödtet, die mir der
Himmel verliehen, und die mir dienen sollten, in gleichgestimmten
Geistern heilige Begeisterung zu entflammen! O, mein Gott!"
rief sie, auf die Kniee sinkend, „nicht aus eitler Ruhmbegier flehe
ich dich an, mir die Schätze wiederzugeben, die ich durch deine
Güte besaß. Wohl sind sie die Besten unter Allen, diese dunklen
Heiligen, die für dich zu leben und zu sterben mußten; aber es
giebt für die Sterblichen verschiedene Bahnen, und das Genie,
wenn es die erhabene Tugend feiert, das Genie, welches sich dem
Preise alles Edlen, Wahren und Menschlichen weiht, könnte doch
wenigstens in den Vorhof des Himmels aufgenommen sein."
— Corinnens Augen waren während dieses Gebets niedergeschlagen, und überrascht ruhte jetzt ihr Blick auf der Inschrift
eines Grabes, neben welchem sie hingesunken war: „Allein bei
meinem Aufgange, allein bei meinem Untergange, bin ich auch
hier noch allein!"

„Ach!" rief Corinna, „dies ist die Antwort auf mein
Gebet! Welches Streben kann Den beseelen, der allein ist auf
Erden? Wer würde sich meiner Erfolge freuen? Wer nimmt
Theil an meinem Schicksal? Welches Gefühl könnte meinen

Geist zur Arbeit anspornen? Seines Blickes bedarf ich als
Lohn!"

Auch noch eine andere Grabschrift fesselte ihre Aufmerksamkeit: „Beklagt mich nicht!" — sagt ein, in der Jugend gestorbe-
ner Mann: „Wenn Ihr wüßtet, wie viele Schmerzen dieses
Grab mir erspart hat!" — „Welche Lossagung vom Leben diese
Worte predigen!" dachte Corinna, und ihre Thränen flossen:
„dicht neben dem Gewühl der Stadt diese Kirche, die den Menschen, wenn sie nur wollten, das Geheimniß von Allem offenbaren könnte; aber man geht an ihr vorüber, und die wunderbare
Illusion des Vergessens läßt die Welt unabläßig weitertreiben
auf ihrer Bahn."

Viertes Kapitel.

Der Antrieb zu einer gewissen Gedankenthätigkeit, in welchem Corinna für einige Augenblicke Erleichterung gefunden
hatte, führte sie am folgenden Tage nach der Bildergallerie.
Sie hoffte so ihre alte Liebe zur Kunst wieder zu erwecken, um
dann vielleicht auch an ihren früheren Beschäftigungen wieder
Interesse zu gewinnen. In Florenz hat die Kunst noch sehr
republikanische Institutionen: Statüen und Gemälde werden
zu jeder Zeit mit der größesten Bereitwilligkeit gezeigt; unterrichtete, von der Regierung besoldete Männer sind als öffentliche
Beamte zur Erklärung der Kunstwerke angestellt. Dies ist noch
ein Recht jener Ehrfurcht für die Talente aller Gattungen, wie
sie in Italien immer da war. Besonders noch ist sie in Florenz
heimisch, wo die Mediceer sich ihre Macht durch ihren Geist
verzeihen lassen wollten, ihren Einfluß auf das Geschehende
durch den freien Aufschwung, den sie wenigstens dem Gedanken
gewährten. Das florentinische Volk hat ungemein viel Sinn
für die schönen Künste, und zieht diese Neigung in seine Frömmigkeit hinein, die in Toscana eine geregeltere ist, als im ganzen
übrigen Italien. Nicht selten verwirrt es die Gestalten der
Mythologie mit denen der biblischen Geschichte. Ein Florentiner kann dem Fremden eine Minerva zeigen und sie Judith
nennen, einen Apollo rühmen und ihn David heißen, und kann

allenfalls auch noch bei der Erklärung eines Basreliefs, das die Einnahme von Troja vorstellt, versichern, daß Cassandra eine gute Christin war.

Die florentinische Gallerie ist eine ungeheure Sammlung; man könnte dort viele Tage zubringen, ohne schließlich sonderlich mit ihr vertraut zu sein. Corinna schritt prüfend durch alle diese Reichthümer, aber zu ihrem Kummer fand sie sich zerstreut und gleichgültig. Die Statüe der Niobe erregte ihre Aufmerksamkeit: diese Ruhe, diese Würde, inmitten des tiefsten Schmerzes schienen ihr bewundernswerth. Ohne Frage würde die Gestalt einer lebenden Mutter in ähnlicher Situation gänzlich zusammengebrochen sein; aber das Ideal der Kunst bewahrt auch noch in der Verzweiflung die Schönheit und die Anmuth. Nicht das geschilderte Unglück ist's, was in den Werken des genialen Künstlers so tief erschüttert, sondern die Kraft, welche sich die Seele in diesem Unglück bewahrte. Unweit der Statüe der Niobe ist der Kopf des sterbenden Alexander; diese beiden höchst verschiedenen Physiognomien geben viel zu denken. In der des Alexander liegt Staunen und Entrüstung, die Natur nicht besiegt zu haben. Die Todesqual der sorgenden Mutterliebe malt sich in den Zügen der Niobe; sie zieht die Tochter mit herzzerreißender Angst an ihre Brust, und der Schmerz, welcher aus diesem wundervollen Angesichte spricht, drückt den Charakter jenes Verhängnisses aus, das bei den Alten auch einer frommen Seele nirgend eine Zuflucht übrig ließ. Niobe richtet den Blick gen Himmel, aber hoffnungslos, denn die Götter selbst sind ihre Feinde.

Zu Hause angelangt, versuchte Corinna über das Gesehene nachzudenken: zu schaffen, wie sie es früher gethan; aber eine unüberwindliche Zerstreutheit hielt sie lange bei der ersten Seite fest. Wie fern lag ihr jetzt das Talent des Improvisirens! Mit Mühe suchte sie nach jedem Wort; oft schrieb sie Dinge ohne allen Sinn, Dinge, vor denen sie sich beim Durchlesen selbst entsetzte, die wie geschriebene Fieberfantasien klangen. Unfähig, wie sie nun einsah, die Gedanken von der eigenen Lage abzuwenden, versuchte sie zu schildern, was sie litt; aber das waren nicht mehr allgemeine Ideen, weltumfassende Gefühle, in welche die Herzen aller Menschen einstimmen können: das war nur der Schrei des persönlichen Schmerzes, jener auf die Dauer so eintönige Schrei, eintönig wie die Klage des Nachtvogels! In ihren Ausdrücken lag zu viel Gluth, zu viel Ungestüm, zu wenig Abstufung: das war Unglück, und nicht mehr Talent. Um gut zu schreiben, bedarf es ohne Zweifel der wahrhaftesten Erschütterung, aber sie darf nicht herzzerreißend sein. Glück ist zu Allem nöthig; und selbst die schwermüthigste Poesie muß eine gewisse Erhebung athmen, zu welcher Kraft sowohl, als mindestens doch eine gewisse Glücksfähigkeit des Geistes erforderlich ist. Der wahre Schmerz ist unfruchtbar; was er hervorbringt, ist meist nur düstre, ewig auf den einen Gedanken zurückdrängende Ruhelosigkeit. So durcheilte jener von einem unseligen Zauber umstrickte Ritter vergeblich tausend Irrwege, um sich immer wieder auf derselben Stelle wiederzufinden.

Durch den schlechten Stand von Corinnens Gesundheit wurde ihr Talent noch vollends untergraben. In ihren Papieren fanden sich Betrachtungen, die sie während dieser Zeit niederschrieb, als sie vergebliche Anstrengungen zu zusammenhängender Arbeit machte; es mögen einige davon hier folgen.

Fünftes Kapitel.
Einiges aus Corinnens Gedanken.

„Mein Talent ist dahin! Das thut mir weh. Ich hätte gewünscht, daß wenigstens der Ruhm meines Namens einst zu ihm dringe, hätte gewollt, daß er, wenn er meine Schriften läse, die Sympathie in ihnen wiederfände, die uns einst zu einander zog.

„Ich irrte, als ich hoffte, er werde nach der Rückkehr in seine Heimat, zu seinen alten Gewohnheiten sich noch die Anschauungen und die Denkweise bewahren, welche allein uns vereinigen konnten. Es läßt sich gegen eine Frau, wie ich es bin, so viel einwenden! Und auf alles das giebt es nur die eine

Antwort: mein Geist und meine Seele! Aber was gilt den meisten Menschen diese Antwort?

„Man hat indessen unrecht, die Ueberlegenheit des Geistes und der Seele zu fürchten: sie ist äußerst sittlich, diese Ueberlegenheit: denn Alles zu verstehen macht sehr nachsichtsvoll, und aus tiefer Empfindungskraft geht große Güte hervor.

„Wie kommt es nur, daß zwei Wesen, die sich ihre innersten Gedanken anvertrauten, die miteinander von Gott, von der Unsterblichkeit der Seele und von ihren Schmerzen geredet, wie kommt es, daß sie jemals einander wieder fremd werden können? Welch unergründliches Geheimniß ist die Liebe! Welch wundervolles Gefühl oder welches Nichts! Heilig wie das Märtyrerthum oder kälter als die kälteste Freundschaft. Es giebt nichts Unfreiwilligeres als sie; aber kommt sie vom Himmel oder stammt sie aus irdischer Leidenschaft? Muß man sich ihr unterwerfen, oder sie bekämpfen? Ach! was für Stürme erschüttern das Menschenherz!

„Das Talent sollte doch Rettung gewähren können. Domenichino, der Freiheit beraubt, malte die herrlichsten Bilder an die Wände seines Gefängnisses; zum Gedächtniß seiner Anwesenheit ließ er Meisterwerke zurück. Er jedoch litt nur durch äußere Verhältnisse; das Uebel lag nicht in der Seele! Ist es dort, dann wird Alles zur Unmöglichkeit, dann ist die Quelle von Allem versiegt.

„Zuweilen prüfe ich mich, als wäre ich mir eine Fremde, und habe dann Mitleid mit mir selber. Ich war geistreich, gut, wahr, großmüthig, gefühlvoll — warum wandelt sich das Alles zu so vielem Schmerz? Ist die Welt denn wirklich böse, und berauben uns gewisse Eigenschaften der Waffen, anstatt uns Kraft zu geben?

„Es ist schade um mich; ich wurde mit einigem Talent geboren und werde, wiewohl ich berühmt bin, sterben, ohne daß man mich kennt. Wäre ich glücklich gewesen, hätte die Fiebergluth der Leidenschaft mich nicht verzehrt, so würde ich mit hohem Sinn das menschliche Schicksal in meine Betrachtung gezogen, und in demselben noch ungekannte Beziehungen zwischen der

nicht mehr allgemeine Ideen, weltumfassende Gefühle, in welche die Herzen aller Menschen einstimmen können: das war nur der Schrei des persönlichen Schmerzes, jener auf die Dauer so eintönige Schrei, eintönig wie die Klage des Nachtvogels! In ihren Ausdrücken lag zu viel Gluth, zu viel Ungestüm, zu wenig Abstufung: das war Unglück, und nicht mehr Talent. Um gut zu schreiben, bedarf es ohne Zweifel der wahrhaftesten Erschütterung, aber sie darf nicht herzzerreißend sein. Glück ist zu Allem nöthig; und selbst die schwermüthigste Poesie muß eine gewisse Erhebung athmen, zu welcher Kraft sowohl, als mindestens doch eine gewisse Glücksfähigkeit des Geistes erforderlich ist. Der wahre Schmerz ist unfruchtbar; was er hervorbringt, ist meist nur düstre, ewig auf den einen Gedanken zurückdrängende Ruhelosigkeit. So durcheilte jener von einem unseligen Zauber umstrickte Ritter vergeblich tausend Irrwege, um sich immer wieder auf derselben Stelle wiederzufinden.

Durch den schlechten Stand von Corinnens Gesundheit wurde ihr Talent noch vollends untergraben. In ihren Papieren fanden sich Betrachtungen, die sie während dieser Zeit niederschrieb, als sie vergebliche Anstrengungen zu zusammenhängender Arbeit machte; es mögen einige davon hier folgen.

Fünftes Kapitel.
Einiges aus Corinnens Gedanken.

„Mein Talent ist dahin! Das thut mir weh. Ich hätte gewünscht, daß wenigstens der Ruhm meines Namens einst zu ihm dringe, hätte gewollt, daß er, wenn er meine Schriften läse, die Sympathie in ihnen wiederfände, die uns einst zu einander zog.

„Ich irrte, als ich hoffte, er werde nach der Rückkehr in seine Heimat, zu seinen alten Gewohnheiten sich noch die Anschauungen und die Denkweise bewahren, welche allein uns vereinigen konnten. Es läßt sich gegen eine Frau, wie ich es bin, so viel einwenden! Und auf alles das giebt es nur die eine

Antwort: mein Geift und meine Seele! Aber was gilt den
meiften Menfchen diefe Antwort?

„Man hat indeffen unrecht, die Ueberlegenheit des Geiftes
und der Seele zu fürchten: fie ift äußerft fittlich, diefe Ueberlegenheit: denn Alles zu verftehen macht fehr nachfichtsvoll, und aus
tiefer Empfindungskraft geht große Güte hervor.

„Wie kommt es nur, daß zwei Wefen, die fich ihre innerften
Gedanken anvertrauen, die miteinander von Gott, von der
Unfterblichkeit der Seele und von ihren Schmerzen geredet, wie
kommt es, daß fie jemals einander wieder fremd werden können?
Welch unergründliches Geheimniß ift die Liebe! Welch wundervolles Gefühl oder welches Nichts! Heilig wie das Märtyrerthum oder kälter als die kältefte Freundfchaft. Es giebt nichts
Unfreiwilligeres als fie; aber kommt fie vom Himmel oder
ftammt fie aus irdifcher Leidenfchaft? Muß man fich ihr unterwerfen, oder fie bekämpfen? Ach! was für Stürme erfchüttern
das Menfchenherz!

„Das Talent follte doch Rettung gewähren können. Domenichino, der Freiheit beraubt, malte die herrlichften Bilder an
die Wände feines Gefängniffes; zum Gedächtniß feiner An-
wefenheit ließ er Meifterwerke zurück. Er jedoch litt nur durch
äußere Verhältniffe; das Uebel lag nicht in der Seele! Ift es
dort, dann wird Alles zur Unmöglichkeit, dann ift die Quelle
von Allem verfiegt.

„Zuweilen prüfe ich mich, als wäre ich mir eine Fremde,
und habe dann Mitleid mit mir felber. Ich war geiftreich, gut,
wahr, großmüthig, gefühlvoll — warum wandelt fich das Alles
zu fo vielem Schmerz? Ift die Welt denn wirklich böfe, und
berauben uns gewiffe Eigenfchaften der Waffen, anftatt uns
Kraft zu geben?

„Es ift fchade um mich; ich wurde mit einigem Talent geboren und werde, wiewohl ich berühmt bin, fterben, ohne daß
man mich kennt. Wäre ich glücklich gewefen, hätte die Fiebergluth
der Leidenfchaft mich nicht verzehrt, fo würde ich mit hohem
Sinn das menfchliche Schickfal in meine Betrachtung gezogen,
und in demfelben noch ungekannte Beziehungen zwifchen der

Natur und dem Himmel entdeckt haben; aber das Unglück hat mich mit eisernem Griff erfaßt! Wie kann ich frei denken, wenn es sich mit jedem Versuch aufzuathmen so schmerzhaft fühlbar macht?

„Warum zog es ihn denn nicht an, eine Frau glücklich zu machen, deren Inneres er allein erschließen konnte? die nur zu ihm aus Herzensgrund zu reden vermochte? Ach, man kann sich wohl von den gewöhnlichen Frauen trennen, die nach dem Zufall lieben; aber das Weib, dem es Bedürfniß ist, in dem Manne, den es liebt, ein Vollkommenes zu sehen, das sich neben schwärmerischer Einbildungskraft ein scharfsichtiges Urtheil erhielt, für dieses giebt es nur einen Gegenstand im Weltall!

„Ich hatte das Leben aus Dichtern kennen gelernt; es ist nicht also. Die Wirklichkeit hat etwas Zähes, Trockenes, das zu überwinden man vergeblich anstrebt.

„Wenn ich mir meine früheren Erfolge zurückrufe, überkommt mich ein Gefühl des Zorns. Weshalb mir sagen, daß ich bezaubernd sei, wenn ich nicht geliebt werden sollte? Wozu mir Vertrauen einflößen, auf daß es noch fürchterlicher sei, enttäuscht zu werden? Wird er bei einer Andern mehr Geist, mehr Verständniß, mehr Zärtlichkeit finden als bei mir? Nein, er wird weniger finden und befriedigt sein, denn er wird sich in Uebereinstimmung mit der Gesellschaft wissen. Welche lügnerischen Freuden, welche eingebildeten Leiden sie giebt!

„Im Angesichte der Sonne und des gestirnten Himmelsgewölbes, da bedarf es nur der Liebe, und daß man sich einander würdig fühle. Aber die Gesellschaft, die Gesellschaft! Wie sie das Herz verhärtet und den Geist verkleinlicht! Wie sie nur auf das hinleben läßt, was man uns nachreden könnte! Wie rein und leicht könnten wir athmen, wenn die Menschen sich eines Tages wiederfänden: jeder vom Einflusse des Andern befreit. Wie viel neue Gedanken, welche wahren Gefühle würden ihnen zuströmen!

„Auch die Natur ist grausam. Mein Angesicht — es wird verwelken, und umsonst empfände ich dann die herzlichste Neigung: in erloschenen Augen kann meine Seele sich nicht mehr malen, nicht mehr könnten sie für mein Flehen erweichen.

„Es wühlen Schmerzen in mir, die ich niemals, auch nicht im Schreiben, werde ausdrücken können; die Kraft fehlt mir dazu; nur die Liebe vermöchte diese Abgründe zu erforschen!"

„Wie glücklich sind die Männer! Sie können in den Krieg gehen, ihr Leben aussetzen, an die Ehre sich fortgeben, der Begeisterung und Gefahr sich überlassen. Doch für die Frauen giebt es im Außenleben nichts, was ihnen Linderung gewährte; vor dem Unglück brechen sie hülflos zusammen und ihr Dasein ist nichts mehr als eine lange Todesqual.

„Musik, wenn ich sie höre, ruft mir zuweilen meine Talente, ruft mir Gesang, Tanz und Dichtkunst zurück, und das Verlangen faßt mich, vom Unglück erlöst zu sein, es mit der Freude nochmals zu versuchen. Aber dann schüttelt mich plötzlich ein innerer Schauder; es ist, als wäre ich ein Schatten, der noch am Leben bleiben möchte, während des Tages anbrechende Strahlen und das Nahen der Lebendigen ihn zu verschwinden zwingt.

„So gern möchte ich für die Zerstreuungen der Welt empfänglich sein; früher liebte ich sie und sie waren mir wohlthätig. Die Beweglichkeit ihrer Eindrücke war meinem Geiste vortheilhaft, weil das einsame Nachdenken mich oft zu sehr ins Weite führte. Jetzt verräth mein starres Auge, daß meine Gedanken erstarrten: Heiterkeit, Anmuth, Einbildungskraft, was ist aus euch geworden? Ach! ich möchte noch einmal hoffen können, noch ein einziges Mal; und wär's auch nur auf einen Augenblick! Doch Alles ist erstorben, die Wüste ist ohne Erbarmen: der Tropfen Wasser ist versiegt, wie die Quelle, und das Glück auch nur eines Tages wird so schwierig wie das Geschick eines ganzen Lebens.

„Ich finde ihn strafbar gegen mich; vergleiche ich ihn aber mit andern Männern, wie erscheinen mir diese dann erbärmlich, beschränkt, unnatürlich! Und Er: ein Engel! Aber ein Engel mit dem feurigen Schwert, der mein Leben vernichtete. Der Geliebte wird zum Rächer der Fehler, die man auf Erden begangen; die Gottheit leiht ihm ihre Macht.

„Nicht die erste Liebe ist unauslöschlich, sie kommt aus dem Bedürfniß zu lieben; wenn man aber das Leben kennen lernte, wenn man auf der Höhe seiner Urtheilskraft steht, und dann dem Geiste, dem Herzen begegnet, das man bis dahin vergeblich gesucht, dann ist das Ideal von der Wirklichkeit bezwungen und man hat ein Recht, unglücklich zu sein.

„Wie unsinnig, werden im Widerspruch damit die meisten Menschen sagen, wie unsinnig: aus Liebe zu sterben. Als ob es nicht tausend andre Weisen gebe, wie sich's leben läßt. Für Den, der sie nicht fühlt, ist jede Art von Begeisterung lächerlich. Poesie, Aufopferung, Liebe und Religion, sie haben denselben Ursprung. Es giebt Menschen, in deren Augen diese Gefühle Thorheit sind. Wenn man will, ist Alles Thorheit, mit Ausnahme der Sorge für die Existenz; in allem Uebrigen kann es Irrthum und Täuschung geben.

„Er allein verstand mich. Das besonders macht mein Unglück so schwer; und vielleicht wird er noch einst finden, daß auch ich allein ihn verstand. Ich bin zugleich die anspruchloseste und anspruchvollste Frau; alle wohlwollenden Menschen genügen mir zu vorübergehender Gesellschaft, aber mit innerstem Vertrauen, mit wahrhaftigster Neigung konnte ich auf der Welt nur Oswald lieben. Sein Geist, seine Fantasie, sein Gefühl, welche Vereinigung! Wo in der Welt fände sie sich wieder? Und der Grausame besaß alle diese Eigenschaften, oder wenigstens ihren zauberhaften Schein.

„Was hätte ich den Andern zu sagen? Mit wem noch zu reden? Welcher Zweck, welch Interesse bliebe mir? Ich habe das bitterste Leid, das beseligendste Gefühl erfahren, was kann ich noch fürchten? was hoffen? Die todte Zukunft ist für mich nur das Gespenst der Vergangenheit.

„Warum sind die glücklichen Situationen so vorübergehend? Was ist an ihnen vergänglicher als an den andern? Ist der Schmerz ein Gesetz der Natur? Das Leiden ist für den Körper nur ein Krampf, aber für die Seele ein dauernder Zustand.

Ahi! null altro che pianto al mondo dura.

Ach in der Welt ist dauernd nichts, als Thränen.

„Eine andere Welt! Ein künftiges Leben! Das ist meine Hoffnung. Aber so mächtig ist diese Gegenwart, daß wir unser irdisches Fühlen und Leiden noch im Himmel wieder suchen. Wo beginnt die Schattenwelt, wo ist die Wirklichkeit? Es giebt nichts Gewisses, als den Schmerz; nur er hält unbarmherzig, was er verspricht.

„Ohne Unterlaß sinne ich über die Unsterblichkeit nach; zwar nicht über die, welche uns die Menschen zuerkennen. Nein, jene Kommenden, welche, um mit Dante zu reden, die gegenwärtige Zeit die alte nennen werden, sie beschäftigen mich nicht mehr. Aber an die Vernichtung meines Gefühls will ich nicht glauben. Nein, o mein Gott, ich glaube nicht daran. Es ist für dich, dies Herz, das er nicht wollte, und das du noch gnädig aufnehmen wirst, nachdem ein Sterblicher es verschmäht.

„Ich fühl's, daß ich nicht lange leben werde, und dies giebt mir Geduld. In meinem Zustande ist es süß, allmählig zu ermatten; damit stumpft auch die Fähigkeit zu leiden ab.

„Ich weiß nicht, warum man in der Verwirrung des Schmerzes des Aberglaubens fähiger ist, als der Glaubenskraft. In Allem finde ich eine Vorbedeutung und weiß doch mein Vertrauen in Nichts zu setzen. Ach! wie süß ist die Andacht im Glücke! Wie dankbar gegen das höchste Wesen muß Oswalds Gattin sein!

„Gewiß ist's: der Schmerz bildet den Charakter aus; in Gedanken hält man seine Fehler gegen sein Unglück und glaubt sie in sichtbarer Verbindung mit einander zu finden; allein auch diese heilsame Wirkung sollte ihre Beschränkung haben.

„Ich bedarf vorher noch tiefernster Sammlung, ehe ich den stillen Uebergang zu einem stillern Leben antreten kann:

. . . . tranquillo varco
A più tranquilla vita.

„Wenn ich nur erst völlig krank sein werde, muß doch auch Ruhe über mein Herz kommen. In den Gedanken eines Sterbenden ist oft so viel Unschuld, und die Gefühle, welche dieser Zustand bringt, sind mir eben recht.

„Unbegreifliches Räthsel des Lebens, das weder von der

Leidenschaft, noch vom Schmerz, noch vom Genie gelöst zu werden
vermag, wirst du dich dem Gebete offenbaren? Vielleicht erklärt
eine einzige Idee — die einfachste von allen — diese Mysterien!
Vielleicht standen wir in unseren Grübeleien tausendmal dicht
vor ihrer Lösung; nur ist der letzte Schritt unmöglich, und unser
nach allen Richtungen vergebliches Bemühen ermüdet zuletzt die
Seele. Es ist Zeit, daß die meine zur Ruhe gehe.

> „Fermossi al fin il cor che balzò tanto.“
> „Still ward das Herz, das einst so heftig schlug.“

Sechstes Kapitel.

Fürst Castel-Forte trennte sich von Rom und nahm seinen
Aufenthalt in Florenz. Corinna war ihm für diesen Beweis
seiner Freundschaft sehr dankbar, wenn es sie auch etwas befangen machte, daß sie die Unterhaltung nicht mehr mit all dem
Zauber erfüllen konnte, den sie früher hineinzulegen vermochte.
Sie war zerstreut und schweigsam; die Abnahme ihrer Gesundheit
raubte ihr auch die nöthige Kraft, um selbst nur für einen Augenblick über die Gefühle, welche sie beherrschten, zu siegen. Sie
zeigte in ihrer Rede noch jene Theilnahme, welche aus dem
Wohlwollen für Andere fließt, aber der Wunsch zu gefallen, belebte sie nicht mehr. Eine unglückliche Liebe erkältet alle anderen
Zuneigungen. Man kann es sich selbst kaum verdeutlichen, was
in der Seele vorgeht; aber so viel man durch das Glück gewann, so viel verliert man durch das Leid. Das reiche, gestei-
gerte Lebensgefühl, mit welchem die beglückte Liebe der ganzen
Schöpfung froh wird, erstreckt sich auf alle Beziehungen des
Lebens und der Gesellschaft, und wenn diese unermeßlich schöne
Hoffnung zerstört wurde, ist das Dasein verarmt. Eben deshalb gebietet die Pflicht mit doppelter Strenge den Frauen, und
mehr noch den Männern, die Liebesleidenschaft, welche sie einflößen, zu fürchten und hoch zu halten, auf daß Geist und Herz
der Betroffenen nicht auf immer zu Grunde gehe.

Mit zarter Sorgfalt suchte Fürst Castel-Forte nur solche
Gegenstände in den Kreis ihres Gesprächs zu ziehen, welche

Corinna früher von Wichtigkeit waren; aber minutenlang blieb
sie die Antwort schuldig, weil sie ihn nicht gleich im ersten
Augenblick vernommen hatte; endlich gelangte Ton und Gedanke bis zu ihr, und sie erwiderte dann etwas, das weder die
Färbung, noch die Beweglichkeit ihrer sonst so bewunderten
Redeweise hatte, das indessen die Unterhaltung doch ein wenig
vorrücken ließ und ihr gestattete, von Neuem in Träumerei zu
versinken. Schließlich machte sie wohl noch eine wiederholte
Anstrengung, um die Güte des Fürsten nicht ganz zu ent-
muthigen, und dann geschah es oft, daß sie ein Wort mit dem
andern verwechselte, oder das Gegentheil von dem äußerte, was
sie soeben gesagt, bis sie mitleidig über sich selber lächelte, und
den Freund für diese Art von Narrheit, deren sie sich wohl bewußt war, um Verzeihung bat.

Absichtlich hatte der Fürst gewagt, mit ihr von Oswald zu
reden, und es schien, als fände sie daran ein trauriges Vergnügen. Aber nach solchem Gespräch gerieth sie stets in einen
so leidensvollen Zustand, daß der Freund es für besser, ja für
nothwendig erachtete, den Gegenstand unbesprochen zu lassen.
Der Fürst besaß ein theilnehmendes Herz; allein wie großmüthig
ein Mann auch immer sei: er hat keinen Trost für das Gefühl,
das eine Frau einem Andern widmet, zumal wenn er selber
von dieser Frau auf's Höchste eingenommen ist. Etwas Eigenliebe von seiner Seite, etwas Schüchternheit von der ihren be-
einträchtigten ein unbedingtes Vertrauen; und überdies: wozu
hätte es auch nützen sollen? Nur für den Kummer giebt es
Hülfe, der auch von selber heilt.

Täglich gingen sie zusammen an den Ufern des Arno spazieren. Der Fürst, in liebenswürdigster Schonung, versuchte
es hierbei mit den verschiedensten Unterhaltungsstoffen. Sie
dankte ihm oft mit einem Händedruck. Zuweilen wollte sie diese
oder jene Frage des Gefühls erörtern; aber schnell füllten sich
ihre Augen mit Thränen. Sie litt sehr von ihrer eigenen
Fassungslosigkeit, und meist suchte der Fürst sie rasch von solchem
Thema abzubringen: es war so schmerzlich ihr Zittern und ihre
Blässe zu sehn. Einmal auch fing sie plötzlich mit gewohnter

Anmuth zu scherzen an; verwundert blickte ihr der Freund ins
Auge, aber da eilte sie auch schon hinweg und zerfloß in
Thränen.

„Verzeihen Sie mir, ich wollte liebenswürdig sein", sagte
sie nachher, ihm die Hand reichend; „doch will es nicht gelingen.
Seien Sie großmüthig genug, mich zu ertragen, wie ich bin."
— Von dem Zustande ihrer Gesundheit war Fürst Castel-Forte
auf das Aeußerste beunruhigt. Zwar drohte ihr noch keine nahe
Gefahr, aber unmöglich konnte sie lange leben, wenn nicht
irgend ein glücklicher Umstand ihre Kräfte erneuerte. Um
diese Zeit erhielt Fürst Castel-Forte einen Brief von Lord
Nelvil, und obwohl er in der Sache nichts änderte, da er dessen
Vermählung bestätigte, so enthielt dieser Brief doch Worte für
Corinna, die sie sehr gerührt haben würden. Der Fürst überlegte lange, ob die Mittheilung derselben Corinna nicht eine
nachtheilige Aufregung bereiten möchte; bei ihrer großen Hin-
fälligkeit war seine Unschlüssigkeit darüber sehr verzeihlich.
Während er noch schwankte, traf ein zweiter Brief von Lord
Nelvil ein, der ebenfalls voll warmen Gefühls für Corinna
war, aber zugleich die Nachricht von Oswalds Abreise nach
Amerika enthielt. Nun war der Fürst entschlossen, ihr nichts zu
sagen. Vielleicht hatte er hierin Unrecht; denn Corinna's
bitterster Schmerz war es eben, daß Lord Nelvil ihr nicht schrieb.
Sie wagte nicht, dies Jemand zu gestehen; aber obgleich er auf
immer von ihr geschieden war, würde ihr ein Beweis seines Gedenkens, ein Wort von ihm, sehr theuer gewesen sein. Dieses
grausame Stillschweigen, das ihr nicht einmal Gelegenheit gab,
seinen Namen zu nennen, oder nennen zu hören, dies war ihr
fast das Entsetzlichste!

Ein Leid, von dem uns Niemand spricht, ein Leid, das in
Tagen, in Jahren nicht die mindeste Veränderung erfährt, und
keinem Ereigniß, keinem Wechsel unterworfen ist, das schmerzt
viel tiefer noch, als eine ganze Reihe bitterer Erfahrungen.
Fürst Castel-Forte folgte dem allgemeinen Grundsatz, nach
welchem man auf alle Weise ein Vergessen herbeizuführen suchen
muß; die Menschen aber, die mit leidenschaftlicher Treue lieben,

für diese giebt es kein Vergessen; für diese ist es immer noch besser, eine Erinnerung unablässig zu erneuern, die Seele durch Thränen zu ermatten, als sie zu zwingen, daß sie sich in sich selbst verschließe.

Neunzehntes Buch.

Oswalds Rückkehr nach Italien.

Erstes Kapitel.

Wir gehen nun auf die Ereignisse zurück, die sich in Schott-land zutrugen, seit Corinna an jenem Fest-Abend das schwere Opfer ihrer Liebe brachte. Als Lord Nelvil von dem Bedienten den Brief erhalten hatte, der über sein Schicksal entschied, ver-ließ er, um ungestört lesen zu können, den Tanzsaal; und wie er nun Corinnens Handschrift, ihr kurzes „Sie sind frei!" und seinen Ring erblickte, ward er von dem heftigsten Unwillen und zugleich von bitterem Schmerz ergriffen. Seit zwei Monaten fehlte ihm jede Nachricht von Corinna, und nun wurde dieses Schweigen durch ein kurzes Wort, durch eine so entscheidende That gebrochen! Er zweifelte nicht länger an ihrer Untreue, und erinnerte sich alles dessen, was Lady Edgermond über den Leichtsinn und die Unbeständigkeit der Stieftochter geäußert hatte. So nahm er schnell eine feindliche Haltung gegen Corinna ein, denn er liebte sie noch genug, um ungerecht gegen sie sein zu können. Er vergaß, daß er schon seit Monaten den Ge-danken, sie zu heirathen, völlig aufgegeben, daß Lucile ihm ein sehr lebhaftes Wohlgefallen eingeflößt hatte, und hielt sich für den gefühlvollen, von einer treulosen Frau verrathenen Mann. Er war verwirrt, entrüstet, unglücklich; über diesen Empfin-dungen aber herrschte, stärker als sie alle, ein beleidigter Stolz, der ihm das Verlangen anregte, sich der Frau, die ihn verlassen hatte, überlegen zu zeigen. In Herzensneigungen sollte man sich des Stolzes nicht weiter rühmen. Meistens ist er nur da zu finden, wo die Eigenliebe über die Liebe den Sieg davon trug; und hätte Lord Nelvil Corinna noch wie in den Tagen von Rom und Neapel geliebt, würde die Entrüstung über ihr vermeintes Unrecht ihn nicht von ihr losgemacht haben.

Seine Aufregung entging Lady Edgermond nicht; sie barg unter kaltem Aeußern das leidenschaftlichste Gemüth, und die töbtliche Krankheit, welche ihr drohte, steigerte nur ihre eifrige Sorge für die Tochter. Sie wußte, daß dieses arme Kind Lord Nelvil liebte, und bangte vor dem Gedanken, der Tochter Glück vielleicht selbst auf's Spiel gesetzt zu haben, als sie Jenen zu einem häufigeren Besuche ihres Hauses Veranlassung gab. Sie verlor deshalb Oswald nicht aus den Augen und blickte mit einer Scharfsicht in sein geheimstes Innere, die man so oft besonders dem weiblichen Geiste zuschreibt, und welche doch nur von der, durch ein wahres Gefühl geschärften Beobachtungsgabe herrührt. Sie nahm die erwähnte Erbschaftsangelegenheit zum Vorwande, um sich für den folgenden Morgen eine Unterredung mit Lord Nelvil zu sichern. Im Laufe dieser Unterredung durchschaute sie sehr schnell, daß er sich von Corinna verletzt fühlte, und um diesen Groll durch die Vorstellung einer edlen Rache zu schmeicheln, erklärte sie sich bereit, die Stieftochter anzuerkennen. Lord Nelvil war von dieser plötzlichen Veränderung in den Gesinnungen der Lady Edgermond zwar überrascht; indessen errieth er doch, wiewohl es ihm in keiner Weise angedeutet worden war, daß dieses Anerbieten wohl nur dann seine Ausführung erfahren dürfte, wenn er Lucilens Gatte würde, und in einem jener Augenblicke, wo man früher handelt, als denkt, warb er bei der Mutter um der Tochter Hand. Die entzückte Lady vermochte sich kaum so viel zu beherrschen, um nicht ein gar zu begieriges „Ja" zu sagen. Lord Nelvil erhielt die Einwilligung, und er verließ das Zimmer durch eine Verpflichtung gebunden, die einzugehen er keineswegs die Absicht gehabt, als er gekommen war.

Während Lady Edgermond Lucile auf seinen Besuch vor-

bereitete, ging er in großer Erregung im Garten auf und nieder.
Er sagte sich, daß Lucile ihm eben deshalb gefallen habe, weil
er sie wenig kenne, und daß es Thorheit sei, sein ganzes Lebens-
glück auf den Reiz eines Geheimnisses zu gründen, welches
nothwendigerweise sich doch enthüllen müsse. Eine Regung der
Zärtlichkeit für Corinna stieg wieder in ihm auf; er gedachte
seiner Briefe an sie, und wie diese ihr die Kämpfe seiner Seele
nur allzu kränkend ausgedrückt haben mußten. „Sie that Recht,
mir zu entsagen", rief er; „mir fehlte der Muth, sie glücklich
zu machen; doch es hätte ihr schwerer werden sollen und diese
kalten Zeilen .... aber wer weiß, ob sie nicht unter Thränen
geschrieben wurden?" und bei diesem Gedanken flossen die
seinigen. Verloren in tiefes Sinnen, entfernte er sich von dem
Schlosse weiter und weiter, und die Bedienten, welche ausge-
sendet waren, um ihm zu sagen, daß er erwartet sei, hatten ihn
lange zu suchen. Wunderte er sich doch selbst über seine geringe
Ungeduld, als er nun eiliger zurückkehrte. Bei seinem Eintreten fand er Lucile vor der Mutter auf den Knieen, das Haupt
in deren Schooß bergend. Sie war in dieser Stellung von der
rührendsten Anmuth. Als sie Lord Nelvil kommen hörte,
schlug sie die thränenvollen Augen zu ihm auf und sagte, ihm
die Hand reichend: „Nicht wahr, Mylord, Sie nehmen mich
nicht von der Mutter hinweg?" — Oswald fand diese Form,
ihr Jawort zu sprechen, höchst liebenswürdig; auch er kniete vor
Lady Edgermond nieder, und sich zu Lucile neigend, entrückte er
mit einem ersten Kusse dieses unschuldige Geschöpf seiner Kindheit. Tiefes Erröthen bedeckte ihre Stirn; ihr Anblick erinnerte
ihn, welch reines und heiliges Band er eben geknüpft, und wie
hinreißend Lucilens Schönheit auch in diesem Augenblicke war,
sie machte ihm doch geringeren Eindruck, als ihre holde Bescheidenheit.

Die Zeit, welche dem für die Trauung festgesetzten Sonntage voranging, verstrich in den nöthigen Vorbereitungen. Lucile
sprach während dieser Tage nicht viel mehr, als gewöhnlich,
aber was sie sagte, war einfach und edel; Lord Nelvil schätzte
und billigte ein jedes ihrer Worte. Dennoch empfand er einige

31*

Nüchternheit an ihrer Seite: die Unterhaltung bestand immer aus einer Frage und einer Antwort; sie entwickelte sich nicht weiter, und wurde nicht fortgesetzt. Es war ja Alles recht gut, aber jene innere Bewegtheit fehlte, jenes unerschöpfliche Leben, das so schwer zu entbehren ist, wenn man es einmal besaß. Lord Nelvil dachte an Corinna! Doch hörte er nun gar nicht mehr von ihr reden, und er hoffte, diese Erinnerung werde sich zuletzt wie eine Chimäre, wie ein Gegenstand unklarer Wehmuth verflüchtigen.

Als Lucile von ihrer Mutter erfuhr, daß die Schwester noch lebe, und in Italien sei, hegte sie das größeste Verlangen, Lord Nelvil nach ihr zu fragen; dies verbot ihr aber Lady Edgermond sehr bestimmt, und Lucile ordnete sich dem mütterlichen Befehle nach Gewohnheit unter, ohne auch nur auf den Grund neugierig zu sein. Am Hochzeitsmorgen stand Corinnens Bild lebhafter denn je in Oswalds Herzen auf; er war völlig erschreckt davon. Ein Gebet an seinen Vater und die Ueberzeugung, daß er dessen Wunsch erfülle, daß er, um den väterlichen Segen zu erhalten, so gehandelt habe, gab ihm wieder einige Festigkeit; und als er dann Lucile sah, warf er sich das in Gedanken gegen sie begangene Unrecht vor. Sie war so reizend! Ein Engel, der zur Erde herabsteigt, hätte kein schöneres Angesicht wählen können, um den Sterblichen ein Bild von himmlischer Tugend zu geben. Sie traten vor den Altar; die Mutter war tiefer als die Tochter bewegt; denn in ihre Rührung mischte sich die Bangigkeit, die ein Jeder, der das Leben kennt, bei einem großen Entschluß empfinden muß. Lucile aber war ganz Hoffnung; bei ihr reichte die Kindheit noch in die Jugend, der Frohsinn noch in die Liebe hinein. Als sie den Altar verließen, lehnte sie sich schüchtern auf Oswalds Arm, wie wenn sie sich ihres Beschützers versichern wolle. Oswald sah voller Rührung auf sie nieder; er glaubte auf dem Grunde seines Herzens einen Feind zu ahnen, der Lucilens Glück bedrohe, und er versprach sich, es gegen denselben zu vertheidigen.

„Jetzt bin ich ruhig“, sagte Lady Edgermond zu ihrem

Schwiegersohne, sobald sie in das Schloß zurückgekehrt waren, „ich habe Ihnen Lucile anvertraut. Da nur noch ein kurzer Lebensrest vor mir liegt, ist es mir ein Trost, mich so gut ersetzt zu wissen." — Lord Nelvil war gerührt von diesen Worten; bewegt und unruhig dachte er über die Pflichten hin und her, die sie ihm auferlegten. Wenige Tage waren erst verflossen; Lucile wagte noch kaum den Blick zu dem Gatten aufzuschlagen, und das Vertrauen zu fassen, das sie doch zu ihm hegen mußte, wenn sie von ihm gekannt sein wollte, als diese, unter so günstigen Vorbedeutungen eingegangene Verbindung auch schon durch bedenkliche Zwischenfälle getrübt wurde.

Zweites Kapitel.

Herr Dickson kam, um die Neuvermählten zu begrüßen. Er entschuldigte seine Abwesenheit bei der Hochzeitsceremonie durch eine längere Krankheit, welche die Folge eines heftigen Sturzes mit dem Wagen gewesen sei. Als man weiter nach dem Unfalle fragte, erzählte er den Hergang: wie eine Dame, eine hinreißende Frau, ihm gütig dabei zu Hülfe gekommen sei. Oswald spielte eben mit Lucile Federball, und da sie sehr anmuthig hierbei war, hatte er, in ihren Anblick vertieft, Herrn Dickson nicht gehört. „Mylord", rief dieser jetzt vom andern Ende des Zimmers zu ihm hinüber, „meine schöne Unbekannte muß sicherlich irgend ein Interesse an Ihnen gehabt haben, denn sie richtete über Sie und Ihre Angelegenheiten allerlei Fragen an mich." — „Von wem sprechen Sie?" fragte Oswald, indem er zu spielen fortfuhr. „Von einer bezaubernden Frau, ob sie zwar, durch großes Seelenleid offenbar, schon sehr verändert schien; die aber von Ihnen nicht ohne Bewegung reden konnte." — Jetzt war Lord Nelvils Aufmerksamkeit erregt: er näherte sich Herrn Dickson mit einer weiteren Frage. Lucile, die sich ohnehin um das Gesagte nicht viel bekümmert hatte, wurde eben zu ihrer Mutter gerufen, und Oswald, da er nun mit dem Gast allein war, fragte diesen, wer denn die anziehende Dame gewesen sei. „Das weiß ich nicht", war die Antwort, „ihre Aussprache verrieth die Eng-

Nüchternheit an ihrer Seite: die Unterhaltung bestand immer
aus einer Frage und einer Antwort; sie entwickelte sich nicht
weiter, und wurde nicht fortgesetzt. Es war ja Alles recht gut,
aber jene innere Bewegtheit fehlte, jenes unerschöpfliche Leben,
das so schwer zu entbehren ist, wenn man es einmal besaß. Lord
Nelvil dachte an Corinna! Doch hörte er nun gar nicht mehr
von ihr reden, und er hoffte, diese Erinnerung werde sich zuletzt
wie eine Chimäre, wie ein Gegenstand unklarer Wehmuth verflüchtigen.

Als Lucile von ihrer Mutter erfuhr, daß die Schwester
noch lebe, und in Italien sei, hegte sie das größeste Verlangen, Lord Nelvil nach ihr zu fragen; dies verbot ihr
aber Lady Edgermond sehr bestimmt, und Lucile ordnete sich
dem mütterlichen Befehle nach Gewohnheit unter, ohne auch
nur auf den Grund neugierig zu sein. Am Hochzeitsmorgen
stand Corinnens Bild lebhafter denn je in Oswalds Herzen
auf; er war völlig erschreckt davon. Ein Gebet an seinen Vater
und die Ueberzeugung, daß er dessen Wunsch erfülle, daß er,
um den väterlichen Segen zu erhalten, so gehandelt habe, gab
ihm wieder einige Festigkeit; und als er dann Lucile sah, warf
er sich das in Gedanken gegen sie begangene Unrecht vor. Sie
war so reizend! Ein Engel, der zur Erde herabsteigt, hätte kein
schöneres Angesicht wählen können, um den Sterblichen ein
Bild von himmlischer Tugend zu geben. Sie traten vor den
Altar; die Mutter war tiefer als die Tochter bewegt; denn in
ihre Rührung mischte sich die Bangigkeit, die ein Jeder, der
das Leben kennt, bei einem großen Entschluß empfinden muß.
Lucile aber war ganz Hoffnung; bei ihr reichte die Kindheit
noch in die Jugend, der Frohsinn noch in die Liebe hinein. Als
sie den Altar verließen, lehnte sie sich schüchtern auf Oswalds
Arm, wie wenn sie sich ihres Beschützers versichern wolle. Oswald sah voller Rührung auf sie nieder; er glaubte auf dem
Grunde seines Herzens einen Feind zu ahnen, der Lucilens
Glück bedrohe, und er versprach sich, es gegen denselben zu vertheidigen.

„Jetzt bin ich ruhig", sagte Lady Edgermond zu ihrem

Schwiegersohne, sobald sie in das Schloß zurückgekehrt waren, „ich habe Ihnen Lucile anvertraut. Da nur noch ein kurzer Lebensrest vor mir liegt, ist es mir ein Trost, mich so gut ersetzt zu wissen." — Lord Nelvil war gerührt von diesen Worten; bewegt und unruhig dachte er über die Pflichten hin und her, die sie ihm auferlegten. Wenige Tage waren erst verflossen; Lucile wagte noch kaum den Blick zu dem Gatten aufzuschlagen, und das Vertrauen zu fassen, das sie doch zu ihm hegen mußte, wenn sie von ihm gekannt sein wollte, als diese, unter so günstigen Vorbedeutungen eingegangene Verbindung auch schon durch bedenkliche Zwischenfälle getrübt wurde.

Zweites Kapitel.

Herr Dickson kam, um die Neuvermählten zu begrüßen. Er entschuldigte seine Abwesenheit bei der Hochzeitsceremonie durch eine längere Krankheit, welche die Folge eines heftigen Sturzes mit dem Wagen gewesen sei. Als man weiter nach dem Unfalle fragte, erzählte er den Hergang: wie eine Dame, eine hinreißende Frau, ihm gütig dabei zu Hülfe gekommen sei. Oswald spielte eben mit Lucile Federball, und da sie sehr anmuthig hierbei war, hatte er, in ihren Anblick vertieft, Herrn Dickson nicht gehört. „Mylord", rief dieser jetzt vom andern Ende des Zimmers zu ihm hinüber, „meine schöne Unbekannte muß sicherlich irgend ein Interesse an Ihnen gehabt haben, denn sie richtete über Sie und Ihre Angelegenheiten allerlei Fragen an mich." — „Von wem sprechen Sie?" fragte Oswald, indem er zu spielen fortfuhr. „Von einer bezaubernden Frau, ob sie zwar, durch großes Seelenleid offenbar, schon sehr verändert schien; die aber von Ihnen nicht ohne Bewegung reden konnte." — Jetzt war Lord Nelvils Aufmerksamkeit erregt: er näherte sich Herrn Dickson mit einer weiteren Frage. Lucile, die sich ohnehin um das Gesagte nicht viel bekümmert hatte, wurde eben zu ihrer Mutter gerufen, und Oswald, da er nun mit dem Gast allein war, fragte diesen, wer denn die anziehende Dame gewesen sei. „Das weiß ich nicht", war die Antwort, „ihre Aussprache verrieth die Eng-

länderin; aber ich habe unter unseren Frauen selten Eine gefunden, die so verbindlich gewesen wäre, und vollends Keine, die
so interessant zu reden verstanden hätte. Sie beschäftigte sich
um mich alten Mann wie eine Tochter, und während der ganzen
Zeit, die ich in ihrer Gesellschaft verbrachte, habe ich nichts von
den davongetragenen Quetschungen empfunden. Aber, liebster
Oswald, Sie haben am Ende in England den Ungetreuen gespielt, wie Sie's in Italien gethan? Denn meine reizende
Wohlthäterin erbleichte und zitterte bei der Nennung Ihres
Namens." — „Gerechter Himmel! Von wem reden Sie? Eine
Engländerin, sagten Sie?" — „Ja, das unterliegt keinem
Zweifel", entgegnete Herr Dickson. „Sie wissen, die Auslän-
derinnen sprechen das Englische nie ohne einen Accent." — „Und
ihr Aussehen?" — „O, das bedeutungsvollste, das ich noch ge-
sehen, obgleich sie zum Erbarmen blaß und mager war."

Die strahlende Corinna glich dieser Beschreibung nicht;
aber konnte sie denn nicht krank gewesen sein? Mußte sie nicht
viel gelitten haben, wenn sie nach England gekommen war und
dort Den nicht einmal gefunden hatte, den sie suchte? Der Gedanke an diese Möglichkeiten fiel Oswald schwer auf's Herz, und
in äußerster Unruhe fuhr er zu fragen fort. Herr Dickson wiederholte nur immer, daß die Unbekannte mit einer Anmuth und
Eleganz gesprochen habe, wie er sie noch bei keiner Frau angetroffen; daß in ihrem Blick ein Ausdruck von himmlischer Güte
gelegen, sie ihm sonst aber niedergeschlagen und traurig erschienen sei. So war Corinna früher nicht gewesen, aber wie gesagt, konnte sie nicht durch den Schmerz verändert sein? —
„Von welcher Farbe waren Augen und Haar?" — „Vom
schönsten Schwarz." — Lord Nelvil erbleichte. „Spricht sie
lebhaft?" — „Nein; sie sprach von Zeit zu Zeit ein paar Worte,
um mich zu fragen und mir zu antworten; nur daß das Wenige,
was sie sagte, so voller Zauber war!" Er hielt inne, denn Lady
Edgermond und Lucile traten ein, und Oswald hörte auf zu
fragen; aber er blieb nachdenklich, und ging bald hinaus, um
abzuwarten, bis er Herrn Dickson wieder allein begegnen möchte.
Oswalds Betroffenheit war Lady Edgermond aufgefallen;

fie schickte Lucile unter einem Vorwande hinaus, um bei Herrn Dickson nach der Ursache dieser Veränderung zu forschen; der alte Gentleman erzählte denn auch bald höchst unbefangen den Inhalt des eben stattgehabten Gesprächs. Lady Edgermond errieth die Wahrheit augenblicklich, und dachte zitternd an Oswalds Schmerz, wenn er erst mit Sicherheit wisse, daß Corinna ihm bis Schottland nachgekommen sei. Sie sah voraus, er werde noch Weiteres von Herrn Dickson erfahren wollen, und unterrichtete diesen vorsichtig über das, was er dann, um Oswalds Vermuthungen abzulenken, zu antworten habe. Wirklich vermied der alte Mann auch, bei einem fortgesetzten Gespräch, dessen Unruhe zu erhöhen; aber er konnte sie auch nicht mehr beseitigen. Oswalds erster Gedanke war, seinen Bedienten zu fragen, ob alle ihm seit drei Wochen übergebenen Briefe mit der Post angekommen wären, oder ob Jener noch auf andere Weise welche in Empfang genommen habe. Der Gefragte sann ein Weilchen nach. „Es war, denke ich, an jenem Ballabend, als mir ein blinder Mann für Eure Lordschaft einen Brief übergab; doch das wird nur eine Bittschrift gewesen sein." — „Ein Blinder!" entgegnete Oswald, „könnten Sie den Mann wohl wieder auffinden?" — „Ja, sehr leicht", erwiderte der Gefragte, „er wohnt im Dorfe." — „Holen Sie ihn", befahl Lord Nelvil; doch vermochte er die Ankunft des Gerufenen gar nicht abzuwarten, und ihm ungeduldig entgegengehend, traf er ihn unten, am Ende der Auffahrt.

„Mein Freund, an jenem Abend, als der Ball auf dem Schlosse stattfand, hat man Euch einen Brief für mich gegeben", redete Lord Nelvil den Alten an, „von wem erhieltet Ihr den?" — „Mylord, wie sollte ich dies wissen, da ich blind bin?" — „Glaubt Ihr, es könne eine Frau gewesen sein?" — „Ja, Mylord; sie hatte sogar eine sehr sanfte Stimme, die von Thränen gedämpft war, so viel ich dies aus einem leisen Schluchzen entnehmen konnte; denn ich hörte es wohl, wie sehr sie weinte." — „Sie weinte?" fragte Oswald, „und was sagte sie?" — „Gebt diesen Brief dem Bedienten Oswalds, guter Mann; dann aber

verbefferte fie fich, und fügte hinzu: dem Bedienten Lord Nelvils." — „O, Corinna!" rief Oswald aus, und er mußte fich
auf den Greis ftützen, da er nahe daran war umzufinken. „Ich
faß, Mylord", fuhr Jener fort, „am Fuße des Baumes dort, als
fie mir den Auftrag gab; fogleich wollte ich ihn ausrichten, und
da ich bei meinem Alter nur mühfam aufzuftehen vermochte,
war fie felbft fo gnädig, mir zu helfen; auch gab fie mir viel Geld,
mehr als ich feit lange befeffen, und ich fühlte, wie ihre Hand
zitterte — fo wie jetzt die Ihre, Mylord!" — „Genug, genug",
fagte Lord Nelvil, „hier, guter Alter, hier nehmt auch von mir,
wie Ihr von ihr erhalten, und betet für uns Beide." — Er ging.

Von nun an laftete ein fchrecklicher Kummer auf Oswalds
Seele. Nach allen Richtungen hin ließ er die vergeblichften Nachforfchungen anftellen und begriff nicht, wie es möglich, daß
Corinna in Schottland gewefen fein follte, und nicht verlangt
habe, ihn zu fehen. Er quälte fich mit taufend Vorftellungen
über die Gründe diefes Verhaltens, und feine Bekümmerniß war
fo groß, daß es ihm, trotz aller Anftrengung, nicht gelang, fie
vor Lady Edgermond zu verbergen. Selbft Lucile fah, wie
unglücklich er war; feine Traurigkeit erhielt auch fie in fteter
Grübelei, und fie lebten trübe und ftill nebeneinander. Um
diefe Zeit fchrieb Lord-Nelvil an den Fürften Caftel-Forte feinen
erften Brief, den diefer Corinna nicht zeigen zu dürfen glaubte,
und der fie ficherlich durch die tiefe Beforgniß, welche darin ausgedrückt war, gerührt haben würde.

Graf d'Erfeuil, der lange, ehe die Antwort des Fürften
Caftel-Forte auf Lord Nelvils Brief eintraf, von Plymouth
nach Schottland zurückgekehrt war, hatte durchaus nicht die Ab-
ficht, Oswald Alles mitzutheilen, was er von Corinna wußte;
doch quälte es ihn, daß es nicht anerkannt werden follte, er wiffe
um ein wichtiges Geheimniß und fei diskret genug, es zu ver-
fchweigen. Seine Anfpielungen, die Lord Nelvil anfangs gar
nicht verftanden hatte, erweckten deffen Aufmerkfamkeit, als es
ihm fchien, fie könnten auf Corinna Bezug haben. Er bat Graf
d'Erfeuil dringend um Auskunft, und nun wehrte fich diefer
leiblich, nachdem er es erlangt hatte, befragt zu werden.

Dennoch hatte Oswald ihm schließlich Corinnens ganze
Geschichte abgerungen, weil der Graf auf die Länge dem Vergnügen nicht widerstehen konnte, von allem, was er für sie gethan, zu erzählen: von der Dankbarkeit, die sie ihm stets gezeigt,
von dem entsetzlichen Zustande der Verlassenheit und des
Schmerzes, in welchem er sie aufgefunden, kurz, er enthüllte Alles,
ohne im Geringsten zu bemerken, welchen Eindruck es auf Lord
Nelvil machte, und ohne einen andern Zweck zu verfolgen, als
der Held seiner eigenen Geschichte zu sein. Als Graf d'Erfeuil
zu sprechen aufgehört, sah er zu spät ein, was er damit angerichtet, und war von Herzen betrübt. Oswald hatte sich so lange
zusammengenommen, um nur erst Alles zu erfahren, dann aber
gerieth er in eine fast sinnlose Verzweiflung. Er klagte sich als den
grausamsten, treulosesten der Männer an; er stellte der Aufopferung, der Zärtlichkeit Corinnens, ihrer Entsagung, ihrer
Großmuth, die sie auch dann noch geübt, als sie ihn für sehr strafbar hielt, die Härte und den Leichtsinn entgegen, womit er ihr gelohnt. Unaufhörlich wiederholte er sich, daß kein Mensch ihn
lieben werde, wie sie ihn geliebt, daß ihn sicher noch einst die
Strafe für seine Grausamkeit ereilen müsse. Er wollte nach
Italien reisen, sie nur einen Tag, nur eine Stunde sehen, aber
Rom und Florenz waren schon von den Franzosen besetzt, sein
Regiment stand im Begriff, sich einzuschiffen, — er konnte sich
mit Ehren nicht entfernen; er konnte das Herz seiner Frau nicht
bekümmern, nicht Unrecht mit Unrecht und Schmerzen mit
Schmerzen gut machen wollen. Schließlich hoffte er auf die
Gefahren des Krieges, und diese Aussicht machte ihn ruhiger.

In dieser Stimmung schrieb er zum zweiten Mal an den
Fürsten, was dieser ebenfalls Corinna verschweigen zu müssen
glaubte. Seine Antworten schilderten sie traurig, aber ergeben,
und da er stolz war und tief verletzt für die Freundin, so gab
er den Grad ihrer Verzweiflung eher zu gering als zu hoch an.
Lord Nelvil glaubte also, daß er sie mit seiner Reue nicht quälen
dürfe, nachdem er sie durch seine Liebe so unglücklich gemacht, und
schiffte sich endlich mit einem Gefühle schmerzlichsten Vorwurfs,
das ihm sein Leben unerträglich machte, nach den Inseln ein.

Drittes Kapitel.

Lucile war tief bekümmert über Oswalds Abreise; allein das dumpfe Stillschweigen, das er während der letzten Zeit ihres Zusammenlebens gegen sie beobachtet, hatte ihre angeborene Schüchternheit derartig gesteigert, daß sie sich nicht entschließen konnte, ihm zu sagen, sie glaube sich guter Hoffnung; erst als er auf den Inseln angekommen war, erfuhr er es durch ein Schreiben der Lady Edgermond, welcher es die Tochter bis dahin auch verborgen hatte. Lord Nelvil fand darnach den Abschied Lucilens sehr kühl: er sah nicht durch, was in ihrem Gemüthe vorgegangen war, sondern verglich ihre schweigende Trauer mit dem beredten Schmerz Corinnens, als er sich in Venedig von dieser trennte, und stand darnach nicht an, Lucilens Liebe für recht gering zu halten. Dennoch hatte sie während der vierjährigen Dauer seiner Abwesenheit keinen glücklichen Tag. Kaum vermochte selbst die Geburt ihres Töchterchens ihre Gedanken von der Gefahr abzulenken, in welcher der Gatte unablässig schwebte. Und diesem Bangen gesellte sich noch ein anderer Kummer zu: sie entdeckte allmählig Alles, was Corinna und deren Verhältniß zu Lord Nelvil betraf. Graf d'Erfeuil, der fast ein Jahr in Schottland zubrachte und Lucile wie deren Mutter oft besuchte, war fest überzeugt, er habe das Geheimniß von Corinnens Anwesenheit in England nicht verrathen; doch sagte er so viel darauf Hinzielendes, doch war es ihm so unmöglich, das Gespräch, wenn es ermattete, nicht immer wieder auf den einen Lucile so sehr interessirenden Gegenstand zurück zu führen, daß diese schließlich so gut wie Alles errieth. So unschuldig sie war, besaß sie dennoch List genug, um Graf d'Erfeuil zum Reden zu bringen; es gehörte nicht viel dazu.

Lady Edgermond hatte, da sie täglich mehr von ihrem Körperleiden hingenommen wurde, keine Ahnung von der Mühe, mit welcher Lucile zu erforschen suchte, was ihr so viel Schmerz bereiten sollte. Als sie diese aber stets niedergeschlagen sah, ließ sie sich ihren Kummer anvertrauen. Lady Edgermond urtheilte sehr strenge über diese Reise Corinnens; Lucile nahm

die Sache anders. Abwechselnd war fie eiferfüchtig auf Corinna
oder unzufrieden mit Oswald, daß er gegen eine Frau fo grau-
fam hatte fein können, von der er fo fehr geliebt worden war;
es fchien ihr, als habe fie neben einem Manne, der fo das Glück
einer Andern hingeopfert, auch für das eigene zu fürchten.
Immer hatte fie Theilnahme und Dankbarkeit für die Schwefter
empfunden, und hierzu kam jetzt noch tiefes Mitleid für fie; und
weit entfernt, fich von dem Opfer, das Oswald ihr gebracht,
gefchmeichelt zu fühlen, quälte fie fich mit dem Gedanken, daß er
fie nur gewählt habe, weil ihre Stellung in der Welt eine gün-
ftigere war, als die Corinnens. Sie erinnerte fich feines Zögerns
vor ihrer Verheirathung, feiner Traurigkeit wenige Tage nach
derfelben, und immer mehr befeftigte fie fich in der fchmerzlichen
Ueberzeugung, daß ihr Gatte fie nicht liebe. Lady Edgermond
hätte der Tochter in diefer Seelenftimmung fehr wohlthätig fein
können, wenn fie bemüht gewefen wäre, deren Argwohn zu
beruhigen. Aber die nachfichtslofe Frau, welche nichts als die
Pflicht und das von diefer geftattete Gefühl gelten laffen wollte,
brach über Alles den Stab, was von ihrer Linie abwich. Es
fiel ihr gar nicht ein, der Tochter fchonende Rückficht anzurathen;
im Gegentheil behauptete fie, die einzige Weife, das Gewiffen
aufzuftacheln, fei bittre, vorwurfsvolle Empfindlichkeit. Sie
theilte Lucilens Beforgniffe viel zu lebhaft; fie war erzürnt, daß
eine fo fchöne Frau von dem Gatten nicht genug gewürdigt
werde, und ftatt daß fie die Tochter zu überzeugen fuchte, fie fei
mehr, als fie glaube, geliebt, beftätigte fie in diefem Punkte
deren Befürchtungen, um ihren Stolz nur ja noch mehr zu
reizen. Die fanftere und edlere Lucile befolgte der Mutter
Rathfchläge zwar nicht buchftäblich; aber es blieb doch viel
davon in ihren Gedanken haften; ihre Briefe nahmen diefelbe
Färbung an, und enthielten weit weniger Empfindung, als
ihr Herz.

Oswald zeichnete fich inzwifchen im Kriege durch die glän-
zendfte Tapferkeit aus; taufendfach gab er bei großen Waffen-
thaten fein Leben preis: nicht nur aus begeiftertem Ehrgefühl,
fondern auch, weil er die Gefahr liebte. Seine Genoffen fahen

es wohl, sie war ihm ein Vergnügen. Am Tage der Schlacht wurde er heitrer, lebhafter, glücklicher; er erröthete vor Vergnügen, wenn das Geräusch der Waffen begann, und nur in diesen Augenblicken schien es, als sei ein Schweres, das sonst auf seinem Herzen lastete, hinweg genommen und gestattete ihm, freier zu athmen. Von seinen Soldaten angebetet, von den Kameraden bewundert, führte er ein rasches Leben, das ihm zwar kein Glück gab, ihm aber doch die Vergangenheit wie die Zukunft aus dem Sinne schlug. Die Briefe seiner Frau fand er frostig, doch gewöhnte er sich an sie. Corinnens Bild umschwebte ihn wohl oft in diesen schönen Tropennächten, die von der Natur und ihrem Schöpfer die erhabenste Vorstellung geben; da aber das Klima und der Krieg sein Leben fortdauernd bedrohten, hielt er sich, weil dem Sterben so nahe, auch für weniger strafbar; denn man verzeiht seinen Feinden, wenn der Tod ihnen naht, und hat in ähnlicher Lage auch mit sich selber Nachsicht. Lord Nelvil gedachte nur der Thränen, die Corinna um seinen Tod weinen werde; er vergaß derer, die durch sein Unrecht flossen.

Umringt von Gefahren, die so vielfach zum Nachdenken über des Lebens Ungewißheit auffordern, dachte er an Corinna viel mehr als an Lucile. Mit Jener hatte er so oft vom Tode gesprochen; so oft hatten sie sich in ernsteres Forschen vertieft, und es war ihm, als rede er mit Corinna noch weiter fort, wenn er den großen Gedanken nachhing, die ihm Krieg und Gefahr unaufhörlich erweckten. Zu ihr — obgleich er sie doch erzürnt glauben mußte — zu ihr wendete er sich, wenn er allein war. Es schien ihm, als verständen sie sich noch, trotz der Abwesenheit, ja selbst trotz seiner Untreue; während die sanfte Lucile, die er nicht für beleidigt hielt, in seiner Erinnerung wie eine des Schutzes bedürftige Frau auftrat, der man alles trübe und tiefe Nachdenken ersparen müsse. Endlich wurde Lord Nelvils Truppentheil wieder nach England berufen. Oswald kehrte zurück! Schon die Ruhe auf dem Schiffe fand er nach der kriegerischen Thätigkeit sehr wenig zusagend. Durch so viel äußere Bewegung war ihm für die Freuden des Geistes, die er einst in dem Verkehr mit Corinna genossen, Ersatz geboten worden; mit der Ruhe, fern von ihr, hatte er es noch nicht versucht. Indessen die Liebe seiner Soldaten, ihre begeisterte Anhänglichkeit, ihre anbetende Huldigung hielten ihm während der Ueberfahrt das Interesse am militärischen Leben noch wach, und erst, als die Ausschiffung stattgefunden, hörte auch dieses völlig auf.

Viertes Kapitel.

Lord Nelvil begab sich nun nach dem Landsitze der Lady Edgermond in Northumberland; nach einer Trennung von vier Jahren hatte er mit seiner Familie von Neuem bekannt zu werden. Lucile reichte ihm sein mehr als dreijähriges Töchterchen mit ebenso vieler Schüchternheit entgegen, als eine schuldige Frau nur hätte empfinden können. Die Kleine sah Corinna ähnlich; Lucilens Fantasie war während ihrer Schwangerschaft von dem Gedanken an die Schwester sehr erfüllt gewesen, und Julia, so hieß das Kind, hatte Corinnens Haar und Augen. Lord Nelvil bemerkte das mit Verwirrung; liebevoll drückte er die Kleine an sein Herz. Lucile aber sah in dieser Zärtlichkeit nur das Andenken an Corinna, und von dem Augenblicke an hatte sie an Lord Nelvils Liebe für Julia keine ungetrübte Freude mehr.

Lucile stand jetzt im zwanzigsten Jahr; ihre Schönheit, noch glänzender als früher, hatte einen imponirenden Charakter angenommen, vor welchem Lord Nelvil ein Gefühl scheuer Achtung empfand. Lady Edgermond, die das Bette nicht mehr verlassen konnte, war verstimmt und voller Launen. Doch empfing sie Lord Nelvil mit freudiger Erleichterung; denn die Sorge, während seiner Abwesenheit zu sterben, und die Tochter allein in der Welt zu lassen, hatte sie sehr beunruhigt. Nach so bewegter Lebensweise kostete es Lord Nelvil große Ueberwindung, den ganzen Tag in dem Zimmer seiner Schwiegermutter, das nur er und Lucile noch betreten durften, zuzubringen. Lucile liebte Oswald immer noch sehr, doch glaubte sie sich nicht von ihm geliebt, und aus Stolz verbarg sie ihm die Eifersucht, welche die Kenntniß von seiner Leidenschaft für Corinna in ihr angeregt hatte. Dieser Zwang vermehrte noch ihre gewohnte Zurückhaltung und machte sie kälter und schweigsamer, als sie es sonst gewesen sein würde. Suchte der Gemahl ihr einige Andeutungen zu geben, wie viel reizvoller sie ihre Unterhaltung bilden könne, wenn sie mehr Theilnahme hineinlegte, so meinte sie in solchem Rath eine Beziehung auf Corinna zu erkennen und war davon verletzt, statt ihn zu beherzigen. Lucilens Charakter war sanft, nur waren ihr von der Mutter durchweg einseitige Anschauungsweisen anerzogen worden.

Wenn Lord Nelvil die erhebenden Wirkungen der Poesie, die Freude an der Kunst rühmte, fühlte sie immer nur eine Erinnerung an Italien heraus, und wies seine Begeisterung recht trocken zurück, weil sie annahm, Corinna allein sei die Ursache derselben. In anderer Stimmung würde sie mit Sorgfalt auf des Gatten Worte gemerkt haben, um ihm so viel als möglich zu gefallen.

Lady Edgermond, deren Krankheit ihre Fehler verschlimmerte, zeigte eine stets zunehmende Antipathie gegen Alles, was von der einförmigsten Regelmäßigkeit des herkömmlichen Lebens abwich. Ueberall fand sie zu tadeln, und ihre durch körperliches Leiden noch gereizte Empfindlichkeit fühlte sich von jedem Geräusch beleidigt und belästigt. Es war, als wolle sie das Dasein auf die kleinste Basis beschränken; vielleicht damit ihr, bei ihrem bevorstehenden Ende, desto weniger zu verlassen bleibe. Da aber Niemand die persönlichen Beweggründe seiner Ueberzeugungen eingesteht, stützte auch sie dieselben auf die Grundsätze einer hochgespannten Moral. Sie hörte nicht auf, das Leben zu entzaubern, indem sie aus den geringsten Freuden eine Sünde machte, indem sie jeder Verwendung der Zeit, welche vielleicht von der des vorhergehenden Tages ein wenig abwich, eine Pflicht entgegensetzte. Lucile ordnete sich der Mutter zwar unter; doch würde sie, da sie mehr Geist und mehr Nachgiebigkeit des Charakters besaß, sich wohl ihrem Gatten zugesellt haben, um den in ihrer Herbigkeit immer noch wachsenden Ansprüchen der Lady sanften Widerstand zu leisten, wenn diese sie nicht versichert hätte, daß sie nur deshalb eine derartige Haltung beobachte, weil der Sehnsucht Lord Nelvils nach einem Aufenthalt in Italien in keiner milderen Weise entgegenzuarbeiten sei. „Unaufhörlich", sagte sie, „muß man mit der Gewalt der Pflicht gegen die mögliche Wiederkehr einer so unseligen Neigung ankämpfen." — Lord Nelvil hatte sicherlich auch große Achtung vor der Pflicht, doch verstand er diese in einem weiteren Sinne als Lady Edgermond. Er ging gern bis auf ihren Ursprung zurück, hielt sie in voller Uebereinstimmung mit unsern wahren und besten Neigungen und glaubte, daß sie uns durchaus nicht immer nur Kämpfe und Opfer abverlange. Die Tugend, meinte er, weit entfernt, daß sie das Leben einschränke, trage so sehr zu einem dauernden Glücke bei, daß man sie für eine Art höheren Schauens halten könne, welches dem Menschen auf Erden schon vergönnt sei.

Zuweilen, wenn Oswald seine Gedanken entwickelte, gab er sich dem Vergnügen hin, Corinnens Ausdrücke zu gebrauchen; er hörte sich so gern, wenn er in ihrer Sprache redete! Lady Edgermond war stets mißgelaunt, wenn er sich in dieser Weise zu denken und zu sprechen gehen ließ: neue Anschauungen mißfallen alten Leuten; sie möchten gern beweisen, daß, seit sie nicht mehr jung sind, die Welt nur verloren hat und nicht fortgeschritten ist. Mit dem Instinkte des Herzens errieth Lucile oft in dem hohen Ton von des Gatten Rede den Wiederhall seiner Liebe zu Corinna; sie schlug die Augen nieder, um ihm nicht zu verrathen, was in ihr vorging, und er, da er ihre Kenntniß seiner Beziehungen zu Corinna nicht ahnte, schrieb das hartnäckige Stillschweigen, welches sie seinen warmen Worten entgegensetzte, der Kälte ihres Charakters zu. So wußte er denn nicht, wohin sich wenden, um einen Geist zu finden, der dem seinen verständnißvoll entgegenkam; der Schmerz um das Verlorene lastete drückender denn je auf seinem Gemüthe, und er versank in tiefe Schwermuth. Ein Brief an den Fürsten Castel-Forte, in welchem er um Nachrichten von Corinna bat, gelangte wegen des Krieges nicht in dessen Hände. Seine Gesundheit litt auf das Aeußerste unter dem englischen Klima, und die Aerzte hörten nicht auf, zu versichern, daß von Neuem für seine Brust zu

fürchten sei, wenn er den Winter nicht in Italien zubringe.
Doch konnte daran nicht gedacht werden, weil der Friede zwischen
England und Frankreich noch nicht geschlossen war. Einmal
sprach er in Gegenwart seiner Frau und Schwiegermutter von
dem Rath der Aerzte, und dem Hinderniß, das sich seiner Ausführung entgegensetzte. „Und wenn wir auch Frieden hätten,
Mylord", entgegnete Lady Edgermond, „ich denke, Sie selbst
würden es sich nicht gestatten, Italien wiederzusehen." —
„Wenn Mylords Gesundheit es erforderte, würde er sehr gut
thun, den Willen der Aerzte auszuführen", unterbrach Lucile.
Oswald war davon gerührt, er dankte ihr; aber dies verwundete
sie nun wieder, weil sie nur die Absicht darin sah, sie auf die
italienische Reise vorzubereiten.

Im Frühling wurde der Friede abgeschlossen und dadurch
eine Reise nach Italien ermöglicht. Bei jedem Worte Lord
Nelvils, das seine schwankende Gesundheit betraf, kämpfte
Lucile zwischen der Sorge um ihn und der Furcht, er wolle
damit nur seinen Entschluß andeuten, den Winter in Italien
zu verleben; und während ihr Gefühl sie sonst vielleicht getrieben
hätte, des Gatten Krankheit zu schwer zu nehmen, mißleitete
sie die aus diesem Gefühl erwachsende Eifersucht, nach Gründen
zu suchen, um das zu verkleinern, was doch die Aerzte selbst
über die Gefahr seines Bleibens in England auf's Bestimmteste
ausgesprochen hatten. Begreiflicherweise schob Lord Nelvil
dieses Betragen auf Rechnung von Lucilens Gleichgültigkeit
und Egoismus, und so verletzten sie sich gegenseitig, weil sie
sich ihre Empfindungen nicht mit Freimuth eingestanden.

Als endlich Lady Edgermond in äußerster Lebensgefahr
war, gab es zwischen Lucile und Lord Nelvil keinen andern
Gegenstand der Unterhaltung mehr, als das Befinden der
Kranken. Die arme Frau verlor schon vier Wochen vor ihrem
Ende die Sprache, und nur aus ihren Thränen, ihrem Händedruck vermochte man zu errathen, was sie sagen wollte. Lucile
war in Verzweiflung, und Oswald wachte, in aufrichtigem Mitgefühl, jede Nacht am Bette der Kranken. Da sie im Monat
November waren, schadete er sich selbst durch diese Pflege in

hohem Grade. Lady Edgermond schien von den Beweisen der
Zuneigung ihres Schwiegersohnes beglückt; die Mängel ihres
Charakters verschwanden, als ihr schweres Dulden sie entschuldigt haben würde. So klärt das Nahen des Todes alle Gährungen der Seele; die meisten Fehler entstehen aber nur aus
diesen Gährungen.

In der Nacht, als sie starb, legte sie Lucilens Hand in die
Lord Nelvils, und drückte so beide an's Herz; diese Bewegung
und der Blick, den sie zum Himmel richtete, sagten mehr, als
Worte es vermocht hätten. Wenige Minuten später war sie
verschieden.

Lord Nelvil, der sich an dem Sterbebette seiner Schwiegermutter viel zu sehr angestrengt hatte, erkrankte nun ernstlich,
und Lucile hatte im Augenblicke des tiefsten Schmerzes noch
diese quälende Angst zu tragen. Oswald sprach in seinen Fantasien wohl oft von Corinna und Italien. Stets verlangte er
nach Sonne, nach dem Süden, nach wärmerer Luft. Wenn die
Fieber-Schauer ihn schüttelten, sagte er oft: „Es ist in diesem
Norden so kalt, daß man sich niemals wird erwärmen können."
— Als er zur Besinnung kam, erfuhr er verwundert, daß Lucile
Alles zu einer Reise nach Italien vorbereitet habe; er äußerte
sein Erstaunen, sie gab als Grund den Befehl der Aerzte an.
„Wenn Sie es erlauben", fügte sie hinzu, „so werde ich mit
Julia Sie begleiten; man muß ein Kind nicht vom Vater
trennen; noch weniger von der Mutter." — „Gewiß", erwiderte
Lord Nelvil, „wir dürfen uns nicht trennen. Aber ist Ihnen
diese Reise unangenehm, Lucile? Sagen Sie es, dann verzichte ich darauf!" — „Nein", entgegnete Lucile, „nicht das
ist's, was . . . . . ." Lord Nelvil sah sie an, und ergriff ihre
Hand; sie wollte sich deutlicher erklären, aber der Gedanke an
die Mutter, die es ihr anempfohlen, nie dem Gatten ihre Eifersucht zu gestehen, ließ sie innehalten. „Meine erste Sorge, ich
hoffe, Sie glauben es, Mylord, ist die Herstellung Ihrer Gesundheit." — „Sie haben eine Schwester in Italien", fuhr
Lord Nelvil fort. — „Ich weiß es", entgegnete Lucile, „erhielten
Sie Nachricht von ihr?" — „Nein, seit ich nach Amerika ging,

Drittes Kapitel.

Lucile war tief bekümmert über Oswalds Abreise; allein das dumpfe Stillschweigen, das er während der letzten Zeit ihres Zusammenlebens gegen sie beobachtet, hatte ihre angeborene Schüchternheit derartig gesteigert, daß sie sich nicht entschließen konnte, ihm zu sagen, sie glaube sich guter Hoffnung; erst als er auf den Inseln angekommen war, erfuhr er es durch ein Schreiben der Lady Edgermond, welcher es die Tochter bis dahin auch verborgen hatte. Lord Nelvil fand darnach den Abschied Lucilens sehr kühl: er sah nicht durch, was in ihrem Gemüthe vorgegangen war, sondern verglich ihre schweigende Trauer mit dem beredten Schmerz Corinnens, als er sich in Venedig von dieser trennte, und stand darnach nicht an, Lucilens Liebe für recht gering zu halten. Dennoch hatte sie während der vierjährigen Dauer seiner Abwesenheit keinen glücklichen Tag. Kaum vermochte selbst die Geburt ihres Töchterchens ihre Gedanken von der Gefahr abzulenken, in welcher der Gatte unablässig schwebte. Und diesem Bangen gesellte sich noch ein anderer Kummer zu: sie entdeckte allmählig Alles, was Corinna und deren Verhältniß zu Lord Nelvil betraf. Graf d'Erfeuil, der fast ein Jahr in Schottland zubrachte und Lucile wie deren Mutter oft besuchte, war fest überzeugt, er habe das Geheimniß von Corinnens Anwesenheit in England nicht verrathen; doch sagte er so viel darauf Hinzielendes, doch war es ihm so unmöglich, das Gespräch,, wenn es ermattete, nicht immer wieder auf den einen Lucile so sehr interessirenden Gegenstand zurück zu führen, daß diese schließlich so gut wie Alles errieth. So unschuldig sie war, besaß sie dennoch List genug, um Graf d'Erfeuil zum Reden zu bringen; es gehörte nicht viel dazu.

Lady Edgermond hatte, da sie täglich mehr von ihrem Körperleiden hingenommen wurde, keine Ahnung von der Mühe, mit welcher Lucile zu erforschen suchte, was ihr so viel Schmerz bereiten sollte. Als sie diese aber stets niedergeschlagen sah, ließ sie sich ihren Kummer anvertrauen. Lady Edgermond urtheilte sehr strenge über diese Reise Corinnens; Lucile nahm

die Sache anders. Abwechselnd war sie eifersüchtig auf Corinna
oder unzufrieden mit Oswald, daß er gegen eine Frau so grausam hatte sein können, von der er so sehr geliebt worden war;
es schien ihr, als habe sie neben einem Manne, der so das Glück
einer Andern hingeopfert, auch für das eigene zu fürchten.
Immer hatte sie Theilnahme und Dankbarkeit für die Schwester
empfunden, und hierzu kam jetzt noch tiefes Mitleid für sie; und
weit entfernt, sich von dem Opfer, das Oswald ihr gebracht,
geschmeichelt zu fühlen, quälte sie sich mit dem Gedanken, daß er
sie nur gewählt habe, weil ihre Stellung in der Welt eine günstigere war, als die Corinnens. Sie erinnerte sich seines Zögerns
vor ihrer Verheirathung, seiner Traurigkeit wenige Tage nach
derselben, und immer mehr befestigte sie sich in der schmerzlichen
Ueberzeugung, daß ihr Gatte sie nicht liebe. Lady Edgermond
hätte der Tochter in dieser Seelenstimmung sehr wohlthätig sein
können, wenn sie bemüht gewesen wäre, deren Argwohn zu
beruhigen. Aber die nachsichtslose Frau, welche nichts als die
Pflicht und das von dieser gestattete Gefühl gelten lassen wollte,
brach über Alles den Stab, was von ihrer Linie abwich. Es
fiel ihr gar nicht ein, der Tochter schonende Rücksicht anzurathen;
im Gegentheil behauptete sie, die einzige Weise, das Gewissen
aufzustacheln, sei bittre, vorwurfsvolle Empfindlichkeit. Sie
theilte Lucilens Besorgnisse viel zu lebhaft; sie war erzürnt, daß
eine so schöne Frau von dem Gatten nicht genug gewürdigt
werde, und statt daß sie die Tochter zu überzeugen suchte, sie sei
mehr, als sie glaube, geliebt, bestätigte sie in diesem Punkte
deren Befürchtungen, um ihren Stolz nur ja noch mehr zu
reizen. Die sanftere und edlere Lucile befolgte der Mutter
Rathschläge zwar nicht buchstäblich; aber es blieb doch viel
davon in ihren Gedanken haften; ihre Briefe nahmen dieselbe
Färbung an, und enthielten weit weniger Empfindung, als
ihr Herz.

Oswald zeichnete sich inzwischen im Kriege durch die glänzendste Tapferkeit aus; tausendfach gab er bei großen Waffen-
thaten sein Leben preis: nicht nur aus begeistertem Ehrgefühl,
sondern auch, weil er die Gefahr liebte. Seine Genossen sahen

es wohl, sie war ihm ein Bergnügen. Am Tage der Schlacht wurde er heitrer, lebhafter, glücklicher; er erröthete vor Bergnügen, wenn das Geräusch der Waffen begann, und nur in diesen Augenblicken schien es, als sei ein Schweres, das sonst auf seinem Herzen lastete, hinweg genommen und gestattete ihm, freier zu athmen. Bon seinen Soldaten angebetet, von den Kameraden bewundert, führte er ein rasches Leben, das ihm zwar kein Glück gab, ihm aber doch die Bergangenheit wie die Zukunft aus dem Sinne schlug. Die Briefe seiner Frau fand er frostig, doch gewöhnte er sich an sie. Corinnens Bild umschwebte ihn wohl oft in diesen schönen Tropennächten, die von der Natur und ihrem Schöpfer die erhabenste Borstellung geben; da aber das Klima und der Krieg sein Leben fortdauernd bedrohten, hielt er sich, weil dem Sterben so nahe, auch für weniger strafbar; denn man verzeiht seinen Feinden, wenn der Tod ihnen naht, und hat in ähnlicher Lage auch mit sich selber Nachsicht. Lord Nelvil gedachte nur der Thränen, die Corinna um seinen Tod weinen werde; er vergaß derer, die durch sein Unrecht flossen.

Umringt von Gefahren, die so vielfach zum Nachdenken über des Lebens Ungewißheit auffordern, dachte er an Corinna viel mehr als an Lucile. Mit Jener hatte er so oft vom Tode gesprochen; so oft hatten sie sich in ernsteres Forschen vertieft. und es war ihm, als rede er mit Corinna noch weiter fort, wenn er den großen Gedanken nachhing, die ihm Krieg und Gefahr unaufhörlich erweckten. Zu ihr — obgleich er sie doch erzürnt glauben mußte — zu ihr wendete er sich, wenn er allein war. Es schien ihm, als verständen sie sich noch, trotz der Abwesenheit, ja selbst trotz seiner Untreue; während die sanfte Lucile, die er nicht für beleidigt hielt, in seiner Erinnerung wie eine des Schutzes bedürftige Frau auftrat, der man alles trübe und tiefe Nachdenken ersparen müsse. Endlich wurde Lord Nelvils Truppentheil wieder nach England berufen. Oswald kehrte zurück! Schon die Ruhe auf dem Schiffe fand er nach der kriegerischen Thätigkeit sehr wenig zusagend. Durch so viel äußere Bewegung war ihm für die Freuden des Geistes, die er einst in

dem Verkehr mit Corinna genossen, Ersatz geboten worden;
mit der Ruhe, fern von ihr, hatte er es noch nicht versucht.
Indessen die Liebe seiner Soldaten, ihre begeisterte Anhänglichkeit, ihre anbetende Huldigung hielten ihm während der
Ueberfahrt das Interesse am militärischen Leben noch wach, und
erst, als die Ausschiffung stattgefunden, hörte auch dieses
völlig auf.

Viertes Kapitel.

Lord Nelvil begab sich nun nach dem Landsitze der Lady
Edgermond in Northumberland; nach einer Trennung von vier
Jahren hatte er mit seiner Familie von Neuem bekannt zu
werden. Lucile reichte ihm sein mehr als dreijähriges Töchterchen mit ebenso vieler Schüchternheit entgegen, als eine
schuldige Frau nur hätte empfinden können. Die Kleine sah
Corinna ähnlich; Lucilens Fantasie war während ihrer
Schwangerschaft von dem Gedanken an die Schwester sehr
erfüllt gewesen, und Julia, so hieß das Kind, hatte Corinnens
Haar und Augen. Lord Nelvil bemerkte das mit Verwirrung;
liebevoll drückte er die Kleine an sein Herz. Lucile aber sah in
dieser Zärtlichkeit nur das Andenken an Corinna, und von dem
Augenblicke an hatte sie an Lord Nelvils Liebe für Julia keine
ungetrübte Freude mehr.

Lucile stand jetzt im zwanzigsten Jahr; ihre Schönheit, noch
glänzender als früher, hatte einen imponirenden Charakter angenommen, vor welchem Lord Nelvil ein Gefühl scheuer Achtung
empfand. Lady Edgermond, die das Bette nicht mehr verlassen
konnte, war verstimmt und voller Launen. Doch empfing sie
Lord Nelvil mit freudiger Erleichterung; denn die Sorge, während seiner Abwesenheit zu sterben, und die Tochter allein in der
Welt zu lassen, hatte sie sehr beunruhigt. Nach so bewegter Lebensweise kostete es Lord Nelvil große Ueberwindung, den ganzen
Tag in dem Zimmer seiner Schwiegermutter, das nur er und
Lucile noch betreten durften, zuzubringen. Lucile liebte Oswald
immer noch sehr, doch glaubte sie sich nicht von ihm geliebt, und
aus Stolz verbarg sie ihm die Eifersucht, welche die Kenntniß

von seiner Leidenschaft für Corinna in ihr angeregt hatte.
Dieser Zwang vermehrte noch ihre gewohnte Zurückhaltung und
machte sie kälter und schweigsamer, als sie es sonst gewesen sein
würde. Suchte der Gemahl ihr einige Andeutungen zu geben,
wie viel reizvoller sie ihre Unterhaltung bilden könne, wenn sie
mehr Theilnahme hineinlegte, so meinte sie in solchem Rath eine
Beziehung auf Corinna zu erkennen und war davon verletzt,
statt ihn zu beherzigen. Lucilens Charakter war sanft, nur
waren ihr von der Mutter durchweg einseitige Anschauungsweisen anerzogen worden.

Wenn Lord Nelvil die erhebenden Wirkungen der Poesie,
die Freude an der Kunst rühmte, fühlte sie immer nur eine Erinnerung an Italien heraus, und wies seine Begeisterung recht
trocken zurück, weil sie annahm, Corinna allein sei die Ursache derselben. In anderer Stimmung würde sie mit Sorgfalt auf des
Gatten Worte gemerkt haben, um ihm so viel als möglich zu
gefallen.

Lady Edgermond, deren Krankheit ihre Fehler verschlimmerte, zeigte eine stets zunehmende Antipathie gegen Alles, was
von der einförmigsten Regelmäßigkeit des herkömmlichen Lebens
abwich. Ueberall fand sie zu tadeln, und ihre durch körperliches
Leiden noch gereizte Empfindlichkeit fühlte sich von jedem Geräusch beleidigt und belästigt. Es war, als wolle sie das
Dasein auf die kleinste Basis beschränken; vielleicht damit
ihr, bei ihrem bevorstehenden Ende, desto weniger zu verlassen bleibe. Da aber Niemand die persönlichen Beweggründe
seiner Ueberzeugungen eingesteht, stützte auch sie dieselben auf
die Grundsätze einer hochgespannten Moral. Sie hörte nicht
auf, das Leben zu entzaubern, indem sie aus den geringsten
Freuden eine Sünde machte, indem sie jeder Verwendung der Zeit,
welche vielleicht von der des vorhergehenden Tages ein wenig abwich, eine Pflicht entgegensetzte. Lucile ordnete sich der Mutter zwar
unter; doch würde sie, da sie mehr Geist und mehr Nachgiebigkeit des Charakters besaß, sich wohl ihrem Gatten zugesellt
haben, um den in ihrer Herbigkeit immer noch wachsenden Ansprüchen der Lady sanften Widerstand zu leisten, wenn diese sie

nicht versichert hätte, daß sie nur deshalb eine derartige Haltung beobachte, weil der Sehnsucht Lord Nelvils nach einem Aufenthalt in Italien in keiner milderen Weise entgegenzuarbeiten sei. „Unaufhörlich", sagte sie, „muß man mit der Gewalt der Pflicht gegen die mögliche Wiederkehr einer so unseligen Neigung ankämpfen." — Lord Nelvil hatte sicherlich auch große Achtung vor der Pflicht, doch verstand er diese in einem weiteren Sinne als Lady Edgermond. Er ging gern bis auf ihren Ursprung zurück, hielt sie in voller Uebereinstimmung mit unsern wahren und besten Neigungen und glaubte, daß sie uns durchaus nicht immer nur Kämpfe und Opfer abverlange. Die Tugend, meinte er, weit entfernt, daß sie das Leben einschränke, trage so sehr zu einem dauernden Glücke bei, daß man sie für eine Art höheren Schauens halten könne, welches dem Menschen auf Erden schon vergönnt sei.

Zuweilen, wenn Oswald seine Gedanken entwickelte, gab er sich dem Vergnügen hin, Corinnens Ausdrücke zu gebrauchen; er hörte sich so gern, wenn er in ihrer Sprache redete! Lady Edgermond war stets mißgelaunt, wenn er sich in dieser Weise zu denken und zu sprechen gehen ließ: neue Anschauungen mißfallen alten Leuten; sie möchten gern beweisen, daß, seit sie nicht mehr jung sind, die Welt nur verloren hat und nicht fortgeschritten ist. Mit dem Instinkte des Herzens errieth Lucile oft in dem hohen Ton von des Gatten Rede den Wiederhall seiner Liebe zu Corinna; sie schlug die Augen nieder, um ihm nicht zu verrathen, was in ihr vorging, und er, da er ihre Kenntniß seiner Beziehungen zu Corinna nicht ahnte, schrieb das hartnäckige Stillschweigen, welches sie seinen warmen Worten entgegensetzte, der Kälte ihres Charakters zu. So wußte er denn nicht, wohin sich wenden, um einen Geist zu finden, der dem seinen verständnißvoll entgegenkam; der Schmerz um das Verlorene lastete drückender denn je auf seinem Gemüthe, und er versank in tiefe Schwermuth. Ein Brief an den Fürsten Castel-Forte, in welchem er um Nachrichten von Corinna bat, gelangte wegen des Krieges nicht in dessen Hände. Seine Gesundheit litt auf das Aeußerste unter dem englischen Klima, und die Aerzte hörten nicht auf, zu versichern, daß von Neuem für seine Brust zu

fürchten sei, wenn er den Winter nicht in Italien zubringe.
Doch konnte daran nicht gedacht werden, weil der Friede zwischen
England und Frankreich noch nicht geschlossen war. Einmal
sprach er in Gegenwart seiner Frau und Schwiegermutter von
dem Rath der Aerzte, und dem Hinderniß, das sich seiner Ausführung entgegensetzte. „Und wenn wir auch Frieden hätten,
Mylord", entgegnete Lady Edgermond, „ich denke, Sie selbst
würden es sich nicht gestatten, Italien wiederzusehen." —
„Wenn Mylords Gesundheit es erforderte, würde er sehr gut
thun, den Willen der Aerzte auszuführen", unterbrach Lucile.
Oswald war davon gerührt, er dankte ihr; aber dies verwundete
sie nun wieder, weil sie nur die Absicht darin sah, sie auf die
italienische Reise vorzubereiten.

Im Frühling wurde der Friede abgeschlossen und dadurch
eine Reise nach Italien ermöglicht. Bei jedem Worte Lord
Nelvils, das seine schwankende Gesundheit betraf, kämpfte
Lucile zwischen der Sorge um ihn und der Furcht, er wolle
damit nur seinen Entschluß andeuten, den Winter in Italien
zu verleben; und während ihr Gefühl sie sonst vielleicht getrieben
hätte, des Gatten Krankheit zu schwer zu nehmen, mißleitete
sie die aus diesem Gefühl erwachsende Eifersucht, nach Gründen
zu suchen, um das zu verkleinern, was doch die Aerzte selbst
über die Gefahr seines Bleibens in England auf's Bestimmteste
ausgesprochen hatten. Begreiflicherweise schob Lord Nelvil
dieses Betragen auf Rechnung von Lucilens Gleichgültigkeit
und Egoismus, und so verletzten sie sich gegenseitig, weil sie
sich ihre Empfindungen nicht mit Freimuth eingestanden.

Als endlich Lady Edgermond in äußerster Lebensgefahr
war, gab es zwischen Lucile und Lord Nelvil keinen andern
Gegenstand der Unterhaltung mehr, als das Befinden der
Kranken. Die arme Frau verlor schon vier Wochen vor ihrem
Ende die Sprache, und nur aus ihren Thränen, ihrem Händedruck vermochte man zu errathen, was sie sagen wollte. Lucile
war in Verzweiflung, und Oswald wachte, in aufrichtigem Mitgefühl, jede Nacht am Bette der Kranken. Da sie im Monat
November waren, schadete er sich selbst durch diese Pflege in

hohem Grade. Lady Edgermond schien von den Beweisen der Zuneigung ihres Schwiegersohnes beglückt; die Mängel ihres Charakters verschwanden, als ihr schweres Dulden sie entschuldigt haben würde. So klärt das Nahen des Todes alle Gährungen der Seele; die meisten Fehler entstehen aber nur aus diesen Gährungen.

In der Nacht, als sie starb, legte sie Lucilens Hand in die Lord Nelvils, und drückte so beide an's Herz; diese Bewegung und der Blick, den sie zum Himmel richtete, sagten mehr, als Worte es vermocht hätten. Wenige Minuten später war sie verschieden.

Lord Nelvil, der sich an dem Sterbebette seiner Schwiegermutter viel zu sehr angestrengt hatte, erkrankte nun ernstlich, und Lucile hatte im Augenblicke des tiefsten Schmerzes noch diese quälende Angst zu tragen. Oswald sprach in seinen Fantasien wohl oft von Corinna und Italien. Stets verlangte er nach Sonne, nach dem Süden, nach wärmerer Luft. Wenn die Fieber-Schauer ihn schüttelten, sagte er oft: „Es ist in diesem Norden so kalt, daß man sich niemals wird erwärmen können." — Als er zur Besinnung kam, erfuhr er verwundert, daß Lucile Alles zu einer Reise nach Italien vorbereitet habe; er äußerte sein Erstaunen, sie gab als Grund den Befehl der Aerzte an. „Wenn Sie es erlauben", fügte sie hinzu, „so werde ich mit Julia Sie begleiten; man muß ein Kind nicht vom Vater trennen; noch weniger von der Mutter." — „Gewiß", erwiderte Lord Nelvil, „wir dürfen uns nicht trennen. Aber ist Ihnen diese Reise unangenehm, Lucile? Sagen Sie es, dann verzichte ich darauf!" — „Nein", entgegnete Lucile, „nicht das ist's, was ......" Lord Nelvil sah sie an, und ergriff ihre Hand; sie wollte sich deutlicher erklären, aber der Gedanke an die Mutter, die es ihr anempfohlen, nie dem Gatten ihre Eifersucht zu gestehen, ließ sie innehalten. „Meine erste Sorge, ich hoffe, Sie glauben es, Mylord, ist die Herstellung Ihrer Gesundheit." — „Sie haben eine Schwester in Italien", fuhr Lord Nelvil fort. — „Ich weiß es", entgegnete Lucile, „erhielten Sie Nachricht von ihr?" — „Nein, seit ich nach Amerika ging,

fürchten sei, wenn er den Winter nicht in Italien zubringe.
Doch konnte daran nicht gedacht werden, weil der Friede zwischen
England und Frankreich noch nicht geschlossen war. Einmal
sprach er in Gegenwart seiner Frau und Schwiegermutter von
dem Rath der Aerzte, und dem Hinderniß, das sich seiner Ausführung entgegensetzte. „Und wenn wir auch Frieden hätten,
Mylord", entgegnete Lady Edgermond, „ich denke, Sie selbst
würden es sich nicht gestatten, Italien wiederzusehen." —
„Wenn Mylords Gesundheit es erforderte, würde er sehr gut
thun, den Willen der Aerzte auszuführen", unterbrach Lucile.
Oswald war davon gerührt, er dankte ihr; aber dies verwundete
sie nun wieder, weil sie nur die Absicht darin sah, sie auf die
italienische Reise vorzubereiten.

Im Frühling wurde der Friede abgeschlossen und dadurch
eine Reise nach Italien ermöglicht. Bei jedem Worte Lord
Nelvils, das seine schwankende Gesundheit betraf, kämpfte
Lucile zwischen der Sorge um ihn und der Furcht, er wolle
damit nur seinen Entschluß andeuten, den Winter in Italien
zu verleben; und während ihr Gefühl sie sonst vielleicht getrieben
hätte, des Gatten Krankheit zu schwer zu nehmen, mißleitete
sie die aus diesem Gefühl erwachsende Eifersucht, nach Gründen
zu suchen, um das zu verkleinern, was doch die Aerzte selbst
über die Gefahr seines Bleibens in England auf's Bestimmteste
ausgesprochen hatten. Begreiflicherweise schob Lord Nelvil
dieses Betragen auf Rechnung von Lucilens Gleichgültigkeit
und Egoismus, und so verletzten sie sich gegenseitig, weil sie
sich ihre Empfindungen nicht mit Freimuth eingestanden.

Als endlich Lady Edgermond in äußerster Lebensgefahr
war, gab es zwischen Lucile und Lord Nelvil keinen andern
Gegenstand der Unterhaltung mehr, als das Befinden der
Kranken. Die arme Frau verlor schon vier Wochen vor ihrem
Ende die Sprache, und nur aus ihren Thränen, ihrem Händedruck vermochte man zu errathen, was sie sagen wollte. Lucile
war in Verzweiflung, und Oswald wachte, in aufrichtigem Mitgefühl, jede Nacht am Bette der Kranken. Da sie im Monat
November waren, schadete er sich selbst durch diese Pflege in

hohem Grade. Lady Edgermond schien von den Beweisen der
Zuneigung ihres Schwiegersohnes beglückt; die Mängel ihres
Charakters verschwanden, als ihr schweres Dulden sie entschuldigt haben würde. So klärt das Nahen des Todes alle Gährungen der Seele; die meisten Fehler entstehen aber nur aus
diesen Gährungen.

In der Nacht, als sie starb, legte sie Lucilens Hand in die
Lord Nelvils, und drückte so beide an's Herz; diese Bewegung
und der Blick, den sie zum Himmel richtete, sagten mehr, als
Worte es vermocht hätten. Wenige Minuten später war sie
verschieden.

Lord Nelvil, der sich an dem Sterbebette seiner Schwiegermutter viel zu sehr angestrengt hatte, erkrankte nun ernstlich,
und Lucile hatte im Augenblicke des tiefsten Schmerzes noch
diese quälende Angst zu tragen. Oswald sprach in seinen Fantasien wohl oft von Corinna und Italien. Stets verlangte er
nach Sonne, nach dem Süden, nach wärmerer Luft. Wenn die
Fieber-Schauer ihn schüttelten, sagte er oft: „Es ist in diesem
Norden so kalt, daß man sich niemals wird erwärmen können.“
— Als er zur Besinnung kam, erfuhr er verwundert, daß Lucile
Alles zu einer Reise nach Italien vorbereitet habe; er äußerte
sein Erstaunen, sie gab als Grund den Befehl der Aerzte an.
„Wenn Sie es erlauben“, fügte sie hinzu, „so werde ich mit
Julia Sie begleiten; man muß ein Kind nicht vom Vater
trennen; noch weniger von der Mutter.“ — „Gewiß“, erwiderte
Lord Nelvil, „wir dürfen uns nicht trennen. Aber ist Ihnen
diese Reise unangenehm, Lucile? Sagen Sie es, dann verzichte ich darauf!“ — „Nein“, entgegnete Lucile, „nicht das
ist's, was ......“ Lord Nelvil sah sie an, und ergriff ihre
Hand; sie wollte sich deutlicher erklären, aber der Gedanke an
die Mutter, die es ihr anempfohlen, nie dem Gatten ihre Eifersucht zu gestehen, ließ sie innehalten. „Meine erste Sorge, ich
hoffe, Sie glauben es, Mylord, ist die Herstellung Ihrer Gesundheit.“ — „Sie haben eine Schwester in Italien“, fuhr
Lord Nelvil fort. — „Ich weiß es“, entgegnete Lucile, „erhielten
Sie Nachricht von ihr?“ — „Nein, seit ich nach Amerika ging,

Staël's Corinna. 32

habe ich nichts über sie erfahren." — „In Italien, Mylord, werden wir von ihr hören!" — „Gedenken Sie ihrer noch gern?" fragte Oswald. „Ja, Mylord, ich kann die Liebe nicht vergessen, mit der sie meine Kindheit verschönte", erwiderte Lucile. „O, man soll nichts vergessen", seufzte Oswald, und Beide schwiegen.

Oswald ging nicht in der Absicht nach Italien, sein Verhältniß zu Corinna wieder anzuknüpfen; er hatte zu viel Zartgefühl, um solchen Gedanken in sich aufkommen zu lassen. Aber falls er von dem drohenden Brustleiden nicht geheilt werden sollte, schien es ihm süß, in Italien zu sterben, und mit einem letzten Lebewohl Corinnens Verzeihung zu erhalten. Er nahm nicht an, Lucile könne von seiner früheren Leidenschaft unterrichtet sein; und vollends ahnte er nicht, wie sehr er in den wandernden Reden des Fiebers die reuevollen Schmerzen verrathen hatte, die ihn bewegten. Er konnte Lucile nicht gerecht werden, weil sie einen unfruchtbaren Geist besaß, der ihr mehr diente zu errathen, was die Andern dachten, als diese durch ihre eigenen Gedanken zu interessiren. Oswald hatte sich gewöhnt, sie für eine schöne und kalte Frau zu halten, die ihre Pflichten erfüllte, und ihn liebte, wie sie lieben konnte; ihr Empfindungsvermögen war ihm unbekannt, denn sie verbarg es ihm sorgfältig. In diesem Falle verheimlichte sie ihm aus Stolz, was sie bekümmerte; aber sogar in einem vollständig glücklichen Verhältnisse würde sie sich ein Gewissen daraus gemacht haben, Andern, ja selbst dem Gatten, eine sehr lebhafte Zuneigung zu beweisen. Sie hielt jedes Aeußeren eines leidenschaftlichen Gefühls für ein Verbrechen gegen die Schicklichkeit; da sie aber solchen Gefühles fähig war, hatte ihre Erziehung, welche ihr die gezwungenste Selbstbeherrschung zum Gesetz erhoben, sie verschlossen und schweigsam gemacht. Man hatte sie wohl überzeugen können, daß sie nicht aussprechen dürfe, was sie empfinde, aber sie fand auch kein Vergnügen daran, von etwas Anderem zu reden.

Fünftes Kapitel.

Lord Nelvil fürchtete die Erinnerungen Frankreichs, und deshalb nahm er dort keinen längeren Aufenthalt. Es blieb auf dieser Reise Alles seiner alleinigen Entscheidung überlassen, da Lucile weder Wunsch noch Willen äußerte. Sie waren jetzt am Fuße der Gebirge angelangt, welche die Dauphiné von Savoyen trennen, und beschlossen, die Straße, die, den Felsen durchbohrend, beide Länder wieder vereint, zu Fuß zurückzulegen. Ihr Eingang gleicht einer tiefen Höhle, und selbst in den schönsten Sommertagen ist sie finster von einem Ende zu andern. Man war im Anfange des December; zwar lag noch kein Schnee, aber der Herbst war im letzten Verfall, und räumte schon dem Winter den Platz. Der ganze Weg war mit welkem Laub bedeckt, das der Wind hieher getrieben; denn Bäume gab es an dieser Felsenstraße nicht: neben den Ueberresten der gestorbenen Natur sah man keine Zweige, die Hoffnung des kommenden Jahres. Mit Vergnügen ließ Lord Nelvil den Blick über diese Gebirgsmassen streifen. In der Ebene scheint die Erde keinen anderen Zweck zu haben, als den Menschen zu tragen und ihn zu ernähren; in malerischen Gegenden aber ist's, als habe die Allmacht des Schöpfers ihnen ihr erhabenes Gepräge aufgedrückt. Doch allenthalben hat sich der Mensch mit der Natur vertraut gemacht, und die Wege, welche er bahnte, erklimmen Berge, senken sich zu Abgründen hinab. Es giebt für ihn nichts Unzugängliches mehr, als das große Geheimniß des eigenen Ichs.

Als sie in La Maurienne waren, wurde es mit jedem Schritte winterlicher; beim Aufsteigen zum Mont-Cenis schien es gar, als gingen sie in den Norden. Lucile, des Reisens ungewohnt, entsetzte sich über diese Eisdecken, auf denen die Pferde so unsicher Fuß faßten; und wenn sie ihre Aengstlichkeit auch Oswald zu verbergen suchte, machte sie sich doch im Stillen Vorwürfe, Julia mitgenommen zu haben. Oft fragte sie sich, ob sie diesen Entschluß auch wohl aus ganz reinen Beweggründen gefaßt habe, ob ihre mütterliche Schwäche, und besonders noch

32*

der Gedanke, daß Oswald sie mehr liebe, wenn er sie mit dem Kinde sehe, ihr die Gefahren einer so langen Reise nicht als zu geringfügig habe erscheinen lassen. Lucile war sehr gewissenhaft und peinigte sich oft mit geheimen Zweifeln über ihr Thun. Je tugendhafter man ist, je mehr steigert sich das Zartgefühl, und mit ihm die Besorgnisse des Gewissens; Lucile hatte gegen solche Stimmung keine andere Zuflucht als religiöse Andacht; lange innere Gebete gaben ihr meist Beruhigung.

Höher hinauf nahm die Natur einen wilderen Charakter an; der Schnee fiel reichlich auf die schneebedeckte Erde; es war, als trete man in jene Eis-Hölle, die Dante so schön beschrieben hat. Von des Abgrundes Tiefe bis zum Bergesgipfel lag das von der Erde Hervorgebrachte unter weißer Hülle; alle Mannigfaltigkeit der Vegetation war in der einen Farbe untergegangen; zwar die Wasser am Fuße der Berge waren noch in fließender Bewegung, aber die weißen Tannen spiegelten sich in ihnen gleich schwankenden Baumgespenstern. Oswald und Lucile standen in schweigender Bewunderung; dieser erstarrten Natur scheint das Wort zu fehlen, und man schweigt mit ihr. Da erblickten sie plötzlich auf weiter Schneefläche eine lange Reihe schwarzer Gestalten, die einen Sarg zur Kirche trugen. Diese Priester, die einzigen lebenden Wesen inmitten des kalten, öden Feldes, bewegten sich nur in gemessenem Schritt weiter, den sie sicherlich in der Kälte beschleunigt haben würden, wenn der Gedanke an den Tod ihrem Gange nicht seinen Ernst mitgetheilt hätte. Die Trauer der Natur und des Menschen, der Vegetation und des Lebens! Das Auge ruhte auf diesen beiden, sich schneidend von einander abhebenden Farben, dem Weiß und dem Schwarz, mit einer gewissen Bangigkeit. „Welche trübe Vorbedeutung!" sagte Lucile leise. „Glauben Sie mir, Lucile", erwiderte Oswald, „sie gilt nicht Ihnen." — „Ach", dachte er, „nicht unter solcher Voraussagung trat ich mit Corinna die Reise durch Italien an! Was ist aus ihr geworden? Und verkündet mir diese düstere Umgebung vielleicht nur, was ich zu erdulden haben werde?"

Lucile litt sehr von den wirklichen und eingebildeten Schreck-

nissen einer Winterreise; Oswald natürlich dachte nicht an
solche Furcht, die jedem Mann, und zumal einem so uner-
schrockenen, wie er selbst es war, fremd bleibt. Lucile hielt ihn
darum für gleichgültig, und er schien es doch nur, einfach, weil
ihm die Möglichkeit einer Furcht bei so geringer Veranlassung
nicht in den Sinn kam. Indessen vereinigte sich Alles, um
Lucilens Aengstlichkeit zu steigern. Mit vieler Genugthuung
pflegen Leute aus dem Volke uns eine Gefahr zu vergrößern;
es ist ihre Art von Einbildungskraft, und sie lieben die Wirkung,
welche sie damit auf Personen aus höherer Klasse ausüben,
falls diese ihnen ein banges Ohr leihen. Wenn man im
Winter den Mont-Cenis überschreiten will, erzählen Einem die
Gastwirthe und Reisenden allerlei Wundergeschichten von der
Passage über den „Berg", wie er schlechtweg genannt wird; es
klingt, als sprächen sie von einem bewegungslosen Ungeheuer,
dem Hüter der Thäler, die zum gelobten Lande führen. Man
sieht nach dem Himmel, man möchte wissen, ob es auch nichts
zu fürchten giebt, und wird jener Sturm vorausgesehen, den sie
„la tourmente" nennen, so räth man dem Fremden, sich nicht
auf den Berg zu wagen. Ein weißes Gewölk kündigt diesen
Sturm an; nach ein paar Stunden hat es sich wie ein Leichen-
tuch am Himmel ausgebreitet und den ganzen Horizont verdunkelt.

Insgeheim, ohne Lord Nelvils Vorwissen, hatte Lucile
alle möglichen Erkundigungen eingezogen; er ahnte nichts von
ihrer Angst, und gab sich ganz den Gedanken hin, welche seine
Rückkehr nach Italien in ihm wachrufen mußte. Lucile, die
von dem Zweck der Reise noch mehr als von der Reise selbst
beunruhigt war, sah Alles mit ungünstigem Vorurtheil an, und
machte Lord Nelvil aus seiner Unbesorgtheit in Betreff ihrer
und ihrer Tochter im Stillen einen Vorwurf. Am Morgen,
als sie über den Mont-Cenis wollten, versammelten sich mehrere
Landleute um Lucile, und theilten ihr mit, daß das Wetter
nach Sturm aussehe; dagegen versicherten die bereits gemietheten
Sänftenträger, es sei nichts zu fürchten. Fragend blickte sie zu
Lord Nelvil hinüber; er schien der Furcht zu spotten, die man

ihnen ja nur einreden wolle, und schon wieder durch seinen Muth
verletzt, erklärte sie schnell, daß sie aufzubrechen bereit sei. Oswald ahnte den Beweggrund nicht, aus dem ihr rascher Entschluß entsprungen war; gelassen folgte er dem Tragsessel seiner
Frau zu Pferde. Sie stiegen ziemlich schnell bis Oben hinauf;
als sie aber etwa die Hälfte der zwischen dem Aufwärts und
Abwärts liegenden Fläche zurückgelegt hatten, erhob sich ein
entsetzlicher Orkan. Der wirbelnde Schnee machte die Führer
fast blind, und zuweilen konnte Lucile ihren Gatten nicht sehen,
so sehr hüllte das Unwetter ihn in seine Sturmnebel ein. Die
geistlichen Brüder, welche auf den Alpengipfeln sich dem Heile
der Reisenden widmen, begannen ihre Lärmglocken zu läuten,
und wenn dieses Signal auch das Mitleid wohlthätiger Menschen verkündete, hatte es doch etwas sehr Düsteres, und klang
eher erschreckend, als Hülfe versprechend.

Lucile hoffte, Oswald werde den Schutz des Klosters suchen,
um die Nacht dort-zuzubringen; sie gestand aber nicht ein, wie
sehr sie selbst dies wünschte, und er zog es vor, weiterzu-
eilen. Voller Angst fragten die Träger Lucile, ob denn jetzt
wirklich noch hinabgestiegen werde. „Ja", sagte sie, „weil Mylord es zu wollen scheint." — Lucile hatte Unrecht, da das
Kind mit ihr war, ihre Besorgniß nicht auszusprechen; aber
wenn man liebt, und sich nicht wieder geliebt wähnt, ist man von
Allem verletzt, und jeder Augenblick des Lebens ist ein Schmerz,
fast eine Demüthigung. Oswald blieb zu Pferd, wiewohl dies
die gefährlichste Art des Hinabsteigens war; doch glaubte er auf
diese Weise sicherer zu sein, Frau und Kind nicht aus den Augen
zu verlieren.

Als Lucile von dem Gipfel des Berges auf die jäh hinab-
führende Straße blickte, welche selber man schon für einen Abgrund hätte halten können, wenn die daneben liegenden Schlünde
nicht den Unterschied gezeigt, drückte sie die kleine Julia mit
einer schaudernden Bewegung an's Herz. Oswald sah das,
stieg vom Pferde und gesellte sich den Trägern zu, indem er
thätig Hand anlegte. Er hatte in all seinem Thun viel Anmuth,
und wie Lucile ihn mit dieser eifrigen Sorge um sich und Julia

beschäftigt sah, füllten sich ihre Augen mit Thränen. Jetzt aber
erhob sich ein so furchtbarer Windstoß, daß selbst die Träger
betend in die Kniee sanken: „Herr Gott! steh uns bei." — Lucile
raffte ihren Muth zusammen. „Nehmen Sie Ihr Kind, Oswald", sagte sie, sich in dem Tragsessel erhebend, und ihm Julia
reichend. „Und auch Sie, Lucile, kommen Sie", erwiderte
Oswald, seine Tochter in den Arm nehmend, „ich kann Euch
Beide tragen." — „Nein", rief Lucile, „retten Sie nur das
Kind!" — „Wie retten!" wiederholte Oswald, „ist denn
hier Gefahr? Ihr Unglücksmenschen!" rief er, sich zu den Trägern wendend, „warum sagtet Ihr mir nicht ....." — „Sie hatten
mich gewarnt", unterbrach Lucile. „Und Sie verbargen es
mir!" erwiderte Lord Nelvil, „was habe ich denn gethan, um
dieses grausame Stillschweigen zu verdienen?" — Damit hüllte
er das Kind in seinen Mantel, und ruhig wartend, senkte er den
Blick in gekränkter Bekümmerniß zur Erde. Das Unwetter
steigerte sich aber nicht; der Himmel, Lucilens Beschützer, sendete
einen Sonnenstrahl, der die Wolken durchbrach, den Sturm be-
sänftigte und endlich auch Piemonts fruchtbare Thäler dem
Blicke der Geängstigten in verklärendem Lichte zeigte. Nach
etwa einer Stunde traf die ganze Caravane wohlbehalten in La
Novalaise ein, der ersten italienischen Stadt, jenseits des
Mont-Cenis.

Im Gasthofe und auf ihren Zimmern angelangt, nahm
Lucile das Kind in den Arm und dankte Gott inbrünstig auf den
Knieen. Oswald stand, während sie betete, gedankenvoll an
den Kamin gelehnt. „So haben Sie sich geängstigt, Lucile?"
fragte er. „Ja, mein Freund." — „Und weshalb begaben Sie
sich dann auf den Weg?" — „Sie schienen so ungeduldig weiter
zu wollen." — „Sie wissen doch, daß ich vor allen Dingen
für Sie Gefahr und Sorge fürchte." — „Für Julia müssen wir
sie fürchten", sagte Lucile, und nahm diese auf ihren Schooß,
um sie am Feuer zu erwärmen, und der Kleinen schönes schwarzes Lockenhaar, das Schnee und Regen geglättet hatten, wieder
zu kräuseln. Sie waren in diesem Augenblick bezaubernd, die
Mutter und das Kind. Oswalds Blick ruhte auf Beiden mit

Zärtlichkeit, aber noch einmal unterbrach gegenseitiges Schweigen ein Gespräch, das vielleicht zu einem glücklichen Ende geführt hätte.

Sie kamen nach Turin. Der Winter war in diesem Jahre sehr strenge. Die für sonniges Wetter berechneten, weiten Räume der italienischen Häuser schienen jetzt in der Kälte äußerst unbehaglich. Im Sommer bieten diese hohen Gewölbe durch ihre Kühle große Vortheile, im Winter jedoch wird man nur die Oedigkeit jener Paläste gewahr, in denen die Menschen so klein erscheinen, daß sie Einem wie Pygmäen in Riesenwohnungen vorkommen.

Es herrschte hier eben allgemeine Trauer über den Tod Alfieri's; daher begegnete Lord Nelvil überall nur düsteren Eindrücken, und umsonst suchte er nach dem Italien, das in seiner Erinnerung lebte. Die Abwesenheit der Frau, die er so heiß geliebt, entzauberte in seinen Augen die Natur und die Kunst. Er zog über Corinna Erkundigungen ein, und erfuhr, daß sie seit fünf Jahren nichts veröffentlicht habe, und in tiefster Zurückgezogenheit zu Florenz lebe. Er nahm sich vor, dorthin zu gehen; nicht um zu bleiben und die Neigung zu verrathen, die er nun Lucile schuldete, aber um Corinna doch wenigstens einige Erklärungen zu geben.

„O, was war das Alles schön", rief Oswald, auf dem Wege durch die lombardischen Ebenen, „als diese Ulmen in ihrem Blätterschmucke standen und grüne Weinranken sie untereinander vereinten!" — „Es war schön, weil Corinna mit ihm war", dachte Lucile. Feuchter Nebel, wie er so oft in den Ebenen anzutreffen ist, welche von vielen Flüssen durchzogen werden, beschränkte die Aussicht auf die Landschaft. Nachts, in den Gasthöfen hörte man die im Süden gleich einer Sündfluth herabgießenden Regenströme auf die Dächer schlagen. Oft dringt das Wasser in die Häuser und verfolgt die Inwohnenden mit der Gier des Feuers. Vergeblich suchte Lucile nach dem Zauber Italiens. Es war, als vereinige sich Alles, um es ihren wie Oswalds Blicken mit dunklem Schleier zu verhüllen.

Sechstes Kapitel.

Oswald hatte, seit er Italien betreten, noch kein italienisches Wort geredet; die Sprache that ihm weh; er vermied, sie zu hören, wie sie zu sprechen. Eines Abends, als Lady Nelvil und er in einem Hotel zu Mailand abgestiegen waren, wurde an ihre Thür geklopft, und sie sahen einen Mann eintreten, einen Römer, mit sehr schwarzem, sehr markirtem Gesicht, das indessen doch keine eigentliche Physiognomie hatte; Züge, die für bedeutungsvollen Ausdruck geschaffen waren, denen aber die Seele mangelte, aus welcher allein er kommen kann; ein Blick, der poetisch sein wollte; ein fortdauernd süßliches Lächeln. Noch an der Thür, fing er doch schon zu improvisiren an: Verse voller Lobpreisungen über Mutter, Kind und Gemahl; Lobpreisungen, die für alle Mütter, alle Kinder und alle Gemahle der Welt passend gewesen wären, und sich über jeden Gegenstand mit gleicher Ueberschwänglichkeit ergossen, als ob Worte und Wahrheit in durchaus keiner Beziehung mit einander zu stehen brauchten. Und doch waren es die so wohl lautenden, italienischen Klänge, deren dieser Mensch sich bediente, um mit einer Gewalt zu declamiren, welche den bedeutungslosen Inhalt dessen, was er sagte, nur noch mehr hervortreten ließ. Für Oswald konnte es gar nichts Peinlicheres geben, als nach langer Zwischenzeit die geliebte Sprache also wieder zu hören, also seine Erinnerungen herabgezogen zu sehen und sich sein schmerzliches Gedenken durch eine Lächerlichkeit auffrischen zu lassen. Lucile bemerkte seine verdrossene Stimmung; sie versuchte, den Improvisator zum Schweigen zu bringen, doch das war unmöglich. Mit Phrasen und Ausrufungen, die nicht zu unterbrechen waren, mit den tollsten Geberden rannte er im Zimmer auf und ab, und kehrte sich durchaus nicht an das Mißbehagen seiner Hörer. Seine Bewegung glich einer aufgezogenen, erst nach bestimmter Zeit wieder einhaltenden Maschine. Endlich kam dieser Stillstand und es gelang Lady Nelvil, ihn los zu werden.

Als er hinaus war, sagte Oswald: „Die poetische Redeform ist in Italien so leicht zu parodiren, daß man sie Allen untersagen sollte, die nicht würdig sind, sie zu gebrauchen." „Wahrlich", erwiderte Lucile, vielleicht ein wenig lieblos, „wahrlich, es mag unangenehm sein, sich an das, was man einst bewunderte, durch etwas, wie das eben Gehörte, erinnern lassen zu müssen." Lord Nelvil war verletzt. „Durchaus nicht", erwiderte er, „mir scheint sogar, als bringe solch ein Contrast die Macht des Genie's nur zu höherer Geltung. Dies ist dieselbe, zur Erbärmlichkeit herabgewürdigte Sprache, welche himmlische Poesie wurde, wenn Corinna, wenn Ihre Schwester", wiederholte er mit Nachdruck, „sich ihrer bediente, um ihren Gedanken Gestalt zu geben." — Lucile war von diesen Worten wie versteinert; Corinnens Name war während der ganzen Reise nicht über Oswalds Lippen gekommen, ebenso wenig hatte er ihr von „ihrer Schwester" gesprochen. Es klang wie ein Vorwurf; Thränen drohten, sie zu ersticken, und hätte sie sich ihrer Erschütterung überlassen, würde dieser Augenblick vielleicht der süßeste ihres Lebens geworden sein. Doch sie drängte Alles zurück, und der zwischen den beiden Gatten herrschende Zwang wurde nur um so peinlicher.

Am folgenden Morgen schien die Sonne wieder strahlend und warm; Lord Nelvil und Lucile benutzten sie, um den Dom zu besichtigen. Er ist in Italien das Meisterwerk der gothischen, wie die Peterskirche das der modernen Baukunst. Gleich einem schönen Bild des Schmerzes erhebt sich die Kreuzesform dieses Tempels über die reiche und fröhliche Stadt Mailand. Beim Besteigen des Thurmes bewundert man staunend diese gewissenhafte Ausführung auch der kleinsten Einzelheiten. Bis zur letzten Höhe hinauf ist das Gebäude geschmückt, gemeißelt, ausgeschnitzt, wenn man so sagen darf, als wäre es ein kostbares Spielzeug. Wie vieler Geduld und Zeit bedurfte es, um ein derartiges Werk zu vollbringen. Solche auf ein und dasselbe Ziel gerichtete Ausdauer überlieferte sich früher von Generation zu Generation; das Menschengeschlecht war in seiner Gedankenrichtung beständig und führte, dem entsprechend, unerschütterliche Monumente auf. Eine gothische Kirche versetzt in sehr andachtsvolle Stimmung. Horace Walpole sagt: „Die Päpste haben jene Reichthümer, welche ihnen die durch die gothischen Kirchen entstandene Frömmigkeit eingebracht, der Erbauung moderner Tempel geweiht." Das Licht, welches durch die gemalten Fenster mildgedämpft hereinfällt, die eigenthümlichen, architectonischen Formen, kurz der ganze Anblick der Kirche giebt eine schweigende Vorstellung von dem Geheimniß der Unendlichkeit, das man stets in sich trägt, ohne sich davon freimachen, ohne es verstehen zu können.

Als Lucile und Lord Nelvil Mailand verließen, lag eine Schneedecke über der Erde, und nichts macht Italien so trübselig, wie der Schnee. Man ist dort nicht gewohnt, die Natur unter seiner einförmig frostigen Hülle verschwinden zu sehn, und die Italiener jammern über schlechtes Wetter, wie über eine öffentliche Landplage. Oswald empfand, Lucile gegenüber, für Italien eine gewisse Coquetterie, die nun gar nicht befriedigt wurde; der Winter mißfällt dort mehr als irgendwo, weil die Fantasie durchaus nicht darauf vorbereitet ist. Lord und Lady Nelvil berührten Piacenza, Parma, Modena. Die Kirchen und Paläste dieser Städte stehen nicht im Verhältniß zu der Zahl und dem Reichthum der Einwohner; sie sind zu groß. Es ist, als wären sie für vornehme Herren eingerichtet, die erst noch ankommen sollen, und inzwischen einen Theil ihres Gefolges vorausschickten.

Am Morgen des Tages, an welchem Lord Nelvil und Lucile den Taro zu überschreiten sich vorgenommen hatten, fanden sie, als ob Alles beitragen wolle, ihnen die Reise zu verkümmern, den Fluß während der Nacht aus seinen Ufern getreten; die Ueberschwemmungen dieser, auf den Alpen und Apenninen entspringenden Ströme sind oft ausgedehnt, und dann sehr verheerend. Gleich dem Donner, hört man ihre Wasser von Weitem grollen, und ihr Lauf ist so reißend schnell, daß sie fast gleichzeitig mit dem sie verkündenden Getöse heranbrausen. Da diese Flüsse unaufhörlich ihr Bette verändern, und häufig über das Niveau der Bodenfläche·steigen, werden Brücken zur Unmöglichkeit. Hier am Ufer sahen Oswald und ·Lucile sich nun plötzlich aufgehalten; der Strom hatte die Boote hinweg gerissen, und es mußte gewartet werden, bis die Fährleute sie

an das neue, von den Fluthen eben gebildete Ufer zurückführten. Lucile ging nachdenklich und fröstelnd auf und nieder; Wasserfläche und Horizont verloren sich bei dem dichten Nebel völlig ineinander, und so erinnerten sie viel eher an die poetischen Beschreibungen der Gestade des Styx, als an die wohlthätigen Gewässer, welche die von den sengenden Strahlen der Sonne leidenden Bewohner erquicken sollen. Um das Kind vor der Kälte zu schützen, trat Lucile mit ihm in eine Fischerhütte, wo das Feuer, wie in Rußland, mitten in der Stube angezündet war. „Wo ist denn nur Ihr schönes Italien?" fragte Lucile Lord Nelvil seufzend. „Ich weiß nicht, wann und wo ich es wiederfinde", erwiderte er sehr traurig.

Wenn man sich Parma und den übrigen an dieser Straße liegenden Städten nähert, hat man von Weitem den malerischen, an den Orient erinnernden Anblick der terrassenförmigen Dächer. Kirchen und Thürme treten wunderlich aus diesen Plattformen heraus, und dem in den Norden Zurückkehrenden sind nachher die auf Schnee und Regen berechneten, spitzen Dächer von sehr unangenehmem Eindruck. Parma bewahrt noch einige Meisterwerke des Correggio. Lord Nelvil führte Lucile in eine Kirche, wo noch ein Frescogemälde des Meisters zu sehen ist, die Madonna della Scala. Als man den schützenden Vorhang zurückzog, nahm Lucile ihre Kleine auf den Arm, um sie das Bild besser sehen zu lassen, und in diesem Augenblick war die Stellung der Mutter und des Kindes fast dieselbe, als die der Jungfrau und des Sohnes. Lucile hatte mit dem Ideal von Anmuth und Bescheidenheit, was Correggio hier geschaffen, viel Aehnlichkeit, und Oswalds Blicke schweiften von Lucile auf das Bild, von dem Bilde auf Lucile. Sie bemerkte es, schlug die Augen nieder, und dadurch wurde die Aehnlichkeit nur noch auffallender, denn Correggio ist vielleicht der einzige Maler, der den niedergeschlagenen Augen eine ebenso durchdringende Wirkung zu geben weiß, als wären sie zum Himmel gerichtet. Der Schleier, welchen er über den Blick zieht, raubt diesem weder Gefühl noch Ausdruck, sondern verleiht ihm noch einen neuen Reiz, den nämlich eines himmlischen Geheimnisses.

Dieses Gemälde ist nahe daran, sich von der Mauer los-
zulösen, und man sieht, daß ein Hauch die fast schon zitternde
Farbe hinunterstürzen könnte.   Dies giebt dem Bilde den
schwermuthsvollen Reiz, der allem Vergänglichen eigen ist, und
man kehrt wiederholt vor dasselbe zurück, um seiner bald ent-
schwundenen Schönheit ein letztes, wehmüthiges Lebewohl zu sagen.

„Diese Madonna wird bald nicht mehr sein", sagte Oswald, als sie aus der Kirche traten, „ich aber werde stets ihr
Original vor Augen haben."   Das liebreiche Wort rührte
Lucile; sie drückte Oswalds Hand, und war nahe daran, zu
fragen, ob sie sich auf diesen Ausdruck seiner Zärtlichkeit verlassen dürfe. Aber wenn Oswalds Weise ihr kalt erschien, hinderte sie ihr Stolz, sich darüber zu beklagen, und gab er ihr
einen Beweis seines Gefühls, dann fürchtete sie diesen Augenblick des Glücks durch den Wunsch, ihn dauernder zu machen,
zu zerstören. So fand sie immer Grund zum Stillschweigen;
sie hoffte, daß Zeit, Ergebung und Sanftmuth eine beglückende
Lösung herbeiführen würden.

Siebentes Kapitel.

In dem italienischen Klima besserte sich Oswalds Befinden
schon jetzt wieder, nur daß ihn unaufhörlich die quälendste Unruhe bewegte. Ueberall fragte er nach Corinna, und stets antwortete man ihm, daß man sie in Florenz glaube, jedoch nichts
weiter von ihr wisse, da sie keinen Menschen mehr sehe, und zu
schreiben aufgehört habe. Ach! nicht so war ihm Corinnens
Name früher entgegengeklungen, und konnte er, der ihr Glück
und ihren Ruhm zerstört, konnte er sich das verzeihen?

Kommt man Bologna näher, so wird man beinahe erschreckt
durch den Anblick von zwei schiefen Thürmen, von denen besonders der eine sehr stark überhangt. Umsonst erfährt man, er sei
so gebaut, und habe in dieser Gestalt Jahrhunderte an sich vorüberziehen lassen: das Schönheitsgefühl ist doch davon gequält. Bologna ist eine der wenigen italienischen Städte, wo
viele unterrichtete Männer, die Vertreter jeder Wissenschaft, zu

an das neue, von den Fluthen eben gebildete Ufer zurückführten. Lucile ging nachdenklich und fröstelnd auf und nieder; Wasserfläche und Horizont verloren sich bei dem dichten Nebel völlig ineinander, und so erinnerten sie viel eher an die poetischen Beschreibungen der Gestade des Styx, als an die wohlthätigen Gewässer, welche die von den sengenden Strahlen der Sonne leidenden Bewohner erquicken sollen. Um das Kind vor der Kälte zu schützen, trat Lucile mit ihm in eine Fischerhütte, wo das Feuer, wie in Rußland, mitten in der Stube angezündet war. „Wo ist denn nur Ihr schönes Italien?" fragte Lucile Lord Nelvil seufzend. „Ich weiß nicht, wann und wo ich es wiederfinde", erwiderte er sehr traurig.

Wenn man sich Parma und den übrigen an dieser Straße liegenden Städten nähert, hat man von Weitem den malerischen, an den Orient erinnernden Anblick der terrassenförmigen Dächer. Kirchen und Thürme treten wunderlich aus diesen Plattformen heraus, und dem in den Norden Zurückkehrenden sind nachher die auf Schnee und Regen berechneten, spitzigen Dächer von sehr unangenehmem Eindruck. Parma bewahrt in einige Meisterwerke des Correggio. Lord Nelvil führte Lucile in eine Kirche, wo noch ein Frescogemälde des Meisters zu sehen ist, die Madonna della Scala. Als man den schützenden Behang zurückzog, nahm Lucile ihre Kleine auf den Arm, um das Bild besser sehen zu lassen, und in diesem Augenblick die Stellung der Mutter und des Kindes fast dieselbe, als der Jungfrau und des Sohnes. Lucile hatte mit dem Ausdruck von Anmuth und Bescheidenheit, was Correggio hier geschildert, viel Aehnlichkeit, und Oswalds Blicke schweiften von Lucile auf das Bild, von dem Bilde auf Lucile. Sie bemerkte es, schlug die Augen nieder, und dadurch wurde die Aehnlichkeit nur um so auffallender, denn Correggio ist vielleicht der einzige Maler, den niedergeschlagenen Augen eine ebenso durchdringende Bedeutung zu geben weiß, als wären sie zum Himmel gerichtet. Der Schleier, welchen er über den Blick zieht, raubt diesem Blicke Gefühl noch Ausdruck, sondern verleiht ihm noch einen neuen Reiz, den nämlich eines himmlischen Geheimnisses.

Dieses Gemälde ist nahe daran, sich von der Mauer los-
zulösen, und man sieht, daß ein Hauch die fast schon zitternde
Farbe hinunterstürzen könnte. Dies giebt dem Bilde den
schwermuthsvollen Reiz, der allem Vergänglichen eigen ist, und
man kehrt wiederholt vor dasselbe zurück, um seiner bald ent-
schwundenen Schönheit ein letztes, wehmüthiges Lebewohl zu sagen.
„Diese Madonna wird bald nicht mehr sein", sagte Oswald, als sie aus der Kirche traten, „ich aber werde stets ihr
Original vor Augen haben." Das liebreiche Wort rührte
Lucile; sie drückte Oswalds Hand, und war nahe daran, zu
fragen, ob sie sich auf diesen Ausdruck seiner Zärtlichkeit verlassen dürfe. Aber wenn Oswalds Weise ihr kalt erschien, hin-
te sie ihr Stolz, sich darüber zu beklagen, und gab er ihr
n Beweis seines Gefühls, dann fürchtete sie diesen Augen-
des Glücks durch den Wunsch, ihn dauernder zu machen,
rstören. So fand sie immer Grund zum Stillschweigen;
ffte, daß Zeit, Ergebung und Sanftmuth eine beglückende
l herbeiführen würden.

Siebentes Kapitel.

Dem italienischen Klima besserte sich Oswalds Befinden
t wieder, nur daß ihn unaufhörlich die quälendste Un-
gte. Ueberall fragte er nach Corinna, und stets ant-
m ihm, daß man sie in Florenz glaube, jedoch nichts
ihr wisse, da sie keinen Menschen mehr sehe, und zu
fgehört habe. Ach! nicht so war ihm Corinnens
r entgegengeklungen, und konnte er, der ihr Glück
uhm zerstört, konnte er sich das verzeihen?
man Bologna näher, so wird man beinahe erschreckt
blick von zwei schiefen Thürmen
ehr stark überhangt. Umsonst
habe in dieser Gestalt Jahrhu
en: das Schönheitsgefühl
ist
italieni
r jede

Zärtlichkeit, aber noch einmal unterbrach gegenseitiges Schweigen ein Gespräch, das vielleicht zu einem glücklichen Ende geführt hätte.

Sie kamen nach Turin. Der Winter war in diesem Jahre sehr strenge. Die für sonniges Wetter berechneten, weiten Räume der italienischen Häuser schienen jetzt in der Kälte äußerst unbehaglich. Im Sommer bieten diese hohen Gewölbe durch ihre Kühle große Vortheile, im Winter jedoch wird man nur die Oedigkeit jener Paläste gewahr, in denen die Menschen so klein erscheinen, daß sie Einem wie Pygmäen in Riesenwohnungen vorkommen.

Es herrschte hier eben allgemeine Trauer über den Tod Alfieri's; daher begegnete Lord Nelvil überall nur düsteren Eindrücken, und umsonst suchte er nach dem Italien, das in seiner Erinnerung lebte. Die Abwesenheit der Frau, die er so heiß geliebt, entzauberte in seinen Augen die Natur und die Kunst. Er zog über Corinna Erkundigungen ein, und erfuhr, daß sie seit fünf Jahren nichts veröffentlicht habe, und in tiefster Zurückgezogenheit zu Florenz lebe. Er nahm sich vor, dorthin zu gehen; nicht um zu bleiben und die Neigung zu verrathen, die er nun Lucile schuldete, aber um Corinna doch wenigstens einige Erklärungen zu geben.

„O, was war das Alles schön", rief Oswald, auf dem Wege durch die lombardischen Ebenen, „als diese Ulmen in ihrem Blätterschmucke standen und grüne Weinranken sie untereinander vereinten!" — „Es war schön, weil Corinna mit ihm war", dachte Lucile. Feuchter Nebel, wie er so oft in den Ebenen anzutreffen ist, welche von vielen Flüssen durchzogen werden, beschränkte die Aussicht auf die Landschaft. Nachts, in den Gasthöfen hörte man die im Süden gleich einer Sündfluth herabgießenden Regenströme auf die Dächer schlagen. Oft dringt das Wasser in die Häuser und verfolgt die Inwohnenden mit der Gier des Feuers. Vergeblich suchte Lucile nach dem Zauber Italiens. Es war, als vereinige sich Alles, um es ihren wie Oswalds Blicken mit dunklem Schleier zu verhüllen.

Sechstes Kapitel.

Oswald hatte, seit er Italien betreten, noch kein italienisches
Wort geredet; die Sprache that ihm weh; er vermied, sie zu
hören, wie sie zu sprechen. Eines Abends, als Lady Nelvil und
er in einem Hotel zu Mailand abgestiegen waren, wurde an ihre
Thür geklopft, und sie sahen einen Mann eintreten, einen Römer,
mit sehr schwarzem, sehr markirtem Gesicht, das indessen doch
keine eigentliche Physiognomie hatte; Züge, die für bedeutungsvollen Ausdruck geschaffen waren, denen aber die Seele mangelte,
aus welcher allein er kommen kann; ein Blick, der poetisch sein
wollte; ein fortdauernd süßliches Lächeln. Noch an der Thür,
fing er doch schon zu improvisiren an: Verse voller Lobpreisungen
über Mutter, Kind und Gemahl; Lobpreisungen, die für
alle Mütter, alle Kinder und alle Gemahle der Welt passend
gewesen wären, und sich über jeden Gegenstand mit gleicher
Ueberschwänglichkeit ergossen, als ob Worte und Wahrheit in
durchaus keiner Beziehung mit einander zu stehen brauchten.
Und doch waren es die so wohl lautenden, italienischen Klänge,
deren dieser Mensch sich bediente, um mit einer Gewalt zu declamiren, welche den bedeutungslosen Inhalt dessen, was er sagte,
nur noch mehr hervortreten ließ. Für Oswald konnte es gar
nichts Peinlicheres geben, als nach langer Zwischenzeit die geliebte Sprache also wieder zu hören, also seine Erinnerungen
herabgezogen zu sehen und sich sein schmerzliches Gedenken
durch eine Lächerlichkeit auffrischen zu lassen. Lucile bemerkte
seine verdrossene Stimmung; sie versuchte, den Improvisator
zum Schweigen zu bringen, doch das war unmöglich. Mit Phrasen
und Ausrufungen, die nicht zu unterbrechen waren, mit den
tollsten Geberden rannte er im Zimmer auf und ab, und kehrte
sich durchaus nicht an das Mißbehagen seiner Hörer. Seine
Bewegung glich einer aufgezogenen, erst nach bestimmter Zeit
wieder einhaltenden Maschine. Endlich kam dieser Stillstand und
es gelang Lady Nelvil, ihn los zu werden.

Als er hinaus war, sagte Oswald: „Die poetische Redeform ist in Italien so leicht zu parodiren, daß man sie Allen

untersagen sollte, die nicht würdig sind, sie zu gebrauchen."
„Wahrlich", erwiderte Lucile, vielleicht ein wenig lieblos, „wahrlich, es mag unangenehm sein, sich an das, was man einst bewunderte, durch etwas, wie das eben Gehörte, erinnern lassen zu
müssen." Lord Nelvil war verletzt. „Durchaus nicht", erwiderte
er, „mir scheint sogar, als bringe solch ein Contrast die Macht
des Genie's nur zu höherer Geltung. Dies ist dieselbe, zur Erbärmlichkeit herabgewürdigte Sprache, welche himmlische Poesie
wurde, wenn Corinna, wenn Ihre Schwester", wiederholte er
mit Nachdruck, „sich ihrer bediente, um ihren Gedanken Gestalt
zu geben." — Lucile war von diesen Worten wie versteinert;
Corinnens Name war während der ganzen Reise nicht über
Oswalds Lippen gekommen, ebenso wenig hatte er ihr von „ihrer
Schwester" gesprochen. Es klang wie ein Vorwurf; Thränen
drohten, sie zu ersticken, und hätte sie sich ihrer Erschütterung
überlassen, würde dieser Augenblick vielleicht der süßeste ihres
Lebens geworden sein. Doch sie drängte Alles zurück, und der
zwischen den beiden Gatten herrschende Zwang wurde nur um
so peinlicher.

Am folgenden Morgen schien die Sonne wieder strahlend
und warm; Lord Nelvil und Lucile benutzten sie, um den Dom
zu besichtigen. Er ist in Italien das Meisterwerk der gothischen,
wie die Peterskirche das der modernen Baukunst. Gleich einem
schönen Bild des Schmerzes erhebt sich die Kreuzesform dieses
Tempels über die reiche und fröhliche Stadt Mailand. Beim
Besteigen des Thurmes bewundert man staunend diese gewissenhafte Ausführung auch der kleinsten Einzelheiten. Bis zur
letzten Höhe hinauf ist das Gebäude geschmückt, gemeißelt, ausgeschnitzt, wenn man so sagen darf, als wäre es ein kostbares
Spielzeug. Wie vieler Geduld und Zeit bedurfte es, um ein
derartiges Werk zu vollbringen. Solche auf ein und dasselbe
Ziel gerichtete Ausdauer überlieferte sich früher von Generation
zu Generation; das Menschengeschlecht war in seiner Gedankenrichtung beständig und führte, dem entsprechend, unerschütterliche Monumente auf. Eine gothische Kirche versetzt in sehr
andachtsvolle Stimmung. Horace Walpole sagt: „Die Päpste

'haben jene Reichthümer, welche ihnen die durch die gothischen Kirchen entstandene Frömmigkeit eingebracht, der Erbauung moderner Tempel geweiht." Das Licht, welches durch die gemalten Fenster mildgedämpft hereinfällt, die eigenthümlichen, architectonischen Formen, kurz der ganze Anblick der Kirche giebt eine schweigende Vorstellung von dem Geheimniß der Unendlichkeit, das man stets in sich trägt, ohne sich davon freimachen, ohne es verstehen zu können.

Als Lucile und Lord Nelvil Mailand verließen, lag eine Schneedecke über der Erde, und nichts macht Italien so trübselig, wie der Schnee. Man ist dort nicht gewohnt, die Natur unter seiner einförmig frostigen Hülle verschwinden zu sehn, und die Italiener jammern über schlechtes Wetter, wie über eine öffentliche Landplage. Oswald empfand, Lucile gegenüber, für Italien eine gewisse Coquetterie, die nun gar nicht befriedigt wurde; der Winter mißfällt dort mehr als irgendwo, weil die Fantasie durchaus nicht darauf vorbereitet ist. Lord und Lady Nelvil berührten Piacenza, Parma, Modena. Die Kirchen und Paläste dieser Städte stehen nicht im Verhältniß zu der Zahl und dem Reichthum der Einwohner; sie sind zu groß. Es ist, als wären sie für vornehme Herren eingerichtet, die erst noch ankommen sollen, und inzwischen einen Theil ihres Gefolges vorausschickten.

Am Morgen des Tages, an welchem Lord Nelvil und Lucile den Taro zu überschreiten sich vorgenommen hatten, fanden sie, als ob Alles beitragen wolle, ihnen die Reise zu verkümmern, den Fluß während der Nacht aus seinen Ufern getreten; die Ueberschwemmungen dieser, auf den Alpen und Apenninen entspringenden Ströme sind oft ausgedehnt, und dann sehr verheerend. Gleich dem Donner, hört man ihre Wasser von Weitem grollen, und ihr Lauf ist so reißend schnell, daß sie fast gleichzeitig mit dem sie verkündenden Getöse heranbrausen. Da diese Flüsse unaufhörlich ihr Bette verändern, und häufig über das Niveau der Bodenfläche steigen, werden Brücken zur Unmöglichkeit. Hier am Ufer sahen Oswald und Lucile sich nun plötzlich aufgehalten; der Strom hatte die Boote hinweg gerissen, und es mußte gewartet werden, bis die Fährleute sie

an das neue, von den Fluthen eben gebildete Ufer zurückführten. Lucile ging nachdenklich und fröstelnd auf und nieder; Wasserfläche und Horizont verloren sich bei dem dichten Nebel völlig ineinander, und so erinnerten sie viel eher an die poetischen Beschreibungen der Gestade des Styx, als an die wohlthätigen Gewässer, welche die von den sengenden Strahlen der Sonne leidenden Bewohner erquicken sollen. Um das Kind vor der Kälte zu schützen, trat Lucile mit ihm in eine Fischerhütte, wo das Feuer, wie in Rußland, mitten in der Stube angezündet war. „Wo ist denn nur Ihr schönes Italien?" fragte Lucile Lord Nelvil seufzend. „Ich weiß nicht, wann und wo ich es wiederfinde", erwiderte er sehr traurig.

Wenn man sich Parma und den übrigen an dieser Straße liegenden Städten nähert, hat man von Weitem den malerischen, an den Orient erinnernden Anblick der terrassenförmigen Dächer. Kirchen und Thürme treten wunderlich aus diesen Plattformen heraus, und dem in den Norden Zurückkehrenden sind nachher die auf Schnee und Regen berechneten, spitzen Dächer von sehr unangenehmem Eindruck. Parma bewahrt noch einige Meisterwerke des Correggio. Lord Nelvil führte Lucile in eine Kirche, wo noch ein Frescogemälde des Meisters zu sehen ist, die Madonna della Scala. Als man den schützenden Vorhang zurückzog, nahm Lucile ihre Kleine auf den Arm, um sie das Bild besser sehen zu lassen, und in diesem Augenblick war die Stellung der Mutter und des Kindes fast dieselbe, als die der Jungfrau und des Sohnes. Lucile hatte mit dem Ideal von Anmuth und Bescheidenheit, was Correggio hier geschaffen, viel Aehnlichkeit, und Oswalds Blicke schweiften von Lucile auf das Bild, von dem Bilde auf Lucile. Sie bemerkte es, schlug die Augen nieder, und dadurch wurde die Aehnlichkeit nur noch auffallender, denn Correggio ist vielleicht der einzige Maler, der den niedergeschlagenen Augen eine ebenso durchdringende Wirkung zu geben weiß, als wären sie zum Himmel gerichtet. Der Schleier, welchen er über den Blick zieht, raubt diesem weder Gefühl noch Ausdruck, sondern verleiht ihm noch einen neuen Reiz, den nämlich eines himmlischen Geheimnisses.

Dieses Gemälde ist nahe daran, sich von der Mauer los-
zulösen, und man sieht, daß ein Hauch die fast schon zitternde
Farbe hinunterstürzen könnte. Dies giebt dem Bilde den
schwermuthsvollen Reiz, der allem Vergänglichen eigen ist, und
man kehrt wiederholt vor dasselbe zurück, um seiner bald ent-
schwundenen Schönheit ein letztes, wehmüthiges Lebewohl zu sagen.

„Diese Madonna wird bald nicht mehr sein", sagte Oswald, als sie aus der Kirche traten, „ich aber werde stets ihr
Original vor Augen haben." Das liebreiche Wort rührte
Lucile; sie drückte Oswalds Hand, und war nahe daran, zu
fragen, ob sie sich auf diesen Ausdruck seiner Zärtlichkeit verlassen dürfe. Aber wenn Oswalds Weise ihr kalt erschien, hinderte sie ihr Stolz, sich darüber zu beklagen, und gab er ihr
einen Beweis seines Gefühls, dann fürchtete sie diesen Augenblick des Glücks durch den Wunsch, ihn dauernder zu machen,
zu zerstören. So fand sie immer Grund zum Stillschweigen;
sie hoffte, daß Zeit, Ergebung und Sanftmuth eine beglückende
Lösung herbeiführen würden.

Siebentes Kapitel.

In dem italienischen Klima besserte sich Oswalds Befinden
schon jetzt wieder, nur daß ihn unaufhörlich die quälendste Unruhe bewegte. Ueberall fragte er nach Corinna, und stets antwortete man ihm, daß man sie in Florenz glaube, jedoch nichts
weiter von ihr wisse, da sie keinen Menschen mehr sehe, und zu
schreiben aufgehört habe. Ach! nicht so war ihm Corinnens
Name früher entgegengeklungen, und konnte er, der ihr Glück
und ihren Ruhm zerstört, konnte er sich das verzeihen?

Kommt man Bologna näher, so wird man beinahe erschreckt
durch den Anblick von zwei schiefen Thürmen, von denen besonders der eine sehr stark überhangt. Umsonst erfährt man, er sei
so gebaut, und habe in dieser Gestalt Jahrhunderte an sich vorüberziehen lassen: das Schönheitsgefühl ist doch davon gequält. Bologna ist eine der wenigen italienischen Städte, wo
viele unterrichtete Männer, die Vertreter jeder Wissenschaft, zu

finden sind; das Volk aber macht hier den unangenehmsten Eindruck. Lucile erwartete das ihr so gerühmte, wohllautende Italienisch zu hören, und mußte also von dem bolognesischen Dialekt, der sehr häßlich ist, nothwendig enttäuscht sein; denn es giebt selbst im Norden keinen rauheren. Sie trafen zur Carnevals-Zeit in Bologna ein; Tag und Nacht hörte man Freudengeschrei rings umher, das in bedenklicher Weise dem des Zankes glich. Ein dem Lazzaroni von Neapel ähnlicher Pöbel schläft Nachts unter den Arkaden, welche die Straßen Bologna's einfassen; im Winter tragen diese Leute in thönernen Gefäßen etwas Feuer mit sich herum, essen auf der Straße und verfolgen die Fremden mit ihren zudringlichen Betteleien. Vergeblich hoffte Lucile auf die süßen melodischen Stimmen, wie sie in Italien Nachts auf den Straßen zu erklingen pflegen; sie schweigen alle, wenn es kalt ist, und werden in Bologna durch ein Gelärme ersetzt, das dem Fremden, der nicht daran gewöhnt ist, nur unheimlich sein kann. Das Kauderwälsch der niedern Klassen klingt, mit seinen rauhen Tönen, ganz feindlich; und ohnehin sind ja die Sitten des Volks in vielen mittäglichen Gegenden viel gröber, als in nördlichen Ländern. Das Leben in den Häusern trägt zur Vervollkommnung der bürgerlichen Ordnung bei, während die Sonne des Südens, da sie unter freiem Himmel zu leben gestattet, den Gewohnheiten des Volks leicht etwas Verwildertes giebt.

Oswald und Lady Nelvil konnten nicht einen Schritt thun, ohne von einer Menge Bettler umlagert zu werden, die eine wahre Geißel für Italien sind. Als sie an den Gefängnissen Bologna's vorbeikamen, sahen sie, welch einer widerwärtigen Ausgelassenheit sich die Gefangenen hingaben; sie redeten die Vorübergehenden mit Donnerstimme an, und baten mit gemeinen Späßen und maßlosem Gelächter um Almosen; kurz, Alles gab hier das Bild eines würdelosen Volks. „In England", sagte Lucile, „zeigt sich das Volk anders; dort ist's der Mitbürger seiner Vornehmen. Oswald! und ein solches Land kann Ihnen gefallen?" — „Bewahre mich der Himmel, daß ich je meinem Vaterlande entsagen möchte. Doch wenn wir nur erst die Apen-

ninen hinter uns haben, wenn Sie das Toskanische reden hörten,
den wahren Süden und sein geistreiches, lebhaftes Volk kennen
lernten, dann werden auch Sie, glaube ich, weniger streng gegen
Italien sein."

Man kann die italienische Nation, je nach den Umständen,
auf ganz verschiedene Art beurtheilen. Zuweilen stimmt das
Ungünstige, was ihr so oft nachgesagt wird, genau zu dem, was
man selber sieht und erfährt, und ein ander Mal hält man es
auch wieder im höchsten Grade ungerecht. In einem Lande, wo
die meisten Regierungen ohne Verantwortlichkeit walteten, wo
die Macht der öffentlichen Meinung fast ebenso nichtig für die
obersten, als für die untersten Klassen war; in einem Lande, wo die
Religion sich mehr mit dem Cultus als der Sittlichkeit beschäftigt, wird von der Nation, im Allgemeinen betrachtet, meist nur
wenig Gutes zu sagen sein; doch kann man dafür viel individuelle Vorzüge antreffen; es sind meist die zufälligen, persönlichen Verbindungen, welche dem Reisenden Spott oder Lobeserhebungen abgewinnen. Oft bestimmen die Menschen, die man
nun eben näher kennen lernte, das Urtheil über ein Volk; ein
Urtheil, das also weder in den Institutionen, noch in den
Sitten, noch in dem öffentlichen Geiste seine Begründung findet.

Oswald und Lucile besuchten die schöne Gemäldesammlung
zu Bologna. Oswald blieb lange vor der Sibylle des Domenichino stehen. Lucile ahnte die Gefühle, welche dieses Bild in
ihm anregte, und da sie sah, daß er sich in der Anschauung desselben völlig verlor, wagte sie's, sich ihm zu nähern, und schüchtern zu fragen, ob die Sibylle des Domenichino mehr zu seinem
Herzen spreche, als die Madonna des Correggio. Oswald verstand sie, und war von der Bedeutung ihrer Frage betroffen; ein
Weilchen blickte er ohne zu antworten auf sie nieder, dann sagte
er: „Die Sibylle läßt keine Orakel mehr hören; ihr Genius,
ihre Begabung, es ist Alles dahin. Aber das engelgleiche Angesicht des Correggio hat nichts von seinem Zauber verloren, und
der Unglückliche, welcher der Einen so viel Leids gethan, wird
die Andere nie verrathen können." Mit den Worten ging er
hinaus, um seine Verwirrung zu verbergen.

Zwanzigstes Buch.

Schluß.

Erstes Kapitel.

Nach dem, was sich in der Gemälde-Gallerie zuge=
tragen, mußte Oswald sich wohl sagen, daß Lucile von
seinem Verhältniß zu Corinna mehr wisse, als er vorausgesetzt;
und es kam ihm endlich die Vermuthung, ihre Kälte und ihr
Schweigen könnten vielleicht aus einem geheimen Kummer
hervorgehen; dieses Mal indessen fürchtete er die Erklärung,
vor welcher bisher Lucile zurückgebebt war. Diese würde, da
nun das erste Wort gesprochen war, Lord Nelvil Alles offen=
bart haben, wenn er es gewollt; ihm aber war es zu schwer,
grade jetzt, da er Corinna wiedersehen sollte, von ihr zu reden,
sich vielleicht durch irgend ein Versprechen zu binden, genug,
eine ihn so erschütternde Frage mit einer Frau zu verhandeln,
die ihm stets ein Gefühl des Zwanges auferlegte, und deren
Charakter er nur wenig kannte.

Sie gingen über die Apenninen, und fanden jenseits der=
selben das schöne Klima Italiens. Der im Sommer oft so
erstickende Seewind verbreitete jetzt nur milde Wärme. Der
Rasen war grün; kaum, so schien es, ging der Herbst zu Ende,
und schon kündigte sich der Frühling an.

Auf den Märkten sah man Pomeranzen, Granatäpfel,
Früchte aller Art, und nun hörte man auch die toskanische
Mundart. Ach, alle Erinnerungen an das schöne Italien kehrten
in Oswalds Seele zurück, aber keine Hoffnung kehrte wieder;
nur Vergangenes lebte in seinen Empfindungen. Die weiche Luft
des Südens wirkte auch auf Lucilens Stimmung; sie wäre jetzt
vertrauender, lebhafter gewesen, wenn Lord Nelvil sie ermuthigt
hätte; aber sie wurden Beide durch die gleiche Befangenheit

zurückgehalten; Beide waren sie von der gegenseitigen Stimmung beunruhigt, und wagten nicht, sich mitzutheilen, was sie
quälte.   Corinna würde in solcher Lage sehr bald Oswalds
wie Lucilens Vertrauen gewonnen haben; sie aber besaßen
Beide dieselbe Art von Zurückhaltung, und je ähnlicher sie sich
in dieser Beziehung waren, desto schwerer war es für sie, aus
ihrer gezwungenen Stellung herauszutreten.

Zweites Kapitel.

In Florenz angekommen, schrieb Lord Nelvil an den
Fürsten Castel-Forte, und wenige Minuten darauf wurde ihm
der Besuch des Fürsten gemeldet.   Dieses Wiedersehen bewegte
Oswald so sehr, daß ihm lange jedes Wort fehlte; endlich
wünschte er von Corinna zu hören. „Ich habe Ihnen nur
Trauriges über sie mitzutheilen", antwortete Fürst Castel-Forte,
„ihre Gesundheit ist sehr schlecht und wird mit jedem Tage
schlechter.   Sie sieht Niemand, außer mir; es wird ihr oft sehr
schwer, sich zu beschäftigen; indessen war sie ein wenig ruhiger,
bis wir Ihre Ankunft in Italien erfuhren.   Bei dieser Nachricht
aber gerieth sie in eine entsetzliche Aufregung und, ich kann es
Ihnen nicht verhehlen, Mylord, das Fieber, von welchem sie
längere Zeit befreit gewesen, ist seitdem in verstärktem Grade
wiedergekehrt.   Sie hat mir in Betreff Ihrer durchaus nichts
mitgetheilt, denn ich vermeide mit großer Sorgfalt, Ihren Namen
zu nennen." — „Haben Sie die Güte, mein Fürst", bat Oswald, „ihr den Brief zu zeigen, welchen Sie, vor beinahe fünf
Jahren, von mir erhielten; er erzählt alle die einzelnen Umstände, welche es verhinderten, daß ich ihre Reise nach England
nicht erfuhr, ehe ich Lucilens Gatte wurde; und nachdem sie ihn
gelesen hat, sagen Sie ihr, ich bäte sie, mich zu empfangen. Ich
muß sie sprechen, um, wenn es angeht, mich zu rechtfertigen.
Ihre Achtung ist mir nothwendig, obgleich ich auf ihre Theilnahme keinen Anspruch mehr habe." — „Ich werde Ihren Auftrag ausrichten, Mylord, und wünsche sehr, Sie vermöchten ihr
wohl zu thun."

Staëls Corinna.   33

Zwanzigstes Buch.

Schluß.

Erstes Kapitel.

Nach dem, was sich in der Gemälde-Gallerie zugetragen, mußte Oswald sich wohl sagen, daß Lucile von
seinem Verhältniß zu Corinna mehr wisse, als er vorausgesetzt;
und es kam ihm endlich die Vermuthung, ihre Kälte und ihr
Schweigen könnten vielleicht aus einem geheimen Kummer
hervorgehen; dieses Mal indessen fürchtete er die Erklärung,
vor welcher bisher Lucile zurückgebebt war. Diese würde, da
nun das erste Wort gesprochen war, Lord Nelvil Alles offenbart haben, wenn er es gewollt; ihm aber war es zu schwer,
grade jetzt, da er Corinna wiedersehen sollte, von ihr zu reden,
sich vielleicht durch irgend ein Versprechen zu binden, genug,
eine ihn so erschütternde Frage mit einer Frau zu verhandeln,
die ihm stets ein Gefühl des Zwanges auferlegte, und deren
Charakter er nur wenig kannte.

Sie gingen über die Apenninen, und fanden jenseits derselben das schöne Klima Italiens. Der im Sommer oft so
erstickende Seewind verbreitete jetzt nur milde Wärme. Der
Rasen war grün; kaum, so schien es, ging der Herbst zu Ende,
und schon kündigte sich der Frühling an.

Auf den Märkten sah man Pomeranzen, Granatäpfel,
Früchte aller Art, und nun hörte man auch die toskanische
Mundart. Ach, alle Erinnerungen an das schöne Italien kehrten
in Oswalds Seele zurück, aber keine Hoffnung kehrte wieder;
nur Vergangenes lebte in seinen Empfindungen. Die weiche Luft
des Südens wirkte auch auf Lucilens Stimmung; sie wäre jetzt
vertrauender, lebhafter gewesen, wenn Lord Nelvil sie ermuthigt
hätte; aber sie wurden Beide durch die gleiche Befangenheit

zurückgehalten; Beide waren sie von der gegenseitigen Stimmung beunruhigt, und wagten nicht, sich mitzutheilen, was sie quälte. Corinna würde in solcher Lage sehr bald Oswalds wie Lucilens Vertrauen gewonnen haben; sie aber besaßen Beide dieselbe Art von Zurückhaltung, und je ähnlicher sie sich in dieser Beziehung waren, desto schwerer war es für sie, aus ihrer gezwungenen Stellung herauszutreten.

Zweites Kapitel.

In Florenz angekommen, schrieb Lord Nelvil an den Fürsten Castel-Forte, und wenige Minuten darauf wurde ihm der Besuch des Fürsten gemeldet. Dieses Wiedersehen bewegte Oswald so sehr, daß ihm lange jedes Wort fehlte; endlich wünschte er von Corinna zu hören. „Ich habe Ihnen nur Trauriges über sie mitzutheilen", antwortete Fürst Castel-Forte, „ihre Gesundheit ist sehr schlecht und wird mit jedem Tage schlechter. Sie sieht Niemand, außer mir; es wird ihr oft sehr schwer, sich zu beschäftigen; indessen war sie ein wenig ruhiger, bis wir Ihre Ankunft in Italien erfuhren. Bei dieser Nachricht aber gerieth sie in eine entsetzliche Aufregung und, ich kann es Ihnen nicht verhehlen, Mylord, das Fieber, von welchem sie längere Zeit befreit gewesen, ist seitdem in verstärktem Grade wiedergekehrt. Sie hat mir in Betreff Ihrer durchaus nichts mitgetheilt, denn ich vermeide mit großer Sorgfalt, Ihren Namen zu nennen." — „Haben Sie die Güte, mein Fürst", bat Oswald, „ihr den Brief zu zeigen, welchen Sie, vor beinahe fünf Jahren, von mir erhielten; er erzählt alle die einzelnen Umstände, welche es verhinderten, daß ich ihre Reise nach England nicht erfuhr, ehe ich Lucilens Gatte wurde; und nachdem sie ihn gelesen hat, sagen Sie ihr, ich bäte sie, mich zu empfangen. Ich muß sie sprechen, um, wenn es angeht, mich zu rechtfertigen. Ihre Achtung ist mir nothwendig, obgleich ich an ihre Theil nahme keinen Anspruch mehr habe." — „Ich trag ausrichten, Mylord, und wünsche sehr wohl zu thun."

Staëls Corinna.

Lady Nelvil trat in diesem Augenblicke ein; Oswald stellte ihr den Fürsten vor, und sie empfing ihn ziemlich kalt. Er sah sie sehr aufmerksam an, und ihre Schönheit mußte ihn wohl in Erstaunen setzen, denn er seufzte, und dachte an Corinna, und ging hinaus. Lord Nelvil folgte ihm. „Lady Nelvil ist sehr schön", sagte der Fürst. „welche Jugend! welche Frische! Meine arme Freundin hat nichts mehr von diesem Glanz; aber Sie — Sie dürfen nicht vergessen, Mylord, daß auch Corinna in Schönheit leuchtete, als Sie sie zum ersten Male sahen." — „Nein, ich vergesse es nicht", rief Lord Nelvil, „o nein; niemals werde ich mir verzeihen...." und unfähig, weiter zu reden, hielt er inne. Den Rest des Tages war er schweigsam und düster. Lucile versuchte nicht, ihn zu zerstreuen, und es verwundete ihn, daß sie es nicht versuchte. „Hätte Corinna mich traurig gesehen, würde Corinna mich getröstet haben", sagte er sich.

Am folgenden Morgen trieb ihn seine Unruhe schon früh zum Fürsten Castel-Forte. „Nun?" fragte er diesen, „was hat sie geantwortet?" — „Sie will Sie nicht sehen", erwiderte der Fürst. — „Und aus welchem Grunde?" — „Ich war gestern bei ihr, und fand sie in einer Aufregung, die schmerzlich anzusehen war. Sie ging, ohngeachtet ihrer großen Schwäche, mit raschen Schritten auf und ab. Ihre Bläße wurde zuweilen von hoher Röthe verdrängt, die aber bald wieder verschwand. Ich sagte ihr, Sie wünschten sie zu sprechen; darauf schwieg sie einige Augenblicke und erwiderte mir dann Folgendes, das ich Ihnen, da Sie es so verlangen, treu wiedergebe: „Er hat mir zu wehe gethan! ein Feind, der mich in einen Kerker gestürzt, der mich verbannt und geächtet hätte, würde mir das Herz nicht so zerrißen haben. Ich habe gelitten, was nie ein Mensch gelitten hat: eine Mischung von Liebe und Bitterkeit, die mir meine Gedanken zur fortwährenden Todesqual machte! Ich empfand für Oswald ebenso viel Begeisterung als Liebe; ich habe es ihm einst gesagt, — er muß sich dessen erinnern —: daß es mir schwerer sein würde, ihn nicht mehr zu bewundern, als nicht mehr zu lieben. Er hat den Gegenstand meiner Anbetung entweiht; er hat mich betrogen, freiwillig oder unfreiwillig, darauf kommt

nichts an, — er ist nicht der, für den ich ihn hielt. Was that er
für mich? Während eines Jahres beinahe hat er an dem Reichthum meines Geistes, hat er der Liebe sich erfreut, die er mir
einflößte; und als er mich vertheidigen sollte, als seine Liebe
zur That werden sollte, hat er da für mich gethan, für mich gehandelt? Kann er sich eines Opfers, einer großmüthigen Regung rühmen? Er ist jetzt glücklich, er besitzt alle Vortheile, die
in der Welt gelten, und ich — ich sterbe. Er lasse mich in
Frieden." —

„Das sind harte Worte", sagte Oswald. — „Sie ist durch
das viele Leid erbittert", entgegnete der Fürst; „oft habe ich
sie in weicherer Stimmung gesehen; oft — erlauben Sie, daß
ich's gestehe, — war sie gegen mich Ihre Vertheidigerin." —
„Sie finden mich also sehr strafbar?" fragte Lord Nelvil. —
„Darf ich es Ihnen denn sagen? Ja; ich denke, Sie sind's",
antwortete der Fürst; „das Unrecht, das wir gegen eine Frau begehen, schadet uns nicht in dem Urtheile der Welt. Heute beten
wir sie an, diese zerbrechlichen Götzenbilder, und morgen dürfen
wir sie zertreten, ohne daß Jemand zu ihrer Vertheidigung auf-
stände. Eben deshalb ehre ich sie um so höher; denn die
Sittlichkeit in Betracht ihrer kann nur durch unser Herz vertheidigt werden. Für uns entsteht durchaus kein Ungemach
daraus, wenn wir ihnen Leids thun; und doch ist dieses Leid so
fürchterlich! Ein Dolchstoß wird vom Gesetze bestraft, und das
Zerreißen eines liebenden Herzens dient nur zum Gegenstand
des Scherzes; — so gestatte man sich doch lieber den Dolchstoß!"
— „Glauben Sie mir", erwiderte Lord Nelvil, „auch ich bin
sehr unglücklich gewesen; das ist meine einzige Rechtfertigung;
und früher hätte Corinna auf diese gehört. Es kann sein, sie
gilt ihr jetzt nichts mehr; dennoch will ich ihr schreiben. Ich
glaube immer noch, daß sie die Stimme des Freundes, über
Alles hinweg, was uns scheidet, vernehmen wird." — „Gern
werde ich ihr den Brief einhändigen, aber ich beschwöre Sie,
schonen Sie sie! Sie wissen nicht, was Sie ihr noch sind! Fünf
Jahre graben einen Eindruck nur tiefer, wenn kein anderes Bild
ihn vernarben half. Wollen Sie sehen, wie Corinna jetzt ist?

33*

Durch eine wunderliche Grille, von der ich sie nicht gut zurück-
bringen konnte, vermag ich, Ihnen eine Vorstellung von ihr zu
geben."

Mit diesen Worten öffnete der Fürst die Thür seines
Arbeitszimmers; Lord Nelvil folgte ihm in dasselbe. Er sah
hier zuerst Corinnens Portrait, wie sie im ersten Act von Romeo
und Julia erschienen war: mit dem Lächeln des Glücks und des
Vertrauens, das an jenem Tage, als er am meisten von ihr
hingerissen worden war, ihre Züge so glorreich verklärt hatte.
In Oswalds Gemüth stand die Erinnerung an diese goldenen
Feiertage mächtig wieder auf, und wie er noch in das Anschauen
dieser holden Erscheinung vertieft war, nahm ihn der Fürst bei
der Hand, und indem er den Vorhang von schwarzem Flor von
einem anderen Bilde hinwegzog, zeigte er ihm die Corinna, die
sich kürzlich erst für ihn hatte malen lassen: im schwarzen Kleide,
dem venetianischen Costüme, das sie seit ihrer Rückkehr von
England nicht mehr abgelegt. Oswald erinnerte sich plötzlich,
wie sehr ihm einst in Hyde-Park eine so gekleidete Frau aufgefallen war. Was ihn aber am meisten bestürzt machte, das war
die entsetzliche Veränderung in Corinnens Aussehen. Da
stand sie: blaß wie der Tod, die Augen halb geschlossen; ihre
langen Wimpern verschleierten den Blick und warfen einen
Schatten auf ihre farblosen Wangen. Unter dem Bilde stand
jener Vers aus dem Pastor fido:

A pena si può dir: Questa fu rosa.
Kaum kann man sagen: dies war eine Rose.

„Wie!" rief Lord Nelvil, „dies — dies ist sie jetzt?" —
„Ja", erwiderte Fürst Castel=Forte, „und seit vierzehn Tagen
ist sie noch viel hinfälliger." — Lord Nelvil stürzte hinaus, —
ein Verzweifelnder, — das Uebermaß des Schmerzes verwirrte
seine Vernunft.

Drittes Kapitel.

Zu Haus schloß er sich während des ganzen Tages in sein
Zimmer ein. Als es Zeit war, zu Mittag zu speisen, klopfte
Lucile leise an die Thür. Er öffnete. „Meine theure Lucile",

sagte er, „erlauben Sie, daß ich heute allein bleibe, und zürnen
Sie mir nicht darum." Lucile, welche die kleine Julia an der
Hand hielt, neigte sich zu dem Kinde, küßte es, und entfernte
sich ohne ein Wort der Erwiderung. Lord Nelvil verschloß die
Thür von Neuem, und trat wieder an den Tisch, auf welchem
der Brief lag, den er eben an Corinna schrieb. Aber mit
Thränen sagte er sich: „Wäre es möglich, daß ich auch Lucile
bekümmerte? Wozu ist denn mein Leben, wenn Alles, was mich
liebt, durch mich unglücklich wird?"

Lord Nelvils Brief an Corinna.

„Wenn Sie nicht die großmüthigste Frau in der Welt
wären, was könnte ich Ihnen dann noch zu sagen haben? Sie
können mich mit Ihren Vorwürfen überhäufen, und, was noch viel
entsetzlicher ist, mir durch Ihren Schmerz das Herz zerreißen. Bin
ich denn ein Ungeheuer, Corinna, da ich dem, was ich liebte,
so viel Schmerz bereitet? Ach, ich selbst leide so viel, daß ich
mich nicht für ganz gewissenlos halten kann. Als ich Sie kennen
lernte, Sie wissen es, lastete auf mir ein Kummer, der mir
ins Grab folgen wird. Ich hoffte nicht mehr auf Glück. Lange
kämpfte ich gegen Ihren Zauber an, und als er mich endlich be-
siegte, habe ich im Herzen auch stets ein Gefühl der Trauer — die
Vorahnung eines unglücklichen Schicksals — mit mir herum-
getragen. Bald glaubte ich, der Vater habe Sie mir gesendet,
weil er im Himmel über mir wache, und es wolle, daß ich auf
Erden noch einmal geliebt sei, wie er mich liebte; bald wieder
fürchtete ich seinem Willen ungehorsam zu sein, wenn ich eine
Ausländerin zur Gattin wählte, wenn ich von der mir durch
Pflicht und Verhältnisse vorgeschriebenen Bahn abwiche. Diese
letzte Ueberzeugung blieb die herrschende, als ich nach England
zurückkehrte, und dort erfuhr, daß meine Liebe für Sie schon im
Voraus von meinem Vater verurtheilt worden war. Hätte er
gelebt, so würde ich mich berechtigt gehalten haben, in dieser
Sache gegen seine väterliche Autorität zu handeln; die Todten
aber hören uns nicht mehr, und ihr Wille wird uns nur theurer
und heiliger dadurch, daß sie ihn nicht mehr behaupten können.

„Ich fand mich wieder gefesselt von den Banden und Gewohnheiten der Heimat, und begegnete nun Ihrer Schwester, die mein Vater mir bestimmt hatte, und welche dem Bedürfniß nach Ruhe, der Sehnsucht nach häuslicher Regelmäßigkeit so sehr zu entsprechen schien. In meinem Charakter liegt eine gewisse Schwäche, die mich vor Allem, was das Leben heftig erregt, zurückscheuen läßt. Mein Geist ist zwar durch neue Hoffnungen zu verleiten; aber ich habe so viel gelitten, daß meine kranke Seele Alles fürchtet, was sie starken Erschütterungen aussetzen könnte, was sie zu Entschließungen führen könnte, um derentwillen meine Erinnerungen und die mir angeborenen Neigungen verletzt werden müßten. Und doch, Corinna, wenn ich Sie in England gewußt hätte, würde ich mich niemals von Ihnen haben losreißen können; dieser wundervolle Beweis von Liebe hätte über mein ungewisses Herz entschieden. Ach! was nützt es, zu sagen, was ich gethan haben würde? Wären wir glücklich geworden? Bin ich fähig, es zu sein? Schwankend, wie ich bin, hätte ich ein noch so schönes Loos wählen können, ohne reuevoll auf ein anderes zu blicken?

„Als Sie mir meine Freiheit wiedergaben, war ich gegen Sie erzürnt, und wendete mich den Ansichten zu, die gewöhnliche Menschen Ihnen gegenüber zu behaupten pflegen. Ich sagte mir, daß eine so überlegene Frau mich leicht entbehren könne. Corinna! ich weiß es, ich habe Ihnen das Herz gebrochen; damals aber wähnte ich, nur mich aufzuopfern. Ich glaubte untröstlicher zu sein, als Sie; glaubte, Sie würden mich vergessen haben, wenn ich Ihnen immer noch nachhängen würde; kurz — die Verhältnisse umstrickten mich. Auch darf ich es nicht läugnen, daß Lucile nicht nur die Gefühle, welche sie mir einflößt, sondern noch viel mehr verdient. Dennoch aber: seit ich Ihren Aufenthalt in England und Ihr Elend erfuhr, an dem ich schuldig bin, seitdem war mein Leben nur ein fortdauernder Schmerz. Vier Jahre hindurch suchte ich den Tod auf dem Schlachtfelde, überzeugt, Sie würden mich entsühnt halten, wenn Sie erführen, ich sei nicht mehr. Zwar haben Sie mir ja sicherlich ein Leben voller Qual und Schmerzen

entgegenzuſetzen, haben die edelſte Treue einem Undankbaren,
der ſie nicht verdiente, bewahrt; aber bedenken Sie, daß das
Leben der Männer ſich nach tauſend verſchiedenen Richtungen
hin ausgiebt, welche alle die Beſtändigkeit des Herzens nicht
unterſtützen. Wenn es indeſſen wahr iſt, daß ich das Glück
weder geben, noch finden konnte; wenn es wahr iſt, daß ich
allein bin, ſeit ich Sie verließ, daß ich nie aus Herzensgrund
reden kann, daß die Mutter meines Kindes, die ſo viel An-
ſprüche an meine Liebe hat, meinem geheimſten Innern, wie
meinen Gedanken fremd bleibt; wenn es wahr iſt, daß eine
immerwährende Traurigkeit mich in jene Krankheit zurückfallen
ließ, welcher Ihre Sorgfalt; Corinna, mich einſt entzogen;
wenn ich nach Italien kam, nicht um mich zu heilen — Sie
glauben nicht, daß ich das Leben liebe —, ſondern kam, um
Ihnen Lebewohl zu ſagen: wenn das Alles ſo iſt, und es iſt ſo,
werden Sie es mir verweigern, Sie noch einmal zu ſehen, ein
einziges Mal? Ich wünſche es, weil ich glaube, es würde
Ihnen wohlthun. Nicht an mein eigenes Elend denke ich dabei.
Was liegt daran, daß ich zerſchmettert bin? Was liegt daran,
daß eine furchtbare Laſt für immer auf meinem Herzen lagern
wird, falls ich von hier fortgehn muß, ohne Sie geſprochen,
ohne meine Verzeihung von Ihnen erhalten zu haben! Ich muß
unglücklich ſein, — ich muß! und gewiß, ich werde es ſein. Aber
mich dünkt, Ihr Herz werde ſich leichter fühlen, wenn Sie an
mich wie an Ihren Freund denken könnten; wenn Sie ſehen
würden, wie theuer Sie mir ſind; es errathen würden aus den
Blicken, aus der Stimme dieſes Oswald, dieſes Schuldbela-
ſteten, deſſen Schickſal mehr Veränderung erlitt, als ſein Herz.

„Ich ehre meine Feſſeln, und liebe Ihre Schweſter; aber
das Menſchenherz, wunderlich und inconſequent, wie es nun
einmal iſt, vermag dieſe Neigung und die, welche ich für Sie
fühle, gleichzeitig zu umfaſſen. Ich habe Ihnen nichts von mir
zu ſagen, das ſich ſchreiben ließe; alles, was ich zu erklären hätte,
verurtheilt mich. Aber wenn Sie mich zu Ihren Füßen ſähen,
würden Sie über all mein Unrecht, über all meine Pflichten
hinweg es erkennen, was Sie mir noch ſind, und dieſe Unter-

·redung würde Ihnen ein versöhntes Andenken zurücklassen. Ach, Beide haben wir keine sichere Gesundheit, und ich glaube nicht, daß der Himmel uns ein langes Leben bestimmt; daß der, welcher dem Andern vorangeht, sich von dem Freunde, den er auf dieser Welt zurückläßt, beweint, geliebt wisse! Dem Schuldlosen allein sollte dieses Glück zu Theil werden; aber bewilligen Sie es auch dem Schuldigen!

„Corinna, hehre Freundin! Sie, die Sie in dem Herzen lesen können, errathen Sie, was ich nicht sagen darf; verstehen Sie mich, wie Sie mich einst verstanden! Gewähren Sie's mir, Sie zu sehen; gewähren Sie, daß meine blassen Lippen Ihre müden Hände küssen. Ach! nicht ich allein habe dieses Wehe angerichtet: ein und dasselbe Gefühl hat uns Beide verzehrt: das Verhängniß ist's, das zwei Menschen schlug, die sich liebten; aber den Einen von ihnen hat es zum Frevler gemacht, und dieser, Corinna, ist vielleicht nicht am wenigsten zu beklagen!"

Corinnens Antwort.

„Wenn ich Ihnen nur zu verzeihen brauchte, um Sie zu sehen, würde ich es keinen Augenblick versagen. Ich weiß nicht, wie es kommt, daß ich keinen Groll gegen Sie habe, wiewohl der Schmerz, den Sie mir bereiteten, mich vor Entsetzen schaudern macht. Ich muß Sie wohl noch lieben, da ich so ohne allen Haß gegen Sie bin; die Religion allein würde nicht ausreichen, mich also zu entwaffnen. Ich habe Zeiten durchlebt, in denen meine Vernunft zerrüttet war; Zeiten — und diese waren die süßesten — wo ich mit jedem Tage an der Beklemmung, die mir das Herz zerdrückte, zu sterben glaubte; Zeiten auch, wo ich an Allem zweifelte, selbst an der Tugend: denn Sie waren ihr Urbild für mich hienieden, und ich hatte die Richtschnur für mein Fühlen und mein Denken verloren, als derselbe Schlag meine Anbetung und meine Liebe traf.

„Was wäre ohne den Beistand Gottes aus mir geworden? Es giebt nichts auf dieser Welt, das mir durch Ihr Andenken nicht vergiftet wurde. Mir blieb in der Tiefe meiner Seele eine einzige Zufluchtsstätte — Gott hat sie mir gewährt. Die

Kräfte des Körpers schwinden hinweg, nicht aber die Begeisterung; sie ist mein Hort. Sich der Unsterblichkeit würdig zu
machen, ist der einzige Zweck des Daseins; ich glaube dies mit
Freudigkeit. Glück und Leid, sie sind nur die Mittel zu diesem
Zweck; und Sie — Sie wurden erwählt, um mein Leben aus
der Erde zu entwurzeln — ich hing ihr durch zu starke
Bande an.

„Als ich Ihre Ankunft in Italien erfuhr, als ich Ihre
Handschrift wieder sah, Sie dort — dort auf der andern Seite
des Flusses wußte, habe ich in meiner Seele einen fürchter-
lichen Aufruhr durchlitten. Um zu bekämpfen, was ich fühlte,
mußte ich mir unaufhörlich sagen, daß meine Schwester Ihre
Frau sei. Ich will es Ihnen nicht verbergen: Sie wiederzusehen
schien mir ein Glück, ein überschwängliches Aufwallen, das mein
von Neuem trunkenes Herz Jahrhunderten der Ruhe vorgezogen
haben würde. Aber die Vorsehung hat mich in dieser Noth nicht
verlassen. Sind Sie nicht der Gatte einer Andern? Was konnte
ich Ihnen zu sagen haben? Wäre es mir auch nur vergönnt, in
Ihren Armen zu sterben? Und was bliebe mir für mein Gewissen,
wenn ich kein Opfer brächte, wenn ich noch einen letzten Tag, noch
eine letzte Stunde verlangte? Jetzt werde ich vielleicht vertrauens-
voller vor Gott erscheinen, jetzt, da ich habe entsagen können,
Sie zu sehen; dieser große Sieg wird meiner Seele Frieden
geben. Das Glück, so ein Glück, wie ich's empfand, als Sie
mich liebten, ist mit unserer Natur nicht in Uebereinstimmung:
es bestürzt, es beunruhiget, es ist so bereit, vorüberzugehen.
Aber beständiges Gebet und heilige Andacht, deren Zweck es ist,
sich selbst zu veredeln, sich in Allem nach dem Gefühl der Pflicht
zu entscheiden, die verhelfen zu wohlthätigem Stillhalten, und
ich kann nicht ermessen, welche Empörung in diesem Leben der
Ruhe, das ich mir errungen zu haben glaube, allein nur der
Ton Ihrer Stimme wieder aufzurufen vermöchte. Es hat mir
sehr wehe gethan, daß Sie Ihre Gesundheit so angegriffen
nennen. Ach! nicht ich darf Sie pflegen, aber leiden darf ich
noch mit Ihnen. Gott segne Ihre Tage, Mylord! Seien Sie
glücklich, aber seien Sie es durch die Religion; der innige Ver-

kehr mit dem Göttlichen scheint in uns selbst die Stimme zu erwecken, welche tröstende Antwort auf unsere Bekenntnisse ertheilt; sie bildet zwei Freunde aus der einen Seele. Könnten Sie noch nach dem suchen, was man „Glück" nennt? Ach! werden Sie denn Besseres als meine Liebe finden? Wissen Sie wohl, daß ich noch in den Einöden der neuen Welt mein Loos gesegnet haben würde, wenn Sie mir gewährt hätten, Ihnen dahin zu folgen? Wissen Sie, daß ich Ihnen wie eine Sklavin gedient hätte? Wissen Sie, daß ich vor Ihnen, wie vor einem Abgesandten des Himmels, im Staub gelegen haben würde, wenn Sie mich treu geliebt hätten? Und was haben Sie aus so viel Liebe gemacht? Was haben Sie gemacht aus einer Leidenschaft, die einzig war auf dieser Welt? Ein Unglück, einzig wie sie! Darum streben Sie nicht mehr nach Glück! Beleidigen Sie mich nicht damit, daß Sie es noch zu erlangen suchen! Beten Sie, wie ich, beten Sie, auf daß unsere Gedanken sich im Himmel begegnen.

„Wenn ich mich aber meinem Ende ganz nahe fühlen werde, dann verberge ich mich vielleicht an irgend einer Stelle, wo ich Sie kann vorübergehen sehn. Warum sollte ich das nicht thun? Wenn meine Augen brechen, wenn es Nacht wird um mich her, und ich draußen nichts mehr unterscheide, dann werde ich Ihr Bild ja doch im Innern schauen, und wird es dann nicht sprechender sein, wenn ich Sie noch eben erst gesehen? Die Götter der Alten waren bei dem Tode der Menschen nicht gegenwärtig — ich werde Sie von dem meinen fern halten, aber ich wünsche, daß meinem erlöschenden Bewußtsein noch ein frisches Andenken Ihrer Züge vorschwebe. Oswald! Oswald! Was sage ich! Sie sehen, was aus mir wird, wenn ich mich der Erinnerung an Sie hingebe!

„Weshalb hat Lucile nicht verlangt, mich zu sehen? Sie ist Ihre Frau, aber sie ist auch meine Schwester. Ich habe ihr innige und selbst hochherzige Worte zu sagen. Und weshalb hat man mir Ihre Tochter nicht gebracht? Darf ich Sie auch nicht sehen, so ist doch Ihre Familie auch die meine. Bin ich denn von ihr verstoßen? Fürchtet man für die kleine Julia

meinen traurigen Anblick? Es ist wahr, ich bin nur noch ein
Schatten, aber für Ihr Kind werde ich ein Lächeln' haben.
Leben Sie wohl, Mylord, leben Sie wohl! Meinen Sie, ich
würde Sie Bruder nennen können, weil Sie der Gatte meiner
Schwester sind? Ach, wenigstens werden Sie ein schwarzes
Kleid für mich tragen, wenn ich todt bin, werden als Verwandter
meinem Leichenwagen folgen. Meine Asche soll nach Rom gebracht werden; lassen Sie meinen Sarg denselben Weg nehmen,
über welchen einst mein Triumphwagen zog, und ruhen Sie,
mein gedenkend, an der Stätte aus, wo Sie mir einst den Lorbeer wiedergaben. Nein, Oswald, nein, — das ist Unrecht. Ich
will nichts, was Sie betrübt. Ich will nur eine Thräne und
einen Blick zum Himmel, in welchem ich Sie erwarten werde." ·

Sechstes Kapitel.

Mehrere Tage verstrichen, ohne daß Oswald Ruhe finden
konnte nach dem herzzerreißenden Eindruck, den ihm dieser Brief
gemacht. Er floh Lucilens Gegenwart; ganze Stunden brachte
er an dem Flusse zu, auf dessen jenseitigem Ufer Corinnens
Haus zu sehen war, und zuweilen war er versucht, sich in die
Fluthen zu stürzen, um von ihnen wenigstens todt bis zu jener
Behausung getragen zu werden, deren Eintritt ihm jetzt untersagt blieb. Aus Corinnens Brief erfuhr er, daß sie die Schwester
zu sehen wünsche, und obgleich ihn dieses Verlangen überraschte,
hätte er es doch gern befriedigt. Wie aber dies mit Lucile zur
Sprache bringen? Er sah es wohl, sie war durch seinen Kummer verletzt; er hätte gewollt, daß sie ihn frage, er konnte sich
nicht entschließen, zuerst zu sprechen; und Lucile fand stets Aus-
wege, um das Gespräch auf gleichgültige Gegenstände zu lenken,
einen Spaziergang vorzuschlagen, kurz jede Unterredung abzuwenden, die zu einer Erklärung hätte führen können. Sie
äußerte zuweilen den Wunsch, Florenz zu verlassen, um nach
Rom und Neapel zu gehen. Lord Nelvil widersprach dem nie;
er bat meist nur um ein paar Tage Aufschub, und Lucile willigte
dann mit kalter und würdevoller Miene ein.

Oswald wollte Corinna wenigstens sein Töchterchen schicken, und heimlich befahl er der Wärterin, Julia hinzubringen. Als die Kleine zurückkam, ging er ihr entgegen, und fragte sie, ob ihr der Besuch Vergnügen gemacht habe. Julia antwortete mit einem italienischen Wort, dessen Aussprache an die Corinnens erinnerte, und ihn beben machte. „Kind, wer hat Dich das gelehrt?" fragte er. „Die Dame, von der ich eben komme." — „Und wie war sie gegen Dich?" — „Sie hat sehr geweint, als sie mich sah", antwortete Julia; „ich weiß aber nicht, weshalb. Sie küßte mich, und weinte, und das that ihr sicher weh, denn sie sieht sehr krank aus." — „Und sie gefällt Dir, diese Dame?" — „O sehr, ich will alle Tage hingehn; sie hat mir versprochen, mich Vielerlei zu lehren; sie möchte, daß ich so wie Corinna würde, sagt sie. Was ist Corinna, lieber Vater? Die Dame hat es mir nicht sagen wollen." — Auch der Vater sagte es ihr nicht, und wendete sich ab, um seine Rührung zu verbergen. Er befahl, daß Julia nun täglich auf ihren Spaziergängen zu Corinna geführt werde; vielleicht war es ein Unrecht gegen Lucile, so ohne ihre Einwilligung über das Kind zu verfügen. Die Kleine machte indeß nach Tagen schon die erstaunlichsten Fortschritte in ihrer Entwickelung. Ihr Lehrer des Italienischen war von ihrer Aussprache entzückt, und der in der Musik bewunderte schon ihre ersten Versuche.

Nichts vielleicht von allem, was geschehen war, hatte Lucile so viel Schmerz bereitet, als dieser Einfluß Corinnens auf die Erziehung ihrer Tochter. Sie mußte es durch diese, daß die arme Corinna, in ihrer Schwäche und Auflösung, sich die äußerste Mühe gebe, um sie zu unterrichten und ihr von ihrem Talent mitzutheilen, wie eine Erbschaft, die sie gern noch bei Lebzeiten abtrat. Lucile würde davon gerührt gewesen sein, wenn sie in all dieser Sorgfalt nicht immer die Absicht gesehen hätte, ihr Lord Nelvil zu entfremden, und sie kämpfte zwischen dem begreiflichen Wunsch, die Tochter allein zu erziehen, und dem Vorwurf, den sie sich machen mußte, wenn sie ihr einen Unterricht vorenthielt, der dem Kinde in so unglaublicher Weise zum Vortheil gereichte. Eines Tages trat Lord Nelvil ins Zimmer, als

Julia eben ihre Musikstunde hatte; sie hielt eine ihrer Größe angemessene Harfe in Lyraform, ganz nach der Weise Corinnens,
in ihren kleinen Armen. Man glaubte ein schönes Gemälde in
Miniatur zu sehen, dem noch der unschuldsvolle Reiz der Kindheit sich zugesellte. Schweigend und erschüttert setzte Oswald
sich nieder, und lauschte einem schottischen Lied, das die Kleine
von Corinna spielen gelernt hatte, und welches diese Lord Nelvil einst in Tivoli vor einem Gemälde nach Ossian gesungen.
Während Oswald athemlos zuhörte, trat Lucile leise in das
Zimmer, ohne daß er's gewahrte, und als Julia nun zu Ende
war, hob der Vater sie liebkosend zu sich hinauf. „Die Dame,
die dort am Flusse wohnt, hat Dich also dieses Lied gelehrt?"
fragte er. „Ja", erwiderte das Kind; „aber es machte ihr so
viele Mühe, und sie war oft recht krank dabei; doch wollte sie
nicht aufhören, und ich mußte ihr versprechen, Dir das Lied an
einem bestimmten Tag im Jahr immer zu wiederholen, am siebzehnten November, denke ich, war's." „O, mein Gott!" rief
Lord Nelvil und küßte sein Kind unter Thränen.

„Das ist zu viel, Mylord", sagte Lucile, jetzt vortretend,
auf Englisch zu ihrem Gemahl und nahm Julia bei der Hand;
„mir auch noch die Liebe meiner Tochter abzuwenden; dieser
Trost muß mir in meinem Unglück bleiben." — Darauf ging sie
mit Julia hinaus. Vergeblich wollte Lord Nelvil ihr folgen,
— sie gestattete es nicht, und erst um die Essenszeit meldete man
ihm, daß sie seit einigen Stunden allein, und ohne Angabe ihres
Zweckes, ausgegangen sei. In tödtlicher Angst über ihre Abwesenheit harrte er ihrer lange, bis er sie mit einem Ausdruck
der Ruhe und Sanftmuth eintreten sah, der sehr verschieden
von dem war, was er erwartet hatte. Er wollte nun endlich mit
Vertrauen zu ihr reden und sich ihre Verzeihung durch Aufrichtigkeit erwerben. „Gestatten Sie, Mylord", erwiderte sie ihm,
„daß diese uns Beiden so nothwendige Erklärung noch aufgeschoben werde. Sie werden in Kurzem die Gründe meiner
Bitte erfahren."

Während des Speisens zeigte sie im Gespräch mehr Theilnahme als sonst; und auch in den nun folgenden Tagen bewies

Oswald wollte Corinna wenigstens sein Töchterchen schicken, und heimlich befahl er der Wärterin, Julia hinzubringen. Als die Kleine zurückkam, ging er ihr entgegen, und fragte sie, ob ihr der Besuch Vergnügen gemacht habe. Julia antwortete mit einem italienischen Wort, dessen Aussprache an die Corinnens erinnerte, und ihn beben machte. „Kind, wer hat Dich das gelehrt?" fragte er. „Die Dame, von der ich eben komme." — „Und wie war sie gegen Dich?" — „Sie hat sehr geweint, als sie mich sah", antwortete Julia; „ich weiß aber nicht, weshalb. Sie küßte mich, und weinte, und das that ihr sicher weh, denn sie sieht sehr krank aus." — „Und sie gefällt Dir, diese Dame?" — „O sehr, ich will alle Tage hingehn; sie hat mir versprochen, mich Vielerlei zu lehren; sie möchte, daß ich so wie Corinna würde, sagt sie. Was ist Corinna, lieber Vater? Die Dame hat es mir nicht sagen wollen." — Auch der Vater sagte es ihr nicht, und wendete sich ab, um seine Rührung zu verbergen. Er befahl, daß Julia nun täglich auf ihren Spaziergängen zu Corinna geführt werde; vielleicht war es ein Unrecht gegen Lucile, so ohne ihre Einwilligung über das Kind zu verfügen. Die Kleine machte indeß nach Tagen schon die erstaunlichsten Fortschritte in ihrer Entwickelung. Ihr Lehrer des Italienischen war von ihrer Aussprache entzückt, und der in der Musik bewunderte schon ihre ersten Versuche.

Nichts vielleicht von allem, was geschehen war, hatte Lucile so viel Schmerz bereitet, als dieser Einfluß Corinnens auf die Erziehung ihrer Tochter. Sie wußte es durch diese, daß die arme Corinna, in ihrer Schwäche und Auflösung, sich die äußerste Mühe gebe, um sie zu unterrichten und ihr von ihrem Talent mitzutheilen, wie eine Erbschaft, die sie gern noch bei Lebzeiten abtrat. Lucile würde davon gerührt gewesen sein, wenn sie in all dieser Sorgfalt nicht immer die Absicht gesehen hätte, ihr Lord Nelvil zu entfremden, und sie kämpfte zwischen dem begreiflichen Wunsch, die Tochter allein zu erziehen, und dem Vorwurf, den sie sich machen mußte, wenn sie ihr einen Unterricht vorenthielt, der dem Kinde in so unglaublicher Weise zum Vortheil gereichte. Eines Tages trat Lord Nelvil ins Zimmer, als

Julia eben ihre Musikstunde hatte; sie hielt eine ihrer Größe angemessene Harfe in Lyraform, ganz nach der Weise Corinnens,
in ihren kleinen Armen. Man glaubte ein schönes Gemälde in
Miniatur zu sehen, dem noch der unschuldsvolle Reiz der Kindheit sich zugesellte. Schweigend und erschüttert setzte Oswald
sich nieder, und lauschte einem schottischen Lied, das die Kleine
von Corinna spielen gelernt hatte, und welches diese Lord Nelvil einst in Tivoli vor einem Gemälde nach Ossian gesungen.
Während Oswald athemlos zuhörte, trat Lucile leise in das
Zimmer, ohne daß er's gewahrte, und als Julia nun zu Ende
war, hob der Vater sie liebkosend zu sich hinauf. „Die Dame,
die dort am Flusse wohnt, hat Dich also dieses Lied gelehrt?"
fragte er. „Ja", erwiderte das Kind; „aber es machte ihr so
viele Mühe, und sie war oft recht krank dabei; doch wollte sie
nicht aufhören, und ich mußte ihr versprechen, Dir das Lied an
einem bestimmten Tag im Jahr immer zu wiederholen, am siebzehnten November, denke ich, war's." „O, mein Gott!" rief
Lord Nelvil und küßte sein Kind unter Thränen.

„Das ist zu viel, Mylord", sagte Lucile, jetzt vortretend,
auf Englisch zu ihrem Gemahl und nahm Julia bei der Hand;
„mir auch noch die Liebe meiner Tochter abzuwenden; dieser
Trost muß mir in meinem Unglück bleiben." — Darauf ging sie
mit Julia hinaus. Vergeblich wollte Lord Nelvil ihr folgen,
— sie gestattete es nicht, und erst um die Essenszeit meldete man
ihm, daß sie seit einigen Stunden allein, und ohne Angabe ihres
Zweckes, ausgegangen sei. In tödtlicher Angst über ihre Abwesenheit harrte er ihrer lange, bis er sie mit einem Ausdruck
der Ruhe und Sanftmuth eintreten sah, der sehr verschieden
von dem war, was er erwartet hatte. Er wollte nun endlich mit
Vertrauen zu ihr reden und sich ihre Verzeihung durch Aufrichtigkeit erwerben. „Gestatten Sie, Mylord", erwiderte sie ihm,
„daß diese uns Beiden so nothwendige Erklärung noch aufgeschoben werde. Sie werden in Kurzem die Gründe meiner
Bitte erfahren."

Während des Speisens zeigte sie im Gespräch mehr Theilnahme als sonst; und auch in den nun folgenden Tagen bewies

sie sich liebenswürdiger und lebhafter wie früher. Lord Nelvil begriff diese Veränderung nicht, deren Ursache folgende war: Lucile hatte sich durch den Verkehr ihrer Tochter mit Corinna, und durch den Antheil, welchen Lord Nelvil an den wunderbaren Fortschritten des Kindes nahm, sehr verletzt gefühlt. Alles, was sie seit lange in ihrem Herzen verschlossen gehalten, war in diesem Augenblick an's Licht gekommen, und wie es den Menschen wohl geht, wenn sie aus ihrem Charakter heraustreten, sie faßte einen raschen Entschluß und ging aus, um mit Corinna zu reden und sie zu fragen, ob sie ihr die Neigung ihres Gatten denn für immer zu entziehen gedenke. Lucile sprach muthig mit sich selbst, bis sie vor Corinnens Thür stand; dann aber kam eine solche Schüchternheit über sie, daß sie sich wohl niemals entschlossen haben würde, einzutreten, wenn Corinna, die sie vom Fenster aus gesehen, ihr nicht Theresina mit der Bitte entgegengeschickt hätte, sie möge doch hinaufkommen. Sie folgte dieser Aufforderung, und als sie nun die Schwester in ihrem jammervollen Zustande sah, schwand all ihr Zorn; tief bewegt und mit Thränen umarmte sie die Unglückliche.

Nun begann zwischen den Schwestern ein Gespräch voll gegenseitigen Freimuthes. Corinna gab hierzu das Beispiel, und es wäre für Lucile wohl unmöglich gewesen, dem nicht zu folgen. Den Einfluß, den Corinna auf alle Welt geübt, hatte nun auch Lucile zu empfinden: man konnte vor ihr keine Verstellung, keine Gezwungenheit beibehalten. Sie theilte Lucile mit, daß sie nur noch wenige Zeit zu leben habe, und ihre Schwäche, ihre Todtenblässe bewiesen das nur zu gut. Voller Einfachheit sprach sie mit Lucile über die zartesten Gegenstände; sprach von ihrem und Oswalds Glück. Aus dem, was Fürst Castel-Forte ihr erzählt, und mehr noch aus dem, was sie selbst errieth, mußte sie, daß oft Zwang und Kälte in dieser Ehe herrschten; und sich der Ueberlegenheit bedienend, die ihr durch ihren Geist und durch ihr nahes Ende verliehen war, unternahm sie es großmüthig, Lucilens Verhältniß zu Lord Nelvil glücklicher zu gestalten. Da sie dessen Charakter vollkommen kannte, suchte sie Lucile deutlich zu machen, weshalb es Jenem ein

Bedürfniß sei, in der Frau, die er liebe, einer, in mancher Hinsicht
von der seinen abweichenden Wesenheit zu begegnen: freiwilliges
Vertrauen, weil seine natürliche Zurückhaltung ihn hinderte, um
solches zu werben, mehr Theilnahme, weil er sehr zur Muthlosigkeit neigte, und Frohsinn, eben weil er schon von seiner
eigenen Traurigkeit litt. Corinna schilderte nur sich selbst in
den Sonnentagen ihres Lebens; sie beurtheilte sich, wie sie eine
Fremde beurtheilt haben würde, und hielt es Lucilen eifrig vor,
wie anziehend eine Frau sein müßte, die mit der tadellosesten
Haltung, mit strengster Sittlichkeit doch den ganzen Zauber, die
ganze Hingebung und den liebenswürdigen Wunsch zu gefallen
verbände, wie sie alle zuweilen aus dem Bemühen entstehen, begangene Fehler vergessen zu machen.

„Es giebt Frauen", sagte Corinna, „die nicht nur trotz
ihrer Irrthümer, sondern wegen derselben geliebt werden. Der
Grund dieses Widerspruchs ist vielleicht, daß sie liebenswürdig
zu sein suchen, um sie sich verzeihen zu lassen, und keinen Zwang
auferlegen, weil sie selbst der Nachsicht bedürfen. Sei also auf
Deine Vortrefflichkeit nicht stolz, Lucile; laß Deinen Zauber
darin bestehen, Dich nicht zu überheben, sondern sie vergessen
zu machen: Du mußt zugleich Du und ich sein. Niemals darfst
Du Dich durch Deine Tugend zu der leichtesten Vernachlässigung,
Deiner Anmuth berechtigt fühlen, und nimm sie nie zum Vorwande, um Dir Stolz und Kälte zu erlauben. Wenn dieser
Stolz nicht gegründet wäre, würde er vielleicht weniger
verletzen; aber ein Pochen auf seine Rechte erkältet das Herz
des Andern mehr, als noch so unbegründet erhobene Ansprüche: die Liebe giebt besonders gern, was zu geben sie nicht
verpflichtet ist."

Lucile dankte der Schwester innig für die Beweise von Güte,
die solch ein Rath enthalte, und Corinna fügte hinzu: „Wenn
ich noch weiter leben müßte, würde ich ihrer auch nicht fähig sein;
da ich aber nun sterben muß, ist es mein letzter, selbstischer
Wunsch, daß Oswald in Dir und Deiner Tochter einige Spuren meines Einflusses wiederfinde, daß er wenigstens nie eines
edlen Gefühls froh werde, ohne an Corinna denken zu müssen." —

Lucile war nun täglich bei der Schwester und bemühte sich mit liebenswürdiger Bescheidenheit, und noch liebenswürdigerem Zartgefühl, der Frau ähnlich zu werden, die Oswald am meisten geliebt hatte. Die Verwunderung desselben über Lucilens neue, wärmere Anmuth steigerte sich mit jedem Tage. Er errieth sehr bald, daß sie Corinna gesehen haben müsse, konnte aber darüber kein Zugeständniß von ihr erlangen. Corinna hatte gleich in der ersten Unterredung mit Lucile ein Geheimhalten ihres Verkehrs gefordert. Wohl hatte sie es sich vorgenommen, Oswald und Lucile einmal zusammen zu sehen, aber erst dann, wie es schien, wenn sie sich mit Gewißheit sagen dürfe, daß sie nur noch Augenblicke zu leben habe. Sie wollte Alles mit einem Male sagen, Alles auf einmal fühlen, und hüllte diesen Plan in so tiefes Geheimniß, daß selbst Lucile nicht wußte, auf welche Weise sie beschlossen habe, ihn auszuführen.

Siebentes Kapitel.

Da sie überzeugt war, daß ihre Krankheit todbringend sei, wünschte Corinna Italien und Lord Nelvil ein letztes Lebewohl zuzurufen, ein Lebewohl, das die Zeit noch einmal vergegenwärtigen sollte, als ihr Genius in seinem Glanze war. Diese Schwäche läßt sich begreifen, verzeihen. Liebe und Ruhm hatten sich in ihrem Wesen immer in Eins verschmolzen, und bis zu dem Augenblick, wo ihr Herz das Opfer aller irdischen Bande brachte, wünschte sie, der Undankbare, der sie verlassen, möge es noch einmal fühlen, daß er der Frau den Tod gegeben, die auf der Welt am Besten zu lieben, am Hochsinnigsten zu denken verstand. Zum Improvisiren reichte Corinnens Kraft längst nicht mehr aus, doch in der Einsamkeit schrieb sie dann und wann noch Verse nieder, und seit Oswalds Ankunft schien es, als habe sie an dieser Beschäftigung wieder lebhafteres Interesse gewonnen. Vielleicht wünschte sie, ihm zuletzt noch all das ins Gedächtniß zu rufen, was ihm durch Unglück und Untreue verloren gegangen war. So bestimmte sie denn einen Tag, an welchem sie im Saale der florentinischen Akademie Alle um sich

verfammeln wollte, die fie noch einmal zu hören den Wunfch
hegten. Sie vertraute diefes Vorhaben fchließlich Lucilen an,
und bat fie, mit dem Gatten zu erfcheinen. „Meiner Auflöfung
nahe, darf ich das von Dir erbitten" fagte fie.

Oswald gerieth über Corinnens Entfchluß in furchtbare
Aufregung. Wollte fie diefe Verfe felbft lefen? Welchen Gegen-
ftand wollte fie behandeln? Und nur die Möglichkeit, fie zu
fehen, reichte ja fchon aus, um fein ganzes Wefen außer Faffung
zu bringen. Am Morgen des bezeichneten Tages trat der
Winter, der fich in Italien fo felten fühlbar macht, mit nordifcher
Härte auf. Ein fchneidender Wind pfiff durch die Häufer, der
Regen fchlug heftig gegen die Fenfterfcheiben, und in feltfamem
Widerfpruch, von welchem man indeffen in Italien häufiger, als
fonft wo, das Beifpiel erlebt, ließ fich in der Mitte des Januar
zürnender Donner vernehmen, welcher der Niedergefchlagenheit
über die fchlechte Witterung noch ein Gefühl des Schreckens bei-
mifchte. Oswald fprach kein einziges Wort, obwohl alle äußeren Eindrücke die Fieberfchauer feiner Seele noch zu vermehren
fchienen.

Er trat mit Lucile in den Saal und fand dort eine ungeheure Menge verfammelt. In einer entfernten Ecke des weiten
Raumes ftand ein Lehnfeffel bereit. Oswald hörte die Um-
ftehenden fagen, Corinna werde ihn einnehmen, weil fie zu
krank fei, um ihre Verfe felbft vorzutragen. Aus Scheu, fich in
ihrer Veränderung zu zeigen, hatte fie diefes Mittel gewählt,
um Oswald zu fehen, ohne gefehen zu werden. Sobald fie
wußte, daß er erfchienen war, ging fie verfchleiert zu dem ihrer
wartenden Sitze; fie ftützte fich dabei auf Andere, denn ihr
Fuß fchwankte fchon, und von Zeit zu Zeit mußte fie inne halten,
um Athem zu holen; die kurze Strecke war ihr eine befchwerliche
Reife. Ach, fo fchleppend und mühevoll find immer des Lebens
letzte Schritte! Sie fetzte fich, fuchte Oswald mit den Augen,
erkannte ihn, — und in ganz unwillkürlicher Bewegung erhob
fie fich, ftreckte die Arme ihm entgegen, fank aber gleich darauf
in ihren Stuhl zurück: mit abgewendetem Geficht, wie Dido,
als fie Aeneas in einer Welt begegnet, aus welcher menfchliche

Leidenschaften verbannt sind. Lord Nelvil, völlig außer sich,
wollte zu ihr, — ihr zu Füßen stürzen; doch Fürst Castel-Forte
hielt ihn zurück durch einen Hinweis auf die Ehrfurcht, welche
er Corinna in Gegenwart einer so zahlreichen Versammlung
schulde.

Ein junges, weißgekleidetes Mädchen, deren Haupt ein
Rosenkranz schmückte, und die von Corinna ausersehen war,
ihre Verse zu sprechen, erschien auf einer Art von Tribüne; ihr
friedlich-sanftes Angesicht, auf welchem des Lebens Schmerzen
noch keine ihrer Spuren zurückgelassen hatten, stand mit den
Worten, die sie zu sagen hatte, in rührendem Gegensatz. Eben
dieser Gegensatz hatte Corinna angezogen; er breitete über die
düstern Gedanken ihrer gebrochenen Seele etwas wie Heiterkeit.
Die Hörer wurden durch hohe, weiche Musik auf den zu empfangenden Eindruck vorbereitet. Oswald, der unglückliche Oswald
konnte den Blick nicht von Corinna wenden, von diesem Schatten, der ihm wie ein schreckliches Traumbild in einer Nacht des
Wahnsinns erschien; und unter Thränen vernahm er diesen
Schwanengesang, den das Weib, an welchem er so gefrevelt,
ihm noch ins tiefste Herz hineinrief.

Corinnens letzter Gesang.

„Empfanget meinen feierlichen Gruß, o meine Mitbürger!
Schon drängt sich die Nacht vor meine Blicke, aber ist denn der
Himmel nicht schöner in der Nacht? Dann schmücken ihn tausend
Sterne, während er Tags doch nur eine Wüste ist. So auch
offenbaren uns die Schatten der Ewigkeit zahllose Gedanken,
die im Glanze des Wohlergehens vergessen lagen. Doch die
Stimme, die sie nun verkünden sollte, ermattet nach und nach;
die Seele zieht sich in sich selbst zurück und sucht ihre letzte
Glut zusammen zu schüren.

„Schon in den Tagen meiner frühesten Jugend gelobte ich
mir, den Namen einer Römerin zu ehren, bei dem das Herz noch
heute höher schlägt. Du freigebiges Volk, das mir den Ruhm
vergönnte, aus dessen Tempeln du die Frauen nicht verbannest,
das die unsterbliche Begabung nicht einer vorübergehenden

Eiferfucht opfert, das dem Auffchwunge des Genius ftets feinen
Beifall fchenkt! Des Genius, der ein Sieger ift ohne Ueber-
wundene, ein Eroberer ohne Beute, der aus der Ewigkeit fchöpft,
um das Zeitliche zu bereichern!

„Mit welchem Vertrauen befeelten mich früher die Natur
und das Leben! Alles Unglück, glaubte ich, entftehe nur aus zu
wenigem Denken, aus zu mattem Fühlen; ich glaubte, man
könne fchon auf Erden eine himmlifche Glückfeligkeit fich fchaffen,
die doch nichts weiter ift, als Ausdauer in der Begeifterung, und
Beftändigkeit in der Liebe.

„Und ich bereue fie nicht, diefe großherzige Schwärmerei!
Nein, nicht fie hat mich die Thränen vergießen laffen, von denen
der Staub getränkt ift, der mich aufnimmt. Ich hätte meine
Beftimmung erfüllt, ich wäre der Wohlthaten des Himmels
würdig gewefen, wenn ich meine weithin tönende Leyer nur dem
Preife der göttlichen Güte geweiht hätte, die im großen All fich
offenbart.

„Du verwirffft nicht, o mein Gott, den Tribut des Talents.
Die Huldigung der Dichtkunft ift andachtsvoll und auf den
Flügeln des Gedankens kann man fich dir nahn.

„In der Religion giebt es nichts Befchränktes, nichts
Knechtifches, nichts Endliches. Sie ift grenzlos - unendlich —
ewig; und fern davon, daß Geift und Einbildungskraft von ihr
abwendig machten, tragen fie uns in hohem Flug über die
Schranken des Lebens hinaus, und das Erhabene in jeder Richtung ift nur der Abglanz der Gottheit.

„Ach, hätte ich nur fie allein geliebt, hätte ich meine Ge-
banken im Himmel geborgen, dem Schutz vor irdifcher Leidenfchaft, dann würde ich nicht vor der Zeit geknickt worden fein,
würden fich nicht fchreckliche Gefichte an die Stelle meiner goldenen Traumbilder gedrängt haben. Ich Unglückfelige! Mein
Genius, wenn er noch vorhanden, ift nur aus der Gewalt meines
Schmerzes zu ahnen, nur unter den Zügen diefer feindlichen
Macht ift er noch erkennbar.

„So lebe denn wohl, o meine Heimat; lebe wohl, du
Stätte, wo ich das Licht erblickte. Erinnerungen meiner Kind-

34*

heit, lebt wohl! Was habt ihr mit dem Tode zu schaffen? Und
Ihr, die Ihr in meinen Schriften Gedanken antrafet, die den
Euren antworteten, Ihr, meine Freunde, lebt wohl, wo Ihr
auch sein mögt. Nicht für eine unwürdige Sache hat Corinna
so viel gelitten; sie hat ihr Anrecht auf Euer Mitleid nicht
verwirkt.

„Schönes Italien! umsonst verheißest Du mir Deinen
ganzen Zauber! Was vermagst Du über ein verlassenes Herz?
Möchtest Du mir neues Wünschen erregen, um neue Schmerzen
wieder zu erwecken? Möchtest Du mich an das Glück erinnern,
auf daß ich mich gegen mein Schicksal empöre?

„Ich unterwerfe mich ihm mit Ergebung. O Ihr, die Ihr
mich überlebt, gedenket meiner, wenn der Frühling kommt, gedenket, wie ich seine Schönheit liebte, wie oft ich seine Herrlichkeit
besungen! Erinnert Euch zuweilen meiner Verse, sie tragen das
Gepräge meiner Seele; doch meine letzten Gesänge wurden von
unheilvollen Musen eingegeben, von der Liebe und dem Unglück.

„Wenn die Absichten der Vorsehung sich an uns erfüllt
haben, dann bereiten Harmonien, die unsere Brust durchziehen,
auf das Erscheinen des Todesengels vor. Er ist nicht abschreckend, nicht furchterregend; seine weißen Flügel leuchten
durch die Nacht, die ihn umgiebt, und von tausend Vorahnungen
wird sein Kommen verkündet.

„Im Flüstern des Windes glaubt man seine Stimme zu
hören; die langen Schatten, welche der sinkende Tag über das
Gefilde breitet, sie scheinen die Falten seines schleppenden Ge-
wandes. Um Mittag, wenn Alle, denen das Leben gehört, nur
einen heitern Himmel, nur eine gütige Sonne sehen, gewahrt
der vom Todesengel Angerufene in der Ferne ein Gewölk, das
seinen Augen bald die ganze Natur verdecken wird.

„Hoffnung — Jugend — des Herzens Wallen und Wünschen — ihr seid dahin! Doch fern sei mir die trügerische Rück-
schau. Wenn man mir noch ein paar Thränen gönnt, wenn ich
mich noch geliebt glaube, so ist's, weil ich eben gehen will.
Wollte ich mich wieder zum Leben wenden, so wendeten sich auch
alle seine Dolche wieder gegen mich!

„Und Du, o Rom, das meine Asche bewahren wird, das so Vieles hat sterben sehn, vergieb mir, wenn ich mit zagendem Schritt mich Deinen großen Todten zugeselle; vergieb mir, daß ich klage! Gefühle, die vielleicht edle, Gedanken, die vielleicht fruchtbringende gewesen wären, erlöschen mit mir, und von allen seelischen Fähigkeiten, die mir die Natur gegeben, ist die zu leiden die einzige, welche ich in ihrem ganzen Umfange verübt habe.

„Was thut's, ich gehorche. Wie es auch sei, das große Geheimniß des Todes, es muß doch Ruhe bringen. Ihr bürgt mir dafür, ihr schweigenden Gräber! Du bürgst mir dafür, wohlthätige Gottheit! Ich hatte gewählt auf Erden, und mein Herz hatte keine Zuflucht mehr. Du entscheidest für mich; mein Schicksal wird um so viel würdiger sein!"

Hier schloß Corinnens letzter Gesang; durch den Saal zog trauriges, ehrfurchtsvolles Beifallsgeflüster. Lord Nelvil unterlag der Gewalt seiner Erschütterung und verlor gänzlich das Bewußtsein. Corinna sah ihn in diesem Zustande, sie wollte hin zu ihm, aber ihre Kräfte verließen sie in dem Augenblick, als sie sich zu erheben versuchte. Man trug sie nach Hause, und von nun an gab es für ihre Rettung vollends keine Hoffnung mehr.

Sie ließ einen würdigen Geistlichen rufen, zu dem sie großes Vertrauen hegte, und redete lange mit ihm. Auch Lucile ging zu ihr; Oswalds Schmerz hatte sie so bewegt, daß sie die Schwester auf den Knieen beschwor, ihn kommen zu lassen. Corinna versagte es, doch ohne allen Groll. „Ich verzeihe ihm", sagte sie, „daß er mir das Herz gebrochen; die Männer wissen nicht, was sie Böses thun, und die Gesellschaft unterstützt sie, überredet sie, daß es nur ein Spiel sei, ein Frauenherz mit der höchsten Seligkeit zu erfüllen, und es dann in Verzweiflung zu stürzen. Im Augenblick des Sterbens aber hat Gott mir gnädig Ruhe verliehen, und ich fühle, daß Oswalds Anblick Empfindungen in mir aufstürmen würde, die nicht mit den letzten Todesgedanken zu vereinigen sind. Nur die Religion hat den Schlüssel zu dem furchtbaren Uebergang. Ich verzeihe

ihm, den ich so heiß geliebt", fuhr sie nut schwacher Stimme fort,
„er lebe glücklich mit Dir! Aber möge er der armen Corinna
gedenken, wenn einst auch seine Todesstunde kommt! Sie wird
über ihm wachen, wenn es Gott gefällt. Denn es giebt kein
Aufhören für eine Liebe, die stark genug ist, um das Leben zu
verzehren."

Oswald stand auf der Schwelle ihres Gemachs; bald
wollte er hinein, trotz Corinnens Verbot, bald brach er zusammen, vernichtet von Schmerz. Lucile ging von Einem zum
Andern, ein Engel des Friedens zwischen der Verzweiflung
und der Todesqual.

Eines Abends schien es, als befände Corinna sich besser,
und Lucile erlangte von Oswald, daß er sie auf einige Augenblicke zu ihrer Tochter begleite, die sie seit drei Tagen nicht gesehen hatten. Während dieser Zeit wendete sich Corinnens
Zustand rasch zum Schlimmsten; sie erfüllte alle Pflichten ihrer
Religion. Zu dem Greise, der ihre Beichte entgegennahm,
sagte sie: „Mein Vater, Sie kennen jetzt mein trauriges Geschick;
richten Sie über mich. Nie habe ich mich für das Leid gerächt,
das man mir gethan; nie fand ein wahrer Schmerz mich ohne
Mitgefühl; meine Fehler entstanden aus Leidenschaften, die an
sich nicht verdammenswerth gewesen wären, wenn Stolz und
menschliche Schwachheit ihnen nicht den Irrthum und das Uebermaß zur Begleitung gegeben hätten. Glauben Sie, mein Vater,
Sie, den das Leben länger als mich geprüft hat, glauben Sie,
daß Gott mir verzeihen werde?" — „Ja, meine Tochter, ich
hoffe es", erwiderte der Greis; „ist Ihr Herz jetzt ganz ihm
zugewendet?" — „Ich glaube wohl, ehrwürdiger Vater", antwortete sie; „nehmen Sie jetzt dieses Portrait hinweg (es war
das Oswalds) und legen Sie das Bild des Erlösers auf mein
Herz, der nicht für die Mächtigen, nicht für die Geistesgewal-
tigen auf Erden kam, sondern um der Leidenden und Sterbenden
willen, die seiner sehr bedurften."

Corinna gewahrte jetzt den Fürsten Castel-Forte, der
weinend an ihrem Bette stand. „Mein Freund", sagte sie, und
reichte ihm die Hand, „ich lebte, um zu lieben, und ohne Sie

stürbe ich allein."— Und ihre Thränen flossen bei diesen Worten; dann sagte sie noch: „Es bedarf dieser Augenblick auch keines Beistandes, unsere Freunde können uns nur bis zur Schwelle des Lebens begleiten; an dieser beginnen Gedanken, deren Verworrenheit und unergründliche Tiefe man einander nicht anvertrauen kann." Sie ließ sich auf ihrem Lehnsessel bis an das Fenster bringen, um den Himmel noch einmal zu sehn. Lucile kam jetzt wieder zu ihr, und der unglückliche Oswald, der nun nicht länger zurückzuhalten war, folgte ihr, und sank vor Corinna auf die Kniee. Sie wollte zu ihm reden, und hatte nicht mehr die Kraft dazu; sie hob den Blick gen Himmel, und sah, daß der Mond von dem gleichen Gewölk verhüllt wurde, auf das sie einst gewiesen, als sie mit Oswald am Meeresufer von Terracina stand. Da zeigte sie ihm die Wolke mit ihrer sterbenden Hand, und mit ihrem letzten Seufzer sank diese Hand hinab.

Was wurde aus Oswald? Sein Zustand bedrohte anfangs seine Vernunft und sein Leben. In Rom folgte er dem Grabgepränge Corinnens; dann zog er sich lange nach Tivoli zurück, und wollte nicht, daß seine Frau und Tochter ihn dorthin begleiteten. Endlich führten ihn Pflicht und Neigung diesen wieder zu. Sie kehrten zusammen nach England zurück. Lord Nelvil gab ein Beispiel des tadellosesten und reinsten häuslichen Lebens. Aber verzieh er sich die Vergangenheit? Tröstete ihn die Welt, weil sie ihm ihre Zustimmung gab? Befriedigte ihn ein Alltagsloos nach dem, was er verloren hatte? Ich weiß es nicht, und will ihn weder tadeln, noch freisprechen.

Anmerkungen der Verfasserin.

S. 26. Ancona war in dieser Beziehung noch in viel späterer Zeit ebenso schlecht versehen als damals.

S. 33. Diese Betrachtung ist einem Aufsatze über Rom von Wilhelm von Humboldt entlehnt, der bekanntlich preußischer Gesandter in Rom war.

S. 50. Von diesem Tadel gegen die italienische Art zu declamiren war der berühmte Monti auszunehmen, der Verse ebenso schön sagte als machte. Ihn die Episode von Ugolino, von Francesca di Rimini, den Tod der Clorinde recitiren zu hören, soll einer der größesten dramatischen Genüsse gewesen sein.

S. 51. Wie es scheint, machte Lord Nelvil eine Anspielung auf das folgende schöne Distichon des Properz:

Ut caput in magnis ubi non est ponere signis,
Ponitur hic imos ante corona pedes.

S. 79. In dem letzten Kriege commandirte ein Franzose in der Engelsburg; die neapolitanischen Truppen forderten ihn zur Uebergabe auf; er antwortete, er würde sich ergeben, wenn der Engel von Bronze sein Schwert in die Scheide stecke.

S. 79. Diese Facta sind in der „Geschichte der italienischen Republiken des Mittelalters" von Simonde de Sismondi, einem Genfer, zu finden. Der Autor darf wegen seines großen Scharfsinnes, seiner ebenso gewissenhaften als kraftvollen Darstellung auch für eine Autorität angesehen werden.

S. 80. Diese Verse sind von Goethe.

S. 83. Die Peterskirche, sagt man, sei ein Hebel für die Reformation gewesen, denn sie kostete den Päpsten so viel Geld, daß diese, um sie zu erbauen, die Indulgenzen vermehren mußten.

S. 88. Die Mineralogen behaupten, diese Löwen seien nicht von Basalt, weil der vulkanische Stein, dem man heutzutage diesen Namen giebt, in Egypten nicht zu finden sei. Plinius aber nennt den egyptischen Stein, aus welchem diese Löwen gebildet sind, Basalt, und Winckelmann hat die Bezeichnung beibehalten.

S. 89. Carpite nunc, tauri, de septem collibus herbas,
Dum licet. Hic magnae jam locus urbis erit. *Tibullus.*
Hoc quodcunque vides, hospes, quam maxima Roma est,
Ante Phrygem Aenean collis et herba fuit etc.

Propert. lib. IV. el. I.

S. 97. Auguſtus iſt zu Nola geſtorben, als er nach den Bädern von Brunduſium reiſte, die ihm verordnet waren; doch verließ er Rom ſchon ſterbend.

S. 110. Viximus insignes inter utramque facem. *Propert.*

S. 114. Plin. Hist. natur. l. III. Tiberis ..... quamlibet magnarum navium ex Italo mari capax, rerum in toto orbe nascentium mercator placidissimus, pluribus prope solus quam ceteri in omnibus terris amnes, accolitur, aspiciturque villis. Nullique fluviorum minus licet, inclusis utrinque lateribus: nec tamen ipse pugnat, quanquam creber ac subitis incrementis, et nusquam magis aquis quam in ipsa urbe stagnantibus. Quin imo vates intelligitur potius ac monitor, auctu semper religiosus verius quam saevus.

S. 126. Der Tanz der Madame Recamier ſchwebte mir vor, als ich die ·Schilderung von Corinnens Weiſe zu tanzen unternahm.

S. 152. Ceſarotti, Verri, Bettinelli ſind drei jetzt lebende Schrift= ſteller, die auf die italieniſche Proſa ſehr günſtig eingewirkt haben.

S. 163. Giovanni Pindemonte hat ein Theater herausgegeben, deſſen Gegenſtände alle aus der italieniſchen Geſchichte entnommen ſind. Ein höchſt verdienſtliches, ſehr zu lobendes Unternehmen. Der Name Pindemonte iſt auch durch Hippolit Pindemonte berühmt, einen der Dichter Italiens, der am meiſten Weichheit und Anmuth hat.

S. 165. In den nachgelaſſenen Werken Alfieri's findet ſich ſehr viel Anziehendes; ſein ziemlich ſonderbarer dramatiſcher „Eſſai" über ſein Trauerſpiel Abel beweiſt, daß er ſelbſt die zu große Strenge ſeiner Schauſpiele gefühlt, und eingeſehen habe, man müſſe auf der Bühne der Fantaſie mehr Spielraum laſſen.

S. 193. In einem Journal, Europa, waren tiefe vortreffliche Be= merkungen über Gegenſtände der Malerei zu finden; ſie ſind von Friedrich Schlegel. Mehrere der hier eingeflochtenen Betrachtungen ſind ihm entnommen. Dieſer Schriftſteller iſt eine Fundgrube des Wiſſens, wie die deutſchen Denker es überhaupt ſind.

S. 206. Die hiſtoriſchen Gemälde in Corinna's Sammlung ſind theils Kopien, theils Originale des Brutus von David, des Marius von Drouet und des Beliſar von Gerard. Unter den

34**

Anmerkungen der Verfasserin.

S. 26. Ancona war in dieser Beziehung noch in viel späterer Zeit ebenso schlecht versehen als damals.

S. 33. Diese Betrachtung ist einem Aufsatze über Rom von Wilhelm von Humboldt entlehnt, der bekanntlich preußischer Gesandter in Rom war.

S. 50. Von diesem Tadel gegen die italienische Art zu declamiren war der berühmte Monti auszunehmen, der Verse ebenso schön sagte als machte. Ihn die Episode von Ugolino, von Francesca di Rimini, den Tod der Clorinde recitiren zu hören, soll einer der größesten dramatischen Genüsse gewesen sein.

S. 51. Wie es scheint, machte Lord Nelvil eine Anspielung auf das folgende schöne Distichon des Properz:

Ut caput in magnis ubi non est ponere signis,
Ponitur hic imos ante corona pedes.

S. 79. In dem letzten Kriege commandirte ein Franzose in der Engelsburg; die neapolitanischen Truppen forderten ihn zur Uebergabe auf; er antwortete, er würde sich ergeben, wenn der Engel von Bronze sein Schwert in die Scheide stecke.

S. 79. Diese Facta sind in der „Geschichte der italienischen Republiken des Mittelalters" von Simonde de Sismondi, einem Genfer, zu finden. Der Autor darf wegen seines großen Scharfsinnes, seiner ebenso gewissenhaften als kraftvollen Darstellung auch für eine Autorität angesehen werden.

S. 80. Diese Verse sind von Goethe.

S. 83. Die Peterskirche, sagt man, sei ein Hebel für die Reformation gewesen, denn sie kostete den Päpsten so viel Geld, daß diese, um sie zu erbauen, die Indulgenzen vermehren mußten.

S. 88. Die Mineralogen behaupten, diese Löwen seien nicht von Basalt, weil der vulkanische Stein, dem man heutzutage diesen Namen giebt, in Egypten nicht zu finden sei. Plinius aber nennt den egyptischen Stein, aus welchem diese Löwen gebildet sind, Basalt, und Winckelmann hat die Bezeichnung beibehalten.

S. 89. Carpite nunc, tauri, de septem collibus herbas,
    Dum licet. Hic magnae jam locus urbis erit. *Tibullus.*
    Hoc quodcunque vides, hospes, quam maxima Roma est,
    Ante Phrygem Aenean collis et herba fuit etc.
Propert. lib. IV. el. I.

S. 97. Auguſtus iſt zu Nola geſtorben, als er nach den Bädern von Brunduſium reiſte, die ihm verordnet waren; doch verließ er Rom ſchon ſterbend.

S. 110. Viximus insignes inter utramque facem.   *Propert.*

S. 114. Plin. Hist. natur. l. III. Tiberis ..... quamlibet magnarum navium ex Italo mari capax, rerum in toto orbe nascentium mercator placidissimus, pluribus prope solus quam ceteri in omnibus terris amnes, accolitur, aspiciturque villis. Nullique fluviorum minus licet, inclusis utrinque lateribus: nec tamen ipse pugnat, quanquam creber ac subitis incrementis, et nusquam magis aquis quam in ipsa urbe stagnantibus. Quin imo vates intelligitur potius ac monitor, auctu semper religiosus verius quam saevus.

S. 126. Der Tanz der Madame Recamier ſchwebte mir vor, als ich die Schilderung von Corinnens Weiſe zu tanzen unternahm.

S. 152. Ceſarotti, Verri, Bettinelli ſind drei jetzt lebende Schriftſteller, die auf die italieniſche Proſa ſehr günſtig eingewirkt haben.

S. 163. Giovanni Pindemonte hat ein Theater herausgegeben, deſſen Gegenſtände alle aus der italieniſchen Geſchichte entnommen ſind. Ein höchſt verdienſtliches, ſehr zu lobendes Unternehmen. Der Name Pindemonte iſt auch durch Hippolit Pindemonte berühmt, einen der Dichter Italiens, der am meiſten Weichheit und Anmuth hat.

S. 165. In den nachgelaſſenen Werken Alfieri's findet ſich ſehr viel Anziehendes; ſein ziemlich ſonderbarer dramatiſcher „Eſſai" über ſein Trauerſpiel Abel beweiſt, daß er ſelbſt die zu große Strenge ſeiner Schauſpiele gefühlt, und eingeſehen habe, man müſſe auf der Bühne der Fantaſie mehr Spielraum laſſen.

S. 193. In einem Journal, Europa, waren tiefe vortreffliche Bemerkungen über Gegenſtände der Malerei zu finden; ſie ſind von Friedrich Schlegel. Mehrere der hier eingeflochtenen Betrachtungen ſind ihm entnommen. Dieſer Schriftſteller iſt eine Fundgrube des Wiſſens, wie die deutſchen Denker es überhaupt ſind.

S. 206. Die hiſtoriſchen Gemälde in Corinna's Sammlung ſind theils Kopien, theils Originale des Brutus von David, des Marius von Drouet und des Beliſar von Gerard. Unter den

34**

Druck:
Customized Business Services GmbH
im Auftrag der KNV-Gruppe
Ferdinand-Jühlke-Str. 7
99095 Erfurt